御製

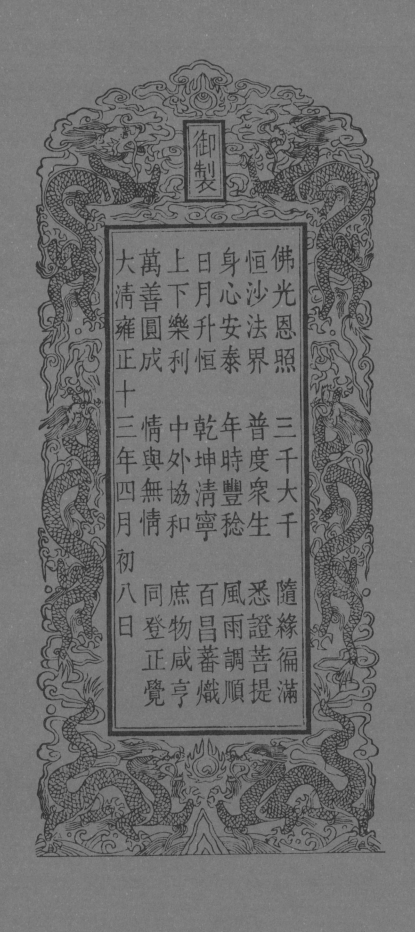

佛光恩照　三千大千　隨緣徧滿

恒沙法界　普度衆生　悉證菩提

身心安泰　年時豐稔　風雨調順

日月升恒　乾坤清寧　百昌蕃熾

上下樂利　中外協和　庶物咸亨

萬善圓成　情與無情　同登正覺

大清雍正十三年四月初八日

第一六二册　此土著述（五二）

大佛頂首楞嚴經疏解蒙鈔　六〇卷

大佛頂首楞嚴經疏解蒙鈔

海印弟子蒙叟錢謙益述

清刻龍藏佛說法變相圖

大佛頂首楞嚴經疏解蒙鈔目録

一之五
起爾時阿難盡雖得多聞不成聖果
一之六
起阿難聞已盡卷末
第二卷
二之一
起爾時阿難盡結指倒相
二之二
起阿難承佛盡舍受十方國土
二之三
起阿難白佛言盡妙菩提路
二之四
起酬請廣釋盡及諸羣塞亦復如是
二之五
起阿難汝猶未明盡五陰非自然性

第三卷
三之一
起復次阿難云何六入盡舌味處非自然性
三之二
起阿難汝常晨朝盡十八界非自然性
三之三
起阿難白佛盡空大都無實義
三之四
起阿難見覺無知盡七大說偈讚佛
第四卷
四之一
起富樓那問生起盡彼無同異眞有爲法
四之二

起覺明空昧盡宛轉虛妄無可憑據

四之三

起富樓那汝以色空盡如何自欺尚留觀聽

四之四

起阿難及諸大衆盡彼六知根一時清淨

四之五

起阿難白佛言盡云何不成無上知覺

第五卷

五之一

起阿難白佛盡從三摩地得無生忍

五之二

起阿難請問圓通盡明圓滅漏斯爲第一

五之三

起富樓那白佛盡二十四聖說竟

第六卷

六之一

起觀音說圓通盡無作妙力自在成就

六之二

起標擧無畏盡觀音名徧十方界

六之三

起世尊放光現瑞盡出世獲長住

六之四

起我啟如來盡文殊說偈獲益

六之五

起阿難請問修行盡六種清淨明誨

第七卷

七之一

起阿難汝問攝心盡如來宣說神咒
七之二
起阿難問漸次修行盡衆生十二種類
第八卷
八之一
起阿難如是衆生盡十信位竟
八之二
起阿難是善男子盡四加行位
八之三
起十地位盡結經汝當奉持
八之四
起阿難請問六道盡十訟習竟
八之五
起云何六報盡自此已還名爲欲界
第九卷

九之一
起色界一十八天盡自此已還名爲色界
九之二
起復次阿難盡總結精研七趣
九之三
起如來將罷法座盡色陰十魔竟
九之四
起阿難彼善男子盡想陰十種魔事
第十卷
十之一
起阿難彼善男子盡第三外道一分常論
十之二
起又三摩地盡行陰十種心魔

佛頂蒙鈔目録後記

萬曆巳亥之歲蒙年一十有八我神宗顯皇帝二十有七年也帖括之暇先宫保命閱首楞嚴經中秋之夕讀衆生業果一章忽發深省寥然如凉風振籥晨鐘扣枕夜夢至一空堂世尊南面凝立眉間白毫相光昱昱面門佛身衣裓皆涌現白光中旁有人傳呼禮佛蒙趨進禮拜已手捧經函中貯金剛楞嚴二經大學一書世尊手取楞嚴壓金剛上仍面命曰世人知持誦金剛福德不知持誦楞嚴福德尤大蒙復跪接經函肅拜而起既寤金口圓音落落在耳由是憶想隔生思惟昔夢染神浹骨諦信不疑矣備官詞林討論典故聞嘉靖中内江趙大洲教習庶吉士課讀楞嚴謂諸君年長四十少亦三十不以此時讀此經待何時耶三復斯語鞭影入心不自知口呿齒擊急杵撞胸也頓踣仕途流離國難萬死備嘗一身餘幾波吒塡耳斧鑕攢軀血路魄迴刀山魂返噩夢乍歇藏識孤明楞嚴積因影現心目經言如汝昔年覩一竒物經歷年歲忽然覆覩記憶宛然曾不遺失誠哉是言也庚寅之冬不戒於火五車萬卷蕩爲劫灰佛像經厨火焮輙返金容梵夾如有神護變慴良久矍然憬悟是誠我佛世尊深慈大悲愍我多生曠劫遊盤世間文字海中沒命洄淵不克自出故遣火頭金剛猛利告報相拔救耳尅念瘡疣痛求對治刲心發願誓盡餘年將世間文字因緣迴向般若憶識誦習緣熟是經覽塵未忘披文如故撫劫後之餘燼如寤時人說夢中事開夢裏之經函如

醒中人取夢中物此佛頂蒙鈔一大緣起也竊自循省厥因有三名言習氣書生筆格剽竊觀河之玄義模寫逝川拾圓通之剩文發揮耳順採掇菁華鋪陳粉繪添乳中之水雜彼醍醐收茹後之泥塗茲場地博易不殊搏黍游戲亦類聚沙其因一也上黨舊游曾遺正脉（交光正脉友人程五陽游澤潞得本）吳門法侶先贈圓通（幽溪圓通疏初出即中兄贈我日此後時閱首楞標準也）追三篋得脫沈灰而二本仍棲舊庋惟茲初簣用爲先資雖非覺海之全珠抑亦昏塗之東炬其因二也東海徵心少依講席（指東溟管夫子）牢山懸鏡長侍巾瓶（指海印憨山大師）典刑日遠記莂自慙違先生之況岐路茫茫煩智者之訶問橋種種迴心遲暮仰託師承灌頂之大法昭然覺迷之緒言具在入室敢同眞子泛海終藉導師其因三

也此經章門廣博標指參差三觀橫分三摩錯互舊解既表中未定新章亦逐北同走竊欲甄明總別參詳異同搜剔本根薙劉稂莠務俾鈐鍵開滌教觀分明入三摩地門照涅槃日示明了還家之路修三無漏學濯奢摩水斷輪廻生死之根庶可以上報佛恩下酬誓願是本心也會稡一經披尋三載鈔畧十卷但是筌罤諮決十章敢云懸敍慧慙天鳥鈍笑人牛斯所以執簡汗顏臨文永嘆也昔者宋學士景濂嘗言清涼大士一遵如來遺教學無常師問律於澧公受南山行事於曇一傳涅槃起信法界觀還源記於压官咨雜華於大詵習天台止觀法華維摩等疏於荆溪參決南宗禪學於牛頭忠徑山欽羣機盡攝萬理俱融卓然爲一代之師去聖日遠末

學支分欲總萃諸家折衷融貫恨鮮有可言斯事者居今之世末法倒瀾時教凌夷魔外鋒起誠欲兼綜性相和會台賢抉擿生盲枝柱惡覺故當弘闡此經導其先路斯則照萬法之智燈燭羣邪之心鏡撈籠末劫津筏異生者也標斯言於經首庶以當發願文仰扣三尊冥求加被世之法將有智覺轉輪深心荷擔如學士其人者施我慧目鑒而助之歲在閼逢敦牂九月三日海印弟子虞山蒙叟錢謙益焚香肅拜敬書於絳雲餘燼處之右廂

錢謙益曰蒙之鈔是經也創始於辛卯歲之孟陬月至今年中秋而始具草歲凡七改藁則五易矣七年之中疢病侵尋禍患煎逼僦居促數行旅喧呶無一日不奉經與俱細雨孤舟朔風短檠曉牕鷄語秋戶蟲吟暗燭暈筆殘膏漬紙細書飲格夾註差行每至目輪火爆肩髀石墜氣息交綴僅而就寢蓋殘年老眼著述之艱難若此今得潰於成焉幸矣削藁麤就編排畧畢揷架閣筆喟然三歎何歎乎蓋深歎夫解經之實難而古人之未易以幾及也蒙初繙此經疏解上遡資中下循長水文質理精詞簡義富有讀之三四過猶未了者有繹之三四年始得解者少言多義自古皆然無不契眞無不成觀今師箋釋波瀾滿紙少時涉眼亦自爛然旋目覩之氣味索薄如翳眼亂華都無生處其或披新獵異自數珍寶不知亙亙料簡胥爲芻狗之已陳又或立義開章別安眉目不知彼彼具含元是籬落之長物去古久遠聖師不作學者之

智日麤則心益不小學日陋則見益不圓未了宗源輙加搴剟不詳利病先設砧椎道安有言豈將不知法者勇乎蒙爲此懼蓋已有年鈔畧一周平心普告竊謂自今已往一切大乘契經與夫諸聖造論宗趣深遠義疏繁夥者胥當依佛頂之例榷閣今文先宗古釋務俾先佛心宗與古師教眼分齊脗合血脉疏通大義炳然微言不墜然後網羅多家衷其得失將使四河俱入勿令一漚自認如是則如來之慧命續矣法燈衍矣宗教不患乎分塗魔外不憂其熾盛矣正法難聞魔民未慭汝遵佛語名報佛恩凡我善友無忽苦言共截象流免游兎徑如以爲是古非今畀他尊己大妄語成墜無間獄佛有明誨敢食斯言是鈔也激贊諮決親加標目慫恿卒業發願流通者蒼雪徹師也指決三摩冥符古義相期揚榷未覩厥成者滿益旭師也與聞草創共事藍縷採掇清涼攸助旁論者含光渠師也指瑜伽之教相考匿王之生年搜剔小宗旁資引證者楚松影省師也明鏡清流不辭披拂霜天雪夜共許參求者長干社中最伊開師介立旦師雪藏韶師介丘殘師也耳目濡染晨夕扣擊歡喜贊嘆異口同音者里中石林源師及亡友陸銑孟鳧也敢告諸方勿恪誨廸凡霑法乳敬竢續書歲在强圉作噩中秋十有一日輟簡再記於碧梧紅豆莊是歲長至日書於長干大報恩寺之修藏社

丁酉長至遇雪藏韶師於長干出斯鈔就正韶師偕介邱殘師呵凍開卷廢寢食五晝夜讀罷說八偈以唱嘆介丘告我曰雪老教乘宿學不妄許可一字謂此鈔得楞嚴大全古聖師面目各在亟宜流布勿復疑滯踰三年己亥江村歲晚覆視舊稿良多騃駁抖擻筋

力刊定繼寫寒燈黯淡老眼昏花五閱月始輟簡卷帙粗了鄙師順世之音旋至及門之士佽助鉛槧若毛晉黄巽何雲者一歲中相繼捐館法將徂謝伴侶凋零少分繙經殺青未愬逝川藏舟之感迢然如積劫矣明歲余年八十室人勸請流通法寶以報佛恩遂勉殉其意然此鈔不敢終閟者以鄙師及諸方敦趣之故而鄙師囑累一念逾于肉燈身座尤不忍其抑沒也鄙師偈有曰七處徵心妄本空八還何處覓行蹤不知身在含元殿更

問披蓑釣雪翁又曰不生不滅是因根三世如來共一門欲識劫前無混濁一聲蘆笛闇銷魂一讀斯鈔者知鄙師爲法深心八偈在卷端一一皆發妙高頂揵椎聲矣鄙師住匡山爲蕭伯玉所諮請今茲刻經伯玉猶子孟昉首先唱導亦緣因也上章困敦歲三月三日敬他老人謙益焚香再拜重記歲月

大佛頂首楞嚴經疏解蒙鈔卷首之一

海印弟子蒙叟錢謙益述

古今疏解品目

唐

崇福寺惟慤法師疏

慤公於至德初年得房相家筆受經函發願譔疏計十一年始下筆勒成三卷目爲玄贊文義幽顧盛行西北實此經疏解之祖也高僧傳云慤公撰疏夢妙吉祥乘猊自其口入及將徹簡寐中見由口而出在乎華嚴宗中文殊智也永明宗鏡引慤公論楞嚴六十聖位深契華嚴圓融法界之旨人知長水釋楞嚴用華嚴宗旨而不知其原本於慤公也長水解經首一時有說法領法四對金剛刊定記云此是慤公楞嚴疏意故知長水之疏於玄贊採擷多矣萬松錄載慤師八處徵心科解尤奇崇福義海諸書亦云興福

魏北館陶沙門慧振科判

振公初立義例即此經科判之祖也資中已下皆所遵用長水云振公科八段資中顯稱吾今從古依振公判八段七科開合之異耳北峰七科溫陵五分標指有別義門不殊後人各樹門墻競標科段清涼訶爲已離塵飛徒盈紙墨今並裁而削之雖云近師長水實則遠宗館陶先河後海何必改作振公亦云慧震

蜀資中弘沇法師疏

繼崇福而作疏者資中也義例則取諸館陶古今疏解惟此三師導其前路矣長水疏經多引沇師舊文而不舉其名以義海諸書參之今疏畧可考見其解奢摩他三法云大意與一心三觀相應此則原本止觀即孤山諸師用台觀解經之祖也

長慶道巘禪師楞嚴說文

巘師以趙州嗣孫撰此經說文宗門引重義海失載會解遂沒其名故其書不傳今於海眼補註大藏一覽等書採其零義畧鈔數則唐人以禪宗解經者自長慶始於振沇二師之外別標一宗即溫陵諸師之祖也

五代吳越

永明寺智覺壽禪師宗鏡錄

禪師會三宗學者集錄大乘經論諸家語錄撰宗鏡錄一百卷折衷法門會歸心要多取證於楞嚴所引古釋即慤振沇三家之說也長水疏經裁決要義用宗鏡爲詮準而寂音僧寶傳發明永明撰述以徵心直指爲緣起古師弘法確有淵源今人習而不察間有採剟徒取駢偶之詞資爲旁義而已蒙之鈔畧披文揀集廣引證明零義單詞罔敢遺闕欲使學者知古義有所從來勿尋枝而失幹也

宋

真際崇節法師撰刪補疏

檇李靈光洪敏法師撰證真鈔 二師疏鈔未見全文畧見義海諸錄

長水疏主楞嚴大師子璿撰義疏註經十卷

長水初依靈光敏師學賢首教觀尤精於楞嚴已而得悟於瑯琊受扶宗之付囑乃依賢首五教馬鳴五重詳定館陶科判採集慈沇敏節諸家之解釋通此經勒定一家是中修治止觀參合天台揀辨心識圓收宗鏡理該教觀文通經論性相審諦悟解詳明裴相之贊圭山云文廣理一語簡義圓以方長水良無愧馬今茲鈔畧奉為準繩期於研照智燈刋落枝蔓紫柏有言長水疏經為百代心宗之祖卓哉斯言即寂音義學之訶亦可以息嘿矣△稟長水之學者有蘇臺元約疏鈔宋時盛行于世今不傳又有道歎法師手鑑及釋要等皆鈔類也今畧見海眼補註及桐洲集註

溈潭曉月禪師標指要義 宜陽眾學比丘應乾集錄

△閩僧咸輝楞嚴經義海三十卷 已上二書皆長水之流派也月公與長水同參瑯琊得悟晚居溈潭道濟庵與其徒應乾論楞嚴指決其科節一依長水取其文之精要刪掇附註乾道中咸輝書記研究標指知月公本依長水也遂取疏義標指排合經文附以吳興集解目為義海雖採集眾解一以長水為綱骨其言曰諸師師承不同得失互見正相與抑揚聖教洗蕩物情亦庶乎通人之言矣

孤山法慧法師智圓經疏十卷谷響鈔十卷 釋自撰楞嚴疏

△吳興淨覺法師仁岳集解十卷 集崇福已下諸解而附已說為私謂

熏聞記五卷 釋自造集解

△自智者大師遙禮楞嚴入滅遺記於是孤山圓師首先奮筆恩應肉身比丘之識用三止三觀貼釋此經吳興岳師力扶孤山張皇其說自時厥後講席師承咸以台觀部屬楞嚴無餘說矣今按孤山教義分明文詞富有十部疏主宜其擅名然其分配三止則觀綱未圓錯解三摩則義門未確春前夏滿尅定說經則時教未審益亦山外一家之言非此經通義也吳興分衛得悟若拓虛空詞辨從橫穿穴經論妨難側出結彈繁興方諸古人良多新解未免自尊已德下視先發未能善自他宗抑亦招建立過當其雪謗扶宗已無上古豈知靈芝開口更有後人此病於今正煩未能縷指

△桐洲法師懷坦集註十卷 南渡已後稟學台宗者竹庵可觀得法於車溪大慧稱為教海老龍雖其搜別若心未免葛藤滿紙觀之嗣為北峰印印之後為桐洲坦無極度各有詮釋桐洲集註收

集神智補註竹庵補遺北峰解題諸家皆以
敷演教觀輔翼圓岳開張本宗顯揚父祖而
已元皇慶中北峰孫我庵本無重爲修治附
以私議亦山家一家之書也栢庭善月嗣法
月堂竹庵常命分講著玄覽二卷疏通大意
謂一家借位未始定論斯亦山家之錚錚者
矣經肆流傳更有桐洲集註馮祭酒作序者
多引融室廣註知爲國初撰集或桐洲後人
託名也懷坦今
本謂爲思坦

石門圓明禪師洪覺範著尊頂法論十卷亦云
寂音尊者

東吳雷庵正受如方山新論例鼇論入

經名曰楞嚴合論而自附已見爲論補寂音謂此
經說尊頂法明見佛性而傳注之家從而汩
之學者乃疑以爲教乘甞深觀之得世尊意
於諸家箋釋之外由是造論界正綱宗排斥
異說以無頂頂相法超見悟明爲了知以止
觀妙法稱性觀照爲方便使人知成佛決
修行要門從語言文字三昧證入自住三摩
地如是而已其與靈源論法相抵及其扶宗
衛法之苦心蒙于佛頂枝錄著之詳矣論中
妙義玲瓏逈漏殆如走盤之珠駭鷄之犀而
援據經論斷章豎義未能盡厭人心者亦間
有之如謂佛頂三摩提爲請法中之一也謂
菩薩具足萬行非首楞嚴具足萬行也謂前
五識是第八識相分也引瑜伽眼識三心謂
第三心爲等流也擿長水結歸五重不知是

清涼逆推之法而斥爲義學也若此之類或
然或疑將頂論自有綱宗或禪解不無影畧
世有法匠自出手眼刊而正之無俾疑誤後
學斯亦寂音所印許也雷庵補註稟承尊頂
其統論曰直指之道非觀照所及如來不能
提攝慶喜令其自見自悟如來自到境界
不得已而示以入三摩提之路破五陰魔之
惑是爲最後垂範信斯言也則此經中宜勝
義中最勝義性揔是第二門頭有三摩提名
大佛頂首楞嚴王何謂一門超出觀世音從
聞思修入三摩地何以上合諸佛學人承誤
莽蕩撥無恐有空魔入其心腑未能長飲光
之笑祇足重石門之悲
蒙故不得而不辯也

王文公介甫楞嚴經解文公罷相歸老鍾山之定林著首楞嚴疏
義洪覺範稱之以謂其文簡而肆畧諸師之
詳而詳諸師之畧非識妙者莫能窺也有宋
宰執大臣深契佛學疏解首楞者文公與張
觀文無盡也文公之疏解與無盡之海眼平
心觀之手眼具在具隻眼者自能了別
蒙不敢以宗門之軒輊輙分左右袒也

張無盡刪修楞嚴改名楞嚴海眼經兼採集

諸家之解及已說爲補註無盡刪修楞嚴竄易緣起移置前後
芟除重複改定聖位削歷王指河之事換槃
特誦帚之因信意增減師心博易全經面目
抹殺殆盡越僧慧印謂爲妙喜所印攢公然
題目標爲新舊二經雷庵受師抗詞駮正累

數千言以大慧語錄考之宋有孫知縣者曾以臆見刪改金剛經大慧答書以爲敢作如是批判招因帶果毀謗聖經當下無間獄雷庵之駁海眼即移妙喜答孫尹之書以駁無盡也用其文而隱其人不敢以彈駁海眼之故移師於妙喜也雷庵之用意亦可謂徹而彰矣推無盡之本病蓋有兩端一則禪人習氣高擅宗眼脫畧教宗觀其論太極耶因料簡清涼數行之中引疏而遺鈔則於他經可知一則有宋儒者學麤心大盧陵敢非十翼河南擅更戴記繆妄成風無盡遂衡加於教典也吾爲此懼普告來者妙喜復起不易斯言

溫陵寶勝禪師戒環要解十卷環師一生掩關深悟玄理

法華華嚴楞嚴皆有新解而是經則於台家觀諦膠纏封執之後解黏釋縛迥然自遠其識見有大過人者於時稱之者以爲長水之疏元約之鈔文義浩博學者泛其波瀾益昧元本要解言約義豐詞暢理詣披文見經如指諸掌蒙竊謂溫陵之解以長水爲椎輪闇用其義門而巧避其面目初非能絕出于長水也長水由禪綜教能用文字解脫故其宗趣深溫陵用禪判教主於解脫文字故其宗趣捷在華嚴宗中長水遠紹清涼溫陵別承裏栢斯其所以別與環師自叙謂及觀璨月閭三師及長慶獻聞中度舒王張觀文之說皆不足爲準繩其主張未免太過而近世學者遂欲宗溫陵而秕長水此則目睫之論也

勝國蒙古

天目中峰幻住和尚明本楞嚴徵心辨見或問一卷中峰廣錄別出△幻住受高峰心要坐斷死關於金剛圓覺楞嚴各有發

明當以楞嚴小本付弟子天如日吾於徵心辨見畧示指點汝當發明全經以終吾事此則師會解之緣起也今會解列唐宋九師附已爲十而不錄幻住之解以爲禪有禪解經有經義不欲混爲一門以長後人之狂慧也九師之中刊落長慶說文亦復如是此則師集解之深意殆非今人所知蒙故表而出之

中吳師子林天如禪師惟則楞嚴會解十卷

集唐宋九師解附以補注爲十髙麗麻谷則師解別出△則師得法中峰受小本付囑會唐宋諸家疏解三年而成此書南北講席師承墨守垂二百年乃有異議有人言此天如之楞嚴非如來所說之楞嚴也蒙詳定此解其宗印雖本原天目而教眼則專屬天台孤山吳興主伯亞旅收溫陵爲衆屬置長水爲附庸宗趣一成取捨碩異宜其傳久而微也此師根據父祖一室卧雲於時通人稱其隨機說法如月印水會解其最經意之書自謂若合殊流同歸于海而數傳之後遂有延津刻舟之嘆信乎舉揚宗說易詮註佛語難習禪之家佛畧義解雖寂音未免遺譏而況其它乎△洪武中槃陰沙門洪闕稟承天如斬

冥樞會解十卷萬曆中檇李幻居眞界輯楞嚴纂註燕中講師如相兼採合論管見等輯古今合解皆是會解枝流故不別開

皇朝

吴江融室法師淨行楞嚴廣註十卷行師傳賢首教觀洪武丙辰住持中吴報恩禪寺註楞嚴楞伽並行于世自台家諦觀詮旨紛如長水心宗等閒抹搬久矣行師獨歸宗長水一燈再燄長水十門首義一爲翹示眞三昧故吴江曰三摩地門是楞嚴一經所詮總相也長水曰此之三昧具足多義吴江曰三摩提即非阿難所請之三摩一經總相法門不出于此也由孤山錯解三摩致多師紛爭三觀經中三摩地大總相法門譬如摩尼寶珠沈埋塵垢長水遺文猶含藏于額内吴江新解乃翳露于衣中蒙故於行師廣註特爲詮表使諸方學者知三摩地揔別法門古人區別已久故非别立新章強扶昔義也

大興隆寺魯山法師普泰楞嚴管見泰師弘正間名僧也習賢首教觀又嘗分衛近郊遇草菴翁媢教習唯識著楞嚴管見力排會解容藏開公曰於經旨不無得失亦多人所未發者

曹溪憨山海印大師德清懸鏡一卷通議十卷大師少依長干無極法師講筵深探楞嚴教觀縛禪臺山氷雪中堅凝參究以此經印證照曬居東海那羅延窟枯坐三年海湛空澄一夕發悟全經觀境了然心目信筆述懸鏡一卷詞富理圓包絡觀網晚年結制南岳狥門人之請復著通議以釋全經舉要言之則亦懸鏡之餘耳大師氣宇如王游徧知海夢登彌勒樓閣親受識智染淨宗旨胷中一部楞嚴自海印發光不思議心中流出一心三觀融會發揮自他師訓解則爲口頭三觀數他家之珍自大師演說則爲當體三觀觀掌中之果文字性離無別解脱懸鏡之云即清涼鏡光無盡之義也乃欲執世諦文字評量虛空不已愚乎△湖南顓愚禪師觀衡初依五臺空印法師聽習經論後歸大師提究向上著四依解十卷謂大師懸鏡依三觀分經四分即同溫陵五分一謂三觀體即見道二謂三觀相即修道三謂三觀用即證道四謂三觀名即結經又云楞嚴一經從始至終教義理智因果總一觀字此觀字全體是如來藏心故曰首楞嚴究竟堅固究竟即能觀智堅固即所觀理也根其要義庶幾不失師門宗旨

紫柏達觀大師眞可楞嚴解一卷紫柏全集中別出△大師得無師智具金剛心如水中龍如陸中象其研究教乘覃思析理不以性破相不以宗畧教不以賢壓台近代宗匠未有公虛博大若此者伏膺石門之書謂五百年後始知

宗門綱宗之說照用生殺之機而其論長水則曰璿師因讀楞嚴而生疑因疑而參瑯琊頓悟清淨本然之心遂爲百代心宗之祖初不依寂音之論以義解遺拂也師每言此方眞教體清淨在音聞以文字三昧證清淨音聞是首楞一經教體約文拈義每有提唱蓺截葛藤超然於箋註之表此解則偶見筆劄者也

雪浪三懷法師洪恩經解科判一卷

師與憨山大師同出無極之門大師入五臺山於氷雪堆中參究大事師承本師法席以南方佛道久湮出爲人天眼目其誓願一車兩輪也南北講肆墨守舊聞會解郢傳絣纆熟爛師疏通灑落稱性而談聽聞者耳目更移知見開滌講已輒默然罷去人或請之微笑而已師既擺落文字不肯著書殁後講席雖昌微言中絕世所流傳諷習往往標記錯雜附會失眞蒙于亡友陸氏篋中得故紙一束題曰雪浪楞嚴解枝經理解要言不煩科判一章尤爲孤迥觀其指意以謂撮要提綱因指見月古今科行線路煙颺塵飛皆唯恐不埽而去之也郢人已逝斲輪不傳聊借殘編以存玄義其諸假託金鍮罔辨具隻眼者幸無惑焉厶雪浪之高足弟子分擅講註有巢口雨手之目雨卽二楞通潤法師撰楞嚴合轍者也此書盛談師門講授顧其開演宗旨畧而不傳中年辦香傍歸上黨又復雜拈公案多引機緣借禪門棒喝之談資講筵排演之口實冠適越淛語帶吳豈能廣設門庭終是自貲敗闕語云智過於師方堪傳道豈不然乎

雲棲蓮池和尚袾宏楞嚴模象記一卷

雲棲專修淨業爲念佛大師不居禪講故有模象之言然謂經中三觀之義隨文皆具他摩必舍攝禪那禪那必融會空假時師割截段落遂文分配無有是處又謂文殊結經五名譯人撮畧立題不應將此經十軸挨配經題某卷爲大佛頂某卷爲如來密因等於時交光正脉初傳江表人謂爲雲棲所印讚傾動諸方而不知模象此文起然懸解故已㬋其茅蕝鍼其膏肓矣厥後有柴紫乘時開講虞山亦曰世尊說法直指人心一句一偈便可入楞嚴大定修證圓通豈必尋行數墨分配一經文句如線貫花而後可入三觀哉此師料揀亦本模象可爲誦文之師作應病之藥也△時講師由雲棲而出者柴紫乘時有講錄十卷雲棲廣莫撰直解虞山鶴林大寂撰文義各十卷消文貼釋咸有可採

內江中川法師界澄新疏十卷

五臺空印法師鎮澄正觀疏十卷

中川通解深究諸經廣搜阿毘達磨藏鈎深索隱釋通此經殆亦所謂多說法相少說法性者也然下視時流耳食目學者則天淵矣空印爲萬曆中五師之一北方法席最盛博引大小乘諸經論證明首楞行位破㡿天台借別名圓之說山家諸師奮筆彈駁要其是非未有攸歸也印師博通三藏勇於持論

近代賢宗斯
爲傑出者與
金陵秋溟先生殷祭酒邁太倉東溟先生管
公志道楞嚴質問一卷 殷公有禜木軒贅言一卷論楞嚴要義管
公復以質言五則殷別有溫陵要解輯補十
卷管別有問辨覺迷諸錄△皇朝隆萬間儒
門有法將二馬殷公習靜牛首從楞嚴金剛
乾慧發悟謂楞嚴流在五天多諸經未聞之
義孤山吳與廣博引釋未必與本經符合不
若只以楞嚴釋楞嚴也發悟之後徧閱諸解
謂直吐心得以經解經無出溫陵之右者夷
考其宗趣殆亦所謂以禪判教者也東溟先
生一代儒宗悟入華嚴性海標舉乾元統天
之學總持儒釋晚年應諸宗扣擊盛談首楞
與義論覺海元明直窮衆生無明之最初起
處論妙明明覺直窮過去宇宙之最初起處
其言橫豎三界汪洋恣肆過河沙而放煙海
世智辯才靡不捲舌却步而況於中人已下
乎蒙於此鈔畧舉緒論聊以抽端啓鑰
騰疑送難非敢自附辨香阿其所好也
廬陵曾祠部鳳儀楞嚴宗通 金簡謁南嶽天台寺禮智者大
師拜經臺發願書楞嚴于石室以終拜經之
願已而編採宗語配合經文取宗通說通之
義作爲此書永明有言佛教已明須陳祖意
遠佛乗者皆與了義相應今則假借門庭鋪
陳公案始馬主宗而賓教終將挾祖以令佛
謂阿難飛光印可尚是從門而入不如明眼
宗師回頭磕腦撒手徹悟如斯判斷大妄語
成豈惟阿難不逮宗師抑且如來遠輸諸祖
任汝說玄說妙一味過頭正恐判教判宗兩
門負墮近世儒者此風尤熾稗販指月析洗
傳燈不知眼翳五花自謂口吞諸佛濫
觴未艾作俑有人能無三嘆於金篦哉
交光法師眞鑑楞嚴正脉十卷 萬曆庚子瀋王殿下製
序鈔峰登公較刻△天台幽溪法師傳燈玄義二卷
申釋其師百松楞嚴百問會解圓通疏十卷△蕅益素華
交光自叙緣起謂從楞嚴法師智旭玄義二卷文句十卷
發悟病中見佛啓請註經歸拂台觀排抵會
解流傳幽翔鷲動江左咸謂經入支那未有
此解今則少夷矣夫其奮乎百世之下披剝
陳言發揮已見不可謂非北方豪傑之士第
以擇法未端立宗太勇本所祓除三觀以顯
深經顧乃割剝全經以配三法三摩錯解仍
淞舊聞佛頂寄居豈成實義最初方便別立
其初三漸次行椒汰其一每師心而自是恐
拂迹而彌多若乃破識用根或指其未符教
理因聞立所或識其自撰觀門若非刊定分
明終恩宗塗矯亂蒙固不敢附和山家操戈
助闘也幽溪力扶台宗專依會解教典博涉
觀網詳明教博則文多汎濫觀詳而理未周
圓識見每涉於支離義解罕據其精要玄義
多文廣明師說駢一家之枝指鋪四教之陳
羑此類實繁束之高閣可也蕅益標釋三摩

正明三昧辨梵音之楚夏訂法相之愆別長水吳江宗指印合諮決初首伏此證明是以度衆而取之此師律儀淸肅心眼孤明著作專勤未見其止若其自立壇墠夌躐古今破立自由是非不少當俟諸方哲匠公虛楷定非蒙所敢置喙也△近代疏解層見疊出台家則有傳如講師截流禪家則有湛然禪師聽見等宰官撰述則有王墨池指月注靜峰依釋等咸資採集非敢懃遺其有据拾成文繆妄刪述如近世所傳定本者挾夜郎自大之識取窮人竊號之誅豈能點汚虛空△鍾何用黨仇祐庽縣從雜削不復累書

賀二居士楞嚴如說十卷竟陵鍾惺伯敬自序曰不揣寘頑妄

希信解栖尋衆典研討五年永新賀居士中男字可上毖姓辨才深心閱覽昔聚白門演說數過中來闍署披剝四旬辨因果於茲經析異同於諸教自謂厥衷所蘊非緣予筆不宣亦恐遺七勉爲疏緝取經中如所如說之語名之準佛五語之一也鈔畧葥周始見此本嗟吾二友先得我心是中析理命章則賀氏之楷定良苦因文闡義則鍾生之筆受居多所謂于諸家舊解通其遠隔酌其複單者即交光幽溪函矢交攻之說乘彼亂轍畧有折喪故未可以儒者之文筆聊爾置之也若夫草粉者難因修者易登高臨深良在今日逝者可作助我起予徒惜輟絃末由攻玉臨文俛仰有餘慨焉

蒙鈔引用既解畧例此鈔稟承長水次用大字排列經文之下懸叙已後引用全文單標一疏字沕潭要義則標標指二字他如㰅李之證眞鈔孤山之谷響吳興之熏聞寂音之尊頂論或稱其名字或指其地號或列其書帙隨文錯舉初無定例近代諸解間見錯互多列名號以防抑沒若幽溪圓通疏自署天台僭本宗四祖之稱不敢不削正也通經科判全依長水間或畧其繁扐非敢妄言治定具如諸決覽者請詳

大佛頂首楞嚴經卷首之一

音釋

踣步墨切音匐仆也　欻許勸切音忻爇也　鈐鍵上其淹切音箝下巨偃切音揵鏁錀也　疢丑刃切音疹熱病也　芿如證切音認草不剪也　剟未劣切音輟割也　愸俗整字齊也　慫慂上荀勇切音悚下尹竦切音甬勸也　蕅與藕同水荷也　佽七四切音刺助也　䮞尺允切音蠢馬雜文　沇以轉切音兖水名

大佛頂首楞嚴經疏解蒙鈔卷首之二

海印弟子蒙叟錢謙益述

諮決疑義十科

問曰將撰疏解先立章門五重十科咸稱懸敘今茲鈔畧踵跡古人初首十章變名諮決者何也答曰懸敘者敘一經之旨諮決者決一巳之疑懸敘者決定之談也諮決者咨諏之義也良以聖教綱宗必須決定初心研審翻藉心疑有疑而後能諮有諮而後能決能疑則扣擊猛利如鑽木而火生能諮則彈駁弘多譬佩觿而結解菩薩猶爾凡夫可知況復佛法冲深衆言淆亂此立彼破流派滋煩入主出奴方隅罔辨張羅一目將舉一而廢諸設網衆流恐多岐而亂指是用廣陳隅見不避蒙求列多病以請對治面首塗而問識路師心臆斷吾知免夫虛已求宗有餘師矣竊放清涼畧述製疏十意一法門總別故二三觀破立故三顯示教觀故四尅示方便故五當機權實故六義科刋定故七聞修增進故八人天行位故九古今得失故十鈔畧義例故

○第一法門總別者經初阿難啓請十方如來得成菩提妙奢摩他三摩禪那此別相法門也如來告許有三摩提名大佛頂首楞嚴王此總相法門也云何三摩提爲總相法門畧有二義一者是諸經總相故准大般若經爲諸有情顯一切分別法相遍攝持是一切陀羅尼門相遍攝受是一切三摩地門相十方菩薩請住堪忍世界供養釋迦牟尼如來

及諸菩薩得無礙陀羅尼門三摩地門神通自在住最後身紹尊位者智論云有無量阿僧祇三昧門陁羅尼門菩薩摩訶薩學是三昧門陁羅尼門疾得阿耨多羅三藐三菩提又云陁羅尼門三摩地門廣說則無量有無量諸三摩地有真三摩地唯九地已上受職菩薩獨有是三摩地顯揚論云菩薩摩訶薩依此一一三摩地門出生無量三摩地諸聲聞緣覺不達其名此諸經論所詮總相法門也二者是此經總相故准諸經論三昧具言三摩地地亦音提梵音楚夏故故長水云尅示真三昧也智論明首楞嚴三昧秦言健相分別大般若開諸三摩地乃至無量百千曰第一健行三摩地第一健相三摩地首楞嚴三昧經說菩薩行首楞嚴三昧一切三昧皆悉隨從如轉輪王七寶皆從般若經言爾時世尊入等持王妙三摩地諸三摩地皆攝入此中故曰首楞嚴三昧名為王三昧正指此真三摩地也佛言有三摩提名大佛頂首楞嚴王此一經所詮總相法門也云何妙奢摩他三摩禪那為別相法門准瑜伽師地論若略說三摩呬多地者謂此地中略有四種一者靜慮二者解脫三者等持四者等至等持者謂三三摩地乃至金剛喻三摩地等至者謂五現見三摩鉢底等此中等持者三摩地等至者三摩鉢底也禪那者靜慮也三摩鉢底即圓覺之三摩鉢提即阿難所請之三摩也三摩地即三摩提不濫等至三摩即三摩鉢底不濫等持華嚴七地亦云諸禪三昧三摩鉢底神通解脫皆得現前清涼疏曰諸禪

即四禪三昧即三三昧三摩鉢底有其五種是四是三教相歷然故曰別相法門也說經之家不考總別法門謂三摩具云三摩提濫爲一法自孤山圓師始今依經文對決有其二過一者阿難得深三昧憶持如來十二部經豈他摩等三相尚有未了但是於三法中請問何者爲最初方便耳今謂是通請三觀同單複標記之文次下徵心了畢啓請開示指奢摩路爲眞際從何開解此一過也二者如來告示眞三摩地大總相法門此門一門超入即天王賜與華屋之門即十方如來一路涅槃之門今謂是三觀一門舉次第脩持之法向後建立道場一門脩證指入三摩地爲住地依何安立此二過也唯其誤解三摩地總相爲三摩之一法一期之問答不清全經之科斷俱錯以故依觀詮經已乖分齊復將依經入觀彌失指歸此則佛頂經中初門鈐鍵應首先釐正者也孤山云阿難始以三法爲請如來重重演說一一破迷悉具三法蓋酬阿難三止之請也吳興云阿難所請有通有別通謂奢摩他等別謂最初方便下文從破心見以去酬其通請有三摩提至辨諸聖圓通本根酬其別請今謂阿難請問三法中何者是最初方便是別請非通請也如來一經委答最初方便是別答即通答也原其誤本皆以錯解三摩地爲三摩故細研長水疏文宗致自了下文最初方便章具之吳江行師刋定舊解援據般若圓覺標陁羅尼三摩地兩門以證此經經云將欲敷演大陀羅尼諸三摩提妙脩行路則楞嚴圓覺二經所詮總相法門互相含攝之誠證也依此詮釋是爲宗要溺聞牽俗胥無取焉

○第二三觀破立者自孤山圓師稟天台三觀三止貼釋楞嚴霅川華亭張皇其說原其

披文豎義雖則印合楞嚴實爲開顯台觀非以楞嚴註楞嚴也乃以三觀註楞嚴也非以三觀註楞嚴也乃以楞嚴註三觀也枝歧日久矛盾漸興初取解黏終從埽蕩約而論之建立三觀者謂天台所立三觀即如來所說之三觀立之誠是也而其所以立者則非也埽蕩三觀者謂山家所立三觀非如來所說之楞嚴破之誠是也而其所以破者則非也言此中不應開立三觀略有六義一曰消文未順也涅槃之定慧捨圓覺之靜幻寂此但可消阿難啓請之文未可以消有三摩提名大佛頂之文也若言三觀之一何以啓請兼舉三觀而告示偏舉三摩若言即一而三何不首舉奢摩以攝三而次舉三摩以攝三以是故三觀不應立二曰收教未該也古人言圓覺之三於涅槃大同小異於天台理同趣異圭山又言楞嚴之三與涅槃名異義同與圓覺名同義異神照今欲一門開設但用三法鋪舒披文或通尋義則局以是故三觀不應立三曰悟法未眞也北齊悟中觀以授南岳南岳悟法華以授天台天台獲旋陀羅尼岳曰非汝莫證非我莫識今之懸契楞嚴依憑識記從何開悟仗誰證明以是故三觀不應立四曰懸合未確也天台謂三止映望三論隨義立名今之取印楞嚴必云懸合取蓋配函持鏡覓像能合未叶圓頓之門不合有遠映望之義以是故三觀不應立五曰本宗未契也智者說摩訶止觀止即奢摩他觀即毗婆舍那他那平等即憂畢叉章安疏涅槃云三法不同若聖行以戒定慧爲三法今文以定

慧捨爲三法未嘗執涅槃三相定配三止古稱大師教門解脱文字山外則去之遠矣以是故三觀不應立六曰教相未融也張一經以爲羅緝三觀以爲網次第歷别影畧鑽研開則舉一即三合則言三即一如陳部籍如列掌故遂使誦文法師如尋條而屈步闇證禪伯譬吹網而貯空以是故三觀不應立若今師之埽三觀見法未端過亦非小一者埽孤山兼埽天台過天台三諦三觀見仁王瓔珞三智三德本涅槃大品故曰天台教源與佛同致但可謂孤山三觀未叶楞嚴安可謂天台止觀不同佛旨三觀三藏畫像生面戲論務法何可長也是交光揀諦立藏文二者揀台觀兼揀圓覺過謂奢摩三名尊重不翻則圓覺三名固非唐梵兼舉也此經三觀則爲玅定彼經三觀則曰常塗有常塗之三觀何容有常塗之圓覺也三者訶台教并訶起信過起信雙現二門即天台圓修三觀雙照雙遮不相捨離今力揀三觀以爲覺觀思惟不離六識既訶天台三觀全乖玅定將揀馬鳴二門有礙圓修此亦兩口相嗤必窮之論也清涼謂龍樹中論全取華嚴宗旨天台亦依賢首品立圓頓止觀其疏華嚴以三觀會智論以三止攝台宗三一圓融以華嚴法界收之罄無不盡此經廣辨眞空交融理事眞三摩地門即是華嚴圓融法界萬法具足何觀不立一法不容何觀不埽故曰無不從此法界流無不還歸此法界一切鬭諍堅固點空指月皆可廻向虛空此伸彼破夫何有焉

○第三顯示教觀者此中所以不立三觀者

以一經十軸之文皆具教觀故要而言之略有八義一曰標觀體經初顯示常住眞心性淨明體此體即一眞法界如來藏心涅槃所謂首楞嚴佛性也次言有三摩提名大佛頂首楞嚴王等此則首楞嚴三昧一切三昧禪定陀羅尼門悉皆攝入者也起信云心眞如者即是一法界大總相法門止觀言菩薩聞圓法起圓信立圓行住圓位正依一心法界建立圓觀也故曰標觀體二曰立觀境最初徵詰先立心目二門向下推窮剋示奢摩一路乃至三科勘辨皆云本如來藏妙眞如性正此觀也華嚴明事法界即根識塵大世出世間一切法數天台止觀十境第一觀陰界入立陰等爲境以揀入理之門起觀之處龍樹破五陰一異同時前後喩如炎幻響化皆是法也故曰立觀境三曰究觀相既云欲知奢摩他路願出生死自此觀門重重開演金拳曜目屈指飛光阿難從心眼悟入如來以對境印可由是童耄觀河正倒垂臂上取日輪月體下及林苑河沙離見非見出指非指皆是用推簡法顯觀察智阿難大衆獲本常住眞心空如手葉身吹微塵境智忽爾圓彰空覺於馬顯發故曰究觀相四曰攝觀義賢首論六重觀門隨入一門全收法界喩如圓珠穿爲六孔隨入一孔全收珠盡經云阿難大衆各各自知心精徧圓包裹十方正入此法界也此觀一成圓覺之二十五輪仁王之三觀中觀之三諦觀網交羅徧圓泯絶故曰攝觀義五曰定觀法發覺初心二決定義依前歷顯藏心圓修止觀持清淨明誨合道場

執則乃至十方如來一時出現鏡光刹海交光涉入只此一念觀境現前故曰定觀法六曰提觀綱二十五聖各依方便是交絡綺互觀觀音大士圓通超餘是如意圓修觀一觀即三觀一聖觀即二十四聖觀空假中觀帝網交羅故曰提觀綱七曰歷觀位五十五位漸次安立是圓融行布觀金剛心中圓明發化是行布圓融觀金剛寶覺如幻三昧始終觀照只此一門故曰歷觀位八曰治觀魔此中五重陰魔即止觀四障四魔也故曰破觀名奪命破止名奪身又曰磨觀訛令黑闇磨止訛令散逸經言彼塵勞內汝玅覺中如風吹光如刀割水魔依觀起還依觀滅用觀治魔如藥治病故曰治觀魔上來八重法爾覺照總一觀體總一觀門是中於奢摩他微密

觀照觀察對治約有三重如來愍諸衆生無始生死相續由不了第七轉識是攀緣心輪廻流轉無常妄識虛妄分別周徧計度猶如空花於是重疊徵辨作照了四科會通七大之觀立一頂楞嚴王爲大總持此第一重也如來愍世界衆生業果相續由不了第八藏識是世界山河發生緣起三細六麤業力增上五濁五陰相織妄成於是反覆破顯作六根解黏六結解除之觀立一金剛寶覺爲王三昧此第二重也如來愍六道衆生隨其生死相續由不了五陰心中成就破亂由汝主人婬殺盜妄作魔徒衆七趣昇降如汲井輪於是究竟修證作鏡佛交光虛空消殞之觀立一淨瑠璃心爲真道場此第三重也如是三重映望前八觀文雖廣觀智則一故曰作

是觀者名爲正觀此如來自立教觀之明文也

○第四科示方便者此經最初方便一誤於孤山總酬三止之門再誤於吳興通請別請之說長水疏文解行成就之正義學者遂抑置弗省一經眼目淪亂久矣長水疏云從初約破執破疑顯如來藏妙信解真正爲真修之本答最初方便竟此即以經文請示奢摩他路願出生死爲真修因明最初方便也次下釋發覺初心二決定義云妙三摩提首楞嚴定即真如觀欲修此觀先須方便故以止觀二門名爲發覺初心即最初方便也經文累言奢摩他中毘婆舍那此止觀二門也疏言修之成就即觀明止即止明觀此非奢摩他中用毘婆舍那修證爲最初方便而何蒙以奢摩他一門尅定最初方便實疏通長水之緒言非敢立異於古德也近師遂橫判三名各立方便多言亂聽莫知適從交光以奢摩三法分判一經各立初方便最初方便最初方便則一而已矣豈有多乎今請尅而論之如來初答阿難啓請有三摩提名大佛頂首楞嚴王此正十方如來圓證常住真心性淨明體大總相法門也如來哀愍有情沈淪生死以大悲真智從真三摩地中開設敵對生死枝柱輪迴之法曰定慧平等則妙奢摩他三摩禪那三曰止觀雙運則奢摩他毘婆舍那二而即止之觀寂靜觀照只一奢摩他可了行人發心修行欲成無上菩提先自識常住真心始欲悟明常住真心願出生死先自識奢摩他路始此經與圓覺普眼章觀門同佛可互證也阿難七徵了畢未知真際所詣即曰唯願世尊大慈哀愍開示我等奢摩他路世尊開示二種根本即曰汝今欲知奢摩他路願出生死一問一答啐啄相應由是屈指飛光觀河垂手八相二月大開曲示乃至四科七大本如來藏獲本妙心常住不滅經云我今如是開

示方便分别告汝次云將欲敷演大陁羅尼諸三摩提妙修行路但汝於奢摩他微密觀照心猶未了二文相望鈎鎖歷然則由知奢摩他路悟明常住眞心爲入三摩地之方便明矣故曰是種種地皆以金剛觀察如幻十種深喻奢摩他中用諸如來毘婆舍那清淨修證漸次深入又曰此是過去先佛世尊奢摩他中毘婆舍那覺明分析微細魔事豈非初終觀察一門修證皆依奢摩他路之明證乎經言業報招引猶如轉輪互爲高下無有休息除奢摩他及佛出世不可停寢奢摩也之力能停寢業報生死積劫苦輪與佛出世等則最初方便應不出此以佛語尅定可也普眼智輔如來悲接羣品請問起行方便如來教以遠離諸幻先依如來奢摩他行塵淨智圓顯心清淨尅取因圓果滿乃至等同諸佛阿難大衆法將冥機示現啓請修行方便如來許以出離生死開示菩提奢摩他路耿離小乘捨諸有漏遂獲僧祇法身即同見性成佛以二經互證之四種律儀皎如冰霜即彼經堅持禁戒也安立道場端坐安居即彼經安處徒衆宴坐靜室也想相爲身聚緣内摇昏擾擾相以爲心性即彼經四大六根妄有緣氣也生滅既滅寂滅現前即彼經幻滅滅故非幻不滅也一切如來密圓淨妙皆現其中即彼經圓覺淨性現於身心也一人發眞歸元十方虚空一時銷殞即彼經無邊虚空覺所顯發也五濁旋湛六根解黏即内外四大乃至内根外塵清淨藏心顯現根門圓通即十二處十八界乃至八萬四千陀羅尼

門一切清淨次下剛藏章述三疑即同富樓那問山河大地有爲習漏義彌勒章說輪迴即同流愛爲種想愛同結義清淨慧章說解脱即同根塵同源縛脱無二義以圓覺四章證楞嚴十軸上根修證同是依如來奢摩他行披二經之明文證一會之問答教觀圓足函葢相應無可疑也阿難重重扣擊只是啓請最初方便如來節節開演總是開演奢摩他路迨乎六根解除俱空不生從三摩地得無生忍而奢摩他微密觀照之功畢矣方乃普告聖衆開悟祕嚴一則曰從何方便入三摩地一則曰何方便門得易成就而觀世音言從聞思修入三摩地入流亡所乃至寂滅現前即是奢摩他中寂靜遠離能清能滅之觀門此中備列諸聖選擇圓通十方如來得成菩提最初方便尅定於此斯所謂一門超出方便易成就者也蒙之立斯義也諸方法匠妨難不一有曰三種玅觀即一即三舉一揀二將無失玅答曰舉一即三言三即一亦籠統之談耳謂三觀舉一即三單舉奢摩必兼二玅是矣圓覺普眼章但說依奢摩他行二十五輪乃說單複先後標記結取末云修於禪那先取數門三種淨觀隨學一事舉一即三此何云通謂三觀言三即一三法兼該乃成玅義是矣先依奢摩他行歸於圓覺普照寂照不二未嘗不玅也未嘗不圓攝他那也以此之玅揀彼不玅言三即一又何云通謂三觀即一即三初中後門不容單舉是矣涅槃中師子吼言若毘婆舍那能破煩惱何故復修奢摩他佛言毘婆舍那決定不能破

煩惱因爲廣説一切定相又言爲三事故修奢摩他爲三事故修毘婆舍那即三即一又云何通如來説法有合有開合則法性自爾開則行相迢然如云除奢摩他及佛出世以圓義格之具足應云除奢摩他三摩禪那及佛出世此爲佛語巧含抑是譯人影畧故知其必不爾也三種觀門隨機錯舉者多矣必以失鈔訶之是誰之過與有曰奢摩他觀門一法耳最初方便非大佛頂首楞嚴王不足以當之答曰圓覺諸大菩薩咨請修行皆云作何方便漸次修習起信云若人雖念眞如不以方便種種熏修亦無得淨涅槃言尼俱耶洲直入西海修時梯隥江河廻曲天台云方便者門也方便權畧皆是弄引爲眞實作門也圓覺云譬如大城外有四門隨方來者非止一路一切菩薩莊嚴佛國及成菩提非一方便大城喻於圓覺在此經則大佛頂首楞嚴王也四門喻於行門阿難所請三法是外有四門非一方便也古人判此經以如來藏心爲宗又以常住眞心爲體夫爲宗爲體則未可謂最初方便也有曰止觀二法目足兼資單修止法豈成觀門答曰起信修行止觀門言止者隨順奢摩他觀義故觀者隨順毘鉢舍那觀義故止亦言觀者賢首云依眞如門止諸境相無所分別即成根本無分別智經言於奢摩他微密觀照非觀而何智論言阿難智慧多定力少末後後夜推枕廓然入金剛定破一切煩惱山豈非夙昔奢摩他路微密觀照之力此中接引當機尤爲契會也或又曰如是則爲歷別三觀與今師三止

判經不次而次者何異答曰圭山科普眼章全同杜順華嚴法界三種行相今經從金拳舉示拂迹入玄離相即法見見離見即眞空絶相觀也常住周圓玅眞如性即理事無礙觀也性空眞覺含吐十虚即周徧含容觀也圓覺依奢摩他行空覺顯發即圓彰華嚴三重法界此經開奢摩他路微密觀照圓照法界亦復如是華嚴十定品云始成正覺入剎那際諸佛三昧以一切智現如來身淸淨無礙住奢摩他最極寂靜具大威德夫以入諸佛三昧現如來身普見三世平等如理無異是爲住奢摩他地最極寂靜則今經由奢摩他路證首楞嚴王三昧豈非一路涅槃門乎疑滯未釋聊復疏通勿誚撏撦敬須斧鑿

○第五當機權實者一期法會以慶喜墮婬發起釋者謂阿難證初果人得道俱戒豈容被邪魔遣攝婬欲糾纏如來知法會緣深故冥遣阿難曲加呣引阿難知登伽根熟故巧墮婬室玅設鉤牽若爾則一會中主伴師賓咸同幻作歸來後頂禮悲泣亦復無從神呪之銷滅何功文殊之提奬徒爾本或通矣迹亦未然辨實辨權約因約果廣詮正釋畧有六義一爲現前殘漏未盡故大般若云摩訶那伽盡諸有結唯除阿難在學地得須陁洹龍樹云上所讚阿羅漢阿難不在其數阿難雖能得阿羅漢道自不盡漏以在學地未離欲故以是故惡呪能迷婬席能攝登伽毋人告其女曰有二種人難加呪術一者斷欲二者死人良有以也佛將涅槃娑羅林外爲六萬四千億魔之所嬈亂亦以文殊將呪得免

爾時不請佛住自言魔皷我心憂愁啼哭人
訶由有愛結今茲乞食墮淫正緣結使尚在
謂之示墮非其質也二爲多生習氣難忘故
衆生積劫種習難除阿羅漢正使雖斷習氣
猶在況是學地未離欲人往昔樂人業習常
好歌吟今者愛河未乾幾淪婬室三毒之中
婬欲最毒於諸衰中女衰最重此經以婬席
發起以提獎立教放頂光以照熱惱說頂法
以拔欲泥扶三界之牢關撤四生之韁鎖斯
爲正因不同權說也三爲宿世緣業相逐故
佛告阿難且汝宿世與摩登伽歷劫因緣恩
愛習氣非是一生及與一劫小乘摩鄧女等
經具云是摩鄧女先五百世爲阿難作婦夫
妻相見如兄如弟耶輸曾破獨角之定釋尊
再試歡喜之丸而阿難能遣登伽之遠因乎
空王發願善友相成此淨因也五百世婚姻
追逐此染因也仗積劫之善根現刹那之魔
事愛結永離邪婬得度華囊膿血熏發香光
妖冶嫈嫇圓成清衆親因度脫金口弘宣何
云示墮也四爲歷劫多聞無功故論言阿難
種種諸經聽持誦利觀故智慧多攝心少一
遭登伽之難十二部經積劫憶持如寫缾水
者如影如風無可憑倚乃始自責無功回心
向大若非登伽一番遣攝阿難多聞藏海歷
劫依然未必能猛利破除熏修無漏也因病
以發藥則惡咒乃瞑眩之良劑借昏而扶照
則婬女即般若之導師固不妨於眞墮亦何
礙於冥機也五爲淨力畢竟冥持故佛言阿
難事我二十餘年始具煩惱隨我遊刹利大
姓見諸女人及天龍女不生欲心經云心清

淨故尚未淪溺雖以神咒冥資亦其自清淨力所感持也婬室祇洹淨穢同土墮如魘寐宛爾非無歸如魘歇魘人何有故曰摩登伽在夢誰能留汝形而謂初果聖人必無攝墮此亦癡猿救月迷其在井者也六爲大願究竟弘攝故佛稱阿難具八種不可思議具足八法雖居聲聞衆實修菩薩行方行等慈乞食微賤正爲普慈四姓廣利羣生五濁先入不取泥洹願長作佛供給人不願作阿羅漢共解脫牀上坐皆此願此力也一期法會冥感非常阿難總持三藏翻以誤墮而得益登伽彈指四果即用婬舍爲大趣梵天神鬼竝侍法筵舜若難陀互資主伴當知如來不以小因緣小願力故而說是經不應以凡情曲見比量同互遮大緣起法門也七徵巳後疑難多端咸謂愍彼愚蒙示同迷執佛說四諦誠言經許直心詶問阿難涕淚悲泣豈容假面笑啼如來咄叱拳喝寧是排場嘻罵其未得度也爲失乳兒爲逃父子爲貧兒孤露爲旅人飄泊其既得度也如乳兒遇母如逃子見父如窮子獲珠如旅人識路如其示同未悟迷既非眞及乎悟後讚佛悟亦應假阿難得法性覺開佛知見無疑根不拔無惑網不抉如其心量而止亦如衆生大衆之心量而止如來具大圓智廣說法相隨衆生心應所知量如如來之心量而止亦如阿難大衆及衆生之心量而止佛如大醫王療衆生病單方多品無藥不具阿難是大醫師診衆生病千源百結無病不知既了知自身病又周知衆生病是用勤扣醫王博求對治若謂不病

而呻示同衆病同體大悲豈其然乎示墮示迷執權遺實諸有智者裁而正之

○第六義科刊定者此經疏解義科錯列舊章新義嘖有煩言謹撮其大端用鑒疑誤一曰判經之誤二曰判位之誤三曰判教之誤何謂判經之誤古師七科並顯圓妙南宋諸德猶知稟承近代紛挐斷章逐段盲人摸象各見一隅不知奢摩他是觀照一門以前三卷判屬奢摩初門錯則後門亦錯也不知三摩地是法相總門以次四卷去判屬三摩一門錯則二門俱墮也不知禪那是修三摩提奢摩他中現境以後七卷去判屬禪那後之一門孤起即前之兩門失照也經中首楞嚴總相大法門喻如天王賜與華屋堂宇洞開便門四啟今乃重重封蔀處處分析大善法堂交加複壁普光明殿錯立儲胥瑠璃地上界畫七寶之樓觀清淨水中夾斷四天之日月賜予了非舊宅旅人何以入門此可爲歎惜者也何謂判位之誤台家解經每先依本宗六即等位判斷了畢才去理會文字古師不爾如圓通章釋入流亡所諸文依文銷釋不列行位者永明也依觀行相似略判隨言遣拂者長水也經中安立位次明文有二三漸次中安立五十五位受陰盡中上歷六十聖位而此中無有也三漸次者有漸次有增進之法門所謂圓家之漸也觀音圓通一門五蘊皆空忽然超越無作妙力上同諸佛誦文之師借艥爲眼用三慧三空初賢後聖配合多心妄立行位則台家判位之法誤之也陰盡中禪那現境歷別辨魔之相也入流亡

所圓照諸法一空一切空寧復有受想行諸所居然未亡取次破除如用心交互故現斯事者乎有師言汝坐道場銷落諸念入流亡所也動静不移憶忘如一所入既寂也若爾則大士爾時不猶坐色陰區宇中乎圓通中不顯位次而臆判之漸次中未歷位次而懸判之陰盡中元無位次而曲判之葛藤滋蔓緐言亂心故當一往刋削也何謂判教之誤台家判教綱領法華部類羣經收爲眷屬其料揀首楞曰咄非汝心驚怖疑惑不同法華我今無復疑故爲彼所轉溺於婬舍不同法華安住佛道故明了其家所歸道路不同法華已到寶所故發心勤求無上菩提不同法華寶藏自然故初果三果隨聞獲證非唯有一乘法無二亦無三故七徵八辨屈曲舉揚非正直捨方便但說無上道故圓通各門偏圓互異非純一無雜獨得玅名故信斯言也智者大師已悟知靈山一會儼然未散不應又西向遥禮祈見楞嚴也又以法華首楞重重差别彼爲山王此爲寶山也彼爲海王此則小海也彼爲望月此則弦月也彼爲盈日此則蝕日也彼爲象由之路迥絶兎羣此則凡弓之力決難撤鼓也既判教已因而判佛揀楞嚴十向分眞之佛不同法華等玅究竟之佛又揀華嚴次第帶别之佛不同法華一乘純圓之佛執計四教雜純已非深智區别三身勝劣豈不大愚天台有言佛初成道純說圓頓爲不解者大機未濃以三藏方等般若洮汰淳熟即說法華開佛知見得入法界與華嚴齊初後佛慧圓頓義齊故次般若之

後說華嚴海空齊法華也智者大師判教大宗如是既華嚴海空齊於法華此經圓頓有何差等又有師執今經最後垂範部屬法華但許開權不許顯實固矣哉兩宗後人無或如鄭人之爭年以後息者爲勝

○第七聞修增進者問曰觀世音菩薩自敘圓通法門從聞思修入三摩地與多心經行深般若是一是二文殊結勸偈曰未來修學人當依如是法此中如何修習如何修行經無明文若爲取證答曰善哉斯問此楞嚴修行方便第一齧鏃關節也觀音三慧受記古佛照空五蘊發妙耳門照空五蘊即耳門圓通矣耳根圓通即照空五蘊矣入流亡所即色即是空所入既寂即諸法空相如是漸增去則十八界至四諦俱盡無智亦無得之行相也此中無圓頓可言況有漸次凡夫異生心如輕毛仰求大士圓照三昧清淨微妙法門如人騰空無有是處行人浮慕圓通不思眞實修習如欲於空中種樹無有是處如來悲愍是人乃爲開示行門施設梯隥建立三種漸次修行增進法門尅示安立道場清淨修證聞熏聞修趣向圓通之眞路於外六塵不多流逸因不流逸旋元自歸塵既不緣根無所偶所以修證觀音之入流亡所動靜二相了然不生也反流全一六用不行十方國土皎然清淨譬如琉璃內懸明月所以修證觀音之如是漸增聞所聞盡盡聞不住覺所覺空空覺極圓空所空滅也身心快然妙圓平等一切如來密圓淨妙皆現其中是人即得無生法忍修習至是庶幾乎觀音之生滅

既滅寂滅現前忽然超越世出世間也圓通是眞空絶相一門超出之觀漸次乃清淨禁戒修行發眞之法獲二殊勝上合諸佛等覺圓明入於如來玅莊嚴海此圓家之圓所謂理則頓悟也五十五位清淨修證修習畢功善能成就眞菩提路此圓家之漸所謂事非頓除也近師不了漸次增進是圓通修證吃緊功夫修地不清觀網滋誤凡心世智巧見多知比量耳門杜撰觀法妄言長時後夜若何返聞響後聲聞若何解悟古人言佛在世時用聲爲經如來以金口演說弟子以聲音詮辨陳那於音聲悟四諦滿慈以音聲助轉輪觀世音亦云彼佛教我從聞思修入三摩地今人解經拂畧聲教而單指聲塵已失其宗矣頌云此方眞教體清淨在音聞圓通眞

實聞復塵銷觀音入門文殊簡出所謂此方眞教體者即用塵爲經也亦聲是其經也今以淺智臆解深經影質俱無有何現證謂聞中非肉耳之中又非耳識之中則先於聞中立所吹光鏤影境界歷然謂亡所之聞先亡屈曲之聲次亡徑直之聲則又於所中立所擊木敲空緣塵宛爾謂聞性湛然靜夜寂歷街談市語遠近不隔設爾則逼心飛出安知不墮色陰第九魔中謂聞機虛玅觸境交融根身器界了無踪跡設爾則精魂涉入安知不憧色陰第三魔中高僧法空夜聞清聲名曰空禪知是自心境界以法遣之遂乃安靜天台明諸見發禪或因禪發或因聞發從聞發者心既靜利心豁開悟洞明邪慧百千重意逾深逾遠猶如石泉是爲從聞發得迦毘

羅見禪見既發邪解浩然況在初機良難對決汝何賢聖創立觀門懼引後人同趣鬼窟如來於此結文痛指之曰作是觀者名爲正觀若他觀者名爲邪觀今師之云豈非如來所指他觀者乎嗚呼愼哉

○第八人天行位者六道七趣十界森然撮其要領總歸人道一切衆生熏發種子從習濃厚處先發人天尚少豈況佛乘暫居人界長逐三塗業海堪憐人身難得欲泥沈沒愛結堅牢積劫焚燒多生籠甑如來是以鋪陳天趣弄引戒支始於欲愛微薄已乃嚼蠟横陳於流逸染著之中發澄瑩虛明之相不捨房室而身度須彌未修禪定而心光日月此則深慈善巧拔濟有情依欲漏之身根誘凡夫於天界也由是依未到定發清淨色法獲初禪離初禪地猒麤攀玅獲上三禪獲四禪定已欲出色籠修四空定初令不離五欲假欲習以鈎牽已而發動四禪讚淨玅而訶責用戒定兩枝爲燈燭過欲色二界之由旬從人天迷沒者還運載於人天受欲色沈埋者仍撈漉於欲色煩惱大海覺實不沒塵勞糞壤淨華所生庶幾徭途三有息駕四空斯衆生揭厲之津塗實我佛接引之梯桄也諸經論中有言人天二處易得道餘道中不爾者人中結使薄猒心易得天中智慧利故人中行樂因多天中樂報多善法是法因樂是善法報餘道中因報少故有言欲色二天易得道餘天不爾若十地菩薩感報寄生多作欲色天王欲界天身常光明不須日月色界身常出妙光勝於日月是諸光明皆內心清淨

故梵世界總攝色界諸天上諸天無覺觀不喜散心生無想天不得見佛聞法故有言欲界天易得道餘天不爾者世尊說華嚴七處四在天宮故釋提桓因住首楞嚴定居善法堂常爲三十三天說微妙法故護世四王上升元首本爲常樂我淨四王護持佛法故三界中清淨天多佛教弟子但念欲天菩薩多生欲界以無色界無身不可說法色界中味著禪定樂慧心鈍故二乘迴趣留身引生無漏以本願力所留生身是欲界故以欲界能訶責欲愛貪愛諸麤煩惱以是因緣能得涅槃又欲界道其性勇健得向果故有言欲界第四天易得道餘五天不爾者此天上常有補處菩薩居内院說法故以同居欲界修行易成一食繫念七日得生放光雨花引入内院故經言善男子能行甚深般若當從人道中來或兜率天來以兜率五欲雖多常聞說法度人法力勝故下天放誕上天闇鈍下地結使厚濁上地結使數利此天不厚不利智慧安隱故下地命短佛未出世上地命長佛復過去此天不造命業時命等故大論言行者未得道時心著人間五欲佛爲是衆生故說念天如國王子在高危處欲自投地王使人敷厚綿蓐墯則不死差於墯地故如來悲愍沈淪誘歸清淨未斷五欲先脫三塗所以設諸天爲茵蓐免一子於投地也經言是諸天上各各天人則是凡夫業果酬答答盡入輪又言彼之天王即是菩薩遊三摩提漸次增進迴向聖倫所修行路言酬答入輪者所以提奬下界警醒天趣之躭迷言增進迴向

者所以勾引勝流策進天乘之運載同居四禪有功用純熟之四靜慮有不還卜居之五那含同證四空有慧光圓通之阿羅漢有窮空不歸之阿羅漢推諸欲色二界豈無修行證果同斷見思同出三界行三百由旬入化城者亦豈無大超小超凡地聞唱善來直超四果者論言淨生天者三界生諸聖人所謂須陁洹家家斯陀含一種或於天上得阿那含羅漢道須陁洹極七反生天家家受三二生往來人中天上得證圓寂皆欲界也以藏乘判之今經所列諸天即三乘之行位也當知四果聖人皆生天上三果生色空天上初果生欲界天中三界天中是菩薩寄位亦是聲聞修位初二果居欲色界亦爾行人在人天界内發心起信如那羅延箭一往必中觀位斷惑如登樓臺漸陟漸高故不應聊爾淨生槩言沈溺也龍樹曰是諸天人皆得好慧持戒自守不嬈衆生行是善法身心安隱無熱無惱是爲向涅槃門命欲終時見福心喜無憂無悔若未得涅槃生諸佛世界若生天上正法念處經云迦留足天天子入天戲林受天樂報而説偈言既得受天樂若不行放逸從樂得樂處彼必至涅槃一切樂無常要必終樂盡此天樂無常壽盡必退沒既知此法已常求涅槃道三界如煙欲界如海介在人天正須修習亂流求濟可不勉哉昔者像末多端而龍樹證初地於淨土無著咨十地於瑜伽禪宗盛演而天台弘教觀於寂光奘師定皈依於覩史古人修眞實行捨戲論法逐要利生無過見佛如今盲禪闇證之徒狂

慧撥空之者業重三塗而位輕五果身樓三毒而口拂四禪直待生死浩然方知說食不飽凡我行人尚思救將來之急諦審之哉

○第九古今得失者然崇福弘贊雜華館陶創始科段資中廣演義門命古作家唯茲三匠有宋詮釋約有三科孤山以衡台立觀長水以賢首弘宗溫陵以禪解竪義自茲以降枝派繁芿壇墠錯互竊欲囊括古今整齊同異其諸得失可得而言古師解釋異見同歸隨人淺深咸趣智海永明集慈恩台賢三宗之義天台評河西光宅六師之文長水疏經網羅古釋佛無定法人有我師譬如衆幹宗乎一根不應一匙開於衆戶家各標部人自立宗靡不改作新章拂畧古義此則古人之得而今人之失也古師之討竺墳猶先儒之繹魯誥述而不作多聞闕疑今師箋疏一出互相題目咸曰唐宋巳來無此解矣古人玅契二宗名擅十部思拔羣位智出衆情今遂欲使孤山牽羊長水亂轍自多有同河伯求度不問海師此則古人之得而今人之失也清涼疏經通詮三藏撮台衡之玄趣陶南北之禪門無法不收無理不契今之學者智闇通方五部律師競析帝青之鉢五百弟子爭分白氎之衣見此拘墟義同拾瀋加以俗學膚陋筆格支離或架屋安牀重言而指彌晦或瓜鈔藤蔓累書而義不周此則古人之得而今人之失也河東稱草堂曰不以所長病人故無排斥之說不以未至蓋人故無胸臆之論集解義海攬採多師略有礎椎都無函矢追乎近德競比干戈讐作寃家詈同惡口

又或一言半解欺誣前賢號呌喧呶自尊己
德增煩惱病起諍後宗此則古人之得而今
人之失也今師開章立義廣伸互桁似是而
非略有三端一曰徵心顯見也長水依振公
科段立顯如來藏心一科約心約見破妄顯
眞破見科中文廣義博寂音示破滅無明廣
埽疑執北峰依常住眞心順開圓解彼此章
門落落星布伸工破巧一往參同今人苦諍
顯心別立十番顯見不知古師此科元以顯
眞爲正破妄爲助妄眞一體非妄何以顯眞
破立同時非破何以成立若言前破非心不
應重破破立不是同時若言前破妄見此但
顯眞眞妄居然二體心見兩門如來成立曾
無外見之心寧有離心之見苦諍十番顯見
者判左右爲異耳固是支離定指一往顯心
者辨眼目之同稱均成附贅不若平心點示
盡剪煩科不失舊章無違理觀也二曰破識
用根也論言阿羅漢位由是永失阿賴耶名
說之爲捨非捨一切第八識體第八識體即
如來藏心圓成實性第八可破何以成第九
白淨無垢乎五居圓成現量之中八識心王
唯取第六爲能觀察智此二識可破盡乎經
言六爲賊媒自劫家寶根結若除塵相自滅
結由六根能結非六根也解由六根能解非
六根也佛爲衆生黏織六根覆眞迷妄於六
根中指出見聞二性隨用常在分明照了故
曰六自在王常清淨根門户也識主人也今
曰但用六根是有門户無主人也佛明言生
死結根安樂解脫皆汝六根今但許安樂解
脫不許生死結根佛語應不如是以是故立

破識用根者過三曰立三如來藏也三如來藏經中未有其名温陵解果位七名誤引寶積今遂橫分三段擘列經文此大失也准寶積經勝鬘夫人云如來成就過於恒沙具解脫智不思議法說名法身如是法身不離煩惱名如來藏此如來藏空性之智復有二種何等爲二謂空如來藏所謂離於不解脫智一切煩惱不空如來藏具過恒沙佛解脫智不思議法清涼疏曰法身在纏名藏謂空不空空爲能藏藏不空故鈔引起信如實空如實不空釋曰此即雙標二藏名也次引起信所言空所言不空者釋曰論文即雙釋二藏也又引大般若經云當知即是此如來藏亦空不空二種之藏如上引釋最爲分明乃至南岳止觀法門宗鏡釋摩訶衍論眞諦翻決定藏論雙標二藏皆如是說經言我以不滅不生合如來藏而如來藏唯玅覺明圓照法界觀音亦云立大圓鏡空如來藏此清涼所云空藏能藏不空者也二尚無有況於三乎佛言而如來藏本玅圓心以是俱非世出世故不云本空如來藏也佛言即如來藏元明心玅以是俱即世出世故不云本不空如來藏也佛言即如來藏玅明心元離即離非是即非即不云本空不空如來藏也勝鬘云此二空智一切聲聞所未曾見亦未曾證唯佛世尊如實知見今於二空之外又立空不空一藏爲復佛言未了仗汝疏通又復經論未周待汝補綴轉相傳述莫辨由來台賢兩家互互承稟此則古人之失而今人滋甚者也清涼有言若有過不說是非混同豈非掩傳

者之明實乃擁學者之路若夫擊纖指顙重古輕今終日是非則吾豈敢

○第十鈔畧義例者古人疏鈔之作疏釋經鈔釋疏猶外典之有註有疏也鈔者鈔略補缺之義明不敢與疏解齒也蒙者蒙也蒙之鈔也剳剟句文薈蕞箋解有童蒙之道焉故曰蒙鈔也鈔略之文有離釋有合釋有通釋而復有私謂者何也蒙鈔者蒙之所鈔也私謂者蒙之能鈔者也非蒙求我而我之自求也雪川集解倣荊溪涅槃疏例標巳說爲私謂蒙竊取其義焉古今釋經取法龍樹論曰略說如是我聞一時五字別義竟此離釋也又曰略說如是我聞總義竟此合釋也今竊倣龍樹二釋立爲通例合釋之中復分合釋通釋者何也合釋者或合釋一分之文或合釋數章之義或先經而發凡或後經而結例不可以一段標目一節分配也通釋者或一句而諸師各解或一義而諸解相叅或竝舉不病雷同或互載不妨各異所以雜省煩蕪疏淪疑滯者也且如長水正釋之外每立或可一科此中決擇亦有兩端一者理無兩存義不離立前車後轍塗路差殊匪可抗行務遵同軌二者阡陌横從新舊反奪正資彈駁用斷伏疑善有取於三占藥當生於多品頗從良導轉益多師離釋者或逐句貼文或依字訓故或條分註解或和會勘同段落則有寛有陿義門則有別有通有以前後相次有以部類相比純駁要歸楷定半滿不免雜居倣雪川排經入註全經皆然臨卷自悉所以沒離釋名從省文矣約教釋經隨文詮量以

山家四教准之或絲用前三或專用後一旨歸圓頓文兼藏通章安謂圓論我聞是經正意異輿謂簡偏取圓唯一如來藏心所以多籲繁言懼翳理觀者也二釋之餘立引證釋文二科者何也此經五教綱維萬法淵府四大五濁迴情器於劫初五位四生窮情想於中有性相包絡半滿交羅或以大乘而形小宗或以小乘而彰大教乳從喫異飯取器同不妨提謂之經兼收柰苑或可羅漢之偈分證雪山又如古人箋註各有源流名號方域唐梵譯翻一皆内繙藏函外摭典籍末學凡猥聞見單疎每有援據糸以孤山長水等文貽笑通人略爲釐正又則別題通序碎事瓅言採集則蛇足爲煩棄捐則雞跖可惜矧乎拘尼一樹東西別楊柳之名駁娑九呼清濁正古今之誤聚靈運華實之指做玄應音義之文不遺小道撰此釋文敢告糅書裒其典俗二科今多雜見鈔文不能具列章段之末立刪修一科者何也契經金口親宣理當信受譯埸迴文錯互疑益闕如海眼刪修流傳繆種以凡心自生圭角或消文間有牴牾無復參詳輒加塗乙甚者妄稱定本矯亂經文特設此科嚴爲駁正又若介甫用字說解三昧巳蒙法秀之訶無盡用法數解三昧猶承妙喜之印身非譯匠敢改梵文律在同科法當併按今於此類鐫削無餘聊識一端以懲妄作鈔略之後繼以佛頂五録者何也以言乎寄象觀心則有圖録以言乎提綱舉要則有序録以言乎雜物撰德則有枝録以言乎會通關脉廣演玄言則有通録以是經徹心一咄斥印交馳

屈指擊鐘言思迥絶何一言不直指人心何一處不見性成佛古人即敎明宗不看他面今人將宗判教轉落二門斯則宗録三分所由作也近代義學沿流失源得解歧枝歸宗目睫不曰會解云爾則曰正脉云何靡不望涯長水況復問渡永明竊欲搜彼根株決其溝瀆使全經大義月滿星羅古德玄文海涵地負螢火之光失照醯雞之覆齊開無事傍求得探懸解又復先喆遼遠外難紛呶昔義未扶新章益汩此鈔之設自命調人違順相成遮表互攝小師曲學敢云自鄶無譏零義斷章期於下體必採不主張一法不偏讚一門解禪講二席之交綏息台賢兩宗之接刃智者謂裂網解結清涼言成觀契眞所願與多生善友現在學人同趣覺場共遊智海者也自紫柏海印雲棲三大師入滅龍象寢息狐狸狂舞盲禪交作魔民熾然刻人糞爲栴檀斵頑石爲師座發狂長僞聚聾導聾熾惡知見成大妄語楞嚴會上如來遺囑阿難我滅度後末法之中多此妖邪熾盛世間潛匿奸欺稱善知識各自謂已得上人法詃惑無識恐令失心云何賊人假我衣服裨販如來造種種業皆言佛法由是疑謗無量衆生墮無間獄譬如窮人妄號帝王自取誅滅況復法王如何妄竊因地不直果招紆曲求佛菩提如噬臍人欲誰成就如來金河顧命最後叮嚀尅骨痛心傳示末法身爲佛子違背誡言恐負佛恩甘爲魔眷昔南天竺有法師高座說五戒義國王語當令世人狂多正少爲難高座以指指諸外道而自說餘事王語外

道法師指答巳訖矣舉指指汝言汝等是狂髑髏盛糞將護汝等故指而不説世有智人弘宣正法申明我佛清淨明誨諦觀狂惑救彼失心不動手指而指答巳竟先佛付囑厥幾在是不辭狂瞽謹代犍椎知我罪我復何惜焉

大佛頂首楞嚴經疏解蒙鈔卷首之二

音釋

諏遵須切問事也　觿弦雞切解結錐也　鈐鍵上音箝鏁也下音楗鑰也　霅丈甲切　耄音帽八十九十日耄謂年老惛忘也　爚弋灼切光也　嫈烏瑩切好也　魘寱上於琰切下研計切謂夢驚而言也　艿如證切陳根草不芟新草又生也　薈蕞上烏外切下徂外切　馺悉合切　鄶音檜

大佛頂首楞嚴經疏解蒙鈔卷第一之一

海印弟子蒙叟錢謙益鈔

長水疏云將釋此經十門分別一教起因緣二藏乘分別三教義分齊四所被機宜五能詮體性六所詮宗趣七教迹前後八傳譯時年九通釋名題十別解文義謙益曰將釋經文先標懸敘天台五重賢首六門皆做龍樹釋論立緣起論之例而作也清涼華嚴疏稟承賢首總啓十門前八義門後二正釋圭峰疏圓覺長水注楞嚴先後開章並循斯軌今茲鈔畧一以長水爲宗第十則仍做華嚴第九則兼依圓覺咸扶昔義但爲當經判教傳譯二門長水考求尚有疑互僭爲是正不避異同謹以俟後之達者詳而定之

〇一教起因緣者初中二一總二別總者謂訓因訓請顯理度生一代教典皆繇此矣若原佛本意唯爲一大事因緣欲令衆生開示悟入佛之知見雖三車通許唯賜白牛但爲一乘無三及二也別者有十故說此經△一爲克示眞三昧故謂阿難遭難葢無眞定故請諸佛得成菩提妙奢摩他三摩禪那最初方便及佛告許云有三摩提名大佛頂首楞嚴王具足萬行十方如來一門超出妙莊嚴路至於再請責已將謂惠我偈讚希有等乃至如來諷歎名金剛王如幻三昧勅說圓通文殊揀顯指三世佛同此一門道場加行成就聖位立此經名破滅七趣辨識諸魔皆爲此也細研此文一經總相問答章門歷然異與通別請酬之誤不辨而自明矣△

二爲廣破諸妄執故謂阿難執妄迷眞匿王執常爲斷七處徵詰三疑拒諍佛再語云若汝執恪分別覺觀爲汝心等故約心見二門隨執廣破此之執相不離人法也圓覺疏云衆生曠劫漂沉或墮邪小不成種智者良由二障二障不斷由於二執欲除二執必假二空故於法界文前先作二空觀智△按資中判前三卷經初破心見二執以顯人空次破陰處界等

以顯法空具與海印科段小異然先破二空後彰法界其義則一也△三爲開顯妙明心故謂阿難初請三昧佛先審問發心旣陳愛見之源全迷眞實之體遂云衆生無始生死相續皆由不知常住眞心此眞妙明卽是菩提涅槃元清淨體故阿難自責不知寂常如來許可發妙明性先就心見二門作徵作顯後約三科七大分明顯會令於法法咸見性常俱徧俱融含攝無礙衆皆領悟自知心徧十方諸所有物皆卽菩提妙體元明心徧含裹十虛身土虛空了無所得唯一本妙常住不滅洎滿慈疑於有相慶喜再責因緣佛隨開示令得知見矣△四爲決斷衆疑網故謂佛顯示知見阿難隨見疑生或緰斷離身因緣自爾和合非合執相疑性諸大徧圓滅妄生妄成眞不眞修無常因獲常住果疑網旣衆佛隨斷之矣△五爲辨析修行門故謂佛廣示藏體慶喜深解現前擧喻天王賜與華屋雖知所賜將入無門已悉多聞不逮修習故請問云從何攝伏疇昔攀緣入佛知見佛擧二義決定以爲發覺初心謂止及觀斯爲要也初令以湛旋妄成不生滅次令審詳煩惱知根降伏一根旣反餘根自旋諸妄銷亡不眞何待△六爲分别邪正行故謂阿難已悟修行後代周知邪正雖期正道多陷邪宗水灌漏巵若爲取滿慶喜請云衆生去佛漸遠邪師說法至多欲令心入佛乘遠魔無退佛擧四種明誨諸聖同塗戒根不虧定慧可據如其不切清禁禪慧洪深鬼魔魔民斯難逭免祈進却步誠可悲夫△七爲顯咒力能勝故謂慶喜墮婬如來遣救承力

雖至密言關聞況能潛護根門防閑宿習齋戒不稟而自備果證不遠而可得消難獲利自行化他因人果人靡不繇此而辦其事也△八爲證入有階降故諸理絕修證事存階漸偏一則病空有圓通則融眞俗故不損寂滅而建立諸位始從漸次終乎極果於無生忍中立五十七位不斷而斷惑障必亡非證而證神用斯備豈同魔外都無位次耶【仁王經云】若言繼此地位得成佛者是魔所說△【宗鏡】【云】若無位次即是天魔外道既有信入須假鍊磨文云是種種地皆以金剛觀察如幻十種深喻奢摩他中用諸如來毘婆舍那清淨修證漸次深入【姑蘇神照曰】三摩毘婆名異義一△九爲廣示諸魔境故修禪觀人鮮克有終者葢不諳其魔境妄生取著不了唯心遂派諸道佛慈無緣不問自說觀中破陰每陰十種五十境界

分析邪源末代修禪罔爲所惑【張無盡曰】世尊慈悲深厚慮末世魔强法弱垂示無塵之誨不設事相不立時劫直指五陰之魔直解六根之結定力麤劣者示以增進漸次安立聖位心精圓明者指以清淨本然妙莊嚴海予於李長者十時之外判爲末後顯正破邪直截根源教△十爲究盡妄想故謂五陰諸經皆說未聞五妄想成今明破一陰時出一妄想破則從麤至細起則自細現麤其之根元唯一識陰識陰無體但是圓常文云湛入合湛歸識邊際既知五陰咸是妄想五陰攝法何所不該論云一切諸法唯依妄念而有差別若離心念則無一切境界之相也由斯十義而說此經

○二藏乘分攝者【圓覺疏鈔】三法即爲三門初藏次乘後分謂三藏之中正唯修多羅攝三藏經律論也一修多羅此云契經二毘奈耶此云調伏三阿毘達磨此云對法皆言藏者能含藏所詮經義故修多羅攝者唯契經攝此圓覺之教若此攝彼即亦兼於律論二藏之中唯菩薩藏

一聲聞藏二菩薩藏即由前三藏除示聲聞理行果故名聲聞藏詮示菩薩理行果故名菩薩藏小乘三藏教中並無圓覺法義故非彼攝若此攝彼則兼該二三持戒證果有小乘故徵難辨析最明顯故△諸乘之中一乘所攝諸乘者有開合合者統唯一乘謂十方佛土中無二無三開者或音三乘亦立五乘四乘然大乘與一乘異者賢首教義章料簡有十義差別若此攝彼亦該諸乘△十二分中契經方廣二分所攝舊云十二部經恐濫部帙改名分教攝彼如前按圓覺鈔云若將此經攝彼十二分者即攝九分餘二如上唯不攝伽陀自說本生等二此云攝彼如前應并攝伽陀自說二分唯不攝本生耳

○三教義分齊者依賢首大師二義分別○

一約教詮法通局顯分齊即圓覺權實對辨謂以義分教教類有五一小乘教但說我空縱少說法空亦不明顯但依六識三毒建立染淨根本未盡法源故多諍論二大乘始教亦名分教但說諸法皆空未盡大乘法理故名爲始但說一切法相有不成佛故名爲分三大乘終教亦名實教說如來藏隨緣成阿黎耶識緣起無性一切皆如定性二乘無性闡提悉當成佛方盡大乘至極之說故名爲終以稱實理故名爲實四大乘頓教總不說法相唯辨眞性亦無八識差別之相可教勸離毀相泯心但一念不生即名爲佛不依地位漸次故說爲頓五一乘圓教所說唯是法界性海圓融緣起無礙相即相入帝網重重主伴無盡也若於五中顯此分齊正唯終教兼於頓圓【吳興云】今經所談唯一圓教以明如來藏故非前藏通中間永無諸委曲相非別教也△【交光云】四科七大即如來藏眞如隨緣所成陀那細識乃賴耶別名異生番染小乘向大皆當成佛正屬終實之教歇即菩提圓照法界兼於頓圓矣△【鼎伊閒】曰終教教中之深極者圭峰云終頓二教彼此尅體全相攝屬此經終兼頓圓豈容異議洪覺範以宗家頓門高推頂法而斥終兼頓圓之判目爲義學非通論也若將此經與五教互相攝者五唯後三攝此此總攝彼諸教以不廢小教果法戒品兼存始教八識三空故○二約法生起本末顯分齊即圓覺分齊幽深依起信論明諸染法本末五重【賢首云】所詮染法從本起末畧有五重以對諸宗顯其分齊【圓覺鈔云】染淨法皆有本末淨法是返本還源之意故唯約染法顯從本起末五重倫次之行相也將五重爲秤斗量度諸經分齊故

云對顯五重者如一樹木本末五重最初是根二是樹身三枝幹四花葉五果實說得果實如最淺教故展轉乃至辯得樹根如最深教故論中初唯一心爲本源二依一心開二門一心眞如門所謂眞性不生不滅二心生滅門謂依如來藏與生滅合名阿黎耶識三依此識明二義一覺義謂心體離念等二不覺義謂不如實知眞如法一不覺心動等四依後義生三細一依不覺故心動名業相二依動故能見名轉相三依見故境界妄現名現相五依最後生六麤一智相依境分別也即法執俱生二相續相依智起念不斷即法執分別三執取相心起著故即我執俱生四計名字相我執分別五起業相業也六業繫苦相報也上四皆惑若以諸宗就此五重顯分齊者謂人天唯齊業報小乘齊後二麤法相極於三細終頓圓通詮本末方窮初一心源已上並圓覺疏文初一心源即此經

常住眞心性淨明體經標此心爲宗本故一切因果世界微塵因心成故二根本中說爲無始菩提涅槃元明體故第一重約見約心或破或會至於備歷三科七大咸言玅眞如性等即心眞如門經喻瞪目合手皆見燈光性圓明故因明發性識精元明性一切心等即心生滅門第二重滿慈致疑佛舉本覺明玅性覺必明妄爲明覺覺非所明因明立所等即本覺不覺也了然自知發眞歸元覺迷迷滅等即始覺也第三重三相四輪晦昧爲空空晦暗中結暗爲色等即三細第四重引起塵勞煩惱聚緣内搖趣外奔逸業果衆生二種相續等即後六麤第五重由是此經具詮本末學者備覽足見幽深

○四所被機宜者清涼名教所被機通有十類今依圭峰依圓

覺疏略有二種初料揀後普收初謂樂著名相以文爲解者繫滯行位高推聖境者情尚於空韜言賓無者自恃天眞輕猒進習者固執先聞擔麻棄金者如上皆非其器反上即皆是器清涼玄談前五揀非器者一無信非器二違眞非器三乖實非器已上是溺邪見四陋劣非器謂一切二乘是墮深坑五守權非器謂三乘共教諸菩薩等四及三皆示而誘之後普收一切衆生皆有佛性但熏其成種得聞之無不獲益謂宿種深者悟入淺者信解都無種者亦皆熏成圓頓種性如華嚴經食金剛喻若約五性正被菩薩性及不定性兼爲餘性作遠因緣三聚之中爲正定聚令增玅行爲不定聚人令修信心爲邪定人作遠因緣也清涼後五顯所爲一正爲謂是一乘圓機故二兼爲即時未能悟入而能信向成種如食金剛喻故三引爲即前權教菩薩不受圓融之法故四權爲即是二乘謂既不聞況於受持故五遠爲諸凡夫外道闡提悉有佛性故按清涼後五即賢首正爲兼爲之文不但被菩薩及不定性也

○五能詮體性者略作四門清涼名教體淺深從淺至深畧明十種今依賢首△一隨相門復二一聲名句文體體用假實二相資故起信疏云於中或唯名句文謂能詮諸法自性差別二所依故或唯聲音離聲無別名等攝假從實故或假實雙取四俱爲體又徧於六塵一切所知境界總有生解之義悉爲教體記云四徧一切不出六塵境界但能生於物解豈獨聲名句文如淨名光明塵勞楞伽動目直視等楞嚴二十五聖於十八界七大性各從一門而得圓通此中六塵猶且約境餘者例知二通攝所詮體若不詮義文非教故圓覺鈔云瑜伽云諸契經體畧有二種一文二義文是所依義是能依此明教義相成若不詮教文非教非義△二唯識門前二不離識所變故然有本質影像之異論疏云謂說者淨識所現文義爲增上緣令聞者識上文義相現故△圓覺鈔云本影相對有其四句一唯本無影即小乘教不知教法唯識現故二亦本亦影即大乘始教三唯影無本即大乘實教四非本非影即頓教也△三歸性門此識無體唯是眞如故又攝所變之萬境歸於能變之八識又攝所現之八識歸於能現之一

心一心即是眞性故云歸性△四無礙門心境理事交徹相攝謂前三門心境理事同一緣起混融交徹以爲教體以一心法有二門故二皆各攝一切法故△紫柏可公曰釋迦文佛以文設教文殊尸利以文字三昧輔釋迦文而用揀擇之權於楞嚴會上進退二十五聖獨揀觀世音當機觀音雖彌陀輔佐亦以聞思修入近乎文字三昧豈非此方眞教體清淨在音聞與文字根於音聞音聞根於覺照文字佛體也覺照佛心也聖人出無量義定於眉間白毫相光而爲文字之海使一切衆生得沾海點皆得入流亡所以至空覺極圓寂滅現前而後已佛欲使一切衆生因有分別心入文字三昧因文字三昧入音聞之機因音聞之機入無覺無觀則文殊文字三昧觀音音聞三昧不在文殊觀音與釋迦文在我日用而已今欲撥棄語言文字不通文字般若而欲得觀照實相豈不愚哉△私謂上來四門古師通釋唯第一隨相門以聲名句文爲教體則此經與諸經逈別蓋楞嚴會上揀別圓通獨取觀音耳門故曰今此娑婆國聲論獨宣明欲取三摩提實以聞中入此門中二唯聲音攝假從實唯取聲爲教體是此經別義他契經未有也賢首起信疏謂一切六塵境界但能生解悉爲教體長水遂以楞嚴圓通塵塵悟入爲解而於此中却未拈出紫柏大師以清淨音聞發揮文殊觀音文字三昧恰是此經要義故特表而出之圭峰金剛疏云文字般若即是經體文字即合聲名句文文字性空即是般若無別文字之體正可與紫柏論文字三昧互相舉揚也

○六所詮宗趣者即有通別清涼名宗趣通局初謂統論佛教因緣爲宗以佛聖教自淺至深說一切法不出因緣二字賢聖弟子相承傳習通大小乘宗途有五如起信疏別明此經者又有總別此下並依圓覺疏而夾注則以本經易之總以心寂也境空也空徧計如蚰鬼經云如虛空花本無所有又云妄爲色空及與聞見寂依他如影像等經云當處出生隨處滅盡等藏性圓滿由空寂故圓滿成實經云此見及緣元是菩提妙淨明體等凡聖平等爲宗下云迷悟死生了不可得又聖凡無二路又生死涅槃皆即狂勞等令修行者忘情由悟宗故下云即汝心中狂性自歇旋流無妄等佛由情忘故經云歇即菩提即同如來等觀行速成文云方便易成就爲趣又以前趣爲宗令惑業消滅三緣斷故三因不生永絕輪迴若得妙發三摩提者則妙常寂有無二無無二亦滅起大神用不須天眼自然觀見等安樂身心

快然獲大安隱自在一爲無量小中現大等爲趣△別者有五對一教義二理事三境行四行寂五寂用皆初宗後趣此五亦是從前起後漸漸相由也若以要言之不出解行修證初解如來藏爲宗行首楞嚴爲趣謂佛許示眞修却約心見徵解故次修此眞定爲宗證彼藏體爲趣因下請云雖獲大宅要因門入等

○附見台家五重玄義第一釋名孤山疏云以人法爲名●第二辨體孤山云正宗之首顯示常住眞心性淨明體安得不以此爲體經云識精元明能生諸緣緣所遺者又云遺失本妙圓心寶明妙性乃至阿難悟妙明心元所圓滿常住心地又云覺緣徧十方界湛然常住三卷終了然自知獲本妙心常住不滅如是開示悟入示此經一部之宗顯衆生因地之本△吳興云別以空如來藏爲體○第三明宗孤山云以圓通妙定爲宗經中番番開示須修如幻三摩提令了眞心本然諸法如幻雖異名別說只是廣演楞嚴妙定故以爲宗●第四論用孤山云以反妄歸眞爲用經云一人發眞歸元十方虛空悉皆銷殞並是返妄歸眞之義妄即人法二執空即二空之理△叙音云此經功能不出破顯破則破諸妄見顯則顯一眞心●第五判教相孤山云以上妙醍醐爲教相北峰判大乘生酥今不取

○第七教迹前後者判教迹者有二一判此經說於何時二判此經結屬何教○今初約判時者長水云佛說此經非一時頓說說必前後集者約類總爲一部謂佛初說匿王在座叙外致疑破彼斷見後至阿難疑問七趣舉琉璃誅釋種姓善星妄說法空二俱生身陷入地獄琉璃豈非匿王之子王死爲嗣方誅瞿曇豈有事之未形預致問耶故知此經非一時說若以文義往定即法華後涅槃前也△孤山云此經最後垂範涅槃臨終乃說俱在八年之內夏滿說經前春示滅故云最後垂範○私謂諸師判時碩異有判法華後涅槃前者長慶眞際孤山長水泐潭也有同前判剋定第四十九年說此經第五十年說涅槃者孤山也准因果經及釋迦譜佛生之日西域八王同日生太子各爲製好名字舍衛國太子名波斯匿又同日立爲太子經

中匿王請法自叙行年六十有二佛年亦爾在成道後三十二年合是第四轉輪說般若時菩提流支法界性論云佛言我成道後四十二年說法華經以諸文證二經先後迨然諸師定判第五時在法華後未必然也有判般若後法華前者溫陵也環師駁長水文五一者匿王代謝可唯旦暮法會徂冬豈待異世匿王父子繼世先佛涅槃三藏琉璃簒父與兵佛坐枯樹諫止阿難滅釋憂悶佛言過三年已還來問我中阿含五十九波斯匿王告佛我年八十世尊亦八十即匿王代謝之年也今浸不稽考判屬一會即孤山指夏滿前春並是癡人說夢也二者燈明諸佛咸說法華持地聞經應非今會經文明言毘舍浮佛摩頂得悟廻心今入菩薩會中聞宣法華定指靈山今會曰聞諸如來宣妙蓮華者今如來所宣妙蓮華十方三世異口同音故曰我先證明爲上首者普門品末證明普門示現功德故經文誠證寧有疑義也三者耶輸受記自在法華此由神咒不同果記佛言或得出纏於此會中得那舍也或蒙受記法華中同姨母受記作佛也謂今經所云不同法華果記有何援據若謂靈山會中何無摩登即應楞嚴會上當有愛道此亦駢枝之論也四者最後垂範結辨魔文法會最後非臨滅最後經文累言於我滅後傳示末法金山凭倚金河頓命楞嚴之傳示即法華之唱滅何云垂範不關最後也五者阿難於法華堪任佛記不應於楞嚴復遺魔撕依智論阿難爲佛給使故自不盡煩惱殘結是以涅槃顧問於娑羅林外又被魔嬈清淨結集以六吉羅罪尚遺牽斥云何執此教相作意獮量是知溫陵定判法華前者亦未允也唯其法華前後涅槃近遠此順彼違甲佛乙破於是北山印師曲爲和會謂事緣在昔發起在今示述在方等之時追叙在法華之後此則寘改教跡杜揆機緣不可得而彊通也長水大科判爲前後二會敢竊取其義而折其衷曰此經有前分有後分前分在法華前而後分在法華後前分雖在法華之前而前分實非局指一會後雖在法華之後而後分亦難剋定一時約前分言之應以是經發起盡第三卷爲前分徵辨弘深讚歎希有首楞法會於焉一周考匿王觀河之年斷在法華已前者也復次以富樓那問義盡六卷中文殊說偈爲次分之一以文殊奉旨說偈重頌長行起性覺妙明盡六根解結二卷半之文一席生起無分段故又以阿難請立道場盡八卷中汝當奉持爲次分之二以安立道場宜說心咒理事並觀正助兼修安立聖位請名奉持一經教行方具足故法會一期時分未定法華既閱八載首楞豈限判年是中耶輸持地諸文在法華後我滅度後累屬在涅槃時者前後連躡始終綸貫或佛通時說法而弟子以類揆之如次第結集說也約後分言之以阿難請問琉璃善星廣明七趣世尊唱無問自說廣辨諸魔斷爲經之後分以琉璃簒父滅釋去涅槃不還善星見佛陷獄即涅槃緣起故遺教品佛告阿難佛去世後尸波羅戒是汝大師今辨魔之文重言告戒豈非雙林末命叮

嚀囑眾之苦語乎楞嚴初首涅槃末後婬攝魔罥神咒雙顯重請宣說或在法羅放捨之候時會鈎連以後分爲齊則無疑也由此衷之長水分前分後分良是而尚應通詮於二分孤山解最後垂範良是而不應局指於一時法藏結集有別有通舊學專門戀難消釋今之融會頗異多師期於一義通非敢執諍也○柏庭月曰此經說時不一古今異判佛化機教難思時劫不定安得執一文一義爲定論耶時之前後非判攝之本置而勿論可也○私謂天台五時論通論別非別無以見說法次第非通無以見教法融通如月師之云則應但有通五時無別五時也清涼疏別明時分初二皆約不壞相說第三約實圓融其後初遠近答初通局遮四伏難者一云華嚴教旨時處圓融要歷三時豈成玄趣釋云常恒之說說無息時後時不談豈名常說二云如來圓音頓演可要三節方盡幽微通云雖能頓演表法淺深故須三節如來海印三昧應緣差別既人中設教即有人中之時清涼初不以約實圓融盡歸初中後會次第說法之相也柏庭之說頗爲賢家所宗長水溫陵皆華嚴導師也辨時判教紙墨紛挐彼皆不知念劫圓融宗旨獨今人懸解哉○次

約判教者長水云經文明指耶輸受記持地證經以義往推序嘆聲聞非約小行應身無量度脫衆生法華已前無此嘆故聲聞入實法華已前亦無顯露今經有故各說圓通諸小乘者皆敘本時或述今遇盡證圓妙法華前無應知在後然又不唱入滅之期定涅槃前二經同部此經居中俱醍醐味無所疑也

△孤山云此經開權顯實與法華不殊扶律談常與涅槃不異△眞際云會漸歸頓即法華後入滅大期名涅槃前•上二師同長水判法華後涅槃前○溫陵云般若之後慧學方發定力未全於是示楞嚴大定資般若深慧既定慧均學解行兩全客因萬行一切畢竟一乘圓妙無復進修故法華會上純談妙法隨根印可授記作佛出興大事已盡後說涅槃扶律談常而終焉•上一師判般若後法華前○神智義云經次第者前分也互指者後分也楞嚴中波斯匿王年六十二又云是名妙蓮華定性聲聞皆獲一乘寂滅場地豈非方等後分經耶○我菴無云耶輸持地應是後分結集家收通歸別結歸前分△柏庭月云一家判攝規矩但非四時所攝悉得以方等收取•上台家諸師判屬方等○海印憨大師云經結名云亦名灌頂章句別題云於灌頂部録出別行此經該五時貫五教結集者推報化二佛所說從本垂末攝末歸本二種法門於一代時教拈出灌頂一部今判歸灌頂不定收何時何教也•右憨大師判歸灌頂部△建安沈士榮曰楞嚴徹心辨性

顯密雙融應根圓通隨機立教畧陳堦地廣說禪那明諸陰銷條分異見與圓頓諸教互有顯發結集者以灌頂密因集爲一部說有前後不在一時也△宋王古標目大藏判此經屬陀羅尼門△私謂此經判教結屬多師賢首之宗多齊法華台衙之家定歸方等判般若者或嫌妄訶但慧收方等者或揀有文無旨唯愍山和尚據經名別題判屬中央灌頂部時教通別咸歸根本法輪不定屬一時一教竊閱大師判教畧有三義西方此土各立宗源二種四輪互分教相此經灌頂章句乃是金口誠言汝當奉持不同懸判一也五方五佛同一法身五部教法各有部類中央毘盧遮那即釋迦如來灌頂受職三界法王以清淨法界智演說般若相應陀羅尼加持衆生受灌頂位修證清淨法身是爲灌頂部北經秘密伽陀微妙章句成就衆生出世間智豈非中央教主無上寶印故曰十方佛母陀羅尼呪亦名灌頂章句部類壇法正與灌頂部相應二也彼土那爛陀寺大乘所依戒賢遠承彌勒智光遠承文殊灌頂章句於焉流出高僧傳云梵僧極量於灌頂部中誦出一品長水云既標部處尋簡可憑三也用灌頂部而判是經是別是圓是漸是頓亦秘密亦不定談般若不抱法身慧命之疑談方等不揀焦穀敗種之類開顯即同法華据撫即比涅槃圓融法界會歸根本即盧遮那是釋迦故即首楞嚴是雜華故沈待詔國初之法匠也謂結集者以灌頂密因集爲一部與大師證明若合符節師承在茲懸鏡不遠後有科判不易斯言

○八傳譯時年者此經傳譯本末圖記僧史傳聞異辭長水懸叙未能畫一今會稡諸文考而訂之其異有四○一經本翻度之異長水疏云下云大唐神龍元年乙巳歲五月二十五日中天竺沙門般剌蜜帝於廣州制止道場譯先是三藏將梵本汎海達廣州制止寺遇宰相房融知南詮遂請對譯房融筆授烏萇國沙門彌伽釋迦譯語長水此文出開元中釋智昇續古今譯經圖記彼記云釋極量中印度人也梵名般剌蜜帝於廣州制止道場居止神龍元年乙巳五月己卯朔二十三日辛丑於灌頂部中誦出一品名大佛頂如來密因修證了義諸菩薩萬行首楞嚴經一部十卷烏萇國沙門彌伽釋迦譯語菩薩戒弟子前正議大夫同中書門下平章事清河房融筆受循州羅浮山南樓寺沙門懷廸證譯贊寧宋高僧傳譯經部極量傳並同疏又云又據開元中智昇撰釋教目錄二十卷其第九云大佛頂首楞嚴經

十卷大唐沙門懷迪於廣州譯迪循州人住羅浮山南樓寺久習經論備諳五梵因遊廣府遂遇梵僧未詳其名對文共譯勒成十卷今按譯經圖記此經極量誦出彌伽譯語房相筆受懷迪證譯四人一席翻度此經油素委知時日可考及觀釋教目錄則但云梵僧出經懷迪對譯二書出於昇公一人之手而自相牴牾如此贊寧譯經門既兩載之而長水亦懷二本之疑今以昇公記錄參互考之二本翻度皆在神龍初元首稜一經未聞譯而又譯懷迪一人安得證而重證今並列二文於前而刊正取捨則委辨於後

〇二證譯先後之異【疏云】經之題目紙數文句與今融本並不差異迪筆受經旨緝綴文理等今詳二經譯人雖別譯本是同或恐迪因證義各據流行故今目錄書寫有異不爾豈無一處差別譯主名字何得未詳耶二本既同今解融本按開元釋教錄云懷迪循州人住羅浮山南樓寺往者菩提流志譯寶積經召充證義事畢歸遊廣府遇梵僧賫梵經一夾請共譯之勒成十卷即大佛頂萬行首楞嚴經是也迪筆受經旨兼緝綴文理其梵僧傳經事畢莫知所之此一經二譯之疑所繇來也按菩提流志以中宗神龍二年住崇福寺譯大寶積經懷迪於爾時應證義召至京正楞嚴證譯訖功之候也以其時考之爲允若寶積譯成以先天四月八日進内迪以此時證義云畢歸遊廣府距神龍初元已七年矣譯人譯場同在制止重譯重證復以何因委悉叅詳應是神龍元年迪在制止與房相同預翻經次年乃應寶積之召而流聞者誤以爲在應召之後也所遇之梵僧未得其名者即極量也筆受緝綴正證譯之事也傳聞異詞斷以圖記爲正長水謂譯同寫異豈無一處差別譯主名字何得未詳此則已知開元目錄之誤而矜慎闕疑未敢剋斷蒙謂此經翻度唯一則并無二本之疑壹以圖記楷定可也

〇三譯本進内之異【疏云】翻經纔竟被本國來取奉王嚴制先不許出三藏潛來邊境被責爲解此難遂即去廻房融入奏又遇中宗初嗣未暇宣布目錄闕書按神龍元年正月中宗即位正諫大夫房融下獄二月流融於高州是年五月譯經制止圖記云二十三日極量誦出一品即是譯經下筆時也輒簡訖功未知何日融流高州卒以貶死安得遇中宗初嗣奏進此經釋氏稽古畧云融貶流高州寓於譯所因得筆受沙門懷迪證譯事竟朝廷責以私譯審帝遂携梵夾歸竺據此則

融以流人翻經以私譯被責未經表請何從入奏極量泛舶西歸但以翻經事畢國王怒責不見史志恐亦譌傳也贊寧唯愍傳云受舊相房公宅請出經函云相公知南詮預其翻經躬請筆受首楞嚴一部留家供養融流高州而曰知南詮者未知典故或其家人忌諱之詞也曰筆受一部留家供養則共未嘗奏進於朝居可知也愍公發願疏經計一十年以大曆元年丙午下筆逆考其受請舒經則至德二載丁酉也量迦二傳並云後因南使附經入京皆開元中事則神龍元年房相未曾入奏斷無可疑也

〇四經本流布之異【疏云】時禪學者因內道場得本傳寫遂流北地大通在內親遇奏經又寫隨身歸荊州度門寺有魏北館陶沙門慧振搜訪靈迹常慕此經於度門寺遂遇此本初得科判按贊寧唯愍傳末云一說楞嚴經初是荊州度門寺神秀禪師在內時得本後因館陶沙門慧振於度門寺傳出愍遇之著疏解之長水所據即贊寧傳文也按此經初譯在神龍元年五月大通入滅在次年二月譯場輟簡奏進與大通道場得本期月之中豈能立辦大通自萬歲通天元年於江陵召至東都凡五年入滅於天宮寺那得有隨身寫本携歸度門南使之附經入京愍公之受請得本皆在開元至德間今言神龍初寫本流布殊非事實譯人被責房相不歸本無入奏之事今云大通在內親遇奏經其誰奏之而誰遇之耶或者北宗照寂之徒從內得本傳歸度門而館陶搜訪得之遂譌傳爲大通寫本也寧公僧史良多踳駁此於唯愍傳末別標一說本非傳信之辭故知其不足援據耳

〇九通釋名題者〇大佛頂如來密因修證了義諸菩薩萬行首楞嚴經〇【長水疏】題有五名題目三號者謂該教行人理因果顯密各具足故【殷邁解題】經有五名存三隱二五名者初名有二十一字題字存三即大佛頂也而隱下十八字二名二十四字全隱三名如來密因修證了義八字全顯四名十五字全隱五名十二字隱灌頂章句四字題諸菩薩萬行首楞嚴八字所謂存三隱二結集之妙也雖有三名五義具足〇先【略配】者上之三字是總即一經法體總含教行理果教行明指理果義含明指者文云有三摩提名大佛頂此指行也又云雖蒙如來佛頂神咒又此咒名如來頂此指教也教有顯密云亦說此咒名如來頂此指教也教有顯密顯了宣示令悟修無妄即十軸諸文秘密受持令障盡功著即是咒辭義含者寂照含空故名爲大性覺妙明等故名爲佛此顯理也我以不滅不生合如來藏周徧法界等故名大明極即如來等故名佛此顯果也頂者至

極無上之義也若以此三字全約理說藏體周徧無不舍容曰大即體大靈照不昧離諸妄想曰佛佛有二義一自性顯照義即相大二隨緣現益義即用大此大及佛是至尊至極無上無過諸佛所師之法故名爲頂三大之義不離一心故名一心爲大佛頂△泐潭標指云大指當人法身佛指當人般若頂指當人解脫謂當人得此首楞嚴三昧勇健定力更是此三德秘藏不縱橫並別亦且體相用三大不離當人一念也

如來下別顯勝能初八字約果人自行修證說教利他以別顯即十方如來依此法門修因證果顯了宣說究竟利他也三世果人依此大佛頂之體從果入因不滯名相直顯心源無修而修無證而證自利利他隨機設教直指人心決了大義更無不了之談諸菩薩下八字約因人修習具足自他諸行以別顯菩薩行門自利利他廣多無量此之眞定咸具足故文殊讚云此是微塵佛一路涅槃門等三世因人從生死地反妄歸眞修五十七位差別智門從因入果如下經五十七位皆從三種漸次以金剛觀察如幻十種深喻清淨修證漸次悟入金剛觀察即是首楞嚴定亦名勇健三昧亦名一切事堅固三世果人因人皆以大佛頂爲體建法幢立宗旨也△溫陵云衆生如來隱於藏心非密因不顯衆生菩薩隱於七趣非萬行不修覺皇於是示以常徧大法使不迷於小乘喻以無上佛頂便不滯於相見指如來密因明本妙心知三世諸佛皆依此爲初因明修證了義悟究竟法知一切聖人皆依此而證果乃至具足菩薩清淨萬行一切事法無不究竟王於實相堅固不壞故名大佛頂如來密因修證了義諸菩薩萬行首楞嚴經

○次廣釋者

大佛

頂

大者當體得名常徧爲義當體者不同法相宗揀小名大大外有小可揀猶是分限豈爲至大今以藏體性無邊涯絕諸分量强名爲大常徧者常則竪窮三世徧則橫該十方竪者過去無始未來無終無有一法先之唯此先於諸法故言大也涅槃云所言大者名之爲常橫者十方窮之無有涯畔涅槃又云所言大者其性廣博今經常徧廣有其文仍具三義配覺上疏同佛頂者究竟覺也覺有二義一本二始本謂藏體靈鑒無昧絕諸妄想具足無量性功德故起信云所言覺義者謂心體離念離念相者等虛空界無所不徧法界一相即是如來平等法身依此法身說名本覺始覺者依本覺故而有不覺依不覺故而有始覺始覺是用本覺是體始本不二名究竟覺究竟覺者即前藏性顯現時也無上最極名之爲頂

此約果位以顯法體名佛頂也若約現事即今佛頂放光化佛所說教行是故教行俱號佛頂也智論云佛名爲覺於一切無明睡眠中最初覺故名爲覺○涅槃云佛性者名頂三昧以修如是頂三昧義則總攝一切佛法○金剛密迹經云佛成道後遊波羅奈東方有菩薩名應持念欲量佛身以佛神力往至上方百億恒沙世界永不見世尊之頂往問彼佛彼佛答言更過恒沙劫亦不能見世尊之頂○如來密因修證了義如謂本覺來謂始覺始本合故名爲如來此指一佛即該諸佛下說教行俱約諸佛以顯同故密因者有二一教二行教者下說心咒是佛密語唯佛與佛乃能知之不通他解但言而受之思而持之滅障成德也行者以此真定具空假中即是一心非縱橫並別不可思議具足萬行三世諸佛同此法門此行成時名三秘藏故名爲密△融室云顯教徵密密教秘密俱能感果故云密因修謂修因證謂克果地前地上緣眞二種俱名爲修初地妙覺分滿二果同名爲證所修所證俱大佛頂此自行也如觀音圓通融室云因中以大佛頂發正信而起正解

絕正解而成正行行成得位入位拾行在位曰修位滿曰證○寂音云此經尊頂法故以明了佛性爲宗明見佛性者以其離一切見故六十二喻頂法爲第一佛不自見離自見相故肉髻覆之離他見相故自他所不能見之謂密蓋無量義趣三昧自住三摩地深固幽遠無人能到者也如易曰退藏於密密如蓮蔤之蔤說文曰蓮可見可用者本而已獨退藏於無所用者其密也如來因此以成道故曰密因修證了義也了義者說教化他詮表義理無有覆相窮理盡性稱實談故下文云宣勝義中眞勝義性令汝有學定性聲聞皆獲一乘寂滅場地非有餘說故名了義△圓覺疏云決擇究竟顯了之說非覆相密意含隱之談△涅槃四依品依了義經不依不了義經不了義經者謂聲聞乘聞佛如來深密藏處悉生疑怖不知是藏出大智海猶如嬰兒無所別知是則名爲不了義也如來爲於度衆生故以方便力說聲聞乘猶如長者教子半字善男子聲聞乘者猶如初耕未得果實如是名爲不了義也了義者名爲菩薩眞實智慧隨其自心無礙大智猶如大人無所不知是名了義又聲聞乘名不了義無上大乘乃名了義○諸菩薩萬行者三世因人各修其行自利利他有無量義今舉大數故名萬也此之三昧具斯多義故云有三摩提

名大佛頂首楞嚴王具足萬行等〔寂音云〕菩薩萬行增於六度六度生於定慧定慧成於止觀止觀體於首楞嚴故言首楞嚴王具足萬行也菩薩學之以圓滿菩提故曰諸菩薩萬行○〔首楞嚴經〕首楞嚴者梵語也涅槃云首楞者名一切事竟嚴者名堅即一切事究竟堅固也得此三昧觀法如幻於法自在能破最後微細無明能獲二種殊勝之力現身說法無礙自在故下經中名爲如幻金剛王佛母妙蓮華等此三昧以無分別智寂用爲體以一切法皆同智性窮盡法界更無遺餘名一切事究竟一切事言無離染淨此智現時染淨都盡一法不立又染法究竟蓋淨用究竟顯如下文云我以不滅不生合如來藏而如來藏唯妙覺明圓照法界是故一爲無量等又云塵垢應念消成圓明淨妙等既觀如幻不爲物壞能破無明故名堅固△〔會玄引鈔云〕此之三昧能觀一切事三科七大等法皆如來藏故云爾也○〔涅槃師子吼品〕善男子佛性者即首楞嚴三昧性如醍醐即是一切諸佛之母以首楞嚴三昧力故而令諸佛常樂我淨一切衆生悉有首楞嚴三昧以不修行故不得見是故不能得成阿耨多羅三藐三菩提善男子首楞嚴者名一切事畢竟嚴者名堅一切畢竟而得堅固名首楞嚴以是故言首楞嚴定名爲佛性○〔首楞嚴三昧經〕佛告堅意菩薩首楞嚴三昧非初地二地乃至九地菩薩之所能得惟任在十地菩薩乃能得是首楞嚴三昧首楞嚴三昧不以一事一緣一義可知一切禪定解脫三昧神通如意無礙智慧皆攝在首楞嚴如陂泉江河諸流皆入大海如是菩薩所有禪定皆在首楞嚴三昧菩薩行首楞嚴三昧一切三昧助菩薩法皆悉隨從譬如轉輪聖王行時七寶皆從是故此三昧名爲首楞嚴三昧○〔智論云〕首楞嚴秦言健相分別知諸三昧行相深淺如大將知諸兵力多少也菩薩得是三昧諸煩惱魔及魔人無能壞故譬如轉輪聖王主兵寶將所任至處無能壞伏故云健相三昧○攝大乘論翻爲健行定亦云健相慈恩翻爲金剛藏此諸菩薩證此定故依涅槃五名亦云金剛三昧△〔溫陵云〕金剛觀察覺明分析始於微心辨見終於破陰除魔無非健相分別事也△〔㬰伊閑曰〕涅槃言一切衆生悉有首楞嚴三昧此以佛性而言即經初無始涅槃元清淨體如來藏心也首楞嚴三昧經言唯十地灌頂菩薩能得此以修成而言即經中有三摩提名大佛頂首楞嚴王及佛與大菩薩自任三摩地也經題三字通因徹果並包舉二經之義

○經者訓法訓常是貫是攝謂依此言說詮顯性相令物生解故名爲法一切諸佛皆同此說故名爲常能令義理無有散失名之爲貫以此化生令不顯墜稱之爲攝若約所詮如來藏體說名經者亦具四義謂此心性諸佛所師可軌可則故名爲法不生不滅無有變異故名爲常上凡下聖情與非情無不同此故

名爲貫具諸功德徧含染淨故名爲攝心性既爾一切法皆然故下文云五陰六入生滅去來本如來藏故一切法任運有四義悉名爲經△法華玄義經者外國稱修多羅聖教之都名清涼云亦名修妬路亦名素呾纜古釋爲契經契謂契理契機經謂貫穿攝化正翻爲線線能貫花經能持緯此方不貴線稱故存於經古德見此方儒墨皆稱爲經遂借彼席經以目聖教則雙含二義經卽緯聖義數及俱順兩方借義助名更加契字揀異席經甚爲

允當△沕潭標指上十九字是所詮之義經之一字是能詮之文字般若也謂義理須假此文字爲教貫攝流通後代也按佛地論云能貫能攝故名爲經應知此中宣說佛地鏡益有情依所詮義名佛地經能所釋題本出親光乃登地菩薩四明鈔宗鈔斥云失旨之甚今家用通別釋題方無所失今所不取△融室云大佛頂首楞嚴之經即依主釋大佛頂等即經持業釋也

○一名中印度那爛陀大道場經

於灌頂部錄出別行 疏云此別目也印度月邦以此大國形諸小國如星中月彼有五印此當中也即一境之都名此境之中有多國別最尊大者號摩竭提此云大體以總攝故或云不至皆義翻也△西域記天竺之稱異議紛糾舊云身篤或曰賢豆今從正音宜云印度印度唐言月月者多名此其一稱良以其土聖賢繼軌導凡御物如月照臨故五印度之境周九萬餘里三垂大海北背雪山北廣南狹形如十月南渡殑河至摩揭陀國是爲中印度周五千餘里成光子曰中天竺國東至震旦五萬八千里南至金地國西至那拘遮國北至小香山阿耨達各五萬八千里則知彼爲中國矣△釋迦方誌佛所生國迦毘羅城應是其中經云三千日月萬二千天地之中央也佛之威神不生邊地地爲傾斜故○西域記那爛陀唐言施無猒此伽藍南菴沒羅林中有池其龍名那爛陀傍建伽藍如來在昔爲大國王悲愍衆生好樂周給美

其德號施無猒由是伽藍因以爲稱六帝綿興退踈紺宇國林普合都建一門僧徒數千遊學名僧通數將萬俊才通學聲馳異域者數百殊方來詣守門者詰問多屈而返學深今古乃得入焉高僧傳云寺周圓四十九里九寺一門是九天王所造○疏云灌頂部者彼有五部此當其一毘盧爲主既標部處尋撿可憑無謂近翻疑非正說△大明法數云五部教主者部謂部類依五方立五部以五佛爲教主各有所表也中央毘盧遮那即釋

迦如來四方四佛皆釋迦一佛所現以表諸佛同一法門中方灌頂者毘盧遮那已得一切如來灌頂受佛職位爲三界法主故中央以毘盧遮那爲教主也△融室云別行者如大部楞伽分行經也

○大唐神龍元年龍集乙巳五月

己卯朔二十三日辛丑 疏云長安三年則天罷政中宗嗣位是歲改爲神龍元年龍集者龍星亦曰歲星歲行一次也集居也乙巳即所舍之次朔穌也月

死復甦甦生也

中天竺沙門般剌蜜帝於廣州制止

道場譯天竺亦云乾竺乾豆身毒印度等沙門云勤息取生善滅惡之稱般剌蜜帝此云到彼岸譯者其有才智通四方語名曰象胥之學四方各有其名今取北方常語者也△翻譯集般剌蜜帝此云到彼岸或呼般剌三藏以此三藏自利利他俱到彼岸故△宋高僧傳極量中印度人梵名般剌蜜帝唐言極量觀方遊化漸及支那於廣州制止道場駐錫印度俗呼廣府爲支那帝京爲摩訶支那△按譯場經館先宗譯主即齎葉書之三藏明練顯密二教者極量即此經譯主也

菩薩戒弟子前正諫大夫同中書門下平章事清河房融筆授

雖爲宰官而受大乘戒者經云欲受國王位時乃至百官受位時應先受菩薩戒一切鬼神救護王身百官之身也資於師長以父兄之道事之故云弟子筆授或云筆受謂以此方文體筆其所授梵本緝綴潤色令順物情不失正理也△融清河人琯之父也天后長安四年甲辰十月縣懷州刺史拜正諫大夫同鳳閣鸞臺平章事神龍元年乙巳二月除名流高州△按譯場所司次重筆受必言通華梵學綜有空相問委知然後下筆至於帝王執簡即與又謂之綴文也次有潤文一位次文潤色此是私譯故不具員

烏萇國沙門彌伽釋迦譯語

國名未詳彌伽釋迦此云能降伏翻梵爲華故此云譯語△烏萇具云烏仗那奘師傳云唐言苑昔阿輸迦王之苑也舊曰烏孫萇或曰烏荼皆訛北印度境△翻譯集彌伽釋迦說題云釋迦稍譌正云鑠佉此曰雲峰璿云能降伏△按譯場次筆受則譯語亦名傳語傳度轉令生解矣極量誦出房相筆受通梵於華是譯語之任也

羅浮山南樓寺沙門懷廸證譯

雲棲宏公曰古本筆授後有羅浮沙門懷廸證譯一行今本失去宜從古增入△按譯場有證梵本證梵義證禪義各一員次則證義一員蓋證已譯之文所詮之義廸於此充其任也私譯不具設員故無證梵等位亦以廸久習經論備諳五梵能兼三譯之任故兼稱證譯也

○十別解文義者

按清涼玄談此科分二初總科判二正釋經文圭峰長水削總科判單立別解文義一科即正釋經文也今依清涼仍立此科以十例中本部三分等皆釋經宗要今既開章懸敘理當總挈於此

○初本部三分科

者准常三分謂序正流通

清涼云三分之典彌天高判冥符西域今古同遵△金光明文句序者序將有利益正者正當機辨道流通者流名下注通名不壅欲使正法之水從今以注當聖教筌罤不壅於來世夫三段者不可杜斷隔絶序本序於正通序則有三義正本正於序通亦有三義通本通於序正通亦三義經曰上中下語皆善此義也即

今依長水科判正明此經本分三

科從經首如是我聞訖提奬阿難歸來佛所爲序段從阿難見佛下訖十卷知有涅槃不戀三界爲正說從此下訖經末爲流通段准古師以經初如是我聞至退坐默然承受聖旨爲序分苕溪岳師從長水判齋歸來佛所爲序分段以阿難啟請三法是楞嚴一會說法宗要應入正宗故又准慈節二師以佛告阿難至八卷中若他觀者名爲邪觀爲正宗文殊問名下爲流通岳師判精研七趣已上正宗分訖下流通分大節有二一分別魔事流通行門二較量功德流通敎門今並依長水判以辨魔破陰猶屬正說下方入流通故○序中文二證信發起初證信序說時方人令人信故亦名通序諸經皆同故亦名經前序付囑令安故亦名經後序佛說法時未有故亦名印定序諸佛經初皆安立文句故亦名破邪序對破外道阿優故二發起序發明生起正宗之法故亦云別序諸經各別故亦云經前序佛先自發起方說正宗故△天台云通序序諸教別序序一經證信之立由阿難問佛令置之意爲斷疑息諍及異邪故今依清涼畧釋證信序分三初立序原由二立序所以三即釋六成就也△初立序原由者智論第二佛於俱夷那竭國薩羅雙樹間北首臥將入涅槃長老阿泥盧豆語阿難言汝守佛法藏人佛手付汝法汝今愁悶失所受事汝當問佛佛涅槃後種種未來事佛經初首作何等語佛告阿難我三僧祇劫所集法寶藏是藏初應作是說如是我聞一時佛在某方某國土某處樹林中何以故三世諸佛經初皆皆稱是語今我般涅槃後經初亦應稱如是我聞一時△二立序所以者畧其所以意有六爲一爲異外道故外道經首皆立阿優爲吉阿之言無優之言有不出有無即斷常計如即眞空是即妙有敵對邪宗此約如是二爲息諍論故智論云若不推從佛聞言自制作則諍論起故今廢我從聞從佛來故傳歷代妙軌不毀此局我聞三爲離增減過故佛地論云應知說此如是我聞意避增減異分過失謂如是法我親從佛聞文義決定非謂傳聞有增減失四爲斷衆疑故眞諦引律云結集法時阿難升座變身如佛衆起三疑一疑大師涅槃重起二疑他方佛來三疑阿難轉身爲佛說此如是我聞三疑頓斷上二義通約信聞五爲生信故智論云說時方人今生信故六爲順同三世佛故此通六種△三畧釋序文者準佛地論科爲五事一總顯已聞二教起時分三別顯教主四彰教起處五顯所被機今依智論開初顯已聞作信聞二種爲六成就一信二聞三時四主五處六衆諸經不同發起各別或放光微笑乞食入禪自唱位號勸人令問等又如淨名寶蓋法華毫光之類今經由夏滿衆集國王營

齋慶喜循乞因遭淫攝自無定慧不能降伏由是外假秘密攝護令歸意顯生死輪廻莫過淫愛超登聖位豈逾定慧定慧內具秘密外資塵颷順風有何艱險已上大字並引長水疏文〇二說經前後科者長水判前後兩度說經從正宗起至標經名是酬問正說分從說是語已下至不戀三界爲請益再陳分按長水云問名請奉一期周畢法會已終以慶喜再有請益時雖隔越問且連環集經者約問從義合成一部由是未結作禮而去已下即二會再說法也以阿難問所見現事時別故今謂如來法會不定判年法筵未罷諮請無時連躡生起宛同一席前後二會延促差殊次第包含難可局取暑依長水二分委爲消釋具如教迹中說〇愍大師判經正宗分大科分二阿難見佛至結經名初大開修證之門精研七趣盡詳辯魔陰二曲示迷悟差別〇三二分開合科者長水依振沈二師開合判經亦准清涼隨分長品科也長水云古人科判各是一途春蘭秋菊互擅其美振公八段資中顯稱今詳經文復有理在文中前後兩度說經初有四段一開妙解二示妙行三顯妙位四立妙名此四即八段中前五科開合之異也次再陳中有二一辨趣生同異二示禪境差別即八中後三段也然開判之設各隨其人吾今從古依振公判畧沒第八但取七名△初酬問正說分有五第一大科顯如來藏心從正說起盡第四卷尚留觀聽是中子科二一破阿難認妄述真顯如來藏二破滿慈執相難性顯如來藏右從振判之一即資中開妙解也厶上來一科溫陵判見道分使行人明見常住真心爲修行准的第二大科明修行方便從四卷中阿難及諸大衆盡六卷中文殊說偈子科廣陳修證三一別明三義二別破疑情三廣引修證右從振判之二即資中示妙行也第三大科辨離魔業行從六卷中阿難整衣白佛盡七卷宜說神咒子科二初自行離魔後他力離魔右從振判之三資中合前三爲二長水仍依振公開三也△上來二科溫陵判修道分使行人依真見起真修爲修行方便第四大科示地位階差從七卷阿難問修行漸次盡八卷中名爲邪觀子科二一敘述真起

妄爲立位之因二叙返妄歸眞辨地位之相右從振判之四即資中顯妙位也△此科溫陵判證道分使行人知因眞果正

第五大科出聖教名殊

從文殊請名至汝當奉持右從振判之五即資中立妙名長水云資中之四即振公八段中前五科開合之異也△此科溫陵判結經分△見然後修修然後證修證事畢於是結經

次再陳請益分有二第六大科辨趣生同異

從結經下說是語已盡九卷中即魔王說即資中辨趣生差別也

第七大科陳禪那境界

初從如來將羅法座盡十卷最後垂範次阿難因聞請益盡當卷不戀三界即資中示禪境差別也此二科振公開三資中合二長水所謂畧沒第八但取七名也△上二科溫陵判助道分使行人知一切唯心乘戒雙急△

復次依北峰印師開二大科初依常住眞心以開圓解二依常住眞心以起圓行

從上振公八段以迄溫陵五分科段雖殊不越乎開圓解起圓行二者而已解行相資一經卷攝故取印師正宗六段束爲二科初從阿難見佛訖四卷尚留觀聽爲第一科初中復二初對慶喜辨心見非是發露藏心次對滿慈明性相即離審除細惑皆是開圓解也二從阿難請問訖終卷不戀三界爲第二科二中文二初依解起修觀心直入爲正行次帶事兼修持戒誦咒爲助行是中安立道場修證歷位請名奉持精研委辨廣有多文無非圓行永明宗鏡畧有二意一爲頓悟知宗一爲圓修辨事圓覺十一重問答圭峯束之爲二前則信解後則行證華嚴一部亦唯此四此經科判殊塗同歸以解行二義圓收罄無不盡也

○四問答

相屬科者准清涼疏古云此九會中大會問答總有五番今於此經問答亦開爲六

一第一卷阿難請問十方如來得成菩提最初方便從初至第六卷方便成就答盡二第四卷滿慈發藏性生相大性俱徧二種難問至是卷中如何自歟尚留觀聽答盡中間雖有諸問未是大位問答皆此二攝三第四卷阿難請入華屋至第七卷宣說神咒所作如願答盡四第七卷中阿難始從乾慧終至等覺之問至第八卷名爲邪觀答盡五文殊請名云何奉持於當卷答盡六結經訖阿難廣問七趣至正說末最後垂範答盡中間無問自說廣辨魔事亦是中攝

又准清涼科中或當會答盡及別會答盡略開爲六

一一卷中佛告阿難開示奢摩他路至十卷中奢摩他中毘婆舍那覺明分析答盡二三卷中阿難問外道因緣自然至五卷解結知其本因隨所緣出答盡三四卷初富樓那問清淨本然至五卷文殊奉勑說偈覺海性澄圓等答盡四中間四卷中汝觀世間解結之人阿難歷問解結亦至文殊偈中六用不成答盡五四卷

中阿難問攝伏攀緣如來說五疊渾濁至十
卷中超越五濁五陰妄想答盤六六卷末阿
難問安立道場遠諸魔事至十
卷末禪那現境心見二魔答盡

大佛頂首楞嚴經疏解蒙鈔卷第一之一

音釋

逭古緩切　瞪除庚切直視也　眚所景切目翳也　稡子外切聚也　踳駮上尺允切下音剥相乖也　蓯音容　筌罤上且緣切取魚竹器下杜兮切兔網也　颺移章切風所飛揚也

大佛頂首楞嚴經疏解蒙鈔卷第一之二

海印弟子蒙叟錢謙益鈔

◎經前十門懸敘竟次下正釋經文【長水疏】云第十別解文義准常三分今【證信序】然此雖具六種成就今均廣畧總分爲二八一說經時分八二引衆同聞

【經】如是我聞【疏】若兼我聞【合釋】卽指法之辭也如是之法我從佛聞【清涼云】謂如是一部經義我昔親從佛聞故【佛地論云】謂結集時衆共請言如汝所聞當如是說傳法菩薩便許可言如是當說如我所聞論有四義一依譬喻二依教誨三依問答四依許可依許可者謂結集時云云【離釋】如是者信成就也巳下同清涼云【智度論云】佛法大海信爲能入智爲能度信者言是事如是不信者言是事不如是【論云】經中說信爲手如人有手入寶山中自在能取若無手不能有所取若無信是人不能入我法中如枯樹不生花實【肇公云】信順之辭也信則所言之理順順則師資之道成故萬行中以信爲首故曰如是【清涼云】肇公但是用智論意　又契理契機曰如永離過非曰是如理而說如理而信故言如是若約今經如來藏心體性不動曰如眞實義故曰是又一切諸法本無生滅皆如來藏故名爲如離一切相卽一切法故稱爲是更有餘義繁而不論【眞諦云】如是者決定也佛說此經有若干文句若多成增謗若少成減謗阿難聞之如瀉水不多不少故數決定佛說無相之理不有不無若有墮增若無墮減阿難傳之無增無減故理決定△【章安涅槃疏】不異曰如無非曰是若以牛羊眼看則無非舛誤豈得如是得如是者知法身大士住首楞嚴種種示現悟異不異所以稱如知非不非所以言是△按清涼廣釋如是用五教料揀長水避繁不論學者往檢　△我聞成就也我卽阿難自指五蘊假者【圓覺疏】我卽文殊及阿難海五蘊假者集法傳云一阿難此云歡喜持聲聞藏二阿難䟦陀此云喜賢持獨覺藏三阿難伽羅此云喜海持菩薩藏但是一人隨德名別　然一切法佛說無我今稱我者我有四種一凡夫人徧計

二外道宗計三諸聖隨世假立賓主四法身眞我經指後二非邪慢心而有所說故無過矣上是圓覺疏文言非邪慢者智論云世間語言有三根本一邪二慢三名字凡夫具三見道學人具於後二聖人唯一謂隨世間但是名字故云非慢心也△智論云佛弟子等輩雖知無我隨俗法說我非實我也譬如以金錢買銅錢人無笑者於無我法中而說我隨世俗故以是故諸法空無我而說我無咎△聞謂耳根發識聽受雖因耳處廢別從總故稱我聞清涼云此用何聞約大小乘法相各有三說一耳聞非識二識聞非耳三緣合方聞雖因耳處廢別從總故稱耳聞以有問言現是耳聞云何言我聞故爲此通明我爲總總該眼耳等諸根故卽佛地論文無相宗說我既無我聞亦無聞從緣生故不壞假名卽不聞聞耳若約法性此經旨趣以我無我不二之眞我根境非一異之玅耳聞眞俗無礙之法門也上來皆清涼文無相宗含於三教始頓實也第三約法性宗辨而但明圓教中意圓覺疏同此△清涼云然阿難年三十方爲侍者所不聞經或云展轉傳聞或云如來重說或云得深三昧自然能通推本而說實是大權菩薩影響弘傳也

經一時佛在室羅筏城祇桓精舍

什公云一時說經時也疏時成就也師資合會說聽究竟總言一時一者揀異餘時時者隨世假立法華文句論云天竺說時名有兩種迦羅是實時毘尼中誡內弟子依時食說明相卽用實時三世無相時法無實三摩耶是假時亦是長時短時外人計時爲實爲除邪見故佛說三摩耶不說迦羅如來說經有無量時不能別舉一言略周但云一時如涅槃云一時佛在恒河沙等又諸方時分延促不定故但言一時圓覺鈔云諸方時分豎則上下延促不同如人間五十年四王天一晝夜等橫則四方參差不同如俱舍說夜半日没中日出四洲等若約法義釋者卽說聽之時心境泯理智融凡聖如本始會此諸二法皆一之時文同圓覺疏金剛刊定云此是慤公楞嚴疏意△慈恩玄贊云經中說一時者卽是唯識時一不定約刹那等者聽法之徒根器或鈍說時雖短聽解時長或說者時長聽者亦久於一刹那猶未能解故非刹那二不定約相續者由能說者得陀羅尼說一字義一切皆了或能聽者得淨耳意聞一字時一切能解故

非相續由於一會聽者根機有利有鈍如來神力或延短念爲長劫或促多劫爲短念亦不定故總約說聽究竟名時三不定約四時六時八時十二時者一日一月一朏四天下長短晦寒近遠晝夜諸方不定恒二天下同起用故又除已下上諸天時無此四時及八時等經擬上地諸方流通若說四時流行不徧故四不定約成道已後年數時節者三乘凡聖所見佛身報化年歲短長成道已來遠近各不同故以長短不定前後無憑但說唯心之一時可爲正量但是聽者根熟說者慈悲應機爲談說聽事訖總名爲一時△佛主成就也具云佛陀此云覺者清涼云若言菩提但稱爲覺若云佛陀此云覺者謂覺了性相之者卽究竟覺也論云以覺心源故名究竟覺未覺心源故非究竟覺然具三義一自覺此揀凡夫覺知自心本無生滅二覺他揀異二乘覺一切法無不是如三覺滿揀異菩薩二覺理圓稱之爲滿故云自他覺滿之者清涼云若禪觀說亦云離心名自覺離色名覺他一切俱離爲覺滿以依起信心體離念名爲本覺故△佛地論具有十義謂具一切智一切種智出煩惱障及所知障覺了一切諸法性相能自開覺亦能開覺一切有情如睡夢覺如蓮花開故稱爲佛

△永明云一切衆生以第七識爲長夜如夢時不知是夢覺時方寤故云佛者覺也如睡夢覺如蓮花開△什公云佛在據佛所在處也疏在室羅筏城等處成就也孤山云在者住也佛內住首楞嚴等諸佛無量三昧能建大義故迹住精舍利羣生故△智論第三佛多住王舍城舍婆提少在餘城憍薩羅國是佛生身地以報生地恩故多住舍婆提一切衆生皆念生地故又憍薩羅國主波斯匿王住舍婆提大城中佛爲法主二主應住一處故多住舍婆提處有二種一所化處卽筏城二所住處卽祇園真諦記云住處有二一境界處謂化在俗之流二依止處謂統出家之衆初卽舍衛後卽祇園婆沙論云舉舍衛者令遠人知舉祇園者令近人知筏城具云室羅伐悉底卽舍衛國梵音楚夏耳此乃城名非是國號國都號爲憍薩羅以就勝易彰故舉城名室羅筏此云豐德或云聞物或云好道以其中多財寶妙五欲饒多聞豐解脫道德名稱五天共聞故云聞者城昔有古老仙人住於此處後有少仙名爲聞者於彼稟學老仙歿後少仙於此建立城郭故取其名△證眞鈔謂簡南憍薩婆國故廢國名而標城號祇桓者具云祇陀或云逝多制多此云戰勝卽太子名太子

生時匿王戰勝外國故林主是彼故云勝林桓即林也
精舍沙門精行所舍處也謂須達買園置舍
太子捨樹造門二人共搆以延僧佛梵語須達多唐
言善施義云給孤獨△涅槃等經云須達長
者願建精舍請佛說法擇得祇陀太子之園
太子戲云側布黃金滿即賣之長者便欲交
付太子言我戲語耳長者共太子欲往訟了
首陀會天化作斷事之者斷與長者便勑使
人象負金出八十頃中須臾欲滿殘餘少地
一庫金盡更思取金太子曰佛爲良田宜植
善種園地屬卿樹木屬我自起門樓請佛出
入長者七日爲佛作窟以妙栴檀用爲香泥
別房住止千二百處凡百二十處別打揵椎
佛告阿難二人同心共立精舍應謂此地爲
逝多樹給孤獨園雜阿含說給孤獨長者疾
病佛記得阿那含果命終爲兜率天子長阿
含說琉璃王滅釋忿祇陀王子不助我拔劒
殺之佛天眼觀得生忉利天○釋文李長者
科華嚴經如是是一句我聞是二句一時是
三句佛在是四句今從之
∧二引衆同聞者同聞之衆匪唯三乘亦該
諸趣下具天龍八部王臣菩薩發起序中今
文但有二類盖譯之巧畧也文二∧初
聲聞∧二緣覺初中三卍一標類舉數經與
大比丘衆千二百五十人俱疏衆成就也與

大比丘衆標類也與者并兼共及也佛與阿
難及大比丘等證非虛謬法華文句釋論明與者共義舉七一
解共謂一處一時一心一戒一見一道一解
脫也章安云佛之七一皆佛境界唯與圓菩
薩共住首楞嚴示比丘像者共梵云摩訶此具三義大多勝
也智論云何大一切衆中上故一切障礙斷故
天王等大人恭敬故妙宗鈔梵王師陳如帝釋師迦葉等數至
五千故名爲多疏云徧知內外經書故名多九十六種外
道論議能破故名勝觀經疏此等皆是無學小乘中極故云大比
丘名含三義乞士怖魔破惡智論比丘名乞士清淨活命故
比名破丘名煩惱能破煩惱故比名怖丘名
能能怖魔王及魔人民故△肇公云秦言淨
命乞食破煩惱淨持戒怖魔等天竺一言該
此四義秦無一名以譯之故存義名焉△天
合云比丘因果六義因名乞士
怖魔破惡果名應供殺賊無生謂出家者上
於諸佛求法以內資令慧命增長下於檀越
離邪正命乞食以外資令色身無損故云乞
士正命乞食者智論舍利弗告梵志女不下
口食不方口食不仰口食不四維口食不

墮四不淨食中用清淨法食活命也又出家者最初發菩提心或至成道皆令魔怖失人衆故名爲怖魔論言當出家剃頭著染衣服受戒是時魔怖魔王言是人必得入涅槃【什公曰】始出妻子家乞食自守清淨活命終出三界家破煩惱持戒自守具此二義天魔怖其出境也又能破斷身口七支九十八使業煩惱故稱爲破惡【章安云】戒慧七支禪鎮心猿怖無常狼伏煩惱脂【妙宗云】見思二使共九十八名惡名賊修觀推窮爲破惡證智斷盡爲殺賊也四人已上乃至無量能作說恣羯磨法故名爲衆【智論云】僧伽秦言衆多比丘一處和合是名僧伽是僧四種有羞僧無羞僧啞羊僧實僧若學人若無學人住四果中行四向道是名實僧△【天台云】梵云僧伽此翻和合四人已上乃至百千無量一處羯磨作法行籌布薩事和無別衆法和無別理事理二和名和合衆【淨名疏】理和謂同證擇滅故事和謂戒和同修見和同辨身和同住利和同均口和無諍意和同悅△千二百五十人舉數也佛初成道先度陳如等五人次度三迦葉兄弟兼徒總一千次度舍利弗目連各兼徒一百次度耶舍長者等五十人經舉大數故減五人依報恩經△【法華文句】三迦葉千人身子目連共二百五十又云耶舍五十人此衆先竝事外勤苦累劫一無所證纔遇見佛便得上乘感佛恩深常隨佛化爲常隨衆天台觀經疏△【清涼疏】明海衆雲集云一影響衆爲影響爲主件故卽諸大菩薩及下證法如來皆乎爲主件若影隨形響應聲故二常隨衆爲作輔翼得圓滿故如普賢等常隨之衆六發起衆爲發起此經諸請難者卽其事故七當機衆爲開法獲益當機領悟卽其類故㔾二總嘆行德

【經】皆是無漏大阿羅漢【疏】總指也漏有三種皆斷盡故【章安云】三漏者一欲漏謂欲界一切煩惱除無明二有漏謂上兩界一切煩惱除無明三無明漏謂三界無明△【法華文句】成論云失道故名漏律云癡人造業開諸漏門毘曇云漏落生死阿羅漢名含三義故翻爲應應已永害煩惱賊故應不受分段生故應受人天妙供養故此皆無疑故名爲大【智度論云】阿羅名賊漢名破一切煩惱賊破是名阿羅漢復次阿羅漢一切漏盡故應得一切世間諸天人供養復次阿名不羅漢名生後世中更不生是名阿羅漢三界中三種漏已盡故言漏盡摩訶言大那伽或名龍或名

象是五千阿羅漢諸羅漢中最大力以是故言如龍如象水行中龍力大陸行中象力大

Δ法華文句阿颰經云應真瑞應云真人悉是無生釋也依舊翻云無著不生應供或言無翻名含三義無明糠脫後世田中不受生死果報故云不生九十八使煩惱盡故云殺賊具智斷功德堪爲人天福田故言應供或言初始學無生生未無生初雖怖魔魔未大怖初雖乞士未是灼然應供今獲無生忍破煩惱賊盡是好良田以果對因釋羅漢三義

Δ涅槃四依品第四人者名阿羅漢斷諸煩惱捨於重擔逮得已利所作已辦住第十地

釋論云一切結使等斷除名無煩惱戒定智慧等善法具足滿故名所作已辦五衆麤重常惱故名爲擔阿羅漢此擔已除故言棄擔能擔者是佛法中二種功德應擔

章安云所作已辦至第十地學行窮滿是名應供

Δ融室云結集者稱大比丘德能盡諸漏廻向大乘阿羅漢果

已下別嘆

經 佛子住持善超諸有

疏 從佛口生得佛法分堪紹佛種故云佛子

法華玄義身子云今日乃知真是佛子昔教五人發得真無漏名佛子菩薩不發真名爲外人大乘解自稱昔日非真佛子從佛口生是聞慧中法身生從法化生是思慧中法身生得佛法分是修慧中法身生三慧成就是真佛子

安住覺性三德秘藏任持萬善功德不失故云住持

華嚴嘆衆住一切菩薩智所住境護持諸佛正法之輪

諸有者二十五有皆得二十五三昧不爲界繫故云善超

智論云三種有欲有色有無色有欲界業繫取因緣後世能生亦是業報是名欲有色有無色有亦如是結有九結諸阿羅漢結使應永盡得一切煩惱離故有不應盡答曰無所妨是因中說果如人從高處墮未至地言此人死雖未死知必死故諸阿羅漢結使已盡知有必當盡故言有結盡

法華文句云諸有卽二十五有生處也結卽二十五有生因也

輔行云因果不亡故名爲有

Δ交光云二乘求出三界畏如牢獄卽三界而不繫居有不有爲善超也

淨名云善於諸法得解脫不著世間如蓮花

此嘆自利已下嘆利他

經 能於國土成就威儀

疏 無剎不現故云能於國土有威可畏有儀可則行住坐卧皆成軌範可爲標准故云成就等淨名言不起滅定現諸威儀此儀止可觀也

淨名肇注小乘入滅盡定則形猶槁木無運用之能大士入實相定心智永滅而形充八極順機而作應會無方舉動進止不捨威儀其爲晏坐也亦已極矣上云不於三界現身意此云現諸威儀夫以無現故能無不現無不現卽無現之體也

Δ宗鏡古釋云未滅定之前加行心中願我入滅

之後若有衆生合聞我說法見我威儀我當
教化以此願故入定之後單將本識化相種
子生起現行以平等性智而能現起威
儀△〔温陵云〕隨刹現身正容悟物也〔經〕從
佛轉輪玅甚遺囑〔疏〕智甚遺付也法有摧輾
業煩惱義喻之若輪自既摧破障亦能轉教
令他破惑〔慤公云〕從佛受教自證已圓能演佛言轉化羣品於一法
中作無量說一一逗機一一稱性以善巧方
便令其得入如來知見玅好甚任護付法藏
令燈燈相然明明不絕囑法令傳囑生令度
名遺囑也〔淨名經〕巳能隨順轉不退輪〔肇曰〕流演圓通無繫於一人輪也諸佛
既轉此輪諸大士亦隨類轉之△〔清涼云〕輪
者如帝王輪畧有四義一圓滿義輪輞輻軸
等體用周備故二摧壞義摧壞煩惱如摧未
伏等三鎮遏義已伏煩惱令執轉遠如摧已
伏四不定義從見至修修至無學從自至他
從信至解解至行果等轉者演說也流演圓
通名之爲輪自我之彼故名爲轉△〔補遺云〕
此經最後垂範正爲扶律談常故云堪遺囑
也〔經〕嚴淨毘尼弘範三界〔疏〕戒可遵依也毘
尼云律律法也斷割重輕開遮持犯非法不

定〔南山云〕毘尼翻滅從功能爲名非正譯也正翻爲律律者法也從教爲名△〔清涼疏〕
正曰毘奈耶此云調伏△〔什公云〕毘尼秦弘
言善治謂自治婬怒癡亦能治衆生惡也
大也範法也既嚴持清禁身心弗違大能軌
則世間眞是法中綱紀也〔標指〕毘尼是三界之大法稟之則出
生死故△〔私謂〕佛入涅槃囑阿難言尸波羅
戒是汝大師此言嚴淨毘尼正是遺囑之元
首經中清淨明誨禁戒成就總攝於此〔經〕應身無量度脫衆生
〔疏〕定能現化也住首楞嚴化復作化普現色
身隨十界機宜何身相現而說法法華所謂
內秘外現隨法身地隨緣俯應如一月不降
百水不升慈善根力法亦如是若非發迹之
後無如是嘆醍醐味教於斯現矣〔法華文句〕諸大羅漢
從法身地俯影隨緣迹臨萬水爲學無學作
男作女示道示俗首楞嚴力靡所不現方便
善根爲若此△〔智論云〕如大龍王起於大雲
徧覆虛空放大電光明照天地注大洪雨潤
澤萬物諸阿羅漢亦復如是禪定智慧大海
水中起出慈悲雲潤生可度現大光明種種
變化說實法相雨弟子心令生善根△〔直解〕
楞伽三種阿羅漢一實二權二權者菩薩化

化佛化化今同彼菩薩化也既云菩薩化寧非入實安得謂法華前無此嘆又此嘆德是佛滅後結集之人已聞開顯之實故引後分義嘆於教迹前後殊不相妨也【經】拔濟未來越諸塵累【疏】結悲化無盡也拔令脫苦濟使得樂佛滅度後故曰未來煩惱與業染汙繫縛喻之塵累皆令清淨自在無礙故稱越也【溫陵云】毘尼作範應身度生意非利彼一時直欲拔濟未來使皆超諸有塵累耳經以阿難起教故嘆其同列之德以顯大權示跡意在拔濟也卍三列衆上首

【經】其名曰大智舍利弗摩訶目犍連摩訶拘絺羅富樓那彌多羅尼子須菩提優波尼沙陀等而爲上首。【疏】舍利弗具云奢利弗呾囉此云鶖子其母目睛明利如彼鳥故連母爲號亦云身子是佛右面弟子慧辨過人故云大智增一云我佛法中智慧無雙決了諸疑者舍利弗第一△【智論云】南天竺大論師字提舍獨步王舍打論議鼓國師義屈奪封納其女爲婦舍利懷妊母亦聰明大能論難既生七日裹以白疊以示其父父言我名提舍逐我名字字爲優波提舍時人貴重其母聰明第一標爲舍利弗年始八歲越衆升論床封一聚落與大目連爲友道逢阿說示說偈皆得初果佛遥見言是二人我弟子智慧第一神通第一佛滅度後長老阿泥盧言舍利弗是第二佛驕梵鉢提言能逐佛轉將我和尚舍利弗△【法華文句】至佛所七日徧達佛法淵海十五日後得阿羅漢佛說一句身子以一句爲本七日七夜作師子吼更出異句異味使無窮盡況佛多說寧可盡耶爲羅云和尚憍梵作師聲聞衆中右面弟子○目犍連具云摩訶沒特伽羅此云大采菽氏上古仙人常食菉豆母是彼種從外立名若從父名此名畢利迦亦云俱律陀此云善占左面弟子神通無過△【智論云】吉占師子舍利弗友而親之舍利弗才明見貴吉占豪爽取重行則俱遊坐則同止後俱出家誓曰先得甘露要必同味後與身子同證初果經七日已得阿羅漢△【法華文句】身子目連爲轉法輪左右弟子者通因定生卽定慧一雙亦是福慧一雙悲多現通亦是悲智一雙○拘絺羅此云大膝常論勝姊姊懷身子論則不勝知孕智人寄辨母口何況出胎遂往南天學問誓不翦爪要讀十八經盡號長爪梵志學畢還家爲佛弟子成阿羅漢獲四辨才觸難能答南方天王常隨侍也△【智論二云】長爪還家知甥爲佛弟子起大憍慢直向佛所舍利弗佛邊侍立以扇扇佛長爪語佛瞿曇我一切不受佛問汝一切不受是見受不佛所質義汝已飲邪見毒今出是毒氣言一切法不受是見毒汝受不爾時長爪如好馬見鞭影卽覺低頭思惟佛置我著二處負門中若說是見我受是負處門麤故多人知第二負處門細我不受之以不多人知

故答言一切法不受是見亦不受佛語梵志汝不受一切法是見亦不受與衆人無異何用貢高如是長爪不能答佛說法斷其邪見得法眼淨○富樓那父名此云滿父於滿江禱天求得正值江滿又夢七寶器盛滿中寶入母懷母懷子父願滿故名滿願彌多羅尼母名此翻慈行亦云知識四章陀有慈行品其母誦之尼女聲也通稱女爲尼男爲那連父母召云滿慈子什公曰於法師中第一善說阿毘曇也△七車譬喻經云生處安居比丘嘆滿慈子精進正念智慧無漏勸發亦稱說此等法身子聞念我何時得見此人他示云白晳隆鼻鸚鵡嘴者是其形相後於安陀林相見身子問賢名何等答我父名滿我母名慈人稱我爲滿慈子身子稱嗟賢者滿慈子智辨聰明決定安隱無畏逮大辯才得甘露幢值汝者得大饒益諸梵行人應縈衣頂戴滿慈子問賢者何名答我父字優波提舍母名舍利故稱我舍利子滿慈嗟曰今與世尊等弟子共論而不知與第二世尊共論而不知與法將共論與轉輪復轉弟子共論而不知若我知尊者不能答一句況復深論善哉善哉爲如來弟子乃至縈衣頂戴○須菩提此云空生或云善吉善現等生時家中庫藏器皿皆空占云兒必善吉此善吉相現於器故從是得名於大衆中解空第一入無諍定喜說空法所修行業以空爲本△淨名疏云稟性慈善不與物諍及其出家見空得道兼修慈心得無諍三昧是以常能將護物心故名善業以生時家宅皆空因名空生卽表其長成解空之相什公云須菩提秦言善業解空第一○優波尼沙陀賢中疏云此云塵性以觀塵性空而得道故亦名優波尼△疏殺曇云近少義翻塵性詳在本經第五

更有餘人經不具載故云等也卽三迦葉輩此皆頭角爲衆知識綱領佛法各有弟子故云上首也

通釋淨名經列十大弟子什公云諸聲聞體非兼備則各有偏能謂之第一故五百弟子皆稱第一今十弟子各一法門攝爲眷屬雖各掌一法何曾不具十德法華列二十一尊者曾一云陳如比丘共上座名者有德大人相隨舍利弗共智慧深利者相隨目連共神通大力者相隨各掌一法引諸偏好意也今經列六聖智慧神足等皆稱第一雖列常隨亦似兼發起當機二衆耳△瑜伽云從他聞正法名聲又能令他聞正法聲名爲聲聞問何因緣故惟取聲聞說住學勝利答由聲聞衆是佛世尊隨順修學眞實子故△天台云聲聞內祕外現何曾保證涅槃天人皆大薩埵豈復耽玩生死皆迹引二邊而本常中道也△清涼鈔不思議境界經云爾時復有千億菩薩現聲聞形亦來會坐其名曰舍利弗目犍連乃至阿難提婆達多跋難陀等而爲上首皆已久修六波羅蜜近佛菩提爲化衆生於雜染土現聲聞形釋曰是大菩薩方便願本故爲實說如法華五百弟子品云諸比丘諦聽佛子所行道善學方便故不可得思議知衆樂小法而畏於

大智是故諸菩薩作聲聞緣覺即其文也又阿難章中云方便爲侍者護持諸佛法即大權明矣△二緣覺衆

經復有無量辟支無學并其初心同來佛所

疏具云辟支迦羅此云緣覺以觀十二因緣而覺悟故此是部行非同麟喻然不預嘆德列名者以猒喧樂靜不爲衆所知識故資中文△法華記次釋少知識衆中非唯不歎又不列名聖爲引凡發彼同類機緣不等隨類接之故現少識之迹以接隱德之徒不可以多少之迹失其本也主伴咸集故云并其初心遇佛廻向必證大果故下經云有學二乘及諸一切新發心菩薩等皆獲本心遠塵離垢得法眼淨婆沙論云學人者須陀洹斯陀含阿那含無學人者阿羅漢辟支佛○通釋辟支△資中曰此是部行遇佛廻向者若麟喻者出無佛世三千大千獨一而出如麟一角△吳興云并其初心正似師徒共集實部行也△孤山云今云無量辟支將非他方無佛之土大權引實而來此乎△私謂古稱辟支出無佛世今與初心同來佛所部行引權二義紛如今詳經論覈其通別別者釋論云迦羅此翻緣覺亦名獨覺獨覺出無佛世緣覺願生佛世俱舍明獨覺自有二種一麟喻二部行婆沙云辟支佛獨出世者當知如佛如渴伽獸獨生一角涅槃現病品云第五人者永斷貪欲瞋恚愚癡得辟支佛道涅槃無餘入於涅槃真是麒麟獨一之行荊溪云羅漢或出有佛世或出無佛世故非獨一之行辟支佛決定出無佛之世故名獨一之行此別義也通者慈恩引仁王經列獨覺衆人云釋迦出世五百獨覺從山中來至於佛所仁王但有緣覺之文慈恩稱獨覺者根性不異名義乎通也獨覺亦通見佛法華文句引華嚴等獨覺有三類一者知佛出世即先入滅或佛神力徙於他土二者出無佛世三者雖生佛世願見佛故不即捨壽亦不被移五百從山中來者即第三類此通義也今又准瑜伽論通之論明三獨覺道有安住獨覺種性經於百劫值佛出世親近承事專心求證獨覺菩提於當來世疾能速證名爲初獨覺道復有二類皆值佛出世親近善士如理作意證法現觀即於今生及當來世得沙門果得阿羅漢果名爲第二第三獨覺是則三種獨覺皆值佛出世親近承事慈恩五百華嚴第三與今經同來佛所皆是今定指獨覺出無佛世緣覺出有佛世似更須和會也論又云有依初獨覺道滿足百劫修集資粮出無佛世無師自能修三十七菩提分法得獨覺菩提果成阿羅漢果清涼所謂緣覺緣覺也或依第二第三獨覺道出無佛世無師自能乃至得沙門果證最上阿羅漢果清涼所謂聲聞緣覺也當知由初習故成獨覺者名麟角喻由第二第三習故成獨勝者名部行

喻是則三種獨覺皆出無佛世諸經論所開皆是不應定指部行見佛麟喻獨不見佛又麟角別占獨名部行通指二覺不應定指獨覺麟喻緣覺部行也約根性言之瑜伽明初所習麟角喻獨覺樂樂處深林第二第三所習部行喻獨覺亦樂部衆則是麟獨部行衆也釋論又明部行獨覺稍有爲人之心如鹿行走而能回顧後羣麟喻獨覺但欲自度譬如麒麟唯有一角又似乎部行利生麟角無悲也又緣覺亦稱獨覺者雖值於佛樂獨善寂故獨覺亦稱緣覺者雖無師教觀外因緣故若言緣覺聲聞緣覺於最後身亦應值佛若言聲聞緣覺聲聞滿人天七返亦不值佛若行因值佛獨覺雖獨宿孤峰亦得見佛行因不值佛緣覺但師徒訓化亦不見佛願力既殊機應各別未可定判也緣獨二覺總翻辟支葢一名而異召經言辟支無學則具含耳諸師或近局法會剋指部行或高推聖境懸希影響義門錯互故此通也○[釋文]智度論二十一云迦羅此翻緣覺亦翻獨覺四教義標云辟支迦羅此翻緣覺釋中開二謂緣覺獨覺新譯華嚴音義云二名各有梵語畢勒支底迦此名各各獨行佛者覺也局在獨覺鉢羅底迦此翻緣覺辟支迦羅名通二種皆梵音賖切故也玄應音義云緣覺又云獨覺舊經云古佛又言辟支佛又言迦支迦或云息支迦皆梵音譌轉也此云獨覺是○上來通序竟

◎[二發起序]起屬諸比丘盡阿難歸來佛所文分爲三△一法會故動因緣三卍一夏制圓成衆求密義

[經]屬諸比丘休夏自恣[疏]屬值遇會也聖禁三月滿在此日故云休夏自迷所犯恣任僧舉當悔清淨制限恣法如律所明[安居篇]四月十六結夏至七月十五日夜盡名夏竟至明相出[摭][華鈔]律中以七月十六日是比丘五分法身生來之歲則七月十五日是臘除也比丘出俗不以俗年爲計乃數夏臘耳△[盂蘭盆經]佛告目連十方衆生七月十五日僧自恣時[疏曰]前三月夏安居竟故可自恣自恣有三日或十四十五十六今舉中間也自恣者自巳之過恣他所舉謂一夏安居九旬加行不皆四果亦得四禪佛設教門本意如此然將超苦海謹護浮囊猶恐當局者迷必藉傍觀得失故偏祖於大衆中白大德長老或見我過或聞我罪或疑我犯恣任所舉哀愍語我我當懺悔△[熏聞云]問據何經律知佛自恣答增一云如來同僧至於草座告諸比丘我欲受歲又新歲經佛自叉手向諸比丘悔過等○[釋文]鉢刺婆刺拏譯爲隨意[寄歸傳云]凡夏罷歲終之時此日應名隨意卽是隨他於三事之中任意舉發說罪除懺之義舊云自恣者是義翻也

[經]十方菩薩諮決心疑欽奉慈嚴將求密義[疏]具云菩提薩埵此云覺有情此有

三釋一菩提所求果薩埵所度生二菩提所
求果薩埵能求人三菩提覺悟智薩埵情慮
識總約悲智能所眞妄以立名也△〔肇公云〕
菩提佛道名也薩埵秦言大心衆生有大心
入佛道名菩提薩埵無正名譯也△〔智論云〕
天竺語法衆字和合成語衆語和合成句如
菩一字提一字是二不合則無語若和合名
爲菩提秦言無上智慧薩埵或名衆生或是
大心爲無上菩提故出大心欲令
衆生行無上道是名菩提薩埵 此等安居
非止一處故云十方限内修行莫盡通達從
師指授夏末方遂故云諮決心疑恭敬遵承
故曰欽奉恩念威重故曰慈嚴將求密義者
意請宣說如來密因修證了義之法門也〔熏聞〕
且通指大乘法要卍二
師資感應教演眞乘〔經〕卽時如來敷座宴
安爲諸會中宣示深奥〔疏〕非禪不慧故先入
定爲後軌也卽敷尼師壇靜然安坐如金剛
法華皆先入定後方始說常法爾也〔法華文句〕非禪
不智故須入定非智不禪故先說法△〔翻譯
云〕尼師壇此名坐具或云隨具衣戒壇經云
尼師壇如塔之有基也汝今受戒卽五分法
身之基也五分由戒而成若無坐具以坐汝
身則五分慧戒無所從生今按魏金剛云如
常敷坐結加趺坐如來每會說般若皆自敷
坐具爲敬般若故今說佛頂亦必爾也尼
師壇乃比丘服相如來示同比丘相故 前
求密義今宣深奥隨其所問皆與說示如法
華先說無量義經以爲一乘之本今亦如是
必有經目隱而不言也〔熏聞云〕亦猶法華前
說無量義淨名前說
普集△〔手鑑云〕凡入三昧各有六意一此眞
三昧是所證法體故二非證不說故三顯此
法非思量境故四觀根審法故五顯說證皆
同故六成儀軌故此安坐宣示卽大定大慧
阿難一向未
全蔭闕此也〔經〕法筵清衆得未曾有迦陵仙
音徧十方界〔疏〕教主既非生滅心行說實相
法能聽之衆亦無一法可爲領受稱實說聽
無有垢染故云清衆斯爲究竟無上法會故
未曾有佛音和雅衆所愛樂如迦陵頻伽在
於轂鳴勝餘鳥故堪喻佛聲此鳥非常故云
仙也徧十方界顯其圓義如來梵音於諸相
中最爲勝故此云妙聲音鳥〔智論云〕如迦羅
頻伽鳥在轂中未出發聲微妙

勝於餘鳥佛語真實柔輭次第易了不疾不徐不少不多不没不垢不調戲勝迦羅頻伽鳥音△正法念經如是美音若天若人緊那羅等無能及者唯除如來音聲△私謂我佛以聲相現化何揀羣生諸天以禽鳥爲師咸能說法法筵妙嚴清衆肅穆頻伽仙禽自然演法日仙音所以巧模和雅日徧界所以極命妙圓何必此量一音牽連法喻凝目連之聞聲徵大士爲循響向後林木演音梵唄數奏法會肇開亦應如是阿彌陀經伽陵頻伽共命之鳥晝夜六時出和雅音斯爲良證矣

經恒沙菩薩來聚道場文殊師利而爲上首

疏正云曼殊室利此云玅吉祥或玅德法華文句悲華云在北方歡喜世界作佛號歡喜摩尼寶積佛今猶現在爲菩薩像影響釋迦耳肇云曾已成道號龍種尊也下文將神咒揀圓通與奪衆心無思不服智德之尊故標上首標指文殊爲根本智始末皆歸文殊也前文十方菩薩咨決心疑今此復云恒沙來聚者或因結上首重指前文或因前說法聲徧十方後始來集二義無在私謂當依華嚴開影響衆此文爲通序之餘也△智論云他方等十六菩薩是居家菩薩慈氏玅德等是出家菩薩觀世音等從他方佛土來他方菩薩以先世因緣故雖遠處生應來聽法譬如繩繫雀脚雖復遠飛攝之則還△李長者曰何故文殊爲上首爲文殊師利皆啟蒙之主故十方諸佛皆以文殊師利妙德爲發信心之首故以彰顯法身根本智故△寂音曰經標文殊師利凡五各表其法棗柏論曰文殊在東震旦東北方清涼山中與萬菩薩至止艮位東北菩薩居之爲根本智艮止也恒沙菩薩來聚道場而爲上首者以頂法難信之法也艮爲小男有發蒙起信之義將咒往護提獎阿難者溺於婬海失於依救艮爲手有撫憐援接之義代諸大衆發明二種精見色空義以息馳求者艮爲止有息滅散亂之義選擇二十五行何方便門者證悟易難以智擇之艮爲指有料理揀擇之義頂禮佛足云何名此經者一會之法始終皆歸本智艮爲萬物之所終始故曰成言乎艮非獨此也雜華以善財於福城之東首見文殊乃南詢善知識五十三人入彌勒大莊嚴樓閣已却令復見初友文殊與此意同也○引證阿闍世品經文殊師利童子著衣持鉢呼長老迦葉言仁當先行我等隨從何以故長老須菩提如來先度年夏俱尊我等隨從須菩提言於佛法中不應以老爲上智慧爲上文殊師利仁者智慧爲上教法爲上威德無礙文殊師最尊最上仁但先行我等隨從○釋文恒沙梵云殑伽此云天堂來見從高處來故從阿耨池東西流出周四十里沙細如麵金沙混流智論恒河沙多餘河不爾是佛生處遊行處弟子眼見故以爲喻○道場西域記善

提樹垣正中有金剛座賢劫千佛坐之入金剛定故曰金剛座亦曰道場【清涼云】場者證菩提之處也事處卽天地之中王舍城西二百里金剛座上約法則萬法皆是道場故不移其處說之卍三王臣請供主伴分應【經】時波斯匿王爲其父王諱日營齋請佛宮掖自迎如來廣設珍羞無上妙味兼復親延諸大菩薩【疏】具云鉢羅斯那恃多此云勝軍【西域記】唐言勝軍亦云月光【翻譯云】或名不黎先尼此云和悅先王崩日忌諱之晨卽自恣後之一日也【私謂】准盂蘭盆經國王太子大臣百官萬民行慈孝者應爲七世父母於七月十五佛歡喜日僧自恣日以百味飲食安盂蘭盆中施十方自恣僧匿王諱日營齋正值自恣之日城中居士長者亦如常法同日飯僧長水言自恣之明日未知何據諱忌也諱避其名忌舉吉事宮掖內庭也后妃居所在天子左右如肘掖耳王之宮禁桀掖者所居故○【引證釋迦譜】佛生之日罽時八王同日生子皆集婆羅門制好名字舍衛國太子名波斯匿父王見大光明瑞相謂子福力所致故以月光命名△【仁王】【經】佛言是月光王已於過去十千劫龍光王佛法中爲四住開士我爲八住菩薩△【諫王】【經】有國王不離先尼出行國界道過佛所佛爲廣說宿命當畏地獄考治勿殺諸含血類

王願爲弟子卽受五戒頭面著地爲佛作禮【涅槃疏】波斯匿王見佛時捨王威儀謂冠劍珮履車此俗威儀【經】城中復有長者居士同時飯僧佇佛來應佛敕文殊分領菩薩及阿羅漢應諸齋主【疏】十德具足三品居財故云長者居士【手鑑】竺俗以商估爲業遊方履險彌積珍財上者奉王餘皆入已財盈一億德行又高便稱長者彼土數法萬萬爲一億此爲下品十億中百億上積財巨億長者之上也又守道自怡寡欲蘊德故曰居士佛爲化主王請須臨臣爲輔佐餘聖可赴【增一云】名闍優婆塞四十人大檀越主卽須達長者△【湛然云】爾時國王居士同時飯僧各有所應惟居兒魁膾婬坊酒肆未發道心都無所請阿難平等行乞欲求彼最後檀越以是故也八二當機誤墮機感四卍一歸園無請【經】唯有阿難先受別請遠遊未還不遑僧次【疏】阿難此云歡喜佛初出家淨飯憂惱聞子成道王大忻然復有斛飯奏云生兒舉國大喜因立斯號【智論二云】菩薩智慧力故大破魔軍魔惱淨飯王詭言汝子已死王哭云阿夷驚怖墮床如熱沙中魚菩提樹神持天曼陀羅華

報王汝子成佛王大歡喜斛飯家使來白貴弟生男王言今日大喜是歡喜日是兒當字爲阿難是爲父母作字

又彼端正或說或默行住坐卧進止動轉見者咸喜故云歡喜

云何依因緣立名阿難端正清淨如好明鏡老少好醜容貌顏狀皆於身中現其身明淨女人見之欲心即動佛聽阿難著覆肩衣能令他人見者心眼歡喜故名阿難△【中阿含云】四衆若聞阿難所說若多若少無不歡喜欲發問時先爲謦欬大衆皆歡喜若覩其默行住坐卧指撝處分進退動靜皆歡喜阿難年二十五佛時求侍阿難順從五百皆歡喜佛言過去侍聞說乃解今佛未發言阿難已解故以法付阿難如來歡喜阿難侍佛二十五年所聞八十八犍度皆誦不遺不重問一句念力歡喜阿難隨佛入天人龍宮見天人龍女心無染著雖未盡殘思而能不染一切天人龍神無不歡喜

先受別請者涅槃經說不受別請乃不隨佛受別請耳或因他事而非齋也

資中文△或因他事者如毘尼藏中不一向戒於受別請除病時行時作衣施衣等時無犯之類△【融室云】營齋飯僧之前阿難已受他齋之請是日未返祇桓不暇預僧次之請也○【引證】【四分律云】請僧有二僧次別請也【十誦律】鹿子母別請五百羅漢佛言無智不善若於僧次請一人者得大功德勝別請五百羅漢

【經】既無上座及阿闍黎途中獨歸其日無供【疏】同輩上下曰上座等阿闍黎此云軌範謂與衆中作軌範也

【毘尼母云】從無夏至九夏是下座十夏至十九夏爲中座自二十夏至四十夏是上座五十夏已上一切沙門之所尊敬名耆宿【五分律】佛言上更無人名上座△【南山鈔】阿闍黎隋言正行能糾正弟子行故【四分律】明五種阿闍黎一出家阿闍黎二受戒阿闍黎三教授阿闍黎四授經阿闍黎五依止阿闍黎乃至依住一宿者和尚及依止多已十夏者爲之上四師皆多已五夏者爲之△【私謂】此經家結集叙事明誤隨緣起之文阿難既不隨如來應供又不同大衆赴齋獨行獨歸一無伴侶故曰既無上座及阿闍黎描寫途中孤獨之狀初無彈駮之詞也寂音尊頂論言比丘遠出須三人俱爲上座阿闍黎考律無此明文又謂出行既無上座乞食又無次第致溺婬舍被邪咒攝阿難既爲佛侍又須別求軌範僧乎侍佛三願二不隨如來受檀越別請豈不知行乞次第乎又聽我出入無時爲廣作利益四部衆故豈更論依止有無乎卍二平等行乞

【經】即時阿難執持應器於所遊城次第循乞【疏】當日初分乞食易得故云即時鉢多羅此云應量器色與體量皆應法度也

【翻譯云】律明鉢體有二瓦及鐵也色

者熏作黒色赤色或孔雀咽色鴿色等量者大鉢受三升小受升半【南山云】此姬周之斗也準唐斗上鉢一斗下者五升【五分云】佛自作鉢坯以爲後式無擇淨穢故
云次第順於軌則故云循乞乞食十利如寶
雨經說【寶雨經云】乞食成就十法一爲攝受有情二爲次第三爲不疲猒四知足五爲分布六爲不躭嗜七爲知量八爲善品現前九爲善根圓滿十爲離我執△【僧祇律云】乞食分施僧尼衛護令修道業故云分衛【輔行云】諸律論文乞食之法不一處足爲福他故令至七家【經】心中初求最後檀越以爲齋主無
問淨穢剎利尊姓及旃陀羅方行等慈不擇
微賤發意圓成一切衆生無量功德【疏】檀越
此云施者阿難乞食意祈末後來請僧者我
當赴彼故曰齋主淨穢卽剎利旃陀也剎帝
利此云田主卽王種也故云尊姓【肇公曰】王種也秦言田主劫初人食地肥轉食自然粳米人情漸僞各有封殖遂立有德者處平分田地王者之始也故相承爲名焉旃陀羅此云殺者卽魁膾遥酒
家也【翻譯】此言屠者正言旃荼羅此云嚴熾謂惡業自嚴行時搖鈴持竹爲摽幟故

若不爾者王必罪之△【法顯傳】名爲惡人與人別居入城市則擊竹自異人則避之方
法也軌則如來行平等慈不取貴擇賤俾施
者見者得福無量【孤山云】方行等慈謂平等行慈也欲令淨穢皆趨菩提故曰圓成等△【淨名經云】迦葉住平等法應次行乞食以空聚相入於聚落以一食施一切供養諸佛及衆聖賢然後可食若能於食等者諸法亦等諸法等者於食亦等如是行乞乃可取食卍三欽仰無遮【經】阿難已知如來世尊訶須
菩提及大迦葉爲阿羅漢心不均平欽仰如
來開闡無遮度度大各反度越也諸疑謗【疏】迦葉波
此云飲光氏尊者頭陀上行第一故云大也
不均平者善現捨貧從富迦葉捨富從貧皆
爲淨名所訶今言如來者就其印可功歸佛
也【資中】【文】然佛常乞食無遮間者一由內證平
等理外不見貧富相二心離貪慢慈無偏利
三表威德不懼惡象沽酒淫女家四息凡夫
譏嫌五破二乘分別故得仰效行平等耳度

疑謗者卽息凡夫譏嫌也【淨名什公注】大迦葉先佛出家第一頭陀者也一時從山中出形體垢膩著弊衣諸比丘見之起輕賤意佛故讚言善來迦葉卽分牀坐迦葉辭曰佛爲大師我爲弟子云何共坐佛言我禪定解脫智慧三昧大慈大悲教化衆生汝亦如是有何差別諸比丘發希有心咸興恭敬迦葉聞已當學佛行慈悲救苦濟人有是慈悲而捨富從貧意將何在耶將以貧人苦不植福故致斯報今不度者來世盃甚亦以造富有名利之嫌故又不觀來世現受樂故亦以富人慢恣難開化故貧人覺苦猒此心易得故從捨之生必由異見故譏其不普誨以平等也【肇公曰】須菩提以長者豪富自恣多懷貪吝不慮無常今雖快意後必貧苦愍其迷惑故多就乞食○【刪】【修】張無盡海眼經刪如來下十三字補十八字云曾於毘耶離城揀擇行乞悲心不善被長者訶雷菴受師彈駁甚厲以改竄經文其過易見標以示戒【經】經彼城隍徐步郭門嚴整威儀肅恭齋法【疏】城之濠塹曰隍齋莊齋整不失威儀安靜恭謹足成令則以斯行乞物無不從仰效尊儀故云齋法也定林云佛與比丘在辰巳間應供名爲齋者與衆生接不得不齋又以佛性故等視衆生而以交神之道見之故曰嚴整威儀肅恭齋法△【私謂】阿難乞乳婆羅門不懼乳牛戕害乞食旃陀舍不擢婬女酒家住平等慈行大乘法所以知呵凡小願放無遮也今師計執彈斥紛如獨行無伴引繩律儀初求最後深文揀別又謂嚴整肅恭作意矜局不若收衣洗足從容中道凡夫譏嫌是此流類海形牛跡豈不然乎卍四墮婬起教【經】爾時阿難因乞食次經歷婬室遭大幻術摩登伽女以娑毘迦羅先梵天咒攝入婬席婬躬撫摩將毀戒體【疏】爾時此時也摩登伽義翻本性下經云性比丘尼是也又過去爲婆羅門女名爲本性今從昔號故曰性比丘尼△【翻譯】摩登皆梵音奢切戒因緣經旃陀羅女名鉢吉蹄女報阿難我是摩鄧伽種應法師云摩登伽女之總名阿徒多女之別名此女卑賤常埽市爲業用給衣食娑毘迦羅亦云劫毘羅此言金頭或云黃髮食米臍外道也【清涼云】此云黃赤時世號爲黃葉色仙人【應法師云】食米臍外道縛手二指往舂簸處以縛指取米屑聚掌中爲食亦名鵄鵂外道拾米如鵄鵂行也【輔行云】迦羅恐身死往自在天問天令往頻陀山取餘甘子食之師事梵天而得此咒咒是梵天先說外道施行世人諷習以爲幻術【私謂】准摩鄧伽經摩鄧母人咒阿難云天魔乾

闍婆火神地神急令阿難到此此旃陀羅咒梵天之邪咒也蓮華實說梵天娑毘羅咒曰若能離此慾定得梵天處此仙人離慾之咒梵天之正咒也二咒皆稱娑毘羅皆稱梵天者西竺外道自言梵天口生梵天下第六天卽魔羅天所居故魔梵咒術往往相濫道經度人章亦言三界飛空魔王歌音皆是大梵洞章也娑毘迦羅師事梵天建立冥諦爲投灰外道之元祖而咒術流傳導淫毀戒馴至千此故知梵咒卽是上品魔王登伽則下品魔女也一婬女耳一幻術耳隨淫欲教密咒將護法會因緣在此五陰心魔邪緣沈孽一經關鍵亦鈎攝於此行人其可忽諸

將毀戒體者別解脫戒白四所發形願業體體卽無作從作戒生是第三聚非色非心爲戒所依持之卽肥犯之則羸故云戒體〔勗伊聞曰〕受戒身口名有表有數有作色意名無表無數無作色故名無作戒體而今師誤解則以爲一作不再作之義阿難無心遭逼入舍欲犯未犯故云將毀若據下云八萬行中只毀一戒心清淨故尚未淪溺應知阿難不毀吉羅緣起如別〔寂音云〕僧殘罪八萬行中只毀一戒者此也於二十大僧中可懺卽得清淨脫犯根本罪則不可懺如針鼻缺如石析不可再合〔佛聞曰〕律謂比丘淫慾變心與女人身相摩觸捉手捉髮受樂犯罪今尊者爲咒所著非淫欲變心也將毀戒體從登伽邊說非阿難將毀也安得以清淨心結僧殘罪況又違只毀一戒之文○〔孤山云〕經家明將毀危害之意生起如來往護之文其實初果聖人得道具戒任久居淫室終無毀犯何者見惑已除惟存正使雖有於貪非婦不淫雖有於瞋墾地不夭雖有於癡不計性實若在僧中惑心設起則有捨戒還家欲飽還來之事涅槃云初果生惡國道而不爲惡大論云初果生殺羊家寧死不殺此皆道具戒故自然無犯也△〔私謂〕孤山高推聖果保任久處無愆諸師曲護當機影響大權起教若畢竟無礙則阿難之悲泣謂何若剋定大權則如來之救護亦假當知如來大敎皆由機感應生法會宿因亦是緣深時熟魔强法弱過在多聞惑破智成功歸大定釋尊撈籠技救如箭赴機當機發動激驟如癰欲潰斯則冥機不定顯益可憑安得盡拂機緣全歸哢引廣如諮決智者請詳

○〔寂音論曰〕世尊愍衆生流轉三界皆由著欲於諸欲中唯淫爲重經首敘摩登伽女謂溺之爲大患絕之爲大利譬如牧羊鞭其後者故於機會處必痛致其意如寶蓮香比丘尼妄言行婬無報卽於女根節節焚然墮無間獄而烏芻瑟摩聞佛說多婬之人成猛火聚以火光三昧成阿羅漢登無上覺此二因緣其灼然較著者也論十種習因首標婬習而次貪慢等於後說三決定義令斷殺盜婬妄而敘婬於先又觀音三十二應梵天王以

欲心明悟便與佛菩薩緣覺聲聞同名解脫又以食五種辛發婬增恚立第一漸次斷之次則當觀婬欲猶如毒蛇禁戒成就父母肉眼能觀十方乃至卽獲無生法忍是皆機會處痛致其意者也八三如來救護親因三卍一齋畢歸園經如來知彼淫術所加齋畢旋歸王及大臣長者居士俱來隨佛願聞法要疏如來知者知卽是見也謂以生死智明不二天眼見也知卽後得智亦天眼見也如來常儀受請齋了皆爲說法今日速歸必有所爲故隨從而來願聞法要如來下資中文然大衆根熟玅悟是時不有因緣無由發起故託慶喜淫逼摩登愛纏俾知生死輪迴貪欲爲本修證常樂禪慧是基故下文中天龍八部有學二乘及諸一切新發心菩薩其數凡有十恒河沙聞是法已皆得本心遠塵離垢獲法眼淨性比丘尼成阿羅漢無量衆生發無上道心等是知機應相扣啐啄同時形對像現故無差濫卍二放光說咒經于時世尊頂放百寶無畏光明光中出生千葉寶蓮有佛化身結加趺坐宣說神咒疏歸園既畢主伴咸臻於此之際故曰于時佛頂體也寂無相故光明相也具性德故蓮華用也成萬行故化佛果也理智行三所成就故宣神咒者自果既圓說利他故又釋迦表果海無說頂光蓮現表大定智悲三法冥熏而起大用故現化佛說神咒也孤山云頂表法身光表報身化佛表應身光從頂出卽理由智發徧照百界故云百寶化佛說咒理智相冥能起大用折惡攝善也△熏聞云蓮以表實華以表權應身起用不離權實二智是故化佛趺坐其中△溫陵云無畏者能懾魔外物無以勝也世尊不自宣說而頂光化佛說者示此咒乃無爲心佛無上心法也△摩訶衍論曰此應身周匝千華上復現千釋迦一華百億國一國一釋迦故名釋迦牟尼千百萬億化身△寂音曰佛與衆生體本平等癡愛所纏故不自敬重乃於他起見慢生倒想失平等法散爲異類龍勝云淫欲情重無明偏多受鵝鴨孔雀鴛鴦鳩鴿鷄鶩鸚鵡百舌之屬受此衆生種

類百千淫欲罪故身生毛羽隔諸細滑嗎距麤鞕不別觸味薟淫心煩燒名爲熱惱淫事穢濁名爲欲泥阿難未明頂法癡愛所縛怖畏散亂幾陷欲泥實有貴重義光有破暗義故曰百寶無畏光明蓮華淨妙義見者清涼除熱惱雖生於泥而不染故於熱惱欲泥中見此頂法妙華清涼則所有現行皆無能所心境雖敵皆如幻住故名爲佛故曰光中出生千葉寶蓮有佛化身說法○【合釋】標指此經五次放光一從頂表體無說二面門表說顯心三從卍字表因心顯現四諸項表一多無礙五從五體表耳根圓通總攝五根○【釋文】加趺加跏同趺風無切足也正作跗【大論云】諸坐法中結跏趺坐最安隱不疲極攝持手足心亦不散佛教弟子結跏趺直身坐直身心易正故若心馳散攝之令還如此繫心入三昧王三昧如偈說除睡懶覆心身輕不疲懈覺悟亦輕便安坐如龍蟠見晝加趺坐魔王亦愁怖何況入道人安

【經】勑文殊師利坐不傾動卍三勑護提奬將咒往護惡咒消滅提奬阿難及摩登伽歸來佛所

【慤公疏】文殊密說妙解邪方是則阿難亦不顯聞但蒙密護故第七云尚未親聞等

【疏】提攜奬勸也文殊顯傳佛旨密護阿難先令登伽見佛離欲聞法增道意顯咒力不可思議也如下文云彼尚淫女無心修行神力冥資速證無學何況汝等在會聲聞求最上乘決定成佛等【雷菴云】此亦登伽入道機熟之時也○【引證】【淨業障經云】有一比丘名無垢光於毘舍離城乞食入淫女家便咒其食授比丘鉢比丘便失正念起於欲心行淫欲已生大憂悔時諸同學告言此有文殊師利菩薩得無生法忍善能滅除破戒之罪亦令衆生離諸葢纏令共詣文殊除汝憂悔文殊具白世尊佛爲說法本性清淨卽得覺悟今經如來救度阿難必勑文殊良有以也○別序竟上來序分竟

大佛頂首楞嚴經疏解蒙鈔卷第一之二

音釋

㸦音忽與互同　嗎音嘴鳥喙也　濠塹濠音豪塹音槧濠城下河池也塹坑塹也　䳕音浮

大佛頂首楞嚴經疏解蒙鈔卷第一之三

海印弟子蒙叟錢謙益鈔

◎疏第二正宗分從此去至十卷知有涅槃不戀三界爲正說從正宗起至標經名是酬問正說分由阿難正請如來正說解行圓備不偏不邪當機得益也○今謙益判經由前發起序起至第三卷阿難說偈贊佛爲經之前分○今按正宗經文阿難請修三昧如來乘機廣演爲初首第一大科次分大文有七一顯如來藏心二明修行方便三辨離魔業四示地位階差五出聖教名殊六辨趣生行因異七陳禪那境界第一如來藏心科下生起破阿難滿慈二大母科次下生起承起子母諸科以次排定各有標識今初第一大科文二◎一阿難請修三昧二八初阿難悲請

經阿難見佛頂禮悲泣恨無始來一向多聞未全道力疏多聞習定止觀雙修若但偏攻豈全道力故涅槃云先以定動後以慧拔定如縛賊慧如殺賊定慧雙運目足更資到清涼池保無留難佛與阿難空王佛時同發大心爲樂多聞匪勤修習佛今成道我始入流仍值惡緣不能免脫良由偏失誠可悲夫故下文云汝聞微塵佛一切祕密門欲漏不先除畜聞成過誤法華第九佛言我與阿難於空王佛所同時發阿耨多羅三藐三菩提心阿難常樂多聞我常勤精進△栢庭云一向多聞由不能返自聞根隨塵而出故有未全道力之咎

經慇懃啟請十方如來得成菩提妙奢摩他三摩禪那最初方便疏如來極證人也菩提極證法也人法雙舉者揀所請行非眇劣耳孤山云得成菩提者證茲圓果由彼圓因即一心三止楞嚴大定是諸佛一路證果之門也○菩提智論翻爲佛道肇公云道之極者稱曰菩提秦無言以譯之生公云實則體極居終智慧也奢摩他云止三摩云觀禪那云靜慮釋其相者如圓覺經資中疏准圓覺經奢摩他以寂靜爲相三摩以幻化爲相禪那俱離靜幻二相此大義與一心三觀相應此三種義只在一心非三而三不一而一舉一即具故稱爲妙即天台一心三觀也此觀若成即證涅槃三德名祕密藏故舉十方如來

得成菩提等私謂長水疏稟承資中和會台觀然皆准圓覺經今畧依圭峰疏會異說一科通之一即會圓覺三法靜幻寂如前說次三摩鉢提亦云鉢底即此經之三摩也孤山泥於古譯解三摩爲三摩提即以阿難所問三摩釋佛告之有三摩提合兩經之解而知其誤也二會涅槃三相二名毘婆舍那即此經三摩與圓覺三摩鉢提之別名苑公釋毘鉢舍那此云種種觀察正此經毘婆舍那覺明分析義故知三經名異義同而三摩無容錯解也三會天台三觀圭峰判圓覺三門與天台三觀義理同而意趣異已闍簡資中之說矣圓覺既爾首楞亦然此則長水疏破立未盡竊以草堂爲良導也最

初方便者然方便多種今問成佛妙行復云最初者意請成妙行之方便也淺深雖異俱方便耳如圓覺經方便隨順圓攝所歸即有三種即奢摩等三觀門此指妙行即方便也如下經佛問圓通從何方便入三摩地即指入妙行之方便也今文請即通問下文荅即別說如下文云有大佛頂首楞嚴等即許說成道妙行也復先徵詰發心推逐妄執破羣疑顯藏

性令信解不謬阿難因此了悟發菩提心等此即信解眞正成本起因若無此因縱歷多劫修諸行門皆成邪僻猶如煮沙欲成嘉饌終不能得故圓覺中示三觀顯諸輪一一皆云悟淨圓覺此經亦爾從初至第四卷半已來則總明信解眞正爲最初方便也第四卷大文第二明修行方便疏云上來破執破疑顯如來藏約信解爲眞修之本荅最初方便竟次下約依解修行成就止觀爲入理之方便按經文從初至第四卷半已來總明信解眞正皆開示奢摩他路明正修行路也長水於此蓋已尅定奢摩他觀爲最初方便但義含未顯耳

悟解雖正明識藏心多聞無功不逮修習故請修行從何攝伏佛即具辯止觀爲正修法止觀成處爲眞三昧疏云妙三摩提首楞嚴定即眞如觀欲修此觀先須方便若成眞修可兾故以止觀二門名爲發覺初心即最初方便也按長水此文確指發覺初心二決定義爲最初方便則舍止觀二門別無最初方便矣妙奢摩他即觀之止應是發覺初心修觀門第一方便無可疑也入此行時須有

方便方便之法不離根門入一無妄餘皆清淨故問二十五聖復勅文殊令揀即以根門順機爲最初方便如下文云我今欲令阿難開悟二十五聖誰當其根何方便門得易成就此則的取從聞思修爲初方便最初之義先解後行無出於斯或可最初是無上第一之義即指眞定爲方便耳如別有說吾弗知也融室云此經修習三觀所依之本即大佛頂首楞嚴也如法華云諸佛第一方便此即長水或可一科△吳興云阿難所請有通有別通即奢摩他等別則最初方便經從破心見已去酬其通請辨圓通本根酬其別請要惟觀音耳根圓通是最初方便△海印云阿難是轉法輪第三將奢摩他三法豈不熟聞以多聞無功愛習深厚非伏三觀大法不足以斷之故問最初方便要知下手功夫從何而入耳此正揀吳興問有通別之文○私謂如來說法有通有別言通則教觀互通此經三門即圓覺之靜幻寂即涅槃之定慧捨在馬鳴爲止觀在龍樹爲空假中本自圓成何煩和會言別則義門各別圓覺威德章差別此方便者名奢摩他等辨音章廣明單複修奢摩他等普眼章則云先依如來奢摩他

行一經中開設觀門先後絕待則首楞嚴中阿難所請觀門不應以諸經之三觀與台家之三止比量配合亦已明矣今依本經我今示汝奢摩他路等又云於奢摩他微密觀照乃至除奢摩他及佛出世不可停寢等復引圓覺先依奢摩他行乃至法界圓通以爲誠證決定知奢摩他路是入楞嚴大定獲常住眞心爲出生死之大路束長水止觀之二門歸奢摩寂靜之一法最初方便尅定于斯發覺初心有誠證也問曰經中一問一答函蓋相應此經三觀阿難慇懃以請如來未嘗指決以答此最初方便所以科判紛拏都無指定也今將何以斷之答曰阿難多聞總持得深三昧豈於奢摩三法尚有未了今所問者正於三法中決擇問何法是最初方便耳彼問既非通指三法如來何從一一而答之乎一期法會晬啄同時阿難但啟請最初方便如來但答示最初方便今不於師資問答對決分明而影互測度橫分科段則岳師通請別請之說誤之也智論明如來說法有四種答一決定答二分別答三反問答四置答如圓覺中差別三種方便及單複觀網此分別答也今經阿難啟請如來兩門示答初言有三摩提名大佛頂等此大總相法門第一決定答也次言欲知奢摩他路願出生死此成佛道妙行第二決定答也此中對決惟慇大師具金剛眼學者其毋忽焉△二大衆願聞

經 於時復有恒沙菩薩及諸十方大阿羅漢辟支佛等俱願樂聞

退坐默然承受聖旨【疏】如渴思冷水如飢思飲食如病思良藥如衆蜂依蜜我等亦如是願聞甘露法華嚴偈大衆欲聞假其請主三乘賢聖八部王臣【孤山云】通序不言菩薩別序不言二乘此中備三乘驗前二序影畧互見潔已虛心收視反聽而寂默也【智論偈云】聽者端視如渴飲一心入於語義中踊躍聞法心悲喜如是之人可爲說論又云阿羅漢所作已辦譬如飽滿人得好食猶尚更食云何飢渴人而言不應食是故羅漢雖所作已辦常在佛邊聽法心無厭足

○正宗文中科行生起畧例○長水排科入經州次部居未免錯雜沕潭標指始用畫線分科列於簡端線路重疊未能一覽分曉今仍准長水依經排列大小科段畧有標識經中大文七科標識用◎大文下初分母科用⊙母科下初生子科用⦶又復子科之下別生懸起更有多科是中子重生母標識用◐母重生子標識用⦷若子母疊生則仍用◑用⦷若科中子母相生上下承起處用八承起之第二科用卍又經文逐節開章子母科下生起細科凡科文關鍵處用㊇用(卍)用⊖次下細科用♁用ð用▽用●以次標識視文之繁簡爲殺經文條列庶不混淆子母部居自成倫序觀者細心討求或可免塵飛煙颺之患矣

○二如來乘機廣演次下大文有七今先明第一大文逐節科段◎第一大文顯如來藏心下母科有二⊙一破阿難認妄迷眞顯如來藏從此去盡三卷經文二破滿慈執相難性顯如來藏從四卷初盡十四紙經文三初中生子科二⦶一正約心見以破顯從此去盡二卷破和合非合二總約諸法以會通從二卷中盡二卷終初中子科下承起科四八一審其發心二彰其妄失三勸其直心四審其眞妄次下逐節分科至文知之今初審其發心分二卍初問發心之因

【經】佛告阿難汝我同氣情均天倫【疏】慶喜是佛堂弟祖父相傳亦名同氣兄弟相次恩愛相屬自然而然故曰天倫【智論云】昔有日種王名師子頰其王有四子一女一淨飯王二子悉達陀難陀二白飯王二子跋提婆沙三斛飯王二子提婆達多阿難四甘露飯王二子摩訶男阿泥盧豆甘露味女有一子施婆羅【經】當初發心標心於我法中見標見何勝相頓捨世間深重恩愛【疏】父母妻子恩愛之深者世人以捨麤重恩愛爲其至道而不知修行見愛尚是妄心故審問之後方推破【吳興云】阿難厭多聞而忻妙定如來

欲談實相先詰妄緣故問發心見相之由爲止散入寂之本△私謂如來徵詰阿難先設心見兩關問中云當初發心心也見何勝相見也答中云我見如來三十二相見也常自思惟心也次下是心是眼重重勘辨乃至屈指飛光卒以眼根得悟如來說法圓妙如是卍二答捨愛之緣經阿難白佛我見標見如來三十二相勝妙殊絕形體映徹猶如琉璃疏如來大相有三十二謂足下安平至頂成肉髻小相有八十種謂無見頂至手足有德相從大相海流出小相故名爲好釋梵輪王亦有大相然無其好暗昧不明不名勝妙殊絕形狀體質清淨無垢喻琉璃也法苑珠林身道則光色一丈眉間則白毫五尺開卍字於胸前躡千輪於足下大畧以言三十有二經常自思惟標心此相非是欲愛所生何以故欲氣麤濁腥臊交遘膿血雜亂不能發生勝淨妙明紫金光聚是以渴仰從佛剃落疏從戒定慧所成就故故非欲愛欲愛之生純是不淨大集經中具說受生皆由父母與已識情乎生愛欲由是託彼赤白二滴爲識所依一處和合名歌羅邏而漸增長至於出胎五穀長養雖成人相如革囊盛糞故云膿血雜亂閻浮提金展轉比至迦葉身金猶如聚墨若比佛身迦葉如墨欲愛所招終非如此智論云佛作何等金色若鐵在金邊則不現今現在金比佛在時金則不現佛在時金比閻浮那金則不現閻浮那金比大海中轉輪聖王道中金沙則不現金沙比金山則不現金山比須彌山金則不現須彌山金比三十三天瓔珞金則不現三十三天乃至燄摩他化自在金比菩薩身色則不現如是妙色是名金色相諸天光明在佛光邊不照不現譬如焦炷比閻浮檀金勝相妙絕知非愛生思渴瞻仰故求捨愛願從佛化俾易妙身斯不知以愛捨愛轉增妄矣按智論明貪法過者或愛自身他身或愛善法如愛佛菩提等若依大乘此皆是使若依小乘貪著非使此即長水料簡捨愛之義△孤山云見相實有生滅宛然緣此發心安趨常果故下經云若於因地以生滅心爲本修因而求佛乘不生不滅無有是處天如補註阿難見相

乃緣塵分別之見其所發心即妄想攀緣之心後文七徵八辨重重逐破若此也△中川云華嚴十住品明發心見佛十緣一形貌容儀二顯色大相三具隨好故淨印經明初發心菩薩見相莊嚴而得清淨乃至觀佛法身離下二邊等此經將顯真心實際對揀攀緣非不以見相之故而發起菩提也私謂如來徵破首言用諸妄想見佛發心復有何過月公表我見猶在孤山指生滅定然天如斥攀緣分別人投一藥殊非對症交光料簡天如別指思惟爲病不聞佛敎阿難當善思惟耶羣言淆亂吾取中川也△溫陵云答捨愛之因意顯欲漏麤惡能障妙明欲復真淨當離愛染棄濁染發妙明正此經緣起餘說則疎矣△私謂憨大師曰見相生愛愛習發現阿難既愛如來安得不愛摩登竊疑此語未圓懵易之曰愛習種子熏染鉤牽阿難既愛如來登伽安得不愛慶喜雲棲云見如來之相與見登伽之相其爲相一也亦懵易之曰慶喜見如來之相登伽亦見慶喜之相見相一也○引證付法藏因緣經阿難比丘智慧深妙總持多聞至婆伽婆成無上道化諸衆生即自思惟世間牢獄不可愛樂五欲如幻無有堅實甚可畏惡過於毒蛇盛年勇壯顏容姿美悉爲老病之所殘害無常迅駛如瀑河流吞滅一切恩愛集會古昔諸王威德自在爲無常風之所吹壞愛悲哀惱衆苦相續愛羅剎女常欺衆生我當云何得免斯難復作是念如來世尊本從釋氏出家學道我今應當往爲弟子即至佛所哀求出家佛言善來便成沙門即爲說法所謂施論戒論生天之論欲爲不淨出要最善意即開解成須陁洹按阿難從佛出家即證初果此文及釋論具明近德若諍若初果人那得墮淫衆此正之

八二彰其妄失二

卍一總彰淪溺

經 佛言善哉阿難汝等當知一切衆生從無始來生死相續 疏 久成積苦也 溫陵云衆生生死輪轉由不自知常心妙體妄纏愛想阿難能知省厭捨所以稱善△熏聞云一切衆生即下文十種異生也正指六道亦兼三乘以六道受分段生死三乘受變易生死皆有輪轉義故 私謂此中生死輪迴當正指六道分段生死以全經十習因六交報等文對決可了指變易生死則迂

卍二別釋由因二

八一迷真

經 皆由不知常住真心性淨明體

八二認妄

用諸妄想此想不真故有輪轉 疏 迷自本真也無始晦昧故曰不知 標指 一念迷真三細便起 此根本無明曰不知也 不生不滅名爲常住離諸妄僞靈鑒不二故曰真心三德具足爲一切法之所常止故曰性淨明體 摩訶般若解脫法身三德具足惑者不知 衆生悉爾故曰皆由用諸下認他妄想也下文云此是前塵虛

妄相想惑汝眞性從無始來認賊爲子失汝元常故受輪轉舉世修行多同此計故託阿難總彰其失○[宗鏡録云]心有二種一緣慮妄心隨染緣所起妄心而無自體但是前塵逐境有無隨情生滅唯破此心雖云可破而無所破以無性故二常住眞心無有變異唯是眞實如來藏法即立此心以爲宗鏡識論云心有二種一相應心謂無常妄識虛妄分別與煩惱結使相應二不相應心所謂常住第一義諦古今一相自性清淨心以不了不動眞心而隨輪迴妄識此識無體不離眞心元於無想眞元轉作有情妄想釋用諸妄想△[翻譯集]楞伽云如來之藏是善不善因能徧興造一切趣生此從眞起妄也如風起澄潭之浪似瞖生空界之花瞖消空淨浪息潭清惟一眞心周徧法界從上禀受以此眞心爲宗離此修行盡縈魔罥別有所得悉陷邪林是以能動深慈倍生憐愍[私謂]宗鏡明緣慮妄心即無常妄識故知用諸妄想即六七妄識也禪源詮云第八識無別自體但是眞心宗鏡又云無垢淨識即是常住眞心即指八識如來藏心爲常住也△[合論]雜華曰以不了第一義故號爲無明東柏曰以眞智無性故不能自知無性故名無明倘能了知則無生死是以佛言不知常住眞心相續生死爲要訣也楞伽曰前聖所知轉相傳授妄想無性夫無性則無生是以佛言此想不眞故有輪轉爲明誨也△[私謂]經中累言此是前塵慮妄相想又執汝生死妄想等皆未尅指妄想生起行相云何此文首標用諸妄想經後陰魔文一一結云堅固等妄想以爲其本知此經始末全爲發明五陰妄想本因也三細六麤俱名妄想開爲五陰區分爲十二類和合爲八萬四千顛倒亂想故曰用諸妄想最後云汝應將此妄想根本傳示末法以五妄想束五受陰以一識心束五妄想故曰一界五陰如尺惟在識心如寸一經中修行辨魔大義圓攝于此○[引證宗鏡云]萬類之中惟心爲貴如金翅鳥命終之後骨肉散盡惟有心在難陀龍王取此鳥心以爲明珠轉輪王得以爲如意珠一切衆生心亦復如是幻身雖滅其心不壞祖師云百骸雖散盡一物鎭長靈若能了此常住眞心即同獲於如意珠寶△三勸其直心三[八]一正勸[經]汝今欲研無上菩提眞發明性應當直心詶我所問[疏]下文識精元明即是無始菩提涅槃元清淨

體此體非妄無有變異故云眞性研究窮也淨名云直心是道場無虛假故今推本意豈得異想發言欲正修行當須確實故今勸也

㊃二引證

[經]十方如來同一道故出離生死皆以直心

[疏]諸佛同道脫苦得樂皆由直心者此有二種一發言無虛假如此文所勸淨名道場二向理之心無別岐路即如起信三心之直心也故論云一者直心正向眞如法故此爲二行根本也今此經意須具二焉始令發言無妄終成向理心絕方爲十方同道

[私謂]按肇公解淨名無虛假云直心者謂内心眞直外無虛假斯乃基百行之本直心入行轉深則變爲菩提心也起信成就發心者發何等心一者直心正念眞如法故賢首云謂向理之心無別岐路即自利利他二行之本合而言之淨名四心起信三心皆以一直心爲根本從心發言因苗辨地發言無妄即直心向理中無虛假之相也疏以言直心直開直心爲二未知是不△[智論十三]實語之人其心端直易得免苦譬如稠林曳木直者先出○淨名經云菩薩隨其直心則能發行肇曰夫心直則信固信固然後能發迹造行然則始于萬行者其惟直心乎是以始于直心終于淨土譬猶植栽絲髮其茂百圍也直心樹其萌衆行因而成故言隨也

㊃三結益

[經]心言直故如是乃至終始地位中間永無諸委曲相

[疏]因苗辨地言直心直苟或反此罪非輕小如下經云若大妄語即三摩提不得清淨成愛見魔失如來種若諸比丘心如直絃一切眞實入三摩地永無魔事我印是人成就菩薩無上知覺發心曰始究竟名終彈指能超故無委曲下經云心地不直果招紆曲△[孤山云]三諦眞常故心直了義頗說故言直△[柏庭云]五十五位始於乾慧則以中中流入以至直趣薩婆若海中中流入者從中入中不從偏中入皆以直心之相也八四審其眞妄爲正約心見破顯之承起科是中子科下出生母科二◑一推妄所在從此去盡七徵經文二破妄顯眞起七徵訖後盡破和合文㊂初中生子科又三初推微心目所在二審定心目討除二推徵計心無在㊃初中分科二㊀一問

[經]阿難我今問汝當汝發心問心緣於如來三十二相問見將何

所見審見誰爲愛樂審心【疏】心見兩門由茲所問下既認心不迭指見謬稱故成二障爲纒三空罔契故下徵詰俾識妄源【熏聞】云如來身相乃因緣所生法也隨機所見四種不同謂生滅無生無量無作四見雖異一境是同今欲破生滅之心顯無作之理故舉所緣之境以問能緣之見如醫設藥先審病源△【論補】此經破妄顯眞先審色心二法所見即色愛樂即心㊥二答【經】阿難白佛言世尊如是愛樂用我心目單牒雙指巧畧故也由目觀見如來勝相心生愛樂雙答心見故我發心願捨生死【資中】此正陳妄體由乎心目故下破此乃成

【疏】心見兩門【疏】目即眼根心即意識根識虛妄猶如空花若執有體能見能樂豈惟迷於法空亦起人我見愛故下文云六爲賊媒自劫家寶無始虛習住地無明皆由根識更非他物想相爲塵識情爲垢生死輪轉莫不由斯故下推徵令知虛妄㊂二審定心目討除三㊇一牒前以詰【經】

佛告阿難如汝所說眞所愛樂因於心目牒若不識知心目所在審則不能得降伏塵勞【疏】心目是本塵勞爲末若迷本之依處羣末難除染汙故名塵擾惱故名勞即通指二障也【圓覺鈔】塵是六塵勞謂勞倦由塵成勞故名塵勞㊇二舉事以況【經】譬如國王眞性也爲賊所侵煩惱迷眞也發兵討除用智也是兵要當知賊所在兵人所執器也【宗鏡】生死所起不出根塵因不覺而妄念忽生迷法界而幻境潛現從此執人執法立自立他隨對待而順逆牽情遂分別而愛憎關念遂乃竛竮五趣匍匐四生今欲返究妄源須明起處故知心爲羣妄之源目是諸見之本是以生死之本起惑之初因迷内心而作外塵爲執妄識而成内我由我而强爲主宰從想而建立自他抱幻憑虛遂成顛倒一心顛倒二見顛倒三

想顛倒心如停賊主人見是賊身想是賊脚根塵是賊媒內外勾連劫盡家寶是以見劫眼根善聲劫耳根善香劫鼻根善味劫舌根善觸劫身根善法劫意根善法財傾竭智藏空虛如怨詐親誰有知者如或識賊賊無能爲若了境識心終不爲外塵所侵內結能縛

[圓覺疏]因對外境驗得內心我執猶堅潛攻相續雖慧軍數巢魔衆頻摧且阿賴耶城難攻主宰末那常侍防護牢強意識謀臣經營內外旁監五識之將以鎮六根之門由是賊主頻通游戲時時偷號惑我法王往往侵疆擾我觀境雖外性般若晝伏夜行而內挾無明晝夜不斷△[補遺]知賊所在立陰境也發兵討除修止觀也[八]三示過以問

[經]使汝流轉心目爲咎示過也汝合國王心目合賊吾今問汝惟心與目今何所在總問所依也○[合釋海][印云]心目二妄攝盡五蘊八識論從生滅門入眞如門云推求五蘊色之與心六塵境界畢竟無念十方求之終不可得長水云先觀色者五蘊之首最初現故大般若亦復先明受想行識諸心心所名爲四陰俱屬於心以此印定經文此大教之綱宗也△[中川云]前已開宗次當顯義欲夷道梗先沮心怨故推七處攀緣以爲入觀方便○[私謂]經云發兵討除要當知賊所在賊之所在心目是已而可以不知國王之所在乎下文徵心初首阿難計心在內如來但未推破却先摩頂慰囑告示三昧者以謂推窮妄心正是發兵討賊要必先知國王所在正位居體然後可以利用行師也國王者何有三摩提名大佛頂首楞嚴王是也是爲心王亦爲三昧王亦爲金剛王心有眞王則五衆魔軍無明賊帥一一皆批根搗穴何憂乎六賊之媒劫也經舉國王爲喻以此[川]三推徵計心無在七[八]一破在內三[卍]一正立二[乂]初引他例答

[經]阿難白佛言世尊一切世間十種異生同將識心標識心居在身內縱觀如來青蓮華眼標目亦在佛面[疏]下文有十二類今舉大數[定林][云]十二類生除空散消沈土木金石爲十是二非心眼倫故張無盡指四聖六凡四聖豈可目異生凡夫造業不同感果差別名爲異生[清涼][云]異生即是凡夫梁攝論中明凡夫性一切世間者舉依顯正也前舉凡夫在內後指佛眼在面欲取例巳亦復然也[標指]聖凡心目亦同譯人巧畧凡夫眼亦在面文畧其眼聖人心亦

居內文畧其心也△私謂永明曰阿難以推窮尋逐者爲心遭佛訶之推窮尋逐者識也若以識法隨相行則煩惱名識不名心也如來初徵心目阿難即云十種異生同將識心居在身內如是識心實居身內此十類異生識心之總計也以是緣慮心通八識故次云眼能發識見是其眼等以是眼識緣生故又心居身外身觸身覺等皆是身識合離知故是則阿難被佛徵詰逐處推尋者皆是此識心也如來七徵牒結皆云汝之心靈一切明了又云汝言覺知明了之心此是第六明了意識依五根門同緣五塵者故知如來七處徵心亦徵此識心也故曰推求五蘊色之與心識陰者心是也阿難此問首標識心一經中推徵宗要在此○釋文淨名經目淨修廣如青蓮肇曰天竺青蓮華葉修而廣青白分明有大人目相大論眞青眼相如好青蓮華㊀二指已結答

經我今觀此浮根四塵秖在我面如是識心實居身內

疏以眼根淨色是不可見故指浮根四塵標眼所在資中文聖凡既爾在已必然面與身中心眼定處也資中云浮虛不實昏翳眞性故口浮塵△檇李云浮根四塵即外五根名浮塵根內外五根皆具八法所成能造四大地水火風所造四塵色香味觸今浮塵眼根中能造四大不可見故指所造也△熏聞云浮謂麤浮塵以染汙爲名染汙眞性故根以能生爲義能生五識故㊣二正破三㊀一舉事定見三○一問境內外

經佛告阿難汝今現坐如來講堂觀祇陀林今何所在一問世尊此大重閣淸淨講堂在給孤園今祇陀林實在堂外初答

疏堂在園中林居堂外內外既分計宗危矣直解觀祇陀林今何所在要明自內及外先見內後見外當次第見也△孤山云此三問將破心目之執故先定之○二定見先後

經阿難汝今堂中先何所見二問世尊我在堂中先見如來次觀大衆如是外望方矚林園次答

疏定先後者欲破阿難在內之心不能如此次第見故溫陵云欲破在內之心不先見內△直解佛與衆生見雖先後總在堂內如是下次見外也㊂三審見因由

經阿難汝矚林園因何有見三問世尊此大講堂戶牖開豁故我在堂得遠瞻見終答

疏講堂身也阿難心也如來大衆五藏也戶牖根也溫陵云汝矚等且引事辨定下方牒破△直解阿難執見由眼故問因何有見使其答出後乃牒破下經云汝在室中門能見不此

中已含下文見性是心非眼之義○二告示三昧

【經】爾時世尊在大衆中舒金色臂摩阿難頂

【疏】以慈攝也如父囑子拊背而告此有三意一安慰其心令無恐懼二囑其諦受令無忘失三示令許說無有虛妄故舒其手現慈相也【清涼鈔】楞伽云二者灌頂神力即智灌心頂手摩身頂頂受摩者上稟尊力故△【融室】云佛摩頂者爲說大佛頂故

【經】告示阿難及諸大衆有三摩提名大佛頂首楞嚴王具足萬行十方如來牒上得成菩提一門超出妙莊嚴路【融室廣註】三摩提即非阿難所請三觀之一乃是一經總相法門與圓覺經宗大體是同彼經云有大陀羅尼門名曰圓覺此云有三摩地名大佛頂首楞嚴王准大般若經云徧攝持者陀羅尼門相偏攝受者三摩地門相謂攝持一切諸法持令不失則是陀羅尼門故知圓覺一經所詮總相陀羅尼門名爲圓覺徧攝受一切諸法受而不拒則是三摩地門故知楞嚴一經所詮總相三摩地門名大佛頂首楞嚴也彼經有大陀羅尼門名曰圓覺流出一切清淨眞如菩提涅槃及波羅蜜教授菩薩今經三摩提名大佛頂首楞嚴王者首楞嚴王是諸佛菩薩修因究果之事故云具足萬行大佛頂是諸佛所證極果故云十方如來一門超出妙莊嚴路當知一經大旨具於經初其後徵心辨見示富那妙覺明性證觀音眞實圓通從始至終若奢摩他三摩禪那等法總論所歸不出於此【蕅益云】阿難所問三摩即圓覺三摩鉢提畧去鉢提二字此云三摩提即是三昧梵音楚夏耳與阿難所問三摩不同○【孤山曰】阿難向以三名爲請今如來但舉三摩提者圓融三止舉一即三故下文奢摩他路其意亦爾△【私謂】自孤山圓師不知三摩提是楞嚴一經大總相法門誤以阿難所請三名舉一即三爲解後學

承諷踵謬不復知此經綱領吳江行師特標三摩地爲一經所詮總相證明長水尅示真三昧之義其唱言曰三摩提即非阿難所請三觀之一圓師誤解有無窮過一言以蔽之矣蒙於諸決少有發明今復畧而言之明三摩地爲徧攝受總相法門者大般若經及瑜伽顯揚諸論也明三摩地三摩鉢底爲別相法門者瑜伽三摩呬多地中標列四種及華嚴七地品云諸禪三昧三摩鉢底皆得現前也明此經三摩地非三觀中之三摩者准寶積經云佛本性者不可取得不可觀見是心法性而能修習一切靜慮解脫三摩地三摩鉢提迴向佛勝三摩地大般若亦云世尊入等持王妙三摩地諸三摩地皆攝入此三摩地中故知此經真三摩地即寶積之勝三摩地大般若之妙三摩地斷非阿難所請之三摩也明三摩地與三昧名異義一者智論釋三三昧云一切禪定攝心皆名爲三摩提秦言正心行處是心從無始來常曲不端得是正心行處心則端直譬如蛇行常曲入竹筒則直應法師云此云等持等持即三摩地也曉法師釋三昧此云正思瑜伽云三摩地者謂於所緣審正觀察心一境性故故知長水懸叙謂尅示真三昧者亦默擯孤山之謬解也近師以一經三名橫分三段謂經初但釋奢摩他不應標大佛頂三摩提總相而曲為之說曰隨便寄居於此也外謬無稽可為掩口而猶未免疑誤後人今徧攝受法門對決分明此等邪說不攻而自熄矣○【釋文】三摩即圓覺經三摩鉢提彼疏云亦名三摩鉢底

此云等至等持之中能至勝位故又等謂齊等離沈掉故至謂至到到勝定故三摩地此云等持等者正也正持心也持謂持諸功德也應法師云三昧莫蓋反正言三摩地或言三摩提三摩帝皆訛清凉云地音田夷反又音提字也蓋梵音奢切地與提帝皆語轉耳清凉又云論三摩提即三摩鉢底之古譯也畧一跋字具云三摩跋提此則梵音古譯三摩鉢底亦可譯三摩提也然三摩【疏】下云十地自有正譯無容以此相濫耳

方薄伽梵一路涅槃門直道無異通至寶所故云一門【溫陵云】首楞三昧千聖共由故曰一門清淨果海衆德具足故曰莊嚴【蕅益云】圓修妙悟如印頓成故名超出稱性所起福慧二嚴還莊嚴一性性修不二名妙莊嚴真三摩地因行所履故名爲路【熏聞云】由因通果妙莊嚴海由此而至故謂之路

【經】汝今諦聽阿難頂禮伏受慈旨【圓覺疏】誡令審諦勿雜餘緣無以生滅心行聽實相法△【私謂】涅槃中佛告獅子吼一切衆生悉有首楞嚴三昧以不修行故不能得見夫以首楞嚴三昧十住菩薩不知是常住法十地菩薩雖見佛性而不能了而如來於微心初首詰難方與隨於語次摩頂慰喻唱言有三摩提名大佛頂首楞嚴王不惜鄭重標示者良欲使阿難大衆子知首楞嚴三昧即在亂心惑障六情暗濁無明覆結之中

宛然具足奉此心王爲宗則主宰牢强國土安隱然後可以發兵討除捜窮心賊之窟穴也華嚴出現品曰奇哉奇哉此諸衆生具有如來智慧德相愚癡迷惑不知不見我當教以聖道令其永離妄想執著自於身中得見如來廣大智慧與佛無異即與涅槃之旨同也〇三引例舉失（經）佛告阿難如汝所言身三〇一引例正問

在講堂户牖開豁遠矚林園牒前計案定亦有衆生在此堂中不見如來見堂外者反難（疏）反常理以致問引慶喜以直答孤山云欲破執心在內故泥指其人以例之案定阿難之答也身喻內心堂喻人身林喻外物〇二依理以答（經）阿難答言世尊在堂不見如來能見林泉無有是處順答（疏）只知據理直申不覺計宗危矣〇三合喻奪破三〇一正奪（經）阿難汝亦如是總斷前計心在身內如人在堂汝之心靈一切明了若汝現前所明了心實在身內爾時先合了知內身牒前正破如人在堂先見如來頗有衆生先見身中後觀外物牒汝在堂先見如來外矚林園（疏）心能靈鑒內外俱緣故云一切明了向外既了萬緣在內合知藏腑頗猶可也亦語辭也汝觀衆生可有此者按字書頗頭不正也差多曰頗多多有曰頗有良久曰頗久此文亦取差多之義△補遺汝亦如是舉阿難例衆生身在堂內必須先見如來心居身內難以不見身中以此案定而破也〇二縱破（經）縱不能見心肝脾胃爪生髮長筋轉脉揺誠合明了如何不知（疏）腑藏內密設使不知筋脉膚淺寧容難了私謂清凉明三十六物一外相十二謂髮毛爪齒等二身器十二謂皮血筋脉等故云筋脉外浮三內含十二謂肝膽腸胃脾腎心肺等故云心胃內藏〇三反責（經）必不內知云何知外如人在堂不見如來能見林園（疏）五藏同居最爲親昵萬象離異誠謂踈遥若使不了身中豈合能觀外物〇三結破（經）是故應知汝言覺了能知之心住在身內無有是處（疏）境風外動妄想內熏識浪潛生爲自心相空花幻化起滅無從不了本如遂成久執及推所在妄謂身中反覆窮研理無所據故

佛結指令悟其非【天如云】但言此心無處卻不顯斥是安要引阿難處處推呈令情枯理詘始直告四此非汝心也△【紫栢云】有內則有外有外則立潛根有潛根則立中間有中間則立開眼見明合眼見暗立開明合暗則立隨所合處立隨處則立一切無著初徵內之辨爲六者之本也內爲外待外爲潛根待潛根爲明暗待反觀見內爲中間待中間爲隨合待隨合爲無著待皆徧計橫執緣待而立七處也衆生執情特執在內之情難破耳了內窮則外窮虧一喪兩此執既破餘何有哉

㊅二破在外三㊄一正立

二㊀一領悟喻顯前非

【經】阿難稽首而白佛言我聞如來如是法音悟知我心實居身外【疏】身中無救身外必然不遇尊言莫悟斯旨故稽首於佛謝非立是也【私謂】標指首楞嚴王推破心不在內故云如是法音【經】所以者何譬如燈光然於室中是燈必能先照室內從其室門後及庭際【疏】引喻例法伏受前非也【鍾惺曰】燈光之喻躡前心在身內必知內身此文字映帶處○二躡喻成立今義【經】一切衆生不見身中獨見身外亦如燈光居在室外不能照室是義必明將無所惑同佛了義得無妄耶【疏】室外之燭不及內明身外之心何能反照此計心有離身之過故下破之身外之理法喻正齊以此觀之合無疑暗佛說了義可得同乎【私謂】佛言心不在內我悟心居身外故言同佛了義

㊄二正破二㊀一引例立理二○一一多同飽問

【經】佛告阿難是諸比丘適來從我室羅筏城循乞摶食歸祇陀林我已宿齋汝觀比丘一人食時諸人飽不【疏】前云赴請此云乞食者乞食乃是常儀泛舉爲喻又前雖赴請未必僧盡餘人乞食故舉此也宿預也【溫陵云】乞食歸林乃舉現前方食之衆故云我已宿齋△【孤山云】我已宿齋即我一人已飽也○【釋文】【摶食】淨名經爲壞和合相故應取摶食什公曰和合相即揣食揣摶通並徒官切古譯經律皆名摶食說文摶團也通俗文手團曰摶證眞云其義則局如粱飯等不可摶故義淨易爲段食○【删修雷菴論補】佛言食飽獨指比丘者惟涅槃隨喜品諸阿羅漢辟支佛菩薩如來皆無所食以佛不同凡夫食藏故以

大善薩鉢飯不惕故恐有妨難故先揀而遮之揀佛不在受齋之列故云我已宿齋又揀諸大善薩故曰汝觀比丘無盡不善遮揀之詮刪去我已宿齋及雖阿羅漢等句〇二自他殊體答㊂經阿難答言不也世尊何以故是諸比丘雖阿羅漢軀命不同云何一人能令衆飽

疏前問一食衆飽今答軀命不同反前問也意顯心若離身即同他食他食既非我飽心知何關我身身心相外自他可例資中文Δ溫陵云彼食不能飽此則外心不能知身矣Δ講錄若言比丘一食難令衆飽即此知心若在外自不知身阿難之計將負墮矣Δ融室云比丘雖已證果成阿羅漢離欲無異軀命不同⊖二據理推破二〇一以理定相經佛告阿難若汝覺了知見之心實在身外牒也身心相外自不相干則心所知身不能覺覺在身際心不能知

疏定其相外外猶離也心既離身不相干涉如前所答一人食時不令衆飽則心下釋成其相心若在外理合如是文顯可見桐洲註心在身外所知則心不能覺縱覺在身時則心不能知返復而破Δ私謂今且以自他喻身以飽食喻心既知一食衆飽了不相干是中知食知飽復是何物阿難承問引伏計宗危矣如來姑就彼計案定相外更以眼見折之眼見心知決定相干則一食衆飽是誰了別下經云必含自知即同他食何預於汝名味之知此即一食衆飽之通喻如來妙辨所謂置我著兩處負門中也〇二約見驗知經我今示汝兜羅綿手汝眼見時心分別不阿難答言如是世尊佛告阿難若相知者云何在外

疏眼屬身分心若離者合不分別若分別者應不離身以不離故名爲相知故此責云若相知者云何在外兜羅綿具云兜沙羅此云霜佛手柔軟如兜羅綿三十二相中一相也釋文翻譯云兜羅此云細香苑音義翻冰或云兜沙此云霜皆從色爲名或云妬羅綿妬羅樹名綿從樹生如柳絮也㊃三結破經是故應知汝言覺了能知之心住在身外無有是處

大佛頂首楞嚴經疏解蒙鈔卷第一之三

音釋

啐（音翠）啄（音捉）駛（音使）瞖（音医，眼疾，目瞖也）竛（音靈）竮（音鉼）匍（音蒲）匐（音蔔）儩（音賜，盡也）

大佛頂首楞嚴經疏解蒙鈔卷第一之四

海印弟子蒙叟錢謙益鈔

[八]三破潛根三[卍]一正立三[一]一述前所破汎立一處

[經]阿難白佛言世尊如佛所言不見內故不居身內身心相知不相離故不在身外我今思惟知在一處雙叙別立文顯易知[一]二問今所立荅在諸根[經]佛言處今何在徵其一處阿難言此了知心既不知內而能見外如我思惟潛伏根裏[疏]知外而不知內非根而何此即妄計識心潛五根裏[補遺]瑠璃合眼應潛勝義根裏[一]三舉喻所成復申潛裏二〇一舉喻合法[經]猶如有人取瑠璃椀合其兩眼雖有物合而不留礙彼根隨見隨即分別[疏]瑠璃喻眼根喻於識[溫陵云]瑠璃籠眼喻眼根籠心也眼根色淨不能礙心同瑠璃不礙於眼隨照一境心隨根知[桐洲][註]牒見佛手心隨根知而分別也若此成立乍觀可爾洎乎推破同喻不成[手鑑云]同喻不成者法喻不齊此是因明家缺量也比量者須立三支無過方能成立於法既無同喻即三支缺也或有宗因無喻或有宗喻無因或有因喻無宗等皆名缺量今既喻則遠近皆見法則但見山河不見其眼故不可以瑠璃爲同喻也〇二據理成立[經]然我覺了能知之心不見內者雖不知內爲在根故分明矚外無障礙者而能見外潛根內故[疏]但知妄計不覺隨語過生下文即破[溫陵云]以在根故不見腑藏以根淨故明見外境是潛根也[卍]二正破三[一]一躡喻定其端倪[經]佛告阿難如汝所言潛根內者猶如瑠璃略牒語簡可以意知彼人當以琉璃籠眼當見山河正當見山河之時見琉璃不亦復見琉璃不如是世尊是人當以琉璃籠眼實見琉璃[疏]遠觀物象近見琉璃問答極成故云如是[一]二據法責其獨觀[經]佛告阿難汝心若同琉璃合者躡當見山河當汝見山河時何不見眼何不自見其眼[疏]喻則近遠皆見法則唯見山河既失近觀何成同喻法喻不

等潛根理虧下更縱破令無所據㊐三縱見不見咸失

經若見眼者眼即同境不得成隨疏若使見眼即成敵對云何前言隨即分別此有自語相違過也真際云喻見琉璃法不見根縱許見根根即是境若是境者不得言隨以前云彼根隨見隨即分別故△雲棲云縱許見根根乃成境但可根見境不可境見境斯則隨義不成△講錄彼根隨見隨即分別已含眼見心知之義佛言眼即同境等即暗點見非是眼也

經若不能見云何說言此了知心潛在根內如琉璃合疏結成法喻不齊過也二過既彰潛根理喪卍三結破

經是故應知汝言覺了能知之心潛伏根裏如瑠璃合無有是處

㊇四破見內三卍一成立約見內以成立

經阿難白佛言世尊我今又作如是思惟是衆生身腑藏在中竅穴居外有藏則暗有竅則明今我對佛開眼見明名爲見外閉眼見闇名爲見內是義云何

疏此中立意復宗歸內最先所計心在身中佛即推徵不合在內以不能見身中物故由此轉計身外潛根及至窮研二俱不當再思理道在內義長遂立藏暗竅明貴無不見內過七竅明露五藏黯然開竅緣明合眼對暗明暗若見內外俱緣由是在內決無所惑熏聞云初計心在身內以不見府藏爲破次計在外復招身心相知之難又計潛根且乖瑠璃籠眼之喻今立內外欲免前三過也有藏則暗故見暗時即名爲內何必須見身內之物有竅則見明時即名爲外豈應責外不相干內外若成自顯此心不在一處亦異潛根也雖云見外所執心體還成在內以開眼見明心自居內不同燈在室外故△溫陵云復計心在內故以見暗爲見府藏也下約三節破之○釋文泐潭曰白虎通云五臟即肝心肺腎脾六府者即五臟之官府也胃爲脾之府膀胱爲腎之府三焦爲命之府膽爲肝之府大小腸爲心府肺府莊子曰人皆有七竅以食息視聽謂眼耳鼻口今正言眼卍二推破約對眼以推破有二初難破前計次難破轉計△通釋此中總科阿難約見暗以成立如來約對眼以推破初破前計若與眼

對已下破內見也後破轉計若離外見以下破內對也破前計中有二牒云汝當閉眼見暗之時阿難雙立意宗見暗如來單牒只破內對是爲雙立單徵標云爲與眼對爲不對眼先約兩關按定下方推破月師云對與不對俱不成理也是爲雙徵雙破㊀今初破前計二〇一雙徵〔經〕佛告阿難汝當閉眼見暗之時單牒見暗此暗境界爲與眼對爲不對眼徵訖下破若與眼對已下破內見也〇二雙破二㊇初破對二▽一對眼不屬內〔經〕若與眼對暗在眼前云何成內〔資中〕〔疏〕暗若對眼暗在眼前豈成於內〔疏〕對眼在前前豈成內〔融室云〕對則非內在眼前故△〔講錄〕若此暗相在汝眼前反成見外豈成於內△〔溫陵云〕此三節汝當下問若與下雖若不對下結也▽二外室成焦府〔經〕若成內者居暗室中無日月燈此室暗中皆汝焦腑〔資中〕〔疏〕若成內者居暗室中按定阿難汝居室中室在身外無日月燈內外俱闇室在暗中應是汝內責云此室暗中皆汝焦腑〔疏〕若謂不論前後但是見暗便即內者汝處幽室無三光時此

室顯然應是汝內以同暗故焦腑即內也應立量云汝處幽室應汝焦腑以是暗故同汝見暗〔合解〕防彼計不以在前爲內但以暗爲內也△〔鶴林曰〕若暗與眼爲對又成內者則暗室之暗亦與眼對此暗亦汝阿難之焦腑也若暗室之暗對眼必非焦腑則對暗之暗亦不成爲內也㊇二破不對〔經〕若不對者云何成見〔疏〕未曾見有境不對眼而稱見物〔講錄〕若此暗相不與眼對則暗與眼二相乖離不成見暗如何成內㊀二破轉計二、若離外見已下破內對也〇牒計奪破〔經〕若離外見內對所成〔疏〕牒轉計也此計由前以暗室暗例眼前暗不合成內恐彼計云我所見暗與暗室暗二體不同何也彼暗室暗是身外暗名爲外見以是開眼之所緣故我所見暗是身內境名爲內對以是合眼之所緣故今取合眼所對之暗名爲見內非同所見室中暗爾如何不得見暗名內故此牒也然諸師敘計殊不分明蓋譯人巧略

但牒而已有智請詳無執麻矣按牒詞應云若離外見非
開眼所見乃合眼所見而成內對者此文兩句正是譯人牒詞也△【講錄】我道閉眼見暗
不道開眼見暗何論對與不對只是離諸外見返觀諸相謂之內對此文重牒前計為難
詞耳【補遺】前計開眼見明合眼見闇乃是外見內對不同意明離於外見內對自成今重
牒之欲使彼所計外見內對兩相妨難不得成立故下破中應今所牒【經】合眼
見暗名為身中開眼見明何不見面若不見
面內對不成【疏】奪破也設許合眼見暗名為
身中亦應開眼對明而見自面內屬於暗尚
許返見面屬於明豈無返見一成則俱成一
破則俱破故曰若不見面內對不成【吳興云】牒計難
之若謂合眼見時名為內對焦腑義者何不開眼見明亦有外對面目之相外相既無內
義何在△【補遺】前計閉眼見暗逃於不見心冑之責今准此義於開眼見明中亦立外對
見面之義故曰何不見面ㄙ二展轉縱破四ㄙ一在空非內同他破【經】見面若
成【苕溪云】見面若成即以前難縱其所計此了知心及與眼根
乃在虛空何成在內若在虛空自非汝體【疏】

設汝執言能見面者汝心及眼應在虛空以
根境相對方成見故【補遺】見面若成且縱汝成於見面之義恐它計
云雖不灼然見面既識心在眼根中已與面作對即是見面外對之義故今且縱此計也
即破云若作此計須是心眼在空可也若附在面外對不成也若許處空顯
是在外如何復執心居身內【二楞云】若開眼見明之時亦能
見面則汝心眼皆在虛空亦不得反觀身中名內對矣又若在空即同
他人自然不是汝之心體若心眼既在虛空則應虛空即是汝
體汝身反不屬汝此之二過一者不成在內過二者不成汝體過應立
量云汝之心靈定不在內見汝面故猶如他
人破次過者但改宗云定非汝體因喻如前
ㄙ二他見還同已體破【經】即應如來今見汝面亦是汝
身【疏】汝或執言雖見我面定是我體即復破
云佛亦見汝應是汝身【講錄】若言雖在虛空而見我面亦應是我
之心體不知汝眼所在當有汝身則如來亦見汝面亦應即是汝身也應立量
云如來之身定是汝體見汝面故如汝心眼

【補遺】若計在空已非已有全同他體現今如來見汝之面即應如來亦是汝身之眼設或不許佛身是汝汝之心眼亦非是汝便同前文自非汝體也【吳興云】身合云眼以眼屬身分故通言之△【融室云】又復在空非汝應同彼身則佛見汝亦即汝體按吳江科經以上段若在虛空自非汝體二句接迎下三句爲一科ㄖ三根身乎闕能知破（經）汝眼已知身合非覺【疏】又若汝心能見面者本分身處應無知覺以在眼根處虛空故【吳興云】汝眼在空空既有知知既離身身合無覺身若有覺眼必無知在一不在一經文巧略故不言也ㄖ四二覺應成二佛破（經）必汝執言身眼兩覺應有二知即汝一身應成兩佛【疏】必汝現今眼根自知身處自覺非乎闕者須有二心知即心也凡是有心定當作佛豈汝一身成兩佛耶【溫陵云】既在虛空即非汝體若執兩皆有知即成兩體△【補遺】若執心眼各自覺知應有兩心至成佛時應有兩人成佛此之四段展轉破逐皆由前文內對所成見面之執妄情紛擾執計多端故盡破之令無所救【鶴林曰】上來轉轉窮破須逆推以明之既不能成兩佛則知是一也眼知即是身覺身既有知云何更言心眼在空眼既不在空中則開眼爲能見面開眼既不見面則閉眼亦非對內之暗也既非內對之暗則閉眼見暗不是身中所計所立一往負墮矣按逆推解經之法出於清涼此文展轉辨明無返觀理鶴林盉得諸吳中講席亦傳雲浪之緒言也㔾三結破（經）是故應知汝言見暗名見內者無有是處【吳興云】不言見明爲外者畧也又見外爲成見內從正計結也㉁五破隨合三㔾一成立

（經）阿難言我常聞佛開示四衆由心生故種種法生由法生故種種心生【疏】引教也【溫陵云】引楞伽經義第八本識變生三境故云心生法生由阿賴耶一念不覺故變起根身器界境界風動能起識浪故云法生心生又復境界風動擊藏識海波浪轉生今雖通舉要取後句法生心生以爲據也【孤山云】心生法生境從心起也法生心生心逐境遷也（經）我今思惟即思惟體實我心性

隨所合處心則隨有亦非內外中間三處【疏】
現今思惟誠有緣處【直解】思惟是第六現行意識以第六思量勝故
今認思惟體爲自心性則以第六攀緣爲自心也及推所止三處元
非【孤山云】應知阿難祇就現前分別事識妄計也三處番前四計在內在外二處兼見
明暗內外中間即潛根應知隨境而生心與境合境既
不一心亦隨多頗合佛言必無虛論【溫陵云】以心法
相生隨境思惟即是心體心法合處即爲心
在ム【補遺】阿難意云思惟之心實在於我若
求所在不定一處但隨根塵合處我心即依
根而合前塵如下文手挃心知即是身根挃
塵生識心也若根親塵疎則心生於根若塵
親根疎則心生於塵不定一邊故云隨合不
同下文中間定在一處也言亦非者謂非定
在此三處但隨一而有也㊃二推破二㊀一
正破無體【經】佛告阿難汝今說言由法生故種種
心生隨所合處心隨有者牒前計揀心生法生是心無
體則無所合【疏】既言因法有心應知心本無
體【孤山云】心既隨合而有則自無體無體言合理必不然一
法云何合斯之謂矣【中論偈云】一法云何合釋云若一則無合若指

端不能自觸ム【溫陵云】以思惟體爲心特緣想耳故難其體之有無也【經】若無
有體而能合者則十九界因七塵合是義不
然【疏】若汝堅執無體能合十九界第七塵體
畢竟無亦應有合故云不然【孤山云】以界但十八塵惟六故
ム吳興云體猶性也心性徧在諸法假緣而
生如火性寄諸陽燧因與日合故能出火若
心無自體假緣而合狀似火無自體乃出陽
燧豈應爾耶○【引證】【淨名云】如智者見水中
月云云如第六陰如第七情如十三入如十
九界【大集云】如第五大如第七情如十九界
無生無滅無有造作ム涅槃迦葉品魔王化
作佛像語首羅長者言我先所說真四諦者
是說不真今當爲汝更說五諦六蘊十三入
十九界長者聞已尋思法相都無此理㊀二
難破有體二㊁一內外出入不成破二㊂一正奪破【經】若有體者如汝
以手自挃挃陟栗切猶觸也其體汝所知心爲從內
出爲復外入雙詰躡破若復內出還見身中若從
外來先合見面【疏】【資中】若言有體以手觸身必
先知覺既言有體不無所止內外二處必從
一緣故今雙詰難同前破長水文同若從內出還

見身中五藏若從外來合先見已之面難同前破者牒前文不見焦腑何不見面之二破也△【孤山云】既無來處心體自無◎二破轉救二◎初救【經】阿難言見是其眼心知非眼爲見非義【疏】轉救也若如前難令見面等理恐不然以心能鑒覺但名爲知眼有照明方稱曰見若將心知爲眼見者必無此理故云非義【真際云】意謂見自是眼心但能知不可以心爲見而不知根不自見心依根見故下文破其眼獨能見◎二破【經】佛言若眼能見汝在室中門能見不【疏】引喻難也如世間人稱見外者必待出門方名人見若人居室門豈自見門眼也人心也人即汝阿難也汝稱眼見理恐不然【真際云】門喻眼人喻心室中之門所以通出入見內外者必在乎人今以眼自能見物不假于心正似不假于人門自能見汝矣△【私謂】門能見不節壞二師解甚明今師都未能了下文云若燈見者燈能有見自不名燈門能見不猶云燈能有見也次以死眼伸破門死物也死物不能見人死人之眼死眼也死眼豈能見物【經】則諸已死尚有眼存應皆見物若見物者云何名死【疏】舉事破也若眼名見死者眼存心識離體豈說有見有非死死必無見稱見在眼不其謬哉【溫陵云】舉門喻能見在心舉死喻徒眼不見◎二一多徧局非理破二◎一總徵【經】阿難又汝覺了能知之心若必有體爲復一體爲有多體今在汝身爲復徧體爲不徧體【疏】一多身體也徧局心體也餘文可知【講錄】復躡上心若有體一義四分破之◎二別破二◎一一體多體義失【經】若一體者則汝以手挃一支時四支應覺若咸覺者挃應無在若挃有所則汝一體自不能成【疏】破一也心體若一四處咸同一處受挃四應俱覺設許俱覺失本挃處故云無在【孤山云】謂非定在一支也若覺元所挃處一體之義豈在【資中】若挃應無在謂挃頭即是挃足無所在故【補遺】若此心體一者且如擊一支其三支俱覺不是則擊左其右無恙若云俱覺則欲擊汝左只須擊右亦可故曰挃應無在若挃

有所則擊左必左何成一體【經】若多體者則成多人何體爲汝【疏】破多也汝心惟一豈合言多若許多心汝亦多體多體之內誰爲阿難故云何體爲汝【孤山云】若言四支各自有心故拄一支餘支皆覺則成四人何支是汝▽二徧與不徧理非【經】若徧體者同前所拄【疏】破徧也拄一支時四支應覺故云同前同一體破也【經】若不徧者當汝觸頭亦觸其足頭有所覺足應無知今汝不然【疏】破不徧也若汝執心不徧身者頭足之觸同時而下一合有覺一當不知今汝咸知孰成不徧故云今汝不然【孤山云】既俱拄俱覺則非不徧矣△【補遺】防彼執前一體之義謂拄一支四支不覺者良由心不徧故此復難俱拄俱覺則不徧又破矣此中妨難爲計不徧其徧義同前一體但相帶來耳㊁三結破【經】是故應知隨所合處心則隨有無有是處【溫陵云】當知真心非一非多非徧不徧四義既非則不可謂隨所合處心隨有也

㊇六破中間三㊁一成立

【經】阿難白佛言世尊我亦聞佛與文殊等諸法王子談實相時世尊亦言心不在內亦不在外【疏】引教文也【熏聞云】應是法華前被機通說阿難迮引爲據【直解】談實相者指諸法寂滅之相爲實相也以方等般若二時常談實相故【經】如我思惟內無所見外不相知內無知故在內不成身心相知在外非義【疏】合教理也不相知者合云外又相知恐文悞耳【融室云】內無所見者縱不能見心肝脾胃故外不相知者身心相外自不相知故身心本自相知在外則不故云非義△【私謂】內無所見外不相知阿難總標前二計也內無知故四句阿難牒破二自計也長水疑外不相知要改又字雷菴論補駁之今以吳江解爲正【經】今相知故復內無見當在中間【疏】正立中也【孤山云】相知故不在外塵內無見故不在內根㊁二推破二㊇一就就身處以推破二○一定其中位【經】佛言汝言中間牒中必不迷非無所在今汝推中中何爲在爲復在處爲當在身審定【疏】若心在中中應無惑必有所在何者爲中故舉身

處以定中位溫陵云此據根境以定中位身即根處即境也ㄖ二隨計斥破二ㄖ一在身無中破 疏 若於汝身立中位者身有中邊若居身中與內何別應合見內標指身中如前執心在內若就身邊邊則非中便有自語相違過也孤山云在身邊則中間不成在身中則同前在內蓋凡言中者必對兩邊而中之相貌可據不至迷惑今欲問阿難中之狀貌故此問起也ㄖ二在處不定破 經 若在處者爲有所表爲無所表重審無表同無表則無定何以故微意云以何義故言表則無定也如人以表表爲中時東看則西南觀成北表體既混心應雜亂 疏 若身外處立中位者必須約表何處是中若不可表則畢竟無猶如兎角若可表示即成不定東西南北皆可道故能表既亂心應混雜理應不然融室云心應雜亂言心無中位也△私謂表者即周官土圭測景立表之義中時者立時定中如書言日中星鳥以殷中春也立表之法千里寸差華竺中邊晷景迥異

斯則四望無憑表體不定二就根境以立中二ㄖ一救 經 阿難言我所說中非此二種如世尊言眼色爲緣生於眼識眼有分別色塵無知識生其中則爲心在 資中 疏 身處二種非我本意眼色爲緣生眼識者豈非尊言眼有分別者根能照境故色塵無知者境處無心故今約根境兩楹之中以立中位心在此也長水文同△溫陵云謂非身處之中乃根塵之中也△唯識第五此中教者如契經言眼色爲緣生於眼識又契經說若根不壞境界現前作意正起方能生識△真際云眼能發識是增上緣色能牽生是所緣緣△補遺准大論四緣一因緣謂相應因共因自種因徧因報因是五因名因緣二次第緣心心數法次第相續無間故三緣緣名所緣緣心心數法緣塵生故四增上緣諸緣法生時不生障礙故准今眼能發識取無障之義乃增上緣從所緣之色出生貪愛能緣之心而論牽生是所緣緣也眼色爲緣生於眼識據經五識對五塵也阿難言眼有分別下文物非體知謂眼根有知眼根是四大色如何能知須知此是初剎那時眼已發識則眼有分別矣不同上文單以勝義爲眼根也曰識生其中者乃是同時意識阿難指以爲心△二楞云根境識三

各有能生種子眼色二種是生識之緣非眼色二即能生識也。二破二㕣一總徵

經 佛言汝心若在根塵之中

定 此之心體爲復兼二爲不兼二

疏 以此爲中爲復兼帶根塵二法爲不爾耶 雪浪云 此之心體爲復兼根塵之二種爲不兼根塵之二種㕣二別破二▽一破兼二。一若兼成雜破

△若兼二者物體雜亂

疏 因心所兼根塵相雜塵亦分別根亦無知物即塵也體即根也 標指 物是境亦有心分別體是根亦帶心有分別世間不成安立ㄙ 雪浪云 若兼根塵之二種則物體雜亂物是色塵無知也體是心根有知也則知與無知心體雜亂△ 天如補注 根塵是物體是心體知屬心體不知屬根塵佛明言此之心體古人以體知爲根者非也△ 私謂 准大乘法師百法論釋云體即是根此五言根者皆有出生增上義故則以能造所造八法爲體乃識所依之根也古師釋體爲根其義如此天如執佛言此之心體以古釋爲誤殆非也體一也在境則言物體在心則言心體佛隨意語安得拘泥如是經明言眼有分別識依根立根能發識天如定判根塵屬不知亦不應理。二不雜非中破

經 物非體知成敵兩立云何爲中

資中疏 物無所知體有所知故云物非體知知與無知相形而立故云成敵兩立

疏 今若不雜物自無知體自照境究成相敵但有二相中云何存 標指 阿難救云雖兼於二物體不雜物不知體自知若如此佛破云物是境境既無知體是根根有知一知一不知成敵如牛角安得兼ㄙ 補遺 凡言中者雙非二邊今以心體兼二則心同眼識之體敵彼物塵只成二邊中義已失ㄙ 王舜鼎曰 此二段在後文十八界中備細披剥此特引其端耳▽二破不兼

經 兼二不成非知不知即無體性中何爲相

疏 不兼根故名爲非知不兼境故名非不知 雪浪云 若不兼根則非有知之根若不兼塵則非色塵之無知二義既非將何以表心之體性體性不有中位自無所兼既非能兼不立即無體性中何爲相△ 標指 其義轉疎也非知者去根也非不知者無境也根境既無非猶無也自無中位云何分中△ 孤山云 離知不知之外復以何相表心有體若存根境可生中間之識根境既無敎誰識得中之體性體性既無名𪊲何爲中故云中何爲相㊇三結破

經 是故應知當在中間無有是處。

刪修 有人言徵心第五說非內外中間三處不應第六又計中間應將五六錯簡前後易置

今觀阿難設問次第引經初云嘗聞次云亦聞連躡爲辭何容紊亂推窮心地義句玲瓏豈須定破中間方乃再徵三處盲師惡慧自誇定本轉相傳授恐誤後人不得不決定破屏也

[八]七破無著

三[四]一成立

[經]阿難白佛言世尊我昔見佛與大目連須菩提富樓那舍利弗四大弟子共轉法輪常言覺知分別心性既不在內亦不在外不在中間俱無所在一切無著名之爲心則我無著名爲心不[疏]既非內外中間即知心無所著而不知佛意破妄無體令識本真如云三際求心心不有心不有故妄元無妄心無處即菩提生死涅槃本平等不了此意謬指其文妄立無著便謂合教舉世修行多作此計但一切時都無所著即我真心而不知執此無著亦是妄想楞伽云無心之心量我說爲心量故下破之[宗鏡]近代相承不看古教唯專己見不合圓詮先聖教中一一推破如云一切無著者阿難懸知末法皆墮此愚楞嚴會中示愚起教無上覺皇已親訶破△[直解]共轉法輪指般若會上佛令四大弟子轉教菩薩故大品云般若是無住義若不住著一切法即是般若方等會中淨名亦云心不在內不在外不在中間等[四]二推破二[二]一牒計雙徵

[經]佛告阿難汝言覺知分別心性俱無在者牒世間虛空水陸飛行諸所物像名爲一切汝不著者爲在爲無[疏]汝言一切無著一切不出水陸空行即汝無著之心決定於彼一切法上爲在不在在即著也若在不在二俱有過如下破之[私謂]爲在爲無確指一切無著之心體審其在不非徵物體之有無也吳興云欲破無著先以外境定之天如謂以一切物像爲有爲無難無著計經文明指水陸空行一切物像何以復云爲有爲無同於龜毛兔角後人釋此章者遂有徵心徵物之諍良非過義也[二]二展轉推破三∴一不在同無破

[經]無則同於龜毛兔角云何不著[疏]無者不在也若此決定不著諸法何處是心名爲

不著便同世間龜毛兎角畢竟無體體既全無而欲名誰爲不著耶【吳興云】無者心不見境也境既本無心何所離而云無著。【引證補遺】涅槃云世間有四種無第四畢竟無如龜毛兎角止觀記云龜毛兎角見者以此二物喻於斷見一向全無成論云兎角龜毛葢香蛇足風色等是名爲無大經云如我人衆生壽命知見乃至如龜毛兎角等陰界入是名世諦ㆍ二有體成著破【經】有不著者不可名無【疏】若此不著之心是有體者則不可言不在一切無猶不在也【吳興云】有不著者心見其境也境若是有心則成著豈名爲無ㆍ三雙指二過結責前非【經】無相則無非無即相【疏】無相則無指初過也無即不在也相即一切也不在諸相則是無體如兎角等非無即相指次過也非無有體也體若必有即在一切故云即相【吳興云】無相則無謂境亡則心滅非無即相謂心存則境生△融室云物無有相則謂之無物若非無即爲有相【經】相有則在云何無著【疏】結前非也相若有心則名爲著云何妄立不著義耶【吳興云】夫相不自有由心在故有心不自無由相盡故無是以有相而言無著者理不可也△【融室】云有相無相皆出汝心相若是有其心則在心既在物云何無著△【紫栢云】以無著名心有四種過當因成假時已說不得無著刹那而相續刹那而相待至於相待假時已離不著三重矣於織然有待之後而曰無著非四重過乎㊣三結破【經】是故應知一切無著名覺知心無有是處此上七段破妄所依竟

○【合釋七微】○【宗鏡云】若云心同境空了不可得者如今介爾心起果報非虛豈同外色前塵性是無記依心假有體畢竟無若緣慮心即應是有答此一念心亦不孤起依他假有內外皆空此一念瞥起覺了能知之心如阿難妄執在其七處世尊一一推破俱無所在然因依之處不過此七世人同執熏習堅牢若非子細推尋情見無由可脫此七處既破則一切處皆無即今生滅身中妄心無寄現量所知分明無惑可謂頓悟真心直了無明矣○【長水疏云】然凡情所計雖復萬差因依之處不過此七欲推妄體先破所依其猶城陷則賊亡巢傾則卵覆微雖有七處則惟五第四第七無別處故隨合無著似破能依正意在所詳之可見○【孤山云】總此七番似破四性在內潛根見內似自性在外似他性中間似共性隨合無著似無因性如來七番徵破使介爾妄心無逃避處妄賊既除真王得顯無生之理於兹見矣○【吳興云】若四性未破此覺了心世而非諦破性執已乃名世

諦世諦虛假猶存於相若破此相方名真諦亦名第一義諦智者大師云世諦破性真諦破假破假即相空破性即性空由是言之經文七番義含二空也○寂音論云心法之妙不可以情求不可以識辨學者捨情識則茫然而懼世尊哀之件件披剝其體段而使之諦見諦見則肯自住今縱其詞所以盡其解也七處窮詰不見歸宿則情識自枯善財童子登妙峰頂不見德雲比丘及見德雲比丘乃在別峰之上法華會上指示化城之人寶所不言其方而言在近而已使峰頂便是德雲實所決有定方則心體應有住相矣○中峰或問如有一人曾於七處住止人問月出沒於何地首則曰月自水東出而水西沒謂昔居水國乃爾見之又云月自山頂出而山下沒曾居山中見之又云自城頭出而城中沒昔居城中見之又或指月出沒舟之左右樓之上下村之前後郭之東西皆常居而見之遂成執於胸中而智者咸不許其說當知彼所指處未嘗非月也月實不於此七處出沒原其所指之謬雖處處見月惟未仰天一見耳如阿難所指處不曰非心但未同光一照耳

○海印憨山大師科經總義或問○問曰楞嚴經文從初至二卷中無推破五蘊之明文憨山大師通議判七處徵心爲破色受二蘊下文以次破想行識三蘊古人未有議及者何也答曰如來出世但爲豩度繫縛五蘊沈弱生死之衆生楞嚴一經乃對治五蘊之方藥也經初佛告阿難一切衆生從無始來生死相續皆由不知常住真心性淨明體用諸妄想此想不真故有輪轉所謂用諸妄想者即五陰堅固虛明融通幽隱顛倒諸妄想也第三卷反覆推徵五陰六入等皆如來藏妙真如性第七卷詳辨陰魔正明五陰五濁超越次第經末結明五陰本因同是妄想一經始末修因證果全歸五蘊窮有徵心辨見破妄顯真重重開示不以推破五蘊爲宗致者耶大師科判乃如來說法切要之關鍵雖古人所未發實令人所未了無怪乎諸方卷舌而不談也然大師議解出之悟後信筆發揮其中分支落節容有貼釋未盡處今以管窺之見疏通證明期不孤大師之智燈耳問曰經文辨魔先銷色陰次盡受陰今約徵心乃云兼破色受二蘊者何也答曰起信云推求五陰色之與心色者五蘊之首也心者四蘊之總也如來徵心先徵心目目即色蘊心即受蘊也以八識具相見二分最初見分搏取四大火分爲我根身迷此色身取爲內我色受二蘊正是執受所依之處今推窮七處緣使心目二妄皆無所依即破色蘊而受蘊兼破此炙穴倒根之法也天親曰色法者識之所依所緣夫言所依所緣非受蘊領納而何論又曰從本已來色心不二傳大士曰未有無心境曾無無境心迷則兼迷破亦兼破故經云生因識有滅從色除曰從色除則破色蘊時不但破色蘊明矣問曰想行識三蘊大師逐節推破科判歷然其義云何答曰大師云心即妄想爲六識想蘊見乃八識見分

爲七識行蘊八識見精爲根爲識蘊故心目二妄該盡五蘊八識以起信綱要印定經文此大師科經之關鍵也今循覽大師科判叅詳經文竊謂應以七徵了畢阿難白佛世尊放光乃至如是見性是心非眼爲第三破想蘊之文(大師判從上至二卷如來說爲可憐愍者爲斥妄心破想蘊之文)應以世尊開五輪指誨勑阿難乃至心性各有所還云何爲主爲第四破行蘊之文(大師判從二卷阿難承佛悲救深誨乃至於一毛端徧受十方國土爲辨妄見破行蘊之文)應以阿難言妙明真心云何無還乃至開示二種妄見爲第五破識蘊之文(大師判若此見精必我妙性乃至無得疲怠妙菩提路爲非見精破識蘊之文)問曰初破想蘊云何答曰經文先示真妄二種根本言諸衆生用攀緣心爲自性者以前七轉識名攀緣心故言識精元明能生諸緣緣所遺者以第八阿賴耶爲識藏生無明住地與七識俱故論云名句文身熏習爲緣種種名言皆由於想故知攀緣能生皆想蘊功能也佛咄阿難此非汝心此是前塵虛妄相想惑汝真性乃至皆由執此生死妄想誤爲真實此破想蘊之明文也阿難重請三昧謂由二障所纏以分別俱生二見根識相依總屬妄想故佛以眼見燈觀種種詰辯結以是眼非燈是心非眼正明見燈見眼皆是前塵虛妄相想所謂想念搖動妄情結成乃想蘊行相也上文心目二妄至是委破色受二蘊亦重結於此問曰次破行蘊云何答曰行以遷流爲義念念不停初徵客義住名主人不任名客不住非行而何次徵塵義塵質搖動虛空寂然搖動非行而何佛言以動爲身以動爲境乃至匿王自傷

髮白面皺殆將不久變化密移我識不覺寒暑遷移漸至於此後經云化理不住運運密移甲生髮長氣銷容皺日夜相代曾無覺悟此皆行蘊之明文也色雜妄想想相爲身聚緣內搖趣外奔逸乃行蘊行相也復次又以寄宿旅亭喻遷流不住以掌亭不去顯妙明不還是故破行蘊之文齊此問曰次破識蘊云何答曰此中見精明元即二根本中識精元明八識之精元本自圓明者明暗通塞諸相正顯此識精能生諸緣緣所遺者如來指定見量指示見源從日月宮至七金山種種物像皆是八識現量清淨見精所矚將阿難於中推擇領取見性於是辯舒縮定方圓發明二種精見色空見見非見良以見精乃八識自體亦即是根本無明此所謂識蘊也以二種分別妄見證之山河國土即梨耶識能見相分見病目青正屬無明能了根本無明見青無咎則五蘊實法不存八識全體洞然因緣自然和合不和合了無覺後餘疑而五蘊皆爲如來藏矣如是乃爲破識蘊如是而後爲破五蘊也問曰大師以五蘊八識爲所破之妄於色受二蘊破五識於想蘊破六識於行蘊破七識於識蘊滅第八識今但明五蘊不言破分破五識等何也答曰五蘊色心開合不同開則色法惟一心法有四合之則惟一識蘊也教家取五識等分配四蘊亦約畧之談耳若指五屬受五由六而方生生起處同是一識五不定五也若指六屬想意識緣外境時必依末那爲染汙根六不定六也若指七屬行第七緣六帶八七無本位七不

定七也若專指第八屬識蘊賴耶識起必二識相應識蘊不但第八也永明言前五識及第八俱緣現量即現前不生滅性六七二識落在比非二量即念念常生滅故曰識在一根蘊猶鳥處羅識之與根乍出乍入冢一捨一不可執常境爲識境識爲境識如來說法當體相應如何執有一蘊能破一識分疆畫界尅定破立之法耶仁王般若云衆生識初一念識異木石於中生不可說不可說識成衆生色心根本色名色蓋心名識蓋想蓋受蓋行蓋蓋者陰覆爲用身名積聚以此文證舉識蘊則該五蘊矣除破識蘊別無破五蘊之法則此經除破五蘊亦别無破八識之文矣大師方便點示爲行人指迷愚者執爲實法斯認指爲月者也問曰大師立破識蘊滅第八識此義云何答曰論云所言滅者唯心相滅非心體滅唯識云由斯永失阿賴耶名說之爲捨非捨一切第八識體須曰大圓鏡智同時發一其可滅乎大師意在破八識見精顯如來藏一真法界即起信惟心相滅之滅亦即唯識永失名捨之義非可與近德破識用根之曲說同條共貫也佛明言五陰六入等本如來藏妙真如性永明云首楞嚴經以如來藏心爲宗一如來藏者即第八阿賴耶識依聖言量楞嚴一經終始皆歸五蘊也於大師之判奚疑

經文即應如來長水及諸本並同溫陵本作爲應如來

即汝一身應成兩佛定本云佛字當改物字義圓今人謬妄如此舉以立戒

大佛頂首楞嚴經疏解蒙鈔卷第一之四

音釋

黶 乙減切深黑也　啄 竹角切音涿　燧 徐醉切音遂取火於日也　鍵 渠偃切鑰也

大佛頂首楞嚴經疏解蒙鈔卷第一之五

海印弟子蒙叟錢謙益　鈔

○躡前審其眞妄子科中出生母科二㊀初推妄所在次破妄顯眞從此去盡第二卷破初合經文是中子科又二㊀一破妄心顯眞心一破妄見顯眞見二科皆起從此去盡卷中經文分其分劑二入初中一阿難伸請二卍一責躬遺難

經爾時阿難在大衆中即從座起偏袒右肩右膝著地合掌恭敬而白佛言疏此經家叙諮求法要恭敬之儀也梵漢兩儀聽衆咸坐欲有請問從座而作如禮請益則起更端則起將有承聽必須復坐經有退坐一面儒有居與爾言皆令攝儀受法無謬也言座起者從法空體起悲濟用也袒肉袒也致敬之極西方俗儀見王者必肉袒佛教亦隨此用然此以表將荷大法之重擔耳右膝著地胡跪也亦云互跪著地示早相也屈智就理期證入故膝表智地表理皆言右者隨順義也合掌信解冥符俾悟入也二手合一表不散誕專一至心又合掌即冥心也上皆身業恭敬意業白佛口業此上皆經家綴葺

經我是如來最小之弟蒙佛慈愛雖今出家猶恃憍憐所以多聞未得無漏不能折伏娑毗羅咒爲彼所轉溺於婬舍當由不知眞際所指疏斛飯之子得道夜生於諸弟中是最小故見惑雖除俱生全在至下方得第二果故眞實邊際即至極義此即大教所指示處悔過責躬遭難未證蓋由不知此所指處即如來藏體也智論云大德阿難本願如是我於多聞衆中最第一亦以諸佛法阿羅漢所作已辦不應作供給人共佛解脫床上坐故阿難種種諸經聽持利觀故智慧多攝心少二功德等者可得漏盡道以是故阿難是學人須陀洹復次貪供給世尊故若早取漏盡道便遠世尊不得作供給人以是故雖能得阿羅漢自制不取△私謂涅槃言如來僧中求侍五百羅漢中獨取阿難大目連定中觀如來心在阿難許如日初出光照西壁蒙佛慈愛正其事也○釋文眞際所指諸本皆作所詣今從長水古本卍二請示修行

經惟願世尊大慈哀愍開示我等奢摩他

路令諸闡提隳彌戾車【融室廣注】眞際乃空寂之法欲得者必資至靜之行於是阿難啟請世尊開示最初方便三觀之中奢摩他路【私謂】阿難請最初方便佛貴不知常住眞心常住眞心即眞際也欲悟明常住眞心要先知奢摩他路所謂最初方便也世尊將說此法先於面門放光照破根塵識界翻破無明寂示大定全體正表奢摩他路出離生死是最初方便不同餘法也慈大師亦云由此二執纏綿生死故今願出生死先破二執爲最初方便●按融室慈師皆指奢摩他路爲最初方便但未徹底拈出耳△【中川云】奢摩他路者所以入眞際之門也雜集論云無倒所緣說名實際故涅槃明奢摩他五義一名能滅能滅煩惱結故二名能調能調諸根故三名寂靜三業寂靜故四名遠離遠離五欲故五名能清能清貪等三濁故【圓覺疏云】此翻云止定之異名寂靜義也【疏】涅槃經云一闡云信提云不具信不具足名曰闡提或云焚燒善根此即斷善根衆生也【梵行品云】不信因果無有慚愧不信業報不見現在及未來世不親善友不隨諸佛所說教誡如是之人諸佛世尊所不能治如世死屍醫不能治【疏曰】古來云闡提具含衆惡不知的翻惟河西翻爲極欲言極惡欲之邊故倒如涅槃名含衆德而翻爲滅度彌戾車此云樂垢穢人【清涼云】三藏云惡中惡亦云奴中奴皆義翻耳此等全不識佛法即邊邪不正之見由不正見即謗正法死墮邊地永不識佛【慈恩傳】北印度北境皆號蔑戾車唐言邊地【智論云】佛雖大慈等及以温祇尼等諸大城是邊國故不住又彌離車地與惡人多善根未熟故阿難請意自得正修識知眞際即離邪見庶幾成佛亦與展轉令無信根斷善衆生毀滅邪見識佛正法自利利他始爲正請【吳興云】意請如來開示圓妙毀不信撥無之惡見△【寂音云】邊地垢穢乃闡提報地若闡提能知奢摩他路即隳報地【經】作是語已五體投地及諸大衆傾渴翹仰傾心渴仰翹誠佇望欽聞示誨【地持云】五輪至地而作禮也【阿含云】二肘兩膝及頂名爲五輪輪謂圓相五處皆圓能令上下迴轉生福轉多故爲輪也【清涼云】五體著地皆願衆生得正覺道第五首頂著地願諸衆生悉得成就無見頂相入二如來現瑞【經】爾時世尊從其面門放種種光其光晃耀如百千日【疏】將陳法利宜先表報警動令信也【融室云】如來欲示奢

摩他正修行路先用放光表種種勝相也亦表智光被物機故前放頂光表體無說此從口放欲顯言詮口是面之門故表教從佛口所流種種百千具足衆德表所說之義非一破無明暗故如日之照表智慧日齊彰並照△【定林云】將從見根說是本覺明心故面門放光如百千日○【清涼云】面門即口者以昔有解云面門即面之正容非其口也又云鼻下口上以梵音呼面及口并門並云目佉是故譯者解人取文非一今經云衆齒之間則口爲定解【經】普佛世界六種震動【疏】三種世間不離本覺名佛世界四大分散諸根妄生故云六種無明堅厚土石成形震動既屬佛光妄本必爲智拔六震動相如華嚴說【彼疏云】震即是聲動即是形聲兼吼擊形兼起踊故有六種此六各三成十八相搖颺不安爲動自下而上爲起忽然騰舉爲踊隱隱出聲爲震雄聲郁過爲吼砰磕發響爲擊十八相者惟一方動直爾名動四方若次第若一時動者名爲徧動若八方次第或一時動名普徧動△【定林云】此大因緣法爾動地故六種震動衆生或喜或駭則心動心動則身動動或不徧徧或不等等徧動則甚矣震亦如之佛說妙法有大因緣則諸天魔梵人與鬼神或喜或駭身心

震動故地應之如此衆生身與地通一性耳○【引證】【智論云】諸阿羅漢及諸天亦能動地不能具足動惟佛世尊能令大地六種震動欲動三千大千世界出諸惡道衆生著二善道中故欲令衆生知一切皆空無常故復次如人欲染衣先去塵土佛亦如是先令三千大千世界衆生見佛神力敬心柔輭然後說法是故六種震動△【法華文句】地六種動表圓家六番破無明無明磐礴未曾侵毀方將破壞故動地以表之地相堅固如六根氷執未嘗入大乘之道動難動之地表淨未淨之根東踊西沒等表六根功德煩惱互生互滅六動者一一中又有三表十八種動即表十八界也【經】如是十方微塵國土一時開現佛之威神令諸世界合成一界其世界中所有一切諸大菩薩皆住本國合掌承聽【疏】六情妄隔國土殊形妄執既融十方開現【定林云】此心現圓則覺徧法界十方開現將令會衆悟根隔合開故妄執未融六情殊隔眞智一發法界洞然誰爲自他故成一界即欲說如來藏心之先瑞也【融室云】衆生本覺法界六根互用根塵門頭既無隔礙故能合多爲一△【定林云】陰陽不測之謂神神在萬物更爲可測不可測者惟佛而已故佛言威神因果不

二不二之體本周法界名大菩薩無明即明無所移動名住本國宴合此理隨順不逆名合掌承聽【定林云】十方菩薩同學此法故各住本國合掌承聽△【孤山云】菩薩皆住本國者表圓人行門雖殊皆以奢摩三觀爲本因地△【海印云】照用現前不勞動步即登道場住持本地故光中菩薩皆住本國承聽 大衆將悟斯理故令預此表示法華說一乘竟十方世界通爲一佛國土亦表十方佛土中惟有一乘法第三末經大衆領悟是此所表也【海印】向下破妄顯眞顯此破一段光明法界△【直解】由前七徵審破此是入觀初門故表此瑞○【私謂】准智論云佛欲現智慧光明初相故光出身光衆生知佛身光既現現智慧光明亦應當出復次一切衆生常著欲樂五欲中第一者色見此妙光心必愛著捨本所樂令其心漸離欲然後爲說智慧阿難自陳如是愛樂用我心目正是普色病根故七徵之後如來即從面門放光破其愛著次下開示奢摩他路只顯出光明藏照破生死后來幾度放光通身通界此佛彼佛同是一光正現此智慧光明也涅槃中文殊言如是光明名爲智慧智慧者即是常住光明者即是一切聲聞緣覺不共之道豈但云表法而已八二正爲開示三㊃一雙示眞妄

二源二 揔斥不了 ㊀一【經】佛告阿難一切衆生從無始來種種顛倒業種自然如惡叉聚【疏】凡夫外道常等四倒以非常計常乃至非淨計淨等 聲聞緣覺無常等四以常計無常乃至淨計不淨等 故云種種【資中】梵語惡叉聚此言線貫珠無始無明熏習成種種必有果子子相生熏習不斷縱貫珠其子似沒食子生必三顆同蔕喻惑業苦三同時具足【長水疏】應法師云惡叉樹名其子形如沒食子彼國多聚以賣之如此間杏仁故以爲喻△【唯識云】一切有情無始時來有種種界如惡叉聚法爾而有 經云諸法於識藏藏於法亦然更互爲果性亦常爲因性 長水文同△【手鑑云】無明熏習者以二障各有三一現行二種子三習氣種習最細惟佛斷盡經云諸法即一切色心漏無漏法也識藏即黎耶也七爲能熏八爲所熏現行色心識是果性熏成種子是因性後時現行還成因性故曰更互也喻十惑業苦三者三子曰聚生時三顆共蔕以表三道同時具足由惑潤業由業招苦無始已來一念迷眞三道流轉若細開三道即九相麤細十二因緣等△【圓覺疏】心識狂亂背覺合塵倒有所執顛但荒狂

由顛故倒如由迷自故認他也惑業苦枝末二重一由根本無明故起種種煩惱惑乃煩惱道也二由煩惱故造種種業三由業成故受六道種種生死苦報佛名經云獨頭無明爲煩惱種又此三障更相由藉由煩惱故起惡業由惡業故得苦果△〔海印云〕惑乃發業潤生二種無明故名業種〔經〕諸修行人不能得成無上菩提乃至別成聲聞緣覺及成外道諸天魔王及魔眷屬皆由不知二種根本錯亂修習猶如煮沙欲成嘉饌縱經塵劫終不能得〔疏〕失正墮邪也不敘五道故云乃至二乘心行理外亦同邪見〔百論云〕順聲聞者皆悉是邪不入正理名外但修邪因名道皆由下明失所以也迷眞習妄種苦求甘沙飯異因寧論劫數心期正覺果入迷倫自謂眞修焉知妄習不循至教但縱臆談一失通塗莫返幽徑悲夫〔桐洲註〕聲聞悟明四諦厭有爲行迷眞法界名定性聲聞緣覺觀十二因緣作流轉還滅一種觀法亦迷法界諸天如圓覺云知欲可厭愛厭業道捨惡樂善復現人天又知諸愛可厭惡故棄愛樂捨

還滋愛本便現有爲增上善果皆輪迴故〔經〕不成聖道㊀二別示二源二○一示妄源〔疏〕標云何二種總徵阿難一者無始生死根本指也則汝今者與諸衆生用攀緣心爲自性者正顯也〔疏〕衆生受身輪迴五道莫窮初際故云無始聚緣内搖趣外奔逸故曰攀緣受苦樂報死此生彼皆因此心故曰根本不了是妄一迷爲心決定惑爲色身之内故云爲自性者吁哉世人莫不用此攀緣妄心以爲眞性執妄心爲佛心恃此修行轉增我慢故涅槃云是諸外道無有一法不從緣生計爲常者悉是顛倒○〔宗鏡〕此二種根本即眞妄二心一者無始生死根本者即根本無明〔講錄〕生死根本第八識中根本無明也此是妄心最初迷一法界不覺忽起而有其念忽起即是無始如睛勞花現睡熟夢生本無元起之因非有定生之處皆自妄念

非他外緣從此成微細業識則起轉識轉作能心後起現識現外境界一切衆生同用此業轉現三識起内外攀緣攀緣心前七識也因此生死相續以爲根本證眞鈔云攀緣心即有爲緣生生滅心也此心攪塵爲體緣會即有緣散即無ㄙ私謂唯楞伽經云水流處藏識轉識浪生釋曰言藏識如水流注轉爲七識猶彼海水變爲波浪則諸識之浪洶湧而生也又云外境界風飄蕩心海識浪不斷因所作相異不異合業生相深入計著釋曰言因者即第八如來藏識也所作相謂第七轉識從第八所生也清涼釋衆生心海種種攀緣轉云衆生藏識皆名心海前七轉識名攀緣轉謂轉生亦流轉也緣境非一立種種名以二文證知經言用攀緣心爲自性者正指第七轉識也六識徧緣五塵名攀緣識清涼釋心海獨指第七者以第七識四惑常俱名染汙意思量第八度量爲我惟第七有餘識無故以意識緣外境時必内依末那爲染汙根方得生起故取清涼心海之釋以證此文無餘義也近師謂攀緣心通指八種識見相二分又云兼指六七二識今一依宗鏡楷定○引證清涼云煩惱菩提二俱無始若言先妄後眞眞則有始若謂先眞後妄妄何從生若妄依眞起眞亦非眞若妄體即眞眞亦無始爲破終始立無始言故中論云大聖之所依本際不可得生死無有始

亦復無有終○二示眞源二巳一正示經二者無始菩提涅槃元清淨體標指也何者是耶下云則汝今者識精元明能生諸緣緣所遺者正顯也疏菩提智果涅槃斷果二果本具故云無始本來不與妄染相應故曰元清淨體第八黎耶於識中最極微細名爲識精此微細有二種義一者覺二者不覺覺義即是此文元明元明者本覺也不覺即是無明生滅謂不生不滅與生滅合非一非異名爲識精從此變起根身種子器世間等名生諸緣識相既現元性即隱名緣所遺者遺失也故下文云一切衆生從無始來迷已爲物失於本心對法經云無始時來界一切法等依由此有諸趣及涅槃證得斯之謂矣講錄生死根本眞際即在第八識中悟知識精元明菩提涅槃一切法俱了疏引對法意如此ㄙ宗鏡二者無始菩提涅槃元清淨體

者此即眞心亦云自性清淨心亦云清淨本覺以無起無生自體不動不爲生死所染不爲涅槃所淨目爲清淨此清淨識是八識之精元本自圓明【溫陵云】識精陀那性識也元明本覺妙明心也以隨緣不覺不守性故如空谷任響隨緣發聲此亦如然能生諸法則立見相二分心境互生但隨染淨之緣遺此圓常之性如水隨風作諸波浪【孤山云】隨染緣則成九界隨淨緣則成佛界故云能生諸緣染淨俱緣得失兩異此別指染緣故云緣所遺者△【私謂】准楞伽第四如來之藏是善不善因能徧興起一切趣生譬如伎兒變現諸趣爲無始虛僞惡習所熏名爲識藏生無明住地與七識俱以賴耶持種含藏作總報主建立有情無情發生染法淨法故曰能生諸緣緣所遺者又曰如海浪身常生不斷離無常過離於我論自性無垢畢竟清淨古人翻爲無沒識又爲無垢識是爲識精元明即是無始菩提涅槃元清淨體攝論以地譬八識具染淨二分以土譬七識爲生死染分以金喻九識爲涅槃淨分第九即別取第八淨分言之此中識精元明非專指賴耶而何賴耶體性微細名爲識精在眼則爲見精在聽則爲聞精故曰元是一精明分爲六和合近師謂通指八種識中各具見相二分名爲識精然則一精明應爲六精明耶起信業識亦應有八箇業識耶今以長水爲宗依永明楷定多言亂聽請從前削△【雪浪云】識精元明能生一切萬法之緣緣生熾然所遺下者即此眞理也譬如金沙混同沙去而遺下者即金也○二斥迷

【經】由諸衆生遺此本明雖終日行而不自覺枉入諸趣【疏】本明周徧含裹無餘妙覺湛然斯須匪離步步是道故云雖終日行日用罔知故云迷不自覺眞所謂持珠乞丐懷寶迷邦枉受淪躓誠可憐愍△【宗鏡】由此衆生失本逐末一向沈淪都不覺知枉受妄苦雖受妄苦眞樂恒存任涉昇沈本覺不動如水作波不失濕性惟知變心作境以悟爲迷從迷積迷空歷恒沙之劫因夢生夢永昏長夜之中【雲棲云】衆生終日在本明中如魚在水而不知水以迷其本有即成遺失如力士額珠非失云失故云遺失眞性顚倒行事△【定林云】未分六和合惟有一精明識精者性識也元明即本明也以本覺所起謂之本明以根

元所受謂之元明△【圓覺鈔】法華華嚴名如來知見楞嚴名妙明本明圓明此名圓覺約體約用各是一義安立名相△【熏聞云】以後文見精明元倒此識精則亦第二月也由性在妄中是故能生諸緣【融室云】元明帶識而言楞伽謂迷如來藏爲識藏未可謂本覺本明也△【講錄】佛因阿難請問眞際就根本指出識精元明要使由第八識而證眞常也然識精元明離六根六塵亦無覓處後文觀河不變如第二月見非是見以至六解一亡皆識精也此識精在眼而未雜色即名見精在耳而未雜聲即名聞精隨於一根脱粘内伏歸元在此故向後多寄見精以指眞際也按苕溪已後諸師多判識精爲帶妄此師和會庶幾近理

㊇二正顯眞妄二體三㊉一推徵妄體四㊀一屈指推徵四〇一舉拳以問

【經】阿難汝今欲知奢摩他路願出生死【疏】奢摩他即出生死到涅槃之道路也【融室云】奢摩他爲至靜之法生死乃極動之性若知其靜則出其動由上言二種根本將欲開示出生死入涅槃之路故有欲知願出之語△【私謂】如來此問雙推二種根本尅示最初方便一經之鈐鍵在此經云經微塵劫猶如轉輪除奢摩他及佛出世不能停寢故言願出生死【經】今復問汝即時如來舉金色臂屈五輪指語阿難言汝今見不【疏】地水火風空輪各對一指又一一指端有千輪相故云輪指【觀佛三昧經云】一一指端有十二輪現指端各有萬字相萬字點間有千輻輪相屈指問見意欲推心【融室云】舉拳問見者佛意令就拳處開曉性空奢摩他路〇二約見以酬【經】阿難言見審定見不佛言汝何所見阿難言我見如來舉臂屈指爲光明拳耀我心目審定心目【疏】佛手金光耀我心目此即心目俱見〇三再審誰緣【經】佛言汝將誰見阿難言我與大衆同將眼見審定眼見【疏】舉拳初問便言耀我心目再審誰見又却獨不言心意引推徵明露妄想師資善巧共破物情善哉大權懸知今日〇四別推心見【經】佛告阿難汝今答我如來屈指爲光明拳耀汝心目牒問汝目可見以何爲心當我拳耀【疏】當猶對也汝目顯然故云可見又汝眼實可見我拳相意欲推心且許其眼眼即

可見何者是心研覈至窮妄想須顯講錄以何爲心如云將心來與我看⊟二正陳妄體經阿難言如來現今徵心所在而我以心推窮尋逐即能推者我將爲心疏能推之心攀緣妄想生死輪轉是此爲根固執既深河沙叵算故今呈露必待破除智覺云楞嚴會上爲阿難揀別詳矣而汝猶故不信阿難以推窮尋逐爲心遭佛呵之推窮尋逐者識也△孤山云正以攀緣妄想爲心△溫陵云金拳舉處直下要識本明塵相未除依舊認賊爲子⊟三頓訶令問經佛言咄呵聲也阿難此非汝心阿難矍然逸貌起避座合掌起立白佛此非我心當名何等疏世尊現相以訶叱過之深也阿難驚起以避座執之重也情之主宰皆謂我心今被頓呵執不驚愕海印云奢摩他乃空觀之名如來藏清淨眞心本無一法即空觀之體也此觀更無別法心見既破但了緣生無性即是眞心阿難未了空藏猶執攀緣爲心如來說法四十九年惟向阿難施此一喝如金剛王寶劒斷絕命根此後方開示奢摩他路正顯大定之體⊟四克示非眞經佛告阿難此是前塵虛妄相想惑汝眞性宗鏡古釋能推者即是妄心皆有緣慮之用亦得名心然不是眞心妄心是眞心上之影像故曰汝身汝心皆是妙明眞精妙心中所現物釋下惟心所現若執此影像爲眞影像滅時此心即斷故云若執緣塵即同斷滅釋下前塵變滅以妄心攬塵成體迷水執波波寧心滅迷鏡執像像滅心亡故知諸佛境智徧界徧空凡夫身心如影如像若執末爲本迷妄爲眞生死現時方驗不實疏前塵之相本自虛妄從識變生猶如影像而復引起念想緣慮名之爲心心之與境二俱虛妄此心及境即眞如海中一浮漚耳故云汝身汝心皆是妙明眞精妙心中所現物浮塵既現實體即隱能覆能暗故云惑汝眞性熏聞云相即前塵想即分別二俱不實故曰虛妄△圓覺疏六塵是境識

體是心心對根塵有緣慮相慮相如影舉體全無自心靈明本非緣慮今認緣慮謂是自心如珠明徹本非青黃對青等時即有影像愚執其色謂是眞珠如迷自心認緣影也

經 由汝無始至於今生認賊爲子失汝元常故受輪轉 疏 此之妄想能損法身能傷慧命功德法財由之喪失名之爲賊迷而不識認爲眞常將謂嫡生欲期嗣世反遭破喪歷劫貧窮故失元常受輪轉也故下文云不知色身外洎山河大地咸是妙明眞心中物棄之大海惟認浮漚等 孤山云 執妄爲眞如認賊爲子△ 圓覺疏 賊若在外猶可提防養之爲兒如何檢慎又知賊是賊賊無能爲認之爲兒寧免破敗以喩六根取境猶可制禦藏識妄我難以辨明

卍 疏 二顯示眞心者 眞心之體本周法界非妄非眞絕言離相能攝一切世間出世間法然具三大通二門若約眞如門顯此心者則亡因果絕染淨口談辭喪心緣慮亡無法可破無法可會此則惟顯體大義也若就生滅門顯此心者則彰染淨明體用顯眞妄論因果有修有證或破或會如斯顯示皆爲隨順入於眞如眞如之體即一心也一心眞如及生滅相無二無別門雖立二眞妄無殊生佛元同名不思議今之所顯眞心相者依生滅門破妄顯也破會之相諸經論中具有此二益隨執心輕重根有利鈍衆有頓漸教分權實若執重根鈍理須破斥若藥弗瞑眩厥疾弗瘳若根性調柔妄情輕薄指相即性一切皆如猶良馬見鞭影動即正今經先破後會俾輕重二執皆盡利鈍兩根俱入如此段經即明心能生法自性元常不同前塵分別影事但隨境轉體是無常下經又明見與見緣本無所有元是菩提妙淨明體又云生滅去來本如來藏此則先令明識眞妄後令了妄即眞洎乎開悟無妄可了即云皆即菩提妙明元心維摩法華皆有此意如調馬善醫適時御物在座根性既殊說者理須兼二如來善巧妙達時機△文二人一阿難伸疑三卍一發心修行疑

經 阿難白佛言世尊我佛寵弟心愛佛故令我出家我心何獨供養如來乃至徧歷恒沙國土承事諸佛及善知識發大勇猛行諸一切難行法事皆用此心 疏 此先敘難也起意修行親近善友即是發菩提心如來常教令發此心令復何故說爲非心故敘爲難准涅槃經發菩提心不是佛性師子吼云

若一切衆生先有佛性何故復有初發菩提心者佛言菩提之心實非佛性是無常故乃至雖念念滅相續不斷名爲修道猶如燈焰雖念念滅亦能破暗菩提之心亦復如是今經欲明如來藏心常住眞性即是涅槃正因佛性發菩提心乃是緣了體是無常是故阿難同師子吼以緣了性難正因性此則不辨三因常無常義妄以爲難也今按三因即正緣了三因也泐渾標指別舉頻教因地三重修證之因似非疏義卍二謗法退善疑經縱令謗法永退善根亦因此心疏依之修行能成佛道因之謗法永作闡提佛說非心誠爲難信標指云謂無始時來善惡業行皆用此心△孤山云謂起善謗法皆由推窮尋逐之心不因推尋妄起善惡此但執妄心能造不知眞心本具偏教之解也卍三無心土木疑經若此發明不是心者我乃無心同諸土木疏土木不能了知不能修謗爲無此心此若非心土木何異經離此覺知更無所有云何如來說此非心我實驚怖兼此大衆無不疑惑惟垂大悲開示未悟疏此總結請也不了正因體徧通情無情但執修謗之心便見土木無性泊被訶責此非汝心由不早辨遂至驚怖然阿難豈謂不知直爲末世多作此計用妄心即是佛心惑者既羣卒難領悟故再三疑難請爲開示八二如來正顯二八一約現法隨緣以顯心經爾時世尊開示阿難及諸大衆欲令心入無生法忍於師子座摩阿難頂而告之言疏阿難疑問將謂無心今若開示必知體徧冥合此理了法無生印可決定名無生忍證眞云無生法即眞如理忍即智也得此忍時通達一切法門成就一切佛法此非小緣故摩頂安慰警動其意○智論云菩薩得無生忍故一切名字生死相斷出三界不墮衆生數中△華嚴十忍品頌曰觀察

一切法悉從因緣起無生故無滅無滅故無盡此忍最爲上了法無有盡菩薩住此忍普見諸如來同時與授記斯名稱佛職○[釋文][智論云]師子座是號名師子非實師子也佛爲人中師子佛所坐處若牀若地皆名師子座譬如今日國王坐處亦名師子座師子四足獸中獨步無畏能伏一切佛於九十六種道中一切降伏無畏故名人師子[經]如來常說諸法所生惟心所現一切因果世界微塵因心成體[疏]總標色心故云諸法無別生處故曰惟心此法生起謂由眞如不守自性爲因無始妄想熏習爲緣因緣和合成棃耶識從此變生根身種子器世間等如水起波如鏡現像故云惟心所現一切因果者別舉正報十法界中因果謂之正報聖凡總該故云一切世界微塵別指依報十法界中微塵國土謂之依報一切之言亦通此轉既由眞心隨緣所現亦依眞心以爲自體如像不離鏡波不離水下文云我常說言色心諸緣及心所使諸所緣法惟心所現外洎山河虛空大地咸是妙明眞心中物故云因心成體[孤山云]一段經文正爲點示惟心性具因心本具隨緣成造故所造法全能造心依正既是一心一心實無能所金錍云故知不識佛性偏者良由不知煩惱性偏意謂點示在迷妄心性具故云諸法惟心惟心之言豈惟眞心[八]二約自性不變以顯心二[三]一舉況[經]阿難若諸世界一切所有其中乃至草葉縷結詰其根元咸有體性縱令虛空亦有名貌[疏]世間妄有不出色空色中小者草葉縷結草葉有根種縷結因緣麻太清爲名顯色是貌妄相尚爾況眞心耶[翻譯集][孤山曰]涅槃說空有四名謂虛空無所有不動無礙也貌謂體貌如雜集論空一顯色[沇疏曰]小乘以明暗爲體大乘以空一顯色及極逈色爲體[三]二正顯[經]何況清淨妙淨明心性一切心而自無體[疏]清淨揀異妄染妙淨明心即三德具足靈鑒無昧也雖能隨緣成一切法而一切法不能變動若變動者即無諸法以不變故爲諸法性如

鏡現像不爲像變若爲像變則不能現一切諸像以不變故爲像所依此亦如是故云性一切也豈得妄想不實眞亦無體故此責云而自無體【孤山云】性一切心即常住眞心能爲九界妄心之本性△【定林云】離垢而淨曰清淨即垢而淨曰妙淨此心亦即亦離故曰清淨妙淨明心此明心者一切心皆受性於此△【宗鏡】佛告大慧此是三世如來性自性第一義心以性自性第一義心成就如來世出世間上上之法△【清涼云】心性是一者謂心之性故是如來藏也又心即性故是自性清淨心也八三重破執情二㊃一就執明其有性【經】若汝執悋分別覺觀所了知性必爲心者【疏】牒其所執也堅守不捨故云執悋汝必以此爲眞性者下即語云此心即應離諸一切色香味觸諸塵事業別有全性定其有【資中】性也【疏】分別謂藉緣託塵以立分別覺觀即尋伺也分別覺觀並是依他假合如劃水印空隨手即滅【疏】色香等即是事境有牽心用故名爲業【眞際云】事業即色等六塵牽起內心爲染淨緣而成業用既因境有自性

元無若保爲眞離塵應在【溫陵云】分別覺觀即能推心也△【惟識云】覺觀即尋伺二心所令心匆遽於意言境麁轉名覺令心匆遽於意言境細轉名觀此二並用思慧一分爲體△【智論云】覺觀雖在一心二相不俱麁心麁念是名爲覺細心分別是名爲觀譬如撞鐘初聲大時名爲覺後聲細時名爲觀佛說有覺有觀三昧是覺觀能生三昧亦能壞三昧譬如風能生雨亦能壞雨○【進趣大乘方便經云】佛言衆生心體從本已來不生不滅盡於十方虛空一切世界求心形狀無一區分而可得者但以衆生無明癡闇熏習因緣現妄境界令生念著所謂此心不能自知妄自謂有起覺知想計我我所而實無有覺知之相以此妄心畢竟無體不可見故若無覺知能分別者則無十方三世一切境界差別之相以一切法皆不能自有但依妄心分別故有然此妄心無自相故亦依境界而有所謂緣念覺知前境界故言名爲心又此妄心與前境界雖俱相依起無前後而此妄心能爲一切境界原主所以者何謂依妄心不了法界一相故說心有無明依無明因故現妄境界亦依無明滅故一切境界滅當知一切諸法悉名爲心以義體不異爲心所攝故一切諸法從心所起與心作相和合而有以一切境界但隨心所緣念念相續故而得住持亦暫時而有㊃二就因顯其惟塵二㊁一正示惟塵二㊀一側對五塵顯【經】如汝今者承聽我法此則因聲而有

分別【疏】因聲分別全性元無色香味觸例此可見【手鑑云】雜論分別有三一自性分別二隨念分別三計度分別第八及五皆惟現量即自性分別隨念即因緣也計度即獨散也㊂二單就法塵顯【經】縱滅一切見聞覺知內守幽閑猶爲法塵分別影事【疏】五境不對明了不行既絕外緣故云內守幽閑也當爾之時不無分別若便將此內分別心爲全性者不知此全由第六法塵影像事境所發亦非全性乃是意識在獨散位比量別緣取獨影境非是明了同五所取故云縱滅見聞覺知等【手鑑云】在獨散位者謂一意識有明了獨散夢定之四四之所緣即性及獨影帶質三境也頌云獨影惟從見者影像由前五落謝塵無自種等爲伴獨自而有此境皆從現分而有故別緣者與五同緣名比量境不與前五名別緣以意識獨自緣落謝影像此亦比量攝又獨影亦通謂與五緣假五塵時則有質獨影若緣空花毛輪等即無質獨影若獨散意識多取獨影若定中通於三境若夢中定惟獨影【真際】縱滅見聞覺知前六不行也【肇公曰】六識畧爲四名見聞眼耳識也覺鼻舌身識也知意識也意有四種定位明了夢中覺寤第六意識中有四一定三散定即根本事禪等所取法塵乃散位獨頭也不緣外境泯迹藏用故曰內守幽閑所取法塵即內守幽閑也既非入定又不緣境故曰散位獨頭祇此虛想是名法塵影事【法苑】意識所緣之境名曰法塵△【如相講師云】第六意識逆緣前五塵落謝影子爲生法塵不緣過未影子內守幽閑靜境爲滅法塵小乘但知明等爲六塵不知暗等滅境亦屬六塵故佛破云汝縱能息滅六識分別扳緣不緣前五落謝影于所守所滅幽閑境界仍是過去法塵中之滅塵能守能滅分別幽閑者即意識一半分別之心也塵如形識如影故云法塵分別影事△【交光云】法塵分別有二一者境是法塵體非本有一不分別境即沈沒彼幽閑境全託分別而得內守如無波之流望如恬靜而實不住也二者凡外權小皆依六識思惟爲觀六識印持爲止離六識無別入觀之體根本元是分別自謂寂定實全流注也㊃二遣其自揣二㊀一塵亡體在容是真常【經】我非勑汝執爲非心但汝於心微細揣摩若離前塵有分別性即眞汝心【疏】我今非是不徇理道强制勒汝執爲非心【孤山云】我所訶斥非

強令汝執同土木無心意顯如來言無枉逼也但猶獨也此勸不由他人獨於自心諦審揣度研摩理道理長即就也若汝研窮此分別體離六塵外實有性者我即容許是汝眞心勸其揣摩分別之心乃暫緃之間世人只知即心是佛曾不子細度量此心剎那變異猶如猿猴害馬紛然亂想無暫停時故楞伽云當於靜處觀此妄想流注生滅凡夫不覺妄謂不動故下經云如瀑流水望如恬靜流急不見非是無流起信亦云一切衆生不名爲覺以從本已來念念相續未曾離念故說無始無明故佛再令微細揣摩楷定眞僞〔定林云〕此亦是心但達本心則此亦是妄⊜二境去心空足彰虛妄二○一正示〔經〕若分別性離塵無體斯則前塵分別影事〔疏〕若離六塵無此分別足顯分別宛是妄想自性本無屬於前塵故可名爲分別影事如下文云若眞汝心則無所去云何離聲無分別性斯則豈惟聲分別心分別我容離諸色相無分別性△〔宗鏡古釋〕妄心以六塵緣影爲心無性爲體攀緣思慮爲相此緣慮覺了能知之妄心從能所生因分別起發浮根之暫用成對境之妄知本無自體但是前塵圓覺云妄認六塵緣影爲自心相故此能推之心若無妄緣則不生起若離前塵此心無體○〔圓覺鈔〕古釋云旣離塵無體則知是前塵分別影事也〔疏云〕六塵無實猶如影像從識所變舉體即空故此緣心亦無體也佛頂經云此是前塵分別影事△〔孤山云〕六塵如形分別如影影由形有故無自體心因塵有豈有體耶○二釋成〔經〕塵非常住若變滅時此心則同龜毛兔角則汝法身同於斷滅其誰修證無生法忍〔疏〕心因塵有塵屬無常塵旣無常必歸變滅皮之不存毛將安傳若汝堅執無常之心是眞性者

應合法身同於斷滅以法身體即眞性故法身若斷依何修行證無生忍若了如來藏心本周法界本無生滅含裹十方寧有方所九夫身心如影如像執此影像爲佛性者一何鄙哉〇【宗鏡古釋】以妄心攬塵成體因境而起全境是心又因心照境全心是境因境起照境滅照亡隨念生塵念空塵謝故云若執緣塵即成斷滅若將此影事而爲佛身既爲虛妄之因必成斷滅之果【圓覺鈔古釋】既是前塵之影塵變滅時心即變滅滅時既無心如龜毛等誰證法忍△【孤山】云心隨塵滅修證者誰△【王舜鼎曰】阿難言離此覺知更無所有意恐離此覺知便落斷滅不知惟妙明眞心周徧法界離塵有體豈容斷滅但必執此分別覺心便爲眞心翻成斷滅以分別覺知心離塵無體故以塵非常任有變滅故【經】即時阿難與諸大衆默然自失【疏】初聞佛斥此非汝心則驚疑設難將謂無心洎乎顯示清淨妙明性一切心本來徧圓而爲世界因果微塵平等體性佛雖開示又恐久執尚堅再約緣塵重研妄想離塵無體豈是元眞若堅執不融法身應斷修證法忍必無所依阿難雖未悟眞且知執妄是失故云默然自失㊇三結示執妄過失【經】佛告阿難世間一切諸修學人現前雖成九次第定不得漏盡成阿羅漢【長慶說文】涅槃云九種三昧所謂九次第定四禪四空及滅盡定【疏】九定通名次第者智慧深利能從一禪入一禪心心相續更無異念可間雜故【釋禪門次第云】行者定觀之法修練既熟能從一禪心起次入一禪心心無間不令異念得入乃至滅受想定名九次定亦名鍊禪然修此定能成無漏今言不得漏盡乃通指世間有漏心修欲界未至及四禪四空定耳凡夫修禪多生味著隨禪感果不出三界故非無漏非別指於滅盡等九亦可別斥前之九定雖

通無漏俱是不了問既修此定能得無漏何故云不得漏盡成阿羅漢答此明不得大乘阿羅漢也瓔珞經中初歡喜地名鳩摩羅伽秦言逆流乃至七地名阿羅漢秦言過三有故知今言不得漏盡乃指不斷二障之漏不證大乘羅漢也況究竟無學佛地始稱故佛三號有阿羅訶也【私謂】長水初解不依台家法界除滅盡定而指欲界九未到地定及四禪四空爲九次解則別明九次第定雖已得滅受想定不得漏盡成阿羅漢准妙玄及四教義等文阿羅漢不得滅盡定者但是慧解脫得滅盡定者名俱解脫釋籤云得滅盡定但名俱解脫人以未修緣念處終非無疑解脫也慧俱並小無疑乃名大阿羅漢此言不得漏盡似正明俱人但得滅盡定者也涅槃師子吼品明奢摩他復有九種所謂九次第定四禪四空及滅盡定三昧證知此文是明奢摩他中九次第三昧也又下經四空天人不能成阿羅漢者即九次第定中從非有想非無想入滅受想定者也與第九卷天趣皆位相通張無盡謂不必廣引亦不違長水次解耳△【融室云】四禪四空凡夫禪定滅受想定小乘禪定故皆不得漏盡聖果○【引證唯識第七】滅盡定者謂有無學或有學聖已伏惑離無所有貪無所有已下諸貪滅上貪不定已上貪未滅也由止息識想作意爲先令不恒行六識恒行染汙第七心心所滅上二識俱不行令身安和故亦名定由偏猒想受故名滅彼定△【顯揚第一】滅盡定者謂已離無所有處或入非非想處定或復上進入無無想定或復上進由起暫者想作意前方便故止息所緣不恒行心心法滅及恒行一分諸心心法滅也

【經】皆由執此生死妄想誤爲眞實是故汝今雖得多聞不成聖果【疏】若了眞實達法界性見與見緣似現前境元我覺明終不誤執生死根本以爲眞實由是不辨認妄爲眞久處輪迴不成聖果然阿難已得初果以未究竟故云未得若入大乘故無所惑按阿難已入預流教有明文疏云已得初果可以訂近師之謬○【私謂】此中結過之文結歸九次第者益專指第九定之滅盡定也由前文云縱滅一切見聞覺知內守幽閑猶爲法塵分別影事內守幽閑者小乘修定厭心滅智求證涅槃之行相也在獨散位六識不行息滅見聞覺知趣進乎四禪四空上進不已不過得滅盡定而止滅盡定之行相能令六七二識心心所俱滅終不能斷盡二障作無漏大阿羅漢則所證之果即內守幽閑之極位所滅盡之受想

亦滅盡一切見聞覺知之頂地而已故曰滅盡定亦曰二乘滅盡定牽公曰小乘入滅盡定大乘入實相定經言未得漏盡尅指小乘滅盡定而言即上文所謂諸修行人不能得成菩提乃至别成聲聞緣覺等錯亂修習者是也若知奢摩他路得首楞嚴大定能出生死則八定九定皆屬邪定此如來所以克責行人誤爲真實也

大佛頂首楞嚴經疏解蒙鈔卷第一之五

音釋

蔕 都計切音帝草木綴實也 洶 許拱切音涌鼓動也 躓 陟利切音致

大佛頂首楞嚴經疏解蒙鈔卷第一之六

海印弟子蒙叟錢謙益鈔

⦷二破妄見顯真見躡上破妄顯真科中第二子科從此去盡第二卷破和合經文是中生起第三約破計執廣辨見性又爲母科◑生子科二二⦶一畧示見性惟心二廣約諸相辨釋第二科又生起母科三◑一對境粗明真見二破倒漸明真見三約緣廣顯真見第三科文重生母科四◑一顯緣心非性二示真見無還三約體用重明四就疑難廣破第四科下生起子科五⦷一破見性縮斷見疑二破見性離身疑三破因緣自然疑四破見見非一見疑五破和合非合疑齊此破妄見顯真見一科科方盡上來正顯心見以破顯本分中大子科亦盡於此

⦷[疏]二破妄見明真見者由前佛問入道發心遂答因覩如來勝相由眼觀見心生愛樂洎乎舉拳再問復云耀我心目七處徵詰三疑拒抗但且論心未言其見葢心爲萬法之源見爲六根之首心有真妄見具正邪故前破妄心顯如來藏即一真法界離緣絕相是所觀境境既已說次明能觀之智智即是慧慧用差別說名爲見見有正邪故須料揀故下文云惟願如來開我道眼得清淨眼等此葢先體後用法如是也然體用二法不相捨離體是即用之體用是即體之用故前後經文明心則約見而辨顯見則就心而論故知一法義分二也ム[天如云]上破妄心竟此破妄見以至會見歸真也妄心本無自性依真發現全體即真所謂破無所破無明即明真無別真一念即是如鏡現像全像是鏡此經之圓旨也佛言不知常住真心用諸妄想又言執此生死妄想誤爲真實妄想果非真心耶若根利惑薄者了達妄想之體直下便是真心是猶因像悟鏡無像而不是於鏡因鏡悟像無鏡而不具於像阿難示迷大似不識鏡體即認去來之像執以爲鏡故假重重破斥掃蕩物情以會妄而歸真也文三八一承前開示責已求哀二卍一責已無修二[八]一正敘

[經]阿難聞已重復悲淚五體投地長跪合掌而白佛言自我從佛發心出家恃佛威神常自思惟無勞我修將謂如來惠我三昧[般若音義]三昧正言三摩地不知身心本不相代失我本心雖身出家心不入道[疏]初心入道罔解克修恃賴親因將惠正受豈知身戒雖從佛得心定宜當自證本不相代斯之謂與[熏聞云]出家是身三昧是心二事各行無相替理涅槃云汝諸比丘身雖出家而

未曾染大乘法服雖復乞食經歷多年初未曾求大乘法食衣嚴法體食資慧命不識本常衣食俱失【無盡云】若有三昧可惠卽是悟從他得△【溫陵云】世尊三昧迦葉不知迦葉三昧阿難不知故不可相代也C【引證諸法無行經】文殊言若不發出家心者當敎汝真出家法何者若求出家是求三界及以五欲未來報等彼不見心故不證法心無為故故不發心釋曰若證自心卽入無為之理若是無為之理則無心可發斯則真發心是真出家矣△【傅大士曰】出家之法有二一形出家所謂剃除鬚髮同於法身二心出家出一切攀緣諸有結家復有事理出家事出家者出慳家出瞋家乃至出三界家出一切有為諸結家理出家者出入聖道十力四無畏等家乃至出佛法僧家(∴)二喻顯

【經】譬如窮子捨父逃逝今日乃知【疏】窮子捨父喻也絕無功德法財以養法身慧命故云窮子不識本真背清淨覺故云捨父輪轉五道往而不返故云逃逝因佛指示方知過誤故云今日乃知【資中疏】迷真習妄五道轉輪此與法華喻意少別彼喻於人以背佛為捨父皆於佛邊曾結大緣猶如父子退大流浪名之今譬於法以迷真為捨父真妄相關亦猶父子【圓覺鈔】迷頭捨父悟有易難言迷頭者歇卽菩提窮子二十年中除糞不肯早信是長者子是為難也△【宗通】然窮露他方與指衣珠駸駸乎有還家之望矣

【經】雖有多聞若不修行與不聞等如人說食終不能飽【疏】說食不飽喻也前法後喻合之可知夫修行者必須內修理觀外助多聞如人有目日光明照見種種色若偏文字不習觀門說食何異故大論云有慧無多聞是不知實相譬如大暗中有目無所覩多聞無智慧亦不知實相譬如大明中有燈而無目多聞利智慧是所說應受無聞無智慧譬如人身牛【引證華嚴偈云】佛子善諦聽所問如實義非但以多聞能入如來法如入水所漂懼溺而渴死於法不修行多聞亦如是有（每一喻下此十句）如人設美饍自餓而不食如人善方藥自病不能救如人數他寶自無半錢分如有生王宮而受餧與寒如聾奏音樂悅彼不自聞如盲

續衆像示彼不自見譬如海船師而於海中死如在四衢道廣說諸好事內自無實德不行亦如是△宗鏡所行非所說所說非所行心口自違相應何日聞之不證解之不行雖處多聞寶藏如王宮餓死虛游諸佛智海如水中渴亡比況可知應須改轍卍二述迷求

解經世尊我等今者二障所纏良由不知寂常心性疏資中煩惱所知名爲二障煩惱障謂根本及隨也所知障亦名智障障一切種智故圓覺云一者理障礙正知見二者事障續諸生死疏曰事是煩惱煩惱即障又能續生死故煩惱即障持業釋也理是所知所知非障障於所知故所知不即是障被障障所知所知之障依主釋也煩惱名數與前不別但應名法貪法瞋等此等正約界外見思言之即無明住地也四教儀注界內惑對界外得名見思潤有漏業招三界生故云界內無明潤非漏非無漏業招變易生故云界外塵沙則通界內外也疏由煩惱障心心不解脫造業受報由所知障障慧慧不解脫迷法空理圓覺疏衆生嘖封漂沈是煩惱之過患此障涅槃或墮邪小不成種智是所知障之過患此障菩提若了本性常寂諸法元空自然擾惱不生業性不結誰曰生死誰爲涅槃涅槃生死猶如昨夢今爲所縛實爲不知二障名體如常所辨清涼云所知頭數與煩惱同煩惱障麤二乘所斷所知障細惟菩薩斷前即煩惱即障今所知之障二障別義之本在我法二字故二我言即是二障二障各二一者分別二者俱生此又二種一者現行二者種子二障氣分即黑習所成揀異現障故云習氣習氣有二謂因及果言麤重者違細輕故然麤重有三一現起麤重二種子麤重三麤重麤重斷道有二一根本無分別智能斷二種種子現行二後得無分別智斷彼修所斷迷事隨眠△空印云不動曰寂即揀塵義不變曰常即揀客義下文見無開合見無搖動顯本寂也根滅不滅形遷不遷顯本常也

經惟願如來哀愍窮露發妙明心牒心開我道眼牒眼

疏無財之極曰窮無上可覆曰露既無功德法財非窮如何既無權實父母非露如何發妙明心破煩惱障也開我道眼破所知障也既開道眼見妙明心二障若亡二執隨遣近成住地遠至妙覺善哉妙請不亦至哉空印云妙

心是本覺道眼始覺△【吳興】云前破妄心但離麁執故今請發妙明心將破妄見欲顯真見故復請開我道眼又則眼見必由識心故心眼雙舉叩佛音散其旨甚微問何故先破妄心後破妄見答應有三義一者心爲迷妄之元復是人執之本須先破之二者心爲王數通乎三性故在前破見惟眼識但屬無記故在後破三者所破妄心且離緣塵分別想相而未說心性常住今破妄見則引盲人矚暗等以彰見性不滅乃至舉乎飛光皆顯性無搖動當知如來善巧方便從麁至細自淺而深開示阿難奢摩他路也八二放光灌頂許爲宣說二卍一放光灌頂

【經】即時如來從胸萬字今本並作卍字涌出寶光【疏】前光從口此光從胸者前文從說顯心此文從心發見萬字者表無漏性德梵云阿悉底迦此云有樂即是吉祥勝德之相有此相者必受安樂考【翻譯集】卍字音萬苑師云此是西域萬字佛胸前吉祥相也卍音萬是吉祥勝德之相由髮右旋而生似卍字梵云塞縛悉底迦此云有樂有此相者必有安樂據則天長壽二年權制此字安於天樞其形如此卍音爲萬字【華嚴音義】卍字本非是字大周長壽二年主上權制此文佛胸前有此之形然八種相中此當第一謂吉祥萬德之所集也○【引證華嚴相海品】如來胸臆有大人相形如卍字名吉祥海雲摩尼寶華以爲莊嚴放一切寶色種種光燄輪充滿法界普令清淨復出妙音宣暢法海○【經律異相】引佛胸卍字經云如來遊於妙樂世界欲現智慧廣極無極與弟子菩薩釋梵天龍集於精舍放卍字光音清淨遠徹五法大音一度人大乘之音二度人無彼此之音三度人無緣覺之音四度人不斷清想善權之音五度人迷入生死解其塵勞說法之音按此即華嚴復出妙音之相此會上胸卍放光正以此光音說法度人也○【釋文】【清涼疏鈔】靜法云室離靺瑳本非是字乃是德者之相正云吉祥海雲智德深廣如海益物如雲古來三藏譯翻洛剎曩爲惡剎攞遂以相爲字洛剎曩此云相惡剎攞此云字聲勢相近致使有譯梵本是室離靺瑳洛剎曩合云吉祥海雲相也此相爲吉祥萬德所集成因目爲萬語畧意含合云萬相耳結成意云縱汝吉祥海雲爲萬合云萬相不合云萬字

【經】其光晃昱有百千色十方微塵普佛世界一時周徧徧灌十方所有寶刹諸如來頂旋至阿難及諸大衆【疏】體既具德用不離體用亦具德故云有百千色一時周徧者無漏

淨眼普見十方智照無遺微塵皆徧徧灌佛頂智果必同及諸大衆乘因不二孤山云胸有萬字表自心中道爲萬法之源涌出寶光表從中理發於中智有百千色表般若是一法佛說種種名周徧十方表十界等照徧灌佛頂表佛佛理齊旋及大衆表彼彼性等△定林云將說如來藏心應阿難等所問故從胸萬字涌出寶光如來藏心含攝一切故有百千色十方如來同此頂法令將普示法會故徧灌十方佛頂旋及阿難大衆△融室云灌諸佛頂表說大佛頂故旋及阿難等表大佛頂被群機故大法幢即大佛頂也卍二許爲開顯

△告阿難言吾今爲汝建大法幢亦令十方一切衆生獲妙微密性淨明心結心得清淨眼結眼

疏根本大智因茲顯發能建大義名大法幢三德祕藏不縱橫並列故曰妙十地見之如隔羅縠故曰微惟佛與佛乃能究盡故曰密心即體也眼即用也寂音云世尊曰我今說此頂法使一切衆生明見佛性是爲建大法幢△孤山云圓頓大法超出偏小喻之以幢△定林云幢以摧伏異類表示我所建立如寶積經所謂心性清淨△無盡云性覺妙明本覺明妙妙莊嚴路妙奢摩他理之妙也微妙開示微細分別智之微也令諸小乘開祕密藏行之密也○釋文清涼云幢有五義一高出義表三賢十聖位極故二建立義大悲大智建立衆生及菩提故三歸向義大悲攝生智願攝善歸向菩提及實際故四摧殄義如猛將幢降伏一切諸魔軍故五滅怖畏義如帝釋幢不怖感業故

∧三約破計執廣辨見性是破妄顯真見下第三科今重爲母科生起且示見性惟心

廣約諸相辨釋二子科其第二科又生起二子母多科部分最廣齊如來建大法幢下盡經卷末經爲辨釋見性之廣文○寂音論云起吾今爲汝建大法幢至下文幻妄稱相其性眞爲妙覺體義分九段皆世尊大慈以智方便令微細觀照破滅無明圓覺曰永斷無明方成佛道馬鳴曰以大智慧破滅無明無明畧說有二種一者根本二者現行何謂根本無明曰謂一切不知故喻如生而盲者以生即無所見故無所復疑衆生不知有佛性亦復如是世尊悲憐於此如世神醫以金錍刮目發其光明使其分辨諸境界曉然無惑如敘動靜敘斷常敘正倒敘彼我等是也故初自舉手飛光以顯發動靜二相故第二觀河呈見見不生滅之地分斷常故第三示正倒手明隨順妙覺名正偏知否則性顛倒故第四指非是物而見不見者即自體故何謂現行無明曰橫生種種疑故喻如夜行之人瞋無所見以無所見故則有疑心衆生疑以障道亦復如是世尊攜之於此如世導師執

照火炬破其疑暗使其昭然親證無惑如敘大小敘前後敘堅執敘成壞等是也第五自觀四天王寶殿退居室中見非舒縮故第六擇其見精出是非是無前後故第七使自甄明有自然體破堅執故第八示見見之時見非是見見非因緣所成就故又欲敷演大陀羅尼諸三摩提妙修行路訶强記無益說二種顛倒見妄是爲九段義方起下文以示五陰行相之義○〔私謂〕古師科判各有經宗長水立顯如來藏心科本諸館陶次立正約心見以破顯即孤山之別破心見也總約諸法以會通即孤山之總破諸法也二師益並宗館陶或源或委咸有從來焉可誣也正約心見科中長水立廣辨見性文長義博自後寂音九段廣破無明北峯三科初開圓解雖復避表不一咸歸於破妄顯真明如來藏心耳近師不安舊文若諍十番顯見此立彼破章門日煩竊謂諸師巧借寂音多生知見不若北峯因依長水順導經宗破見正以顯見經云是眼非燈是心非眼非顯見而何顯見即是顯心經云獲淨明心得清淨眼非顯心而何但欲去故標新自出手眼不憚多知巧見別立科條清凉言無益經文但盈紙墨斯之謂與今茲鈔畧不改舊章依長水之正詮資寂音爲旁解餘皆翦截無取煩文○文二㊀一且示見性惟心二八一舉前問答引出常情二㊂一舉前所答其因由二㊅一問因

〔經〕阿難汝先答我見光明拳牒前耀我心目此拳光明因何所有問光云何成拳問拳汝將誰見問見〔疏〕此問有三正在誰見餘即兼耳〔桐洲注〕佛懸拳相有爲難曉此就光明體虛重示奢摩他路㊁二答由〔經〕阿難言由佛全體閻浮檀金赩大赤色許力反如寶山清淨所生故有光明答光我實眼觀答見五輪指端屈握示人故有拳相答拳〔疏〕先光次見後拳也不從問次文便故也〔講錄〕雖拈舉拳前問亦牆指見三十二相之見源也阿難見無遷改故云清淨所生即前云非欲愛所生也閻浮檀金正云染部捺陀此西域河名其河近其樹其金出彼河此則河以樹名金以河稱也或云閻浮果汁點物成金因流入河染石爲金其色赤黃兼帶紫焰故也觀經疏說閻浮檀金超過紫磨金色百千萬倍惟聖所知佛身光明猶如聚日紫磨必不如此△〔大論〕〔云〕閻浮樹名提名爲洲此洲樹林中有河底有金沙名閻浮檀金㊇二且約無拳例其無見二8一約無拳以例問二○一告語〔經〕佛告阿難如來今日實言告汝諸有智者要以譬喻而得開悟〔疏〕無智之人縱喻難明故

舉智者因喻開悟【法華文句】譬者比況也喻者曉訓也△【海印云】利根即法作譬鈍根以譬擬法○【引證涅槃經】佛有八喻一順喻二逆喻三現喻四非喻五先喻六後喻七先後喻八徧喻又非喻者如無比之物不可引喻有因緣故可得引喻如經中說面貌端正如月盛滿白象鮮潔猶如雪山滿月不得即同於面雪山不得即是白象不可以喻喻真解脫爲衆生故故作喻耳○二正例【經】阿難譬如我拳若無我手不成我拳若無汝眼不成汝見以汝眼根例我拳理其義均不【疏】以其情見必然故順情而問待其伸答後乃奪之【標指】人若無手必無其拳人雖無眼豈是無見○二據常情以類答【經】阿難言唯然世尊既無我眼不成我見例如來拳事義相類【疏】果然情見不出於斯故答相類【海眼注】無眼無見無手無拳○【釋文】不成我見下流俗本云以我眼根例如來拳古本並無以我眼根四字勘對經文無此四字語意具足知是俗人妄添耳○二約盲緣境以破奪六○一奪【經】佛告阿難汝言相類是義不然何以故如無手人拳畢竟滅彼無眼者非見全無【疏】意明

盲雖無眼心中有見後自釋之【標指】無手畢竟無拳無眼心見不昧故云非見全無△【交光云】手外無拳故手無拳滅眼外有見故眼滅見存非見全無者但缺見明尚能見暗故○二驗【經】所以者何汝試於途詢問盲人汝何所見彼諸盲人必來答汝我今眼前惟見黑暗要無他矚以是義觀前塵自暗見何虧損【疏】盲雖不見明還能見暗即此見暗亦名爲見故云見何虧損【溫陵云】見暗即見矣盲非無見但無眼耳△【熏聞云】盲茫也茫茫無所見也前塵自暗此有二義一指種種色爲前塵以無明緣故暗也二暗即前塵以眼之所對故○三難【經】阿難言諸盲眼前惟覩黑暗云何成見【疏】常情見暗不名爲見故以此難○四徵【經】佛告阿難諸盲無眼惟觀黑暗與有眼人處於黑室二黑有別爲無有別徵詰○五通【經】如是世尊此暗中人與彼群盲二黑校量曾無有異【疏】無眼見黑與有眼見暗二見無別故知見即是心不惟在

眼溫陵云二暗無別則暗非由根由塵暗耳八六釋三卅一牒向疑情經阿難若無眼人全見前黑忽得眼光還於前塵見種種色名眼見者疏無眼見黑有眼見塵汝必許此是眼所見卅二引燈例破經彼暗中人全見前黑忽獲燈光亦於前塵見種種色應名燈見正例若燈見者燈能有見自不名燈又則燈觀何關汝事縱破疏此正例無燈見黑有燈見塵亦應許此是燈所見若燈下此縱破設或汝許名爲燈見燈若有見應名爲人不合爲燈又若燈見彼暗中人得燈光時不合名見燈自見故融室云又復燈觀觀自屬燈於汝了無干涉無此理故應知因燈見色燈不名見因眼見色眼不是見燈之與眼但是見緣體非是見也標指在人身肉眼爲見緣在人眼日月燈爲助緣△清涼鈔燈眼四句一有眼無燈不見二無眼有燈不見二無眼無燈不見四有眼有燈則見則眼爲因燈爲緣因緣合方得成見隨缺則不成見卅三結歸心

見經是故當知燈能顯色如是見者是眼非燈眼能顯色如是見性是心非眼疏舉前有眼在暗室時因燈顯照前塵境界眼方得見此名眼見桐洲註有眼人燈能顯色指眼見是眼非燈此舉盲者得眼光時因眼顯照前塵境界心方得見以前例此應知見性是心非眼也無眼人眼能顯色指見性是心非眼△空印云燈之與眼俱是淨色大種所成故能顯色燈能顯色助我眼見例眼能顯色助成心見燈與資中眼俱是見之增上緣耳疏窮其根本遞遞相推心爲其主餘是助緣以常情只知眼見不識是心今此且令知其本末未辯眞妄既知見性屬心漸明眞見矣長水文同△熏聞云世尊說見性具四種緣所謂空明心眼今舉三緣但心爲主燈眼是助第六意識已爲前文所破今正指眼能見之性名之爲心是心無記去眞稍近若深說者即見精明元也但此中未確示且通湯云心耳△中峯或問眼對前塵既不名見今我眼中謂之無見可乎答山青水綠鑑在機先夜暗晝明覗超色表舉眼消爲自己縱橫背墮前塵苟不如斯定爲顛倒豈不聞

如來若曰眼見諸巳死人亦有眼在又譬如有人忽得眼光乃至是心非眼等於斯了悟眼實何見之有哉○【引證瑜伽論】明三種色謂顯色形色表色開顯色爲十三謂青黃赤白光景明暗烟雲塵霧空一顯色△【破色心】【論云】以彼夢中於無色處則見有色於有色處不見色故釋曰無色境者夢中境也有色境者寤時境也夢中之色非色處之境故云眼非見也

①二廣約諸見辨釋科次又生母科三◑一對境動搖麁論真見是中又生起子科二⑩一問悟客塵引其開解二放光屈指辨其靜搖從此去盡第一卷經文今初∧一阿難佇佛慈旨

【經】阿難雖復得聞是言與諸大衆口巳默然心未開悟猶冀如來慈音宣示合掌清心佇佛悲誨【疏】雖知見性惟心未識真妄若言是妄如來又許獲妙明心得清淨眼若謂是真前文廣破非真乃云前塵虛妄相想惑汝真性進之又不可退之又難明羝羊觸藩斯之謂矣心既未了口卽默然寄冀如來慈音開示【真際云】大衆默然佇誨良由真妄未明若認見性之心前來巳奪若謂本真之見豈假根塵口旣亡言心希開悟△【融室云】阿難所執能推者心能見者眼不知前文佛令得清淨眼正在肉眼中發明心見如此所說信而未領蓋因理深頓未開悟不解言請亦能念請所以詞窮口默澄心久佇∧二如來廣爲開示三⑩一問悟客塵引其開解二①一如來問悟因由

【經】爾時世尊舒兜羅綿網相光手開五輪指誨勑阿難及諸大衆【釋文】云【大論】五者手足指縵網相如鴈王張指則現不張指則不現【華嚴迴向品云】願一切衆生得光藏指放大光明照不可說諸佛世界願一切衆生得善安布指善巧分布網縵具足 我初成道於鹿園中所居修行處也佛成道後先卽波羅柰國鹿野苑中五仙入此園度五人耳爲阿若多五比丘等及汝四衆言一切衆生不成菩提及阿羅漢皆由客塵煩惱所誤汝等當時因何開悟今成聖果【疏】五比丘者謂阿若憍陳如摩訶男頞鞞比丘婆提婆數此五陳如亦名拘鄰頞鞞亦阿說此云馬勝法華文句婆提卽摩訶男諸經論列五比丘名次不一恐繁不敘佛初出家雪山修道父王憶戀遂召彼姓親近承事【新婆沙論】佛爲菩薩時淨飯王

命釋種五人隨逐給侍二是母親拘鄰頞鞞執受欲樂行得淨三是父親馬星摩男拘利執苦行得淨彼疑非眞相次捨去同在鹿園習外道法菩薩修苦行時母親二人心不忍可卽便捨去菩薩後捨而受食糞飯酥乳習處中行父親三人咸謂狂亂失志亦復捨去佛成道後思欲先度彼勞苦者天眼觀見在仙人苑故往開示世尊成佛念欲酬報爲何所在天卽白言今在婆羅痆斯國仙人鹿苑彼說佛是最勝仙人皆於此處初轉法輪故名仙人論處三轉法輪說生滅四諦苦集滅道[法華文句]往波羅柰爲五人說四諦初教二人拘鄰法眼淨第三說法時拘鄰五人八萬諸天遠離塵垢五人得無生佛三問知法未卽三答云已知地神唱空神傳乃至梵世咸云已知是爲三番度五比丘拘鄰最前初見佛道相初聞法鼓初入法流閻浮提得道最在一切人天阿羅漢前故分別功德論云佛最長子卽陳如也△[手鑑]云三轉十二行法輪一示轉謂此是苦等二勸轉謂苦應知集應斷滅應證道應修三證轉謂苦我已知不復更知乃至道已修不復更修三轉皆生眼明智覺成十二行能摧煩惱故名法輪但是苦集滅道四諦之境准天台立四種四諦謂生滅無生無量無作今且指生滅四諦也今言客塵者卽別指集諦分別煩惱

麤動如客俱生微細難辨如塵此俱喻煩惱障也若下圓通陳如述證卽通大乘客如煩惱塵如所知二義無在△[資中疏]言客塵煩惱卽見思二惑非無始無明也[吳興]云此中所問且約昔時小乘所悟耳意令答出客塵是動主空不動欲將動以警妄不動喻眞下文屆指飛光義亦如是或曰此敎旣經開顯故今問答客塵二義卽是根本無明者非也△[補遺]法華文句云斷客塵煩惱令無知不生玄文云一切衆生自性淸淨心不爲客塵所染維摩疏消經菩薩斷除客塵煩惱云無明不有而有名爲客塵能覆自性之心最勝王經煩惱隨惑皆是客塵法性是主無去無來顯以客塵爲煩惱障是見思惑也△[中川新疏]俱舍論說見惑煩惱迷理諦起易斷不退此客義也修惑煩惱依麤事生難斷易退此塵義也佛性論云客塵煩惱有九一貪二瞋三痴四上心惑五無明六見所斷七修所斷八不淨地惑九淨地惑此總釋一切凡聖客塵義[人]二陳如述已領解二[巳]一標所悟[經]時憍陳那起立白佛言我今長老於大衆中獨得解名因悟客塵二字成果[疏]德長臈高最初度故名爲長老佛轉法輪五人之中陳如先

悟佛問解否答言已解故得解名憍陳如名阿若多此云解[大哀經]具云解本際佛問解否陳如最初答解淨居諸天亦言其解故云我初稱解[大論云]佛初轉法輪憍陳得道聲徹梵天故名梵輪悟此見修如客如塵[四教儀]二集諦即見思惑又云見修證得無為生空涅槃湛然不動如主及空因即獲果[中川云]經論所說客塵之義約有四種一約所顯成實云經言客塵者以顯心性是常二約所修圓覺云修奢摩他者覺識煩動靜慧發生客塵永滅三約所證佛地論云為斷客塵證淨法界四約所離佛地又云圓鏡智者正淨無垢離客塵故勝鬘云如虛空淨心常明無轉變為虛妄分別客塵煩惱染㊃二述所解二㊀一述客義[經]世尊譬如行客投寄旅亭止客舍也或宿或食食宿事畢俶裝前途俶始也前進也不遑安住若實主人自無攸往如是思惟[疏]不住名客住名主人以不住者名為客義此明客義怱怱不遑停住喻分別煩惱數數造業流轉五道未嘗暫息三界旅泊受果始畢又造新業故日食宿事畢俶裝前途[溫陵]云以生滅不滅暫託五蘊蘧廬而止故譬行客投寄旅亭△[融室云]煩惱作業流轉三界畢故造新出趣入趣雖入諸趣中有安住無攸往者所見之道主人翁也陳那述客義如是㊀三述塵義[經]又如新霽清陽昇天光入隙中發明空中諸有塵相塵質搖動虛空寂然如是思惟澄寂名空搖動名塵以搖動者名為塵義[疏]此舉新晴太陽高照光入罅隙見空中塵搖動不息此喻俱生煩惱微細難見自非觀智照現終不覺知與身俱生與心同事故[溫陵]云麄障易遣細惑難明必由性天澄霽慧日舒光乘五陰隙照本空性方覺於中妄自擾動此則思惑俱生幽深微細故譬入隙之塵也△[融室云]惑障破滅觀慧發明如新霽陽昇悟我空理了俱生惑以隙空寂然塵質搖動了惑惑盡空理現前陳那悟塵義如是△[私謂]釋論明十喻中如焰焰以日光風動塵故曠野中如野馬無智人初見謂為木又云結使煩惱日光諸行塵邪憶念風生死曠野中轉亂之設喻皆以日光發明塵相正同此經清陽照隙之義溫陵謂觀慧發明以性天慧日為解似于貼文或有未愜[經]佛言如是[疏]此煩惱體全是生滅虛妄不息主

人及空俱喻真性不動之義始佛問悟客塵比欲陳如明其行相意引阿難聞而開解了真見常寂身境動搖陳如剖析甚合佛心故此印可言如是也[吳興云]小乘客塵喻見思生滅主空喻真諦寂然真諦理一主之與空不可分二見思惑異客之與塵應須有別何者客義麤故喻迷事之惑塵義細故喻迷理之惑又亭客過遲如鈍使難破也隙塵易過如利使易斷也△[温陵云]客塵之喻有通有別通喻煩惱所知二障分別俱生二惑隨境生滅非真常性皆客也汗染妙明濁亂澄寂皆塵也別則客喻分別之麁塵喻俱生之細分別是旅亭之客違之猶易俱生為幽隙之塵拂之且難△[幻居云]阿難請問寂常心性故示客塵令顯主空主空即寂常也○[合釋][幽溪云]客塵是生滅法主空是常住真心不生滅法此中手自開合頭自搖動客也塵也見無搖動見無舒卷主也空也次下匿王觀河章則以河沙無異為客以身中貿遷為塵以觀河見性不皺不變者為主為空乃至歷下文九科盡見性非性章逐段舉揚皆備顯客塵主空之義阿難扣擊轉深如來辨析轉妙言不頓彰文無孤起斯則如來開示奢摩他路了義之極談也按交光幽溪共立十義顯見後人治定轉益紛挐今略存幽溪一段其他並從翦削[川]二屈指飛光辨其靜搖二[八]一約境開合以辨見三

[卍]一引手問答[經]即時如來於大眾中屈五輪指屈已復開開已又屈[標指]屈開五輪指表聖人出入五道也[融室云]世尊三度以手指法各有表故初則握拳表妄合於真次則舒手顯真非是妄此則或開或屈表真妄雙現也謂阿難言汝今何見阿難言我見如來百寶輪掌眾中開合問答可知○二就見推窮[經]佛告阿難汝見我手眾中開合為是我手有開有合為復汝見有開有合阿難言世尊寶手眾中開合我見如來手自開合非我見性自開自合[疏]審定境有開合見無開合口三再審動靜[經]佛言誰動誰靜阿難言佛手不住而我見性尚無有靜誰為無住佛言如是[疏]阿難已聞客塵搖動虛空與主常自寂焉今遇此問倒知見性無動無靜若以動靜相形則佛手是動見性是靜若只就見體所明本不曾動今亦無靜此答稍符於真故佛印言如是[王舜鼎曰]

阿難此時呈解住與不住不動與動一齊放下較陳那所解更爲親切故如來兩印之【旁】

【論曰】古人言金拳開處言下要識本明如來說法善巧從眼見中指示阿難言下悟知見性無靜住無止動佛遂兩印如是則阿難果從眼見門中屈指飛光處薦取認得常住真心矣次下經家叙云念無始來失却本心今日開悟如失乳兒忽遇慈母比阿難當徵一辨後初首悟門經家標叙何等鄭重而後人一往埋沒當繹長水稍符於真之旨思之△【溫陵云】爲惑隨境起滅故以佛手喻對心之境也開合明搖動之塵動靜明不住之客皆在境不在心故曰性非開合性無靜住【疏】二約身搖動以辨見上來明境有開合見無動靜此約對外境辨義則易顯向下只於內身自分動靜動中有不動意明境之與身俱是生滅而凡夫人執身執境不了空無常故於此造業流轉無窮本真自性迷而不識圓覺云妄認四大爲自身相下經亦云諸可還者自然非汝又云云何汝今以動爲身以動爲境從始洎終念念生滅此等皆明身境無常見性常住也不見性常二乘所執不知無常凡夫迷倒下自雙破至文當知然此所明對境對身以辨見性一往麁淺若原佛意非離此見別有性常真體只就此顯以見與見緣無體可得本性同空花元是妙明無生滅故下經觀河之見亦復如是良以諸疑未斷執情深重是故且就淺近寄明深旨至下文殊爲問方顯其意學者知之△【資中云】此寄麁相寄談真見分別顯了並在後文文二此㊇

一放光左右以辨頭【經】如來於是從輪掌中飛一寶光在阿難右即時阿難迴首右盼又放一光在阿難左阿難又則迴首左盼佛告阿難汝頭今日何因搖動阿難言我見如來出妙寶光來我左右故左右觀頭自搖動○二約頭搖動以明見

【經】阿難汝盼佛光左右動頭爲汝頭動爲復見動世尊我頭自動而我見性尚無有止誰爲搖動佛言如是【疏】阿難認見不移若無相形亦無動止故佛印可【標指】無住者本自不動也尚無有止謂真性不逐緣生非因境有△【溫陵云】細惑與身俱生故即阿難已頭喻對境之相也亦明搖動之塵不住之客皆在性不在相故曰性無有止誰爲搖動△【中川云】無盡意經云奢摩他者寂近寂寄不動不搖則真空觀之體也佛地論云圓鏡智者依緣法界窮生死際相續不斷名無動搖則根本智之用也釋曰奢摩他者以靜爲體以止爲相而阿難悟知尚無有靜尚無有止所謂知奢摩他路者如是故佛兩印之㊇三雙結會通以責失二㊃一雙結會通【經】於是如來普告大衆若復衆生以搖

動者名之爲塵以不住者名之爲客汝觀阿難頭自揺動見無所動又汝觀我手自開合見無舒卷【疏】初結陳如悟客塵客塵動揺俱喻煩惱次結阿難答身境手有開合頭自動揺身境客塵同一生滅更無二别應知客必有主塵處有空對佛手之見形頭動之性未甞動靜豈成去來前後會通其揆一也【孤山云】舉手開合飛光左右現兹二相秖是證成陳那之義開示阿難也Δ【海眼注】阿難結真而畧妄陳如結妄而畧真譯人語巧前後相承Δ【私謂】陳如所悟客塵既經印可正須決定悟入薦取寂常心性如其不爾但取口頭解了句上分明名之爲塵名之爲客内揺外逸依然故吾晝空閒影有何交涉如來因明指迷結勸認取故日汝觀阿難又云汝又觀我與若復衆生四字吃緊呼應皆叮嚀誕誘之詞也【卍】二總責迷失【經】云何汝今以動爲身以動爲境從始洎終念念生滅遺失真性顛倒行事【宗鏡釋】若達萬法惟此一心觀此心性尚未曾生云何說滅尚不得靜云何說動故知見性不遷理周法界但是認物爲已背覺合塵若以動爲身以動爲境則顛倒行事性心失真境實不遷惟心妄動可謂雲駛月運舟行岸移矣【疏】總責也總責凡夫二乘無常計常常計無常凡夫不了身境無常妄執實有計我我所起惑造業流轉三界受於一切身心大苦尚不知生滅豈知本如來藏故云以動爲身以動爲境念念生滅等此卽責無常計常也二乘雖知一切無常而不悟知本常妙性湛然不動故云遺失真性既不識真亦不辨妄故云顛倒行事其猶棄海認浮漚耳【天如云】只一身境所計不同凡夫計爲實有二乘未悟真常故佛告大衆而總責之Δ【海印云】以動爲身二句凡聖齊驅卽此無常之身境豈可妄認爲常責凡夫人也此身境本是真常豈可堅認無常兼責二乘也此文總結二種顛倒按長水疏以動爲身四句分責凡夫遺失真性二句分責二乘天如海印二解皆宗長水而日

總責齊驅則畧揀分配之義△【雪浪云】云何以動爲身等言既知動者爲客爲塵不動者爲主爲空動者是妄不動者是真何故日用之間以動爲身以動爲境執著不捨逐妄迷真念念生滅也△【吳興云】此因阿難知身境有動見性不動寄斥大衆迷真常而見無常也智論明無常有二種謂相續法壞及念念生滅今云從始洎終葢言從生至死即相續法壞也【交光云】從始洎終者近則生始滅終遠則無始爲始多生非終也△【手鑑引圓覺】

【疏】然此迷失總四對顛倒四大非身認爲身無相法身而不認是第一對六塵如幻本無而見有三諦真實本有而見無是第二對想念生滅認爲真心真心了然而不自認是第三對想念如鏡中像全空而見有真心如鏡中明實有而見無是第四對一三我執二四法執也

【經】性心失真認物爲已輪廻是中自取流轉

【疏】結失也不了性一切心即是失真此斥二乘不知常也認物爲已此指凡夫以動爲身等下文身之與心皆是真心中所現物執爲自已顛倒斯甚自體不識妄取他緣懷寶求乞誰之過與故云自取流轉【吳興云】顛倒行事但是爲物所轉正斥能迷之心認物爲已又斥所認之境爲我我所也妄認四大爲自身相六塵緣影爲自心相塵勞之境何由得出故日輪廻是中等△【桐州注】不知性淨明體理無動搖而認幻身爲已性失真也不知常住真心本無往來而認幻心爲已心失真也

經文皆由不知真際所指乾道紹興及海眼温陵並云真際所諸惟長水本作所指

說此非心温陵本云說非我心

既無我眼不成我見句下長水温陵及乾道紹興二本俱無以我眼根四字會解添出流俗本仍其誤耳定本却註云藏本闕此四字應補其漏如此長水本非我見性

自開自合諸本作有開有合乾道紹興及温陵等並同今且從長水

大佛頂首楞嚴經疏解蒙鈔卷第一之六

音釋

駸 七林切音侵行疾也

繢 胡對切音會畫也

韎瑳 韎莫葛切瑳千可切

攞 音裸

錍 布眉切

羝 都黎切音低

盼 普患切流視也

諈諉 諈之瑞切諉女恚切以言相囑累曰諈諉

大佛頂首楞嚴經疏解蒙鈔卷第二之一

海印弟子蒙叟錢謙益鈔

◑二就破顚倒漸明眞見躡前文廣約諸見辨釋第二毋科是中又生起子科二㊂一且對匿王破其斷見二正對阿難破其常見八初中又二一述阿難所懷願辨眞妄

經爾時阿難及諸大衆聞佛示誨身心泰然念無始來失却本心妄認緣塵分別影事今日開悟如失乳兒忽遇慈母疏悟知緣塵之心是影事又識對境之見是不動飜思往日認妄失眞流浪既深昏惑難曉幸遭嘉會遭此良時法乳既滋如子遇母不亦快哉補遺前聞不動稍近眞明故身心泰然本心即是見性分別影事即前來窮逐之心由前黙請之後只聞陳那客塵之義并如來現相並是審定前之見性別未聞法要故知前黙請時已認見性本眞非分別影事不同前來見境者矣Δ幽溪云失却本心合前捨父逃逝忽遇慈母喻今始覺還家父喻本覺權理母喻本覺實理本始不二父母無殊經合掌禮佛願聞如來顯出身心眞妄虛實現前生滅與不生滅二發明性疏前文叱責此非汝心蓋令識妄仍指諸法唯心所現此又令了所現之妄本無自性元是一眞一眞未嘗動搖諸法何曾生滅佛意欲其即妄見眞遂印對境之見元來無動廣責認物爲己性心失眞阿難罔測佛之深旨將謂眞妄二體全殊生滅之外有不生滅若如是者唯法之言虛設妄法之語徒施逐語迷旨終成顚倒雖懷疑念未敢形言故云合掌禮佛願聞等Δ資中疏由前佛言云何汝今以動爲身以動爲境念念生滅遺失眞性顚倒行事故有斯請也雪浪云妄即虛即生滅眞即實即不生滅現前虛妄者是生滅眞實者是不生滅二義對顯總發明眞妄二性以前文以動爲身以動爲境及念念生滅等元是一節注家自分科段也按竹菴補遺明此中有二問一問身心眞妄二問生滅不生滅答文乃先答生滅次答眞妄科段支離如浪師所斥Δ蕅益云云何眞實云何虛妄云何現前生滅與不生滅

云何全真是妄全實是虛云何全不生是生滅發明世間諸性云何全妄是真全虛是實全生滅是不生滅發明出世間性金沙易混水乳難分自非如來孰能顯出更約八番淘汰廣歷四科七大此義方了○【合釋私謂】經家敘阿難得悟與法華會中舍利弗相似彼經云舍利弗聞佛法音斷諸疑悔身意泰然今日乃知真是佛子得佛法分此經云聞佛示誨身心泰然念無始來失卻本心今日開悟如失乳兒忽遇慈母二經敘悟有何差別下文自敘承佛法音悟妙明心元所圓滿常住心地正指今日開悟得本心也開悟之後作得本心欲契真源須窮實相故曰云何世尊說我等輩遺失真性顛倒行事一言之下如來印訶疊用一席之內慶喜慶悔交陳垂手豎臂方便點示即同屈指飛光一種勘辨之法自此數番洮汰兩重印可至於心徧十方法身頓獲而今日開悟之能事畢矣當知次下說法皆在開悟已後阿難既於悟後發動疑情如來正於悟中訶責顛倒雖謂聰瞢瞻視又手悲泣皆爾時開悟之誠證可也誦文之師泥八還逐破諸文抑沒當機悟門而影掠宗門者判此番得悟尚是挨門傍戶推測之知此則邪師惡覺不可以不正也八二明匿王引外請證不生四㊅一引外敘疑

【經】時波斯匿王起立白佛我昔未承諸佛誨勑見迦旃延毗羅胝子咸言此身死後斷滅名為涅槃

【疏】迦旃延姓也名迦羅鳩馱此外道執一切法亦有亦無删闍夜是名毗羅胝母號此外道起自然見外計雖多不出斷常二見此二皆斷見類故云咸言斷滅此人異計不知業種相生妄謂死後即是涅槃

【海眼注】未承佛誨者釋迦未成道已前九十六種外道於五印度十六大國以邪見法化諸國王臣民也○【引證智論云】王舍城中有富樓那等六師自言我是一切智人與佛為對【什公曰】凡有三種六師合十八部第一自謂一切智第二得五通第三誦四韋陀經所說是第一部也迦羅鳩馱迦旃延即六師之第五師也迦羅鳩馱此云牛領字也迦旃延此云剪髮姓也【什曰】其人應物起見人問有耶即答成有問言無耶答言無也【肇曰】謂諸法亦有相亦無相【輔行曰】迦羅鳩馱說殺害一切若無慚愧不墮地獄猶如虛空不受塵水有慚愧者即墮地獄一切衆生悉是自在天之所作自在天瞋衆生苦惱自在天喜衆生安樂【私謂】此與什公等注經異彼云亦有亦無似屬計常此云無慚愧如虛空撥無因果與今經斷見合也删闍夜毘羅胝即六師之第三師也删闍夜此云正勝字也毘羅胝此云不作母名也【肇曰】其人起見謂道不須求逕生死劫數苦盡自得如轉縷圓於高山縷盡自止【輔行曰】删闍夜說諸衆生王者所作自在如地

淨穢等戴三大亦然等洗等燒等吹如秋杌樹春則還生以還生故斬杌何罪此問命終還生此問苦樂受報不由現業由於過去現在無因未來無果（私謂）肇注第三師即同疏計自然今謂雖為衆惡無有罪現在無因未來無果此與斷滅見亦與今經合也【經】我雖值佛今猶狐疑云何發揮證知此心不生滅地今此大衆諸有漏者咸皆願聞【疏】昔聞死後斷滅今聞不滅不生孰是孰非猶豫不決故云狐疑狐性多疑凡過冰處聽水無聲然後方行匿王深體阿難所懷知於生滅之外求不生滅心雖密請口不形言故引外宗冀佛開示近破外道斷見令知死後續生深引阿難悟真不離生滅妄識故云證知此心不生滅地（熏聞云）前云此身今言此心者以外人謂身死斷滅由心滅故下文深知身後捨生趣生即是信知心無斷滅斯亦善權助發機教耳(八)二述身遷改四(己)一問答身常不常【經】佛告大王汝身現在今復問汝汝此肉身為同金剛常住不朽為復變壞世尊我今此身終從變滅【疏】佛舉此問欲顯生滅中有不生滅如前頭自搖動見無所動（清涼疏）生公釋金剛身云長壽之與金剛共談丈六但內外之異長壽對凡夫之天促金剛對凡身之危脆（淨名云）如來身者金剛之體什曰小乘人骨金剛肉非金剛也大乘中內外金剛一切實滿有大勢力無病處故(己)二問答未滅知滅【經】佛言大王汝未曾滅云何知滅世尊我此無常變壞之身雖未曾滅我觀現前念念遷謝新新不住如火成灰漸漸銷殞殞亡不息決知此身當從滅盡【疏】前念滅後念生剎那變異如火燒薪必歸摩滅俱舍云以諸有為法剎那盡故(己)三問答老少何貌【經】佛言如是大王汝今生齡已從衰老顏貌何如童子之時【疏】王述無常念念遷謝其理必然故印如是欲其更敘遷謝之相以老少相比為問十五曰童未巾冠也齡年也世尊我昔孩孺膚腠潤澤始生曰孩始行曰孺孺濡也言濡弱也膚布也布在表也文理光美曰腠此皆童子時相年至長成血氣充滿長成謂成人之時此從二十已上至強壯時而

今頽齡迫於衰耄頽齡即今六十有二年齡頽朽近於七十古者謂年齡齒亦齡也年天氣也齒人壽之數耄昏忘也頭髮耄老然也八十曰耄通言之耳形色枯瘁精神昏昧髮白面皺逮將不久如何見比充盛之時老少相異云何世尊見此相比㊁四問答頓漸流年〔經〕佛言大王汝之形容應不頓朽〔疏〕前叙相變今問年變由年變故令其相變不頓朽言要叙漸老念念遷移王言世尊變化密移我誠不覺寒暑遷流漸至於此何以故我年二十雖號年少顏貌已老初十歲時三十之年又衰二十於今六十又過於二據因果經及釋迦譜匿王與世尊同日生證知楞嚴會上世尊年亦六十有二觀五十時宛然强壯世尊我見容移雖此殂落其間流易且限十年〔疏〕十年爲限麤相而觀殂往也落猶不住也少壯不住往而不還故云殂落流變易改也若復令我微細思惟其變寧唯一紀二紀實爲年變此以一年爲限年年變改何曾十年十二年曰紀也豈唯年變亦兼月化此以一月爲限月月不同不唯約年也何

直月化兼又日遷何直猶不但也此以一日爲限日日更訛不但約月沉思諦觀刹那刹那念念之間不得停住故知我身終從變滅〔疏〕已上從寬至狹四限觀察無常之相猶是麤浮未爲微細沉思下此至細而觀也若以沉静其思審諦觀察即刹那不停念念流變此即微細四相遷流不息凡夫心麤殊不知覺古德偈云如以一睫毛置掌人不覺若安眼睛上違害極不安愚人如手掌不覺行苦遷智者如眼睛違極生猒患言刹那者時之極少也俱舍論説時之極少名曰刹那時之極長名之爲劫乃至年之與月俱是時之分劑又云百二十刹那爲一怛刹那六十怛刹那爲一縛臘三十縛臘爲一須臾三十須臾爲一書夜三十晝夜爲一月十二月爲一年十二年爲一紀前限十年爲限是約一紀舉全數耳△〔孤山云〕約麤相順觀則以十年爲限始從十歲增至六十有二約細相逆觀則始一紀減至一年遞減以至刹那也○〔引證〕〔法苑珠林〕

新婆沙論百二十刹那成一怛刹那六十怛刹那成一縛臘此有七千二百刹那三十縛臘成一牟呼栗多紲蚝此有二百六十一千刹那三十牟呼栗多成一晝夜此有少二十不滿六十五百千刹那此五蘊一晝一夜經於爾所生滅無常如我義者壯士彈指頃經六十四刹那有說猶飽非刹那量涅槃迦葉品佛言地行鬼疾有空行鬼復速地行四天王疾復速空行日月神天復速四王行堅疾天復速日月衆生壽命復速堅疾刹那流轉無有暫停世尊不說實刹那量無有有情堪能知故又依安般經云於一彈指頃心有九百六十轉仁王經云一念有九十刹那一一刹那中復有九百生滅菩薩處胎經云一彈頃有三十二億百千念念念成形形形皆有識佛之威神入微識中皆令得度△[涅槃]云老有二種一念念老二終身老復有二種一增長老二滅壞老㊇三示性不滅三㊁一佛問不滅王答不知[經]佛告大王汝見變化遷改不停悟知汝滅亦於滅時汝知身中有不滅耶波斯匿王合掌白佛我實不知[疏]生滅麤相如前可知不生滅性亦在汝身汝知之否匿王舉外叙疑俾欲世尊明示令衆佛問故答不知㊁二許示無生廣辨無改文二㊀一許示無生△佛言我今示汝

不生滅性[疏]許於正生滅時示無生理也△[宗鏡]如衆生八識之中前眼耳鼻舌身等五識及第八識俱緣現量得諸法之自性不帶一切名言又無二種分別計度隨念分別即現前不生滅性若六七二識落在比非二量及具計度隨念分別即念念常生滅亦是於生滅中有不生滅性巳上經文此因匿王示疑寄破外道斷見有此方便分別生滅不生滅二性若不執斷常見性之人則八識心王同一眞性皆是實相無有生滅是知顏性雖童耄見性未曾虧明暗自去來靈光終不昧則是現今生滅中指出不生滅性方知窮子衣中寶乃輪王髻裏珠貧女室中金是輪王藏中物[疏]此下約觀河不變以明見性意顯只於生滅了不生滅相雖麤近旨甚深微一令

匿王驗麤相而知捨生趣生一使慶喜發深解而知滅元不滅即相顯性在此寄談頭自搖動見無所動是此意也維摩云如自觀身實相觀佛亦然肇公云以萬物即不遷何但於見下文佛答文殊及會三科文首分明顯會始現其意〔雪浪云〕佛告大正汝身見在等文依長水注與前舉拳飛光及剎那剎那等總只顯真見不動不生不滅妄是動是生是滅異與謂前示見無搖動此示性無生滅所破則麤細有殊所顯則即離成異其義則迂矣㊀二徵詰廣辨三㊀一問答見河之初〔經〕大王汝年幾時見恒河水王言我生三歲慈母攜我謁耆婆天經過此流爾時即知是恒河水〔疏〕此以年問見者意明年變見不變也耆婆此云命西國風俗皆事長命天人子生三歲即謁彼廟謝求得也△〔志磐云〕耆婆毘首羯磨等皆忉利天子凡稱天而非六欲十八梵之名者皆天子也㊀二問答見河同異〔經〕佛言大王如汝所說二十之時衰於十歲乃至六十日月歲時念念遷變則汝

三歲見此河時至年十三其水云何王言如三歲時宛然無異乃至於今年六十二亦無有異〔疏〕無異之語甚好思量一往麤浮再思有旨〔溫陵云〕幼壯老耄見不變異即生滅中有不生滅㊀三問答見有童耄〔經〕佛言汝今自傷髮白面皺其面必定皺於童年則汝今時觀此恒河與昔童時觀河之見有童耄不王言不也世尊〔疏〕色身麤相童耄易知見性不遷誠難覺了對此辨異令悟無生也〔標指〕觀河之見既無童耄生滅去來豈有動轉〔孤山云〕既知見境不易可喻真性無遷則動樹訓風舉扇類月故令先識見無童耄然後直示性無生滅㊁三克指常性斥彼置疑〔經〕佛言大王汝面雖皺而此見精標出見精二字性未曾皺皺者為變不皺非變變者受滅彼不變者元無生滅云何於中受汝生死而猶引彼末伽梨等都言此身死後全滅〔疏〕克指常性也生滅但遷有為無為不受生死若

知不變即見無生而猶下斥彼置疑也此指與匿王所引異者俱是外道趣爾指也〔孤山〕等者等取迦延胝子也色身變異可說無常見性不遷理非斷滅〔孤山云〕見精即見性也纔者爲變則顯生死無常不斷非變則顯涅槃常住○此〔引證〕末伽梨拘賒梨即六師之第二師也此云不見道〔什曰〕末伽梨子拘賒梨其母名也其人云衆生罪垢無因無緣也〔肇曰〕謂衆生苦樂不由行得皆自然耳〔輔行曰〕二者末伽梨說一切衆生身有七分謂地水火風苦樂壽命如是七法不可毀壞安住不動如須彌山投之利刃亦無傷害無有害者及以死者〔私謂〕依什肇似計自然依輔行又似計常然苦樂無有因緣七法不可毀壞則亦歸於斷滅而已故淨覺判之曰計斷滅者亦是斷滅自然也孤山云六師三執斷三執常若依輔行以大經辨什公等同異則六師皆執斷見也（人）四信悟續生

〔經〕王聞是言信知身後捨生趣生與諸大衆踴躍歡喜得未曾有〔疏〕叙其淺悟但云捨生趣生鞠彼深意必知滅元不滅〔海印〕云苟知滅元不滅則知生本無生隨宜領解主伴同置未即顯言也〔熏聞云〕此且約佛與王俱未顯談生滅與不生滅故猶同置△〔孤山云〕前執斷滅爲疑今信趣生結益云得未曾有則了達不生不滅之圓理也△〔空印云〕捨生趣生正謂如來藏流轉與因俱也△〔融室云〕捨前陰復生後陰故曰捨生趣生華嚴偈曰因前五陰故後陰相續起於此性了知佛法難思議△〔宗鏡云〕從死有相續至生有時如授經如傳燈如行印如鏡像現如空聲響如水中日月影如種子生芽如人見酸口中生涎如是後陰相續起時無有中陰往來傳彼向此○〔刪修〕雷庵論補世尊將示匿王不生滅地先指恒河辨見此正緣起無盡何見而悉刪之⑪二正對阿難破具常見二⅄一阿難乘違發問

〔經〕阿難即從座起禮佛合掌長跪白佛世尊若此見聞必不生滅云何世尊名我等輩遺失真性顛倒行事願興慈悲洗我塵垢〔疏〕據此觀河之見與我見聞無殊於王即云不滅不生於我即云遺失真性王之與我孰親孰疏苟或殊途如何分辨〔資中疏〕然此問意由來久矣始因手自開合見無開合頭自動搖見無動搖一一佛印皆言如是此則如來令於妄見即辨真見無離生滅有不生滅阿

難因知佛旨猶謂生滅與不生滅別合掌禮佛願聞如來顯出身心眞妄虛實現前生滅與不生滅二發明性匿王知其懷抱又不發問伸誠於是引外六師執身死後斷滅所冀佛親開示即妄見眞責引阿難無執二別阿難古佛豈玆不了蓋爲今日惑重情深須示瞢然確陳拒諍故玆問也〔熏聞云〕王解身有生滅性無生滅與阿難云我頭自動見性不動其理似同是故此文對前爲問△〔海印云〕觀河之見生滅中有不生滅則前此舉拳之見即此見性云何責言遺失顛倒△〔私謂〕如來開示單指見性阿難結請雙舉見聞准宗鏡四十四曰六根之中且指見聞二性隨用常住最爲顯了疾入圓通同歸宗鏡取證首楞奕奕連綴從示匿王觀河乃至示阿難見性周徧皆圓指見性也從勅羅睺擊鐘乃至勅文殊揀選耳根皆圓指聞性也永明詮釋此章特標眉目葢深領阿難雙舉之旨八二如來驗破執情三㊁一驗出倒情二㊂一垂手以問引出常情四㊀一問〔經〕即時如來垂金色臂輪手下指示阿難言汝今見我母陀羅手爲正爲倒〔疏〕下指指下也母陀羅此云印〔證眞鈔云〕結印手也佛手舉措反覆上下偃仰如蓮花開如授受狀制伏魔外無非是印故曰印手此意欲明見手不同有正有倒以況其見亦有正倒〔私謂〕如來大人相九者正立手摩膝相不仰不抑以掌摩膝是爲輪手下指據此則知垂順正倒古釋良有由來也〔經〕阿難言世間衆生以此爲倒而我不知誰正誰倒〔疏〕此推世人以此爲倒而我不知云何〔融室云〕顛倒之言因妄假立妄既不有倒亦何存阿難謂如來實有顛倒之責佛即欲顯顛倒非眞乃以輪手下指問其倒正倒則有正故阿難推過世人以此垂手爲倒故云不知倒正者誰△〔交光云〕以臂無一定倒正但隨順世間說下垂爲倒佛亦如〔經〕佛告阿難若世間人以此爲是㊀三徵倒即世間人將何爲正〔疏〕若復以垂爲倒將復以何爲正釋㊀四〔經〕阿難言如來竪臂兜羅綿手上指於空則名爲正〔疏〕竪手爲倒却以爲正以不順身故此阿難不辨眞妄執妄失眞故如來責顛倒行事既了妄本無體合知

真自寂然遂許對頭動之見觀河之性即是性真無別真也慶喜依前不了將謂妄外有真遂不甘我爲顛倒之人正是無生之性阿難既陳諍問如來就事以驗逆順之境不辨顛倒之情難脱下文即破【標指】此驗出此夫執正爲倒之情後豎臂以示比出倒見【經】佛即豎臂告阿難言若此顛倒首尾相換諸世間人一倍瞻視【疏】既云豎臂爲正佛便豎臂隨而責之此即正是顛倒也指本垂下今却逆上故云手尾相換世人不依本分以正爲正而別生異見以倒爲正故云一倍瞻視【無盡云】如來一臂換首爲尾換尾爲首等無差別世間之人一倍瞻視故有正倒紛紜之見若悟一臂首尾相換見性無移何處更有顛倒名字集解云以倒爲正誤也△【融室云】垂爲倒豎爲正但是一手首尾相換而已究轉止爲一手於一手中添出倒正如於一真性中添出生佛觀之則是世間人一倍瞻視之謂也△【海印云】一臂本無正倒只以首尾相換妄生分別世人一類如此瞻視倍猶類也△雪浪云一倍瞻視猶言一切皆如此瞻視也△【私謂】垂正豎倒古釋相同自孤山以迷理比垂悟理類豎寂音諸師執計紛如無盡融室但立喻因不取辨相從上葛藤一往芟薙今師援拾牙後慧競誇新解可一笑也一倍瞻視對下文隨汝諦觀乃聊且率畧之義於一臂中分倒分正隨見分別總只是一倍瞻視字書物相二曰倍一倍即一重也先德以一切一類爲訓是爲正解有人曰垂手爲倒是一重視豎臂爲倒是二重視則是二倍瞻視不應云一倍也天如補注倍與背同即倒義也指倍爲背戾之倍則一倍字義云何得通首尾相換注家未拼其義偶覩兜率悅偈云誰得誰失何親何踈拈頭作尾指實爲虛恍然有會經文遺失本妙明心乃至一迷爲心決定惑爲色身之內及論中不覺心動生三細等正是首尾相換處也【經】則知汝身與諸如來清淨法身比類發明如來之身名正徧知汝等之身號性顛倒【疏】若以此驗之則知汝身與如來身比並類例顯發彰明佛身是正汝身是倒亦可若以佛之見手類顯佛身明知佛身名正徧知若以汝之見手比並汝身明知汝身號性顛倒汝胡非是顛倒行事正徧知者離倒

名正窮盡法界名徧凡夫二乘無此號者皆顛倒故[智論云]何名三藐三佛陀三藐名正三名徧佛陀名知言正徧知一切法[什公云]言正徧覺也言法無差故言正智無不周故言徧出生死夢故言覺△[溫陵云]臂體本一由情執妄分法身本同由正倒成異[戊]二徵其倒處二[己]一徵倒所在[經]隨汝諦觀汝身佛身稱顛倒者名名去聲字何處號爲顛倒[疏]隨者猶任從也任汝心中諦審觀察佛若是倒汝名佛身何處是倒汝若是倒汝名自身何處是倒此則令其識顛倒處也名字猶詺目也古人於此作泯相解遂令下經正辨顛倒血脈不貫便成孤起既絕正倒如來何故却說顛倒學者請詳無見棨古[孤山云]令審自身望佛正知汝稱顛倒過由何處得顛倒名△[融室云]任汝諦觀審察汝阿難身稱作顛倒佛如來身稱作顛倒即用詺目各身何處號作顛倒之地△[私謂]垂倒豎正首尾互換顛倒妄見隨見分別一倍瞻視世間人多分如此於一臂中分正分倒即於一性中分生分佛由是比類發明將汝肉身與佛清淨身橫分正倒不過爲名爲號豈有分別實相哉上文諸世間人即以此爲倒之世間衆生也則知二字語脈鈎鎖比類發明即一倍瞻視之行相是世間凡夫人見相也言隨汝諦觀者乃徵審觀照之義與一倍瞻視正相反七大文云汝心麁浮汝更諦審諦觀等下文瞪瞢瞻佛譯人紩巧亦映帶瞻視之相殆將捨離麁浮而歸乎審諦也[己]二叙其罔知[經]于時阿難與諸大衆瞪瞢瞻佛目睛不瞬不知身心顛倒所在[疏]瞪直視貌定目直視也瞢昏悶不了也目不明也瞬亦作眴目動也聞徵倒處瞢然不了既不措其一辭但知向佛直視[補遺]顛倒所在良由不曉諸法唯心若知諸法唯心汝身汝心皆是妙明心中物則知身心顛倒所在向斥遺失真性良在茲矣○[合釋][私謂]阿難乍領飛光之解甫悟本心旋承遺失真性之訶未離顛倒失乳祇申其然請觀河幸觸其旁機同是願聞重求慈誨蓋自七心徵破已後瞥現悟門旋啓二性發明之機深新知證解至則疑生疑深則悟過師資會合啐啄同時如來了悟衆生無始無明病根深重總由執認色心並覆本覺須蕩遣色身之障方抉剔顛倒之根欲成破除宜彰顯示於是覺皇垂臂指以徵問當機依垂豎以差別按審既確隨口牒定乃有若此顛倒首尾相換之言首尾者色身中之轉相也相換者看東忘西四方易處色身中之顛倒現

相也衆生妄見垂豎臂指元無正倒世間人因依妄見取次瞻視於如來清淨法身名正徧知於汝現在色身號性顛倒名乎云爾號乎云爾即垂豎正倒之見一手中首尾相換云爾故知衆生知見不出色身於一臂中說倒說正故是顛倒於一性中說生說佛亦是顛倒汝但離計名字相捨棄世人瞻視妄見克實諦觀自應正識顛倒處耳阿難於此時緣影旋離寂常未證左次於悟疑之界徬徨乎捨即之塗忽承徵詰遷奪浩然倒正兼排

生佛都埽相與魂移魄奪心愕口呿歸命一心體瞢直視如來乃興哀發慈鄭重安慰申明諸法唯心之義窮研而直指之曰汝之心非肉團心非集起緣慮心乃真如來藏清淨不生不滅真空無相之心也云何爲色依此真空本覺迷妄成空空暗相織結成根身器界是名爲色云何爲身依此頑空暗色和合妄想想相相雜結成四大五蘊是名爲身色身一成宅舍堅固諸緣憑爲窟穴諸趣伏爲作使執昏迷擾攘之相失本妙妙明之心性

心失真所以無明顛倒沉迷積劫也覺海澄圓廣同瀛渤空生大覺細比一漚悟即漚滅空無迷則認漚目海汝等迷中倍人即諸世間一倍體視之人色身不有生佛之名字焉存生佛本同顛倒之根因焉託識垂豎于一臂認百千于一漚斯則正倒等觀悟迷同貫者矣當知如來說法次第淺深舉例見屈指飛光遠引客塵近觀河水並是隱映拔陳瞳矓指點此文從空晦想相確究色身所從來從根塵緣趣精研妄相所自起如醫診病

盡呈癥結如吏案賊才得主名不但辯目揚眉直是析骨剖肉七處徵心已去指示妄想攀緣生死根本皆總括於此前經之鈐鍵也八還辨見已去宣說世界衆生虛空國土皆引起於此後經之鑰匙也是故發海潮音表一音演法之普慈也呼善男子引五位修進之堦差也標舉五位百法明三藏修多羅之總門也始而曰哀愍既而曰憐愍用以表此畨開示甚難希有非尋常演說之比也益結集者之指要如此㊃三廣示倒相二㊀一興悲告語叙其常說

（經）佛興慈悲哀愍阿難及諸大衆發海潮音偏告同會諸善男子我常說言色心諸緣及心所使諸所緣法唯心所現

（疏）天鼓無思隨人發響海潮無念要不失時此表無緣慈悲應機而說不待請也（孤山云）機熟即說感應無差踰以海潮來不過限△（涅槃三十六）大海有八不思議一漸漸轉深二深難得底三同一鹹味四潮不過限五有種種寶藏六大身衆生在中居住七不宿死屍八一劫萬流大雨投之不增不減△（資中疏）色心諸緣等總有五法一色法（疏）色謂十一種色二心法心謂八識心王三心所有法四不相應法五無爲法諸緣即總指色心或可別指二十四不相

應行心所使即五十一心所諸所緣謂六種無爲也此五皆眞心所現如鏡中像【疏】此上五位都一百法攝諸法盡皆是眞心之所現起如鏡現像不離於鏡無體可得【標指】五位總一百法攝盡眞妄法彼論釋云一切最勝故與此相應故分位差別故能現影像故有所顯示故大乘法師云瑜伽始五識身歷至法界六百六十等法提綱挈領取此五位百法豈非要畧乎△【眞際云】八識心王識自相故五十一心所識相應故十一種色識所變故二十四不相應識分位故六無爲識自性故攝所歸能攝相歸心故言唯心所現問前五無爲名體俱假可同前法無體如影眞如無爲名假體實何言無體如影像耶答此宗所説眞如猶是對妄而立既因對待還成妄法如下經云言妄顯諸眞妄眞同二妄無爲無起滅不實如空華圓覺云流出一切清淨眞如菩提涅槃等由是五位諸法唯心所現皆同影像也【二楞云】言色心五位皆如來藏心所現△【溫陵云】示倒無别處唯心所現色總五根六塵心總六識八識諸緣即根識所緣諸法心所使即善惡業行靜作思想爲心王之所使令也諸所緣法廣舉山河大地明暗色空眞妄性相邪正因果按溫陵不依百論龍統唯心講家所宗尚要不出五位百門耳㊃二顯眞示妄斥其倒情二㊀一就法辨釋迷情五〇一標指【經】汝身汝心皆是妙明眞精妙心中所現物【疏】心現身心如鏡現物物不是鏡物體虛故鏡不是物物體實故虛實既辨由是顛倒於茲可識【溫陵云】唯心所現如鏡中像全體是鏡幻妄身心皆妙明心鏡所現全體是心△【熏聞云】妙明性覺也眞精性識也合此覺識以爲妙心所謂妙明眞心即此心也〇二責失【經】云何汝等遺失本妙牒遺失眞性圓妙明心寶明妙性認悟中迷【疏】心即是性體徧故圓無昧故明具法可重故名爲寶元來自爾非適今也故云本言語道斷心行處滅故稱妙再三歎美故疊言之悟即是覺圓明性也迷即不覺妄身心也不覺處覺如像處鏡虛實可辨今衆如鏡之本性執似像之身心不辨虛實斯

爲大失故云認悟中迷前云名字何處號爲顛倒今正指此顛倒處也【定林云】本妙即本覺明妙也圓妙明心實明妙性皆承此本妙妙明心即性覺妙明所現之心明妙性即本覺明妙所現之理△【溫陵云】妙心則一而稱謂多異者依法隨用之異也此明心所現物如鏡故稱妙明真精又明迷本逐末故稱本妙明心本妙者本來自妙不假修爲也心之與性體用異稱心則從妙起明圓融照了如鏡之光故曰圓妙明心性則即明而妙凝然湛寂如鏡之體故曰寶明妙性△【熏聞云】衆生不了真性是在諸佛悟中而迷△【無盡云】本來無悟因認而悟本來無迷因悟而迷故曰認悟中迷△【融室云】妙心本不從迷不迷爲悟於此悟處妄取身心生滅曰迷如來責云汝執真中之妄即是悟中之迷也△【私謂】前文云遺失真性顛倒行事性心失真認物爲己今言汝身汝心皆是妙明真精妙心中所現物汝身汝心皆所認之物也一迷爲心決定惑爲色身之內正所謂認物爲已也經云不知身心顛倒所在只認物爲己一句乃正是顛倒所在故曰云何汝等遺失本妙認悟中迷汝身汝心元是妙明心中物汝等終日在妙明中認物爲已遺失真性非認悟中迷乎○三示妄

【經】晦昧爲空空晦暗中結暗爲色色雜妄想想相爲身聚緣內搖趣外奔逸【疏】無明體暗故云晦昧【直解云】晦昧即根本無明論云不覺即晦昧也外現空相故云爲空此則最初劫濁也下文云迷妄有虛空又云汝見虛空徧十方界空見不分有空無體有見無覺相織妄成是第一重名爲劫濁此三細中業轉二相亦云同異亦云動靜【孤山云】迷性明故而成無明故云晦昧由此無明變起頑空故云爲空即下經迷妄有虛空也△【海印云】圓明妙心本無身心之相皆由妙明心體最初不覺忽起動心將此第一義空晦昧而成頑鈍無知之虛空△由所謂癡愛發生生發徧迷故有空性此動靜互相待故於此二相暗中結成形色即根身器界也【孤山云】空謂所變頑空晦昧即能變無明二法和合變起四大依報外色故云結暗爲色經云想澄成國土也【鶴林曰】所現之空與能現之無明業轉二細爲晦暗是黑暗故云空晦暗△【海印云】依此頑空無明凝結而成四大幻色所謂化迷不息有世界生△形色既現想處其中色想相雜有知覺處成於根身想澄凝處即是器界此則第三現相也【孤山云】以四大色雜妄想心變起衆生正報內色故云想相爲身想謂妄心相謂妄色色

心和合五陰備矣經云知覺乃衆生也△海印云色想和合既有四大復以妄見摶取少分四大之色攬結五陰根身所謂見精映色結色成根等此衆生迷倒之由因也△以有境緣故牽起麤識念念分別相續不斷故云聚緣內搖融室云妄有緣氣於中積聚斯爲內搖此前二麤也一智相二相續相由念念相續熏習不斷遂成分離取六塵相流趣不息故云趣外奔逸浮根四塵流逸奔色此則外逸此後二麤分離識也三執取相四計名字相從微至著三細四麤爲煩惱道備於此矣孤山云以妄想四心聚四大內色而外緣六境心不暫停故曰聚緣內搖趣外奔逸○四顯執經昏擾擾相以爲心性一迷爲心決定惑爲色身之內疏世人不知元是無明展轉麤動將此昏迷擾攘之相便爲眞實心性孤山云昏擾擾相即內搖外逸無明顛倒也既失本妙故用此相以爲心性一從迷執決定不改謂言我心在色身內遂起有情無情之異有性無性之殊認妄心爲佛心一何鄙見又執此心在色身內無情有情莫能融一是知順九界妄心者豈信草木有佛性乎△標指謂不如實知自性彼我既分色心有異愛情取捨也○五結迷經不知色身外洎山河虛空大地咸是妙明眞心中物疏根身種子屬內緣而執受山河大地屬外但緣非執受此之三境皆是賴耶相分又此空界從迷妄生識所變故能變之識全是無明迷眞而起亦無自性能變所變皆是鏡心所現影像故前文云汝身汝心皆是眞心中所現物不知此理卻執我心在色身內故此結示桐洲注執妄心在身內不知身外乃至大地悉在常住眞心中○二約喻結指倒相經譬如澄清百千大海棄之唯認牒認倍中途一浮漚體目爲全潮窮盡瀛渤孤山百千大海喻眞心非徧而徧一浮漚體喻妄心非局而局背眞趣妄如棄海認漚執妄爲眞如認漚爲海全潮則徧海而湧故云窮盡瀛渤

疏 如來藏有四義故以海喻永絕百非如海甚深包含萬有如海廣大無德不備如海珍寶無法不現如海現影其體湛寂不與妄染相應故云澄清即甚深義也百千即廣大義也不識是元清淨體故云棄之只取浮漚漚相以爲心性故云唯認等

經 汝等即是迷中倍人如我垂手等無差別如來說爲可憐愍者

疏 例前結指也棄之本海是一迷也認漚爲海是倍迷也垂手是正執爲倒一迷也豎手是倒認爲正倍迷也前舉事以驗後引喻以況中間以法進退相例正指倒相皎然明白如何謂言是泯相耶有智請詳

雪浪云 今責阿難棄海認漚執漚爲海此是迷中倍人如垂手以正爲倒以倒爲正故云如我垂手等無差別或云引垂手之事結之似乎垂手又是一事也△二楞云如我垂手者汝等自認顛倒眞性元無遺失如垂手之時世人自認垂豎臂指元無正倒是爲可憐愍也△無盡云迷中倍人一倍瞻視之人

大佛頂首楞嚴經疏解蒙鈔卷第二之一

音釋

洮 徒刀切盥也　腠 音湊皮理也　鞠 居六切推窮也　奕 音繹累也　呿 邱於切張口貌　診 音軫候脉也　㿃 陟里切腸病也　攘 汝兩切

大佛頂首楞嚴經疏解蒙鈔卷第二之二

海印弟子蒙叟錢謙益鈔

◑三廣約緣塵正顯真見蹤前文廣約知見辨釋第三母科是中又生起母科四◑一顯緣心非性二示見性無還三約體用重明四就疑難廣釋第四科又生起子科五即下廣辨諸疑五科○〔疏〕以前文中約對手觀河示見無生相淺意深猶成隱密未爲顯了不名正顯故科云粗論漸明也今此已下廣對緣塵破除名相顯此見性不落戲論然後逐段會通令知諸法虛妄本無所有唯一菩提妙淨明體分明顯會故云正顯真見也初文二八一阿難述悟彰疑二卍一述悟

〔經〕阿難承佛悲救深誨垂泣叉手而白佛言我雖承佛如是妙音悟妙明心元所圓滿常住心地〔疏〕因佛廣示顛倒顯出真心於能詮言音悟所詮心地心有能生可依止義喻之地也卍二彰疑〔經〕而我悟佛現說法音現以緣心允所瞻仰徒獲此心未敢認爲本元心地願佛哀愍宣示圓音拔我疑根歸無上道〔疏〕佛以言音詮此真性今我領解復是緣心所悟真性能悟緣心還同如來前所責言如汝今者承聽我法此則因聲而有差別有何別耶由是未敢認爲本元心地〔吳興云〕前破妄心已責因聲分別之相性今重以緣心爲問欲顯真性無能所之相也既於緣心已離麤執是故但言未敢認爲本元心地下文指月喻等畧揀所緣之法能緣之心真體可見矣△〔溫陵云〕因聞法音悟妙明心本來圓滿了無遺失故云常住心地然猶尚以能聞緣心爲所悟本性此固常情疑混根於心而難拔者故願佛與拔也△〔私〕謂阿難此問騰疑全爲緣心聽法故曰徒獲此心者徒獲此聽法之緣心也近代諸師囑上作解皆云徒獲此圓滿妙心若獲妙心即已獲法身矣安得却言未認本元既云悟妙明心復云未認本元正謂已悟而未敢認也下文佛答單揀緣心則問義可知

言圓音者以佛一一語言徧窮生界而其音韻常不雜亂如起信疏解〔彼疏云〕圓音一演異類等解一音及圓音有二一如來說一切法無不顯了故名圓音華嚴云如來於一語言中演出無邊契經海二如來同一切音故云圓音華嚴云一切衆生語言法一言演說盡無餘以一切音即一音故云一音一音即一切音故云圓音若音不

徧則是音非圓若音等徧失其韻曲則是圓非音今不壞曲而等徧不動徧而差韻此是如來圓音非識心思量境界八二如來約喻顯釋二巳一指定其非經佛告阿難汝等尚以緣心聽法此法亦緣非得法性宗鏡阿難尚認緣心聽佛說法音以爲常住真心取佛定旨佛言若執因緣心聽只得因緣法以法隨心變境逐心生故持心梵天所問經云眼耳鼻舌身意無所流間乃曰聽經若以緣心聽法則隨境界流逐因緣轉皆爲不了自法遂令內外緣分疏因聲而有分別此分別性即是生滅淨名云無以生滅心行說實相法說既不可聽豈可耶緣心者但緣語言文字故云非得法性真際云以能緣心緣佛法音認爲自性非自性也以此法音但是所緣聲教故△桐洲注此法亦緣以說法音亦前塵故○引證宗鏡云問耳聞說法時總具幾識答具三識第八先託佛無漏聲名句文爲本質了耳識緣聲意識同時緣名句文等方得名聞乙二喻顯其失二巳一執指忘月斥認能詮二己一喻二亥一指月雙迷經如人以手指月示人彼人因指當應看月若復觀指以爲月體此人豈唯亡失月輪亦亡其指何以故以所標指爲明月故宗鏡三乘十二分教如標月指若能見月了知所標若因教明心從言見性則知言教如指心性如月真悟道者終不滯言實見月人更不存指或看經聽法不一一消歸自己但逐文句名身而轉即是觀指以爲月體豈惟不見自性亦且不辨教文指月雙迷教觀俱失故云乃至亦亡其指疏指喻能詮言教月喻所詮真理若欲見月須亡指以觀之若欲見性須亡言而體之不能亡言豈能見性不能遺指豈識月輪圓覺云修多羅教如標月指若復見月了知所標畢竟非月一切如來種種言說開示菩薩亦復如是彼疏云見月須藉指端悟心須假佛教因指見月見月忘指因教悟心悟心忘教存指則失真月執教則失本心△智論云語以釋義義非語也如人以

指指月以示惑者惑者視指而不視月人語之言我以指指月汝何看指而不視月此亦如是語爲義指語非義也○二明暗俱失【經】豈惟亡指亦復不識明之與暗何以故即以指體爲月明性明暗二性無所了故【宗鏡】又既亡其指非唯不了自心之真妄亦乃不識教之遮表錯亂顛倒莫辨方隅猶鳥言空如鼠云即似形音響豈合正宗故云豈惟亡指等【疏】言教屬有爲無記故暗真理屬無爲性善故明能喻可解【孤山云】教是聲鹿故如暗理是真心故如明㊂二合【經】汝亦如是【疏】以法合喻如上可辨【吳興云】此指月喻雖遣所標之指正揀能緣之心以阿難云現以緣心故由是下文唯破分別之性但破分別聞性自顯㊃二客去主留責滯緣想二㊀一約法喻順推有體三○一法【經】若以分別我說法音爲汝心者此心自應離分別音有分別性【孤山】如前文云若離前塵有分別性即汝真心既離塵無體自知是妄也【疏】若因佛說法生分別心

此分別心本無自性故屬緣塵隨塵有無非是常住但如其客○二喻【經】譬如有客寄宿旅亭蹔止便去終不常住牒上不住名客而掌亭人都無所去名爲亭主住名主人【疏】此明緣心隨境往來真心湛然常住以客喻妄以主喻真○三合【經】此亦如是若真汝心則無所去牒上常住心地【疏】下經云聲無既無滅聲有亦非生生滅二圓離是則常真實㊀二約緣塵反責無性三○一例成無性【經】云何離聲無分別性依宗鏡應點屬上段斯則豈唯聲分別心分別我容離諸色相無分別性【資中】客喻妄心蹔止主喻真心不去云何離聲無分別性責任妄也【疏】緣心若是真性應如其主何得隨聲來去以離聲時無分別故豈同真心周徧法界湛然常住【資中】以聲例色相從而說非但聲分別心離聲無體色分別心離色相外

亦無其體【疏】隨聲之心既然隨色之心亦爾故云豈唯等【溫陵云】斯則下躡阿難之意廣明也聲分別心指聲上緣心即悟佛法音者也分別我容謂色上緣心即允所聽仰者也○【宗鏡】【釋】又定緣佛聲音是自心者若說法聲斷時分別心應滅此心如客不常住故是以若實真心不逐他心而起分別湛然恒照性自了故如掌亭人都無所去云何離聲無分別性此須得旨親見性時方知離聲色諸緣性自常住不假前塵所起知見【融室云】前云此心即應離諸一切色香味觸別有自性故以生滅心喻客以不生滅分別性喻主若言無分別性則法喻不齊且客之與主相因而立因主而客因客而主實性妄心亦然但客去主存妄心有滅而實性不滅故合法云若汝真心則無所去云何言得離聲而無分別性在△【通釋】云何離聲無分別性一句宗鏡科點屬上段尅定真心離聲有分別性此表句也資中長水點屬下段審定緣心離心無分別性此遮句也科段雖有少別總明真心是主離分別性其歸一也吳江行師依宗鏡消文意明離分別音聲有不生滅分別真性即常住真心也無分別性即屬外道冥諦下

文所揀者也行師揀異長水亦有理在然行師一向定執離塵有體第一卷離塵分別章中彼注即云耳根緣塵因聲分別不可謂離塵別無全性在則又不順宗鏡也有於今義定依永明長水古釋融室之文姑舍是爾△二指同外宗【經】如是乃至分別都無非色非空拘舍離等昧為冥諦【孤山】如是指上聲色乃至例餘四塵分別都無謂分別六塵之心皆離塵無性也【溫陵云】即兼舉六塵緣影皆無自性也【疏】前舉色聲顯心無體亦合徧歷香味觸法今此超過故云乃至分別都無不可見故非色緣會有故非空【溫陵云】一切皆無故非非色對緣妄有故非空既非色空冥然莫辨於是外道昧為冥諦言冥諦者或云冥性或云自性【智論云】外道通力至八萬劫八萬劫外冥然不知謂為冥諦從此覺知初立故名冥諦梵云僧伽此云數論【唯識疏云】僧伽此翻為數數即慧數數度諸法根本立名從數起論名為數論本源即是迦毘羅造立二十五諦最初一諦名為冥性計以為常【百論云】迦毘羅言一者從冥初生覺過八萬劫前冥然不知最初中陰初起以宿命力恒憶想之名為冥

諦亦云世性謂世間衆生由冥初而有即世間本性也亦曰自然無所從故從此生覺亦名爲大即中陰識也第二十五名爲神我亦計爲常從覺生我心從我心生五微塵從五微塵生五大從五大生十二根神爲主常覺相居中常住不壞不敗攝受諸法凡一十四諦即是我所皆依神我名爲主諦能所合論即二十五我思勝境冥性即變二十三諦爲我受用我既受用爲境纏縛不得解脫我若不思冥諦不變既無纏縛我即解脫名爲涅槃如別處說拘舍梨者非即數論是彼類耳趣爾舉也迦毘羅是僧佉論師六師元祖拘舍梨等是其夫派故云彼類趣爾舉也○一【宗鏡】云若非色非空都無分別不見性之人到此之時即全歸斷滅便同外道拘舍離等已眼不開昧爲冥諦以冥寂暗昧無知以爲至極從此復立二十五諦迷真實心求外道種或有禪宗不得旨者法學起空見人多拂心境俱空執無分別將狂解痴盲以爲至道然非因緣求法性滅妄心取真心則增上慢人初學之者不可雷同應須甄別△【雪浪】云非色非空昧爲冥諦者猶云分別都空正是阿賴耶識拘舍梨等昧爲冥諦也若云不見緣有翻同正諦△【海印】云離外五塵故非色執內爲我故非空此正八識昏昧之體緣塵分別者乃七識爲意之根故有分別若離外塵無緣即內緣八識爲內自我故外道計此爲神我立爲冥初主諦此尚非真況分別緣塵者乎○三結責非主【經】離諸法緣無分別性則汝心性各有所還云何爲主【疏】真心如主妄想如客客有來去主無移動若緣法塵無分別性顯汝心性隨塵各還是則爲客云何名主【融室】云聲塵因聲而有則還於聲乃至意識因法界有則還於法塵汝之心性但如其客汝之主人竟何所在△【私謂】上言豈唯聲分別心分別我容者此就五塵明分別也故結云離諸色相無分別性次言如是乃至分別都無等此就法塵明分別也以外道冥諦已離五塵分別然所謂分別都無非色非空者正屬法緣分別昧爲冥諦而不自知也故結云離諸法緣無分別性既離六塵都無分別性則可還者是容非主明矣故結責則汝心性云云二段文敵對標顯非但判邪宗也△【合釋】宗鏡科此段連下文阿難言爲一章則向下廣辨八還一文不孤起學者當知◑二示見性無還二八一阿難承前叙難【經】阿難言若我心性各有所還則如來說妙明元心云何無還唯垂哀愍爲我宣說【疏】心性之言通於真妄阿難執者是妄如

來示者是真今以所執之生滅疑於所示之妙明故云則如來說云何無還還猶滅也【補遺】八義說還取復歸之義長水作滅義消之如日有明日去明滅是明復歸於日矣分別之處能生緣攬分別心亡緣攬隨滅一室之空有虛通之用盡實以物空亡而虛通亦滅則虛還空矣【私謂】還猶去也還之與去皆有客義暫止便去終不常住有還義也如掌亭人都無所去無還義也△【吳興云】此問真性云何無還向下別指見精爲不還者前文已說如是見性是心非眼故然其見精真妄猶雜所以廣約緣塵揀出真性披沙若盡金體自純○【合揮】【熏聞云】此下廣揀緣塵之見二初相待簡二絕待簡初一明還不還二明物非物三明徧不徧四明是非是此相待簡也次下我非文殊等文答絕待意也八二如來約相對辨三㊃一約權標指以許說【經】佛告阿難且汝見我見精明元【疏】且者權宜之辭權指阿難能見之心爲明元也【孤山云】由慶喜未了妙心無還如來以見性類通俾其一根反妄六趣歸真也見精明元即同匿王觀河之見雖異緣塵而猶帶妄妄依真起故曰明元△【吳興云】妙心無朕發悟良難故託見精方便指示△直解云見精即眼家映色之性明淨無滓故名見精明元者即精體此點光明元是本具不從日月燈光借來故曰明元明

淨元本也此是第八識見分雖分爲六只一精明故六處皆號明元【經】此見雖非妙精明心如第二月非是月影汝應諦聽今當示汝無所還地【疏】此之明元非本真性其猶捏目所見之月本無所有非月影者非水中之影也水中月影從真月降可喻妙應感而遂通捏目所觀全體虛妄從病眼生堪喻妄見本不可得只就此見權示無還也【孤山云】二月由捏目而成見精由迷真而起既分能所豈達一如不捏目則真月宛然亡能所則真心可了△【吳興云】此雖屬妄切近於真如第二月取譬非遠【海印云】此雖非真以元似真如所要切近於真如第二月不離月體非若水中月影喻有二相也應知此見亦是前來緣塵分別之見但緣塵分別之性則破云有還緣塵能見之性則示云無還如下文云汝今徧觀此會聖衆其目周視但如鏡中無別分析此即見精也即第二月也即能見之性不還者也又云汝識於中次第標指此是文殊等即緣塵分別也△【定林云】見精明元者見受識精又受覺明以有見根根首爲元也既爲見元不可互用即非妙精明心故如第二月所謂第一月者本覺所現妙精明心也所謂月影者相見無性見聞覺知也若無真月則無第二月亦無月影第二月依真月

旁出故如見元月影離月別見故如相見相見待緣如影待月與俱生滅見元雖妄不待外緣但無見勞則滅此妄見精明元如第二月尚不可還則妙精明心如一月真其不可還明矣見精明元即是見性性見覺明妙德瑩然而以見元譬第二月者若背本起見即揑所成月若了見唯心不背本明即所謂彼見真精見非眚者△融室云汝之見我能見見精此見雖妄非是妙精明心如第二月非月非影故下文云非體非影亦復一月即是真月能見即是真精故誠諦觀示無還地此見巳下一十六字連作一句讀義自見共△私謂圓覺云譬彼病目見空中花及第二月圭山釋云空本無花天唯一月此中二月諸師多解孤山謂真月喻真心第二月喻見精水影喻緣塵分別則是經唯一月此有三月也長水謂水中月影從真月降則是經唯一月真此有二月真也吳興駁非水影却言即是月影則是經言非是月影却謂真是月影也又謂屬妄切真如第二月則是空非無花天別有月也介甫監義畧同孤山海印懸鏡全依淨覺經云但一月真中間自無是月非月佛自料簡故應無惑融室引經文如第二月非體非影以釋此文欲言其真則非月體也欲言其妄則非月影也見精妙性二義俱含詮解之妙無尚於斯㊇二約境可還以明辨二㊉一明境有還二㊀一列八境經阿難此大講堂洞開東方西國堂舍背面東日輪昇天則有明曜中夜黑月雲霧晦暝則復

昏暗戶牖之隙則復見通牆宇之間則復觀壅分別之處則復見緣頑虛之中徧是空性鬱埻之像則紆昏塵澄霽斂氛又觀清淨疏舉此明暗通塞空有染淨八種之相皆仗因託緣以立其像也別本疏云經列八種塵相今以八字收束△真際云欲求無還之性先指可還之相△又云此五約心所分別處即是見緣此境則通吳興云七緣皆約能映色根唯分別緣則於七境而起分別經文列在中間通上下也補遺云分別即前塵分別見緣指種種異相對下頑虛空性有境分別無境成空在八相中乃空有一雙此之緣攬因分別生故下云緣還分別按經文八相平列竹菴揀二師爲當△二楞云大講堂表妙明元心不動之體以此堂中戶牖開豁明來明見暗來暗見八相皆然妙明心地亦復如是㊀一明各還經阿難汝咸看此諸變化相吾今各還本所因處云何本因阿難此諸變化明還日輪何以故無日不明明因屬日是故還日暗還黑月通還戶牖壅還牆宇緣還分別頑虛還空鬱埻還塵清明還霽則諸世

間一切所有不出斯類疏此之八境既從緣有還從緣無有去有來非同真見㊁二示見無還三○一標經汝見八種見精明性當欲誰還疏能觀八種之見名爲見精明性既非緣生當還何所豈同八境各有所歸柴柏云八者可還皆前塵耳唯能見八者不可還見精也○二釋經何以故若還於明則不明時無復見暗雖明暗等種種差別見無差別疏真見離緣緣還見在若隨境去後更誰觀境自有差見且無別溫陵云若見性可還各隨一相去則不見諸相諸相自差見性無別結示無還所謂萬象之中獨露身也△桐洲注正辨無還之見即是見精故曰見精明性當欲何還○三結經諸可還者自然非汝不汝還者非汝而誰疏八境可還自非汝見汝不還性正是汝真此若非真孰爲真耶孤山云雖有見精自然屬汝的非他物故云非汝而誰△吳興云見性不還猶喻二月此見屬妄將亦須還唯有真月所喻真性誠不還耳下文云但一月真中間自無是月非月又云見見之時見非是見豈非此見亦可還乎問此還何所答還無明也由無明故而有能見無明若破此見即還起信云若離業識則無見相厥旨顯然矣因無明故而有業識即阿賴耶體由業識故乃有轉識轉識即能見相也是知無明若破業轉俱亡△私謂不汝還者猶左傳云不汝瑕疵也孤山云猶言汝不還也句法失之遠矣旁相潤文多糅外書此文與噬臍無及皆糅左傳也⊙三就實彰迷以結責經則知汝心本妙明淨汝自迷悶喪本受輪於生死中常被漂溺是故如來名可憐愍宗鏡故知一切衆生即今見精明心非定真妄昧之即麄明之即妙只於八種不還之中了了見性常住孤山云若了見性無還則識真心常住以了境惟心現能所兩亡即是真心如不捏目即是真月云何隨境流轉失本真常永沒苦輪常漂死海阿難示起疑心寄破情執如來微細開演直指覺元可謂不易凡身頓成聖體現於生滅顯出真常宗鏡明文全證於此疏前將八境以對妄見權示無還由是則知本妙明心未嘗生

滅【熏聞云】不汝還者非汝而誰正示見精明元則知汝心本妙明淨例顯妙精明心也本有真性迷而不知却執緣塵自取流浪如前文云由汝無始至于今生認賊爲子失汝元常故受輪轉然雖權指意顯即是以末不離本故【私謂】長水云即就此見權示無還次云然雖權指意顯即是權指者見精明元第二月也即是者見精明性見性無還但一月也若無一月真則無第二月故云末不離本明暗通塞之見各有所還揑目一放則第二月亦還月輪矣月輪唯一故云但一月真即未可言有第一月也故曰不可還者非汝而誰非捨權指之文別有即是也汝自迷悶由未敢認爲本元心地故◑三約體用重明二八一伸問八二答釋

【經】阿難言我雖識此見性無還云何得知是我真性

【疏】阿難問意前對八境權指妄見有無還義因是識得本元真性不生不滅爲復只此表知性常爲更有義別得真妄故云云何得知等【吳興云】如云雖識二月何謂真月△寂音云阿難於是證知妙精明體徧滿清淨究竟寂滅然尚有憂曰何憂乎憂此真精明體與佛衆生平等同時證知不能分辨使不相和欲令如目前所覩之物揔然不惑故云云何得知等△【私謂】前雖已悟妙圓心地猶未敢認今又悟見性無還請問云何得知是我真性此則確指無還之真性是常住本元心地而决定肰認之辭也豈有如今師所斥阿難此時尚未捨緣心認有昭昭靈靈一物現在目前喚作本性墮鬼窟中活計者哉次下云若此見性必我非餘又云若此見精必我妙性等皆是因見性悟真性騰疑委辨抑揚搜剔而學人多方計度殆如魘夢中人却評洎寱人語言耳○【合釋】【疏】向下更約用有優劣體無差異用約人辨體對物論斯則前後二義以辨真也一顯無生滅二明有勝用三示無差別故此答釋分爲二科◎一約用優劣以廣明

【經】佛告阿難吾今問汝今汝未得無漏清淨承佛神力見於初禪得無障礙

【疏】得初果證方斷分別故云未得無漏【熏聞云】清淨無漏者近謂四果遠謂圓真據理而言唯圓無漏得真天眼自無定力假他而見故云承佛神力【融室云】阿難但證初果越六欲諸天得見色界初禪佛神力故借通令見者意欲阿難信知自已見之真用有若是也色界之首梵衆梵輔大梵俱名初禪【補遺云】惟小羅漢見小千今阿難見初禪乃小千之分齊初果而能見者佛之

力也若只單見一初禪自力可辨也經而阿那律見閻浮提如觀掌中菴摩羅果疏阿那律緣起具第五卷未入道時爲性多睡爲佛所訶因是不寢遂失明耳佛教修天眼用見世事用是修得見三千界如觀掌果淨名經阿那律答嚴淨梵王吾見此釋迦牟尼佛土三千大世界如觀掌中菴摩勒果大論所明大阿羅漢見小千界大辟支見百佛界諸佛見一切佛土那律獨見大千者以彼偏修作意數故於諸聲聞天眼第一作意憶數修天眼亦詳第六卷今言閻浮者以大千皆有閻浮以別顯總亦不相違熏聞云那律見大千而云閻浮者且從近示閻浮提從樹得名無敢不翻華嚴云一切閻浮提皆言佛在中又按大論云大阿羅漢長老阿泥羅豆暫觀見小千世界諦觀得二千世界辟支佛暫觀得二千世界諦觀得三千世界又云大羅漢小用心見二千世界大用心見三千大千世界依諸經論天眼所見世界互互不同未敢詳定○釋文肇公云菴摩勒果形似檳榔食之除風冷時手執此果即以爲喻翻譯集肇曰此言柰也暑疏云又翻難分別似桃非桃似柰非柰又云生熟難分

經諸菩薩等見百千界疏初地菩薩見百佛土二地見千世界乃至十地見無量不可說佛刹微塵數世界熏聞云諸菩薩等等取緣覺大論明支佛天眼亦見百千世界經十方如來窮盡微塵清淨國土無所不矚疏佛具五眼三智所見窮盡法界巳上四位堦級所見淺深不同蓋真見之用隨證所得漸明漸遠也○引證維摩詰言有佛世尊得真天眼常在三昧悉見諸佛國不以二相肇曰真天眼謂如來法身無相之目也二乘在定則見出定不見如來未嘗不定未嘗不見故常在三昧也經衆生洞視不過分寸疏隔紙膜不見外物隔皮膚不見五藏豈同前聖真見之用斯則真見妄見前後五重條然可辨而云云何得知是我真性胡不察焉溫陵云四聖六凡見量雖異見性不殊皆可即物像而決擇也△二楞云見初禪有學人慧眼見量也見閻浮無學人天眼見量也見百千菩薩法眼見量也見微塵佛眼見量也見分寸衆生肉眼見量也五眼不同五量亦異都是八識現量見精所矚

以見精緣現量境不生分別處即是真性今欲阿難揀擇故先標五種現量也○二約體非物以廣辨二○一正辨見體非物二○一標塵〔經〕阿難且吾與汝觀四天王所住宮殿中間徧覽水陸空行雖有昏明種種形像無非前塵分別留礙〔疏〕分別者差別也或可前塵留礙即是所分別之境〔直解云〕昏是山林樹木雲霧風霾等明謂日月星辰等△〔標指〕權與汝觀須彌山半腹四萬由旬其中物象△〔起世經云〕須彌山半高四萬二千由旬有四大天王所居宮殿須彌山上有三十三天宮殿從四天宮至南海岸六十四萬里〔婆沙論云〕其中有七種金是四天王城聚落悉在其中下四千由句是日月星宿天於中止住○二勅揀〔經〕汝應於此分別自他吾今將汝擇於見中誰是我體誰為物象〔疏〕此標勸也汝應於此所緣境中試分自他令其差別自即見性他即物象將請也誰何也我今請汝於所見中詳而擇之何者是汝見體何者是其物象此正勸令揀○三正辨二○一明非見之物是前塵〔經〕阿難極汝見源從日月宮是物非汝至七金山周徧諦觀雖種種光亦物非汝漸漸更觀雲騰鳥飛風動塵起樹木山川草芥人畜咸物非汝〔疏〕極窮也研窮汝之見性自遠至近所見無非物象非是汝之見性〔融室云〕從日月宮觀來下極輪圍中極萬物故曰極汝見源△〔桐洲注〕種種光者如華嚴云譬如日出繞須彌山照七寶山及寶山間皆有光景分別顯現漸漸者次第向下觀也△〔中川云〕佛地論說妙觀察智有十種因由三摩波提者是觀察性故此智以觀三界為性故十因者觀察智以觀世界衆生為建立因觀器世間為生起因以觀世界洲渚日月四天王天乃至梵衆天為分別因經云分別自他正分別因也經約順觀從初禪而下論約逆觀從世界而上○〔釋文〕翻譯彌樓此云光明七金山也金色光明故西域記云蘇迷盧唐言妙高在大海中據金輪上日月之所迴薄諸天之所游舍七山七海環峙環列毘曇俱舍云七寶所成故曰妙出七金山故名高○二明非物之見是真性〔經〕阿難是諸近遠諸有物性雖復差殊同汝見精清淨所矚則諸物類自有差別見性無殊此精妙明誠汝見性〔疏〕物類雖殊

見性常一不隨境異即是汝真此顯真見平等無差汝前問云云何得知是我真性今明境自差別見性無殊由是得知是汝真性【荊公】云言衆生以至菩薩如來明見有差別而見性無殊言日月宮以至草芥人畜明物有差別而見性無殊△【吳興】云阿難所疑未識真性如來所答豈不顯真但由見性似在于内真性必周於外故指一切物象皆是見精所矚既斯徧性何攸局此寄見性之徧以顯真性之徧然則肉眼所見物象森羅佛眼所觀真空冥寂猶恐阿難認此見性既周外物仍謂外境同我能見是故下文推破△【海印】云此正示見精明元也見乃八識之光映五塵而了境前五識初照境時即名現量正屬八識精明之體六七二識起心分別便落比非二量前約八還破緣塵分別之見乃見分雜於緣塵之中特分能所各有所還猶屬比量今約見精而揀緣者乃單揀相分謂種種物象是八識所現之緣影皆八識現量所矚如鏡中影影鏡不分故須楷量以破揀去相分之緣而見分自泯以識體猶存謂之見精明元前立二顛倒中識精元明能生諸緣緣所遺者今約離緣方顯見精追破妄緣至是乃盡此緣乃八識親相分爲親所緣緣前見分所揀之緣乃疎所緣緣前乃變帶此乃挾帶結云此妙精明誠汝見性亦結成識精元明之旨歸也厶【王舜鼎曰】前言不汝還者非汝而誰只此一語已喚醒認物爲已之夢猶疑云何得知是我真性所以要勘辨自他一一皆是物非汝唯汝見精所矚未涉比度現量而知正是我體正所云不汝還者故曰此妙精明誠汝見性汝今自疑非汝只因認物爲已遂爾認見是物下丈重重勘辨到不見吾不見之地結云自然非物云何非汝乃委破認物爲已迷已爲物之病根也㊇二廣破展轉執情二(巳)一師資能見乎緣破三8一正破

【經】若見是物則汝亦可見吾之見【疏】汝若執言汝能見心同所見物亦有差別斯則見即是物佛之見性亦合是物應被汝見【真際】云若汝認見爲物吾見亦同是物汝應可見△【融室】云物象見性揀擇已明見性屬汝終不是物設若見精是物則吾與汝同見物時吾見亦物汝亦可以見吾之物下文即展轉躡破△【海印】云由前指萬物以示見精恐彼云此見既在目前歷然可見云何是我真見即難破云若汝見性同彼外物歷然可見者則爾我之見皆是物如來之見亦同外物汝應可見△【溫陵】云物則可見躡上咸物非汝之言重辨也△【中峯或問】此段意義重疊詳陳曲喻意在破其認物爲見之繆俾其知云見不是物也

8二轉破【經】若同見者名爲見吾吾不見時何不見吾不見之處【疏】汝若執言我與世尊

同緣物時世尊之見既著彼物我見物時便是見佛之見經文省略但云見吾此牒所計也即便破云吾不見時何不見吾不見之處意云我若不緣彼物之時名爲不見此不見體汝應合見爲何不見也【真際云】因前云且吾與汝觀四天王所住等處故有同見之難【諸緣云】此段皆指前文觀四天王宮云云而來當知佛與阿難同觀前境要借佛之見體審辨阿難之見性也△【孤山云】縱汝救云我與世尊同將心眼緣見之時即是見佛之見吾不緣境之時此不見處汝何不見耶△【紫柏云】如來以爲阿難見精既同於物則如來見精亦物矣如來見精既同於物則阿難可見如來之見矣故曰若同見者乃至見吾不見之處此如來以離物獨立之見示阿難悟入也

【經】若見不見自然非彼不見之相

【疏】此破轉計也汝若執言我亦見佛不見之體復有何失即便破云自然非彼不見之相【溫陵云】縱使妄意謂能見吾不見者終自非是彼不見相意云不見之體巳被汝見此則何成不見之相不見之體巳被見故【孤山云】若有處可見即是物象秖可名見不見△【寂音云】有形之物吾汝同見可名同見性見清淨清淨空也但可自見非他能見故曰若見不見自然非彼不見之相言非彼者非世尊不見之相但是阿難不見之相耳△【中峰云】若見不見者謂吾當離物了無可見之時汝若執言能見吾離物不見之處則我之見果與物等如是則自然非彼離物不見之相也以其離物不見之相本無其相不可見故△【海印云】縱許汝能見我不見之處此但汝之妄見自然非彼不見之相也△【二楞云】此正顯見能見物不能見見物有相有處故可見見無相無處故不可見宗鏡云且見性者當見之時即是自性以性徧一切處分明顯露纖毫不隔不可以性更見於性無有彼此迭相見故8三破妄

【經】若不見吾不見之地自然非物云何非汝

【疏】此文之意展轉結歸都有五重以顯阿難見性經文存三而隱二意若具論者合云若不見吾不見之地一重亦不見吾見處二重○所隱之一既不見吾見處吾見自然非物三重吾見既非是物汝見亦非是物四重○所隱之二汝見既非是物云何非汝真見【雲樓云】長水展轉五重合論直說本意要其歸結總是見既非物云何非汝真性耳今按長水五重取清涼逆推之法此教家妙辨玄義

覺範訶之謂義學之師立存三隱二之說雲棲此判欲爲調人蓋亦深知其不然也△【紫柏云】不見之相無待而獨立者也如來五眼所不能闚覷況阿難乎故曰吾見既非是物汝見亦非是物此離物之見非汝而誰如來宛轉預塞阿難轉計之路使其情枯智訖攀緣心絶則即物無累之見迥然現前○【引證】【萬松從容錄云】楞嚴第二先明非見之物是前塵次明非物之見是真性長水璿師結歸五重佛果舉阿難意世界燈籠露柱皆有名相見精明元喚作甚麼物頗令我見佛意我見香臺時汝作麼生阿難云我亦見香臺即是見佛見處佛言我見香臺則可知我若不見香臺汝作麼生阿難言我亦不見香臺即是見佛不見佛言汝云不見自是汝知他人不見處汝如何得知古人到這裏只可自知與人說不得(巳)二心境更觀雜亂破三8一正破【經】又則汝今見物之時汝既見物物亦見汝體性紛雜則汝與我并諸世間不成安立【疏】又若汝執見性是物亦應彼物即是於見如是則應汝見物時物亦見汝斯則人物如何分辨物體見性自然雜亂物即是汝汝即是物世間一切俱不成立如何名爲安立諦耶【溫陵云】諸世間謂衆生及器通指有情無情也△【真際云】見若爲物許汝見者汝見亦須爲他所見是則體性雜亂自他不分情與無情不成安立△【直解】見若是物則萬物敵對皆有體質△【私謂】前文汝在門中門能見不又云燈能有見自不名燈此言物亦見汝此三義映望可思○【引證】【清涼疏】世界海唯約果說世界安立海通因通果由起其因緣能安法界故亦是前二世界海乃衆生海於法界安立施設衆生世界故諸經論皆說世諦爲安立諦然安立言梵云奈耶而義多含或云理趣或云方便或云法式或云法門或云安立故知即安立法式也8二顯是【經】阿難若汝見時是汝非我見性周徧非汝而誰【疏】若汝現見物時宛然分辨阿難非佛佛非阿難此則世間顯然安立皆汝見性周徧了知此周徧性若非汝真復是何耶故結云非汝而誰【真際云】見性雖同各自受用千燈一室光豈有別彼此相照不相雜矣△【孤山云】由真理本徧故從真所起見聞覺知六根之性一一皆徧今佛對機且論見性徧耳既了妄徧自知真徧以妄全真故△【熏聞云】若汝見時是汝非我指見精也見性周徧非汝而誰示真性也△【論補云】於八緣還盡處曰不汝還者非汝而誰于自然非物處曰見性周徧非汝而誰8三斥疑【經】云何自疑汝之真性

結問真性性汝不真取我求實宗鏡若信入之時自然洞鑑圓明了達之際尚不因於心念何況就他人而求自法取彼眼以作圓通數寶終不濟貧說食焉能得飽但自親到頓入絕學之門唯在發明方達無爲之旨疏責其不認也此是汝之真性能性於汝謂性一切心也溫陵云性汝者能性於汝前云汝身汝心皆是妙明真精妙心中所現物而不自識却從他求豈不迷倒孤山云真性在汝自不能知翻取我言以求其實△寂音云馬鳴言一切如來皆是法身無有彼此差別互相見故世尊開示見不見之相者即當了知真性不當更求分別也此之大意明真見離緣周徧法界湛然常住妙用無邊平等清淨體非差別用釋前文云何得知是我真性○宗鏡合釋見性周徧湛然似鏡常明如空不動萬象自分出沒一性未曾往還但隨生滅之緣遺此妙明之性是以一切祖教皆指見性識心不從生因之所生唯從了因之所了相麤易辨性客難明且如正見相時是誰爲見相以六塵鈍故名不自立相不自施以六根利故强自建立而爲緣對若能了境本寂識自無生則入平等真空方謂究竟見性故云見性周徧非汝而誰故知明暗差別是可還之法從八還去通釋下段真如妙性乃不還之門若隨物觀局大小之所在辨縮舒若就性見絕器量之方圓除方空見性即成如來於一毫端見十方之寶剎轉物徇物即爲凡庶向真空裏現六界之狴牢迷已變易在人一性無異迷悟由已萬法不還

◑四就疑難廣釋躡前文約緣廣顯真見子科重生母科之第四科是中又重生子科有五㊃一破見性縮斷疑二破見性離身疑三破因緣和台疑四破見見非見疑五破和合非合疑今初文三∧一伸疑

[經]阿難白佛言世尊若此見性必我非餘領見性本來周徧我與如來觀四天王勝藏寶殿居日月宮此見周圓徧娑婆國退歸精舍秖見伽藍清心戶堂但瞻簷廡[疏]敘見近遠也因前開示雖了是真泊觀遠近不無疑惑四天宮殿與日月齊同四萬由旬娑婆此云堪忍楞伽番能忍瀆言忍界亦云忍土一云雜會世界悲華云是諸衆生忍受三毒及諸煩惱故名娑婆大千界之都名今舉總顯別也西域記云索訶世界三千大千國土爲一佛之化攝也僧伽藍摩此云衆園西國呼寺爲僧伽藍具云僧伽藍摩譯云衆園僧伽是能住之衆藍摩是所住之園故佛精舍名給孤獨園△[中川云]地輪以觀世界自相共相爲斷疑因如大千世界大小輪圍之所圍繞以大輪圍爲共相如見娑婆國也以小輪圍爲自相如但瞻廊廡也譬如鏡智雖知自共相而不能說惟觀察智能說故有縮斷等疑也[經]世尊此見如是其體本來周徧一界今在室中唯滿一室爲復此見縮大爲小爲當牆宇夾令斷絕我今不知斯義所在願垂弘慈爲我敷演[疏]一界初天也一室講堂也借力見寬自力見狹補遺前明以加被見初禪乃小千之分齊今指四天爲初則非借力寬狹既著縮斷堪疑以阿難未證真如未發真用佛隨外相對物辨真既未親證故難領會此之疑意亦約外相以明縮斷乘前起難以洗物情△二正破三[八]一總斥其非[經]佛告阿難一切世間大小內外諸所事業各屬前塵不應說言見有舒縮[疏]大小內外對待假立俱屬前塵能見真心何舒何卷故此總責令知其非[孤山云]大如一界小如一室內外如牆宇夾斷△[溫陵云]一切世間根身器界之類大小內外一界一室之類諸所事業舒縮夾絕之類總舉萬法皆屬前塵與吾靈覺自不相涉是故前塵大小見無舒縮[八]二舉喻釋義四[巳]一雙問[經]譬如方器中見方空吾復問汝此方器中所見方空爲復定方爲不定方[疏]器喻前塵空喻見性空之方圓喻疑見舒

縮卍二雙破【經】若定方者別安圓器空應不圓若不定者在方器中應無方空【疏】方器中空若定方者除去方器別著圓器此處虛空應無圓相若言虛空不定方者顯是方器無方虛空【海眼注】方器方空圓器圓空若定不定二俱非義卍三合顯【經】汝言不知斯義所在義性如是云何爲在【疏】汝疑見性縮斷要在一義決定見性之義猶如虛空虛空豈有方圓而可在耶此明真見周徧無有方所如彼虛空故涅槃云有常之法徧一切處虛空常故無處不徧如來亦爾徧一切處是故爲常無常之法此有彼無如來不爾是故爲常【孤山云】方圓因器不在虛空大小由塵何關見性是故責言云何爲在△【寂音云】空體隨器方圓則空之體非定不定之相也世間前塵大小內外方圓器之譬也見精空體之譬也卍四會釋【經】阿難若復欲令入無方圓但除器方空體無方不應說言更除虛空方相所在【疏】入達解也若欲達解無方圓義但去器之方圓不可更除虛空方相若欲達解無大小義但去塵境大小不可說言見性寬狹【孤山云】空性無動寧有出入因器去留強云出入故云若復令入無方圓等空體無方喻見性無二以虛空無方圓可除況見性無大小可遝惟言方者義攝於圓△【宗】【鏡云】若能除器觀空自無方圓長短知心是境豈有高下是非△【海印云】以八識現量雖能圓現根身器界見精未泯猶存限量未能圓照法界故猜內外大小成夾絕之見若此量一破相境兩忘但除器方而本無方圓之空體現前斯則圓明妙體普照十方故曰若能轉物即同如來乃至含受十方國土等卍三就疑難破二卍一以延破縮疑【經】若如汝問入室之時縮見令小仰觀日時汝豈挽見齊於日面【疏】若汝執言縮見成小應可引見令伸等到日邊挽引齊等面猶邊也卍二以續破斷疑【經】若築牆宇能夾見斷穿爲小竇寧無續迹是義不然【疏】竇孔穴也若執夾令見斷應可接令相續若相接者應有續跡【溫陵云】既

非可挽定非可縮既非可續定非可斷義既不然無容情計△【寂音曰】此見精之力謂有舒縮乎則觀月觀簷遠近一覽同時而至其處謂無舒縮乎則究鉼之塵雖微必察辭月之滓至大必昧謂無斷絶乎則觀水亦見魚沙而見之力但止水際不見魚沙謂有斷絶乎則水及魚沙同時俱見無礙不礙是知遠近舒縮隔廓絶續全是意言自妄分別於明了地中任運建立如指第二月是陰是晴是圓是缺無有是處入三會通二㊇一迷心執境

【經】一切衆生從無始來迷己爲物失於本心爲物所轉故於是中觀大觀小

【疏】迷真性之已成色心之物色心既成真性即隱故云失於本心前文云能生諸緣緣所遺者境從心變心隨境轉故見大小之異内外之殊不能離緣觀性但知隨境生執故有前來種種疑倒【天如云】前云認物爲己今言迷己爲物前乃就妄擇真且言物與己異故斥自身皆謂之物今將會真融妄應知萬物皆己而迷以爲物故云失於本心爲物所轉△【王舜鼎曰】衆生認物爲己遂爾迷己爲物自失居亭之主甘爲旅宿之人所以觀大觀小流轉緣塵若知是物非我何至認物爲己若知是我非物何至迷己爲物是以迷爲物轉悟能轉物迷成凡小都於大海認漚悟即如來普見一毛含土△【海眼注】古德云見一切法有有自不有自心計作有見一切法無無自不無自心計作無但有心分別計較自心見量者悉皆是妄觀大觀小亦復如是㊇二悟物同真

【經】若能轉物則同如來身心圓明不動道場於一毛端徧能含受十方國土（宗鏡引鈔）若能轉物則同如來者心外無物物外無心但心離分別爲正智正智即是般若周徧法界無有障礙所以如來一根門徧塵刹土乃至毛端而爲說法如今但得離念便同如來真實知見又云轉物者物虛非轉唯轉自心以一切法皆從分別生因想而成隨念而至金剛三昧云法從分別生還從分別滅滅諸分別法是法非分別故知一切諸法皆從分別識生分別若亡法非生滅亦如法華三變土田唯是變心非變土耳

【疏】若了色心因緣和合虛妄有生因緣別離虛妄名滅生滅去來本如來藏性真常中求於去來迷悟死生了無所得則了妄唯真無物可轉爲真轉物背塵合

覺同諸佛矣吳興云楞伽云未達境唯心起種種分別爲物所轉也達境唯心已分別即不生若能轉物也則同如來者肇師云會萬物以成己者其唯聖人乎△溫陵云爲物所轉如空隨器變若能轉物譬除器觀空身心圓明者身圓明則毛端現土心圓明則徧照法界此乃悟物咸真即成妙用故下文云我以不生不滅合如來藏而如來藏唯玅覺明圓照法界是故於中一爲無量乃至坐微塵裏轉大法輪等吳興云毛含國土正明無量爲一攝事成理非從體起用大品云一切法趣一法斯之量也下文理事雙顯體用備陳故有一爲無量之言塵中轉輪之義真際曰既滅前塵形量不立一切即一性乃圓成斯亦節公之知言矣私謂此經前後二文並是華嚴周徧含容事事無礙法界長水言悟物咸真即成妙用蓋已先揀岳師理事體用一往區別之旨請從良導無惑歧枝△溫陵云毛端國土本非大小含容之理不假神變但除情器則廓爾現前也△融室云身心虛幻如性圓明當處是諸佛成道之場不須移步於如性一毛端頭悉能攝受十方國土此文不獨爲頓實兼於圓ム海印云如初地菩薩破分別二障即發大願不離一毛端處於一切毛端處皆悉示現八相成道轉法輪化衆生令相分二分既泯識精圓明十方國土皎然清淨毛含十方更復何疑以迷一心真如爲阿賴耶識變起相見二分執取而爲衆生所謂自心取自心非幻成幻法也今見分既泯離一切身心執取則相分自轉爲一心真如法法皆真前七識一齊頓轉元無次第先後故能即同如來所謂不取非無幻非幻尚不生幻法云何立也此意幽潛必須微密觀炤乃能了知耳然上諸文俱約對境辨見顯不生滅如對手之開合身之遷變境之可還物之差別麁相而辨密示生滅即不生滅尚見外境是生滅法今此會通令了心之與境皆是迷己所成無心外法可以相對則法法皆如塵塵咸徧分明顯示令悟本真同如來耳下文縱有破諸疑難一一隨文會通皆此意也

經文長水本知汝身中有不滅耶乾道紹興二本並作汝知身中

吾今將汝擇於見中一本作今吾將汝

身心圓明溫陵本作即心圓明非是

大佛頂首楞嚴經疏解蒙鈔卷第二之二

音釋

隙乞逆切空閒也糅忍九切柔上聲異色物相集曰糅摐初莊切音瘡撞也撞鐘鼓

大佛頂首楞嚴經疏解蒙鈔卷第二之三

海印弟子蒙叟錢謙益鈔

⑾躡前就疑難廣辨科二破見性離身疑【疏】此疑因前佛令轉物則同如來身心圓明不了會通萬法之旨便謂如來令轉前物成我眞見物若是見此則見性離身而有故成此疑文二八一申疑三卍一疑

【經】阿難白佛言世尊若此見精必我妙性令此妙性現在我前見必我眞我今身心復是何物【疏】若此物處見精定是我之眞性顯是此性在我眼前已離我體此現前見既是眞我現今身心須不是我復是何物【孤山云】向云迷已爲物乃至則同如來是則所見山河皆我妙性故云現在我前此領旨也【空印云】此指見精現量之光徧在山河者見必我眞等由阿難尚存能所所見既是眞性能見復是何物△【溫陵云】由前云此精妙明誠汝見性復有兩番難破總明見性無殊阿難領此故云今此妙性現在我前等雪浪解依溫陵△【私謂】現在我前是阿難領旨之言圓環二師解是也阿難至是已領悟見性周徧妙精明性現前皆是豈有見性離身之疑意云向聞佛言汝身汝心皆是妙明心中所現物今此妙性既在我前則我現今身心又是何物乎是則領妙性在前欲指陳其與現在身心如何妙合爲一而非疑此性之離身也圓師謂尚存能所蓋古人咸疑阿難未了故多料揀之詞卍二難【經】而今身心分別有實彼見無別分辨我身若實我心令我今見見性實我而身非我【疏】若以現理而推今此身心實有分別緣於境界彼在前見且無別彼識分別列之別筆別切與鱉同音無別之別皮列切分辨我身彼若實有眞心令我見者彼既眞我我應非我【孤山云】若謂身無見性而今分別非虛若言現前是見彼之外物實無心智反辨我身若彼外物實是我心現今能見則成外物是我內身非我△【雪浪云】若實我心令我今見下文云若實汝心汝實見者此問答句義鉤鎖相應處△【私謂】阿難此番疑問諸師推度多端唯宗通謂阿難見處似窺得寂滅現前之旨庶幾近之蓋阿難自請發明二性已來對物徵見重疊勘辨乃至若能轉物身心圓明悟知即此見精周徧法界所見山河皆我妙性矣此番呈解乃是屈指飛光後第二悟門也曰見性現前已將悟心徧十方手持葉物矣曰身心何物已將悟父母生身塵吹漚滅矣根身心眼玲瓏逕漏五陰之重擔旋捨二執之罥繫漸除由是佛舉

手指陳再印如是直至僧祇獲身即同見性
成佛大事了畢去此不遠而近師更起臆見
謂其誤認本性始露病根多見其不知量也
然則阿難謂見性現前已了義乎曰以唯識
通之現前立少物謂是唯識性此妙性現前
也爾時住唯識離二取相故此無是非是也
故佛破云見在汝前
是義不實乜三結
〔經〕何殊如來先所難言
佛能見我唯垂大慈開發未悟〔疏〕設使彼見
能有分辨何殊前難汝既見物物亦見汝則
諸世間不成安立〔溫陵云〕在前之見若實我
心則彼實我而我非我見
在物而不在身是物能見我矣此皆即迷情
而難問也八二廣破三乜一如來破其疑三
八一標
指其非
〔經〕佛告阿難今汝所言見在汝前是
義非實〔疏〕前顯諸法故云若能轉物不了斯
旨妄謂見在眼前雖形其言實無其理〔私謂〕長水
判阿難不了直斥爲妄古師多執此
見學者須善會之八二牒疑立理
〔經〕若實
汝前汝實見者牒則此見精既有方所非無
指示〔疏〕設若眼前可見應有處所可指豈成
眞見離名絶相〔寂音曰〕見精無相豈有處哉
以有形之萬象現無相見精

之明喻如明珠之光自照珠體甚微細之智
不能分也雜華云破彼微塵出大經卷塵是
有耶則不言破塵是無耶則何用名以爲塵
又曰唯一堅密身一切塵中現身雜塵耶不
可言堅密唯一不雜塵耶何以言一切塵中
現也故曰若在汝前乃至非無指示此最深
妙明了之旨八三依理正破二巳一約離物
以推是見三日一推徵其體四〇一令觀物
象〔經〕且今與汝坐祇陀林徧觀林渠及與殿
堂上至日月前對恒河汝今於我師子座前
舉手指陳是種種相陰者是林明者是日礙
者是壁通者是空如是乃至草樹纖毫大小
雖殊但可有形無不指著〔疏〕物象差異巨細
雖殊形相既分必歸指示〇二勸
指見精
〔經〕若必其
見現在汝前汝應以手確實指陳何者是見
〔疏〕見性若在汝前便同物象可指見性如何
〇三以
理推徵
〔經〕阿難當知若空是見既已成見何
者是空若物是見既已是見何者爲物〔疏〕諸
像雖差不離空有故將二事以辨是見也〔溫
陵〕

云若空若物總舉色心諸法○四使其明示經汝可微細披剝萬象析出精明淨妙見元指陳示我同彼諸物分明無惑疏披開剥拆析辨也物象現前洪纖咸見應於此處開析分辨令此見精分明出現如諸物象更無迷亂定林云清淨性識明妙性覺合二不離是謂精明淨妙見元△溫陵云此見本乎妙精明心故通言精從心首出故曰見元依體指用復曰精見⊜二答釋不能經阿難言我今於此重閣講堂遠洎恒河上觀日月舉手所指縱目所觀指皆是物無是見者疏目觀手指但是緣塵於諸物中不辨是見標指自日月宮須彌半腹觀指萬象皆是外物何處有見經世尊如佛所說況我有漏初學聲聞乃至菩薩亦不能於萬物象前剖出精見離一切物別有自性疏若如佛說令指見精分明無惑至於證眞大菩薩等亦不能於諸物之中分出其見況我聲聞初學者乎定林云相

見爲麤性見爲精相見無性性見無相以無相故無相非物亦不離物故不能於萬物象前剖出精見⊜三印成難辨經佛言如是如是疏印其不能分出見性㊃二約即佛以推非見四⊜一牒前無是經佛復告阿難如汝所言無有精見離一切物別有自性則汝所指是物之中無是見者疏既不能於物中辨出見性斯則所指咸物無於是見既無是見應即非見故下徵之釋文無有精見合論云集解作無有見精⊜二徵此有非經今復告汝汝與如來坐衹陀林更觀林苑乃至日月種種象殊必無見精受汝所指汝又發明此諸物中何者非見疏所指物象既不是見反應非見若了唯眞更無是見非見以不了故隨語生執洎乎徵詰罔知所從向下會通皎然可見⊜三答釋不知經阿難言我實徧見此衹陀林不知是中何者非見先答不知也何以故何以下釋不知所以若樹非見云

何見樹若樹即見復云何樹如是乃至若空非見云何見空若空即見復云何空我又思惟是萬象中微細發明無非見者【疏】若也樹不是見應離能見之外見所不及云何現今復見於樹又若此樹即是於見云何更名此以爲樹空例此釋【温陵云】若樹非見何能見樹若即是見樹當名見云何名樹㊂四印成難曉【經】佛言如是如是【疏】如汝所見無非見者無乃是乎【孤山云】即離二見佛皆印成者由見性非即非離即離求定定不可得則此見性宛然空花△【温陵云】色空等象如虛空花本無所有不可定指故下文云此諸物象與此見精元是菩提妙淨明體云何於中有是非是△【寂音云】若空若樹二節之文此密語也深味而細觀之兩者同一寂滅何以知之以樹見不可分故此世尊密意而阿難自悟明之也△【私謂】若空是是見一節世尊爲阿難說法若樹是見一節是阿難自說法也師資說聽啐啄同時如印印文不差毫髮如來歡喜讚歎重印如是於大衆中已受顯記如來印其隨語生解而主家責其隨語生執則豈非後人之訶孱阿難過於如來倍蓰耶又如屈指飛光如來纔有訊問阿難隨答無開無合無止無動機緣交激眞如箭鋒鞭影若在禪門便成就推禪床奪拂子一等勘驗公案楞嚴會上只是等閑問答平平點示而已阿難於此經中三關呈悟便獲法身永明謂與觀音入流亡所同是頓悟而近師循聲問影交相貶剝寂音言密語悟明亦少爲尊者洗發也卍二大衆失其守【經】於是大衆非無學者聞佛此言茫然不知是義終始一時惶悚失其所守【疏】能見所緣俱爲勞相是非即離咸是緣塵既法空之慧未開智障之惑難破是見義既失非見理復乖終始難明守歸何所由是非無學者一時惶悚【眞際云】向叙心境各別相見歷然今蒙一異推之是非不決心無所措于是茫然△【吳興云】大衆始聞見性非物佛印如是終聞見性是物佛又印如是茫然不知終始二義何所歸耶下文文殊叙云若是見者應有所指若非見者應無所矚而今不知是義所歸則知終始定指此二義△【寂音云】衆生意識處處能緣不能緣於般若故曰般若如大火聚也此會一時意識方緣是非是二者之義而是二者之義自體不存如來恐其退墮特說其五語堅彼信力也△【私謂】大衆惶悚文揀阿難故知阿難領悟如來印可結集者已具有眼目但後人不許耳卍三法王安其意【經】如來知其

魂慮變慴變動慴懼心生憐愍安慰阿難及諸大衆諸善男子無上法王是眞實語如所如說不誑不妄非末伽黎四種不死矯亂論議汝諦思惟無忝哀慕【資中】世間王者尚無二語何況法王親證而說故曰如所如說佛有五語眞語實語如語不誑語不異語無僞曰眞稱理曰實不變曰如心境相應曰不誑懸見未然曰不異△【熏聞云】金剛五語無不妄此無不異由不妄故所以不異△【荊公云】佛眞語與二乘共者也實語與菩薩共者也如語不共無實無虛無虛故不誑無實故不異今言不妄者妄以對眞得名所謂眞直一如而已則無實亦妄故如所如說乃名不妄如所如者所謂如如【疏】知時知機應根而說豈同外道不死矯亂四種矯亂至下當辨此意所明是非雙離心境俱融顯眞妙體無戲論相故令諦而思惟不須心辱哀慕【定林云】哀慕猶見憐弟子所以仰慕本師者以聞道也今不能思惟恐辱其所以見憐之意耳八三會通二七一文殊旁爲請問二㈧一述意叙疑

【經】是時文殊師利法王子愍諸四衆在大衆中即從座起頂禮佛足合掌恭敬而白佛言世尊此諸大衆不悟如來發明二種精見色空是非是義【疏】大衆茫然不知所措雖聞安慰令諦思惟智慧不明罔解所問文殊智德旁爲發機先叙不悟後方請示言二種者謂於色空之上辨於精見是與非是之二義也二種眞際謂精見色空孤山謂是非是義竹庵補遺依長水疏謂即前析精見於色空爲即爲離是非是義之二種也㈧二騰疑請示【經】世尊若此前緣色空等象若是見者應有所指若非見者應無所矚而今不知是義所歸故有驚怖非是疇昔善根輕尠唯願如來大慈發明此諸物象與此見精元是何物於其中間無是非是【疏】自是是非難明非謂善根尠少阿難前云無是見者無非見者如來一一印許意令於眞

法界達無是非及至魂慮變慴又囑汝諦思惟深欲令了法界一相文殊愍衆請佛明示此見與緣元是何物無是非相【王舜鼎曰】阿難云我今身心復是何物文殊啟請云願如來發明此諸物象與此見精元是何物悟得此物則物象我體元是一箇更無是非二相可言○【合釋】【補遺云】此中歷簡緣見有四段文初還不還顯眞性常住次物非物顯見性周徧三徧非徧顯見性攝法四是非是顯見性融妙然則見性不還故常常然後體徧體徧然後攝法攝法乃至於融妙妙則理極不可有加繼之絕待而已卍二如來正與會通三㊇一顯諸法唯眞是非雙絕【經】佛告文殊及諸大衆十方如來及大菩薩於其自住三摩地中【宗鏡】若未自住三摩地中不信心外無法以分別智解心不亡但緣他境未住自地如首楞嚴經自住三摩地云云所云大菩薩者即八地已上若八地菩薩尚心外見淨土以智緣理不名自住【首楞嚴三昧經云】佛說是三昧非九地已下菩薩及二乘人能知唯受職菩薩之所能得【疏】自住之定即首楞嚴三昧也諸法如幻法界一相起信云諸佛已離業識無自他相見登地已上分證此法亦如佛見也【手鑑云】凡諸三昧皆有三相謂入住出五識對境意從門出遠境護根意識却入此通權小今唯一心以明三相即照之寂名入即寂之照名出入已未起名住非權小所得故復名自△【桐洲註】佛及大士自住三摩地名等持法界觀慧地中△【直解云】以自覺智常住首楞嚴大定故云自住所謂那伽常在定無有不定時○【引證】【金剛三昧經云】法雲地菩薩住首楞嚴三昧其心淡泊安住不動猶十五夜月圓滿可觀明相具足住是三昧已修百三昧然後乃入金剛三昧如牟尼珠光光相照入首楞嚴三昧海所有智慧如空中日諸煩惱海如微烟障【經】見與見緣并所想相如虛空華本無所有此見及緣元是菩提妙淨明體云何於中有是非是【疏】見謂識體見緣即根是增上緣能生識故所想相即境也是所緣緣牽生識故下文云想相爲塵識情爲垢或可見即是根見緣即境所想相即識此根境識即十八界攝一切盡桐洲溫陵皆依長水次義

即龍樹四句中因緣所生法也此根境識疏亦躡次義解從妄心有其體元無如空中花翳病故見下文云見聞如幻翳三界若空華此則我說即是空雖如幻華本無其體世俗諦中說名根境即亦名爲假名釋此見及緣一句諸法無體不覺故有不覺即覺元是菩提起信云念無自相不離本覺若離覺性則無不覺下經亦云見與見緣似現前境元我覺明即亦是中道義也文殊前問此諸物象及此見精元是何物等故佛答云元是菩提妙淨明體此則顯一眞法界離性離相圓收諸法無不是如云何更說是見非見[融室云]見及緣既歸如體咸沒其名如何於妙淨體中論是非是即洗滌前來緣塵辨見或見或塵是非之相若不以三昧遣蕩何能契此一如故淨名息言意在於此[二楞云]華嚴云法性如虛空佛法於中住妙淨明體本無相見二分是業識妄現諸佛菩薩自住三昧相見尚不可得何是非之有○[引證][宗鏡云]凡言中者有二種中一但中二圓中首楞嚴明八還義若栟前塵見無還處見性獨妙但中中也見與見緣元是菩提妙淨明體云何於中有是非是此圓中也空假即中但中也中即空假即是圓中不但中也

㊇二引文殊爲例二相元無三㊈一引例二㊀一例[經]文殊吾今問汝如汝文殊一問眞文殊更有文殊是文殊者二問是文殊爲無文殊三問無文殊

[疏]佛意問云如汝文殊是一體性一問吾欲於此更立是名爲是文殊二問復欲於此立一無名爲無文殊三問爲得已旡意顯一眞體上不立是名不立無相是即對非以立無即待有而稱是非有無戲論之見豈會一眞前約觀門無是非相唯證乃眞若不指事以明未證如何領解故託文殊以明一相[補遺云]此有相待絕待二意佛只問眞文殊外爲有爲無有則有是非眞妄之異相待也無則唯一文殊是非從何而生絕待也㊁二答[經]如是領旨世尊我眞文殊答一問無

是文殊答次問何以故若有是者則二文殊釋無是所以然我今日非無文殊答三問於中實無是非二相【疏】先答無是若立是者即須對非便有二相故云則二文殊次答無無若立無者即成斷滅將何名爲眞文殊體但於眞體無是非相亦不可說眞體全無見之與緣同是一眞故無二相也長水立二問二答吳興立三問三答大意則同△【眞際云】若立二身即有是非之相既唯一體終無對待之名△【吳興云】眞無是非是非由妄若謂色空是眞見者斯乃從妄辨眞對於無妄之眞則成二義故曰若有是者則二文殊若謂色空非眞見者其如妄境全體是眞故曰然我今日非無文殊△【補遺云】我眞文殊無二文殊絕待也若有是者則二文殊相待也今日非無文殊即前言我眞文殊欲于絕待中示無是非之相故覆疏之也△【旁論云】華嚴偈曰若有知如來體相無所有修習得明了此人疾作佛疏曰言疾作佛者約文殊門情盡理現即名作佛此經我眞文殊無是文殊乃至出指非指等豈非情盡理現示文殊疾作佛之門耶卍二合顯【經】佛言此見妙明與諸空塵亦復如是本是妙明無上菩提淨圓眞心妄爲色空及與聞見【疏】此見及緣皆是妄心分別故有說何爲是而更立非若了法界一相咸是一如即同文殊無是非相故云亦復如是【標指】一切幻化皆生覺心△【補遺】本是妙明合上眞文殊妄爲色空合上更有文殊色空既立對待潛生若知本是空花絕待于茲顯現卍三重喻【經】如第二月誰爲是月又誰非月文殊但一月眞中間自無是月非月【疏】本唯一月未曾有二病眼不了二相俄生既知第二無體更欲名誰爲是月非月【吳興云】前舉第二月別喻見精明元今通喻色空及與聞見也適言是月捏目所見適言非月影不離眞皆言誰者責問之詞捏影若亡是非何在△【補遺】第二月是相待義合二文殊但一月是絕待義合眞文殊卍三指妄顯眞結成得失【經】是以汝今觀見與塵種種發明名爲妄想不能於中出是非是由是眞精妙明覺性故能令汝出指非指【疏】妄想若存心境難脫故不能出是非是相若一念不

生前後際斷唯一妙覺湛然周徧於中更無
是相非相指即是見也非指即非見也但文
變耳然文字法師因於章句竟不能通一相
一味看莫不競執空花爭馳二月攻乎
異端彼我天隔苟能居一切時不起妄念於
諸妄心亦不息滅住妄想境不加了知於無
了知不辨真實斯則隨順覺性云何更容是
非相於其間哉[吳興云]物爲所指見非可指
真性俱離故云出指非指△[定林云]不能出
是非是者見二法故令汝出指非指者知一
性故△[無盡云]種種發明是非峰起孤光迴
照迴出指陳△[論補云]由精明妙覺明性超
彼諸所有相故名曰出△[溫陵云]觀見塵而
發明如以指喻指終沈妄想由精真而發明
如以非指喻指可離分別△[雪浪云]潤文者
借莊子齊物論之文彼云以指喻指之非指
不若以非指喻指之非指也萬物一指也正
見泯絕是非故云出指非指△[王舜鼎曰]出
指非指所謂見月忘指也◐三破自然因緣
疑二〇一破自然二▲一佛難三卍一外計
同真難[經]阿難白佛言世尊誠如法王所說覺
緣徧十方界湛然常住性非生滅與先梵志
娑毗迦羅所談冥諦及投灰等諸外道種說
有真我徧滿十方有何差別[疏]覺之緣由行

相也周徧無生即是其緣[吳興云]覺謂菩提緣即色空聞見等
領前文云此見及緣元是菩提妙淨明體△
[溫陵云]覺緣即見性能見明暗通塞等徧緣
一切無乎不在者前文云見性周徧非汝而
誰身心圓明徧含國土即覺緣在十方界常
住不滅婆羅門此云梵志或淨志亦云淨行肇曰其種別有
經書以道學爲業應法師云承習梵天法自
云其種從梵天口生四姓中勝獨取梵名金
七十論謂有外道名劫毗羅從空而生自然
四德造十萬偈爲六師之元祖故曰先梵志
投灰等即苦行外道裸形拔髮鞭纏棘剌五
熱炙身也娑毗羅脩鵝鳩行一切投灰等是其遺種我徧十方者
此外道不知阿賴耶識爲界趣生本含藏種
子惑潤受生遂計身中有一神我常在不滅
處處受生徧十方界彼之所說計我行相似
濫真覺故云有何差別[宗鏡云]外道不違諸法因緣和合成諸蘊
凡有所爲皆是蘊陰便於蘊上執有實我受
用自在名爲神主於似常似一相續之中說
有神性是外道我若了內外和合因緣所成
唯識所變似境所現即第八識任持不斷似
有相續即佛法義外道不知將爲實有迷無
性之理執身見之患△[楞伽第二]大慧白佛

世尊同外道說我有如來藏體佛告大慧我說如來藏不同外道所說之我釋曰此難如來若說有如來藏是違上一切脩多羅皆應說空即同外道說有神我阿難今亦引楞伽義躡大慧神我之難也△私謂迦毗羅立二十五諦一者從冥初生覺名爲冥諦亦云世性亦曰自然無所從故第二十五諦爲神我神爲主常覺性處中不壞不敗攝受諸根阿難初舉冥諦冥諦即自然也次舉神我自然之主諦也神爲主宗覺相處中非覺緣而何不壞不敗攝受諸根非徧十方界常住不滅而何金七十論云知二十五諦爲正徧知明縛與脫不由于我言我解脫者約自然脫耳故知阿難並舉冥諦神我皆自然計也諸家判冥諦神我爲二計謂脫神我則濫覺緣徧界說冥諦則濫性無生滅此計宗不清之過也又按數論二十五諦從冥初生覺等是因緣義由此自性合三德故是和合義又無縛脫無轉輪生死是自然義數論一師具足三法迦毗羅是六師之元祖冥諦是外人之總計阿難初舉冥諦但計神我自然次下廣破自然和合由是外論邪宗乃爲傾巢伐穴也

卍二自語相違難

經 世尊亦曾於楞伽山爲大慧等敷演斯義彼外道等常說自然我說因緣非彼境界

疏 佛爲大慧說楞伽經明諸因緣破彼外道執自然見因緣之義非是外道所知境故眞際云彼經第二大慧舉佛昔說如來藏性與外道計我何別佛述眞我爲斷愚夫畏無我句故說如來藏性不同外道之我外道計有神我畏佛說無我句故世尊有時亦說眞我不全說無我又爲破外道自然說有因緣依世間相分別緣起今引次義爲難△私謂外人立冥諦自然神我常住神我自然即一計也上文並列二諦此則單舉自然但破自然神我不立矣〇引證宗鏡云佛法正道皆從緣生故云心法四緣生色法二緣起若執不從緣生者悉屬外道自然邪見若能明了世間因緣之法方乃見無生之旨△清凉云無因論師說一切萬物無因無緣自然生自然滅此則無因爲自然也一切諸法緣會而生緣離則滅未有不從因生情非情境皆從因生而言無因乃成大過謂不應生物則合常生石女則生兒龜毛亦應生物不修萬行應得涅槃則世出世間一時俱壞故無因過過莫大焉離佛法外千般異說不出邪因無因說一正因緣無計不破

卍三雙結請開示

經 我今觀此覺性自然非生非滅遠離一切虛妄顚倒似非因緣與彼自然云何開示不入羣邪獲眞實心妙覺明性

疏 今觀覺性本是無生離諸虛妄有似不同楞伽所說與彼外道自然執見如何分辨此不知如來隨宜說法在楞

伽時爲破外道不了業種熏習感外增上遂即妄計烏自然黑鶴自然白等【標指】計執神我爲常住不知業種含藏八識之內隨善惡業緣受報好醜便謂鶴白烏玄松直棘曲皆自然也遂立自然之宗須曰誰開河曲堆山原誰削荆棘畫禽獸世無一物能生者是故諸法皆自然故佛說有因緣約世間相緣起道理今此直明一眞法性豈同因緣隨他意語耶【吳興云】阿難言我今觀此覺性自然即是觀前覺緣之性徧十方界湛然常住等所言徧者亦自然徧耳今之覺性自然似非昔之因緣則與外道之自然如何分別耶對他相濫雖有三名自己所疑秖一自然自然若破冥諦神我復何濫歟△【私謂】阿難曰我觀此覺性之自然未敢尅定非佛說之因緣與尅定非彼外人之自然兩極未決故致似言佛直訶云汝猶未悟惑爲自然此所謂決定荅也就佛訶語阿難計宗了矣節圓環師貼文未順苕溪依長水疏通爲允而寂音謂阿難掩露其詞陽縱以同世尊陰奪以歸宿於自然斯則巧累僞傷豈直心訓問之義耶○【通釋】眞際云與彼自然即合彼自然也孤山云與者類也二師訓與字皆未當溫陵云似非因緣及彼妄計之自然阿難既判明妄計佛何復訶惑爲自然耶∴二正破二卍一牒疑審定【經】佛告阿難我今如是開示方便眞實告汝汝猶未悟惑爲自然阿難若必自然自須甄明有自然體【疏】示方便者約理約事就喻就境一一無非顯眞實性【溫陵云】即自住三摩地等文尚此不了迷作自然若是自然必須有體如何甄別【寂音云】是非是義意處收法也阿難聞此見精明體出乎是非是義則意不能取如枯木有花如水有塵則迷以爲自然故曰汝猶未悟等△【私謂】清凉引瑜伽第七謂見世間無有因緣起無因見立無因論此則無因爲自然非別有物佛言自須甄明有自然體正破其無體也有師言外道不了性空計有一物爲自然體此未斅論意也卍二就緣推破二卍一徵【經】汝且觀此妙明見中以何爲自此見爲復以明爲自以暗爲自以空爲自以塞爲自【疏】自然之體爲何所在故約四境以問顯體無得卍二破【經】阿難若明爲自應不見暗若復以空爲自體者應不見塞如是乃至諸暗等相以爲自者則於明時見性斷滅云何見明【慈公玄贊】慶喜所疑唯約眞

體如來何故約相而破然一體凝然理無能所旣與能計必有所緣緣則約相方生離相必無緣理是以假緣推自自且不成相息心亡永袪邪計【疏】若四境即是見之自體則乎相乖反爲自不成隨屬一境即不見三今汝不然云何妄執【宗鏡】若執此性是自然者應須現推自然之理且如本性以何法爲自體故知恒常之性不逐緣生若隨明暗幻化之法以爲自體明暗等法緣散之時此性應隨斷滅【定林云】凡言自者非無所從生又必有他爲對但一性耳即非自然〇二破因緣二⑪一翻前爲難二∴一佛難【經】阿難言必此妙見性非自然我今發明是因緣生心猶未明諮詢如來是義云何合因緣性【疏】旣非自然必是因緣因緣之義無常生滅此有彼無體非周徧豈同覺性湛然常住圓滿十方行相相違故云

云何合因緣性【孤山云】如佛昔説正因緣義未知妙見云何符合∴二正破二卍一破因義二(卍)一徵【經】佛言汝言因緣吾復問汝汝今因見見性現前牒前汝見在前此見爲復因明有見因暗有見因空有見因塞有見【疏】以境爲因有此見性故云因見還以四境徵其見因破(卍)二【經】阿難若因明有應不見暗如因暗有應不見明如是乃至因空因塞同於明暗【疏】四境相違一三乎關爲因不成【標指】若因明境有見應不見于二境卍二破緣義二(卍)一徵【經】復次阿難此見又復緣明有見緣暗有見緣空有見緣塞有見【疏】因親緣疎分爲二門于相違破四義徵訖二(卍)破【經】阿難若緣空有應不見塞若緣塞有應不見空如是乃至緣明緣暗同於空塞△如文【孤山云】因畧空塞緣畧明暗佛言之巧相例可知△【熏聞云】如因明有見則境親而根疎若緣空有見則根親而境疎因緣皆對境破不對根破者以境有明暗空塞推簡爲易根無

此相故不破之又則阿難見性未脫前塵由於前塵而生轉計如云汝今因見見性現前等是故所破並從境說△寂音云譬如寶鏡種性清瑩有翳有拭有開有掩其翳非暗與之其拭非明與之其開非空與之其掩非塞與之暗明空塞不常種性有常故如來示見精明性具能容受明暗空塞四種緣塵此寶鏡似之∴三會通二(∴)一亡相顯法經當知如是精覺妙明非因非緣亦非自然非不自然無非不非無是非是離一切相即一切法疏所亡之相通有八句謂因緣也自然也是也非也此四是病非因緣非自然非是非非此四是藥經文從非因緣下三句雙亡因緣自然之藥病謂非因緣非自然非不因緣補句非不自然不因緣義在自然中也通釋疏意正謂經文具足不煩補句耳融室廣註云妙明見性湛然清淨豈屬因緣自然亦無不自然相有師云非因非緣遣因緣也非自然非不自然迭遣自然也二解意亦相通吳興謂不言非不因緣者以此中正破因緣姑且置之恐佛語未應穿鑿如此又云非正因緣非外自然又以非不非配因緣是不是配自然竹庵辨證更益支離今並不取無非

下二句雙亡是非之藥病謂無非無不非無是無不是藥病雙亡無跡可滯心行處滅言語道斷故云離一切相以前諸相皆是虛妄徧計執故溫陵云疊拂徧計直示精覺也因緣自然是非等相皆是妄情徧計分別精覺妙明本無是事故曰離一切相精覺妙明非別有體但於諸法遠離前來虛妄徧執即是圓成妙覺明性徧計既離則圓成實體觸處現前故曰即一切法祖師謂但離妄緣即如如佛又云是非已去了是非裏薦取皆此意也故起信云是故一切法從本已來離言說相離名字相離心緣相乃至唯是一心故名眞如唯識亦云此諸法勝義亦即是眞如常如其性故即唯識實性又云圓成實於彼常遠離前性下經廣辨須預此知融室云離一切相心眞如門即一切法心生滅門△鶴林云有無四句是非四句聖凡等一切諸法乃至一塵皆具四句則無邊四句俱不能著故云離一切相又恐離相沈空從死發活故轉拂之云即一切法(∴)二結責滯情經汝今云何於

中措心以諸世間戲論名相而得分別如以手掌撮摩虛空秖益自勞虛空如何隨汝執捉【疏】因緣自然皆是世間戲論名相如何以此於眞覺中舉心分別如下云汝蹔舉心塵勞先起名相手掌摩眞覺空勞黷自爲一無所益【溫陵云】精覺不可措心如虛空不可措手【宗鏡】因緣自然皆是世間言論有無眞俗悉是分別識心應須親到不俟更言如鏡照容直須心口相似如魚飲水方能冷暖自知若不直見其事欲以意解情求如持兔角弓駕龜毛箭以無手人擬射須彌山似壓熱沙油點無燈火貯漏巵內欲破鐵圍昏徒役狂勞終無是處〇【引證】【智論云】世間衆生自依見自依法自依論議而生諍競戲論即諍競本戲論依諸見生諸有戲論者皆是無智何以故各各不相受法故△【清涼疏】【云】上來體性寂滅遣有身相具足遣無非合不合雙遣有無而復謂佛是非有非無還成戲論中論偈云如來過戲論而人生戲論戲論破慧眼是皆不見佛青目釋云戲論名憶念分別有此彼言是人爲戲論覆慧眼故不見如來法身又瑜伽九十五有六種戲論一顚倒戲論二唐捐戲論三諍競戲論等㊂三引經爲難二

八一佛難【經】阿難白佛言世尊必妙覺性非因非緣世尊云何常與比丘宣說見性具四種緣所謂因空因明因心因眼是義云何【疏】此依俗諦具緣能見爲難唯識說九緣此唯出四【孤山云】今經及涅槃但明四種廣畧異耳約小乘義減大五緣心即分別緣也【谷響云】唯識九緣一空二根三明四境五作意六種子七分別八染淨九根本加等無間緣成十今經因心即分別緣因眼即根緣也△【標指】唯識須云眼識九緣生謂種子爲因緣與五生起爲增上緣牽境爲所緣緣第八識爲根本緣第七識爲染淨緣第六識爲分別緣空緣明緣根緣今所滅者種子增上所緣根本染淨五識也△【清涼疏鈔】言四緣者即是小乘一空二根三境四作意故智論云爾時耳根不壞聲在可聞處作意欲聞情塵意合即耳識生隨耳識生即意識生方能分別種種因緣方得聞聲釋曰聲在可聞處即空二即作意情即是根故中論內詔六根品爲六情品古云根含識義目之爲情塵即是境意即意根加此爲五發生耳識言耳識生即

意識生即意識同時分別非是緣也若約分別聲塵即同時意識亦是緣也種種因緣得聞總結上也言八緣者若於前四上復加於四謂一空二根三境四作意五根本依第八識六染淨依第七識七分別依第六識八種子爲因緣依諸有爲法皆託此依離此因緣必不生故分別依者即第六識染淨依者即第七識根本依者即第八識根即同境依故唯識第四由此五根俱有所依定有四種謂五色根六七八識隨闕一種必不轉故同境分別染淨根本所依別故如有偈云眼識九緣生耳識唯從八等釋曰眼九緣者復加於明闇中無見故△[宗鏡云]問一切之法皆藉緣生八識之中各具幾緣答眼具九緣一空緣謂空疎無物障礙于前境故謂無障礙引發生起能緣識故二明緣謂光明離暗相故分明顯了開闢引導能緣識故三根緣謂自眼根爲所依故四境緣謂能緣識爲所緣故牽生引發能緣識故五作意緣發作心意能生起故於心種位警令生現於現行位引心至境故六根本緣謂第八識與其根等識而爲根株作元本故與前七識爲所依故七染淨緣謂第七識與前六皆爲染淨所依故八分別緣謂意識種子分明了別于前境故九種子緣謂眼識種子能生現故若加等無間緣於前八識各添一緣眼即具十緣等△[二][楞云]世尊昔說眼識以第八識心爲根本緣空明眼三是增上緣法相宗中但說眼識從四緣生豈說覺性從四緣生耶○[賀中男曰]諸家見阿難問處一曰悟妙明心元所圓滿一曰若此見精必我妙性一曰必妙覺性非因非緣遂責阿難認誤見性爲妙覺性然則阿難前問若此見性必我非餘亦誤認耶世尊明真心先指見性阿難因見性悟明真心隨順佛語銜口成文自是如此阿難至此已知有識精元明爲不生滅心然真月未現世尊指出見見之時見非是見見猶離見見不能及使親見如來藏性本體乃會陰界處入銷歸如來藏中所謂但一月真更無是月非月至此識精真心始會爲一不須暫借識精以顯真心也八二正破二[八]一總示雙徵

[經]佛言阿難我說世間諸因緣相非第一義[疏]說第一義故非諸相

令以世諦因緣爲難如說鏡體明淨以像差別爲難於理如何[入楞伽云]第一義諦即圓成實性[第一義空經云]眼等以第一義諦故無世諦故有[肇公曰]第一義謂諸法一相義也雖分別諸法而不乖一相○[引證止觀云]從因緣生不自在故空若法實有是不應從因緣生何以故若因緣中先有因緣爲無用若因緣中先無因緣亦無所用譬如乳中若先有酪是乳非酪因酪先有故若先無酪如水中無酪是乳亦非因若無因而有酪者水中何以不生酪若乳是酪因緣乳亦不自在亦從因緣生乳從牛有牛從水草有如是無邊皆有因緣以是故因緣中果不得言有不得言無不得言有無不得言非有非無諸法從因緣生無自性如鏡中

像【經】阿難吾復問汝諸世間人說我能見云何名見云何不見【疏】徵審世諦見與不見之由㈥二別答雙難二㈦一答【經】阿難言世人因於日月燈光見種種相名之爲見若復無此三種光明則不能見【疏】此舉由一明緣以答見種種相世間之法假因託緣方始名見非是離相湛然之見如下文云緣見因明暗成無見不明自發則諸暗相永不能昏【溫陵云】因三種光而後能見名和合相非眞見體△【二楞云】謂見與不見皆由因緣此則見性從因緣生故躡破之㈦二難二㈧一正難【經】阿難若無明時名不見者應不見暗若必見暗此但無明云何無見【疏】若無明相名不見者暗時無明應不見暗若實見暗只可說無明相無日月燈之明相不可說爲無見㈧二反難【經】阿難若在暗時不見明故名爲不見今在明時不見暗相還名不見如是二相俱名不見【疏】若汝執言雖然見暗只名不見者以不見明故此牒計也次即破云今雖見明亦合名爲不見以不見暗故若立見明爲見見暗亦合名見若立見暗爲不見見明亦合名不見故云俱名不見【標指】一破一切破也一成一切成也㈥三結成俱見【經】若復二相自相陵奪非汝見性於中蹔無如是則知二俱名見云何不見【疏】明暗自有相陵見性未曾移動斯則見明見暗俱名爲見不可說言見暗之時名爲不見【標指】明顯暗隱暗顯明隱眞見湛然云何不見△【交光云】暗中有見尚不因眼何假空明多緣分別顯一暗見四緣都破△【吳興云】此與初卷盲人矖暗見性是同所破有異前顯見性是心且破眼根能見今顯見性非明應破因緣能見破緣既廣顯性實深由是下文談見見非見㈨三會通二一結顯會通二酬請廣釋長水此科分二上科結釋前文會通次科廣釋下文二見乃上下承起之科今將除此文次科改立分別二見爲一科則應以會通三科截歸上段而酬請諸文別屬下科於長水舊科畧有治定次文詳之△【疏】八三會通二一結顯會通

三㊇一會前見性非他所成 經是故阿難汝今當知見明之時見非是明見暗之時見非是暗見空之時見非是空見塞之時見非是塞四義成就 疏明等四境自屬前塵見性未曾生滅雖見四境而非四境成就於見譯人巧畧故別列而總結也若欲經文當句中具者應云見明之時見非是明成就乃至見非是塞成就此之四見古今多解不看前文及此非字但見成就之語便別作意度解釋文無連貫旨非起盡孤然作解豈稱佛心然此經意明眞見不假明暗等緣而體常照故下經云不由前塵所起知見明不循根寄根明發則諸暗相永不能昏等見性既然聞性亦爾故下文云聲無既無滅聲有亦非生生滅二圓離是則常眞實豈得復言因空因明因心因眼耶 桐洲

註云以是義故不應說言見性具四種緣因明等四義成就也△孤山云以明暗空塞四義推之成就見性離塵而有也四義成就是結上之辭△天如云此明離緣之見即見精也向於八還中指見精爲不還今於下文則遣之矣㊇二克示見體離自見相 經汝復應知見見之時見非是見 疏前約信解行位明此眞見不逐緣生不因境起仍留眞見不亡自相 熏聞引流跡云前離緣塵是相似位即別教三賢圓敎十信也引唯識頌云現前立少物謂是唯識性以有所得故非實住唯識 今此所明約見道已去直至極果眞用顯發照眞體時體之與用俱非見相今離能見是見道位即別圓地住已上也引頌云若時於所緣智都無所得離二取相故眞實住唯識 若以上見爲用下見爲體用照體時理智泯然無體可得用相亦亡故云見非是見上用下體是第一義 若以上見爲體下見爲用體發用時無法可照亦不名見上體下用是第二義 若以上見爲眞下見爲妄眞覺妄時無妄可得亦不名見上眞下妄是第三義 唯一法界

無二相故斯則由無相境發無緣智以無緣智緣無相境境智冥合如水投水不可分別說名爲見唯識云若時於所緣等孤山云前非所見故離四塵今非能見故離見性上見即妙明眞心如眞月也下所非者即見精明元第二月也△熏聞云佛意既破四緣俱非見性欲顯眞性亦非能見故先牒能見以離四緣即見明之時見非是明等後約眞性以離能見即見見之時見非是見見不能及

經見猶離見見不能及

疏眞見自體尚離見相無體可得豈令見用照所及乎上用下體又見體尚無體豈及有見用上體下用又所覺之妄尚無有體能覺之見豈能及乎上眞下妄△熏聞云准前文見明之時見非是明等皆以能見見於所見能非是所也例今見見之時義亦如是即以前之能見復爲今之所見蓋言眞見見於見精之時眞既無妄故曰見非是見也見精者映色之性也如空中花本無所有眞見者了因佛性本覺之智也以於妙覺明心一念不覺境智能分非二成二即見與見緣也無明破盡眞覺顯了此見及緣元是菩提妙淨明體但易其名本無二體是之謂見見非更有如第二月之精見爲見所見也當知見見之時則無所見

秖是見於見中之見耳然則若未見性性在見中同名見精若能見見性脫於見方能見見故下文云覺非眚中此實見見△私謂長水第三義上眞下妄上見指妙覺性純眞無妄下文見眚非病覺非眚中者是下見指見精眞中帶妄下文眚即見勞影見俱眚等是見猶離見見不能及即起信從等入妙用究竟覺觀照生相無明入地菩薩隨分覺中所不能及也故下文又以彼見眞精性非眚者故不名見結明見非是見之義吳興依長水第三義貼文委釋最爲詳諦次下多解各有新義其流派則不出於岳師也△定林云見見然後爲見則見非是見也知見無見斯則涅槃眞淨無漏見見之見離於相見則非相見所能及也夫相見者相見而已不能見性△中峰或問云如來直指靈鑑心體破根塵相對之妄亦破離妄絕待之眞蓋眞妄兩遂皆衆生無始時來之見病見明之時見不是明等此乃破妄顯眞見見之時見非是見妄與眞俱遣矣故偈云言妄顯諸眞妄眞同二妄猶非眞非眞云何見所見見猶離見見不能及者眞妄既遣獨指靈鑑之體內外圓明離諸聞見淨名亦云法非見聞覺知若求見聞覺知是則見聞覺知非求法也△雲棲云見見言能見即今見物之見也則下之見成所見矣見見之時是見非尋常見物之見故曰見非是見以佛語例之經云將聞持佛佛何不自聞聞例云將見見佛如來何不自見見又云不自觀音以觀觀者例云不自見佛以見見者其義了然△雪浪云上言見精離明

暗等四緣此言妙覺明心纖毫不立亦無能見所見也如云能見見於所見之時能見且不是眞見也眞見尚離見見精不及況世間和合因緣諸名相哉雖云見見實無能見所見大抵推例而說總言眞覺之中了不可得亦無此見精也當體會其意不可尅定文字而論

【經】云何復說因緣自然及和合相【疏】此則結責以世間戲論名相分別眞見也或可從見猶離見下名結眞息妄意云眞見自體離自見相尚不可以見之名字之所能及云何更說屬乎因緣及自然等耶【直解】云阿難說見性四緣即和合相也（八）三責小無識勸進大塗

【經】汝等聲聞狹劣無識不能通達清淨實相吾今誨汝當善思惟無得疲怠妙菩提路【疏】實相無相即見無見識劣智昧無法空慧如何通達故勸善思不怠大行可庶幾矣【標指】爲未斷所知障法執全在實相無是非一切所執相△【宗鏡】應須尅己辨事曉夜忘疲若問程而不行家鄉轉遠似見寶而不取枉受貧窮【溫陵】云離緣離相言說不及是清淨實相妙菩提路△【海印】云此正示奢摩他路眞見即清淨實相前之精覺妙明也○【引證】【宗鏡】云天台淨名疏云諸經異名說眞性實相或言一實諦或言自性清淨心或言如來藏或言如如或言實際或言實相般若或言一乘或言即是首楞嚴或言法性或言中道或言畢竟空或言正因佛性性淨涅槃如是等種種異名皆是實相之異稱智論云般若是一法佛說種種名隨諸衆生類爲之立名字

大佛頂首楞嚴經疏解蒙鈔卷第二之三

音釋

厈　同斥

蓰　想里切音洗物數也五倍曰蓰

旡　古否字

鴉　音浮鴉鳩也

大佛頂首楞嚴經疏解蒙鈔卷第二之四

海印弟子蒙叟錢謙益鈔

∧二酬請廣釋二○按長水此科躡上結顯會通引起下廣明二見之文也北峰印師齊此立破同別妄見科次顯見非離合科溫陵環師齊此立廣明告妄重開慧目科初明辨妄開示次明再淨餘塵則以同別章結文有遠離和合及不和合之語故以覺心餘塵再辨之也今謂同別二分是如來指示於奢摩他微密觀照一經要義似不應連綴於自然因緣結釋會通之末依印環二師齊此別立一科云三破見見非見疑破和合章當准舊科別開以下文三科乃正破因緣自然七大乃正破非和合也此中且仍依長水科未敢改作∧一

承前置請

經阿難白佛言世尊如佛世尊為我等輩宣說因緣及與自然諸和合相與不和合心猶未開而今更聞見見非見重增迷悶伏願弘慈施大慧目開示我等覺心明淨作是語已悲淚頂禮承受聖旨疏宣說因緣等指已聞也已知真見非是因緣及自然相下文佛自指云阿難汝雖先悟本覺妙明性非因緣非自然性諸和合下述未悟也心中猶疑此見和合與不和合未得開解下文而猶未明如是覺元非和合生及不和合是一迷悶和合等義尚未明白何堪更聞見非是見斯則醉更洪飲孰能醒悟故云重增迷悶求法空智名施大慧目見實相理名覺心明淨此明真見離緣絕相言思不及非二乘境界故增迷悶非承決擇孰能通曉故垂淚禮請溫陵云諸和合相即因日月燈有見者不和合相即非明暗空塞者△補遺云和合即因緣相不和合即自然相雖聞因緣未曉和合相雖聞自然未曉不和合相故上文云云何復說因緣自然及和和合相阿難初問因緣自然不及和合此中詞誠無問自說以和合即因緣相故下破和合兼言因緣亦此意也△海印云阿難聞見見非見重增迷悶者以見精為八識自體乃根本無明即是陀那微細識我常不開演者今云見見非見謂真見見此見精乃真智照此無明非二乘可知也明來暗去智起惑亡經云此無明者非實有體豈實有無明以當其智哉意謂實有見精與真見可見今見見精而不可得故迷悶耳唯未了根本無明故五蘊實法未消

法執未亡已見猶存故世界山河大地依然
碍眼世尊答詞不循所疑直說二種見妄破
身心世界之法執喻中但言知是眚者即無
見咎即此一言的破見見之疑因緣自然和
合不和合諸相一往氷釋矣∴三總告許宣〔經〕爾時世尊憐愍阿
難及諸大衆將欲敷演大陀羅尼諸三摩提
妙修行路〔疏〕陀羅尼此云總持智論云陀鄰尼翻爲能持
亦云能遮持善遮惡即是萬行之本然有一字多字無字之異
若指下神呪即多字也若顯實相妙理即無
字也金剛場陀羅尼經云無有諸法是名一字陀羅尼法門今此所明
眞覺妙心是諸三昧妙修行門之基址故若
不通達而修行者皆爲邪解故指此法爲通
衢耳〔融室云〕妙見非見實能除衆生無始種種見病見病雖生妙見性中妙見性中
無病可得如圓覺云種種幻化皆生如來圓
覺妙心圓覺妙心本無幻化之相妙心妙見
皆名大陀羅尼諸三摩提大陀羅尼則總持
諸三摩提則徧攝俱爲總相法門菩薩修行
斯爲正路佛愍大衆欲敷演此法門則顯乎
妙見非見誠爲要義△〔私謂〕依吳江行師釋
經標大陀羅尼門爲圓覺所詮總相三摩地
門爲楞嚴所詮總相今此經云將欲敷演大
陀羅尼諸三摩提妙修行路則知總持三昧
即是一法界大總相法門體非有兩也言大
陀羅尼者非是揀小陀羅尼以陀羅尼即眞
三摩地徧攝諸三摩地故言諸三摩提者一
切三摩地皆攝入三摩地如二十五圓通皆
云入三摩地一路涅槃門故准菩薩所問清
淨法門經云灌頂菩薩能游戲無加行位得
無量陀羅尼及諸菩薩陀羅尼於諸菩薩首
楞嚴王三摩地中而得自在此得陀羅尼入
三摩地之誠證也淨師謂二俱總相法門訓
諸三摩提諸字作之字解則應以長水疏義
正之〇〔引證〕〔智論二十八〕問陀羅尼門三昧
門爲同爲異答三昧但是心相應法也陀羅
尼亦是心相應亦是心不相應如人得聞持
陀羅尼雖心瞋恚亦不失常隨人行如影隨
形是三昧修行習久能成陀羅尼如衆生久
習欲便成其性是諸三昧共諸法實相智慧
能生陀羅尼如坏瓶得火燒熟能持水不失
亦能令人能度河禪定無智慧亦如坏瓶若
得實相智慧如坏瓶得火燒成熟能持三世
無量功德菩薩亦因之而度得至佛聲聞人
不用陀羅尼持諸功德譬如人渴得一掬水
便足不須瓶器持水若共大衆人民則須缾
甕持水菩薩爲一切衆生故須陀羅尼持諸
功德〇〔删修〕按姑蘇神照師承孤山之誤齊
此文判答奢摩他次下答三摩禪那近師疑
誤接踵今皆削正〔經〕告阿難言汝雖强記但益多聞
於奢摩他微密觀照心猶未了汝今諦聽吾

當爲汝分別開示亦令將來諸有漏者獲菩提果【疏】此之妙心若欲衆生生信解者故可詮辨種種開示若欲明證親顯此境應以微密觀照奢摩他中現量所得離諸分別方名親證故起信中說離言眞如是觀智境依言眞如是生信境今斥多聞强記不修理觀故於此境心猶未了故般若云以無所得故得阿耨菩提【融室云】阿難增益多聞未發靜慧如來令於奢摩他中至靜之地觀照無始見病虛妄顯發妙見△【私謂】佛言汝於奢摩他微密觀照心猶未了汝今諦聽吾當爲汝分別開示則自今已去合明同別二業重破和合妄想會通三科七大顯如來藏重重分別開示皆是示汝奢摩他路微密觀照之廣文也下經云此是過去先佛世尊奢摩他中毘婆舍那覺明分析微細魔事等證知此經於奢摩他微密觀照是即觀之止含攝毘婆舍那正所謂覺明分析也諸師判經爲兩段差別前後觀門此則不順經文公違佛語矣准解深密經云十地斷惑分別此奢摩他毘鉢舍那於如來地對治極微細最極微煩惱及所知障依此經二法皆具觀照義大般若經云奢摩他無分別心觀察妙慧實兩經云此菩薩心善巧已觀察諸法如幻如夢思惟諸法皆依於心便能修習奢摩他法依二經奢摩他正具觀照義以是故論言止一切境界隨順奢摩他觀義故而台家於此必欲區分止觀則亦誦文之過也

八三舉事開曉三㊇一雙標二見【經】阿難一切衆生輪迴世間由二顛倒分別見妄當處發生當業輪轉云何二見一者衆生別業妄見二者衆生同分妄見【宗鏡引疏釋】別業妄見者分別煩惱也同分妄見者俱生無明也次辯發業根由者若分別煩惱正發業俱生無明助發業發者動作義業者招惑義俱生能潤生分別能造業招生過重俱生能潤生過輕若分別作人天業即俱生助發以人天業難發要假俱生助若分別發三塗業不假俱生助發以分別猛利故不要助若分別俱生二種即分別麁俱生細【疏】一念心動名爲分別動故有見俱無實體故云見妄【吳興云】以分別性離塵無體故云見妄此一念動無別所依只迷一眞忽然而起故名當處發生【手鑑云】處即眞也謂全眞成妄故曰當處發生此即無始無明義也起信云以不達一法界故忽然念起

名爲無明即此無明動心名之爲業動即有苦果不離因故云當業輪轉吳興云妄即無明發生即見見即成業業即有苦所以輪轉爲顯惑業苦三更非異時故曰當處發生等△手鑑云一念迷真三業具足俱時而有如惡叉聚此顯無始根本無明亦名爲業亦名見妄如下文云汝見虛空徧十方界空見不分有空無體有見無覺名爲劫濁也妄見是一約人分二故有同別之名衆生望佛見無見殊又衆生妄識緣境有異故名分別如下文云見我及汝并諸世間皆即見眚性非眚者故不名見起信云若離業識則無見相應知未離業識則皆有見無見即真有見皆妄故云妄見此之妄見約衆生界彼彼皆然故云同分是知妄見則一約人名異故不可將常途二業而得相配恐失經旨圓覺鈔云瑜伽等論說此三千大千世界是衆生共業所感貴賤人畜相依而住名爲依報自

身則各隨已業貴賤苦樂不同飛走類別名爲別業正報△私謂法相宗指正報爲別業依報爲同分即所謂常塗二業也長水依起信無明不覺心動說名爲業釋明同別有二妄見是一依正二報即是不覺心動後三細六麤之相不應尅指二報以釋二業故曰不可以常塗二業而得相配近師承用此義蓋已經長水料揀矣宗鏡以分別俱生分屬二業即同長水妄見是一之義蓋分別俱生雖有麤細其爲妄見一也下文即云一病目人同彼一國彼見圓影眚妄所生此衆同分所現不祥同見業中瘴惡所起俱是無始見妄所生問阿難比疑見見非見故請開示如來何故不便直答而却廣明二種妄見耶答若不廣示妄見有見不能顯於真見無見若據阿難所疑既名真見合須有見如何却云見見非見而不知寂而常照故名真見照而常寂故非是見故佛廣約一人多人對辨真妄見無見異應知未離無明眚病俱名有見眚病若亡彼見精真故不名見如下

細辨【天如云】別業者一人妄見也同分者多人妄見也後文先引別業且喻阿難一人眼根之妄次連同分廣喻十方衆生根身器界同一妄耳△【二楞云】法相宗說別業即不共業所感根身從黎耶識中不共種生以是自業所感自體受用同業即共業所感器界從黎耶共種所生由共業所感衆皆有分經約一人一識所見根身器界爲別多人多識所見根身器界爲同以同迷覺體故背無性合無明故云顚倒有微細流注分別根身器界爲親疎故云分別見妄下文云立知立見即無明本按此即近師承用常塗之文而畧爲融會也

㈧二雙釋能喻二㈣一別業三㈠一別徵畧示

【經】云何名爲別業妄見徵 阿難如世間人趣舉一人爲例 目有赤眚夜見燈光別有圓影五色重疊【宗鏡】夜見燈光五重圓影者喻五見也蘊喻燈光此之五見於蘊上起妄生推度是徧計性情有理無此況迷心爲已之人不知境是自心如燈上圓光認爲他境【疏】目喻眞見【孤山云】世間人喻九界衆生目喻本具眞智眚喻業相妄心赤眚喻眚因

熱氣逼成業因無明所動燈喻法性燈喻本具眞理夜見喻妄見圓影喻五蘊圓影喻妄境境謂五陰斯則由不知眞如法一故不覺心動說名爲業以依動故能見依能見故境界妄現以有境緣故起心分別等㈠二廣破即離三㈥一別破二㈣一破即燈即見【經】於意云何此夜燈明所現圓光爲是燈色爲當見色五句標審 此若燈色二義問色 則非眚人何不同見而此圓影唯眚之觀若是見色見已成色則彼眚人見圓影者名爲何等【疏】若此圓影是燈上現無眚之人應合俱見何以獨有眚人自觀餘無見者影若從彼眚者見發其見爾時已成於影不合名見見圓影者復是何物色即影也【融室云】見已成色見影者誰△【溫陵云】既非燈色又非見色唯彼見者目眚所成喻分別妄見非體非相皆衆生見病所成△【孤山云】非眚人喻佛界也㈠二破離燈離見二義問影【經】復次阿難若此圓影離

燈別見辨非離燈則合旁觀屏帳几筵有圓影出
離見別有辨非離見應非眼矚云何眚人目見圓
影【疏】若離燈外別有圓影旁見餘物何無影
出色若離見別有體者不合眚眼見於圓影
几案屬筵席也【溫陵云】即燈見既無實體離燈見又無定處足徵妄矣○
三總結【經】是故當知色實在燈見病為影影見
俱眚見眚非病終不應言是燈是見於是中
有非燈非見【宗鏡】依他蘊性緣起不無故云色
實在燈我見體空從妄心起故云見病為影
影見俱眚者能執所執分別惑故【孤山云】色實在燈理
體本真也見病為影妄心成境也影見俱眚心境皆妄也正證眞時了知
徧計脫體全空故云見眚非病分別惑亡同
一眞性離能所取故云終不應言是燈是見
及非燈非見即釋上來見見之時見非是見
有智眚人知因目眚終不執言圓影是有故雖有眚不為見病譬圓初心無明雖在而達

無明本自不有則無妄境可得大經云雖有煩惱實無煩惱△長水第二解同此【疏】
色燈光也燈實有光不曾有影今見影者乃
是眚病使之然也以此而推所見之影能見
之見俱為眚病【溫陵云】燈有色而無影影由目眚之為智有照而無妄妄
由見病而起知影由見病之為則燈與見俱影病耳見無眚病之人自
然無影可緣誰是燈是見非燈非見而見眚者
自非病也見眚者即見體也見體本自無病則影見之眚皆為浮妄故云不應言是燈是
見等亦可見是了知義了知五影是眚所惑則
無執影之病終不說影有生處也下文云然
見眚者終無見咎【合解云】亦可一科同永明古釋△影見俱為眚病然
能見眚眼者即非病眼也設能見即病病不見病云何能見眚耶教中云無痛痛覺又云
不病病皆此意也△【二楞云】有見分遂有相分有相見二分即成見病起信云以依動故
能見以依能見故有境界妄現此見病為影也所見根身器界與能見者皆依無明而起
此影見俱眚也⊜三重以喻顯二○一喻【經】如第二月非體非影
何以故第二之觀揑所成故諸有智者不應

說言此揑根元是形非形離見非見【疏】非是
眞月之體又非水中之影【溫陵云】體謂眞月影謂水月【融室云】
謂徹底是無非月之體非月之影但是捺目根識參差故見
二相其實無體如彼圓影目眚所成無體可
得揑猶月也非形見也非見形也智人不言
此月生處是形是見離形離見譯人用巧變
斯文耳【吳興云】上句雙是形與非形下句雙非見與非見文畧而互顯也△【雪浪
云】言此揑目根元不可言是月形非月形離眞見即眞見也○二合【經】此亦如
是目眚所成今欲名誰是燈是見何況分別
非燈非見【疏】以喻顯喻合前可思【宗鏡】本來無
月將何爲形形既不立非形亦無是非一相
能所俱亡故云何況非燈非見卍二同分二㊀一通列外
報【經】云何名爲同分妄見徵阿難此閻浮提
除大海水中間平陸有三千洲正中大洲東
西括量大國凡有二千三百其餘小洲在諸
海中其間或有三兩百國或一或二至於三
十四十五十【疏】水中可居曰洲三千總號閻
浮中而復大者是此五天也括結也量數也
國域也有限域也【標指】此閻浮提須彌盧南岸也大國凡二千三百盡
屬五天竺一佛所化之地○【引證】長阿含等經四洲地心即須彌山山下大海深八萬四
千由旬其邊八山其外鹹海廣於無際西域記云海中可居者大畧有四大論云閻浮樹
名提名爲洲此洲有五百小洲環繞通名閻浮提法苑珠林云四天下中合有四千八處
若直按閻浮提一方如樓炭說大國有三十六若展別論則有二千五百小國又仁王般
若閻浮有十六大國五百中國十萬小國舉數各異㊀二別示業緣【經】阿難若
復此中有一小洲秖有兩國唯一國人同感
惡緣則彼小洲當土衆生覩諸一切不祥境
界或見二日或見兩月其中乃至暈適珮玦
彗孛飛流負耳虹蜺種種惡相但此國見彼
國衆生本所不見亦所不聞【疏】兩國二土也
衆生穢土以有漏識爲體煩惱造業所共感

故諸佛淨土以無漏智爲體真如淨用之所現故暈適謂日月之暈適近也近日月也【釋文】暈謂日月之暈周禮十煇煇即暈也適讁也謂讁見於日月之災孟康云暈適皆日旁氣也適日將食先有黑氣之變也珮玦玉器也妖氣近日月如珮玦之形也相連曰背中斷曰玦珮應作背其形如背字穴多作鐍其形如玉鐍也如淳曰在旁如半環向日爲抱向外爲背有氣刺日爲鐍鐍決傷也彗孛飛流此皆妖星其光似箒孛孛然起絕跡而去曰飛光跡相連曰流彗爲埽星又爲旄頭爾雅彗星爲欃槍郭云亦謂之孛其形孛孛似埽篲奔星爲彴約郭云流星也負耳虹蜺氣負日邊如耳之有珥也五行志作抱珥抱氣向日也珥形點黑也雄曰虹雌曰蜺即陰陽之精也爾雅螮蝀虹也郭云俗名爲美人虹江東呼雩蜺爲挈貳郭云雌虹也挈貳其別名見尸子所見不一故云種種皆是災惡所表前相凡夫五濁同業共感如惡相國諸佛淨土唯一清淨如不見國【合論云】春秋楚有雲如赤鳥夾日以飛三日注云日爲人君妖氣守之故當王身雲

在楚上唯楚見之故禍不及他國又齊有彗星齊侯禳之注云出齊之分野不出魯故魯不見此一洲兩國同洲異覩之明證也(人)三雙例所喻二(己)一總標【經】阿難吾今爲汝以此二事進退合明【疏】進例於法退例於喻互相合顯以明見與無見也【真際】今將同例別以別例同故曰進退以別業先明同分後說故得進退之名△【吳興云】由別業中引目眚爲喻顯妄則易以因眚見影人皆知虛故同分中引瘴惡爲喻顯妄則難以因瘴覩相事皆如實故佛意欲引同分之妄悉如別業之妄故有進退合明之說△【雪浪云】此是總標之文下文正是退別例同進同例別△【私謂】進退合明不過同別法喻四字而已初文如彼衆生別業妄見此進別業之法以例同也結云皆是無始見病所成此法中總舉之文也次下即退法以合喻見與見緣似現前境四段貼合喻中所現圓影雖現似境等文是中例明以目觀見山河國土十類衆生皆即見眚即含同見瘴惡之義元我覺明本覺明心即含同是覺心無漏妙心之義是謂退別例同故曰進退合明也次文如彼衆生同分妄見此進同業之法以例別也結云俱是無始見妄所生此合別業法中無始見病所成也次下即退法以合喻例閻浮提三千洲等合別業中例汝今日以目觀見山河大地等文同是覺明乃至和合妄死合別業法中元我覺明

見所緣眚等文是中標云例彼別業妄見一人一病目人等貼合別喩見病爲影乃至目眚所成等文諸和合緣即同業也不和合緣即別業也見聞覺知虛妄病緣和合妄生和合妄死舉同分之妄東歸別業以明滅除生死之因斯則進退合明之宗要也近師支離詮釋立四重進退畫爲圖說今一依古人消釋盡削繁蕪矣孤山言病目瘴惡雖是引喩而實能喩以經文牒喩喩法即是無始無明故近師爭執是法非喩古人云依理唯在于法就名旁通於喩法喩旁通佛元意故文之旨故今不了即法作譬而執法以破喩斯所謂豈識喩焉者也○【刪修】吳興於下文如彼衆生同分妄見一段下標云進退合明義見於此岳師豈不知上來法喩皆是合明恐學者隔文未了故云義見于此魯庵泰師謂是錯簡移此文總標一科置下科同分之上取云何名爲同分一節連綴爲一文又取別業全科移置本覺常住之後北方講肆奉爲定本末學無知以鰕爲目使古人冐作倆之咎不可不正也㊃二別例二㊀一例合別業二○一舉喩例法二㊁一能喩燈眚二▽一示妄●次下夾注牒【經】阿難如彼衆生別業妄見矚燈光中所現圓影牒上如世間人目有赤眚夜見燈光別有圓影雖現似境終彼見者目眚所成牒上喩中見病爲影眚即成勞非色所造牒上色實在燈【疏】妄心變起似有不眞眚病所生故非色造【融室云】似境之現雖假燈光原其所成實在目眚故其圓影全體是眚此眚即是見家之勞非燈色之所造△【荆公云】以動爲動故曰見勞○【溫陵云】圓影無實則似境而已故曰似現前境▽二顯眞【經】然見眚者終無見咎牒上見眚非病【疏】若知五影因眚故見終不執影是實有體既無所見能見何立故無見咎此約喩釋見無見也【宗鏡】若知眚即是眼病終不執影以爲實有故無見咎【融室云】然其見眚之者妙見眞精不曾爲眚故云終無見咎㊁二所喩心境二▽一示妄【經】例汝今日以目觀見山河國土及諸衆生皆是無始見病所成此是法中總舉之文【疏】國土衆生依正二報皆是妄念分別故有若離一念則無一切境界之相華嚴云衆生妄分別有佛有世界若了眞法性無佛無世界【吳興云】阿難目觀例別業妄見也山河國土等即燈光圓影見病如目眚以法言之即黎耶識能見相分以惑言之正屬無明△【溫陵云】圓影無實似境而已器界無實亦似境而已△【雪浪云】目眚瘴惡所

喻之法要顯阿難一人及閻浮提乃至十方衆生妄見惑爾△【講録云】以目觀見見分國土衆生相分無始真見一念妄動而成藏識現此二分故云見病所成△【合解云】根本無明轉成業識見分如眚翳相分如燈輪以眚眼分別圓影似枝末無明但取初對圓影末起念時亦根本無明又如淨眼見燈根塵相對即同阿難目見山河從出胎來即見此事不知正是根本無明循業發現所謂俱生無明是名難知與眚見圓影無二無別故云皆是無始見病所成□二顯真【經】見與見緣似現前境合喻中所現圓影雖現似境元我覺明【疏】見之與境皆如空花本無所有故云似現前境此見及緣元是菩提妙淨明體故云元我覺明【吳興云】上云雖現似境終彼見者目眚所成喻無明成事也此云似現前境元我覺明示真如不變也△【直解】唯識云諸識生時變似我法此法我相而由分別似外境現故云分別即是今經見病雖似外現實唯本識○【宗鏡】見與見緣似現前境者皆是真心變起非實有境見相二分俱不離心況是徧計唯影無識此釋妄見也【合釋】次下經文永明長水分科互異先列永明科見與見緣似現前境二句釋妄見科也元我覺明見所緣眚二句釋真覺科

也覺見即眚本覺明心覺緣非眚三句結成真妄二覺科也覺所覺眚一句牒上妄覺也覺非眚中一句牒上真覺也次列長水科以見與見緣似現前元我覺明三句結配上見病所成爲顯真一科次下寄喻重釋見所緣眚覺見即眚二句斥妄覺也本覺明心覺緣非眚二句顯真覺也覺所覺眚覺非眚中二句雙結真妄也永明長水雖分科有異指要不殊苕溪分科全依長水溫陵已後多同宗鏡寂音天如則別立覺明妄覺之義今鈔依長水分科仍採宗鏡貼釋學者當以經文爲主會而通之○二重釋結酬二ㄙ一寄喻重釋【經】見所緣眚合喻中終彼見者目眚所成覺即見眚合喻中然見眚者【疏】覺猶見也若實有所緣之境及能緣見皆是眚病以能所緣如空花故或可見與見緣已俱是眚若起智覺覺此二空此能覺者亦是眚也圓覺亦云依幻說覺亦名爲幻【標指】能見所緣俱是心病若起覺妄之見亦是病也△【定林云】覺明起見而見所緣眚彼所覺見即是眚也△【吳興云】以隨分覺未得究竟覺所有真智帶無明故○【宗鏡】元我覺明者本元真覺以真能覺妄了彼妄見及與所緣俱是眚故按宗鏡古釋與長水科異義則未嘗不通

【經】本覺明心覺緣非眚（合喻中終无見答）【疏】此顯眞
覺玅明非生非滅遠離一切虛妄顚倒湛然
常住故非眚也【標指】此顯真覺妙明之緣對物而照故非對待之眚病
言覺緣者覺之緣由行相也如前云誠如法
王所說覺緣徧十方界等【吳興云】次二句釋成何故覺見即眚
以本覺性中覺之與緣融融一體非如眚人見有能所△【定林云】此本覺明心覺彼見覺
能緣所緣而此本覺心非是眚也○【宗鏡】覺見即眚本覺緣心
覺緣非眚釋成眞妄二覺也妄見即是於眚
能覺眞心不是於眚但能覺彼妄緣體非是
眚故云覺緣非眚（永明雙結真妄長水單結顯真永明以覺緣歸妄長
水以覺緣歸真二科異同東歸于此△【補遺云】見所緣眚已下四句釋出上文見猶離見
即所離之見也覺所覺眚已下四句方明真見釋出上文見見之時也）【經】覺所
覺眚（牒上覺見即眚）覺非眚中（牒上覺緣非眚）【疏】此雙結眞
妄也若起能覺覺於所覺俱是眚病眞覺之
體非能所中故云覺非眚中【宗鏡】覺所覺眚者
牒妄覺能所俱眚也覺非眚中者牒眞覺非
眚也（定林云覺明起見覺有所是名所覺此本覺明心覺彼所覺即眚而此本覺明
心非眚中也覺非眚中即是見見也△【融室云】能覺是眚能覺中之覺者不墮眚中故云
覺非眚中○【宋音云】覺明者强覺妄知違時失候非本自妙而明也又名妄覺以緣此妄
覺故有所緣眚之病也故曰元我覺明見所緣眚以彼覺明之體全是無明故曰見所緣
眚【天如云】覺明即無明也按二師之解全指覺明為無明今鈔依永明長水揀為别解畧
附於此）【經】此實見見云何復名覺聞知見（結答上問）
【宗鏡】此之眞妄二見俱離能見所見故云此實
見見以證眞時無此二見故能見所見既不
安立云何復名覺聞知見【疏】此無能所妙覺
明心名為見見以寂而常照照而常寂故於
此豈名見聞知等然一切衆生自無始來由
見聞知以為病本分能立所顚倒從生今聞
非見碩乖先志於是迷悶由此廣示妄故有
見眞元無見是故指云此實見見云何可立

覺聞知見圓覺經中無知覺明正同此也彼疏云身觸爲覺心緣曰知明顯靈妙之體無知是遮詮明是表詮遮非知覺情識表是靈明眞性ㄙ二寄喻結訓【經】是故汝今見我并諸世間十類衆生皆即見眚合前見所緣眚非見眚者合前覺見即眚彼見眞精性非眚者故不名見【宗鏡】何故眞見不名見耶以無眚病故只由見病分能分所遂見世間自他相異故云皆即見眚言非見眚者眞見非是眚也以眞無見相可立故不名眚既不名眚亦不名見正明離見之意是以有見即妄徧計情生如眚目人見夜燈之圓影無見即眞圓成智現如明目人見虛空之清淨【疏】分別彼此生佛依正皆屬見妄無見妄者說名眞精無境可見故不名見如前觀燈有圓影者皆屬於眚見若無眚說名淨眼此眞淨眼無影可見故不名見此則結訓前

問見非是見也【標指】非見眚者即了眞法性也△【補遺云】彼見眞精性非眚者即眞月也以非眚故△【柏庭云】惟佛究竟能見眚者自餘衆生皆在見眚之地△【姑蘇云】論云若離業識則無見相以諸佛法身無有彼此色相迭相見故仁王經云金剛定前所有知見皆不名見惟佛頓解具一切智所有知見而得名見ㄖ二例合同分二○一舉例喻法二ㄙ一能喻一多理齊【經】阿難如彼衆生同分妄見例彼妄見別業一人此對同別妄見法中標文一病目人合別喻見病爲影同彼一國合上唯一國人同感惡緣此衆同分所現不祥同見業中瘴惡所起即見天上灾星等俱是無始見病所生牒別業法中皆是無始見病所成【疏】一人所見與多人同由眚病故見圓影出由瘴惡故感災祥起瘴即病也將有惡病預見此事末一句約法雙結汝及衆生一多雖殊分別世間業果衆生更無有異斯則俱是無始無明分別見妄反顯眞心本非見也【合解】一人別見即多人同見多人同見即一人別見

合衆別業而爲同若盡除別業則無同分設即一人見灾同分又號別業矣揀同分一人而爲別若盡除同分則無別業設使一國患眚彼眚人又號同分矣一多何有定體同別亦無定名眚淨二眼各居當洲瘴淨二相同依當眼大衆衆生同見山河國土天地日月亘古安立以爲固肰孰知皆由無始無明當人業惑見妄戈就佛於此中方便開示曰此實見見見眚非見推窮至空生大覺十方消殞見見非見方爲了義也△雪浪云上來先舉別業法喩例定向下以別業之喩對同業之喩以別業之法對同業之法○刪修有言經文妄見所生下應補見與見緣乃至云何覺聞知見四十八字愚師無眼妄綴經文標以示戒ゟ二所喩心境俱妄

經 例閻浮提三千洲中兼四大海娑婆世界并洎十方諸有漏國 合別業中例汝今日以目觀見山河大地及諸衆生 同是覺明無漏妙心見聞覺知虛妄病緣和合妄生和合妄死 合別業法中元我覺明見所緣眚

宗鏡 別業妄見如增上惡業熟生身變爲蛇虎等此不動總報自受別報唯自識業變不同業者即不見如一人目眚同分妄見如同造地獄業同受總報同苦無間不同其惡業者即不見如一國瘴惡故知苦緣樂緣總報別報因緣和合當處出生因緣離散當處滅盡未有一法不出我心

疏 從一衆生止十方衆生以少及多若依若正皆不了一法界相於無漏心忽起見妄而分見聞覺知以爲虛妄病緣遂見一切差別境界生之與死俱不離妄故云和合和合者不相離義也故下文云見聞如幻翳三界若空花起信亦云三界虛偽唯心所作離心則無六塵境界溫陵云前以一人例一國此以一國例大千合顯器界根身無非見病和合妄起覺明無漏妙心即依眞起妄者△吳興云眞妄和合故有生死偏言妄者眞如在迷故△二楞云俱舍云眼所現見名爲所見從他傳聞名爲所聞自運已心之所思搆名爲所覺自內所受及自所證名爲所知由此四種根中積生無始虛習乃至生住異滅分齊頭數和合爲虛妄病緣俱時而生俱時而死生死根本實基於此○二息妄歸眞

經 若能遠離諸和合緣及不和合則復滅除諸生死因

（合別業法中覺見即眚）圓滿菩提不生滅性清淨本心本覺常住（合別業法中本覺明心覺緣非眚）【宗鏡】又若分別煩惱則麁因邪思而方起俱生無明則細自任運而常生雖分麁細之文俱同妄識衆生界中凡有一切見聞之事皆如一人別業之眚影與多人同分之不祥若能知燈影是目眚所成識災境乃瘴惡所起則燈上之重光自滅天中之兩日俄沉如不動一心萬緣都寂則見聞和合之病分別全消根本生死之災俱生永絕【疏】三相應染名爲和合三不相應名不和合此是麁細妄念起信名爲染心（即論中三細六麁也）是生死本輪迴之因若能遠離即滅生滅生滅既滅寂滅現前菩提涅槃二轉依果於斯成就故曰圓滿即同起信遠離微細念故得見心性心即常住名究竟覺【二楞云】諸和合緣即發潤二種無明以與境界爲緣和合而起即六識麁相爲分段生死因不和合緣即根本無明背清淨覺突然而起即三種細識相爲變易生死因起信所謂相應心不相應心也○【刪修】張無盡謂破和合文應接連破因緣之下以起下文庶幾文勢宛順遂移下經破和合一分三十二行經綴於破因緣分虛空云何隨汝執捉之下由不知佛語隨意方便善巧說見見非見竟即引出如何復說因緣自然及和合相及阿難迷悶啓請開示則先答見見非見而後答和合此說法之次第也答見見甫畢即旁及和合妄生和合妄死而後乃無問自說訓其前問此赴機弄引之妙也房相潤文深契佛旨錯綜孤起鋪舒匠意而無盡計執文字截聖經以狥己見有識者弗予也空印澄師唱言移置一如海眼不知何據輒謂梵夾失次斯則妄而又妄矣

◎四破和合非和合疑二　八一牒前未曉

【經】阿難汝雖先悟本覺妙明性非因緣非自然性而猶未明如是覺元非和合生及不和合【疏】前文叙云諸和合相及不和合心猶未開故今牒也然因緣自然和合非和合義雖無別詮言有殊故隨其門一一徧破以世間

人說能證智是菩提心假因仗緣和合而生其所證理名爲涅槃不從因緣但了因所了一向偏執有爲無爲二性全别不知如來常依二諦說法遂成戲論皆障一眞法界能所宛然微細法執故此破之〔溫陵云〕覺元自本覺而出即始覺也下文所證菩提心是也前於妙明本覺疑于因緣自肰既與辨質而未明證道始覺非和合生及不和合是爲覺心餘塵故再辨之△〔定林云〕本覺所起妙明性非因緣性也則非和合可知非自然性也則非不和合可知△〔補遺云〕上文據楞伽請問因緣自然下文忽疑不曉和合不和合者良由和合即因緣相不和合即自然相也下破和合經云汝今猶以一切世間妄想和合諸因緣性而自疑惑顯以因緣即和合也△〔王舜鼎曰〕和合即黎耶識分眞妄和合之義八識田中因有無始見病粘帶眞如未得純清絕點却像和合其實幻妄本無所有故云汝雖先悟本覺妙明性非因緣非自然性而猶未明如是覺元非和合生及不和合世間一切妄想和合是和合之麄者證菩提心由和合起是和合之細者恐阿難坐在微細識中故重破之○〔引證〕〔涅槃經云〕譬如有人有紙墨筆和合成字而是紙中本無有字以本無故假緣而成若本有者何須衆緣譬如青黃合成綠色當知是二本無綠性若本有者何須合成○〔華嚴偈云〕非是和合不和合性宋滅無諸相疏云應緣非不合住體非和合又緣起修成非不合契眞相盡非和合又緣即非緣故非和非緣即緣故非不合合相離故無諸相非合亦離辨宋滅也○〔大集經云〕若復有言眼色因緣故有我者是義不成眼中無我色亦如是而和合中亦復無我和合因緣生於眼識亦復無我風中空中亦復無我如是推尋究不可得○〔智論云〕四大及造色圍虛空故名爲身是中內外入因緣和合生識種身得是種和合作種種事言語起坐去來空六種和合中强名爲男强名爲女若六種是男應有六男不可以一作六六作一既於地種中無男女相乃至識種亦無男女相若各各中無和合中亦無如六狗各各不能生師子和合亦不能生無性故△二別破疑情二(八)一破和合疑二(巳)一指出疑情〔經〕阿難吾今復以前塵問汝〔標前文破因緣用明暗四塵〕汝今猶以一切世間妄想和合諸因緣性而自疑惑證菩提心和合起者〔總標〕〔宗鏡〕此妙明性既非因緣自然則無有一法不從和合而生如無所證之眞如何由發能證之妙智則境智和合能成見性答若智外有眞如則可爲所證眞

如外有智則可爲能證令智外無如如外無智欲將何法以爲和合非和合耶【疏】執方便教依安立說遂疑勝義一眞菩提從和合有生住異滅是無常性即違淨名寂滅是菩提滅諸相故乃至無爲是菩提無生滅異滅故肇曰菩提者盖是正覺無相之眞智乎經云不合是菩提離煩惱習故生死所以合煩惱之所纏離煩惱故無合無合即菩提也△吳興云菩提心者覺性也上文云如是覺元古人以佛果菩提解者繆矣△海印云一切世間妄想和合諸因緣性指八識體名和合識而自疑惑證菩提心和合起者夙習妄想妄謂菩提覺心亦從和合起也㊃二正破和合二⑧一破和二○一總徵【經】則汝今者妙淨見精爲與明和爲與暗和爲與通和爲與塞和【疏】見若是和和必從境故舉此四總而徵之溫陵云若有所和即涉前塵不名妙淨矣△私謂妙淨見精即重指見精也○二別破二㊂一就明推破四▽一明見相雜何形【經】若明和者且汝觀明當明現前何處雜見見相可辨雜何形像【疏】明屬前境見屬內心齊何處所而論其雜見之與相目擊可辨若其相雜作何形像資中文△講錄云且汝舉眼見明適當明相在前從何處所雜此見精而與之和能見是根所見是相見即如水相即如土兩不相雜了然可辨若令雜和相失其相見失其見水土雜和便成泥團作何形狀△中川云和如水乳合如函蓋雜如金沙婆沙云近是因遠是緣近則和合遠則不和合▽二若見不見非理【經】若非見者云何見明若即見者云何見見【疏】若此雜相不可見者應亦不見明相若此雜相即可見者雜中有見應合見見孤山云若言明非是見故不可說其相雜形像者故破曰云何見明若言明即是見名相雜者故破曰云何見見△溫陵云明若非見不能見明疑相雜也明若即見誰爲能見又非雜矣皆明前塵幻相一無實體不可窮詰△講錄云或轉計云見明之時明相現前明中亦有見精見中亦有明相成雜和之像者縱許明中有見秖謂之明而見則失矣故破曰若非見者云何見明然則見精且無雜何形像縱許見中有明秖謂之見而明則失矣故破曰若即見者云何見見然則明相且無雜何形像△直解云明若即見明已成見是則不爲見明反成見見▽三互偏失其和義【經】必見圓滿何處

和明若明圓滿不合見和【疏】若一切處徧是於見則無明相可和若一切處徧是於明則無有見可雜【孤山云】圓滿猶言周徧也△【融室云】又復見與明雜見不圓滿必見圓滿有何處所和雜於明明與見雜明不圓滿必明圓滿又不合與見雜和△【溫陵云】唯見與明體必圓滿不合相和和則間雜非圓滿矣△【直解云】此約半滿義破和是半義半見半明方許相和如半桶泥半桶水和義得成若各各滿桶如何得和故云必見圓滿等▽四俱亡立理不成【經】見必異明雜則失彼性明名字雜失明性和明非義【疏】心境不同能所殊體故云必異明見若雜各失其義明則非明見亦非體【孤山云】性謂見性見彼明雜豈得名見明被見雜豈得名明二義既失名字亦亡猶如微塵與水相和但見泥團不名塵水明見既失將何名和故云非義和雜既失明性兩名則知謂見和明不成義理△【海眼刪修云】見必異明將何名和和明非義○【引證涅槃云】世間法者有字無義出世間者有字有義何以故世間之法有四顛倒世間知字而不知義諸佛菩薩所有正法以不倒故知字知義ㄅ二畧例餘塵

【經】彼暗與通及諸群塞亦復如是【疏】明相既爾餘境亦然8二破合二○一總徵【經】復次阿難又汝今者妙淨見精為與明合為與暗合為與通合為與塞合【資中】上明和義如水和土今明合義如蓋合函【疏】和則如水雜塵合則如函與蓋故成二門○二別破二ㄅ一就明推破二▽一正推破【經】若明合者至於暗時明相已滅此見即不與諸暗合云何見暗【疏】見與明合暗相現時明相必滅既與明合應隨明滅不應見暗設使不滅亦不見暗以此不與諸暗合故合即有見不合無見如鼻聞香【海印云】若與明合明滅則不當見暗以見隨明滅故設使不滅多一轉語▽二破轉救△若見暗時不與暗合與明合者應非見明既不見明云何明合了明非暗【疏】彼若救云我此見性雖不與暗合無妨見暗斯有何失故此牒云若見暗時不與

暗合隨即破云與明合者應非見明若許不
合有見即應合必無見復云何言見與明合
了明非暗故知見明而無合義和合見性既
而不成菩提證心因和合有從茲破矣【融室云】暗
若即明可言見暗即是明合了別明相實非
是暗安得見暗而言明合△【海印云】若與明
合則暗謝自不當見明以見隨暗謝故△【海
眼刪修二科】若明合者應非見暗若合於暗
應非見明明暗現前云(經)彼暗與通及諸群
何成合ゟ二畧例餘塵
塞亦復如是 如文◎二破非和合(經)阿難白
疑二◎一述所解
佛言世尊如我思惟此妙覺元與諸緣塵及
心念慮非和合耶(疏)由前破菩提心不從因
緣和合而得便計離緣別有體性執菩提心
有別異相從分別生還成法執障一眞性故
今破之淨名云當令此諸天子捨於分別菩
提之見【眞際云】若和合不成即非和合形對
必然故也此計眞妄二法了不相觸
名非和合△【二楞云】不和合者不與萬法爲
侶也若果不和合應無生死所以破者生滅

與不生滅非異相故如我下先明出計緣塵
境也心指業識念慮指分別事識○【引證百
門義海云】達無生者爲塵是心緣心無塵因
因緣和合幻相方生由從緣生必無自性何
以故今塵不自緣起待於心心不自心必待
於緣由相得故則無定屬緣生則名無生非
去緣生說無生也◎二破所計二
日一破非和三○一總計牒徵
今又言覺非和合吾復問汝此妙見精非和
合者爲非明和爲非暗和爲非通和爲非塞
和總牒別徵如文可解○二就明
推破二ゟ一非和究成其畔(經)若非明
和則見與明必有邊畔汝且諦觀何處是明
何處是見在見在明自何爲畔(疏)若見明時
明見不和明之與見應分邊際汝今細審於
見於明齊何處所而論邊畔【溫陵云】非和則
畔異故必有畔求
畔不得非非和矣△【交光云】體不相入故爲
非和如塼石並砌兩不相入中間必有邊畔
倘許有畔即對見明索其(經)阿難若明際中
指出ゟ二不及畔義全乖
必無見者則不相及自不知其明相所在畔
云何成(疏)如或定不相和見應緣明不及尚

自不知明相約以何分畔義融室云若使明
之際畔由不與
見和其中必無見者則見與明了不相及因
知彼為明畔則顯此為見畔彼畔不立此畔
何成△溫陵云相及乃有畔畔義不成非非
和也△交光云縱有邊畔如塼石不相入見
中無明明中無見今以見望明為畔
故單言明中無見○三畧例餘塵經彼暗
與通及諸群塞亦復如是㊀二破非合
三○一總徵經又
妙見精非和合者為非明合為非暗合為非
通合為非塞合四義徵詰
○二別破經若非明合則見
與明性相乖角如耳與明了不相觸見且不
知明相所在云何甄明合非合理疏若見明
時不與明合明見二性應相乖異如牛之角
敲對各立曾不相應孤山云角猶隅也
物在隅則不相對亦如
耳根對於明緣何曾相觸耳但聞聲不緣明
故性既乖角何殊以
彼耳根對彼明境若以此例見須不知明
相所在若非明相亦不顯見明見既無如何
分別合與非合二種義耶吳興云非和約體
不相入故以畔際

推之非合約性自差別故以乖角
破之則和親而合疎也△三例餘經彼暗與
通及諸群塞亦復如是○吳興云中論破計
不出四性謂自他共
無因也初破自然即無因也次破因緣即自
他共也如以明暗通塞推於因緣正約他性
又阿難所執空明心眼四種因緣空明即他
心眼即自又佛說同別二種見境見亦自也
境亦他也既有自他必含共性但由共性難
破是故更作和合而說然則非和合義亦從
自他開出為防末習委曲推簡耳問此與前
七處徵心四性何別荅七處四性都未涉真
但破第六識心分別較計今自然等皆依一覺
性破妄顯真微密觀照於茲見矣○大科一
破阿難認妄迷真顯如來藏
中第一正約心見破顯科竟

經文無有精見離一切物宋本並同
合解云集解作無有見精未見其本
然我今日非無文殊流俗本
云無非文殊乃依交光妄改
雖似現境長水溫陵本同乾道淳熙本並
作雖似前境按經文喻中云雖似現境合
中云似現前境語有
差別應以長水為正
如耳與明了不相觸長水及宋本並同乾
道本卻註云如見與明一本云如耳與明
則知古本或作如見與明
也今詳疏義應從長水

大佛頂首楞嚴經疏解蒙鈔卷第二之四

音釋

眚所景切生上聲目病生瞖也　彗祥歲切音篲妖星形如掃帚也　暈禹慍切音運日旁氣也　鐍古穴切音玦玉鐍日旁氣也　欃槍上初銜切攙平聲下抽庚切音崢星名

大佛頂首楞嚴經疏解蒙鈔卷第二之五

海印弟子蒙叟錢謙益鈔

回大科破阿難認妄迷真顯如來藏是第一大文之首科出生子科二⊖一正約心見以破顯二總約諸法以會通上科說竟此科下以重生起母科有三◑一正就三科辨性二重約七大會相三承前開示獲悟從此去盡第三卷經文爲正說之前分○〖疏〗已上破妄顯真唯約心見二門歷緣對境以辯雖有會通止就一門而顯次下備約三科七大一切法上即妄顯真即相顯性廣斥世間虛妄分別說有因緣及自然性而不知生滅去來本如來藏豈唯心見是藏性耶故次前段有此文來△〖孤山云〗大章第二總破諸法前文展轉破執不出心見及以聲塵雖涉餘法非是正意今方歷三科七大廻歷檢破總別推尋無法可得常住真心於茲顯矣奢摩他路於茲辨矣不歷僧祇而獲法身其在茲焉△〖溫陵〗〖云〗卷初發明覺性廣辨真妄乃至重開慧目再淨餘塵至此身心洒落真妄兩忘顯示如來藏性使知根塵器界法法圓明物物顯現是爲造悟修證大本也△〖資中疏曰〗前雖總明真性離緣絕相而未廣明一切浮塵諸有境界皆如幻化故二乘人雖知無我仍計五陰等法實有體性諸小菩薩未得空色一如是名法執今自微心辨性已來齊此廣破人執此下陰界處入等廣破法執偈贊云不歷僧祇獲法身由前廣破人法二執故分見如來藏心也△〖吳興云〗余愛沈師善分義趣但未知人法各有性相耳泊下富樓那章祇是顯前之二空故曰令汝會中未得二空廻向上乘阿羅漢等皆獲一乘寂滅場地△〖海印〗〖云〗經文徵心辨見通破麤細二種我執二種妄見及破和合乃通破麤細二種法執以楞嚴大定圓斷五住煩惱齊了二種生死分別俱生二執一時頓斷不比諸教有先後也從初審發心至二卷見猶離見等正破五蘊八識以顯人空屬分別我執其破識蘊即帶破俱生我執次下重破和合例破世界本空以顯法空乃正破俱生法執〖私謂〗大師此文全依圓覺普眼章自破見顯心已上先明二空自會緣入藏已下全彰法界科段與資中不異而總顯二空之大意同也長水於前段不分人法二空於後段不立空不空二藏以此經圓彰法界顯如來藏不須從古人科段差別耳○文三◑一正就三科顯性二㊁一會緣入實以總標四㊃一總指咸真

〖經〗阿難汝猶未明一切浮塵諸幻化相當處出生隨處滅盡幻妄稱相其性真爲妙覺明體

〖疏〗總指諸相前文雖就眼之一門顯真見體離緣絕相非生非滅略會見之與緣元是菩提妙淨明體而未明三科諸法皆如幻化

故此指也浮虛不實塵翳真性故曰浮塵假託虛僞妄設情名稱幻無而忽有畢竟無體稱之曰化當處出生隨處滅盡謂刹那不相到也此刹那性亦不可得已上同資中文此諸幻相本無所依但是迷真忽然而起故云當處出生生即無生本自寂滅故云隨處滅盡〔孤山〕云諸法不實如幻如化處謂真體幻生幻滅不離於真波起波息不離於水故曰當處出生隨處滅盡楞伽經云一切法不生我說刹那義初生即有滅不爲愚者說中論云諸法不自生亦不從他生不共不無因是故知無因彼之無生即此之滅盡也以妄見取似有浮相畢竟無體猶如幻事故云幻妄稱相無體之處元是菩提妙覺明性故云其性真爲妙覺明體去來妄見生滅故曰幻妄稱相幻是妄故故名幻妄其性等者波爲水相水即波性波水一如性相名失爲開示故云相云性而此相性即非相性問幻相不實

畢竟無體何得復云其性真爲妙覺明體答譬如空花由依翳病觀空故有離空無別花相空花雖無自性然以虛空爲所依體若翳病差花相雖滅空性不滅諸法性相亦復如是幻相雖滅真性不動問若如是者斯則真如即萬法萬法即真如何得一體立真立妄答亦如空花翳者妄見若無翳目唯見晴空而無花相故知萬法雖真唯證乃知非是識心之所能見以凡夫人心識麤動唯見世間麤動之相執此麤相爲相所礙不見真性故前文云迷已爲物故於是中觀大觀小故今廣破執喪空明由是悟入佛之知見故華嚴云一切法無生一切法無滅若能如是解諸佛當現前前文亦云若能轉物即同如來皆斯義也㊀二別列諸妄

〔經〕如是乃至五陰六入從十

二處至十八界因緣和合虛妄有生因緣別離虛妄名滅【宗鏡】覺皇隨順世法曲狥機宜欲顯無相之門先明有相之理因方便而開眞實假有作而證無生於四俗諦中立第二隨事差別諦說三科法門今欲會有歸空應當先立後破須知窟穴方可傾巢【䟽】諸法名數不能盡言但舉三科自攝一切故云乃至三科者謂蘊處界今於處中別出六根故有六入此之三科乃是世間虛妄分別幻因緣合假名爲生幻因緣離假名爲滅實無有體可生可滅【孤山云】諸經皆列三科謂陰處界以對愚根樂各有三故而今有四更加六入祇是破十二處中內六處耳○【引證】【俱舍偈云】衆生門種族是蘊處界義愚根樂三故說蘊處界三【清涼釋曰】聚謂積聚即是蘊義謂是生死有爲果相種族是界義謂是愛著生死因門論有兩釋一族老謂種族也是生本義謂十八界爲同類因各生自類等流果故是法生本二族類義十八種法種類自性各別不同故生門是處義謂諸識內外緣相然不離色心謂六根六境是心心所長門處生論下半偈明起教不同謂愚有三

一愚心所爲我大毘婆沙云若迷心迷色則合色開心數不二愚色若迷色不迷心則合心開色爲十二入三雙迷心色若心色俱迷則心色俱開爲十八界如次配三言根有三者謂上根聞畧得悟故說五蘊中根聞中說十二處下根聞廣方了說十八界言樂三者謂樂畧說蘊樂中說處樂廣說界△【止觀云】陰界入三並可爲境以寬緩難示故從指的畧二界就陰如去丈就尺畧四陰從識陰如去尺就寸以由界入所攝寬多陰唯有爲有爲之中義兼心色故置色存心心名復含心及心所今且觀心王置於心所則一念心十界三科如丈一界五陰如尺唯在識心如寸若達心具一切法已方能度入一切色心如一一尺無非是寸及一一丈無非是尺是故丈尺全體是寸○三斥迷圓實【經】殊不能知生滅去來本如來藏常住妙明不動周圓妙眞如性【宗鏡】此心是凡聖之宅根境之元凡夫執作賴耶之識成生死苦惱之因聖者達爲如來藏心受涅槃常樂之果此阿賴耶識即是眞心不守自性隨染淨緣不合而合能含藏一切眞俗境界如明鏡不與影像合而含影像故名藏識此約有和合義邊若不和合義者即體常不變故

號真如若有不信阿賴耶識即是如來藏別求真如理者如離鏡覓像即是惡慧如起信真如生滅二門無礙唯是一心者所以楞嚴云生滅去來本如來藏如今人隨情執重故多認阿賴耶不信有如來藏不知云阿賴耶則有名無體以情執有不究竟故若證聖時其名即捨若云如來藏心則有名有體以本有非執故至未來際不斷故如以金作鐶鐶體虛金體露現如來藏作賴耶賴耶相虛藏性現憑虛則妄執所宜從實則佛所印可【私謂】永明廣明阿賴耶是如來藏心故云首楞嚴經以如來藏爲宗如來藏即阿賴耶此一經之樞要也【疏】殊不知者斥其異乎能知也一切諸法本自不生今則無滅非三世法故無去來生滅去來既不可得如來藏性元自常住本不曾動周徧湛寂衆生迷倒爲物所轉殊不覺知是迷圓實也【孤山云】此明九界即見佛界迷故不知一一界中咸具陰等而此妄想即是真理故無生滅去來等相△【補遺云】前文示常住真心體徧諸法今將廣約諸法故於此唱如來藏名顯常住真心也○【引證】【起信疏云】楞伽云如來藏名阿賴耶識而與無明七識共俱如大海波常無斷絕又云如來藏爲無始虛僞惡習所熏名爲識藏【記】云大海如梨耶波如無明七識水即如來藏以從無始時來真妄和合未曾捨離循環諸趣生死無窮藏性於中隨而攝受而其體性未嘗去來故云生滅去來本如來藏如來藏具三種義一隱覆有二義一者藏如來故名如來藏即煩惱爲能藏如來爲所藏故云一切衆生即如來藏如來之藏依主釋也二者如來自隱不現法身無相名如來藏如來即藏持業釋也二含攝有三義一體含用二聖含凡三因含果前二持業後一依主三出生謂十地證真名藏能成佛果名如來亦持業釋○【勝鬘】云生死二法名如來藏如來法身不離煩惱藏名如來藏○【如來藏經】云一切衆生貪瞋癡諸煩惱中有如來身乃至常無染汙德相具足如我無異○【尼犍經】云王名嚴熾有大薩遮來入其國乃說大王當知依煩惱身觀如來身何以故此身即是如來藏故一切煩惱諸垢藏中佛性滿足如石中金木中火地中水乳中酪麻中油禾中子藏中金模中象孕中胎雲中日是故我言煩惱之中有如來藏○四結顯超情【經】性真常中求於去來

迷悟生死了無所得【宗鏡】十二因緣一人一念悉皆具足一日一夜凡幾起念念念織幾十二因緣成六趣無窮之生死是以生死無體全是如來藏第一義心迷悟昇沉了不可得【疏】了畢竟也迷悟生佛也亦眞妄也生佛眞妄去來生死一切對待情謂故有一眞如性尚無此名況有諸法對待相耶情忘體現畢竟無得【融室云】眞如性中去無所至來無所從迷實無始悟亦無終生無四大可合死無五陰可壞了無所得斯之謂與△二【楞云】中論疏云常則人天定位故無往來無常則六趣各盡一形亦無往來又常則凝然不動即無往來無常則念念變易令誰往來是則常與無常俱不相到皆無往來故云是法住法位世間相常住△【鵠林講義曰】生滅去來具一切十法界相去來即生滅也俱通心色一色有依正如一世界成住壞空各二十劫乃至一期刹那一一俱有生滅去來於一世界中一切諸法乃至一塵一毛生住異滅一一如是如非非想處八萬劫中乃至刹那一一皆生住異滅一切諸天如是人生胎中五位至於老死如是六道衆生乃至一蚊一蟻亦如是聲聞緣覺菩薩無明未盡有流注細相生住異滅但除佛界也約心者一切衆生皆有八識從本已來生滅不停前五於一時中有無邊生住異滅何況過去第六攀緣極於過去第七過去劫未嘗間斷第八如急流水生滅極微一切色心種子皆依生滅更難窮也言常住妙明不動周圓者以諸法即如來藏如來藏不動故諸法即是不動李長者以無明即是不動智故周即入一切法圓即攝一切法攝入不礙不可思議即華嚴理徧於事事徧於理門也㊃二破執顯眞以別釋四

◐一破五陰

二八一總標

【經】阿難云何五陰本如來藏妙眞如性【宗鏡】只如五蘊初科四大元始以何爲義答蘊者藏也亦云五陰【疏】梵云塞健陀此云蘊古翻爲陰【音】陰者覆也即蘊藏【義云】漢來翻經爲陰僧叡改爲衆唐三藏改爲蘊妄種覆蔽眞心雜集論云蘊者積聚義蘊是積聚陰是蓋覆積聚有爲蓋覆眞性又荷雜染擔如肩荷擔此約俗諦以釋若論眞諦無一法可聚以各無自體亦無自性故【止觀云】陰者陰蓋善法此就因得名又陰是積聚生死重沓此就果得名行人受身誰不陰入重擔現前是故初順婆沙中云陰是何義答聚義略義積義總義如種種雜物以爲一聚色乃至識聚在一處故名爲聚乃至含于三世內外

故名爲總中間諸名准此可知問五取蘊與陰有何差別答陰通漏無漏取蘊唯有漏蘊之與陰新舊異談蘊與積聚與陰義同言重擔者五陰是擔生死重沓故名爲重○涅槃德王品云菩薩斷除五陰所謂陰者能令衆生生死相續不離重擔分散聚合三世所攝求其實義了不可得師子吼品云以煩惱鎖繫縛五陰離五陰已無別煩惱離煩惱已無別五陰如柱柱屋離屋無柱離柱無屋衆生五陰亦復如是有煩惱故名爲繫縛無煩惱故名爲解脫如拳合掌繫縛等三合散生滅更無別法衆生五陰亦復如是○仁王般若經云衆生識初一念識異木石生惡爲無量惡識本生善爲無量善識本初一念金剛終一念於中生不可說不可說識成衆生色心根本色名色蘊心名識蘊想蘊受蘊行蘊蘊者陰覆爲用身名積聚大王此一色法生無量色眼得爲色耳得爲聲鼻得爲香舌得爲味身得爲觸堅持名地水名潤火名熱輕動名風生五色處名五知根如是一色一心生不可說無量色心△疏

此陰有五攝有爲盡何所不該

手鑑云然色等蘊通於無漏出世之義謂諸佛五蘊因滅無常色獲常色等兼通無爲今但取有漏有爲蘊不攝無爲義不相應故何所不該者以五陰攝於百法但除六無爲故頌曰色攝十一全受想各當一八王識蘊收七十三行攝無爲非積聚不在蘊門攝故曰五蘊攝有爲盡

前文總標乃至五陰等皆如來藏今此別徵逐科推檢令知虛妄本非因緣及自然有元是藏體妙真如性

起信云推求五陰色之與心六塵境界畢竟無念谷響云然此五中一色四心（合六塵五根爲一色法受想行識諸心心所名爲四陰）三數一王各隨部執（受想行識前三心所後一心王合爲四陰俱觸於心）心王了其總相心所了其別相以識剎起但緣青等總相次取境像即想心次領納前境即受心次起煩惱造作即行心凡夫妄想計爲實有今經顯破五陰元空也○華嚴頌云心如工畫師造種種五陰一切世間中莫不從心造宗鏡釋云種種五陰者十法界五陰也十種陰界不同故名五陰世間衆生不同攬五陰通稱衆生○大莊嚴法王經云世間諸法皆如堅實以此五種爲喻一色如聚沫喻二受如水泡喻三想如陽燄喻四行如芭蕉喻五識如幻事喻○宗鏡云以般若照見五蘊皆空聚沫之色既虛水泡之受何有陽燄之想非實芭蕉之行唯空幻識倏爾無依空大湛然不動∧二別破五㊀一色陰○宗鏡云楞伽佛告大慧當善四大造色先觀色陰從四大所造長轉相因而生四大中既無主宰誰能合集以成色乎以此觀之色陰即空色陰既空四大何有○清涼云色以變礙爲相俱舍中色有二義一變壞義論曰始自色根終乎無表世尊何故說爲色耶答可變壞故名爲色蘊釋曰變者顯剎那無常壞者顯衆分無常問云誰能變壞謂手足觸故等即便變壞廣說乃至蚊蝱等觸二變礙義論曰有說變礙

故名爲色釋曰變謂變壞礙謂質礙若爾極微應不名色無變礙故此難不然無一極微各處而住衆微聚集變礙義成〔百法論〕色法十一釋曰色根塵總名聲香味等俱名色此色陰但指根塵不同相宗通說○文三一寄喻總標〔經〕阿難譬如有人以清淨目觀晴明空唯一晴虛迥無所有其人無故不動目睛瞪以發勞則於虛空別見狂華復有一切狂亂非相色陰當知亦復如是〔疏〕喻真性本空也目喻智空喻理以果海無別色聲唯如如及如如智獨存〔孤山云〕淨目喻本具真智晴空況本具真理唯一晴空即理智一如也迥無所有絕九界妄色也其人下喻迷真起妄也故事也瞪直視貌不由別事只因自不動目直視於空目睛勞倦遂見花相或見毛輪第二月等故云一切色陰亦爾以不如實知真如法一故不覺動念現六塵境即色陰起也〔孤山云〕其人喻衆生也背真合妄故曰無故不動目睛妄心取著也瞪以發勞妄惑潤業也於妙性中現九界色故曰於空見狂花等△

〔定林云〕以空頑故非有現有而爲色空△〔熏聞云〕此須聯帶上下文相顯之既以狂花喻於色陰下文即云是諸狂花不從空來等正喻色陰不從因緣等生也以能喻之文既悉故所喻之文甚畧說在中間真語巧妙也餘四倣此○二約喻廣破二ㄖ一標無生〔經〕阿難是諸狂華非從空來非從目出〔疏〕空元無花妄見生起說誰出來真元無色妄分質礙復何從所〔融室云〕狂花若從空來色則屬自然生若從目出屬因緣有△〔熏聞云〕非空破他性非目破自性約法言之應以心境而分自他餘四陰中皆有自他二義蓋四性中存畧而破也唯行陰有離自他意似破無因問經破人法二執何故須破四性於四性中多破自他答荊溪云四性爲諸見本自他復爲共無本所以然也ㄖ二破生處〔經〕如是阿難若空來者既從空來還從空入若有出入即非虛空空若非空自不容其華相起滅如阿難體不容阿難〔疏〕破空生也見花既從空生不見應從空入空無內外何出入之有設有出入即是實色不合名空既非虛空云何花出見實物時無花生故如阿

難體是其實色見汝體時豈容更有阿難出
耶孤山云譬空有實體則不容空花△融室
云如彼空室可容阿難阿難自體寧容自
體○引證般若經云如實知色來無所從去
無所趣雖無來無去而生法相應是名如實
知色生雖無來無去而滅色相應是名如實
知色滅如實知色無生無滅無去無來無染
無淨無增無減常如其性不虛妄不變易是
名如實知色真如菩薩修行般若時如實知
色色自性乃至知識如
聚幻等是爲能學五蘊經若目出者既從目
出還從目入即此華性從目出故當合有見
若有見者去既華空旋合見眼若無見者出
既翳空旋當翳眼又見華時目應無翳云何
晴空號清明眼疏此下破目出如人從屋出
必有入目既有見能出於花花應有見孤山云謂
眼既有見花亦應見釋要云從目出故當合
有見者毋有故子亦有也直解云若從能見
之目出則受眼家
氣分當應有見從目出去能花於空自空
歸目合見於眼若此花性雖從目出而無有
見斯但爲翳既從目出去翳虛空歸目之時

合應翳眼温陵云若花從目出則得目之性
故應有見今旋時既不見眼又不
翳眼非
目出矣若汝執言實不成翳無妨見花既無
翳目而能見花見晴明空應是翳眼云何見
空號清明眼孤山云又見花時下重約花從
眼出破也若以無翳見有空花
則見無空花復是何眼釋要云若見花是好
眼應見晴空卻是病眼何以觀晴空時號清
明眼△起信疏云如不見空花誰是病眼記
云須知見空花者是病眼若眼明淨必不見
花楞嚴云若無翳目乃至
號清明眼○三結成虛妄經是故當知色陰
虛妄本非因緣非自然性資中若知花相即空
則顯色陰本如來藏疏花無所出色陰不生
本妙真常何曾起滅而說因緣自然真爲虛
妄私謂四科首文標示藏性每科末文結歸
虛妄注家於此咸有補綴之詞今觀此中
之文全用四性觀推檢廣明五陰等一切浮
塵幻妄稱相乃至因緣別離虛妄名滅等文
其本如來藏常住妙明不動周圓之義至七
大文中會歸如來藏清淨本然周徧法界等
文方乃鋪陳舒展渾圓具足結成標文云何
本如來藏妙真如性之語經文前破後立總
別相望義科章門脈絡皎然勿致疑於標結
異詞而用影乎消釋也8二受陰○清涼云

聖教說受開合不同或總名受即徧行數或分爲三謂苦樂捨唯識云受謂領納順違俱非境相爲性領順境相適悅身心名爲樂受領違境相逼迫身心說名苦受領中容境相於身於心非逼非悅名不苦不樂受或分爲五謂苦樂憂喜捨唯識云諸適悅受五識相應但名爲樂意識相應若在欲界初二靜慮近分名喜但悅心故若在初二靜慮根本名喜悅身心故若在第三靜慮近分根本名樂安靜尤重無分別故諸逼迫受五識相應但名爲苦意識俱者有義唯憂逼迫心故有義通二人中天者但名爲憂非尤重故傍生鬼趣名憂名苦雜受純受有輕重故捺落迦中唯名爲苦純受尤重無分別故三中苦樂各分二者論云適悅身心相各異故由無分別有分別故尤重輕微有差別故四不苦不樂不分二者論云非逼非悅相無異故△智論云眾生以何因緣故貪著此身以樂受故所以者何從內六情外六塵和合故生六種識六種識中生三種受苦受樂受不苦不樂受一切世間繫縛受爲主以受故生諸結使樂受生貪欲苦受生瞋恚不苦不樂受生愚癡三毒及業因緣△析玄云六根各具五受○文三一寄喻總標

經阿難譬如有人手足宴安百骸調適忽如忘生性無違順其人無故以二手掌於二手中妄生澀滑冷熱諸相受陰當知亦復如是

疏喻一眞也宴靜調和適悅也骸體也忘生忘形也身肢安靜恬然暢適而無苦樂二境相逼忽然如其無形一般斯蓋但以捨受相應不覺此形之有生也證真云忘生猶忘形也謂身肢安悅不與苦樂憂喜諸受相應恬然靜住似無形命李陵云每一念至忽如忘生私謂忽如忘生如圓覺云百骸調適忽忘我身也疏引李陵書蓋捨其義而掇其詞其人下喻起妄也性無違順喻真性寂然妄本無因故云無故眞妄和合如兩手相摩領納違順如妄生澀滑已上資中文阿賴耶識變起世間故云生澀滑等或可二手及空喻根境識根境識三和合生觸觸是受因從此領納故知受陰無明妄念迷眞和合假託而生故下破之荊公云以覺迷故無所生所而爲受陰△二楞云受是徧行心所諸識中皆有受相前五離三合二受用偏多以前五根對前五塵發起前五識領納違順之境故以觸言觸亦徧行心所以觸緣受故○引證宗鏡云徧行五者唯識云謂觸作意受想思觸謂三和者謂根境

識三事和合分別爲體受依爲業又即三和是因觸是其果令心心所觸境爲性受想思等所依爲業觸若不生時餘受一心所亦不能生和合一切心及心所令同觸前境是觸自性也即諸心所緣境時皆是觸功能自性也即此觸似彼三和與受等爲所依是觸之業用也△清涼云觸通身心寒熱飢渴必與心俱故屬徧行寒是冷觸熱即火大能造觸也俱舍說此之四觸亦是心所論云食欲名飢煖欲名冷飲名渴釋曰煖欲名冷者熱准於冷冷熱相翻義亦有欲故此四種皆爲意業△止觀云觸是四大動輕是風痒煖是火冷滑是水重澀是地體用相添則有入觸〇二約喻廣破二〇一標無生

經阿難是諸幻觸不從空來不從掌出

疏冷煖本無手合故有故云幻觸 桐洲云能觸即身所受觸即境故言幻觸陰不實妄緣假合故無來處〇二破生處

經如是阿難若空來者既能觸掌何不觸身不應虛空選擇來觸

疏破空生也虛空平等無所不在豈能選擇不觸乎身而觸於掌 溫陵云空體常徧不應有擇

經若從掌出應非待合又掌出故合則掌知離即觸入臂腕骨髓應亦覺知入時蹤跡必有覺心知出知入自有一物身中往來何待合知要名爲觸

疏已下破掌出若此澀滑從掌而出掌未合時何無澀滑 溫陵云掌當自出不應有待 融室云幻觸若自掌出孤掌即出應非待合若汝執言掌雖生觸須待合時此觸方出若爾合既觸出離應觸入若觸入時所經之處應亦覺知觸入蹤跡 融室云兩掌合時所出之觸則屬掌知二掌離時無覺即是觸入掌中而去隣近之臂腕骨髓應亦知其蹤跡若實覺知觸常在體應須常知何待合知必曰有其覺心知觸之出知觸之入則自有一覺知之物於身中往來何待掌合而知要得名爲冷煖諸觸也△溫陵云若從掌出出必有入然合而觸時掌雖有知離而入時臂且不覺既無定入全一虛妄〇三結成虛妄

經是故當知受陰虛妄本非因緣非自然性

疏既知幻觸能生於受推其觸性都無故知受陰虛妄〇三想陰〇清涼云想以取像者唯識云想於境取像爲性施設種種名言爲業謂要安立境分齊相方能隨起種種名言雜集云構了相是想相由此想故構了種種像類隨所

見聞覺知之義起諸言說。【宗鏡云】想謂名句文身熏習爲緣取相爲體發言議爲業又想能安立自境分劑若心起時無此想者應不能取境分齊相於境取像爲性施設種種名言爲業種種名言皆由於想是想功能。【大乘廣五蘊論云】想即思想之義謂意識與六塵相應而成六想和合積聚故名想蘊六想謂意識著色想色著聲想聲乃至著法想法等。◯文三 一寄喻總標【經】阿難譬如有人談說酢梅口中水出思蹋懸崖足心酸澀想陰當知亦復如是【疏】想以想像爲義想像不實從虛妄有故以說酢水生思崖酸起爲喻因說想酸因思想峻故有水酸以想喻想近取譬耳【定林云】談說酢梅但有名言思蹋懸崖初無實事而能令心真受酸澀此足知爲妙真如性△溫陵云說梅思崖無實相也口水足酸由心成相也凡想如之△【二楞云】分別緣慮曰想亦是徧行心所以能安立自境分齊故前五隨念第六計度七八憶持皆能安立自境而第六意識偏多以能緣慮三世境故以是融通妄想故按諸師以五陰分配八識古師則不然者以一一陰各通八識一一識各具五陰不應尅定某陰是某識也今鈔畧存二楞一解

◯二約喻廣破三ㄖ一標無生【經】阿難如是酢說不從梅生非從口入【疏】以水喻想今推酢說說既不有水從何生ㄖ二破生處【經】如是阿難若梅生者梅合自談何待人說若從口入自合口聞何須待耳若獨耳聞此水何不耳中而出【疏】因人說梅梅何有說故非梅生若因人說水便口流口既流水應合聞說何用耳聞口若不聞唯耳聞者耳既聞說亦合流水故云此水何不耳中流出說不得梅梅不至口耳自聞說水却口流說梅與水一俱叵得【溫陵云】人談梅而口水梅不能談計梅出者妄耳聞梅而心想口不能聞計口入者妄耳聞梅而耳無水計說計聞皆妄也ㄖ三類思崖【經】想蹋懸崖與說相類【疏】類說應云如是崖想不從崖生不從足入若崖生者崖合自思何待人想若從足入足應有思何須心想若獨心思此酸只應心中自有何以足心却有酸澀◯三結成虛妄【經】是故當知想陰虛

妄本非因緣非自然性【疏】說酢思崖水酸形體想像虛僞能所俱空元是菩提妙覺明性何因緣自然之有耶【楞伽經云】佛言前聖所知轉相授受妄想無性㠯四行陰○【清涼云】行以遷流者俱舍云造作遷流二義名行雜集云造作相是行相由此行故令心造作謂於善惡無記品中驅役心故釋曰俱舍二義今取遷流欲訶毀故約經而言思即行蘊唯識云云何爲思謂令心造作爲性於善惡等役心爲業謂能取境正因等相驅役自心令造善等○【廣五蘊論云】行即遷流造作之義謂因意識思想諸塵造作善惡諸行和合積聚故名爲行蘊乙文三一寄喻總標【經】阿難譬如暴流波浪相續前際後際不相踰越行陰當知亦復如是【疏】行以遷流造作爲義剎那無常念念遷謝生死死生如旋火輪無有休息故以暴流波浪相續無踰越義以爲喻也【孤山云】前念滅後念生後不至前故云不相踰越○【引證】唯識云如暴流水非斷非常相續長時有所漂溺此識亦爾從無始來生滅相續非常非斷漂溺有情令不出離又如暴流雖風等擊起諸波浪而流不斷此識亦爾雖遇衆緣起眼識等而恒相續又如暴流漂水上下水草等物隨流不捨此識亦爾與內習氣外觸等法恒相流轉○【宗鏡云】一前流不自流由後流排故流則前流無自性故不知後二後流雖排前流而不到於前流亦不相知三後流不自流由前流引故流則後流無自性故不能知前四前流雖引後而不至後故亦不相知生滅前後者謂前滅後生互相引排此即豎說如壯與老謂此流水剎那生滅前剎那滅後剎那生此彼前後者此即橫說猶如二人同行狹徑後人排前前人引後分分之水皆有前後乃至毫滴有前毫滴後毫滴故聚多成流注則無性矣小乘亦說當處生滅無容從此轉至餘方而不知無性緣起之義耳ム【二楞云】遷流曰行即徧行心所之思以能驅役自心造善惡等故即是業行於百法中攝法最多八識皆有遷流末那遷流最勝以念念不斷故八識皆有思末那思最勝以恒審思量故乙三約喻廣破二㠯一標無生

【經】阿難如是流性不因空生不因水有亦非水性非離空水【疏】即空即水離空離水求暴流體俱不可得行陰亦爾本無生處㠯二破生處

【經】如是阿難若因空生則諸十方無盡虛空成無盡流世界自然俱受淪溺【疏】破空生流也流從空生空體常在流應常生虛空性徧

流亦應徧斯則但見暴流應無世界又如何分水陸空行耶講錄云虛空無盡瀑流有盡喻真如寂然無盡行陰遷流有盡經若因水有則此暴流性應非水有所有相今應現在資中若因其水別有流性因果性別則暴流性應不是水能有是水所有是流二相若殊俱應現在疏破水生流也流從水生水與暴流兩體應異水為能生流為所生如樹生果果不是樹二俱現在如因樹有果能生之樹與所有之果歷然現在今且不然如何因水耶溫陵云有所有相謂流應離水別自有體相也經若即水性則澄清時應非水體疏破流即水也流相漂動水性澄清若此漂動便是水相者至澄清時應非是水暴流漂動已是水故二楞云暴流盡則水澄行陰盡而心淨經若離空水空非有外水外無流疏破離空離水也離空有流空且無外何離之有若離水有水外求波故應非理流既無生行陰元寂溫陵云空非有外水流其間水外無流流終依水△荊公云識精水也其性為空行如水流依此空水若無空水則流無所生若無識性則行無所起△二楞云離空離水則無流相以行陰除真如業識無自體故○三結成虛妄經是故當知行陰虛妄本非因緣非自然性如文可解

○五識陰○清涼云識以了別者俱舍云識謂各了別論云了別名識此有六種了別不同故名為識雜集云了別相是識相由此識故了別色聲香味觸法等種種境界○持世經云佛言諸凡夫於見聞覺知中計得識陰貪著見聞覺知法為識陰所縛以心意識合繫故馳求往來從此世至彼世從彼世至此世皆識陰所縛故不能如實知識陰是顛倒不實虛妄相應因見聞覺知法起此中無有實識者是諸菩薩如實觀時知識陰從虛妄識起從本已來常不生相知非陰是識陰像陰是識陰幻陰是識陰譬如幻所化人識不在內亦不在外不在中間識性亦如是如幻性虛妄緣生從憶想分別起無有實事如機關木人識亦如是從顛倒起虛妄因緣和合而有○毘婆沙云遠行是心業即第八識續生心也第八名藏識○文三一寄喻總標經阿難譬如有人取頻伽缾塞其兩孔滿中擎空千里遠行用餉他

國識陰當知亦復如是【宗鏡】此破識陰也鉼喩於身空喩於識若執有識隨身往來者此處識陰滅往彼處生時如將此方虛空遠餉他國意云無有是處明虛妄也【疏】頻伽好聲鳥也鉼形似彼【溫陵云】鉼作鳥形有名無實喩衆生妄身也識陰無形在有情身如鉼盛空此則鉼喩於身遠餉他國者阿賴耶識此則空喩於識爲業所使隨處受生此陰若滅彼陰續生如人擎空遠餉千里【標指】第八識是三界生滅根業△【孤山云】業牽識走如鉼擎空行捨身受身喩以遠行現行如此國中陰生陰悉如他國【纂要云】或可以鉼喩業業能繫識受身如鉼能含空以將鉼人喩貪愛煩惱受業潤生也△【吳興云】法句經云精神居形內猶雀藏鉼中彼經以雀喩識心鉼破則雀去矣彼偈云雀來入鉼中羅縠掩鉼口縠穿雀飛去精神通趣業今以人喩業以鉼喩身以空喩識人擎鉼空而行猶業持身識而去中陰生陰皆有色心並由業力之所任持也△私謂鉼身空識多師分配不一要不外永明古釋耳雷菴受師指後文識陰區宇謂鉼爲識之區宇結彈岳師不應以人喩業人依業識業識依身根身爲小鉼器界爲大鉼人之與身豈非皆識陰之區宇耶

死有至時諸根不通如塞兩孔【真際云】塞其兩孔喩六七二識我法二執塞二空理也△【融室云】兩孔即理智二法△【海印云】鉼喩中陰身兩孔喩人死見聞塞絶△【荆公云】性覺真空空徧法界所妄既立明理不踰則此識生如鉼盛空與外空有間然實無間妄分別耳○二約喩廣【經】阿難如是虛空非彼破二己一標無生方來非此方入【疏】虛空非出入喩識無往來既無往來將何爲識而了別耶【孤山云】非從彼方來入此方【補遺云】謂非將彼空來入此方也△【二楞云】以真如不動由七八二識遷流似有往來故約彼此而說【經】如是阿難若彼方來則本己二破生處鉼中既貯空去於本鉼地應少虛空若此方入開孔倒瓶應見空出【宗鏡】若此陰實滅於本瓶地應少虛空若彼陰復生如開孔倒瓶應見空出故知虛空不動識無去來【疏】彼方瓶來方也名本鉼地空若彼方來於此方本瓶來處應少虛空本處既無所少應知非彼方來瓶到之地名爲此方若此方空入於鉼內

先合見空從瓶而出方知空入出空既無入空何有空既無出入識何曾往來又此方入者入此方也其文易解【孤山云】若缾盛空從彼入此何故彼方不見空少此方不見空出若從彼來彼應減少其空矣若從此入必見其出瓶之相○三結成虛妄【經】是故當知識陰虛妄本非因緣非自然性【標指】空無出入識陰不生本妙真常○何曾起滅如執因緣自然皆是虛妄【宗鏡合釋】大智度論明乾闥婆城野馬谷響等無智人亦如是空陰入界中見吾我及我法婬瞋心者四方狂走求樂自湍顛倒欺誑窮極懊惱若以智慧知無我無實法者是時顛倒願息故知色陰如勞目睛忽現空花之相受陰如手摩觸妄生冷熱之緣想陰如人說酢梅口中自然水出行陰如水上波浪觀之似有奔流識陰如瓶貯虛空持之用餉他國斯則非內非外不即不離和合既不成自然亦非有若此況是實則五陰不虛既並世相而非真審知陰入而無體唯是性空法界如來藏心無始無終平等顯現又云如人被械得脫而作戲論是械是腳何者是解脫是人可怪於腳械外別求解脫眾生亦如是離五陰滅更求解脫故知有識則繫縛無識則解脫如離五陰空別求解脫者如離此方空別求他方空○【合論云】此去至阿難說偈皆世尊以甚微細智入世間解極談無生問何謂無生曰雖生而不生是也世尊說五陰等行相竟必曰本非因緣非自然性夫一切諸法既非因緣而生又非自然而生非無生之意乎○【溫陵云】身心萬法即如來藏妙真如性道嫌揀擇理忘情謂凡有言說皆爲戲論擬心動念盡涉疑倒大覺將與覺之故此卷之初權且明正倒辨緣影擇見精示真量一就其迷倒情計拂心眼之塵翳洗肺腸之濁垢使心境洒落真妄兩忘然後融會入如來藏遂知根塵處界法法無非妙真如性此二三卷經大旨也

大佛頂首楞嚴經疏解蒙鈔卷第二之五

音釋

綴　株衛切音綴連結也

酢　倉故切音措酸也

叵　普火切音頗不可也

械　胡介切音邂桎梏手足者

大佛頂首楞嚴經疏解蒙鈔卷第三之一

海印弟子蒙叟錢謙益鈔

○躡前正就三科顯性科●第二破六入○孤山云已下三段經文語似相濫而意有傍正初破六根雖以根塵對破覈其正意唯在內入次十二處雖根塵互破而正在於塵以前段中已破根故次十八界雖根境識三相對推破然論正意唯在六識以根境二前已破故△王舜兪曰六入雖主根然根塵識三元不相離所云發知居中集知居中皆指識也故后文云由塵發知因根有相六入正破在根而塵與識已畢破矣次下但演現前之六塵即妄即真并前六入爲十二處又演緣生之六識即妄即真并十二處爲十八界耳

◑破六入文

二八一總徵

經復次阿難云何六入本如來藏妙眞如性

疏梵語鉢羅吠奢此云入亦云處境入之處也釋要云六根不能亡緣反照爲境所入從此引心起惑造業亦是識生處故然根境二法俱識生處今分六根別破故獨以根爲入也熏聞云入有二義一根塵互相涉入二根境俱爲識之所入以是諸經名十二入楞嚴唯六根爲入者根有勝義親能生識又根能受境吸攝前塵故偏名入故云六爲賊媒又云六入邨落△法界次第云內六入者此之六法親故屬內爲識所依故名爲入亦名根者根以能生爲義此六並有生識之功故通名根也外六入者此六疎故屬外識所游涉故名六塵內外六入即十二處也○引證俱舍云入亦名根根以增上得名入以來門爲義△止觀輔行云入者涉入亦名輸門入者新名爲處娑沙云入是何義答輸門義輸道義藏義倉義田義流義海義是爲入義今之涉入及以輸名初明根塵互相涉入次明根爲外塵之所得便由心心所流入根境令塵得入名爲輸道故彼論云門之與道並是能通使心心所得流入也準俱舍中法入最寬入二別破

六⊖一眼入三○一標其

經阿難即彼目睛瞪發勞者兼目與勞同是菩提瞪發勞相

無體二ゐ一舉喻顯妄

疏借前色陰中見花瞪目以爲喻也目睛喻覺性瞪發勞喻妄念忽生兼目與勞等即此眼根能結所結起不離真故云同是菩提經文語略若細論之即淨目喻覺性因瞪發勞喻無明不了故成念動由發勞故見空中花由念動故現妄境界及根身等兼目與勞下約

喻指法也目卽無明動心勞卽所現根境及能見心此之心境及與動念俱是菩提性中無明勞相無體可得虛妄發生猶如瞪目見空中花俱爲勞也[吳興云]色陰文譬如目睛瞪以發勞則於虛空別見狂花等相以目喻眞以勞喻妄以花喻色今指前說故云卽彼目睛等兼目與勞下取前文能喻之根便爲此中所喻之法以彼勞目正是眼入虛妄之相故然此能喻帶法言之菩提卽覺從覺生妄如瞪發勞經意云彼色陰中所說目之與勞亦是覺明瞪發勞相勞相卽空華也前文空花徧喻九界五根之色此中空花但喻九界眼入之相前寬此狹不可混同當知眼入乃至意入皆如空花故六入文並云同是菩提瞪發勞相問何不直就根塵推破見性而須指前勞目之事答根塵徧迷悟必從要故指凡夫易解之妄事用開當機未了之執情向下塞耳聞聲畜鼻覺觸例亦如是△[海印云]此最微細非前喻可比以此中乃說最初六根之元因見分取相吸習中歸和合結成五淨色根爲浮塵所依本來無入今始有也兼目卽今眼根爲相分勞卽見分以此二分本無所有同是菩提瞪發勞相意顯識體依覺故迷故云菩提發勞二分依識而顯爲識之行相不離自證元無二體故云同是約巳成六根自體爲喻葢言本無六根因最初見相和合而成淨色故雙舉之以明六根初結之始也△[定林云]菩提一切如也以合空則寂以合塵則勞め二約根辯無

[經]因於明暗二種妄塵發見居中吸此塵象名爲見性此見離彼明暗二塵畢竟無體

[疏]既因動心現妄境界指眼瞪發勞見空花色相於此妄境派成根塵互爲對待相形而立本無自性體不可得[吳興云]二種妄塵者前指勞目且據明緣示其妄相明必對暗相待而成下文云由塵發知因根有相相見無性猶如交蘆故云因於明暗發見居中[二楞云]因明暗二塵對待粘湛發見目發其見卽居明暗二塵之中非言根塵之中也若根塵之中卽名識不名根塵既發根根還取境根境既備方成見性故云吸此名見性等見精映色卽吸此塵象而成見性以吸故能入如磁能吸鐵既因取境而得名見故知此見從影象生象喻塵也起信云猶如明鏡現於色象現識亦爾隨其五塵對至卽現明暗尚如影象無體可得況所發見而有體耶故云離彼

無體浮根四塵浮逸奔色此見由塵而發離塵無體故知見性亦是菩提瞪發勞相△定林云由塵發見故名眼入離塵無性是謂虛妄○二破成無相二○一標無生經如是阿難當知是見非明暗來非於根出不於空生疏前文雖云因於明暗爲顯根性本無假他而有就妄分別而似有因今以四處推窮體無生處故此標也熏聞云不於空生證真以此句破無因生非於根出破自生非明暗來破他生卽成三句若合自他爲共意者卽四句也四性之義隨文分別不可局定前五陰中空外無別他性之義故以空爲他生今文既有明暗可對他生證真以空對無因於義甚便○二破生處經何以故若從明來暗卽隨滅應非見暗若從暗來明卽隨滅應無見明若從根生必無明暗如是見精本無自性若於空出前矚塵象歸當見根又空自觀何關汝入疏初破境生境中自有明暗相背因明卽不見暗以暗時無明見隨明滅故因暗反此次破根生根生卽不假明暗明暗不來根無自性此中言根生者以自望自非謂破識亦可勝義望世俗根故云根生勝義望世俗根者謂浮塵根生於勝義亦以自望自也△吳興云不於根生破根而推識也見性聞性乃至意入名覺知性性卽識也以現前六根生滅難見故從諸識推而破之識若不生根云何立旁論云此中非謂無識但約根塵空三處顯見聞等性畢竟無生長水言非謂破識已先揀苕溪之義次破空生若言虛空能生勝義在浮塵內進既觀象退應觀根雲棲云空爲能見塵象爲所見今眼根在面我乃塵象空應反歸見我眼根如不見眼前矚不成又空中自能有見何關汝之能入○三結成虛妄經是故當知眼入虛妄本非因緣非自然性不從根境生破因緣不從空生破自然如前解○二耳入三○一標其無體二○一舉喻顯妄經阿難譬如有人以兩手指急塞其耳耳根勞故頭中作聲兼耳與勞同是菩提瞪發勞相疏耳喻真性手喻無明真妄和合名塞動念初起名勞由念動故境現如頭作聲溫陵云指本無聲耳

本無聞妄相感觸頭中作聲耳入之妄如是兼耳與勞下此之動
念與妄境界能結之心所現之境皆是菩提
性中無明勞相此中塞耳同彼直視故亦言
瞪【熏聞云】五陰中並云譬如雖帶事說意在比況此以假設其事曉詞令悟正約事相而破也△【私謂】涅槃云譬如一識分別說六譬如一色眼所見者則名為色耳所聞者則名為聲乃至身所覺者則名為觸此經破六入自眼入至意入皆言菩提瞪發勞相以真如不守自性無明一動六根齊發語不頓彰起非次第與涅槃之旨一也○二約塵辨無
【經】因於動靜二種妄塵發聞居中吸此塵象
名聽聞性此聞離彼動靜二塵畢竟無體【疏】
塵既發根根還取境根境相待聞始得成故
此耳根離塵無體【標指】由因動靜二境發聞知之性也△【孤山云】耳聞動靜猶目見明暗也諸經所說對聲有聞緣明有見今文了義靜亦名聞暗亦名見鼻聞通塞意知生滅例亦如是○二破成無相二○一標無生【經】如是阿難當
知是聞非動靜來非於根出不於空生○二破生處
【經】何以故若從靜來動卽隨滅應非聞動
若從動來靜卽隨滅應無覺靜若從根生必
無動靜如是聞體本無自性若於空出有聞
成性卽非虛空又空自聞何關汝入【疏】先破
境生境有動靜聞一則不聞一以隨能生有
生滅故次破根生不假動靜聞亦無故後破
空生空若有聞自成於根【溫陵云】有聞成性謂有所聞則成有性又空自聞豈干於耳○三結成虛妄【經】是故當知
耳入虛妄本非因緣非自然性○三鼻入三○一標其無體二○一舉喻顯妄【經】阿難譬如有人急畜其鼻畜久
成勞則於鼻中聞有冷觸因觸分別通塞虛
實如是乃至諸香臭氣兼鼻與勞同是菩提
瞪發勞相【疏】鼻喻眞性外風喻無明畜謂縮
氣喻眞妄和合勞喻心動冷觸香臭喻妄境
餘文如前【標指】通塞是鼻家境氣出則通名虛氣入則塞名實△【熏聞云】通塞對塵虛實對根根虛則塵通根實則塵塞○二約塵辨無【經】因於通塞二

種妄塵發聞居中吸此塵象名齅聞性此聞離彼通塞二塵畢竟無體[海印云]在耳曰聽聞在鼻曰齅聞所謂性中相知用中相背也○二破成無相二○一標無生[經]當知是聞非通塞來非於根出不於空生通塞根空俱無生處○二破生處[經]何以故若從通來塞則聞滅云何知塞如因塞有通則無聞云何發明香臭等觸若從根生必無通塞如是聞機本無自性若從空出是聞自當迴齅汝鼻空自有聞何關汝入[疏]先破境生通塞𤼵破可知發明顯了也次破根生根生則無境無境則無根由塵發知故機亦根也[吳興云]機弩之牙也譬眠伏之根觸香等有發聞之義次破空生前則聞境歸則齅根空自聞香汝鼻何用○三結成虛妄經是故當知鼻入虛妄本非因緣非自然性○四舌入三○一標其無體二○一舉喻顯妄[經]阿難譬如有人以舌舐吻熟舐令勞其人若病

則有苦味無病之人微有甜觸由甜與苦顯此舌根不動之時淡性常在兼舌與勞同是菩提瞪發勞相[疏]舌根不動喻眞吻喻無明舐喻眞與妄合勞卽念動念動故境生如甜苦淡問甜苦由勞故生可喻妄境淡是舌根不動合喻於眞爲何喻境答元來不動可以喻眞今以由動故顯不動既是形待故成妄矣如下云言妄顯諸眞妄眞同二妄○二約塵顯無經因甜苦淡二種妄塵甜苦攝諸辛酸爲一塵淡自爲一塵發知居中吸此塵象名知味性此知味性離彼甜苦及淡二塵畢竟無體○二破成無相二○一標無生[經]如是阿難當知如是嘗苦淡知非甜苦來非因淡有又非根出不於空生○二破生處[經]何以故若甜苦來淡則知滅云何知淡若從淡出甜卽知亡復云何知甜苦二相若從舌生必

無甜淡及與苦塵斯知味根本無自性若於空出虛空自味非汝口知又空自知何關汝入【疏】從境從根從空亦如前釋虛空自味者味猶嘗也【補遺云】虛空自嘗味故曰非汝口知空自知味汝舌何用四句上明味塵下明舌入文不相濫△【海印云】知味性又曰知味根根性一源也○三結成虛妄

【經】是故當知舌入虛妄本非因緣非自然性⑧五身入三○一標其無體二ⓥ一舉喻顯妄

【經】阿難譬如有人以一冷手觸於熱手若冷勢多熱者從冷若熱功勝冷者成熱如是以此合覺之觸顯於離知涉勢若成因於勞觸兼身與勞同是菩提瞪發勞相【疏】二手喻真妄合喻真妄和合真有不守自性隨緣成根境等如隨冷熱緣成冷熱手問二手之中何手喻真答以勢劣者喻真思之【孤山云】以此合覺之觸顯於離知言離合俱覺如明暗俱見動靜俱聞也△【溫陵云】身入主觸然觸無自性如兩手冷熱手奪兩無定勢足知其妄也手不自觸因合覺觸故云合覺之觸合不自合因離知合故曰顯於離知涉勢若成謂冷熱相涉使二相相成因觸久成勞妄生斯相也△【合解云】如可愛觸合則順離則違不可愛觸合則違離則順豈非以此合覺顯於離知下云違順合離四相觸塵離亦觸也故云離知又云覺離△【二楞云】觸是身家所對之塵兩手俱是身根無別觸塵故以冷熱為觸塵也涉勢是身家勞冷熱因勞所現之相ⓥ二約塵辨無

【經】因於離合二種妄塵發覺居中吸此塵象名知覺性此知覺體離彼離合違順二塵畢竟無體【標指】違順二塵者因離合有違順也△【海印云】在身為覺名知覺性○二破成無相ⓥ一標無生

【經】如是阿難當知是覺非離合來非違順有不於根出又非空生生處ⓥ二破

【經】何以故若合時來離當已滅云何覺離違順二相亦復如是若從根出必無離合違順四相則汝身知元無自性必於空出空自知覺何關汝入【疏】破境生更約違順二相廣其道理例前離合次根生空生皆如文○三結成虛妄

【經】是故當知身入虛妄本非因緣非自然性（甲）六意入三（乙）一標其無體二（丙）一舉喻顯妄【經】阿難譬如有人勞倦則眠睡熟便寤覽塵斯憶失憶爲忘是其顛倒生住異滅吸習中歸不相踰越稱意知根兼意與勞同是菩提瞪發勞相【疏】人喻真性本自覺故石壁法師釋夢喻文云如有一人真如一心勞倦則眠喻無明迷真性不了故忽然睡著不覺無明忽起睡熟喻動念現境謂眠故成夢作夢最初業識相夢具心境心喻業轉境喻現相見種種事見是轉識相種種衍事是現識相寤喻事識事識取所現境分別染淨起心分別六粗初智相乃至六業繫苦相不了自心所現見從外來如憶夢中之事不得明了圓覺疏云約虛妄之事眠時無夢覺時有夢故云覽塵斯憶失憶爲忘也【溫陵云】意入主於憶知憶知生於寤寐故【宗鏡引】託睡寤以明也【沇疏云】覽塵斯憶者憶即是生失憶爲忘者忘即是滅失憶不離自心故

曰是其顛倒生住異滅【吳興云】寤則覽塵斯憶睡則失憶爲忘又睡中有夢寤中有忘皆是覽塵失憶之相憶之則生忘之則滅故下文云因于生滅二種妄塵也以忘對真即是顛倒吸習生住異滅歸識心內故曰中歸前念滅後念生無雜亂失故曰不相踰越此二妄塵復爲生住異滅四種細相念念遷流吸習此相中歸意根四相刹那前後不雜故曰不相踰越【疏】巳上總指生滅結成意根夢中現境因睡故有脫體是假既睡寤巳不了假有覽而憶想謂是其實名爲顛倒生住異滅寤寐憶忘皆生滅也法中亦爾動心現境巳是虛妄事識不了見境實有名爲顛倒境與分別前後訛替念念移易名生住異滅覽此生滅全歸意根熏習不斷念念分別名意根耳能分別意所分別境皆是覺性之中無明勞相○【引證】【清涼云】唯識言睡眠位身不自在者坐亦睡眠故他動搖時亦不覺故此令心極暗劣昧畧爲性者不能明利沈審故言意識不行即是論中一門轉故顯

五識不行百法鈔云意識有明了暗劣二門此無明了云一門轉○【唯識云】然有爲法因緣力故本無今有有位名生生位暫停即說爲住住別前後復立異名暫有還無無時名滅此依刹那假立四相【圓覺鈔云】佛性論云一切有爲法約前際與生相相應約後際與滅相相應約中際與住異相相應三界四相唯一夢心皆因根本無明之力○二約塵辨無

【經】因於生滅二種妄塵集知居中吸撮內塵見聞逆流流不及地名覺知性此覺知性離彼寤寐生滅二塵畢竟無體【疏】集聚也中猶內也吸撮皆取也由生滅境引發集聚內覺知性【二楞云】前五言發見發聞等此言集知者發是現行集是種子以前五現行皆從種子發生故此之覺知常取生滅於內分別非同前五照外境界故名內塵以意根內緣不緣外故即前文中聚緣內搖也【溫陵云】意主覺知而根潛身中故名集知居中意著法塵而想像內發故云吸撮內塵文殊云法稱爲內塵即過去諸法影像是也亦名落謝塵阿毘曇名無表色亦云不可見無對色皆內塵也△鏡宗引況䟽云眼耳取外塵境刹那流入意地從外入內名爲入流【融室云】聲色等塵名爲流眼見耳聞緣現在諸塵往外順流五塵落謝移其所見所聞聲色等流歸於意中以爲法塵正當聲色逆緣之流故云入流眼耳唯緣順境至第二念緣不及處故云流不及地流是現塵今爲法塵則現塵不及於意根故云流不及地唯意根獨取名覺知性五根流不及之處即是意根接引去緣是名意根覺知之性此覺知性因前塵起畢竟無體此知全濫寤寐生滅二塵而成【疏】見聞下揀異前五也逆流猶逆緣也地處也【溫陵云】逆流謂返緣也意總五根故稱見聞前五但順取外境不能返緣內塵此內塵爲緣不及處五根但能順緣現境惟意能返緣五根所緣不及之地如追憶夢境五根無及矣此不及處唯意根合即此合處爲意知根私謂永明云五根現量不生分別刹那流入意地纔起尋求便落比量此云見聞逆流正指六識明了意地能緣五根落謝影子獨頭意識所緣之地故長水曰揀異前五也流不及地名覺知性者即指第七末那以第六識依根得名根即是第七識故以六識雖能分別五塵好惡而傳送相續執取全由七識故小乘以六識爲意論主破云且如第六意識現在前時念等

無間意巳滅無體如何有思量用名意耶須
信有第七識具恒審思量方得名意故日恒
審思量我相隨資中云唯意根獨取名覺知
性覺知性卽意知根也近師單指第八又通
指八識智者詳之△〔孤山云〕前舉四相此惟
二者以生攝住以滅收異而且以憶者爲生
忘者爲滅内塵法塵也見聞逆流者以憶故
則能逆緣落謝五塵卽覽塵斯憶也流不及
地者以忘故則成緣於思不及處卽失憶爲
忘也按圓師有兩釋自標此解爲正雲樓取之○二破成無相二
○一標無生〔經〕如是阿難當知如是覺知之根非
寤寐來非生滅有不於根出亦非空生○二破生
處〔經〕何以故若從寤來寐卽隨滅將何爲寐
必生時有滅卽同無令誰受滅若從滅有生
卽滅無誰知生者若從根出寤寐二相隨身
開合離斯二體此覺知者同於空花畢竟無
性若從空生自是空知何關汝入〔疏〕先約寤
寐次約生滅法喻雖二俱破境生皆亡有亡
亡也〔合解云〕寤生善惡有記也寐生昏住無
記也意識有時無記若隨寐滅將何爲
寐令彼昏昧熟睡者是誰逆緣前五落卸影
子爲生法塵不緣五塵影子唯昏住無記是

滅法塵根既隨塵而滅根卽同無令誰受滅
以受滅及知生者亦意根故天如補注謂經
文爲寐受滅關知字義輙欲改定云將何知
寐令誰知滅此則不了經文爲受二字巳具
含知字之義失潤文之妙而喜於立異也次破根生意根無相約
寤寐顯寤能思察寐能成夢知是意根今破
寤寐自是身之開合非干意根列子云其寤
也形開其寐也形交交卽合也資中文莊子亦
云其寐也魂交其覺也形開意云寤寐無體
自隨於身非是意根應知意根畢竟叵得若
從空生故爲不可〔講錄云〕意知幽室見與前
五浮根並列文中於根出
等皆意知根也△〔中川云〕婆沙云歸趣是意
業謂五根各別所行意則總領受彼所行及
彼境界能歸趣彼作諸事業〔經〕是故當知意
故名意根○三結成虛妄
入虛妄本非因緣非自然性〔宗鏡〕以妄知强覺
成內衆生因滅想澄空成外國土迷湛一心
作內六入更無別體唯是眞空意入既虛前
眼等五入亦爾

◑三破十二處
文二∧一總徵
經復次阿難云何十二處本如來藏妙眞如
性疏此則正破境也前已總標今別徵起以
顯藏性宗鏡云問處以何爲義答論云識生
長門義是心識起滅出入之門故當知種子義攝
一切法義攝一切法差別義亦是處義問何
⊟處唯十二答雜集云唯由身及具能與未
來六行受用爲生長門故謂如過現六行受
用相爲眼等所持未來六行受用相以根及
義爲生長門亦爾唯依根境立十二處不依
六種受用相識問處以何爲相答如界應知
隨其所應謂眼當見色及此種子等隨義應
說今推十二根塵處所既無則前六根門無
處而入後十八界無界可分可驗衆生界中
卽今現行心境俱空世俗諦中假施設法悉
皆無有○顯宗論云處謂生門心心所法於
中生長故名爲處是能生長彼作用義○婆
沙論云問一身中有十二處云何建立十二
處耶答以彼自性作用有差別故非爭相雜
如一室內有十二人使藝各別雖同一室而
有十二自性作用若欲觀察諸法性相當依
如是十二處教便生十二處影像明鏡∧
二別破六⊟一眼色處三♁一舉事以徵經
阿難汝且觀此祇陀樹林及諸泉池於意云
何此等爲是色生眼見眼生色相疏處以生
門爲義六根六境是色生處故以生處推之
文資中根已前破今正破境然亦以根相對而
破故雙問色生眼生等溫陵云樹林泉池色
也能觀者眼也△中
川云前正破根則以塵對辨今正破境則以
根對揚由根塵同源勢若交蘆法不孤起也
△二楞云見相二分如蝸牛兩角出則成雙
縮則爲一以彼皆從自證分變現故故舉現
前見處雙詰也△吳興云初五陰以喻比法
用破執情次六入指假設事顯其妄相今十
二處乃至七大卽現前見聞及所目擊示其
藏性斯則從疎洎親去假就實善巧開發了
然可見♁二隨計牒破
經阿難若復眼根生色相者見
空非色色性應銷銷則顯發一切都無色相
既無誰明空質空亦如是疏破根生境也初
二句牒見空非色下破境有色空今以色空
相對而破此破色也海眼注云根生色者色
卽是境安立諦中因根
有相相對於境境有色空還以空色相對破色若見空時則無有色
根既生色名爲色性應合銷亡能生既亡所
生何有故云顯發一切都無此則空現色銷

也色相下有二義一空不自顯由色所顯今既無色從誰顯空溫陵云色空二法對待而顯色相既無何以顯空又能生根同是色法色相既亡根亦隨滅根既已滅復欲將何以了空質吳興云色相既亡牒前義也誰明空質責其失也若謂色銷根滅其誰明見空之體質乎此則空無色顯也空亦如是者例破生空也行相如色應云若復眼根生空相者見色非空空性應銷等△私謂結文云見色與空應以根境及空推簡而破今以空亦如是一句括破空一科譯人巧略也經若復色塵生眼見者觀空非色見即銷亡亡則都無誰明空色疏破境生根也初二句牒觀空下破此亦色空相對而破此破色也海眼注云塵生根者境爲能生根爲所生安立諦中由塵發知亦以色空相對而破色既生根觀空之時色已銷滅從誰生根而了於空溫陵云謂色能生見則觀空之時見無所生故曰銷亡又色能顯空見空之時色已銷滅從誰顯空下色之一字義含空能生見

例色應知單破雙結妙盡譯旨吳興云例前應云見性既無誰明空質空亦如是此義可了佛言存畧或譯者省之△私謂誰明空色長水謂色之一字義含云云者以上文色字但指色塵此文色字兼指根境根境屬色並以空破故曰誰明空色也色空相望但從色破是爲單破根境相待並破於空是爲雙結只誰明空色一句空破根塵色該根境是爲雙結之文妙盡譯旨者也岳師恐學人不解例前爲補綴之文次云今兼含二義故曰空色則已了矣○三結示虛妄經是故當知見與色空俱無處所即色與見二處虛妄本非因緣非自然性疏無處所者無生處也桐洲云見即根色空即塵互無能生故云俱無處所㊀二耳聲處三○一舉事以徵經阿難汝更聽此祇陀園中食辦擊鼓衆集撞鐘鐘鼓音聲前後相續於意云何此等爲是聲來耳邊耳往聲處疏此約鐘鼓二音以破根境往來之相也若知二俱虛妄何往何來○二隨計牒破經阿難若復此聲來於耳邊如我乞食室羅筏城在祇陀林則無有我此聲必

來阿難耳處目連迦葉應不俱聞何況其中一千二百五十沙門一聞鐘聲同來食處【疏】破聲來耳邊也初二句牒如我下破初舉喻佛音聲也城耳根也林鐘鼓也此聲下例破聲既來汝耳邊此聲已離鐘鼓只合汝自獨聞不合他人亦聽今且不爾一切皆聞應知聲無來往【孤山云】以我喻聲城喻阿難耳林喻餘人耳我入城內則林中無我如聲入汝耳佗耳豈聞△【融室云】如我往羅筏城則林中無我無二身故此之鐘聲必來阿難耳邊目連等雖各有耳應不俱聞無二聲故何況林中大衆一皆聞聲同至食處△【溫陵云】如我入城祇林無我喻聲來耳邊則餘處無聲然千衆皆聞則聲處無實矣△【交光云】一身不能並往二處一聲豈能徧至多耳【經】若復汝耳往彼聲邊如我歸住祇陀林中在室羅城則無有我汝聞鼓聲其耳已往擊鼓之處鐘聲齊出應不俱聞何況其中象馬牛羊種種音響【疏】破耳往聲處也初二句牒如我下破初舉喻佛喻耳根祇園喻鼓城喻阿難汝聞下例破耳根既往鼓處阿難應闕耳根鐘聲與鼓齊鳴不合更聞鐘響況餘聲耶【孤山云】以我喻耳林喻鼓聲城喻鐘聲我歸林中則城內無我如耳往鼓處鐘聲則無△【融室云】如我歸林城中無我無二身故汝耳已往彼擊鼓處應不能並聞鐘聲無兩種耳根故何況林中象馬等聲△【溫陵云】如我歸林城中無我喻耳往聲處則餘處無耳然異音皆聞則耳處無實矣△【交光云】一身不來二處一耳豈能徧往多聲△【會稽惠印解曰】音聲體虛周徧法界背覺合塵謂有往來故世尊揑世諦而致詰也如我入城林中無我林中鐘鼓我故不聞目連迦葉應不俱聞何以故此一鐘聲往阿難耳根故衆若俱聞則一鐘容有多聲何況下例顯也少尚不聞況復多耶今且不爾一聞鐘聲俱來食處此破聲來耳邊也如我歸林城中無我城中鼓聲我故不聞如汝在城鼓聲若出汝耳已往擊鼓之處鐘聲齊出應俱不聞何以故汝耳一根已往鼓處鐘必不聞若俱聞者則容有多耳今既不爾驗無來往明矣此破耳往聲邊也按此師別解亦有理在【經】若無來往亦復無聞【疏】雙結不成聞義也【孤山云】聲不來耳耳不往聲聞義不立△【交光云】耳根聲塵各住本位兩不相到故無來往○三結示虛妄【經】是故當知聽

與音聲俱無處所卽聽與聲二處虛妄本非因緣非自然性【宗鏡云】廣百門論破根境品云若耳根合知者不應遠近一時俱聞聲從質來既有遠近不應念同至耳根耳無光明不應趣境又聲離質來入耳聞亦不應理鍾鼓等聲現不離質遠可聞故若耳與聲無聞而取如香等不辨方維若耳與聲不合而取應無遠近一切皆聞不合體無相無別故或應一切皆不能聞是故耳根聲合不合實取自境二俱不成問色塵質礙可分析歸空聲性虛通應是實有答聲塵生滅動靜皆空聲不至於耳根耳不往於聲所既無一物中間往來則心境俱虛聲不可得

8三鼻香處三

○一舉事以徵

【經】阿難汝又齅此爐中旃檀此香若復然於一銖室羅筏城四十里內同時聞氣於意云何此香爲復生旃檀木生於汝鼻爲生於空

【疏】此中但問境之生處不同前文根境對破【釋文】牛頭旃檀此中無故不翻釋論云一切香木中旃檀爲第一律歷志二十四銖爲一兩

○二隨計牒破

【經】阿難若復此香生於汝鼻稱鼻所生當從鼻出鼻非旃檀云何鼻中有旃檀氣稱汝聞香當於鼻入鼻中出香說聞非義

【疏】破根生也初牒稱鼻下正破稱汝下縱破設許汝鼻能生於香生義雖成聞義不立以但能出香不從外入與鼻合故

【經】若生於空空性常恒香應常在何藉爐中爇此枯木

【疏】破空生也空性常住應常有香何須燒木方聞香氣

【經】若生於木則此香質因爇成烟若鼻得聞合蒙烟氣其烟騰空未及遙遠四十里內云何已聞

【疏】破木生也此約所見烟相麤顯而破不論其氣若以烟表實謂未通故云其烟騰空未及遙遠也烟猶在近聞已遠通故知其香不從木發【證眞云】鼻舌身三是合中知而言四十里內聞香不待鼻蒙烟氣等甚與教相及現量相違今取聖人根力强利能速疾遠聞經中一往據麁顯邊似不到鼻故作斯破【吳興曰】但是香有殊勝之力不須更取聖人法華云此香一銖價直娑婆世界不亦勝乎【私謂】經文明言四十里同時聞氣則是但聞香氣未

蒙此香質所爇之烟也疏約遠聞而破其理甚明古人良爲過計有人欲判若鼻得聞下別作一段消釋如經首三問何○三結示虛妄 經是故當知香鼻與聞俱無處所卽齅與香二處虛妄本非因緣非自然性○四舌味處三 ○一舉事以徵

經阿難汝常二時衆中持鉢其間或遇酥酪醍醐名爲上味於意云何此味爲復生於空中生於舌中爲生食中○二隨計牒破 經阿難若復此味生於汝舌在汝口中秖有一舌其舌爾時已成酥味遇黑石蜜應不推移若不變移不名知味若變移者舌非多體云何多味一舌之知 疏破根生也初標在汝下正破一舌不知多味也若以味從舌味應無別也若不下縱破設若許汝味不別者味既不分何成知味若變下破味變舌應多體也初二句反破後二句結破此則以舌從味舌便成多今汝不然故云云何多味一舌之知 釋文黑石蜜善見律云甘蔗糖也其堅如石涅槃云譬如甘蔗因緣故生黑蜜石蜜 經若生於食食非有識云何自知又食自知卽同他食何預於汝名味之知 疏破境生也初三句正破味若生食應不假根無根別食焉能成味若成味者味須有識若無識者云何自知又食下縱破設許食能自知卽同他人嘗味何關汝舌之知 經若生於空汝噉虛空當作何味必其虛空若作鹹味既鹹汝舌亦鹹汝面則此界人同於海魚既常受鹹了不知淡若不識淡亦不覺鹹必無所知云何名味 疏破空生也初三句牒計審味必其下正破初四句身面俱鹹後二句鹹同海族若俱鹹者海魚無異既常下縱破初四句互奪兩亡縱汝常受於鹹異竟不能知淡若無淡味何顯於鹹

淡之與鹹俱不安立必無下二句結非知味鹹淡既不能分不可說名知味〔融室云〕味因知有無知安得味名○三結成虛妄

〔經〕是故當知味舌與嘗俱無處所即嘗與味二俱虛妄本非因緣非自然性

○〔宗鏡七十九〕問若約見聞外境則色不至眼眼不至色可言唯心無相可得只如飲噉之時根境相入若言無相不可以心契心答六根六境雖則離合不同皆唯識變味性本空若非是識誰知鹹淡古師云只契相分本質自在

大佛頂首楞嚴經疏解蒙鈔卷第三之一

音釋

舐 神旨切音士以舌取物也

蝸 古華切音瓜蝸牛也

銖 市朱切音殊

爇 如劣切燒也

海印弟子蒙叟錢謙益　鈔

○五身觸處三
○一舉事以徵

【經】阿難汝常晨朝以手摩頭於意云何此摩所知誰爲能觸能爲在手爲復在頭【疏】按摩之法常式皆然故摩頭也【釋要云】遺教經中佛令比丘常自摩頭省覺身心俾令進道省內則剃除鬚髮省外則瓦鉢鏡衣佛尋常勅戒弟子一日三摩其頭口自誦云守口攝意心莫犯如是行者得度法此徵能觸在頭在手二俱有過如下破之【私謂】此文標徵以手摩頭頭手即身家之觸非如色相音聲別有外觸塵也故云此摩所知誰爲能觸以能觸爲能以所知爲所非以能觸所觸分別能所也所觸者即是能觸能觸者即爲所知標中顯觸處無位破中顯能所無位故云在能非所在所非能不應如近師言此徵能觸此徵所知枝岐配析也此摩所知在能非所也誰爲能觸在所非能也△【交光云】諸塵皆持業釋如色即是塵也觸者依主釋身家所觸之塵也○二隨計牒破【經】若在於手頭則無知云何成觸若在於頭手則無用云何名觸【疏】乎有乎亡破也根境相顯觸乃得成一有一無故不名觸【私謂】若能觸者在手手爲有知頭則無知若能觸者在頭頭爲有用手則無用故云乎有乎無言頭則無知者破能觸兼破所知以所知性即是能觸手無用者亦無知故不應單指破能觸之塵也已上破觸無處次下乃以二觸一觸破觸體無【經】若各各有則汝阿難應有二身【疏】各存兩質破也在頭在手俱不成觸恐轉計兩在故破之頭手各有則有二知二知便成二阿難體何體爲汝【講錄】云有一知即成一身有一知即有一無知即成一塵故汝阿難應有二身【經】若頭與手一觸所生則手與頭當爲一體若一體者觸則無成【疏】共成一體破也初四句正破若頭與手共生一觸遂令二種合爲一體設許一體觸自不成此結破也【溫陵云】觸須二物一則不成【經】若二體者觸誰爲在在能非所在所非能不應虛空與汝成觸【疏】破轉救也初二句牒救總徵若汝救云所生雖一能生自二云何

令我頭手不異者此則二體之觸爲在何處爲屬能觸爲屬所觸故云觸誰爲在在能下二句推同前破前云若在於手頭則無用等【融室云】手則爲能頭則爲所在能在所各失一邊不應下破空生也有形之法尚不能生豈況空無而能成觸頭手各失能所莫不從虛空來令汝成觸此不應理○三結成虛妄【經】是故當知覺觸與身俱無處所卽身與觸二俱虛妄本非因緣非自然性覺所知也觸能觸也身頭手也例破分三次卽合二餘五文皆爾8六意法處三○一舉事以徵【經】阿難汝常意中所緣善惡無記三性生成法則此法爲復卽心所生爲當離心別有方所【疏】意中所緣三性之法攝一切盡自然而然故云生成【眞際云】意識所緣法塵之境三性不同假實有異執生物解互不相涉故云生成法則【補遺云】如云惡五陰實法也惡衆生假名也善無記例知此中所緣三性乃是法塵心所亦通三性非是心王自通三性言生成者此心所法從心王生故日生成如善心所執則善王以成法則所習者善也惡無記例知百法云執謂執範可生物解各取其則此是法用△【王舜鼎曰】善惡無記三法據事似屬前塵此云意中所緣乃虛位中變起虛塵本非生成却像生成則無始習氣慣熟所爲耳【宗鏡】法處是所緣善處是能緣只如法處爲復卽心不卽心【疏】此所緣法卽心離心二俱有過下文卽破【溫陵云】善惡緣慮心也無記昏住心也意緣不出此三吸攝內塵成所緣法故云生成法則△【法數云】楞嚴三性一善性二惡性謂第六識所起一切善法惡法之性也三無記性謂第六識所具一切不善不惡初無記憶之性也皆由意根所緣生成法則故名爲性謂不教而能凡諸有爲皆依三性造作一切法以三性作則故△【二楞云】意是根處善惡無記法是塵處五根所取三性現行落卸現成影子各有軌則爲意家所緣之境名曰法塵以北法塵唯意識所變故卽心離心以推之也○二隨計牒破【經】阿難若卽心者法則非塵非心所緣云何成處【宗鏡】若卽心者法則全心心不見心云何成處【疏】破卽心也初一句牒次一句定非心下破既卽是心定非是塵若非是塵則不是心家所緣

之境何名法處【溫陵云】法既卽心則不屬塵故非所緣不成意處△【交光
云】非塵言卽心也非心所緣言心不自緣也
△【賀中男云】結卽心曰非心所緣一體而不
能緣也如眼不見眼結離心曰心非所緣無
體而無可緣也如眼不見兎角●次下三節
總破離心【經】若離於心別有方所則法自性爲知
非知【疏】牒計雙徵也初二句牒則法下徵此
法既離於心更以知不知徵而破之【宗鏡】若離
於心則法之自性法塵之自性爲有知無知【溫陵云】法
塵非相因意知顯故問爲知不知【經】知則名心異汝非塵同
他心量卽汝卽心云何汝心更二於汝【疏】破
有知也初句奪成心量離心之法若有知者
應名爲心【孤山云】知則名心者離心有法既有知亦名爲心也△【講錄云】法
塵若許有知應名爲心不名法塵異汝下更分卽異以破法既
有知卽名爲心則此離心有知之法爲異汝爲卽汝初二句破異有知
之法若異汝心卽同他人異於汝心又有知
故【孤山云】異汝非塵者異汝則非汝心有知卽非汝塵既異且非則是他人心矣△【定
林云】法自性空非是塵也此若有知卽是汝心以何爲法此若異汝又非是塵則同他人
心量以何爲法卽汝下三句破卽心初句半牒半定
後二句破有知之法既卽汝心卽應汝心之
外更有汝心也故云更二於汝若卽是汝則卽汝心云何
汝心更二於汝△【孤山云】卽汝卽心防轉計也云何下難也汝心唯一云何有二根塵俱
知是二心也。【引證】【大集經云】如是心緣爲異不異若心異緣則一時中應有二心若心
卽緣不應復能觀於自心猶如指端不能自觸【經】若非知者此塵既
非色聲香味離合冷煖上開五塵離合冷煖卽觸塵及虛
空相總明色空當於何在今於色空都無表示不
應人間更有空外心非所緣處從誰立【疏】破
無知也初五句定非色空次一句審問何在
色空二事攝諸法盡既非色空今何所在【孤山
云】此意法塵非是五塵五塵及以虛空攝一切法皆現量境自屬五根法塵既不屬五是
故責云當於何在【熏聞云】法有二種一心法謂相應諸心數法二非心法謂過去來色法
等是則五塵等外更有心法此中爲破法若非知須屬五塵及以虛空故云攝一切法若

是心法自屬上文所破下二句推無所表也若此法塵亦色空攝以何表示知是法塵不應下二句破空外無塵也色空之内既無表示不成此塵處在空外以空無外故【孤山云】都無表示者以意法無形緣落謝五塵故既於色空之境不見法塵之狀豈是空外別有法塵耶心非下二句結無處義如上推檢法塵不有則心無所緣之境從何以立處耶○三結示虛妄【經】是故當知法則與心俱無處所則意與法二俱虛妄本非因緣非自然性【宗鏡釋】以知意法二處俱無自體則善惡無記三性等法法則四種意根等心與心皆同一性無有能緣所緣之異心境皆空故論云凡所分別皆分別自心心不見心無相可得則無相理現有作情亡因緣自然名義俱絕例十處色心亦復如是夫分能標所構畫成持立境立心皆是意法先破其分別惑本則前五根十處自銷

○四破十八界二∧一總徵○【溫陵】云根塵識三各六分內外中爲界【經】復次阿難云何十八界本如來藏妙眞如性【疏】梵云馱都此云界界是因義根境識三互爲因故【雜集云】界是因義【百法疏云】中間六識藉六根發六根牽六境生與識爲因故名爲界又種族義根境識三各一種族又眼等六種族別故【顯宗論云】謂由一身或一相續中有十八類諸種族故名十八界由眼等展轉相望種族不同故名爲界△【宗鏡云】界是界分建立義以內外中間各對待立故【止觀云】界是界別亦名性分【法界次第云】若根相對則有識生界以界別爲義此十八法各有別體義無渾濫故識以識別爲義識依於根能別於塵故通名識由此根塵識三各有六法成十八界△【雜集】云一切法種子義謂依阿賴耶識中諸法種子說名爲界又能持自相義又能持因果性義又攝持一切法差別義由身具等能持過現六行受用性故身謂眼等六根具謂色等六境過現六行受用謂六識能持者謂六根六境能持六識所依所緣故過現六識能持受用者不捨自相故當知十八以能持義故說名界∧二別破六○一眼識界三○一牒計雙徵【經】阿難如汝所明

眼色爲緣生於眼識此識爲復因眼所生以眼爲界因色所生以色爲界【疏】佛於小乘方便教說諸因緣法令明第一義諦因緣自然皆爲戲論故此牒而徵之【吳興云】小乘所解因緣生法皆是實有不了即空據此破其執也△【王舜鼎曰】阿難云眼有分別色塵無知識生其中明以根塵分二界又以識在根塵中分爲三界故牒而破之【宗鏡】問眼界何相者謂眼曾現見色眼曾見色者謂能持過去識受用義以顯界性現見色者謂能持現在識受用義以顯見性及此種子積習阿賴耶識謂眼種子或唯積習爲引當來眼相故或已成熟爲生現在眼根故是眼界相此二種名眼界者眼生因故如眼界相耳鼻舌身意界相亦爾問色界何相答諸色眼曾現見及色界於此增上謂依色力增上力外境生故是色界相如色界相聲香味觸法界相亦爾問眼識界何相答謂依眼緣色似色了別及此種子種習阿賴耶識是眼識相如眼識界耳鼻舌身意界相亦爾△【圓覺疏云】一根門中各有分界謂眼根與識爲界識與色爲界等○二隨計牒破【經】

阿難若因眼生既無色空無可分別縱有汝識欲將何用汝見又非青黃赤白無所表示從何立界【疏】破根生也既無下四句無境有識何用破也既從根生即不須境若無其境何所分別所緣已無能緣何用汝見下四句即能生識根無體破也若謂根生根非青等復無表示根尚不立識從何有【真際云】汝見指根也以是不可見有對色故非青等故不可見能照境發識故可對此是勝義根非浮塵根既不可見即無表示△【溫陵云】若獨因眼不有色空則識無所緣見無所表界無所立非因眼矣○【引證】【百法釋云】言六色者言所取故有二十五種謂青黃赤白此四爲實析至極微色不改故長短方圓麤細高低此相狀假至極微無相狀故正不正光影明暗烟塵雲霧迥色表色空一顯色此分位假以彼諸法隨方變故此皆方處示現色顏色之色也對眼識故質礙名色乃色之總名耳下破境生下二節皆破境生【經】若因色生空無色時汝識應滅云何識知是虛空性若色變時汝亦識其色相遷變汝識不遷

界從何立【疏】此色相相傾無識破也初一句牒空無下四句立理正破既從色生空現色亡識應隨滅誰了虛空【溫陵云】若因色生當隨色滅識滅空現云何識知若色下五句據理質破也色若遷變汝能了變識元不遷既無色相從何界立色相遷變汝識獨存獨則無隣界從何立△【孤山云】若色滅識不滅則一遷一不遷兩類不同何名種族故云汝識不遷界從何立△【雲棲云】識若從色生爲界色滅應與俱滅識既俱滅則空獨存誰識空者若色滅時識不俱滅則識獨存無色爲侶誰界空者【經】從變則變界相自無不變則恒既從色生應不識知虛空所在【疏】此隨變不變非界破初二句隨變無識破色若變時識亦隨變名誰爲識【孤山云】若隨色滅兩法已滅界性何存故云界相自無不變下四句不變無知破若不隨變識則常在元從色生不合知空性既不變既從色生秖合識色不合識空△【溫陵云】此牒難也變則無體故界相自無若不隨變則識常一當一於色應不識空理又不然非從色生矣△【雲棲云】

此文重申上破不但識存無界假使隨色變滅識已變滅誰與空爲界者不但識滅不應識空假使識不變滅當恒識色誰識空者反覆推檢益知眼識不生於色也△【鍾惺曰】經意以變與不變皆應不識空皆應不立界而交錯成文前以從變爲不識空後以不從變爲不識空前以不變爲不立界後以從變爲不立界又若色變時緊承上空無色時從變緊承上不遷不變緊承從變皆潤文之巧也【經】若兼二種眼色共生合則中離離則兩合體性雜亂云何成界【疏】破共生也若根境合生中界者此識中界知不知別故云中離【釋要云】離別也若言根境俱生此識此中間識須有知不知別也若成別者此識中界一半合根一半合境故云兩合若許兩別則知自合根不知合境故云離則兩合兩合若成有雜亂過知與不知同一界故界義應非或離者開義或猶無也【孤山云】合則中離中謂識也既識從合生則屬根境離則兩合釋上句也一半合根一半合境根境兩屬體性雜亂亦乖種族界義不義按中離兩合文雖並舉科標共生破屬兩合璿圓二師側破兩合是也△【溫陵云】若眼色兼合共生識界當半有知半無知故曰中離若中離者半合根半合

境故曰兩合二義推窮皆不成界△【通釋】雪浪標本云此文與前徵心章若兼二者物體殽亂成敵兩立其義是一此恩師一往標置之語耳前破中間此破識界前約根境定中位此據根本推因界義門碩異何可同也燕中講師泥於講席緒言貼文委釋斯延津刻舟人矣○三結示虛妄

【經】是故當知眼色爲緣生眼識界三處都無則眼與色及色界三本非因緣非自然性【桐洲云】因根塵并中間無生識處故曰三處都無色界卽眼識界也具云色識界文畧識字餘五例此○二耳聲界三○一牒計雙徵

【經】阿難又汝所明耳聲爲緣生於耳識此識爲復因耳所生以耳爲界因聲所生以聲爲界○二隨計牒破

【經】阿難若因耳生動靜二相既不現前根不成知必無所知知尚無成識何形貌【疏】先破根生此勝義也初一句牒動靜下三句正破能生若無前境根自不成由塵發知故【講錄云】動靜二境既不現前卽勝義根不得成知無所生境能生不成必無下況破所生若實無知根尚不立更何有識知乃識之體知根尚且不成從所生識作何形貌

【經】若取耳聞無動靜故聞無所成云何耳形雜色觸塵名爲識界則耳識界復從誰立【疏】破浮塵也初三句縱破設取浮塵之耳容有聞者若無動靜亦不成聞【講錄云】若必執言勝義根無形故不成識界浮根有形豈不可乎故牒徵之云何下三句正責破也如何將此可見浮塵雜色觸法注法字非法塵之法爲識之界勝義根尚不能生識云何將此雜色觸塵無知之耳根執爲識界欲生識耶則耳下雙質二根從何爲界生耳識耶二根勝義浮塵耶

【經】若生於聲識因聲有則不關聞無聞則亡聲相所在【疏】已下破境生初句牒識因下根境俱亡破聲能生識何假於聞此亡根也若無於根聲亦不有此亡境也根境俱亡識從誰生【融室云】此破聲無所聞已下破聲有聞展轉破之

【經】識從聲生許聲因聞而有聲相聞應聞識【疏】聞聲同識破初三句雙牒汝

謂識因聲生又許因根有相今聞聲時即是聞識【海眼注云】謂因聞生聲因聲有識即便破云聞應聞識以識從聲生故【經】不聞非界聞則同聲【疏】初句不聞無界破若不聞識亦不聞聲能聞所聞俱無界義【講錄云】若不聞識則識與聲尚未分界猶一聲塵而已何識之有後一句聞識同聲破可知識亦同聲全無知覺反成外境矣【經】識已被聞誰知聞識【疏】成所無能破也能了之識已作所聞之境誰爲能知知此聞識【海眼注】所聞是識能聞者誰△【講錄】識已成境已被耳聞知聞識者又是何物【經】若無知者終如草木【疏】無知草木破也了別既無草木何異若知聞識應有二知不知聞識則無一知一知亦無豈不同於草木【經】不應聲聞雜成中界界無中位則內外相復從何成【疏】破共生也初二句正破中界根境各生尚非共生豈有此理【溫陵云】依根依境單論既非不應二者合成眼界而爲中位後二句顯無根塵對邊立中中既不成邊亦不立【孤山云】識若雜成則一半屬聲一半屬聞故云界無中位既無中識則內根外境義皆不成

○三結示虛妄【經】是故當知耳聲爲緣生耳識界三處都無則耳與聲及聲界三本非因緣非自然性

○三鼻識界三

○一牒計雙徵【經】阿難又汝所明鼻香爲緣生於鼻識此識爲復因鼻所生以鼻爲界因香所生以香爲界

○二隨計牒破【經】阿難若因鼻生則汝心中以何爲鼻爲取肉形雙爪之相爲取齅知動搖之性【疏】先破根生此以浮塵勝義二根雙問二俱有過肉形即浮塵齅知即勝義【經】若取肉形肉質乃身身知即觸名身非鼻名觸即塵鼻尚無名云何立界【疏】破浮塵也初句牒次二句破若取雙爪此乃身攝非屬鼻根設有所知但名知觸不名知香名身下二句結非香鼻【吳興云】若名是

觸卽是身根所觸之塵故曰名觸卽塵鼻尚下指無界義【溫陵云】名
身則非鼻名觸則屬塵故曰無名△【二楞云】此辨浮根無體肉形二句雙表無鼻之實名
身二句雙表無鼻之名名實皆虛從何立界此下破勝義根【經】若
取齅知又汝心中以何爲知以肉爲知則肉
之知元觸非鼻【疏】初三句牒計總問次下三段分破
肉知空知香知以肉下破浮塵是知身自知觸非是
鼻根也【溫陵云】肉質之知屬身故曰元觸非鼻△【二楞云】若以肉爲齅知之性則
肉知同於身知身知卽身家之觸塵則鼻非齅知明矣【經】以空爲知空
則自知肉應非覺如是則應虛空是汝汝身
非知今日阿難應無所在【疏】破空是知初三
句根無知覺破【溫陵云】虛空之知屬空故云肉應無覺△【二楞云】若以空
爲齅知之性空自有知則汝鼻根應無知覺如是下二句空卽是
身破【交光云】由鼻空之空既有知性則一切虛空皆應是汝汝身下三
句結無本體【溫陵云】又應空是汝身則虛空是汝阿難抑應無所在△【海眼
總科】肉知同觸空知非汝【經】以香爲知知自屬香何預於

汝【疏】破香是知此正破也香自有知何關汝
鼻【二楞云】破鼻聞之香非破齅知性也【經】若香臭氣必生汝鼻
則彼香臭二種流氣不生伊蘭及旃檀木【疏】
破轉計也初二句牒計設汝若言非不相干
由我有鼻香臭方立猶如鼻根由香故有則
彼下破今四句質不生香破也【釋文】觀佛三昧海經云譬
如伊蘭與旃檀生末利山中牛頭旃檀生伊蘭叢中未及長大在地下時芽莖枝葉如閻
浮提竹笋衆人不知言此中純是伊蘭無有旃檀伊蘭臭若胮屍熏四十由旬其花紅色
甚可愛樂若有食者發狂而死牛頭旃檀雖生此林未成就故不能發香仲秋月滿卒從
地生成旃檀樹衆人皆聞旃檀上妙之香永無伊蘭臭惡之氣【經】二物不來
汝自齅鼻爲香爲臭臭則非香香應非臭【疏】
初二句齅根何氣破臭則下香臭相傾破也
非無也無不聞也【經】若香臭二俱能聞者則
汝一人應有兩鼻對我問道有二阿難誰爲
汝體【疏】俱聞兩體破也鼻若生香必不聞臭

必若生臭應不聞香今既俱聞鼻須有二二鼻若立兩體還成正爲何體【吳興云】從二物不來下以根從境破先定爲香爲臭次責非香非臭意在俱聞墮兩鼻之失也【經】若鼻是一香臭無二臭既爲香香復成臭二性不有界從誰立【疏】乎卽雙亡破也若汝不許鼻有二者則香臭混然都無有別以從一鼻之所流故若無香臭說何爲知名生識界【海印云】二性不有則香尚無體知從誰立知尚無體識何從生計以香爲知者妄也ㄙ【吳興云】此以境從根破根既唯一境云何二二性不立識界奚存巳上皆破根生也問上文云以香爲知知自屬香豈非破境耶答斯葢對根而說正破勝義根下文不對根辨方破境生也【經】若因香生識因香有如眼有見不能觀眼因香有故應不知香【疏】此下破境生也初句牒識因下五句舉例奪破眼能有見見不觀眼香能生識識不知香【吳興云】如眼有見不能返觀其眼倒香有識豈能返知其香【經】知卽非生不知非識香非知有香界

不成識不知香因界則非從香建立【疏】反覆縱破也縱許汝識能知香者此則不合言從香生故云知卽非生設若不能知此香臭又何名識稱了別耶故云不知非識【温陵云】若能知香卽非香生若不知香又非鼻識二俱不可香不因根無有香界故云香非知有香界不成識不了香非可說言因香有識【吳興云】香不因識識不因香是則界義俱不成立ㄙ【海印云】香塵非識知有則香界便自不成鼻識若不知香因界斷非從香建立計從香生識者妄也【經】既無中間不成內外彼諸聞性畢竟虛妄【疏】總結破也識既無生根境不立設有聞性皆虛妄耳【孤山云】中間識也內外根境也ㄙ三結示虛妄【經】是故當知鼻香爲緣生鼻識界三處都無則鼻與香及香界三本非因緣非自然性

ㄖ四舌識界三

ㄥ一牒計雙徵

【經】阿難又汝所明舌味爲緣生於舌識此識

爲復因舌所生以舌爲界因味所生以味爲界○二隨計牒破△阿難若因舌生則諸世間甘蔗烏梅黃連石鹽細辛薑桂都無有味汝自甞舌爲甜爲苦【疏】破根生也初句牒則諸下舉無五味以問舌根卽無味自甞問也【通釋】甘蔗性甜烏梅酢黃連苦石鹽鹹細辛及薑桂辛下文鹹淡甘辛畧舉四味【經】若舌性苦誰來甞舌舌不自甞孰爲知覺舌性非苦味自不生云何立界【疏】有無隨計破也舌若有味根已成境孰知根者【桐洲云】顯舌不自甞舌誰爲知覺味者舌不自甞如前眼不自見無味之時味必境生獨有汝根焉能生識舌性非苦味自不生于舌既無味塵舌根亦無下破境生【經】若因味生識自爲味同於舌根應不自甞云何識知是味非味【疏】引例無知破也從味所生豈合名識故云識自爲味設許名識亦不自甞引例可見【溫陵云】識自爲味謂識卽是味也同於舌根謂識不自甞也△【融室云】識若因味而生識自爲味如舌自能甞舌【經】又一切味非一物生味既多生識應多體識體若一體必味生鹹淡甘辛和合俱生諸變異相同爲一味應無分別分別既無則不名識云何復名舌味識界【疏】如前五味各生一物識必境生亦應多體卽識從於味識卽從多也若一體識必從境生能生之境亦應一體何分五別分別下縱破五味不分何名了別說爲識耶此則味從於識味應無別云何下二句總責識體從二得名根生境生二俱失故【溫陵云】味因識生味多識亦應多識一味亦應一體必味生牒定識因味生也鹹淡甘辛同爲一味結成味一識亦一也異識既一異味既同則無分別無別則非識非識則無界此計界因味生者妄也△【吳興云】言和合者衆味共成也俱生者本性不易也變異者燒煮異常也【經】不應虛空生汝心識【疏】破空生也【經】舌味和合卽於是中元無自性云何界生【疏】破

共生也既從合生自性屬誰而名界耶【海眼注云】舌味和合共生於識自性何在故下結言三處都無△【孤山云】初因舌破自生二因味破他生三虛空破無因生四舌味和合破共生前後諸文四句最顯○三結示虛妄【經】是故當知舌味爲緣生舌識界三處都無則舌與味及舌界三本非因緣非自然性

目五身觸界三
○一牒計雙徵

【經】阿難又汝所明身觸爲緣生於身識此識爲復因身所生以身爲界因觸所生以觸爲界○二隨計牒破【經】阿難若因身生必無離合二覺觀緣身何所識【疏】破根生也觀對待也無二所覺爲相待緣獨此身根無生識理【孤山云】龕尋曰覺細伺曰觀觸塵合離是身覺觀之緣既無觸緣則無覺觀也下破境生【經】若因觸生必無汝身誰有非身知合離者【疏】無身非覺破也有身非觸尚不成知有觸無身故非能覺非身無身也【海眼合釋】若因身有何待合離若因觸生非身何觸下根境乎亡破也【經】阿難物不觸知身知有觸【疏】此指現道理也物無覺觸之知身則能覺於觸斯理昭然明白可見【孤山云】物不觸知祇是物不知觸耳【私謂】物不觸知者物不以觸而有知也不必如孤山用迴文釋【經】知身卽觸知觸卽身卽觸非身卽身非觸身觸二相元無處所【疏】此下依理推破初二句根境相卽也今汝若許觸能生識觸則有知與身何異應可身亦名觸觸亦名身俱有知故應立量云汝之身根定觸所攝以有知故如所執觸汝所執觸定身根攝以有知故如汝身根斯則觸既生識遂令相卽也卽觸二句身觸俱非也以相卽故遂令俱非則觸不成觸身不成身也應立量云汝之身根定非身根以有知故如所執觸汝所執觸定非是觸以有知故如汝身根將汝一因成我四量

今汝相卽亦令俱亡身觸下二句結無二位孤山云旣身知有觸則知是身時卽受觸知受觸時卽是身也若卽唯是觸則無身相若卽唯是身則無觸相△吳興云次從阿難下乃是委破初文身觸各生之義先簡物不觸知次顯身知有觸旣了身知有觸則曉身觸同時旣曉同時故知身觸各生兩無所以△溫陵云此明身識由根境合顯也合則當知身卽觸也觸卽身也若身卽觸則身非身矣若觸卽身則觸非觸矣身觸互奪故無處所下破離合〔經〕合身卽爲身自體性離身卽是虛空等相〔疏〕初二句合卽唯身破觸旣合身合應無二唯一身根更無觸位後二句離應無觸破觸若離身復何成觸如虛空相亦無觸位溫陵云合身則無觸位故卽爲身體離身則無觸用故卽同虛空〔經〕內外不成中云何立中不復立內外性空則汝識生從誰立界〔疏〕例破識體也觸立則根立內無則外無根境不存識何爲相耶吳興云前文推合與離此破中間識界此言內外不成結破根也中云何立結破中間也後四句雙牒反質也三位俱空識從何立雪浪云內外能生之根塵尚且不成則所生中位之識從何安立○三結示虛妄〔經〕是故當知身觸爲緣生身識界三處都無則身與觸及身界三本非因緣非自然性引證宗鏡云觸謂三和者卽根境識體異名三不相乖返更相交涉名爲隨順根可爲依境可爲取識二所生可依於根而取於境此三之上皆有順生一切心所功能作用名爲變異分別之用是觸功能謂觸之上有似前三順生心所變異功能說名分別清涼云身觸在五識地今何在意答有三義故一由相應義謂意識有五有同緣境故二由意識用強有彼同分緣故三由意識於極樂地有樂觸故於極苦地有意苦故偏行五者隨何處心所徧和合勝論列在初

⊖六意識界三

○一牒計雙徵〔經〕阿難又汝所明意法爲緣生於意識此識爲復因意所生以意爲界因法所生以法爲界○二隨計牒破〔經〕阿難若因意生於汝意中必有所思發明汝意若無前法意無所生離緣無形識將何用〔疏〕先破根生此離塵無體破也

初一句牒於汝下五句正破能生由法生故種種心生若無法塵意識不起【海印云】意識若因意根而生於根中必有所思之法塵方發明是汝意根若無法塵則意根尚無必無所生之識

離緣下二句例破所生離前法緣尚無根之形貌況所生識將何起用法塵是意之緣若離所緣之法塵則根亦無形縱有汝識將何所用以無可分別故△【釋要云】所思者所思惟境也發明者由所思境引發顯明意根故也以由塵發知故今正破第六識兼七八破也○【引證唯識云】又契經云眼色爲緣生於眼識乃至意識爲緣生於意識若謂此識彼意非有【宗鏡云】眼根色境爲二緣能引發得眼識乃至意根法境爲二緣能引發得意識若無第七識者卽應第六識唯有一法境爲緣應無所依根緣也既有俱有根者明知卽是第七識與第六識爲俱有根

【經】又汝識心與諸思量兼了別性爲同爲異【疏】此下同異俱非破也此總問同異識心第八也思量第七也了別第六也七八二識俱第六根亦同名意故此雙問二俱有過【通釋】此疏全依唯識唯識頌云此能變唯三謂異熟思量及了別境識論云一謂異熟卽第八識多異熟性故又第八名心集諸法種起諸法故清涼云若以集起以解心第八獨名心故疏言識心第八也論云二謂思量卽第七識恒審思量故又第七名意緣藏識等恒審思量爲我等故清涼云若思量以解意第七獨名意故疏言思量第七也論云三謂了別卽前六識了境相麄故又餘六名識於六別境麄動間斷了別轉故宗鏡言六能辨前境名分別事識清涼云若以了別別境以解識前六獨名識故疏言了別第六也言七八二識俱第六根者謂第六識以七八二識爲所依根故又七八同在無記七八唯依第六而住故根亦同名意者起信有五種意識故七八二識俱得名名意卽清涼云若以等無間意以解意八識皆名意也二俱有過者爲同爲異二俱被破●右長水准唯識及大乘法師清涼諸解明識心第八思量第七了別第六竹菴云只緣阿難大衆將破無明故有此解【吳興云】俱舍云集起名心籌量名意了別名識此云識心同彼第一卽意根也思量兼了別性同彼第二第三卽意根所生之識也然彼第二亦云意者蓋識之異名耳婆沙明心意識三無有差別如火名焰亦名爲熾亦名爲薪是知意識名同但約先後以分二義也●右吳興約小乘俱舍釋心意識謂經文前後皆破現前六識心故此標識心卽前文所辨意根也○【溫陵云】識心意識也思量了別意根也△【雪浪云】識心指意識諸思量卽意根二法兼了別性爲同爲異謂識心與意根爲同爲異也【鶴林講義云】又汝識心卽第六識心與諸思

量卽第七意根也思量名意故兼了別性者六識亦有了別第七意識亦有了別故爲同爲異雙開按定言能生之根與所生之識既兼了別性畢竟二識同耶異耶所謂愚者難分識與根也●右溫陵解識心第六思量了別指意根雪浪解依溫陵講家咸宗之今鈔舉一師以蔽其餘△【雲棲云】識心卽識也思量了別皆意也以經文正引意法識起辨故單問識意同異卽小變溫陵之說耳○【私謂】長水約唯識義明識心第八思量第七了別第六此通義也次云七八二識俱第六根亦同名意此貼釋也准淸涼云若緣慮以解心卽八个識通名心若等無間以解意八識通名意若了別以解識八識通名識此經十八界中開意識中之六識爲六識界而意界之中則具第七第八二識長水釋經此中正破第六識故云七八二識俱第六根而以八識通名意證之正舉意識界與意根界徵問同異非如常塗詮釋槩舉八七六識分配心等文也溫陵指識心爲第六思量了別兼六七與長水開合少異而正破六識則同蒙謂溫陵要解闇用長水義門而巧遮其面目此類是也唯識言第七識與第六識爲俱有根言六識必兼七識言意界則第七八二識在中釋文云同意卽意異意不同下七大文中云皆是識心計度分別又云汝應觀此六處識心爲同爲異等皆正破第六識而八七二識映帶其中謂此文言識心便了不應通指諸識者亦偏詞也雪浪之解不過疏通溫陵而講席誇爲新義又不會長水通別之旨妄加許駁今條列諸科畧爲剖扸近師多解紛如聚訟無關經義避繁不錄○【又准宗鏡第五】如十地經說三界虛妄但是一心作故心意與識及了別等如是四法義一名異此依相應心說所謂一切煩惱結使受想行等皆心相應以是故言心意與識及了別義一名異故二不相應心所謂第一義諦常住不變自性淸淨心故此經所問又汝識心乃至爲同爲異等卽同法相宗說所謂義一名異也如來所破同異及法生三處都無卽同法性宗說所謂第一義諦也破立大宗居然可了

【經】同意卽意云何所生

【疏】破同也若識與意其體同者識卽是意云何更分能生所生此下破異

【經】異意不同應無所識若無所識云何意生若有所識云何識意

【疏】無識非生破初句半牒半定應無下破既識與意異應一有所識一無了知苟無了知何言意生以意有知故【二楞云】若謂意識不同於意則所生之識應無所識不得名爲從意所生設使此識有了別者如何辨異識之與意此有識無異破也若有所識則識與意同了別性云何是識云何是意根識一體尚不能辨云何而立生識之界△【吳興云】

又若救云所生有識此識既無前法可緣必須反識其意意若爲境根義不成△【海眼云】同意卽意異意不同無識不生有識識意按後二解例前聞應聞識之義不如本疏消文爲順○【刪修天如補注】謂云何識意語倒當改爲意識則師好改經文頗受近師彈駁今槩從利削【經】唯同與異二性無成界云何立【疏】雙結不成也同義無憑異又非理二性不立云何識生從汝根出下破境生【經】若因法生世間諸法不離五塵汝觀色法及諸聲法香法味法及與觸法相狀分明以對五根非意所攝【疏】此明五塵不卽意攝也以各有所對故【直解】云以五塵各有軌持之用故名諸法△【熏聞云】前意法處推所緣法則云此塵非色香味等今何取五塵爲法答前文正推法處故對落謝五塵言之此中既破意識須對現在五塵而說以五意識從現境生故非意所攝者此據意法斥之言五塵之法自屬五根所攝非意家法入之分也【經】汝識決定依於法生今汝諦觀法法何狀【資中】以五塵之法各配五根離五塵外意無別法【疏】總問法塵也法塵之法故云法法以別揀通也【王舜冉曰】此法非同五塵諸法而與五塵俱生俱滅乃法之法也【經】若離色空動靜通塞合離生滅越此諸相終無所得生則色空諸法等生滅則色空諸法等滅【疏】前五句正顯無體法塵卽前五之影故離五無體【海印云】法塵乃前五塵落謝影子故約五塵對辨無體生則下四句牒破轉救也設汝救言色及餘法雖非意境生滅二種正是法塵者若爾生滅無體全是色等若起若止無別生滅在色等外【二楞云】法塵生滅卽是五塵生滅何處更有法塵自相體耶△【證真】【鈔云】色空動靜通塞色聲香三塵也合離卽味觸二塵生滅卽法塵然生滅但是五塵相通離五無體故云生則諸法生滅則諸法滅也△【宗鏡引釋云】安國云謂色等五塵界是現量境五識親證都無塵相如來藏中頓現身器無塵相六七妄想謂有我法想所現相是分別變分別變相但可爲境而無實用如日發焰帶微塵而見紅非實紅也如水澄清含輕雲而俱綠非實綠也若了藏性則知塵境爲妄也【經】所因既無因生有識作何形相相狀不有界云何立【疏】正

破識界無體也所因卽法塵法塵尚不可得豈生汝識能所俱無立何作界【溫陵云】所因之法既隨緣起滅自無實狀則因法所生之識復作何狀狀不有則界亦亡矣△【吳興云】初破根生次破境生不破共生者例前可知△【私謂】前五依五色根故有共生此意識意根卽心根兼了別義故無共生岳師言例前容有共生義熏聞遂補綴經文云云亦蛇足也天如補注謂此中闕根境合辨一科依高麗麻谷幻師指所因既亡一段爲合辨今謂法塵無相不同前五現在根塵實相但破根塵合義自顯無闕文則幻師補闕之云亦附贅也○三結示虛妄【經】是故當知意法爲緣生意識界三處都無則意與法及意界三本非因緣非自然性【私謂】智論三十六釋五衆有兩問答與經文相應初問云意卽是識云何意緣力故生意識卽此云同意卽意云何所生也答云意生意滅相故多因先意生故緣法生意識卽此云汝識決定依於法生也次問云前意已滅云何能生後識卽此云所因既無因生有識作何形相也次答云意有二種一者念念滅二者心相續爲是相續心故諸心名爲一意是故依意而生識無咎此則經之所破亦同唯識識皆名意也○總釋【宗鏡】此破意識界也如十八界中皆因意識建立根本立處尚空所生枝末何有既無處所可得又無界分可憑事詎理虛情危執劣惡見之根株既拔妄識之巢穴齊傾獨朗真心圓周法界○又總釋三科　問萬法唯識正量可知又云境滅識亡心境俱遣今觀陰界入等如上分枤性相宛然云何同境一時俱佛答上約世諦分別似有非真但立空名終無實體所以首楞嚴經微細推檢陰入界處一一皆空非因非緣非自然性非因卽是不自生非緣卽是不他生既非自他二法無法和合卽是不共生非自然生卽是非無因生四句無生陰從何有又當觀此一念生不從根塵離合而生若言合生者譬如鏡面各有像故合生應有兩像若各無像合不應生若鏡面合爲一而生象者今實不合合則無像若鏡面離故

生象者各在一方則應有多像今實不爾根塵離合亦復如是當知即念無念自他起處俱空即生無生離合推之無體

【桐洲注云】前標云一切浮塵諸幻化相當處出生隨處滅盡初舉五陰等乃至意識爲緣生意識界正明因緣和合虛妄有生此結當處發生矣所以世尊善巧開示從色陰乃至意識了不可得益顯因緣別離名滅斯結隨處滅盡矣結云三處都無驗知幻妄稱相其性真爲妙覺明體也○上三科文竟

經文當知是聞非通塞上畧如是阿難四字若在於手上畧阿難二字此法爲復即心所生上畧於意云何四字經文身入中破生處文云若合時來無破離時一科意入中云若從寤來無破從寐來一科此中以合收離以寤攝寐此譯家影畧之妙也又空自知覺何關意入及下文自是空知何關汝入依前文若於空下各有前矚塵象等二句今於後二入中畧者亦是錯綜影畧也聲來耳邊耳往聲處此辯無來往義也乾道本云汝亦識其色相遷變有本云汝識亦隨色相遷變

大佛頂首楞嚴經疏解蒙鈔卷第三之二

音釋

撮 倉括切取也　殽 胡茅切音爻相雜也　齅 許救切鼻取氣也　霧 亡遇切音務

大佛頂首楞嚴經疏解蒙鈔卷第三之三

海印弟子蒙叟錢謙益鈔

◑三重約七大會相○[疏]然大之爲言本乎世諦小乘法相說諸色法四大和合之所成就復分內外說此名爲諸法自相寂而不圓猶爲諸法共相所揀麁而且淺是佛如來隨他意語世間安立有名無實雖名爲大大義不成勝義諦中所說不爾謂周徧含攝體無不在物無不是非因待小當體受稱故名爲大今此經中所說七義俱名大者七義之中攝一切法謂空有根塵色心性相塵塵法法無不周徧無不含容破彼權見令知實義如下文云均名七大性真圓融皆如來藏世間無知惑爲因緣及自然性皆是識心分別計度但有言說都無實義斯則會相即性性徧相徧方稱勝義至極之大豈同權教說名自相△[釋要云]七大即前三科也地等五大即前十二處根大即六入識大即十八界以爲門不同宜樂有異故重說耳△[溫陵云]前近取諸身顯如來藏故依陰入處界四科以明後復遠取諸物圓示藏性故依地水火風空見識七大以明使悟物我同根是非一體法法圓成塵塵周徧法界頌曰若人欲識真空理身內真如還徧外情與無情共一體處處皆同真法界此七大之大旨也所以有七大者萬法生成不離四大而依空建立因見有覺因識有知故也然彼大性先非水火亦非空識全一如來藏循業發現而已七大既爾萬法皆然凡我依正先非根身亦非器界皆即循業之相性真圓融初無生滅所以阿難蒙佛開示身心蕩然了知世間諸所有物皆即妙心含裹十方反觀幻事起滅無從獲本妙心常住不滅

∧文三一伸難

(經)阿難白佛言世尊如來常說和合因緣一切世間種種變化皆因四大和合發明云何如來因緣自然二俱排擯我今不知斯義所屬唯垂哀愍開示衆生中道了義無戲論法

[疏]初六句叙昔聞也云何下五句難今說也唯垂下四句求開示也方便安立說有四大因緣和合成諸變化第一義中諸法不生今則無滅生滅去來本如來藏今以世諦疑第一義故有斯難[孤山云]阿難執昔所談世諦疑今所演第一義諦將恐衆生聞昔和合則滯於有聞今排擯則溺於空不達中道動成戲論也△[講錄云]因緣和合是如來所談正法云何與外道自然二俱排擯若言因緣和合是世間戲論非第一義即世間名相與第一義諦各墮一邊不屬中道仍不出於戲論故此請也∧二許宣三卍一

指意標示經爾時世尊告阿難言汝先厭離聲聞緣覺諸小乘法發心勤求無上菩提故我今時爲汝開示第一義諦疏因緣和合四大發明皆小乘法諸法不生唯如來藏即第一義標指第一義諦即如來藏不逐緣生境有本不屬因緣及自然性△私謂論云真如自體相者名爲如來藏亦名如來法身謂諸佛如來唯是法身智相之身第一義諦無有世諦境界離於施作今疏剋指唯如來藏即第一義即論中法身智身無有世諦境界也今師謂歷指經中如來所談真諦妙義則迂卍二牒疑舉詞經如何復將世間戲論妄想因緣而自纏繞汝雖多聞如說藥人真藥現前不能分別如來說爲真可憐愍疏纏繞疑惑也諸佛秘密靡不皆知故云說藥今聞諸法皆如來藏名真藥現前舉昔方便疑今真實名不能分別溫陵云多聞如說藥真諦如真藥卍三勑許佇聽經汝今諦聽吾當爲汝分別開示亦令當來修大乘者通達實相阿難默然承

佛聖旨疏勑聽許宣現未俱益引證法華玄義云無量義者從一法生其一法者所謂實相實相之相無相不相不相無相名爲實相實相寂滅故名涅槃覺了不變故名佛性含備諸法故名如來藏遼離諸邊故名中道無上無過名第一義諦如是等種種異名俱名實相△三正說二卍一立理總非經阿難如汝所言四大和合發明世間種種變化阿難若彼大性體非和合則不能與諸大雜和猶如虛空不和諸色若和合者同於變化始終相成生滅相續生死死生生生死死如旋火輪未有休息阿難如水成冰冰還成水疏初四句牒所計次六句略破非和若四大性自體非和則不和諸大如空與色礙無礙異吳興云此破非和合之疑也若謂四大之性不和四大之相斯則性居相外二不相雜故曰猶如虛空等此約真如隨緣不同頑空之性也若和下破和合若大性體自是和合即成生滅始終即生滅也恐計和合故復破之此約真如不變不同變化等相也生死下釋初句釋

相成次句釋相續謂生能成死等生能續生等謂現在生續過去生也如旋下二喻初喻相續次喻相成【孤山云】此明大性本真則非和合故引虛空喻之即同下文性色真空性空真色也生而復死死已還生故曰生死死生即終始相成也今生後生今死後死故曰生生死即生滅相續也【私謂】孤山舉喻虛空亦有理在葢此文推檢合色非空合空非色正顯不能與諸大雜和之相世尊明以虛空喻如諸大之性故曰猶如虛空體非群相不拒諸相發揮正此義也△【雪浪云】若彼大性體非和合乃至不和諸色等此是立定非和合之相非破阿難執非和合之疑也若和合者乃至生滅相續等此是立定和合之相非破阿難和合之疑也火輪喻相續氷水喻相成乃至阿難若此隣虛析成虛空當知虛空出生色相此牒定始終相成之文汝且觀此等文以顯虛空不能成色不能成空正破無始終相成之理則無和合之義成矣△【私謂】和合非和合前文雙破已竟七大中但顯不和合耳此文牒云如汝所言四大和合等次文牒云汝今問言由和合故等七處推檢一一皆明非和非合故知此中初文是正立不和合非重破非和合雪浪揀岳師解是也和合之義下文廣破此但立定和合之相發起下破此中亦無先破之文經文即立即破破立相即諸師之解總歸結破和合若貼文委釋則以雙立為當△【清涼云】喻以火輪謂旋火速轉不見始終生滅遄流寧知本際又薪火不停識鈍謂輪命實還流妄謂相續又輪資火有命假心明待化而成故無自作○【定林云】如水成氷留礙不通氷還成水流通無礙此水與氷但是一性四大和合則如水成氷性真圓融則氷還成水△【溫陵云】旋火之輪無有質體喻虛妄成續之相也次喻直示大性非和不和之理故重召以起後文也夫水何和而成氷水何和而成水七大之性不因和合循業發現如是而已【私謂】溫陵此科以旋火二句結釋上文以氷水二句總喻七大葢巧用荊公之文以翻長水之義會解已降槀承此文不知是介甫牙後慧耳

○【合釋四大】○【宗鏡釋云】內外四大元是我心之性以為自性又自第八識變起根身界內外四大之相分為自相又因妄念而起強覺而知所以萬象森羅欝然顯現若能窮因體本皆是自心之性自心之相於中妍醜憎愛全是意識計度分別而成既識根由須存正智但除強覺一念不生自然心境俱空前後際斷○【智論云】諸法如有二種一者各各相如地堅相水濕相火熱相風動相如是分別諸法各各有相二者實相於各各相中分別求實不可得不可破無諸過失如自相空中說地若實是堅相者何以故膠蠟等與火會時捨其自相轉成濕相金銀銅錫與火合故亦自捨其相變為水相如水得寒成氷轉為地相有神通人入地如水又分散木石則失堅相又破地以為微塵以方破塵終歸於

空亦失堅相如是推求地相則不可得其皆空空則是地之實相有人言四大之名其實亦無邊無盡地之廣大載育萬物最爲牢固佛說心力爲大行般若波羅蜜故散此大地以爲微塵以地有色香味觸重故自無所作水少香故動作勝地火少香味故勢勝於水風少色香味故動作勝火心無四事故所爲力大〔宗鏡云〕四大等無自體故以心爲主或時更互論主如地具四微則鈍爲水所制水有三微爲火所制火但二微爲風所制風有一微爲心所制心無有微故得爲主復爲四大所惱主義不成〔寂音曰〕以如是之理推地水火之性一切皆空況風與空乎世尊所示自其性而發相謂之應所知量龍勝所論自其相而窮性持顯發色心不二耳(卍)二舉性別破七8一地性四〇〔淨名云〕是身無主爲如地〔肇曰〕夫萬事萬形皆四大成在外則爲土木山河在內則爲四肢百骸聚而爲生散而爲死生則爲內死則爲外故以內外四大類明無我也如外地古今相傳强者先宅故無主也身亦然爾衆緣所成緣合則起緣散則離何有眞宰常主之者生壽人即是一我義立四名也〇〔宗鏡云〕如地是四微所成若一微是主三亦是主若一非主三亦非主若內地四微所成無主者外地四微所成亦無有主也若內外地無主者此三事所成何得有主故曰此身無主爲如地也請觀音經云地大地無堅性地若是有者爲自性有共性有無共性有四種中隨計一性即是有見若檢而終不得此爲見性是無是實皆妄語

〇一舉事以標

〔經〕汝觀地性麤爲大地細爲微塵至鄰虛塵即析彼極微色邊際相七分所成更析鄰虛即實空性

〔孤山〕三藏二乘析法觀空故約彼解以破其執〔標指〕此標義顯小乘析色明空四大和合俱無實義△〔熏聞云〕汝觀地性指析法差別之性下水火風等皆是俗諦性耳前云若彼大性則指四大之中真諦性也如地持中有二法性一事法性性差別故二實法性性真實故

〔疏〕隣虛無方分微也即是極微色邊際相微塵有方分微也今經指有方分微名色邊際相隨經所出不須和會

〔孤山云〕鄰虛塵者以此塵極微隣於虛空故△私謂准宗鏡六十八問離識有色文義俱虛心外無塵教理同證其奈名言熏習世見堅牢若不微細剖陳難圓正信只如外色若麤若細云何推檢知其本空了了分明成就唯識答麤細之色皆從識變既從識有外色全空佛說極微令其除析非謂諸色實有極微諸瑜伽師以假想慧於麤色相漸次除析至不可析假說極微雖此極微猶有方分而不可析若更析之便似空現不可名色故說極微是色邊際〔又二十一云〕瑜伽師作觀行時於一色聚之中初析

爲二觀此二分色上我法都無復恐二分色裏我法猶存更以慧心析爲四別如是乃至鄰虛一相更不可析名色後邊若更析之便爲非色依斯假立極畧極迥二種極微又隹西域記云最微之類分一踰繕那爲八拘盧舍分一拘盧爲五百弓分一弓爲四肘分一肘爲二十四指分一指節爲七宿麥乃至蟣虱隙塵牛毛羊毛兎毫同銅本作水次第七分以至細塵細塵七分爲極細塵極細塵者不可復析析即歸空故曰極微也一微塵猶有十方分更析此塵爲七分名爲極微故曰細塵七分爲極細塵此有五名曰極微曰色邊際曰極畧色曰無方微曰鄰虛經云細爲微塵至鄰虛塵即所謂次第七分以至細塵細塵七分爲極細塵也又云析彼極微色邊際相七分所成即所謂一微塵猶有十方分更析此塵爲七分名極微也又曰更析鄰虛即實空性即宗鏡所謂更析極微便似空現也彰所知論云是等大種最極微細者曰極微塵亦名鄰虛塵鄰虛極微一塵異名合此二名是色邊際溫陵云析極微爲七分故名鄰虛是則判極微鄰虛爲二矣唯識言又諸極微若有方分必可分析若無方分則如非色既曰極微矣又可析乎經明指細爲微塵至鄰虛塵熏聞言極微乃通相呼微塵爲極微則亦誤也然今經論所明極微者約細塵七分次第析而之於空也楞伽云幾微塵俱舍云極微微者約細塵七分次第增而之於顯也有師誤解谷響證鄰虛可析七分經阿難此又不煩置辨也○二立理廣破

若此鄰虛析成虛空當知虛空出生色相疏依標立理也既能析色成空亦可合空成色方曰相成相續耳經汝今問言由和合故出生世間諸變化相牒起所疑也欲破先牒此下依理廣破汝且觀此一鄰虛塵用幾虛空和合而有不應鄰虛合成鄰虛又鄰虛塵析入空者用幾色相合成虛空疏合空成色非理也汝許析色爲空應許合空成色鄰虛極小成用幾空若合鄰虛自成方分不成鄰虛又鄰虛下合色爲空義乖也虛空至大鄰虛至小析小成大爲用幾塵經若色合時合色非空若空合時合空非色色猶可析空云何合疏雙非色空乖成也色合成色空合成空以類自合非乖相作也桐洲云謂色處無空故云合色非空空處無色故云合空無色非乖相作也△二楞云色但合色不能合空云何鄰虛合成虛空空但合空不能合色云何虛空出生色

相色猶下重責合空義失也梳色明空教觀俱有合空成色內外無憑前文云猶如虛空不和諸色若言和合相成相續皆爲虛妄【資中】若空不可合色何從生故知此色本無自性【如說合釋云】就小乘析色明空之法觀之既從大地析成虛空可見色無實體全是虛空中出生所謂有漏微塵國皆依空所生也今謂由和合故生者則隣虛塵亦應和合所成乃至虛空亦應和合所成且道用幾个虛空合成隣虛又用幾許色相合成虛空若色合時只合成色相又成不得虛空若空合時又永成虛空終成不得色相且世間只有梹色之法那有合空之法虛空隣虛既非和合而有則諸變化相又豈和合出生耶〇三會通實理【經】汝元不知如來藏中性色真空性空真色清淨本然周徧法界隨衆生心應所知量循業發現【疏】此明真色初二句指本迷【孤山云】此理雖無始本具亦無始本迷故曰汝元不知如來下三句顯法體已下多用孤山文如來藏即一法界心中道第一義諦也性色真空即俗之真性空真色即真之

俗皆言性者顯即中之真俗也俗故十界宛爾故曰性空真色真故生佛寂然故曰性色真空此言理具非關事造故曰性也三諦圓融不一不異非縱非橫名如來藏涅槃謂之秘密藏也孤山文此真地大也清淨下二句叙德量無妄相應具無漏法故名清淨非是有爲故云本然無所不在故云周徧理必融事事豈殊理理事雙泯故曰清淨本然心佛衆生三無差別彼彼互攝一一俱融故曰周徧法界此則種性體德體量皆具足耳若識此法成三妙觀【釋要云】性色真空是即空觀一空一切空無假中而不空性空真色是即假觀一假一切假無空中而不假色空不二是即中道一中一切中無空假而不中方知一塵具一切佛法一切心法一切衆生法靡不皆在一微塵中即見盧舍那即見自己即見一切法如一微塵一切法亦爾下皆准此隨衆生下顯藏性隨緣也衆生十界漏無漏異業亦不同所感色法淨穢殊等也明藏性隨緣造十界

事也則是隨染淨心顯差別業發現十界依
正之果耳△〔真際云〕性色真空離一切相也
性空真色即一切法也〔宗鏡〕隨衆生心應所知量者隨衆
生根熟處即現即衆生差別境即知一法塵
中等周法界爲隣虛塵無自性自性即虛空
虛空即是真空真空即是本覺故知如來於
一毛孔中爲無量衆生常說妙法即知一切
毛孔微塵亦不出我但解得一微塵法即數
得等周法界微塵循業發現者隨衆生業果
皆能顯現如釋迦出世國土狹小海水增盈
彌勒下生世界寬弘四大海減菩薩在會無
諸邱坑聲聞處中穢惡充滿故知隨諸一切
有情而出應現寬狹淨穢總是衆生心量所
成佛果無作〔直解云〕如來藏清淨本然是理
法界七大是事法界性相圓融
是理事無礙法界一多無礙大小相容七
大周徧是事事無礙法界〇四結責迷情〔經〕
世間無知惑爲因緣及自然性皆是識心分
別計度但有言說都無實義〔疏〕凡外小乘稟
權教者皆名無知不了實義故名爲惑執成
名相故稱曰爲皆是下總斥顛倒識心虛妄
顛倒從生因迷積迷何實之有〔吳興云〕世間
通指九界衆
生因緣義含自他共三性自然即無因性△
〔交光云〕識心即六識也分別計度即徧計執
〇二火性四〇〔淨名云〕是身無我爲如火〔肇〕
〔曰〕縱任有自由謂之我而外火起滅由薪火
不自在火不自在火無我也外火既無我內
火類亦然〇〔宗鏡云〕火爲三微所成無有定
性無性即是無火也今身爲名色所成若身
無定性即無我也此身中諸煖即是火若外
火無我內火亦無我也請觀音經云火大火
性從因緣生若從緣生即無自性無實即無
我性及四句例此可
知〇一總標無性
〔經〕阿難火性無我寄於諸緣〔疏〕緣生之火本
無主宰無主即無性也因緣和合虛妄有耳
〔標指〕緣生之火非性火也〇二
舉事廣破二〇一舉事標徵〔經〕汝觀城中
未食之家欲炊爨時手執陽燧日前求火舉事
也
阿難名和合者如我與汝一千二百五十

比丘今爲一衆衆雖爲一詰其根本各各有身皆有所生氏族名字如舍利弗婆羅門種優樓頻螺迦葉波種乃至阿難瞿曇種性引例也【疏】舉衆以明和合也因別成總總必有別故引三人顯其異也【海眼注】舉三人者如日艾鏡異和合出火同歸釋種總中有別如舍利弗等種姓異也△【熏聞云】問七大中何故唯火大例和合耶答前地大和合義疎其執易破從火洎識和合義親所計難破如火性以俗諦觀灼然鏡日艾三和合而生今以衆僧和合各各不同顯諸法和合都無真實各身各姓正喻和合是假溫陵云各有種姓真和合也會解取之誤矣所舉三人例同鏡日艾三也水風等三隨義可解【補遺云】記主以水中珠空月三風中衣空面三亦可例同三人和合之義陽燧出火鏡也【證真鈔云】崔豹古今注云以銅爲之如鏡之狀照物則影倒向日則火出淮南子云陽燧火方諸也論衡曰於五月丙午日午時銷鍊五方石圓如鏡中央窪天晴向日出火應法師云五石之銅精也優樓頻螺此云木苽林法華文句近此林居故孤山云此云木瓜癃胷前有癃如木瓜故迦葉波此翻大龜氏瞿曇云地最勝亦云日種古翻甘蔗南山曰星名從星立稱後代改姓釋迦慈恩云釋迦之群

望也文句此云純淑應法師翻地最勝謂除天外人類中此族最勝【經】阿難若此火性因和合有彼手執鏡於日求火此火爲從鏡中而出爲從艾出爲於日來牒徵可知㔾二依理推破【經】阿難若日來者自能燒汝手中之艾來處林木皆應受焚【疏】破日生也從日至手四萬由旬凡所照處何不遭爇而獨燒汝手中艾耶資中云日鏡相遠日去人間四萬踰繕那【熏聞云】一踰繕那二十里也【經】若鏡中出自能於鏡出然於艾鏡何不鎔紆汝手執尚無熱相云何融泮【疏】破鏡生也前四句正破後三句縱破火能克金遇必融泮外能燒艾內合鎔鏡今汝不然應非鏡出【孤山云】紆屈也縈也曲也亦可訓勞【經】若生於艾何藉日鏡光明相接然後火生【疏】破艾生也艾若出火日鏡不合何無火出若必待合然後火生顯非艾出【經】汝又諦觀鏡因手執日從天來艾本

地生火從何方遊歷於此日鏡相遠非和非合不應火光無從自有【疏】總結無從也三處不出火從何生應知必無【融室云】鏡與日艾各歸一處三處不出火無所從如比丘衆各歸氏族　日鏡下破和合無因也日鏡非近無和合義緣中既無非緣有火必無此理【私謂】七大中佛言汝今諦觀汝又諦觀乃至汝更細詳微細詳審等皆是妙奢摩他微密觀照智也准宗鏡云八識心王唯取第六爲能觀察問前五七八俱能緣慮何以不取答前五識有漏位中唯現量緣實五塵境第八唯現量緣三境故種子根身器世間境性唯無記第七有漏位中常緣第八見分爲境非量所收今能觀心因教比知變起相分比量善性獨影境攝故唯第六有此功德此中諦觀詳審微密觀照全用六識以爲觀體觀察圓明轉似妙觀察智爲真妙觀智用此觀也近師苦諍全破六識請思此經諦觀諦審之義○三會通貫理【經】汝猶不知如來藏中性火真空性空真火清淨本然周徧法界明真隨火也衆生心應所知量阿難當知世人一處執鏡一處火生徧法界執滿世間起起徧世間寧有方所循業發現【宗鏡古釋】性火真空者性是本覺性火是本覺火皆是衆生心變如第六識心熱徧身即狹若第八識中變起即徧同法界悟法界性皆是心中所變之火今世間火隨處發現應衆生業力多少隨意如龍鬬亦起火燒林藪乃至雲中霹靂火如人欲心熾盛火燒天祠皆從心火起由心動搖故有火起但心不動即不被燒　如來得性火三界火燒不得如來自起智火焚得舍利其火猛盛諸大弟子將水救不得乃至龍王救亦不得唯帝釋云我本願力始救得　雖有性火而不自燒如刀能割不自割如眼能看不自看如火大性唯心七大性亦如是隨心俱徧法界法界本徧由執心故不能徧如三界中三乘天眼俱不能徧唯如來無執性合真空故能周徧【智論云】火是假名亦無有實若實無火法云何言熱是火性熱性從衆緣生內有身根外有色觸和合生身識覺知有熱若未和合則無熱性若火有熱性云何有人入火不燒及人身中而不燒身雲中火水不能滅以火

無有定爇性故火不能燒身業因緣五藏不爇神龍力故水不能滅若熱性與火異火則非熱若熱與火一云何言熱是火性餘性亦如是是總性別性無故名爲性空○四結責迷情【經】世間無知惑爲因緣及自然性皆是識心分別計度但有言說都無實義如文可知

8三水性四○【淨名云】是身無人爲如水【肇】曰貴於萬物而終始不改謂之人而外水善利萬形方圓隨物洿隆異適而體無定體無定則水無人也外水既無人内水類可知○【宗鏡云】水爲三徵所成無有定性無性即無水三事成身無有定性無性即無身無身即無人故說是身無人爲如水也請觀音經云水性不住以其住者池沼方圓凝之即住非水有住性也若四句檢水有性有著即是住義若水四句無性無著即是無住無住故入如實際○一總標無性

【經】阿難水性不定流息無恒【疏】緣水無常故云不定隨物流止即不定相【涅槃疏】問恒與常何異答不從因緣爲常始終不變爲恒【經】如室羅城迦毘羅仙斫迦羅仙及鉢頭摩訶薩多等諸大幻師求太陰精用和幻藥是諸師等於白月晝手執方諸承月中水此水爲復從珠中出空中自有爲從月來【疏】迦毘羅云黃赤色梁言青色亦翻黃色此云黃頭頭如金色斫迦羅云輪或云鴦耆又譯云輪山依山得名鉢頭摩云赤蓮花【楞伽云】譬如日月形鉢頭鉢深險如虛空火盡外道道通禪注云外道計著神我於禪觀上見如日月形或見紅蓮在深陰之下訶薩多未詳或翻事水方諸出水珠也太陰當中以珠向之而求水也【孤山云】月望前日白亭午日書淮南子曰方諸見月則津而爲水高誘曰方諸陰燧大蛤也熟拭令熱以向月則水生許慎曰諸珠也方石也譯人蕃取許慎之說論衡曰十一月壬子日夜半時於北方鍊五方石爲之狀如盃盂向月得津月珠虛空三處徵詰○二依理推破【經】阿難若從月來尚能遠方令珠出水所經林木皆應吐流流則何待方諸所出不流明水非從月降【疏】破月生也前五句正牒破月去人間如日之量故云遠方月光照處皆合成流何獨珠出流則下四句雙破非也照處皆流何用珠出設無流

者顯此水性不從月來【孤山云】林木既不生流此水非從月降【經】若從珠出則此珠中常應流水何待中宵承白月晝【疏】破珠生也珠若生水合常有流不待照月何無水生【經】若從空生空性無邊水當無際從人洎天皆同滔溺云何復有水陸空行【疏】破空生也空若生水有空皆水誰不受溺以空徧故水亦周徧人天水陸應不各存【智論云】大地上下四邊無不有水若護世天王不節量天龍雨又無消水珠者則天地漂沒【經】汝更諦觀月從天陟珠因手持承珠水盤從人敷設水從何方流注於此月珠相遠非和非合不應水精無從自有【疏】總結無從也月從天升珠持手內盤由人置水自何來月珠下破和合無因也言水精者是太陰精之所流故緣中尚無非緣豈有【孤山云】精猶性也○三會通實理【經】汝尚不知如來藏中性水真空

性空真水清淨本然周徧法界隨衆生心應所知量一處執珠一處水出徧法界執滿法界生生滿世間寧有方所循業發現節釋如前○四結責迷情耳世間無知惑爲因緣及自然性皆是識心分別計度但有言說都無實義

◎四風性四○【淨名云】是身無壽爲如風【肇曰】常存不變謂之壽而外風積氣飄鼓動止無常動止無常風無壽也外風既無壽內風類可知○【宗鏡云】風性無體附物影動風相觸擊故輕虛自在游中無礙請觀音經云風性無礙今以四句觀風若言有性有生四句可得者即是礙若四句觀風風不可得即是無礙也○一總標無性【經】阿難風性無體動靜不常【疏】風性無狀動靜以表○二舉事廣破二◎一舉事標微【經】汝常整衣入於大衆僧伽梨角動及傍人則有微風拂彼人面此風爲復出袈裟角發於虛空生彼人面【疏】衣動於此風拂於彼二處及空三皆不生知是虛妄僧伽梨大衣也袈裟云壞色【釋文】僧伽

〔黎〕此無正翻唐言重複衣亦名雜碎衣以條數多故若從用爲名則入王宮及聚落時衣謂之大衣清涼云僧伽黎義云和合新者二重故者二重要以重成故曰和合是三衣中重第一衣也〔袈裟〕真諦雜記云是三衣通名或名離塵服由斷六塵故或名消瘦服由割煩惱故或名蓮花服服者離著故或名間色服以三如法所成故言三色者律有三種壞色故清涼云袈裟不正色衣也亦云染色表心染於色要無所染方曰染也㠯二依理推破

〔經〕阿難此風若復出袈裟角汝乃披風其衣飛揺應離汝體我今說法會中垂衣汝看我衣風何所在不應衣中有藏風地〔疏〕破衣生也前五句披衣離體破風性不靜若生衣中應見飛動今何不然我今下六句舉例無風破佛今垂衣不見飛揺獨汝袈裟云何風出衣中未必有潛風處令衣不動〔經〕若生虛空汝衣不動何因無拂空性常住風應常生若無風時虛空當滅滅風可見滅空何狀若有生滅不名虛空名爲虛空云何風出〔疏〕若生虛空下破空生也初三句正牒破空若生風何須假汝動衣方有空若生風何須衣動此下展轉難也空性下二句隨空常在難空性無滅空合常有不動衣時何無風出若無下二句無風空滅難若實生風風不起時應是無空〔孤山云〕謂無風時亦無虛空也滅風下二句滅空無辨難物不動時應知空滅空若滅時以何表辨若有下二句生滅非空難虛空無爲爲無生滅今有生滅不名無爲末二句反結風不生空也風性揺動虛空寂然豈有寂然而生揺動〔經〕若風自生被拂之面從彼面生當應拂汝自汝整衣云何倒拂〔疏〕破面生也初二句牒從彼下四句破被拂之人面若生風應合順吹汝當受拂汝自整衣不干風出云何其風反吹彼面若謂此風不從巳整衣而出生於彼人被拂之面既生彼面應當順吹拂汝〔經〕

汝審諦觀整衣在汝面屬彼人虛空寂然不叅流動風自誰方鼓動來此風空性隔非和非合不應風心無從自有【疏】重審也衣面空與動寂體殊風從何來吹拂其面風空下破和合無因也動寂不同故云性隔心即是性文變故爾【溫陵云】風性或作風心誤也今從古本○三會通實理【經】汝宛不知如來藏中性風真空性空真風清淨本然周徧法界隨衆生心應所知量阿難如汝一人微動服衣有微風出徧法界拂滿國土生周徧世間寧有方所循業發現【宗鏡古釋】世間稱大莫過四大四大中動莫越風輪以性推之本皆不動風本不動能動諸物若先有動則失自體不復更動今觀此風周徧法界湛然不動寂爾無形推此動由皆從緣起且如密室之中若云有風風何不動若云無緣遇緣即起或徧法界拂則滿法界生故知風大不動動屬諸緣若于外十方虛空中設不因人拂或自起時亦是龍屬鬼神所作以鬼神屬陰至晚則多風故乃至劫初劫末成壞之風並因衆生業感世間無有一法不從緣生若執自然生者只合常生何得緊縵不定動靜無恒故知悉從緣起【溫陵云】拂衣則動垂衣則靜所謂動靜不常也 又推諸緣和合成事各各不有和合亦無緣緣之中俱無自性但是心動反推自心心亦不動以心無形故起處不可得即知皆從真性起方見心性徧四大性體合虛空性無動靜以因相彰動因動對靜動相既無靜塵亦滅故首楞嚴云性風真空性空真風○四結責迷情【經】世間無知惑爲因緣及自然性皆是識心分別計度但有言說都無實義

◎五空性四○【宗鏡云】空性無相對色得名

○【資中云】虛空與色二俱是假亦相因有體

不離色故小乘以明暗爲體大乘以空一顯色及極迥色爲體上見空名顯色下見空名迥色【私謂】准宗鏡五十五云極迥色者即空間六般光明明暗等麁色令析此六般塵色即極微位取此細色爲極迥色體又若上下空界所見青黃赤白光影明暗即總名空一顯色及門窻孔隙中所現者即總名迥色資中云上名空名顯色即空一顯色因依正之色以顯空大之相所謂因色顯發也下名空名迥色即極迥色爲體即門窻孔隙所現竹菴所謂鑿井得空乃極迥色之類是也△【百論】云内曰無相故無虛空諸法各各有相如地堅相水濕相火熱相識知相而虛空無相故曰無外曰虛空有相汝不知故無無色相是虛空相内曰不然無色名破色非更有法猶如斷樹更無有法是故無有虛空相復次虛空無相何以故汝說無色是虛空相者若色未生是時無虛空相復次色是無常法虛空是有常法若色未有時應先有虛空法若未有色無所滅虛空則無相若無相則無法是故非無色是虛空相但有名而無實○一總標無性

【經】阿難空性無形因色顯發【疏】空無有質離色之處即顯是空以對待故故無性也○二舉事廣破二○一舉事標徵【經】如室羅城去河遙處諸刹利種及婆羅門毘舍首陀兼頗羅墮旃陀羅等新立安居鑿井求水出土一尺於中則有一尺虛空如是乃至出土一丈中間還得一丈虛空虛空淺深隨出多少此空爲當因土所出因鑿所有無因自生【疏】刹帝利云田主婆羅門云淨志毘舍云坐估商賈也首陀云穡者農夫也西域記云族姓殊者有四流焉頗羅墮云利根亦捷疾慈恩云婆羅門十八族之一也旃陀羅云殺者已上舉事也出土下標徵也隨出土之多少則見空之淺深也虛空與色二俱是假互相因有體不離色今此推徵令知虛妄○二依理推破【經】阿難若復此空無因自生未鑿土前何不無礙唯見大地迥無通達【疏】破無因生也空若無因鑿前何無鑿後何有無因不成無因即自然也【經】若因土出則土出時應見空入若土先出無空入者云何虛空因土而出【疏】破土生此正破也前

三句牒破土若生空土出井時應見虛空出土入井若土下四句結非若見土出不見空入云何言空從土而有【經】若無出入則應空土元無異因無異則同則土出時空何不出【疏】此轉破也若不見空出土入井則土因空界二無有異土即是空空即是土土出井時何不見空從土而出【竹菴云】空土既同何得土去而空留【經】若因鑿出則鑿出空應非出土不因鑿出鑿自出土云何見空【疏】破鑿生也前三句正破鑿出若鑿出空鑿自出空云何見土從井而出不因下三句反破不因土因鑿出空因何有【二楞云】空因鑿出當隨手鑿出虛空不應見土不因鑿出鑿自出土何因井中得見虛空○【引證】【百論破外云】內曰不然虛空處虛空若有虛空法應有住處若無住處是則無法若虛空孔穴中住者是則虛空住虛空中有容受處故而不然是以虛空不住孔穴中亦不實中住何以故實無空故是實不名空若無空則無住處以無容受處故復次汝言住處是虛空者實中無住處故則無虛空【經】汝更審諦諦審諦觀鑿從人手隨方運轉土因地移如是虛空因何所出鑿空虛實不相爲用非和非合不應虛空無從自出【疏】再審二處也土從地中運鑿移出故云地移鑿空下破和合重結無因也鑿空二體也虛實二義也【溫陵云】鑿空虛實謂鑿實空虛豈相符順而稱和合餘文可知【補遺云】因土是自生也因鑿是他生二義合是共生從鑿空虛實去重結無因不相爲用猶言不相爲因耳△【私】謂七大徵審之文汝觀地性汝更諦觀乃至審諦諦審諦觀等正廣明於奢摩他微密觀照之行相也上言觀照今言諦觀奢摩他中微密觀照即具含毘婆舍那正慧決擇之義依是推檢入觀明如來藏斯則信解真正最初方便也莕溪以三諦字配因土因鑿無因雲間謂根大中三審字審明暗空三識大中二詳字對見相二義依語穿鑿今並不取○三會通實義三㊀一類通前義【經】若此虛空性圓周徧本不動搖當知現前地水火風均名五大性真圓融皆如來藏本無生滅【疏】前三句顯虛空之

大義也虛空若從因緣所生體非周徧復是動揺豈名爲大夫言大者常徧爲義常故無生滅動揺徧故時處悉有若因緣生此有彼無現有未無緣會則生緣離即滅今此不爾本如來藏本自周徧本不動揺故名爲大當知下六句類前四性同受大名【吳興云】四大後所以點空均名五大者諸經常談唯四而已此既異彼故特言之咸稱大者皆周徧故無動揺故是藏性中真功德故無方大用徧一切處作利益故豈同方便有名無實而稱大耶通名大者且依事立智論云佛說四大無處不有故名爲大若言大性周徧必須指事即理攝末歸本不可名而名之是爲如來藏也△【融室云】當知現前四大與空均平名爲五大性體平等故名曰均均故性真無際圓妙融通皆是不生滅之如來藏性也○二斥勸研詳（經）阿難汝心昏迷不悟四大元如來藏當觀虛空爲出爲入爲非出入【疏】無圓實智故名昏不了常徧故名迷若虛空性有出入等則體非常亦無徧義豈名爲大故勸詳審也【溫陵云】若悟虛空性圓周徧本無出入即悟四大性真圓融本無生滅○三正會今理（經）汝全不知如來藏中性覺真空性空真覺清淨本然周徧法界隨衆生心應所知量阿難如一井空空生一井十方虛空亦復如是圓滿十方寧有方所循業發現【溫陵云】空與覺一體用異稱也體用不二故相依而舉△【二楞云】性覺二句見空生大覺非是無本圓覺亦云十方虛空覺所顯發是也○四結責迷情（經）世間無知惑爲因緣及自然性皆是識心分別計度但有言說都無實義

大佛頂首楞嚴經疏解蒙鈔卷第三之三

音釋

遄　市緣切音篅速也　爨　七亂切音竄　燧　徐醉切音遂取火於日也　詰　若吉切問也

大佛頂首楞嚴經疏解蒙鈔卷第三之四

海印弟子蒙叟錢謙益鈔

◎疏六根性然小乘多出四大大教始有空名根之與識同名大者未見經出諸圓實教圓觀諸法根境識三周徧不動雖有其義不立大名今此特出真爲最後究竟垂範也△釋要云大教始有空名者大乘中說五輪即地水火風空也空性周徧時處悉有故名大根境識有周徧義者圓覺云覺性徧滿圓無際故當知六根徧滿法界根徧滿故當知六塵徧滿法界等又光明亦有六大皆不彰灼此最顯也厶文四一總標無性

經阿難見覺無知因色空有宗鏡見性從緣和合而有標指根無自性因境而有見覺是根因色空顯下文由塵發知△吳興云見覺即見精如鏡鑒像得現量境非如識之分別青黃故曰無知以前破識破見元有二層皆對空顯破故四大後又舉空見識本如來藏以迷妄故分一精明而爲見聞覺知與六和合也有不違斯肯者強以見覺爲勝義根勝義乃清淨色法所成是法相宗語下文明云性見覺明覺精明見矣△融室云六根具見聞覺知今但言見覺者且就眼而言是初根故見之爲覺本自無知知乃發於色空故云因色空有厶二舉事廣破二巳一舉事標徵經如汝今者在祇陀林朝明夕昏設居中宵白月則光黑月便暗則明暗等因見分析此見爲復與明暗相并太虛空爲同一體爲非一體或同非同或異非異疏此約四句以徵謂一也異也亦一亦異也非一非異也真鑑鈔云此問四句一同二異三亦同亦異四非同非異但經文分兩同異各成一句△古釋但標四句今人添六法徵釋從古爲是巳二依理推破經阿難此見若復與明與暗及與虛空元一體者則明與暗二體相亡暗時無明明時無暗若與暗一明則見亡必一於明暗時當滅滅則云何見明見暗若明暗殊見無生滅一云何成疏此破一也前四句牒計則明下四句立理融室云若元一體內明暗二體相亡謂指暗時無明明時無暗矣若與下六句推破見與境一境滅見亡如何分辨明之與暗若明下三句結非明暗自殊見不隨滅應知此見不與境一經若此見精與暗與明非一體

者汝離明暗及與虛空分析見元作何形相離明離暗及離虛空是見元同龜毛兔角明暗虛空三事俱異從何立見【疏】破異也初三句牒計汝離下四句正難離境何相離明下四句結成畢竟無體上皆正破明暗下三句結破並可知【吳興云】分析見元即見精明亡下文謂見根也心法而云根者此六知根爲輪生死靈妙常之根本元一精明所分故【經】明暗相背云何或同離三元無云何或異【疏】破兩亦也同即一也明暗互滅故云相背若與一同見即隨滅如前所破明暗虛空離此無見亦異不可明暗二相同一失一豈可言其或同離明等三見且自無將何說爲或異【經】分空分見本無邊畔云何非同見暗見明性非遷改云何非異【疏】破雙非也空見無辯故非不一明暗自遷見無生滅故非不異空見冥一不分邊際元是一體說得非同所見明暗有異能見見精不遷何得同彼得說非異△【定林云】相見無性離三元無性見無相本無生滅【經】汝更細審微細審詳審諦審觀明從太陽暗隨黑月通屬虛空壅歸大地如是見精因何所出見覺空頑非和非合不應見精無從自出【疏】重審也勸細審詳四境之中從何有見見覺下破和合無因也【證真鈔云】前四句破因緣生後破無因自生也△【桐洲云】見則有覺空則爲頑不可說和合義〇三會通實義三己一類通前義【經】若見聞知性圓周徧本不動搖當知無邊不動虛空并其動搖地水火風均名六大性真圓融皆如來藏本無生滅【疏】見聞覺知同名大者蓋常徧故如前文釋【孤山云】前於六根廣破眼見餘根並畧今類通顯示其性皆徧聞即耳根覺即鼻舌身根知即意根不言覺者畧也己二斥勸研說【經】阿難汝性沉淪不悟汝之見聞覺知本如來藏汝當觀此見聞覺知爲生爲滅爲同爲異爲非生滅爲非同異【疏】生滅同也非生滅異也爲同爲異

兩亦也爲非同異雙非也見聞既真四句叵得不動周徧其大者與【標指】汝性沉淪者小衆所知障在法塵未脫故ㄙ【溫陵云】生滅同異皆因妄塵非生非異不離妄計離此諸妄即如來藏㠯三正會今理【經】汝曾不知如來藏中性見覺明覺精明見清淨本然周徧法界隨衆生心應所知量如一見根見周法界聽齅嘗觸覺觸覺知妙德瑩然徧周法界圓滿十虛寧有方所循業發現【疏】曾則也聽齅嘗觸者鼻舌二根境合始覺故名嘗觸覺觸身也覺知意也【補遺云】六根文中佛難鼻根聞香同身觸難則知鼻舌皆得觸名以鼻別香臭舌辨苦甘乃是嘗觸故然准今文嘗觸在舌以味到舌觸義尤著耳△【定林云】六根皆受性於覺故於見言性見覺明覺精明見耳聽鼻齅舌嘗身觸及意知根亦與見同皆受覺性言覺觸則身根性覺言覺知則意與舌根性覺耳鼻二根推類可知所謂性見覺明覺精明見者覺明從覺起明覺精合神有覺亦與知同體以見非知故可言精而不可言知也上言見覺無知則其不可言知明矣見性屬覺以明合精故△【溫陵云】性見等者有見有覺體實性見用實覺精

也亦體用相依而舉○【引證圓覺經云】覺性徧滿清淨不動圓無際故當知六根徧滿法界【疏云】覺性圓無際故當知六根亦圓無際故徧滿法界者言不徧滿即是有際有際即與覺性成異故躡前云圓無際故故首楞云性見覺明覺精明見清淨本然周徧法界○四結責迷情【經】世間無知惑爲因緣及自然性皆是識心分別計度但有言說都無實義㠯七識性○【宗鏡釋云】識性無體如幻即虛此破識大性也諦詳佛旨本契無生但以有情唯迷妄識以昏擾之性起徧計于覺塵逐雜染之緣沈圓成於識海眠三界之夢宅一覺而塵劫不惺造四大之幻身生滅而恒沙莫筭今推此識決定無體從緣所生悉順無生四句檢之自含妙理○文四一總標無性【經】阿難識性無源因於六種根塵妄出○二舉事廣破二㠯一舉事標徵【經】汝今徧觀此會聖衆用目循歷其目周視但如鏡中無別分析汝識於中次第標指此是文殊此富樓那此目犍連此須菩提此舍利弗此識了知爲生於見爲生於相爲生虛空爲無所因突然而出【疏】根能

照境如鏡照物識能了境分別自他此識分別爲從何生【真際云】根但照境故如鏡中識有了別故能標指△【圓覺疏】引【釋云】云其目者意取眼識云汝識者即是意識無別分析者意明眼識但有自性分別無計度等分別【宗鏡】五現識不動唯意識分別如首楞云識性無邊乃至此舍利弗等如五現量周圓而視如鏡中鑒像而無分別若第六意根即次第分別非如五現量頓見圓覺云譬如眼光乃至得無憎愛具云譬如眼光曉了前境其光圓滿得無憎愛何以故光體無二無憎愛故疏云光即眼識現量所得故無憎愛可見五根現量未生分別其眼光到處無有前後終不捨怨取親愛姸憎醜例如耳根不聞讚毀之聲鼻根不避香臭之氣舌根不懷甜苦之味身根不隔澀滑之觸以率爾心時不分別故【鈔云】第八識及前五皆爲現量任運自然分別不待起心籌量比度剎那流入意地纔起尋求便落比量則染淨心生取捨

情起【唯識云】前五識但有隨意分別無計度分別分別唯第六意識有又意識隨前五根同時而起故名同時又名明了意識永明云初居圓成現量之中浮塵未起後落明了意識之地外狀潜形〇二依理推破【經】阿難若汝識性生於見中如無明暗及與色空四種必無元無汝見見性尚無從何發識【疏】破根生也有相有見相無見無根尚無形識從何發【經】若汝識性生於相中不從見生既不見明亦不見暗明暗不矚即無色空彼相尚無識從何發【疏】相見相待無見無相不見明暗等境即無色等六塵相猶不立從何有識【宗鏡】【釋】已上破自生他生也【經】若生於空非相非見非見無辨自不能知明暗色空非相滅緣見聞覺知無處安立處此二非空則同無有非同物縱發汝識欲何分別【疏】此下破空生初二句審定不由根境也非見下正破前三句非見不辨四境破下三句

非相不立五根破相即是緣四境既無即所
緣境滅所緣既無五根何有上皆牒破不假
根境也處此下正破識從空生也非相非見
故云二非即正指空也【融室云】處此二非謂以非相非見之二非而處分之同無者如龜毛兎角畢竟無故若言其
空是有體者豈同物像可形可狀二非若空則同龜毛
二非若有既曰非相非見不同於物又此虛空昏鈍無辨無辨
之空若有所生亦應無別故曰欲何分別二非如是虛空縱能發生汝識欲何分別爲欲於龜毛無邊分別欲於不同物有邊分別此誠不可得而立也△【孤山云】空則同無言無識也應云無則同空互其言耳有非同物言有識也【溫陵云】識體若空則同龜毛識體若有非同物象既自無體安能有用故曰欲何分別【私謂】長水釋二非爲空孤山溫陵釋空有爲識此中銷文從長水爲順無則同空孤山指爲互文蓋欲迴經文以就已解耳【經】若無所因突然而出何
不日中別識明月【疏】破無因也日中無月既
無見月之識應知非是無因而有【宗鏡】日屬朝
陽月含陰魄時候晷刻今古不移各有所因
無因非有空生無因皆破無因生也【經】汝更
細詳微細詳審見託汝睛相推前境可狀成
有不相成無如是識緣因何所出識動見澄
非和非合聞聽覺知亦復如是不應識緣無
從自出【疏】重審生處也睛即浮塵境即明暗
成有成無即虛空也識動下二句結非和合
動謂能了別也澄謂但照境也汝識於中次第標指識動也其目周視但於鏡中見澄也聞聽下二句例破餘識聞聽
即耳鼻覺知即舌身意識不應下二句結無
生處識起緣由故云識緣【宗鏡】見澄即五現量
分別爲動又經云此識心本來湛寂不從修
得本體澄寂五現量境亦復如是既不得自
見之性又不得他相之觀自他既虛即無和
合所以推云見託汝睛乃至聞聽覺知亦復

如是以動靜相乖事非和合此破共生也【私謂】永明依四句推檢故以空生無因皆破無因見託汝睛已下別破和合爲破共生長水依經文四義推破故於四處不生破竟以微細詳審去結審生處而四句推檢中畧共生一句此二師科門雖異各有深理學者詳之△【溫陵云】識動見澄性相暌異見與識暌聞知亦然皆非和合亦非自然是則性真圓融不涉諸妄矣○三會通實義三㊀一類通前義

【經】若此識心本無所從當知了別見聞覺知圓滿湛然性非從所兼彼虛空地水火風均名七大性真圓融皆如來藏本無生滅【疏】初二句能類當知下所類了別謂識（正指六識）見聞謂根也（仍指六根）是生識之根故云了別見聞等【定林云】識雖在六根而性非從所性非從所即非因緣亦非自然△【桐洲云】性非從所明根性圓滿非從於所生△【溫陵云】兼彼空等總會七大旁通萬法也既本無所從則湛然圓滿世界衆生物物皆爾不唯地等名大草芥塵毛皆可名大性真圓融本無生滅前文詳辨意皆萃此△【紫栢云】地水火風而依於空爲器界五法見聞覺知而依於識爲根身五法蓋十大性也而經曰均名七大者（以上叙訃）文以十大不離阿賴識而有也阿賴耶此言含藏能含藏覺義不覺義與相見二分地水火風空五大乃因此識相分而建立也見識覺聞知五大乃因此識見分而建立也見分建立則唯根識而已故但以見覺及識畧之爲二也㊁二斥勸研詳

【經】阿難汝心麤浮不悟見聞發明了知本如來藏汝應觀此六處識心爲同爲異爲空爲有爲非同異爲非空有【疏】同異如根中破空謂空生有謂根境非空有謂無因也【標指】汝心麤浮正同圓覺責剛藏云虛浮妄心多諸巧見不能成就圓覺方便如是分別非爲正問△【定林云】於空云汝心昏迷空性覺故於見云汝心沈淪見性外現故於識云汝心麤浮識心內潛故浮則但認浮根麤則不達識精○【引證】般若經云六識者本自一心徧由六根門頭而成六識從見爲眼識從聞爲耳識從齅爲鼻識從嘗爲舌識從染爲身識從分別爲意識如是根塵三事和合爲十八界若如實知自性皆空是爲能學六根六塵六識○【智論云】識之於根作出入如鹿在網猶鳥處籠啄一捨一周而復始無暫休息識在根籠亦復如是或在於耳或在於眼來去無定不可執常雖復無定相續不斷又護法云六識體性各別但依根境而立其名若執有一識能緣六境者若六境一時到如何一个意識能一時緣得耶若前後起即不徧故所以隨六根境種類異故

依根得名㕚三正會今理（經）汝元不知如來藏中性識明知覺明真識妙覺湛然徧周法界含吐十虛寧有方所循業發現（定林云）明知受明於覺覺明從覺起明識體是知受明於覺故先言明知後言覺明言妙覺者覺妙於此△（溫陵云）識知皆出於性明故曰性識明知識雖覺明之咎其體實真故曰覺明真識體用不二真妄一真所以迭舉（二）（楞云）性識明知謂本性之識即妙明之知覺明真識謂本覺之明即性真之識即汝所明覺性湛然徧十方界無生滅者云何以意識爲心知耶△（雲棲曰）地大云性色真空性空真色全性之色即空全空之性即色如水與波全水之濕即波全水之波即濕也乃至見大云性見覺明覺精明見全性之見即明全明之見即性也識大云性識明知覺明真識全性之識即知全性之知即識也真俗交互七大一例溫陵解後二大與前五有別似不理應△（宗鏡）含吐十虛者含即一真不動在如來藏中吐即依妄分別乃隨處發現但有纖塵發現之處即是自心生不從分別有（標指）十虛十方十界也△（桐洲云）識精元明不空之體徧五大中經云識性無形法五大以爲家故云周徧法界含吐十虛者謂含萬有容現諸法顯無邊之德量安有方所即循業發現者謂循

順麤妙之業緣發現愚鈍及淨妙之識用後經云識性流出無量如來△（定林云）言十虛者識及六根所起用處有而不實故云十虛風無實體依土發現故云國土水火爲世間用故云世間色不言世間國土者離色無世間國土離世間國土無色空所圓滿非特世間國土又非有而不實故云十方方無還流空亦如是△（補遺云）含吐猶卷舒也十方虛空在真心中爲小故能卷舒厶（釋文）准上科妙覺湛然下應有周徧法界至妙德瑩然等八句或是闕文或應文畧交光謂詳審經文應無隨心應量等文亦穿鑿之說也〇四結責迷情（經）世間無知惑爲因緣及自然性皆是識心分別計度但有言說都無實義（宗鏡合釋）七大之性性真圓融一一大俱徧法界如七顆冰將火鎔爲水如因陀羅網同而不同如水與冰異而不異乃至五陰六入十二處十八界皆滿法界一一微塵亦滿法界一一毛孔亦徧法界一一身心亦徧皆如來藏即知凡夫界中所有見聞陰入之根名色之境還同龜毛無所執著一切境界皆從識變盡逐想

生離識無塵識寂則諸塵俱寂離想無法想空則諸法俱空將世間龜毛易解之虛破如今現執名相之虛因緣自然俱成戲論知解分別本末無從但有意言都無真實如是陰入處界七大性等非是本來自然無因而有非從今日和合因緣而生但是識心分別建立令破此識性則七大性乃至一切法皆空如尋流得源捕賊獲贜則無明怨對生死魔軍性真圓融徧十方界如波澄秋渚含虛洞然雲朗晴空逈無所有又云夫外計內執我者皆於地水火風空識六大種中及身內識煖息三事起執令觀六大三事內唯是識之一大世多堅執以爲實我今只于內外三世中推自然無我無識內外推者只如執識在身內者且何者是識若言身分皮肉筋骨等是識者此是地大若言精血便利等是識者此是水大若言身中煖觸是識者此是火大若言折旋俛仰言談祇對是識者此是風大除四大外惟是空大何者是識各各既無和合豈有如一砂壓無油合衆砂而豈有似一狗非師子聚群狗而亦無此四大種現推無體即是內空死後各復外四大一一歸空即是外空內外俱空識性無寄又內推既無識應有外者外屬他身自無主宰及同虛空有何分別內外既空中間無有以因內外立中間故但破內外中間自虛○上七大文竟

◑躡上總約諸法會通母科三承前開示獲悟生子科二㊀一具敘大衆領悟二阿難說偈贊述初中文二

八一畧敘除疑

經爾時阿難及諸大衆蒙佛如來微妙開示身心蕩然得無罣礙疏三科七大即相即性本自不生今則無滅生滅去來皆如來藏圓徧不動清淨本然此是如來宣勝義中真勝義性故云微妙開示身心圓明故云蕩然更無諸法可爲所疑故無罣礙

⊙二廣述得益四卍一悟心廣大益

經是諸大衆各各自知心徧十方見十方空如觀手中所持葉物疏向執心在身中謂言是我真性今知空在心內如片物持於掌間下文亦云空生大覺中如海一漚發孤山云各

各自知即能覺之智心徧十方即所覺之理常住真心徧融十界故曰十方天台釋法華深達罪福相徧照於十方亦云即十界也見十方空者謂十界循業發現之空也迷妄有空比真爲小故以掌葉爲喻△涅槃經云佛言我所覺一切諸法如因大地生草木等所宣說者如手中葉卍二了物咸真益

經 一切世間諸所有物皆即菩提妙明元心心精徧圓含裹十方

疏 向執心外有法今悟法法唯心離實相外無法可得故世間物皆菩提也菩提云覺覺即是佛

孤山 一切世間等謂依空立世界也即十界循業發現依正之法耳皆即菩提等謂十方虛空十界依正一法叵得皆我真心含裹十方者即此真心具足十界而非斷滅觀此文者豈疑無情有性無情作佛之說耶

疏曰 若執無情無佛性者請看此文縱信無情有性仍說不具諸法遂令佛性派成其二一具法佛性謂有情性二不具法佛性謂無情性若此派分何異他說無情草木無佛性耶今立量示云一切草木是有法定具諸法故爲宗因云有佛性故同喻如有情正教量云地水火風均名七大性真圓融皆如來藏妙覺湛然周徧法界含吐十方寧有方所稟彼說者宜悉詳之。

引證 清涼云 此中成佛爲理爲事若就衆生位看者尚不見唯心即空安見圓教中事若約以性融相一成一切俱成謂以佛之淨性融生之染以佛一性融生之多令多染生隨一真心皆如於佛已成佛竟非唯有情會萬類相融爲佛體無不皆成故說無情有成佛義約成佛門一切成也若以無情不成佛義融情之相亦得說言諸衆生不成佛也以成與不成情與無情無二性故法界無限故佛體普周故色空無二故法無定性故十身圓融故緣起相由故生界無盡故因果周徧故遠離斷常故萬法虛融故故說一成一切成也此成則能修因無情變無情無情變情便成邪說卍三反顧遺身益

經 反觀父母所生之身猶彼十方虛空之中吹一微塵若存若亡如湛巨海流一浮漚起滅無從

疏 太虛處我心中尚如片物在掌更觀所生微質於心大小若何故舉空中一塵存亡豈辨喻至小也如湛下再舉漚喻了身無生也前喻尚存小相今喻相本無生故此二喻各顯一意

孤山云 虛空巨海以況心精微塵浮漚以況已質理即事故若塵存

而漚起事即理故若塵亡而漚滅事理不二故曰無從卍四妙獲元心益[經]了然自知獲妙本心常住不滅[疏]了謂顯了猶分明也明解在心故曰自知迷妄名失了悟名獲既言常住不滅故非新得但顯現耳[姑蘇神照云]此乃悟如來最初開示常住真心爲一部之宗體即長水指起信初一心爲本源也[川]二阿難說偈讚述二八一標舉[經]禮佛合掌得未曾有於如來前說偈讚佛[宗鏡]阿難因如來推破妄心乃至陰入處界七大性一一微細窮詰徹底唯空皆無自性悉是意言識想分別因茲豁悟妙明真心廣大含容徧一切處即與大衆俱達此心同聲讚佛乃至不歷僧祇獲法身即同初祖直指人心見性成佛[孤山云]得未曾有謂圓頓之解也八二正說四卍一嘆佛法希有二[八]一正嘆[經]妙湛總持不動尊首楞嚴王世希有[疏]初句讚佛佛有三身謂法報應今皆具歎妙湛法身也法身無相湛然常寂無作無爲徧一切處不生滅故總持報身也謂無量劫修行諸度之所顯發總攝一切無漏功德盡未來際任持不失無有壞滅訓彼因故不動尊者應身也謂隨機感猒求勝劣衆生心中之顯現真如用相名之爲應佛體不動無有作意如月不降百水不升慈善根力法爾如此亦如鏡像隨形所現鏡且不動故以不動爲應身也又妙及尊字通上通下謂三身一體不三而三體相用法具一切義故名爲妙是最究竟極證所顯故名爲尊[孤山云]妙湛讚真諦般若德也總持讚俗諦解脫德也不動讚中諦法身德也又即三而一故曰妙湛即一而三故曰總持非三非一故曰不動譬摩尼珠即瑩徹即具寶即體圓雖三宛然而是一珠雖是一珠而三宛然故涅槃云如來之身非大涅槃摩訶般若亦非涅槃解脫之法亦非涅槃三德各異亦非涅槃是故不一不異如摩尼珠名大涅槃△[海印云]此讚佛法身而三身具焉舉一

佛而具三身故爲聖中尊阿難最初發心緣見三十二相今蒙開示見佛法身乃是親見如來故此讚也△下句嘆法即行法也一經所顯唯此三昧最尊最勝於法自在故稱爲王上句理果下句是行理果行三是所詮義必因能詮所詮方顯是故四法皆具嘆也孤山云出偏小上喻之以王是則行從理而得名教從行而立稱教行理三悉號楞嚴今正舉能詮以嘆也五時設化逗機非一未若純顯圓常直明心性所說經中最爲希有一教希有開權顯實故二行希有圓融妙定故三理希有常住真心故◎二述益經銷我億劫顛倒想不歷僧祇獲法身疏初句斷障即前身心蕩然得無罣礙也下經云從無始來顛倒淪替今言億者舉大數耳妄認四大六塵緣影爲身心相迷已爲物觀大觀小皆爲顛倒虛妄亂想今聞開示不執不認故名爲銷孤山云億劫顛倒即無始無明也△下句悟道即獲本妙心常住不滅也資中疏云由前廣破人法二執故此分見如來藏心也阿僧祇云無數劫波云時分方便教說一切諸佛皆於無數劫中修波羅蜜然後成佛今於此會言下頓悟獲本妙心常住不滅何歷僧祇之有乎孤山云若藏教迦旃延子明四階作佛義三阿僧祇修六度行百劫種相好因然後樹下斷結獲五分法身此歷僧祇非不歷也若通七地齊羅漢八地扶習潤生經無數劫然後七寶菩提樹下一念與真理相應斷除殘習氣獲真空法身此亦歷僧祇非不歷也若別教地前緣修萬行動經塵劫方入初地分證中道法身又如唯識云地前方歷一僧祇初地滿二僧祇八地至等覺方是第三僧祇然後至妙覺位乃獲究竟法身此亦歷僧祇非不歷也此皆方便之談時長行遠今言不歷即圓悟自心名大直道法華八歲龍女南方作佛華嚴初發心時便成正覺胎經云凡夫賢聖人平等無高下唯在心垢滅取證如反掌皆與此經同焉◎引證起信記云阿僧祇者若准本業經初以忉利天衣仍用後天時分三年一拂盡四十里石爲小劫次以梵天衣拂盡八十里石爲中劫復以淨居天衣拂盡八百里石爲大劫雜阿含中與此有異又劫章頌云風災爲一數乃至不可知此極長遠時名一僧祇劫謂此以風災爲數數至不可數更若數時心則狂亂齊此數不得處名一僧祇若以此等計三僧祇劫方成佛道則百千萬億人中無有一人發

心修道縱有懼三塗苦者但修人天戒善或有畏三界生死亦但修二乘之行焉敢希冀佛乘修菩薩行今所會通特異於彼何者梵語劫波此云時分大劫小劫長時短時下至剎那皆名時分阿僧祇此云無數無數之言亦不定又近如人經年不相見便云無數時竟日不見亦云無數時修行時分意亦同此謂始從具足凡位發心修進法爾經無數時方得見真如名為見道是一無數時從見道已去漸斷俱生二障法爾又經無數時方得不假功用自然相應至第八地是第二無數時從此任運進趣消遣餘累法爾又經無數時方得成佛是第三無數時斯則無數時是定有然延促不可定也若此所解方有修行之人

故下文云歇即菩提不從人得何藉劬勞肯綮修證又云彈指超無學又圓覺云知幻即離不作方便離幻即覺亦無漸次皆此義也

圓人一生尚有超登十地者況初住乎此經圓頓如教行道直至菩提此乃圓修圓證不斷而斷無成不成豈待時劫哉△〔宗鏡〕〔云〕成佛之旨且非時劫遲速之數屬在權宜故起信明為勇猛眾生成佛在於一念為懈怠者得果須滿三祇楞嚴經鈔云劫者是時分義而有成住壞空皆由眾生妄見所感由四大故起六根起六根故見六塵見六塵故有時分若了無明根本一念妄心則知從心所生三界畢竟無有長短之劫由一念來三乘趣異並是夢中說寤時事皆無多劫耳一念相應一念成佛一日相應一日成佛何須劫數漸漸而修諸佛法門本非時攝計時之劫非是佛乘

然據今文且敘解悟如文云各各自知心徧十方知即解也敘雖論解不無證悟以隨人入位淺深不同且如兩教二乘稟權菩薩圓教根性未發信者悟此境界即是解悟若曾已入信解行位聞法開悟即是證悟更有已入地住即增道損生乃至妙覺破惑證理發真妙用皆隨淺深而論廣狹此則一會之眾皆得妙益耳

〔雲棲〕〔云〕獲法身吳興謂是實證長水孤山皆同此說蓋是分證法身不言五分究竟也即不通指大眾言阿難證亦復何妨其以阿難向後方得二果為難而謂是佛神力襲令得見又謂銷我之言旁指菩薩及利根二乘蛇足之談皆不應理△〔私謂〕永明宗鏡引楞嚴疏鈔云若聞此經即悟得微塵毛孔一切眾生皆在我本覺中無明若除一時頓證不從修得如觀音入流亡所阿難自慶不歷僧祇獲法身並是頓也長水謂阿難言下頓悟獲本妙心即同永明之說然阿難得悟之後重請修行次偈即云發願得果審除微惑故長水又

云且敘解悟不無證悟也今人影掠悟門謂一念不生前後際斷即名爲佛如禪家弃引廣額屠兒置刀佛座下謂是千佛一數而指阿難等爲頓證此又錯解永明諸師證悟之文成發狂之藥也〇又按中川新疏廣引經論明法身義有其十種准起信論云真如自體相者具足如是過於恒沙不離不斷不異不思議佛法名爲如來藏亦名如來法身今經如來開示阿難本如來藏妙真如性阿難言下即獲法身故知所獲之法身即是如來藏也次下徵答富那騰疑廣明如來藏乃至毛端現剎塵裏轉輪即是起信菩薩地盡入法身位見之究竟也諸經論十種法身一藏識二在纏三本智四清淨等皆不出如來藏義故曰隱名如來藏顯名爲法身古人謂首楞嚴以如來藏心爲宗豈不信夫卍二願得果度生二(八)一正陳所願二(卍)一陳願

【經】願今得果成寶王還度如是恒沙衆【疏】初句敘智即佛道無上誓願成也即於此身期獲證果故曰願今吳興云初即佛道誓成以攝法門誓學由學法門而得果故　次句敘悲即衆生無邊誓願度也下云除惑即煩惱無盡誓願斷次即衆生誓度以攝煩惱誓斷由斷煩惱方度生故　悲智二法即菩提心復以要誓總而持之即三法周備四願具足發菩提心畢於此矣依圓覺疏頓教因地總有三重初了悟覺性即前獲妙本心得法身也二發菩提心即今悲智二願也後修菩提行即向下問修行方便也謂若不了自心云何知正道故多劫修行非真菩薩次不發大心無由起行故善財先陳已發方問修行圓頓修證莫過此矣孤山云前獲法身猶是初住分果今願成妙覺極果△融室云晋華嚴有寶王如來一品(卍)二述意

【經】將此深心奉塵剎是則名爲報佛恩【疏】上句同佛化上求下化悲智二心一一先悟妙覺明性從深理生故名深心天台觀經疏佛果高深發心求往故云深心亦從深理生△溫陵云悲智雙運廣大無邊所謂深心也　以此二心承順塵剎諸佛化行無二無別故名爲奉下句結報恩大論云假使頂戴經塵劫身爲床座徧三千若不傳法度衆生畢竟無能報恩者具云若有傳持正法

藏宣揚教理度群生修習一念契真如此是真報如來者△[吳興云]以上願心皈奉塵剎如來是報我佛微妙開示之恩○[引證智論云]須菩提問世尊云何是深心佛荅應薩婆若心此云切智一集諸善根薩婆若心者菩薩摩訶薩初發阿耨多羅三藐三菩提意作是願我於未來世當作佛是阿耨多羅三藐三菩提意即是應薩婆若心應者繫心願我當作佛菩薩利根大集福德發意即得深心深心者深樂佛道世世於世間心滯是名應薩婆若心深心者深入悲心利益衆生是名深心相㊇二三請證明[經]伏請世尊爲證明五濁惡世誓先入如一衆生未成佛終不於此取泥洹[疏]我願成道本爲度生度生之心非暫時爾盡未來際衆生界盡我方入滅斯願至重故請證明[吳興云]前願度人如釋迦故云願度是衆今願取土如釋迦故云五濁誓入○[釋文涅槃論疏云]泥曰泥洹涅槃三名楚夏不同云涅槃者正也秦言無爲亦云滅度○[引證智論云]菩薩立七住中得無生法忍心行皆止破入涅槃十方諸佛皆放光明以右手摩其頂言善男子勿生此心汝當念汝本願欲度衆生汝雖知空衆生不解汝當集諸功德教化衆生莫入涅槃汝今始得一無生法門莫便生喜菩薩聞諸佛教誨還生本心行六波羅蜜以度衆生○[淨名經云]雖得佛道

轉於法輪入於涅槃而不捨於菩薩之道是菩薩行[聲曰]雖現成佛轉法輪入涅槃而不永滅還入生死修菩薩法豈二乘之所能乎卍三乞除惑速成[經]大雄大力大慈悲希更審除微細惑令我早登無上覺於十方界坐道場[疏]初句嘆德威德猛盛如師子王故名雄十義具足不可屈伏故云力慈悲謂拔苦與樂無緣普救皆言大者顯無上也[吳興云]前明三德之體此明三德之用涅槃云佛性雄猛大雄是法身之用也又曰是諸聲聞無有慧力大力是般若之用也又曰慈即解脫大慈是解脫之用也次句乞除惑自乘修惑大乘所知俱名微細[標指]謂所知障△[孤山云]以始入初住尚有微細無明故△[蕅益云]下文佛告阿難汝今已得須陀洹果已滅三界衆生世間見所斷惑此銷我億劫顛倒想也然未知根中積生無始虛習此習要因修所斷得此指三界思惑又云何況此中生住異滅分齊頭數此指界外別惑即今云微細惑也下二句乞速成前文已願得果今再言者以度生心切願早得也上句真身下句垂應登成也道場現八相也前云未成

不滅約時竪論今云於十方界約處横說即
釋成上求下化也【瑜伽第三十八】或有一劫有衆多佛出現於世彼彼
十方無量無數諸世界中應知同時有無量
佛出現於世於十方界現有無量無數菩薩
同時發願同勤修集菩提資粮故此願云於
十方界坐道場也【苕溪云】於十方界者隨機
利物如月現水ム【溫陵云】前發明心見顯如
來藏方破見道麄惑次須決通疑滯開修證
門以斷修道細惑詳審盡除乃登上覺自第
四卷決通疑滯攝伏攀緣即審除細惑之方
也既消倒想頓獲法身疑已得果且又願求
而更除細惑者佛果有七曰菩提涅槃真如
佛性菴摩羅識空如來藏大圓鏡智所謂獲
法身則分得菩提自見佛性而已見性之後
必須審除細惑使生滅滅生俱寂以合乎涅
槃真如白淨純凝以合乎菴摩羅識廓然圓
照以合乎空如來藏大圓鏡智七果圓備
乃所謂登無上覺也凡四喻道心無動【經】
舜若多性可銷亡爍迦羅心無動轉【真際】阿難
懇求請願二利周圓表此真誠故此比較虛
空之性尚可銷亡我堅固心終無動轉【疏】舜
若多云空也虛空之性不可銷滅今尚可滅
上求下化菩提之心終無移動故不動轉爍
迦羅云堅固不壞也又翻為輪輪有摧碾謂
悲智之心自利利他皆能摧碾惑業苦故【溫陵】
云此依首楞定力結前願心自誓究竟畢無
退惰願心如此然後聖果可期佛恩可報也
○【釋文舜若多】翻譯集云沈疏云未見誠釋
應是主空神入楞伽云利尼迦者名之為空
或呿提桼云虛空圓覺鈔云梵云舜若此云
空空無之空也梵云舜若多此云空性即是
空所顯性性即此宗覺性故云舜若虛空斷
滅性也舜若多真性空也合論云舜若多風
神動之性也【爍迦羅】亦云類拔折羅此云金
剛堅固不壞也論曰此云堅固亦金剛堅固
心也今謂首楞嚴究竟堅固即金剛王也上
云首楞嚴王今云爍迦羅心同一堅固耳
○【私謂】此經自阿難當機發起啓請無上菩
提如來告示有三摩提名大佛頂首楞嚴王
諸佛修行妙路一經總相法門提綱挈領具
足於斯向後重重推牒節節開演始於七徵
八還真心顯發終乃三科七大藏性會歸五
蘊不有則二死俱無二執皆空則二障胥斷
奢摩他路自此大開妙莊嚴路於茲頓顯阿
難一期領悟三觀圓成伏空王同發之深心
了無始多聞之結習蓋至於說偈讚佛伏請
證明而大事於是乎了畢矣妙湛總持不動
三身具足三德渾含即讚嘆三摩提大總相
法門也首楞嚴王者三昧中王所謂克示真
三昧也如來以兩言告示阿難即以兩言讚
佛所以定一會之法印標全經之根目也偈

日不歷僧祇獲法身法身者即最初標示常住真心性淨明體三科七大中所指本如來藏妙真如性也論曰名爲如來藏亦名如來法身既了真心常住即獲如來法身由是廣發誓願得果度生報深塵剎覺登無上只是此現獲法身圓滿悲智豈復可以一念三祇比量延促五分究竟計度淺深者哉結集者謂如來說法云周當機領悟斯畢卷攝前經斷章于此是爲序分後之前分正宗中之正宗分齊分明義門炳著者也古人詮釋隨文遮表近師科判計執紛拏如阿難所請奢摩他三法有枝岐以配初卷有割裂以譬全經既不了總相法門又不應最初方便古釋無是也資中依勝鬘科經初二卷破人我二執顯空藏次一分破性相二疑顯不空藏長水不安其義沒畧不取近師復判三科爲如實空七大爲如實不空又有立空不空義爲三如來藏者既違本經空如來藏又背勝鬘二種如來空智占釋無是也此經圓頓即華嚴法界之文有以四法界義分配令經三四者陰入處界本如來藏性性相相即理事無礙何判爲空又但判爲理法界七大徧周正同華嚴事事無礙周徧含容觀門豈是但空又不全許理事無礙而云帶顯又不得已而遂文剖柝曰二卷談理事無礙爲躰爲解四卷談事事無礙是用是證法界圓觀門中何處著此差別古釋亦無是也凡此之類無益經宗有姑教觀是以裁而削之勿令疑誤問津也宗鏡云阿難已圓悟妙覺明心知宗不昧方乃重告善逝啓請修行斯則先悟後修豈非現解未證永明則自言之矣謂阿難頓獲法身即同觀音入流亡所初祖直指成佛夫若此者一聞千悟得大總持即性即修圓解圓證法身向上事已圓具於此矣二十五聖各證圓通門門修行非同一軌向後阿難求盡殘漏得金剛定後夜就枕廓然得悟似亦未曾依所請建立軌則長期結界安居道場而後交光摩頂決定自知成佛也故知正助加行修觀法門並是廣被三根垂範末法圭峯之科圓覺前則信解後則行證而別之以三門修證正同此也且以悟修言之不歷僧祇頓悟也審除微細漸除也發覺初心所悟之理頓悟中併銷之理也道場加行所修之事頓悟時次第之事也故曰非真流之行無以契真何有修真之行不從真起阿難既除細惑便請圓修觀網交羅行相不二由此推之古人開妙解示妙行之科咸依常住真心斯爲了義而近師以見道修道截爲二分殆亦非永明之旨也○大文第一明如來藏心第一科破阿難認妄迷真顯如來藏竟

經文不應風心乾道本作不應風性有本云不應風心

若風自生被拂之面乾道紹興本俱作彼拂之面溫陵本作被拂

風應常生宋本並同溫陵本作常住

五濁惡世乾道本云有本作惡土

大佛頂首楞嚴經疏解蒙鈔卷第三之四

音釋

晷 音軌日景也

贓 音藏凡非理所得財賄皆曰贓

渚 音主小洲曰渚

大佛頂首楞嚴經疏解蒙鈔卷第四之一

海印弟子蒙叟錢謙益鈔

◯長水判經第一大科顯如來藏心之二從此下盡本卷中如何自欺尚留觀聽◯今謙益判經從此去至第六卷文殊說偈竟爲經次分之一
◯躡上顯如來藏心大科破滿慈執相難性顯如來藏爲大文下之第二大科次下以致請許宣荅釋三科爲承起科以初荅藏性生相次荅大性俱徧爲大科下第一子科藏性科中以一正荅所疑二別荅違妨爲第二子科初中又以初破滿慈能所執見次正顯迷真起妄之由爲重起母科又以通明妄覺托真之相廣辨三相展轉生由爲重起子科⑪又以一立因相二辨果相爲別起母科次下因明三相果明四輪子母細科以次生起以結荅一科爲齊其次荅大性科至荅滿慈慶喜別難二科方竟今初文有三八一致請三
卍一總述未了三
◯一展敬伸嘆

經 爾時富樓那彌多羅尼子在大衆中即從座起偏袒右肩右膝著地合掌恭敬而白佛言大威德世尊善爲衆生敷演如來第一義諦 疏 如來藏心不空不有即性即相名第一義是佛所證決定無妄審實名諦◯二引喻述迷 經 世尊常推說法人中我爲第一 智論云 富樓那於四衆中用十二部經種種法門種種因緣譬喻說能利益衆生第一又曰舍利弗智慧中大富樓那說法種種莊嚴牽引衆情說法中大 今聞如來微妙法音猶如聾人逾百步外聆於蚊蚋本所不見何況得聞佛雖宣明令我除惑今猶未詳斯義究竟無疑惑地 疏 滿慈子善說法要衆推無上今聞佛說未盡領解猶壞耳者對微細聲遠逾百步詎能明辨第一義諦微妙寂滅微細聲也聞而不解與不聞等猶聾人也言語道斷心行處滅逾百步也說斯等法令我除惑猶拘疑網未盡悔結故引比也 標指 未達藏性本所不見何況得聞五目不覩其容二聽未聞其響◯三比論得失 經 世尊如阿難輩雖則開悟習漏未除我等會中登無漏者雖盡諸漏今聞如來所說法音尚紆疑悔 資中

羅漢雖斷煩惱障而所知障在【疏】開悟者如前獲本妙心常住不滅也小乘有學方斷分別俱生全在名習漏未除補遺云熏習之習指俱生思爲有漏即下文根中積生無始虛習滿慈無學斷盡俱生此約小乘煩惱障說問何故無學尚紆疑悔初果之輩解悟不疑答煩惱所知二障差別人執法執輕重不同故正理論云或有於境智不及愚所論凡夫善通三藏羅漢不識赤鹽【摭指】藏中說法預婆羅門問羅漢何名赤鹽鹽有幾種羅漢曰我知法預輕慢比丘今復惱我鹽止是鹽佛言此羅漢未從師學不能荅鹽有比丘名弗跡盧汝可往問比丘荅云鹽有二義一種味如大海水同一鹽味二性味有黑鹽赤鹽辛頭盧鹽拔迭鹽毘藍遮鹽私多鹽畧語二種若生若煮是名鹽義以所知障障法界理羅漢雖得無漏煩惱輕故尚紆疑悔所知重故阿難雖得開悟所知輕也習漏未除煩惱重也【熏聞】云阿難從初據人法二執迷空如來藏其迷則重滿慈於此懷性相兩疑迷不空如來藏其迷則輕又則空如來藏理猶易明不空如來藏義復難解是故阿難初果發起於前滿慈無學對揚於後審除細惑意在茲矣△【交光】云疑悔二心所也疑屬根本悔屬不定紆者疑悔交纏未決定義也二別叙所疑二〇一藏性生相疑【經】世尊若復世間一切根塵陰處界等皆如來藏清淨本然云何忽生山河大地諸有爲相次第遷流終而復始【資中】前破人法二執顯空如來藏今顯不空如來藏故有此疑【熏聞云】前文但總畧而說且未委明諸法生起之由故今疑問廣談世間等義山河大地依報也諸有爲相正報也依正各有生住異滅故云次第遷流等△【溫陵云】清淨則宜無諸相本然則宜無遷流【疏】前五句引所聞即同圓覺剛藏云若諸衆生本來成佛也云何下五句叙疑難即同彼云何故復有一切無明彼反難云若諸無明衆生本有何因緣故如來復說本來成佛今經無此難者意已含故復有牒而縱之責無竆過即同下文別荅違妨也然剛藏所問反覆成

難文聚一處鈎鏁相連如來答釋亦總示云世界始終念念相續一切對待皆由分別生死垢心輪迴妄見未離妄見而辨覺性遂令覺性成諸輪轉乃至結云如是分別非爲正問今經問既前後答亦隨問二經答意廣畧雖別大旨攸同如彼經云種種取捨皆是輪迴未出輪迴而辨圓覺彼圓覺性卽同流轉若免輪迴無有是處等此卽責剛藏不了圓覺自性絶諸對待生死涅槃猶如昨夢遂引無明生死有爲以斥衆生本來成佛故佛斥此正是生死垢心分別妄見遂令圓覺成流轉也由是舉喻雲駛月運舟行岸移等今經卽以常說本性覺體妙明明妙反而責之以辨滿慈解惑之心解則已知覺體本妙無明本空山河大地如空花相夫何致疑惑則能所妄分强覺俄起三細爲本四輪成界遂有世界衆生業果相續斯皆未出輪迴而辨圓覺彼圓覺性卽同流轉故二經之意問答竝同也然此是法空門下疑難大節最障修證滿慈跡雖小聖經今圓通述悟無非大途故所陳難剛藏無異學者至此請細觀之

(八)二大性俱徧疑

經 又如來說地水火風本性圓融周徧法界湛然常住世尊若地性徧云何容水水性周徧火則不生復云何明水火二性俱徧虛空不相凌滅世尊地性障礙空性虛通云何二俱周徧法界疏此約世諦水火性異難第一義性相俱融下文答云觀相元妄無可指陳觀性元眞唯妙覺明妙覺明心先非水火云何復問相凌滅義吳興云佛示諸大本性周徧以如來藏妙眞如性爲彼諸法性故法相則虛妄法性則圓通滿慈起難則迷諸法所依一眞如性以

爲堅溼煖動之諸性故。〖引證〗法華玄義云所謂觀一切無相如四大各各不相離地中有水火風但地多以地爲名今觀無此異相若火中有三大三大應併熱若三大在火中三大遂不熱則不名火若三大併熱則三大捨自性皆名爲火無復三大若言有三大而細不可知此與無何異則火中諸相不可得一切法相亦不可得卍三雙結求誨〖經〗而我不知是義攸往惟願如來宣流大慈開我迷雲及諸大衆作是語已五體投地欽渴如來無上慈誨〖疏〗據說則本然清淨互徧互融據今則宛爾山河頑乖水火莫知所往孰是孰非∧二許宣二卍一敘詮〖經〗爾時世尊告富樓那及諸會中漏盡無學諸阿羅漢如來今日普爲此會宣勝義中眞勝義性〖疏〗如來常依二諦說法謂世俗諦勝義諦今所說者異乎常說資中文謂勝義勝義諦也一眞法界中道實相無法不收無法不徧上聖下凡情與非情皆成佛道斯爲極唱最後垂範也〖桐洲注云〗牒前七大

皆勝諦第一義今說性覺妙明等生山河之本即勝義中眞勝義性。〖唯識云〗勝義諦畧有四種一世間勝義謂蘊處界等二道理勝義謂苦等四諦三證得勝義謂二空眞如四勝義勝義謂一眞法界此中勝義依最後說是最勝道所行義故爲簡前三故作是說此諸勝義法卍二顯益〖經〗令汝會中定性聲聞及諸一切未得二空迴向上乘阿羅漢等皆獲一乘寂滅場地眞阿練若正修行處〖疏〗方便教說定性二乘無性闡提不得成佛如焦芽敗種等今此會通咸歸一乘究竟涅槃〖通釋〗定性聲聞一類也及諸一切乃至阿羅漢等二類也定性不定性迴心不迴心皆歸一乘也溫陵別開迴心向大者爲一類則未會五性成佛之宗涅槃經云我於餘經說有聲聞不得作佛非於此經作如是說涅槃佛性卽如來藏亦名一乘亦名首楞嚴二經同味不亦宜乎斯則會五性融三乘了義極談莫斯爲最〖楞伽云〗一聲聞性二辟支佛性三如來乘性四不定乘性五無性謂一闡提佛地莊嚴瑜伽三論大同楞伽△〖孤山云〗經指定性皆獲一乘遂知五性之宗乃

方便之說五性者三無二有祖於彌勒宗於天親析薪於玄奘克荷於慈恩立言垂範自爲極唱今准此經乃知權說△【清涼鈔云】疏引法華二文以證定性二乘皆成佛義言滅損佛性者以五性之中唯一性半有佛性耳謂菩薩性及不定性之半以不定性容有無故餘三性半一向言無謂一無種性人二定性聲聞三定性緣覺言一半者即不定性中或無是也言恐謗一乘者以罪怖之然以佛昔說三乘五性今法華云一乘一性謂一切衆生有如來知見更無餘性故涅槃亦云佛性者名爲一乘以凡是有心定當作佛故彼疏自立爲一乘而其立義定有五性却以一乘而爲方便此豈不是謗一乘耶

阿練若云無喧雜首楞嚴王即諸佛之大寂定名真無喧雜正修行處也【釋文翻譯集云】阿練若或言阿蘭若大論翻遠離處薩婆多翻閒靜處天台云不作衆事名之爲閑無憒鬧故名之爲靜或翻無諍謂所居不與世諍即離聚落五里處應法師翻空寂苑師分三類一達磨阿蘭若即華嚴之初謂說諸法湛寂無起作義二摩登伽阿蘭若謂塚間處去村落一俱盧舍大牛吼聲不及處三檀陀阿蘭若謂沙蹟之處【宗鏡云】大乘本生心地觀經云當修學者但有一德是人應住阿蘭若處云何爲一謂觀一切煩惱根元即是自心了達此法堪能止住阿蘭若處不悟自心徒栖遠谷避喧求靜舉世未有其方若頓了自心是真阿蘭若

【經】汝今諦聽當爲汝說富樓那等欽奉法音默然承聽㈧二答釋二㈠一答藏性生相疑二㈢一正答所疑二㈧一牒疑

【經】佛言富樓那如汝所言清淨本然云何忽生山河大地㈧二正答二卍一唯一真心

汝常不聞如來宣說性覺妙明本覺明妙富樓那言唯然世尊我嘗聞佛宣說斯義【永明心賦注云】此二覺義幽旨難明若欲指陳須分皂白大約經論有二種覺一性覺二本覺有二種般若一本覺般若二始覺般若有二種心一自性清淨心二離垢清淨心有二種真如一在纏真如二出纏真如此八種名隨義分異體即常同【長水疏云】一真如心是佛常說或名法界或名實相或如來藏性或妙淨明心一經之內尚有多名況諸經耶名雖有異一體無別皆顯法界一相本來平等今一切衆生秖具性覺本覺般若自性清淨心在纏真如等於清淨本然中妄忽出於山河大地以在纏未離

障故未得出纏真如等若十方諸佛二覺俱圓已具出纏真如等無有妄想塵勞永合清淨本然則不更生山河大地諸有爲相如金出鑛終不更染塵泥似木成灰豈有再生枝葉將此二覺已豁疑情【疏云】三科七大虛妄有生虛妄名滅生滅去來本如來藏不動周圓妙真如性性真常中求於去來迷悟生死了無所得若了斯言何山河之忽起有爲之遷流耶何致問於如來耶故茲責問已釋疑盡已上皆永明文宗鏡三界初因章並同

○【永明第一總科】如疏釋云世界相續文中有三一先辨二真二明其三相三明其四輪今按宗鏡第七十七問答三界初因已詳解此章訖厥後永明自注心賦又將此解重立科段訂正貼釋較前義門尤爲精密長水疏稟承於此惟無所非明科稍異今鈔引據心賦全文仍依經文定其倫次而以宗鏡餘義及長水經疏參合夾注勿猒繁文且第一先辨二真者此中先辨二真即長水唯一真心科也言二真者一性覺妙明二本覺明妙也性覺妙明者是自性清淨心即如來藏性在纏真如等本性清淨不爲煩惱所染名爲性覺【宗鏡】引下經云佛告阿難及諸大衆汝等當知有漏世界十二類生本覺妙明覺圓心體與十方佛無二無別乃至一人發真歸元十方虛空皆悉消殞等以此文證即知凡聖本同此妙明之覺本覺明妙者出纏真如等從無分別智覺盡無始妄念名究竟覺始覺即本覺悟本之覺名曰本覺故起信論於真如門名爲性覺於生滅門名爲本覺由迷此性覺而有妄念妄念若盡而立本覺以性覺不從能所而生非假修證而得本自妙而常明故曰性覺妙明以始覺般若明性覺之妙故曰本覺明妙又真如之性性自了故則性覺妙明以始覺之智了本性故則本覺明妙【宗鏡】又摩訶衍論有四種覺一清淨本覺二染淨本覺三清淨始覺四染淨始覺若論本始明昧之事皆依染淨之覺得名若清淨覺原愚智俱絕非迷悟之所得豈文義之能詮故經中常說真如爲迷悟依

如萬象依虛空虛空無所依故言我常聞佛宣說斯義以所滿慈領言云云即同起信立一心分真如生滅二門以本性清淨是性覺義但以性中說覺如水中火性本具因緣有而無用非是悟已而更起迷故悟時始立本覺之號悟本覺已更不復迷故諸佛重為凡夫無有是處故將二覺之名以答富樓那難詰△〔疏〕此就真如門約體絕相以告也性覺本覺指體也妙明明妙顯用也顯不由他故云性覺性自覺故性自明故豈由於他顯非有始故名本覺本來覺故本來明故豈因始有〔真際興〕云福以性覺為妄本覺為真資中以在纏為性出纏為本今言性覺妙明者性謂自性其體靈鑒性即覺故此覺圓明絕諸名相故名妙明本覺明妙重釋上句也本覺者本性自覺非有所覺故明妙者覺體自明非因所明故又體無改易故名性覺相非生起故名本覺體相寂滅心言不能及故稱妙靈鑒不昧昏惑不能暗故名明妙明明妙左右言耳或可寂而常照故稱妙明照而常寂故曰明妙〔孤山〕云本亦性也變其文耳寂則三諦俱寂照則三諦俱照秖是本性之覺妙明互融故作兩句說此顯法界一相真覺無二圓覺亦云一切覺故圓覺普照寂滅無二古人所解各隨其意云云在彼不能具敘〔吳興〕云二句義與性色真空性空真色辭異意同上云忽生山河大地下云無同異中熾然成異即循業發現之謂又前正明破妄顯真此多說從真起妄故資中以空不空二藏收之頗得其旨△〔天如〕云佛欲顯山河大地由妄覺生先標真覺以立本下乃雙舉真妄詰其所解方便勾引以顯妄覺

○〔永明第二總科〕上來雖於迷悟二門說二覺相而未廣辯起妄因由先真後妄故次下明即當第二明三相門文分為二初立因相次立果相即起信論三細義初立因相文又分三一第總問覺明之號第二別答能所斯分第三同異發明結成三相○(己)二起諸妄法即約生滅門隨緣成事以釋乇文三一總問覺明敘科爲承

（經）佛言汝稱覺明爲復性明稱名爲覺爲覺不明稱爲明覺（永明）且初總問覺明之號者 科 佛言云云釋曰何故作此問耶謂前標二覺之號性體卽是覺明妄起必託於真故使依真起問且佛問意汝稱覺明爲復覺性自明名爲覺明爲復覺體不明能覺於明故稱覺明是明之覺（疏）此之一問定其解惑也解則不合致疑惑則此非正問問意云汝聞我說性覺妙明爲作何解爲此覺體本性自明名爲覺明爲復覺自不明由覺他明明與覺異名爲明覺覺明之號由誰而立故云汝稱等此之二意一正一邪定滿慈答爲得何意得正則無疑認邪則生妄故此一問定其解惑也（溫陵云）汝所謂覺所謂明意作何解爲復本性自明靈然不昧故稱爲覺耶爲復性自不明用心覺之故稱爲明覺耶靈然不味者真覺也用心覺之者妄覺也△（吳興云）不明猶云無明也爲是覺了無明顯於明性方稱明覺耶乜二答由所覺

（經）富樓那言若此不明名爲覺者則無所明（永明）第二別答能所斯分者 科 富樓那言云云釋曰准富樓那答意必有所明當情爲其所覺若無所覺之明則無覺明之號但可稱覺而無所明故云則無所明據佛本意性覺本體自明不因能覺所明方稱覺明以真如自體有大智慧光明義故秖緣迷一法界强分能所故成於妄（疏）據斯答意覺體自不能明必須別假他明爲其所覺若無所覺之明但可獨名爲覺不得兼稱覺明若欲兼稱覺明必有明爲所覺斯則但認於邪以爲妄法生起之本（雪浪云）佛以明與不明二義雙徵滿慈滿慈但認明之一邊故如是答也佛之本意覺性元明必不因他而稱明覺覺妙明妙覺圓明圓明覺一相無二無別此唯真覺更

無別法除一實相餘皆魔事滿慈起教示自不知妄認所明遂成迷倒〔天如云〕若謂覺了無明稱爲明覺則有能覺與所明矣既有能所非妄而何富那未解詰意乃以覺不明爲是意謂必有所明方名爲覺不知纔有所明即墮明覺無窮妄業由是而生故下文云覺非所明因明立所等ㄙ已上總問別答二科永明長水並同永明釋若此不明三句別有又釋一科釋若此不明已下爲滿慈領悟之詞通釋至立因相科盡文云又釋若以不明名爲覺者則無所明者故知覺體本無明相佛證實際實不見明若見於明即是所明既立所明便有能覺但除能所之明方稱妙明此妙之明是不明之明不同所明因明立照故華嚴經云無見即是見能見一切法肇論云般若無知無所不知矣宗鏡結云離此立見皆成諸過心賦注廣釋乃至因此復立無同無異逐章隨釋至文詳之〔經〕佛言若無所明則無明覺有所非覺無所非明無明又非覺湛明性按此章永明長水科段少異今先依永明後依長水以次列釋〔先明永科〕第三同異發明結成三相者經曰佛言若無所明則無明覺云云乃至因此復立無同無異釋曰此文正釋迷真起妄之相也若無所明則無明覺者牒富樓那語也有所非覺無所非明者正破也若要因所明方稱覺明者此乃因他而覺非自性覺故言有所非覺如緣塵分別而有妄心離塵則無有體豈成真覺〔宗鏡〕不可將斷滅之心以爲本來真覺故無所非明者若能覺之體要因所明方稱覺明者若無所覺之明則能覺之體便非是明故云無所非明故知覺之與明互相假立本無自體豈成自性圓明之覺故云有所非覺無所非明此文雖簡約道理昭然無明又非覺湛明性者縱破也顯妄覺之體無湛明之用若言但覺於明何須覺體自明者則自性非明便無覺湛之

用故云無明又非覺湛明性永明科若無所明二句牒有所非覺無所非明正破無明二句正破△長水科初二句總牒所計有所非覺破無所非明一句別牒所明次二句破△次長水科乜三約計叙妄二次承起下又生母科◑初且破滿慈能所執見二正顯迷真起妄之由初中文三Ⓐ一破真性墮能所釋佛言若無所明等三句初二句總牒所計若汝執言必有所明方稱明覺若無所明無明覺者佛卽破云有所非覺也意云若有能所焉稱真覺夫真覺者離能所相見道偈云若時於所緣智都無所得爾時住唯識離二取相故經云不了心及緣則生二妄想了心及境界妄想則不生上文云覺所覺眚覺非眚中故知有所非真覺也Ⓐ二破妙性非湛明釋無所非明等三句初一句別牒所明若如汝言必有所明方稱覺明若無所明但可名覺者次二句破云如來常說覺湛明性豈得無明若實無明不合名爲覺湛明性溫陵云覺離能所故有所非覺照了諸相故無所非明若果非明又不得謂之覺湛明性當知有所無所是明非明皆爲妄度非妙明明妙之真也△私謂有所無所永明二句對破皆以正破所明爲主無明二句乃縱破妄覺也長水別牒有異難破則同總是於因相中指出因明立所爲建立同異之元本耳溫陵諸師逐文對破謂離能所則非有所能照了則非無所是中了無實主又捨離因明立照之旨而別責非明失照之過則迂而無當矣則師解若無所明二句謂如來痛斥明覺之妄如云若得果無所明則無明覺矣豈不幸哉如來將幸人之不明得全於渾沌墨穴之中乎斯有文無理之談也Ⓐ三結示真妄二覺

經性覺必明妄爲明覺永明性覺必明妄爲明覺者釋妄覺託真之相也何以得知妄覺初起有覺明之相耶秖緣性覺必有真明所以妄覺託此真明而起影明之覺執影像之明起攀緣之覺迷真認影見相二分自此而生覺明之號因茲而立問曰此之妄覺爲見性明而起爲不見明而起若見真明不合成妄若不見真則不名爲覺明答曰本性真明非

妄所見妄心想像變影而緣不了從自影生妄謂見明之覺以初無别相唯有真明妄心想像此明故有覺明之號△【疏】上句結真下句結妄性覺必有真明故云性覺妙明本覺明妙妄謂明異於覺是故汝言若無所明則無明覺以有所明方稱覺明故解惑之見於焉可辨【吳興云】本性之覺必具湛明之性以不了故妄爲能覺之明所覺之覺△【私謂】上真下妄古釋大同温陵言寂照曰妙明了别曰明必明妙真而必妄此曲說也◑二正顯迷真起妄之由二⑪一通明妄覺託真之相

【經】覺非所明因明立所【永明】覺非所明因明立所者次下正明三相相因而起也夫一真之覺體性雖明不分能所故云覺非所明由影明起覺能所卽分故云因明立所【疏】真覺之體本有妙明不逐緣生非由境起本來寂照法界一相故云覺非所明因此真明無明不了妄執爲所由是一念纔起四惑俱生本識初相莫不是此起信云由不如實知真如法一故不覺心動而有於念又云不生不滅與生滅和合非一非異名爲阿棃耶識是此真明爲執所認而立所明也此卽真如不守自性爲妄所見便爲所相如前燈光爲眚所見便成圓影此名無始住地無明瓔珞經云四住地前使無法起故最極微細卽此所相也△【永明合釋】起因明立所盡因此復立無同異接前文般若無知一段若因明起照則隨照失宗此則元因覺明起照生所所立照性遂亡則是識精元明能生諸緣緣所遺者乃是但隨能緣之相覆真唯識性一向能所相生如風皷水波浪相續澄湛之性隱而不現從此迷妄生虛空之相復因虛空成立世界之形於真空一心畢竟無同異中

熾然建立成諸法究竟之異皆因情想擾亂勞發世界之塵迷妄昏沈引起虛空之界分世界差别爲異立虛空清淨爲同於分别識中又立無同無異皆是有爲之法盡成生滅之緣未洞本心終成戲論是永明立因相一科總文依經文移置於此宗鏡文同㈢三廣辨三相展轉生由二又重生母科二◐一立因相二辨果相初中二㈧一别示三相三(巳)一異相【經】所既妄立生汝妄能無同異中熾然成異【永明】所既妄立乃至熾然成異者最初立異相也起信云由不如實知真如法一故不覺心起而有其念名爲動相即是業相既云不了一法界相不覺而起即是無同異中熾然成異【疏】起信名爲業相故云以依不覺故心動說名爲業覺則不動動即有苦果不離因故此經名爲異相者異有二義一相望論異謂不覺則動覺則不動動異不動故二當體論異謂此業相具能所故有生滅故今此文云所既妄立生汝妄能者即當體論異也真覺妙明本非所相無明不覺妄認爲所妄所成故妄能隨生能所二心不相離也【吳興云】能所同時前後異語無同異中熾然成異者即相望論異也一真之體離言說相離心緣相故無同異能所妄分二相俄起顯然成立相異無相也亦名動相異靜心故【拍庭月云】三相依不覺心動義多於有情言之然亦非無世界現相中境界是也上文總明無同異下方言世界始起世界衆生有情依報理而言之實不異時當知此相正如夢事一念忽生萬境頓現後六麁相對之可知㈣二同相【經】異彼所異因異立同【永明】異彼所異因異立同者即轉相也異彼動相故云異彼所異初之動相異一真故此之同相異動相故因異立同者前之初起名之爲動動必有靜相形而立故云因異立同靜

相似真故名同相〔疏〕起信名爲轉相故云以依動故能見不動則無見轉者起也轉前動心起成能見故今言異彼所異者能異即同相所異即異相欲異異相須立同名前異於真今異於異〔補遺云〕前業與真已自成異今境界之異與前不同待異立同又麄顯故亦名靜相動靜異故此靜待動非絶待靜故云因異立同〔海印云〕所異即識然成異謂無明爲能異世界爲所異今就異中揀有一法不同所異之世界乃虚空也所謂迷妄有虚空以恒一故〔田〕〔經〕同異發明因此復立無同三無同異相無異〔永明〕同異發明因此復立無同無異即現相也形前二相而立故云同異發明非前二相故云因此復立無同無異起信即云業相轉相現相此經即云異相同相無同異相此爲無明强覺能所初分展轉相形立此三相以刹那生住異滅體雖總是賴耶約生滅相熏有其因種因必有果約當現行所感位别至果相中當廣料簡〔疏〕起信名爲現相故云以依能見故境界妄現離見則無境界此則梨耶三境現也今云同異發明者由前同異二相相形顯發故遂令心相轉麄能成外境形對前二而立此名非前靜相故名無同非前動相名爲無異此則待同異之無同異非絶待之無同異故云同異發明也此之三相本識分齊流注生滅念念不息非凡夫二乘之所能覺申彼一念無明所起起信名爲不相應染唯佛究盡故文云依無明熏習所起識者非凡夫能知亦非二乘智慧所覺謂依菩薩從初正信發心觀察若證法身得少分知乃至菩薩究竟地不能盡知唯佛窮了〔海印云〕以虚空靜而世界動動靜發明則又立一法以爲無同無異乃衆生也以衆生有色相

不同虛空有知覺不同世界此則迷中從三細現相而有虛空衆生之異相所謂依空立世界知覺乃衆生△【吳興云】因明立所所旣妄立生汝妄能此三句已具三相明即業相能即轉相所即現相斯由不生不滅與生滅和合非一非異而分三相微而未著故曰三細今文旣云識然成異又云同異發明應是六麁境界又若以惑性所具應在性覺必明及覺非所明二句中攝其猶木具火性未有燒相今識然發明豈是性具耶資中以論業轉現三細配今三義乃至長水亦後承用諸有學者試爲甄明苟失大塗請從良導△【通】【釋雲棲云】吳興配釋三細先能而後所不曰業轉現而曰業現轉皆所未安【幻居云】無同異中識然成異等因動發相因妄忽生乃現相也岳師指因明等爲三細識然等爲六麁一失也如是擾亂等縢前三細引起六麁指爲縢前三六二失也【空印云】成異立同從此一念於心光中同異相待又現一相非虛空同非器界異正是現識中所現境界如鏡現像未有分別不立名言故直言同異等不言空界等名論釋現識云能現一切境界猶如明鏡現於色像隨其五塵對至即現無有前後何乖此中識然之義決定不應屬六麁也△【竹庵補遺云】今研味經文斟酌起信配三細相准起信業相初動與真差異不分能所即此經妄爲明覺也彼疏云此雖動念而極微細能所不分即當黎耶自體分也覺非所明至生汝妄能轉相也疏云如是轉相雖有能緣以境界微細猶未辨之此經以本性爲所覺非微細是本識轉相義也論云三者境界相以能見故境界妄現即此經無同異中識然成異也前業轉微細能所不分故無同異生起依報色空故曰識然成異對上業轉得識然名對下六麁還成三細耳同異發明已下謂依前現相境界生起六麁也△【私謂】業轉現三相依論配經資中永明義門詳確後師配釋紛如唯竹庵指妄爲明覺爲業相可扶昔義以業相相及境界不可分別即當黎耶自體分也岳師竪義一往遣拂竹庵已下相継料揀清涼云無明能生一切染法皆是不覺相故六麁遠亦從無明生就顯者說境界耳故知名曰無明則三細六麁一念皆具動必有苦果不離因故楞伽云境界風所動論亦云依無明風動清涼此文逈然玄解殆亦岳師之良導也（八）二揔指釋成【經】

如是擾亂相待成勞勞久發塵自相渾濁【永明】第二果相者經文如是擾亂乃至彼無同異真有爲法釋曰彼前三相互相形待剎那剎那生住異滅動息不住相待成勞勞久發塵自相渾濁者勞是勞累塵是塵垢旣迷清淨之體亂成塵想塵想相渾能覆真性故名爲濁【疏】如是三相互相擾惱互相雜亂形待不

息遂成勞倦如勞目睛則有狂花三相虛妄染汙真性故名爲塵汨清淨體令失明潔故名爲濁濁之麄細名相五重皆由此三而爲根本也◑二辨果相二㊀一由因致果二㊁一由細引麄經由是引起塵勞煩惱永明由是引起塵勞煩惱者覺明熏習積妄成塵擾惱相熏故名煩惱疏由前三細引起四麄謂智相相續執取計名也此四正是二障之體以妄想内熏境界外熏因緣具足由是方生故云引起染汙勞累造業受報輪轉無窮皆由於此即煩惱道也溫陵云上三即根本煩惱下引六麄即枝葉也染汙爲塵擾動爲勞憂煎爲煩迷亂爲惱四麄之揔相也下業果衆生即後二麄世界衆生相續即起業相業果相續即業繫苦相起信云以有境界緣故復生六種相此即六麄也㊁二因内感外經起爲世界靜成虛空虛空爲同世界爲異彼無同異真有爲法永明

起爲世界靜成虛空者果相現前也起是動相動即是風因風動搖積成世界故云起爲世界動息之處即名爲靜是前同相結成虛空故云虛空爲同世界爲異彼無同異真有爲法者彼前無同異相結成有情含藏識也此之識體無分別性故云無同無異而能變起一切之相故云真有爲法自後一切諸塵境界能熏所熏隨所發現皆從此識而生故起信名爲現識能現六塵境界故問曰起信三相總是賴耶何故此中別配現識答曰此之三相總是無明前後相熏分能立所起信攬前因種總是賴耶此經以果相現行分能變所變即世界爲所變現識爲能變能變既是賴耶故配現識又起信云不生不滅與生滅和合非一非異名阿梨耶識即此經無同

無異相名同賴耶識起信舉初攝後此經舉後攝初因門果門體亦不別【疏】起即是動動即異相（論云起念起即是動動即是業相也）異名差別爲世界體世爲遷流界爲方位前後改轉隔别不同故名世界皆由內有異相爲本故云起爲世界靜即同相同名不異形前差別動亂故名爲靜即虛空之體也虛空無差別動轉由內有同相對動之靜爲此因故故云靜成虛空下二句結由二相也彼無下指現相亦名現識此就棃耶三相具足成就位說名真有爲法以能成就八識六塵及根身種子等前之二相雖亦有爲三相未具能事未辦故成就位方說有爲又此一相名無同異濫前所說真如覺體亦無同異故此特指是有爲法即知非是真無同異無同異言真妄俱有由此揀故無相濫失（吳興云彼指上之詞真猶實也上云無同無異名濫於理今指其體實有爲法耳）然此三相說雖次第起即同時所感外器虛空及有情根一念頓現亦非前後不可以說之次第而責現之後先耳【無盡云】彼無同異非無同異中熾然成異之同異乃同異發明彼生無同異之同異△【雪浪云】起爲世界等者以即今一念之迷例同無始之迷汝清淨心中起因明立所之一念即無始成世界之迷也汝一念無能所之靜即無始迷妄有虛空之迷也虛空爲同即立異立同之同世界爲異即熾然成異之異彼無同異即復立無同無異之詞（此無盡解爲順）之言彼無同無異非本然無同異之理故是真有爲法也

大佛頂首楞嚴經疏解蒙鈔卷第四之一

音釋

紆（音迂縮也）駛（音使疾也）眚（所景切生上聲目疾生翳也）甄（經天切察也明也）

大佛頂首楞嚴經疏解蒙鈔卷第四之二

海印弟子蒙叟錢謙益鈔

○永明第三總科 第三明四輪成世界即承前三相起爲世界靜成虛空彼無同異眞有爲法既言世界虛空及有情相世界即地水火風四輪次第從何妄想變此不同有情即內根外塵四生果報受業輪廻此之分位即有衆生相續業果相續自此已下三一廣明今且辯四輪成世界文又分二 初明四輪成界後辨草木山川[疏][八]二正明果相三[卍]一世界相續二[一]一辨其相二○一明四輪所起四[四]一風輪

[經]覺明空昧相待成搖故有風輪執持世界

[永明]且四輪成界者釋曰覺明空昧相待成搖者釋風輪及空界相也由初妄覺影明不了遂成空昧[疏曰]由前所既妄立生汝妄能所即影明能即妄覺此之覺明全是無明無明昏鈍徧迷法界即成空昧故下文云汝見虛空徧十方界空見不分等見即妄覺也 如障明生闇二相相形覺明即是動相空昧即是靜相一明一昧一動一靜刹那相生如風激浪相待不息於內初處於內生滅即名爲搖於外即成風輪世界風輪初起是故世界之初風輪爲始空昧即是虛空既無形相不名世界 虛空即爲世界所依故下文云迷妄有虛空依空立世界也△[海印云]世界乃唯識所變之相分由迷一眞法界依覺明之無明對晦昧之頑空爲世界生起之本能所相待明昧相傾由此知見與無明風鼓動成氣充滿虛空如生空室又如鼓扇積陰不休風力愈大故曰一切世界風力所持又一切世界皆依無明妄心而得住持故有風輪執持世界此風大種也○[引證][華嚴出現品云]如依虛空起四風輪能持水輪何等爲四一名安住二名常住三名究竟四名堅固此四風輪能持水輪水輪能持大地令不散壞是故說地輪依水輪水輪依風輪風輪依虛空虛空無所依能令三千大界而得安住疏曰四輪相依準倶舍論次上水輪次上更有金輪然其世界或說三輪成謂風水金或說五輪謂下加虛空上加大地今欲稱法合成四輪則地中含金金亦地故○[倶舍頌云]空界大風起傍廣數無量厚十六洛叉金剛不能壞此名持界風空界者前界壞劫之後第二十空

劫也洛叉此云億謂此風輪厚十六億阿毘曇論云世界空二十劫後乃有毘嵐風鼓之以爲風輪最居其下厚九億六萬由旬廣十二億三千四百五十由旬數量小不同大抵風輪居下也瑜伽論云有大風輪量等三千大千世界從下而起與彼世界作所依持爲欲安立無有宮殿諸有情類論云謂諸有情業增上力先依最下依止虛空有風輪生如是風輪其體堅密不可沮壞設有洛叉力人以金輪杵奮威懸擊金剛有壞風輪無損○智論云此三千大千世界在虛空中風上水水上地地上天須彌山有二天處至夜摩天等七寶地風擎空中乃至大梵天皆七寶地皆在風上己二金輪

經因空生搖堅明立礙彼金寶者明覺立堅故有金輪保持國土

求明因空生搖堅明立礙者釋地相也因空異明相待成搖搖能堅明以成於礙疏曰無明生滅形待不息故云因空生搖執認所明堅持不捨故云堅明立礙如胎遇風即成堅凝亦是執明生礙義於內即是覺明堅執於外即成金寶金輪次起故云彼金寶者明覺立堅故知寶性因覺明有是故衆寶皆有光明是故衆寶皆體堅而用明也小乘但知業感而不知是何因種堅之所感也吳興云金以堅爲義亦由情事堅執心爲情堅應知七識六識俱有執義爲等七名染汙意執取第八爲我第六即人法二執是以空既妄立搖於妄明執堅凝故有金輪矣△海印云既有無明風依空鼓動返吹藏識體中無知覺明執攪愈固結成相分外色故云結暗爲色彼金寶者乃明覺所成之堅寶有光明得堅覺之性也須彌以下地底爲金剛際故有金輪保持國土○引證俱舍頌云光明金藏雲布及三千界雨如車輪下風遏不聽流深十一洛叉始作金剛界釋日雲色如金注水無窮故日金藏雲升至光音天也北山云大雲升空降雨如軸積風輪上結爲水輪水輪最上堅凝爲金如乳停膜是爲金輪俱舍云水輪厚八洛叉又因本經云水聚六十萬由旬水上別有大風吹轉此水於上成金如熟乳上生膏是名金輪厚三洛叉二萬由旬通取水八金三成十一洛叉也此明金輪依水輪水輪依風輪風輪依空論云諸有情業別感風起搏擊此水上結金輪如熟乳停上凝成膜故水輪減唯厚八洛叉餘轉成金瑜伽論云即由彼業增上力故於虛空界金藏雲興從此降雨注風輪上次復起風鼓水令堅此即名爲金性地輪上堪水雨之所激注下爲風颷之所衝薄此地成已己三火輪

經堅覺寶成搖明風出風金相摩故有火光爲變化性

求明釋火性也

堅執覺性即成於寶搖動所明即出於風動靜不息即是風金相摩於外即成火光能成熟萬物故言爲變化性【疏】前二句指前二性爲生火之由於内則生滅不停堅執不捨於外則動揺不息堅剛難壞互相摩觸而有火生如取火法鑽燧與木一堅一動火能鎔散成熟萬物故云爲變化性【孤山云】變化性者火能變生爲熟化有成無也△【海印云】堅覺之寶既成搖明之風復出二者相對一剛一柔相摩相盪爲火大種ㄢ四水輪

【經】寶明生潤火光上蒸故有水輪含十方界【永明】釋水輪也寶明之體性有光潤爲火爇蒸水便流出又覺明生愛愛即是潤於内即是愛明於外即成寶潤【疏曰】於内則愛明堅執採心熾盛於外則寶潤火蒸遂成流水火性上蒸融愛成水如世蒸物必有汗流一切業種非愛不生一切世間非水不攝一切草木非水不長△【孤山云】既風金起火而火復蒸金故金潤下流遂成水火以五行論之金生水金是水之母水是金之子故生潤即金之含育也火尅金火是金之賊既母被尅故子下流爲水輪也如釜中含水下以火蒸則其水騰氣流汗而下也△【海印云】寶爲地體何以火蒸逆火爲水大論云須彌山四寶所成亦名金剛山知金剛爲地體也日月行於山腰照臨一四天下下界視之蒼蒼在上界則實地也下方衆生業火所蒸空中雨雪霜露皆寶氣上蒸之水衆生常居寶界中而寶中有水豈非水輪含十方界耶○【引】【證】【俱舍論云】又諸有情業增上力起大雲雨注風輪上滴如車軸積水成輪衆生業力水不流散如食未消不墮識藏又如蒼貯米水輪亦尔由風所持令不流散【須云】次第金藏雲布雨滿其内先成梵王界乃至夜摩天風鼓金水成須彌七金等釋曰坐明器界成立之相北山云三輪既成雨自空飛注金輪上滴如車軸風吹此水清者上升自上至下先成色界梵王天及欲界空居四天也須彌七金等在清濁之間【瑜伽云】即由彼業增上力故空中復起諸藏界雲又從彼雲降種種雨然其雨水乃依金性地輪而住次復風起鼓水令堅即由此風力所引故諸有清淨第一最勝精妙性者成須彌盧山若中品性者成七金山○【合釋】【永明】故四大性互相假藉體不相離同一妄心所變起故如虛空花不離心疏作翳故愚人不了心外執法顛倒見故【疏】然小乘

宗水輪在前金輪在後與此不同者而不知風輪持水即是堅礙約相在後舉性在初故風輪後即說金輪手鑑云祇此風輪其性堅礙便是金之本性又地以堅持爲義即是金之相也又彼但知增上業感而不知是何因種以教非了義麄相說也吳興云此與俱舍異者彼約安立世界自下升上以成其次此約生起世界由內感外以成其次大小義別不須通會釋要云此約性故金先水後彼約相故水前金後惡師云論妄則金乃居先說常則水居其下安立論其理勢了妄推本爲先兩義既成寧勞貯妨不知何因種者不知賴耶變生也內身外器皆謂增上業之所感而不知一念妄心變茲三境此結判也△孤山云四輪不言土輪者土與金同是堅性俱屬地大故彼說四大此談五行五行數廣而義狹以不言風故四大數狹而義廣地攝土木故△雲棲云温陵謂萬法自五行變起五行由妄覺發生盛談子母生尅夫劣妻勝之事此皆出日者家經中罕言只用四大爲正○求明科次下辯山川草木之異疏○二明諸相發生經火騰水降交發立堅濕爲巨海乾爲洲潬以是義故彼大海中火光常起彼洲潬中江河常注求明妄性不恒

前後變異所感外相優劣不同愛心多者即成巨海執心多者即成洲潬風性生慢火性生嗔於色起愛潬中流水違愛生嗔海中火起水邊平地曰潬釋文爾雅水中可居曰洲潬沙出郭璞曰水中沙潬曰潬海賦陰火潛然疏火炎上而就燥水降注而流濕交互擊發立成堅礙火雖炎上而相擊發終爲水尅故大海廣而洲潬狹也孤山云水交於火火交於水其勢相敵而立於物故曰交發立堅濕爲巨海水降之所立也乾爲洲潬火騰之所立也觀海中火起則知火交於水也視洲中河注則知水交於火也△海印云由四大種爲後天之五行生成萬物此火金生水水火生土也火炎土潤交合空中水火既濟陰陽和而生子故水火俱堅實成形其本元濕性流爲四大海水本元火性結而成土故有四大洲諸小洲等水含父之性故海中火光常起土得母之性故洲潬中江河常注以水火乃稱性之水火此交發立堅水火相敵乃水火相濟故相生也下水勢劣火故有山石草木乃相尅以成物也經水勢劣火結爲高山是故山石擊則成燄融則成水土勢劣水抽爲林木是

故林藪遇燒成火因絞成水【明求】慢增愛多結
爲高山【疏曰】外則水勢劣火內則嗔增愛微嗔復加慢結爲高山愛增慢
輕抽爲草木外則土勢劣水內則愛增慢輕愛能生水水能長養故抽草木
或嗔愛慢三互相滋蔓異類成形草木山川
千差萬品【孤山云】水勢劣火謂水大少火大多以此相合則結成高山舉融擊
以驗其二大所成也土勢劣水可知△【海印】
云以前水火既濟而勢相敵故爲洲爲海今
水火未濟水勢劣火勢不能敵而火上騰遂
結爲高山巨石以其受父之性故擊石成燄
得母之性故融則成水石中有火山頂有水
石根多潤類可知矣此猶屬先天性火但性
不相敵故成有形之山石耳土勢劣水下此
五行水土生木也以受父之氣分故林藪遇
燒成土以得母之氣分故草
木過絞成水也㊁二結相續【經】交妄發生遞
相爲種以是因緣世界相續【明求】先從妄想結
成四大從四大性愛慢滋生離有情心更無
別體故云交妄發生遞相爲種以是因緣世
界相續是以云世界欲成之際舉念全收非
唯世界但有成壞萬法悉從心生故經云成

劫之風壞劫之風皆是衆生共業所感業由
心造豈非心耶【疏】先從明昧搖動有風輪風
搖明立有金寶金風相摩生火性火蒸金潤
有水生水火相交勢有勝劣水勝火劣爲海
洲火勝水劣爲山石土劣水勝爲草木等外
相雖爾皆由內心內心無變外豈差別經且
約外故云遞相爲種【孤山云】交妄發生謂二妄交合而成諸事也覺
明空昧相待成搖爲風輪種因搖立礙爲金
輪種風金相摩爲火大種金火復爲水大種
水火又爲海洲種水土復爲草木種應了此
諸妄法於一真性如空中花花處空處本無
有異爲種發生即是妄具妄體無實唯是覺
明故觀妄具唯見真具○【引證】楞伽經云大
慧彼四大種云何生造色謂津潤妄想大種
生內外水界堪能妄想大種生內外火界飄
動妄想大種生內外風界斷截妄想大種生
內外地界注云首楞叙四大則起於覺明楞
伽叙四大則生於妄想是知匍匐三界醞釀
四生皆覺明妄想之咎也㊃二衆生相續二
㊀一辨其相二△一明根塵創結二㊂一指前因相【經】復次富樓那明
妄非他覺明爲咎所妄既立明理不踰【宗鏡】三

界有法識外無文皆從內外四大成盡是一心虛妄變古鈔釋首楞嚴明妄非他者其妄最初因自心動有風因執有金因愛有水因求有火皆是自心變起四大還自分別結業受生故非他累覺明爲咎者由强覺了本體明爲咎則無知覺明有知明覺如人見不淨便生厭心由分別故但無分別妄見唯見法性淨土【疏】明謂顯發妄之顯發別非他緣但由自已一念不了能所妄分以爲過咎覺明即能所也所明既已成立引生能覺之心念念相續莫能離念故真明妙理爲念所礙隱而且廢不能踰越而顯現也【雷菴云】所妄既立則妄明之理彰爲理法也性也六妄因之成就四生以之變局不能超此妄明之性法也△【吳興云】明妄即妄明也言此妄明之體更非他法所成全是真覺起於妄明而爲過咎覺明爲咎巳是妄能故但言所妄既立即前因明立所妄明之性非局而局故曰明理不踰△【溫陵云】

明妄者指堅明明覺搖明之性將覺明妄心爲咎○【通釋】明妄二字古釋以明爲顯發之義而苕溪即指爲妄明桐洲注云謂明了交妄發生世界之相續非從他有【融室廣注云】明爲妄者非他本覺要明爲咎二師皆仍依長水△【定林云】世界以空昧爲體衆生以覺明爲性由覺明故得有空昧世界如此衆生力也二者相續故曰覺明爲咎〇二結成根塵【經】以是因緣聽不出聲見不超色色香味觸六妄成就由是分開見聞覺知【宗鏡】六識取塵由業識發起後有第七識執第八識中明變起外四大引起六根塵六根塵引起六識六識依六根塵因外有色內引眼根等【疏】無明爲因所明爲緣展轉相形至無同異於此一相分出根塵根塵既偶識生其中根境識三爲業之性各自取吸不行他緣故云不超等即於前所明分出六塵於前妄覺開成聞見等由是前云覺明爲咎也【吳興云】以是下示不踰相下云元依一精明分成六和合△【溫陵云】以不踰故聽見六根於是妄局色香六塵於是妄染

覺知六識於是妄分根塵識三爲業性故發起妄業此六道四生之始也△(融室云)妄既立爲所妄明則實爲妄明因此緣此不達本覺妙明之性以視聽爲視聽壅在舉色之中致令六塵而成六妄遂將一妙覺性分開爲見聞覺知○二辨生類初因二㕣一舉類總標

(經)同業相纏合離成化

(疏)胎卵有情要因父母同業相感故云同業相纏資中文同濕化有情但因自己情想合離合處濕生離處化生不由父母同業相感故云合離成化化即生之總名也皆名變化故右長水依古釋分判四生△(證真云)合離成化者四生之總名也下文云情想合離更相變易是也右敘師合判四生△(孤山云)同業相纏者與父母同業皆起想愛更相纏縛也合離成化者於愛境則合於憎境則離由此愛憎成其變化而託胎也△右圓師順下二節單判胎生上來三解不同今從苕溪溫陵依古釋分判四生爲當㕣二就因別辨二▽一攬塵成種二●一情想所因

(經)見明色發明見想成異見成憎同想成愛

(疏)見謂妄見明即所明因見有明明能發色(孤山云)妄心見妄境故云見明色發即於中陰見其父母也(海印云)衆生既造妄業得中陰身所謂游魂也鬼無色身而有五通六根猛利眼見極遠愛染習氣極尋所愛之境愛境立現故云見色明發因明起見見能生想明見想成者依妄境起妄惑也(海印云)既見其境識神必趨其所既見明色其想遂得成就故云明見想成境與想異異即違也乃成於憎色同於心同則順也遂生於愛異見謂父是所憎境同想謂母是所愛境女子託胎反此(海印云)男女交合之際識神守之男則愛母憎父女則愛父憎母異則但想無愛同則想愛俱行由是受胎須資想受(定林云)從性見起名爲見明見明然後色發如盲眼前唯見黑暗則不能發色從見明起男爲明見明見然後想成如明眼人無分別見則不能成想○(引證)(瑜伽第一)云何生由我愛無間已生故無始樂著戲論因已熏習故淨不淨業因已熏習故彼所依躰由二種因增上力故從自種子即於是處中有異熟無間得生死生同時如稱兩頭低昻時等而此中有必具諸根造惡業者所得中有如黑羺光或黑闇夜作善業者所得中有如白衣光或晴明夜又中有眼猶如天眼無有障礙唯至生處所趣無礙如得神通亦唯至生處又此中有有種種名或名中有在死生二有中間生故或名健達縛尋香行故香所資故或名意行以意爲依往生處故此說身往非心緣往或名趣生對生有起故當知中有除無色界一

切生故又由三處現前得入母胎於中有處見其父母共行邪行乃起倒覺見已自行或唯見男或唯見女如是漸漸近彼處所不見父母餘分唯見男女根門即於此處便被拘碍死生道理如是應知•二結成種類【經】流愛爲種納想爲胎交遘發生吸引同業故有因緣生羯羅藍遏蒱曇等【疏】種謂已受愛取所潤即異本之種也故云流愛爲種【釋要云】異本之種者此不同藏識中未受潤散名言種子此是泡疱異本已受愛之種也即有支如世間穀麥已苞浸者也【手鑑云】異本種者愛取未潤時名未起種由愛取潤已即泡疱異本名現起種胎即正約現行一念識心生起之時然種即想愛俱爲種胎即想愛俱爲胎經文存略各舉一也【圓覺鈔云】流愛者謂無始愛之習氣任運流注相續不斷爲種者如女人欲受胎時必藉男子之種亂納想者前是分別之愛此是俱生之愛俱生之愛方能助潤於業受生故也如俱舍說男胎於母如妻想而忌於父女胎於父如夫想而忌於母父母於子三處情想互相交合互相遘遇引發吸取界趣同業令歸一處結成胎藏故云交遘發生吸引同業交遘是種子現行互相資熏和合之義吸引者因緣相牽如磁叶針同業者宿所造之業成熟今自業爲因三處情想爲緣爲人爲畜等也【釋要云】三處情想子亦於父母起愛想也俱舍云九處命終時皆須生愛想界趣同業同其界類也若異界異類則無受生理羯羅藍等胎中前二七也若至三七胎卵即分故約前二未分位說【吳興】云愛之與想十二因緣中識也若想已入胎即屬於名羯羅藍等即是色也○【俱舍偈云】最初羯刺藍次生頞部曇從此生閉尸閉尸生健南次鉢羅奢佉後髮毛爪等及形根色相漸次而漸增釋曰羯刺藍即歌羅邏或羯邏藍此云薄酪亦云凝蘇胎中五位此初七日內名雜穢父母精血相和名雜自躰不淨名穢大集經云歌羅邏時即有三事一命二煖三識出入息者名爲壽命不臭不爛名之爲煖此中心意名之爲識即是刹那覺知心也三法和合從生至死依此識親生種子即是命根頞部曇或遏蒱曇胎二七日內名疱猶如踠豆瘡疱之形表裏如酪未生肉故閉尸此云奥肉胎三七日內名凝結謂稍凝結狀如就了肉健南此云堅肉胎四七日名凝厚漸次堅硬鉢羅奢佉此云肢節亦云形位內風所吹生諸根形一身四肢生差別故胎五七日名胎中五位六七日名毛髮爪齒位七七日名具根位以五根圓滿漸次生識即未具空明等緣○【引證】【宗鏡云】有情於中有

自臨末位第八識初一念受生時有執取結生相續義結者擊也屬也於母腹中一念受生便繫執爲彼故亦如磁毛石吸鐵鐵如父母精血二點第八識如磁毛石一刹那間便攬而住同時根塵等種從自識中亦生現行名爲執取結生故○［瑜伽第一］爾時父母貪愛俱極最後各出一滴濃厚精血二滴和合入母胎中合爲一段猶如熟乳凝結之時當於此處一切種子異熟所攝執受所依阿賴耶識和合依託云何和合依託謂此所出濃厚精血合成一段與顛倒緣中有俱滅與滅同時即由一切種子識力功能故有餘微細根及大種和合而生及餘有根同分精血和合搏生於此時說識已住結生相續即此名爲羯羅藍位又此羯羅藍色與心心法安危共同故名依託由心心法依託力故色不爛壞色損益故彼亦損益是故說彼安危共同又此羯羅藍識最初託處即名肉心如是識於此處最初託即從此處最後捨▽二分爲四生

［經］胎卵濕化隨其所應卵唯想生胎因情有濕以合感化以離應

［疏］略即四生廣即十二如下廣辨四生起時業與情想相應之處即便受生故云隨其所應情想合離四生皆具今各舉一據多分說下經自有情想多少等（已下同資中文）想多情少即受卵生（卵殼中生多分是想）以想輕利故如飛鳥魚龍皆迅疾也故云想生情多想少即受胎生以情多重墜不能輕舉也故云情有濕化染香處不因父母同業相感但以情潤即受濕生（但自情想與濕氣合即便受生）故云合感但隨想處不假情潤即受化生（化亦自想懸想勝處情愛彼境即便化生）故云離應

［俱舍偈云］倒心趣欲境濕化染香處［論曰］若濕生者染香故生謂遠觀知生處香氣便生愛染往彼受生隨業所應香有淨穢若化生者染處故生謂遠觀知當所生處便生愛染往彼受生隨業所應處有淨穢豈於地獄亦生愛染由心倒故起染無失云云△［吳興云］沈師以第八卷情想多少釋卵胎二生誤也彼據衆生善惡二業開內外二分情爲內分想爲外分此但約愛取之心以此望彼茲屬內分耳又內外二分其義甚寬今之情想唯說受生之時與彼大異且胎生之龍豈不迅疾卵生之人豈便輕舉又豈可胎生俱屬內分卵生悉屬外分耶節敏瘠師皆用沈義蓋未之思也△［私謂］岳師辨駁一往縱橫尅實求之未爲應理一者情想紛飛業識變現緣境起滅剎那不住安得區分界分判後之情想別開二分此之情想專屬內分一者善惡二業皆因愛取一念離愛取無善惡離

善惡無愛取以是故造業殊因則黑白晴闇橫分中有之光得福異報則棘廁天宮自現入胎之相因果同根因緣具足安得判今之愛取爲內分後之善惡爲外分三者多生業識種爲命根一報千生轆轤輪轉今以受生臨命限隔初跡胎位肉身比量廣狹豈知捨身受身不離三事來先去後誰是主人乃至魚龍迅疾或屬胎藏人道重墜或依卵翳斯乃變化弘多豈可致疑多分節敏聹師咸宗沉義三占從二請事斯言〇【引證】俱舍偈云於中有四生有情謂卵等人傍生具四地獄及諸天中有唯化生鬼通胎化二論曰人傍生趣各具四種人卵生者謂如世羅卵波世羅生從鶴鹿母所生三十二子般遮羅王五百子等人胎生者如今世人人濕生者如曼馱多遮羅鄔波遮盧鴿鬘巷羅衛等人化生者唯劫初人傍生三種共所現見化生如龍揭路荼等一切那落諸天中有等具根無缺支分頓生無而欻有皆唯化生鬼趣唯通胎化二種鬼胎生者如餓鬼女白目連云我夜生五子隨生皆自食晝生五亦然雖盡而無飽或云晝夜生五百子各〇【諸經要集】云婆沙問曰四生六趣相攝云何爲生攝於趣爲趣攝於生即自荅云生攝一切趣非趣攝於生謂生中陰增當知非趣攝故知生寬趣狹以化生寬故全攝二處及三趣少分地獄趣中一向化生問六欲諸天既行欲同人何故無有胎生荅欲愛雖同行事不等故樓炭等經言四天忉利男女形交而無泄精自上四天一向全異以天化生故從母膝化起㊐二結相

續

【經】情想合離更相變易所有受業逐其飛沉以是因緣眾生相續【資中】情想不常剎那變易或先胎而後卵或先濕而後化離合無定故云更相變易等【補遺云】卵存出殼之思故曰想胎鍾俱生之愛故曰情濕以物合受生化以形離自變皆一往分屬不可盡理而求也如下十二類生中一一皆有八萬四千飛沉亂想唯佛與佛乃能知之故俱舍云於一孔雀輪具一切種因非餘智境界唯一切智知【證真云】有情無始熏造一切界起種子在本識中唯佛能了且舉孔雀一類尚難知況餘類耶【疏】所有受報隨業善惡故云逐其飛沉飛沉猶升降也捨身受身無能斷絕故云眾生相續【標指】由不如實知真如法一故遂乃情生智隔相變躰殊隨其善惡業緣升沉受報△【金剛刊定云】梵語僕呼繕那此云眾生智論云五蘊和合中生故云眾生瑜伽云思業爲因卵胎濕化爲緣五蘊初起爲生然三界眾生不出五道以四攝五亦得具足㊁三業果相續二㊐一辨其相二〇一正辨三㊇一欲本【經】富樓那想愛同結愛不能離則

諸世間父母子孫相生不斷是等則以欲貪爲本【疏】愛欲情深互相纏縛結滯難捨故云不離父母生子子復生孫子子孫孫續生不斷皆欲爲本也按清凉鈔引瑜伽云貪有五種一於內身欲貪二於外身淫欲淫貪三境欲境貪四色欲色貪五薩迦耶欲薩迦耶貪大乘法於欲欲欲貪有多解今疏依經婬殺盜三故但云欲爲本也○【引證】【圓覺經云】若諸世界一切種性卵生胎生濕生化生皆因淫欲而正性命當知輪迴愛爲根本由有諸欲助發愛性心之種子也即愛是故能令生死相續欲因愛生命因欲有衆生受命還依欲本愛欲爲因性命爲果【疏曰】既性命由淫淫復由愛故云愛爲根本由愛身故還爲欲因復感未來生死果報如是展轉相續無窮○二殺本【經】貪愛同滋貪不能止則諸世間卵化濕胎隨力强弱遞相吞食是等則以殺貪爲本【疏】爲貪故殺用滋我命以强制弱殺害不止故爲殺本○三盜本【經】以人食羊羊死爲人人死爲羊如是乃至十生之類死死生生互來相噉惡業俱生窮未來際是等則以盜貪爲本【疏】不與而取故名爲盜今非理食他即奪其命也以惡業故同處一世令怨對相值更互訓償盡未來際相奪不止皆盜爲本○【楞伽第四】佛告大慧有無量因緣不應食肉謂一切衆生從本已來展轉因緣嘗爲六親以親想故不應食肉實乂云從無始來在生死中轉回不息靡不曾作父母兄弟男女眷屬易生而受鳥獸等身云何於中取而食之△【交光云】如八萬釋種遭琉璃誅殺人知毁罵近緣不知食魚遠因此方太平時恣意殺噉三五百年人之享福者福盡業現畜之訓報者殺盡爲人皆帶殺冤遂成殺劫佛智深遠勅斷殺業乃止殺禁亂之元本也○二釋成【經】汝負我命我還債汝以是因緣經百千劫常在生死【疏】釋殺盜也按長水本經文云汝負我命我還債汝乾道本卷後注有本云我還汝債此會解及流俗本之所宗也今以文義委釋汝負我命猶言汝曾殺我汝是我冤家也我還債汝猶言我重殺汝汝又作我債主也多生業債如汲井輪兩言之內展轉含攝佛言善巧非可思議亦見古人潤文之妙也若云我還汝債則文義違背詞俚淺而意不該其爲傳寫之誤明矣則師以爲文義互見應補足四句近師又衍爲八句鬼脛蛇足莫悟其非今所考據者長水疏古本乾道紹興官本海眼溫

陵融室宋元雕本先後畫一文理灼然故敢斷爲是正講從口耳習串溺於所聞却云古本未必是今本未必非此雖麄義亦熏習積迷之一端也經汝愛我心我憐汝色以是因緣經百千劫常在纏縛疏釋欲貪也⊟三結相續經唯殺盜婬三爲根本以是因緣業果相續疏殺盜婬三正是業道皆由貪愛以之爲緣故此三種皆云貪也業因苦果相生不斷故云相續㊀三結答是答釋總科經富樓那如是三種顛倒相續皆是覺明明了知性因了發明從妄相生山河大地諸有爲相次第遷流因此虛妄終而復始註求明問三界初因四生元始莫窮本末罔辨根由莊老指之爲自然周孔詺之爲渾沌最初起處如何指南答欲知有情身土真實端由無先我心更無餘法謂心法剎那自類相續無始時界展轉流來不斷不常憑緣憑對非氣非禀唯識唯心肇論鈔云老子云無名天地始有名萬物母若佛教意則以如來藏性轉變爲識藏從識藏變出根身器世間一切種子推其化本即以如來藏性爲物始也無生無始物之性也生始不能動於性即法性也光未發處尚無其名念欲生時似分其影初因强覺漸起了知見根纔分心境頓現首楞嚴經云皆是覺明明了知性乃至因此虛妄終而復始釋曰此皆最初因迷一法界故不覺念起念起即是動相動相即是第一業識未分能所乃覺明之咎也海印云因無始妄動一念而有無明故曰覺明從此變作能緣流成了相即明了知性爲第二見分轉識牒上因明立所後因見分而生相分即因了發相爲第三相分現識牒上生汝妄能△溫陵云覺明明了知性妄爲明覺也了發明因明立所也妄見生汝妄能也能所纔分盡成虛

妄皆因强覺覺明分能立所起明了之解心境歷然運分别之情自他宛尒何者見分生於翳眼相分現於幻形於是密對根塵堅生情執從此隔開真性分出湛圓於内執受知覺作有識之身於外離執想澄成無情之土遂使鏡中之形影滅而又生夢裏之山河終而復始因茲有情心内遂憎愛而結怨親無情境中隨想念而標形碍遂使外則桑田變海海變桑田内則親作怨由怨爲親種互爲高下反覆相酬從茲業果恒新苦緣不斷但以本原性海不從能所而生湛爾圓明照而常寂只爲衆生違性不了背本圓明執有所明成於妄見因明立所觀之境因所起能觀之心能所相生心境對待隨緣失性莫返初原不覺不知以歷塵劫【疏】覺明妙體本有明了知性即性覺妙明也長水孤山指覺明爲性覺妙明與宗鏡有别因本明了迷成所相即因明立所也

故云因了發相此之所相由妄分别故云從妄見生此即總結前來三種相續皆由迷本真明立成所相所必生能展轉麤著遂成世界衆生業果次第遷流皆不離一念無明妄覺也【私謂】此文以揔結爲正孤山以山河大地結世界諸有爲相結衆生業果分配依正似非通義世界文中結三相云真有爲法豈可説正報耶△【二楞云】世有過未現界有成住壞空生有卵胎濕化業有婬殺盜三種相續不斷現行皆由最初一念忽生之種子所謂種種幻化皆生如來圓覺妙心○【引證】首楞嚴三昧經云文殊師利言迦葉是者闍崛山誰之所造是世界者亦從何出迦葉言一切世界水沫所成亦從衆生不可思議因緣出文殊言一切諸法亦從不可思議業因有○【原人論云】從初一念業相分爲心境之二心既從細至麤展轉妄計乃至造業境亦從微至著展轉變起乃至天地此心識所變之境乃成二分一分與心識和合成人一分不與心識和合即是天地山河國邑○【宗鏡云】八地已去菩薩能任運變大地爲黃金攪長河爲酥酪此是境隨真智轉所變事皆成若離心有外實境如何大地山河等能變肇法師云萬事萬形皆由心成豈待變而後飾蓋是變衆人之所見耳是以衆生見爲土石山河皆是自業之影現菩薩純爲妙慧即

是真智之所流㊂二別荅違妨二初荅藏性生相疑第一子科下分正荅所疑別荅違妨爲第二子科第二科下以伸難喻釋爲承起科次約真如生滅二門釋明荅藏性生相一科方竟今二問合違妨科有二㊇初滿慈伸難二如來喻釋今初也[經]富樓那言若此妙覺本妙覺明與如來心不增不減無狀忽生山河大地諸有爲相如來今得妙空明覺山河大地有爲習漏何當復生[疏]妙覺明心與佛同體本來無妄由乎強覺忽認所相便有妄生佛今已得妙空明心何時忽然復起諸妄此即牒而縱之責無窮過也即同剛藏云十方異生本成佛道後起無明一切如來何時復生一切煩惱[圓覺鈔]云剛藏所述疑情佛頂經富樓那亦有此難彼云若此妙覺本覺妙明此云十方異生本成佛道彼云與如來心不增不減無狀忽生山河大地此云後起無明彼云如來今得妙空明覺此云一切如來彼云山河大地有爲習漏何當復生此云何時復生一切煩惱將彼對此昭然可解[疏]云此上三難者意云本來是佛煩惱何生若無生中妄生起者如來成佛同本無生無生之中還應妄起成佛義等生否應齊齊生即果佛何尊齊否即因違現事進退不可故有斯云[鈔]云言成佛義等者天真成佛無所不成非除却妄染塵勞添益真淨功德不增不減故衆生本來成佛亦然故云等也生否應齊謂生與不生也衆生與如來俱無生故皆應不生煩惱若云無中不妨生者皆應生也因違現事者因位凡夫之流現見貪惑熾然如何言無故云違也△[孤山云]無狀猶言無故也△[海印云]滿慈要顯迷悟同源本無生滅故有此問○[疏]㊇一如來喻釋二一約真如門釋二約生滅門釋初門泯相顯實故約迷方空花以喻無明及山河等元來不起體不可得迷心翳眼雖有起滅正方虛空了不移動妄心妄境似有生滅真覺妙明何曾變改次門即攬理成事故約金鑛灰木可鍊可燒以喻果成惑滅二門四喻雖各不同皆顯悟後更不再迷也㊇一約真如門釋二㊈一除迷方正喻無明本空二㊇一正喻二○一問荅迷本無因[經]佛告富樓那譬如迷人於一聚落惑南爲北此迷爲復因迷而有因悟所出富樓那言如是迷人亦不因迷又不因悟何以故迷本無根云何生迷悟非生迷云何生悟[疏]人聚可居故云聚落迷人衆生也聚落如來藏也南性明也北所

明也惑無明也南相不動惑故見北性明無變迷故立所此迷妄出故令徵之令知無生即見無明本空也【起信云】如人迷方謂東爲西方實不轉衆生亦爾無明迷故謂心爲念心實不動○二問荅悟後不妄【經】佛言彼之迷人正在迷時倐有悟人指示令悟富樓那於意云何此人縱迷於此聚落更生迷不不也世尊【疏】悟人善友也指示教行也令悟十方如來也滿慈於法有疑於喻明解故佛舉喻以問令解法如喻8二合顯【經】富樓那十方如來亦復如是此迷無本性畢竟空合喻初昔本無迷似有迷覺覺迷迷滅覺不生迷合喻次【疏】迷即無明亦名爲癡亦名不覺不覺即覺故云性畢竟空約真如門昔本無迷約生滅門似有迷覺覺即所迷本覺亦即始覺也覺迷迷滅者始覺智起覺盡無始妄念合本覺時更無始本之異唯一妙覺豈更生妄故云覺不生迷【宗鏡云】從來迷悟似迷今日悟迷非悟△【海眼注】覺迷者始覺也不迷者本覺也始本一覺無復重迷豈不覺成覺覺猶不覺耶本覺無迷因迷立悟悟迷迷滅本覺湛然○【引證】【圓覺文殊章云】無始來種種顛倒猶如迷人四方易處【疏云】背覺合塵由顛故倒如由迷自故認他也如人作至川原或入聚落忽然心惑以東爲西既二方迷餘三俱轉然正迷時方亦不轉忽然醒悟還是舊方反推此迷了無踪跡無本來處無今去處㊁二翳差花亡喻山河不實二8一約喻問答二○一待花愚慧問【經】亦如翳人見空中花翳病若除花於空滅忽有愚人於彼空花所滅空地待花更生汝觀是人爲愚爲慧【疏】翳喻妄見花喻山河妄見若亡山河自滅故下文云見聞如幻翳三界若空花聞復翳根除塵消覺圓淨空無花處故云空地○二顛倒狂癡荅【經】富樓那言空元無花妄見生滅見花滅空已是顛倒勑令更出斯實狂癡云何更名如是狂人爲愚爲慧【疏】真元無相妄

見起滅見山河滅已是倒見若待更起斯同
狂人【剛藏章云】譬如幻翳妄見空花幻翳若除不可說言此翳已滅何時更起一切
諸翳何以故翳花二法非相待故亦如空花
滅於空時不可說言虛空何時更起空花何
以故空本無花非起滅故生死涅槃同於起
滅妙覺圓照離於花翳【疏曰】言圓覺離花離
翳則雙拂生死無明衆生既如花起約誰更
難無明無明生死既空何責本來成佛空花
終不再起果位何得還迷若如是解頊遣三
疑下金鑛喻唯荅佛不再迷此疑過深故重
喻也⊖二反質結詶【經】佛言如汝所解云何問言諸佛
如來妙覺明空何當更出山河大地【疏】據汝
於喻所解不合更疑如來空覺生山河也維
摩云佛爲增上慢人說離婬怒癡若無增上
慢佛說婬怒癡性即是解脫是知如夢勒加
空名惑絕幻因既滿鏡像果圓凡在斷證當
體斯旨㊇二約生滅門釋二卍一喻二⊖一喻果成【經】又如金鑛
雜於精金其金一純不更成雜【疏】衆生覺隱
如金雜鑛諸佛覺顯如金一純已入果海不

重爲因故云更不成雜然因果雖殊覺性平
等【剛藏章云】如銷金鑛金非銷有既已成金不重爲鑛偈云一成真金躰不復重爲鑛
按此與剛藏章皆指金不生鑛以喻佛不再
迷而義有少別此但明金不爲鑛彼兼明金
非銷有也△【吳興云】金喻菩提鑛喻習漏△
【二楞云】雜者無明與覺性和合⊖二喻惑滅
【經】如木成灰不重爲木【疏】覺性如地惑障如
木加行如燧智照如火涅槃如灰燧動火起
木盡灰成灰歸於地不重爲木修行智起惑
滅覺顯顯處唯真不重起妄【熏聞云】山河如木涅槃如灰卍
二合【經】諸佛如來菩提涅槃亦復如是【疏】菩提
智果涅槃斷果雙合二喻也【孤山云】焰真不變則菩提之用
彰達妄本無則涅槃之功著因中全菩提爲
習漏即涅槃爲山河猶鑛之與木也果上全
習漏爲菩提即山河爲涅槃猶金之與灰也
鑛木不再顯妄法之永亡金灰不渝示真證
之常住四喻交映妙旨存焉△【溫陵云】金喻菩提果覺不變灰喻涅槃果德不生然
上四喻二二同意剛藏章但空花金鑛二喻令加迷方灰木爲四前
就圓悟之理生佛俱是本真以成前文清淨

本然皆如來藏與如來心不增不減疏全用圭峰剛藏章疏文彼疏云以成普眼段中眾生本來成佛之義餘文倣此故舉迷方
空花元來不起非後始滅故法合云此迷無
本性畢竟空又云空元無花妄見生滅彼法合云生死涅槃同於起滅斯則以責滿慈見妄有滅尚是顛
倒豈況復待習漏再生也後約不壞修證因
果之相故說消鑛出金燒木成灰也迷方空
花則始終元無金之與灰燒鍊方現彼云花則終始本無鑛則因消始盡意云圓頓之理雖齊迷悟不妨成
異既有多生習障還須背妄顯真真顯則究
竟清淨更無再迷也若但用前二喻則撥迷
悟因果之相便成邪見若但用後二喻即成
眾生覺性本來不淨失真常理亦成邪見道
理微妙一喻難齊故說四事彼云兩事各喻一法
以盡其理也無盡云真猶聚落之定方因迷妄認妄似空花之亂眼因翳妄

生消鑛成金佛無他佛木灰爲爐斯大涅槃
○宗鏡云故知圓覺妙心如虛空之性生死
涅槃即空華之相瞖眼不無起滅真性何曾
有無如鑛藏金金非鑛有又非銷得要以銷
成迷時如未淨之金悟了若已成之寶真
金不動垢淨俄分妙性無虧迷悟自得
○二荅大性俱徧疑爲破滿慈大科下第二
子科子科下生母科二◑一釋本疑二釋別
難次科下又分二子科㊀一釋滿慈重徵妄
因二慶喜再執緣起盡本卷第二大科經文
今初一釋本疑
二八一牒疑
經富樓那又汝問言地水火風本性圓融周
徧法界疑水火性不相陵滅又徵虛空及諸
大地俱徧法界不合相容疏前既伸疑今將
答釋故此牒舉八二正釋二㊇一寄喻略釋三㊁一舉喻二㊇一揔舉喻本二○一標經富樓那譬如虛空體非群相而不
拒彼諸相發揮疏虛空藏性也群相七大也
真元無相不守自性隨緣現相故云不拒吳興云譬如來藏本非七大而不拒彼七大發生△溫陵云虛空非諸相諸相依空而發真躰非四大四大孳真而成先非水火故不相拒○二釋經所以者何富樓

那彼太虛空日照則明雲屯則暗屯聚也風搖則動霽澄則清氣凝則濁土積成霾霾風而雨土也水澄成映【疏】此舉七事可喻七大隨義對法可知【釋義云】隨義對法當以明對識大能了別故暗空大動風大清根大根能照境躰清淨故濁氣火大熱氣上蒸故映水大霾地大△【雲棲云】滿慈疑諸大性徧故佛即虛空爲喻日照雲屯等七一切皆空中現相舉一虛空以顯藏性空中不礙諸相知性中不礙七大解者泥文分配斯圭峰所訶豈識喻爲者也△【私謂】滿慈初問難地水火三大不相容徧次問地性障礙空性虛通難地空二大不相容徧就其問目已揀去根識二大故知非通難七大也如來初舉四輪先荅地水火三難此文荅釋次難初譬太虛空不拒群相中顯空明空現及地水火風各各發現結言汝以色空相傾相奪於如來藏色以質礙爲義色即地也言色空即言地空此正荅滿慈次難地空二性之義也舉色而地在其中舉色與空而地水火風亦含具其中問雖專問地空元含四大荅雖專荅色空亦攝四大如因陀羅網映望交互斯皆隨意之語稱性之談知此義則古人分配七相良爲陳迹不容不掃矣⑧二畧難喻相三○一徵【經】於意云何如是殊方諸有爲相爲因彼生爲復空有【疏】方法也即明等諸法【熏聞云】方所也以諸相發揮不同一方故彼即日等也舉此諸相以明七大相空都無實法虛空無相不礙諸相顯發諸有爲相是明暗等○二難【經】若彼所生富樓那且日照時既是日明十方世界同爲日色云何空中更有圓日若是空明空應自照云何中宵雲霧之時不生光耀如文○三結【經】當知是明非日非空不異空日【疏】此結即離俱無生也又非日非空顯無生處不異空日隨緣似有【私謂】非空非日引下文而如來藏非心非空等不異空日引下文即如來藏即心即空等㊁二指法二⑧一相無所措【經】觀相元妄無可指陳猶邀空花結爲空菓云何詰其相陵滅義【疏】七相無生本自寂滅既稱爲妄將何可指指尚不得仍使相陵何異空花結爲空菓【融室云】以所喻空中明暗等相觀彼四大諸法之自相一一皆妄故曰觀相元妄⑧二性無不容【經】觀性元真唯妙覺明妙覺明心先非

水火云何復問不相容者(疏)七大性真元如來藏如來藏中無水火異於一妙覺約何等義說不相容猶如虛空體非群相說何陵滅(熏聞云)妙覺明心先非水火譬珠非水火水火從緣若人以緣而難於性者非其智也△(空印云)淸慧執相難性今性相雙明若以正眼觀水火等相如空花落影陽燄翻波且喚誰作地水火風而欲詰其相陵滅豈非空花空菓若觀其本性性水真火等元是一真如性妙覺明心此中先無質礙潤燥等相既非彼相何有不相容者耶(巳)三合顯二(午)一正合前文(經)真妙覺明亦復如是汝以空明則有空現地水火風各各發明則各各現若俱發明則有俱現(疏)真妙覺明合虛空無相也汝以下合諸相發揮汝心分別有空發明妙明真心隨現空相(釋要云)汝心既有空相藏性即隨業感乃現空相△(王舜禹曰)真覺妙明不惟四大即虛空亦其中所現物故空明則空現地水火風於汝心中各各互發隨心各現心中俱發七大俱現又隨人各發人各見別多人俱發俱

現一相或發地則現地發水則現水或盡法界衆生同發空相則徧法界現空相此即真如不守自性隨緣所現有種種相上文云隨衆生心應所知量循業發現起信中因熏習鏡現諸境界亦此意也△(宗鏡)內外四大地水火風念念發現所以經云或各各發明若俱發明各各發明者汝見圓明知心欲取失却本明性空思想搖動心生風輪性愛相續性感水輪執心熾盛金輪則現求心苦欲火輪方興若俱發明初起强覺四大俱現如人恨憶嗔則火生身心動轉以況於風目中淚盈則表於水面發赤相則表於地又引佛地經釋云清淨法界者即一心無雜之法界以法爲界豈有邊畔則一切色中皆有虛空性況一切法皆有安樂性以隱覆此性故隨所知境應其情量現種種境界若以空明則有空現若以色明則有色現但隨處發明而隨處現所現種種皆妄心生相不可得唯一味真心湛然不動△(交光云)俱現之相有二一者同時異處如吹火者口中現風薪中現火

鼓熾同時口薪異處二者同時同處如一恒河人見水現鬼見火現也○二重喩俱現二○一正喩【經】云何俱現富樓那如一水中現於日影兩人同觀水中之日東西各行則各有日隨二人去一東一西先無準的【疏】七大體虛如日之影東西隨去如分七別隨方雖異不離一影七大雖分不離一妄東可爲準西復是何如的是一不合各去若知是影一多自亡【孤山云】日喩真性水喩妄心水中之日喩妄境兩人喩妄業各行則循業俱發隨去則妄境俱現△【熏聞】匠人之法平物以水的謂射的丹面白的是也皆取定則之義○【引證】【清凉云】澄江一月二舟南北南者見月千里隨南北者見月千里隨北停舟之者見月不移是爲此月不離巾流而往南北設百千共觀八方各去則千百月各隨其去○二正難【經】不應難言此日是一云何各行各日既雙云何現一宛轉虛妄無可憑據【疏】一已是影復現隨去影復現影何實可據而欲致難唯一所明復現七大大與所妄唯一影像無實可得故云宛轉虛妄【孤山云】同觀唯一二是虛各行既二一是妄○【合釋】【宗鏡云】妙覺明心湛然不動因業發現隨爲色空周徧法界衆生背其本覺妄執情塵隨發明處强說是非如於虛空躰中定其差別實謂虛妄顛倒無理可憑據此段通釋上下經文故置于此

大佛頂首楞嚴經疏解蒙鈔卷第四之二

音釋

膜音莫肉間脉膜也　飈音標暴風也　潭徒旱切沙渚也　醞釀上音慍下魚向切酒也　穤同糯奴偄切音懦　疱披教切　脛形定切脚脛

渝容朱切變也　霾音埋風雨土也

大佛頂首楞嚴經疏解蒙鈔卷第四之三

海印弟子蒙叟錢謙益鈔

㊇二約義廣釋二㊀一約體用正釋二⑻一約迷悟顯用二○一迷成世間相

〔經〕富樓那汝以色空相傾相奪於如來藏而如來藏隨爲色空周徧法界是故於中風動空澄日明雲暗衆生迷悶背覺合塵故發塵勞有世間相〔疏〕汝以分別色空之心於真覺中而現傾奪彼真覺性隨成色空互相凌滅〔融室云〕藏心不守自性隨其傾奪是以爲色爲空周徧法界〔雪浪云〕汝等見有色有空處即是傾奪於如來藏色空之妄顯則如來藏之真隱也傾奪乃遮蔽之意色空即地空二大也二大旣爾餘皆例然故云是故於中等上文云一切衆生從無始來迷已爲物故如是中觀大觀小圓覺亦云圓覺自性非性性有循諸性起斯則衆生起無明風鼓真如海成八識波浪變起世間種種諸相爲相所礙失於本心故云背覺合塵有世間相〔孤山云〕真理隨緣變起妄境如全水成波其水旣徧故其波亦徧以此波即水故衆生迷悶謂九界衆生不了即理而變而以無明妄心執之爲實△〔吳興云〕前問地水火風本性疑水火性不相陵滅即相傾虛空大地不合相容即相奪○二悟成出世用〔經〕我以妙明不滅不生合如來藏而如來藏唯妙覺明圓照法界〔疏〕悟藏體也不滅不生無生智也如來藏無相理也理智冥契故名爲合當爾之時唯一玅心無理智別即始覺合本無本始異唯一覺故故云唯妙覺明圓照法界〔吳興云〕而如來藏牒所合之理唯妙覺明牒能合之智圓照法界示鑑物之用如來藏如鏡之體妙覺明如鏡之光圓照法界如鑑現像〔經〕是故於中一爲無量無量爲一小中現大大中現小不動道場徧十方界身含十方無盡虛空於一毛端現寶王刹坐微塵裏轉大法輪〔疏〕起妙用也前五句標二種自在不動下二句釋一多自

在也〔清涼云〕言一多者以一身全現故非一非多也一身現多故一不礙多多現而常一故多不礙一如覺品偈云一身爲無量無量復爲一了知諸世間現形徧一切等身含下六句釋大小自在前二句正中現依於一下二句正中現依正亦是依中現依正坐微下二句依中現正餘句含在其中可以意得華嚴十種自在亦不離此〔清涼云〕果德有二一依果謂華藏世界海二正果如來十身等此二無礙以爲佛德肰依正無礙通有六句一依内現依如塵中刹海都卽現經耗毛二正内現正如毛孔現佛現卽覽經珏毛猪三正内現依四依内現正五依内現依正六正内現依正上來依正六句畧舉清涼玄談以釋今疏其他多義避廣不錄須者往檢苕溪明一爲無量等四句爲總别不動下八句爲分釋又毛端塵裏徧釋小中現大配釋未愜今所不取〔經〕滅塵合覺故發眞如妙覺明性〔疏〕結所以也下文云聞復翳根除塵消覺圓淨淨極光通達寂照含虛空斯則無大小之可拘非一多之可限塵毛刹海俱徧俱納以性本然至果斯顯耳8三約三諦示體三○一約非相以示眞諦

〔經〕而如來藏本妙圓心非心非空非地非水非風非火〔疏〕非七大也心即識大亦即五陰〔孤山云〕心含四陰地水火風是色陰非眼非耳鼻舌身意非色非聲香味觸法非眼識界如是乃至非意識界〔疏〕非十八界也攝十二處〔孤山云〕非心下總非六凡界也非明無明明無明盡如是乃至非老非死非老死盡〔疏〕非十二因緣流轉還滅〔孤山云〕非緣覺界以緣覺觀十二因緣故非苦非集非滅非道非智非得〔疏〕非四諦及能證所證〔孤山云〕非聲聞界總非二乘理智得即理也非檀那非尸羅非毗棃耶非羼提非禪那非般剌若非波羅蜜多〔疏〕非六波羅蜜也〔孤山云〕非菩薩界先非能趣行非波羅蜜多總非所趣理如是乃至〔疏〕即超過因中三十七品一切因行果上十力四無畏十八不共等一切果德非怛闥阿竭秦言如來非阿羅訶應供三耶三菩正徧知非如來三號也非大涅槃非常非樂非我非淨非涅槃四德也〔孤山云〕非佛界也先非能證人三號是也次非所證法四德是也涅槃是總四德是别以是俱非世出世故〔疏〕

諦緣觀智及道滅六度已下皆出世法苦集十二緣三科七大皆世間也此上總非諸相者【孤山云】世結六凡出世結四聖藏理即空無有十界故並非之即約眞如門顯眞諦義一切皆空凡所有相皆是虛妄以相待故但有名字名字即空已下疏全用孤山文今次第非者初由無明故有妄識妄識所變即有空界空界現故結成四大四大起故即有根塵根塵合故遂有諸識根境識三爲業性故乃成十二因緣流轉生死爲對治故即有出世觀智諸法出世利鈍不同遂分三乘次第會三歸一即有佛果果有能證所證即分菩提涅槃涅槃具德即有常樂我淨是故展轉相由以立名字各無自性一切皆空○二約即相以明俗諦【經】即如來藏元明心妙即心即空即地即水即風即火即眼即耳鼻舌身意即色

即聲香味觸法即眼識界如是乃至即意識界即明無明明無明盡如是乃至即老即死即老死盡即苦即集即滅即道即智即得即檀那即尸羅即毘棃耶即羼提即禪那即鉢剌若即波羅蜜多如是乃至即怛闥阿竭即阿羅訶三耶三菩即大涅槃即常即樂即我即淨以是即俱世出世故【疏】前約眞如不變絕相此約隨緣成生滅門顯俗諦也【孤山云】此約俗諦示如來藏理即無而有十界宛然故也此即不離一眞隨染幻差別成種種相非相現相非名現名隨世建立不壞假名故名爲即○三約遮照以明中道【經】即如來藏妙明心元離即離非是即非即【疏】此約二門不二唯是一心雙遮眞俗故曰離即離非雙照眞俗故云是即非即【孤山云】此約中諦離即離非雙遮之體也是即非即雙照之用也三諦一體是故皆云即如

來藏且法界一如本無名相因迷有妄對妄說眞眞妄相形名言不息隨名執相顛倒何窮是故因言遣言以至無遣初且以非遣相次乃以卽遣非終帶名言未極一眞之旨離卽非卽無非不非言語道斷心行處滅方顯一眞法界如來藏心故淨名經三十二菩薩說不二法門皆以言遣相文殊以言遣言維摩無言遣言方爲究竟此之三義亦復如是又如天台以一心三觀釋法華十如是義初言是相如乃至本末如如名不異卽空義也次言如是相等點空性相卽假義也若言相如是等卽如於中道實相之是卽中義也諸法性相微妙如是唯佛與佛乃能究盡〔温陵云〕初曰本妙圓心是本非末是圓非偏自體言也次曰元明心妙是元非本是明非體自用言也終曰妙明心元是妙之明是心之元合體用言也○〔雷庵受師曰〕經言以是俱非世出故明空如來藏也以是俱卽世出故明不空如來藏也此一節文全生於汝以色空相傾相奪四句意謂汝於如來藏則以色空相傾相奪而如來藏隨爲色空故擧心則塵勞起我於如來藏則以不滅不生合之故按指則海印發光也孤山以如來藏約三諦分之恐非如來本意如楞伽佛語心品曰有時說空無相無願如實際法性法身涅槃離自性不生不滅本來寂靜自相涅槃如是等句說如來藏入楞伽又曰一切世間法皆如幻而諸外道凡夫不知楞伽王若能如是見如實見者名爲正見若異見者名爲邪見若分別者名爲取二楞伽王譬如鏡中像自見像譬如水中影自見影如月燈光在屋室中影自見影如空中響聲自出聲取以爲聲若如是取法與非法皆是虛妄妄想分別是故不知法及非法增長虛妄不得寂滅寂滅者名爲一心一心者名如來藏二經以空無相無願離自性寂靜等說如來藏較此經非諸法之旨初無有異但楞伽唯顯空如來藏此則兼顯不空如來藏也故於非諸法之下則曰卽如來藏於卽諸法之下亦曰卽如來藏大義炳然何必以三諦局而分之愚於前文嘗闢淨覺者此也△〔私謂〕受師辨三諦之義題矣尅而論之所云兼顯不空如來藏者亦兼帶之辭耳准寶積經勝鬘夫人說二種如來藏謂空如來藏不空如來藏起信卽云一者如實空二者如實不空此雙標二藏名也此經則單立空如來藏阿難請果位七名言空如來藏觀世音亦曰立大圓鏡空如來藏也初云

我以不滅不生合如來藏而如來藏唯妙覺明圓照法界此正立空如來藏之文次下圓非則爲空藏復次圓即即不空藏起信曰淨法滿足則名不空亦無有相可取清凉云法身在纏名藏謂空不空空爲能藏藏不空故故知二如來藏即唯一味言空言不空皆依言說分別耳如受師所引佛語心品言空無相無願三解脫門寧非空藏言如實際法性法身寧非不空藏而大意歸於寂滅無相故不可隨言執取也近師誤引寶積立三如來藏判妙明元心已下爲空不空如來藏古人指忽生山河大地等文顯不空如來藏已非了義又可立空不空藏耶離即離非是即非即體用圓泯情謂俱絕此正結顯空如來藏法界相應真如自性空不空二藏雙照在此雙遮亦在此此中又別立空不空一藏則亦待花再生難言雙日者矣三如來藏誤立緣起具在諮決智者請詳(卍)二舉法喻結責四㊐一總責經如何世間三有衆生及出世間聲聞緣覺以所知心測度如來無上菩提用世語言入佛知見疏境界微妙心言叵測凡夫著事偏小滯空俱所知心莫及斯境故圓覺云但諸聲聞所圓境界身心語言皆悉斷滅終不能至彼之親證所現涅槃何況能以有思惟心測度如來圓覺境界如取螢火燒須彌山終不能著以輪迴心生輪迴見入於如來大寂滅海終不能至三有者智論云六道各隨所作善惡之業因果不亡故名爲有一欲有謂欲天人乃至餓鬼地獄二色有謂色界四禪諸天三無色有謂無色界四空諸天㊐二舉喻經譬如琴瑟箜篌琵琶雖有妙音若無妙指終不能發疏琴等衆生也妙音藏性也妙指實智也發起用也㊐三合顯經汝與衆生亦復如是寶覺真心各各圓滿如我按指海印發光汝暫舉心塵勞先起疏汝與衆生合前琴等寶覺真心合前妙音按指約喻指法即無生智合無相理發光即大用現前即前云我以不滅不生合如來藏而如來藏唯妙覺明圓照法界乃至於中一爲無量等汝暫舉心等合前無妙指也即前云汝以色空相傾相奪於如來藏而如來隨爲色空

等【資中】言海印者大集經云閻浮所有色像大海皆有印文喻佛如來法身性海普現一切妙用之光也【大集第十四】如閻浮提一切衆生身及餘外色海中皆有印像以是故名大海爲印菩薩亦爾得大海印三昧已能分別見一切衆生心行於一切法門皆得慧明是爲菩薩得海印三昧見衆生心行所趣△【華嚴出現品偈云】如海印現衆生身以此說名爲大海菩提普印諸心行是故說名爲大覺【賢首品疏云】一圓明海印三昧門以十義釋之一無心能現義經云無有功用無分別故二現無所現義如光影故三能現與所現非一義四非異義五無去來故水不上取物不下就而能顯現故六廣大義七普現義八頓現義謂無前後如印頓成九常現義非如明鏡有現不現時十非現現義非如明鏡對王方現具茲十義故稱海印諸佛窮究菩薩相似△【宗鏡釋云】菩逝按指發海印之光含識舉心現塵勞之相如古釋衆生佛性譬若箜篌具有五義一有箜篌身二有中間聲三有絃緖四有彈箜篌人五有所彈得曲我身五陰如箜篌身中眞如物性是聲六度萬行如絃緖巧便智慧似彈箜篌人以巧便智慧修行六度前來成佛一塵一毛皆徧法界似彈奏之曲也㊀四結斥【經】由不勤求無上覺道愛念小乘得少爲足【疏】無上覺道如寶所小乘涅槃如化城但戀權乘不求究竟得少爲足故發塵勞

○二釋別難㊁一釋滿慈疑妄因二釋慶喜難緣起初中二㊅一伸疑

【經】富樓那言我與如來寶覺圓明眞妙淨心無二圓滿疏顯體無二也而我昔遭無始妄想久在輪迴今得聖乘猶未究竟指已猶迷世尊諸妄一切圓滅獨妙眞常明佛障盡敢問如來一切衆生何因有妄自蔽妙明受此淪溺障盡者必知妄始故此問也【疏】由滿慈初疑清淨本然云何忽生山河大地如來遂舉性覺妙明驗其迷解滿慈旣迷性明爲所明佛遂斥云性覺必明妄爲明覺所旣妄立生汝妄能等由是展轉相續流浪皆由虛妄之所生起雖知能所妄立又疑妄從何生故此伸問妄所因也前問忽生山河大地佛說因迷而有此中復問因何有迷△【孤山云】若就外現則無學小聖無明全在故未究竟若

就內國則分眞大士有上地惑故未究竟諸妄圓滅即極果斷德獨妙眞常即究竟智德△[海印云]滿慈問何因有妄要明妄元無因以顯天然妙性本自圓成頓悟頓得不假漸次此問徹底窮元如來亦難措口只借演若發明耳八二荅釋二[八]一總告[經]佛告富樓那汝雖除疑餘惑未盡吾以世間現前諸事今復問汝[疏]雖知諸法皆妄猶惑妄有所因故云餘惑未盡[標指]謂所知障未銷現前諸事現見之事也[八]二別釋二[七]一明妄本無因三[六]一舉事問荅二○一舉事[經]汝豈不聞室羅城中演若達多忽於晨朝以鏡照面愛鏡中頭眉目可見嗔責己頭不見面目以爲魑魅無狀狂走[疏]演若達多此云祠授[證眞云]從邪神廟中乞得故云祠授本頭與鏡俱喻性覺照面喻强覺忽生所相妄立愛喻堅執不捨認相爲眞既喜有相反惡無相故嗔己頭不見面目眞無形相不順妄情便生驚怖執相迷性輪廻不息故云狂走[孤山云]晨朝是喧動之初喻起妄心之始照鏡喻妄心推畫分別愛鏡中頭喻取著妄境妄事易著如眉目可見眞理雖知如眞責己頭等背悟向迷如無狀狂走△[手鑑云]此有理有事而理實事虛理實故不變即頭與鏡也事虛故隨緣即照愛瞋走也斯則由照故愛愛故瞋瞋故走返此即不走矣故下文云汝但不隨分別世間乃至云演若達多狂性自歇歇望下走歇可爲四句一走六凡也二歇菩薩也三亦走亦歇權小也四非走非歇如來也俱喻性覺走歇二途兩俱存故[私謂]忽然狂歇歇之一字對走而言此妙義也三緣分別證在後文△[王舜鼎曰]前云無狀忽生山河大地此云無狀狂走前以迷人喻此以狂人喻迷人之迷尚在外境狂人之惑即在本頭○二問荅[經]於意云何此人何因無故狂走富樓那言是人心狂更無他故[疏]心狂而走無別所以故無他故强生分別故稱爲妄豈別有因8二約法正明三8一就名責因[經]佛言妙覺明圓本圓明妙既稱爲妄云何有因若有所因云何明妄自諸妄想展轉相因從迷積迷以歷塵劫[疏]初二句唯一眞心本無妄法既稱爲妄下直明妄無因也妄必無因有因不

妄妄之一字甚好思量若了此名自無法起復疑有因豈非迷倒已下資中文心境不實故名爲妄若實有因豈立斯稱耶如初一人忽然妄說遞遞相承從妄說妄及推其本遞遞皆虛乃至多人及與後人二俱是妄何者爲因故歷塵劫遞相誑妄莫之能悟熏聞云既稱爲妄云何有因即無住則無本自諸妄想展轉相因即見愛四住之本若論通別二惑同在一念念體無始猶如空花則見愛亦無因耳△溫陵云妙覺明圓指我與如來無二圓滿者本圓明妙言本無虧欠本無迷妄此人人本來面目也〇二引悟釋相經雖佛發明猶不能返如是迷因因迷自有識迷無因妄無所依尚無有生欲何爲滅資中迷真既久雖佛與汝發明是義猶未能返還其本此寄滿慈以責群妄如是迷因因迷自有謂無狀忽生非從他有若了迷性無因自有亦無別法而爲所依是則妄體猶如空花元無生滅因指自體依謂依他二俱叵得故無生滅疏此文釋有二重初約佛自悟釋發明猶開悟也佛雖開悟諸妄圓滅尚不能返覺至妄本以妄無因而可覺故故云猶不能返如是迷因也復將如是迷因一句連下句牒應云如是迷因因迷自有意云若約妄法展轉生起而說因者此即因妄說因非謂妄有初因故云因迷自有既識迷之無因則知妄無依處說何爲生而說有滅此約佛自悟無妄因之可返也次約佛爲他說即資中義不能返迷成悟發明猶宜辨也雖佛廣爲宣辨猶自不能返迷令悟也良由此理難明人多惑甚如爲病目說無空花孰能領悟爲妄執者說無諸妄誰肯信從忽若了悟自知無因將何爲妄而有生滅耶桐洲云因迷自有者迷自成迷無有因故識迷無因等如圓覺云了達於

無明知彼如空花○三貼喻況顯【經】得菩提者如寤時人說夢中事心縱精明欲何因緣取夢中物況復無因本無所有【資中】得菩提者義通解悟【疏】夢寤之人記夢中事說雖可爾取必不可以所夢境畢竟無故得菩提者返觀因時滅諸妄惑說雖可爾畢竟無體可斷滅故將何爲妄而推其因起信云覺心初起心無初相又云以四相本來平等同一覺故【標指】菩提云覺未得真覺常在夢中故佛說爲生死長夜得真覺已如夢忽寤圓覺亦云如夢中人夢時非無及至于醒了無所得△【雪浪云】因滿慈問世尊諸妄一切圓滅敢問衆生何因有妄故佛荅云我雖是得菩提者欲要爲汝說此妄法若寤時人說夢中事等今循浪公之解印知上文雖佛發明資中之義爲順8三提喻合顯【經】如彼城中演若達多豈有因緣自怖狂走忽然狂歇頭非外得縱未歇狂亦何遺失富樓那妄性如是因何爲在【資中】迷者自失理無失也【宗鏡】問悟既現前迷何處去答一切境界皆因動念念若不生境本無體返窮動念念亦空寂即知迷時無失悟亦無得以無住眞心不增減故譬如演若達多乃至亦何遺失【疏】狂故怖頭因緣何有頭無得失狂自復行惑但妄有滅生真性何曾出沒汝觀如狂之妄今指何處爲因【標指】合顯前問一切衆生何因有妄如來舉此以徵也卍二顯真元無失二8一正明二○一勸息妄緣【經】汝但不隨分別世間業果衆生三種相續三緣斷故三因不生則汝心中演若達多狂性自歇【古解】三緣是惑三因是業惑謂分別三種相續之心業謂殺盜婬也【疏】煩惱爲緣能潤業故【刊定記云】惑者即煩惱也根本中三謂貪嗔痴即此三種便能成就三界衆生殺等爲因正是業故分別是識能生煩惱三種相續是所分別分別此三故名三緣三即緣也或殺盜婬三之助緣故三之緣也分

別既亡業因不作於三界中狂心自歇故起信云一切衆生不名爲覺以從本來念念相續未曾離念故說無始無明又云以遠離微細念故名究竟覺念即分別也由是一念不生即名爲佛即斯義也[私謂]以本文舉事證之忽於晨朝以鏡照面非三種相續境界乎愛鏡中頭瞋責已頭照鏡之中起愛起憎非分別事識乎有愛有瞋即具貪瞋癡三惑非三緣乎無狀狂走即殺盜婬三業成就是則三因三緣皆依識心分別而立因緣道理皎然明白今不順長水古解而依文生解吾不知其可也△[空印云]起信云以有妄境界染法緣故即熏習妄心令其念著造種種業等今分別世界等即妄境界緣也以能生心造業故爲相續染法之緣其妄心所造殺盜婬業能招相續染法之果望果親故稱之爲因分別境界正是無明法執不隨分別因緣兩空故云狂性自歇問殺盜婬三因緣俱有者何荅緣取現行因取種子由分別現行愛非愛境起貪嗔癡作殺盜婬熏成業種而爲親因招感未來三種現行以因生緣以緣生因現行種子互爲緣故是以緣斷而因不生也△[吳興云]三緣即業果相續中殺盜婬三因即三種貪親生爲因疎助爲緣殺盜婬是身根所造之業三種貪是意根能造之惑惑親業疎因緣之義彰矣

下文阿難云世尊現說殺盜婬業三緣斷故三因不生顯是以業爲緣安得別取於惑△[私謂]有分別世界業果衆生三種之識即生欲貪等煩惱之緣有煩惱緣即生殺盜婬三因如惡乂果如環不斷但不隨分別煩惱緣斷則惡業無由發生故曰三緣斷故三因不生吳興謂殺盜婬三緣斷故欲貪等三因不生斯乃伐木遺根炙病失穴殆必倒換經文三因斷故三緣不生而後可也此文明標世界業果衆生三種並列豈得獨指業果次下阿難牒問單舉業果即該世界衆生約義則正取分別耳上文結三種相續皆云是等皆以欲貪爲本既曰以欲貪爲本矣此言三緣斷故三因不生寧非拔本之義乎△[溫陵云]世界業果衆生皆妙心影明如鏡中頭分別則妄不隨分別則狂性自歇也世界業果衆生爲三緣殺盜婬爲三因△[私謂]溫陵指世界業果衆生爲三緣小異長水以殺盜婬爲三因正揀苕溪亦和會之說也天如補注盡揀岳環諸師之解別指三種相續之因緣謂三緣三因即以是因緣世界相續等相續即無明立所等微細結惑也經云三種顛倒相續皆是覺明明了知性因了發明等豈非指分別妄識是三種相續根本此言不隨分別正斷無明立所等微細惑結也下經明云世尊現說殺盜婬業三緣斷故三因不生世尊已現說爲業因矣而斥爲斷業麄相有妨下文何藉修證之旨亦未免公違佛語也諸師多說莫知適從請以古解斷之○二顯自真體

[經]歇即菩提勝淨明

心本周法界不從人得何藉劬勞肯綮修證
【資中】但能了妄本空真性自顯豈同二乘分九
品惑作次第解如解筋節以求於道蓋譯家
取莊子事潤之【疏】分別不生前後際斷故名
爲歇菩提云覺起信云所言覺義者謂心體
離念離念相者等虛空界無所不徧法界一
相卽是如來平等法身依此法身說名本覺
故云勝淨明心本周法界不從人得卽顯不
從他緣本自覺耳劬勞修證本息分別只爲
顯覺今分別旣亡覺性自顯故云何藉劬勞
非謂全不修行兀然空坐苟妄想宛然自謂
卽是者悞之甚矣言肯綮者骨邊細肉也肉間
骨曰肯骨肉之間小結可啓曰綮莊子云技經肯綮之未嘗
而况大觚乎若執惑有實體不能達妄卽空
四相平等一切唯覺便謂從麁至細斷盡無

明方至妙覺者何異解牛不能游刃於大窾
不能立見於全牛但解皮肉以至若骨豈曰
妙得牛理哉【溫陵云】肯綮喻微細惑劬勞修證只爲妄惑妄因旣息惑結自
除所謂但離妄緣卽如如佛△【補遺云】劬勞言時長行迻三阿僧祇之謂肯綮修證喻諸
敎也位委曲經云乃至終始地位中間永無諸委曲相○二喻顯【經】譬如有
人於自衣中繫如意珠不自覺知窮露他方
乞食馳走雖實貧窮珠不曾失忽有智者指
示其珠所願從心致大饒富方悟神珠非從
外得【疏】於自衣中五陰葢覆也枝末與根本無明重重包
裹故繫如意珠圓明覺性也珠喻藏性不自覺知無
明不了也由無明故不覺窮露他方乞食馳走喻五
道流浪輪廻不息乏妙用故窮露【奐興云】佛界如本國九界如他鄉求
人天樂取偏小益猶乞食馳走雖實貧窮珠不曾失喻雖流
生死覺性常然妄情蹔失真性本圓猶雖窮珠在忽有智者
指示其珠佛爲開示也佛如智者敎如示珠所願從心

致大饒富大用現前也證理起用致大饒富也方悟神珠非從外得者始覺合時本不曾動今無始靜也法華中亦有此喻彼約結緣此約本有意不同耳【宗鏡云】龍女云我欲獻珠世尊納受是事疾不荅言甚疾女云以汝神力觀我成佛復速於此故知一切含生心珠朗耀理無前後明暗隨機或因翳而隱膚中對明鏡而顯現或因游而沈水底在安徐而得之或處輪王髻中建大功而受賜或繫貧人衣裏惺智願而猶存宗鏡明文同證於此△非從外得牒前文頭非外得及不從人得荅衆生自蔽妙明受此淪溺之問㊂二釋憂喜難緣起二八一佛疑四七一敘所聞

【經】卽時阿難在大衆中頂禮佛足起立白佛世尊現說殺盜婬業三緣斷故三因不生心中達多狂性自歇歇卽菩提不從人得如文七二正生難斯則因緣皎然明白云何如來頓棄因緣我從因緣心得開悟【疏】由無三緣方盡三因因緣俱滅菩提始顯故云皎然明白小乘開悟皆由因緣故引昔悟以並今說成此難也【孤山云】云何頓棄指現說也【吳興云】謂今言歇卽菩提不從人得按古釋指現說爲頓棄近師從溫陵解謂通指排擯諸文則迂七三引他例【經】世尊此義何獨我等年少有學聲聞今此會中大目犍連及舍利弗須菩提等從老梵志聞佛因緣發心開悟得成無漏【疏】老梵志者並是年長從外道來番邪入正得成無學也七四結同邪△今說菩提不從因緣則王舍城拘舍棃等所說自然成第一義唯垂大慈開發迷悶【疏】因緣自然依假建立菩提真性衆相都亡恐相濫失故此再疑以洗物情【私謂】末伽棃起見衆生罪垢無因無緣肇公曰謂不由行得皆自肰耳以無因無緣不由修得爲自然亦濫何藉修證之義八二荅釋二八一正破疑情二七一推破三8一標質所疑【經】佛告阿難卽如城中演若達多狂性因緣若得滅除則不狂性自然而出因緣自然理窮於是【疏】若狂性因緣得除不狂自然而出所計不出斯二故

曰理窮於是雪浪云謂因緣自然之理如是而已△融室云有狂性因緣之滅則有不狂性自然之出若因緣自然俱非則無有出者滅者辨至于此方盡其理㠯二就疑五破二○一雙破因緣自然二㠯一以因緣破自然經阿難演若達多頭本自然本自其然無然非自何因緣故怖頭狂走疏此以因緣破自然也孤山文同初二句牒頭本自然牒其計也本自下二句定次二句釋其義將欲難破故先釋出自本也然是也頭本如是本自其然者然猶如此也故曰自然無有如是之頭不是於本故云無然非自無然非自者苟不如此則非自然也何因下破可知何因下正破若本自然則無因緣何得因其照鏡緣其失頭而狂走耶△溫陵云自然者本自天然不假因緣也若本自然則或狂不狂無所然而非自矣何又假照鏡因緣而後狂走則自然之計隨△右解以因緣破自然吳興合下節判以自然破因緣初破云頭本自然不可轉變也本自其然不藉因緣也無緣非自其頭始終無變無失無非自然也何因緣而狂走耶㠯二以自然破因緣經若自然頭因緣故狂何不自然因緣故失本頭不失狂怖妄出曾無變易何

藉因緣疏此以自然破因緣也初二句牒次二句破若自然頭由因緣故得成狂走若謂頭本自肰因照鏡故狂走亦應自然不失由因緣故而失其頭何不亦因照鏡故并失其頭本頭下四句結今旣本頭無失狂自妄出狂之與頭了不相觸何曾變改而假因緣溫陵云若本自不狂假因緣故狂則本自不失盡假因緣故失今頭旣不失特因狂走則因緣之計墮△右解以自然破因緣吳興合上節爲一科即同長水破文○二單破轉計自肰經本狂自然本有狂怖未狂之際狂何所潛不狂自然頭本無妄何爲狂走疏若汝執言旣非因緣即屬自然狂亦自然不狂亦自然者孤山云由前以狂爲因緣頭是自然旣因緣破故轉計云狂與不狂皆自然者故此破之初一句牒次一句定未狂下二句破如文桐洲云次破本狂防轉計云頭旣不失不從因緣有狂即是本狂自然遂破云未狂之際狂何所潛非本狂自肰矣不狂下破不狂自然初句牒頭本下破後破不狂防轉計云旣無狂妄之潛

顯是不狂自然就破云何因緣故怖頭狂走非不狂自然矣此顯一眞之體尚無眞妄之異豈立因緣自然斯則亦顯妄無因也右解單破轉計自然吳興判以因緣破自然溫陵判總破因緣自然△【溫陵云】若狂怖本於自然則是本有狂怖然旣無所潜非本狂矣若狂怖不本於自然則頭本本無妄何爲狂走非本不狂矣旣非本狂非本不狂知因緣自然皆妄立也△【雪浪云】上明頭不屬因緣自然此明狂體亦無因緣自然也○【通釋】此章破法孤山長水大同唯岳師碩異溫陵上二節對破如孤山後一節總破海印雪浪皆宗之今謂阿難仲難計立自然則後文應單破轉計上拂頭自然此拂狂自然旣拂狂自然又拂不狂自然妙辨連環束歸於因緣自然俱爲戲論【經】若悟本要在解者各得耳8三結歸悟旨頭識知狂走因緣自然俱爲戲論是故我言三緣斷故即菩提心【疏】本眞不動妄自强生說誰因緣及自然性若知因緣自然俱是戲論分別自亡眞覺自顯斯則正是我說三緣斷故即菩提也【吳興云】眞頭本來無妄亦顯妄本無因是則因緣自然俱無安立△【王舜鼎曰】本頭即所謂佛頂人人共有只爲迷頭認影逐影生狂人若悟達本

頭便知無狀狂走有何眞實由是因緣自然俱成戲論△【宗鏡云】若實發明悟了本頭一靈眞性非動非靜非得非失非生非滅非合非離則知無始已來三界伶俜六趣狂走是迷是倒是妄是虛皆是情想結成識心鼓動則知本覺眞性非因非緣非自然非不自然非和非合非不和合盡成戲論俱墮邪思【經】㊄二結示三㊀一俱盡滅生顯無功用菩提心生生滅心滅此但生滅滅生俱盡無功用道【疏】若有執言眞心可得分別可亡斯則菩提心生生滅心滅【標指】正是藥病對治生滅心在下文云生滅旣滅寂滅現前無菩提生無生滅滅方無功用如圓覺云有照有覺俱名障礙是故菩薩常覺不住照與照者同時寂滅此顯地上證無生理得無功用也【吳興云】菩提名智生滅名惑智生惑滅未得無功用道㊀二縱立自然寄顯生滅二○一縱立正顯【經】若有自然如是則明自然心生生滅心滅此亦生滅無生滅者名爲自然【疏】設若我教有自然者豈存生滅名爲自然今汝所明自然心生生滅心滅此亦

生滅何名自然夫自然者必無生滅故云無生滅者名爲自然補遺云若有二字牒阿難前計本有覺性爲自然絕待無生滅之跡可假名自然〇二舉況重明經猶如世間諸相雜和成一體者名和合性非和合者稱本然性疏舉淺況深也世人說生滅和合名和合性非和合者則無生滅方名自然豈況我教有生滅者却名自然孤山云諸相雜和喻自然心生生滅心滅非和合者喻本無生滅元是菩提古人於此不言縱立認真自然斯則不唯增戲論心反令圓文成外道教焉敢聞命私謂長水科經云縱立自然寄顯生滅者以佛正法中有因緣而無自然故須重重簡拂用縱立而施破斥也初文顯無功用者生滅既滅寂滅現前即此無功用道本非自然也次縱立自然者彼妄執無功用道名爲自然非我敎中有自然也後則就彼縱況以非和合反顯非自然耳苕溪釋初文云此簡住前生滅以顯登住自然如是則外道有自然登住亦有自然矣釋次文云此簡分證自然以顯究竟自然如是則外道有神我自然我佛法中亦有分證究竟之自然矣長水所訶認眞自然成外道敎豈非古人

本有此解爲岳師所承用乎蒙於此中率助一解竊謂是故我言已下有三段文總結成上文因緣自然俱爲戲論也我言三緣斷故即菩提心此正破因緣也菩提心生一段明菩提生滅尚屬因緣對待之法至地前無功用道生滅心盡而後因緣始盡也若有自然是則三卷中廣破因緣自然和合義門鈎鎖一段結破自然猶如世間一段帶破和合如無餘而次下本然非然和合非合之文亦不孤起以此小補長水縱立寄顯之科未知得否〇又竹庵溫陵科經以第一節滅生俱盡無功用道二句劃屬下文爲標舉之詞而溫陵之解尤爲近德所宗今附見於後Δ溫陵云菩提心中本無生滅亦無自然若謂菩提心生生滅心滅此但生滅邊事非菩提也若謂滅生俱盡無功用道有自然者因是而明自然心生生滅心滅此亦生滅邊收是對待法非自然也所謂但名法身邊事非法身向上事也而反指無生滅者名爲自然則皆屬戲論無生滅者名爲自肰二句亦劃屬下科譬如因有雜合故說和合而反指非和合稱末然性是皆對待妄立戲論之法也〇三雙非二離正示忘情經本然非然和合非合合然俱離離合俱非此句方名無戲論法疏本然自然也和合因緣也二皆不立故名俱離此離亦離故云俱非此文語略具足應云離合離然之離亦復

俱非也藥病齊遣空病亦空圓覺亦云遠離爲幻亦復遠離離遠離幻亦復遠離斯則言語道斷心行處滅方無戲論耳【孤山云】對破和合說本自然和合既非本然焉是苟執爲實還成戲論如對短說長既無其短長名豈在絕待之理於茲顯矣合然俱離牒其境絕離合俱非顯智亦絕離則能亡智合謂所亡境言合以彰其然其境既亡其智亦泯如前火木薪既燒矣火亦自燒此則對待既絕能所亦亡恍如托空唯覺無得如是解者方無戲論釋論云佛坐道場時不得一法實空拳誑小兒誘度於一切○【引證】般若經云佛言非所有非無有無諸戲論是名得道性不戲論無性不戲論無性離性無性更無法可得所得戲論者戲論法戲論處色性無乃至一切種智性無若法性無即是無戲論【論云】凡夫人戲論諸法菩薩於不可戲論隨法不戲論何以故自性不能戲論自性性從因緣生故但有假名云何能戲論若性不能戲論何況無性離性無性更無第三法可戲論所謂戲論者戲論法戲論處是法皆不可得○【法華玄義云】中論云若法爲待成是法還成待今則無因待亦無所成法華首云既得無生忍亦不生無生無生即無生是名絕待除此已外若更作者絕何物顯何理流浪無窮則墮戲論乃是迷情分別絕待不絕非絕非待待於亦待亦絕言語相遂永無絕矣何者言語從覺觀生心應不息語何由絕如癡犬逐塊徒自疲勞塊終不絕若能妙悟寂中息覺觀風心水澄清言思路絕如黠師子放塊逐人塊本既除塊即絕矣㊇二廣斥執見五㊆一斥成戲論

【經】菩提涅槃尚在遙遠非汝歷劫辛勤修證雖復憶持十方如來十二部經清淨妙理如恒河沙只益戲論【宗鏡】如上剖析此爲未識本頭不知狂走之人令離句絕非言思道斷此方始除世間分別戲論之法於自見性大道之中尚猶賒遠【桐洲云】此句方明無戲論法解云若依此句取無上道了不相干故云尚在遙遠△【溫陵云】戲論本斷即狂心未歇難契菩提故云遙遠苟非歷劫修證雖持多經妙理只益戲論應須親到不俟更言似鏡照容直須心眼相似如人飲水方能冷煖自知故云唯證乃知難可測度未到之者徒自狂迷【吳興云】此躡上文斥之也如我所說一切俱非且是能詮文句而已所詮菩提涅槃尚在遙遠以聞而未證故△【雪浪云】此是結覆上文必要修證乃得也又曰解雖分明行次冥合因解成行行成解絕不可

一向執解背道迷空行解相應方明宗鏡如首楞嚴經所明全爲見性修行不取多聞知解（私謂）此一段經文是此經中解行相資緊關大節故永明宗鏡於此章深致其意蓋此經自阿難得悟頓獲法身富那騰疑審除細惑至於破除因緣自然諸戲論法離句絶非言語道斷見性解悟之法門無餘蘊矣得句之後纔是發心正好修行目足相助恐其解而忘證得少爲足即遮之日菩提涅槃尚在遥遠又恐其多聞熏習不修無漏故復遮之日非汝歷劫辛勤修證等以阿難多聞記持辛勤累劫不捨戲論法終墮無始名言習氣此之辛勤修證即前文所斥何藉劬勞肯綮修證者也前云肯綮修證此云辛勤修證其指陳修證之藥病一也宗鏡問曰既即心是何用更修答曰只爲是故所以修如鉄非金即不可鍜成妙器至哉言乎禪人籍口何藉修證以解此章指見性修行之明文爲辭違撥無之誡證斯言可怖豈不然乎約宗鏡大意明之上來遣拂名無戲論斯則頓悟知宗次下遮表秖益戲論正爲圓修辦事阿難於是重復悲泪求入華屋之門所謂重告善逝寄請修行是爲經中解行相資緊關大節而末法狂禪迷空執解之病永明斯文已爲懸鏡故曰於此中深致其意也初二句長水消文不依宗鏡學者擇善而從未應執一

（疏）若執因緣自然取佛果者雖經劫數勤苦修習終莫能及故云尚在遥遠憶持妙理分別不亡繫念相續但滋生死不能無心忘照反聞自性於無了知不辨眞實故圓覺云種種取捨皆是輪迴未出輪迴而辦圓覺彼圓覺性即同流轉若免輪迴無有是處故云秖益戲論△（翻譯集）云十二部經者一修多羅此云契經即是偈頌長行二祇夜此云重頌三和伽那此云授記四伽陀此云孤起五優陀那此云無問自說六尼陀那此云因緣七阿波陀那此云譬喻八伊帝目多伽此云本事九闍陀伽此云本生十毘佛畧此云方廣十一阿浮達摩此云未曾有十二優波提舍此云逐分別所說義此十二分經舊云十二部者妙玄云部別各有類從也新譯恐濫卷帙改名爲分△（涅槃）云阿難自侍我來持我所說十二部經一經于耳曾不再問如寫瓶水置之一瓶唯除一問（私）二引事應知

（經）汝雖談說因緣自然決定明了人間稱汝多聞第一以此積劫多聞熏習不能免離摩登伽難何須待我佛頂神咒摩登伽心婬火頓歇得阿那含於我法中成精進林愛河

乾枯令汝解脱疏佛果菩提若以因緣自然而可取者汝於此義甚得明了何不免難而速證耶何假我呪方解脱耶應知理觀兼脩定慧雙運豈但辨義説文而已哉問阿難尚在初果何以登伽却證第三答一約權實阿難示迹現多聞無功故在初果登伽實人顯呪力功大速證第三二約根行阿難圓頓根發前文悟解或入信住登伽小機雖得第三望圓頓位霄壤有異熏聞云阿那含此云不來不來欲界生故已斷欲界九品俱生名爲出欲淤泥以接引小乘故重施小而皆解圓今云那含即圓敎相似位也Δ交光云勝多日林以其進速而證多也報居不還不來欲界故日愛河乾枯以欲愛溺人如瀑河故（丑）三結勸真修經是故阿難汝雖歷劫憶持如來祕密妙嚴不如一日修無漏業遠離世間憎愛二苦疏多聞無功豈如定力首楞嚴王名無漏業得此定者一切諸法皆如幻

事豈能復生憎愛二苦交光云一日番上歷劫也（丑）四舉他爲證經如摩登伽宿爲婬女由神呪力消其愛欲法中今名性比丘尼與羅睺母耶輸陀羅同悟宿因知歷世因貪愛爲苦一念熏修無漏善故或得出纏或蒙授記疏過去爲婆羅門女名爲本性義翻本性今從昔號名性比丘尼孤山云以初見性淨名體乃立嘉名耶輸陀羅云花色法華文句云羅睺母耶輸陀羅者以子標母此翻華色亦日名聞或云無翻在家爲菩薩之妻天人知識出家爲尼衆之主位居無學十二遊經出三夫人五夢經出三妃未曾有及瑞應皆云羅睺是瞿夷子法華涅槃皆云耶輸子或可彼經舉大母此經舉所生釋論明瞿毗陀寶女不孕知定是耶輸子出纏登伽也受記耶輸也法華會上蒙佛受記於善國中當得作佛號具足千萬光相如來授記亦云受記受決記莂中根人聞法譬二周開三顯一具足領解如來述成雖自知作佛而時事未審若蒙佛誠言受其當果劫國決定近遠了別則大歡喜Δ交光云宿爲婬女具含三障宿爲業障也婬習煩惱障也女身報障也銷其愛欲則煩惱障破名之以性則業障除作比丘尼則報障轉障消性轉神

呪力故△私謂佛本行經云佛言耶輸陀羅非但今嫌餘釋童取我爲夫往過去世亦復如是釋論載耶輸進歡喜丸佛具言耶輸爲婬女已爲獨角仙人宿緣故知宿爲夫婦恩愛相逐不但慶喜摩登爲肰故曰同悟宿因知歷世因貪愛爲苦法身應化俯仰隨緣故知如來此會不嫌以耶輸比登伽亦不△如妨以佛身況慶喜也㊉五責隨塵境

何自欺尚留觀聽疏彼尚女人一修無漏便獲聖果如何汝今肰離小乘志樂大道而以世間因緣自然戲論名相而自纏繞隨逐根塵爲境所礙不能超越故云尚留觀聽吳興云觀聽略舉見聞以攝覺知即六妄也○大文明如來藏心第二科破滿慈執相難性顯如來藏竟

經文則無所明乾道本云則無無明有本云則無所明應是古本以則無無明爲正也記以俟考

逐其飛沈乾道本云遂其飛沈有本云逐其飛沈亦如上例

雜於精金乾道本有本云離於精金

如我按指乾道本有本云而我按指

肯綮修證乾道本有本云肯綮修證

大佛頂首楞嚴經疏解蒙鈔卷第四之三

音釋

苕田聊切　韙音偉是也　閟兵媚切音秘　綮詰定切音磬肯綮肋肉結處也　觚古乎切　窾苦管切空也　伶俜上音零下音娉　㡿同斥　泪同涙

大佛頂首楞嚴經疏解蒙鈔卷第四之四

海印弟子蒙叟錢謙益鈔

○長水科大文第二明修行方便從此去盡第六卷文殊說偈(第今按第二大文下初分三母科一正明二義二別破疑情三廣陳修證以阿難領悟所修及總告許宣等四爲承起科大科第一下分子科有二一因果同異門即第一義審觀因心與果地覺一段經文元是中子科生起母科廣攝別破疑情廣陳修證二科起第二義盡六卷文殊說偈經文正宗分之次分亦齊於此○疏上來破執破疑顯如來藏約信解爲眞修之本答最初方便竟次下約依解修行成就止觀爲入理之方便既能信解如來藏體周徧十方本性清淨絶名離相我等云何修諸方便與此相應故此第二名修行方便○吳興云諸師以解行分經前開解竟後示行也若於此經欲分三根從阿難請行以前隨聞獲證皆上根也楞嚴大體亦已備矣請行以後方被中下更俟談行思而修之故假阿難等請入華屋廣示入三摩提路也○海印云發心修行遠取菩提非觀行不能入止觀乃入法界之門古人謂觀理直入爲正行也昔判爲修道分愚判爲示觀相○初文二△一阿難領悟所修二卍一經家總叙

經阿難及諸大衆聞佛示誨疑惑消除心悟實相身意輕安得未曾有重復悲淚頂禮佛足長跪合掌卍二阿難別嘆而白佛言無上大悲清淨寶王善開我心能以如是種種因緣方便提獎引諸沈冥出於苦海疏因緣自然前巳廣破今復重釋纖疑不罣故云疑惑消除補遺云惑除捨生死重擔息肩於藏性輕安之義法華所謂其心安如海也心悟實相者實相無相遠離戲論今離戲論即悟實相重復悲淚者喜悟藏心故恨無行法故超過一切世出世間故云無上佛諸功德大悲爲首故獨稱也離垢末尼隨意出生賑給無盡佛亦如是故稱寶王譬喻言辭約事約理故云種種方便沈謂久淪生死冥謂永覆無明方便能開提獎能出俱稱引導卍二叙巳得失經世尊我今雖承如是法音知如來藏妙覺明心徧十方界含育如來十方國土清淨寶王

妙覺王刹如來復責多聞無功不逮修習我今猶如旅泊之人忽蒙天王賜與華屋雖獲大宅要因門入【疏】如來藏心量徧十方德含一切雖信而解非行莫臻故此叙之以彰得失【桐洲云】十方一切衆寶莊嚴佛刹皆如來藏妙覺明心周徧含育而出生故身土圓融故云妙覺王刹　天王佛也賜予開示也華屋藏體也雖獲信解也門入修行也行能通理故曰門也【孤山云】心游理外喻以旅泊佛有法界喻以天王華屋如眞心受賜如開解宅因門入喻由理行卍三正請修路【經】唯願如來不捨大悲示我在會諸蒙暗者捐捨小乘畢獲如來無餘涅槃本發心路令有學者從何攝伏疇昔攀緣得陀羅尼入佛知見作是語已五體投地在會一心佇佛慈音【疏】無餘者無明永盡二死已亡究竟之無餘也【清凉云】二乘上有三餘非曰無餘今二種涅槃無餘第一四涅槃中無住涅槃方爲第一今言無餘即佛無住往昔但有二涅槃故不言無餘耳△【補遺云】小乘煩惱子縛斷名爲有餘生死果縛斷名爲無餘今此大乘五住生死究盡常住眞心究顯故云畢獲無餘涅槃　願示我等如來本昔因地發心入涅槃道即眞三昧也故云本發心路攀緣妄想無始本有故云疇昔如何攝斂折而伏之故云入佛知見【孤山云】涅槃圓果也心路圓因也舉果以請因耳八二如來廣陳修證三卍一總告許宣二㊇一開妙修行路【經】爾時世尊哀愍會中緣覺聲聞於菩提心未自在者及爲當來佛滅度後末法衆生發菩提心開無上乘妙修行路【疏】菩提之心具悲智願智求佛道務在修證苟或不明於菩提心未得自在【標指】二乘所知未斷有法執者名未自在㊇二明發覺初心【經】宣示阿難及諸大衆汝等決定發菩提心於佛如來妙三摩提不生疲倦應當先明發覺初心二決定義【疏】妙三摩提首楞嚴定即眞如觀欲修此觀先須方便方便若成眞修

可異故以止觀二門名爲發覺初心即最初方便也[王舜鼎曰]初心即阿難所請最初方便學人之因地也 然此二門三世諸佛修行證道同途之法故華嚴云譬如有力王率土咸仰戴止觀亦如是一切所依賴故此二法名爲初心決定義也一者審觀因地及與果心起隨順行即依眞如門修止也眞如無相向即心絶故起信云所言止者謂止一切境界相隨順奢摩他觀義故二者審觀煩惱解結根元起對治行即依生滅門修觀也生滅法相染淨不同起智揀擇對治令斷故起信云所言觀者謂分別因緣生滅相隨順毗鉢舍那觀義故修前方便未能相即故名隨順修之成就即觀明止即止明觀止觀不二名爲正修即成三昧也今是初修故名發覺卍二別明二義三○一正明二義二㊀一因果同異門三

㊇初標勸審觀[經]云何初心二義決定徵 阿難第一義者汝等若欲捐捨聲聞修菩薩乘入佛知見牒 應當審觀因地發心與果地覺爲同爲異[疏]既能信解果海無念絶名離相本非生滅將契此心須亡生滅與之相應故上文云我以不滅不生合如來藏而如來藏唯妙覺明圓照法界若異此者即暫舉心塵勞先起合塵背覺豈曰正修[融室云]圓覺云如來本起因地修行皆依圓覺清淨覺相永斷無明方成佛道△[桐洲云]謂初因發心依與果地覺時證菩提之依爲同爲異耶㊇二須審所以[經]阿難若於因地以生滅心爲本修因而求佛乘不生不滅無有是處[宗鏡]紹佛乘人先須得本悟自眞心不生不滅爲因然後以無生之旨徧治一切所以華嚴論云若有習氣還以佛知見治之若不入佛知見設有修行但成折伏終不能入諸佛駛水之

流如法華開示悟入佛之知見只是於衆生心中而論開示以佛知見蘊在衆生心中故若未悟心無生之理唯以生滅心爲因欲求無生之果如蒸砂作飯種苦求甘因果不同體用俱失邪妄修因猶九十六種揑目生花生死趣寂似三乘道人勞神費力（疏）維摩云無以生滅心行說實相法尚不可以生滅說況以生滅爲因而求證耶普賢觀云大乘因者諸法實相大乘果者諸法實相若不以止門相應此生滅心終無暫息若便以此心爲修行者因果相違終無獲證如上廣破（八）三正辨行相二（卍）一料揀因門二（巳）一舉喻總彰生滅（經）以是義故汝當照明諸器世間可作之法皆從變滅阿難汝觀世間可作之法誰爲不壞然終不聞爛壞虛空何以故空非可作由是始終無壞滅故（疏）妄心如器界所作性故眞心如虛空理無爲故常無常性於焉可知（清涼云）世間者世即隱覆義隱覆勝義故又可破壞義三世所遷故間者墮虛僞中故隱覆之性即墮虛僞故世即是間持業釋也（日）二就身廣辨虛妄二（亡）一總明二（巳）一示其濁因（經）則汝身中堅相爲地潤溼爲水煖觸爲火動搖爲風由此四纏分汝湛圓妙覺明心爲視爲聽爲覺爲察從始入終五疊渾濁（疏）湛覺無生妄成所相所既妄立生汝妄能於所明分爲四大於能覺派成六根六根四大互相雜亂於湛圓明汨成濁相（溫陵云）四大假幻妄之身縛性爲纏五疊織見覺之妄汨湛爲濁纏爲生死根本濁爲惑業根本即同起信不生不滅與生滅和合名阿黎耶識從此識心變起世間即是濁義也△（永明）元於一精明分成六和合內外四大合成其身（瑜伽第三）如薄伽梵說於各別內身若髮毛等乃至糞穢是內地界若小便等是內水界若於身中所有煖等是內火界若上行等風是內風界（楞）

伽疏云佛頂經火騰水降四句敘外界外四大也堅相爲地四句敘内界内四大也衆生第八藏識相分之中半爲外器不執受故半爲内身執爲自性生覺受故首楞嚴鈔云且妄見心動故外感風輪由愛心發故外感水輪由堅執心故外感地輪由研求躁故外感火輪由四大形起六根由六根故見六塵故知三界離有情心更無自性熏聞云五濁言五疊者疊重也此以五陰爲五重何則四纏是色陰視聽覺察既是六根根必發識及受想行即五陰具矣准雪浪標文云由此四纏乃至爲覺爲察此是五濁業用之總次下五濁此是四大見聞覺察之別以四大六根分於湛圓交互汨亂而成濁相故云四纏等是五濁之總五陰是四大等之別岳師釋五重以四纏六根分配五陰非也△私謂從始入終者由此四纏始也乃至爲覺爲察終也於五濁則劫濁爲始命濁爲終於劫濁則空見爲始相織爲終圓岳二師之委辨五陰始終非經義也㕣二喩其濁相

經云何爲濁阿難譬如清水清潔本然即彼塵土灰沙之倫本質留礙二體法爾性不相循有世間人取彼土塵投於淨水土失留礙水亡清潔容貌汨然名之爲濁汝濁五重亦復如是疏清水覺湛明性也土塵地水火風也吳興云妙明之心合於清水纏疊之體合於土塵循順也法爾猶自然也眞妄染淨性相違背非使之然法如是也清涼云梵云達摩多此云法爾亦云法界或曰法性云法爾者言法如是也謂問言何以諸佛衆生起於刹土答曰法應如是不可致詰有世間人無明不了非出世智也取彼下四句不生不滅與生滅和合非一非異也合衆生歷劫熏染生滅與不生滅和合混濁如何能得清脫九界妄想攀緣驗理如世界人取土投水容貌色心相也汨亂也下文別顯五濁則水土汨然之容貌也△定林云土色也識水也識色雜亂故名爲濁若根不緣塵則識色不偶水不雜土成清瑩矣

○合釋五濁宗鏡云五濁者一劫濁四濁增劇聚在此時嗔恚增劇刀兵起貪欲增劇饑餓起愚癡增劇疾疫起三灾起故煩惱倍隆諸見轉熾粗弊色心惡名穢稱摧年減壽衆濁交湊如水奔昏風波鼓怒魚龍攪擾無一聊賴時使之然如劫初光音天墮地地使有

欲如忉利天人粗澁園園生鬬心是名劫濁相煩惱濁者貪海納流未曾飽足瞋火吸毒燒諸世間痴暗頑嚚過於漆墨慢高下視淩忽無度疑網無信不可告實是爲煩惱濁相見濁者無人謂有人無道謂有道十六知見六十二見等猶如羅網又似稠林纏縛屈曲不能得出是見濁相衆生濁者攬於色心立一宰主譬如膠無物不著流浪五道處處受生如貧如瘞名長名富是爲衆生濁相命濁者朝生暮殞晝出夕沒波轉烟廻眴息不住是命濁相居此濁亂之時遮障增劇境飄識燄燒盡善根業動心風吹殘白法著瞋魑魅之鬼趣墮痴羅刹之網中爲貪愛王之拘留被魔怨王之驅使孰能頓省做此圓修△孤山云餘經明五濁以五利爲見五鈍爲煩惱衆生但攬見慢果立此假名命以連持一期色心爲體摧年促壽劫無別體但以四濁聚在其時今文不肰葢約五陰妄想爲五濁也△熏聞云皆就阿難現前而示故云汝見汝身等○後別明五○一劫濁

經 阿難汝見虛空偏十方界空見不分有空無體有見無覺相織妄成是第一重名爲劫濁

疏 梵云劫波此云時分法華論說日月歲年總名爲劫乃至成住壞空不離時分今此經中說劫濁義謂迷眞起妄世界未形但有虛空及與妄見空見一體偏法界迷未成二別故云不分溫陵云覺非空色由一念不覺妄見空相以生發偏迷故空見不分△海印云以迷妄最初有虛空爲色體此妄見所先攬者此頑空渾濁眞心而成妄見此見吸取空相結爲色而成色心此色蘊之始也迷妙明爲頑空則空本偏迷妙明爲妄見則見亦偏二妄混合故云不分又空未派爲四大見未開爲六根亦名不分故次釋云有空無體有見無覺體即四大成質覺即六根取境既無此異都成昏鈍故名爲濁一念初起無明之始時之初分故名爲劫非劫末時之劫濁也融室云以五濁配三細六麤者劫濁則當彼業相謂不覺心動爲業無明初起正在晦昧覺明爲空之時時分起於此故以空見相織成妄成即爲時分△孤山云此濁依色陰也四大五根五塵同名色陰今以眼根見空塵而說者以渾濁義顯故何故名劫濁耶以成住壞空四皆名劫故指見空爲劫濁如來方便巧示即指阿難目所見空成劫濁義也有空無體者空無體質故有見無覺者有見而無好醜違順之覺知故以無體之空織無覺之見而兩無其實此即土失留礙渾濁眞性過在茲乎△相織者涅槃經云涅槃者名無織

故佛性論云涅槃者無所趣故無編織故㠯二見濁【經】汝身現摶四大為體見聞覺知壅令留礙水火風土旋令覺知相織妄成為第二重名為見濁【疏】身之質礙由見聞知織水火風執取滯著壅翳不通遂現四微形相體質【補遺云】見聞覺知本非留碍為四大所織見不超色耳唯聽聲身之覺知由水火性織彼妄見旋轉移易還復交替分成六根水火風土本非覺知為六識所旋亦能發知如四大淨色能見能覺覺聞知見如緯織經牙相叅雜故名為濁前則業轉今則現相也【融室云】見濁當轉現二相轉即見分於見分中有境界相現故【私謂】前云有空無體今言見聞覺知壅令留礙則有體也前云有見無覺今言水火風土旋令覺知則有覺也故云前則業轉今則現相△【孤山云】此約受陰領受所緣之境為受六觸因緣生於六受境有違順非違非順之別故六受亦有苦受樂受不苦不樂之異相織妄成者四大為六受所壅故令留礙六受為四大所旋故令覺知也二法交織妄為受陰以見境領納渾濁真性故名為濁△【雪浪云】汝身現摶取四大以為身體見聞覺知元是一體由四大而壅令留礙水火風土元

是無知因見聞而旋令覺知四大六根相織妄成故為見濁見即增計長非之謂㠯三煩惱濁【經】又汝心中憶識誦習性發知見容現六塵離塵無相離覺無性相織妄成是第三重名煩惱濁【疏】六識分別三世徧緣憶過去境識現在塵誦習未來諸有境界【釋要云】意識能緣三世依正之境復能執受憶過去境即獨散意識緣落謝境識現在塵即明了意識隨前五所取緣現量境誦習未來即未形兆事預思念也即獨散意緣比量境舉此三者正明意能緣三世境也愨公疏云憶念過去識對現在能分別體從前見濁覺知所發故曰性發知見能分別識性從見聞覺知所發故所分別相即是六塵所現影像故云容現六塵所分別相從六塵現故【補遺云】六識妄性附於根塵生起知見故云性發於六塵境分別六相故云容現容現容即相也離塵離覺無相無性離六塵無所憶識誦習之相故曰離塵無相離見聞覺知無能憶識誦習之性故曰離覺無性互相交織擾亂相熏名煩惱濁即六麁前四也【溫陵云】憶識誦習即智及相續執取計名之相△【孤山云】此依想陰能取所領

之緣相爲想而有六種謂取所領六塵之相爲六想也性發知見謂能取六想容現六塵謂所取六塵之相也以此相織妄成想陰既取著所領則擾亂甚前既渾眞性故名煩惱濁△海印云想乃六識之妄想由心中誦習熟串習氣內鼓忽然起爲所知見境故曰性發知見隨其妄想所現塵境即分明形容於妄想性中妄見六塵緣影爲自心相故曰容現六塵是則離塵無意識相離根無意識性根塵識三混濁一相起貪嗔等名煩惱濁㊂四衆生濁

（經）又汝朝夕生滅不停知見每欲留於世間業運每常遷於國土相織妄成是第四重名衆生濁（疏）生滅是行行即是業衆生執愛但欲留住戀著三界業性遷流每常流動隨趣受生一去一住一動一留互相交織衆法生滅合解云以流識遷以遷識流業見互起執謝同時正生住即異滅正留住即遷去名衆生濁即造業也溫陵云朝夕生滅即造業相△孤山云此濁依於行陰造作之心能趣於果名行行有六種大品中說爲六思思即是業謂於六想之後各起善不善無動業也知見即六思業運即隨善惡遷移國土亦世間也如私心雖戀鄉井以官事須往他鄉六道往還例亦如是相織者即知見欲留業運遷去妄成行陰而去留假合混濁眞性名衆生濁㊄五命濁

（經）汝等見聞元無異性衆塵隔越無狀異生性中相知用中相背同異失準相織妄成是第五重名爲命濁（疏）命是報法依業所引第八識種連持色心不斷功能名之曰命釋要云命是報法者由前世業法之所感故遂有修短之殊夫受身者命煖識三不相離也命即氣息報風連持不斷色心可久命不連持色心則變煖則遺體之色識即心王前六見聞元本一識由六根異遂成分離識用雖分體唯一種總報之主唯一本識故云無異六塵隔別見聽覺分根塵異故識乃分離取六塵境性中相知者唯一本識爲體故用中相背者眼唯了色不別聲等斯則同中立異異處見同同異失準互相交織於總報體便立命根名爲命濁即業繫苦相也融室云性命見聞爲業繫於苦故△孤山云此濁依於識陰了別所緣之境名識即是六識也元無異性者了別之心惟一故衆塵隔越者六塵不同故牽生六識故云無狀異生性中相知釋元無異性也用中相背釋無狀異生也適言其同則用相背適言其異則性相知故云失準以此交織妄稱識陰識在命存

識去命謝渾濁眞性故名命濁△〔王舜鼎曰〕此正生滅與不生滅和合乃衆生之命帶故名命濁上之五重皆由能所妄覺影明展轉相習從細至麁互爲形待次第轉生混眞成濁有此五義耳〔海印云〕五濁依五蘊而生將示不生滅心爲本修因先示五濁生滅之相即生滅以證無生即五蘊以證法身也佛以衆生起倒皆因五蘊故以觀五蘊爲入道之要門觀者若得其要則若理若觀皆有所歸故五蘊觀門爲此經決定第一義也㊁二修因契果二㊀一勸揀妄依眞〔經〕阿難汝今欲令見聞覺知遠契如來常樂我淨應當先擇生死根本依不生滅圓湛性成〔疏〕迷眞起妄見聞覺知返妄歸眞常樂我淨不循生滅妙證可臻苟順塵勞眞常益背故勸擇妄依不生滅〔吳興云〕見聞覺知生滅心也常樂我淨不生滅性也因果事異故遠心性理同故契生死根本謂六根也〔補遺云〕此初義中教循止觀以識心爲生死根本既云見聞覺知遠契四德則應以六根中六識爲所揀之境也△〔溫陵云〕見聞覺知六受用根也常樂我淨涅槃妙德也生死根本五濁業用也△〔如說云〕生死根本即四纏五濁乃賴耶識中所帶之妄前文

云遠離和合及不和合則復滅除諸生死因即所揀生死根本也不生滅圓湛性即前文圓滿菩提不生滅性也㊁二示修定旋覺二㊀一正示用心〔經〕以湛旋其虛妄滅生伏還元覺得元明覺無生滅性爲因地心然後圓成果地修證〔疏〕初習名止成就曰定初習後成俱名曰湛起信云所言止者謂止一切境界相境界不生見聞不起漸澄漸伏麁垢自遺圓覺云以淨覺心取靜爲行由澄諸念覺識煩動靜慧發生身心客塵從此永滅便能內發寂靜輕安由寂靜故十方世界諸如來心於中顯現如鏡中像此方便者名奢摩他若能居一切時不起妄念於諸妄心亦不息滅住妄想境不加了知於無了知不辨眞實是則名爲隨順覺性得無生性爲因地心由是漸修入證登極成妙圓果脩之次第如天台圓頓止觀廣明〔私謂〕長水釋二決定

義云以止觀二門名爲發覺初心即最初方便也此釋最初方便之明文也今釋修定旋覺正明依眞如門脩止全引圓覺此方便者名奢摩他一章文字此指奢摩他爲最初方便之明文也長水立止觀兩門爲最初方便故雙取奢摩三摩蒙立眞止一門爲最初方便故單取奢摩他然蒙所引據者經文奢摩他中毘鉢舍那微密觀照之文與長水引起信隨順奢摩他觀義之旨則未嘗不同也近師見聞局於會解請以長水全疏會而通之則最初方便可尅定矣△【孤山云】既以清水濁水濁性不殊妄心眞心諦理不二當須達妄無妄了濁元清故云以湛旋其虛妄滅生也伏還元覺者初心了達惑實未破故云伏也即是伏無明還法性耳得元下唯觀常住法性即是圓因故云爲因地心此即住前名字觀行相似位也初住分證常果妙覺究竟常果並由住前觀無生滅心而成△【釋要云】湛即定旋即伏以定旋伏虛妄亂動之法成本眞性故曰伏還元覺△【海印云】旋猶漩也如水之漩渦謂念念漩妄以歸眞也○二喻顯修證【經】如澄濁水貯於靜器靜深不動沙土自沈清水現前名爲初伏客塵煩惱去泥純水名爲永斷根本無明明相精純一切變現不爲煩惱皆合涅槃清淨妙德結答無餘涅槃【疏】眞覺如水見聞如濁定身如靜器定法如澄靜砂如煩惱泥如無明地前名伏地上名斷究竟名精純變現即起用此即同前不滅不生合如來藏乃至背塵合覺故發眞如妙覺明性也【孤山云】既知濁即了妄即眞故能息妄歸眞非保其濁守其妄也澄喻修觀濁水喻妄心靜器喻圓人身器不爲境動靜深不動者深猶久也觀行雖成而能忍六境雖淨而無法愛故登初住無明頓破如沙土自沉中理分顯如清水現前法華明穿鑿高原大師亦以見水爲初也初住所斷無明名爲客塵以初住法性如主如空故而言伏者望於妙覺悉名伏道唯佛名斷仁王云三賢十聖忍中行唯佛一人到其源去泥下喻極果也泥喻上地惑也元品已盡故云永斷涅槃云無上士者名無所斷明相精純究竟理顯也隨機所感十界現形皆名淨用故曰不爲煩惱而用顯體故云皆合涅槃等然德必具四畧舉一淨耳△【溫陵云】清水現前喋上旋其虛妄此則初伏客塵煩惱旋之使伏非眞無生滅性也去泥純水喋上復還元覺以得其本元眞覺無生滅性則無明根斷覺湛精純煩惱泥水一任攪淘無復汩濁乃可爲因地心也因心如此則果地修證無有不圓涅槃妙德於斯契合矣△【中川云】初伏客塵即先除正使永斷根本即更侵習氣客塵之體即奢摩他所治之惑○證眞

云諸經論皆以煩惱障爲客塵天台目爲界內見思等根本無明天台目爲界外見思諸經論目爲所知障智障等言永斷者且約從因至果通相而說理實妙覺方能永斷故曰明極即如來△熏聞云准唯識等初地頓斷見惑二地已上漸斷思惑若圓說者從初住去皆見思雙破以違理由見感報由思乃至妙覺方盡其惑○引證涅槃云非五欲淤泥非無明闇濁離此二邊即佛性清水○智論云譬如清淨池水狂象入中令其渾濁若清水珠入水即清淨不得言水外無象無珠心亦如是寶性論云貪等客煩惱猶如濁水塵無分別智上果法如池水○

上明第一義竟次第二義

⊙二根塵解結門第一大科正明二義下之子科今以標觀約義正辨三科爲承起科三正辨行相下生指事總標別示令揀四科第三別示功用優劣第四令揀圓根修證爲子科中重起母科第三以一約世界流變二約根用優劣爲子科第四以正勸詶請等四爲承起科是中生子科四一且破六一之見二廣明根結之由三正示入一之門四結顯眞覺之理上來正明二義一科始竟次下別破疑情廣示修證二大科正從第二根塵解結中一門生起皆決定第二義之廣文也今初文三八一標觀審詳

經第二義者汝等必欲發菩提心於菩薩乘生大勇猛決定棄捐諸有爲相應當審詳煩惱根本此無始來發業潤生誰作誰受疏前第一義令止妄心伏還元覺即是修止此第二義令審詳煩惱觀察對治即是修觀先止後觀法應如是無明發業愛取潤生六識能作第八能受空印云第六意識能作引業滿業故須云動身發語獨爲最煩惱根本六根也造業受報雖六識能作而以第八爲根本依以六根全是八識所現相分故第八之役諸識猶身之使手臂如人用手殺人而曰手殺非人殺者豈有是哉故今了義作業受報皆歸第八即見聞精明是也△講錄云發業無明謂發現業用如取捨執著等第六識也潤生無明謂津潤俱生如依中有身納胎成種者第八識也擧緣造作者六識是作業主能造染淨業因故受果報者八識是總報主能含藏染淨種執持不散故△清涼云約第六識業是所造心是能造者即以第六識名心從於積集通相說故謂第六識人執無明迷眞實義興熟理故以善不善相應思造罪福不動等三行熏阿賴耶能感五趣愛非愛等種種報相但云六者謂五識無執不能發潤故非迷理無推度故不能造業雖造滿業亦非自能但由意引方能作故○宗鏡七十五問衆生造生死染淨二業受苦樂兩報皆從心起於八識內定是何心答今古有二解古師取第六識爲垢淨心爲此

六識與善十一相應能造人天善業與根隨相應能造三塗惡業此總別業成能招當來苦樂兩報此據造業者爲心神錯和尚取第八識爲心者此是總報主眞異熟識識中能含藏善不善業種子種子遇緣即能招苦樂兩報此約所熏能持種爲心所熏爲根本能熏爲枝末今若雙取正理方圓△清凉云煩惱有二能發能潤雖諸煩惱皆能發潤於發業位無明力增潤業受生愛取力勝各受偏名以無熏發唯一無明數數溉灌故生愛取言潤業位愛取偏增者說愛如水能沃潤故要數溉灌方生有芽且依初後分二愛取無熏發義立一無明謂愛取初後分愛取二此以愛爲初取爲後故其實有多現行潤也

唯觀門分別能知故起信云所言觀義者謂分別因緣生滅相故圓覺云以淨覺心知覺心性及與根塵皆同幻化即起諸幻以除幻者變化諸幻而開幻衆等即同圓覺起幻銷塵觀也彼云此方便者名三摩鉢提△吳興云止觀者定慧之異名也前文審觀之義及照明諸器世間可作之法豈非觀耶後文審觀之義及逆彼無始織妄逆流豈非止耶資中分條後人布葉深思來者應知初義明因地發心即止觀當體也與果地覺即止觀所依也次義明煩惱根本即止觀所破也說有先後行無二門合而言之秪是以無緣智緣無相境破無明惑

耳△私謂古師約二決定義安立止觀依經入觀觀網歷然然長水所明者圓頓止觀故曰即觀明止即止明觀止觀不二斯爲正修是則資中對立觀門雪川獨標圓義可謂破立同時遮表一法矣山家約三門科經逐文分配岳師此文但依了義不復扶宗豈非靈龜曳尾自掃其跡者耶八二約義顯非

經阿難汝修菩提若不審觀煩惱根本則不能知虛妄根塵何處顛倒處尚不知云何降伏取如來位

疏根塵虛妄爲煩惱宅顛倒淪替莫不由斯苟能識其根元知其結處則可希與解夢庶幾降伏耳

標指發業潤生三細六粗根塵之本也△溫陵云無明發業愛取潤生第六能作染耶能受潛爲煩惱根本發爲塵妄根塵知之乃可降伏降之乃可取果△海印云發業潤生通名煩惱生死皆由此二而有此二法元無實體但依六識妄想爲用於六根門頭緣塵取境純是無明用事以資愛取故生死結於根塵之中今欲審知虛妄根塵何處顛倒以根塵相交結處即顛倒處乃生死結根之所在下將審擇結根故勸審觀也八三正辨行相四◑一指事正喻審詳

經阿難汝觀世間解結之人不見所結云何知解不聞虛空被汝隳裂何以

故空無形相無結解故【私謂】前文明虛空無壞滅以起則汝身中下四纏五濁之文此明虛空無結解以起則汝現前下六爲賊媒之文文義對待皆繫關鈎鎖言汝觀世間解結等今委詳經文畧更長水舊科非敢改作也第六卷阿難重問解結一科亦發起於此◑二總標六根發患【經】則汝現前眼耳鼻舌及與身心六爲賊媒自劫家寶由此無始衆生世界生纏縛故於器世間不能超越【疏】六根爲賊媒者一引外賊即六塵也二起內賊即煩惱也內外惡賊能劫真性若知根塵賊無能爲【吳興云】外之六塵內之六識皆由眼等引發和合所起煩惱害如來藏故涅槃云六入空聚當有六大惡賊必斷汝命當即遠離以根塵相熏納識成種無始相續莫不由此不知調伏必爲所害由六根所起煩惱發業潤生乃有無始衆生世界等△【標指】即前云此是前塵虛妄相想惑汝真性由汝無始認賊爲子△【涅槃云】六大賊者即外六塵菩薩觀此六塵如六大賊何以故能劫一切諸善法故如六大賊若入人舍則能劫奪現家所有令巨富者忽然貧窮是六塵賊亦復如

是若入人根則能劫奪一切善法貧窮孤露作一闡提是六大賊若見人物則能偷劫六塵不爾若見若知若聞若觀若觸若覺皆悉能劫六大賊者唯能劫奪欲界人財未能劫奪色無色界六塵惡賊能劫三界一切善寶是故菩薩諦觀六塵過彼六賊△【翻譯云】媒訓謀謀合二姓名媒六根能生六識令著六塵所以六根如媒人也金光明云猶如世人馳走空聚六賊所害愚不知避解云六根虛假如空聚落六塵染汙害智慧命劫功德財故名六賊◎三別示根用優劣二◎一約世界流變總明功德三◎一釋名辨相【經】阿難云何名爲衆生世界世爲遷流界爲方位汝今當知東西南北東南西南東北西北上下爲界過去未來現在爲世方位有十流數有三一切衆生織妄相成身中貿遷世界相涉【疏】世界有三謂衆生五陰器界也揀非餘二故標衆生此一若超餘皆解脫【孤山云】上示二種世界衆生世界是正報器世界是依報以由正報纏縛故於依界不能超越今但約正報而明前四句釋名汝今下辨相一切下結示身中界也貿遷世也世界交織故云相涉貿遷

者交易遷移也世界相涉是貿遷相謂以世涉界以界涉世也△[溫陵云]衆生世界亦有四方即左右前後是也世者三際迭遷界者各有定位界位有十世數有三一身所具理自互涉故云身中貿遷世界相涉△[雪浪云]一切衆生根塵織妄相成身中剎那剎那貿易遷旼則三世四方自想涉也△[海印云]三世四方只就一身而觀以界與世即在身中貿易遷謝所謂有力者負之而趨也○[引證][離世間品云]有十種說三世何謂爲十所謂過去世說過去世過去世說未來世過去世說現在世未來世說過去世未來世說現在世未來世說無盡現在世說過去世現在世說未來世現在世說平等現在世說三世即一念是爲十[疏曰]前劫此世長短有異通皆時分並是十世隔法異成前之九世相望以立攝本歸末不離一念即此一念一現在是過去未來是未來過去自具三世此一念上雖因前後而其二世全在一中一中之三更互相因故爲九世本之一念故爲十耳㊇二揀定方位[經]而此界性設雖十方定位可明世間只目東西南北上下無位中無定方[疏]界之體性依假施設雖云十方若以位次決定明顯東西南北可爲準的餘皆不定[融室云]上下屬四方言之故云不定[雪浪云]言中位之中東看則西南觀成北故無定方非指四隅之中也㊇

三流變成功[經]四數必明東西南北與世相涉過未現三四四三宛轉十二流變三疊一十百千總括始終六根之中各各功德有千二百[疏]三變之義古今多解各見其文不能具叙岳師亦云佛旨難測人情異端苟無的據誰爲至當有宋巳來興說繁異今之鈔畧且以長水吳興爲準今所解者不加別法以變其數只將今文過現未來進動筭位便成一千二百功德如第一位三世四方宛轉十二便成一疊筭位即是一橫二竪已成過去第二即變過去一世以爲現在進動算位一竪二橫成百二十爲第二疊第三又即變現在世以爲未來進動算位一橫二竪成一千二百爲第三疊能變之法既唯三世所變之數亦唯千二故無增減[餘姚黃宗羲曰]長水算法正用今畨其所謂橫竪者以之分別算位本位是竪進一位即是橫本位是橫進一位即是竪即乾坤鑿度所云立算卧算非如徐岳太乙算器實

有橫竪也但三世四方乘之得一十二一十二自之應得一百四十四今不然者以經文流變只變一爲十變十爲百不復以三世四方爲乘母也未來之變亦復如是問經文既云世界相涉三世四方宛轉十二何故變數唯約世論不以方說耶答方體常定世義流動定故不改動故更移今既改十爲千變多從少約世是順方義不符匪唯義不相符抑且疊數難合經文明言流變三疊豈非唯就三世說耶問夫三世遷變合從未來遷爲現在從現在世改爲過去何故此文返而說耶答今約從微至著變少爲多已是十二當爲百千故不可先約未來以對初疊以未來未見數故故須返對也以變者是逆義故下文云生從順習死從變流經文既言流變故須逆增其數○古師釋云初變一爲十以三世四方互成十二次變十爲百三世四方互成百二十三變百爲千三世四方互成千二百是一根功德之數總六

根爲七千二百除眼鼻身三根各虧四百實得六千爲六根功德也一爲變主十百千爲三疊織成其數●右台家磐師佛祖統記引古師注順文增數以定六根功德畧如長水今解○吳興云此約十二遷流變易共成三疊也一十百千者通舉增數之法耳今且以方涉世明三疊者第一約四方各論三世成十二也第二於東方三世變一爲十成三十南西北方如是四方各三十成一百二十也第三於東方三世變十爲百成三百三方亦爾四方各三百成一千二百也以世涉方其例可解△私謂流變三疊長水吳興異解其異有二長水約分三世流變爲過現未吳興約就當世流變爲過現未一也長水專明以方涉世吳興兼明以世涉方二也幽溪燈師稟承淨覺廣引華嚴中十種三世剎那一念以釋成其義不知彼明三世緣起證成一念體性此明三世流變剋定六根功德二經宗趣迥然不同長水約過現以分三世通舉增數義歸於總括六根斯符順經義也界爲方位故方位有十世爲遷流故流變有三天地四方既有定位乃有過現未之時分長爲劫波促爲剎那自四方定位而起皆流數也經文明言四數必明與世相涉不言三數必明與方相涉也又明言流變三疊不言方位三疊也前指身中貿遷故云世界相涉此辨方位可明則云與世相涉良以器界先成時分次定世界安立海之相固應如是若曰以世涉方則世界混殽不成安立流變不成方位亦失經無以世涉方之明文故不應依文而

補敍也會解巳後羣宗淨覺世有具眼更祈審詳○吳興又云慈師約三世四方具有五根五塵一一根塵重成十類衆生爲千二百沇師非之節公是之敏師於十二中一一皆具十善成百二十一一善用具十如是成千二百至於資中孤山長水但合數而巳皆變疊不同余雖別解亦未敢配其法相來哲無黨唯善是從●右即長水所謂古師多解者也慈師成染不成淨敏師成善不成惡有揚二師之解隨染淨緣順逆而修如操師之圖說者有約慈師之義本性惡法門約十惡以釋數者古人已經料揀今鈔不復累書若通人別解有與古釋相發明者則畧附於後△無盡云衆生器世界在五陰中世不能出三之表界不能出四之外流變者順一二三數而變也順變三疊一十百千而始終功德盡矣△溫陵云三四互涉故曰宛轉三世流變故有三疊自一疊十十疊百百疊千成千二百六根皆具然此權依世論以顯妙用大畧耳若六解一亡互用圓照夫向數量所及△雲棲云界四世三彼此相涉以三乘四以四乘三俱成十二是一疊即此十二一各變十成一百二十是二疊即此一百二十各各變百成一千二百是三疊大意謂衆生身在世界之中見聞覺知剎那生滅粗細之相如許古德云一念中有八萬四千塵勞是也右雲棲依環師解亦同長水古釋△海印云衆生無始一念法爾具該三世全徧於一身則四方各有三世此三四成十二也四方融貫於一念則每世各有四方此四三成十二也以此相織故曰宛轉初則一念爲一疊但有十二耳妄念重變續生微細此一念已包三世流四方故成十二流變而成三疊也最初一念不立本者以從無住本立一切法故但言三疊者生滅一念法爾遷流具該三世雖窮劫亦只言三世耳△私謂衆生無明不覺强立能所織妄相成而有依正二報有依正即有方位界限三世遷流交相涉入而一切數量生焉有數量斯有功德優劣有優劣斯有揀選經文大意以衆生在器世界中六根纏縛不能於中審詳根本故約三世四方差別數量以爲克定優劣之本七卷文云分段妄生因此界立遷流不住因此世成三世四方和合相涉變化衆生成十二類如來自下注脚明白如是能於此中克定優劣揀根深入始知衆生世界父母所生肉眼諸根法爾具足如是功德根塵同源依正不二迷之起十習因成六交報悟之爲六清淨發六解脫斯則名爲發覺初心第二決定義也流變疊數古雖多解殊非經中鑰鍵關節疏台家有以此義立楞嚴三關勘辨學人不已多乎

此約衆生身中六根取境本分功能作用名爲功德非同法華持經所熏令成淨用然染淨雖別皆從本有熏力而成故彼此文數量無異

孤山云法華明依經修行已發相似之解六根清淨互用無方雖眼八百亦具餘五根功德等△柏庭云此與法華論同異者

彼以功德莊嚴六根故有盈縮能等之異能等者以無二之德顯六根清淨則同也大論以六根分强弱與今對根稍殊彼眼根義强此舌根爲勝餘雖大同彼不論數也△【吳興云】此據六根了別之性是同故云各各功德有千二百下對六塵了別之用有異所以功德全闕不等是則性中相知用中相背也【經】㊂二約根用優劣別示功德六㊇一眼根阿難汝復於中克定優劣總標如眼觀見後暗前明前方全明後方全暗左右旁觀三分之二統論所作功德不全三分言功一分無德當知眼唯八百功德【資中】眼者一方三百旁觀二百又得二分之餘共成五百并前三百總成八百【疏】前二句總告如眼下正示左右旁觀三分之二者舉一方三百方中二百全近維二五十一方既爾餘皆例然今左右觀各得二百全分近維一五十共成五百【論補曰】如左右旁觀三分缺者數之畧也雖各本具二百以左窺右則右益五十以右窺左則左益五十故各得二百五十資中說是也及全明三百都成八百三分言功者見三方也餘皆可知【吳興云】統論功德者指三根也△按天如補注約四方各二百四隅各二百以揀資中之解諸方皆非之今不贅錄㊇二耳根【經】如耳周聽十方無遺動若邇遙靜無邊際當知耳根圓滿一千二百功德【疏】十方俱擊鼓十處一時聞動有分限故有邇遙靜非涯量故無邊際俱耳家境故此雙顯㊇三鼻根【經】如鼻齅聞通出入息有出有入而闕中交驗於鼻根三分闕一當知鼻唯八百功德【疏】出入中交共成三分一分四百闕於中交故得八百【吳興云】鼻中通息出入前後兩不相交〇【引證】瑜伽二十七入息有二一者入息二者中間入息出息亦二一者出息二者中間出息入息者謂出息無間內門風轉乃至齋處中間入息者謂入息滅已乃至出息未生於其中間在停息處暫時相似微細風起是名中間入息如入息中間入息出息中間出息當知亦爾此中差別者謂入息無間外門風轉始從齋處乃至面門或至鼻端或復出外㊇四舌根【經】如舌宣揚盡諸世間出世間智言有方分理無窮盡當

知舌根圓滿一千二百功德【疏】世出世智所知之境唯舌詮顯能詮言句猶可分限所詮理趣莫能窮盡故千二百【法華玄義云】舌根取四辨無礙能以一妙音徧滿三千界而不取知味知味是報㊅五身根【經】如身覺觸識於違順合時能覺離時不知離一合雙驗於身根三分闕一當知身唯八百功德【疏】合具違順離但捨受故云不知【補遺云】離則根境單一故闕其知合則根境雙觸故知違順違順各四故得八百闕於離知故少四百【孤山云】離中不知是闕一分合時能覺有違有順故具二分△【溫陵云】離闕一分合全二分故云離一合雙△【桐洲云】合時俱覺曰雙離但不知曰一㊅六意根【經】如意默容十方三世一切世間世出世法唯聖與凡無不包容盡其涯際當知意根圓滿一千二百功德【疏】意能徧緣三世三性世出世法無不具足文顯易知【眞際云】意識獨生徧緣諸法故曰默容△【中川云】意根了境通於三世具現比二量又憶識誦習中慣力强故能默

容十方三世等○四令揀圓根修證二八一正勸令揀四㊅一總勸詳擇【經】阿難汝今欲逆生死欲流反窮流根至不生滅當驗此等六受用根誰合誰離誰深誰淺誰爲圓通誰不圓滿【疏】返妄歸眞眞爲流根故云至不生滅【溫陵云】流根即圓湛不動者此則以覺心源爲究竟覺也欲得此覺應選圓根爲趣入之要若圓聽十方耳根最勝意令選揀以入圓通【吳興云】此令詳擇六根任其去取云誰乃審定之詞眼耳則離鼻舌身合意深五淺耳圓餘非△【融室云】欲流是色等諸塵流根是眼等諸根言受用者衆生以色聲諸塵爲眼耳等根受用故【雪浪云】返窮流根返窮妄流之根也右二師釋流根爲妄根與長水異○【引】【證智論云】菩薩自念我不應如諸餘人常隨生死等流我當逆流以求盡源入泥洹道㊅二別示功能【經】若能於此悟圓通根逆彼無始織妄業流得循圓通與不圓根日劫相倍【疏】此是如來知時知機令自選擇樂欲相應起隨順行如下文云我今欲令阿難開悟二十五

行誰當其根兼我滅後此界衆生入菩薩乘求無上道何方便門得易成就故云日劫相倍[孤山云]佛意令依耳根修證一日之功倍餘根一劫㊇三許爲發明[經]我今備顯六湛圓明本所功德數量如是隨汝詳擇其可入者吾當發明令汝增進[疏]具彰六根功德淺深隨汝自意審詳選擇欲於一根得入三昧我當爲汝顯發開明令得增進無上聖道[吳興云]此指六根妄明功德全是眞明本性所具由眞具故所以妄具△[融室云]六根本由粘妄所成故云六湛㊇四須揀所以[經]十方如來於十八界一一脩行皆得圓滿無上菩提於其中間亦無優劣但汝下劣未能於中圓自在慧故我宣揚令汝但於一門深入入一無妄彼六知根一時清淨[資中]若約佛眼無礙六根總得圓通即同央崛經云所謂彼眼根於諸如來常具足無減脩了了分明見乃至六根皆作是說故云亦無優劣智者於止觀中釋云彼是九界於諸如來常者九界自謂各各非眞如來觀之即佛法界具足無滅修者觀諸眼即佛眼一心三諦圓因具足無有缺減分明了了見者炤實爲了了炤權爲分明修論圓因見論圓證乃至六根皆作是說今就初門且辨優劣[疏]但汝下約劣根須揀根非徑要劫修無益若得圓門日功倍勝故一根返源六根清淨[宗鏡]楞嚴會上佛告阿難至一時清淨等是以陳那因聲悟道沙陀因色悟道香嚴因香悟道乃至虛空藏因空悟道則知自性徧一切處皆是入路豈局一門[永明云]楞嚴經入一無妄李長者論云一入全眞

大佛頂首楞嚴經疏解蒙鈔卷第四之四

音釋

嚚 魚巾切音銀　痤 才何切坐平聲　蔕 丁計切音帝

海印弟子蒙叟錢謙益鈔

∧二詶請廣說二卍一伸請二廣釋已上皆爲承起次生且破六一等四子科

經 阿難白佛言世尊云何逆流深入一門能令六根一時清淨

疏 前佛所勸意明如來藏體清淨本然由乎強覺分成六妄若能返照從一根門入一性海法界一相更無六一之異故云深入一門六根清淨今阿難將謂六根有實元是一體若是一體又何分六故今請示六一之由耳∧二廣釋四㊂一且破六一之見三㊇一況顯未忘法執

經 佛告阿難汝今已得須陀洹果已滅三界衆生世間見所斷惑然猶未知根中積生無始虛習彼習要因修所斷得何況此中生住異滅分劑頭數

疏 一六之情正是法執執根是實有六一故阿難初果雖破我執尚有所餘煩惱俱生猶未斷故況此法執是所知障無明住地此障最細名爲根中生住異滅分劑頭數溫陵云小乘見道門斷三界貪嗔痴等十分別惑乃證初果故曰已得陀洹已滅見惑也修道門斷三界貪嗔痴慢四俱生惑亦曰思惑此乃根中累生無始虛習三果乃斷所以阿難未知也況此根中更有生住異滅諸微細惑其分劑頭數又非阿難所知者斷盡此惑六湛乃圓△清涼云煩惱即煩惱障心垢即所知障二障各二一者分別謂因邪師邪教及邪思惟此見道斷入地時便永斷盡二者俱生不由上二生而便有此修道斷地地斷之此又二種一者現行二者種子若所知現行地地斷之若煩惱現行亦地地斷煩惱種子直至金剛定斷二障習氣即熏習所成揀異現障故云習氣習氣有二謂因與果於現起障能爲因者亦名種子此因習氣根本智斷不起現因但粗重者唯名習氣此果習氣後得智斷〇孤山云見諦所斷之惑即八十八使也△止觀云見惑附體而生還能障體如炎依空而動亂於空似夢因眠夢昏於眠夢若不息眠不得覺此惑不除體不得顯然見則見理見實非惑見理時能斷此惑從解得名名爲見惑耳言八十八使者一身見二邊見三見取四戒取五邪見是五利使六貪七瞋八痴九慢十疑是五鈍使如是十使歷欲界四諦苦下具十集滅各七除身邊戒取道下有八除身邊合

三十二使歷色界四諦有二十八無色亦爾例除一瞋合有八十八使若歷六十二見見見各具八十八使倒浪瀾漫不可稱數邪網彌密障于體理△四教儀注云見惑見道所斷思惑修道所斷約能斷位名所斷惑也言見所斷惑者清涼云須陀洹名預流謂斷見道位煩惱盡忍智具足故斷三界八十八使見惑有十六心至第十五道類忍時名初果向至第十六即入修道名須陀洹果謂斷三界見惑者不同脩道分三界別一時斷故㳙潭云此初果人所斷八十八種粗重分別煩惱兼是能障見諦之惑也○孤山云修道所斷之惑即八十一思也△止觀云思假者謂貪瞋癡慢此名鈍使亦名正三毒歷三界為十又約三界凡九地地地有九品合八十一品皆能潤業受三界生初果猶七反未盡如燈滅方盛雖復有欲非婦不淫雖復有瞋壑地不夭雖復有愚不計性實道共戒力任運如是故稱正煩惱也不同見惑瀾漫無方觸境生著稱思惟者從解得名初觀真淺猶有事障後重慮真此惑即除故名思惟惑也教儀云三界分為九地欲界合為一地四禪八定為八欲界一地中有九品貪瞋癡慢八地各有九品上八地無瞋使故成八十一不言疑者見道已斷理合無疑故言修所斷惑者止觀云成論明十六心正是初果位異部明十六心是修道位今且依修道斷一品欲惑次第至第五品盡皆名斯陀含向若超斷至第五品名家家次斷六品盡名斯陀含果乃至第九無礙道斷非想第九惑盡第九解脫道證名阿羅漢果三界思盡得盡智無生智證八十一分真空故言修所斷得也見惑如四十里水思惑如十里水大經云初果所斷如竭四十里水其餘在者如毛一渧○真際云此修所斷惑無始時來與身俱生眠伏藏識故曰根中積生等㳙潭云無始虛習者謂小乘修道中思惟惑也亦謂之四俱惑分別俱生一貪二瞋三癡四慢此是欲界俱生四惑到小乘第三果始盡斷清涼云一切煩惱分別為輕俱生為重分別為輕者唯識云煩惱障重見所斷惑者三乘見道位真見道中一時俱斷俱生為重者修道位中類類修習無分別智方能斷故△㳙潭云何況此中生住異滅分劑頭數者大乘中法執也△空印云生住異滅即無明住地分劑頭數如塵如沙所知障攝△二楞云此中即根中以離阿賴識諸惑無依故生住異滅即菩薩所斷惑天台目為界外見思是也汝今雖已斷見流得證初果界內思惑猶有未盡別界外見思故云何況等按見思惑名枝末無明以無明為根本故見思通三乘人斷故名通惑潤有漏業招三界生故曰界內塵沙無明別在菩薩所斷故名別惑塵沙潤無漏業無明潤非漏非無漏業招變易生故云界外塵沙則通界內外今言界外見思亦通指塵沙耳△私謂孤山釋分劑頭數謂指初住已上至於妙覺四十二品殊與經文不合經文正明所知障微細法執俱生習氣即圓覺云心中了知生住滅念分齊頭數是也依起信論疏所說十信凡夫覺滅相三賢覺異相十地覺住相

位滿覺生相此疏主將四相粗細寄顯反流四位以明始覺分齊論中本無明文此經言脩道斷惑即尅指其中生住異滅從細至粗甚深微細本末分齊頭緒數量却廣指寄顯之位以釋修斷之文不已迂乎自天如會解揀汰長水溫陵獨立孤山之解後學沿習莫知問津故爲表而正之㊇二[經]今汝且觀現推破六一疑情三㊀一徵前六根爲一爲六[標指]六一若存是非鋒起△[熏聞云]不了六一即是無明故約此推破用顯藏性非一非六問阿難修惑尚在那忽於此便破無明答既已開顯須明圓行豈復作意先破俱生但破無明俱生自落治鐵之喻不亦然乎㊀二破二○一一破[經]阿難若言一者耳何不見目何不聞頭奚不履足奚無語[疏]若言一者六用應同眼合能聞足應解說今汝不然○二破六[經]若此六根決定成六如我今會與汝宣揚微妙法門汝之六根誰來領受阿難言我用耳聞佛言汝耳自聞何關身口口來問義身起欽承[疏]若言六異應不相干一處聞經二何欽問㊀二結[經]是故應知非一終六非六終一終不

汝根元一元六[疏]初二句結前互破後二句顯無一六根體元無何一六之有乎[孤山云]非一終六用中相背故非六終一性中相知故而此六一同異失準並是虛妄㊇三釋成一六俱妄二㊈一釋成[經]阿難當知是根非一非六由無始來顛倒淪替故於圓湛一六義生汝須陀洹雖得六消猶未亡一[疏]圓明藏體非一六之異無始顛倒六根強生聞說解六又執是一一六形待虛妄相生沒於四流遷改不息知見移易變一爲六故云淪替雖得六銷猶未亡一者據汝所解雖欲除六而不除一以執六根是一體故[融室云]三界凡夫正執有六初果修惑未斷不解了一亡六却認六結秪是一結故亡其六猶有一存阿難所結是一一是轉六總歸之一故名一結世尊所示入一六淨一是六中之一是爲一門眞妄既異二一非同又初果人不取六塵名爲六消執根有體故未亡一[溫陵云]以後文證此乃方得人空而未能成惑解脫也般若云須陀洹

名爲入流而無所入不入色聲香味觸涅槃亦云須陀洹人雖生惡國以道力故不作諸惡不因六塵所惑不造新業或認六塵消處見惑不生執一無爲果體故云猶未亡一〔孤山云〕須陀洹人正得六消猶未亡一者執有涅槃也以小乘所證全是無明故〔補遺云〕消六之義且就初果破見分齊一番消六塵義言之如破無明有分破之義今分破六塵亦名銷六以執有涅槃爲未亡其一△〔資中〕不因六塵所造新業名爲六消尚迷六根而爲一體故未亡一按長水初解用本經解六義次解用般若破見義資中得六消依般若義未亡一用本經義楷定二解斯爲兩合㊃二喻顯〔經〕如太虛空參合羣器由器形異名之異空除器觀空說空爲一彼太虛空云何爲汝成同不同何況更名是一非一則汝了知六受用根亦復如是〔疏〕太虛如來藏也羣器六塵也異空六根也法界藏體非一非六由塵發知成六根異塵若不緣根無所

偶六既不立一亦不成尚非同異之名豈安六一之相等〔吳興云〕羣器喻六根異空如見精△〔融室云〕空爲圓湛器即諸根空交參合於羣器說名差異之空湛隨黏應於六根現爲生滅之湛除器觀空爲一離根言湛是同空之同異在器不在於空湛之六一在根不在於湛空本無同不同況非是一非一湛豈有一有六根歸一六亦非因喻了法故云亦復如是△〔海印云〕虛空參合羣器遂名爲異除器觀空又說爲一虛空豈因形器以成同異同尚强名況說是一非一△〔瀛孟云〕浮根四塵如器根中之性如器中空也㊂二廣明根結之由△〔溫陵云〕一六既無而現有六根者由粘湛妄發耳故原其妄發之源以示之㊇文二一別明六㊃一眼根〔經〕由明暗等二種相形於妙圓中黏湛發見見精映色結色成根根元目爲清淨四大因名眼體如蒲萄朶浮根四塵流逸奔色〔疏〕本一圓常妙湛明性所相妄現分明暗殊明暗相形動覺湛性性相和合執成妄覺故云黏湛發見斯則所既妄立生汝妄能也〔孤山云〕二種相形所既妄立也黏湛發見生汝妄能也流逸奔色即織然成異也△〔直解云〕等字等取青黃顯

色乃至極迥極略等明暗相淩故曰形△【釋要云】黏者和合執著之義△【王舜鼎曰】八識生滅與不生滅和合即粘義也見精即妄覺也能所相熏互相交織根結便成故云結色成根【溫陵云】見精眼識也色眼塵也二者妄結以成眼根△【釋要云】見精即第八見分最細故曰精色即第八相分由能見故境界妄見由相織故結成眼根△【融室云】湛入於見則爲見精此精映於形顯二色是名映色絺結此色以爲能見之根既覺明相雜黏湛合成由是名爲清淨四大即勝義根也清淨四大染中說淨有增上勝力非同染礙爲相故△【洪敏鈔云】見精下勝義根雖用能造所造八法爲體能造地水火風所造色香味觸是不可見有對色能照境發識乃聖人所知之境其義深遠非同塵境粗淺故名清淨此是染中說淨非無漏妙明之淨也△【熏聞云】內五根亦言色者以清淨四大所造非粗顯質故不可見之勝義根色屬不可見而有對礙故寄世俗根所依處蒲萄之相表顯勝義奔取本境明暗之相故云流逸奔色下之五根大意皆然【宗鏡釋云】清淨五色根即是不可見有淨色以爲體能發生五識有照境用謂於眼中一分淨色如淨醍醐此識有故眼識得生無則不生△【洪敏鈔云】

因名下即浮塵根亦名世俗根以粗淺易知故番前立名亦用能所八法爲體今言四塵者但舉所造也問浮塵但以勝義爲依處不能照境發識何以言流逸奔色答理實勝義然浮塵是所依處舉所依顯能依也又連上清淨四大爲言義亦無失△【熏聞云】如蒲桃朶喻浮根之相也△【釋要云】眼體即浮塵爲勝義所依之體浮根奔色即勝義在浮塵中流趣奔色也△【栢庭云】如蒲萄朶即浮塵根也而曰浮根四塵流逸奔色者非浮塵奔色言能見者於浮塵處趣外奔色耳△【溫陵云】此根之元攬四大而成體以未奔境故名清淨當此之時如蒲萄朶而已體雖具而識未流所謂但如鏡中無別所知及流逸奔境則染故轉名浮根四塵不名清淨四大也△【私謂】竹庵溫陵皆指浮根屬勝義義別構李然蒲萄朶畢竟是浮根相古釋未可非也眼識是現量境正當流逸奔色亦如鏡中無別分析溫陵解流逸似同剎那流入意地即濫下黏湛發光之文○【引證】【俱舍論云】云何眼等諸根極微安布差別眼根極微在眼星上傍布而住如香荾花清徹膜覆陳譯青色所覆令無分散有說重累如丸而住體清徹故如頗胝迦不相障礙【顯宗論云】眼根極微居眼星上對向自境傍布而住云云末云如秋泉池不相障礙㊇二耳根【經】由動靜等二種相擊於妙圓中黏湛發聽聽精映聲卷聲成根根元目爲清淨四大因名耳體如新

卷葉浮根四塵流逸奔聲【疏】聽精即妄覺也既動靜互相擊發動眞成妄失眞湛性遂發聽精卷彼聲影結影成根聲性虛散故須卷攝以成聽義既卷成根還如卷葉【融室云】舒聽精以映聲遂卷所聽聲以成根也△【俱舍云】耳根極微居耳穴內旋環而住如卷樺皮△【瑜伽云】數數於此聲至於聞故翻爲耳是能聞義○三鼻根【經】由通塞等二種相發於妙圓中黏湛發齅齅精映香納香成根根元目爲清淨四大因名鼻體如雙垂爪浮根四塵流逸奔香【疏】通塞相發覺明映香於妙圓湛結成鼻處香氣上騰根垂下取如雙垂爪【俱舍云】鼻根極微居鼻頞內背上面下如雙爪甲此初三根橫作行度處無高下如冠華鬘【翻譯云】或云鼻如盛針筒△【瑜伽云】數由此故能齅於香故名爲鼻是能齅義○四舌根【經】由恬變等二種相參於妙圓中黏湛發嘗嘗精映味絞味成根根元目爲清淨四大因名舌體如初偃月浮根四塵流逸

奔味【疏】恬變交參妄眞黏合心境相結攬以成根約所依相如初偃月【融室云】絞縛衆味以成根故如初生月偃仆相故△【薰聞云】有味爲變無味爲恬恬靜也恬變二種皆能發於覺了之性是故對根相待而示通塞離合例此可知△【俱舍云】舌根極微布在舌上形如半月當舌形中顯宗云說舌中傳如毛端量非爲舌根極微所遍【翻譯云】或云舌如偃月刀△【瑜伽云】能除饑渴數發言論表彰呼召故名爲舌是能嘗義○五身根【經】由離合等二種相摩於妙圓中黏湛發覺覺精映觸摶觸成根根元目爲清淨四大因名身體如腰鼓顙浮根四塵流逸奔觸【疏】離合觸摩湛圓隨妄覺觸相待摶取成根能造所造二具八法是不可見寄所依處如腰鼓顙【俱舍云】身根極微徧住身分如身形量女根極微形如鼓顙男根極微形如指輅身根極微定無一切皆是同分乃至極熱捺落迦中猛燄纏身猶有無量身根極微是彼同分故如是說設徧發識身應散壞以無根境各一極微爲所依緣能發身識【翻譯云】或云身如立戟槊△【瑜伽云】諸根所隨周徧積聚故名爲身是積聚義亦依止義【安般守意經云】何等爲身何等爲體骨肉爲身六

情合爲體△【熏聞云】腰鼓顙或作鞞埤蒼云
鼓梡也【補遺】顙息朗切額也鼓桑朗切鼓匡
也字書鼓材也今取杖鼓顙故曰腰鼓顙腰
若今杖鼓繫著腰中者顙則鼓之匡也腰鼓
之顙兩頭闊中央闊不知人身何以似彼按
婆沙論此明女根非通明人身根也舊婆沙
云女根隆虛如大指㊇六意根【經】由生滅等二種相續於妙
圓中黏湛發知知精映法覽法成根根元目
爲清淨四大因名意思如幽室見浮根四塵
流逸奔法【疏】妙圓無動生滅妄陳和湛成知
知還攬法【合解云】攬法成根者觀攬五根落謝諸塵成意根故攬根境既
結奔趣無休以六根中隨一攝故如前五根
亦名四大居在身中不彰外相如幽室見【手鑑】
云謂此意根大小乘中各不同故正法念經
形如蓮花上有七合朝開暮合色法所攝光
明經云意根分別一切諸法大乘意根即第
七識法相宗亦云是心然云色云心皆是虛
妄既迷一真心亦質閡如前文云起爲世界
故此妄心亦同色法而破終實教中顯圓四
之義非權小堅執爲實應立量云意根是有
法定色法故爲宗因云以六根中隨一攝故
同喻如前五由是
意根亦名四大然此意根本由生滅妄塵

所結妄塵不離妄覺影明若以有色無色爲
諍論者猶邀空花結爲空菓正顯虛妄也權小說心但得其
末互相諍論其過如是故此所明六皆四大無相違也
【孤山云】根元下此取肉團心根爲慮知之所
託也勝義根還是清淨四大如幽室見即浮
塵根爲意思託附如處幽室正法念經云如
蓮花開合者是也△【補遺云】舊婆沙言意既
無體不可說形量今經既就慮知所託肉團
則如幽室之見也清淨四大託於肉團之內
引發意思而外緣法塵如處幽室而見於外
六根中眼等勝義皆發於外唯意之勝義在
內故有室喻又前五根皆有竅穴通外唯意
所託包在肉團亦能引思故譬幽室又應如
幽室如意之浮塵根也以勝義附託其內故
云見耳△【海印云】最初所結清淨四大名勝
義根以裹藏識意識處此暗中故如幽室見
△【俱舍云】或於身中隨所依處上下差別說
根次第謂眼所居最居其上次耳鼻舌身多
居下意無方處有所依止諸根生者故最後
說眼耳不定謂眼於色有時取小如見毛端
有時取大如暫開目見大山等有時取等如
見蒲萄如是耳根聽蚊雷等所發種種大小
音聲隨其所應大小等量意無質礙不可辨
其形量差別△【翻譯云】紇利團耶此言肉團
心即意根所託也㊇二總結二㊉一結由迷
發現【經】阿難如是六根由彼覺明有明明覺失

彼精了黏妄發光[疏]性覺之體本有眞明由彼妄覺影明忽起遂令眞覺隱於精了失眞照性妄覺影明自相黏執熏變擊發結成六種知見之光故此六根由迷發現發現之相廣見上文[桐洲云]粘染妄塵發六用光喩火本有燒性著物則熾然發生△[溫陵云]有明明覺即性覺必明妄爲明覺也粘妄發光則妄有見覺也㊇二結離塵無體

[經]是以汝今離暗離明無有見體離動離靜元無聽質無通無塞齅性不生非變非恬嘗無所出不離不合覺觸本無無滅無生了知安寄[疏]由境有根如風起浪境風不息識浪奚窮故離塵境無根識耳[標指]離於六境何有六根△[溫陵云]了知即意用也△[紫栢云]根塵是所黏識是能黏譬如眼識不能自生必由明暗二塵引起纔有此識若無前塵識無所有有前塵則有識有妄識則六根次第應用一點差錯不得皆是情識分節也[川]三正示入一之門

[經]汝但不循動靜離合恬變通塞生滅明暗如是十二諸有爲相隨拔一根脫黏內伏伏歸元眞發本明耀耀性發明諸餘五黏應拔圓脫[疏]汝但下六句不隨六境也隨拔下七句一脫圓消也執境成根因根有礙執心不起諸境自亡既不相纒自然圓脫下文云見聞如幻翳三界若空花聞復翳根除塵銷覺圓淨淨極光通達故云伏歸元眞發本明耀楞伽云不了心及緣則生二妄想了心及境界妄想則不生妄既不生即發明耀皆斯義也[吳興云]阿難所疑一入六淨正釋在此如於耳根不循動靜即是脫黏智契於理名爲內伏△[補遺云]應拔圓脫者應言其疾圓言其俱也△[桐洲云]伏歸元眞發本明耀即下文旋見循元於本明處發現心光也本耀發明如二禪中光光相然照耀無盡以發明故餘之五根無復粘湛故云應拔圓脫△[私謂]伏還元覺則非失彼精了也發本明耀則非粘妄發光也[川]四結顯眞覺之理二㊇一略標示

[經]不由前塵所起知見明不循根寄根明發由是六根互相爲用[疏]見聞覺知由塵所

發畢竟無體今非此等斯揀妄也明不下顯眞謂眞覺妙明不循根境即不逐緣生不因境起了然自覺即是性明圓覺亦云無知覺明不依諸礙此亦揀非知覺顯是眞明豈依根塵而始顯發故云寄也由是寄故互相爲用[吳興]云寄二種根覺明開發故千二百功德根根互用也寄根明發如智論云報生天眼在肉眼中此乃寄於肉眼而得天眼今之覺明知見寄諸浮塵勝義而發也△[溫陵]云粘妄則由前塵循浮根脫粘則不由不循直寄而已△[孤山]云用有眞似似如法華眞如華嚴法華明持經功德莊嚴六根皆得清淨眞用則根根皆明互互成用如華嚴即於眼處作耳處佛事等△[手鑑]云此顯證眞起用約位明之即相似分滿也前云從何折伏疇昔攀緣得陀羅尼入佛知見斯由隨拔一根脫粘內伏故得不由前塵所起五眼三智開明而互用自在也無漏意識引五識生一一皆能通緣一切境故然六根既自在六識六境亦自在由是根境識三皆自在故方曰互用若細分別有十二重謂各有四句一根自在四句一根發六識六根發一識一根照六境六根照一境二識自在四句一識依六根六識依一根一識緣六境六識緣一境三境自在四句一境應六根六境應一根一境牽六識六境牽一識前云十方如來及大菩薩於其自住三摩地中見與見緣并所想相如空中花本無所有此見及緣元是菩提妙淨明體下文諸根若圓拔已內瑩發光如是浮塵及器世間諸變化相應念化成無上智覺皆如此境界耳○[引證][清涼]云諸識身所用別者眼唯見色耳唯聞聲等二緣會不同者眼與色等而爲緣故耳用聲等爲緣故三眼無耳用者對於果位互用而說初意遮自此意顯他四又此眼識不合餘根者亦對六根互用義說以互用義或言眼根發於眼識而了六識餘根亦爾即第三意對之或言眼根能發六識以了六境此意對之此識不合餘根此根亦不發餘識更有說言言互用者眼根發耳識而能齅於香等△智論四十是心相無有住處若內若外若大若小以禪定力故其心調柔疾徧諸身還復亦速譬如十頭龍眼耳各有二十及有十口心一時用龍及粗身尚爾何況菩薩○[列子]云外內進矣而後眼如耳耳如鼻鼻如口口無不同心凝形釋骨肉都融不覺形之所倚足之所履心之所受言之所藏如斯而已則理無所隱矣又曰孔丘能廢心而用形亢倉子能以耳視而目聽亢倉子曰傳之者妄我能視聽不用耳目不能易耳目之用張湛曰形質者心智之室宇耳目者視聽之戶牖神苟徹焉則視聽不用戶牖照察不礙墻壁

二廣釋成四[卍]一約人便用㊇

[經]阿難汝豈不知今此會中阿那律陀無目而見跋難陀

龍無耳而聽殑伽神女非鼻聞香驕梵鉢提異舌知味舜若多神無身覺觸如來光中映令暫現旣爲風質其體元無諸滅盡定得寂聲聞如此會中摩訶迦葉久滅意根圓明了知不因心念（疏）阿那律陀云無滅以多睡故如來呵之七日不眠則失雙目佛令修天眼繫念在緣四大淨色半頭而發見障内外明暗皆矚照三千界如觀掌果故云無目而見跋難陀云歡喜與難陀龍常護摩伽陀國（法華文句云難陀名歡喜跋翻善兄弟常護摩竭提國△慈恩云第一名喜次名賢喜此二兄弟善應人心風不鳴條雨不破塊初令人喜後性復賢令喜又賢故以爲名）雨澤以時民無饑年瓶沙王年設大會報龍之恩人皆歡喜從此得名難陀云歡喜爲目連所降無耳而聽未詳緣起（無盡云龍耳爲聾神而能聽）殑伽亦恒伽此云天堂來（此河從無熱惱池南面銀象口出流入東印度）

主河之神爲女即畢陵伽婆提咄小婢者非鼻未見其緣驕梵鉢提此云牛相有牛呞病事具第五異舌未見別緣或可旣云牛相即其牛舌也而能辨了人所食味故云異舌知味舜若多云空即主空神也無色界天亦是此類隨其所主亦無色質旣爲風質者此約體不可見故云元無以佛力故故能暫現亦顯有定自在色無業色也無色界天淚下如雨正是此事得滅盡定大小俱有然修意不同謂滅六全盡七染分（釋要云留淨分不斷要持種○宗鏡五十問住滅定者於八識中滅何等識答但滅六識以第八識持身故論云契經說住滅定者身語心行無不皆滅而壽不滅亦不離煖根無變壞識不離身此位中若全無識應如瓦礫非有情數誰能執持諸根壽煖豈得名爲住滅定者小乘是事滅大乘是理滅小乘但明事滅唯滅六七心心所法不滅第八等大乘滅定具有五蘊有第八識及第七淨分末那平等性智在故清涼云一切法滅盡三昧智通也）摩訶迦葉入雞足

山待彌勒佛俱舍即云已入涅槃餘說入定聖說雖爾若例今經付囑阿難故知入定涅槃俱不可測既知身在已滅意根圓明了知不妨作用故維摩云不起滅定而現諸威儀即斯義也【熏聞云】此即九次第中滅受想定久滅意根謂先曾得定故圓明了知此約出定時說不因心念還指曾滅意根【私謂】溫陵云雖滅意根而能了知此應指在定時說例上無目而見等義應如是不因心念正明不循根之義熏聞謂約出定時說非也然上所說欲顯眞空不假根塵且引六人略以爲比於中有業報者有修得者有發眞者修得發眞正是眞用業報所感以淺況深俱是不由於根而覺知無失耳【寂音云】虵以眼聽不必二龍也蛟無目能行水母以蝦爲目不必那律也螻蟻以身爲鼻不必恒神也蜂以腋爲舌不必驕梵也風拒之則怒御之而行不必舜若也嗚呼衆生爭於口耳鼻舌數寸之間自以色香觸味爲異豈不哀耶（入）二融法就體【經】阿難今汝諸根若圓拔已內瑩發光如是浮塵及器世間諸變化相如湯消氷應念化成無上知覺【疏】三界萬法皆由無明妄念而得分別今六塵既拔塵無所黏妄念不生性明內瑩故得浮塵幻相器界虛空一體圓成歸無上覺故下文云聞復翳根除塵銷覺圓淨淨極光通達寂照含虛空却來觀世間猶如夢中事又云汝等一人發眞歸元十方虛空悉皆消殞況諸世界在虛空耶斯則萬法融眞一切常住無情成佛復何怪耶若謂無情不能起行無成佛義斯則何異猶邀空花結爲空菓法空智塞我相見深無情若使不成心外有法究爾空談圓實心語相違豈不謬哉【吳興云】眞智如湯妄境如氷了妄即眞化成知覺【宗鏡】含識界中內爲六根所縻外爲六塵所結觸途現境寓目生情如獼猴六處俱黏類蜘蛛諸塵盡泊見不超乎色界聽不

出乎聲塵若投網之魚似處籠之鳥進退俱阻如羝羊之觸藩驚懼齊臨若乳燕之巢幕若能知塵是識了物即心不爲延促所拘豈令大小所轉即能隨物應跡赴感俯機不動道場分身法界◎三舉事例顯（經）阿難如彼世人聚見於眼若令急合暗相現前六根黯然頭足相類彼人以手循體外繞彼雖不見頭足一辨知覺是同（宗鏡）知彼世人聚見於外者此先明世見非眼莫觀若令急合則無所見與耳等五根相似彼人以手循體外繞雖不假眼而亦自知此況真見不藉外境（疏）此則近以世人六根隔越不相通用尚有知覺同者豈況真覺須假根塵六根無辨故云黯然頭足不分故云相類若以手摸頭足明辨與見無異故云知覺是同（溫陵云）聚見於眼圓明有見之時也急合而暗暗成無見之時也既六根頭足黯然無辨而觸之立辨一如明時由是驗知有明自發暗不能昏者人人具有耳△（私謂）循體外繞彼人以手自繞其體以頭手俱一人之身假是以顯同覺也若溪云循體謂繞他人之體消文殊謬近師又執此說以證譯人闕略相蒙甚矣

◎四指妄結真（經）緣見因明暗成無見不明自發則諸暗相永不能昏根塵既消云何覺明不成圓妙（宗鏡）緣見因明暗成無見者此牒世間眼見須仗明暗因緣根塵和合方成於見（疏云）初二句指妄謂從根境緣所生見故云緣見　不明自發者此正明真見之時見非是眼既不屬眼又何假明暗根塵所發則不明之明無見之見自然寂照靈知何曾間斷世間明暗虛幻出沒之相又焉能覆蓋乎是以明不能明暗不能暗故云則諸暗相永不能昏真性天然豈非圓妙（疏云）不明下結真謂不逐緣生不由境起湛然常照明不能發暗不能暗純一真覺內瑩清淨此體發現根塵識心一時圓妙故前文云應念化成無上知覺若不假明暗等

見見色之時則見餘根若離念徧法界見鐵圍山一切相皆不能蔽若六根伏則不能得六根相一翳在目千花亂飛一妄動心諸塵併起若能離念則當處坐道場轉大法輪俱成佛道紫栢云夫因明而見物明謝則不見矣故曰緣見因明暗成無見不見明而見物一切暗相現前而我無待之見本自昭然故曰不明自發等外心別無生外心別無滅如生生滅滅動動靜靜通通塞塞悟悟變變暗暗明明本一精明映彼六者流而不返近取諸心則爲生滅遠取諸物則爲明暗晝夜古今寒暑之多也而天機深者悟一塵泝而上之餘根齊拔矣此指眼根脫粘而入也乃至意根則緣知因法無法無知不法自知則諸滅相永不能惑

○上正明二義科竟

⊙二別破疑情即修行方便下三大科之二 是中分三子科一眞識斷結疑即羅睺擊鍾一章二解結因體疑即諸佛同音佛說長偈一章三六解一亡疑即天巾解結一章從此去盡六卷從三摩地得無生忍初文

二入一阿難伸疑二㊇一牒所聞

經阿難白佛言世尊如佛說言因地覺心欲求常住要與果位名目相應牒前起難㊅二敘疑難四(卍)一

舉果常住經世尊如果位中菩提涅槃眞如佛性菴摩羅識空如來藏大圓鏡智是七種名稱謂雖別清淨圓滿體性堅凝如金剛王常住不壞

疏菩提云知覺即智果涅槃云寂滅即斷果離僞妄無遷改故曰眞如唯識第九眞謂眞實顯非虛妄如謂如常表無變易宗鏡云古釋遣妄曰眞顯性曰如藏和尚拂此義云無法非眞何有妄可遣耶則眞非眞矣無法不如何稱理可顯耶故如非如矣斯則無遣無立爲非安立之眞如矣照察不變名爲佛性涅槃云今日如來所說眞我名曰佛性如是佛性我佛法中喻如淨刀△宗鏡云菴摩淨識湛若太虛佛性明珠皎同朗月菴摩羅云無垢離障所顯即白淨無垢識也清涼云眞諦三藏說有九識第九名阿摩羅識若唐三藏此翻無垢即第八異名謂成佛時轉第八識以成此識無別第九若依楞嚴經心有八種或復有九又下卷云如來清淨藏亦名無垢智即同眞諦所立第九△宗鏡云第八本識居初位而唯號賴耶處果位而唯稱無垢不與妄染相應含藏無量功德名空如來藏能現身土離倒圓成鑒周萬有名大

圓鏡智【清涼云】又眞諦三藏所翻決定藏論
九識品云第九阿摩羅識有二種一
者所緣即是眞如二者本覺即眞如智能緣
即不空如來藏所緣即空如來藏△【十行品】
【疏云】莊嚴論頌云不離心眞如別有心性淨
淨體即是自心心即眞如此自性淨心即如
來藏亦是本來淨識菴摩羅識即是空不空
如來藏按溫陵此中誤引實積立三如來藏
別有辨歎具如諸決△【八識頌云】大圓無垢
同時發謂阿摩羅即果中第八識唯與鏡智
相應名無垢識【熏聞云】攝論以菴摩羅爲第
九地論以大圓鏡爲第八兩論被物各有所
宜天台依攝論說菴摩羅識名無分別智光
立第九淨識也△【宗鏡云】大圓鏡智依法相
宗即本識爲鏡【楞伽云】譬如明鏡依衆色像
現識處現亦復如是現識即第八識依法性
宗即如來藏爲鏡如起信云覺體者
有四種大義與虛空等猶如淨鏡
七名雖
別一體無殊堅固凝然常住不動如金剛也
【二楞云】七名雖別皆如來自證法門清淨即
妙湛圓滿即總持堅凝即不動金剛王即首
楞嚴王常住不壞即究竟堅固常住眞心也
△【私謂】華嚴十行品說住無所得七種與此
經並開七名彼經具含因果此經專目果位
彼疏云無性之性即是實性故舉多名方顯
深住之深奧即此疏所云稱
謂雖別耳◎二顯因無常
【經】若此見聽離
於明暗動靜通塞畢竟無體猶如念心離於
前塵本無所有◎三進退成疑云何將此畢竟斷滅
以爲脩因欲獲如來七常住果世尊若離明
暗見畢竟空如無前塵念自性滅進退循環
微細推求本無我心及我心所將誰立因求
無上道【疏】離塵無體六根皆然故前舉見聽
後指意根猶如者指詞也因緣所起自體本
無故云畢竟斷滅進退推求無我心者以分
別不亡眞覺難顯但有斷滅不覺妙常故云
將誰立因求無上覺【標指】阿難執斷爲常示
相懷疑正同圓覺普賢
徵釋用心彼云若彼衆生如知幻者身心亦
幻云何以幻還修於幻若諸幻性一切盡滅
則無有心誰爲修行云何復說修行如幻△
【吳興云】進思常果退惟修因進思修因退惟
斷滅疑情宛轉若循環然△【溫陵云】離幻復
眞常住不壞是常住果見聽六用離塵無體
是斷滅法誤揣緣塵迷失常住還揣六用疑
歸斷滅果地是常因心是斷因果違者安得
相應實修證大患故須
難明也◎四結難求示【經】如來先說湛精圓
常違越誠言終成戲論云何如來眞實語者

唯垂大慈開我蒙悋【疏】如來說有湛精圓常洎今所推唯是斷滅明言雖有考實則無若此相違眞實何在豈不同於兒戲之論耶【溫陵】云復揣六用疑若斷滅而反以佛說湛常爲不誠而近乎戲論不得爲眞實語者△【涅槃】高貴德王白佛如來誠實云何發是虛妄之言按德王責虛妄言阿難訶眞實語皆所謂直心訓我所問理應如是○二如來爲斷二○一斥迷許說【經】佛告阿難汝學多聞未盡諸漏心中徒知顛倒所因眞倒現前實未能識恐汝誠心猶未信伏誠心牒前違越誠言吾今試將塵俗諸事當除汝疑【疏】分別見妄能所强生爲顛倒因前云顛倒之處迷常執斷名爲眞倒【私謂】眞倒現前猶云眞藥現前也令以現事驗令知恐無執斷滅故云當除汝疑○二約事廣明二○一約聲塵顯其倒情二○一問答二○一約根問答二○一問答無有【經】即時如來勅羅睺羅擊鍾一聲問阿難言汝今聞不阿難大衆俱言我聞一次審聞鍾歇無聲佛又問

言汝今聞不阿難大衆俱言不聞二審不聞時羅睺羅又擊一聲佛又問言汝今聞不阿難大衆又言俱聞三又審聞△【私謂】羅睺羅爲聲聞弟子中密行第一法華中云阿難常爲侍者羅睺羅是佛之子若佛見授記我願既滿衆望亦足觀學衆記云當供微塵數佛護持法藏即與阿難羅云同德故以二師總之今此會中阿難當機而擊鍾驗問特勅羅云世尊益明以撾犍椎擊信鼓寄顯親因記莂之因緣豈偶然哉【什公云】阿修羅食月時名羅睺羅秦言覆障謂障月明也羅睺羅六年處胎爲母所障故因以爲名○二問答所以【經】佛問阿難四次審定汝云何聞云何不聞阿難大衆俱白佛言鍾聲若擊則我得聞擊久聲消音響雙絶則名無聞【疏】擊鍾三問審定稱聞欲轉問宗又令重釋一則斥成矯亂一則顯其性常令知生滅之中有不生滅不因聲滅不因聲生生滅圓離即常眞實斯則了然常住何斷滅之有乎【溫陵云】此但無聲非謂無聞故必再擊疊問而審拼也△【補遺云】鍾聲爲音振物曰響生法師云敲空作響擊木無聲○二約

塵問答三㊁一問答有無【經】如來又勑羅睺擊鍾問阿難言爾今聲不阿難大衆俱言有聲一次審聲少選聲消佛又問言爾今聲不阿難大衆答言無聲二審無聲有頃羅睺更來撞鍾佛又問言爾今聲不阿難大衆俱言有聲三又審聲【疏】少選猶少頃也有頃猶頃尅也皆時之少分也三問三答只是定其言聲【溫陵云】上答爲倒此答爲正聲有生滅聞性常在以聞同聲是以常爲斷也㊁二問答所以【經】佛告阿難四次審定汝云何聲云何無聲阿難大衆俱白佛言鍾聲若擊則名有聲擊久聲消音響雙絶則名無聲【疏】問聲有無今釋所以前答聞之有無亦以鍾聲起歇爲釋今答聲之有無亦以鍾聲起歇爲釋將驗其情隨言印順耳㊀二斥破【經】佛語阿難及諸大衆汝今云何自語矯亂大衆阿難俱時問佛我今云何名爲矯亂佛言我問汝聞汝則言聞又問汝聲汝則言聲唯聞與聲報答無定如是云何不名矯亂【宗鏡】【疏】擊鍾聲以辨眞妄者即聞性而可眞舉聲塵而辨妄已下長水文同若因聲有聞此聞不離聲若離聲有聞此是眞聞汝今但執隨聲之聞此聞不離於耳只合是聲不合是聞又言是聞又言是聲既隨言印順故成矯亂㊁二就聞性破其斷見三㊀一正破三〇一破其執斷【經】阿難聲消無響汝說無聞若實無聞聞性已滅同于枯木鍾聲更擊汝云何知知有知無自是聲塵或無或有豈彼聞性爲汝有無聞實云無誰知無者【疏】初二句牒其所計若實下五句破其斷無若實此聞隨聲而滅則汝一身應如木石再擊鍾時如何聞響知有下五句對釋無生有無之知自屬聲境且不關聞故云自是聲塵或有或無聞

法常然未曾起滅故云豈彼聞性為汝有無聞實二句反結有性聞若實無證無者誰既若知此是無聞者驗知不滅豈隨聲無【溫陵云】聲塵或有或無聞性未嘗有無所謂聲亦非滅聲有亦非生此即不生不滅真常性也夫知無者亦因聞根不可謂無聲則無聞也〇二顯其本常【經】是故阿難聲於聞中自有生滅非為汝聞聲生聲滅令汝聞性為有為無【疏】聞性不動其猶鏡明聲之生滅正如影像【標指】聲是塵聞是性性如明鏡塵如影像豈由影像有去有來令其鏡明為生為滅故下文云音聲性動靜聞中為有無無聲號無聞非實聞無性聲無既無滅聲有亦非生生滅二圓離是則常真實【宗鏡云】若真聞性如水不滅聲塵如風鼓波成浪故有聞性聲塵不起聞相不無而聞性不滅以性不滅聲塵若來還有聞相如水不滅若風動時即有波相〇三結斥垂勸△汝尚顛倒惑聲為聞何怪昏迷以常為斷終不應言離諸動靜閉塞開通

說聞無性【疏】鏡明不動影像隨形苟見象之去來而曰鏡之起滅者倒之甚矣聲聞無辨斷常遂迷故此結勸不可更言離聞無性二〇釋成三〇一引睡人釋成不斷【經】如重睡人眠熟牀枕其家有人於彼睡時擣練舂米其人夢中聞舂擣聲別作他物或為擊鼓或為撞鍾即於夢中自怪其鍾為木石響於時忽寤遄知杵音自告家人我正夢時惑此舂音將為鼓響阿難是人夢中豈憶靜搖開閉通塞其形雖寐聞性不昏【疏】睡人六識歸種思覺不行但任運聞即真聞性【融室云】睡以昧略為性略揀五識相應昧揀諸定及了別意若唯約喻睡人應無聞性但約不隨根起非由作意故是真聞故下文云縱令在夢想不為不思無覺觀出思惟身心不能及故知即顯真聞不須約喻【補遺云】惑砧杵聲為鍾鼓響睡中昏想也怪鍾聲是

木石音聞性不昧也△【合解】云重睡眠熟六根昏昧識想不行睡時擣練顯夢境聲塵現前夢中聞舂顯根塵失偶根性不昧別作他物是獨頭意識顛倒夢時自恠根塵雙離引起亂意識非量比度忽寤知杵根塵復對自告家人等耳意二識明了如前是人下三句反顯根塵不對識不記憶三皆不和合也○【引證】瑜伽十一惛昧無堪任性名惛沈惛昧心極略性名睡眠由此惛沈生諸煩惱隨煩惱時無餘近緣如睡眠者諸餘煩惱及諸睡眠或應可生或應不生若生惛昧睡眠必定皆起是故此二合說一蓋△【宗鏡】云夢寤所受憂喜苦樂悉從識變皆因想成並是明闇意識所行境界覺中是明了意識夢中是夢中意識覺夢雖殊皆不出意故云寤則想心寐爲諸夢若無夢則諸境不現無想則夢境不成以隨意生形從想立法故○二例死者釋成不斷

【經】縱汝形消命光遷謝此性云何爲汝銷滅

【疏】形命雖遷眞常不動妄識尚在況乎聞性隨汝遷謝【吳興云】復恐謂寐雖不昧死豈不滅故重示耳△【合解】現今重睡熟眠與死何異睡去不來即名爲死身形不覺根識已離彷佛形銷即同命謝眞性歷然不隨銷滅寤寐驗眞形消驗在觀河喻常豈不然乎○三結斥迷倒不循妙常

【經】以諸衆生從無始來循諸色聲逐念流轉曾不開悟性淨妙常不循所常逐諸生滅由是生生雜染流轉

【疏】隨塵生滅逐念流動無始至今未嘗停息不能於妙常寂絕念而游於眞覺明亡緣而照雜染流轉生之又生區區若是何由取證三⊖結勸

【經】若棄生滅守於眞常常光現前根塵識心應時銷落想相爲塵識情爲垢二俱遠離則汝法眼應時清明云何不成無上知覺

【宗鏡】若了聞性即成正覺如起信云一切諸法皆由妄念而有差別若離妄念則無境界差別之相故知妄念空而根境謝識想消而塵垢沉則法眼應時清明靈光了然頓現見聞本性既爾諸根所現亦然故經云六自在王常清淨故

【疏】若能亡緣內照不逐前塵塵既不緣根無所偶返流全一六用不行淨覺現前寂照明露斯則守於眞常根塵銷落也想相

即境情即是根根境識三俱能染汙障翳般若於無生法不能明了故名塵垢今既遠離於法明見即是證無生忍故云法眼應時清明於大菩提斯可希冀耳【標指】守於眞常常光現前者下文云

塵既不緣根無所偶十方國土皎如琉璃內含寶月根塵識三即三德祕藏也△【吳興】云通別二惑俱名塵垢眞似所證皆歸法眼此眼具五方曰清明△【溫陵】云不悟性常故逐諸生滅能守常性常果可冀矣前令審擇常性爲因地心而阿難牒難故此結答也

經文虛妄滅生伏還元覺古本世本並同定本伏字作復標云作伏者非謬妄如此

大佛頂首楞嚴經疏解蒙鈔卷第四之五

音釋

荽 宣隹切同荾胡荾也

⿱桑鼓 蘇朗切鼓匡木

䪞 都合切指衣也

大佛頂首楞嚴經疏解蒙鈔卷第五之一

海印弟子蒙叟錢謙益鈔

○躡上卷別破疑情科之二⊕二解結同體疑二∧一阿難伸請二卍一述已猶迷

【經】阿難白佛言世尊如來雖說第二義門今觀世間解結之人若不知其所結之元我信是人終不能解世尊我及會中有學聲聞亦復如是從無始際與諸無明俱滅俱生雖得如是多聞善根名爲出家猶隔日瘧【孤山】牒前二決定義審詳煩惱根本【汾潭標指】備引二決定義中應當審詳煩惱根本乃至汝觀世間解結之人等文△【溫陵云】前第二義文云不見所結云何知解故此牒而請也【私謂】第二義門確指第二決定義圓月環三師之解是也阿難已知六根是結今所請根元正是俱生無明生死結根也以雖得六銷猶未亡一故【疏】前疑因果同異今疑根塵結解故云第二義門然根起之由前雖廣示而不的指何處爲結結解之義尚未辨明欲期指陳皎然可識故引前文佛所舉義以況已迷也諸無明者謂全界無明也總攝一切二障見思故名爲諸【孤山云】同體無明品數至多又迷境不一故曰諸【溫陵云】諸無明通根本枝末也按枝末無明對根本無明得名見思以無明爲根本故界內惑對界外得名見思爲界內塵沙無明爲界外始自迷眞隨逐有情生滅不離故上文云和合妄生和合妄死故云俱滅俱生也【孤山云】生滅去來常在妄中故曰俱初果有學雖未斷思已名破煩惱障得人空證而全未破所知障法執猶存故云猶隔日瘧瘧病隔日而發通惑除如安日別惑在如發日涅槃哀嘆品二乘白佛亦舉此喻△【二楞云】此即前文根中積生無始虛習亦名俱生無明隔日瘧謂說時似悟對境還迷楞伽謂之鼠毒發卍二請示結解

【經】唯願大悲哀愍淪溺今日身心云何是結從何名解亦令未來苦難衆生得免輪迴不落三有作是語已普及大衆五體投地雨淚翹誠佇佛如來無上開示【疏】無始生死不能超越葢由結

縛今待解除無礙無繫不以懇至莫由開曉故雨淚求示也∴二如來廣演五卍一世尊摩頂經爾時世尊憐愍阿難及諸會中諸有學者亦爲未來一切衆生爲出世因作將來眼以閻浮檀紫金光手摩阿難頂疏頂是諸根之總手爲解結之要摩而警動將有解期拊而安慰令知深旨卍二諸佛放光經即時十方普佛世界六種震動微塵如來住世界者各有寶光從其頂出其光同時於彼世界來祇陀林灌如來頂是諸大衆得未曾有疏無明住地爲六情根震動不安因茲解結孤山云六種震動表破六根惑也諸佛流光灌一佛頂以表一多無礙自他平等下文諸佛標示此佛釋成同說同證更無異路微塵如來光灌此佛表同依頂法得成正覺問從前至此四度放光獨有今文諸佛同放仍又同說何特異乎答

初爲說教破邪次爲揀妄顯眞次爲定見生智今爲入觀成行前三依教發解未能除障今文觀成破惑正動無明入法界理故諸佛放光同示解結體無二源從前所表皆爲今日成行取證故與前文異耳孤山云由解結法門是修證的要以因此說生起後文耳根入處故茲現瑞而爲表報△無盡云頂圓而無上以光表法圓通成行極於此矣卍三彼佛同宣經於是阿難及諸大衆俱聞十方微塵如來異口同音告阿難言善哉阿難汝欲識知俱生無明使汝輪轉生死結根唯汝六根更無他物汝復欲知無上菩提令汝速證安樂樂解脫我寂靜淨妙常常亦汝六根更無他物疏覺明初起能所妄生湛性旣分六根成異根塵偶對業性即生輪轉無窮生死長縛斯六根爲生死結縛之源也一念無念能所俱亡根塵識心應時銷落無

眞可得無妄可除覺性圓明法眼清淨斯六根爲自在解脫安樂妙常之源也其猶氷水由氣之動移相雖變異溼性常一結解同貫亦復爾也溫陵云俱生即根本無明也△海印云異口同音表十方如來一道出生死故卍四此佛親說二◎一長行三㊇一再問經阿難雖聞如是法音心猶未明稽首白佛云何令我生死輪迴安樂妙常同是六根更非他物疏染淨根本唯此六根更無別法於此起見生死輪迴於此忘情涅槃常樂法執未破孰能洞明故再咨詢欲期開示㊇二雙標經佛告阿難根塵同源縛脫無二識性虛妄猶如空華疏根境識三無別體性唯一眞覺故曰同源吳興云根塵識三攝十八界本如來藏妙眞如性故曰同源執見不亡妄生取著強分染淨橫計身心從始洎終念念生滅故云爲縛了相無相分別不生能所寂然念想虛盡一法無取一眞體現心與虛空等無差別故名爲脫凡夫迷眞故縛聖人悟眞故脫迷悟雖殊始終理一故曰無二識性虛妄如空花者與上根塵綺互相影上言根塵影此識性今言識性影彼根塵故三同源亦同虛妄同源必兼識性虛妄必具根塵猶織綺之法互現其文也故前文云見與見緣并所想相如虛空花即此識性虛妄也又云此見及緣元是菩提妙淨明體即此根塵同源也。引證魔逆經云魔請文殊解縛文殊云無人縛汝汝自想爲縛也魔即語云我畢竟永不解脫經云本自無縛其誰求解若使法界有繫縛者我即解脫△圓覺疏解縛一對引釋云煩惱依識識性既空煩惱何縛㊇三雙釋二卍一總顯無生經阿難由塵發知因根有相相見無性同於交蘆宗鏡釋知由前塵而發者所謂見分也相因眼根而有者所謂相分也相見俱無有性者心境互生各無自體心不自立故由塵發知境不自生故因根有相二虛

相倚猶若交蘆【海印云】見相二分元是無明所成故喻若交蘆蘆體本空而交處亦空也私謂古釋雙指根塵實含三法以第八識具相見二分故【疏】攬塵成根對根有相根境立矣妄識生焉妄識能變根境二法故根境識互相假藉【溫陵云】此根塵識譬如東蘆互相依倚罷有其相其體全空△【吳興云】塵相通指六境知見畧示二根根境對論攝十二處斯皆兩法相涉內無實性故喻若交蘆以根境識三釋者非也經語巧妙從寬至狹上攝界義故三此釋處義故二下文畧境單言其根故云立見立知等【雷菴受駁】【曰】圓覺云此虛妄心若非六塵則不能有虛妄心非分別事識乎上曰根塵同源等下曰由塵發知等重頌曰中間無實性是故若交蘆非具明根境識三乎胡為以巧妙自取以寬狹自執耶○【引證】唯識云契經說識緣名色名色緣識如是二法展轉相依譬如束蘆俱時而轉【攝大乘云】阿賴耶識與雜染法互為因緣如炷與焰展轉相燒又如束蘆互相依住△【清涼云】生滅因果如二束蘆互相依立不能獨成則知無性二我俱空言束蘆者又取中空十二因緣相有名生虛無名滅生滅假集亦如束蘆㊉二別明解脫【經】是故汝今知見立知即無明本知見無見斯即涅槃無漏眞淨云何是中更容他物【疏】由阿難再問云何令我生死輪迴安樂妙常同是六根更無他物故佛先示根境識三唯一虛妄同一性源迷縛解脫誠非異轍由此別示結答令無所疑因解成觀妙果可冀言知見者略舉六根之二也立知者又略見字影在次文【孤山云】立知略見無見略知經文互影也意謂若於六根三事不了性無立為實有起徧計執惑業由生自取輪迴枉入諸趣斯則六根是無明生死結縛之本苟或於此體眞達妄執取不生妄知見覺泯然虛寂唯一圓成清淨寶覺斯則六根是菩提涅槃元清淨體更欲何物說為異因故般若云若見諸相非相即見如來上文云此見及緣元是菩提妙淨明體此正破無明法執成就圓通觀門也【孤山云】執知見實有名立知見此即妄心是生死輪迴之本達知見無性名無知見此即眞心安樂妙常是則唯一眞心

更無別法△〔温陵云〕於知見立識知之心則結爲無明之本於知見無見覺之妄則解爲涅槃眞淨既曰眞淨豈容立知故曰云何是中更容他物此總示妄結根塵識起但妄識不立則妄結自解是爲解結眞要〔宗鏡釋〕

但了了見無可見即通法界見即是涅槃若了了聞無可聞即通法界聞即是涅槃一切諸法本來涅槃以分別心妄見所隔不知自識翻作無明

〔孤山又解云〕知見立知是迷眞知見立緣塵等妄知見故即無明知見無見是違眞知見無緣塵等妄知見故即涅槃故前文云入佛知見也佛知見即外更無別法故言不容他物前釋約常心即寂一切皆泯後釋約常法即照有眞知見故茲兩釋並符佛旨〔私謂〕孤山二解前釋即同長水後釋即同宗鏡今謂涅槃眞淨性淨妙明豈非眞知見耶似不妨以前釋攝後也△〔熏聞云〕阿難請云今日身心云何是結從何名解如來開示即汝現前知見若立知者即名名爲結若無見者即名爲解無明是所結之元涅槃爲解結之果△〔圭峰圓覺序云〕彌滿清淨中不容他欽云上推心境俱空圓明知覺眞覺境中無別一塵有體之法何以故色乖空故如火乖水水不容火故云中不容他此即法界觀中眞空絕待觀也於中正當泯絕無寄觀矣然中不容他之言乃佛頂經文勢彼云云何是中更容他物〔私謂〕云何是中二句以彌滿清淨中不容他之文消之深有意趣環師云既曰清淨豈容立知可謂妙得圭山之旨△〔中川云〕阿難言俱生俱滅無明果相也如來言知見爲本無明因相也知見立知示無明本始也俱舍以癡爲無明唯識以愚爲無明婆沙以三界無知爲無明三無性論云無明者即阿黎耶識爲諸惑本而起三界業果故圓覺云身心等性皆是無明寶性論云聲聞辟支及大力菩薩皆不離無明住地所謂漏無漏二無明爲緣而起三界意生之果瓔珞云妙覺地中所斷無明名不了三界法而成三界因果則知三乘與佛所有無明皆依三界而斷也又寶積論云明與無明無異無別爲橫執謗邊顯示中道以明即無明故同是六根別非他物無漏眞淨中不容他斯即涅槃矣◎二偈頌二㊀初標舉

〔經〕**爾時世尊欲重宣此義而說偈言**

〔疏〕**汎論偈頌約有四種一阿耨窣覩婆頌不問長行并偈但數字滿三十二即爲一偈**〔手鑒云〕慈恩云室盧迦三十二字處中之頌也西方五種句一短句上五字下三字四句爲偈二前句唯六七字還四句爲偈三中句八字成句四後句成九字乃至二十六字五長句從二十七字巳上不限之也諸論指諸大乘經皆云若干偈即是此也如云華嚴十萬偈等其中結偈處極少餘悉是長行故知十萬之數即三十二字之頌也 **二名伽陀此云**

諷誦或云不頌頌不頌長行故或名直頌謂直以偈說法故妙玄云此云孤起不重頌者名孤起亦云諷誦諷即是誦謂孤起偈即下六解一亡等荆溪云伽陀經一云不等句二云不等頌三云直偈無長行者即孤起偈西域記云舊曰偈梵本畧也或曰梵他梵音訛也正音宜云伽陀唐言頌三名祇夜此云應頌妙玄云此云重頌重頌上直說修多羅也亦云應頌一與長行相應之頌由于長行說未盡故荆溪云不了義經應更頌釋二爲後來應更頌故涅槃云佛昔爲諸比丘說契經竟有利根衆生爲聽法故來至佛所即用本經以偈頌曰我昔與汝等不識四眞諦是故久輪轉生死大苦海即是重宣此義也四名蘊馱南此云集施頌謂以少言攝集多義施他誦持故如云一切有爲法等四句即攝大般若八十餘科二十萬偈爲何意故經多立頌畧有八義一少字攝多義故二諸讚嘆者多以偈頌故三爲鈍根重說故四爲後來之徒故五隨意樂故六易受持故七增明前說故八長行未說故已上並清涼疏文今此經內於前四中二三所攝八意之內正

唯三七兼二五八然又長行偈頌相望有五對之例謂有無廣略離合先後隱顯至文詳而知之【清涼云】又長行偈頌有十例五對謂有無廣畧離合先後爲八九或超間十或頌已重頌故釋頌文不可一例上下準之此頌九行應頌諷頌間雜相糅連環起伏展轉相生大意破無明法執令觀門明淨修行證入一眞法界也①二正頌六㈧初二頌標宗破執二㈨一比量正破【經】眞性有爲空緣生故如幻無爲無起滅不實如空華【疏】此文正破無明法執執爲無爲有實體者皆迷眞性一眞法界本非對待故此雙破即是解結之所因也此中四句前二句破有爲後二句破無爲此二不立方顯法界一相義耳言眞性有爲空者眞性之言正是標宗揀法通下第二量轉謂一眞中道第一義諦也【證眞云】問下半頌無眞性言今何强添答上眞性言須通下轉云云△【百法慈恩疏云】破勝義

諦中有爲無爲二俱是空鈔云爲遮犯世間相違過故以諸有爲學者世間非學世間皆許有故諸無爲法學者世間許是有故若不揀之故成此過今言眞性依勝義諦不依世間故無此過

應立量云眞性有爲元空不有從緣生故猶如幻事眞性無爲本來不實無起滅故猶如空花由此二量三支無闕標揀分明無諸過非掌珍論中取爲善立〔清涼云〕掌珍論者清辯菩薩所造一論唯釋此偈

第二量中先因後宗譯人語便亦無所失〔證眞云〕初半頌立有爲是空即眞性有爲空緣生故如幻具足三支比量量云眞性有爲是有法定空爲宗因云從緣生故同喻如幻事△今按掌珍初偈云眞性有爲空如幻緣生故〔百法疏〕第一量云諸有爲眞性故空從緣故如幻事鈔云眞性有爲前揀定是空後說前揀後說互相差別不相離性合以爲宗因云緣生如幻事等喻應知眞性之言爲防過故該通二量但遠指初過總宗非正是宗有法意先指云我依眞性立有爲是有法定空故宗或欲顯示無過道故無違也應立量云有爲是有法依眞性皆空故宗便無過也故掌珍云且如眼處一種有爲就勝義其體空等今經文宗因喻三支具足論即先宗次喻後因故清涼云此中因喻前却或迴文不盡而言眞性者即有爲性亦合云有爲眞性空此則經順而論倒也○〔證眞云〕次半頌立無爲無起滅不實如空花亦具三支此量若取義便應移不實兩字歸上句移無起滅三字歸下句以不實是宗中空義故應立量云眞性無爲是有法定空爲宗因云無起滅故同喻如空花△今按掌珍次偈云無爲無有實不起似空花〔百法疏〕第二量云諸無爲法眞性故非實以不起故猶如空花鈔云揀過如上又此後量元依勝義諦立不同前量或准前量理亦無違論中宗因喻三支無失而經又先因後宗則論順而經倒也長水依洪敏移置之言故云亦無所失

此義所顯一眞平等無諸對待眞妄染淨生死涅槃凡夫諸佛皆如空花亂起亂滅故下文云一切世界山河大地生死涅槃皆即狂勞顛倒花相故中論云若法爲待成是法還成待今則無因待亦無所成法斯顯第一義中離一切相言語道斷心行處滅無明法執於斯盡矣△〔吳興云〕眞性即根塵之源有爲即縛脫之相也此縛與脫皆即眞而俗故曰有爲亦即俗而眞故曰空也緣生故如幻釋眞有空義此頌根塵同源縛脫無二也無爲下頌識性虛空猶如空花上言如幻助成空義今云空花正顯虛妄也[illegible]

界云岳師不以有爲無爲立宗失經論意焉Δ【私謂】人知掌珍全釋一偈不知此即清辯之注楞嚴也西域記言清辯論師外示僧伽之服內弘龍猛之宗而清涼判此偈入第八眞空絕相宗得般若三論一分之義則清辯之釋此偈即同龍猛之釋般若華嚴法界眞空觀門益已具足於此敏齋二師依清涼慈恩引釋古師章門遠有承禀今人樂趨淺略咸順苕溪一往遣拂之談反謂此宗不了清涼固云斯言可怖請諦思之㊃二顯過況破【經】言妄顯諸眞　妄眞同二妄　猶非眞非眞　云何見所見【疏】初二句重顯前過有爲無爲是對待故亦是破執眞性是有還同虛空感者議云眞性之中雖亡有爲無爲而此眞性應有所得是佛所證離諸僞妄故名曰眞是諸法性畢竟應有故此破云若言離妄所顯有眞性者還同妄法俱爲妄也以是徧計所緣境故離妄之眞還因妄顯如前文云菩提心生生滅心滅此亦生滅起信亦云言眞如者亦無有相謂言說之極因言遣言此眞如體無有可遣以一切法悉皆眞故亦無可立以一切法皆同如故當知一切法不可說不可念故名眞如應知若有眞性爲所得者皆爲妄矣故云妄眞同二妄【孤山云】諸之也語助耳眞實對妄說眞待對不絕眞亦成妄故言二妄龍樹云若法爲待成是法還成待Δ【吳興】云長行但破於妄今恐捨妄取眞故重遣之Δ【融室云】此偈暗通妨難難云有爲之法可說虛幻無爲之法何言不實通云因言妄以顯眞對妄之眞同第二妄故下半頌況破執妄初句躡前所非尚無眞與不眞不眞即妄也次句正況云何更存能見所見根之與識俱名爲見所見即境也【孤山云】對妄說眞猶皆遣蕩云何更有妄中根境乎猶非能遣也眞非眞所遣也斯則總破眞妄二心諸對待法皆無所有方名顯淨法界一眞平等【合論云】偈首標眞性示頂法之宗曰有爲空對無爲無起滅者有無二法對待而成並爲增語以有無爲增語則眞之一字豈亦顯妄而立乎但形言彩即是染汙離諸染汙則一切無所有寧存見哉故曰猶非眞非眞云何見所見今曰能見者爲眼

非有見也龍勝曰是眼則不能自見其已體眼如有見者先自見其眼今不能自見而曰能見一切無是理也△此上二頌正是頌前根塵同源也本源自性尚非眞妄豈得存乎根境識耶故根境識同此一源頌文配釋長行多師各別今並以長水爲準㊇二兩頌第結同體(經)中間無實性 是故若交蘆

結解同所因 聖凡無二路(疏)上半頌頌前根塵相發相見無性猶如交蘆(孤山云)中間謂根境二法體中無性△(空印云)根塵無性如交蘆並立去一即倒根塵既妄中間識性安有實體言中間即具三法矣下半頌頌前縛脫無二也六道凡夫業惑所繫不得自在故名爲縛三乘賢聖斷惑證理不隨業繫故名爲解此則皆由六根迷悟所致更非別岐故無二路(吳興云)欲明解結汎舉所因所因者六根也△(溫陵云)頌同是六根更非他物(經)汝觀交中性

空有二俱非 迷晦即無明 發明便解脫(疏)交中無性將何遣有而更存無一性之中無對待故肇公云有既不有則無無矣此則正顯根塵中道亦是上根塵同源之義(孤山云)汝觀者重牒前喩令審觀也言空則蘆有外相言有則蘆中本空以喩根境妄執似有其體元無下半頌頌前立知立見等文也迷根執境不了性空妄取爲有即無明矣了性無性眞妄一如根境識三不能爲縛故名解脫斯則涅槃無漏眞淨(海印云)言空言有皆依無明交中之性本無眞結能如是觀無明解脫皆是湛寂一心空有雙絶矣㊇三一頌生起下文(經)解結因

次第 六解一亦亡 根選擇圓通 入流成正覺(疏)上半頌生起六解一亡疑也因次第者下文云此根初解先得人空空性圓明成法解脫解脫法已俱空不生是名菩薩從三摩地得無生忍一亦亡者下文云今日如來若總解除結若不生則無彼此尚不名一六云何成下半頌生起下文圓通修證也即

取觀音從耳根門入三摩地文殊所選堪與阿難及此界人入流正覺【溫陵云】六解則根拔一亡則湛圓選得圓根則入聖流證聖果矣△【空印云】六根之體即一精明精明流逸六用斯結一精還源六用斯解一精即阿陀那識即所謂如來藏也經云依如來藏故有生死即結也依如來藏有涅槃即解也

⊙四一頌無明習氣【經】陀那微細識習氣成瀑流真非真恐迷我常不開演【證真】梵云阿陀那義翻執持即第八異名以能執持種子根身等令不散壞故【手鑑云】且阿陀那識真諦謂之第七別取第八染分立名唯識百法謂之第八通取染淨和合爲目解深密經謂之第九乃別取第八淨分言之陀那之名既通三識何故檇李獨取第八異名答以順現文名義便故既云習氣成瀑流又曰真非真恐迷是則顯有染淨二分雖解深密名爲第九不如唯識第八義親△【補遺云】檇李曰阿陀那義翻執持只就此一名可以會通諸異七識云執持者以執六識爲外我八識爲内我故解深密陀那執持者取第九爲諸識所依故今經則取執持根身種子爲陀那也深密中陀那乃九識異名楞嚴乃用唯識百法是八識異名由此中真非真之言通乎真妄第八之義也只與以第八中具有三分譯人隨取一義以立其名果爾則使第七末那亦第八之異名耶今黎耶外自有陀那如何指八中染分耶

【疏】阿陀那云執持即第八識能執持種子起現行故第八多名此名最通三位之中相續執持位也【手鑑云】多名者或名爲心或名阿陀那或名所知依或名種子識此四名通一切位次局名者或名阿賴耶此名唯在異生有學非無學位或名異熟識此名唯在異生二乘諸菩薩位或名無垢識此唯佛地然通名中唯阿陀那名義最寬通因及果所以不標餘名也三位者一我愛執藏位即一切異生及七地已前菩薩小乘前三果皆起我執執第八見分爲我故第八識名阿賴耶此言執藏二善惡業果位即通一切異生至十地滿心二乘無學等位由善惡因感無記果果異於因名異熟識三相續執持位即通因果一切位以第八執持諸法種子等令不散失故名阿那陀也【證真】言習氣者謂熏習氣分乃種子異名也以第八識中無始習氣微細生滅流注不息故如瀑流解深密經云如瀑流水生多波浪諸波浪等以水爲依五六七八皆依此識然彼經中別顯染中淨相故離八外別說九識理實陀那

更無別體疏云無明熏習種子不斷如瀑流水流注不息微細境界唯佛能知故起信云無明熏習所起識者非凡夫能知亦非二乘智慧所覺謂依菩薩從初正信發心觀察若證法身得少分知乃至菩薩究竟地不能盡知唯佛窮了○宗鏡云此識體淨被無明熏水乳難分唯佛能了以不覺妄染故則爲習氣變起前之七識瀑流波浪鼓成生死海若大覺顯了故則爲無漏淨識執持不斷盡未來際能成智慧海疏下半頌謂此識單眞不立獨妄不成眞妄和合方有所爲起信云謂不生滅與生滅和合非一非異名阿黎耶識若說即眞妄習如何得盡凡夫外道起於常見執爲眞我若說爲妄恐撥爲斷滅以眞相不滅故證眞云若說即眞則生怖難信若說爲妄又撥同斷滅○宗鏡云眞非眞恐迷者佛意我若一向說眞則衆生不復進修墮增上慢以不染而染非無客塵垢故又外道執此識爲我若言即是佛性眞我則扶其邪執有濫眞修若一向說不眞則衆生又於自身撥無生斷見故無成佛之期是故於小乘藏及大乘權教不說第八上皆依證眞文深密經云阿陀那識甚微細一切種子成瀑流我於凡愚不開演恐彼分別執爲我唯識第三解深密經亦作是說阿陀那識云云以能執持諸法種子及能執受色根依處亦能執取結生相續故說此識名阿陀那無性有情不能窮底故說甚深趣寂種性不能通達故名甚細是一切法眞實種子緣擊便生轉識波浪恒無間斷猶如瀑流凡即無性愚即趣寂恐彼於此起分別執墮諸惡趣障生聖道故我世尊不爲開演唯第八識有如是相△宗鏡云是以對凡夫二乘不定開演恐生迷倒不達如來密旨以此根本識微細難知故意顯前文根境識三六種結縛皆是此識熏習變生執眞執妄見有見空唯此識影乃至十地菩薩所見佛身業識上見若佛如來已離業識無自他相見如起信說此則正顯已離俱生無明耳補遺云此下頌文重示前解結法體前云立知立見未知法體是何此中明爲指無始八識妄執也○五一頌一句遣幻非幻

經自心取自心

非幻成幻法資中此示前陀那識能變起世間之相還是自心分別故云自心取自心疏一切諸法唯識所變故皆自心前六不了見

從外來取而分別故起信云三界虛僞唯心所作離心即無六塵境界以一切法皆從心起妄念而生一切分別即分別自心故云自心取自心也[論云]一切分別即分別自心心不見心無法可得記云心是一心不合自見當知有所見者皆是妄也故楞伽云如刀不自割如指不自觸而心不見心其事亦如是[攝論云]所說諸法唯識所變無有少法能取少法△[宗鏡云]不問即離計爲我有影像必有故無有少法能取少法唯有自心還若自心若以妙性圓明離諸名相本來無有世界衆生故云非幻而由見妄忽生覺明相現四大分湛根塵宛成故云成幻法而言幻者以一一法皆無性故[證眞云]心本非境迷心爲境故云非幻成法[經]不取無非幻非幻尚不生幻法云何立[疏]分別不生前後際斷眞尚不辨妄何所立是故性眞常中求於去來迷悟生死了無所得斯則一相平等迷悟都亡生死涅槃猶如昨夢故肇公曰夫不存無以觀法者可謂見法實相矣[證眞云]了境即心心尚不生尚更存境△[海印云]良由此識熏變難思執之則眞已非眞取之而非幻成幻不取而非幻尚無不執而幻法何立△[孤山云]幻能解亦如幻故下文云如幻三摩提[八]六一頌三句讚法今忻[經]是名妙蓮華金剛王寶覺如幻三摩提彈指超無學[疏]此平等性觀能破無明開佛知見此知見性處妄常眞在染不汙今得顯發如開敷出水故以爲喻[宗鏡云]妙法即是絕待眞心稱之曰妙蓮花以出水無著爲義即喻心性隨緣墮凡而不染垢返流出塵而不著淨無明堅牢最爲難壞一念能破金剛定力此定尊上更無能過於法自在是可寶重如摩尼珠隨意生育無上覺果名王寶覺[孤山云]眞空蕩相若金剛寶所擬皆碎△[私謂]首楞嚴究竟堅固即金剛不壞用金剛觀察一切三昧名王三昧即金剛王三昧也如幻三摩提此觀現前了一切法皆如幻化猶如明鏡現諸色像一一色像體不可得同一鏡明不即不

離三摩云正受不受諸受也【賀中男曰】此偈總明如幻之意已含觀音如幻聞熏法門後五十五位眞菩提路以如幻結成也　彈指超無學此顯速疾能至大覺故一念不生即名爲佛超過地位劫數之說故前文云歘即菩提圓覺亦云離幻即覺亦無漸次然至覺時亦無自果可爲所得故云超無學耳亦是約遲速校量故說爲超非是都越地位直至無上覺耳【溫陵云】即爲無爲亡情絕解名如幻正受依此修進一彈指頃可超無學而登圓位也厶【融室云】寶覺無相是名如幻大佛頂三摩地門以此爲因地覺心而超越無學之地也

【經】此阿毗達磨　十方薄伽梵　一路涅槃門【疏】阿毗達磨云無比法即指此三昧也【孤山云】即指前法無以比喻也　亦云對法即以大乘平等大慧對向一眞法界體用顯現理智一如故名對法阿毘達磨舊譯爲無比法謂無漏法慧爲最勝故以是聖人智慧分別法義故新譯爲對法阿毘名對達磨名法法之對故以對法藏特名慧論故法有二種一勝義法謂即涅槃二法相法通四聖諦對亦二義一者對向謂向涅槃以乘聖道無漏之因感趣涅槃圓極之果二者對觀對觀四諦謂以淨慧之心觀察四諦之法今疏言對向者即是對向涅槃也　薄伽梵具足六義謂自在熾盛端嚴名稱吉祥尊貴【大論云】薄伽名破婆名煩惱能破煩惱故　十方諸佛取證菩提涅槃妙果唯此一路能通至故故名爲門由前請云要因門入故此開示金剛三昧爲能入門也〇【海印云】是名已下總結觀相謂此首楞嚴大定本來無染故名妙蓮花無惑不破名金剛王寶覺即有觀空名如幻三摩提彈指超無學顯法利也此阿毘達磨顯法勝也十方薄伽梵一路涅槃門顯十方如來異口同音同修同證也〇【宗鏡云】此一心法門如鏡頓現不待次第如印頓成更無前後一見一切見一聞一切聞若待了達而成皆爲權漸若能觀於心性之一則是一道甚深即正道之一是唯一之一千佛同轍古今不易之一道也亦云一路涅槃門亦云一道出生死亦名十方如來一門超出妙莊嚴路

①三六解一七疑二八一伸疑請決二卍一敘慶所聞

【經】於是阿難及諸大衆聞佛如來無上慈誨

祇夜伽陀雜糅精瑩妙理清徹心目開明歎未曾有【疏】能詮之文諷應支間辭句妙淨所詮之理清明洞徹皎然可見故使心開如目之鑒【私謂】此中能詮之文長水科初二偈爲孤起次三偈爲重頌後五偈又爲孤起孤山科前四偈重頌後五偈孤起餘師皆以二師爲準有人謂後五偈中解結因次第應長行阿難請解之文亦未可定爲孤起也既云祇夜伽陀雜糅精瑩勢變多端難以局取如清凉云故傳授者善消息之可也卍二正陳疑意【經】阿難合掌頂禮白佛我今聞佛無遮大悲性淨妙常眞實法句心猶未達六解一亡舒結倫次唯垂大悲再愍斯會及與將來施以法音洗滌塵垢【疏】由前偈云解結因次第六解一亦亡阿難疑意前文既云根塵同源縛脫無二迷晦即無明發明便解脫斯則結無前後解亦不倫六根若亡一覺應顯云何復云解結因次六解一亡故云心猶未明等卍二舉事廣明三㊇一且明結之因起二

㊉一舉事二⊜一問答結名二ㄙ一綰巾問結二ㄙ一綰巾初問【經】即時如來於師子座整涅槃僧斂僧伽黎攬七寶几引手於几取劫波羅天所奉華巾於大衆前綰成一結示阿難言此名何等阿難大衆俱白佛言此名爲結【疏】涅槃僧僧裏衣也唐言裙連接裙幅也僧伽黎大衣也劫波云時分巾是彼天所奉獻故【興福云】劫波羅天即髑髏天四天王太子奉如來巾或曰時分天即夜摩天也ㄙ二再結再問【經】於是如來綰疊華巾又成一結重問阿難此名何等阿難大衆又白佛言此亦名結如是倫次綰疊華巾總成六結一一結成皆取手中所成之結持問阿難此名何等阿難大衆亦復如是次第詶佛此名爲結【標指】如是倫次綰成六結喻衆生一念纔動六根取境逃心逐物卒不能解△【桐洲云】因問舒結倫次故先示綰結次第ㄙ二約體問名【經】佛告阿難我初綰巾汝名爲結此疊華巾先實一條第二第

三云何汝曹復名爲結阿難白佛言世尊此寶疊華緝績成巾雖本一體如我思惟如來一綰得一結名若百綰成終名百結何況此巾秪有六結終不至七亦不停五云何如來秖許初時第二第三不名爲結【疏】巾喻眞性結喻六根逐綰而問相由妄别令知根本是一妄結生六無同異中熾然成異故一一綰皆名爲結㊇二徵釋同異二○一問答【經】佛告阿難此寶華巾汝知此巾元止一條牒上雖本一體我六綰時名有六結汝審觀察巾體是同因結有異於意云何初綰結成名爲第一如是乃至第六結生吾今欲將第六結名成第一不不也世尊六結若存斯第六名終非第一縱我歷生盡其明辨如何令是六結亂名【疏】體元是一妄結成六既已成根六種名相隨心計執不可移易故云不可亂名【中川云】六終非一如眼根名終不可作耳等印成○二【經】佛言如是六結不同循顧本因一巾所造令其雜亂終不得成如文㊁二合顯則汝六根亦復如是畢竟同中生畢竟異【疏】迷心執境畢竟成異故下文云元依一精明分成六和合【吳興云】同謂如來藏性一眞之性理本無差如巾體也異謂衆生分別六用之精派成根境如巾結也二法由來未曾改易故皆言畢竟○【引證】【宗鏡云】如自證分起見相二分更執二分爲我法如結巾成兎手巾是有喻自證分結手巾爲兎頭手巾上本無兎頭今結出之是故名無如自證上本無見相二分由不證實故似二分起是故名無如所結手巾無兎頭已是一重假更結出一耳又是一重假㊅三正示六解一亡二㊁一就事問答【經】佛告阿難汝必嫌此六結不成願樂一成復云何得阿難言此結若存是非鋒起於中自生此結非彼彼結非此如來今日若總解除結若不生則無彼此尚不名一六云何成【疏】此中譯家緝綴不足應云欲得不成

願樂一成復云何得佛意云汝意嫌此六根妄隔樂成一體有何方便而得成一六結不成者嫌此六根妄隔不欲其成也願樂一成者樂成眞淨一體如成一淨巾也疏主旣揀緝綴又復委釋消文海眼註尚疑有誤贅矣答意若解此六亦不成一以一對六而立六若不生則無所對故無一義[私謂]阿難言尚不名一六云何成此則已悟六消亡一矣[七]二貼喻釋成[經]佛言六解一亡亦復如是此印可阿難之言由汝無始心性狂亂知見妄發發妄不息勞見發塵如勞目睛則有狂華於湛精明無因亂起一切世間山河大地生死涅槃皆即狂勞顚倒華相[疏]心性發狂見聞妄隔根境識三一時俱現生死爲六涅槃名一由對待成本無所有故如狂勞虛妄花相三種世間故名一切佛界生界一切境界俱不離此以是分別妄念起故離心即無六塵境故[吳興云]六根之精元是一眞之性以隨緣故在眼曰見精在耳曰聽精等皆第二月揑所成故若能隨緣脫粘內伏六旣融一一亦斯亡如解結已巾亦無用次取不用巾爲一亡也知見發妄此屬能見之相勞見發塵即對所見之境唯妄與勞五住備矣△[中峯云]一巾喻眞六結喻妄非一巾無以成六結眞爲妄所依非六結無以顯一巾妄爲眞所倚佛言六解一亡則知群妄旣消一眞何有以妄望眞雖異而同也△[二楞云]知見妄發由業識轉成見分勞見發塵由見分復生相分復因見分在相分上引起分別俱生我法二執成六結也世間山河大地即相分生死涅槃即見分大經云有諍說生死無諍說涅槃生死與涅槃二俱不可得故云皆即狂勞等[四]三却辨解結次第二[七]一示解因三[八]一揀非顯是二[〇]一二邊俱非[經]阿難言此勞同結牒上勞見云何解除如來以手將所結巾偏掣其左問阿難言如是解不不也世尊旋復以手偏牽右邊又問阿難如是解不不也世尊[疏]若執此根有實體者即墮常見若謂都無成惡取空諸佛不化寧起有見如須彌山不起空見如芥子許以墮斷故旣左偏有相右墮空門空有二邊俱不見性無

明根結如何解除故前偈云汝觀交中性空
有二俱非故此二邊不能令脫○二中心方是【經】佛
告阿難吾今以手左右各牽竟不能解汝設
方便云何解成阿難白佛言世尊當於結心
解即分散佛告阿難如是如是若欲除結當
於結心【疏】意明空有二邊既不能解當須中
道正觀照無始結根非有非無不異而異見
全無明之法性斷全法性之無明不斷而斷
非證而證方得解成【宗鏡古釋】左右偏掣況有見
無見當於結心即正明中道昧眞空而有無
見起執根塵而一六義生諦了自心解縛俱
泯【吳興云】左右偏掣喻觀二邊皆不能破根
本無明凡夫外道以斷常爲二邊二乘菩
薩以空有爲二邊雖曰伏斷猶存中結知見
立知即名爲結觀知中道是爲結心結不離
心解之則一知不異道亡之則中△【溫陵云】
前文明所結惑業之理上文明能結狂妄之
心欲解狂勞當解狂心偏掣左右喻依偏權
之教不知眞要也【雲棲云】舊解指中道爲結
心前後文都無此意溫陵依上文狂勞顛倒
指狂心爲結心良是今謂古釋指空有爲兩
邊岳師指知見爲兩邊空有知見非虛妄狂
心乎中道正觀非當解結心乎諸解自可會
通不應取捨○【引證】【廣博嚴淨經云】自在世
導師不可說而說能空中作結即空而解之
釋曰心有所結心空即解若無於心無結
無解○二正示因緣二○一顯今說意【經】
阿難我說佛法從因緣生非取世間和合麤
相如來發明世出世法知其本因隨所緣出
【疏】中道正觀如幻三昧能解無始無明根結
能於彈指超證無學能起無方不思議用此
名佛法從因緣生豈同世間所說麤相【雪浪云】非
取世間等者猶云不取世間三緣和合生身
等麤相也不如吳興指三藏事中六度等
以佛無明永盡得一切種智故能知此結解
因由非餘境界【孤山云】世謂六凡出世謂四
聖知此十界皆因於心隨無
明染緣則出九界隨教行淨緣則出佛界故
法華云佛種從緣起涅槃云亦有因緣因滅
無明則得熾然三菩提燈○【引證】【宗鏡云】楞
伽經佛告大慧彼諸外道無有常不思議以
無因故我說常不思議有因因於內證安得
同耶是則眞常亦因緣顯又經云一切諸法

因緣爲本中論云未曾有一法不從因緣生是故一切法無不是空者則眞空中道亦因緣矣涅槃云我觀諸行悉皆無常云何知耶以因緣故若一切法從緣生則知無常是故外道無有一法不從緣生是故無常則外道有因緣矣釋曰此明外道在因緣內執於緣相以爲常住是故破之言無常耳今明教詮因緣妙理具常無常豈得同耶○二別示所知

〔經〕如是乃至恒沙界外一滴之雨亦知頭數現前種種松直棘曲鵠白烏玄皆了元由

〔疏〕一切世間色心染淨諸有境界皆依無明而得住持今無明已變成明明即一切種智佛既證得一切境界有何難了是故即能皆了元由〔吳興云〕佛有權實二智實智冥理權智鑒物權實一念物理同時肇公云聖心無知無所不知上云發明世出世法乃至皆了元由者皆權智所鑒也情無情等照了不昧顯今解結之法選擇之義鑒物宜然固無差忒○引證〔圓覺云〕乃至得知百千世界一滴之雨猶如目覩所受用物疏曰淨心是圓覺自體世界本在其中觀行成就全合靈源知雨渧數固宜本分○〔宗鏡云〕但解得一微塵法即數得等周世界微塵是以如來能知四大海水滴數大地須彌皆知斤兩〔賢首品偈云〕摩醯首羅智自在大海龍王降雨時悉能分別數其滴於一念中悉辨了○三總彰解益

〔經〕是故阿難隨汝心中選擇六根根結若除塵相自滅諸妄銷亡不眞何待

〔疏〕上文云若能於此悟圓通根與不圓根日劫相倍乃至汝今但於一門深入入一無妄彼六知根一時清淨故云選擇下文云見聞如幻翳三界若空花聞復翳根除塵銷覺圓淨是故諸妄銷亡不眞何待

卍二明次第二

○一就事問答

〔經〕阿難吾今問汝此劫波羅巾六結現前同時解縈得同除不不也世尊是結本以次第綰生今日當須次第而解六結同體結不同時則結解時云何同除

〔疏〕〔慈師〕當明六根不可齊觀但依一根入證自然銷六〔疏〕此顯六根不能頓解但應從一根門即得六根解脫非謂六根相望成次第耳但觀合顯義自昭然〔吳興云〕綰巾成結雖有次第黏湛成根必無倫緒不可以

喻而難乎法也蓋言見聞覺知六用差別如次第綰生耳選擇六根隨于一根發觀如次第解也蕅師之解斯會經意△補遺云觀一根時此根脫黏餘五圓拔據一根居先故云次第終非約喻必次第解也正同止觀去尺就寸之義△標指六結同體結不同時故下文云理雖頓悟乘悟併銷事非頓除須次第盡海印云此答舒結倫次也次第而綰者借顯生因識有次第而解者借顯滅從色除㊀二的法合顯

經佛言六根解除亦復如是此根初解先得人空空性圓明成法解脫解脫法已俱空不生是名菩薩從三摩地得無生忍

疏此正明次第也如下文云初於聞中入流亡所所入既寂動靜二相了然不生如是漸增聞所聞盡斯則此根初解先得人空也盡聞不住覺所覺空即成法解脫也生滅既滅寂滅現前即得無生忍也維摩云又此病起皆由著我是故於我不應生著既知病本即除我想當起法想應作是念但以衆法合成此身起唯法起滅唯法滅當作是念此法想者即是顛倒我應離之云何爲離謂不念內外諸法行於平等謂我等涅槃等所以者何我及涅槃是二皆空乃至得是平等唯有空病空病亦空此則維摩正就於身作三空觀門故次第觀而次第離今經但於一根深入自然麤執先斷次第以證觀行雖別所得攸同即正約圓頓觀法但從一根而入非約六根頓解故云次第不同漸次法門約鈍根說諸解云云不能具叙溫陵云了諸煩惱皆由著我則於我無著離煩惱障是得人空了所知結皆由著法則於法無著離所知障是得法空名法解脫人法雙解是名俱空而俱空亦空心無所起是從正受得無生忍也△別行鈔云一生空無分別慧謂證生空人無我理二法空無分別慧謂證法空法無我理三俱空無分別慧謂證二空空無我理△智論三十一有二種空衆生空法空空空者以空破內空外空內外空破是三空故名爲空空先以法空破內外法復以此空破是三空是名空空破五受衆空空破空△海印云任運先斷見思滅分段生死此從

觀行以滿十信也成法解脫者滅塵沙惑分破無明從初住去歷三賢以至登地也俱空不生者入初地中中流入薩婆若海歷十地以至等覺也結歸觀心曰是名菩薩從三摩地得無生忍○吳興云小乘析觀乃是作意先破人執次破法執然後會入空平等理毘曇人空法不空成實人法俱空會入空平等理謂偏真涅槃也此涅槃亦空名平等空大乘體觀人法無殊空非前後衍門三教皆名體觀通教但破界內二惑不破界外二執別教先內次外圓教內外頓融今言此根初解先得人空亦猶前文如澄濁水沙土自沉者任運而然況師以天台別教釋之孤山斥云其失非小應知人空是破五陰假名即見惑也法空是破五陰實法即思惑也乃至破涅槃淨法即無明也俱空不生即平等空所空既盡能空亦滅如前火木然諸薪已亦復自然如是三空皆以中道而爲觀體從所空言之則有人法平等之異故分三空就能空言之秖一與如空耳空前知見立知故特先言人空一空一切空其法執等任運自空故曰空性圓明等△雲棲云人空法空是六根上之人法也根根有人法二執亦根根有人法二空雖有先後而法爾如然注引沙土自沈之文蓋菩薩本意在斷無明自然麤垢先落無先後中之先後也

經文此寶花巾乾道本一本云此實花巾

大佛頂首楞嚴經疏解蒙鈔卷第五之一

音釋

瘧 魚約切 音虐
窣 蘇骨切 音捽
肇 直紹切 音趙
糅 女救切 音𥹋
綰 烏版切 音捾
綴 陟衛切 音錣
鵠 胡沃切 音鶻

大佛頂首楞嚴經疏解蒙鈔卷第五之二

海印弟子蒙叟錢謙益鈔

⊙三廣引修證即修行方便下三大科之三是中分七大科一阿難請問圓根二如來詢諸聖衆三諸聖各說證門四觀音圓證耳門五文光現瑞印可六佛敕文殊簡擇七當機普會獲益盡六卷中經文大文中第二修行方便科齊此今初文四⦶一阿難請問圓根四八一述解伸疑

【經】阿難及諸大衆蒙佛開示慧覺圓通得無疑惑一時合掌頂禮雙足而白佛言我等今日身心皎然快得無礙雖復悟知一六亡義然猶未達圓通本根八二敘迷遇佛【經】世尊我輩飄零積劫孤露何心何慮預佛天倫如失乳兒忽遇慈母【疏】慧覺圓通由蒙開示本根入路未得通明故今申敬欲求達解背覺合塵名爲孤露萍游六道故曰飄零忽然邂逅厠爲堂弟名預天倫由斯遭遇如子得母法身可久矣八三結顯彰益【經】若復因此際會道成所得密言還同本悟則與未聞無有差別【疏】遭時遇佛從茲得道始覺合本故云本悟悟覺也既不曾迷唯是一覺夫何更有見聞之異故云未聞無有差別【孤山云】稟言達理子迷不迷故云還同本悟既昔本無迷故今亦無悟迷悟性一本自常然則聞後之性與未聞性無有差別此畧舉六中之耳根也阿難所請意在此根微露其機求佛顯發如來知微敕衆各說悟門觀音乘機述懷感應相濟化道曲成於今受賜豈得忘本△【張無盡云】如二十五聖各悟入圓通法門若不密示秘嚴達其本根則與未聞有何差別集解唯是一覺等誤也△【雲棲云】所得密言者謂已領六解一亡之義言本悟者即悟知六解一亡也只悟此義未證秘嚴即與未聞何異【私謂】無盡海眼料揀集解自雷菴溫陵逮近世海印雲棲皆宗其說然諦觀此文上云若復因此際會道成下云成就如來最後開示啓請鄭重良非聊爾師資際遇菩提道成圓通本根更得密言宜授慧覺圓通法爾自具方信神珠不從外得故曰則與未聞有何差別所謂悟了還同未悟時

也近師唯藕盉標表密嚴不傍時說趣舉其義以助我焉八四請示法門〔經〕唯垂大悲惠我秘嚴成就如來最後開示作是語已五體投地退藏密機冀佛冥授〔疏〕秘密妙嚴即首楞嚴定最後開示究竟說也機微細念靜然不動故曰退藏即欲以湛旋其虛妄滅生伏還元覺故云冀佛冥授〔孤山云〕圓通本根佛若不說餘莫能解故稱秘嚴五時教極示滅非久故此宣說名爲最後口說身禮顯請既畢唯以內心默念爲機故云退藏密機冀佛冥授謂望佛冥鑒密機授其要道也⊕二如來詢諸聖衆〔經〕爾時世尊普告會中諸大菩薩及諸漏盡大阿羅漢汝等菩薩及阿羅漢生我法中得成無學我今問汝最初發心悟十八界誰爲圓通從何方便入三摩地〔疏〕從佛口生從法化生得佛法分名生我法向下雖有二十五門諸聖入道總而攝之不離十八故舉以問令各敘述〔孤山云〕二十五聖觀十八界及以七大乃開合之殊耳識大合於六識根大合於六根餘五大總收六境以六境之體不出地水火風及空故但言十八則已攝七文云十方如來於十八界一一修行皆得圓滿無上菩提又此十八祇是六根以各開根境識三故是則言其六根其義亦周故曰令汝生死安樂唯是六根更非他物○〔已下合釋圓通〕〔孤山云〕或曰涅槃說身因而皆小聖淨名入不二則俱大士唯此二十五聖大小相參而云方便多門歸元不二且陳那身子近悟偏空普賢彌勒久證圓理久近兩異偏圓二殊安得圓通其歸一揆荅曰涅槃敘昔則大無小分淨名方等則大爲小乘其談所證豈得相混今經二乘作佛與法華同塗闡提有性將涅槃共轍教以開顯偏即圓融故使鹿苑之所證同成一乘之頓理均乎普賢諒無慚德此約實行聲聞也若乃內閟大道外現小乘則鹿苑已來何嘗非大既經發迹一揆何疑此約權行聲聞也悟理既同誰拘遠近以此觀之小大相參之說怡然理順遠近偏圓之惑渙然氷釋○〔吳興云〕若陳那等本大迹小鹿園所證不亦小乎妙音密圓但是聞生滅四諦中阿含云我至波羅奈擊妙甘露鼓又云如來說法初中後妙豈彼妙名便同法華諸聖說竟如來方告文殊彼彼等修行實無優劣斯則開權會實之明文也○〔海印云〕此秘嚴之旨乃佛自證根本法門果海離言曲垂說示故假二十五聖各說方便意顯三科七大隨處還元大小三乘一往趍入是以諸聖奉敕用解先登或析色體色以取單眞或即俗離俗要歸中道

偏圓互換星月交羅深淺瘵駈牛羊共渡門門總是圓通法法全成解脫苟能入此三昧門證是妙門隨境而常光普照應念而諸佛現前水流風動共演一音世界山河全呈圓觀是以圓覺修心有二十五輪之觀網首楞入道有二十五行之妙門【私謂】此圓通根本法門所謂密言密機秘嚴冥授非諸聖莫證非佛莫知如身子等自敘本地咸云曠劫而岳師廣引阿含追尋鹿苑比量小大料簡偏圓古師近德彈駁多文今獨標憨大師會通一章舉一例諸無容繁敘

㊥二諸聖各說證門四(巳)一滅塵合覺證六㊐一憍陳如三(亠)一遇佛獲悟

【經】憍陳那五比丘即從座起頂禮佛足而白佛言我在鹿苑及於鷄園觀見如來最初成道於佛音聲悟明四諦【疏】憍陳那姓也此云火器其先事火從此命族【法華文句記云】其先事火者雖事火者多非初得道火不成德故初得道得照燒名以火有照燒二義故照暗因滅燒物果七五比丘具第一卷佛得果已思度五人即往為彼三轉法輪問言解否陳那先答已解已知諸天在空亦言其解故佛命彼名阿若多

阿若多者此云解也或言已知【文句記云】此翻已知或言無知非無所知也乃是知無梵音倒耳所知之無即知真諦以無生智為名也或翻為得道【增一云】我佛法中寬仁博識初受法味者拘鄰如比丘第一【章安云】在先得道是最初上座左面右面前佛滅度持法領法於今未來為最後座首鷄園精舍名也【中阿含云】佛滅度後諸上德比丘皆住鷄園(亠)二正陳悟旨【經】佛問比丘我初稱解如來印我名阿若多妙音密圓我於音聲得阿羅漢【疏】雖悟四諦復了音聲本常微妙圓滿未嘗生滅唯一覺性此則了音聲性空唯如來藏故云妙音密圓此經所明圓通法門唯取實證則不可約相而解下文言二十五無學皆言修習真實圓通彼等修行實無優劣前後差別故知此文正是入音聲慧法門了聲實相也【釋要云】了唯聲法門離聲更無一法一切法趣聲也【直解云】音即四諦法音四諦麤淺從此發真故曰妙音△【宗鏡古釋】憍陳那因聲悟道妙音密圓若有能所未得

名密悟四諦理推能聞及所聞皆是自心心即是本覺光明圓照法界始覺智心亦圓照法界即是因聲得悟一切衆生依此觀亦是解脫若聞聲可意不可意生憎愛便被聲縛但觀心海中是聲出處以心海元無有相心雖含聲聲亦無相無相即於一切音中而得解脫【無盡云】三問解不三答已解佛以解印非音聲得道而何○三結訓所問【經】佛問圓通如我所證音聲為上【溫陵云】二十五門初標音聲以此方教體故○【法華文句云】長夜巨寢無人能覺日光未出明星前現憍陳如初得無生智譬若明星在衆明之始一切人智明無前陳如故名阿若最先破暗莫過明星陳如亦爾一切人暗滅無前陳如故名阿若㊀二優波尼沙陁三○一值佛顯悟【經】優波尼沙陁即從座起頂禮佛足而白佛言我亦觀佛最初成道觀不淨相生大厭離悟諸色性【疏】亦云優波尼殺曇此言近少或云塵性謂微塵是色之近少分也【清涼云】此云近少謂少許相近以類之分也亦云近對或云極少音義譯為塢波尼殺曇鄔波近泥殺曇少也因觀不淨白骨微塵故以為名由多貪欲故作此觀以為對治復了色塵本如來藏故云悟諸色性【吳興云】不然觀不淨相正是小乘無漏行法悟諸色性乃聲聞悟性念處南岳云觀五陰理性是性念處△【私謂】優波尼觀不淨相作白骨微塵觀因此觀了知色塵即如來藏悟實相中道岳師引次第禪門九想對治謂是小乘無漏行法究竟成就九想發真破惑不許是俱羅漢而但許慧羅漢則泥而不通矣龍樹釋論釋初品中八背捨九想諸聲聞法云以是九想披析見是身相貪嗔三毒薄故一切九十八使山皆動九想雖是不淨觀依是能成大事菩薩憐愍衆生知衆生三毒因緣為著色衆生說是青瘀想等破除內外所著身相是為菩薩行九想觀涅槃聖行品菩薩如是專念觀時除去皮肉唯觀白骨章安云菩薩以大涅槃心修業法如浮囊白骨八苦等觀今云觀不淨相生大厭離即同菩薩行九想觀非如聲聞厭離求涅槃也岳師局引禪門故為刋正○二正陳悟旨二㊀一觀成得道【經】以從不淨白骨微塵歸於虛空空色二無成無學道【疏】初作不淨想後入骨鏁觀皆為治貪復因骨鏁入析色明空【禪波羅密】

云不淨觀中有三種善根發相不同一九想善根者亦於欲界未到靜定心中忽然見他男女死屍膖脹驚悟自傷往昔惛定猒患所愛五欲永不親近或見青瘀血塗膿爛噉殘狼籍白骨散壞等相此爲九想善根發相二明背捨善根發者亦於此中忽見内身不淨膖脹狼籍或見自身白骨從頭至足節節相拄乃至骨人光明昱耀定心安隱猒患五欲不著我人此是背捨善根發相三明大不淨觀善根發者云云復因此空見色實相悟中道理色之與空唯一實性故云空色二無吳興云修對治法成就九想發真破惑即壞法羅漢也備如次第禪門㉢二重指釋成經如來印我名尼沙陀塵色既盡妙色密圓我從色相得阿羅漢疏從悟得名也真善妙色即畢竟空相盡性顯悟如來藏周徧法界故曰密圓成於無學補遺云先敘昔證成無學道在小也色塵既盡去欲圓通熏聞云九想成特得慧解脫於諸色相發明無漏故曰妙色妙圓按岳師不許昔小今大判下諸聲聞多是小乘觀實有滅空之義諸菩薩所悟亦應有歷別圓融之異今以開顯爲宗槩從刊削㉢三結詶所問經佛問圓通如我所證色因爲上○㉢三香嚴童子三㉢一敘承尊教經

香嚴童子即從座起頂禮佛足而白佛言我聞如來教我諦觀諸有爲相疏觀香悟道得童真位名爲童子會玄記云言童子表初入佛法故亦顯非童真行不能入故經中呼文殊善財等諸大菩薩爲童子者即非稚齒觀有爲相不的言香如云一切有爲法如夢幻泡影等二○依教修觀三㉢一標觀境經我時辭佛宴晦清齋見諸比丘燒沈水香香氣寂然來入鼻中疏我於向晦宴然安息在於清淨之室洗心之處故名清齋靜室聞香是有爲相即所觀境也㉢二正觀察二●一觀行經我觀此氣非木非空非煙非火去無所著來無所從疏木空煙火以理推窮非香生處既來無因去復何往以何爲香而馨我鼻此則觀察香無生也資中非木等者觀性空也熏聞云言性空必推四性當以木爲自煙火爲他和合爲共空爲無因此似衍門觀幻有即空之相●二觀益經由是意銷發明無漏如來

印我得香嚴號[疏]香既無生復何分別故云意銷分別不有能所俱亡眞覺不動湛然常徧塵垢既銷圓明妙淨故號香嚴[交光云]發明無漏達識然香體即如來藏心香嚴以妙香莊嚴法身也◎三重釋成[經]塵氣倏滅妙香密圓我從香嚴得阿羅漢[疏]相盡歸如眞香妙發一念不辨即登無學[標指]妙香密圓者性香清淨也△[吳興云]前云香嚴童子則從菩薩受稱今云得阿羅漢蓋敘往昔所證如月光童子初得小果復於佛所得童眞名預菩薩會◎三結酬所問[經]佛問圓通如我所證香嚴爲上◎四藥王藥上三◎一敘宿因[經]藥王藥上二法王子并在會中五百梵天即從座起頂禮佛足而白佛言我無量劫爲世良醫口中甞此娑婆世界草木金石名數凡有十萬八千如是悉知苦酢醎淡甘辛等味并諸和合俱生變異是冷是熱有毒無毒悉能徧知[疏]堪任補處紹繼佛種令不斷故名法王

子五百梵天是彼徒屬未詳緣起敘昔爲醫能療衆疾甞藥知味分別性用對治不差昔既妙辨味塵今亦因此發悟◎[引證]觀藥王[經云]過去有佛號琉璃光有比丘名日藏宣布正法有長者名星宿光聞說法故將呵黎勒諸藥奉日藏大衆願我未來能治衆生身心兩病舉世歡喜立名藥王弟名電光明以醍醐上妙之藥供養立名藥上△[悲華云]願賢劫一千佛已我皆供養諸佛入滅我皆起塔劫盡苦世我皆救護刀兵疾疫作大醫王然後作佛寶藏佛言今日宇汝爲大淨藥王在後作佛即樓至如來△[十二門論云]大乘者普賢文殊大人之所乘也藥王以苦行乘乘觀音以三昧乘乘佛噣果已大事功畢故爲乘乘之人◎二獲現悟二◎一正陳悟旨[經]承事如來了知味性非空非有非即身心非離身心分別味因從是開悟[疏]觀味之因從何而有空有身心若即若離俱無生處了知即觀察也無生處故塵味寂然分別即息能所亡泯二俱絕朕唯是一味清淨寶覺故云從是開悟即證無生忍也[吳興云]由事佛故必聞正法即於味性了生無

生空有味塵也身心舌識也以味從合中知故相對言之味非空故非離身心味非有故非即身心中道之性於是乎顯△【温陵云】分別味同謂了知味性發明非空離即之圓因乃指圓通本根非謂因之悟入也色因水因等同此〇二蒙印獲益【經】蒙佛如來印我昆季藥王藥上二菩薩名今於會中爲法王子因味覺明位登菩薩【疏】發覺明悟由了藥味故印此人藥王藥上〇三結酬所問【經】佛問圓通如我所證味因爲上〇五跋陀婆羅三〇一遇佛開悟【經】跋陀婆羅并其同伴十六開士即從座起頂禮佛足而白佛言我等先於威音王佛聞法出家於浴僧時隨例入室忽悟水因【疏】跋陀婆羅云賢護大論翻爲善守思益云若衆生聞名畢竟得三菩提故云善守孤山云此云賢守自守護賢德復守護衆生或云賢首以位居等覺衆賢之首亦名跋陀和此云善護善即賢也王城在家菩薩言開士者菩提薩埵無正名譯安師云開士始士荆溪云心初開故始發心故淨名疏云古本翻爲高士准法華說威音王佛有二萬億相繼出世此人初佛像法之中爲上慢者毀常不輕由是墮獄經於千劫罪畢得出值後威音出家獲悟資中隨文例入浴觀此水性了不可得不從因生故悟水因〇二正陳悟旨二〇一敘悟獲益【經】既不洗塵亦不洗體中間安然得無所有宿習無妄乃至今時從佛出家今得無學【疏】塵無自性纔生即滅體是幻有性相本空水無所因安然不動三俱無得執爲浴事無始妄習頓然銷落乃至今時得成無學【吳興云】水因所觸之因也塵體能觸之緣也塵既無染體亦常淨能所如幻二邊俱空中間覺觸之心安然契性矣△【雲棲云】謂水洗塵塵無自體冷煖澀滑何塵被洗謂水洗體體屬四大地水火風何體被洗外塵內體內外俱亡安有中間爲水洗者從此悟入相盡性現本如來藏斯爲妙觸也〇【釋文】宿習無妄依長水本釋云謂宿劫妄習如增上慢毀常不輕是也它本宋雕者並作宿習無忘謂宿命智無忘失故云乃至今時語意相應二本皆通〇二重指釋成【經】彼佛名我跋陀婆羅妙觸宣明成佛子住【疏】由斯觀察塵

觸既盡妙觸現前得無生忍名佛子住以善能守護令妄不起令覺不動名䟦陀婆羅【標指】觸具三和今翻為三德秘藏故名為妙○三結酬所問【經】佛問圓通如我所證觸因為上【疏】因觸悟道故云觸因六⑧迦葉三○一敘遇勝緣三㠯一佛在依學【經】摩訶迦葉及紫金光比丘尼等即從座起頂禮佛足而白佛言我於往劫於此界中有佛出世名日月燈我得親近聞法修學【疏】摩訶迦葉云大飲光氏名畢鉢羅頭陀上行衆推無上紫金光尼在家時婦緣起如常日月燈所便得親近聞法修行【法華文句云】此翻大龜氏或翻光波亦言飲光迦葉身光能映物故名畢鉢羅是母禱樹得故增一云婦名婆陀其家千陪勝缾沙王付法藏言毘婆尸佛滅後塔像金色缺壞時有貧女丐得金珠倩匠為薄金師歡喜治瑩佛畢立誓為夫婦九十一劫人中天上身恒金色心恒受樂又經云身有三十相剡浮那陀金在濁水底光徹水上迦葉身光勝於此金身光照一田旬故諸天請結集時讚言其形譬如紫金柱上下端嚴妙無比捨此

家業又納金色婦迭臥無欲捨而出家身披無價寶衣截為僧伽棃四疊奉佛為座如是三捨世無倫匹佛弟多名迦葉如十力三迦葉等皆是大人於諸同名中最長增一阿含佛法中行十二頭陀難行苦行大迦葉第一故標大迦葉也㠯二滅後遵承【經】佛滅度後供養舍利然燈續明以紫光金塗佛形象【疏】室利羅云如來體骨或云設利羅此云骨身亦云靈骨通名舍利光明云此舍利者是戒定慧之所熏修最上福田然燈塗金皆是身金光耀之因累劫皆爾非止一佛故得然也㠯三由因感果【經】自爾已來世世生生身常圓滿紫金光聚此紫金光比丘尼等即我眷屬同時發心○二正陳悟旨△我觀世間六塵二㠯一陳觀行變壞唯以空寂修於滅盡身心乃能度百千劫猶如彈指【疏】六塵生滅是意家境今觀此法本自不生今則不滅以心生故種種法生心滅故種種法滅心不見心無相可得能所都寂法性現前身之與心本來不動故令能

度多劫如彈指也孤山云修於滅盡即九次第中滅受想定也今於鷄足山尚入此定以待彌勒△講錄云此觀六塵正觀在法塵由法塵乃前五塵落謝影子故兼言之法塵託意識暫現即過剎那生滅猒此變壞加修空觀入滅盡定此定能斷意根空法塵定深想滅故能度多劫如彈指頃㕔二重釋成經我以空法成阿羅漢世尊說我頭陀爲最妙法開明銷滅諸漏疏塵法既空妙法宣現故獲無漏成無學果○法華文句初從佛聞增上戒定慧即得無漏受乞食法行十二頭陀逾老不捨後時佛語汝年高可捨乞食歸衆受食可捨麁重糞掃衣受壞色居士輕衣迦葉白佛佛不出世我當爲辟支佛終身行頭陀我今不敢放所習更學餘者又爲當來世作明未來世言上座迦葉爲佛所嘆我亦當學難行苦行佛言善哉頭陀既久鬚髮長衣服獘來詣佛所比丘起慢佛命就佛半座共坐迦葉能負荷佛法至未來佛付法傳衣然後入滅迦葉將隱密上天禮佛髮爲諸天說法乃去頭陀者約教名抖擻抖擻十二種過義通四教也○三結酬所問經佛問圓通如我所證法因爲上已上六人依塵開悟

㈦二旋根歸性證五㈠一阿那律三○一敘悟因由

經阿那律陀即從座起頂禮佛足而白佛言我初出家常樂睡眠如來訶我爲畜生類我聞佛訶啼泣自責七日不眠失其雙目世尊示我樂見照明金剛三昧疏或阿泥樓豆或阿㝹樓馱皆梵音小轉此云無滅或云如意此翻無貧亦如意亦無竭名也是佛堂弟白飯之子法華文句師子頰生三飯斛飯二子長摩訶男季阿那律淨飯王之姪兒斛飯王之次子世尊之堂弟阿難之從兄羅云之叔非聊爾人也多樂睡眠如來訶云咄咄胡爲睡螺螄蚌蛤類一睡一千年不聞佛名字常言半頭天眼今言金剛三昧此顯實證與昔不同當以意得孤山云此經開顯故約內閟以談昔引物機乃約現小而說△淨名疏云作意境界憶數對阿那律因其失眼佛令起此數修天眼入道故聲聞中天眼第一夫修天眼必須住心緣境取日月星光相而修發天眼通也文句云憶數對阿那律憶動發取境修天眼易三摩提那律精進七日七夜眼睫不交眼是眼食即七日不眠眼則喪睛失肉眼已佛令求天眼繫念在緣四大淨色半頭而發徹障內外

明闇悉觀△直解云天台言繫念在緣經文標三昧名正繫念在緣之義眼失見故最初作想樂見障外之色則繫外緣而樂見也照明屬智發智樂見而照明故定力現前自然開明發本心光照破色相譬如破惑發本眞見故稱金剛此定斷一切結如金剛能斷一切故△吳興云非謂金剛雅喻大定地論云二乘得金剛喻定如阿難入電光三昧此喻小乘無漏之智耳私謂岳師抑金剛三昧爲小如阿難求盡殘漏廓然得悟如電光出如是入金剛定斷最後思惑作大阿羅漢恐未應判居小乘也淨覺於圓通一門每多諍論故委辨之○二正陳悟旨

經　我不因眼觀見十方精眞洞然如觀掌果如來印我成阿羅漢

疏　金剛三昧所發之用同佛見用故云精眞洞然見十方也○淨名經云阿那律荅梵王吾見此釋迦牟尼佛土三千大千世界如觀掌中菴摩勒果△智論云阿泥盧豆色界四大造色半頭清淨是天眼佛天眼四大造色徧頭清淨是爲差別△法苑珠林云依如來教修得天眼重復思惟便得羅漢凡得羅漢皆有三眼肉眼天眼慧眼三眼視者恐肉眼亂天眼爭功精麁以雜眼故專用天眼觀大千界精麁悉觀故言天眼第一△翻譯集云淨名疏引首楞嚴半頭天眼神悟云齊眉上半如琉璃明徹此違首楞明前不明後南屏云前之半頭見大千界但見於前不見於後則違淨名疏那律修得四大清淨造色半頭天眼從頭上半皆是見色今約而通之淨名疏以頭上爲半者乃示天眼之體也天眼以報得者在肉眼中以修得者在肉眼外既在眼外則發半頭之色雖半頭淨及其視物但見前矣所以首楞約用說焉然聲聞所發天眼半頭與佛全頭優劣碩異佛能見一切佛土那律但見大千二乘雖有天眼作意欲見千界乃至大千淨名云佛得眞天眼常住三昧不以二相見諸國土又肇公云二乘在定則見不在定則不見如來未嘗不定未嘗不見故常在三昧也荊溪云若約那律失眼出觀但同世人壞眼不見那律有倩諸比丘縫三衣綫若那律天眼與大梵王有四異一報修異如上說二總別異淨名疏云梵王是總相見見不分明那律及諸羅漢皆別相見見則了了三自他異梵王報得於自住處見餘方不見那律以修根本得五種四禪八色清淨發眞天眼隨所至處皆見三千四通明異梵王天眼是通非明羅漢天眼是通是明○三結酬所問

經　佛問圓通如我所證旋見循元斯爲第一

疏　旋其妄見循彼眞元塵見既銷精眞洞發一切無礙豈止障外細色而已補遺云旋根本之妄見循藏性之眞元圓通之要也⊖二周利槃特三○一敘其因由

經　周利槃特迦即從座起頂禮佛足而白佛言我闕誦持無多

聞性最初値佛聞法出家憶持如來一句伽陀於一百日得前遺後得後遺前佛愍我愚教我安居調出入息【疏】周利槃特伽云虵奴於路所生或云繼道翻譯引佛本行經長者之女隨夫他國二度產子於路大即周陁或云周利此云大路邊生小即莎伽陀或云槃陀伽此云小路邊生又翻繼道以其弟生繼於路邊故准此則槃特伽乃周利之弟增一阿含朱利槃兄曰汝不能持誦還作白衣槃特詣祇桓門泣淚知槃特有兄也性多愚鈍過去爲大法師善解經論有徒五百秘悋佛法不肯教人後生暗鈍【寶積曰】悋惜法故得不聞障報依不聞故得愚癡報【手鑑云】成論慳有五種五曰法慳法慳有七報後生暗鈍法慳之餘報也以宿善故遇佛出家五百比丘同教一偈經九十日不得成就爲治散亂教數息也【法句經云】槃特出家稟性暗塞佛令五百羅漢日日教之三年之中不得一偈【譬喻經云】持繩至後園樹下欲自絞死佛化樹神呵曰迦葉佛時卿作三藏沙門有五百弟子悋惜經義世世所生諸根暗鈍但當自責何爲自殘世尊即現光像爲說妙偈思惟偈義即入定意尋在佛前得羅漢道

自識宿命無數世事三藏衆經即貫在心△【增一云】佛語槃特勿怖我成無上覺不由汝兄手牽詣淨室教執掃箒令誦誦掃忘箒誦箒忘掃經數日掃箒更名除垢槃特思念灰土瓦石若除即清淨也結縛是垢智慧是除我今以智慧掃除結縛也【功德論云】繫心拭屣物中念憶禪定除心垢法乃得羅漢如此朦朦尚得聖道何况利人○二正陳悟旨

【經】我時觀息微細窮盡生住異滅諸行剎那其心豁然得大無礙乃至漏盡成阿羅漢住佛座下印成無學【疏】初觀息風念念生滅微細窮盡生滅無從息風既空心亡分別豁然大悟一切無礙此則豈唯對治散亂亦乃見息實相矣【溫陵云】佛令數息攝心因而了悟生住異滅諸行無常故返生滅息循無生而得圓證△【殷氏邁曰】華嚴論謂剎那是極短促念慮不及之際一念具九十九剎那一剎那具九十九生滅推窮了悟一息之外別無一息可得此所以塵銷覺淨豁然得大無碍也△【孤山云】此似於數息中修六妙門觀【圓覺疏云】修出入息有六妙門一數二隨三止四觀五還六淨【鈔云】修出入息非唯繫心不散抑亦易悟無常萬物皆由此息而有今覺此氣息都無根源易悟諸法空故瑞應經說世尊初詣道樹加趺坐草欲習佛

法內思安那般那此云出息入息一數二隨乃至六淨萬行開發降魔成道○三結酬所問（經）佛問圓通如我所證返息循空斯爲第一（疏）返生滅息循無生空從息發明斯爲無上○（刪）（修）張無盡海眼經依阿含大論佛愍槃特教以守口攝意身莫犯如是行者得度世槃特誦偈上口佛爲解說燿然心開得羅漢道增一及法句經亦不云調息今刪廿六字添二十字疏與經論無違又二十五門闕思而剩鼻滅息入思觀門具足下文文殊偈亦修三句惠印云經論不言調息恐是譯有詳畧無盡刪修足十八界滅息入思恐非經意（私謂）無盡刪修敢於變亂經文改竄偈頌非聖用罔莫此爲甚印師尊奉海眼謬謂面決金顏今於此文未免退有後言則予亦可以無譏矣⊖三憍梵鉢提三○一敘悟因由（經）憍梵鉢提即從座起頂禮佛足而白佛言我有口業於過去劫輕弄沙門世世生生有牛呞呞音詩病如來示我一味清淨心地法門我得滅心入三摩地（疏）亦云笈房鉢底此云牛呞牛凡不食亦事虛哨此人口相如牛之哨也大論出緣與經有異（法華文句）此翻牛呞無量壽翻牛王增一

云牛跡昔五百歲曾爲牛王牛若食後恒事虛哨餘報未夷嘆嘆常嚼時人稱爲牛呞雖作齝郭璞云食之已久復出嚼之（功德論云）牛腳比丘以二事不得居世間此比丘胸似牛甲食飽則哨若外道見生誹謗心佛遣上天在善法講堂坐禪教觀舌根嘗味得道當得心地一味法門了味之知從此永滅故云滅心入三摩地（孤山云）了味無味名爲一味雖舉味塵蓋顯於舌故下即云觀味之知能知乃舌耳△（論補）云此聖者有牛呞病異舌知味故如來示以一味清淨法門令於舌本觀味旋知自爾緣慮心滅入於正定大論云如來教觀舌根嘗味入道當得心地一味法門則知此經所敘教緣有所畧也按教觀舌根義本大論張無盡漫以靜觀心地料揀古釋殊不應理○二正陳悟旨二㔾一敘觀行（經）觀味之知非體非物應念得超世間諸漏（疏）觀此嘗味之根不自體生不他物生各猶無生共豈能有緣中不得非緣亦無了味之知竟從何有一根既爾諸根亦然由是應念得超諸漏（孤山云）非體舌也非物味也㔾二敘觀益（經）內脫身心外遺世界遠離三有如鳥出籠離垢銷塵法眼清淨

如來親印登無學道【疏】根復故內脫塵銷故外遺內外既亡孰爲三有想相爲塵識情爲垢二俱遠離得無生忍故云法眼清淨【論補】云反觀舌味之知非覺非物則精真現前如是世間諸漏應念超越得意生身如鳥出籠飛騰自在〇三結酬所問【經】佛問圓通如我所證還味旋知斯爲第一【疏】旋妄根塵歸眞實相心地法門一時開顯此爲第一⊜四畢陵伽婆蹉三〇一敘悟因由【經】畢陵伽婆蹉即從座起頂禮佛足而白佛言我初發心從佛入道數聞如來說諸世間不可樂事乞食城中心思法門不覺路中毒刺傷足舉身疼痛【疏】此云餘習呼恒河神爲小婢非是故心由過去爲婆羅門我慢餘習耳【智論】云長老畢陵伽婆蹉常患眼痛是人乞食常渡恒河水到水邊彈指咄言小婢住莫流水即兩斷而過恒神訴佛佛令懺謝合掌語恒神言小婢莫惱今懺謝汝大衆笑之云何懺謝而復罵耶佛語恒神當知非惡此人五百世生婆羅門家常自憍貴本習如此【增一】云

樹下若坐不避風兩婆蹉比丘第一最初入道聞佛所說世間苦空無常不淨都不可樂因行乞食思入此觀忽遇苦緣故云疼痛【標指】此觀身根入道如來令觀一切有爲法皆如幻故△【溫陵】云思觀不可樂法而緬不可樂事【淨名經】迦旃延白佛憶念昔者爲諸比丘畧說法要謂無常義苦義空義無我義寂滅義〇二正陳悟旨二〇一敘觀行【經】我念有知知此深痛雖覺覺痛覺清淨心無痛痛覺我又思惟如是一身寧有雙覺【疏】念觀也知覺也因痛起觀觀我此身有於知覺覺此深痛然雖起觀觀覺及痛【釋要】云雖覺覺痛者雖覺即能觀也雖觀能覺知所覺痛也覺清淨心無痛痛覺覺清淨心者覺亦觀也無痛痛覺者無所覺痛及能覺痛之覺也以根塵念慮妄身中有眞淨心無又更觀察覺痛之心淨心之覺即成二覺從何而有一身二覺應成兩佛雙覺者兩觀也即能觀觀慧也故知此覺皆屬虛幻清淨心中一無所有【溫陵】云我念有知知此深痛者以因而正觀爲有知

心知此深痛也己二明得悟【經】攝念未久身心忽空三七日中諸漏虛盡成阿羅漢得親印記發明無學【疏】有所得心一念不起名之爲攝當爾之際能覺所覺能觀所觀一時俱寂無分別智即得現前證無生忍故云身心忽空【標指】諸漏虛盡者欲有無明三漏頓除也○三結酬所問【經】佛問圓通如我所證純覺遺身斯爲第一【疏】能觀所觀能痛所痛寂無一法故云純覺遺身【論補云】身心既空純覺之性現前所知之身遺忘矣⊜五須菩提三○一敘宿悟【經】須菩提即從座起頂禮佛足而白佛言我曠劫來心得無礙自憶受生如恒河沙初在母胎即知空寂【疏】須菩提云空生亦善現等以生時現空心達於空常行空行故以爲名既云曠劫如恒河沙便知空寂豈止今日方始證得【智論云】須菩提於弟子中得無諍三昧第一好行空三昧於石窟中住自思惟佛從忉利天下四衆莊嚴佛常說若

人以智慧眼觀佛身則爲見佛中最今此大衆勢不久停磨滅之法皆歸無常因此無常觀之初門悉知諸法空無有實作是觀時即得道證佛告蓮花色比丘尼非汝初禮須菩提最初禮我所以者何須菩提觀諸法空是即見佛法身得眞供養以是故須菩提常行空三昧與般若波羅密相應又常行無諍三昧與菩薩同事巧便樂說一種空相法門須菩提常行樂空故能巧說空○二明悟旨二己一悟但空【經】如是乃至十方成空亦令衆生證得空性【疏】以修空觀了心空寂一切依正自他染淨乃至十方由心變者悉皆成空自行既爾亦令他人證得空性此一向空未能具法故云但空己二悟中空【經】蒙如來發性覺眞空空性圓明得阿羅漢頓入如來寶明空海同佛知見印成無學解脫性空我爲無上【疏】性覺眞空即中道理以空是如來藏故滿足周徧具一切法光明徧照法界性故如摩尼寶隨意出生如大滇澂深廣含攝平等性智通解照了境智一如名佛

知見雖證於空不爲空縛故云解脫【溫陵云】二乘證空於性覺眞空猶未圓明迄今發明頓入實明妙性眞空之海離二乘見入佛知見○三結答問【經】佛問圓通如我所證諸相入非非所非盡旋法歸無斯爲第一【資中】初以單空空於諸相故云諸相入非次以重空空於空相故云非所非盡無亦盡也【疏】文同△【合解云】此云旋法單結意根乃意根之法百法論皆名法也若作法根則濫前迦葉△【合釋】吳興云空生身子滿慈所敘昔因權實甄分須明二義若據曠劫無碍曾獲無漏由方等般若彈訶淘汰顯闡圓教既涉開權故彰實證即同法華眞羅漢也若約內閟且就權解以聲聞人宿命能知八萬劫事雖云在胎知空猶然未斷結使蒙佛開發方成無學況師亦以石室見佛身釋慈空義近人偏執豈曰通方【補遺云】三人敘昔乃是垂迹之小不同鹿園直且在小也既敘圓通皆爲本地即陳如等含容小乘同爲同體權耳○已上五人依根證入畢

㊆三循識循源證六㊀一舍利弗三○一敘宿悟

【經】舍利弗即從座起頂禮佛足而白佛言我曠劫來心見清淨如是受生如恒河沙世出世間種種變化一見則通獲無障礙【疏】心見清淨謂眼識發智見世出世間一切諸法無不通達根本元由斯則得世俗智分別諸法名爲法眼【二楞云】一見則通者謂眼識照了前境不勞意識起念比量正顯宿生眼識明利也○二明令悟二△一獲慧眼

【經】我於路中逢迦葉波兄弟相逐宣說因緣悟心無際【疏】迦葉兄弟即三迦葉也宣說因緣即三諦法因說生解悟眞空理得初果證即慧眼也餘處即說逢馬勝者或同時所遇非獨一人經互舉耳既聞因緣因緣即空即獲慧眼見眞諦理【私謂】按大論釋舍利弗因緣與經異者有三經文舍利弗目連自敘皆言遇迦葉波兄弟宜說因緣論言比丘阿說示入城乞食舍利弗就而問之一異也經言二人途中共聞論言舍利弗聞偈即得初道還報目連二異也憍陳如五比丘三番初度者楞嚴會上文已再見阿說示即馬勝是五比丘之第二人此時已爲老比丘而論載荅偈曰我年既幼稚受戒日初淺三異也論言佛度迦葉兄千人次游諸國到王舍城二梵志師聞佛出世俱入王

舍城欲知消息舍利弗於尒時得遇阿說示說偈所載緣起如是而經言遇迦葉波兄弟相逐次文又備列三迦葉之名似乎結集家有意欲證明其事者故未可以論而疑乎經也若第四卷中阿難言從老梵志聞佛因緣者二梵志師外又舉須菩提則緣起各出不妨互見耳〇二獲佛眼【經】從佛出家見覺明圓得大無畏成阿羅漢爲佛長子從佛口生從法化生【疏】見覺明圓即眞覺妙明圓滿成就從眼識顯吳興判亦從小說今不取斯由如來開示妙法令我獲證故云從口從法【引證】【智論云】世出世願於釋迦文尼佛所作智慧第一弟子字舍利弗是爲本願因緣名字智慧多聞有大功德聞因緣偈即得初道受成就戒過半月後佛爲長爪梵志說法時得阿羅漢道是人當作逐佛轉法輪師應在學地現前自入諸法種種具知是故得阿羅漢道厶【法華文句云】本迹者本住實相智度爲母從境生智慧智即是子悲愍衆生迹爲五味身子欲轉煩惱惡血令成善乳示爲外道智慧作大論師欲烹乳爲酪示三藏智慧爲第二世尊欲引酪爲生蘇訥大現小受淨名之屈欲引生蘇爲熟酥安慰饒益同梵行者於般若領教欲引熟酥爲醍醐於法華初悟迹中外現而本地內閟其實久矣〇三結荅問【經】佛問圓通如我所證心見發光光極知見斯爲第一【疏】從於眼識顯發智光智光極處即佛知見即三智五眼一時具足故名爲極〇二普賢菩薩三〇一事佛發行【經】普賢菩薩即從座起頂禮佛足而白佛言我已曾與恒沙如來爲法王子十方如來教其弟子菩薩根者修普賢行從我立名【疏】行彌法界曰普位隣極聖曰賢【法華文句云】伏道之頂其因周徧曰普斷道之後隣於極聖曰賢【證眞曰】此非地前之賢乃是金剛喩定居衆位之頂名之爲賢【經】河沙佛所爲法王子諸佛弟子發我行者皆名普賢【翻譯】或三曼跋陀此云普賢觀經大論並番徧吉【行願品疏云】普賢有三位一位前普賢即以地前資加二位菩薩是也二當位普賢即十地菩薩及等妙覺位以來總是如初地菩薩具證二空眞如徧滿法界三位後普賢則是得果不捨因門菩薩也謂已成佛竟不捨悲願唯務濟生即文殊普賢等是則果無不極曰普不捨因門曰賢也又別說十普自一所求普乃至十修行普恭而不雜爲普賢行△【李長者云】文殊爲小男普賢爲長子二聖合體名之爲佛普賢爲長子者謂依根本智起行行差別智治佛家法

諸波羅密各自在故常以行門建佛家法治佛家事〇二行成起用二乙一指體畧標

【經】世尊我用心聞分別衆生所有知見乙二約機廣釋

【經】若於他方恒沙界外有一衆生心中發明普賢行者我於爾時乘六牙象分身百千皆至其處縱彼障深未得見我我與其人暗中摩頂擁護安慰令得成就【疏】心聞即耳識發明也從於耳識得眞圓通入法界理生滅識滅寂滅現前境智相冥一體無二還於心聞起用分別衆生知見可發明者即現其身【手鑑】云不假耳根而於意根便發耳識故曰心聞此即一根發六識名互用自在△【温陵云】分別知見擇普賢行而成就之 既以心聞合法界體境智無二故法界中所有衆生心中發明普賢行者無不了知無不起應冥顯二機皆獲其益【手鑑云】若於下即顯機顯應縱彼下即冥機冥應又機召于應應赴於機冥機冥應等各有多句廣如妙玄△【止觀云】言六牙白象者是菩薩無漏六神通牙有利用如通之捷疾象有大力表法身荷負無漏無染稱之爲白【無盡云】乘象表萬行安庠六牙表六根明利如思大師夢徧吉乘白象來摩其項即證法華三昧△【行願品鈔云】九所行處普者上之八門徧帝網刹而修行故即一一刹中凡修一行具一切行也下偈云普盡十方諸刹海一一毛端三世海佛海及與國土海我徧修行經劫海〇三結荅所問

【經】佛問圓通我說本因心聞發明分別自在斯爲第一日三孫陀羅難陀一三〇一敘承尊敎

【經】孫陀羅難陀即從座起頂禮佛足而白佛言我初出家從佛入道雖具戒律於三摩地心常散動未獲無漏世尊敎我及俱絺羅觀鼻端白【疏】孫陀羅難陀此云艷喜兼妻得名是佛親弟【翻譯】孫陀羅此翻好愛亦端正妻名也或云孫陀羅利此云善妙難陀云歡喜巳號也簡牧牛難陀故標其妻慈恩兩名共翻艷喜△【雜寶藏經云】佛入城乞食到弟孫難陀舍難陀與婦作粧香塗眉間欲出看佛婦言汝看如來使我額上粧未乾便還入家難陀取鉢盛食奉佛佛不爲取過與阿難阿難言汝從誰得鉢還與本處於是持鉢詣佛勅令剃髮難陀握拳語剃者勿持刀臨閻浮王項他日佛出火當守房即逃走去於路值佛將還精舍與說法一七日即成羅

漢緣多不具述[功德論云]舍利弗有二相目連七相阿難二十相難陀三十相難陀金色阿難銀色衣服光耀金縷履屐執琉璃鉢入城乞食自捨如來餘無能及者 前槃

特觀出入息即約鼻根今約觀識緣鼻端白以駐其心令不散亂條然有別[孤山云]以多散亂且以事相止心爲入道方便也按禪波羅密云五處繫心名繫緣止即項上鼻柱等○二依教修行二乙一明觀行

[經]我初諦觀經三七日見鼻中氣出入如煙身心內明圓洞世界徧成虛淨猶如琉璃煙相漸銷鼻息成白[疏]初觀白相經三七日後見息氣猶如煙相此觀成時身心內發若身若器一時空淨內外暎徹猶如琉璃此則因觀生滅息相觀心融明將發空慧遂洞身界猶在方便未能忘緣故見其煙遂成白相[溫陵云]息由風火而起鼓煩惱濁故其狀如煙昧者不覺諦觀能見六交見火燒息能爲黑煙紫焰皆煩惱所發也淨觀發明煩惱漸薄故內明外虛煙消成白乙二明悟益

[經]心開漏盡諸出入息化爲光明照十方界得阿羅漢世尊記我當得菩提[疏]無生空慧既已現前諸息不生純是智慧慧光明照一切皆如世界衆生無非圓妙由斯漏盡當得菩提[標指]觀行成就一時空淨合本覺妙明也△[溫陵云]及乎漏盡無復煩惱內瑩發光故出入息化爲光明△[熏聞云]由觀鼻識似發十六特勝禪也此禪與六妙門橫竪淺深之異耳始從知息出入乃至觀於棄捨攝四念處能見三界九地所證境界故云圓洞世界等又能於地地中以照觀了破四顛倒發眞無漏故云心開漏盡等亦可是通明之相禪門備焉記即印成當猶是也菩提云道如前文得親印記若作授記當來得佛果菩提者即二酥密記或醍醐顯記○三結荅所問

[經]佛問圓通我以銷息息久發明明圓滅漏斯爲第一

大佛頂首楞嚴經疏解蒙鈔卷第五之二

音釋

零 郎丁切音靈零落也
萍 旁經切音瓶萍草
聊 連條切音膫
鏁 與鎖同

大佛頂首楞嚴經疏解蒙鈔卷第五之三

海印弟子蒙叟錢謙益鈔

○四富樓那三○一敘青辯二○一具談推實

【經】富樓那彌多羅尼子即從座起頂禮佛足而白佛言我曠劫來辯才無礙宣說苦空深達實相【疏】富樓那云滿彌多羅云慈尼女聲【法華文句云】此人從父母兩緣得名故云滿慈子善知內外經書靡所不知就知識故復名滿增一云善能廣說分別義理滿慈子最第一第一者說滿字也淨名疏云想數即對富樓那數偏強從想入道是故聲聞弟子說法第一成論云識得實法想得假名富樓因想數分明故能分別名相無礙辯才無帶得四辯才曠劫便有非獨今日【標指】四辯才者一法無礙知諸法總相二義無礙知諸法別相三辭無礙無斷盡說四樂說無礙無疲猒說苦空實相即權實法也內閟外現成就衆生累劫如是【溫陵云】世間諸法皆無常苦空中有真常不苦不空如涅槃四德即實相也○二備演法門【經】如是乃至恒沙如來秘密法門我於衆中微妙開示得無所畏【疏】非今一佛所說法門河沙佛所聞秘密法我皆爲衆宣說無畏言微妙者以言辭譬喻方便隨順機感也【大疏云】非器不傳曰秘隱與難知曰密△【吳興云】始阿含終般若故云乃至大品中轉教諸菩薩摩訶般若即其相也○二明現證【經】世尊知我有大辯才以音聲輪教我發揚我於佛前助佛轉輪因師子吼成阿羅漢世尊印我說法無上【疏】如來知我有辯才智遂教我以口輪說法此則示令以不生滅心行說實相法故能隨說法淨則智慧淨隨智慧淨即其心淨也師子吼者無畏說也【淨名經云】演法無畏猶師子吼什曰能說實法衆咸敬順猶師子吼威攝羣獸也△【熏聞云】身輪現通口輪說法意輪鑒機此口輪也助佛轉輪此法輪也口輪是所轉法輪是能轉△【私謂】滿慈此章與法華授記品亦互證明此云恒沙如來秘密法門微妙開示彼云亦於過去九十億諸佛所護持助宣佛之正法亦於七佛說法人中而爲第一於賢劫當來說法人中亦復第一此云以音聲輪教我發揚我於佛前助佛轉輪彼云精勤護持助宣我法能

於四衆示教利喜此云因師子吼成阿羅漢彼云彼佛世人謂之實是聲聞而富樓那以斯方便饒益無量百千衆生智者大師釋助宣正法曰迹爲下根聲聞即是助宣略法迹在方等示受彈訶即是護持助宣生酥法迹領般若即是護持助宣熟酥法迹在法華得悟即是護持助宣醍醐法是則佛前轉輪助宣五味半滿之法曠劫苦空無非實相河沙秘密總是聲輪安陀林中領身子之紫戴獼猴池上服淨名之彈訶感是啐啄同時翼輪雙舉而岳師牽引藏教判析圓通復以阿含般若比量教相海形牛跡無怪乎是非之鋒起也ㄙ三結酬所問

【經】佛問圓通我以法音降伏魔怨銷滅諸漏斯爲第一

【疏】內以禪定智慧伏斷愛見外以神通說法降制魔外則涅槃城存三寶不絕也【補遺云】中道法音降無明魔怨也三五優波離三ㄙ一遇佛受教

【經】優波離即從座起頂禮佛足而白佛言我親隨佛踰城出家親觀如來六年勤苦親見如來降伏諸魔制諸外道解脫世間貪欲諸漏承佛教戒

【疏】優波離云近執即如來爲太子時親近執事之臣也【翻譯】鄔波離翻化生或翻上首以其持律爲衆綱紀故名優波離或翻近執爲太子親近執事之臣古人云佛之家人非也訛云優波離在家執事出家亦爾遂見修行降魔制外斷惑成道也故承如來教以持戒此言隨佛出家律云度諸釋種先度波離稍似有異蓋以初雖隨佛後方得度耳【四分律云】王舍城有童子優波離爲佛剃髮【法苑珠林云】是五百釋子剃頭師不輕不重泯然除盡佛言善來即成沙門佛即授戒得阿羅漢次授五百釋子戒優波離爲上座善見律云優波離升座執衆才裝扇見集律藏ㄙ三因戒獲證

【經】如是乃至三千威儀八萬微細性業遮業悉皆清淨身心寂滅成阿羅漢我是如來衆中綱紀親印我心持戒修身衆推爲上

【疏】有威可畏有儀可象約二百五十戒各有四威儀合爲一千行住坐臥律儀各二百五十復對三聚轉成三千三聚謂攝善法攝律儀攝衆生復將三千威儀分配身口七支爲二萬一千七支戒謂身三口四復約對治三毒及四分煩惱謂多貪多嗔多癡及等分

成八萬四千今舉大數云耳上資中文殺盜淫妄性元是罪不待制止犯即成業故云性業餘即因過始制制前犯即無罪故云遮業〔孤山〕云性業不由佛制持之性自是善犯之性自是罪如殺盜等遮業由佛遮制犯之得罪如墾土等△〔手鑑〕云且如一部律中僧尼二部戒本對境制戒雖多不離性遮二種凡對有情境制者名性對非情境制者名遮以一性字收一切性以一遮字收一切遮性自是等者如佛未制戒輪王以十善戒化人至佛出世比丘有犯而重制故故南山云性惡通於化制又佛出世方有餘戒如墾土壞生外道譏言無有慈心損彼命等故佛隨制遮彼之謗故南山云遮戒因過便起應知性遮是所犯之戒業是所招之報又犯性戒得兩重罪一業道二違制若犯遮罪但有違制故南山引經云受戒者罪重不受者罪輕此之謂也由持戒故不犯諸塵塵既不生身亦無得故身寂滅我身不有我心何依根塵既亡心無所有故亦寂滅如是諸法一時清淨唯一寶覺本來無染真持戒耳由是獲證言綱紀者結要之處以能決斷重輕開持遮犯制衆行事

令人法高尚爲後軌也〔智論第一〕諸羅漢更問誰能了集毗尼法藏皆言長老優波利於五百阿羅漢中持律第一〔淨名疏〕云念數對優波離用念持律入道身口對緣詮量輕重憶持不忘於諸聲聞中持律之上也〔什公〕云在在世世誓願持律故於今持律第一△〔淨名經〕云如優波離以心相得解脫時寧有垢不不也一切衆生心相無垢亦復如是其知此者是名奉律是名善解什曰奉律梵本云毗尼秦言善法謂自治滛怒痴亦能治衆生惡也肇曰若能知法如此乃名善解奉律法耳○三結酬所問

〔經〕佛問圓通我以執身身得自在次第執心心得通達然後身心一切通利斯爲第一

〔疏〕持戒修身禁防塵染觀身實相塵自不生能分別心依何所有是故身心通達自在〔孤山〕云次第執心者由持戒清淨故發定慧也定持心則止散慧持心則照昏故曰心得通達△〔補遺〕云下文先持聲聞四棄後行菩薩清淨律儀執心不起今云次第執心指大乘戒直制心地以爲圓通也按苕溪引據下文謂執心非約定慧所敘正言其小故竹菴據之△〔中川〕云依身有識故先從執身次第執心○六目乾連二○一遇緣聞教

〔經〕大目乾連即從座起頂禮佛足而白佛言我初於

路乞食逢遇優樓頻螺伽耶那提三迦葉波
宣說如來因緣深義【疏】目乾連姓云采菽氏
拘律陀名云無節樹優樓頻螺云木苽林【法華
文句云】優樓頻蠡亦優樓毘亦優爲此翻木
苽林【孤山云】此云木瓜窟胷有癃如木瓜故
伽耶云城亦云象山名即象頭山那提云江此翻河亦江毘婆尸
佛時兄爲瓶沙王師五百弟子兩弟各
二百五十是一千比丘相位歸佛者緣如
舍利弗中和會○二因教通悟二○一獲悟入道【經】我頓發
心得大通達如來惠我袈裟著身鬚髮自落
【疏】前聞因緣深義即由因緣深達實相實相
無相身心寂滅由是開悟名大通達【文句云】觀於一
心數有一切心觀一切心數無諸心心無有
無通至實相即神通觀也△【智論云】舍利弗
目連俱到佛所佛遥見二人告諸比丘是我
弟子中智慧第一神足第一佛言善來比丘
即時鬚髮自落法服著身衣鉢具足受戒就
戒增一云我弟子神通輕舉飛到十方者大
目連第一○二因悟得通【經】我遊十方得無罣礙神通發
明推爲無上成阿羅漢寧唯世尊十方如來

歎我神力圓明清淨自在無畏【疏】謂由開悟
分別不生意識不起即是以湛旋其虛妄滅
生伏還元覺湛性既深心光宣發神通大用
由此現前能遊十方無礙自在【孤山云】六神通中唯漏盡
是內證餘五皆屬外用△【法華文句云】約教
論神通者依四禪十四變化依觀練熏修十
一切無漏事禪能作十八變即初教中神通
依空起慧以空慧心修諸神通即通教中神
通次第依三諦習得神通展轉深入過於二
乘即別教神通依於實相不以二相見諸佛
土從真起應不動真際徧十法界是圓教神
通本迹者本住真際首楞嚴定能於一念徧
應十方種種示現施作佛事以慈悲故迹爲
五味神通引令入極△【私謂】目連神通廣如
經論如云欲知佛聲音遠近飛過西方恒河
沙土彼人驚怪謂人頭蟲彼佛言東方無量
佛土釋尊神足第一弟子尋聲到此此則
十方如來歎我神力也○二結酬重指【經】
佛問圓通我以旋湛心光發宣如澄濁流久
成清瑩斯爲第一【疏】旋湛即定心光即慧由
定發慧神用無邊如水澄清萬象斯現【溫陵云】旋
湛者旋意識而歸妙湛也△【寂音云】神通皆
以意緣如淨名入三昧亦須作念然念是生

滅故神通有失獲圓覺云如幻三摩提如苗漸增長故須積久乃能發光寶誌初唯習定定久忽獲神通夫定習之久非旋湛發光乎△私謂宗鏡引淨名疏云三摩提數對目連是定數偏利修此定進道故諸聲聞中禪定第一夫不曰神通第一而曰禪定第一正此經旋湛發光之旨也故曰身子目連爲左右弟子者通因定生即是定慧一雙又曰本住真際首楞嚴定是知佛不許調達得通而天台以三摩提數對目連者義在乎此○已上六人依識悟入竟

㊃四復大同本證七㊀一火頭金剛三○一過佛聞教

經烏芻瑟摩於如來前合掌頂禮佛之雙足而白佛言我常先憶久遠劫前性多貪欲有佛出世名曰空王說多淫人成猛火聚疏烏芻瑟摩此云火頭觀火性得道故以名焉直解云例上不言從座起者以火頭金剛示現執金剛神衛護侍從不設本座故因多貪欲聞教修觀從此獲悟貪欲盛者是鬼獄因因爲欲火所熾果爲業火所燒因果相當俱名火聚○二依教修觀二㊀一觀成獲悟經教我徧觀百骸四支諸冷煖氣神光內凝化多淫心成智慧火疏初觀身心唯見煖觸後觀煖觸無相無生我身自空煖依何住身心既寂性火妙發故云神光內凝成智慧火吳興云百骸四支地也冷煖氣水火風也三昧既著神光內凝以多欲人火大偏勝故變淫火而成智火乃二重指釋成

經從是諸佛皆呼召我名爲火頭我以火光三昧力故成阿羅漢心發大願諸佛成道我爲力士親伏魔怨疏因觀火性得真三昧以火爲入道初門故曰火頭火能破壞一切諸法故發大願爲力士身破魔護法也直解云言火頭者頭現火焰作降魔相示爲金剛身故火光三昧者正由火光三昧力斷見思得果證故○三結酬所問

經佛問圓通我以諦觀身心煖觸無礙流通諸漏既銷生大寶燄登無上覺斯爲第一疏煖觸即空故云無礙性火妙發故曰流通內凝外現故生寶燄交光云火光三昧能現外相佛陀入

火光定其室如焚發智慧火爇煩惱薪故能生實鍛也△【王舜鼎曰】此性火真空性空真火之的證也下六聖倣此吕一持地菩薩二〇一過佛受教二吕一歷值諸佛具修福業

【經】持地菩薩即從座起頂禮佛足而白佛言我念往昔普光如來出現於世我爲比丘常於一切要路津口田地險隘有不如法妨損車馬我皆平填或作橋梁或負沙土如是勤苦經無量佛出現於世或有衆生於闤闠處要人擎物我先爲擎至其所詣放物即行不取其直【疏】勤身苦已利益多衆經無量佛作無畏施福因廣也市垣曰闤市門曰闠【標指】平治道路即地性入圓通也ㄙ【法華文句云】寶雲經云菩薩有十法名持地三昧如世間地一者廣大二衆生依三無好惡四受大雨五生草木六種子所依七生衆寶八生衆藥九風不動十師子吼不能驚菩薩亦爾吕二別值毘舍親承開示【經】毗舍浮佛現在世時世多飢荒我爲負人無問遠近唯取一錢或有車牛被於泥溺我有神力爲其推輪拔其苦惱時國大王延佛設齋我於爾時平地待佛毗舍如來摩頂謂我當平心地則世界地一切皆平【疏】毗舍浮云徧一切自在莊嚴劫中最後一佛平治路地待佛經過佛以自證法門開示令平心地一切皆平者心爲萬法所依平等含育長養一切故名爲地若能平等性觀與此無異則一切法無不平等自在無礙由是佛名一切自在耳【孤山云】地由心造心平則地平△【智論云】內法與外法作因緣若善若不善多惡口業故地生荊棘諂誑曲心故地則高下不平慳貪多故則水旱不調地生瓦礫不作上諸惡故地則平正多出珍寶△【觀經序】云心分垢淨見兩土之升沉故知娑婆心臉感陵谷之高深極樂心平致地平之如掌〇二因教復悟二吕一正陳悟旨【經】我即心開見身微塵與造世界所有微塵等無差別微塵自性不相觸摩乃至刀兵亦無所觸【疏】聞平心地即悟我心本來平等若身若界所有微塵皆無自性

但從虛妄分別所現唯一實相本如來藏猶
如空花翳故妄見空本無花復何相礙由是
刀兵亦無所觸【孤山云】刀兵無觸者以身塵
界塵一一平等空寂各各不
相知各各不相到體本無生故無觸摩△【海
印云】微塵性空本不相觸如以空合空也△
【交光云】刀兵爲外地大身爲内地大以
身觸身如斬光截影ゟ三因悟獲證【經】我
於法性獲無生忍成阿羅漢廻心今入菩薩
位中聞諸如來宣妙蓮華佛知見地我先證
明而爲上首【疏】身界二塵染淨諸法本無自
性唯是實相如來藏性故云法性於此忍可
元無生滅決定不謬名無生忍標指法性即心地也此
人開悟大乘而登小果者以彼隨意樂要入
即入如西域諸菩薩等皆悟大道嫌棄小乘
猶如咳唾多因王請即證小果由人意樂豈
不然乎【吳興云】准資中引俱舍說微塵積聚
各有間隙乎不相觸此乃析色明空
悟無生理論約塵性有間經約塵性不觸性
相既別大小非頓悟無生等由分證法身而

權取小果故以無生忍簡之初自度後化他
是謂廻心向大△【私謂】資中以析色明空釋
小長水巳不取其說岳師揀之是也我於法
性獲無生忍是悟大乘成阿羅漢是證小果
故長水有權取小果之說竹菴泥廻心之言
謂獲無生忍乃小教真諦言平心地等小乘
亦謂諸法由心則
成依語之過矣持經在昔證法華經見普
門品【證真云】法華普門品說聞品益者即其
人焉△【溫陵云】妙蓮華佛知見地即諸
佛心地法門也行實圓契染淨雙忘名妙蓮
華迥出三乘深造一實名佛知見地持地所
持持此而巳ゟ
三重指結酬【經】佛問圓通我以諦觀身界
二塵等無差別本如來藏虛妄發塵塵銷智
圓成無上道斯爲第一8三月光童子三
ゟ一值佛受教【經】
月光童子即從座起頂禮佛足而白佛言我
憶往昔恒河沙劫有佛出世名爲水天教諸
菩薩修習水精入三摩地【疏】月是太陰能生
於水與所值佛皆由所習而得其稱【溫陵云】水性圓
明故號月光修習水精謂觀水精性也○【釋
文】宋刻別本作修習水觀ゟ二依教修觀二
ゟ一脩陳修行二∇一正
成水想二•一正作想【經】觀於身中水性

無奪初從涕唾如是窮盡津液精血大小便利身中旋復水性一同見水身中與世界外浮幢王剎諸香水海等無差別【疏】一味水性更非餘大之所相傾故名無奪【補遺云】身中之水淨穢不相淩奪仍與外之香海大小不相淩奪以性水真空是同故使大小無相奪倫也浮幢王剎香水海者準華嚴經華藏海中有大蓮華其蓮華中有諸香水海一一香水海爲諸佛剎世界之種今觀身水與彼海同故無差別【華藏世界品云】此華藏莊嚴世界有須彌山微塵數風輪所持最在上者名殊勝威光藏能持普光摩尼香水海此香水海出大蓮華名種種光明蘂香幢華藏莊嚴世界住在其中此中復有不可說微塵香水海一切世界所有莊嚴悉於中現中央香水海名無邊妙華光以現一切菩薩形摩尼王幢爲底出大蓮華名一切香摩尼王莊嚴有世界種而住其上有不可說佛剎於中布列此二十重世界自下而上各有佛剎微塵數圍繞娑婆世界正當第十三重此世界皆在無邊妙華光香水海中皆依現一切菩薩形摩尼王幢莊嚴蓮華住△【釋要云】從海湧現故曰浮幢華藏世界在香水海中故曰浮幢王剎華藏二十重累高如幢最爲廣大故稱王●二叙偏證【經】我於是時初成此觀但見其水未得無身【疏】水想成時但得無我猶執水相全是於身未亡法見故未無身【資中云】此定果色隨心所變如十徧處入定則有出定則無△【手鑑云】前身中水與外香水無差別者作此觀時所見皆水即定果色隨心所徧正同十徧處定十者青黃赤白地水火風空識皆從所觀境徧滿得名行相如法界次第△【溫陵云】但見其水謂專於一觀未融四大故未得無身△【蕅益云】初成此觀已破見思此即以清水三昧而爲其身不同凡夫有我身見也▽二因觀值緣四●一入觀值緣【經】當爲比丘室中安禪我有弟子窺窻觀室唯見清水徧在室中了無所見童稚無知取一瓦礫投於水內激水作聲顧盼而去【疏】初作假想雖見其水與香水海等無差別但自心見非通他人今定力轉勝果色亦勝乃通他見即實定果也不同十徧處想成自見耳【孤山云】定力增勝能令外見○【引證】張無盡云漢州縣竹縣有水觀和上故跡與此相同宋高僧傳系曰東夏自六

祖已來多談禪理少說禪行南岳思師乘戒俱急是以學者驗諸行果其入火光三昧者處胎經中以禪定攝意入火界三昧刹土洞然愚夫謂是遭焚若入水界三昧愚夫見謂爲水投物其中菩薩心如虛空不覺觸嬈者此非二乘所能究盡也•二出觀如病〔經〕我出定後頓覺心痛如舍利弗遭違害鬼我自思惟今我已得阿羅漢道久離病緣云何今日忽生心痛將無退失〔疏〕身子入定於恒河岸爲鬼所掌出定頭痛佛語之曰汝若無定身應破碎今我亦爾將恐退失所證道果〔增一云〕舍利弗在耆闍崛山中入金剛三昧有二鬼從虛空過定伽羅鬼語彼鬼言我今堪以拳打此沙門頭優婆伽羅鬼語第二鬼汝勿興此意彼鬼再三不聽善鬼即捨而去惡鬼即打舍利弗頭舍利弗從三昧起白世尊言體素無患唯苦頭痛世尊告曰有伽羅鬼手打汝頭彼鬼有大力若以手打須彌山者山便爲二分今此鬼受其罪報全身墮阿鼻獄中世尊告諸比丘甚奇甚特金剛三昧力乃至於斯正使須彌山打頭者終不能動其毛〔釋要云〕二夜叉一名爲害二名復害拳打者乃復害也△〔雪浪云〕因過去貪欲爲因感現在分段身爲果縛因現貪欲爲因感未來身爲子縛阿羅漢果縛雖存子縛已滅故離病緣三審緣指告〔經〕爾時童子捷來我前說如上事我則告言汝更見水可即開門入此水中除去瓦礫四再定獲安童子奉教後入定時還復見水瓦礫宛然開門除出我後出定身質如初㠯二因修獲證逢無量佛如是至於山海自在通王如來方得亡身與十方界諸香水海性合真空無二無別今於如來得童真名預菩薩會〔疏〕前猶見水今合真空無水可得皆如來藏故云亡身即證法空也童真亦云童子即法王子之號〔大論〕云佛爲法王菩薩入法正位乃至十地悉名王子又說二十二菩薩水天優婆塞菩薩慈氏妙德菩薩是出家菩薩皆是補處紹尊位者ㆁ三結酬所問〔經〕佛問圓通我以水性一味流通得無生忍圓滿菩提斯爲第一〔標指〕得性水真空性空真水合如來藏也△〔桐洲云〕水性一味流通者與實相相應故曰得無生忍㠯四琉璃光菩薩三ㆁ一遇佛受教〔經〕琉璃光法王子即從座起頂禮佛足而白佛言我憶往

昔經無量刦有佛出世名無量聲開示菩薩本覺妙明觀此世界及衆生身皆是妄緣風力所轉【疏】具云吠琉璃此云遠山寶由觀身心風力所轉觀成得用身心洞徹猶彼琉璃故以名焉所值之佛名無量聲亦由觀風而立名耳開示本覺而觀風者風即動相既屬於妄元來無動無動即本覺也由是欲顯無動而觀於動【釋要云】初迷覺明動爲妄業故有衆生界動之風菩薩用觀窮動元耳達其元則見本妙之不動也△【講錄云】晦昧本覺則不覺心動成無明風故感風輪生起世界及衆生身即搖明風出故也△二依教修觀二㕥一正修觀行【經】我於爾時觀界安立觀世動時觀身動止觀心動念諸動無二等無差別我時覺了此羣動性來無所從去無所至十方微塵顛倒衆生同一虛妄如是乃至三千大千一世界內所有衆生如一器中貯百蚊蚋啾啾亂鳴於分寸中鼓發狂鬧【疏】我於下七句標所觀境【與】與【云】界爲方位故安立世爲遷流故動時時即過現未也動止謂行住坐卧四儀動念心慮生滅也△【講錄云】觀界安立風力執持故觀世動時風力運轉故觀身動止風力繫攝故觀心動念境風鼓動心海成識浪故皆由一念妄動搖明風出故云諸動無二【經】我時下正觀察也即世界身心皆由風動風自何生而動諸物即不動時去至何所風既無從物成妄動故見十方一切衆生狂自鼓鬧同一虛妄本無所因【標指】觀行中了此羣動性無去無來自是衆生背覺合塵迷頭認影㕥二觀成獲益【經】逢佛未幾得無生忍爾時心開乃見東方不動佛國爲法王子事十方佛身心發光洞徹無礙【疏】未幾猶在近也依教觀察受教未久即證無生由觀生滅證不生滅故見東方不動佛國我身及器咸即本覺妙明元體故云發光洞徹無礙【化】城喻品【云】東方二佛一名阿閦在歡喜國二名須彌頂解云東方震爲動乃羣動之本歡喜亦動也即動而

静在動國而不動華嚴以東方爲不動智也阿閦鞞此云不動法身不動故須彌頂不動之極也淨名曰毀譽不動如須彌○【引證】【涅槃】云文殊師利言於此東方過二十恒河沙等世界有佛世界名曰不動其佛號曰滿月光明爲琉璃光菩薩講宣如是大涅槃經彼佛告琉璃光西方去此二十恒河沙佛土彼有世界名曰娑婆佛號釋迦牟尼敷行如是大涅槃經彼有菩薩名光明徧照高貴德王已問斯事如汝無異琉璃光菩薩聞斯事已欲來至此故現其瑞有此光明ㄅ三結酬所問【經】佛問圓通我以觀察風力無依悟菩提心入三摩地合十方佛傳一妙心斯爲第一【宗鏡】故知羣動無二唯一妄風風頼衆緣本無依處靜觀風力無依頓悟唯心不動則本覺妙明恒照法界故曰十方諸佛唯此一妙心耳風力既無依萬法皆無主來從緣有去逐幻空唯本覺心本無生滅【標指】得性風真空性空真風合如來藏性ㄖ五虛空藏菩薩四ㄅ一同佛所得【經】虛空藏菩薩即從座起頂禮佛足而白佛言我與如來定光佛所得無邊身【疏】定光即然燈佛也【翻譯】瑞應經翻爲錠光定應作錠有足曰鐙無足曰錠撫華云錠音定由觀四大虛妄有生無物可得同於虛空故得身相猶如虛空周徧無礙也【標指】佛真法身猶如虛空即合如來藏性ㄙ【孤山】云法身如空徧一切處故云無邊△【溫陵】云於定光所得無邊身者法身如空刹海不礙必假心燈圓照然後發明也○【引證】【清涼】云無閡住檀施等虛空即金剛寶菩薩亦虛空藏菩薩別名○【宗鏡】云大集會中虛空藏來時純現虛空相謂阿難言我以自身證知是故如所證知能如是說何以故我身即是虛空以虛空證知一切法爲虛空印所印印爾時五百大聲聞各以所著鬱多羅僧奉虛空藏奉上衣已一時同聲說如是言其有衆生深發阿耨菩提心者快得善利於如是大智法藏中不隨其外所上之衣即便不現諸聲聞問衣何所至耶虛空藏答言入我藏中又虛空藏菩薩以虛空爲庫藏雨十方無量阿僧祇世界所有寶物衣服飲食故偈云虛空無高故下亦不可得諸法亦如是其性無高下虛空藏菩薩得虛空庫藏充足諸有情此藏無窮盡ㄅ三備敘神用【經】爾時手執四大寶珠照明十方微塵佛刹化成虛空又於自心現大圓鏡內放十種微細寶光流灌十方盡虛空際諸幢王刹來

入鏡內涉入我身身同虛空不相妨礙身能善入微塵國土廣行佛事得大隨順 疏 觀四大性及以自心唯是圓明清淨寶覺體無礙周徧一切故能以四寶珠照十方界化成虛空於心現鏡光照諸剎來入鏡中身剎互入不相妨礙廣大隨順施作佛事十種光者十身盧舍那也 吳興云 因觀四大色質既得緣邊法身爲顯此身徧融一切故執寶珠照十方等而表示之以珠表色以鏡表心色從心造全體是心故放寶光灌十方等華嚴云清淨妙法身湛然應一切同虛空法也入塵國應也說三乘法爲佛事稱四悉機爲隨順△ 交光云 十光者從大圓鏡而現十智如華嚴三世智乃至知無邊諸佛智也大圓鏡智即稱法身智體故能攝諸剎海涉入我身○ 引證 華嚴出現品云譬如大海有四寶珠具無量德能生海內一切珍寶此四寶珠一切凡夫龍神悉不得見娑竭龍王以此寶珠置於宮中深密處故如來應正等覺大智慧海亦復如是於中有四大智寶珠具足無量福智功德由此能生一切衆生聲聞緣覺學無學位及諸菩薩智慧之寶所謂無染著巧方便大智慧寶即一大圓鏡智善分別有爲無爲法大智慧寶即二平等性智分別說無量法而不壞法性大智慧寶即三妙觀察智知時非時未嘗誤失大智慧寶即四成所作智若諸如來大智海中無此四寶有一衆生得入大乘無有是處此四智寶薄福衆生而不能見置於如來深密義故○三由觀獲證 經 此大神力由我諦觀四大無依妄想生滅虛空無二佛國本同於同發明得無生忍 疏 此叙觀成獲忍發此大用四大身心虛空佛國同一虛妄唯是寶覺冥此發用豈拘方所 標指 四大色法皆從真空而現

○四結酬所問 經 佛問圓通我以觀察虛空無邊入三摩地妙力圓明斯爲第一 疏 由觀空故現身現土互相涉入依此得名虛空藏耳 標指 得性空真覺合如來藏性

8 六彌勒菩薩三○一遇佛受教 經 彌勒菩薩即從座起頂禮佛足而白佛言我憶往昔經微塵劫有佛出世名日月燈明我從彼佛而得出家心重世名好遊族姓爾時世尊教我修習唯心識定入三摩地 疏 具云梅呾利曳那

此云慈氏【清涼云】彌勒梵音具云迷帝隷西域記亦翻爲梅怛麗皆梵音輕重此云慈氏姓也名阿逸多此云無勝以生具相好聖德無過故今以姓而呼但云慈氏然有三緣一由本願過去值大慈如來因立大願願得斯號故二由此得慈心三昧故三由母懷時便有慈心故如滿慈子得慈心三昧故母亦慈也思益云衆生見者即得慈心三昧故云慈氏燈明佛時妙光菩薩八百弟子中有一人號曰求名是此人也【法華敘品】日月燈明佛八子皆師妙光其最後成佛者名曰然燈八百弟子中有一人號曰求名貪著利養雖復讀誦衆經而不通利多所忘失故名求名偈曰是妙光法師時有一弟子心常懷懈怠貪著於名利求名利無厭多遊族姓家棄捨所習誦廢忘不通利以是因緣故號之爲求名亦行衆善業得見無數佛供養於諸佛隨順行大道具六波羅蜜今見釋師子其後當作佛號名曰彌勒廣度諸衆生其數無有量心重世名多游族姓者蓋由心外見境馳求不息分別諸法種類名相不知自心熏習所現即是不了心及緣則生二妄想也爲對治故教唯識觀【真際云】以不違徧計本空依他幻有故躭世名好游族姓唯心識定者唯遮境有識簡心空唯有自心心外無法也△【直解云】唯心識者心即是識以第八識元名心故△【手鑑云】然此唯識具一切法門而衆生有兩種一多著外色少著內識二多著內識少著外色如上界多著內識下二界多著外色外色多內識少如學問人多向外解破外向內故須此觀又唯心識定有二種謂影像真實地前加行作影像唯識觀初地見道作真實唯識觀一切法以識爲相真如爲性影像真實雖殊總名唯識觀△【起信疏云】凡夫二乘不知唯識計有外塵即妄分別事識義十解已去菩薩能解唯識無諸外塵順業識義以見佛身故○【引證】【玄贊云】日有二能一導明二成熟月有二能一除熱二清涼燈有二能一破暗二傳照顯佛能導迷至覺成器熟根除煩惱之熱得涅槃之涼永破癡惑化生傳法表此法也故立其名【楞嚴搜玄鈔云】名日月燈者喻三智也謂一切智道種智一切智智三智備足亦三德圓滿也○二依教修觀二吕一乂修離過【經】歷劫已來以此三昧事恒沙佛求世名心歇滅無有【疏】初修此觀已得對治知世名利有無厚薄皆我自已唯識所變不從他來由此馳求頓爾皆失【標指】以唯識三昧了心佛及衆生是三無差別○二觀成得道二8一證唯心【經】至然燈佛出現於世我乃得成無上妙圓識心三昧乃至盡

空如來國土淨穢有無皆是我心變化所現〔宗鏡〕非唯相見二分依識體生乃至凡聖之身淨穢之土皆從識現是以十方法界淨穢國土皆是我心中變出總是我安宅真妄隨心巧拙由智對大菩薩聞彼淨方逗劣衆生現斯穢土〔疏〕此觀初成位當解行今得三昧正入初地名真見道謂以一實根本無分別智與法界冥合能所一如無有二相故唯識頌云若時於所緣智都無所得爾時住唯識離二取相故當爾之時方名親證乃至盡空如來國土淨穢有無皆是我心變化所現故五位中名通達位也〔吳興云〕謂盡虛空界所有佛國等唯心所現若以四土言之心即寂光變化即實報方便同居淨穢但是三土之相互有起滅耳△〔溫陵云〕然證佛現乃成妙圓者心證既現則萬境妙圓也△〔中川云〕我心變現者唯識言大圓鏡智相應心品能現能生身土智影如大圓鏡現衆色相○〔引證〕〔唯識云〕若變化身依變化土謂成真智大慈悲力由昔所修利他無漏淨穢佛土因緣成熟隨未登地有情所宜化爲佛土或淨或穢或大或小前後改轉佛變化身依之而住能依身量亦無定限○〔清涼云〕言一切淨穢者此通三土唯除法性皆是如來通慧力所成故此有二妨一皆名佛土妨謂上有淨穢穢豈佛土答曰穢亦佛土三界朽宅屬於一人娑婆雖惡居華藏內是我佛土次穢土稱淨妨穢名佛土既純以言穢名淨土復據何理故有此答既佛皆淨身子所見丘陵坑坎佛言我此土淨而汝不見也呂二現諸佛〔經〕世尊我了如是唯心識故識性流出無量如來今得授記次補佛處〔疏〕既能親證真唯識理依正淨穢皆唯心現故無量佛從識性流今得補佛亦我識變非由他也〔宗鏡〕十方如來皆是我心中流出者古釋云如海上漚各各不同時由差別心觀即有彼此但水體是一即知一佛出現時即一切佛出現離自他相故但衆生有處十方如來爲種種身而助化之非獨如來含於一義一切衆生亦是我流出△〔又宗鏡〕云諸法勝

義亦即是真如常如其性即唯識實性明知天親亦用如來藏而爲識體△吳興云從法身識性流出報應無量佛身識性之言乃菴摩羅識按宗鏡明識性即如來藏若淡指菴摩羅則迹△空印云識性即是實性唯識乃真如法身依於法性現報化身大圓鏡智現自受用身平等性智現他受用身成所作智現變化身雖依智現其種在識故△桐洲云諸佛皆證唯識故云流出△教乘云補處者止此一生次補佛位即等覺菩薩也什公云彌勒既紹尊位又當於此土而成佛章安曰實處補位輔應化佛示歷五味又且從權手鑑云一生補處有二義一約化相有三一人中一生二天中一生三下降一生二約實報謂於四種變易中唯有末後一種名無有生死一位所繫也如上生疏說○引證宗鏡云總持教中說三十七尊皆遮那一佛所現謂毘盧遮那如來內心證自受用成於五智從四智流出四如來大圓鏡智流出東方阿閦如來平等性智流出南方寶生如來妙觀察智流出西方無量壽如來成所作智流出北方不空成就如來法界清淨智即自當毘盧遮那如來此三十七尊各有種子皆是本師智用流出與華嚴經中海印頓現大意同也△三重指結酬

經佛問圓通我以諦觀十方唯識識心圓明入圓成實遠離依他及徧計執得無生忍斯爲第一

疏初觀染淨依正皆唯識變本無自性即不起虛妄徧執計我及法即離徧計資中云橫執有情衆生壽者及我我所乃至情非情異執有實體周徧計度名徧計性次了能變所變元是菩提妙覺明性即離依他計有因緣世間和合建立名相執此假相定從種生雖無我執自然種性假色心等爲衆生五蘊等法名依他性唯一圓成清淨寶覺故云遠離依他及徧計執無漏智體及真如法界名圓成性故唯識云初即相無性次無自然性後由遠離前所執我法性即斯義也宗鏡云唯識之性畧有二種一者虛妄即徧計所執二者真實即圓成實於前唯識性所遣清淨於後唯識性所證清淨又有二種一者世俗即依他起二者勝義即圓成實於前所斷清淨於後所得清淨又相即依他起該有爲之門性即圓成實通無漏之道又色即依他起之相空即圓成實之性斯則虛妄真俗性相有空徹本窮源皆唯識性矣○論云二徧計所執性頌曰由彼彼徧計徧計種種物此徧計所執自性無所有論曰周徧計度故名徧計品類衆多說爲彼彼六七二識徧於一切染淨法上計實我法名徧計所執妙緣上二依他起性頌曰依他起自性分別緣所生論曰衆緣所生心心所體及相見分皆依他衆緣而得起故依他緣緣和合五起猶如幻事如麻上繩三圓成實性頌曰圓成實於彼常遠離前性論曰

此即於彼依他起上常遠離前徧計所執二空所顯真如爲性依他性是唯識體從依他起分別即是徧計從依他唯真實即是圓成唯一真空圓滿成實如麻獨存又解深密云翳眼人如徧計青黃如依他淨眼如圓成三無性論云塵即分別性識即依他性如如即真實性攝論云分別性如蛇依他性如藤圓覺鈔日徧計情有理無依他相有性無圓成情無理有相無性有古師總釋云圓成是真徧計是妄依他淨分同真染分同妄辰七大勢至菩薩三巳初遇佛受教二午一標指

經 大勢至法王子與其同倫五十二菩薩即從座起頂禮佛足而白佛言我憶往昔恒河沙劫有佛出世名無量光十二如來相繼一劫其最後佛名超日月光彼佛教我念佛三昧

疏 亦名無邊光得大勢如觀經釋念佛三昧如下自明

法華文句得大勢者思益云我投足之處震動三千大千世界及魔宮殿故名大勢至觀經云以智慧光普照一切令離三塗得無上力是故號此菩薩爲大勢至又云大勢至菩薩舉身光明照十方國作紫金色有緣衆生皆悉得見但見此菩薩一毛孔光即見十方諸佛淨妙光明號此菩薩名無邊光△悲華云往昔因中彌陀作輪王時觀音爲長子勢至爲次子今在極樂居於彌陀左右△普賢行願品云速見如來無量光具此普賢最勝願鈔云無量光者即阿彌陀佛名也十六觀經云無量壽佛有八萬四千相一一相各有八萬四千隨形好一一好復有八萬四千光明一一光明徧照十方世界念佛衆生攝受不捨無量壽經云若我成佛光明有限下至不照億那由他百千及筭數佛刹者不取菩提諸佛行化莫先光明可以反愚成智拔苦與樂是故願求也彼佛復有異名謂無邊光等即十二光也十二者無量無邊無邊無對焰王清淨歡喜智慧難思不斷無稱超日月等今按彼經無量光即阿彌陀佛具十二名今經即言十二如來相繼一劫也△溫陵云佛名無量光十二如來皆以光號最後名超日月光者表念佛三昧能發智光念佛之人自性如來十二時中淨念相繼則無量智光超乎日月也△世界妙嚴品云即得念佛三昧名無邊海藏門疏云念佛三昧者菩薩之父故首明之乃至十地不離念佛鈔云菩薩以般若波羅蜜爲母般舟三昧爲父般舟即念佛此翻爲佛立三昧良以念佛即真涉事與方便同故得稱父又念佛成佛是親種故言乃至十地不離念佛者十地之中皆云一切所作不離念佛念法念僧等又云知足天王皆勸念一切諸佛所有名號彼天是諸佛上生之處故合修念佛三昧也召體曰名響傾人天曰號通號別召皆悉念也○智論云何者是念佛三昧念佛者念佛三十二相八十隨形好金色身身出光明徧滿十方如融閻浮檀金其色明淨又如須彌山王在大海中日光照時其色發明

行者是時都無餘色想所謂山地樹木等但
見虛空中諸佛身相如真瑠璃中赤金外現
亦如比丘入不淨觀但見身體膖脹爛壞乃
至但見骨人是骨人無有作者亦無來去以
憶想故見菩薩摩訶薩入念佛三昧悉見諸
佛亦復如是以攝心故心清淨故〇二叙教
二∇一喻顯二•
一喻不念之失
經譬如有人一專爲憶一
人專忘如是二人若逢不逢或見非見疏專
憶如佛念衆生專忘譬衆生不念佛者如是
衆生見佛不定故云若逢不逢等孤山云佛
恒普應生
不能感是故不定逢與不逢或
見非見也•二喻念佛之人
經二人相憶
二憶念深如是乃至從生至生同於形影不
相乖異疏佛與衆生憶念相應故佛與生如
形影也•∇二法合二
一合不念
經十方如來憐念衆生
如母憶子若子逃逝雖憶何爲疏如母憶子
佛也若子逃逝生也雖憶何爲不會遇也吳興
云前云逢不逢等此云雖憶何爲縱得逢見
不崇法利與逃逝無異如智論言舍衛九億
家三億眼見佛三億耳聞不見三億不
聞不見∇二合念佛二•一提喻貼合經子

若憶母如母憶時母子歷生不相違遠若衆
生心憶佛念佛現前當來必定見佛去佛不
遠不假方便自得心開疏初提喻若衆下貼
合不假下得益補遺云事一心門憶佛也理
一心門念佛也○引證普賢
觀經云爾時行者聞普賢說憶持不忘其心
漸利普賢教其憶念十方諸佛漸以心眼見
東方佛身黃金色端嚴微妙見一佛已復見
一佛如是漸漸徧見東方一切諸佛心想利
故徧見十方一切諸佛△宗鏡云無量壽經
云諸佛如來法界身入一切衆生心想中汝
等心想佛時是心即是三十二相八十隨形
好是心作佛是心是佛諸佛正徧知海從心
想生又云心內辦正八和合爲蓮華體此花
本來無生即是菩提心心花自然開能見佛
•二寄
喻重顯經如染香人身有香氣此則名曰香
光莊嚴疏染香有香氣念佛得見佛因果相
稱誰謂不然溫陵云染香則襲香念佛則見
佛故以念佛妙熏名香光莊嚴
△論云熏習義者如世間衣服實無於香若
人以香而熏習故則有香氣○二修習獲證
經我本因地以念佛心入無生忍今於此界
攝念佛人歸於淨土疏念佛入無生者初即

以生滅心緣念佛之相好專住一境心無間然見佛相好光明莊嚴依報眷屬一一樂事如對明鏡自見面像周眸徧覽無非佛界然後復觀所念之佛諸有境界俱爲虛妄本無自性以從念想之所現故能念之心已起未起自何而有不見一法畢竟空寂以心不見心無相可得斯則能所俱寂本來離念離念相者等虛空界無所不徧法界一相即是如來平等法身此則由念相好見法身佛即無生念也故云以念佛心入無生忍我既得度衆生法身與我無異無異之性互相關涉故念佛者我皆攝取故云攝念佛人歸於淨土

〇【觀經】云一切衆生觀於西方極樂世界以佛力故得見彼清淨國土如執明鏡自見面像是故應時即得無生法忍【疏】云即得無生忍是初住初地【鈔】云如來將說十六觀法預彰所說是圓妙觀故曰觀成即得無生法忍經示此觀是取初住徑捷之門△【起信】云衆生初學是法欲求正信其心怯弱當知如來有勝方便攝護信心謂以專意念佛因緣遇緣往生他方佛土常見於佛永離惡道如修多羅說若人專念西方阿彌陀佛所修善根迴向願求生彼世界即得往生常見佛故終無有退若觀彼佛真如法身常勤修習畢竟得生住正定故【記】云准隨緣往生經說十方皆有淨土云何偏指西方答因易緣强勝餘方故因易者十念爲因故緣强者彼佛願力故△【起信疏】往生之人類有三種一如蓮花未開時信行未滿未能不退但以處無退緣故稱不退二信位滿足已去花開見佛入十住位得少分見法身住正信位也三者三賢位滿入初地已去證徧滿法身生無邊佛土如佛記龍樹菩薩住初地生淨土也△【吳興】云淨土別指極樂通及寂光【觀經疏】云四種淨土各有淨穢五濁輕重同居淨穢體析巧拙有餘淨穢次第頓入實報淨穢分證究竟寂光淨穢今別指極樂者娑婆雜惡荊棘瓦礫不淨充滿同居穢也安養清淨地流七種樹列八珍次於涅槃皆正定聚凡聖同居上品淨土也△【肇公】云羣生萬行業行不同殊化異彼致令感應不一是以淨者應之以實玉穢者應之以砂礫土之淨穢繫之於衆生故曰衆生之類是菩薩佛土也〇三結答所問

【經】佛問圓通我無選擇都攝六根淨念相繼得三摩地斯爲第一

【疏】念屬意根即諸根所依故攝六也念即無

念故云淨念不以念間故云相繼〔孤山云〕觀經言念佛者不得如彈指頃念世五欲此即於根大性而悟入也〔補遺云〕念屬意根正論修處亦旁攝諸根根根念佛也意根若淨諸根咸攝故無選擇如念佛時眼不觀色眼念佛乃至身不著觸身念佛故曰都攝六根根根大明矣△〔合解云〕識根二大總合六根六識一爲圓明六識一爲六根互用也我無選擇都攝六根不同餘聖單修一根也凡修淨業必具身口意等行意根觀想舌根稱號眼根見佛身根禮拜耳鼻二根通作佛事或口念或意念眼觀念耳聞念鼻知念身禮念六根圓念謂之都攝六根清淨即佛土清淨矣△〔海印云〕衆生妄見根塵執取成染造種種業臨終見地獄惡相墮落生死今念佛人於六根門頭一切見聞覺知純一淨心唯佛現前念念成淨故臨終見佛彈指往生經云都攝六根淨念相繼此正不思議熏變之力淨土唯心也△〔清涼云〕念佛三昧海藏門畧有三義一由此定中見多佛故下文云以佛爲境界專念而不捨是人得見佛其量與心等由念能見所以爲門二一一佛德是無邊海藏由念能知所以爲門云何無邊海劫海所修有行願海成就色門有相好海成就智身有辨才海建立念處有名號海修諸助道有功德海安處衆生有淨刹海如是諸海一一無邊各各出生蘊積名藏三無邊勝德由念佛生念法性身則契如理念功德身成無邊德念相好身證無邊用故此

一門深廣蘊積△〔起信記云〕今有人不審利害於兩土察因緣之勝負說空行有數寶受貧往往窮理以無西沈空而謗教不知存我入覺覺斯遠焉而罔信安養爲息肩脫屣之地者吾爲之傷之悲能已也。〔私謂〕是佛頂經於圓修辦事中審開修行方便別有二門於衆生外分曰心存佛國聖境冥現若飛心中兼福兼慧及與淨願自然心開見十方佛一切淨土隨願往生此爲往生淨土言之也於知足一天曰上升精微不接下界諸人天境乃至劫壞三災不及此爲上生兜率言之也二十五圓通章彌勒勢至與觀自在耳根圓通文相連躡彌勒曰我了如是唯心識故識心流出無量如來今得授記次補佛處此上生之化主也勢至曰我本因地以念佛心入無生忍今於此界攝念佛人歸於淨土此往生之導師也經文於此三章次第連綴良欲使末法衆生真實修習以觀自在爲一車以慈氏勢至爲兩輪運載無量有情之於妙莊嚴海故曰現權之教隨機巧施逐要利生無過見佛學者其諦審之哉無爲過頭狂慧之談所誤。已上七人依七大悟入竟

我無量劫爲世良醫乾道本一本云我無始劫

修習水觀乾道紹興及各本並同惟長水本作水精

遺違害鬼會解云應作爲害是夜叉鬼王名乃身子過去之怨也

合十方佛傳一妙心乾道本一本云令十方佛

大佛頂首楞嚴經疏解蒙鈔卷第五之三

音釋

閟 兵媚切音秘深也 閡 與礙同隔閡也 辦 匹見切音片

大佛頂首楞嚴經疏解蒙鈔卷第六之一

海印弟子蒙叟錢謙益鈔

○疏科躡上諸聖證門第五返聞真實證今標㊀第四觀音圓證耳門○疏此門次第合次那律以是六根之耳根故今以圓通義廣慶說相繼勑簡連環故最後說以表臻極真實故爾釋要云一圓通義廣者正明此方便宜偏顯修證之門廣化儀之相故二慶說相繼者若於那律次說若不慶贊不彰觀門最優若便慶贊此門則諸聖無功故觀音說後即便慶贊以表正讚觀音旁兼餘聖故三勑簡連環者觀音說竟便勑文殊料簡連綿相接事無斷絕故文二八一正陳修證三㊃一正叙因修二◑一遇佛稟教

經爾時觀世音菩薩即從座起頂禮佛足而白佛言世尊憶念我昔無數恒河沙劫於時有佛出現於世名觀世音我於彼佛發菩提心彼佛教我從聞思修入三摩地疏梵音阿那婆婁吉底輸此云觀世音從能所境智以立名也值佛觀法皆其所師師資相承無相違耳清涼云梵云婆盧枳底觀也濕伐羅此云自在若云攝伐多此云音梵本不同譯者隨異而法華觀音品中云觀其音聲皆得解脫即觀世音也若其三業攝化即觀自在故彼中初語業稱名除七災二身業禮拜滿二願三意業存念淨三毒而今多念觀音者以語業用多故又人多稱故△別行玄云西土正音名阿耶婆吉低輸此言觀世音能所圓融有無兼暢照窮本性察其本末故稱觀也世音者是所觀之境也萬象流動隔別不同類言殊唱俱蒙離苦菩薩弘慈一時普救故云觀世音對梵翻名華語互出或云觀自在舊譯光世音亦世自在惟千手眼大悲經云觀世音自在其義似是然約境智明感應則今三字詮顯無虧此菩薩不可思議威神之力過去無量劫中已成佛竟號正法明如來大悲願力安樂衆生故現作菩薩

聞思修慧諸佛通途無有一佛不以音聲而化羣品無有一機不從耳根聞教解悟由是彼佛教從此入溫陵云達耳之謂聞著心之謂思治習之謂修三者圓明是名三慧○引證瑜伽云三賢為聞所成地加行為思所成地十地為修所成地△清涼云聞思修慧初聞即受隨聞受持如水不嚼隨飲而得次求思慧嚼所聞以助智力次求修慧依聞思行能去惑智如藥除病◑二如教修觀△通釋初於聞中七句長水判明聞慧盡聞不住二句明思慧空覺極圓二句明修慧孤山判初五句明聞慧次四句明思慧後二句明修慧二師並約三慧科段小別吳興

節文爲四初入流亡所爲亡前塵二聞所聞盡爲盡內根三覺所覺空爲空觀智四空覺極圓爲滅諦理此師所判亦無大異惟古釋三慧三空依佛菩薩語貼釋義門了然今鈔准長水孤山舊文不復改作【經】初於聞中入流亡所所入既寂動靜二相了然不生如是漸增聞所聞盡△【宗鏡合釋】初於聞中乃至寂滅現前者初從聞性入時先亡動靜聲塵之境初五句次亡能聞所聞之心如是漸增二句既心境俱亡又不住無心境及能覺所覺之智盡聞不住二句則覺智俱空所空亦空故云空覺極圓空所空滅始盡生滅之源到寂滅本妙覺心之地△【疏】入流猶返流也初觀聞性返照離緣不隨前塵流轉起滅故云入流亡所【標指】入流亡所返緣歸性也△【温陵云】入流亡所者不隨聲塵頓入法流而亡其所入也所緣聲相由不動故寂入不起起即是動既亡動相靜亦不生以動靜境是耳所取今觀無性本無所有故云了

然不生即所取無相也圓覺云應當遠離一切幻化虛妄境界○【孤山云】明聞慧中初二句標初於聞中謂始聞言教也入流謂體言入理則是反觀聞性也亡所謂不滯名言則是離緣塵也【補遺云】流謂照理也聞教則照理理明則亡詮故曰亡所○次三句釋所入既寂即釋上入流也所入之理無文字相故云既寂動靜至不生即釋上亡所也既達聞性惟一真寂則不得前塵有說無說動靜二相故云了然不生△【私謂】觀音因地元以聞慧起修聞慧者從聞聖教得慧長水云無有一機不從耳根聞教解悟非汎指一切聲塵也孤山云聞中謂始聞言教入流謂體言入理於此中正明聞慧又符順偈中此方真教體清淨在音聞宗旨今人依岳師通指聲塵不知古釋故表而明之復增觀行所緣既亡聞相不起此能聞相即是思慧能所俱寂故聞所聞盡此遣聞慧也一根既爾餘根亦然亦是前文此根初解先得人空也圓覺云心如幻者亦復遠離○【孤山云】次明思慧如是漸增明轉聞成思也聞中亡所故云聞所聞盡此則亡言達理即結上聞慧也【補遺云】所入者所指能詮入指所詮聞所聞盡者所聞是聲教今亡能聞之根帶所聞言之△【吳興云】如是漸增者前塵既亡內根

難盡以由亡智有疎有親故云漸增也聞所聞盡者謂能聞所聞之根亦復不生也此乃舉所以顯能耳覺所覺空所空例亦如是△私謂如是漸增增上增進之義也張無盡曰以聲爲聞則聲已入耳云何成所以聞流動則聞已奔聲聲云何入入流亡所所入兩亡則不可增也以漸增爲增減之義欲吹增爲持則大繆矣入流亡所所聞既盡如是漸增聞所聞者亦盡聞所聞之根即能聞也前文云無痛痛覺亦即是此亦見見也此三句正顯三空故古釋云聞所聞盡是聞慧中能所盡餘二例知長水云此遣聞慧也正符此義

經 盡聞不住覺所覺空 疏 盡聞之處即思慧爲體名之爲覺此之覺慧屬第六識是則舍聞而觀於義今亦不住此盡聞處更修觀行觀破此覺及所覺聞二俱不立故名爲空此遣思慧 吳興云 上句遣前盡相下句正空觀智覺謂覺照即智體也 即前文云空性圓明成法解脫也圓覺云遠離爲幻亦復遠離 ○孤山云 盡聞不住者理無聞相故曰盡聞亦不滯理故曰不住此則言理俱亡生後思慧也覺所覺空者正示思慧也所覺是盡聞之理今覺知此理亦無即是釋上盡聞不住 補遺云 盡聞不住者指前空耳根之觀爲盡聞不著此能空故日不住由不住故能空之覺昔空寂矣所覺指前耳根相帶言耳厶海印云 根塵雙泯爲盡聞處復不住盡聞之覺聞根既泯觀智亦亡○清涼云 所覺是相能覺是性遠離覺所覺名自覺聖智楞伽云一切無涅槃無有涅槃佛無有佛涅槃遠離覺所覺即斯義也

經 空覺極圓空所空滅 疏 覺空之處思慧俱盡惟與修慧相應觀行增微修慧圓極故云空覺極圓此能空修慧與所空覺亦俱不存故云空所空滅此遣修慧 標指 空覺極圓修慧現前也△吳興云 上句顯前重空之智下句正滅重空之理△補遺云 空覺等指前重空之觀故曰空覺既空之又空無以加也故曰極圓言極圓者謂前重空亡所寘理理則圓極今又亡其圓極之相也 即是前文解脫法已俱空不生也圓覺云離遠離幻亦復遠離 ○孤山云 後明修慧上思慧雖言理俱空而有覺空之智是則俱空成境能覺成智今境智俱泯故曰極圓以極圓故能空覺智所覺空境悉不可得故云空所空滅當知此明三慧聞則亡言達理思則言理俱亡修則境智齊泯以此尋文文無不曉此皆住前修行也

經 生滅既滅寂滅現前 疏 生滅既滅即結前三慧三空盡也既展

轉空俱屬生滅至此已極故云既滅無生真理寂常妙性了然明現故云寂滅現前【標指】都結前三慧皆是生滅門修證前文云菩提心生生滅心滅此亦生滅三空既盡寂滅現前藏性圓明故發妙用故上文云是名菩薩從三摩地入無生忍此乃圓觀聞性無前境界漸澄麤念稍除細想以至無念如上文云靜深不動沙土自沉清水現前名爲初伏客塵煩惱去泥純水名爲永斷根本無明明相精純一切變現不爲煩惱皆合涅槃清淨妙德此即始從觀行至相似覺名生滅位入隨分覺證無生忍名無生位然此初證境界不可思議與佛無殊故經云初心畢竟二不別如是二心前心難入此位後心心寂滅自然流入薩婆若海此之觀門即是圓修一心三觀今爲從聞思修返照離緣顯自聞性麤念不起細念不

生以至寂滅挾空義說是則一空一切空也聞性顯處中道理現名寂滅現前耳〇【孤山】云生滅既滅三慧俱亡也以住前三慧是生滅相故寂滅現前初住理顯也以分證三諦無生滅故〇【私謂】准華嚴十地品菩薩得入第八不動地離一切相離一切想一切執著離諸諠諍寂滅現前此即觀音生滅既滅寂滅現前也又此菩薩於不可說三千大千世界隨衆生身信解差別普現受生於不可說佛剎衆會中悉現其身所謂於沙門衆中示現沙門形乃至應以如來身得度者現如來形此即觀音忽然超越十方圓明現身示應也觀音古佛現八地菩薩已屬影響台家諸師執本宗六即判位但許初住分證長水畧引其文即曰此初證境界不可思議與佛無殊則已自佛之矣憨山大師釋觀音三十二應普門示現正當楞伽三種意生身中第三種類俱生無行作意生身此則由等覺入妙覺位聖種類身一時俱現今以華嚴八地爲準而盡刊台家煩瑣判位之文庶亦吾大師所印許也卍二具彰果德二◑一獲果德【經】忽然超越世出世間十方圓明獲二殊勝一者上合十方諸佛本妙覺心與佛如來同一慈力二者下合十方一切六道衆生與諸衆生同一悲仰【疏】前寂滅

現前是斷德本妙覺心是智德慈悲二力是
恩德三德圓證故超世間凡夫出世三乘此
最上乘惟佛與佛乃能究盡也十方圓明者
證此境界見十法界三種世間無不是如無
不成佛圓故無德不備明故無障不盡無緣
慈悲是佛心相具足衆德是德之首勝中勝
法故云殊勝本妙覺心即是巳心與諸如來
無二圓滿今日親證故名爲合合故得樂故
同慈力一切衆生亦是此心無二無別故亦
彼合合故見其本成佛道枉自流浪故可悲
仰自下現應拔苦皆由此二而流演耳【吳興云】云
慈力者慈既與樂必能拔苦應以力字兼於
悲義云悲仰者悲謂悲苦仰謂仰樂菩薩所
證圓通之理徧在衆生悲仰之中故曰與也
同也○【引證】【法華文句云】始自人天終至菩
薩生法兩緣慈體既徧被緣不廣無緣與實
體相同慈靡不徧如磁石吸鐵任運相應如
此慈悲徧熏一切名慈悲普【玄義云】約慈以
明應相者或單以慈爲應經云慈善根力象

見師子廣説如涅槃經或單以悲爲應如請
觀音經云或游戲地獄大悲受大苦或合用
慈悲爲應良以悲心熏於智慧能拔他苦慈
心熏於禪定能與他樂經云定慧力莊嚴以
此度衆生△【法集經云】觀世音白佛言菩薩
若受持一法一切諸佛法自然如在掌中何
者是一法所謂大悲釋曰此同體大悲也以
此大悲性徧一切衆生界△【增一云】有六種
力小兒以啼爲力女人以瞋爲力沙門婆羅
門以忍辱爲力國王以憍傲爲力阿羅漢以
精進爲力佛以大悲爲力◑二明妙
用三㊁一三十二應三㊀一標舉【經】世尊
由我供養觀音如來蒙彼如來授我如幻聞
熏聞修金剛三昧與佛如來同慈力故令我
身成三十二應入諸國土【疏】以如幻力熏修
聞思修慧成金剛三昧【證真云】幻喻三慧體不可得金剛喻摧堅之能
能破無始微細無明圓證如來藏體依體
起用隨緣能應入國土身【溫陵云】幻人作爲本於無作此言如
幻三昧後云無作妙力此之三昧皆聞慧熏
修以成修兼於思三慧斯備無能沮壞故稱
金剛依此三昧隨緣應化凡皆如幻而已○
【涅槃云】菩薩摩訶薩修大涅槃得金剛三昧
安住是中悉能破散一切諸法見一切法皆
是無常念念滅壞無有真實菩薩安住是金

剛三昧於一念中徧至恒河沙等諸佛世界還其本處亦不念言我能如是於一念中能斷十方恒河沙等世界衆生所有煩惱而心初無斷諸衆生煩惱之想何以故以是三昧因緣力故

華嚴云清淨妙法身湛然應一切今言三十二者以能感之類不出斯數非所現應有限量耳

○[入法界品疏]此經或以布施攝五應作觀似少義取乃多彼二十五應各云即現其身而爲說法但是其中或現色身及說法耳以長者居士宰官婆羅門共一即現婦女身而爲說法故謂之三十二應理實四類各各不同明知四類有四婦女況妙音中有轉輪王及菩薩身又加地獄餓鬼畜生及諸難處則三十五亦未爲盡若加四婦女各成二人以妻女別故則此已有三十九矣明知觀音及諸大菩薩各能萬類之化皆畧舉耳以上同如來妙覺真心故常在一切如來所下與衆生同大悲體故普現一切衆生之前普現即普門示現然大聖久成正覺號正法明示爲菩薩義言等佛耳△[私謂]觀音大士普門示現在法界則十一句在妙音則三十五在佛頂則三十二或相或用或因或果或差別或平等或佛說或自說經文各殊普現則一清涼依妙音以釋法界即引用智者十普以佛說觀音說無二無別故狐山謂因中自行果上化他法華楞嚴兩經各舉二邊固哉此師豈所謂分舟各月者耶○[觀音義疏云]經云衆生應以佛身得度即現佛身爲獨現佛爲兼餘身同度彼生又爲一界獨感於佛爲兼餘界同感於佛諸身乃至執金剛神能應共獨能感共獨不可偏執故今通就十法界應對十法界機一多相對立以四句方見經文感應之相初機應四句自有一界身度一界自有十界身度十界自有一界身度十界自有十界身度一界也初即三土以現佛身必徧三處蓋等覺下至凡夫皆能成佛故須三土以明其應此一界身度一界也若寂滅道場稟教之徒諸界不同或人或天龍神鬼等又根性圓別兩異同見一佛身而爲說法即是一界度多界也若有一界之機但見一界身現則不得度諸時諸會三乘八部眷屬圍繞共逗一緣或請大機共成化事或佛自徧現而度一機若有一人實以十界身得度者觀音即現十身而爲說法是名多界身度一界也若佛身菩薩身徧作十法界身徧入諸道各令得見同其形像而爲說法此是多界身度多界用此四句歷五味五時現身皆如此復次約說法多少者則多法爲一人說一人用一法爲一人說一法爲多人說多法爲多人說復次因果相對者或因少果亦少或因多果少或因少果多或因多果亦多觀音明了衆生機之所趣或示現身多少或說法多少或修因多少或證果多少逗彼機宜必無有差○[法華文句云]若二乘以一心入一定一心作一不得衆多又爲定所縛故不名普若別歷諸地淺深皆差亦不名普若入王三昧一切三昧悉入其中不起滅

定現諸威儀故名法門普〔乙〕二別釋四〇一聖身四〔丁〕一佛身【經】世尊若諸菩薩入三摩地進修無漏勝解現圓我現佛身而爲說法令其解脫【資中】勝解現圓將登正覺坐道場也將登者躡上進修無漏言之秖爲進修未登正覺是故現身而爲說法令其勝解現前圓滿【疏】第十地菩薩坐花王座垂成正覺亦須別佛設教聞熏令斷最後微細無明故觀世音現第十重受用身而爲說法言勝解者於決定境忍可印持不爲異緣之所引轉此指最極根本無分別智將圓滿時故名勝解然此菩薩登住已去雖爲因位便能現上位身爲彼說法以此圓證一位即諸位更無淺深故能見耳【無盡云】雖在因位已得佛之受用台教云從真起應法眼稱機也△【天如云】只據今經既謂超越世間又言上合諸佛同一慈力則現佛說法機應宜然豈容以初住分真爲妨爲難〇【觀音別行義疏】應以菩薩得度者或上地下地三藏通別圓等輔佛不同若佛於實報土作佛觀音即爲實報菩薩形或作方便同居土菩薩形赴利鈍兩緣節節與麼若權若實廣利衆生問佛云何度佛答等覺菩薩作佛身度初地佛何意不得如人亦能度人【四明疏記云】橫論四教豎則三土同居四教各有教主各有菩薩輔翊化機方便二教實報一圓各須菩薩輔佛逗機等覺度初地者約別教義也別教三賢用於三乘所修觀法入地證中迥超九界始本分合功用同佛然是分證惑必厚薄智論淺深是故上位現化他佛度於下位自行之佛取譬人中師度弟子須知能度之佛或現八相或坐花王所度之佛必現因身以佛威儀非稟法相故四教佛皆無師智又今一往且云等覺度於初地若本下跡高可云初地度於等覺以示佛跡是妙覺身乃由極果加被故也【證真云】若初住能現妙覺是本下跡高若妙覺現菩薩等像是本高跡下俱高俱下二句可知〔己〕二獨覺【經】若諸有學寂靜妙明勝妙現圓我於彼前現獨覺身而爲說法令其解脫【疏】麟角獨悟出無佛世猒喧樂靜獨處山林資加二位名爲有學此後斷惑便證無學約自乘理智將證未證名寂靜妙明【溫陵云】觀物變易自悟無生故名獨覺樂獨善寂求自然慧言寂靜妙明菩薩

現同類身先稱本習後令近佛[別行云]應以支佛者如文殊二萬劫作支佛化衆生現身說法[疏記云]支佛見花飛葉落即得道此因少果多〇三緣覺[經]若諸有學斷十二緣緣斷勝性勝妙現圓我於彼前現緣覺身而爲說法令其解脫[疏]辟支迦羅云獨覺亦云緣覺前但自悟今依教悟觀十二緣作流轉旋滅二種觀法以集諦爲初門[溫陵云]知迷勝性由十二緣自無明滅至憂悲苦惱滅則緣斷而勝性現性因緣斷而顯故曰緣斷勝性未發眞前名爲有學理智將圓菩薩身同必誘令進也[證眞云]有學者資加二位也獨覺亦觀十二因緣亦可名爲緣覺但約根有利鈍值佛不值佛之殊分成二類皆言勝妙現圓者各約自乘理智將欲現前得此名也[私謂]別序叙雲集衆總標辟支無學此文分列二應者獨則寂妙自悟緣則斷緣發眞其悟證各有不同非有根性利鈍值佛不值佛之殊也廣如業鈔第一〇四聲聞[經]若諸有學得四諦空修道入滅勝性現圓我於彼前現聲聞身而爲說法令其解脫[疏]因聞四諦聲教悟故名聲聞也發眞之後三果三向俱名有學[證眞云]三果已前賢位聖位俱爲有學未發眞前在忍位中用有漏智縮觀觀四諦作三十二行相見道一十六心斷四諦下八十八使分別煩惱證生空理故云得四諦空從初果後斷三界八十一品俱生品品皆證一分擇滅無爲證滅諦理故云修道入滅[補遺云]舊謂數緣滅今云擇滅維摩疏曰虛空無爲數緣滅非數緣滅無爲一是涅槃二非涅槃證一分擇滅無爲者斷一品惑盡處名爲證一分擇滅無爲涅槃擇力所得滅名爲擇滅謂斷智推令滅故名擇滅孤山云數滅即是擇也將登無學名勝性現圓現身說法令其速證然後誘之不滯化城令進大果[孤山云]二乘藏通機也雖有菩薩而藏同人天不斷惑故通同二乘所證齊故〇[別行云]應以聲聞身者或作三藏或作通教聲聞或作隨五味轉聲聞內祕外現莊嚴四榮四枯引導衆生[疏記云]涅槃云六人及以如來能嚴雙樹觀音示現聲聞其意如是善財所見諸善知識如海雲善住現聲聞身說別圓法二乘機扣即說藏通既住不思議法門何所不說大經四種智觀十二因緣得四乘果

觀音若修別觀則次第用四智觀緣若修圓觀則一心用四因緣智而於一一皆起誓願度諸衆生行願成故作四種聖人徧法界現四形聲普應一切今於四中的取下智爲能現法○二天質四句一釋梵自在對〔經〕若諸衆生欲心明悟不犯欲塵欲身清淨我於彼前現梵王身而爲說法令其解脫〔疏〕若有希欲心明開悟身光清淨生於四禪不爲欲界煩惱塵染爲現梵王說四禪法出入禪支修證次第令其離欲生於梵世〔法華文句云〕梵者此翻離欲離下地繫上升色界故名離欲○〔別行云〕梵即色天主名爲尸棄此云頂髻瓔珞名四禪皆有王此言梵者應是初禪頂猶有覺觀語法得爲千界之主也觀音修白法三昧不取不捨不取故不隨禪生不捨故應爲梵王說出欲論四句現身以權引實〔疏記云〕此天依正多是白法觀音因時觀於白色即空假中住白法界即此是有與常我性名王三昧不取此禪有相見思也不取此禪空相塵沙也不取此禪非有非無亦有亦無相無明也則不隨三惑生於此禪三土也以不捨故即能應而爲凡夫梵王同居也即能應爲方便梵王即阿含云已證三果將入方便土也復能應爲實報梵王即仁王云證七地故說出欲論三惑欲也△〔淨名曰〕若在梵天梵天中尊誨以勝慧什曰小乘中初梵有三種大乘中有四種梵王雖有定慧而非出要誨以佛慧故名勝○〔金光明云〕大梵天王說出欲論即是修定出欲淤泥亦是愛攝△〔熏聞云〕說法說出欲論解脫令離欲塵〔經〕若諸衆生欲爲天主統領諸天我於彼前現帝釋身而爲說法令其成就〔疏〕衆生愛統諸天菩薩現爲帝釋說上品十善令戒根清淨生地居頂住善見宮爲忉利王也〔別行云〕應以帝釋身者此地居天主也〔疏記云〕菩薩修難伏三昧不取不捨就種種勝論四句現身以權引實按金光明云釋提桓因種種善論蓋十善意耳修十善上符天心諸天歡喜求天然報此法爲勝故言勝論△〔清涼云〕釋迦能也因陀羅主也具足應云釋迦提桓因陀羅提桓天也即云能天主撫育勸善能爲天主故又楞伽大雲疏云天帝名有一百八此畧舉也一因陀羅此云尊重二釋迦此云勇猛三不蘭陀此云降伏以降伏阿修羅故婆沙云釋迦桓因華嚴天王帝釋者華梵兼舉也△〔淨名曰〕若在帝釋帝釋中尊示現無常什曰梵垢薄而著淺故爲現勝慧釋愛重而著深故爲示無常△〔起世經云〕以何因緣諸天會處名善法堂佛言三十三天集會坐則於中論微細妙法深意指量觀察皆是世間諸勝要法眞實正論以此諸天稱爲善法堂〔經〕若諸

衆生欲身自在遊行十方我於彼前現自在天身而爲說法令其成就【疏】欲身自在遊行十方現二天身說法教化即夜摩覩史天也名自在者慈恩云得異熟果隨意所念勝下二天下二天果依樹而得今隨欲得名爲自在○【別行云】自在天是欲界頂具云提婆跋提此云他化自在假他所作以成己樂即是魔王也菩薩住赤色三昧不取不捨應爲魔王令諸魔界即是佛界四句現身以權引實【經】若諸衆生欲身自在飛行虛空我於彼前現大自在天身而爲說法令其成就【疏】樂變化天他化自在名大自在不樂異熟果樂自樂他變爲樂具而受用之名大自在然若止以他樂他化二天所配即攝義不盡【法華文句】自在即第五天大自在即第六天故從慈恩攝四天也○【別行云】大自在即色界頂摩醯首羅也華嚴稱色究竟智論云過淨居天有十住菩薩號大自在十住經云大自在天光明勝一切衆生涅槃獻供大自在天最勝故非第六也△【清涼云】三乘中立此爲淨土是報身所居約實是十地菩薩攝報之果多作彼主耳○【通釋】上二天凡有三釋以五六二天分配者法華文句也以四天總攝者慈恩玄贊也以色欲頂二天結釋者觀音疏義也長水依慈恩則攝四天孤山溫陵依義疏則從二頂各有援據未審適從然義疏文句出於台家皆智者所說義疏則曰大自在故非第六文句則曰諸經多稱大自在是色界頂天此不應超至此一家之書不應自相矛楯溫陵曰初舉梵王至此乃自欲天色天而超至色頂意兼無色以明無刹不現取以和會三家之說庶可通也

○二統攝鬼神對

【經】若諸衆生愛統鬼神救護國土我於彼前現天大將軍身而爲說法令其成就【疏】天大將軍即天帝所管將也分住三十三天各領鬼神鎮護四方【別行云】如金光明即以散脂爲大將大經云八臂健提天中力士釋論稱摩醯首羅此稱大自在騎白牛八臂三眼是諸大將鳩摩伽此云童子騎孔雀擊雞持鐸捉赤旛韋紐此稱徧聞四臂捉貝持輪騎金翅鳥皆是諸天大將未知此定是何等光明疏云二十八部巡游世間賞善罰惡皆爲散脂所營○【宣律師感通傳】天人費氏云一王之下有八將軍四王三十二將周四天下往還護助諸出家人四天下中三天下佛法大弘東西天下人少黠慧煩惱難化南方一洲雖多犯

罪化令從善心易調伏佛臨涅槃親受囑付並令守護天人韋現南天王八大將軍之一三十二將之首魔子魔女輕弄比丘將軍惱惶奔赴應機除翦有事至王所王見皆起爲韋將軍修童真業受佛囑護正法故【經】若諸衆生愛統世界保護衆生我於彼前現四天王身而爲說法令其成就【疏】四天王者上升之元首下界之初天於須彌山各居一埵所領鬼神每王二部共八部衆救護國界【金光明云】四天王白佛我等四王二十八部百千鬼神以淨天眼常觀擁護此閻浮提是故我等名護世王△【法華文句云】四大天王者帝釋外臣如武將也居四寶山各領二鬼不令惱人故稱護世本迹者本爲常樂我淨四王護持佛法不令外人取其枝葉斫截破壞常王護東方常無常雙樹樂王護南方樂無樂雙樹我王護西方我無我雙樹淨王護北方淨不淨雙樹枝幹喻常葉喻於我果喻於樂茂葉喻淨護此花果常能利益一切衆生故迹爲四王而護世也△【淨名曰】若在護世護世中尊護諸衆生什曰護世四天王也諸惡鬼神殘食衆生護世四王不令害也今言道力所護兼及十方△【智論云】一切山河樹木土地城郭一切鬼神皆屬四天王管有不得般若經卷者故皆隨從共來【經】若諸衆生愛生天宮驅使

鬼神我於彼前現四天王國太子身而爲說法令其成就【疏】天王太子即那吒之類輔政統攝跨握鬼物護世益人菩薩身同先令成就後使猒離【大吉義經云】護世四王各有九十一子姿貌端正有大勢力皆名曰帝此天王合有三百六十四子能護十方○【感通傳】四天王臣佐白律師言弟子是第一欲界南天王之第五子王有九十一子各御邦都並依佛法南方天王第三子張璵撰述祇桓圖經一百卷北方天王第十六子造立五精舍記有五百卷各在當天○三人位三○一帝王臣佐對【經】若諸衆生樂爲人主我於彼前現人王身而爲說法令其成就【疏】四輪粟散皆人之王也【別行云】就人王中四種轉輪王自有大小二如一次天王下四三非轉輪者名粟散王自有大小若中下品十善報爲粟散小王衆多如彼粟故又言粟散如人把粟散置盤中各得分位王喻亦爾何獨爲福業受報入同居土具足化他共修功德慈心利物是爲王也○【大集經云】國王護法增長三種精氣一地精氣謂五穀豐熟二衆生精氣謂形貌端嚴無諸疾疫三善氣精氣謂修施戒信等【經】若諸衆生愛主族姓世間推讓我於彼前現長者身而

爲說法令其成就疏長者十德謂姓貴位高大富威猛智深年耆行淨禮備上歎下歸十德具焉名大長者法華文句云一姓貴姓則三皇五帝之裔左貂右插之家二位高位則輔弼丞相鹽梅阿衡三大富富則銅陵金谷豐饒侈靡四威猛威則嚴霜隆重不肅而威五智深智則胸如武庫權奇超拔六耆年年則蒼蒼稜稜物儀所伏七行淨行則白圭無玷所行如言八禮備禮則節度庠序世所具瞻九上歎上則一人所敬十下歸下則四海所歸內合如來十種功德△淨名云若在長者長者中尊爲說勝法什曰聲聞於凡夫爲勝如是展轉佛法最勝肇曰凡人易以威順難以理從故大士每處其尊以弘風靡之化長者豪族望重多以世數自居不弘出世間勝法也經若諸衆生愛談名言清淨自居我於彼前現居士身而爲說法令其成就疏博聞強識不求仕宦居財大富秉志廉貞故名居士淨名云若在居士居士中尊斷其貪著什曰外國白衣多財富樂者名爲居士按須達維摩詰皆西國長者居士如此方龐蘊經若諸衆生愛治國土剖斷邦邑我於彼前現宰官身而爲說法令其成就疏國域也

大曰邦邦封也邑即是縣別行云宰是主義官是功能義三台以功能輔政於王故曰宰官郡邑亦稱宰官宰政民下也△淨名云若在大臣大臣中尊教以正法經若諸衆生愛諸術數攝衛自居我於彼前現婆羅門身而爲說法令其成就疏婆羅門云淨行呪禁算藝調養方法皆爲數術菩薩乘機現相獎而成之何物不化別行云稱爲梵行劫初種族山野自閑人以稱之△淨名云若在婆羅門婆羅門中尊除其我慢什曰廣學問求邪道自恃知慧驕慢自在故名婆羅門肇曰秦言外意其種別有經書世世相承以道學爲業○二出家在家經若有男子好學出家持諸戒律我於彼前現比丘身而爲說法令其成就若有女人好學出家持諸禁戒我於彼前現比丘尼身而爲說法令其成就疏尸羅云戒毗尼云律由依律法防非止惡故名爲戒即二百五十戒也智論云受戒時自言我是某甲比丘盡形壽持戒故名比丘尼女聲即女比丘持五百戒也既戒德自嚴軌物成

化進行彌遠遠出三界涅槃疏云尼姨女通是二方女人之稱別論者在俗者爲女受五戒者爲姨出家者爲尼律中亦呼阿姨阿姊翻譯云以愛道尼是佛姨故做喚阿姨經若有男子樂持五戒我於彼前現優婆塞身而爲說法令其成就若有女子五戒自居我於彼前現優婆夷身而爲說法令其成就疏佛爲提謂長者等在家衆受三歸已即受五戒爲優婆塞經說五戒者天下大禁忌若犯此五在天違五星在地違五岳在方違五帝在身違五藏如是等世間違犯無量若約出世則壞五分法身一切佛法以五戒是大小尸羅根本故好學此者現清淨男女與說此法肇曰義名信士男信士女淨名疏云此云清淨士清淨女△涅槃疏云通名在家二衆形雖在俗元未昏娶今持五戒永斷俗法則於佛法有功名曰勳士勳女若俗法不斷而持五戒後加八齋名善宿男女西域記云唐言近事男近事女言親近承事諸佛法故後漢西域傳名伊蒲塞注即優婆塞也中華翻爲近住言受戒行堪近僧住○三女主童身對經若有女人內政立身以修家國我於彼前現女主身及國夫人命婦大家而爲說法令其成就疏掌理王之內政謂之內宰天子后妃曰女主諸侯曰國夫人卿大夫之婦受命於后妃曰命婦大家者后妃所師之女如曹惠姬別行云王家禁固不得遊散化物爲難如妙音即云於王後宮變爲女像也經若有衆生不壞男根我於彼前現童男身而爲說法令其成就若有處女愛樂處身不求侵暴我於彼前現童女身而爲說法令其成就別行云童男女者取妙莊嚴二子釋之華嚴童子眞沙遊戲也○四鬼神三○一天龍夜叉樂神類經若有諸天樂出天倫我現天身而爲說法令其成就若有諸龍樂出龍倫我現龍身而爲說法令其成就若有藥叉樂度本倫我於彼前現藥叉身而爲說法令其成就若乾闥婆樂脫其倫我於

彼前現乾闥婆身而爲說法令其成就 疏 天能猒樂龍能怖苦樂神蕩逸藥叉勇健各慕出倫非聖不拔 什公云八部皆有大神力能自變本形在座聽法也今按此經闕第六迦樓羅一部〇別行云上列大威德天今更舉二十八天或可星宿掌人間者也經云諸天當自思我等何當得人身生釋迦如來法中受比丘戒△法苑珠林云夫論天報識復豐華服玩光新身形輕妙而自在天上便是魔王無想定中翻爲外道四空之頂迷執不輕六欲之間迷惑殊重不能受持般若供養涅槃憍慢轉增我人逾盛所以頭華萎髻腋汗流衿寶殿歇光羅衣聚膩憑斯淨心悉皆懺悔契經說人有三事勝於諸天一勇猛二憶念三梵行〇別行云龍有四種一守天宮持令不落二興雲致雨益人間者三地龍決江開瀆四伏藏龍守轉輪王大福人藏肇師但出三不出天龍△長阿含十八閻浮提諸龍有三患一熱風熱沙著身燒皮肉及骨以爲苦惱二惡風暴起吹其宮殿失寶飾衣等龍身自現以爲苦惱三諸龍娛樂時金翅鳥入宮搏撮始生龍子食之怖懼熱惱阿耨達池無此三患故名無熱惱池△僧祇律云商人問龍女言汝有如是莊嚴受用布薩何爲答言我龍法有五事苦爲生時眠時淫時瞋時死時一日之中三過皮膚落地熱沙搏身復問汝欲求何事答言樂人道中生爲畜生中苦不知法故欲就如來出家

△清涼云智論云此龍是七地菩薩須彌藏經云佛告須彌藏龍仙菩薩汝于然燈佛所爲化諸龍起大勇猛令四生龍有於惡毒氣毒見毒觸毒齧毒貪瞋癡毒云何當令如法除滅彼菩薩言我入其窟入深三昧彼當降伏此諸龍王安住大乘精進修行有大威德是大龍王各各佛前率諸眷屬不令起作如上災禍於佛法僧三寶種性久住於世不令速滅〇藥叉 西域記云舊訛曰夜叉什曰秦言貴人亦言輕疾亦云捷疾有三種一在地二在虛空三天夜叉夜叉也地夜叉但以財施故不能飛空天夜叉以車馬施故能飛行佛轉法輪時地夜叉唱空夜叉聞空夜叉唱四天王聞如是乃至梵天△清涼云此云輕捷飛空速疾故亦云苦活此類飛空噉人故菩薩示爲其王翻加守護亦令愛見羅刹不害法身慧命〇乾闥婆法華文句云四乾闥婆王此云嗅香以香爲食亦云香陰其身出香天帝俗樂之神也△清涼云此云尋香亦云食香止十寶山間食諸香粖什公云天樂神也處地上寶山中天欲作樂時此神身有異相即上天也沕云帝釋宮欲作樂燒沉水香此神即尋香氣而往故翻尋香氣也△淨名疏云此亦陵空之神不噉酒肉惟香資陰是天帝幢倒樂神在須彌南金剛窟住起世經云雪山右面黑山北有香山其中常有歌舞唱伎音樂之聲山有二崛七寶所成柔軟香潔猶如天衣妙香乾闥婆王從五百乾闥婆王在其中止(∨)二無酒疑神蟒形類 經 若阿修羅樂脫其倫我於彼

前現阿修羅身而爲説法令其成就若緊那羅樂脱其倫我於彼前現緊那羅身而爲説法令其成就若摩呼羅伽樂脱其倫我於彼前現摩呼羅伽身而爲説法令其成就疏修羅醜狀而多慢疑神似人而戴角蟒形田蚊腹行之類因多毁戒微行惠施墮此道中各類出類皆從其欲

應法師云阿修羅正言阿素洛譯云阿者無也素洛云酒亦云天名無酒神亦名非天△別行云此云無酒一持不飲酒戒由過去宿習餘力云不飲酒二因由好酒見天飲甘露四天下採花置四海中醸海中業力持進失甘露退不成酒即令斷酒得大力也△阿毘曇論云以不能忍善不能下意諦觀種種教化以憍慢故非善健兒又非天故名阿修羅翻譯云新翻非天以諂詐非天行故依業報差別經中具説十業得阿修羅報一二三身口意行微惡四起於憍慢乃至九起於慢慢十同諸善根向阿修羅道若約餘經多因嗔慢疑三業得生彼故△智論云羅睺阿修羅王亦是大菩薩○緊那羅別行云亦呼爲疑神亦爲人非人今不取人非人釋緊那羅此乃是結八部數耳△什曰秦言人非人似人而頭上有角人見之言人耶非人耶故以名之亦天伎神也小不及乾闥婆△清涼云雜心論畜生道攝亦云歌神以能歌詠是天帝執法樂神即四王眷屬表菩薩似衆生形而非衆生常以法樂娛衆生故歌神即唐三藏譯△菩薩處胎經云緊那羅住須彌山北亦在十寶山間由昔布施之力居七寶宮殿壽命甚長以嗔怒沙門故八十四劫常無手足諸天燕會與乾闥婆分番上下天欲奏樂腋下汗流便自上天有緊那羅名頭婁磨琴歌諸法實相以讃世尊△大樹緊那羅王所問經云此王以所彈瑠璃之琴閻浮檀金花葉莊嚴善淨業報之所造作在如來前調琴及餘八萬四千伎樂其音普聞大千世界隱蔽欲界諸天音樂諸山藥草叢林悉皆徧動如人極醉前郤顛倒須彌峘峨涌沒不定一切凡聖惟除菩薩不退轉者大迦葉等一切聲聞放捨威儀誕貌逸樂如小兒舞戲不能自持法華文句云天帝法樂神佛時説法諸天弦歌般遮於瑟而奏四教法門緊那羅奏於別圓之樂故使聲聞不能自安○摩呼羅伽手鑑云亦云莫呼落伽此云大腹田蚊蝦蟆蟒蛇等類皆此所攝田蚊蟾蜍別名即蝦蟆也△什曰是地龍而腹行也肇曰大蟒神腹行也清涼云此云大腹行即蟒之類亦表菩薩徧行而無行也經言皆勤修廣大方便永割痴網以此類聾騃故令方便捨痴△淨名疏云即世間廟神受人酒肉悉入蟒腹毁戒邪諂多嗔少施貪嗜酒肉戒緩墮鬼神多嗔蟲入其身而啖食之私謂高僧傳安世高同學以多嗔墮大蟒身爲䢼亭湖神得度即其類也(丙)

三人非人等雜趣類〔經〕若諸衆生樂人修人我現人身而爲說法令其成就若諸非人有形無形有想無想樂度其倫我於彼前皆現其身而爲說法令其成就〔疏〕人身難得見佛受化非天之著樂餘之多苦故樂修也裴相云可以整心慮趣菩提唯人道爲能耳有形有色蘊如下休咎精明等無形無色蘊如下空散消沈等有想有四蘊如下鬼神精靈等無想無四蘊即下精神化爲土木金石等此皆非人也斯則形想雜類蠢物皆沾必一其身乘機即化〔吳興云〕如上及普門品於十界中皆闕菩薩及地獄身智者依正法華具現菩薩界身又准釋論菩薩亦化地獄故知十界不可闕〔溫陵云〕六凡不舉三塗者此類幽沈未能聞法則以施無畏力拔之〔今〕三結成〔經〕是名妙淨三十二應入國土身皆以三昧聞熏聞修無作妙力自在成就〔疏〕以如幻力熏聞思修成金剛三昧證眞起用自在如是〔合論〕云如來神用十方隨根成就而言無作者如文殊師利囘觀善財童子如象王廻旋隨根對現不背衆生如應見者皆如對面而諸衆生各不相知皆謂聖者獨對我語此雜華所稱對現法身法華所稱喜見一切色身三昧也△〔法華文句云〕觀世音者譬藥樹王徧體愈病普門者譬如意珠王隨意所與能以一音稱十法界機隨其宜類悉得解脫如修羅琴是名說法普

大佛頂首楞嚴經疏解蒙鈔卷第六之一

音釋

嚼 疾雀切嚼入聲咀嚼也

醯 虛宜切音希酢也

肻 同肎

大佛頂首楞嚴經疏解蒙鈔卷第六之二

海印弟子蒙叟錢謙益鈔

㊆二十四無畏有難必濟有危必救恐怖獲安總號無畏大悲為體文三㊀一標舉

經 世尊我復以此聞熏聞修金剛三昧無作妙力與諸十方三世六道一切衆生同悲仰故令諸衆生於我身心獲十四種無畏功德

疏 由前觀行證真具德從體起用令衆生得一十四種無畏功德 疏記云 一切依正皆是觀音妙身妙心一切衆生於斯色心而自為難求救三業亦即觀音是故機成即時而動△溫陵云 由我不自觀音彼獲脫苦由我知見旋復彼不能燒是故云於我身心獲無畏等㊁二列釋四〇一聞聲離苦

經 一者由我不自觀音以觀觀者令彼十方苦惱衆生觀其音聲即得解脫

疏 由我不觀所聽音聲但觀聞性資中文音聲既寂聞性無生塵境不拘自然解脫自既如是故令十方衆生聞我音聲即得度苦 真際云 由我不自觀音不循前塵也以觀觀者用無緣之慈觀彼世間觀音者也△溫陵云 不自觀音不隨聲塵所起知見以觀觀者旋倒聞機返照自性也此為真觀淨觀智慧觀若惱衆生蒙其觀者亦得解脫則真淨慈悲觀力加被也〇法華普門品云 佛告無盡意菩薩善男子若有無量百千萬億衆生受諸苦惱聞是觀世音菩薩一心稱名觀世音菩薩即時觀其音聲皆得解脫 荊溪記云 經云觀世音菩薩即時等者有人以觀世音三字著下句上與皇著上句末於下句上又足觀世音三字二俱不然依下句頭亦不須足△私謂 此經由我不自觀音一章十四種無畏之總文也法華文句分總答別答之科此即總答次即別答也以普門品證之彼是佛說菩薩機在持名拔苦此乃菩薩自說機在同悲利物此經云令彼十方苦惱衆生觀其音聲即得解脫彼經即云觀世音菩薩即時觀其音聲皆得解脫理而言之所觀之音聲乃十方苦惱衆生號呼觀世音之音聲能觀之人則皆以觀觀者之觀世音也由我不自觀音者一切衆生同悲仰故不但自觀聲音得解脫也以觀觀者觀彼一切衆生能念觀世音之人如節師所云用無緣慈觀世間觀音者也此菩薩自敘圓通法門如下文水火七難等即在菩薩觀其音聲一念返聞之中同時拔濟故曰於我身心獲十四種無畏功德若曰衆生自觀其音不但違法華明文觀世音菩薩即時之語以本經於我身心之義貼文消釋亦不相符順也荊溪謂衆生止稱名號罔識聞熏此中正取

眾生自觀以通聖應當知眾生七難三灾身心焚灼爾時只辯呼名何暇作觀菩薩同體大悲冥機冥感如磁吸鐵寧復計其能觀與否天台別荅分三業機七難是口機應以稱名故三毒是意機應令常念故二求是身機應以禮拜故是則聞熏力異過現緣差當問觀智於從容皈命之日不當求觀門於急難呼號之頃也觀音此語以佛說爲證明無可疑者今謂普門是菩薩觀首楞是眾生觀順後人之聽度以批判經宗則亦不循其本者矣○法華文句云自有多苦苦一人多人受一苦一人受多苦一人受少苦今文百千萬億眾生此言十方多人也受諸苦惱多苦也多尚能救況少苦耶△別行云譬如父母念子心重多智多財具大勢力眾子在難即能俱拔菩薩亦如是無緣慈悲重權實二智深聖財無量神通力大十界雖多應有餘裕又如毒龍罪報尚能以一眼徧視一切視之皆死何況菩薩種智圓明耶○二遺難消危三○一三灾惡國難

(經)二者知見旋復令諸眾生設入大火火不能燒(疏)本由四大分湛旋令覺知令復本聞知見歸湛湛性圓徧無壓可得壓火既歇何物能燒故令眾生大火不壞補遺云知見屬心心屬火知見旋復則心體寂滅之火火無能爲也初禪不免火灾內有覺觀非心而何△別行云火有果報火業火煩惱火果報火至初禪業火通三界煩惱火通三乘果報火難者如阿鼻扇子八萬四千內外洞徹上下交炎餓鬼支體煙起舉體焦然畜生燠煑湯炭修羅亦有火難人中焚燒現見故若至劫盡須彌洞然初禪已下無免報火凡二十五有眾生百千萬億諸業苦惱持是觀世音名火不能燒何但止就閻浮人作解耳次明修因惡業火者若五戒十善多爲惡業所難故經云燒諸善根無過瞋恚雖生有頂頭上火然術婆伽欲火所燒金光明云憂愁盛火今來燒我能破善業退上墮下皆名爲火若能稱名得離惡業次明煩惱火若聲聞人見三界因果猶如火宅四倒結業煙炎俱起燒相推排求免焚灼一心稱觀世音乘於羊車速出火宅入有餘無餘涅槃即得解脫也復以行人修道之時並爲五住煩惱惑火之所燒害方便未成大難恒逼稱觀世音方便即成即得解脫何者菩薩初發菩提心見果報火燒諸眾生即起慈悲誓當度脫受持禁戒亦起慈悲救諸業火修無漏觀白骨流光入火光三昧一切處皆起慈悲爲眾生滅煩惱火悉是因緣所生法即空次假後中見火實相節節慈悲誓當利物今位補處以本誓力熏諸眾生隨有機感即能普應△疏記云經列七難止在人中智者深窮救難之功在王三昧即二十五有真常我性觀音證已乃能徧拔眾生之苦故知其示七難淺深正論觀行始末之相也

(經)三者觀聽旋復令諸眾生大水所漂水不能溺(疏)聲能

漂蕩如水騰波觀聽旋真塵相不起虛明湛寂何物能漂故令念者大水不溺【孤山云】達聲無聲水聲豈溺ム【溫陵云】見業交則見猛火聞業交則見波濤今既旋復故水火不焚溺於聽言觀猶於音言觀也ム【別行云】初果免見流三果免欲流四果免有流圓教方免無明流菩薩所以循應水難者本修別圓二觀慈悲今日方就王三昧力寂而常照衆生報水所漂稱名爲機對事慈悲救果報水戒定慈悲救惡業水三觀慈悲救煩惱水一切一時皆得解脫【經】四者斷滅妄想心無殺害令諸衆生入諸鬼國鬼不能害【疏】妄想生滅能殺法身能害慧命苟或斷絕真性無傷故入鬼國鬼不能害【補遺云】九道衆生莫非妄想虛詐不實乃鬼之因內滅其因雖入其國不能害我ム【海印云】妄想如鬼能殺法身ム【別行云】羅剎是食人鬼人屍若臭能呪養之令鮮大經云羅剎婦女隨所生子食之復食其夫ㄠ二鬼獄惡賊難【經】五者熏聞成聞六根銷復同於聲聽能令衆生臨當被害刀段段壞使其兵戈猶如割水亦如吹光性無搖動【疏】熏修妄聞成真聞性一根亡對

諸根亦融心水虛朗智光無動誰爲自他而當被害【吳興云】淮南子云光可見不可握水可循不可壞喻意如此ム【別行云】非但世間殺具名爲刀杖惡業亦能傷善業身命煩惱六塵三毒等皆名刀箭從地獄去即有刀山挂骨劒樹傷身鑊解屠膾狼藉痛楚餓鬼自相斬刺畜生自相觸突修羅晝夜征戰龍王降雨變成刀刃人中前履白刃卻怖難誅復有橫屍塞外銜刀東市天共修羅鬭時五情失守皆有刀杖怖畏失命之若若能稱觀世音若應刑時刀尋段壞若應戰陣立之等力令得安和吹明修諸善因爲三毒刀箭惡業破壞善心割斷戒皮定肉慧骨微妙心髓法身慧命退失墮落失人天道乃至正命登難崩易萬劫不復起怖畏心稱觀世音即蒙救護三毒不傷清昇受樂次聲一聞入厭患生死即時觀三界見思劇於刀箭一心持觀世音機成感徹則能裂生死券度恩愛河不爲煩惱刀杖所害次通別圓變易等五住刀箭傷法身損慧命若能稱名即蒙聖應免離通別刀杖脫二死地菩薩住王三昧中無量神力以十三昧救果報刀杖以二十四三昧救三毒刀杖以二十五三昧救入空煩惱刀杖救出假無知刀杖救入中無明刀杖一切一時皆得解脫【經】六者聞熏精明明徧法界則諸幽闇性不能全能令衆生藥叉羅剎鳩槃茶鬼及毘舍遮富單那等

雖近其傍目不能視【疏】聞熏觀行成就精明智照既融法界圓徧無明邪暗永不能生藥叉等類咸受幽氣故令惡鬼目不能視【補遺】【云】見真妙理無幽不燭根塵是冥暗稠林爲我所破故曰性不能全ム【釋文】藥叉羅刹北方多聞天王所領二鬼藥叉即夜叉羅刹此云速疾鬼又云可惡亦云暴惡鳩槃荼及薜荔多南方增長天王所領【清涼云】鳩槃荼此釋爲陰囊其狀稍隈故指在音義耳舊云冬瓜鬼亦以狀翻【翻譯云】此云甕形舊云冬瓜此神陰如冬瓜行著肩上坐便踞之又云猒魅鬼臥猒不寤者毗舍遮亦毗舍闍及乾闥婆東方持國天王所領此云噉精氣噉有情及五穀精氣故梁言顛倒鬼【別行云】有噉一精氣鬼人心中有七渧甜水和精氣神鬼噉一渧令頭痛三渧悶絕七渧盡即死富單那及龍西方雜語天王所領此云臭餓鬼亦云熱病鬼ム【別行云】若論果報鬼難者地獄道有弊惡大力鬼惱諸罪人鬼道中力大者惱于小鬼畜生道鬼亦噉畜生人中可知諸天既領鬼阿含云有大力鬼坐帝釋床帝釋大瞋鬼光明熾釋還發慈心鬼光明滅天主既爲鬼所惱何況四王修羅道耶次惡業鬼者阿含云婬亦有鬼鬼入人心則使人淫佚無度當知鬼亦破善毀損人天動不動業次煩惱鬼者見心爲男鬼愛心爲女鬼若論此鬼即得滿三千大千世界非復假設之言以見使歷三界有八十八愛歷三界合有九十八豈不徧滿此鬼惱二乘人乃至六度通別圓等行人大經云惟願世尊善良呪師當爲我等除無明等又云愚癡羅刹止住其中豈非煩惱鬼耶菩薩初發心時見諸惡鬼惱亂世間興起慈悲爲作擁護成王三昧住鬼法門能以鬼身廣作佛事三障之鬼或破或用得自在故一切鬼難一時普救

【經】七者音性圓銷觀聽返入離諸塵妄能令衆生禁繫枷鎖所不能著【疏】塵累相縈如禁繫六根質礙如枷鎖【靈峯云】所既妄立明理不踰以爲枷鎖既而入流亡所繫礙不成是故念者枷鎖解脫【補遺云】音性圓銷六用返入言觀聽者且舉其二塵縛俱消則禁繫等事成鏁夢闇空耳ム【別行云】地獄體是囚圄鬼及畜生亦有籠繫修羅亦被五縛北方及天上自在應無此難降是已還無免幽厄若能稱觀世音重關自開鐵木斷壞次名修因惡業即名枷鎖也若人修習善業被惡業覆如大山映覆於心使善敗壞再增惡業惡業即招果縛無由可解若欲脫此業者應時可救急稱觀音能令三惡業壞大品云摩訶那伽雖有罪無罪同在三界獄中若發定慧是械斷若發權實是杻斷若破無明是枷斷法身顯現是鎖斷入無餘涅槃是縛斷免三相是離檢出三界是出獄菩薩起無緣慈悲熏諸衆生十法界有機即能一切一時而

得解脫【經】八者滅音圓聞徧生慈力能令衆生經過險路賊不能劫【疏】聲能劫心害善爲賊聲銷意淨慈力徧熏平等在懷善惡同貫故能涉險賊不能劫【海印云】六塵既空慈心平等了無自他敵對何有劫賊ム【宗鏡云】經過險路者即是三界之險阻六趣之迷津ム【智論云】魔若魔民及內身結使種種罪報皆是賊近此諸賊故應一念敬慎譬如入賊中行不自慎護爲賊所得○已上七難法華約口機應結勸稱名㊄三三毒惡心難【經】九者熏聞離塵色所不劫能令一切多淫衆生遠離貪欲【疏】聲塵既亡色境銷歇貪欲念慮擬從何生故令衆生遠離貪欲【溫陵云】衆生以欲習合塵故爲色劫能以金剛三昧塵熏聞成性遂能離塵性成則欲愛乾枯塵離則根境不偶雖有色境不能劫動ム【別行云】淨住及禪經明多欲人有欲蟲男蟲淚出而青白女蟲吐血而紅赤又言有欲鬼娆動其心令人倒惑二經明蟲鬼各是有情以共業故資人倒惑如大經云若習近貪欲是報熟時此舉多欲相也若少欲人蟲鬼潛伏無多狂醉是少欲相【經】十者純音無塵根境圓融無對所對能令一切忿恨衆

生離諸瞋恚【疏】音聲差別三昧能純【補遺云】純音中道法音也塵既不生根無所偶順違之境不得瞋恚之心自亡故令念者離諸瞋恚【溫陵云】音聲純淨無復妄塵圓融無違無能所對無違無對則不瞋矣ム【起信記云】論外緣即通舉六塵音即別指耳所對也首楞云純音無塵根境圓融無對所對又云不自觀音以觀觀者斯則同諸法無行經入音聲觀法門何所動耶於六塵中唯舉聲塵者阿含說此以爲禪刺也ム【別行云】瞋恚多者今世人不喜見如渴馬獲水如射師子馬故遺教云劫功德賊無過瞋恚華嚴云一念瞋起障百法明門菩薩以瞋乖慈障道事重大集云一念起瞋一切魔鬼得便涅槃云習近瞋恚例淫亦應有鬼如奈女經瞋則有蝎蟲是多瞋相否是少瞋相【經】十一者銷塵旋明法界身心猶如琉璃朗徹無礙能令一切昏鈍性障諸阿顛迦永離癡暗【疏】消除塵暗旋復真明世界身心洞然無礙一切唯覺誰爲癡暗故令闡提咸生實信【補遺云】阿顛迦癡暗人也我以消六塵復真明推己及之令離暗鈍ム【別行云】愚痴多者邪畫諸見撥無因果謗毀大乘如大經云習近愚痴是報熟時此乃邪痴習報二果

痴心習或地獄報熟例前亦有鬼△圓覺鈔云梵語一闡提此云多貪是樂欲義樂生死故即焚燒一切善根二阿闡底迦此云無欲是不樂欲義不樂涅槃故即楞伽菩薩大悲三阿顛底迦此云極惡名爲畢竟以畢竟無涅槃性故即無性闡提孤山云阿顛迦亦云阿闡底迦不樂欲涅槃者誤之甚矣○合釋法華文句云若用一切智斷四住塵沙等惑如卻枝條不名斷惑普若用一切種智斷無明者五住皆盡如除根本名斷惑普○別行云二乘欲樂涅槃名貪猒生死名瞋不達此理名痴二乘未斷此三毒即變易三毒相也未斷別惑菩薩貪求佛法於恒沙劫未曾暫捨多學問無猒足即貪相惡賤二乘不喜聞其名言寧起惡癩野干心不起二乘心如大樹折枝之譬豈非瞋相無明重數甚多佛菩提智之所能斷佛性未了了者皆是痴相此三毒即爲三法門一取即大貪法門二捨即大瞋法門三不取不捨即大痴法門一切聖人自行化他無不從此三門而入○已上三毒法華約意機應結勸常持○三隨欲應求

經十二者融形復聞不動道場涉入世間不壞世界能徧十方供養微塵諸佛如來各各佛邊爲法王子能令法界無子衆生欲求男者誕生福德智慧之男十三者六根圓通明照無二含十方界立大圓鏡空如來藏承順十方微塵如來祕密法門受領無失能令法界無子衆生欲求女者誕生端正福德柔順衆人愛敬有相之女

疏融通形礙旋聞真聞所以不動道場涉入世界身無限量徧至十方紹繼法王種姓不斷由三昧力福慧具故應求男者皆無虛願溫陵云融形涉世徧事諸佛爲法王子之力加之即生男△別行云士有百行智居其首若但智而無福則位卑而財貧觸途壈坎智與福合彌相扶顯福則財位高昇慧則名聞博遠故云福德智慧之男六根圓徧融通照明含現十方無二無別唯一寶覺名大圓鏡復能承順微塵諸佛受領含容無量法門不失不壞名爲空藏以女德坤儀資生承順柔明真正相好圓備由此念求故能生也溫陵云圓通含界承順如來受領法門之力加之即生女△別行云女人端正七德之初但端正無相者或早孤少寡相祿不佳貌與相扶彌顯其德端正則招寵愛相則招於祿敬故經云衆人愛敬若愛帶慢何謂

爲德愛而敬之故是相也○〔證真云〕涉入世間不壞世界即方便智方便屬權權能幹事故生於男立大圓鏡空如來藏即屬實智實智詣理理能含育故生於女如淨名云智度菩薩母方便以爲父即其義焉○〔別行云〕果報求男女者如阿含地獄界已上乃至諸天皆有無子之苦無明爲父貪愛爲母六根男六塵女識爲媒嫁出生無量煩惱子孫此男女不勞願求任運成眷屬也佛爲國王經教爲夫人出生一切菩薩佛子又菩權方便父智度菩薩母一切衆師無不由是生又慈悲心爲女善心誠實男據淨名文立於悲智乃類此法立諸男女或禪定靜細爲女觀慧分別爲男次分三乘以對男女復約照性自具男女佛性正觀決破無明爲福德智慧之男中道慈悲含覆一切爲端正有相之女今借世間男女以表法門爾初明五戒者不殺不盜屬女表定法不妄語不淫不飲酒屬男表慧法言定即有慧言慧即有定譬如女人而有左手亦如男子而有右手文云便生福德智慧之男此語自具兩法門又云便生端正有相之女端正無邪醜表中道正觀離二邊之醜即慧義也相即三十二相慈心所種即表定義也雖具二而名女若不得此五戒男女則失人天道孤獨墮在三途歸命求救五戒完全即男女願滿十善及四禪等例可知次明恭聞男女者五停心觀治瞋治散此二屬女治貪治癡治障此三屬男又直緣諦理正智決斷爲男出觀用法緣慈爲女五停心男女生即得入真出觀男女生得入假二義既滿則不復畏二十五有也次支佛者緣方便道起慈觀爲女慧觀爲男若發真緣理名男出觀緣慈名女支佛譬鹿猶有廻顧之慈也次六度菩薩有慈悲不斷惑在死生利物名女行六度方便智慧名男次通菩薩既斷煩惱則有智斷次諦理之慧爲男慈悲扶餘習入三界爲女次別教十信菩薩修福德莊嚴五波羅蜜爲女從一地二地智慧莊嚴爲男三十心名男女交處聖胎初地時慈智合發名男女雙生生此男女不墮二乘生死兩邊之過生大歡喜名歡喜地初生慈智男女既是真因任運能生上地男女上地復生極果男女是故諸佛皆以初地爲祖父母大慈大悲能成佛道出生般若是諸佛之祖母故稱爲大女次圓教以無緣慈悲種三十二相業名女此女端正有相以中道智慧爲男此男質直福德十信六根清淨名爲處胎初住慈智男女雙生即男女具足二求願滿也復次從五戒十善齊第六天已來皆無禪定番番悉是散心慧法狂男子也從三界定慧男女男無破惑之功女無出生無漏之力此無用之男女從二乘通教等慧有斷惑之用則是幹事之男女有發生無漏紹繼之德也從二乘通教所有定慧不能破無明見佛性雖男而女定則不能懷于中道之子猶如石女雖女而男惟有別教登地真明慧發無緣悲成此乃名爲真正男女圓教初住見中道時定慧具足男女相滿方稱經文男則福德女則端正也○已上二求法華約身機應結勸禮拜○五稱名獲福

〔經〕十四者此三千大

千世界百億日月現住世間諸法王子有六十二恒河沙數修法垂範教化衆生隨順衆生方便智慧各各不同【疏】所比多衆方便權也智慧實也下能比一名【熏聞云】修法約自行隨于何根修習行法也垂範約化他即以自行作範轉化於他也△【疏記云】既是現住娑婆菩薩是故特舉爲括量本○【引譏長阿含云】一日月行四天下爲一世界如是千日月千須彌千閻羅王千忉利千梵天名爲小千即數小千至滿一千名爲中千即數中千復滿一千名爲大千其中須彌山王四洲日月各有萬億皆是一佛化境號爲娑婆世界○【感通傳云】宣律師問韋天曰余聞一佛化億三千國土日月歲數或言百億或言千百億廣略不同何耶答曰如師問百億千百億者經文分明千百億化身一佛化一日月則成千百億日月總要言之萬億日月爲一大千良由天竺億數有大小應以一百小億爲一大億乃成百大億日月故云百億【經】由我所得圓通本根發妙耳門然後身心微妙含容周徧法界能令衆生持我名號與彼共持六十二恒河沙諸法王子二人福德正等無異世尊我一名號與彼衆多名號無異由我修習得真圓通【疏】先出所以觀音所修從三慧入是衆行之根本也佛佛演教皆以音聲機機領悟蓋由聞慧能於聲塵而亡所得復根結而歸真際元明心妙一多之境融通本湛覺圓彼此之名平等以一切身即一身故云微妙含容一身即一切身故云周徧法界此即福等之所以也能令下正比福等謂由自證平等理故遂令他得平等福也由我下結所以也○【法華文句云】入大乘論云法身唯一應身則多格六十二億應等一法身也智者云圓人唯一偏人則多格六十二億偏菩薩等一圓菩薩也△【法華論云】彼福平等有二種義一信力故二畢竟知故畢竟知者決定知法界故法界者名爲法性初地菩薩能證入一切諸佛平等身故平等身者謂真如法身是故受持觀音與受持六十二億恒沙菩薩名字功德無差△【別行云】今明一多性不可得無有二相一則非一多則非多同入如實際是故無異【疏記云】一中解無量故說六十二億無量中解一故說觀音以實際之多生觀音之一故一無一實以實際之

一生河沙之多故多無多實其理正均故言無異照其事理一多融即故言正等△〔私謂〕此中格量功德文句以偏圓格量別行以正等格量一家之文宗旨各別今且以天親論爲準既云證入平等非無偏圓不須格偏等圓也既云能知法身非無報化不須格應等法也豈惟符智者之旨沒偏用圓而入大乘論中法應之文亦兼衆矣今參合諸家之解折衷于本論貼文於別行則知孤山以選根利鈍比較勝劣謂多偏不敵一圓良難免於料揀而竹庵斥長水櫹李失正途亦非通義也而用次意亦非通義也㊂三結成〔經〕是名十四施無畏力福備衆生〔法華玄義云〕菩薩饒潤成熟一切衆生而無限量譬如大雨四方俱下一切卉木叢林徧令生長華果悉皆成就故名成就衆生普也㊃三四不思議德用殊絕非言智之所能及也即顯大圓鏡體功德之相然功德力用其體一也以內蘊曰德外施曰用前雖隨機現應適時御物拔苦與樂數仍有限而未備陳自在現化無方之德妙妙無比難可思議故今述也文二㊀一標衆〔經〕世尊我又獲是圓通修證無上道故又能善獲四不思議無作妙德〔疏〕內德不充外用不起以金剛三昧熏本四無量心由斯果證實德現前故成四事俱不思議無作而現㊁二列釋四㊀一現形說法〔經〕一者由我初獲妙妙聞心心精遺聞見聞覺知不能分隔成一圓融清淨寶覺故我能現衆多妙容能說無邊祕密神呪〔慈疏〕妙妙聞心者初妙則脫黏聲境後妙則圓聽無遺〔疏〕此敘德本也聞性本真非麁非妙由絕待故故云妙妙下釋云即此聞心知妙妙者非麁曰精離相曰遺遺聞即聞所聞盡一根脫黏五根圓拔故不分隔成一寶覺下列所現故我下標也妙容多現不可以形量拘祕呪無邊不可以言說取此則由三昧力熏本慈無量心現種種形說種種呪令諸見聞獲其妙樂〔溫陵云〕言初獲者指本因也〔經〕其中或現一首三首五首七首九首十一首如是乃至一百八首千首萬首八萬四千爍迦囉首〔櫹李云〕爍迦羅有云具足〔真際云〕類拔折羅即金剛也〔真〕二臂四臂六臂八臂十臂十二臂十四十六十八

二十至二十四如是乃至一百八臂千臂萬臂八萬四千母陀羅臂母陀羅或云印義二目三目四目九目如是乃至一百八目千目萬目八萬四千清淨寶目或慈或威或定或慧救護衆生得大自在【疏】首出衆聖法身也臂能提接化身也目以導明智身也物無虛見見必利益故能救護【孤山云】首表法身超出兩邊臂表解脫提拔衆苦目表般若照了萬境或慈或威結現首也或定或慧結臂目也人首只一故從奇數以增臂乃有二故從耦數以辦人眼二天或三故兼畸耦以明△【無盡云】由耳門入而現首現臂現目所謂本妙圓通也一首二臂二目乃至八萬四千塵勞煩惱數極於此△【溫陵云】此十一地等覺妙行也華嚴十地已前猶依本智長養大悲至十一地長養功終純是大悲而爲法體與智圓現故觀音手眼通身徧身而以大悲稱也二十四聖各現一門圓而會之咸極於此使悟入者不第二十五門頓了塵勞萬法法界理事不離吾圓融淨覺之體斯則無邊剎海法法周圓十方身土塵塵具足矣或曰八萬四千特表法耳一身何所施乎夫身含十虛毛端現剎又不啻如首臂而已八萬四千首臂猶人身有八萬四千毛孔夫足異也聖人之言即事即理既曰不思議德勿以凡心思之議之西二無畏衆生【經】二者由我聞思脫出六塵如聲度垣不能爲礙故我妙能現一一形誦一一呪其形其呪能以無畏施諸衆生是故十方微塵國土皆名我爲施無畏者【疏】由如幻力熏本等悲故能一身現無量身無量身現一身十方微塵無剎不現說一一呪拔衆苦惱無畏衆生得大自在。【引證】【涅槃云】如來即是施衆生無恐畏者若放一光若二若三若有過者悉令遠離一切諸惡如來今者具有如是無量勢力若有菩薩得住如是無所畏地則不復畏貪恚瞋癡生老病死亦不復畏惡道地獄畜生餓鬼亦不復畏沙門婆羅門外道邪見天魔波旬亦不復畏二十五有是故此地名無所畏菩薩住無畏地得二十五三昧壞二十五有如得無垢三昧能壞地獄有等西三捨寶求哀【經】三者由我修習本妙圓通清淨本根所遊世界皆令衆生捨身珍寶求我哀愍【疏】由三昧等熏本喜心故能所遊世界衆生見者咸生歡喜不惜身

財以求哀愍按普門中無盡意菩薩解頸衆寶珠瓔珞供養觀世音佛告菩薩當愍此無盡意菩薩及四衆天龍等故受是瓔珞即其事也△【別行云】問經言遊於娑婆不言實報方便等答總答中云遊諸國土此云所游世界諸是不一豈獨娑婆大本文中若能深觀常見我耆闍崛山共聲聞菩薩僧此即娑婆而是方便又云即見我純諸菩薩不共聲聞即此是實報也即於堪忍而見二土觀音深智游於娑婆豈容獨應同居機耶(已)四所求隨欲【經】四者我得佛心證於究竟能以珍寶種種供養十方如來傍及法界六道衆生求妻得妻求子得子求三昧得三昧求長壽得長壽如是乃至求大涅槃得大涅槃【疏】由圓照力熏本捨心既而果證得以珍寶上施菩薩下及衆生亦令所求世出世法無不隨願此上喜捨二段乎言皆得【交光云】證於究竟已入妙莊嚴海佛法寶藏悉開福慧無量手中出無量珍寶身中運無量神通故能生佛等供財施無盡六道並兼三塗亦言供者菩薩觀衆生具有如來智慧德相悉皆生心如佛想也國土妻子謂之外財長壽身命謂之內財三昧所攝法廣羅漢菩薩一切境位皆是【私謂】次長壽於三昧之下涅槃之上則知不爲延年取長命報中印度寶掌和上有願住世千歲清辯菩薩持觀音名入修羅宮待慈氏下生皆爲度人聞法故也△【法華文句云】供養諸佛者若作外事供養以一時一食一花一香普供養一切佛無前無後一時等供於一塵中出種種塵亦復如是若作內觀者圓智導衆行圓智名爲佛衆行資圓智即是供養佛若行資餘智不是供養佛衆行資圓智是名供養佛普門者福能轉壽如珠雨寶羅漢尚能迴福爲壽況普門示現以不思議福轉成種智即福智不二名之爲轉△【玄義云】行有五種不同一聖行二梵行三天行四嬰兒行謂示同三乘七方便人所修之行五病行謂示爲六道之身現有三障之相此之次第五行菩薩所修如涅槃云復有一行名如來行所謂大乘大般涅槃大乘是圓因大涅槃是圓果菩薩能修此之一行故名修行普(已)三總結釋成二(已)一結答所問【經】佛問圓通我從耳門圓照三昧緣心自在因入流相得三摩提成就菩提斯爲第一【疏】圓照三昧者即一行三昧也【起信疏云】文殊般若經云何名一行三昧佛言法界一相繫緣法界是名一行三昧入一行三昧者盡知恒沙諸佛法界無差別相【論】云依是三昧故則知法界一相謂初緣實相造境即中無不真實繫緣法界一念法界

故云緣心自在【補遺】云耳識初緣音聲故云緣心不循前塵故云自在【溫陵】云初于聞中入流亡所是從耳門得圓照也此即一經所宗首楞嚴定文殊所讚得真圓通諸佛交光同慶此說後學至此幸冀留心無謂聊爾也復次總上諸文對三觀者由泯相澄神觀故寂滅現前由起幻銷塵觀故獲二殊勝由絕待靈心觀故四不思議亦是即空即假即中觀也詳文可見（科）二敘歎得名【經】世尊彼佛如來歎我善得圓通法門於大會中授記我為觀世音號由我觀聽十方圓明故觀音名徧十方界【疏】眼觀耳聽略舉六根之二也或觀此聽聞【補遺】云於聞聽中用觀觀其聞性也一根旋復六用不成故十方圓明惟一實覺由此得名亦徧一切【法華文句】云觀有多種謂析觀體觀次第觀圓觀析觀者滅色入空也體觀者即色是空也次第觀者從析觀乃至圓觀也圓觀者即析觀是實相乃至次第觀亦實相也今揀三觀惟論圓觀世亦多種謂有為世無為世二邊世不思議世有為世者三界世也無為世者二涅槃也二邊世者生死涅槃也不思議世者實相境也簡却諸世但取不思議世音者機也機亦多種人天機二乘機菩薩機佛機人天機者諸惡莫作衆善奉行也二乘機者猒畏生死欣尚涅槃也菩薩機者先人後已慈悲仁讓也佛機者一切諸法中悉以等觀入一切無礙人一道出生死也揀却諸音之機唯取佛音之機而設應以此機應因緣故名觀世音○【清涼】云觀即能觀通一切觀世是所觀通一切世云音者亦通所觀即所救一切機今別釋觀者謂三業歸依觀通心眼了見諸相而無所著徹見體性空有無礙一切種智圓頓觀察故經云真觀清淨觀廣大智慧觀悲觀及慈觀常願常瞻仰無垢清淨光慧日破諸暗能伏諸風火普明照世間皆是觀義世略有三謂三世界若山若水縣崖邃谷艱難之處器世間也無量衆生即衆生世間亦觀佛會所有衆生常在一切諸如來所即是觀察智正覺世間○【悲華經】云往昔過恒河沙等阿僧祇劫此佛世界名刪提嵐佛名寶藏如來有轉輪王名無諍念時王千子及八萬四千諸小王等悉皆供養如來第一太子不眴終竟三月供養作如是言世尊今我以大音聲告諸衆生我之所有一切善根盡迴向阿耨菩提願我行菩薩道時若有衆生受諸苦惱恐怖等事退失正法墮大闇處若能念我稱我名字若為我天耳所聞天眼所見是衆生等不得免斯苦惱者我終不成阿耨多羅三

藐三菩提爾時寶藏佛尋爲授記善男子今
當字汝爲觀世音於第二恒河沙等阿僧祇
劫後分之中當得作佛號徧出一切光明功
德山王如來其第二子得大勢第三子文殊
師利第八子普賢皆同時授記按清凉入法
界鈔引千手眼陁羅經依無量壽經繼無量
壽次當作佛號寶王功德山王佛此悲華經
是苕溪熏聞所引並是大聖迹門故畧載之
八二慶說難思正在觀音旁
兼餘聖文四卍一諸佛交光

〔經〕爾時世尊於師子座從其五體同放寶光
遠灌十方微塵如來及法王子諸菩薩頂彼
諸如來亦於五體同放寶光從微塵方來灌
佛頂并灌會中諸大菩薩及阿羅漢林木池
沼皆演法音交光相羅如寶絲網〔疏〕耳根圓
通五根總攝稱可諸佛說證皆同〔釋要云〕五體放光表
餘五根一時解脫故及大菩薩阿羅漢者即前二十五
聖說圓通人印說皆是無非圓通故放寶光
流灌其頂林木池沼演法音者既號圓通彼
我同暢智周萬物何法不宣交光如網圓張
大教也〔孤山云〕寶光交照表自他之理平融林大演音顯依正之性不二印前所
證盡契佛心△〔無盡云〕此所謂塵塵爾法法爾卍二大衆蒙益〔經〕是諸大衆
得未曾有一切普獲金剛三昧〔疏〕耳聞圓觀
頂觸智光觀音三昧一時同獲此則二十四
聖同會觀音一門皆得名爲金剛三昧也〔補遺云〕通指圓定名爲金剛亦首楞嚴之異名也
下文云是種種地皆以金剛觀察等卍二爾花飾界〔經〕即時天雨百寶蓮華青黃赤白間錯
紛糅十方虛空成七寶色〔疏〕法身體素天龍
之所忽劣今將顯現如空寶嚴萬行集成故
華間錯〔釋要云〕百寶花者萬行因花莊嚴本有法身方彰妙果也△〔吳興云〕此表
大衆於第一義天以四十位真因之花而嚴果德也卍四合國宣音〔經〕此娑婆
界大地山河俱時不現唯見十方微塵國土
合成一界梵唄詠歌自然敷奏〔疏〕根塵銷復
法界圓成故山河不現合成一界也〔釋要云〕山河不
現九界依正一念全空合成一界佛界圓顯
也△〔吳興云〕又表發真歸元空界殞裂唯一

寂光土是事希有故詠歌之△溫陵云天雨寶花空現寶色地隱山河界含刹土表證圓通性無作妙行自然紛披寶明空覺自然發現有爲習漏當不復生衆塵廓然無復隔越梵唄數奏者使法界永離衆苦常得妙樂也

梵摩云淨具云唄匿正云婆師此翻讚歎孤山云以梵天之音讚歎歌詠于三寶也○引證法苑珠林云西方之有唄猶東國之有讚讚者從文以結章唄者短偈以流頌經言以微妙音聲歌讚于佛德也長阿含云具有音聲五種清淨乃名梵聲十誦律云爲諸天聞唄心喜故開唄聲也○宣律師云梵者淨也實惟天音色界諸天來覲佛者皆陳讚誦經有其事祖而習之故存本因謂聲爲梵尋唄匿也亦本天音唐翻爲靜深得其理謂衆將散恐涉亂緣故以唄約令無逸也○寄歸傳云西國禮敬盛傳讚歎大乘小乘咸同修習此有六意焉一能知佛德之深遠二體製文之次第三令舌根清淨四令胷藏開通五令處衆不惶六乃長命無病○宣驗記云陳思王曹植每讀佛經流連嗟翫以爲至道之宗極也嘗遊魚山忽聞空中梵天之響清雅哀婉深感神理彌悟法應遂摹其聲節寫爲梵唄製轉讚七聲升降曲折之響梵音顯世始于此焉其所傳唄凡有六契

經文十者純音無塵唯其純音無塵是以稱觀音也交光云音字應是聞字之誤此師穿鑿背理如是

大佛頂首楞嚴經疏解蒙鈔卷第六之二

音釋

壈坎 上盧感切下若感切不得志也 **嶲** 遵爲切地名 **厓** 音崖山邊也 **嵐** 盧含切山氣烝潤也 **眴** 舒閏切目自動也 **糅** 女救切雜也 **惶** 音皇恐也

大佛頂首楞嚴經疏解蒙鈔卷第六之三

海印弟子蒙叟錢謙益鈔

(申)四佛勑文殊料揀三八一佛勑文殊二卍一指說顯同

【經】於是如來告文殊師利法王子汝今觀此二十五無學諸大菩薩及阿羅漢各說最初成道方便皆言修習真實圓通彼等修行實無優劣前後差別【疏】修行之要入實為期今皆獲證故無優劣然有日劫相倍故成前後差別此明但約所至圓通無二所入之門不無遲速無優劣而有前後也或可就彼各各得所亦無前後之差別耳此則若約佛語判無優劣所入之門亦各平等即無前後差別也△【補遺】云無學有小乘四果菩薩之異今證圓通皆菩薩無學耳卍二應根令揀

【經】我今欲令阿難開悟二十五行誰當其根兼我滅後此界眾生入菩薩乘求無上道何方便門得易成就【疏】若以三科七大專門獨善隨根各入此皆方便若於此界現在未來設教通方上中下機咸得悟入永為眾生成道方便者於二十五何門為勝由先所請十方如來得成菩提妙三摩提最初方便故今令選通途法門令其成就【吳興】云前從證性會同圓通今為選根令簡方便性如華屋根如入門若得其門方受其賜△二說偈料簡二卍一奉旨伸敬

【經】文殊師利法王子奉佛慈旨即從座起頂禮佛足承佛威神說偈對佛【疏】文殊智德之主言用莫測斷割無疑與奪眾心誰不緘默故承佛旨敬而說偈【李長者】曰普賢為智相主萬行觀音為大悲治亾危為上將文殊為覺業之首常為接信之師互體交參以持佛家之法△【私謂】承佛威神者以文殊奉佛慈旨選擇當根乃是承佛威神加被非敢以已意差別諸聖也卍二正說偈辭四(亥)一頌真妄雙源二(亥)一畧明真妄二(子)一惟一真源

【經】覺海性澄圓　圓澄覺元妙【疏】先合釋畧明真妄科次離釋本偈將揀行門先明真妄者若無迷悟豈有

修行益迷一真遂成諸妄物不終否故有悟期悟逐根門遂分遲速悟所極處名大涅槃故下文云妙性圓明離諸名相本來無有世界衆生由妄有生因生有滅生滅名妄滅妄名真是稱菩提涅槃二轉依號故先明也【吳興】云欲簡圓通先明覺性次辨迷妄後示歸元△此顯一真性海離名絕相非真非妄不悟不迷惟一圓常餘無所得即下妙性圓明離諸名相本來無有世界衆生也覺性周徧甚深湛然故如海也下句重嘆不可思議絕諸對待故曰妙也【吳興】云真覺之性譬如大海澄湛圓融此喻寂而常照也復牒圓澄所喻之覺示其本來照而常寂故曰元妙此約前文性覺妙明本覺明妙但法喻相叅耳△【溫陵】云覺湛性海本自圓澄此標圓體圓澄之覺妙乎萬物此標圓用此人人本來圓通也△【宗鏡】云如來藏心湛然常住即是六七識滅建立八識經云一念無明風鼓動真如海無明風盡識浪不生則覺海性澄圓圓澄覺元妙厶【圓覺】云衆生國土同一法性鈔引此釋曰衆生國土既本從覺海中起即知全同覺海覺海即法性也㊂二因迷起妄三○一正明起妄【經】元明照生所　所立照性亡【疏】圓澄覺體本來明照妄覺不了認為所相所既妄立而生妄能從畢竟無成究竟有故名生所非謂從真而生也暗相既現明性即隱隱故曰亡【真際】云於彼元明性上妄生照用而形所相有相當情無相則隱故照性亡△【標指】元明照者所謂般若無知無所不知衆生不了寂照於絕待本覺土立所明強覺覺既強立觀慧照用即隱因此迷真起妄也△【吳興】云照即能見相所即境界相照字義通真妄猶明覺二義也△【定林】云亡者入亡而已△【無盡】云所不自所因照而生照不歸元遂亡本性△【東溟管氏】曰無始妄想由因只在元明照生所中種種法界起於一照照則起於元明起信言不覺心動而有其念則念又從不覺中起也照一處即是動處元明不能無照即此便是最初一念矣照必生所此大覺之所乎衆生之所乎曰有所非覺照性本從大覺中來有所便入衆生界上衆生依世界世界依虛空所立自虛空界也空界既立性還照不曰經言所立照性亡也照性之亡亡於何所曰亡在藏識海中第八阿賴耶是為無明業識此識本從覺性中來引出見分之識浪相分之境風以自覆其本性照性安得不亡亦有不隨照而

亡者乎曰言照性亡不言寂性亡也寂本無所照乃生所所既生時此照性即散入衆生界中各成衆生自性大覺不復收既散之性以爲性矣是以權謂之亡照性亡寂性不亡喻如父母之生子生孫元精雖爵而覺性自若也〔經〕迷妄有虛空　依空立世界　想澄成國土　知覺乃衆生〔疏〕世界初起頑空先現從妄想生故云迷妄有也如下文云乃至虛空皆是妄想之所生起〔海印云〕由無明力覆蔽靈明之虛空變爲頑然無知之虛空所謂晦昧爲空也依空立世界者世界之體即是四輪皆依空有如前文云覺明空昧相待成搖故有風輪執持世界等依此頑空結成四大幻色即空晦昧中結暗成色也妄想凝結成外國土妄心知覺成內衆生依正既彰總成世界〔永明〕經云一切國土惟想持之華嚴頌云一切諸國土想網之所現幻網方便故一念悉能入〔吳興云〕身器二種情與無情皆妄想所成如天親說有分別及無分別皆名爲識有分別名識識無分別名似塵識想澄成國土即似塵識也知覺乃衆生即識識也宗惟識者但謂此識不與真如同以一心爲源故說真如無覺無知凝然不變不許隨緣惟談八識生起諸法與法性宗義同水火若曉今家破四性巳隨宜而說情通妙契諍計成失

○二貼喻釋成〔經〕空生大覺中　如海一漚發　有漏微塵國　皆依空所生〔疏〕虛空惛鈍體是不覺不覺生覺如海一漚起信云即依覺故而有不覺下文云當知虛空生汝心內猶如片雲點太清裏況諸世界在虛空耶〔海印云〕虛空廣大於大覺心中如海一漚況依妄所生之世界不益眇乎小哉△〔圓覺疏〕如來隨順圓覺湛然真常是虛空之體性覺爲空體者佛頂云空生大覺中又云寂照含虛空

○三及妄歸真〔經〕漚滅空本無　況復諸三有〔疏〕下文云汝等一人發真歸元十方虛空悉皆銷殞云何空中所有國土而不震裂良以妄元無本畢竟不生故虛空如漚不滅而滅三有如幻不無而無〔熏聞云〕三有兼情器娑沙以苦集滅諦爲三有體∧〔無盡云〕頑空不覺而迷生三有元無而妄起一漚還海海自非漚三有歸元真元非

有△溫陵云大覺海中本絕空有由迷風飄鼓妄發空漚而諸有生焉迷風既息則空漚亦滅所依諸有遂不可得空覺圓融復歸元妙矣○合釋私謂古今諸師詮釋此偈咸謂妙德仰承佛旨俯揀羣機義別長行文從孤起衆緒閒良久觸卷心開頓了斯丈長偈行布此中對敭勅命全是開演長行自滿慈妨難山河洎慶喜廣明根結造諸聖各標觀境盡觀音獨轉圓輪糅合三卷之經文忩求五對之法例宣敭微妙揀擇精嚴廣畧兼貲貫散無在信矣哉伽陀祇夜精瑩雜糅讚嘆歌詠叶彼天音清淨教體煥茲聲論矣不揆檮昧敬荷冥加用敢成立義門疏通宗趣務俾長行應須鉤鎖分明名的文身科段絡繹後有智者撫卷豁然庶亦心目開明得未曾有云耳○此偈初首先須富樓那問如來藏及世尊答釋一段經文覺海性澄圓圓澄覺元妙須長行性覺妙明本覺明妙二句此中體用造舉法喩一齊法性空明說之為覺海二覺明妙讚之以圓澄不待詮解而宗趣了然蓋長隱而偈顯也○偈云元明照生所所立照性亡此須長行性覺必明妄為明覺覺非所明因明立所所既妄立生汝妄能六句長廣而偈略也曰照生所則攬及大覺起迷無始和令之根抵處曰照性亡則指出無明業相藏海蓋覆之種子處是為能所通衆影略隱顯長偈互有之也○迷妄有虛空依空立世界此須長行佛言富樓那如汝所言清淨本然云何忽生山河大地乃至起為世界靜成虛空虛空為同世界為異四句亦長廣而偈

界也此中迷妄依空迷窮無量刦來世界安立之根元則長廣而隱偈畧而顯亦互相影界也○想澄成國土一句總須長行世界相續一章以長行覺明空昧相待成搖乃至有四輪保持世界等正是安立國土義知覺乃衆生一句總須長行衆生相續一章以長行見色明發明見想成等正是建立衆生義長離而廣偈合而界也業果相續長有偈無以偈文窄故亦影畧也○空生大覺中如海一漚發有漏微塵國皆依空所生此須長行皆是覺明明了知性因了發相從妄見生山河大地諸有為相次第遷流因此虛妄終而復始九句長行牒結妄想偈文標釋覺性亦隱顯互見也偈文首標覺海次牒海漚是中迷妄依空等正顯覺海中境風識浪無狀忽生之因漚滅空無等正顯覺海中眞如法海妙空明覺之相偈中法喩映望自相影畧亦是長無偈有也○漚滅空本無況復諸三有此須長行此迷無本性畢竟空空元無花妄見生滅乃至何當更出山河大地等長顯而離偈隱而合也此偈先後符順長行次下離出不復倫次對文委釋觀者詳之○今按清涼明長行偈須通重須及與孤起有十例五對謂有無廣略離合先後為八九或超間十或頌已重頌圓覺疏於有無八例外加隱顯為十清涼別明孤起於十例中會釋為大對一因果二體用三影略四難易五法喩六能所然此六對亦不出於十例今依圭峰所開十例仍依清涼經離頌合經有頌無等例二文相映約而明之㊃二修證異同二㊆一理同

行異〔經〕歸元性無二　方便有多門〔疏〕同歸一理理則無殊行有偏圓遲速不等圓覺云無上妙覺徧諸十方出生如來與一切法同體平等於諸修行實無有二方便隨順其數無量㊀二聖同凡異〔經〕聖性無不通　順逆皆方便　初心入三昧　遲速不同倫〔疏〕若聖人根性或是已證聖性若順若逆俱得入覺更無淺深初心入道故須揀選令其速進〔溫陵云〕二十五聖同一圓通所謂無二所謂多門在乎聖性順逆皆便不容料簡其如初心遲速異宜日劫相倍故須選擇〔宗鏡〕法無遲速見有淺深遮障之門各任輕重故文殊頌云云　此自心之性徧一切處隨處得入非獨見聞或意銷香界而入圓通或心開塵境而證法忍或入水觀而悟性或審風力而悟空或刺足疼痛而純覺遺身或了心無際而入佛知見或觀煖觸而成火光三昧或聞法音而降伏妄想當此大悟之時終不見有一境可生一言可執。〔合釋〕〔私謂〕偈云歸元性無二方便有多門聖性無不通順逆皆方便此須長行十方如來於十八界一一修行皆得圓滿無上菩提於其中間亦無優劣但汝下劣未能於中圓自在慧故我宣揚令汝但於一門深入及後云吾今問汝最初發心悟十八界誰為圓通從何方便入三摩地等長離而偈合也。初心入三昧遲速不同倫此須長行若能於此悟圓通根逆彼無始織妄業流得循圓通與不圓根日劫相倍等七句長廣而偈略也遲速不同倫亦須長行彼等修行實無優劣前後差別三句前後差別即明遲速之義長後而偈先也此中長先偈後長後偈先廣有多文以類例之不能悉舉。已下二十四偈文殊承佛聖旨各依諸聖所說長行而揀別頌之也其作頌為揀別則皆長無偈有雖云重頌實則孤起此清涼十例中所謂超間頌也間有雜頌長行者至文別指⊗二頌料簡諸聖四㊃一依塵顯悟門六㊀一色境

〔經〕色想結成塵　精了不能徹　如何不明徹　於是獲圓通〔疏〕優波尼沙陀因觀不淨白骨微塵析色明空塵色既盡妙色密圓今

此揀云色由妄想所結染汙真性其體本麁性是質礙不能明徹如何以此不明徹法而取圓通吳興云色由妄想結成諸塵塵質留碍故於精明了別之性不能通徹△溫陵云色能起想結塵使精性不徹此等各因六塵悟圓而皆揀去者彼所謂聖性無不通此所謂初心不同倫則凡所不取皆以不宜初心意取耳根獨宜也△補遺云下文並將十八界七大法相對此土凡夫根境揀選以諸聖人雖因是而得圓通若以聲色對今初心只成塵碍雜相不能入圓通也㊀二聲境

經 音聲雜語言　但伊有本作依名句味　一非含一切　云何獲圓通

疏 陳如悟四諦聲妙音容圓於是得道今此揀云音聲不離諸雜語言語言即是名句文耳孤山云雜謂種種語言而此語言但惟名句味耳新番皆云名句文　名句詮顯各有分限以名詮自性語詮分別文即是字爲二所依四句是唯識論文釋要云名詮自性如云火秖詮得火更不含水風等并是何火等句詮差別即言炭火艾火等文即是字爲二所依古以文爲味者字能顯二如味能顯食中之鹹淡也　故非一能含一切也伊猶是也融室云言有方分一非含多一多既殊圓通何得△孤山云此與觀音耳根相類而被揀者聲是佛語根乃自身聰塵則著他語言觀根則了已心性○引證仁王云是名句味諸佛所說瑜伽云佛菩薩等是能說者語是能說相名句文身是所說相婆沙云名身句身文身次第行列安布聯合爲名句文此名句師也慈恩云文身者爲名句依而顯所表顯有四義一扇二相好三根形次鹽如次能顯風涼大人男女味故故名爲顯即喻此文身能顯於理若依古釋翻文爲味但是所顯非能顯也△長慶說文云味身或曰文身或曰字身○釋文但依名句味長水訓伊爲是溫陵云伊猶惟也乾道紹興二本作依或曰語業但名句味三作依爲正伊字語轉而譌也㊀三香境

經 香以合中知　離則元無有　不恒其所覺　云何獲圓通

疏 香嚴童子宴晦清齋聞香入鼻觀此無生來無所從去無所至塵氣既滅妙香容圓今此揀云香之一法合有離無既非其常未爲圓觀熏聞云香味觸塵皆合中知離則不覺簡意大同㊀四味境

經 味性非本然　要以味時有　其覺不恒一　云何獲圓通

疏 藥王藥上因嘗衆味

了味無生非即身心非離身心由味覺明位登菩薩今云味性本無待根方覺無根無味故非圓通味時者嘗時也㊀五觸境【經】觸以所觸明　無所不明觸　合離性非定　云何獲圓通【疏】跋陁婆羅忽悟水因既不洗塵亦不洗體中間安然得無所有妙觸宣明由是證果今明此觸因所觸身而得顯發無所不顯性非常定故不圓通【融室云】今揀其觸由所觸明無所觸處則不明觸合時成觸離無所成或合或離性則無定㊅六法境【經】法稱爲內塵　憑塵必有所　能所非徧涉　云何獲圓通【疏】摩訶迦葉因觀世間六塵變壞惟以空寂修於滅盡妙法宣明銷滅諸漏今揀雖稱妙法乃是內塵憑仗此修豈越能所【融室云】憑塵作觀必分能所分能分所性非徧涉覺非能所故非圓通徧圓涉通也【真際云】獨散徧緣不依五根所取稱爲內塵【如說云】法塵非外五塵之實質乃五塵影子意中獨緣故稱內塵△【補遺云】法塵爲所緣意爲能緣心無並慮如緣善心數則不能緣惡故非徧涉㊁二依根證入門五㊀一眼根【經】見性雖洞然　明前不明後　四維虧一半　云何獲圓通【疏】阿那律陀因修樂見照明三昧旋見循元由斯得證今云見性雖有洞然照了之義而又前方全明後方全暗左右傍觀三分之二故云四維虧一半【證真云】縱其見性雖云洞然奪其見相故不見後○【私謂】偈云明前不明後四維虧一半此頌長行如眼觀見後暗前明乃至眼唯八百功德等長云前方全明後方全暗故偈言明前不明後也長云左右旁觀三分之二故偈言四維虧一半也長但約四方而說偈委約四維以明則長畧而偈廣隱顯影畧亦互見也亦清涼十例中第四難易云不見頌本雖爲解釋者也㊀二鼻根【經】鼻息出入通　現前無交氣　支離匪涉入　云何獲圓通【疏】周利槃特因作數息微細窮盡生住異滅返息循空因是得道今云鼻息雖通出入出入各據而不相交支分既離豈成圓觀【冥樞】

云入則爲支支身而已出則爲離離身而已有出無入有入無出故匪涉入〇私謂鼻息出入通現前無交氣此須長行如鼻觀聞通出入息有出有入而闕中交四句長偈廣畧亦互見也日三舌根經舌非入無端　因味生覺了　味亡了無有　云何獲圓通疏憍梵鉢提觀味之知非體非物還味旋知成無學果今云舌入非是無端自有由味境合方有覺知境滅知亡未爲通貫吳興云舌根爲舌所依亦名舌入今文語倒但是舌入非無端耳補遺揀之曰由甜與苦顯此舌根舌非味入則舌無知言舌非味入則無端者由知爲舌根也日四身根經身與所觸同　各非圓覺觀　涯量不冥會　云何獲圓通疏畢陵伽婆蹉因觀痛覺覺清淨心無覺無痛遺身純覺獲無學果今云能覺身根與所覺觸互相假有各無自性義例相類俱非圓觀知無知異各有涯量互不相冥故爲所揀補遺云涯量猶言邊畔△雪浪云物不觸知身知有觸能所相合方成覺觀在能非所在所非能既有邊涯限

量不能冥合一體也日五意根經知根雜亂思　湛了終無見　想念不可脫　云何獲圓通疏須菩提曠劫已來心得無礙由是觀察十方成空空性圓明頓入如來寶明空海同佛知見今謂意根雜亂思念若以寂定湛旋畢竟無有知見依此修行想念何逃講録云亂思想念俱指第六識六以七爲根故名意根意想無體由雜念思量顯故湛是澄湛了是明了意中湛了想念圓脫則意根終無見矣　亦可若望湛覺真明必無知見即無知覺明也應知有知見者未脫妄想△吳興云湛了終無見如前精了不能徹也以雜亂念于湛了性終不能見按湛了終無見長水二解吳興又一解今師多宗吳興私三依識修斷門六日一眼識經識見雜三和　詰本稱非相　自體先無定　云何獲圓通疏舍利弗曠劫已來心見清淨由遇佛故見覺明圓光極知見今揀眼識雜在三和之內窮其本性無相可得自體不常如何圓徧

【證真云】諍云二和生識謂根境和合識生其中今言三和者能所合説也根境乖時識自無體故云無定△【溫陵云】三緣和合四性無生窮之本自無體故云非相⊖二耳識【經】心聞洞十方　生於大因力　初心不能入　云何獲圓通【疏】普賢菩薩本用心聞分別衆生所有知見得大自在今揀太高收機不盡既法界爲體心聞爲用故洞十方此由普賢因修大行之所感故中下之機於斯絕分故云不能入以衆生心中發明普賢行者方現其身非同觀音觸物隨現△【孤山云】唯以心聞不以根聽斯是分真所得故非初心能入△【溫陵云】普賢用心聞故能知他方沙界外事此由修法界行大因所生非初心能入也○【私謂】初偈云初心入三昧遲速不同倫此偈正與相應即清凉十義中所謂增明前說也初心被揀通十八界而獨發於此頌者以普賢行彌法界是佛長子故疏云收機不盡不同觀音隨現亦指初心言之耳⊖三鼻識【經】鼻想本權機　秖令攝心住　住成心所住　云何獲圓通【疏】孫陀羅難陀觀鼻端白見出入息化爲光明身心內明圓洞世界徧成空淨今揀觀鼻非爲究竟故曰權機△【孤山云】數息乃調心方便是權機也若令攝心必成所住真元無住所住便非【資中】經云若心有住則爲非住有所住著也非觀也真則無住⊖四舌識【經】說法弄音文　開悟先成者　名句非無漏　云何獲圓通【疏】富樓那辯才無礙秘密法門微妙開示得無所畏今揀說法不離聲名句文所開悟人須先成熟不由無種便能入道若散心說但成有漏非曰圓通【融室云】有名句身非無漏道△【雪浪云】說法弄音文謂說法但弄音聲文句而已⊖五身識【經】持犯但束身　非身無所束　元非徧一切　云何獲圓通【疏】優波離因持清禁由是執身身得自在次第執心心得通達然後身心一切無礙今揀持犯細行唯檢於身身若不生將何檢束故於法

法不能圓徧〔吳興云〕波離次第執心今但言身者聲聞執身亦防六聚七支之非况今言身識在其中矣○〔宗鏡云〕一切衆生皆本具自性之律首楞嚴云云傳大士云持戒本爲制生心我今無心過戒律如是之教豈須戒耶已自知具佛性戒故然於初心凡夫及出假菩薩亦不壞於事相遮性二戒悉皆等持又出曜經云身被戒鎧心無慧劍則不能壞結使元首故知若不觀心妙慧成就則不能斷無明根本所以首楞嚴偈云云㐧六意識

（經）神通本宿因　何關法分別　念緣非離物　云何獲圓通（疏）大目揵連因於修定旋湛意識心光發宣得大神用今揀神通乃是夙因本有由加行力之所顯發何關修定執則意識然後得生法者執則義分別者意識也意識念緣分別一切不離根境故非圓通〔熏聞云〕漏盡通是意識內證前五通是意識外用目連神通夙因成熟從三迦葉邊聞法而發非關於法分別而現小乘神通秪是作意謂一心秪能作一不同大乘無記化化通也緣物則有離物則七卍四依大歸性門七㐧一地大

（經）若以地性觀　堅礙非通達　有爲非聖性　云何獲圓通（疏）持地菩薩因平心地見內外塵本無自性不相觸摩皆如來藏今揀地性堅礙有爲體非通達不成聖性故非圓通〔補遺云〕此全以地大法相對初心以揀如溫陵言持地平塡初心尚涉有爲非實聖性此則明是揀聖非揀根矣㐧二水大

（經）若以水性觀　想念非真實　如如非覺觀　云何獲圓通（疏）月光童子因作水觀見身中水與外香水性合真空一味流通得無生忍今謂此觀不離尋伺想念豈是真實如如之性〔溫陵云〕未離想念難契如如覺觀即尋伺也〔補遺云〕初心欲用尋伺心想念水性能所不合故難契如如也㐧三火大

（經）若以火性觀　猒有非真離　非初心方便　云何獲圓通（疏）火頭金剛觀多婬心成智慧火身心煖觸無礙流通生大寶燄今謂此由多婬生猒離故觀成性火此即猒求之心豈稱圓照聞說欲火而生猒離是猒有也非是真實離念

之門初機不合故須揀也補遺云初心治欲自有方便如五停心不淨是也⑧四風大經若以風性觀　動寂非無對對非無上覺　云何獲圓通疏琉璃光菩薩因觀身心世界皆是妄緣風力所動風力無依本無所有於動見不動即證實相今謂風性是動由動有寂動寂相對對即非真觀風性動即與寂對有對非覺豈同圓觀入流亡所第十無畏云根境圓融無對所對⑧五空大經若以空性觀　昏鈍先非覺無覺異菩提　云何獲圓通疏虛空藏菩薩由觀四大無依妄想生滅虛空無二佛國本同得無生忍今謂虛空昏闇無明所生晦昧爲空故云昏鈍非是覺明異於本覺故須揀也補遺云從迷空是無明故爲昏鈍望今妄心故先非覺Δ融室云空由迷妄所成昏闇頑鈍初非是覺覺是菩提不覺則與菩提成異良恐初心不觀真空但執無記沈空昏鈍先無覺慧故此揀也⑧六識大經若以識性觀　觀識非常住存心乃虛妄　云何獲圓通疏彌勒菩薩修唯識觀盡空如來國土淨穢有無皆是我心變化所現今謂識性念念生滅攀緣不息體非常住若但亡境不亡其心還成虛妄豈是圓通孤山云心本無心存之即妄Δ熏聞云初心以識爲境則念念流動入道良難以就初心觀識不能即陰是真故Δ融室云揀有識性可觀所觀識性生滅非常住無生滅心存心觀識乃爲虛妄⑧七根大經諸行是無常　念性元生滅　因果今殊感　云何獲圓通疏大勢至菩薩由念佛三昧都攝六根淨念相繼入無生忍今謂凡是有爲皆屬行陰遷變念性生滅正是無常如何以無常因獲常住果故非圓通補遺云初心動念即屬行陰無常此念性既在凡位元是生滅如何以生滅因尅圓通果耶然念佛法門此方最要雖云生滅要因想念專注在懷兼佛願力且生淨土生彼國已進行彌速取證有期今顯圓根觀音

爲上抑揚之道故須揀也△吳興云勢至念佛都攝六根所念之境必通三身然子母相憶之喩多就應身而說是故指同無常生滅也○私謂應知文殊此偈非揀念佛法門正揀念佛不了之人爲此土衆生開示眞實念佛法門也念佛三昧是眞常行非行陰無常之諸行以念佛心入無生忍是不生滅之念性非生滅之念性都攝六根淨念相繼是念佛之眞因念佛現前必定見佛是念佛之正果心佛衆生因果無二何殊感之有哉若以無常行念佛以無常心念佛欣猒識然繫縛宛爾口淨而心不淨事淨而理不淨一念淨而多念不淨多念淨而少念不淨不護心城空希淨土既植虛妄之因定抱紆曲之果佛言以生滅心爲本修因而求佛乘不生不滅無有是處故知淨念相繼其行爲眞常是爲以不生滅心求不生滅果若淨念不相繼其行爲無常是爲以生滅心求不生滅果心土相應生佛歷然斯所謂因果殊感決定不謬者也起信開一心二門心眞如門圓通實性也心生滅門即諸行無常是生滅法也論言離念相者等虛空界又言以無念故本來平等既云心體離念則應無佛可念既云本來平等則亦何土可生向後示導心方便勸修淨土則曰專意念佛因緣發願往生他方佛土又曰專念西方極樂世界阿彌陁佛觀彼佛眞如法身畢竟得生住正定故是則以離念之心念佛乃爲念佛以無念之念見佛乃爲往生今謂此中料揀念佛是生滅無常之法則論中初標眞如法身已乹指不生滅之果而後勸專意念佛乃別修生滅之因自語矯亂寧有是哉吳興岳師謂勢至喩子母相憶但是念應身佛是故指同無常生滅若指念應身佛是生滅法亦應指應身佛是生滅身如來廣明念佛法門但言專念一佛未聞分別三身既應化不是法身即名號有何實相且如凡夫下品乘華往生帶業出纏猛利回向彼所念是何身之佛彼所應是何佛之機未知岳師作何科判也若言此中獨顯圓根抑揚宜爾則彌陁爲慈父觀音勢至爲二子何以耳根一門爲大爲圓念佛一門爲偏爲小既知三身一身即知三聖一聖抑揚之道吾不知其可也雲棲淨土師也怵於岳師之言而未能奮筆不辭狂瞽僣爲疏通敢云解圖聊以送難云耳㊅三頌觀音圓通三㊄一廣顯圓門三㊀一標指教體

(經)我今白世尊佛出娑婆界此方眞教體清淨在音聞欲取三摩提實以聞中入(疏)娑婆世界耳根最利故用音聲以爲佛事由從耳根發識引生第六識中聞慧緣名句文熏成解心種子納爲教體故云教體在音聞也教體既成然後思惟修習入三摩提成大解脫偈文雖苦得解脫一句今依溫陵截置下偈之

首○溫陵云聖人設教隨方不同如淨名經中佛言或有佛土以佛光明而作佛事或有佛土以佛菩提樹而作佛事乃或以園林臺觀或以虛空或以寂無說示如香積佛國無文可說但以衆香令諸天人得入律行而此方教體必藉音聞欲取正定必由聞入者益彼諸佛土無非利智故機緣黙契出乎言象堪忍衆生迷本循聲昏惑障重必藉聞熏聞修以銷塵除障然後可入然以聞爲入者特得其門而已必期於遺聞及聞則佛光明菩提樹乃至寂無說示處皆可入矣△標指此界以音聲爲佛事真教相也詮顯一真清淨即真教體也△吳興云教體應具聲名句文今言音聞者以聲是實法餘三是假攝假從實故但云音△荊溪云此土入者不假餘塵雖有滅後色經淨名香飯及以法行思惟悟等並以金口聲教爲本○合擇私謂已下諸偈承佛威神揀選觀世音菩薩耳根圓通二十四聖修行一門圓照開示阿難大衆令末來學人當依如是修習也我今白世尊已下乃承勅報命之詞阿難汝諦聽已下則奉勅宣告之文也此中伽陀祇夜展轉相生其廣略隱顯隨文參互與夫長先偈後長後偈先者皆祇夜也其長無偈有者皆伽陀也上來料簡十八界修行方便已竟偈文自我今白世尊乃至實以聞中入凡六句乃結上起下之辭正明音聲教體尅示二十五聖修證圓通取三摩地總相法門以會通十八界料簡方便之法以證明如來彼等修行實無優劣之文上半頌孫起也下二句則重頌也初頌

云我今白世尊佛出娑婆國此方真教體清淨在音聞者標世尊爲法王立娑婆爲化土取音聞爲教體以攝集一頌之根本以生起應頌諷頌多頌之節段審此一頌爲孫起也次頌云欲取三摩提實以聞中入此頌長行吾今問汝最初發心悟十八界誰爲圓通從何方便入三摩地乃至觀世音自敘彼佛教我從聞思修入三摩地等長廣而偈略也偈只兩句而觀音之耳門與二十四聖之根門含攝映望觀網交羅此即集施頌以少言攝多義者也長云初於聞中入流七所偈云實以聞中入聞中二字長偈互顯也○通曰楞嚴會上文殊親奉佛勑選擇圓通法門進退揀收迄今未有定義良以實無優劣如來之悲吉圓融承佛威神文殊之選擇諦審單言揀即優劣之相歷然單言收則選擇之文何據孫山圓師橫分利鈍尅定勝劣吳興岳師非之謂諸聖所得圓通本根非此土當根乃爲所揀山家竹庵觀師扶其義曰實無優劣會同諸聖彰通義也誰當其根從土順機彰別義也既云入道皆通則根土一切融通復云何別若云順土各別則人土一向違背復云何通今置通義且明順土謂觀音獨順此土之機而諸聖咸不順者此義何居諸聖所居之土在娑婆耶不在娑婆耶如不順此方之土則此方諸聖有言當娑婆世界草木金石者有言於此界中有佛出世者此委屬何方之土諸聖所順之根在此土耶抑在他土耶如不順此土之根則他方世界有以佛光明菩提樹作佛事者乃至有以香飯作佛事

者將別順何方之根此觀自在乃他方來游之菩薩不應此方諸聖偏違教體如諸聖所承事威音王日月燈等佛是往昔娑婆之教主不應多生修習重捨宿因是則順土一解牒而責之有無窮過也誦文之師依語生解顢頇籠統義居兩楹此揀彼收那有明文印揀即收都無誠證斯所謂張網貯風識空爲縷者矣竊謂遴擇正義不出揀收二法直須對決分明然後遮表無惑偈文自初心入三昧乃至云何獲圓通等此全揀也我今白世尊已下偈有六句此全收也欲取三摩提實以聞中入二句此正揀正收也何言乎全揀也歸元性無二方便有多門故揀初心入三昧遲速不同倫故揀衆生迷本明循聲故流轉故揀何言乎全收也聖性無不通順逆皆方便故收此是微塵佛一路涅槃門故收自餘諸方便皆是佛威神故收即事捨塵勞非是長修學淺深同說法故收觀音圓獨順此方之根諸聖亦未嘗不順此方之土以言乎一門圓照即十八界齊收以言乎迷本循聲別耳門亦揀今謂此之所揀即彼之所收一法界中誰揀誰收作此差別耶何言乎正揀正收也偈云佛出娑婆界此方真教體清淨在音聞以一娑婆世界是釋迦一佛國土住此說法度生故以此世界衆生樂小法剛強難化又耳根偏利佛用柔軟剛強雜說三語以清淨音聞而調伏故故曰聲論獨宣明所謂以聲音語言文字而作佛事也偈云欲取三摩提實以聞中入此娑婆國土釋迦爲法王觀音爲淨聖二十四聖爲眷屬同居忍土

並須金言無一門不宣聲論無一法不歸教體此二句文勢緊躡上十八界中云何獲圓通而來故曰正揀尅而論之正在觀音傍叅餘聖凡取三摩提未有不以聞中入者故曰正收也以從塵入言之陳如於佛音聲悟明四諦此以音聲爲教體也最初得解聲徹梵天空神傳唱此其證也若優波尼沙陀若香嚴童子若藥王藥上皆言如來教我亦言如來印我此亦聞中入也跋陀婆羅於威音佛聞法出家大迦葉於日月燈佛聞法修學此亦聞中入也以從根入言之阿那律陀聞訶失明佛示照明三昧得半頭天眼非關眼觀也周利槃特半偈遺忘誦帚開悟豁然漏盡非關鼻觀也驕梵鉢提牛呞異舌如來示一味心地法門滅心入定非關舌觀也畢陵伽娑蹉純覺遺身因於數聞如來說苦空法門非但由觀身也須菩提入實明空海因於如來發性覺真空非但觀意也此六人者亦皆以聞中入也以從識入言之舍利弗聞迦葉波宣說因緣悟心無際從佛口生非聞中入而何普賢菩薩用心聞分別衆生知見我說本因心聞發明非聞中入而何孫陀羅難陀心常散亂如來教我觀鼻端白非聞中入而何富樓那辯才無礙宣說苦空實相以音聲輪助佛轉輪非聞中入而何優波離聞佛教戒廣說戒法結集律藏非聞中入而何大目連亦聞三迦葉宣說因緣心得通達神通第一非聞中入而何以從大性入言之持地菩薩初毗舍如來摩頂謂我當平心地今聞諸如來宣妙蓮華我先證明此於聞中證地性

圓通也月光童子聞水天佛教修習水觀得無生忍此於聞中入水觀三昧也火頭金剛承事空王說多婬猛火教以徧觀諸佛呼召名爲火頭此於聞中入火光三昧也瑠璃光菩薩遇無量聲佛開示本覺妙明大千衆生如一器中貯百蚊蚋啾啾亂鳴此於聞中證性空真風也虛空藏菩薩於定光如來得無邊身純現虛空相以音聲答問說法此於聞中證性覺真空也彌勒菩薩衆日月燈明佛教修習唯心識定單傳十方唯識之宗娑婆國之聲論莫深於此大勢至菩薩衆無量光佛教念佛三昧廣攝此土念佛之人娑婆國之教體莫弘於此如上諸聖與觀世音菩薩同發聞慧齊證圓通一行三昧無二無別然而不能無揀者諸聖自以多根入道而觀音正以耳根入道諸聖各以多根分證耳門而觀音獨以一根圓證耳門淺深遲速由此旁分偏圓秘現因而側出所以示有一多各成方便也今此會上經文殊一番選擇於觀音則歎大衰圓於諸聖則開權顯實一色一香總歸三昧塵塵法法圓照一門以一根接諸根也亦以諸根接一根也以一機抽諸機也亦以諸機抽一機也以一聖顯諸聖也亦以諸聖顯一聖也十八界各故一門而觀音爲一總門總門一故則一門門通達不以一門閉多門也十八界各懸一鏡而觀音爲大圓鏡圓鏡一照則鏡鏡交光不以一鏡遮多鏡也淨名中諸菩薩廣說不二法門蘇子瞻頌之日忽見照然無語處三十二說皆光搯衆所謂全揀全收亦復如是古師以圓通揀法設

楞嚴三關若揀根順土之解妨難盤互此關之捷閉終不可得而破也不有曲說孰資呼引山家諸師實唯良導矣次下讃嘆觀音指陳修證揀收之法次第委釋世之君子勿猒

繫文8二褒嘆當根【經】離苦得解脫　良哉觀世音　於恒沙劫中　入微塵佛國　得大自在力　無畏施衆生　妙音觀世音　梵音海潮音　救世悉安寧　出世獲長住【疏】初一句總標嘆【溫陵云】初二句總嘆觀世音言拔苦與樂也次二句嘆三十二應次二句嘆十四無畏兼四不思議次二句嘆德號妙音是體觀世音是用亦是真俗二諦亦是自利利他梵是淨義釋成體也海潮要不失時釋成用也救世下結嘆利益初得世間安樂終成究竟涅槃【孫山云】智冥妙理故日妙音悲化羣生故觀世音智冥理故無二邊染汙如梵音清淨悲化生故赴十界機感如潮不過限救世結潮音赴機出世結梵音冥理△【四明疏記云】菩薩妙智觀故皆成妙境三智照故音成三境雙遮空有即成妙音雙照空有即成世音梵是四等慈悲喜捨四觀照

之即成俗諦故名梵音稱俗照機若熟若脫時節不差名海潮音○私謂上來既標顯音聞教體此偈乃別嘆觀世音當根勝妙以發起圓通修證之文也偈云離苦得解脫此頌長行忽然超越世出世間十方圓明獲二殊勝四句乃至後文十方苦惱衆生觀其音聲即得解脫等長廣而離偈略而合也長行云彼佛如來嘆我善得圓通法門於大會中授記我為觀世音號由我觀聽十方圓明故觀音名徧十方界文殊舉揚昔記同佛嘆德故曰良哉觀世音也書曰股肱良哉觀音補處安養助化娑婆亦叶外典股肱之義也補遊文○於恒沙劫中入微塵佛國此頌長行與佛如來同慈力故令我身成三十二應入諸國土乃至是名三十二應入國土身等法華言游於娑婆此言入微塵國智者大師用三土釋彼經未見此經而理相符順也○得大自在力無畏施衆生此頌長行與諸十方三世六道一切衆生同悲仰故令諸衆生於我身心獲十四種無畏功德乃至是名十四施無畏力福備衆生等皆長廣偈略也○妙音觀世音梵音海潮音此二句長無偈有孤起頌也普門品頌曰妙音觀世音梵音海潮音勝彼世間音文殊益重宣佛所說偈極成已讚以此信知持世菩薩證明妙蓮華定指今佛所說經也○救世悉安寧此頌長行故我能現衆多妙音能說無邊祕密神咒乃至八萬四千寶目救護衆生得大自在等此四不思議之一也其二能以無畏施諸衆生者經文與此偈互攝故不累書也出世獲常住此經頌長行供養十方如來旁及法界六道衆生求三昧得三昧乃至求大涅槃得大涅槃等此四不思議之四也第三捨身珍寶略而不頌者影在第四段中故即六對中三影略也於讚嘆四音之後頌四不思議者謂三十二應十四無畏以是四無作妙德為大總相法門故於頌後牒結以歎德也

大佛頂首楞嚴經疏解蒙鈔卷第六之三

音釋

緘 居咸切 音監
析 先的切 音錫
詰 去吉切 音蛣
鈍 杜困切 音遯
縷 力主切 音呂

大佛頂首楞嚴經疏解蒙鈔卷第六之四

海印弟子蒙叟錢謙益　鈔

(乇)三廣辦圓根二(子)一正顯聞性三○一圓真實(經)我今啓如來

如觀音所說　譬如人靜居　十方俱擊鼓

十處一時聞　此則圓真實(疏)解脫德也

如前觀音所陳三昧所得殊勝起感不差周徧皆應十方者十界也擊鼓者機動也一時聞者應不失也此則應身無量無感不應故云圓真實△(宗鏡)此是直說如今一切衆生日用現行聞性三真實之體卽今聞性具三真實文殊簡出現證可知觀音入門圓通立驗非從行得不墮有爲豈假功成本來如是一圓真實者以聞性徧一切處十方聲塵應時無有前後以同時周徧一一皆不出自性如水起波波不離水以聲性全聞聞外無法卽是本聞自具圓通之性非待證聖方有斯事故法華偈云父母所生耳清淨無濁穢以此常耳聞三千世界聲又云持是法華者雖未得天耳但用所生耳功德已如是○二通真實(經)

目非觀障外　口鼻亦復然　身以合方知

心念紛無緒　隔垣聽音響　遐邇俱可

聞　五根所不齊　是則通真實(疏)法身德也前四句揀不通口鼻下二句經文語倒故先舉所例口鼻後舉能例身根蓋翻譯者略句正顯耳根不同前五由是得名通真實耳順根次也(孤山云)口鼻身皆合中知當移身合句居上　隔垣下四(標指)由眼觀障内事隔牕紙不見外物隔皮囊不見五藏口鼻身意不及耳根洞徹無礙故曰五根所不齊△(宗鏡)二通真實者且眼根見性雖卽洞然能觀前而不觀後鼻舌身等三根皆合中知因能所而生起若意知根所緣不定

念念遷移故五根所不齊唯耳根圓通無礙聽響之際任隔礙而遠近俱聞妙應之時無揀擇而大小咸傳高城和上歌曰應耳時若幽谷大小音聲無不足十方鐘鼓一時鳴靈光運運常相續斯則處凡身而不減居聖體而不增常現常通塵勞不能匿其神彩非聞非斷天魔不能挫其威光不壞緣生之耳根圓是一靈之妙性　○三常真實二　⑤一正顯

(經)音聲性動靜　聞中爲有無　無聲號無聞　非實聞無性　聲無旣無滅　聲有亦非生　生滅二圓離　是則常真實

(疏)法身德也聲於聞中自有動靜說爲有無非謂聞性是有無也若以不聞聲時號無聞者聞性已滅聲塵更起遣誰更聞是知聲有聞性不生聲無聞性不滅生滅旣而徧離由是得名常真實也(真際)云如羅睺羅擊鐘　△(宗鏡)三常真實者動靜是音聲之體性於聞中似有似無若無聲時號無聞非實無聞性以聞性常在若聞性隨聲塵滅則前聲滅時後聲不合更聞故知聲塵自無聞性非滅聲塵自有聞性非生又非唯聞性無生返觀聲塵亦無起滅以從緣而起自體全無如華嚴論云一切諸法皆如谷響　⑤二釋成

(經)縱令在夢想　不爲不思無　覺觀出思惟　身心不能及

(疏)如前重睡心想不行聞舂擣聲別作他物此時豈憶靜搖應知聞性不斷故云不爲不思無也覺觀出思惟者此旣不與念想相應卽出覺觀思惟之表(資中云真聞性出覺觀思惟之外)譯人廻文不盡故令語倒覺觀卽尋伺也思惟卽是徧行思也俱是心所皆不相應故名爲出又覺是本覺卽聞性也觀卽

是照此即文順【無盡云】夢聞擣練之聲雖不思惟聞性不滅及乎覺觀盡聞不住覺所覺空則身心豈能及乎因粘上句不爲不思無故言覺觀出於思惟耳△【溫陵云】五根皆待意思有無不常惟耳在夢能聞杵聲不爲不思而無也其爲覺觀乃出乎思惟勝餘根矣○【私謂】偈云我今啓如來者此頌長行汝今觀此二十五無學諸大菩薩乃至皆言修習眞實圓通等應選根之勅旨而啓告以報命也如觀音所說者此頌長行初於一聞中入流亡所乃至忽然超越世出世間等一十五句以觀音所自說聞熏聞修金剛三昧法門正以入流亡所一往寂滅證合聞性三眞實體今於其所證說圓說通說常文殊代爲宣說即觀音所自說函蓋不差伏請世尊爲證明也○初一偈十方俱擊鼓十處一時聞此頌長行如耳周聽十方無遺動若邇遙靜無邊際四句也長舉法偈舉喻即六對中第五法喻不同隱顯互見成圓義也○次二偈目非觀障外乃至五根所不齊此頌長行如眼觀見後暗前明乃至如意默容等一十行文長揀優口意二根而偈則並劣五根二文相望亦長無偈有也隔垣聽音響遐邇俱可聞此頌長行由我聞思脫出六塵如聲度垣不能爲礙此亦舉觀音所自說成通義也○次三偈音聲性動靜聞中爲有無無聲號無聞非實聞無性聲無旣無滅聲有亦非生此頌長行自是聲塵或無或有豈彼聞性爲汝有無聞實云無誰知無者是故阿難聲於聞中自有生滅非爲汝聞聲生聲滅令汝聞性爲有爲無等一十三句重頌長行彼此映徹最爲明了初偈取喻擊鼓此偈隱喻擊鐘法喻隱顯之妙也又音聲性動靜聞中爲有無重頌動靜二相了然不生生滅二圓離是則常眞實重頌生滅既滅寂滅現前覆舉觀音所說極成常義所謂頌已重頌增明前說也○後一偈云縱令在夢想不爲不思無此頌長行如重睡人熟眠牀枕乃至此性云何爲汝銷滅等二十九句是人夢中豈憶靜搖其形雖寐聞性不昏偈言不無長言不昏皆託夢想顯此聞性也是中聞舂擣聲別作他物或爲擊鼓或爲撞鐘即圓義也自怪其聲爲木石響於時忽寤遄知杵音即通義也縱汝形銷命光遷謝此性云何爲汝銷滅即常義也長行具有三義偈文標釋亦離合互顯也覺觀出思惟身心不能及即疊舉觀音所說空覺極圓忽然超出等文牒結圓通實三義也⊖二正明觀行五○一標示旋流

【經】今此娑婆國　聲論得宣明　衆生迷本聞　循聲故流轉　阿難縱强記　不免落邪思　豈非隨所淪　旋流獲無妄

【疏】前二句通明此方由聲教入聲名句文能詮法義衆生由此聞而解了故云宣明【融室云】聲即是教此堪忍界以音聲爲教而得宣明顯了次四句正顯過非苟隨聲

教不能亡緣入流返照卽迷本聞性循聲轉也故舉阿難雖得多聞不能亡相爲聲所轉生滅妄想無由得免後二句結非顯是旋流者返流也斯則入流亡所唯照聞性生滅旣滅寂滅現前故云無妄標指聲名句文題詮其義因義生解因解起行解行相應旋根歸性△溫陵云聲論者依聲論明本聞自性以覺迷本循聲妄取淪替者△吳興云邪思指摩登伽矣○引證寄歸傳云大聖一音則貫三千而總攝或隨機五道乃彰七九而弘濟時有意言法藏天帝領無說之經或復順體談詮支那悟本質之字梵云攝拖苾馱攝拖是聲苾馱是明卽五論之一明大數有五卽神州之五經也○私謂文殊奉勅揀根十八界初心方便料簡已畢述乃安立教體發明三昧會通設聖圓帰於觀音耳根一門復次說偈自今此娑婆國已下乃至將聞持佛佛何不自聞聞凡有三偈復次汝聞微塵佛六句正釋阿難縱强記不免落邪思二句聞非自然生乃至圓通實如是正釋旋流獲無妄句皆正揀耳根一門明旋機反聞之妙尅示修證爲一期揀法之宗要也良以衆生無始已來盤洄五濁多生身土旣偏結於娑婆此土根機又偏利於聲教是以三賢十聖不出同居卽彼下品鈍根亦知循聲誰不順此方之土誰不順此土之

根但以結使弘多習氣濃厚不認恒常之聞性却徇生滅之聲塵本聞一失卽隨聞相而鈎牽聲教不真翻依聲論而顛倒妄以逐妄迷而積迷過誤滋深淪替何已今欲開陳方便疏淪根門須直指倒聞之機乃尅示旋流之法由循聲流轉者卽以聲音解脫則循聲乃休復之因以多聞害悟者仍以聞性蠲除則多聞是返聞之路斯則娑婆忍土普現妙嚴煩惱音聞無非清淨所以愍茲淪轉仗此勞攏欲證圓門重須揀別者也上來揀根爲揀十八界多根故結文曰云何入圓通此中揀根單揀耳門一根故結文曰圓通實如是偈不牒云何而但結如是此互相隱顯影畧之妙也十八界偏揀多根只爲開顯耳根今耳門又加揀別則娑婆國中聲論教體清淨宣明無餘法矣故結示曰此是微塵佛一路涅槃門又曰於此門無惑方便易成就言此門者一路涅槃之門也卽耳根之一門亦卽十八界之多門也此門中卽收是揀是故十八界悉揀卽耳根亦揀此門中卽揀是收是故知耳根亦揀方知十八界齊收經云十方如來一門超出妙莊嚴路此所謂全揀全收者也科經者不曉大塗定指十八界全揀耳門全收遊表予奪迭今都無正義有由然矣○偈云今此娑婆國聲論得宣明應上佛出娑婆界此方真敎體之頌長無偈有此孤起也衆生迷本聞循聲故流轉此頌長行以諸衆生從無始來循諸色聲逐念流轉曾不開悟性淨妙常不循所常逐諸生滅等阿難縱强記不免落邪思此頌長行雖復憶持十方

如來十二部經人間稱汝多聞第一以此積刼多聞熏習不能免離摩登伽等豈非隨所淪旋流獲無妄此頌長行汝今欲逆生死欲流返窮流根至不生滅等然此頌實承佛勑加被當來故重舉娑婆聲論以彰教體文多重頌義實孤起也○二諦聽返源二(已)一結指定門

(經)阿難汝諦聽　我承佛威力　宣說金剛王　如幻不思議　佛母真三昧

(疏)金剛如幻已見上文三世如來一門超出故曰佛母又金剛空也如幻假也佛母中也

孤山文△[涅槃經云]佛性者即首楞嚴三昧是一切諸佛之母[標指]此即首楞嚴定體上具摩訶般若解脫三德祕藏也○[私謂]世尊重宣偈曰是名妙蓮華金剛王寶覺如幻三摩提彈指超無學世尊宣說此偈乃是不可思議威神之力故文殊承佛威力重為開演而囑阿難以諦聽也經云承佛威神說偈對佛下偈云皆承佛威神皆此義也以此文長行未說則為孤起以增明如來前說則亦為重頌也觀音言蒙彼如來授我如幻聞熏聞修金剛三昧古佛所授今佛所說真三摩地無二無別故偈不重舉亦影略也(已)二斥責過誤

(經)汝聞微塵佛　一切祕密門　欲漏不先除　畜聞成過誤　將聞持佛佛　何不自聞聞

(疏)雖持法藏不能捨聞而觀自性故成過矣[宗鏡云]以多聞强記是識邊際本非實故若因聞見性則多聞有助顯之功若背性狥聞則畜聞成邪思過誤

若將世間隨聲聞相持他佛法不如返照自已聞性成真三昧故云聞聞

[孤山云]上聞能觀之智下聞所觀之理△[溫陵云]佛佛謂佛之佛性聞聞謂我之聞性△[融庵云]佛佛佛之佛法聞聞我之聞性△[海印云]諸佛言教文字般若即法身所在法亦名佛故言佛佛○[私謂]偈云汝聞微塵佛一切祕密門欲漏不先除畜聞成過誤此頌長行汝雖歷劫憶持如來祕密妙嚴不如一日修無漏業及何須待我佛頂神呪摩登伽心淫火頓歇愛河乾枯令汝解脫等長廣而偈畧也將聞持佛佛何不自聞聞此頌長行菩提涅槃尚在遙遠非汝歷劫辛勤修證雖復憶持如來十二部經清淨妙理如恒河沙秖益戲論等長顯而偈隱也○三頌示觀相三(已)一頓證旋脫

(經)聞非自然生　因聲有名字　旋聞與聲脫　能脫欲誰名　一根既返源　六根成解脫

(疏)見聞覺知之聞隨聲而有非本然性[私謂]非自然生即四性非無因生也因即聲教是因緣所生法

如上文云如汝今者承聽我

法此則因聲而有分別等若能離緣觀性聞相不起動靜境亡能所不拘故名解脫縛既無得脫亦不名一根既然六根皆爾（宗鏡云）今時多迷自性本聞但隨能所聞相一向循他聲流轉此聲是對因緣所生法非真實有但因聲而立名字因名字而有詮表若旋復本聞則脫聲塵之境所脫之境既虛能脫之名何立則能脫所脫皆空若耳根歸本元六根皆寂滅以六根同一心故△（吳興云）當以三慧旋此根境俱令脫黏○（私謂）偈云聞非自然生因聲有名字此須長行聲於聞中自有生滅非爲汝聞聲生聲滅汝尚顛倒惑聲爲聞等亦應前頌音聲雜語言但依名句味等亦是後來應更頌也旋聞與聲脫能脫欲誰名一根既返源六根成解脫此頌長行汝但不循動靜合離恬變通塞生滅明暗如是十二諸有爲相隨拔一根脫黏內伏伏歸元真發本明耀耀性發明諸餘五黏應拔圓脫等亦如觀音所說熏聞成聞六根銷復同於聲聽乃至音性圓銷觀聽返入純音無塵根境圓融無對所對等此一頌證明耳根圓脫三昧義該先後長廣而偈亦非畧也圭峰圓覺疏引此偈釋曰此文是判觀音菩薩返聞於性餘即皆通故得圓通也㊂二塵銷覺顯（經）見聞如幻翳 三界若空花 聞復翳根除 塵銷覺圓淨（宗鏡）在眼曰見在耳曰聞若攝用歸根時見聞如幻翳若攝境歸心時三界若空花則翳滅塵銷覺圓心淨（疏）見聞覺知迷成翳眼三界有法悉是空花見聞體虛本不可得復加幻喻故起信云三界虛僞唯心所作上文云見聞覺知虛妄病緣故有十方諸有漏國翳除花滅聞復塵銷妙覺明心顯然圓淨此分證也（熏聞云）復其本聞分破無明故名爲除覺淨謂分真智淨極謂真智究竟○（私謂）偈云見聞如幻翳三界若空華此頌世尊重宣偈真性有爲空緣生故如幻無爲無起滅不實如空花又頌長行由汝無始心性狂亂如見妄發發狂不息勞見發塵如勞目睛則有狂花於湛精明無因亂起一切世間山河大地生死涅槃皆即狂勞顛倒花相等一十四句長廣而偈畧也聞復翳根除塵銷覺圓淨此頌長行根結若除塵相自滅諸妄銷亡不真何待等又四不思議中由我初獲妙妙聞心心精遺聞見聞覺知不能分隔成一圓融清淨寶覺亦是觀音所說也㊂（經）淨極光通達 寂照含虛三覺後却觀空 却來觀世間 猶如夢中事 摩登伽

在夢　誰能留汝形【宗鏡】但以未覺悟前於染淨中有一毫見聞取捨之處皆在三界無明長夜生死夢中纔得見性便同覺後自覺覺他故名爲佛【疏】淨極謂滿淨解脱圓也光通達謂滿覺般若備也寂照謂真理法身極也三德既圓三障永盡如大夢寤如蓮花開返觀世間欲誰留礙此極證也【融室云】所含虛空性虛空也楞伽及釋論皆言性虛空故迥無所有唯性空耳○【私謂】偈云淨極光通達寂照含虛空此頌長行而如來藏唯妙覺明圓照法界乃至不動道場徧十方界心含十方無盡虛空等一十二句亦即觀音自説忽然超越世出世間十方圓明及銷塵旋明法界身心猶如琉璃洞徹無礙也卻來觀世間猶如夢中事此頌長行得菩提者如寤時人説夢中事心縱精明欲何因緣取夢中物況復無因本無所有等摩登伽在夢誰能留汝形此頌長行摩登伽心淫火頓歇得阿那含于我法中成精進林愛河乾枯令汝解脱及如摩登伽宿爲淫女由神咒力銷其愛欲法中今名性比丘尼與羅睺母耶輸陀羅同悟宿因等乙四合喻根結二丙一設喻六根息幻【經】如世巧幻師　幻作諸男女　雖見諸根動　要以一機抽　息機歸寂然　諸幻成無性【疏】幻師真性也有隨緣義故名爲幻巧法無明也男女六根也一機卽幻法機息幻無妄滅根復【吳興云】幻師喻真如幻作喻隨緣真妄和合變成六根如幻作諸男女或幻師無明也知法心識也餘同前配所幻男女必有所依喻真性也【融室云】幻作諸男女喻幻無明力幻出諸衆生△【圓覺鈔】雖見諸根動要以一機抽即論中一識應六根也分離識者依于六根別取六塵故即是一體成多用也【標指云】第八識成六根雖見諸根動者元依一精明分成六和合也○【引證】【列子云】周穆王西巡守有獻工人名偃師者曰臣之所造能倡者穆王驚視之趨步俯仰信人也巧夫鎭其頤則歌合律攄其手則舞應節王以爲實人也與盛姬内御並觀之伎將終倡者瞬其目而招王之左右侍妾王大怒立欲誅偃師偃師大慴立剖散倡者以示王皆傳會華木膠漆白黑丹青之所爲内則肝膽心肺脾腎腸胃外則筋骨支節皮毛齒髮皆假物也而無不畢具者合會復如初見王試廢其心則口不能言廢其肝則目不能視廢其腎則足不能步穆王始説而嘆曰人之巧乃可與造物者同功乎張湛曰此皆以機關相使去其機關之

主則不能相制智論曰佛所說法皆無有我亦無我所但諸法和合假名衆生如機關木人雖能動作內無有主亦同傀師之喻也○【私謂】解此偈者靡不取喻幻巧貼釋六根以長偈類例取之長無偈有應在孤起之科業再三緬繹竊謂此偈當爲應頌乃頌長行阿難請問舒結倫次如來取華巾綰結次第舒解一一分問答之文文雖孤起義實重頌也何以明之西國諸大幻師作種種幻事大者能幻化城邑樓閣象馬牛羊伎樂男女種種諸物小者結手巾成兎結巾爲兎頭又結出兎耳皆所謂幻法也如來綰疊華巾與夫幻師幻作男女皆是幻事此頌取幻人幻作之男女六根譬如來手中之解縈六結正以幻事喻幻法也於幻巾綰爲六結則以六結爲六根於幻人作爲六根則以六根爲六結根結無二法喻一齊不待比量也偈云如世巧幻師幻作諸男女長行則曰汝知此巾元止一條我六綰時名有六結巾體是同因結有異偈云雖見諸根動要以一機抽長行則曰佛言如是六結不同循顧本因一巾所造令其雜亂終不得成偈云息機歸寂然諸幻成無性長行則曰當於結心解即分散若欲除結當於結心又曰根結若除塵相自滅此根初解先得人空六結之綰成由於一結六根之發動由於一機結之與根曾無二幻解結之與息機亦無二法以是中解結一門自說第二決定義去𢃇釋多端文長理變撮畧綱要東歸一頌之中取六對之例亦所謂法喻不同者也復次巧幻師喻如來藏心長行言清淨本然妙覺明空者是也幻師幻法喻由妄明而起能所三細六麁如以幻法幻作男女六根宛然長行言色香味觸六種成就從妄見生山河大地諸有爲相是也根動機抽根息幻寂喻於了妄達空頓息妄明離諸能所故曰息機歸寂然諸幻成無性長行言此迷無本性畢竟空覺迷迷滅覺不生迷又曰則汝心中演若達多狂性自歇歇即菩提勝淨明心本周法界是也復次幻師幻作男女是幻世間六根男女亦幻慶喜登伽豈非幻人男女乎偈曰摩登伽在夢誰能留汝形機抽機息機關在手如來則巧幻之傀師也重宣偈曰非幻成幻法即此偈幻作諸男女也非幻尚不生幻法云何立即此偈諸幻成無性也如幻三摩提金剛王寶覺佛與菩薩轉相傳授同此如幻不思議真三昧法門也央掘羅經偈曰如來所作幻衆幻中之主又曰當知佛世尊一切幻中王若我世尊豈非十方十界世出世間第一大幻師乎是二經皆以文殊爲證明也　吕二合明六用返源

【經】六根亦如是　元依一精明　分成六和合　一處成休復　六用皆不成

【疏】初句總標次句合幻師次句合男女後二句合息機等耳根無明若破餘根亦破故皆不成【標指】一精明真性無明也謂生滅依不生滅而起名阿賴耶成六根耳根若破餘根清淨△【谷響云】休

善也善復其性也又歇也歇脫黏合而復其性也△紫栢云開眼與醒中色塵和合合眼與夢中色塵和合六根與六塵和合若醒若夢塵塵相受自無始已來無剎那頃不和合者○私謂偈云六根亦如是即同銷結中長行則汝六根亦復如是及六解一亡亦復如是等元依一精明分成六和合此頌長行當知是根非一非六由無始來淪替顛倒故於圓湛六一義生乃至由明暗等二種相形於妙圓中黏湛發見等文凡二十行一處成休復六用皆不成此頌長行今汝但於一門深入入一無妄彼六知根一時清淨及如來今日若總解除結若不生則無彼此尚不名一六云何成皆長廣而偈畧也○五觀成利益二㕧一畧明觀位

經　塵垢應念銷　成圓明淨妙　餘塵尚諸學　明極即如來

疏　一根若復塵垢自銷上文云想念爲塵乃至應時清明等故云成圓明淨妙此則三德圓顯不縱橫並列故名爲妙後二句結成位前句斷德未圓後句智德備滿互現可知　標指　結成因果之位也十地滿心尚居有學蓋有佛地障觀法身如隔羅縠觀月爲斷德未圓下句約妙覺位即究竟覺也△合論云淨心菩薩以盡微細用名受用身者以有業識細相謂之菩薩位中故曰餘塵尚諸學若離業識則無可見謂之如來法身故曰明極即如來△溫陵云細惑未盡曰餘塵分證未滿曰諸學○私謂塵垢應念銷成圓明淨妙此頌長行緣見因明暗成無見不明自發則諸暗相永不能昏根塵既銷云何覺明不成圓妙等又云若棄生滅守於真常常光現前根塵識心應時銷落想相爲塵識情爲垢二俱遠離則汝法眼應時清明云何不成無上知覺餘塵尚諸學明極即如來此頌長行如澄濁水貯於靜器器深不動沙土自沉清水現前名爲初伏客塵煩惱去泥純水名爲永斷根本無明明相精純一切變現不爲煩惱皆合涅槃清淨妙德㕧二尅示觀門

經　大衆及阿難　旋汝倒聞機　反聞聞自性　性成無上道　圓通實如是

疏　勸復顛倒聞根返觀聞性聞性圓成菩提可冀　溫陵云　能旋倒妄反聞自性必資此性成無上道　後一句結指印成△宗鏡無始已來皆是執聲爲聞而生顛倒如今以聲爲聞背心循境豈不是倒聞之機若能旋聲塵之有流復本性之無妄則是返聞自性得本歸元內滅翳根外銷塵境能所既脫本覺道成寂照圓通真

實如是(標指)從聞思修而見性印成觀音也即以耳聞之性爲所聞能聞即觀也何不自性者聞聞亦然○(私謂)此一頌乃文殊奉佛慈旨揀根已畢宣告阿難大衆勸修策進之詞次下三頌尅示一門廣明加被廻環疊以結成一頌之體也○偈云旋汝倒聞機返聞聞自性此頌長行以湛旋其虛妄滅生復還元覺及逆彼無始織妄業流得循圓通等亦頌觀音所説知見旋復觀聽旋復觀聽返入滅音圓聞銷塵旋明融形復聞得圓通本根發妙耳門也上云要以一機抽此云旋汝倒聞機抽機是喻旋機是法只此一機偈中法喻互顯也性成無上道此頌長行依不生滅圓湛性成及汝今諸根若圓拔已内瑩發光如是浮塵及器世間諸變化相如湯消氷應念化成無上知覺已上諸文大率長廣而偈畧亦長顯而偈顯也圓通實如是一句古人判爲結指印成衆謂結指者結指十八界云何獲圓通之文印成者即印成耳門是則圓真實之義文殊承旨簡根其綱要實總萃於此(丙)四頌勅揀告成三(丁)一結顯同證(經)

此是微塵佛　一路涅槃門　過去諸如來　斯門已成就　現在諸菩薩　今各入圓明　未來修學人　當依如是法　我亦從中證　非唯觀世音(疏)前二句總指一切諸佛皆從此門得涅槃也過去下別列三世幷引文殊皆同此證也(標指)此娑婆國以聞思修三慧證寂滅性三世如來一門超出當來同證也(乙)二報命成就(經)誠如佛世尊　詢我諸方便　以救諸末劫　求出世間人　成就涅槃心　觀世音爲最　自餘諸方便　皆是佛威神　即事捨塵勞　非是長修學　淺深同説法(疏)前四句頌佛令揀成就下二句正顯圓門顯是雅當自餘下五句明二十四聖各隨所因事相而成觀行皆是佛之威神方便令其得道非是久長修學淺深二機同入之法門也返顯觀音即是淺深二機同説同入久長修學之法門耳(温陵云)佛威神加被令即已事而捨塵勞非始終長修淺深同説之法也如那律失明旋見畢陵觸刺遺身持地待佛銷塵皆已事而已○(私謂)自此是微塵佛一路涅槃門已下凡有三頌乃文殊奉旨揀根選擇事竣義門成立於是奉敭佛勅宣告阿難大衆以及未來精詳報答鄭重頂

禮結成皈命之明文不定屬孤起要是與長行相應者也先是十方如來異口同音告阿難言使汝輪轉生死結根惟汝六根令汝速證安樂解脫寂靜妙常唯此六根世尊說偈親爲證明曰十方薄伽梵一路涅槃門今文殊結勸首引此偈以明旋流開性圓通一門是微塵諸佛無上寶印三世則過未同修現在則從中痳證佛說廣演以度生我亦重宣以報命也偈云誠如佛世尊詢我諸方便以救諸末刧求出世間人以長行云世尊憐愍阿難及此會中諸有學者亦爲未來一切衆生爲出世因作將來眼佛世尊詢我方便慈旨如是故不敢不審諦以報命也成就涅槃心觀世音爲最所以報我今欲令阿難開悟二十五行誰當其根兼我滅後此界衆生入菩薩乘求無上道何方便門得易成就之命也自餘諸方便乃至淺深同說法五句所以報汝今觀此二十五無學諸大菩薩及阿羅漢各說最初成道方便皆言修習真實圓通彼等修行實無優劣前後差別之命也有人曰佛言實無優劣偈言觀音爲最地位歷然云何符順答曰以耳根方便成就涅槃故云觀世音爲最非謂最於諸聖也以因修言之如圓覺二十五輪觀網交絡指二十四聖爲單複交絡指觀音爲如意圓修其悟淨圓覺一也何名爲最以地上言之普賢爲長男文殊爲幼男普賢爲上相觀音爲上相什公有言彌勒繼摩大小之量未可定也復何云最即以比量言之諸聖曰如我爲上觀音即上中之上也諸聖曰斯爲第一觀音即一中之一也十方如來皆言重重主伴法界善友莫不推勝他人平等法會有何優劣文殊良恐世多目論妄有低昂遂乃結讃之餘重示揀收之法故曰自餘諸方便皆是佛威神以諸聖各成方便各入圓通皆是佛威神說法令從聞中入三摩地故又曰即事捨塵勞非是長修學以諸聖發心悟十八界圓通方便即現前之事相捨積刧之塵勞不同偏人鈍根劬勞肯綮久長修學故是中因地有遠近則有淺深習氣有厚薄則有淺深本迹有高下則有淺深或久遠多淫或恒沙悟空則有淺深或半偈闇鈍或曠刧辨才則有淺深然而同悟本心同取三昧同入圓門同宣妙法則所謂龍象齊驅牛羊並渡者也今判自餘諸方便已下爲別揀二十四聖之文一則曰除耳根圓通外餘根入圓通者皆是佛威神方便令其得道獨不曰將謂如來惠我三昧乎又不曰雖佛發明猶不能反乎方便既一應料簡何謂圓通餘根既入圓通何當復揀一則曰就餘根塵之事能捨塵勞非正逗此土機宜非是久長修學淺深同說之法門也順土之說如上結彈廣明今謂餘根能捨塵勞何妨久長修學娑婆正偱流轉豈是不逗機宜以彼揀根破其順土斯亦進退失據敵對必窮者矣此偈揀收良非小法期於此門無惑非敢破除古師導瞽開蒙敬須法匠㊁三

(經)頂禮如來藏　無漏不思議

請加宣勸

願加被未來　於此門無惑　方便易成

就　堪以教阿難　及末劫沉淪　但以此根修　圓通超餘者　真實心如是【疏】如來藏即一體三寶是所入之理具足無漏性功德故願加下五句正結願但以下二句勸學最後一句文殊指已選圓通心真實無妄非挾情故【溫陵云】真實心要如是而已△【海印云】請加宜獨請佛今頂禮如來藏乃指法也如來藏乃三德祕藏三身圓證三寶圓具一體無漏云不思議但禮其法三身三寶皆具也○【私謂】此偈末歸請加之辭體佛慈旨欲令阿難開悟兼被此界末劫衆生也偈云頂禮如來藏即同阿難所請果位名目相應菩提涅槃真如佛性菴摩羅識空如來藏大圓鏡智是七種名稱謂雖別清淨圓滿等觀音亦曰立大圓鏡空如來藏也歸命頂禮不言佛身而言如來藏佛亦自言須菩提先汝禮我法身也文殊此偈元從第四卷富樓那請問如來藏如來荅示真覺妙明發起偈結讚云頂禮如來藏者即是重頌長行汝以色空相傾相奪於如來藏我以妙明不生不滅合如來藏乃至即如來藏妙明心元離即離非是即非即等共二十五行文也經之立須名藴陀南者即以少言攝多義故如一切有爲法四句即攝大般若八十餘科二十萬偈今此偈宣説將竟結歸如來藏義即是將富那請問已去三卷經文含攝於此亦將阿難所請七名標總於此長行偈頌鈎鏁交羅斯所謂少言攝多義者不但長廣而偈畧也由是下文云阿難大衆明了所歸道路登伽頓起無學海衆同發大心一期獲益莫大乎是是則阿難餘惑未亡權爲失路之旅客文殊大智受勅代爲接引之導師指彼群迷唱兹一偈應潮音之自説合金口以同宣所以加被無惑料簡超餘撈漉沈淪叮嚀末劫兼我滅後之云即同金河顧命最後垂範也此中長偈脉絡昭然偈有根觸怡然理順敢云識路聊藉問津云爾△三時衆獲益【經】

於是阿難及諸大衆身心了然得大開示觀佛菩提及大涅槃猶如有人因事遠遊未得歸還明了其家所歸道路普會大衆天龍八部有學二乘及諸一切新發心菩薩其數凡有十恒河沙皆得本心遠塵離垢獲法眼淨性比丘尼聞説偈已成阿羅漢無量衆生皆發無等等阿耨多羅三藐三菩提心【疏】一會之衆根器各異大小不同前文觀音説竟諸佛放光互來灌頂兼灌大菩薩及阿羅漢受

彼光者一時俱獲金剛三昧此即顯會二十四聖諸別觀門一時圓入觀音修證今此阿難及諸初心聞說偈已隨其位次悟入有異阿難等方悟圓通從耳根入猶未有證故云明了其家所歸道路【吳興云】阿難偈贊已獲法身凡經五番領悟彰灼何總排未證乎經家指妙覺菩薩涅槃爲家真修耳根圓遍爲路圓師判阿難增道理必然矣【手鑑云】初明常住真心洎乎七大圓融解中之悟也次請圓通本根既承敕選遂領云是中修行得無疑惑行中之悟也於解於行坦然明白故有了家歸路之喻未證明矣

其天龍衆及小有學大乘地前十恒河沙獲法眼淨即入初地見道位也【資中云】莊嚴論法眼淨初地見道也若依圓教即十住初心【補遺云】以小乘法眼淨乃初果見道故別圓擬之初地初住也若依天台破塵沙爲法眼淨當在圓家十信已上△【私謂】准維摩詰經佛國品文敘國土嚴淨後正同今經獲益彼云求聲聞乘三萬二千諸天及人諸天及人可知言求聲聞乘者即今經有學二乘及一切新發心菩薩也肇公注彼云注眼淨即須陀道也始見道迹故得法眼名塵垢八十八結也此言遠離塵垢獲法眼淨當如肇公所解資中謂初入見道是也

性比丘尼是三果人今成無學【吳興云】四卷登伽方得三果孤山准涅槃依四依判位恐升之太高以第四依住十地故秖應示作聲聞同除四住證阿羅漢如涅槃中聞常取果之比也涅槃解圓行漸權用小乘蘇息即自入圓也登伽以圓位配之前得三果圓七信已前今云羅漢正入七信所謂名偏義圓耳△又按彼經云八千比丘不受諸法漏盡意解肇公云無著之道於法無受無染漏盡九十八結漏既盡故意得解脫成阿羅漢也此中性比丘尼成阿羅漢即同彼經漏盡解脫孤山依四依判位信太高也什公解弟子問疾云聲聞法中諸羅漢無漏智慧勝菩薩世俗智慧大乘法中菩薩二事俱勝今用聲聞法明大小故先命弟子今經敘摩登伽得果並從小說二經同屬方等正如什公所云用聲聞法不須廣引天台圓教耳

未發心者其數無量皆發道心即悟解大乘也【吳興云】天台釋分別功德品發菩提心初入十信也仁王云十善菩薩發大心長別三界苦輪海△苑師云阿云無耨多羅沓上三藐翻正三徧也等也菩提覺也肇曰秦言無上正徧知△【智論云】阿婆磨翻云無等等般若波羅蜜利益衆生能與佛等故名無等等△【法華文句云】九法界心不能等理佛法界能等此理故云無等而等又究竟之理是無等等此理故云無等而等又究竟之理是無等初緣究竟理而發心能等於理故云無等等又心之與理俱不可得將何物等何物而言

無等等耶心之與理俱不可說不可說而說說此心等此理故云無等等

大佛頂首楞嚴經疏解蒙鈔卷第六之四

音釋

春濤上書容切下音倒　瀹音藥清也　頷五感切搖頭也　懾之涉切恐懼也　縠音斛縐紗曰縠　襵之涉切謂衣襞積也　肯綮上可亥切著骨肉也下詰定切筋肉結處也　棖音橙

大佛頂首楞嚴經疏解蒙鈔卷第六之五

海印弟子蒙叟錢謙益鈔

○長水科大文第二明離魔業行從此去盡第七卷宣說神呪令謙益判阿難請建立道場至八卷結經名爲次分之二◎大文第三離魔業行下分二大科以自力離魔四種清淨明誨爲第一科以他力離魔道場軌則誦呪行道爲第二科○〔疏〕三辨離魔業行者前雖廣說圓通修證凡夫始學障難尤深況末代邪宗紛然競起邪言惑正魔辨逼真濫述既多朋流者衆若不甄辨妨正修行故以戒定慧驗之邪元自露故九十六種外道皆能修禪而無戒德涅槃經云魔尚能變身爲佛豈不能爲四依菩薩惑亂世間是故佛廣說若言聽畜八不淨物者是魔所說身外之物尚不許畜何況淫殺盜妄根本貪嗔嗜世有愚人爲魔所惑誹毀戒律言是小乘自稱大乘無礙自在下文廣破此等並是魔業故佛深誡是稱決定大乘明了之教阿難大權愍我將來必陷魔難故殷勤致請永爲真誡耳

○離魔有二一自力離魔爲正行二他力離魔爲助行北峰印師云觀理直入名正行帶事兼修名助行助行有二初惑重者唯持禁戒二習重者兼假祕呪憨大師云初令持四根本戒制斷發業無明二令持祕密神呪熏斷俱生無明令自力離魔文二八一阿難覩時請問三卍

一敘所悟

〔經〕阿難整衣服於大衆中合掌頂禮心迹圓明悲欣交集欲益未來諸衆生故稽首白佛大悲世尊我今已悟成佛法門是中修行得無疑惑〔疏〕圓通即是心所行路故曰心迹領悟既深得無疑惑未來多難更欲伸陳悲欣者欣今所悟悲後行人〔吳興云〕悲昔不聞欣今得悟又悲未來衆生未悟欣現前大衆獲益卍二陳所願〔經〕常聞如來說如是言自未得度先度人者菩薩發心自覺已圓能覺他者如來應世我雖未度願度末劫一切衆生〔疏〕菩薩有二類一智增先取佛果後度衆生二悲增度生心切故意留惑潤生三界今願未度而度衆生即悲增也〔吳興云〕菩薩四誓度人爲先如來十號應世爲本卍三述所請〔經〕世尊此諸衆生去佛漸遠邪師說法如恒河沙欲攝其心入三摩地云何令其安立道場遠諸魔事於菩提心得

無退屈【疏】此諸衆生根劣也去佛漸遠時劣也邪師說法難多也此則時澆解昧惑障猶多修定攝心難爲進趣況遭魔惑邪見彌增加行修證如何無退【熏聞云】梁肅止觀統例云去聖久遠賢人不作庸昏之徒含識而已致使邪魔鬼惑諸黨並熾空有云云爲坑爲穽有膠于文句而不敢動者有流於滯浪不能住者有太遠而甘心不至者有太近而我身即是者有枯木而稱定者有竅號而稱慧者有奔走非道而言權者有假於鬼神而言通者有放心而言廣者有罕言而爲密者有齒舌潛傳而爲口訣者凡此之類自立爲祖繼祖爲宗反經非聖昧者不覺今阿難請意深防末劫邪師正慮此也〇二如來廣爲宣說　二卍一讚請許宣

【經】爾時世尊於大衆中稱讚阿難善哉善哉如汝所問安立道場救護衆生末劫沉溺汝今諦聽當爲汝說阿難大衆唯然奉教【疏】道場加行事理兩修內秉戒根外假心呪內外相濟道力易成爲汝宣揚當善思念　卍二正爲廣說

二(人)一自行離魔

三(卍)一總明三學

【經】佛告阿難汝常聞我毗奈耶中宣說修行三決定義所謂攝心爲戒因戒生定因定發慧是則名爲三無漏學【疏】諸行或對機不同此三決定須說又是決定成佛之因佛佛皆爾故云三決定義【翻譯云】毗奈耶或毗尼什云秦言善治謂自治婬怒癡亦能治衆生惡也圓覺鈔云此云調伏謂調練三業制伏過非南山云正翻爲律安法師云戒律禪定智慧三者至道之門戶泥洹之關要戒者斷三惡之干將也定者絕分散之利器也慧者齊藥病之妙醫也什云持戒能折伏煩惱令其勢微禪定能遮煩惱如四山斷流智慧能滅煩惱畢竟無餘故遺教云依因此戒得生諸禪定及滅苦智慧〇【智論云】持戒之人能以精進自制五情不受五欲若心已去能攝令還是爲於戒能護諸根則生禪定生禪定則生智慧得至佛道戒爲檢麤禪爲攝細戒攝心口禪止亂心如人上屋非梯不昇不得戒梯禪亦不立破戒之人結使風散亂其心禪不可得持戒之人煩惱風輕心不大散禪定易得復次持戒之人觀此戒相從何而有皆從衆罪而生若無衆罪則亦無戒從因緣有以是悟心不令生著戒相如是從生般若波羅密不持戒人雖有利智以營世務慧根漸鈍譬如利刀以割泥土遂成鈍器若出家持戒不營世業常觀諸法實相無相先雖鈍根以漸轉利　以定

慧二門前已說故扶律談常同涅槃矣【釋要云】從初至第四半經總是開解即慧學從阿難舉喻華屋至此是明定學故此下唯明戒學扶律談常者今經圓頓合明大乘持戒何以但明四根本戒以符合小乘律制爲最後誡勗此中扶小律故淫戒居初部屬實故攝心爲戒斷性亦無即大乘持戒不同小乘治身口而已△【溫陵云】三藏中毘柰耶律藏大小乘通攝也小乘稟法爲戒大乘攝心爲戒法戒則無犯而已心戒則無思犯也此下別示四重則十戒之初淫殺盜妄四波羅夷爲根本重罪所謂其心不淫不殺者皆使無思犯也(卂)二別示戒學【經】阿難云何攝心我名爲戒【標指云】戒是根本心起爲犯(月)初淫戒分六○一標示斷淫出纏【經】若諸世界六道衆生其心不淫則不隨其生死相續【疏】淫爲生死根本迻之則不續矣圓覺云一切衆生皆因淫欲而正性命具云若諸世界一切種性卵生胎生濕生化生皆因淫欲等 當知輪迴愛爲根本由諸有欲助發愛性是故能令生死相續【彼疏云】皆因淫欲正性命者此中性字不是真靈之性意說人中性命也淫謂躭染愛著但是情染總得名淫縱使化生亦依業染俱舍云六受欲交抱執手笑視淫四

州之人同四王界餘諸異類心染氣傳受性稟命莫不由之既性命由淫淫復由愛故云愛爲根本△【清凉云】小乘四戒淫戒最前一者此戒人之喜犯二者劫初起過此爲最先餘之三戒亦皆次第三者淫愛感業招潤生死二乘厭離故制在先○二正辨欲爲魔因【經】汝修三昧本出塵勞淫心不除塵不可出縱有多智禪定現前如不斷淫必落魔道上品魔王中品魔民下品魔女彼等諸魔亦有徒衆各各自謂成無上道【疏】魔不斷淫而修禪定魔定順惑易得成就功深者爲上品功淺者爲中下雖不斷欲而修定得福隨福優劣故成三品以邪定力故得五通以有漏福生天魔界隨得少定不辨邪正各各自謂成無上道【孤山云】犯四重禁罪在地獄以修禪力且落魔界若約未來流轉則應備歷三途△【溫陵云】魔亦多智修禪帶淫修禪必落此類△【講錄云】三昧指定慧塵勞即見思二惑【王舜咢曰】世尊言縱有多智禪定現前又云縱得妙悟皆是淫根痛哉斯言妙悟尚然況未悟乎多智禪定尚然況未得定慧少分乎○三囑誡滅後魔惑【經】我滅

度後末法之中多此魔民熾盛世間廣行貪淫爲善知識令諸衆生落愛見坑失菩提路

(疏)末世衆生無正法眼多被魔惑廣行貪淫假稱善友誘化無識失正遭苦(標指)如來滅後後五百歲正當今日多此魔民△(講錄云)變即思惑見即見惑△(清涼鈔云)一切衆生不知善法令其知之不識諸惡法令其識之名善知識也○四明識依教堅持

(經)汝教世人修三摩地先斷心淫是名如來先佛世尊第一決定清淨明誨

(疏)此戒雖與小乘名同而持隨有異(補遺云)即律中受隨二戒也初誓受於師後隨而行之也此則一一內防心念輕重等持彼則事逐緣成輕重隨戒故云先斷心淫論云心生則種種法生心滅則種種法滅故與小乘持戒全別(熏聞云)先斷心淫乃防萌杜漸之意非謂起心便同初篇一例結罪如大經云言語嘲調壁外釧聲男女相追皆汙淨戒天台菩薩戒疏指此爲汙定共戒又稱嘆摩觸等皆是淫戒方便悉犯輕垢當知大經云菩薩持遮制戒與性重戒等無差別者蓋慎小過如護夷惡耳○五痛指犯淫過失

(經)是故阿難若不斷淫修禪定者如蒸砂石欲其成飯經百千劫秖名熱砂何以故此非飯本砂石成故

(疏)戒定慧法能生法身戒根不完徒修禪慧豈有清淨妙體從淫欲生砂飯異因孰論劫數

(經)汝以淫身求佛妙果縱得妙悟皆是婬根根本成婬輪轉三塗必不能出如來涅槃何路修證

(疏)非戒不禪非禪不慧戒根不淨所習禪慧那得淨平以不淨故雖有如無戒定慧亡自成流轉終非聖果(宗鏡)經云縱得妙悟皆是淫根者以生死根本不斷故直須保護浮囊方渡大海若犯此篇其過尤重非唯有障大道不出塵勞以惡業相酬果牽地獄不以智眼正觀遂陷凡夫業道雖則一期徇意罔思萬劫沈身是以一切如來同宣審宜尅骨十方菩薩

皆懼實可寒心○六印定斷淫禁戒【經】必使淫機身心俱斷斷性亦無於佛菩提斯可希冀【疏】真持戒人尚無持相豈令身心犯乎重禁如下文云殺盜淫等有名鬼倫無名天趣有無二無無二亦滅是名妙發三摩提者【溫陵云】機者淫心所自發如前偈云要以一機抽△【蕅益云】身斷律儀戒也心斷定共戒也斷性亦無道共戒也△【宗鏡云】男女身會名事淫法門解者若心染法是淫若關禁七支如猿著鎖擧一鉢油過諸大衆割捨樂觸求樂於未來淨五欲如銅錢博金錢此乃增長欲事非不欲也若斷欲界麤敝之欲染著色無色界禪定之樂如氷魚蟄蟲墮長壽天是爲一難貪著禪味名大縛是染欲法非不欲也【經】如我此說名爲佛說不如此說即波旬說【疏】正云波卑夜此云惡者波旬訛也【翻譯云】波旬釋迦出世魔王名也魔字從石梁武謂此惱人易之爲鬼什曰秦言殺者常欲斷人慧命故亦名惡中惡有三種一曰惡二曰大惡三曰惡中惡魔王最甚諸佛欲令衆生安隱而反壞亂故言甚【經】也○二殺戒分六○一標示斷殺出纍【經】阿難又諸世界六道衆生其心不殺則不隨其生死相續【疏】相殺相償結訓連禍茍或止之故不相續○二正辨殺爲鬼因【經】汝修三昧本出塵勞殺心不除塵不可出縱有多智禪定現前如不斷殺必落神道上品之人爲大力鬼中品則爲飛行夜叉諸鬼帥等下品當爲地行羅刹彼諸鬼神亦有徒衆各各自謂成無上道【疏】帶殺修禪報爲神道功深福厚爲大力鬼即五岳四瀆條祠祀者功淺福劣列在中下八部所管及大海邊羅刹國類因修定故皆有業通迅疾無礙不斷殺故受此惡趣爲天驅役若不修禪及不修福但行殺害直入地獄無此差降【婆沙論云】鬼中好者如有威德鬼形容端正諸天無異鬼神有威德者住山谷或住空中或住海邊皆有宮殿果報過人四大天衆乃王忉利天亦有威德鬼神應彼諸天所驅使○三囑誡滅後魔惑三已○一鬼神誑世【經】我滅度後末法之中多此鬼神熾盛世間自言食

肉得菩提路【疏】殺生食肉是衆生寃如何不
斷得菩提路乙二勅斷權說【經】阿難我令比丘食五
淨肉此肉皆我神力化生本無命根汝婆羅
門地多蒸濕加以砂石草菜不生我以大悲
神力所加因大慈悲假名爲肉汝得其味奈
何如來滅度之後食衆生肉名爲釋子【疏】涅
槃第四迦葉問云云何如來先許比丘食三
淨肉佛言隨事漸制故耳復有七種九種今
言五者隨經增減以意配數佛以方便權許
令食非究竟說【搆李云】言三種者除人虵象馬驢狗師子狐猪獮猴十種
若不見不聞不疑即名爲淨今云五者加自
死鳥殘二也涅槃復有九種即於三淨各開
正罪及前後方便也△【楞伽經云】我有時說
遮五種肉或制十種今於此經一切種一切
時開除方便一切悉斷△【涅槃云】善男子從
今日始不聽聲聞弟子食肉應觀是食如子
肉想善男子夫食肉者斷大悲種如來所制
一切禁戒各有異意異意故聽食三種肉異
想故斷十種肉一切悉斷及自死肉我涅槃
後無量百歲於像法中當有比丘貌像持律

少讀誦經貪嗜飲食長養其身頭鬚爪髮悉
皆長利雖服袈裟猶如獵師細視徐行如猫
伺鼠邪見熾盛誹謗正法破壞如來所說戒
律正行威儀各自隨意反說經律而作是言
如來皆聽我食肉自生此論言是佛說互相
諍訟各自稱是沙門釋子△【孤山云】鹿苑以
來毘尼漸制化道將終於是三經俱唱斷肉
楞伽且制藏通菩薩此經兼制三乘涅槃更
獨制聲聞殷勤告示
也乙三示惡根本【經】汝等當知是食肉人
縱得心開似三摩地皆大羅刹報終必沉生
死苦海非佛弟子如是之人相殺相吞相食
未已云何是人得出三界【疏】似三摩地者鬼
神定也亦能令人知過去未來事與善定相
似如起信說【論云】或令人知宿命過去之事亦知未來之事得他心智辯才
無礙○四明誡依教堅持【經】汝教世人修三摩地次斷殺
生是名如來先佛世尊第二決定清淨明誨
○五別示持犯得失二乙一毀犯破禪【經】是故阿難若不斷殺
修禪定者譬如有人自塞其耳高聲大叫求
人不聞此等名爲欲隱彌露【疏】塞耳修禪高

聲行殺求不聞之道彰彌露之苦豈不悲夫
己二衆指結過〔經〕清淨比丘及諸菩薩於歧路行不
蹋生草況以手拔云何大悲取諸衆生血肉
充食〔疏〕生草不踐非獨護譏亦深慈念草尚
不踏況損命也〔熏聞云〕草本無情外計云有佛遮其謗故制壞生△〔涅槃云〕佛告迦葉若人掘地刈草斫樹斬截死屍等以是業緣墮地獄否迦葉言應墮地獄何以故如佛昔爲聲聞說法汝諸比丘於諸草木莫生惡心何以故一切衆生爲惡心故墮
於地獄〔經〕若諸比丘不服東方絲綿絹帛及是
此土靴履裘毳乳酪醍醐如是比丘於世真
脫酬還宿債不遊三界何以故服其身分皆
爲彼緣如人食其地中百穀足不離地○六印定
斷殺禁戒〔經〕必使身心於諸衆生若身身分身心
二途不服不食我說是人真解脫者〔資中〕西國
指此方爲東彼尚不許雜野蠶綿作新臥具
況有家蠶律中若有犯者斬剉塗堙終不衣

也〔疏〕絲綿裘毳衆生身分身既不服真解脫
者以不遊三界詶宿債故經文語倒知之〔補遺云〕詶還宿債只此一生捨此則長揖三界矣語未爲倒也服衆生分爲衆生緣辟
穀求升尚有不至況食況服能出離乎心無
貪慮身不服行斷性苟亡自然真脫〔溫陵云〕謂服害身分則爲作畜之緣劫初之人身有光而可飛自食地肥啗地餅身漸堅重足不離地故取以爲喻身血肉髓腦也身分裘毳乳酪等也身服食心貪求故云二塗△〔合解〕絲帛傷吞靴履傷革裘毳傷皮毛酪取乳湩故皆爲身分○〔宣律師感通記〕云迦葉佛小珠函中有遺書付囑云我初成道大梵天王施我絹僧伽梨彼絲是化出非是蠶壓今付悉達我成道至涅槃唯服麁布僧伽梨及白氎三衣何爲惡比丘等謗瀆我云毘尼教中聞許著我於三藏教中雖聽用繒綵供養佛法僧此閻浮提及以大洲之外千八百大國並有繒帛絲綿遂從女口出之非蠶口出由不殺害衆生故福業所感如何謗我害生取絲絹用○〔央掘羅經第四〕文殊白佛言珂貝蠮螉皮革繒綿非自界肉耶佛告文殊若習近世間物者是方便法若物展轉來者則可習近若展轉來離殺者手則可習近文殊言今此城中有一皮師能作革屣若自死牛牛主從旃陀羅取皮付皮師使作革屣施持戒人此屣

轉可習近不佛言若不受者是比丘法若受者非悲然不破戒○（梁武帝詔）難云若經文究竟斷一切肉乃至自死不得食者此則同尼乾斷皮革不得著革屣若開皮革得著革屣者亦應開食肉通云若是聖人故自不著著此皆是下行人所以不同尼乾者語有所含若無麻紵之鄉亦有開皮革義有麻紵鄉大悲者乃實應不著（經）如我此說名爲佛說不如此說即波旬說○三盜戒分六○一標示斷偷出經（經）阿難又復世界六道衆生其心不偷則不隨其生死相續（疏）不與而取起心即犯故云其心不偷○二正辨盜爲邪因（經）汝修三昧本出塵勞偷心不除塵不可出縱有多智禪定現前如不斷偷必落邪道上品精靈中品妖魅下品邪人諸魅所著彼等群邪亦有徒衆各各自謂成無上道（疏）禪智雖現貪盜不除縱亡婬殺亦落邪道精靈妖魅及諸邪人皆能惑亂令衆歸依不惜衣食盡命供給若不修禪直入地獄（標指）精靈妖魅豈越塵勞因地不直果招紆曲○三囑誡

滅後魔惑五○一妖邪誑世（經）我滅度後末法之中多此妖邪熾盛世間潛匿奸欺稱善知識各自謂已得上人法詃惑無識恐令失心所過之處其家耗散（疏）奸欺盈抱潛護如淳詐僞充懷隱藏若拙苟求不與之利詃惑無識之人猛熾其貪顯異其語令彼愚者驚恐喪心頓棄家財仍遭王難（熏聞云）證真引十誦律有六種盜心謂苦切取輕慢取以他名字取觝突取受寄取出息取五分律有四種謂諂心曲心嗔心恐怖心四分律有十種謂黑暗心邪心曲心戾心恐怖心常有盜他物心決定取寄物取恐怖取倚託取今經潛匿奸欺等其言雖畧足以蔽諸而偏指稱善知識者豈非如來懸鑑後世其徒實頗持此經者當以自省○二正示律儀（經）我教比丘循方乞食令其捨貪成菩提道諸比丘等不自熟食寄於殘生旅泊三界示一往還去已無返（疏）比丘依法循乞不自熟食爲捨貪過深厭自生不戀三界如旅泊人一往而已（梵網云）自手作食犯輕垢罪律文犯

墮△〔標指云〕比丘乞食故不置生涯現前殘質不復續生△〔溫陵云〕方法也僧祇律乞食謂之分衛謂分施衆生衛護道力舉師明乞食有四意一爲福利衆生二爲折伏憍慢三爲知身有苦四爲除去滯著皆術方之義也△〔私謂〕斯陀含名一往來阿那含名不來今云示一往來去已不返則兼二位之果向也㠯三謗毀正法〔經〕云何賊人假我衣服裨販如來造種種業皆言佛法言是真正大乘佛法却非出家非毀也具戒比丘爲小乘道由是疑誤無量衆生墮無間獄〔疏〕身雖出家心不入道假衣服以作相販如來以造業反毀具戒爲權小高現異儀爲至極誑妄愚者入惡無窮涅槃邪正品云我滅度後是魔波旬漸當壞亂我之正法乃至作比丘比丘尼及阿羅漢等形以有漏身稱是無漏壞我正法乃至說言無四重四波羅夷僧殘十三僧殘不定二不定法捨墮三十捨墮九十墮懺悔四懺悔法衆學衆多學法滅諍七滅諍等法亦無偷蘭偷蘭遮五逆一闡提罪乃至若犯如是等罪亦無有報如是說者並是魔說我佛法中有犯如上等罪應當苦治若不持戒云何當得見佛性耶資中文同〇〔釋文〕〔裨販〕張衡西京賦云裨販夫婦鬻良雜苦汏裨益也販謂買賤賣貴以自裨益也房相正用選賦糅大耳㠯四別示轉業〔經〕若我滅後其有比丘發心決定修三摩提能於如來形像之前身然一燈燒一指節及於身上爇一香炷我說是人無始宿債一時酬畢長挹挹揖字通世間求脫諸漏雖未即明無上覺路是人於法已決定心〔疏〕殺生偷盜執對不亡爲三界緣障菩提路然身苦體能報此因宿債苟除世間求脫〔孤山云〕盜者取他依報資於已身令損正報以供上聖故能翻破無始盜業△〔無盡云〕然燈爇指人所難行信而行之身不足惜存身則因果不昧亡身則怨對何依此佛之深旨也△〔溫陵云〕身爲業本漏緣無始已前一切難捨無過此身難捨能捨故曰於法已決定心△〔緇門警訓〕〔云〕機有淺深教分化制律明自殺方便偷蘭燒指然香遺制得吉梵網所制若不燒身臂

非出家菩薩此恭小乘急於自行期盡報以超生大士專在利他歷塵刦而弘濟是以小制結過大制令燒藥王讃勝國城佛頂許訓宿債荆溪所謂順小不燒則易從大燒之則難也△十住斷結經云過去有女名提謂孤寡多難或告之曰令身之厄由前世之罪欲滅前罪莫若捨身有道人辯才曰先身罪業隨逐精神不與身合徒自燒身何於苦惱欲求善報私謂此經禁燒正可以申明如來讃許燒然訓償宿債之深旨五反結訓償

經若不爲此捨身微因縱成無爲必還生人酬其宿債如我馬麥正等無異疏前云摩登伽在夢誰能留汝形今云縱成無爲必酬宿債者此示業報不亡成無爲後現有爲身尚還宿債況全未離有爲而欲妄逃業果其可得乎標指此聖人示現自業果不可逃因若不作亦無報果○引證興起行經隨羅然國有婆羅門王名阿耆達請佛及五百比丘三月夏坐時有天魔迷惑王心使還宮內躭荒五欲供養六日便止諸比丘乞食三日空還有波羅國馬士告諸比丘正有馬麥君能噉不五百疋馬日食二升分半以給比丘一良馬日食四升分半供佛佛言過去毘婆尸佛時我爲婆羅門名因提耆利博達四韋教五百童子王設會請佛有一比丘病不能行佛及大衆食巳爲病比丘請食過梵志山梵志聞飯香美訶曰此髡頭沙門正應食馬麥不應食此諸童子復曰此等師主亦應食馬麥時婆羅門則我身是五百童子五百羅漢是病比丘即彌勒是以是因緣經歷地獄無數千歲今雖得道爾時殘緣於毘蘭邑食馬麥九十日也○四明誠依教堅持

經汝教世人修三摩地後斷偷盜是名如來先佛世尊第三決定清淨明誨○五別示犯偷障定

經是故阿難若不斷偷修禪定者譬如有人水灌漏巵欲求其滿縱經塵劫終無平復疏灌禪定水於破戒巵欲求滿果塵劫不平斯則內德無實外相惑人戒器巳穿善法多漏智論偈云不求而自捨世間名爲賊汝今又不與而自一向取此實名世間真實盜香賊○六印定斷偷禁戒

經若諸比丘衣鉢之餘分寸不畜乞食餘分施餓衆生於大集會合掌禮衆有人捶詈同於稱讃必使身心二俱捐捨身肉骨血與衆生共不將如來不了義說迴爲巳解以誤初學佛印是人得真

三昧[疏]此文勸離四過謂貪慢瞋癡配文可
見心不起瞋身不加報故云二俱捐捨以觀
衆生及與我身平等無二由是身心不加報
耳故云與衆生共不了義說爲已解者不將
佛方便說迴作自巳心中獨悟之法以此誑
惑無識初學[吳興云]圓教之外皆不了義今經開顯同法華圓則夫去實取
權謗物從已者其亦佛法之大盜與此文亦證不了教中得食
淨肉必得了教一切皆斷不執不了教將爲
究竟說執權謗實皆此類也楞伽云愚癡凡
夫惡見所噬邪曲迷醉妄稱一切智說暉解
云無知之人不了如來方便說法而乃妄稱
一切智人作究竟說[標指]如來制律比丘當具足受持三衣六物十
三資具除此十三物不得關一餘有分寸之
物皆謂之長財可施於衆生△[溫陵云]阿含
稱所畜物可以資身進道薩婆多論百物各
可畜一皆不了義也△[熏聞云]寶雲經言凡
乞食分爲四分一分奉同梵行者一分
與窮乞人一分與諸鬼神一分自食[經]如

我所說名爲佛說不如此說即波旬說妄戒㊂四
分六〇一標示妄語根因[經]阿難如是世界六道衆生雖
則身心無殺盗淫三行已圓若大妄語即三
摩提不得清淨成愛見魔失如來種[疏]妄語
之因起貪癡慢如不斷此故成愛見[融室云]口業有
四妄語總攝以佛法爲妄故稱爲大△[清涼
鈔云]亦令愛見羅刹不害法身慧命者涅槃
第一喻羅刹乞浮囊合以愛見羅刹謂一切
衆生或因貪愛煩惱破戒如有人明信因果
正見在懷但爲惑纏遂破禁戒名愛羅刹二
者以見不正撥無因果起諸邪見斷常等見
便破禁戒謂破無罪名見羅刹[融室云]求我
尊勝貪彼供養名愛四果十地妄言得證名
見法身慧命爲二羅刹所食故云失如來
種〇二正辨妄爲苦因二㊀一標列設誑[經]
所謂未得謂得未證言證或求世間尊勝第
一謂前人言我今已得須陀洹果斯陀含果
阿那含果阿羅漢道辟支佛乘十地地前諸
位菩薩求彼禮懺貪其供養[疏]以愚癡心起
大我慢因求尊勝貪彼供養此即愛見之惑

強而且盛因起妄語稱得三乘賢聖果證實得道果尚不許說豈況未得而妄說耶△【宗】【鏡云】法門者未得謂得凡夫痴人於下苦中橫生樂想竪我慢幢打自大鼓執無與有諍執有與無諍起六十二見破慧眼不見於真實備口四過三十三天黃葉生死謂是真金非想自地繆計涅槃此非妄語誑妄語耶○【引證】【禪祕要經云】若有四衆於佛法中爲利養故貪求無厭爲好名聞假僞作惡身口放逸自言坐禪此比丘犯偷蘭遮過時不說自不改海經須臾間即犯十三僧殘若經一日至於二日當知此比丘是人中賊羅剎魁膾必墮惡道犯大重罪若比丘比丘尼實不見白骨言見白骨乃至阿那般那誑惑諸天龍鬼神等此惡人是魔波旬種爲妄語一命終之日疾於電雨必定墮阿鼻地獄壽命一劫從地獄出墮餓鬼中八千歲時噉熱鐵丸從餓鬼出墮畜生中身恒負重死復剝皮經五百年還生人中聾盲瘖瘂癃殘百病以是證知妄語之人三世受苦△【智論云】經云已除利養名聞說法無所悕望是利養法如賊壞功德本譬如天雹傷害五穀利養名聞亦復壞是功德苗不令增長如佛說毛繩縛人斷膚截骨貪利養人斷功德本亦復如是大慈憐愍爲衆說法不爲衣食聲名勢利故說若我以此虛妄而得供養與惡賊劫盜得食無異人若利養則破持戒皮斷禪定肉破智慧骨失微妙善心髓㊄二結成招苦【經】是一顛迦銷滅佛種如人以刀斷多羅木佛記是人永殞善根無復知見沉三苦海不成三昧【疏】一顛迦即是斷善根者其大妄語與此罪同涅槃邪正品云若有說言我已得成阿耨菩提何以故以有佛性故有佛性者必定得成阿耨菩提當知是人犯波羅夷罪何以故雖有佛性以未修習諸善方便是故未見以不見故不得成就阿耨菩提故知略不修斷自稱即是佛者皆大妄語犯波羅夷非佛弟子【溫陵云】三苦海者三塗也△【智論云】妄語之人先自誑身然後誑人虛實顛倒不受善法譬如覆缾水不得入妄語之人心無慚愧閉塞天地涅槃之門○【釋文】【翻譯云】多羅舊名貝多此翻岸形如此方椶櫚直而且高極高長八九十尺西域記云南印建那補羅國北有多羅樹林三十餘里其葉長廣光潤諸國書寫莫不采用○三喝誠滅後魔惑二㊄一應化辨真【經】我滅度後勅諸菩薩及阿羅漢應身生彼末法之中作種種形度諸輪轉或作

沙門白衣居士人王宰官童男童女如是乃至婬女寡婦奸偷屠販與其同事稱讚佛乘令其身心入三摩地⊙二密付防僞終不自言我真菩薩真阿羅漢泄佛密因輕言未學唯除命終陰有遺付云何是人惑亂衆生成大妄語【疏】曰攝利人作種種化初同其道後勸佛乘盡爲益他非貪利己【釋要云】四攝者一布施以財法二施令彼附己二愛語以輭順之語慰彼受道三利行三業利他令生恭敬四同事以種種形同其事業真聖利物終不可測以承佛制不妄漏泄此聖真因唯聖自證故云密因未學之前不可輕說陰有遺付者不顯稱也此開臨終密有表示遺囑弟子如求那屈指事【孤山云】非公灼感衆但私示於人耳南岳之言鐵輪杜順之示文殊功德鎧說偈真觀師屈指即其事也○四明誡依教堅持【經】汝教世人修三摩地後復斷除諸大妄語是名如來先佛世尊第四決定清淨明誨○五勉責犯妄過失三⊙一招其妄果【經】是故阿難若不斷其大妄語者如刻人糞爲旃檀形欲求香氣無有是處【疏】修禪定之旃檀刻妄語之人糞遥觀可意近逼穢聞欲求道香終無得理⊙二毁其直因【經】我教比丘直心道場於四威儀一切行中尚無虛假淨名云直心是道場無虛假故云何自稱得上人法⊙三取其惡報【經】譬如窮人妄號帝王自取誅滅況復法王如何妄竊因地不直果招紆曲求佛菩提如噬臍人欲誰成就【疏】三乘所證爲上人法此文舉淺況深餘小妄語尚不可爲況大妄耶譬如下初喻大妄止成苦本後喻求道終無得理如人噬臍了不相及春秋傳曰若不早圖後君噬臍【杜預云】若齧腹臍喻不可及【敘】【師曰】喻求菩提不可及也【私謂】天童頌云智也難知覺噬齊注云不及也智不到處智不能知也依此消文却有理在○【釋文】因地不直性長水本作不直他古本並作不真【私謂】

經文上云我教比丘直心道場下云若諸比丘心如直絃應從直字爲是智論釋三三昧云㭪言正心行處心行處是心從無始來常曲不端得是正心行處心則端直譬如蛇行常曲入竹筒則直直心道場是入三摩地真實法門如來初教阿難直心詶問即云三世諸佛出離生死皆以直心此中於諸比丘叮嚀付囑良有由也○六印成斷偷禁戒

經若諸比丘心如直絃一切真實入三摩提永無魔事我印是人成就菩薩無上知覺疏一切時中悉無虛偽斯真求道豈不速至若示相標形詐稱得道內懷諂曲外覬名聞豈曰修行故法華云濁世惡比丘邪智心諂曲未得謂爲得我慢心充滿乃至納衣在空閒假名阿練若當知是等盡行魔業經如我所說名爲佛說不如此說即波旬說。

合釋〔中川云〕已上四重名根本煩惱九品所斷各有淺深如三結斷名須陀洹薄貪嗔癡名爲三果故身肉骨血與衆生共此斷身見也示一往還去已不返此斷戒取也是人於法能決定心此斷疑也楞伽云須陀洹身見者謂緣起妄想身相妄想身見斷貪則不生云何不取戒謂善見受生處行相故云何疑相斷謂不於餘處起大師見爲淨不淨故知四重皆地上伏斷

大佛頂首楞嚴經疏解蒙鈔卷第六之五

音釋

漭模朗切水廣遠貌　毳此芮切獸細毛也　繰子皓切繅也　詃古犬切詐也　舐與秖同都禮切觸也　詢與詬同駡也　噬音誓齧噬也

大佛頂首楞嚴經疏解蒙鈔卷第七之一

海印弟子蒙叟錢謙益鈔

○𨽻前離魔業行大文生起母科⊙二他力離魔此爲障重者助之以呪力也文二八一述意略明四㊁一總結前文

經阿難汝問攝心我今先說入三摩地修學妙門求菩薩道要先持此四種律儀皎如冰霜自不能生一切枝葉心三貪嗔邪見口四妄言綺語兩舌惡口生必無因阿難如是四事若不遺失心尚不緣色香味觸一切魔事云何發生

疏戒是正順解脫之本依因此戒得有定慧故知三昧戒爲先容此之重禁雖約身口一一治心既與定慧相應色香味觸無非實相豈有魔事惱亂行者△圓覺疏云戒品雖多統爲三聚一攝律儀二攝善根三攝衆生律儀戒者謂十無盡菩薩取要而言即唯四重殺盜婬妄此四清淨則一切枝葉不生鈔云雖十戒皆是業道就障聖道此四偏增故出家戒偏制之也今欲修無漏觀智以戒定爲前導故疏重指出四戒聲聞戒中餘四篇六聚皆爲防護此四故云枝葉不生△熏聞云四棄如根本十三僧殘等如枝葉前約破戒壞其善根喻如以刀斷多羅木今約持戒滅其惡本故云不生一切枝葉心三口四即僧殘等業行之體亦攝四棄前後方便然貪嗔癡俱生之惑非定心無以伏斷此中且就餘篇俱者言之蓋止其麤相也成論云戒如捉賊定如縛賊慧如殺賊應知三障皆名爲賊持戒所捉正在業報兼於煩惱耳㊁二勑誦神呪

經若有宿習不能滅除汝教是人一心誦我佛頂光明摩訶薩怛多般怛羅八字此云大白傘蓋無上神呪斯是如來無見頂相無爲心佛從頂發揮坐寶蓮花所說心呪

疏前雖廣說持戒清淨皎如冰霜既不造新已離魔事然有無始宿習垢障塵沙如影隨形與道爲妨於修行者一切時障或數病數惱多婬多嗔或遭邪師或遇魔嬈諸難競起皆是無始不善宿因邪思業種熏識現行常與正道以爲怨敵凡夫始學道力微弱不能排遣故佛有

妙神咒能滅宿世惡習令無嬈惱道力速成不遭退屈前說定慧破煩惱障復明戒學但止罪業今說神咒能破宿殃兼除報障三障苟亡不證何待【釋要云】持戒但遮現業苟有無始宄橫宿殃不能排遣或於禪中發來三種治魔亦不得免唯有建立道場持咒禮佛則他力可治△【溫陵云】現業易制自行可達宿習難除必假神力今夫行人好正而固邪欲潔而偏染不欲而能不願而爲隱然若有驅策而不能自已者宿習之使也德隆而福卹行善而身凶多障多宄數病數惱綿綿然若有機緘而不能自釋者宿習之召也茲非一生一劫之緣乃無始來念念受熏者故非神力莫能脫也摩訶等此云大白傘蓋即藏心也【熏聞云】宿習通論則說四重等一切惑業別論則正語淫習下特指阿難登伽恩愛習氣壇室中置火頭金剛對治貪欲也【融室云】世尊頂上化佛不異法身故曰無爲心佛心佛無相何頂可見㊃三指陳功效【經】且汝宿世與摩登伽歷劫因緣恩愛習氣非是一生及與一劫我一宣揚愛心永脫成阿羅漢彼尚婬女無心修行神力冥資速證無學云何汝等在位聲聞求最上乘決定成佛譬如以塵揚於順風有何艱險【疏】登伽宿有淫疾今得離欲是斷業煩惱障現爲婬女今得無學是轉報障無心修行遇此神咒尚得聖果況復志求無上覺道決定修行咒力加持有何艱險而不至哉按登伽宿世因緣具小乘摩鄧女諸經㊃四略示持方二㊀一示行儀【經】若有末世欲坐道場先持比丘清淨禁戒要當選擇戒清淨者第一沙門以爲其師若其不遇真清淨僧汝戒律儀必不成就戒成已後著新淨衣然香閑居誦此心佛所說神咒一百八徧然後結界建立道場求於十方現住國土無上如來放大悲光來灌其頂【疏】持戒不完五緣即闕況爲師範展轉授人已戒不淨他戒安就故須選擇第一清淨真授戒者故梵網經千里內無授戒師當於佛前自誓受戒先懺七逆後

求戒法皆見好相方知罪滅得戒不爾不得戒既成就閑居靜處然香誦呪數滿百八以表除滅百八煩惱内戒外呪俾魔不生恐障壇場故須先爾求現住佛光照顯加心得勇猛進道彌速【標指】行人宿習未忘雖信解前法而障重心浮須入道場選戒師自爲制勤緣強境勝則功用修行有力【吳興云】今所持戒應通大小若出家者除戒體本淨當須懺淨更稟菩薩律儀彌增其善若在家者或先受近事戒或但受菩薩戒以下進修有白衣故道場次第儀範周旋如圭山圓覺脩證儀說【證眞云】凡入道場當依天台止觀二十五種方便彼論即是修首楞嚴三昧行法【補遺云】止觀持戒清淨中第四名懺淨初云事理二犯俱障止觀定慧不發然約小乘犯有輕重輕者可懺重不可懺若犯重者佛法死人若依大乘許共懺悔如四種三昧中說⑧二明感應【經】阿難如是末法清淨比丘若比丘尼白衣檀越心滅貪婬持佛淨戒於道場中發菩薩願出入澡浴六時行道晝六時夜六時如是不寐經三七日我自現身至其人前摩頂安慰令其開悟【疏】誦呪加持發見佛願佛現身者名爲感應若見餘境背於本習事與願違即是魔境非眞感應又見眞應心得開悟煩惱微薄智慧明淨若因見佛愚鈍宛然煩惱却重斯皆魔境非眞佛也【孤山云】佛本是無心淨故有水清月現感應自然若見此相當觀空寂是佛顯然是魔則滅△【圓覺鈔云】經言經三七日者去其久近無別所表天台加功百日便得旋陀羅尼習法華禮懺道場唯製三七般舟復製百日方等中極少七日多則不遮少不可減諸教說道場之文日數不同法式亦異豈可一一別有義耶八二詶請廣說二(巳)一一具明壇法二㊇一請問【經】阿難白佛言世尊我蒙如來無上悲誨心已開悟自知脩證無學道成末法脩行建立道場云何結界合佛世尊清淨軌則【疏】我居佛世蒙佛親示現今開悟已知脩證必至無學末法學人必加功行建立道場有何方法令其軌則【海印云】入道脩行第一要身心平等次要心境一如以造業因境爲助緣故須問軌則也

㊇二答釋二㊃一示結壇方法二㊀一壇場基量〔經〕佛告阿難若末世人願立道場先取雪山大力白牛食其山中肥膩香草此牛唯飲雪山清水其糞微細可取其糞和合旃檀以泥其地若非雪山其牛臭穢不堪塗地別於平原穿去地皮五尺已下取其黃土和上旃檀沉水蘇合薰陸鬱金白膠青木零陵甘松及雞舌香以此十種細羅爲粉合土成泥以塗場地方圓丈六爲八角壇〔疏〕雪山牛乳純是醍醐所有茹退最爲香潔但和一味旃檀即可塗地苟無此者即取深土別加衆香十味和合以塗場地○

通釋表法〔溫陵云〕法王法言即事即理法不孤起事無唐設如華嚴一字法門書海墨而不盡五位行相即世諦以彰明凡所設施必有取像則此壇場用度無非表法也△〔私謂〕環師依方山華嚴新論廣明表法諸餘解者圖說繁夥今所以備舉弗削者良爲末法學人有欲建立道場訪求軌則此文臚列可以按籍而從事其有能會華嚴法界

依經入觀者則壇場表法一色一香無非因陁羅網法門也△〔止觀第三〕道場即淸淨境界也香塗即無上尸羅也〔無盡曰〕中央正色之土和以十香結爲壇場外相香潔如此況受戒之人乎此佛之軌則也○雪山白牛〔涅槃云〕雪山有草名曰忍辱牛若食者即得醍醐〔私謂〕醍醐喻佛性此云食其山中肥膩香草明其食忍草得佛性也△〔荆公云〕水性劣火結爲高山山土也土信也雪山廣大香草清水所生譬大信心大力白牛純白無雜雖有大力隨順衆生譬大乘佛性肥膩香草譬妙善淸水譬淨智糞譬遺餘旃檀除熱惱風腫譬能除苦惱淨善大乘佛性依廣大信心以淨智妙善資養成就其遺餘尚非麤穢可和合除苦惱淨善與衆生嚴成寂滅場地△〔合論云〕糞遺餘者微細餘習也和合旃檀將以淸涼熱惱餘習而蕩除其欲糞也○穿土和香〔荆公云〕平原譬起信者平等廣心土有五色以黃爲正譬中道正信但能以平等廣心起中道正信依此諸土發清淨行爲入佛性方便亦足嚴場地細羅爲粉合土成泥則以甚微細智合中道正信也△〔合論云〕其牛臭穢不堪塗地未有廣大信根也未起信根則當發起之平原廣大信心也此心立則當集諸功德以戒定慧五分法身之香熏成之△〔溫陵云〕原爲平土中信也泥地表眞因穿地皮則未淨也五數之中黃色之中取中中淨信也上信大根有不可得次取中中信心若狂慧破戒無聞比丘自謂已得上人法則臭穢不堪塗地

者也△法數云穿地十香私謂此經十香法五尺透徧五陰濁蘊華藥王菩薩所毁有其四旃檀薰陸沉水膠香也兜樓婆亦藥王所服此經以煎水浴庚華嚴鬱香長者有其五白檀治熱熏陸治病香也如沈檀等生歡喜香也牛頭旃檀滅煩惱香也其增煩惱香如蘭麝等則道場不用也所以必用諸香者香是離穢之名而有宜芬散馥騰馨之用天人費氏白宣律師人中臭氣上熏於空四十萬里諸天清淨無不厭之但以受付護法佛尚與人同止諸天不敢不來故佛法中香爲佛事也今經先列諸香名者清涼云知世諸香以表法香謂以戒定慧慈悲等香熏修生善滅惡習故差別行也次言和合羅粉者清涼云亦知調合者融通行也以金剛杵碎之實相般若波羅蜜調和令純雜無礙悲智圓融成回向故塗地者即塗香也以性淨水和之飾法身故爲粉者即末香也以金剛智碎令無實故燒香者調以智火發揮萬行普周徧故王介甫及洪覺範並以十香譬十度十波羅蜜法香今重以華嚴第五迴向施香十度配之上旃檀爲三昧香一銖間四十里爲施香白膠能除身惡氣去瘡瘮爲戒香熏陸能止痛爲恣香青木能辟魘寐爲精進香鬱金除心氣毒蠱鬼疰及臭爲定香零陵能止精明目爲慧香甘松能和合衆香除腹脹下氣爲法香鷄舌可入諸香令人身香爲德香沈水能沈至水底如沈檀等稱器界行施生歡喜香爲菩提香亦是解脫香蘇合殺鬼精物除邪通神明爲清淨白法妙香亦是解

脫知見香○十香辨名旃檀釋氏會要此翻與樂即白檀也竺法真云出外國羅山有白檀樹此經用以泥地非法華海岸旃檀六銖價直娑婆世界者也沈水異物志云出日南欲取所樹若地積久朽爛其心至堅者入水則沈蘇合續漢書出大秦國合諸香煎其汁謂之蘇合或曰蘇合國人採之笮其汁爲膏以滓賣賈客薰陸南方草木狀云出大秦國海邊大樹生於沙中盛夏樹膠流涉流上採取賣之鬱金說文云鬱鬯百草之華遠人所貢芳物鬱人築而煮之和酒以降神也白膠本草商雒間多有樹如白楊實大如烏卵即楓香脂青木南方記出天篤國南州異物志是草根狀如甘草出交州甘松出涼州諸山零陵南越志一名鷰草又名薰草出零陵山谷葉如羅勒鷄舌異物志出在薄洲云是草荾可含香口即丁香也○方圓壇法

疏八角之壇方圓應量除地爲之仍無級數即令墠也除埽也鄭云封土曰壇除地曰墠國語曰壇之所除地曰場起土即封土也△吳興云上言場地可如其墠令既名壇必須起土先除地爲場後別取黃土和香於其場上以泥塗起令成壇相此在室中以安供具壇雖八角上下爲十以應圓數以下文有懸鏡相對上下交光一一鏡中現十方佛以表一身即十身十身即一身重重無

盡互相顯現互相容受即表證藏心不思議境界之相也下文十方諸佛一時俱現鏡光交處是此相耳△〔無盡云〕丈六以表法身△〔中川云〕除地爲場封土爲壇理圓事方表圓融行布不礙也壇有八角方圓丈六表四果四向由十六心見道也此壇取數蓋依阿闍黎法大教王經云四法十六法八法并十二阿闍黎事業彼等成就法所謂表法者經云信解心爲綫稱分量所作以智慧綖量住三業觀想十二時量作四方與四隅四門四樓閣謂結壇有佛菩薩等法及喝姹等法各有時量之數彼經云阿闍黎者一依其教即前淨戒僧爲師者是㊀二供養法式二〇一列供具二㊁一長時供具〔經〕壇心置一金銀銅木所造蓮華華中安鉢鉢中先盛八月露水水中隨安所有花葉取八圓鏡各安其方圍繞華鉢鏡外建立十六蓮華十六香鑪間華鋪設莊嚴香鑪純燒沈水無令見火取白牛乳置十六器乳爲煎餅并諸砂糖油餅乳糜酥合蜜薑純酥純蜜於蓮華外各各十六圍繞花外以奉諸佛及大菩薩〔疏〕諸佛菩薩不食此食爲令福增示現而食令修行者福慧具足速得圓滿如佛受純陀最後供養令其具足檀波羅蜜此亦如是故須供養〇〔通釋表法〕〇〔壇心蓮花〕〔海印云〕大槃以蓮花表因心鏡表智體香表觀行等〔溫陵云〕壇心蓮花中道妙行也蓮花實同體染淨同源因果同時表妙行一致也用金銀銅木者金銀百鍊不變銅剛象義木發衆仁妙行云爲會於中道也△〔法數云〕四花喻四智開敷之花△〔私謂〕瓔珞十輪喻位鐵信銅住銀行金向令表金銀銅三而揀鐵位或可以喻登地也〇〔華葉鉢水〕〔合論云〕能容受法喜禪悅之味故言鉢〔溫陵云〕鉢爲應器表隨量應物也〔法數云〕鉢表圓收一器△〔孤山云〕八月露水得陰氣之正〔論云〕水中隨安所有花葉者隨其種性而圓發之〔溫陵云〕水中花葉即仁覆之行隨澤應物陰利潛化之表也△〔融室云〕壇心花中鉢盛露水表十方華藏世界諸香水海建立無別以此小壇供養諸佛如鉢水映現空性無邊表空如來藏也〇〔安鏡燒香〕〔溫陵云〕圓鏡大圓鏡智也各安四方圍繞花鉢智行相依隨方妙應也鏡外即正智之外方便建立使邪正相攝熏習融化也△〔海印云〕十六器表十六行各各十六妙行互具〔論曰〕以容受法喜禪悅之器間戒定慧解脫解脫知見香之

爐故日間花鋪設等入此道場先用解脫知見故日純燒沉水無令見火溫陵云返德藏用伏滅覺觀燒五分知見香令煩惱不現行也○奉佛菩薩溫陵云取乳酥等長時供具表以禪悅法味獻二尊也權敎許開乳酪實敎遮禁今復取享奉者表融權實之法喜隨行施設故各各圍繞也論曰乳得酪酪出生酥言乳又言純酥自麁以至妙也已二隨時供物

經每以食時若在中夜取蜜半升用酥三合壇前別安一小火鑪以兜樓婆香煎取香水沐浴其炭然令猛熾投是酥蜜於火鑪內燒令煙盡享佛菩薩

溫陵云佛以日中受食故每日中致享中夜例日中也△合論云治宿習之要無如精進雖食雖睡不忘集衆功德香熟諸方便智慈氏曰當觀法光明能治三種黑暗又曰睡當累足作光明想今煎火浴炭然令猛熾者觀法光明作光明想道場精進之力也功德香已集方便智已熟則法光明與光明想俱棄矣故曰燒令煙盡此眞知見也○通釋表法荊公云壇前南方正等覺地蜜五合酥三三合參伍和合別安小鑪則應麁而大趣妙而小兜樓婆赤香合覺淨善也煎取香水合覺淨智也沐浴其炭則淨治無煩惱烟合覺慈力也然令猛熾則欲熾盛光明投酥與蜜燒令煙盡則欲和合煩惱令盡食時與物交中夜與物辨于此二時皆饗正等覺以合覺淨善淨智無愛見慈力熾然光明滅和合行令煩惱盡此乃內所以享佛菩薩△溫陵云蜜成於花表和融法味也半爲中數五爲成數小火鑪方寸覺心也以香沐炭發覺之法也藥王然身先服兜樓婆香意能發焰故取沐炭然令猛熾燒取煙盡者行法既成當於覺心勇猛烹煉使習氣併轢緣影俱亡熾然如紅爐點雪然後爲佛所享也△兜樓婆香異物志云出海邊國如都梁香翻譯云出鬼神國此方無故不翻或翻香草藿云白茅香○二陳像設

經令其四外徧懸花幡於壇室中四壁敷設十方如來及諸菩薩所有形像應於當陽張盧舍那報佛釋迦現在佛彌勒未來佛阿閦東方佛彌陀西方佛諸大變化觀音形像幷金剛藏安其左右帝釋梵王烏芻瑟摩幷藍地迦諸軍茶利與毗俱胝四天王等頻那夜伽張於門側左右安置

○通釋表法溫陵云四外懸旛外行嚴飾也室中四列自性四依也△止觀云圓壇即實相不動地也繒旛即翻法界上迷生動出之端幡壇不相離即動出不動出不相離也△無盡云花表七靜花因花以嚴果德旛者翻六根爲六神通也○敷設形像應法師云盧舍那或

云盧祐那亦言盧折那皆譯云照謂徧照也以報身淨色徧周法界故又日月燈光徧周一切處亦名盧舍那其義是也△海印云盧舍那爲法界主餘十方及菩薩爲伴表主伴重重也△溫陵云盧舍那等寂場真主釋迦彌勒現在當來真主阿閦居東彌陀居西智悲真主諸大變化觀音形像上同下合真主金剛藏常領金剛護持呪人伏魔斷障真主帝釋梵王是此界主最初請轉法輪之首餘部皆有力外護意取遠諸魔事論云梵王不犯欲塵烏芻化伏婬火故道場安位列於五佛二菩薩之次也○次明藍地迦等△荊公云陀羅尼集經壇場法有藍毘迦軍茶利座孔雀明王經藍毘迦羅刹也有大神力具大光明即藍地迦也或云青面金剛蘇悉地經有忿奴軍茶利菩薩從執金剛問法又陀羅尼集經有金剛軍茶利菩薩今軍茶利當是此菩薩一字佛頂輪王經有毘俱胝菩薩又毘盧遮那神變經曰右邊毘俱胝手垂數珠髮三目持髮髻尊形猶皓素圓光色無比今毘俱胝當是此菩薩頻那夜迦障礙神也蘇悉地經云一切魔族頻那夜迦舊云頻那是猪頭夜迦是象鼻二使者名△吳興云西或當陽面東所取左右右尊而左卑如智論舍利弗目連右面左面弟子今時敷置或可從宜耳

(經)又取八鏡覆懸虛空與壇場中所安之鏡方面相對使其形影重重涉入

(疏)懸幡列像一一皆令影現鏡中欲使行人熟此境界則於事事無礙法界之理易得證耳若時若處一念之中徧遊十方徧見諸佛徧行佛事徧得供養一念既爾塵塵皆然

荊公云此八鏡佛智也與彼八鏡互相攝入△溫陵云壇中之鏡混物而有依行人之智也空中之鏡離物而無依諸佛之智也得乎離物無依住智然後物我乎照心境雙融諸佛衆生身土相入法法徧周事事無礙矣○引證賢首大師嘗爲天后以十圓鏡置八隅上下皆使相向中安佛像然燭照之則鏡鏡現像互相涉入及觀之者交羅齊現以表刹海十界普容無容之旨宗鏡曰如一室中懸百千鏡鏡皆像現佛身清淨遍於彼鏡遍相涉入鏡無不照此則攝他爲總入他爲別一一身既爾乃至一切法界凡聖之身供養之具皆助隨喜悉同供養㊃二明誦咒儀軌二㊀一明修行三○一助修行

(經)於初七中至誠頂禮十方如來諸大菩薩阿羅漢號恒於六時誦咒圍壇至心行道一時常行一百八徧第二七中一向專心發菩提願心無間斷我毗奈耶先有願教第三七中於十二時一向持佛般怛羅咒至第七

日十方如來一時出現鏡交光處承佛摩頂疏三七日中所行各異初則禮佛圍壇誦呪行道此中必行五悔禮佛求哀加被懺悔離我慢障等手鑑云五悔之法依離垢慧所問佛法經總有八重一供養佛二讚佛德三禮佛餘即五悔若依善戒經但有二事謂懺悔回向皆隨時廣略然有二種若犯遮罪當依教作法悔之若犯性罪應須起行此復二種一事行如方等經及禮佛等二依理觀如普賢觀端坐念實相名第一懺悔衆罪如霜露慧日能消除禮佛下別明對治禮佛除我慢障勸請除謗法障隨喜除嫉妬障平等善根回向破狹劣障發願破邪倒罪即導前四令至所在一願至初住真因二願至妙覺極果文殊問經云晝夜六時勤行五悔不假苦行能至菩提△通釋一百八徧長水云每一時誦心呪一百八徧吳興云是行道徧數非誦呪數以經文但言常行故溫陵云百八乃呪之徧若行道則謂之匝今按經言恒於六時誦呪圍壇次云至心行道者明圍壇也一時常行一百八遍者明六時誦呪之徧數也長水言只誦心呪者即誦唵字下九句同準提九聖字之例次則捨前所行常發大願則運心廣大離狹劣障荊公云二七發願則已發行方以願力持之有願無行則願不實△吳興云願敎如梵網經十大願

等彼經云若佛子常應發一切願孝順父母師僧一願得好師二同學善知識三教我大乘經律四十發趣五十長養六十金剛七十地使我開解八如法修行九堅持佛戒寧捨身命念念不去心十若一切菩薩不發是願者是犯輕垢罪後則一向持誦心呪加持行門防諸魔事由斯三限助修之力感應道交顯受佛應也荊公云十二時一向持呪則純依佛不思議力十二時則倍初七中七行道道場以精進成就故能感佛出現交光摩頂如第八住中廻光向佛𩔖鏡光明重重相入也△中川云三七日禮佛稱名誦呪發願以明三業交懃寘資密尅經云身心語三種此名爲秘密諸佛菩薩等此名爲集會當知所用法秘密數如是○二入觀經即於道場修三摩地能令如是末世修學身心明淨猶如琉璃疏魔障既離復承顯加修三摩提速得成就故令身心明淨如琉璃也吳興云此觀行淨或六根淨△中川云交光則生佛智照摩頂則感應顯被即於此中修三摩地身心明淨德合涅槃奢摩他之躰顯矣○三示不成經阿難若此比丘本受戒師及同會中十比丘等其中有一不清淨者如是道場多

不成就(疏)戒根爲本入道先門師與證人一等清淨師若有闕資無所承道場不就職由斯矣(吳興云)方等陀羅尼云行此法時十人巳還天台依之經有明訓不可違也世有修法華等行者或多增人數或長延日限廣邀士女來會香花至有燒身臂指先告四方縱不苟財亦成沽譽內實理觀外撥識嫌如此師徒予見之矣大經云有四種法爲大涅槃而作近因一者親近善友二者專心聽法三者繫念思惟四者如法修行若離四法勤修苦行得涅槃者無有是處彼誠但修苦行實求涅槃尚爲不可況沽譽乎況苟財乎真修行人請思此語⊟二明得果(經)從三七後端坐安居經一百日有利根者不起於座得須陀洹縱其身心聖果未成決定自知成佛不謬汝問道場建立如是(疏)須陀洹果名通大小小乘可知今修大乘首楞嚴定發菩薩願應以大乘位次論果若瓔珞本業經初地名鳩摩羅伽乃至四地名須陀洹佛地名婆伽婆佛陀將配此經恐太高深若約見真得無生忍名須陀洹其爲中當即初入別圓地住位也(孤山云)按位即同圓初信若依涅槃乃是初入別圓地住此則正與觀音修證義同若配下位恐非所宜以此經中云聖果故利根修故又以下經獲無生忍第三漸次便巳證得此即無妨必不可以未證位配請細詳之(融室云)所持佛頂神咒是佛蜜因所修禪定是菩薩首楞嚴應是十地菩薩寄同小乘初果瓔珞四地名須陀洹是寄果也△(無盡云)此爲末世修學專心利根人說須陀果位不應以諸大乘果位會融思之△(熏聞云)天台止觀示三種三昧攝一切行法一日常坐如一行三昧出文殊說身開常坐遮行住臥二日常行如佛立三昧出般舟三昧唯專行旋此二皆九十日爲一期三日半行半坐如方等云旋二百一匝却坐思惟法華云若行若立讀誦此經若坐思惟此經四日隨自意如請觀音諸大乘經非行非坐實通行坐此二不立期今經所屬即半行半坐三昧也此與止觀九十日常坐一往是同但今兼前三十日行法爲異

⊙二正說神咒三 八一請問

(經)阿難頂禮佛足而白佛言自我出家恃佛憍愛求多聞故未證無爲遭彼梵天邪術所

禁心雖明了力不自由賴遇文殊令我解脫雖蒙如來佛頂神咒冥獲其力尚未親聞唯願大慈重爲宣說悲救此會諸脩行者末及當來在輪廻者承佛密音身意解脫于時會中一切大衆普皆作禮佇聞如來祕密章句

疏 阿難雖得小乘初果若望大果名假擇滅非眞無爲故云未證文殊密誦以解婬難故云未聞

八二正說二◎一現佛◎二說咒辞

經 爾時世尊從肉髻中涌百寶光光中涌出千葉寶蓮有化如來坐寶花中頂放十道百寶光明一一光明皆徧示現十恒河沙金剛密迹擎山持杵徧虛空界大衆仰觀畏愛兼抱求佛哀祐一心聽佛無見頂相放光如來宣說神咒

疏 將說神咒現光化佛化復作化百河沙衆此即如來藏心不思議妙用一即一切一切即一大衆將證此理故示現以表也下說神咒是此密因宣與大衆化他令益

海印云三十二相肉髻第一從此放光表尊勝頂法由中道妙智所發也光中涌蓮表妙智勝因蓮中化佛表因果一契自佛頂之佛頂放寶光之寶光光中示現金剛神衆表從果起妙用密中之密非心識境界也化佛說咒正表無爲心佛所說也密迹金剛力士哀戀經云我從處胎以來隨逐如來如影隨形調和奉順不曾違闕云何不感我之至心便見孫棄咄哉大苦此金剛杵當用護誰即便擲棄△翻譯云跋闍羅波膩梁云金剛應法師云跋闍羅此云金剛波膩此云手謂手執金剛杵以正名正法念云國王夫人生千子欲試當來成佛次第俱留孫探得第一籌釋迦當第四籌樓至當千籌二夫人生二子一願爲梵王請千兄轉法輪次願爲密迹金剛神護千兄教法應法師云梵語散那譯云密主知佛三密功德故主者夜叉主也梵本都無迹義以示迹爲神故譯經者義立名耳

南無薩怛他蘇伽多耶阿囉訶帝三藐三菩陀寫一薩怛他佛陀俱知瑟尼釤二南無薩

婆勃陀勃地薩跢鞞弊三毘迦切南無薩多南三藐三菩陀俱知南四娑舍囉婆迦僧伽喃五南無盧雞阿囉漢跢喃六南無蘇盧多波那喃七南無娑羯唎陀伽彌喃八南無盧雞三藐伽跢喃九三藐伽波囉底波多那喃十南無提婆離瑟赧十一南無悉陀耶毗地耶陀囉離瑟赧十二舍波奴揭囉訶娑訶娑囉摩他喃十三南無跋囉訶摩泥十四南無因陀囉耶十五南無婆伽婆帝十六嚧陀囉耶十七烏摩般帝十八娑醯夜耶十九南無婆伽婆帝二十那囉野拏耶廿一槃遮摩訶三慕陀囉二十二南無悉羯唎多耶二十三南無婆伽婆帝二十四摩訶迦羅耶二十五地唎般剌那伽囉二十六毗陀囉波拏迦囉耶二十七阿地目帝二十八尸摩舍那泥婆悉泥二十九摩怛唎伽拏三十南無悉羯唎多耶三十一南無婆伽婆帝三十二多他伽跢俱囉耶三十三南無般頭摩俱囉耶三十四南無跋闍囉俱囉耶三十五南無摩尼俱囉耶三十六南無伽闍俱囉耶三十七南無婆伽婆帝三十八帝唎荼輸囉西那三十九波囉訶囉拏囉闍耶四十跢他伽多耶四十一南無婆伽婆帝四十二南無阿彌多婆耶四十三跢他伽多耶四十四阿囉訶帝四十五三藐三菩陀耶四十六南無婆伽婆帝四十七阿芻毗耶四十八跢他伽多耶四十九阿囉訶帝五十三藐三菩陀耶五十一南無婆伽婆帝五十二鞞沙闍耶俱嚧吠柱唎耶五十三般囉婆囉闍耶五十四跢他伽多耶五十五南無婆伽婆帝五十六三補師毖多五十七薩憐捺囉剌闍耶五十八跢他伽多耶五十九阿囉訶帝六十三藐三菩陀耶六十一南無婆伽婆帝六十二舍雞野母那曳六十三跢

他伽多耶六十四阿囉訶帝六十五三藐三菩陀耶六十六南無婆伽婆帝六十七剌怛那雞都囉闍耶六十八路他伽多耶六十九阿囉訶帝七十三藐三菩陀耶七十一帝瓢南無薩羯唎多七十二翳曇婆伽婆多七十三薩怛他伽都瑟尼釤七十四薩怛多般怛嚂七十五南無阿婆囉視耽七十六般囉帝揚岐囉七十七薩囉婆部多揭囉訶七十八尼羯囉訶揭迦囉訶尼七十九跋囉毖地耶叱陀你八十阿迦囉蜜唎柱八十一般唎怛囉耶儜羯唎八十二薩囉婆槃陀那目叉尼八十三薩囉婆突瑟吒八十四突悉乏般那你伐囉尼八十五赭都囉失帝南八十六羯囉訶娑訶薩囉若闍八十七毗多崩薩那羯唎八十八阿瑟吒冰舍帝南八十九那叉剎怛囉若闍九十波囉薩陀那羯唎九十一阿瑟吒南九十二摩訶羯囉訶若

闍九十三毗多崩薩那羯唎九十四薩婆舍都嚧你婆囉若闍九十五呼藍突悉乏難遮那舍尼九十六毖沙舍悉怛囉九十七阿吉尼烏陀迦囉若闍九十八阿般囉視多具囉九十九摩訶般囉戰持一百摩訶疊多百一摩訶帝闍二摩訶稅多闍婆羅三摩訶跋囉槃陀囉婆悉你四阿唎耶多囉五毗唎俱知六誓婆毗闍耶七跋闍囉摩禮底八毗舍嚧多九勃騰罔迦十跋闍囉制喝那阿遮百十一摩囉制婆般囉質多十二跋闍囉擅持十三毗舍囉遮十四扇多舍鞞提婆補視多十五蘇摩嚧波十六摩訶稅多十七阿唎耶多囉十八摩訶婆囉阿般囉十九跋闍囉商羯囉制婆二十跋闍囉俱摩唎百二十一俱藍陀唎二十二跋闍囉喝薩多遮二十三毗地耶乾遮那摩唎迦二十四啒蘇母婆羯囉跢那二十五鞞嚧遮

那俱唎耶二十六夜囉菟瑟尼釤二十七毗折藍
婆摩尼遮二十八跋闍囉迦那迦波囉婆二十九
嚧闍那跋闍囉頓稚遮三十稅多遮迦摩囉一百
三十一剎奢尸波囉婆三十二翳帝夷帝三十三母
陀囉羯拏三十四娑鞞囉懺三十五掘梵都三十六
印菟那麽麽寫三十七誦呪者至此句稱弟子某甲受持烏𤙖三十
八唎瑟揭拏三十九般剌舍悉多四十薩怛他伽
都瑟尼釤百四十一虎𤙖四十二都嚧雍四十三瞻婆
那四十四虎𤙖四十五都嚧雍四十六悉耽婆那四十
七虎𤙖四十八都嚧雍四十九波囉瑟地耶三般
叉拏羯囉五十虎𤙖百五十一都嚧雍五十二薩婆藥
叉喝囉剎娑五十三揭囉訶若闍五十四毗騰崩
薩那羯囉五十五虎𤙖五十六都嚧雍五十七者都
囉尸底南五十八揭囉訶娑訶薩囉南五十九毗
騰崩薩那囉六十虎𤙖百六十一都嚧雍六十二囉叉

六十三婆伽梵六十四薩怛他伽都瑟尼釤六十五
波囉點闍吉唎六十六摩訶娑訶薩囉六十七勃
樹娑訶薩囉室唎沙六十八俱知娑訶薩泥帝
㘑六十九阿弊提視婆唎多七十吒吒甖迦百七十一
摩訶跋闍嚧陀囉七十二帝唎菩婆那七十三曼
茶囉七十四烏𤙖七十五莎悉帝薄婆都七十六麽
麽七十七印菟那麽麽寫七十八至此句準前稱名若俗人稱弟子
某甲囉闍婆夜七十九主囉跋夜八十阿祇尼婆夜
百八十一烏陀迦婆夜八十二毗沙婆夜八十三舍薩
多囉婆夜八十四婆囉斫羯囉婆夜八十五突瑟
叉婆夜八十六阿舍你婆夜八十七阿迦囉蜜唎
柱婆夜八十八陀囉尼部彌劍波伽波陀婆夜
八十九烏囉迦婆多婆夜九十剌闍壇茶婆夜百九
十一那伽婆夜九十二毗條怛婆夜九十三蘇波囉
拏婆夜九十四藥叉揭囉訶九十五囉叉私揭囉

訶九十六畢唎多揭囉訶九十七毗舍遮揭囉訶
九十八部多揭囉訶九十九鳩槃茶揭囉訶二百補
丹那揭囉訶二百一迦吒補丹那揭囉訶二悉
乾度揭囉訶三阿播悉摩囉揭囉訶四烏檀
摩陀揭囉訶五車夜揭囉訶六醯唎婆帝揭
囉訶七社多訶唎喃八揭婆訶唎喃九嚧地
囉訶唎喃十忙娑訶唎喃二百十一謎陀訶唎喃
十二摩闍訶唎喃十三闍多訶唎女十四視比多訶
唎喃十五毗多訶唎喃十六婆多訶唎喃十七阿輸
遮訶唎女十八質多訶唎女十九帝釤薩鞞釤二七
薩婆揭囉訶南二百二十一毗陀耶闍瞋陀夜彌二十
二雞囉夜彌二十三波唎跋囉者迦訖唎擔二十
四毗陀夜闍瞋陀夜彌二十五雞囉夜彌二十六
茶演尼訖唎擔二十七毗陀夜闍瞋陀夜彌二十
八雞囉夜彌二十九摩訶般輸般怛夜三十嚧陀

囉訖唎擔二百三十一毗陀夜闍瞋陀夜彌三十二雞
囉夜彌三十三那囉夜拏訖唎擔三十四毗陀夜
闍瞋陀夜彌三十五雞囉夜彌三十六怛埵伽嚧
茶西訖唎擔三十七毗陀耶闍瞋陀夜彌三十八
雞囉夜彌三十九摩訶迦囉摩怛唎伽拏訖唎
擔四十毗陀夜闍瞋陀夜彌二百四十一雞囉夜彌四十
二迦婆唎迦訖唎擔四十三毗陀夜闍瞋陀夜
彌四十四雞囉夜彌四十五闍耶羯囉摩度羯囉
四十六薩婆囉他娑達那訖唎擔四十七毗陀夜
闍瞋陀夜彌四十八雞囉夜彌四十九赭咄囉婆
耆你訖唎擔五十毗陀夜闍瞋陀夜彌二百五十一雞
囉夜彌五十二毗唎羊訖唎知五十三難陀雞沙
囉伽拏般帝五十四索醯夜訖唎擔五十五毗陀
夜闍瞋陀夜彌五十六雞囉夜彌五十七那揭那
舍囉婆拏訖唎擔五十八毗陀夜闍瞋陀夜彌

五十九雞囉夜彌六十阿囉漢訖唎擔毗陀夜闍瞋陀夜彌二百六十一雞囉夜彌六十二毗多囉伽訖唎擔六十三毗陀夜闍瞋陀夜彌六十四雞囉夜彌跋闍囉波你六十五具醯夜具醯夜六十六迦地般帝訖唎擔六十七毗陀夜闍瞋陀夜彌六十八雞囉夜彌六十九囉叉罔七十婆伽梵二百七十一印兔那麼麼寫七十二至此依前稱弟子名婆伽梵七十三薩怛多般怛囉七十四南無粹都帝七十五阿悉多那囉剌迦七十六婆囉婆悉普吒七十七毗迦薩怛多鉢帝唎七十八什佛囉什佛囉七十九陀囉陀囉八十頻陀囉頻陀囉瞋陀瞋陀二百八十一虎𤙖八十二虎𤙖八十三泮吒八十四泮吒泮吒泮吒泮吒八十五娑訶八十六醯醯泮八十七阿牟迦耶泮八十八阿波囉提訶多泮八十九婆囉婆囉陀泮九十阿素囉毗陀囉波迦泮二百九十一薩婆提鞞弊

泮九十二薩婆那伽弊泮九十三薩婆藥叉弊泮九十四薩婆乾闥婆弊泮九十五薩婆補丹那弊泮九十六迦吒補丹那弊泮九十七薩婆突狼枳帝弊泮九十八薩婆突澀比犁訖瑟帝弊泮九十九薩婆什婆犁弊泮三百薩婆阿播悉摩犁弊泮三百一薩婆舍囉婆拏弊泮二薩婆地帝雞弊泮三薩婆怛摩陀繼弊泮四薩婆毗陀耶囉誓遮犁弊泮五闍夜羯囉摩度羯囉六薩婆囉他娑陀雞弊泮七毗地夜遮犁弊泮八者都囉縛耆你弊泮九跋闍囉俱摩唎十毗陀夜囉誓弊泮三百十一摩訶波囉丁羊乂耆唎弊泮十二跋闍囉商羯囉夜十三波囉丈耆囉闍耶泮十四摩訶迦囉夜十五摩訶末怛唎迦拏十六南無娑羯唎多夜泮十七毖瑟拏婢曳泮十八勃囉訶牟尼曳泮十九阿耆尼曳泮二十摩訶羯唎

曳泮三百二十一羯囉檀遲曳泮二十二蔑怛唎曳泮
二十三嘮怛唎曳泮二十四遮文荼曳泮二十五羯
邏囉怛唎曳泮二十六迦般唎曳泮二十七阿地
目質多迦尸摩舍那二十八婆私你曳泮二十九
演吉質三十薩埵婆寫三百三十一麽麽印兔那麽麽
寫三十二至此句依前稱弟子名突瑟吒質多三十三阿末怛
唎質多三十四烏闍訶囉三十五伽婆訶囉三十六
嚧地囉訶囉三十七婆娑訶囉三十八摩闍訶囉
三十九闍多訶囉四十視毖多訶囉三百四十一跋略夜
訶囉四十二乾陀訶囉四十三布史波訶囉四十四
頗囉訶囉四十五婆寫訶囉四十六般波質多四十
七突瑟吒質多四十八嘮陀囉質多四十九藥叉
揭囉訶五十囉剎娑揭囉訶三百五十一閉隸多揭囉
訶五十二毗舍遮揭囉訶五十三部多揭囉訶五十
四鳩槃茶揭囉訶五十五悉乾陀揭囉訶五十六

烏怛摩陀揭囉訶五十七車夜揭囉訶五十八阿
播薩摩囉揭囉訶五十九宅袪革茶耆尼揭囉
訶六十唎佛帝揭囉訶三百六十一闍彌迦揭囉訶六十
二舍俱尼揭囉訶六十三姥陀囉難地迦揭囉
訶六十四阿藍婆揭囉訶六十五乾度波尼揭囉
訶六十六什伐囉堙迦醯迦六十七墜帝藥迦六十
八怛隸帝藥迦六十九者突託迦七十昵提什伐
囉毖釤摩什伐囉三百七十一薄底迦七十二鼻底迦
七十三室隸瑟蜜迦七十四娑你般帝迦七十五薩
婆什伐囉七十六室嚧吉帝七十七末陀鞞達嚧
制鉗七十八阿綺嚧鉗七十九目佉嚧鉗八十羯唎
突嚧鉗三百八十一揭囉訶揭藍八十二羯拏輸藍八十
三憚多輸藍八十四迄唎夜輸藍八十五末麽輸
藍八十六跋唎室婆輸藍八十七毖栗瑟吒輸藍
八十八烏陀囉輸藍八十九羯知輸藍三百九十跋悉

帝輸藍三百九十一鄔嚧輸藍九十二常伽輸藍九十三喝悉多輸藍九十四跋陀輸藍九十五娑房盎伽般囉丈伽輸藍九十六部多毖跢荼九十七荼耆尼什婆囉九十八陀突嚧迦建咄嚧吉知婆路多毗九十九薩般嚧訶凌伽四百輸沙怛囉娑那羯囉四百一毗沙喻迦二阿耆尼烏陀迦三末囉鞞囉建跢囉四阿迦囉蜜唎咄怛斂部迦五地栗剌吒六毖唎瑟質迦七薩婆那俱囉八肆引伽弊揭囉唎藥叉怛囉芻九末囉視吠帝釤娑鞞釤十悉怛多鉢怛囉四百十一摩訶跋闍嚧瑟尼釤十二摩訶般賴丈耆藍十三夜波突陀舍喻闍那十四辮怛隸拏十五毗陀耶槃曇迦嚧彌十六帝殊槃曇迦嚧彌十七般囉毗陀槃曇迦嚧彌十八跢姪他四百十九唵二十阿那隸四百二十一毗舍提二十二鞞囉跋闍囉陀唎二十三槃陀槃陀你二十四跋闍囉謗尼泮二十五烏件都嚧甕泮二十六莎婆訶四百二十七○上來神呪今依乾道紹興海眼諸古本勘對考正次列長水本○南無薩怛他蘇伽哆耶阿羅訶帝三藐三菩陀寫一乃至跢姪他四百十九唵二十阿那隸四百二十一毗舍提四百二十二鞞囉跋闍囉陀唎四百二十三槃陀槃陀你四百二十四跋闍囉謗尼泮四百二十五虎件都嚧甕泮四百二十六莎婆訶四百二十七

疏此呪四百二十七句前諸句數但是皈命諸佛菩薩衆賢聖等及敘呪願加被離諸惡鬼病等諸難至四百十九云跢姪他此云即說呪曰從四百二十唵字去方是正呪如前云六時行道誦呪每一時誦一百八徧即正誦此心呪耳如或通誦更爲盡善然此即是祕密首楞嚴也自古不翻略有五意一是諸佛密語祕密之地惟佛與佛自相解了非是餘聖

所能通達二是總持門一一字句含多義故如婆伽婆具六義故三或是鬼神王名呼之勅以守護修行人故四是諸佛密印如王印信無往不通幽顯遵奉佛佛相傳不得移易故五不思議力所加持故但密誦即能滅大過速登聖位如王放洪恩大辟咸赦有功超升此亦如是是故自來不令解釋其本或有異同皆是前後三藏中邊語異翻譯小差但依一本誦持無得揀擇〔法華文句云〕或說呪者是鬼神王名部落敬王不敢為非故能降伏一切鬼魅或云如軍中密號唱號相應無所訶問若不相應即執治罪若不順呪者頭破七分或云密默遮惡惡自休息譬如賊人奔逃彼國詐為王子娶以公主多瞋難事有一明人從其國來其人語主若當瞋時應說偈云說是偈時默然瞋歇是主及一切人但聞斯偈皆不知意呪亦如是密默遮惡餘無識者或云是諸佛密語如先陀婆一名四實鹽器水馬王索先陀婆羣下莫曉如是智臣乃能善解呪亦如是祇有一法徧有諸力病愈罪除善生道合△〔涅槃疏云〕古來呪文不翻而有五義一三寶名者請觀音云南無佛陀達摩僧伽但三寶名種種不同所以摩竭大魚聞三寶名即便合口二四諦名者賢愚位中聞四諦名鸚鵡生天三空境名者真境無名無所不名聞此空名即便悟道成聖斷惑四勝行名者大品言般若波羅蜜是大明呪無上明呪請觀音明六字章句即六妙門一數二隨三止四觀五還六淨五鬼神者一善神王名二惡神王名罨樂如毘舍遮羯囉阿鳩槃荼揭噠帝等皆是△〔中川云〕唯尊那菩薩軌如誦云唵引左隸祖隸尊禰若作息災法則云莎訶作增益法則云冒沙吒作勾召法則云紇理作發遣法則云吽密部持誦本唯一呪隨事施用即有不同⊙二敎呪功能二①一明諸佛受持三②一持者成德三③一成佛降魔說法相

〔經〕阿難是佛頂光聚悉怛多般怛羅祕蜜伽陀微妙章句出生十方一切諸佛十方如來因此呪心得成無上正徧知覺十方如來執此呪心降伏諸魔制諸外道十方如來乘此呪心坐寶蓮華應微塵國十方如來含此呪心於微塵國轉大法輪〔疏〕悉怛多般怛羅云白傘蓋即指藏心不與妄染相應故名白徧覆一切法故曰蓋從此流演祕

密神呪故云呪心又是一切呪中之總要故無有一佛不因此呪而成正覺制諸魔外應諸國土轉大法輪也【資中】從如來藏心之所流出故名呪心【標指】此心呪是如來藏性法身之體亦謂般若圓覺一切諸佛及諸佛阿耨菩提皆從呪心而出△【吳興云】呪心者即前文斯是如來無見項相無爲心佛所說心呪也亦是秘要藏中精要之心故名呪心智者說心有三種一慮知心二草木心三積聚精要心今秘密藏是精聚心呪心即精要心【私謂】遠公阿毘曇釋曰阿毗心者三藏之要領管綜衆經領其宗會故作者以心爲名焉亦呪心之旨也○【顯密圓通云】六是諸佛母教行本源者一切諸佛皆從陀羅尼所生樓閣經云真言是諸佛之母成佛種子若無真言終不能成無上正覺又三藏教盡從陀羅尼所出又真言亦名三藏謂真言中每一一字皆含戒定慧三且萬行不出六度六度不出三學既真言名三藏即知真言總含萬行其餘是支流行門也△【通釋】此呪心爲諸佛母是出生如來之真種子故佛必因之以得菩提言成正覺是成道相即該兜率降神入胎出家等相也具大威神是斷邪惑之金剛王寶劍故佛必執之以制魔外脫離生死是出火宅之大白牛故佛必乘之以應塵國起信云一切諸佛本所乘故一切菩薩皆乘此法到如來地故法華以諸法空爲座諸佛以呪心爲所生之法故外坐蓮花應物也包羅萬億是法財具足之真實藏故佛必含之以轉法輪含者具法義微塵現大者呪心具十界百法故(卍)二授記拔苦事師相

【經】十方如來持此呪心能於十方摩頂授記自果未成亦於十方蒙佛授記十方如來依於呪心能於十方拔濟羣苦所謂地獄餓鬼畜生盲聾瘖瘂怨憎會苦愛別離苦求不得苦五陰熾盛大小諸橫同時解脫賊難兵難王難獄難風火水難飢渴貧窮應念消散十方如來隨此呪心能於十方事善知識四威儀中供養如意恒沙如來會中推爲大法王子

【疏】授記則與樂除難則拔苦承事供養爲法王子即紹繼法王令佛種不斷也【標指】此呪心顯深般若能證菩提能度一切苦厄能互爲主伴△【通釋】呪心總持一切善惡諸法故佛必持之以受記記人未成正果者自凡入聖初入分果未成正覺故爲安隱功德之所住處是離怖畏之尊勝幢故佛必依之以救苦濟厄隨順覺性是從心滿願之如意珠故佛必

隨之以徧供恒沙聖賢○【引證別行鈔云】八難一地獄二餓鬼三畜生四北洲五盲聾瘖瘂六佛前佛後（新譯法前法後）七世智辯聰八長壽天此八名難者以不堪受教難入佛法中故敎中說有四輪能摧八難第一願生中國輪但如法持戒用心求生中國若得生已即便摧地獄等五難也第四種諸善根輪能摧生盲生聾等諸根不具難△【涅槃云】八苦八五陰盛苦謂五陰蓋覆眞性不令顯發盛即盛大之義前四生老病死諸苦聚集故名五陰盛苦經云何名爲五陰盛苦生苦乃至求不得苦名爲五陰盛苦此則八苦前七爲別後一爲總△【灌頂經云】大橫有九小橫無數一橫病二橫有口舌三橫遭縣官四身無福戒橫爲鬼神之所得便五橫爲劫賊剝脫六橫爲水火漂焚七橫爲雜類禽獸所噉八橫爲寃仇符書厭禱邪神先亡牽引九有病不治聽信妖師殺種種畜生解奏神明呼諸魍魎鬼神請乞福祚信邪倒見死入地獄是名九橫(卍)三攝親示滅付法相【經】十方如來行此呪心能於十方攝受親因令諸小乘聞祕密藏不生驚怖十方如來誦此呪心成無上覺坐菩提樹入大涅槃十方如來傳此呪心於滅度後付佛法事究竟住持嚴淨戒律悉得清淨【疏】四飯諸子及餘眷屬皆得出家證小聞大不驚不怖由攝受力成佛示滅付囑未來無非呪功矣【智論云】是陀羅尼持菩薩不令入二乘故譬如慈父愛子子欲墮坑持令不墮△【通釋】呪心是成佛親因諸佛行化則能攝受普入如來藏故呪心是菩提涅槃諸佛誦習則能證入始終示現不離此故呪心是無盡大明燈諸佛流傳則能付囑當來心燈相續故㊇二指示功能【經】若我說是佛頂光聚般怛羅呪從旦至暮音聲相聯字句中間亦不重疊經恒沙劫終不能盡㊇三不持過失亦說此呪名如來頂汝等有學未盡輪迴發心至誠取阿羅漢不持此呪而坐道場令其身心遠諸魔事無有是處【私謂】淨名中佛告阿難我若廣說三佛陀三句義汝以劫壽不能盡受正使三千大千世界滿中衆生皆如阿難多聞第一此諸人等以劫之壽亦不能受此與今經說神呪祕密功能恒沙不盡之義同也(丨)二勸衆生受持三㊇一總勸受持【經】阿難若諸世界隨所國土所有衆生隨國所生樺皮貝葉紙素白氎書寫此呪貯於香囊是人心昏未能誦憶或帶

身上或書宅中當知是人盡其生年一切諸毒所不能害（公）二別明功力二（卍）一標【經】阿難我今為汝更說此呪救護世間得大無畏成就眾生出世間智【標指】世間凡夫信奉此呪必能背塵合覺漸明出世間智三乘妙心頓獲清淨（卍）二釋十一（8）一能除諸難【經】若我滅後末世眾生有能自誦若教他誦當知如是誦持眾生火不能燒水不能溺大毒小毒所不能害如是乃至龍天鬼神精祇魔魅所有惡呪皆不能著心得正受一切呪詛魘蠱毒藥金毒銀毒草木蟲虵萬物毒氣入此人口成甘露味一切惡星幷諸鬼神磣心毒人於如是人不能起惡毗那夜迦諸惡鬼王幷其眷屬皆領深恩常加守護【疏】諸惡毒鬼世間難事不能侵凌令得正受者以威被神靈慈心攝護令其獲益故領深恩常加守護【定林云】正受亦名正定正定中所受境界謂之正受異於無明所緣境故圓覺云三昧正受△【熏聞云】應法師云厭鬼名眠內不祥伏合入心曰厭蠱謂蠱行毒也正法華經有蠱狐舊維摩經有妖蠱梵網有生金銀毒（8）二能生請智【經】阿難當知是呪常有八萬四千那由他恒沙俱胝金剛藏王菩薩種族一一皆有諸金剛眾而為眷屬晝夜隨侍設有眾生於散亂心非三摩地心憶口持是金剛王常隨從彼諸善男子何況決定菩提心者此諸金剛菩薩藏王精心陰速發彼神識是人應時心能記憶八萬四千恒河沙劫周徧了知得無疑惑【疏】散心持誦尚能擁護況決定心求菩提者既以菩薩精心冥熏神識速得開發自然記憶河沙劫事無不了知陰冥也又速召也冥然感召令開發也【定林云】金剛藏王慈恩翻首楞嚴為金剛藏此諸菩薩證此定故因以為名△【補遺云】以金剛藏王得如來藏心去惑純精陰密神速發彼持呪之人神識也△【海印云】呪乃金剛心也△【華嚴阿僧祇品云】百二

十大數百洛乂爲一俱胝俱胝俱胝爲一阿庾多阿庾多阿庾多爲一由他翻譯云落乂或洛沙此云十萬對此方爲億俱胝或俱致此云百億一百洛乂爲一俱胝對此方爲兆或阿庾多此云萬億對此方爲京那由他爲垓也直解云今文以八萬四千那他爲如是等恒河又以如是多恒河中所有沙一沙一金剛其多多良不可思議也㊀三不墮惡處

經從第一劫乃至後身生生不生藥乂羅剎及富單那迦吒富單那此云辛奇臭餓迦吒即竭吒鳩槃茶毗舍遮等幷諸餓鬼有形無形有想無想如是惡處是善男子若讀若誦若書若寫若帶若藏諸色供養劫劫不生貧窮下賤不可樂處疏第一劫者發心修行之初時也洎乎菩薩最後身時故名後身於其中間不落雜類或生人中亦非貧賤以持尊勝法故身尊勝也㊀四諸功德聚

經此諸衆生縱其自身不作福業十方如來所有功德悉與此人由是得於恒河沙阿僧祇不可說不可說劫常與諸佛同生一處無量功德如惡乂聚同處熏修永無分散疏雖不作福受持力故佛與之福既與同生仍稟教行則何福而不集乎經首喻感業苦三連持不斷亦云如惡乂聚△華嚴阿僧祇品百二十大數阿僧祇當一百三不可說不可說當一百十九大論云僧祇秦言數阿秦言無天人中能知算數者極數不能知是名一阿僧祇㊀五衆行成就

經是故能令破戒之人戒根清淨未得戒者令其得戒未精進者令其精進無智慧者令得智慧不清淨者速得清淨不持齋戒自成齋戒疏菩薩行門隨行而具今不行而備蓋神呪之力具足萬行斯言不誣㊀六輕重罪滅

經阿難是善男子持此呪時設犯禁戒於未受時未受時者未受呪時也持呪之後衆破戒罪無問輕重一時銷滅縱經飲酒食噉五辛種種不淨一切諸佛菩薩金剛天仙鬼神不將爲過設著不淨破弊衣服一行一住悉同

清淨縱不作壇不入道場亦不行道誦持此呪還同入壇行道功德若造五逆無間重罪及諸比丘比丘尼四棄八棄誦此呪已如是重業猶如猛風吹散沙聚悉皆滅除更無毫髮五逆出俱舍四棄八棄出四誦律詳本經第八⊟七宿業銷除（經）若有衆生從無量無數劫來所有一切輕重罪障從前世來未及懺悔若能讀誦書寫此呪身上帶持若安住處莊宅園館如是積業猶湯消雪不久皆得悟無生忍（疏）生死既多積業何筭未經懺悔積至於今皆爲見道之重障不思議力如湯之熾虛妄業雪向則消殞⊟八所求隨願（經）復次阿難若有女人未生男女欲求孕者若能至心憶念斯呪或能身上帶此悉怛多般怛羅者便生福德智慧男女求長命者即得長命欲求果報速圓滿者速得圓滿身命色力亦復如是命終之後隨願往生十方國土必定不生邊地下賤何況雜形（疏）命終尚能隨願往生諸佛淨土況世間所求而不獲耶⊟九安其家國（經）阿難若諸國土州縣聚落飢荒疫癘或復刀兵賊難鬬諍兼餘一切厄難之地寫此神呪安城四門幷諸支提或脫闍上令其國土所有衆生奉迎斯呪禮拜恭敬一心供養令其人民各各身佩或各各安所居宅地一切災厄悉皆銷滅支提云可供養處又翻靈廟熏聞云有舍利曰塔無曰支提阿含有四支提謂佛生處得道轉法輪入滅脫闍資中云梵語翻幢月公云闍訓都字脫闍即城臺高顯處也⊟十年豐障消（經）阿難在在處處國土衆生隨有此呪天龍歡喜風雨順時五穀豐般兆庶安樂亦復能鎭一切惡星隨方變怪災障不起人無橫夭杻械枷鏁不著其身晝夜安眠常無惡夢（疏）聖法在處

常無惡夢況餘災橫(日)十一惡星不入 經 阿難是娑婆界有八萬四千災變惡星二十八大惡星而爲上首復有八大惡星以爲其主作種種形出現世時能生衆生種種災異有此呪地悉皆銷滅十二由旬成結界地諸惡災祥永不能入 疏 八大惡星謂金木水火土羅計彗雖有善宿變即爲災 熏聞云 九執曜除日月取計都爲八孔雀經云日月及熒惑辰歲井太白鎮及羅睺彗此皆名執曜△ 無盡云 諸惡非凶惡之惡乃成惡之惡也天象各稟四大五行留礙而不圓通非若佛具慈悲有違其性則災應之以類相咸如不仁則木伐之不禮則火伐之不義則金伐之也△ 私謂 天官書凡諸星宿皆以五星爲主五星多傷逆違錯如熒惑法使行無常以舍命國爲飢爲兵彗孛攙槍所指各有災變皆惡星也而各依五行本精爲主則所謂大惡星也或言二十八宿天之恒星不應目爲惡星今以昴宿推之昴爲先首常行虛空歷四天下常作善事北方昴宿之占七宿黃則兵大起一星亡爲兵喪大而數盡動胡兵大起則亦未可定爲吉曜也准大集經佛言過去天仙分布安置諸宿曜辰攝護國土養育衆生於四方中各有所主故知遵奉佛勅保持人土蓋列宿本願如是衆生業種深厚感召乖錯惡煞劫運相挺而起列宿雖恒作好事無如之何佛令誦持心呪除滅災祲不但弘護衆生亦符順列宿之本願也經言二十八宿統於十二宮辰十二宮神即十二大菩薩慈悲教化現爲龍爲馬等身則諸災變惡星殆亦逆行示現教化衆生用以驚怖其昏夢而懺拔其業苦也然則古之君相彗孛見象不事禳禱而用修德消弭者其亦冥符佛法者與○ 釋文 由旬正言踰繕那此無正翻是輪王巡守一停之舍數有大小或四十里或二十里諸經論中多用小數(丙)三結示益相二(子)一除煩惱 經 是故如來宣示此呪於未來世保護初學諸修行者入三摩提身心泰然得大安隱更無一切諸魔鬼神及無始來寃橫宿殃舊業陳債來相惱害 疏 世有修行心切而多障惱蓋宿業耳凡作世善尚多違緣況出世心求成覺道激動而發其可敵乎非不思議祕密之功莫能遣也 智論云 菩薩得陀羅尼力一切魔王魔民魔人無能動無能破無能勝譬如須彌山凡人口吹不能令動(丑)二獲心通

經 汝及衆中諸有學人諸修行者下具修行四緣依

我壇法一如法持戒二所受戒主逢清淨僧三於此呪心不生疑悔四是善男子於此父母所生之身不得心通十方如來便爲妄語【疏】心通通達位也如前一百日內有利根者獲須陀洹即是生身獲忍也勝緣若具依法而行不得忍者佛成虛妄云何如來眞實語者∧三護持六㊀一金剛衆【經】說是語已會中無量百千金剛一時佛前合掌頂禮而白佛言如佛所說我當誠心保護如是修菩提者【疏】執金剛神由護法故亦護人也【標指】執金剛杵指山山崩指海海竭表當∧觀照般若斷除疑惑障覺心不昧也㊀二天王衆△爾時梵王幷天帝釋四大天王亦於佛前同時頂禮而白佛言審有如是修學善人我當盡心至誠保護令其一生所作如願〇【翻譯集云】諸天列位雖多必以大梵帝釋爲首原夫佛垂化也道濟百靈法傳世也慈音萬有出則釋天先引入乃梵王後隨左輔大將由滅惡以成功右弼金剛用生善而成德三乘賢聖既肅爾以皈投八部鬼神亦森然而翊衛㊀三八部衆【經】復有無量藥叉大將諸羅剎王富單那王鳩槃茶王毗舍遮王頻那夜迦諸大鬼王及諸鬼帥將帥首領亦於佛前合掌頂禮我亦誓願護持是人令菩提心速得圓滿㊀四人天衆【經】復有無量日月天子風師雨師雲師雷師幷電伯等年歲巡官逐年巡察世間善惡者爲巡官諸星眷屬亦於會中頂禮佛足而白佛言我亦保護是修行人安立道場得無所畏㊀五靈祇衆【經】復有無量山神海神一切土地水陸空行萬物精祇幷風神王無色界天於如來前同時稽首而白佛言我亦保護是修行人得成菩提永無魔事【標指】天神地祇盡三界內悉皆發願此三界唯心也【私謂】上來所舉神鬼精祇已盡欲色二界矣此無色界天則超色界也言風神王則舜若多神舉空界也∧【海印云】華嚴列海衆四十同生一異生三十九皆毘盧遮那海印三昧威神

所現各得如來一種三昧以爲法界所統故令此呪心乃法界心印凡所在處諸神守護正如大將兵符符到令行自然守護○六藏王衆二○一述化意〖經〗爾時八萬四千那由他恒河沙俱胝金剛藏王菩薩在大會中即從座起頂禮佛足而白佛言世尊如我等輩所修功業久成菩提不取涅槃常隨此呪救護末世修三摩提正修行者〖疏〗以悲增故不取涅槃護法故常隨持呪○二敘護持〖經〗世尊如是修行求正定人若在道場及餘經行乃至散心遊戲聚落我等徒衆常當隨從侍衛此人縱令魔王大自在天求其方便終不可得諸小鬼神去此善人十由旬外除彼發心樂修禪者世尊如是惡魔若魔眷屬欲來侵擾是善人者我以寶杵殞碎其首猶如微塵恒令此人所作如願〖疏〗欲界第六名大自在即魔所居處常惱修行不令成就

若善心樂修即不在制限餘者皆制此大神呪本是修三昧者最上勝緣故持此呪能却諸惡能集衆善愚蒙罔知斯旨見持呪者往往興謗謂非修行未有一佛不由此呪而得成道度衆生矣如上所説請細覽之以革斯弊△〖孤山云〗以上羣靈皆獲本妙心住首楞嚴能建大義示現菩薩諸天等護持行人而言以寶杵碎首者大聖訓物欲令得度或用攝受或行折伏若涅槃殺一闡提法華破諸惱亂仙豫之誅淨行滿足之僇衆生皆由住無緣慈得一子地乃能如是耳〖谷響曰〗涅槃云殺一蟻子得罪殺一闡提無罪法華羅刹女擁護誦持法華經者於佛前説偈曰若不順我呪惱亂説法者頭破作七分如阿梨樹枝△〖海印云〗首楞嚴定亦名金剛三昧地上菩薩皆以金剛智心斷惑以根本無明最極微細堅固非金剛心不能破故此呪乃金剛心中流出直斷根本無明故變煩惱而爲護法即有八萬四千金剛王常隨守護言寶杵碎首者顯心呪力破堅固無明也

按偈文俱知南知字有本作胝揭或作羯藍或作嚂荼或作茶又阿努毘耶毘字乾道本作耕失帝南帝字有本作底毗多崩薩薩字綌與本作婆末陀耕達嚧制鉗鉗

字乾道本作鉫乃至路姪他乾道本作路多他皆是梵音楚夏准長水云但依一本誦持耳鳩槃茶古本茶亦作茶茶茶二字同除加切翻譯云鳩槃茶亦云盤查亦云俱槃茶即此鬼名應是茶也

大佛頂首楞嚴經疏解蒙鈔卷第七之一

音釋

赧乃殷切難上聲俗赧字　捺乃八切難入聲　赭止野切音者　釤所鑑　吽許斤切去聲音欣　姥莫補切音母

大佛頂首楞嚴經疏解蒙鈔卷第七之二

海印弟子蒙叟錢謙益鈔

○長水科大文第四示地位階差盡第八卷中若他觀者名爲邪觀○大文第四示地位階差下分二大科一叙迷眞起妄爲立位因即明衆生世界顛倒二類生差別等文二明反妄歸眞辨地位相即三漸次五十五位眞菩提路等文次下即結經文古人判此爲第二正説分竟○【疏】示地位階差者既解通行備内德畢充復假客言外助道力内外相濟豈徒然哉必序階位耳然位有因果或有麤細智有明昧斷有淺深證有分滿用有優劣苟昧斯旨非眞修行墮增上慢以我教中隨進德修業勝劣不同故歷五十七位漸入漸深不同外道天魔都無位次若不預辨涉進乖源既昧斷證錯認少得便以爲足如第四禪寡聞比丘妄認生謗墮阿鼻獄事非輕小故須明示免招大過文二八一阿難請問二卍一述益

【經】阿難即從座起頂禮佛足而白佛言我輩愚鈍好爲多聞於諸漏心未求出離蒙佛慈誨得正熏修身心快然獲大饒益【疏】正熏修者由持清淨復假客言内魔不興外魔不起以此修禪更無邪僻其益大矣卍二正請

【經】世尊如是修證佛三摩提未到涅槃云何名爲乾慧之地問一四十四心至何漸次得修行目問二詣何方所名入地中問三云何名爲等覺菩薩問四作是語已五體投地大衆一心佇佛慈旨瞪瞢瞻仰【疏】涅槃最極果也即位所至處乾慧最初因也即位發基處信住行向及四加行名四十四心即信解行地名爲修行【融室】云修三摩提信則爲入住則安住修至十行方得修行之名何漸次者四十四心皆名漸次△【孤山】云四十四心謂住行向加行十地也佛答有五十四心者於初住中横開十信合之祇是初住今乾慧是合餘經十信立其總名也【吳興】曰舊師爲正至何漸次得修行目此問入地之正行次云詣何方所名入地中方是十地所指十住横開十信是義不然【海印】云華嚴以信爲行本三賢已前總明信位更不別開故通有四十二位此經備開十信由初信至四加行爲四十四心幷乾慧十地成五十五位初地見道乃至等覺名爲證入即分證果也【融室】云詣何方所即見道位至

初地得見道故△溫陵云信解行位復進十地名入地中是爲初證至十一地名爲等覺猶是分證及到涅槃名爲妙覺乃極證也阿難雖知諸地之名而未能辨名下之義故此問也吳興云既受行門必有位次如得門入宅須知堂室淺深涅槃如所到之境諸地如所由之道修行如能履之步合論云乾慧如江出岷山其流濫觴入地如江到楚國萬派並流涅槃如巳至大海具百川味八二如來廣說二卍一讚請許宜經爾時世尊讚阿難言善哉善哉汝等乃能普爲大衆乃諸末世一切衆生修三摩提求大乘者從於凡夫終大涅槃懸示無上正修行路汝今諦聽當爲汝說阿難大衆合掌刳心黙然受敎疏刳猶空也空其身心諸雜念處諦受法義也桐洲云因中望果名爲懸示指五十五位爲正修行路卍二正爲分別二⊙一迷眞起妄爲立位之本從此去盡卷末十二種類疏然地位之與本因迷悟妄迷眞起本性即虛故有斷分斷即成悟悟有淺深故成階降階降既分名位斯別若不迷眞焉有斯位故須叙也文三◎一總顯迷悟二㊀一顯一眞經佛言阿難當知妙性圓明離諸名相本來無有世界衆生疏一眞之體湛寂圓明非眞非妄名相都絕生界斯泯既世界衆生不立佛及出世誰名以衆生妄分別有佛有世界若了眞法性無佛無世界斯則一眞法界本無地位也海印云因問修證漸次先立一眞法界爲生死涅槃之本生死界寬總之不出一十二類涅槃道遠要之不過五十五程迷一眞而爲六想則二種顛倒相因悟六想而歸一眞則二種轉依是號卍二叙二相經因妄有生因生有滅生滅名妄滅妄名眞是稱如來無上菩提及大涅槃二轉依號疏眞體常住本非生滅不如實知眞如法一不覺心動而有於念念即生相也生即有滅念念遷流展轉漸麤以至業果流轉三界故名爲妄若知前念起惡能止後念令其不起漸斷麤惑以至細惑無明永盡悟極之處即名爲眞菩提涅槃於斯立矣資中二轉依號者由不了一法

界相忽然起妄由初迷真念動以至流轉名爲不覺翻此不覺了本無生即名爲覺此菩提之號由不覺立也由迷有生生必有滅翻此生滅顯不生滅即涅槃之號對生滅立也生滅既滅更無所依故名轉依以真如爲迷悟依轉此迷依以爲悟依故名轉依自智境界轉所依藏爲涅槃菩提涅槃初非一異但轉迷名無上菩提轉有名大涅槃從有故迷以覺故空有性自空非有滅空故生死涅槃無相違也以上並資中文故知菩提涅槃因迷故有如人因睡即有覺名此亦如是非本一真元有二果之異通約諸位有六種轉依如餘處說〔興福云〕轉依有六一損力益能轉二通達轉三修習轉四果圓滿轉五下劣轉六廣大轉〔補遺云〕以四教判之六在圓頓今取廣大轉依而言△〔溫陵云〕生滅真妄生死涅槃皆所謂諸名相也○〔引證〕〔唯識論〕四修習位頌曰無得不思議是出世間智捨二麤重故便證得轉依論曰菩薩從前見道起已能捨彼二取隨眠二麤重障便能證得廣大轉依由轉煩惱得大涅槃轉所知障證得無上覺云何證得二種轉依謂十地中修十勝行斷十重障證十真如二種轉依由斯證得二轉依果即是第五究竟行相○〔宗鏡云〕實覺真心各各圓滿本不名諸佛亦不名衆生秖以此心靈妙自在不守本性隨迷悟之緣成聖凡之事如金隨工匠緣成時轉作指鐶如指鐶隨爐火緣壞時即復爲金成壞展轉但是一金更無差別如來藏心亦復如是但隨染緣時迷作阿賴耶隨淨緣時悟成如來藏展轉唯是一心畢竟無別故曰若識無始即法性爲無明若知今日即無明爲法性法性之於無明偏造諸法名之爲染無明之於法性偏應衆緣名之爲淨此即十玄門中唯心回轉善成門也若逆轉則成涅槃順轉則名生死以生死涅槃皆不出如來藏心也㊣二勸識妄因〔經〕阿難汝今欲修真三摩地直詣如來大涅槃者先當識此衆生世界二顛倒因顛倒不生斯則如來真三摩地〔疏〕上明三種相續今明二種顛倒以衆生顛倒即攝業果故長水以業果在衆生中孤山以業果在世界中以十二類即業故溫陵云三種二種乃開合言之下云熏以成業即攝業果矣如前文云汝但不隨分別世間業果衆生

三種相續二緣斷故三因不生乃至歇即菩提不因人得故云顛倒不生即真三昧【溫陵云】能識倒因乃能斷治倒妄不生則復正性故曰斯則如來真三摩地△【真際云】前明世界相續唯在依報謂四大因起等由前答滿慈問云何忽生山河大地故此明世界顛倒葢指正報即十二類生也以荅阿難修三摩地所入地位故何則位由悟入悟必由迷迷之爲凡悟之爲聖皆正報之事非器界之相也△【吳興云】恐未然也三世四方顯是依報故△【長水科】三别辨顛倒二一總釋倒因二别明倒義一衆生顛倒二合改科云㊂三别辨顛倒二㊁一衆生顛倒二㊀一總叙倒因㊁二别明倒義今初△【通釋】經文標云云何名爲衆生顛倒而中有建立世界及諸衆生之文故長水别辨顛倒科初標總叙倒因迷本圓明下乃别明衆生顛倒後人遂欲倒換經文易置徵語雲棲云衆生世界元不相離衆生必依世界而居世界復因衆生而起世界如大地衆生如草木言衆生不妨先説世界喻如言草木不妨先説大地也下文世界顛倒中指變化衆生結云十二種類兩文參合其義甚明今按雲棲此解最爲名通今依北峰印師科初標衆生顛倒而以總叙别明分爲子科經文次第前後分曉亦仍不失長水科節也【經】阿難云何名爲衆生顛倒阿難由性明心性明圓故因明發性性妄見生從畢竟無成究竟有【宗鏡】真如一心古今不易因何而有衆生顛倒答平等真法界無佛無衆生隨於染淨緣遂成十法界以真心隨緣不守自性只爲衆生不自知無性之性故但隨染緣成凡隨淨緣成聖【溫陵云】性明心指真如體也性圓明言不守自性也如虛谷響任緣所發又如太虛忽雲明鏡忽塵求一念最初起處了不可得故號無始無明古釋云因明發性性妄見生因託性明變影而起託影而生從虛執有故云從畢竟無成究竟有此業相也【補遺】【云】真如不變名性隨緣名心由性者不變也明心者隨緣也由有性中圓明隨緣之故衆生妄生衆覺因以妄見發其性也性中加妄遂有見生故曰性妄見生特安圓字即顯隨緣之性出生妄明也【雪浪云】性明圓故圓包真妄如云性明之體包六妄故所以能真能妄也【疏】如來藏心本性真明周徧法界故云性圓明故【孤山云】謂由真心本具諸法如明鏡中圓具像性由此真明

從性發動遂成所相所既妄立生于妄能卽妄見也能所二相俱不離眞故云因明發性性妄見生由妄明心變動眞性故曰因明發性由發性故遂起分別故曰性妄見生元是一眞本來無相忽然妄動二相俄生從無相眞成有相妄故云成究竟有此異相也【海印云】前云因明立所所字通含虛空生界等相今云發性言性而不言相單約衆生正報顯此衆生世界由無明熏變而起故曰因性發性性妄見生發性即業識妄見即見分究竟有即相分此則根身器界瞥然俱現生死輪迴因之以立也【經】此有所有牒上成究竟有非因所因住所住相了無根本【宗鏡古釋】此有所有非因所因轉相也業相爲能有轉相爲所有能所既分二相斯有故曰有所有相即此轉相能行現行因前而立因後而生展轉相因名非因所因即此現相能引六塵境界現相是能住六塵是所住故云住所住相【疏】同相也此上異相爲能有生今同相爲所有今經異相卽起信業相同相卽轉相異相本非有因而得生起而爲同相之因斯即前文如是迷因因迷自有下文亦云妄元無因於妄想中立因緣性異既生同同爲能住異爲所住故云住所住相此住所住元既無因復何根本斯則二相畢竟無住故云了無根本【吳興云】非因者如云既稱爲妄如何有因所因者如云自諸妄想展轉相因△【海印云】此有者無明所有者世界衆生能住者衆生所住者世界△【二楞云】此能有之無明與所有之衆生世界本無有因爲彼所生之因亦非有住爲彼所住之處如空中花如睡時夢詰之無根覓之無本【經】本此無住建立世界及諸衆生【古釋】本此無住以立世界者現相從妄所立本無所依依此現相以成世界之本故云本此無住以立世界從無住本立一切法無住者即是無明無明無因故無住此之三相俱是無始一念妄心總號無明【疏】無同異相也依前同異

以爲根本而得生起無同異也以前二相正
是無明棃耶識體雖分同異一念轉成微細
生滅全是無明從此變起山河大地根身種
子〔桐洲云〕謂阿賴耶不守自性成諸萬法半成根身半成器界故云建立故起
信云以依不覺故心動說名爲業以依動故
能見依能見故境界妄現維摩云從無住本
立一切法此即無明無因故云無住〇〔引證〕〔維摩經〕
云文殊師利問善不善孰爲本曰身爲本身
孰爲本曰欲貪爲本欲貪孰爲本曰虛妄分
別爲本虛妄分別孰爲本曰顚倒想爲本顚
倒想孰爲本曰無住爲本無住孰爲本曰無
住則無本從無住本立一切法〔肇曰〕心猶水
也靜則有照動則無鑒癡愛所濁邪風所扇
涌溢波蕩未始暫住以此觀法何往不倒譬
如臨面湧泉而責以本狀者未之有也倒想
之興本乎不住義存於此乎一切法從衆緣
會而成體緣未會則法無寄無寄則無住無
住則無法以無法爲法本故能立一切法也
無住故想倒想倒故分別分別故貪欲貪欲
故有身既有身也則善惡並陳善惡既陳則
萬法斯起自茲以往言數不能盡也〇二別
明倒義二〇一因迷有想〔經〕迷本圓明是生虛妄妄性無

體非有所依〔古釋〕初是業相即是妄覺之心體
即虛妄此妄初起更無因始名非有所依〔疏〕
重指業相也昧圓明眞實成能所虛妄能所
妄動本無因依妄想發生無同異中熾然成
異故無體也〔溫陵云〕迷眞起妄衆相競生故名衆生此明起妄之本下明競
生之相〔經〕將欲復眞欲眞已非宗鏡斷句眞眞如性
〔古釋〕將欲復眞復眞已非齊此斷句眞眞如性義屬下文長水已下
皆連作一句讀釋轉相卽眞上影像相似眞非眞妄
覺執此爲眞卽初念名動動必有靜靜復似
眞形動立靜非眞不動故曰欲眞已非〔疏〕重
指轉相也由前動故覺動希靜嫌妄欲眞希
欲既生轉增迷悶不復元靜但得影眞是虛
妄心所變起故故云已非眞眞如性〔經〕非眞
求復宛成非相非生非住非心非法〔古釋〕眞眞
如性本不因動而立於靜故云非眞求復宛

成非相從此現相變起一切境界故非相現相非生現生非住現住非心現心非法現法釋次第者初從明暗二相相形而生於色即是結暗成色形顯色也因色即有根塵留礙名之爲住因有根塵即有能分別識名之爲心覽此塵像爲識境界名之爲法此等展轉相因而有反顯眞如相無明暗無相形故非相無起滅故非生無留礙故非住無緣慮故非心離塵像故非法【疏】重指現相也已成虛妄故云非眞而求於復便現虛相此即所變眞影轉成世間諸相也其相體虛故云非相非猶妄也此即總舉非相下別列無而忽有故生有而暫住故住緣慮相續故心染淨差別故法體元不實故皆言非於中非心即是六麤中前二麤也【吳興云】除眞如外凡有修入皆屬于權如圓覺云未出輪迴而辨圓覺彼圓覺性即同流轉故云非眞求復等△【雲棲云】凡所有相不過生住異滅身受心法舉生住該異滅也舉心法該身受也○【寶藏論云】一切衆生失本末求岭跰辛苦修習累劫而不悟眞是以將本求末末妄非眞將末求本本虛非實夫本者即不合求何以故本即不求本也譬如金不求金也末即不合修何以故妄不求妄也譬如泥圜不可成金○【宗鏡又解】或前標三相相因而有以列次第後三相合釋都言三相虛妄體卽無明更無所因故云非有所因卽此三相影眞而起似眞非眞執影爲實故云將欲復眞影旣不實故云欲眞已非宛成非相下對妄說眞以立名號故知建立地位從此而有若不因妄說眞亦無地位名字可說按此文前標三相後取合釋古人說經不局一義長水或可一科亦復如是○二隨業受生【經】展轉發生生力發明熏以成業同業相感因有感業相滅相生由是故有衆生顚倒【疏】此後四麤也由前心起分別展轉漸麤執取計名造諸業

行故云熏以成業憎愛二業各同界趣海印云一念生相無明不覺展轉發生積久而愈有力由此生力發生六麁相顯此即六麁中智相續也熏以成業即執取計名字同業相感則起業繫苦也業感爲因報應爲果遂有相生相滅之報婬欲爲因故相生殺盜爲因故相滅此即衆生業果二相續也吳興云生住心法於諸有中展轉發生即業果相續也生即是果力即是業熏即動業之感○引證清凉云經云諸業種種相三與心同生不離者心爲起業之方便故業共心生生已不離此言業行常依心王也言此業思與等起意識共生者正同俱舍緣等起也與所起業同刹那故隨其善惡生已即熏成名言等種要由業熏心方成種故業果不離心得果不離種也又云引業唯善惡者俱舍云一業引一生多業能圓滿釋云引業謂總報業但由一業唯引一生若許一業能引多生時分定業應成雜亂若此一生多業所引應衆同分分分差別以業果別故△別辨顛倒科下長水分三一衆生二世界三類生差別以類生一科當前業果相續故北峯分爲二科以業果相續即攝衆生世界中故今依北峯合三爲二於世界顛倒中分迷眞而立相涉類生二科順經文乘此輪轉已下即承上是故世界一段文非孤起故今於長水科下叅用北峯新科以科別義同非改作故(卍)二

世界顛倒二⊟一明世界因起經阿難云何名爲世界顛倒是有所有牒上此有所有分段妄生因此界立非因牒上非因所因住所住相所因無住所住遷流不住因此世成三世四方和合相涉變化衆生成十二類疏迷畢竟無成究竟有有故立界隔別不同故云分段孤山云有東西南北之分段指此分段名之爲界溫陵云有所有故有分段有分段故有方位界爲方位故因此界立也非因而因無住而住因能生果果住於因因果相生遷流不斷世由此成然其所有本無其因故非因所因此唯妄住故云無住所住既非眞性常住則有過現未來遷流不住三世成矣溫陵云無所因則無所住無所住則常遷流世爲遷流故因此世世成也三世四方和合相涉宛轉十二變化有情亦十二也以世涉方以方涉世俱成十二所以衆生正報因果和合亦成十二雪浪云三世四方互成十二衆生依此造業故變化衆生亦成十二此因果相感也△中川云類生畧有七義一名者俱舍陳云衆生唐言有情即類生也二義者顯宗云言類生者是衆生義三情者謂衆生依情立名不依趣論云趣雖有情

而非徧故此唯情徧獨立生名四合者謂衆生由業由緣合生論云業緣合起故說爲生亦無有緣而得生起五業者謂有唯業生論云彼業力强不待緣故六緣者謂從緣生立名論云有緣卵等從卵標名名卵生等七果者謂依現果立名婆沙云若受欲界果者名欲界有情等○引證淨度三昧經云罪福相累重數分明後當受報一一不失一念受一身善念受天上人中身惡念受三惡道身百念受百身千念受千身一日一夜種生死根當受八億五十萬雜類之身百年之中種後世栽魂神逐種受形徧三千大千剎土體骨皮毛徧大千剎土地間無空故○二明顛倒相生二○初成十二因

經是故世界因動有聲因聲有色因色有香因香有觸因觸有味因味知法六亂妄想成業性故十二區分由此輪轉是故世間聲香味觸窮十二變爲一旋復

疏內由動相外感風輪故有聲現因空生搖堅明立礙故有色立金風相摩則有火光火則有氣氣則香也寶明生潤火光上蒸由斯流水水有冷煖故成觸也觸分澀滑與舌相對則有味生五境合意則名爲法此六塵境與內根妄想和合雜亂由此造作一切諸業故成業性業必有報十二品類因此區分故成輪轉是故下結成旋復旋復亦輪轉也聲香味觸略舉十二之四也

資中云十二區分文含二意或六塵各有三世四方自成十二或根塵各六共成十二吳興云資中第二解爲當且因動有聲者僞云音聲性動靜此就聲塵當體爲因從聲至味展轉相因皆以餘塵爲因遞相爲果以顯六亂之相不同十二因緣次第之相故展轉相因雖有十二而但云六亂者正顯根塵各從其類兩兩相望雜亂而起是故聲香味觸畧舉四塵窮十二變結歸根境孤山言文無六根而自因動已下有十二者是誰之誤與△海印云妄想住於妄身之中無明內熏憶識誦習習氣猛發鼓動心海曰因動有聲動即不覺心動聲乃妄想風耳因此動念隨其本習咨現塵習曰因聲有色因此妄境返熏自心曰因色有香因此緣氣返觸其心曰因香有觸心境相觸綿著其味曰因觸有味因此味著成五根落卸之塵曰因味知法以此雜亂根塵熏成業性一念妄動爲十二類生區分旋復之因所謂熏以成業不待更造而生死苦果念念作受也△空印云隨動一根一境則六根六境相因而起如唯識言五俱意識同時起故謂之六亂妄想爲十二類生起業之

本故曰十二區分由此輪轉也窮十二變者如以六亂妄想熏成卵生一業爲一變乃至熏成非無想業爲十二一旋復△【私謂】經文六亂妄想正牒上因動有聲等六義而言良以六塵境風鼓動心海六種根識熾然交作言不頓彰故次第相因意必同時即剎那一俱現此六亂妄想隨舉一根則具六根隨舉一塵則具六塵又加之以三世四方四毒七支等根根塵塵不思議熏不思議變則爲八萬四千飛沈等亂想由是輪迴顛倒和合而成十二類生充塞世界是則十二類生八萬四千亂想之變相也八萬四千亂想六亂妄想之變相也十二類生爲業果六亂妄想爲業性故曰六亂妄想成業性故十二區分由此輪轉由此觀之經文明言六亂妄想未嘗云十二妄想也所云十二區分者十二類分之區分非言妄想之區分也妄想之數始於六亂妄想極至於八萬四千乃至無量數不可說不應於此中別開十二妄想此是六根之六此是六塵之六尅定分齊頭數以配合十二類生也有情世界自胎卵四生以窮極十二類輪迴顛倒生死如煙自佛眼觀之不出聲色香觸味法六亂妄想遷流變化一周一旋復而已故曰世間聲香味觸窮十二變爲一旋旋復所云一旋復者六亂妄想之一旋復也亦八萬四千亂想之一旋復也所云十二區分者十二類生之總相猶言五陰區宇也所云窮十二變者即所謂變化衆生成十二類也所云聲香味觸即趣舉六亂妄想之四也自古師以根塵各六貼釋十二區分於經文

或有未安而環師指十有二支釋十二變義益迂矣敢妄議之如此○【釋文】因觸有味溫陵云原本作因觸和味○二感十二果三○一總標列【經】乘此輪轉顛倒相故是有世界卵生胎生濕生化生有色無色有想無想若非有色若非無色若非有想若非無想【宗鏡】一念纔起生死如煙駕五陰六入之舟航結十二種類之窟宅如從一妄念中結成十二類根塵相對發識造業因色有情見時生相於此情想二法各生四相從情上生一有色二無色三非有色四非無色從想上生一有想二無想三非有想四非無想胎因情有卵爲想生情想合爲濕生情想離爲化現情上無色則是空散消沈想上無想則爲土木株杌此二雖屬無情然皆從識變若一念不生則諸類皆絕【疏】情想相因形待不息有情世界不出十二動念初起迷本

圓常影生遂現故動念爲初卵生居首情愛後起次有胎生異愛不同次分濕化想心紛擾取捨多端後成諸類有色無色等下自委辨圓覺鈔云何以卵劣在初化勝居後一約境具緣多者爲首即瑜伽說二約心從本至末爲次謂無明是卵即本識三細中最初業相能所未分混沌是卵藥師經無明殼翳既是根本故首明之無明發業蘊在藏識爲胎愛水潤之受生爲濕化生從無忽有故此次也△

二別指釋十二▽一動類

經 阿難由因世界虛妄輪迴動顛倒故起惑和合氣成八萬四千飛沈亂想造業如是故有苦報卵羯邏藍流轉國土魚鳥龜蛇其類充塞

疏 世界初與元由虛妄虛妄故動溫陵云想唯卵生虛妄即想也想體輕舉名動顛倒海印云推妄想初動因動有聲約習氣熏變之始卵生居首曰虛妄輪迴乃初起一念生滅心也動即是風風即氣也故云和合氣成迷圓常理成虛妄想溫陵云卵以氣交名和合氣成想多升沈名飛沈亂想想氣和合成於卵生故動念爲初卵生居首羯邏藍者入胎初位準俱舍論胎中分位有五入胎初位胎卵未分皆同此也以上資中文因茲種類八萬四千世間施設且舉此數理則無量魚鳥龜蛇即飛沈類也法數云若想念掉舉報爲魚鳥若情念沈重報爲龜蛇△融室云迷本圓明是生虛妄輪廻始此曰虛妄輪廻不覺心動即顛倒想貪嗔等分煩惱各有一萬二千今此亂想各具四惑故○引證淨名云有此四魔八萬四千諸煩惱門什曰煩惱根本有四三毒及等分也二萬一千塵垢屬三病四病故八萬四千也○華嚴隨好品云彼諸衆生於色聲香味觸其內具有五百煩惱其外亦有五百煩惱貪行多者二萬一千嗔行多者二萬一千癡行多者二萬一千等分行者二萬一千教乘解云華嚴內外煩惱共有一千此約見惑十使論復約身三口四七支各有一千則有七千更約三世成二萬一千依三毒等分計之四心各具二萬一成八萬四千清涼隨好疏云古有二釋二皆有理九地疏更有他釋如賢劫經等非經本意今按清涼二釋鈔云前似喻於煩惱故後似約業故清涼已後諸家配釋廣引四大五衰等有其多文今但取根本煩惱見惑十使依三毒等分成八萬四千爲十二類生塵勞顛倒之正因耳▽二欲類

經 由因世界雜染輪迴欲顛倒故和合滋成八萬四

千橫竪亂想如是故有胎過蒲曇流轉國土人畜龍仙其類充塞【資中】雜染即愛愛名爲欲欲故生潤乃名爲滋【溫陵云】胎因情有雜染即情也情生於愛名欲顛倒胎以染交名和合滋成【融室云】愛欲屬水故和合則滋成橫竪亂想橫竪者人行正道竪首而行人仙竪違正因邪故生橫類龍畜橫【溫陵云】情有偏正名橫竪亂想虛妄雜染等有情皆具隨偏重感類耳過蒲曇即第二位胎卵已分也【定林云】胎因情有故言雜染言欲言溼卵以想成但言虛妄言動言氣而已▽三趣類【經】由因世界執著輪迴趣顛倒故和合煖成八萬四千翻覆亂想如是故有濕相蔽尸流轉國土含蠢蠕動其類充塞【疏】由執著故一心趣境【融室云】有執著心故有所趣之境也【溫陵云】濕以合感執著即合也合由愛滯濕能染香聞香趣附名趣顛倒濕煖之處與想相應即便受生故云煖成濕以陽生名和合煖成【資中】翻覆亂想者因即違心背信翻覆任情遂感類生飛走不定如蠛蠓昆蟲

之類所趣無定名翻覆亂想感蠢蠕翻覆之類蔽尸云軟肉以其初受濕生形尚柔軟既不入胎故無前位此云凝結受胎三七日溼生初相也【二楞云】翻覆者了無正定尋香逐煖都如叓肉故受斯報▽四假類【經】由因世界變易輪迴假顛倒故和合觸成八萬四千新故亂想如是故有化相羯南流轉國土轉蛻飛行其類充塞【疏】變易不常假新換故觸境之處與想相應即便受生【溫陵云】化以離應變易即離也離此託彼名假顛倒觸類而變名和合觸成新故亂想者因即不循仁義厭故取新但狗已情愛彼忘此假託不實變異受身【資中】文△【眞際云】妄心浮僞易奪不常舍彼取此故成其觸觸謂敵對即根境和合也又化生初質風觸即堅既無本形因觸而立此取轉受異身名之爲化故云轉蛻也【吳興云】轉蛻飛行是化生取譬之像列子天地委蛇下文純想則飛皆取譬也轉蛻譬故形之易蛻飛行喻新質之輕舉和合觸成者雖則變化必假根境相觸爲因或陰陽之氣觸於故身能變新質△【法數云】化生

無而忽有也又離此舊形易彼新質亦化生也如蠶蛻爲蛾虫化爲蝶凡不同形而相禪者皆是羯南云硬肉即第四位健男或健南胎四七日雖有身意缺眼四根故△（熏聞云）問何故動類唯指初位欲類但言第二趣類止云蔽尸假類去皆云羯南答若有初位必具後位若有第二必具初後經文一往次第且取一位配之今蔽尸羯南既不入胎故無前位然而蔽尸須至羯南羯南或由蔽尸二往之意可會又假類而下雖皆云羯南其中非無具前三位及第五位即鉢羅奢佉此云形位良由第五於諸位中具闕不定唯有第四其名最通故障類等並云羯南也△（定林云）變易輪迴與變易生死爲類而此非真故名爲假相待輪迴則假物者也故名爲僞溼以合感故爲執著溼待外煖化身觸而已▽五障類（經）由因世界留礙輪迴障顛倒故和合著成八萬四千精耀亂想如是故有色相羯南流轉國土休咎精明其類充塞（資中）事日月水火和合光明堅執不捨障隔不通名爲留礙精明顯著因此受生故成色相星辰日月吉者爲休凶者爲咎下至爵火蜂蛛皆是此類（無盡云）三光五行一切精明神物皆精耀也涅槃云八十一神皆因

留礙想元成其精耀蚌珠熠火鯢目蝦鬚燐鬼犀角之類又其亂想之微者也△（補遺云）世間或依報留礙或義理不通暗於知見心依明著積習受想乃受精明上自九曜下至螢蚌仍能休著及於他人（疏）留礙爲緣障隔不通苟逢明著愛此受生名色相羯南（溫陵云）由迷滯故成留礙輪迴障失融湛妄合明著粘湛發光以成精耀其想已結成精耀故但有色而已△（冥樞云）世界二相互執不捨曰留礙以障蔽其明結成妄明和合則成於精耀其想凝結故有色相有色者有形礙明顯之色也○（釋文）熏聞云著陟慮反明也介甫疏云明覺無住相而精耀有麗故名留礙障著應訓著爲直略反今未敢從▽六惑類（經）由因世界銷散輪迴惑顛倒故和合暗成八萬四千陰隱亂想如是故有無色羯南流轉國土空散銷沉其類充塞（資中）銷散爲緣惑暗顛倒（溫陵云）厭有著空滅身歸無名銷散輪迴迷漏無聞名惑顛倒由迷惑不了厭壞色相思無邊空色盡心亡厭空絕想乃至有頂沉冥幽隱即無色界外道之類厭有歸無則成晦昧空故和合暗成名陰隱亂想此有想無色而不無業體攻亦稱羯南（吳興云）既云無色又謂之

羁南應取一分細色通名其類不可責成堅硬之狀有定果色故雖無業相不妨業繫所生也△無盡云無明暗質相盡質消流轉荘荘無本可據此陰隱亂想也△定林云空散銷沈有想無色覺迷爲因故惑顛倒△補遺云長水指今無色不同無色界天今言外道者邪心得生非久還墮所以神咒功能指爲惡處也真際云空散銷沈通指四空今謂亦可別對四空指文分配又異輿以舜若多銷今無色者亦可兼指空神也△溫陵云又有惑業昏重形色消磨體同空昧色附幽隱亦空散銷沈類也即主空神鬼旋風魃鬼之類△私謂此經十二類生與金剛般若四生九道條然不同彼經取法界普度其相則細此經明世界輪迴其相則麤言動類則魚鳥龜蚍而已言欲類則人畜龍仙而已極而之於土梟破鏡其類彌下則其相彌麤而古師以無色界外道釋無色羁南者此不然也此之言無色者以其結業銷散滞想幽陰劣於有色羁南故非若無色界厭離色籠修四空定而謂之無色也經言是四空天身心滅盡定性現前壽命則至八萬四千劫身量則能變身萬億共立毛端禮拜世尊而目爲無色羁南其可乎如節師以空散銷沉通指四空又如月師依金剛論以論文依止境界配障惑等八類則第十二附塊抱巢之倫亦是非想非非想天攝乎岳師曰將恐欲界亦存斯類如舜若多神豈在四空環師曰即主空神鬼旋風魃鬼之類即下經所開遇風成形名爲魃鬼者是也外書亦有之穆王南征一軍皆化爲猿鶴沙蟲非空散銷沈乎千寶記零陵太守之女飲書佐盥水有娠兒能行直上書佐被推之化爲水非空散乎依岳環二師之義而姑舍古釋可也▽七影類

(經)由因世界罔象輪迴影顛倒故和合憶成八萬四千潛結亂想如是故有想相羁南流轉國土神鬼精靈其類充塞

(疏)虛妄影像似有如無信憶則靈絕信則否冥樞云世界二法相涉體無實形名罔象虛無如影而已補遺云操心不實故曰罔象影附於人曰影顛倒(資中)蹈跡附影之類皆從憶想所生溫陵云虛妄失真邪著影像無所託陰從憶想生於罔象中潛結貌狀△冥樞云暗想憶成故名潛結但由想成故名有想羁南論因或如外道凡夫祠禱神明存形立影終身奉事志慕靈通精靈嚮附因果相酬故生其類定林云鬼神精靈無實狀也故名罔象但有想念故名爲憶有想羁南者有想羁南有羁南也然但是想○釋文罔象猶云彷像不正之貌莊子水有罔象國語木石之怪曰罔象▽八痴類

(經)由因世界愚鈍輪迴癡顛倒故和合頑成八萬四千枯槁亂想如是故有無

想羯南流轉國土精神化爲土木金石其類充塞【疏】墮在世間愚癡爲本旣非覺了頑鈍相成【資中】外道計無情有命金石堅牢或乃習定灰凝思專枯槁心隨境變化物成身用無識爲眞修將頑愚爲至道乃至如華表成精黃頭化石土木精怪之類是也【谷響云】梵云劫毘羅此番黃頭恐身死往自在天問天令於頻陀山取甘子食可延壽食已于林中化爲石如床有不遂者書偈問石石上書偈答問後爲陳那菩薩斥之其石裂矣千年華表見張華博物志此等並心祈報質非畢竟無情報盡入輪如無想天墮【定林云】土木金石有色無想空頑爲因故癡顛倒無想羯南者無想羯南有羯南也但無想耳△【雲棲云】枯槁亂想但是妄想暫遏不行如草枯根在未嘗無也精神之爲木石以頑定力化成頑物頑定力消依舊流轉▽九僞類【經】由因世界相待輪廻僞顛倒故和合染成八萬四千因依亂想如是故有非有色相成色羯南流轉國土諸水母等以蝦爲目其類充塞

【疏】因依假待虛僞不眞託穢成身藉物爲導【溫陵云】本非有色待物成色不能自用待物有用迷失天眞綿著浮僞彼此異質緣染相合故曰因依【融室云】迷失已靈認佗爲已故云僞顛倒【補遺云】相待猶言相假凡染皆以已假佗之謂【資中】因卽和合巧僞改故作新或假託因緣遞倚形勢資身養命業果相循如水母等以水沫成身以蝦爲目水母俗謂之蝦蛇一名蛸形如羊胃無目以蝦爲目有情身內八萬戶蟲並是此類攪物成體假食於他不從自類受身故名非有色相等【定林云】非有色成色羯南者水母等有色羯南然以蝦爲目待彼色相非有色也▽十性類【經】由因世界相引輪廻性顛倒故和合呪成八萬四千呼召亂想由是故有非無色相無色羯南流轉國土呪咀厭生其類充塞【疏】互相引調誘以成性呪詛更加名以爲類雖從聲感假自性質【補遺云】言性者稟自然之質今相引假他而成性分非顛倒而何【溫陵云】邪業相引使性情顛倒乘呪託識不由生理妄隨呼名卽

世間邪術咒咀精魅厭物因而有生者也△【吳興云】咒咀亦呼名耳由物類相感若厭禱而生也【中資】有一類生因聲呼名引發性成如蝦蟇等以聲附卵然後長養非聲則壞【法數云】蝦蟇得聲然後生長孔雀聞雄鳴即有娠生離此等物類皆若厭禱而生論因或是樂爲婬聲習以生著【疏云】因即或由好著聲境或是違擔厭禱求生心口爲殃報招其咎耳從自性類不假他成名非無色相藉聲誕質故曰無色【補遺云】言非無色者必先假自質也言無色者假聲而生也△【定林云】相引輪廻非此有性彼亦能引故名爲性非無色無色羯南者咒咀厭生無色羯南然亦能變現非無色也▽十一罔類【經】由因世界合妄輪廻罔顛倒故和合異成八萬四千同互亂想如是故有非有想相成想羯南流轉國土彼蒲盧等異質相成其類充塞【疏】交合虛罔誣罔相成取異爲同廻他作巳元非想相後假想成即蒲盧等是此類也【融室云】二物共迷其性名曰合妄負他有情之物以成巳子誣罔于他成罔顛倒罔他則取異爲同同他作巳

故曰異成同互亂想不想巳子是非有想負他爲子故曰成想【冥樞云】以世與界二妄相因無因成因故名罔倒【中資】誣罔取他納爲巳有名罔顛倒蒲盧螺蠃也取青蟲爲子非巳所生郭璞云俗謂之蠮螉取彼桑蟲以爲巳子法言曰螟蛉之子殪而逢螺蠃祝之曰類我類我久則肖之矣速哉推因或是背親向義棄本從他謬繼別宗妄襲餘族因果之應感此類生【吳興云】以異質故非有想相以想成故成想羯南△【定林云】合妄輪廻令彼類我以妄化妄故名爲罔非有想有想羯南者知蒲盧等本自異類非如卵胎想中傳命非有想也其卒相成非無想也▽十二殺類【經】由因世界怨害輪廻殺顛倒故和合怪成八萬四千食父母想如是故有非無想相無想羯南流轉國土如土梟等附塊爲兒及破鏡鳥以毒樹菓抱爲其子子成父母皆遭其食其類充塞【中資】父母有愛名非無想相宛無有愛故云無想長木【疏】同亦可梟鏡有情非無想也附塊抱樹而生其子乃無想也【疏】宛

對相讐連環不止託至親之父子發至究之殺害豈不怪哉初生託質互有想愛故云非無想相後時成大父母遭食故云無想土梟破鏡附塊抱菓子子孫孫相成相襲業使之然非自然耳△疏資中問既是怨對無感生緣何得用附而生怨中有愛答如畜猪羊貪殺故養豈非怨中亦有愛乎長水答云託質由乎愛養殺害由乎先業愛想無常由業所起始雖起愛後變成憎故遭其食△熏聞云史孝武記祠黃帝用一梟破鏡孟康曰梟鳥名食母破鏡食父黃帝欲絕其類使百物祀皆用之破鏡如貙而虎眼述異記云貙狀如虎豹而小始生還食其母△桐洲云從上一一標云由因世界者牒前說三世四方和合相涉變化衆生成十二類故曰三結名類經是名衆生十二種類吳興云金剛般若四生乃至非想皆通三界今十二類現文唯無色獨南似通上界其十一種悉是欲界之相耳應知下文廣談七趣秖由此中說相未周前後相承方見經旨△補遺云十二類生先言世界虛妄等以衆生業性多著境界感生成於顛倒如初感外虛妄動則受飛沈動類等也上文衆生顛倒其文顛畧受生之相皆由外感故詳列十二類生別明世界顛倒變化衆生之相以成其文
有色相獨南一本作有有色獨南　有想
相獨南一作有有想獨南有非有色相成
色獨南一作非有色想有色獨南　非無
色相一作非無色想　非有想相成想獨
南一作非有想有想獨南　非無想相無
想獨南一作非無想無想獨南　已上一
作皆溫
陵本

大佛頂首楞嚴經疏解蒙鈔卷第七之二

音釋

蠕（而宣切軟平聲微動也）蠓（母總切蒙上聲小飛蟲也）蠢（尺允切春上聲蟲動也）

大佛頂首楞嚴經疏解蒙鈔卷第八之一

海印弟子蒙叟錢謙益鈔

○躡上示地位喈差科⊙第二返妄歸眞辨地位之相三從此去盡若他觀者名爲邪觀

○【疏】初辨漸次修行者前由無明動彼靜心從細至麄遂成三相及二顚倒又由世界和合相涉根塵相對成業性故十二區分類生差別流浪苦海如汲井輪其猶空花於湛精明亂生亂滅此皆塵勞煩惱汙染眞性不得清淨今欲轉染歸淨返流復源故立漸次修行以爲對治下喻云如淨器中除去毒蜜以諸湯水并雜灰香洗滌其器後貯甘露由此漸次以立地位也文二∴一結前生後二㔾一結前顚倒因

【經】阿難如是衆生一一類中亦各各具十二顚倒猶如捏目亂華發生顚倒妙圓眞淨明心具足如斯虛妄亂想【疏】衆生妄心無始熏習業苦種子如恒河沙何啻十二八萬四千故一一類互具十二於妙圓中皆是狂勞虛妄花相【標指】一切衆生種種幻化皆生如來圓覺妙心故一念妄動諸相具足【孤山云】各具即互具也以一一類心妄種皆足一則現起名事造餘則冥伏名理具以妄本無體元是眞心是故妄具元是眞具具無其相一切皆空也【補遺云】准止觀事理二造今此各各具十二類事造也於事造中衆生實造三世業果各具者各造也所謂變造猶如捏目亂花發生正顯變造之相貌也然此事具並由理具故云眞淨明心具足等㔾二生後漸次法

【經】汝今修證佛三摩提於是本因元所亂想立三漸次方得除滅如淨器中除去毒蜜以諸湯水并雜灰香洗滌其器後貯甘露【疏】眞心如器顚倒即毒湯水等即戒定慧洗即修習甘露即無生忍若本無垢亦無修證既有修證須具衆因故此三種皆爲本也【吳興云】淨器喻伏惑行人除滅亂想身器清淨也除去毒蜜喻除其助因及剋其正性也湯水如正行灰香如助行甘露喻所證之理△【王舜鼎曰】既云一一類中各具十二顚倒虛妄亂想如恒河沙伏斷功夫從何下手故云於是本因元所亂想立三漸次本因即前文因明因動所謂陀那細識根本無明亦即所謂結心也△【私謂】淨名經云何者爲如來種文殊師利言有身爲種無明有愛爲種貪恚癡爲種四顚倒爲種乃至一切煩惱皆是佛種若見無爲入正法者不能復發阿耨菩提心譬如高原陸地不生蓮花卑溼淤泥乃生此

花煩惱泥中乃有衆生起佛法耳經云汝欲脩證佛三摩提於是本因元所亂想立三漸次正此義也故肇公曰自非凡夫没命洄淵遊盤塵海進無無爲之歡退有生死之畏何能發速塵勞標心正覺拔斯無上之寶乎經從三漸次安聖位增進修行必曰始於凡夫意蓋如此○〔引證〕淨名經云得甘露滅覺道成什曰梵本云寂滅甘露寂滅甘露即實相法也諸天以種種名藥著海中以寶山摩之令成甘露名不死藥佛法中以涅槃甘露令生死永斷是眞不死藥也△〔智論云〕若菩薩甘有三毒者云何能集無量佛法譬如毒餅雖著甘露皆不中食菩薩集諸純白功德乃得作佛若雜三毒云何能具清淨佛法∧二正辨修行二卍一徵列〔經〕云何名爲三種漸次一者修習除其助因二者眞修刳其正性三者增進違其現業〔疏〕前問至何漸次得修行目今此第二名正修行故云眞修以持聲聞菩薩戒律是無漏之學故

標眞修齣前修習

五種辛菜名爲助因以能資助煩惱業故淫殺盜妄名爲正性以是生死根本解脫怨故根塵偶對流逸奔趣正是無明現行業用是故除而去之刳而空之違而背之

苟三行漸著功用漸成六用不行返流全一妙圓平等身心快然是人即獲無生法忍〔孤山云〕漸次者事偏理圓不同偏教之漸也斷辛持戒從麤至細破惑入位自淺由深皆以菩提之心即理而修無非圓行也△〔賀中男云〕欲修觀音耳根圓通當立此三漸次方得證入卍二別釋三◎一除其助因二〇一總指食爲助因〔經〕云何助因阿難如是世界十二類生不能自全依四食住所謂段食觸食思食識食是故佛言一切衆生皆依食住〔疏〕皆依食住者食以資益諸根大種心心所法能生喜樂相續執持故有四種唯識文同段謂分段以欲界香味觸三正消變時有資益義乃名爲食〔唯識云〕一者段食變壞爲相香味觸三於變壞時能爲食事以變壞時色無用故觸食謂根境識三和合能引意識相應觸起觸對前境能生喜樂資益諸根及心心所故二者觸食觸境爲相謂有漏觸栽取境時攝受喜等能爲食事此觸雖與識相應屬六識者食義偏勝〔證眞云〕觸謂觸對取六識中相應

觸對前境時生喜樂故思食謂意識相應思與欲俱轉於可意境希望偏勝有資益義故三者思食希望爲相謂有漏思與欲俱轉希可愛境能爲食事此思雖與諸識相應屬意識者食義偏勝〔證眞云〕思謂意思取第六識相應思於中意境生希望故相應觸及相應思皆心所徧行中法思想飲食令人不死亦名思食冷煖等觸亦名觸食此乃分通非正食義識食謂第八識由前三食緣助勢力令此第八體有增勝故能執持諸根大種能與諸法爲長養因有攝受義故名爲食四者識食執持爲相謂有漏識由段觸思勢力增長能爲食事此識通諸識自體而第八識食義偏勝若無此識彼識食體不能有故由此定知異諸轉識有異熟識一類恒徧執持身命令不斷壞世尊依此故作是言一切有情皆依食住〔證眞云〕段食唯在欲界以色無色界無香味二塵餘三徧通三界△〔眞際〕云佛成道後爲除自餓外道苦行說一切衆生皆依食住正覺正說餘不能知外道唯曰愚者亦知何言正覺正知佛返問食有幾種外不能答因說四食云云㈧二別示食辛過患二㊃一勸令斷〔經〕阿難一切衆生食甘故生食毒故死是諸衆生求三摩提當斷世間五種辛

菜〔疏〕有資益義皆名爲甘不正消變能壞身心皆名爲毒是五性熱氣葷味辣修行者食能殺法身如食毒也五辛者謂大蒜茖葱一作革葱薤也其形似韭類山葱也慈葱乃葱之正名蘭葱即小蒜也雜阿含云非小蒜水葱是也也水葱即韭也興渠與渠謂也應法師云此云少正云與宜出烏茶婆他那國慈愍三藏云根如蘿蔔出土辛臭冬到彼土不見其苗此方無故不翻石門云此方以胡荽稱之△〔梵網云〕若佛子不得食五辛〔楞伽云〕一切葱韭薤蒜臭穢不淨能障聖道亦障世間人天淨處何況諸佛淨土果報△〔翻譯云〕楞嚴開有五失一生過二天遠三鬼近四福消五魔集㊃二示過患二○一現同鬼住〔經〕是五種辛熟食發淫生啖增恚如是世間食辛之人縱能宣說十二部經十方天仙嫌其臭穢咸皆遠離諸餓鬼等因彼食次舐其脣吻常與鬼住福德日銷長無利益〔疏〕生死根本無過淫殺此五能助復加葷穢引諸邪惡唯增癡惑汙清淨道故福德天衆遠離無益惡鬼同住也

〔智論云〕行者欲令大德天來惡鬼遠去故身心輕便近諸惡鬼令人身心漸惡譬如近臭人能令人臭近美色則令人好色情發△〔私謂〕龍樹言北方有雪山雪山冷故藥草能殺諸毒所食米穀三毒不能大發三毒不能大發故衆生柔輭信等五根皆得勢力如是善因緣北方多行般若波羅蜜夫以雪山之藥草其力能殺三毒長五根多行般若波羅蜜則五辛能發淫增恚殺法身障聖道益可反而徵矣草木之滋轉移如是謂之助因豈不信乎○二終作魔民〔經〕是食辛人修三摩地菩薩天仙十方善神不來守護大力魔王得其方便現作佛身來為說法非毀禁戒讚淫怒癡命終自為魔王眷屬受魔福盡墮無間獄〔疏〕臭辣葷穢非可聖意故不守護魔不持戒而修邪定及修世福遂感魔宮以定福力且順生報其毀禁業順後方受㊁三結成行〔經〕阿難修菩提者永斷五辛是則名為第一增進修行漸次〔私謂〕禁食五辛口腹纔戒庸夫婦孺胥能遮止如來特開為三漸次之一居四十四心之前此何以故良以修三昧人禪定專勤修習猛利欲以凡身頓超直入此諸佛菩薩之所愍念亦煩惱四魔之所尋伺也障濃智薄觀弱境強影明非真狂解旋起依四食之妄因忽五辛為小戒有曰三淨五淨猶云神力化生此五辛元無命根何以不同草菜有日食甘食毒豈是生死真因此辛即歸變壞何云皆依食住有曰我說十二部經身口意三俱淨五葷入口成甘露味何用區分淨穢有曰我得婬三摩地婬怒癡三無礙五葷段食非毒器蜜安能發動貪嗔邪見惡覺盤互因依舉心動念胥觸魔網由是大力魔王乘便說法破除律儀掃蕩因果生魔民而死魔眷積劫沈淪莫之返矣起信辨魔事云或現天像菩薩像亦作如來像相好具足今經現作佛身也若說陀羅尼若說布施六度亦能使人得諸三昧少分相似今經來為說法也或說平等空無相無願無怨無親無因無果畢竟空寂是真涅槃今經非毀禁戒讚淫怒癡也下經廣辨魔事於色陰盡則云乃謗持戒名為小乘菩薩悟空有何持犯飲酒食肉廣行淫穢於受陰盡則云破佛律儀潛行婬欲如是魔事行相微細起信精辨於止觀雙照之後此經嚴辨於色受既盡之餘今於三漸次之首特舉食辛一戒豈偶然哉三漸次中一二皆名助行助行者正行之助也正助二行皆正修行之目也今謂斷葷但除辛食不同第二正名修行則如來於此何以特標第一增進修行漸次後文何以結云如是皆以三增進故成就五十五位真菩提路哉長水謂助因非正修畧標疑義近師列五十五位遂敢於畜筆簡去第一漸次其過大矣蒙是以詳

辨焉⊙二科其正性二㊇一勸持戒二㊥一正勸止持（經）云何正性阿難如是衆生入三摩地要先嚴持清淨戒律永斷淫心不飡酒肉以火淨食無啖生氣（疏）正性者以殺盜婬性是罪故復是生死根本性故然飲酒合是助因今爲正性者以過惡深於辛故以火淨食者以淺況深生菓尚須淨食何況酒肉婬盜殺妄涅槃護譏嫌戒與性重等故須防微免致大過（熏聞云）律中五菓之屬皆須淨人以火觸之然後得食防壞生故此名火淨又淨食有五種火淨刀淨爪淨鸚鵡嘴淨子不生淨出十誦律（經）阿難是修行人若不斷婬及與殺生出三界者無有是處當觀婬慾猶如毒蛇如見怨賊怨一作冤（疏）豈有具諸功德出離之體而從婬殺盜妄中得必不然也毒虵怨賊能殺生身不損法體婬慾能損法身慧命眞修行者必須永斷涅槃經說菩薩觀愛有九種過患一如債有餘二如羅剎女婦三如妖花莖有毒虵四如惡食性所不便而強食之五如婬女六如摩樓迦子七如瘡中息肉八如暴風九如彗星下文云十方如來色目行婬同名欲火菩薩觀欲如避火坑（智論三十五）欲如怨者失人善利亦如刺客外如親善內心懷害又知五欲如鈎賊魚如强害鹿如燈焚蛾是故說欲如怨怨家之苦不過一世著五欲因緣墮三惡道無量世受諸苦毒（熏聞云）於四重中略誡前二又於二中偏誡淫慾刺性之意斯爲本與法華云諸苦所因貪欲爲本若滅貪欲無所依止智論云世間無不愛樂五欲於五欲中觸爲第一能繫人心如人墮在深泥難可拔濟若受餘欲猶不失智慧婬欲會時身心荒迷無所省覺深著自沒㊥二敘行次第（經）先持聲聞四棄八棄執身不動後行菩薩清淨律儀執心不起（資中）入大乘道而先學小者如十輪經說學行次第若不先學小乘即學大乘無有是處乃至云無力飲河池詎能吞大海是故一切菩薩皆先學三乘唯

不究竟證於小耳【標指】小乘戒律身觸爲犯大乘戒律起心即犯四棄殺盜婬妄爲性戒謂之四根本罪小乘比丘所持因此生二百四十六條輕重之律八棄如前四亦二百四十六條都五百也菩薩只十波羅夷也後行菩薩清淨律儀即梵網所制也亦應如地持及瓔珞所說三聚戒相謂攝律儀戒十波羅夷攝善法戒八萬四千法攝衆生戒慈悲喜捨【疏】比丘四重尼復加四謂觸八覆隨故云八棄【熏聞云】觸八覆隨者謂第五不得染心男身相觸六不得染心男捉手捉衣入屏處屏處並立共語共行身相倚共期等八事七不得覆他重罪八不得隨舉大衆供給衣食梵云波羅夷此云棄謂犯此者永棄佛法邊外猶如死屍大海不受故名爲棄棄從衆法絶分爲名衆法絶分者四人已上凡於羯磨不任僧用四分偈云諸作惡行者猶如彼死屍衆所不容受以此當持戒（八）二明利益二（巳）一遠多過累【經】禁戒成就則於世間永無相生相殺之業偷劫不行無相負累亦於世界不還宿債【疏】三緣若斷三因不生故於

世間不相訓報皆由持戒成就故爾吳興云不婬故無相生乃至不妄故不還宿債（巳）二獲多神用【經】是清淨人脩三摩地父母肉身不須天眼自然觀見十方世界覩佛聞法親奉聖旨得大神通遊十方界宿命清淨得無艱險是則名爲第二增進修行漸次【疏】持戒清淨魔事不生觀行旣成故能發用於父母所生之身得相似五通此同法華觀行持經於現身中獲六根淨文云雖未得天眼但用父母所生眼徹見三千界等【資中】此如法華現身所得六根清淨即相似位也【法華論云】眼能見大千應是天眼那名肉眼智者大師通云此是圓教位因經之力有勝根用旣未發眞不得稱天眼猶名肉眼是分段之身故稱父母所生雖云肉眼具五眼用見大千內外△【熏聞云】得大神通遊十方界別言應屬身根即如意通總說者六根清淨皆神通故智者指法華并普賢觀及菩薩處胎經皆以六根而爲六通則他心宿命漏盡同是意根淨也△【中川云】三種漸次以戒爲體戒屬奢摩他觀寶積論曰以戒故於奢摩

他分同戒是三昧因故以多聞故毘婆舍那分同能領得無漏智故㊀三違其現業三㊅一返流全一經云何現業阿難如是清淨持禁戒人心無貪婬於外六塵不多流逸疏由前起後也清禁既圓觀行仍就於六塵境已知虛幻終不信任隨流奔逸妄有取著合解云現業乃現行業果即六根分別六塵第二決定義言逆彼無始織妄業流也△清涼云勤習守心不犯塵境名不放逸是修習相涅槃云不放逸根深固難拔因不放逸一切善根皆得增長經因不流逸旋元自歸塵既不緣根無所偶反流旋一六用不行疏正違現業也既不隨塵復歸元性元性之中本無根塵夫何爲偶根境不生六用不起唯一圓常妙覺明性此同觀音圓通生滅既滅寂滅現前也故上偈云一處成休復六用皆不成塵垢應念消成圓明淨妙吳興云因不流逸由斷客塵煩惱也旋元自歸漸入如來藏心也塵既不緣下進破根本無明前屬似位但云不多流逸今取眞證乃是根塵泯亡逆無明流

純一眞性六用不行△阿含云佛告比丘當修一行謂他物莫取比丘言我已知已謂色聲香味觸法佛言善哉若能不取此六即所作已辦能得涅槃㊇二獲恐無生經十方國土皎然清淨譬如琉璃內懸寶月疏此敘證眞相也國土融眞圓明體現故如琉璃內懸寶月清淨者空義琉璃寶月空假中也故圓覺云覺圓明故顯心清淨心清淨故乃至一世界多世界清淨等直解云十方國土即六塵境也根塵不偶妙湛旋復則外六塵自淨故云皎然清淨經身心快然妙圓平等獲大安隱疏前則世界圓明此則身心圓明本由迷倒身之與心外泊山河虛空大地咸我妙明眞心中物今復本元故身心世界妙圓平等更無差別法界一性創證此境快然安隱即分得涅槃安樂處也論云如來法身徧一切處能與衆生作平等緣所謂一切菩薩依於三昧乃得平等見諸佛故圓覺言四大不動當知覺性平等不動由不動故安隱也經一切如來密圓淨妙皆

現其中疏此獲聖德即所證理顯也現謂顯發理智行三名客圓淨即涅槃三德也客理也圓智也淨妙行也即法身三德一一德中具一切法三一無礙故稱爲妙此三種法諸佛所證是佛果德攝盡十方三世佛法今日於此一念顯現通達無礙故云皆現其中△圓覺云清淨奢摩他如鏡現諸像又云由寂靜故十方世界諸如來心於中顯現疏云衆生心者猶如於鏡鏡若有垢色像不現心若有垢法身不現中川云一切如來客圓淨妙皆現其中即奢摩他觀也△熏聞云獲大安隱即涅槃也皆現其中者謂極果之德入分眞之性也經是人即獲無生法忍疏結能證也眞如實相名無生法無漏眞智名之爲忍得此智時忍可印持法無生理決定不謬境智相冥名無生忍熏聞云忍謂忍可印持決定不謬即能證智也無生法從所斷惑得名共約所證亦名寂滅忍華嚴初住餘經初地是得忍位今經第三漸次便得此忍迥異餘說無盡曰表圓通之直截也於此忍中

隨所證得不異而異即立諸位故名聖位此則初漸次正修觀行觀行即五品位第二漸次觀成入似相似即十信位第三漸次既言獲無生忍即同初住至等覺位分證即初住至等覺位△溫陵云華嚴十忍第三無生法忍謂不見有少法生不見有少法滅離諸情垢無作無願安住是道名之曰忍言法忍者揀異二乘伏忍也△私謂華嚴中七住得不退轉無生法忍天台即入初住得也清涼六地疏仁王經說有五忍伏信順無生寂滅前四各有上中下品地前但得伏忍三品九地如次配三忍十地及佛得寂滅忍又云若約空無我理爲無生者即初地證如若約證實反望則七地方得若約契本常寂即十地後得此皆入地證無生忍之明文也李長者言經云入一切法如虛空性是名得無生法忍者明八地已前十住至十向是地前賾行順無生忍從初地至三地總取地前三位作一法修行名長養智悲亦名順忍直至八地功用已終得無生忍以論配疏則互有不同今經所云得無生忍者以次位推應是順無生忍而於三漸次即獲者清涼云上來諸門多通始終獨一無生兼通頓教也言從是漸修隨所發行者方山云十忍等是十地位終入生死利衆生之方便亦是十住十行十迴向十地十一地五位通修正圓漸修證之旨也△賀中男云是人即獲無生法忍是人指前

清淨持禁戒人功用至此始得不生不滅果地覺爲因地心也菩薩初入流時即以如幻三昧觀察俱空不生之理故當下即獲此理諸經入地方證無生法忍今信前即獲者此經因地發心與果地覺名目相應故從是漸修等通指後之諸位也謂以此不生不滅爲因地心然後圓成果地修證由是信住行向入地證位皆以此位爲基此正答前問至何漸次得修修行目也[私謂]長水指前文二者眞修爲答修行之目故後人有揀第一助行之說今指漸修發行爲正答修行則問答分明都無疑義亦與衆之小辦相助發也〇[引證][法華玄義云]五品已圓解一實四諦圓伏枝客根本惑故名伏忍十信之位伏道轉強發得似解正是伏道未得入中若入初住正破無明始名斷道名圓教無生忍十行十迴向十地等覺皆破無明同是無生忍位妙覺斷道已周究竟成就名寂滅忍若論通義妙覺寂滅亦名無生忍仁王云從初發心至金剛頂皆名伏忍伏順既其通上寂滅無生亦應通下〇[智論云]菩薩摩訶薩上菩薩位當學般若波羅密菩薩位者無生法忍是若菩薩能觀一切法不生不滅不不生不不滅不共非不共如是觀諸法於三界得脫不以空不以非空一心信忍十方諸佛所用實相智慧無能壞無能動者是名無生法忍無生法忍即是阿鞞跋致若得無生忍法斷諸結使此則清淨末後肉身盡得法性眞身結使所不凝不須敎戒如大恒中船不須將御自至大海深入佛法心通無碍不動不退名無生忍是人得無生忍一心直進無有廢退菩薩未得無生法忍諸煩惱厚雖有諸法善心濡薄不集故爲煩惱所遮得無生法忍無復是事未得無生法忍用力艱難譬如陸行得無生法忍用力甚易譬如乘船是故無生法忍諸佛所貴又論八十三云何行般若云何生云何修有人言行者在乾慧地得者得無生法忍修者得無生法忍後以禪波羅密修般若

㊇三結顯正位[經]從是漸修隨所發行安立聖位是則名爲第三增進修行漸次[疏]從此第三漸次隨起何行隨行附義以立位名不離前來密圓淨妙境智行也[海印云]三漸次中已證無生五十五位從此建立故云即獲無生法忍隨所發行安立聖位〇[台家柏庭月曰]凡明入位必論用觀破惑今曰返流旋一六用不行則觀莫妙於是眞修妙觀又今帶事兼修故有除助因刻正性等言無非圓觀也既而曰獲無生忍非破無明其能至是夫行爲能階位爲所涉未始前後也經言獲無生忍又曰安立聖位此並據行成而言以文相不可並陳故先行而後位此後始正明位始終耳今所明位與一家敎門異者三乾慧本是通位今立爲圓位初心也四善根本三藏內凡位今立爲妙圓位加行也等覺一生即入妙覺今言始獲金剛心中初乾慧地也通理論之初立乾慧者約外凡位齊非此無以入信位也次設加行者以入

地爲方便也金剛心中猶有乾慧地者等覺後心既曰入重玄門倒修凡事則金剛心中始獲乾慧正是重玄門也況一家明位以經論異文尚有借位之義未始定論也又曰如是皆以三增進故善能成就五十五位者以行顯位也亦是以位明行之極△雪浪云三漸次之文不應如台家分配觀行相似等位隨所發行安立聖位謂從無生滅發行即修進乾慧信住等位乃至等妙中間永無諸委曲相也△無盡云斷殺盜婬修三漸次六塵

旋元獲無生忍欲乾慧發有其地矣

則十信已去乃至二覺隨行而證

⊙疏二明地位差別夫論地位者皆是諸佛菩薩親證境界約伏斷次第發眞妙用功力淺深以立位次起信約相似覺隨分覺究竟覺以分地前地上及究竟位華嚴經智度論約入大海辨功用淺深但遲速有異分根性利鈍如游長途非無里數諸大乘經若就平等法界無佛無衆生無修無證無迷無悟則無地位可立上文云本來無有世界衆生此顯心眞如門也若依心生滅門有逆有悟識然修證差別不同故華嚴云不爲鈍根下劣衆生說於地位仁王云若言越此地位得成佛者是魔所說此則異諸外道天魔各自謂得無上覺道不說地位今顯佛法有不思議功德曠劫修行因圓果滿方稱究竟又諸經論建立地位多少不同仁王五十一位瓔珞五十二位華嚴四十一位大品四十二位此經五十七位下文復云六十聖位聖說不同或開或合若約天台圓敎對今經者有同有異同故地前俱是證位異故此乾慧心便是第三漸次無生忍中隨義建立不同天台初住方證無生忍也○法華文句云有言頓悟即佛無復位次之殊楞伽云初地即二地二地即三地寂滅眞如有何位次而有四十二地者是化鈍根方便立淺深之名耳然平等法界尚不論悟與不悟孰淺孰深既得論悟不悟不妨論於淺深究竟大乘無過華嚴大集大品法華涅槃雖明法界平等無說無示而菩薩行位終自炳然實相平等雖無次位見實相者判位次何咎大論云譬如入海有始入者到中者至彼岸者若見眞判位如江河深淺若實相判位如入海深淺論諸次位非徒臆說隨順契經以四悉檀明位何妨○宗鏡云問既論初心入道何用廣錄上地行位答若論其道必有其果若無行位即是天魔外道經論所說微細難知台敎有六即之文仁王具五忍之位恐墮上慢執解不修皆是古聖所詮不敢不錄○清凉十住品疏若定位者略有十義○一依唯識五位十住即當初位一資糧位即是三賢從初發心積習福智爲道資糧爲衆生故修解脫分善二加行位順解脫分既圓滿已爲入見道復加修行亦名順決擇分三通達位即是見道謂初入地三種見道四修習位始從初二第二住心乃至金剛無間心位名爲修道五究竟位金剛心後解脫道中盡未來際皆此位攝○二依攝論第六說有四位十住當初位之初一勝解行位始從十信終於地前餘三見修究竟同五中後三○三依瑜伽四十七說十

二住十住當第二之初一菩薩種性住二勝解住三極喜住第四增上戒五增上心六七八三名增上慧九無相有功用十無相無功用十一無碍解十二最上菩薩住十三最上如來住言十二住依菩薩說後加如來爲十三住第二即是三賢第三已去如次十地○四亦依瑜伽及顯揚第七於十三住建立七地一種性地二勝解行地三淨勝意樂地即前十住四行正行地謂從第四乃至第九住五決定地即第十住六決定行地即第十一住七已後二住爲到究竟地前六唯菩薩第七菩薩如來雜立爲地○五依仁王下卷說十三法師各住一位十住即當第一一習種性二性種性三道種性四善覺摩訶衍五德慧六明慧七爾焰八勝達九常現眞實十玄達十一等覺即八地十二慧光神變即當九地十三觀佛菩薩義當十地及等覺而佛非十三之數○六依仁王上卷五忍之中十住當伏忍之下言五忍者伏忍信忍順忍無生忍寂滅忍各有上中下如次配三賢十地等覺妙覺○七亦依仁王五十二位十住當第六亦即上品五忍魁實唯五十一開等覺故亦通諸經有五十二○八依瓔珞四十二賢聖位當於下賢十住不立十信十信攝在十住中故鈔云但除十信信未成位故○九依瓔珞六種性十住亦當第一一習種性二性種性三道種性四聖種性五等覺性六妙覺性即總收大位爲四後二因圓果滿爲二○若依楞伽等不立地位此非立位不別爲門欲成五教故此附出以十門中前四是始教次

五終教此楞伽當頓教十即圓教小非大位故畧不論○十依華嚴說四十二位無別資糧加行等名然所說位依法性立行布圓融二俱無碍雖言四十二以具圓融行布則融前九一經通明○今別開四門○大品四十二位大品四十二法門表四十二位經云初阿後茶中有四十二若聞阿字門則解一切所謂諸法不生故即圓教初住得無生法義忍過茶無字可說豈非妙覺○法華五十二位天台玄義約七種以明堦位謂十信十住十行十廻向十地等妙於十信前開五品之位如此五品所謂諸法初圓信功德雖是初心而勝聲聞無學如通教乾慧地位亦如伏忍位義推○起信賢首疏約息除生住異滅四相寄顯四位一滅相論云如凡夫人覺知前念起惡位在十信二異相論云如二乘觀智初發意菩薩名相似覺屬三賢菩薩位三住相論云如法身菩薩等名隨分覺屬初地至九地位四生相論云如菩薩地盡名究竟覺屬十地學窮位圭峰科圓覺清淨慧章依論中分齊明證位皆差亦立四位初信位二賢位三聖位四果位具如彼疏○天台六即一理即佛二名字即佛三觀行即佛此五品位四相似即佛此十信位五分證即佛此十住至等覺位六究竟即佛此極果妙覺位○上來依清涼約經論立位○私謂謹按智者大師辯法門行位之文曰若明位數須依瓔珞仁王若明伏斷高下須依大品三觀若對法門須依涅槃用衆經意共成初心觀教兩門使分明耳諸上聖位非凡能測豈可妄說

粗知大意者爲破行人增上慢心又爲銷經文引物怖向不可偏執諍競是非也竊謂天台圓教不同今經者以大師未見佛頂故設使大師得見佛頂此經旣不同華嚴四十一地不開十信又不同諸大乘經及前四時般若不正辨位函蓋相合居然可知今山家諸師執一家教相科判今經本非大師宗旨而近德又欲橫埽台教終日是非大師有言曰末世學者多執經論方便斷伏鬬諍如水性冷不飲安知此乃諸佛赴緣不思議語隨機增減位數不同爾未證得空諍何爲普願法界衆生歸僧息諍論入大和合海至哉聖人之言懸鏡當來宜爲尅骨柏庭月師論曰以一家明位經論異文亦有借位之義未始定論也山家後人持議若此亦迥異乎無目諍日者矣○已上總列地位竟今正明安立聖位文九◉

一乾慧地

○合釋乾慧地智論云大乘是爲地地有十分從初地至二地是名發趣此中是何等十地答地有二種一者但菩薩地二者共地共地者所謂乾慧地乃至佛地但菩薩地者歡喜地乃至法雲地佛言菩薩摩訶薩具足乾慧地性地八人地見地薄地離欲地已作地辟支佛地菩薩地佛地釋曰乾慧地有二種一者聲聞二者菩薩聲聞人獨爲涅槃故勤精進持戒清淨堪任受道分別集諸善法捨不善法雖有智慧不得禪定水則不能得道故名乾慧地於菩薩則初發心乃至未得順忍菩薩地者從乾慧地乃至離垢地如上說

○法華玄義云今於十信之前更明五品之位一乾慧地者三乘之初同名乾慧卽是體發五停心別相總相住是觀中修正勤如意根力覺道雖未得煗法相似理水而總相智慧深利故稱乾慧地也吳興云大品十地初名乾慧天台圓教立五品位且曰義推如大品乾慧地也沇師亦謂此經乾慧是天台五品位○般邁曰佛明三種倒因顯三漸次入無生忍卽階乾慧起行立位是乾慧聖位之初也而吳興判爲五品外凡五十五位眞善提路是乾慧聖路之始也而吳興揀爲非眞是善男子正指上三增進之人也而吳興謂不躡上文以別位當無生法忍經云從乾慧心至等覺已從何增進豈非過信他經反捨本經耶溫陵判信前立乾慧地前立四加妙前立金剛乾慧爲轉位之關要則乾慧當居兩位經言五十五位作何安立也○海印云此明進趣因位華嚴明因有二種前三賢名差別因地上名平等因天台判地前地上爲五位此經總不如然始從觀行以乾慧心卽爲聖位無內凡外凡之別就聖言比量明文較著庶可依通耳

經阿難是善男子欲愛乾枯根境不偶現前殘質不復續生

疏持戒清淨遠離貪婬故名初乾卽斷煩惱障也乾義有二一欲盡故曰乾二但慧故曰乾今卽初義根境不偶由三昧力返流全

一破所知也現前二句報障盡也亡欲愛故無潤惑根不偶故無業性縱有業苦種子無潤不生盡此報身更不相續即生實報地也此即惑業苦亡無潤生理即乾義也（雪浪云）是善男子即指上如是清淨持禁戒人欲愛二句即上文心不流逸塵既不緣根無所偶等現前發質不復續生即無生法忍也△（海印云）此觀行初心單約斷欲故立此位諸經所無根境不偶則發業不生不復續生則潤生永絕此二不生即眞無生忍無生忍即不生滅心以不生滅心斷此二種無明是以果地覺爲本因心故從乾慧即名聖位不比他經分破分證之旨（經）執心虛明純是智慧慧性明圓瑩十方界乾有其慧名乾慧地（疏）戒定既圓從此發慧即轉前三障純成智慧慧光發明瑩瑩鑑字同十方界即慧義也（雪浪云）執心虛明即是亡欲愛根境不偶故純是智慧也末二句結名也此即但有其慧故前云純也既云隨所發行安立聖位故約欲枯返流純成智慧未沾果海法流之水故受此名

此約無生忍中義說故爾眞謂圓融不礙行布下皆做此（中川云）忍獲則智圓欲乾則慧生依慧住持故名曰地△（賀中男云）欲愛乾枯牒上旋元自歸一段執心虛明牒上十方國土一段故知此非別立一位即攝在違現業中

⊙（二十信位）○（一合釋）（天台云）初以圓聞能起圓信因此圓行得入圓位以善修平等法界即入善心善修慈悲即入念心善修寂照即入進心善修破法即入慧心善修通塞即入定心善修道品即入不退心善修正助即入廻向心善修凡聖品即入護法心善修不動即入戒心善修無著即入願心（瓔珞云）一信有十十信有百百法爲一切法之根本入此信心能破界內見思盡又破界外塵沙無知能伏無明住地之惑（仁王云）十善菩薩發大心長住三界苦輪海亦此位也（瓔珞云）法內者所謂十信心是一切行本是故十信心中一信心有十品信心爲百法明門從是百法明心中一心有百心故爲千法明門萬法同上如是增進至無量明轉轉勝進上上法故爲明明法門百萬阿僧祇功德一切行盡入此明門○（賢首品疏云）天台智者依此一品立圓頓止觀云此菩薩聞圓法起圓信立圓行住圓位此中發心該於初後取其成德乃是信終取其爲本乃在初發雖如輕毛功如初賛故十住初發即是此終成彼初發其發心品正顯十住初心之功德耳古德釋此

畧有二門一行布次第門謂從微至著從淺至深次第相乘以階彼岸如瓔珞仁王起信瑜伽等說二法界融攝門謂此法界圓融無限隨在一位即具一切今在信門收無不盡縱有行布亦皆圓攝○又疏鈔云仁王不開十信攝在十住以十信自不成位是住方便攝在住中故仁王云善男子初發相心信恒河沙衆生修行伏忍於三寶中生習種性十心信心乃至廻向心是爲菩薩能少分度衆生已超過二乘一切善地一切諸佛菩薩長養十心爲善胎釋曰此之十心是習種性中爲十住因開因異果故加此十尅實唯五十一又依瓔珞四十二賢聖位不立十信有四義故信不入位一進退不定故二雜修十心無定堦降故三未隨法界修廣大行故四未得法身顯佛種性故私謂仁王瓔珞不開十信清涼云始教開十信終教不開十信開與不開皆行布也此經五十五位別開十信所謂縱有行布亦法界圓攝也圓師依瓔珞判十信爲初住開出可謂固矣○李長者云賢首品中從凡夫位以信爲首一切諸佛從此信生故法界乘中以根本爲信心是隨信心中理智現前以信因中契諸佛果法分毫不謬方成信心以定慧進修經歷十住十行十囘向十地十一地法界如本不動佛智如舊因果不遷時刼不改方成信也進修之中雖經十住十行十廻向還將十信之中十箇智果以成十地之體畢竟佛果不離初信之法十地之體若無十信能信自心初佛果者十地亦不成故○起信記云十信一位有三種

心謂入住終入謂始離異心入初住位終謂信心成滿即第十信也住心即中間入信十信既爾餘住行向等例然㊄文二初躡前總示

經 欲習初乾未與如來法流水接

疏 躡前乾慧義也創乾欲愛果法未沾即用此心爲信方便標如來者顯是果法中川云仁王於法忍位修長養已次起乾慧與此文同而華嚴論於第七地方入法流者教觀不同也以單觀眞理名曰乾慧止觀雙運名入法流十地論云第七地菩薩於一念中奢摩他毘婆那二行雙修入法流水○引證瓔珞云三賢菩薩入聖人位但法性流中心心寂滅自然流入妙覺大海解云法流水者即法性智流水中任運至佛位初水後水一性水者因佛果佛一性佛故於其中間無初中後不隔念故○清涼云七地菩薩本願力故諸佛世尊現在其前與如來智令其入法流門中法流者決彼無生止水令起無功用行河任運越佛智海又法流者即是行海

經 即以此心中中流入圓妙開敷從眞妙圓重發眞妙

疏 此下總示即以下三句標也即用此乾慧中智合中道理理智俱中故名中中又離一切二邊相故雙照二諦無不眞實又此中智念念

相繼而進上住故云中中流入言流入者顯無功用任運而進也以證中道自然流入薩婆若海此則更增一沓智斷功能故云圓妙開敷此即於乾慧心增明觀智以為方便得入十信下二句釋也上句釋此心流入下句釋圓妙開敷吳興云以觀行心緣中道理相續無間流入初信智者偈云實心繫實境實緣次第生實實迭相注自然入實理△海印云此十信位即在乾慧觀心中以中道直觀入識漸漸研窮故曰即以此心中中流入心精發化則圓妙開敷此乃自心開悟如蓮花開眞心忽現大論云性戒清淨猶如蓮花開敷發生自他善因果故△中川云前枯欲愛但有其慧今深入法流同智入悲則菩提生長故曰開敷重發圓覺云如幻三摩提如苗漸增長△雪浪云圓妙即上文妙圓平等如來密圓淨妙也從自心圓妙體上重發眞妙則妙信常住私謂從眞妙圓重發眞妙正釋圓妙開敷也溫陵云圓妙開敷猶餘妄習非眞妙圓必須重發此中又多一層轉折會解亦刋之矣(卅)二正開十心十⊜一信心經妙信常住一切妄想滅盡無餘中道純眞名信心住疏以中道智證法界一體三

實於實德能深忍樂欲冥合常住清淨妙心名為妙信此信即理亦名常住圓覺鈔云準大品中意不信一切名妙信也妙信是能信之智常住是所信之理一切妄想滅無餘者即斷所知無明住地一斷徧斷始因迷覺成不覺今既圓妙智發翻不覺成覺故云一切滅盡無餘吳興云涅槃明須陀洹所斷見惑如四十里水其餘在者如一毛滯今約此義故云一切滅盡無餘中道純眞者妙智決定不偏不邪是佛正因不雜偽妄故云純眞以不住法即住其中故名為住經中多說地住二位是發眞處今於乾慧信位立之表是證眞非是似解耳圓覺鈔又云亦可此妙信之心但能常住不退不失即妄想滅盡△熏聞云謂從乾慧眞妙圓心重發此位眞妙信心心與理冥故曰妙信常住△中川云此圓妙心入流即住名妙信常住由此菩薩已枯欲流得乾慧性其心易住故⊖二念心經眞信明了一切圓通陰處界三不能為礙如是乃至過去未來無數劫中捨身受

身一切習氣皆現在前是善男子皆能憶念得無遺失名念心住疏躡前信心也妙信常住不偏不邪純一眞如故云眞信明了一切圓通者了三科無不是如也無明妄想既亡陰界自然解脫故云不能爲礙妄想若存陰界爲礙妄失煩惱隨此而生今既妄滅陰消過未如一無遠無近所經未經一念現前此即過去宿命未來天眼明記不失故名爲念吳興云捨身受身即分段生死一切習氣是思惑正使以下明五不還天所斷欲惑亦名習氣故又應通指二死爲捨身總目五住爲習氣△雪浪云一切妄想是現行習氣是種子今言習氣即妄想先滅盡者經文自明勿依吳興指五住等△海印云初信圓成七識不行故捨身受身欲愛習氣皆現在前見惑已盡思惑漸斷故能憶念不忘名念心住㊀三精進心經妙圓純眞躡上妙信純眞等眞精發化無始習氣通一精明唯以精明進趣眞淨名精進心疏圓妙淨智無二邊之雜無妄想之僞故云純眞現用自在故云發化乃能融通習氣唯一精眞吳興云化變也變諸妄習純成眞明言其精也直解云此眞實妙淨之信心發化無盡故無始刦中生死習氣化爲一精明也以眞精智脩眞淨行故名精進海印云進斷思惑故曰妙圓純眞由眞精觀智消融愛習變習成智故曰通一精明是則習消智明唯以精明進趣眞淨妙理以盡聞不住故名爲精進心㊀四慧心經心精現前躡上精明進趣純以智慧名慧心住疏眞精之心明了顯現此現前心純是圓智用名慧心智之與慧左右言耳溫陵云妄習既盡心精現前進趣云爲純智無習矣△海印云從此智慧二惑已除故△如說云前云純是智慧斷惑之智如夜向曉此云純以智慧證眞之智如曉出日△法數云善入佛法造心分別曰慧㊀五定心經執持智明躡上純以智慧周徧湛寂寂妙常凝名定心住疏智照凝明無動無亂照而常寂湛然不動名曰定心溫陵云慧既純明須定以持之△補遺云前言智慧此言智明智受覺明湛而不流故曰寂湛妙而無作故言寂妙此定相也故曰常凝△如說云前因定生慧是逆流之定如器澄濁水此先慧後定

是常光之慧如燈貯客室㊀六不退心經定光發明蹑上智明明寂湛性深入唯進無退名不退心疏寂定慧光互相明發於理於行唯深唯進故云不退溫陵云以定持慧至於寂湛故性光發明於道深入△如說云定慧雙運如車兩輪三信精進如馬見鞭此位不退如車得路△海印云一向判位當七信為不退斷見思惑得六根清淨今於三信已斷見思六根圓通而六信得不退者彼約先斷見思以及塵沙後及無明今經發覺初心三漸次中即以中道經破根本無明任運麁垢先落如澄濁水沙土自沉清水現前單約中道觀智故迥別也○引證李長者云此經發十信心俱以法界不思乘一切智乘而發其心但無所依發菩提心入此信者皆無有退正信自己身心總是法界佛全身全心一切境界總是法界一真法身體用理智住在何所退至何處自了身心本無依住本無所得了如斯法而生信解即無退轉有所依法而發心者放却所得所依著處即有退轉起信云證發心者多住退位以有所得可證故㊀七護法心經心進安然蹑上唯進無退保持不失十方如來氣分交接名護法心疏寂照增進不動不退故曰安然保任護持令此與佛冥然通合故云交接由保持故名為護持海印云前位不退尚有進趣猛利之相至此進趣功純定慧兩全故曰心進安然保持不失見思緣影已盡伏中道觀分破無明法身漸顯故曰十方如來氣分交接△如說云乾慧未與法流水接初信中中流入安然坐進始接法流如江水海潮兩相交接之侯也△熏聞云圓位至此斷三界思盡即六根清淨之正位配瓔珞屬七住對大品當佛地約婆沙齊三十四心智者云三藏佛位同除四住此處為齊若伏無明三藏即劣是發真斷惑之大節故特標云十方如來氣分交接按此台家判位之文近師多不承用㊀八迴向心經覺明保持蹑上保持不失能以妙力迴佛慈光向佛安住猶如雙鏡光明相對其中妙影重重相入名迴向心疏由前寂照互相顯發保持無退妙用強勝能感果德因心中現故云迴佛慈光此寂照因決能感果無有乖失故云向佛安住果中現因相因中現果相因果不二互現互入故云妙影重重涉入名迴向心吳興云覺明保持即護法心也上氣分交接則自他心佛相應相冥今迴前覺照住佛光中所謂同因向果也已智佛光相照相對故曰猶如雙鏡

等又約十方如來對照亦然△【法數云】以護法之心微妙之力感佛光來照又復廻光以向於佛如雙鏡之互照也△【雪浪云】能以妙力廻佛慈光向自己佛安住自己與佛猶如雙鏡光光相對佛與自己彼此相涉⑧九戒心【經】心光密廻躡上廻佛慈光獲佛常凝無上妙淨安住無爲得無遺失名戒心住【疏】即寂之照故曰心光即照之寂名佛常凝此圓定慧離二邊染斷性亦無故曰無上妙淨二邊不動即無爲作故云安住無爲也得無遺失戒圓明也此則定道圓融離妄想染故云戒心【吳興云】廻向既成同佛常寂常寂之體即是無上妙淨明心正防無明微細之患故得戒名△【溫陵云】由廻佛心光而得之於我故曰獲佛常凝△【融室云】佛之慈光即心光也△【法數云】心廻向佛則於淨戒安住不失△【海印云】以憑觀之力一念失照即墮無明故名戒心住△【定林云】前言以妙力廻此言心光密廻前言妙影相入此言獲佛妙淨所謂密廻者機括獨運非麄浮所見經言因戒生定因定發慧今慧心在定心前戒心在定心後此所謂定非發慧定乃趣過慧境周徧寂湛寂妙常凝者也此所謂戒非生定戒乃獲佛常凝無上妙淨無爲性戒者也⑧十願心【經】住戒自在躡上安住無爲能游十方所去隨願名願心住【疏】戒根圓淨過累不拘故云自在以此爲足游履十方妙用現前隨欲利益故名願心【法數云】心住淨戒而得自在故能徧游十方化導衆生隨願滿足△【吳興云】准天台圓敎未斷無明生同居者名爲願生又說十信出假利益衆生正符此文也△【智論三十云】佛菩薩有如意疾速神通如金翅鳥子始從鷇出從一須彌至一須彌諸佛菩薩亦復如是以無生忍力故破諸煩惱無明鷇即時一念中作無量力徧至十方○【合釋宗鏡云】此十信心難發難信難入聞者皆云我是凡夫何由可得是佛設少分信者即責神通道力是故當知且須如是正信方始以正信正見法行加行加法進修分分無明薄解脫智慧明依自力淺深漸得神通妙用隨自己得信猶未得何學神通○【溫陵云】修行之初必枯絶欲愛使心性虛明然後能入法流開妙圓性眞性明圓細習乃現遂發行治之使純智無習又持之以定使習湛發光深入于道護持不失斯能廻佛慈光獲佛淨戒而戢塵不染所去隨願此十信之序也聖位以十信爲初因以十住十行十願十地爲漸次而終於等妙皆相躡而說欲令行人從信趣入住佛智地而依智起行濟行以願由是超賢入聖躋于等妙此修證之序也○【海印云】信位雖列十名實是觀行成就圓成一心以中道純眞

故非相似比向後三賢位只依此一心研窮三觀次第而入故爲差别因也○上來信位竟

大佛頂首楞嚴經疏解蒙鈔卷第八之一

音釋

薤　胡介切音械　瑩　于平切音縈明也　創　初亮切瘡去聲始也

大佛頂首楞嚴經疏解蒙鈔卷第八之二

海　印　弟子蒙叟錢謙益　鈔

⊙三十住位○[合釋]天台云二明十住位者以從相似十信能入十住位真中智也初住成就十德應是十信中十法轉似爲真一住具十細意尋之對當相應何者十信百法爲一切法本豈不得此釋耶初住既爾三觀現前斷法界無量品無明一住大分畧爲十品智斷即是十住故仁王云入理般若名爲住即是十番進修無漏同見中道佛性第一義理以不住法從淺至深住佛三德及一切佛法故名十住位約分別義者伏順二忍未是真因無生一忍未是真果從十住去名真因妙覺名真果順忍中斷除見思如水上油虛妄易吹無明是同體之惑如水内乳唯登住已去菩薩鵞王能唼無明乳清法性水從此已去乃判真因○[華嚴]十住品云法慧菩薩言菩薩住處廣大與法界虛空等菩薩住三世諸佛家疏云今此住位名住處者若從增勝則以深般若住於真如即復由此而爲行願之所住處經云住三世諸佛家準論名不怯弱處謂菩薩所住即佛所住故名佛家進住佛家是不怯弱經謂向言住處何所住耶謂住佛家即是大菩提心諸佛住此生菩薩故真如悲願究竟唯佛方能住故然住有二義一約能所合釋故言慧依於理則理是所住慧是能住二約唯慧釋信未終極慧未安住得入正位位不動搖故云得位不退然位不退復有二義一約三乘至第七住位方不退二約終教入初住位即云不退異輕毛故今依後義則通十住位皆不退從初受名○[李長者]曰華嚴十方諸佛根本智法及差別智大慈大悲法出情塵教深難信要待入證十住之位生在佛家爲佛真子方是流通如起信中十住菩薩少分見性以誓願力能八相成佛雖未圓滿爲如來真子生佛家故不同餘教假真如假智等待於初地方生佛家不明見性力真勝餘宗少分如是何況全得乎十住者生諸佛大智慧中住入此位水不退還故名爲住此十住入真見道初心與後十行十迴向十地十一地爲正覺之果如人百歲以初生爲長故人生十子初生爲長○[十地][疏]云藏中大十住經以古譯十地爲十住十住毗婆沙云十皆住住處名之爲地仁王兼明十云入理般若名爲住住生功德稱爲地故知十住即十地攝如發心住即歡喜地攝對凡夫無修證故稱之爲賢又瓔珞云空理智心習故佛法一切功德不自造心生一切功德故不名爲地但名爲住釋曰學他非自有故名住不名地大鈔云圓教十住似十地故(四)

文十(二)一

發心住

[經]阿難是善男子以真方便發此十心（躡上十信心）心精發暉十用涉入（十用即十信心之用）圓成一心名發心住[疏]圓融妙慧名真方便由此妙慧

發前十信以此十心本是一性所具功德由妙慧發令一一心皆具十心十用無礙一多相即唯是一心心即祕藏令於此藏開發顯現以不住法即住其中名發心住〔吳興云〕真方便者謂真家之方便又真即方便皆以中道心修故十用涉入圓成一心△〔王舜鼎曰〕此名十信亦名十發心圓成一信方謂之真發心△〔海印云〕華嚴每位約觀行有入住出三相總躡前位以爲勝進此文云以真方便發此十心是則以三漸次乾慧地爲真方便爲入發此十種信心爲住至十信滿心寂照雙流圓成一心爲出是以十信觀行勝進功圓總成初住一位也由始覺顯本覺發本明耀故曰心精發暉以此心初顯名發心住○〔引證〕十住〔疏云〕瓔珞云是上進分善根人始從具縛凡夫值佛菩薩教法之中起一念信便發菩提心若一劫二劫一恒二恒佛所行十信心信三寶常住八萬四千般若波羅蜜修一切行一切法門乃至始入空界住空性位故名爲住依仁王起信即十千劫來修信行滿入位不退創起大心發心即住名發心住即信成就發心也〔瓔珞云〕未上住前有十順名字菩薩常行十心所謂信心乃至願心佛子修行是心若經一劫二劫三劫乃得入初住位中住是位中增修百法明門所謂十信心心心有十故修行百法明門常發無量有行無行

大願得入習種性中○〔李長者曰〕發心有二種一修信解發心但修十信解故二信滿發心十住位初名初發心住故此中入初發心住者住一切諸佛智慧大悲海境界中住即五位通修以初住及十地不離一佛智慧境界故但明生熟慣習勝劣安立住地之名於初發心住中以自在決定解力信眼清明智光照耀普觀境界離一切障勢會悟入十住初心以隨位進修中安立五十佛果次第方便法門如是萬行但爲長初生佛家之智慧大悲令慣習自在故時亦不改法亦不異智亦不遷猶如竹葦依舊而成初生與終無有麁細亦如小兒長初生而爲大無異大也佛果在於初發心直以十行十向十地十一地爲長養道之方便故○〔宗鏡云〕台教云若人圓聞妙理起圓信解信一念中具十法界欲依此心而修圓行是名圓教初隨喜品從此具修十法得入圓教初發心住分真即中初阿後荼發心畢竟二不別以行位念三不退故台教接人止住於此尒後十行十向十地二覺所有智斷昇進任運無功念念圓滿無上菩提○二治地住〔經〕心中發明精發暉如淨琉璃內現精金以前妙心履以成地名治平地住〔疏〕琉璃空也精金中也現即假也淨寶精金互相映現無礙融通不一不異以此妙心而爲所依然後出生無量

德用故名治地△長沙岑和尚曰如淨琉璃中內現真金體以淨琉璃為法界體以真金體為無漏智體能生智智能達體故△吳興云能證心如琉璃所顯性如精金治理也依前心地以觀治之以前妙心智也智以照理如履地然△溫陵云履是妙心以為真基如將築室必先治地△海印云以前微妙觀智遊履此心淨治無明履以成地謂到此有歸着處〇引證瓔珞云治地住者常修空心淨八萬四千法門清淨潔白故疏云謂練治心地使悲智增明名治地住⑧三修行住經心地涉知躡上妙心履地俱得明了遊履十方得無留礙名修行住疏法界心地即前一心妙行能涉妙智能知溫陵云由內外精瑩治成心地所涉所知俱得明了理智行三自在圓融不以二邊之所住著名無留礙此真修行名修行住法數云發心住地二住之智俱已明了普徧修行皆無礙故△海印云由前治地以智照理理隨智現故曰心地涉知境境智歷然故曰俱得明了智照既明理境亦大盡十方際成一真界故曰遊履十方理智冥符不落空有空不能留有不能礙故曰得無留礙心心無間名修行住〇十住疏云三巧觀空有增修正行故瓔珞十皆⑧四生貴住經行與佛同躡修行住受佛氣力如中陰身

自求父母陰信冥通入如來種名生貴住疏智行微妙冥通果德故云行與佛同自然合佛慈種名受佛氣分孤山云分真智與究竟智等名行與佛同分證理與究竟理等名受佛氣分如中陰身自求父母者以佛權實二智為父母故淨名云智度菩薩母方便以為父既分入果智密合果德故云冥通入如來種任運相合名自求父母密齊果德如陰信冥通海印云初以智熏真如真如漸顯亦返熏智智得所如曰受佛氣分以本覺種子今被觀智新熏發生名生貴住般若尊重特以貴名以智攝理故如入胎△溫陵云將生佛家為法王子故名生貴〇十住疏四生佛法家種性尊貴故〇李長者云如經所說以信心為胎至十住位名初生佛家今以東方為金色世界者明金正月肥二月胎三月成形四月生于辛五月養於午六月冠帶於未七月相八月王明金胎二月表十信為聖胎故⑧五方便具足住經既遊道胎親奉覺亂如胎已成人相不缺名方便具足住疏以自行化他一切種智具足成就名人相不缺海印云以始覺觀照含育本覺故曰親奉覺亂觀行

成就故曰如胎巳成方便即觀智也謂非觀智本覺不顯乃由方具而具足者△講録云悲智具足乃是如來人相○十住疏五帶真隨俗無量善巧化無住故㊀六正心住【經】容貌如佛心相亦同名正心住【疏】一切種智自利利他相用顯現名爲容貌無緣慈悲名之爲心故觀經云佛心者大慈悲是此菩薩分得其用名之爲同溫陵云容貌外同心相內異非正心也△如說云心相喻佛心不動之相也華嚴明此菩薩有十種心定不動即此經正心也△淨名經云如自觀身實相觀佛亦然肇曰實相之相即如來相故經云見實相法爲見佛也㊀七不退住【經】身心合成踊上容貌心相日益增長名不退住【疏】一切種智慈悲相用和合成就任運增長無有退屈名爲不退融室云道胎中佛身佛心二種合成漸漸增長故曰不退△海印云理智冥合理隨智增故云不退○華嚴六住文云欲令其心轉復增進得不退轉無生法忍疏曰此如順忍欲進後位不退忍故十地配五忍四五六地配於順忍七八九地配無生忍無生忍者即不退忍此七住得無生忍之明文也㊀八童真住【經】十身靈相一時具足名童真住【疏】十身靈相十身盧舍那也謂聲聞及緣覺菩薩如來身法智空業報衆生及國土又如來身自具十種謂菩提願化力莊嚴威勢意生福法智此十妙應如隨色珠顯現自在即不思議種智之妙用智體本具隨障盡處而得顯現既以權實二智大悲熏修功用頓顯雖未全如於佛分得此相賛中文同即一身現無量身也華嚴云雖未具足一切智已獲如來自在力熏聞云盧舍那寶梁經翻爲淨滿諸患都盡故稱淨衆德悉圓故云滿令以童真無染與十身舍那淨滿相似故△講録云准華嚴八地方現十身彼經云十身相作此言具足者以分具故皆圓位也彡依岳師此圓彼別之說○引證智論云或有菩薩作願世世童男出家行道不受世間愛欲是名鳩羅伽地又如王子名鳩摩羅伽佛爲法王菩薩入法王位乃至十地故悉名王子皆住爲佛如文殊尸利十力四無所畏等悉具佛事故住鳩摩伽地廣度衆生故又如童子過四歲巳上未滿二十名爲鳩摩羅伽地若菩薩初生菩薩家者如嬰兒得無生法忍乃至十住地名鳩摩羅伽地應法師云鳩摩正言究摩羅浮多

究磨羅舊名童子浮多舊譯云真言童真地也表初入佛法故亦顯非童行不能入故或云實亦是一義今應爲相言童相也經順俗名以童標八地已上菩薩或云法王子者别號也㊀九法王子住【經】形成出胎親爲佛子名法王子住【疏】十身具足故曰形成出因顯果故云出胎堪任繼嗣紹隆佛法名法王子孤山云出胎喻破第九住無明又從理起用亦如出胎△温陵云自發心至生貴名入聖胎自方便至童真名長養聖胎長養功終名出聖胎○十住疏云九從法王教生解當任佛法故經文勝進十法法王處善巧乃至法王讃嘆皆言法王者既言王子倣佛之儀合於法度如世王之於父王○智論二十九有二種菩薩家有退轉家有不退轉家名字家實家淨家雜家有信堅固家不堅固家爲不退轉家乃至信堅固家故言欲生菩薩家○妙嚴疏云佛子者一外子謂諸凡夫未能紹隆佛家事故二庶子謂諸二乘不從如來大法生故三真子謂大菩薩從大法喜正所生故即九地已下三種佛子㊀十灌頂住【經】表以成人如國大王以諸國事分委太子彼刹利王世子長成陳列灌頂名灌頂住【疏】行願内充慈悲外發德相漸成化物功著故云表以成人

於十方次補佛處堪任付囑傳法利生故如國王委政太子陳列灌頂也問准華嚴經初住菩薩即能成佛教化衆生何故至第十住方名陳列灌頂表成佛耶答圓融之教二經頗同以行布不碍圓融故華嚴初住便能成佛圓融不碍行布故今經十住方列灌頂故彼經云菩薩住處廣大與虚空等又云初發心時便成正覺了達諸法真實之相所有聞法不由他悟具修十種智力究竟離虚妄無染如虚空清淨妙法身湛然應一切亦同大品云從初發心時即坐道場轉法輪度衆生當知此菩薩爲如佛今經云十用涉入圓成一心又云十身靈相一時具足此上皆明一位具諸位即行布不礙圓融也又華嚴明第十地菩薩方論受職此經第十住明陳列灌頂即圓融不碍行布也圓融即横論行布即竪說二無障碍二經頗同故無疑也言陳列灌頂者華嚴云轉輪聖王所生太子母是正后身相具足坐白象寶妙金之座張大網縵奏諸音樂取四大海水置金缾内王執此缾灌太子頂是時即名受王職位菩薩受職亦復如是諸佛智水灌其頂故名爲受大智職菩薩彼明第十地方是受職今此十住既名灌頂故說受職彼約究竟此約分得又無生忍中一位具諸位故得乎說△無盡云華嚴初住即佛住也十地灌頂以轉輪王太子受王職位此經第四住行方同佛比國王灌太子頂分委國事淺深之序可見私謂無盡之說是也轉輪王

之太子受王灌頂是時即名受王職位亦得名爲轉輪聖王經云如國大王以諸國事分委太子指轉輪王太子受職之事也若十住菩薩之取喻則不然曰彼刹利王則刹利粟散而已非轉輪聖王也曰世子長成則諸王之世子而已非轉輪王所生太子也曰陳列灌頂而已則亦未有衆寶妙金綱縵幢幡種種莊嚴也以陳列灌頂表其成人則亦未即受王職位豈在灌頂刹王數也此亦地住二位之行布條然可見者也○十住疏云十從上九住觀空得無生心最爲上故諸佛智水灌心頂故○溫陵云夫發心必治地治地乃修行修行然後生如來家而具覺相同佛心長道體圓十身爲佛子任佛事此十住始終之序也○上來十住位竟

⊙四十行位○合釋天台云即是從十住後實相真明不可思議更十番智斷破十品無明一行一切行念念進趣流入平等法界海諸波羅蜜任運生長自行化他功德與虛空等故名十行位○十行疏云釋名者隨緣順理造修名行數越塵沙寄圓辨十仁王名爲十止就三學中定心增故梵網名爲十長養長道五根故本業經總明從住入行云從灌頂進入五陰法界空亦行八萬四千波羅蜜故名十行○李長者曰世間以禾稼爲資糧長養有爲之身佛法以十波羅蜜行爲資糧長養法身十信十住總爲見道之位十迴向十地總爲加行總爲資糧如此十行與佛果資糧猶如黃瓜果花同出花果相資以無功

而爲自在也第四會夜摩天宮說十行者爲明從須彌山頂至相盡處證佛智身至夜摩天下依法空本智起普賢萬行以處表法令易解故○宗鏡云如圓教圓修至十行中第二行便與別教妙覺位齊若登三行所有智斷別人不識其名況知其法別教但知十行第二行中只斷十二品無明爲已家之極果不知是他家之下因㊁文十㊀一歡喜行

經阿難是善男子成佛子已具足無量如來妙德十方隨順名歡喜行疏初二句結前具足下正明此有二義故歡喜一具足無量佛德故如觀音云我又獲是圓通脩證無上道故又能善獲四不思議無作妙德既云不思議即是無量佛德也此之妙德先未曾獲今日具足故云歡喜二衆生受化故歡喜十方者現十界身利衆生也隨順有二一衆生趣向不等根行有異菩薩隨順以形以說此明能化隨順也二菩薩現種種化衆生隨順一一受化咸皆得益此明所化隨順也能所既

皆隨順機應俱生歡喜故以名焉海印云如來藏性具有恒沙稱性功德無明既滅性德用顯故云具具足不住果覺故十方隨順理滿心足自他利備機應俱喜名歡喜行此躡十住滿心融成一片生大法樂也△私謂華嚴標此菩薩爲大施主疏約三施說施悅自他故名歡喜亦與此經隨順歡喜相應然正不須配屬彼經判此行爲施度也餘行倣此⊖二饒益行經善能利益一切衆生名饒益行疏如上隨順衆生即是善能利益始能歡喜生善終能破惡入理故名饒益溫陵云善推妙德益以利人名饒益行△私謂十行疏云三聚淨戒亦益自他故名饒益攝論云若人住前二種淨戒則能引攝利衆生戒成熟有情此言饒益即饒益有情戒與華嚴戒度相應今師必欲逐文配合匪益差殊非圓融行布之義也清凉謂北京李長者以十向配於十度欲顯多塗不碍行布多分相似故非正義長水不取分配意亦如是⊖三無嗔恨行經自覺覺他得無違拒名無瞋恨行疏自覺故無明不能拒智覺他故有情不能違化障不能拒物不能違二利既兼故無瞋恨海印云以觀衆生隨順覺性永無違拒名無嗔恨○華嚴名無違逆行晉云無恚恨

經云此菩薩常行忍法爲衆生說法令斷貪嗔痴等惡令安住忍辱慈和菩薩成就忍法假使百千億那由他阿僧祇衆生一一衆生化作百千億那由他阿僧祇口一一口出百千億那由他阿僧語毀辱菩薩又此衆生一一各有百千億那由他阿僧祇手一一手各執百千億那由他阿僧祇器通害菩薩如是經於阿僧祇劫曾無休息菩薩受此極大楚毒身毛皆豎命將欲斷作是念言我因是苦心若動亂則自不調伏自不守護云何令得他心清淨我從無始劫住於生死受諸苦惱如是思惟重自勸厲令心清淨而得歡喜自能安住於佛法中亦令衆生同得此法今按此經無嗔恨行即全與華嚴忍度相應也⊖四無盡行經種類出生窮未來際三世平等十方通達名無盡行疏隨機隨感現種類身盡未來際化復作化三世下釋所以也以知三世空寂故得窮未來際以達十方無礙故能現種類身若時若處現化不絕故云無盡融室云受化衆生皆菩薩種類大願無盡種類出生窮未來際亦復無盡古今一念則三世平等中外一如則十方通達△孤山云窮未來際益物無盡豎徧三世橫周十方○華嚴第四名無屈撓行晉經云無盡本業云常住功德現化衆生故名無盡⊖五離癡亂行經一

切合同種種法門得無差悞名離癡亂行【疏】現種類身即普現色身三昧說無量法不離四種辯才若身若說皆是智用咸歸於理華嚴云此菩薩於一念頃得無數三昧經云菩薩於一念中得無數百千三昧聞如是聲心不惑亂令其三昧漸更增廣了知此之三昧同一體性乃至得一切法真實智慧善入一切諸禪定門知諸三昧同一體性了一切法無有邊際得一切法真實智慧故能合種種法門得無差悞由無差悞故離癡亂孤山云妙智了覺塵沙法門異名別說同歸一理故離癡亂△雪浪云不了種種法門名癡亂行△海印云佛界衆生界一界無二界故一切合同鑒機說法故無差悞不著法相名離癡亂○本業云命終之時無明鬼不亂不濁正念故無癡亂經云於世間中死此生彼心無癡亂入胎出胎心無癡亂乃至發菩提心事善知識勤修佛法覺知魔事離諸魔業於不可說劫修菩薩行共八句皆有心無癡亂四字⊜六善現行【經】則於同中顯現群異一一異相各各見同名善現行【疏】一中現無量故云於同現異無量中現一

故云異相見同身說皆然也以知一切法同一法性能作種種異說而不失一性一相之旨維摩云能善分別諸法相於第一義而不動故名善現【孤山云】同中現異違理即事故異相見同達事即理故△【溫陵云】由無癡亂故能於種種法門互現隨應圓融自在所謂善現也○【十行疏云】慧能顯三諦之理般若現前故名善現⊜七無著行【經】如是乃至十方虛空滿足微塵一一塵中現十方界現塵現界不相留礙名無著行【疏】著謂住著即留礙也一塵現十方是現界不壞一塵相是現塵【興云】界全是塵名現塵塵容界相名現界世界微塵各不相妨此即大小自在由此菩薩住不思議解脫故得此用【融室云】十方虛空徧現微塵一塵不遺名為滿足諸塵各現十方界塵界互現如帝網珠有何留礙而成住著△【溫陵云】此由善現充擴圓融也○【十行疏云】七不滯事理故名無著彼云於我無我乃至一切法空故此即涉有不迷於空謂於我而無有我也若於我無我皆不著者則雙不滯也以有不捨不受方便智故經云此菩薩以無著心於念

念中能入阿僧祇世界於諸世界心無所著
又於毛端徧現世界於一毛端處盡不可說
不可說剎教化衆生如一毛端處一一毛端
皆亦如是乃至不於一彈指頃執著於我生
我我所想⊖
八尊重行【經】種種現前咸是第一波羅蜜
多名尊重行【疏】現塵現界現身現說不相留
礙故云種種現前皆從圓融三德般若之所
發現故云第一此之妙行超過一切諸法門
故名為尊重〔標指〕咸是第一者俱成佛行從
三德發現絕待名尊重也△〔吳
興云〕大品言智慧輕薄般若尊重故以名焉
△〔法數云〕謂無著行中現塵現界皆般若觀
照之力至尊至重○華嚴【經】如是圓融能成
名難得行⊖九善法行
十方諸佛軌則名善法行【疏】如上所現無礙
妙用故曰圓融一一皆能合佛如來利生軌
則故名善法〔法數云〕謂於妙觀慧中種種明
現以顯圓融之德十方諸佛莫
不依此圓融證入法界以是成道利生而為
軌則也○〔十行疏云〕九善巧說法名善法行
瓔珞云說法授人動成物則故同於九地法
師位故經云菩薩安住此行為一切衆生作
清涼法池能盡一切佛法源故疏云以【經】一
清涼法池即是行體故⊖十真實行

一皆是清淨無漏一真無為性本然故名真
實行【疏】依真起用用不離體體即真如無漏
清淨一真法界此法界體本具如是無方妙
用故云本然以即體故名為真實〔吳興云〕上
善法行全
性起修故成執則此真實行全修是性故皆
無為○〔十行疏云〕十言行不虛故名真實又
稱二諦故故瓔珞云二諦非
如非相非非相故名為真實此之十行皆是
證真菩薩自利利他無礙自在圓融妙行一
一皆破微細無明顯佛智德漸漸圓滿有此
十番智斷功用念念與薩婆若相應華嚴云
此菩薩行與法界虛空等以用諸佛不思議
妙行故故此十行圓融無礙即一論十十不
離一故此最後即云一一皆是清淨真如性
本然故〔溫陵云〕如是十行乃至後位不離前
法而皆相躡別說者一使行人隨位
增進開擴性靈淨治惑障而成
熟佛果也●上來十行位竟
◉第五十迴向位○〔合釋〕〔十迴向疏云〕迴者
轉也向者趣也轉自萬行迴向三處謂衆生

菩提及以實際上二皆隨相實際即離相同向不同有其十種謂回自向他等十通論一一中皆有三種回向謂以善根回向衆生菩提實際此三各有二義故成廻向一以菩薩善根必由衆生而成是衆生之分故由餘二成餘二流故菩提分故稱實際故法爾向彼凡是菩薩必爲度生不爾同二乘故必求無上菩提是家法故不爾同凡小故必證實際皆無明故照二空故〇天台云十廻向位者即是十行之後無功用道不可思議眞明念念開發一切法界願行事理自然和融廻入平等法界海更證十番智斷破十番無明故名廻向也〇李長者曰以十住初生諸佛智慧家雖有第七方便波羅蜜成大悲行然爲創始應眞出世心多十行位中以智眼悲眼法眼觀根利生化令出俗此十廻向位中明前二位出俗心多大悲行劣以將十十住初心所得諸佛之智慧十行之中出世之行門處俗利生廻眞入俗故名回向大意以無作法身無依住智以十廻向大願調和令得成就大慈悲利衆生之行海令使一切思量分別便爲智用令使一切知見總爲禪門本來不動令使理性本寂定門起差別智身慧身變易身令使一毛孔中安立一切佛刹衆生刹悉皆無碍令使有爲無爲一法界自在故如是廻向〇溫陵云十回向亦名十願前十住十行出俗心多大悲行劣此須濟以悲願處俗利生回眞向俗回智向悲使眞俗圓融智悲不二是名回向修進妙行至此備矣

卍文十㊀一救護衆生離衆生相廻向

經阿難是善男子滿足神通成佛事已純潔精眞遠諸留患結前十行當度衆生滅除度相廻無爲心向涅槃路名救護一切衆生離衆生相廻向疏依體起用故云滿足神通自利利他妙行無礙故云成佛事已佛以度生利他爲事業故純潔精眞顯智德也遠離留患顯斷德也此十番智斷皆是非證而證非斷而斷智本眞故惑本亡故海印云本覺出纏遠離空有入空不留入有無患當度下正明也約用就體能所俱亡衆生相空本涅槃故能化緣生本無性故故云滅除度相般若經中亦同此說亡緣之智名無爲心無作妙理名涅槃路攝用歸體名爲廻向涅槃果也路即理也履以成地到究竟故名涅槃路結名可知問十行位中豈有度相耶答前即依體起用且論神通化物未言

滅除度相今此攝用歸體順寂滅義故除度相約義雖異爲行則同豈有證真大士猶懷度生之相耶（海印云）當度衆生廻向衆生也滅除度相以衆生如故本來平等回向實際也回無爲心向涅槃路廻向菩提也○（十向品疏云）一廻向二字皆是能廻之願救護等名皆是所廻之行故皆依主受名二救護等名皆廻向之別相廻向二字皆別相之通名當名相望救護等即回向若爭相揀是救護之回向非不壞之回向則通依主第一救護等者大悲廣濟名爲救護一切衆生大智無著故云離衆生相即是廣大不顛倒心回向是行謂以善根回成救生離相之行故名回向從所向立名故下文云願此善根普能饒益一切衆生明知救護非是所回自以十度爲所回向耳又唯以離衆生相爲能回者則回向中無隨相也將墜者護已墜者救救令脫苦護令息惡並以善根願能成此又於初廻向明十義者一廻自向他故文云若有善根不欲饒益一切衆生不名廻向二廻少向多故大智導悲能善緣故如聲入角少亦遠聞文云善根雖少普攝衆生以歡喜心廣大回向等

⑧二不壞回向

（經）壞其可壞遠離諸離名不壞廻向（疏）應當遠離一切幻化虛妄境界故云壞其可壞（海印云）可壞者無明煩惱雜染衆生相也△（如說云）上經言諸世間可作之法雖爲不壞心如幻者亦復遠離遠離爲幻亦復遠離離遠離幻亦復遠離（圓覺文）故云遠離諸離得無所離即合涅槃（彼經又云諸幻既離覺心不動）故云不壞廻向（中川云）以生死涅槃爲回向義可壞者生死之境諸離者涅槃之心俱舍涅槃名離（什注淨名曰）心識滅盡名爲遠離肇曰小離離世憒閙大離離身心盡○（十向疏云）於三寶等得不壞信以此善根用將廻向

⑧三等一切佛廻向

（經）本覺湛然覺齊佛覺名等一切佛廻向（疏）本性覺體未嘗起滅故云湛然此湛覺體三世諸佛無二圓滿故云覺齊佛覺此則得平等覺與諸佛同故云等一切佛（標指）寂而常照與三世佛無異△（溫陵云）無壞不壞無離不離湛然齊佛名等一切佛△（中川云）即本始二覺爲廻向義湛然本覺也齊佛覺者即等覺故○（十向疏）三學三世佛所作回向名等諸佛下文云如過去佛所行一切善根我亦如是即從所等立名即等一切佛之所回向以深入法性行普門普而爲其體

⑧四至一切處回向

（經）精真發明地如佛地名至一切處廻向（疏）精真發明智顯也地

如佛地理現也智冥理體無二無别智徧理徧名至一切處吳興云上覺言智此地言理因果體同故言等至△溫陵云覺湛故精真發明地如佛地前覺等一切則真如體徧也此地至一切則真如界徧也△中川云真如隨徧爲回向義精真即真如地即所徧佛地無所不徧故真如隨徧而至△如說云地即本覺境地以因地心中所含無邊境界全同諸佛果地故一月普照一切水故曰至一切處（經云此善薩修善根時願此善根功德之力至一切處譬如實際無處不至至一切物至一切世間至一切國土至一切法至一切虛空至一切有爲無爲願此善根亦復如是徧至一切諸如來所供養三世一切諸佛乃至善薩住此迴向時得至一切處身業普能應現一切世間故得至一切語業於一世界中演說法故得至一切處意業受持一切佛所說法故乃至得至一切處法界於一毛孔中普入一切世界故○五無盡功德藏迴向經世界如來互相涉入得無罣礙名無盡功德藏迴向疏此善薩得如來身及國土身互相涉入無礙自在此是如來藏心諸功德法受用無盡也無盡云圓覺頌曰恒沙諸佛入我身我身徧入恒沙佛△吳興云世界即理如來即智△融室云至一切處是世界則約於如等一切佛是如來則約於覺如來即一切處之如來世界即一切佛之世界世界如來涉入無礙曰如曰覺功德無盡△中川云約依正迴向如來名正世界爲依此即依中現正也○十向疏由緣無盡境行迴向故成無盡善根功德之行得十無盡藏之果從能迴行及果受名或無盡功德之藏或即藏通二釋以迴向望行回向爲能藏無盡功德是所藏以因望果亦然並有財釋○六隨順平等善根回向經於同佛地地中各各生清淨因依因發揮取涅槃道名隨順平等善根迴向疏同佛地如來藏也即前地如佛地本來具足無漏性德如說云此藏中功德無盡六度萬行萬德莊嚴皆其本有故言各各此德能爲萬行所依故云清淨因於諸佛理地起萬行真因依此真因起趣果之行發越揮散周徧法界以取究竟涅槃之道故曰依因發揮取涅槃道道即因也此則萬德爲萬行因萬行爲涅槃因合理之行行從理起故云隨順平等能生妙果名曰善根溫陵云於一切處各起淨因取涅槃道是爲平等善根無盡云十方三世諸佛

果海各各有清淨因佛地即佛果也如盧舍
那十身婆伽婆六義各依其因發揮證取故
△海印云既依正乎入圓融交涉通爲一真
草芥塵毛皆是成佛真體故云各各生清淨
因○十向疏經名隨順堅固一切善根迴向
順理修善理事無違入於平等本分名入一
切平等善入即隨順平等即堅固若順等理
則順諸善根故下文云則爲隨順佛性等謂
捨住著故隨順施善無異求故隨順戒善忍
深理故隨順忍善離色相故隨順進善不馳
散故隨順定善了無生故隨順慧善如是乃
至一切由順實際任運順於一切稱性之善
如是離相迴向自然隨順佛法等經真根既
◎七隨順等觀一切衆生迴向
成十方衆生皆我本性性圓成就不失衆生
名隨順等觀一切衆生迴向疏初向躡前也
十方下正顯一切衆生皆我心性心性無外
攝無不周溫陵云平等善根性真圓融周徧法界故十方衆生皆我本性我
之本性既圓滿成就衆生亦爾故云不失我善
既就故能成就一切衆生善根無有遺失無有高下名隨順等觀此得同體
大悲是故然也真際曰性圓成就生佛體同不失衆生唯識各別△孤山
云十方衆生皆我本性非有衆生也不失衆生非無衆生也非有非無名爲性圓成就△

海印云法界衆生平等真如故曰皆我本性以成就自性即是成就衆生還以自性度自
性衆生故曰不失衆生○十向疏第七等隨順一切衆生迴向謂以善根等心順益故等
即平等通於能所所順衆生無相平等能隨順心智照平等此從回向受名等即隨順故
本業云以觀察善惡父母無二相一合相故
名隨順觀察一切衆生迴向◎八真如相迴
向經即一切法離一切相唯即與離二無所
著名真如相迴向疏如故即一切法真故離
一切相此真如體亦不可得故云二俱無著
亦即三諦對文可見孤山云離空也即假也無著中也此菩
薩了一切法即真法界無相可離名爲如相
溫陵云如故即真故離有即有離是假真如二無所著乃真真如中川云真如隨緣故即
隨緣不變故離此即性相爲迴向義○十向疏善根合如以成迴向從所依得名義通能
所故從所依得名者但言真如即是所依善根一合如相故通能所即以法界印而爲其
性此與前後異者第七明會事向理故云平等此明事盡理現故行等同如第九明從體
起用第十明用同體同體而用故無濫也○李長者云如上迴向皆以無性無著真如爲
回向體以真如徧世間出世間一切法迴向還徧世間出世間一切法爲以迴向爲方便

與起無作眞如中大智大悲大陀羅尼門大神通道力令稱眞如無作大自在作用恒寂故◎九無縛解脫迴向【經】眞得所如十方無礙名無縛解脫迴向【疏】初句躡前十方無礙者既能即法離相則不爲心境諸法所繫故云無縛以無縛故自在無礙故曰解脫此解脫相本性亦離故皆無也海印云依假眞如則有縛解脫眞得所如則無不如縛脫兩亡矣△中川云十方所也無礙如也此即能所縛脫爲迴向義〇十向疏經名無著無縛解脫迴向謂理智無依不爲能所見著相惑所縛由此即名解脫於何無縛著耶界有十事五對一由離凡故不縛生死以出小乘不著二乘二離六識取不縛外境離第七執不著於內三離現行縛無種子著四不取有縛不執空著五無惑障縛無智障著皆縛麄著細若約一事由著故縛於中無著無縛解脫心是能迴之心成就普賢事業正是所向前諸善根即是所迴此一迴向不願成佛願成普賢者以普賢通位前位後得道不捨因行窮極生界利益有情故〇李長者曰託事於月天子表力波羅蜜以無縛無著法性虛空智慧照燭衆生淨煩惱熱得法清涼故◎十法界無量迴向【經】性德圓成法界量滅名法界無量迴向【疏】聖法因義故云法界然有四種謂事理理事無礙事事無礙今皆渾爲一眞法界故云量滅此惟性德圓成於一眞界無量可量故云法界無量又證性德一一圓融成就不可算數邊涯故也孤山云三德妙性於此圓成不見十界高下差別故云法界量滅△溫陵云初證性德以爲齊佛以爲如佛以爲至一切處等皆存量見則法界未離有量及乎性德圓成乃滅量見得無量此總治前位限量情見也此性圓成可超三賢入十聖矣△中川云法界量滅拂迹泯相以明解絶〇十向疏經名等法界無量回向謂以稱法界之大智迴等法界之善根向同法界之大用成法界之大體此則位至滿極故標法界之名當法受稱言無量者一無分量即理法界二無數量即事法界前迴向明依體起用此明體用無碍圓極自在〇李長者云以日天子託事表之明十迴向中智波羅蜜如日處空下照群有其智益高其行益下徹至人天人鬼外道邪行畜生地獄盡同其行云等法界無量迴向者如法界無中邊回向心無中邊如法界無作者回向心無作者法界無來去遠近回向心無來去遠近法界如虛空回向智如虛空法界智不思議迴向智不思議法界無所依回向智無所依法界一切諸佛之所共住如無依智一切佛之所共住法界非三世及一切生滅

時分所攝迴向之智非三世時分所攝法界圓滿三世事業在於現前回向之智圓三世事業在于現前法界有無自在回向之智有無自在爲自他皆如法界無礙自在如諸佛故如是十迴向均十信十住十行十地十一地行門均在其中然此十位所有迴向不離菩提實際眾生今此且約向實際說餘二含攝此則依真起用皆爲趣向大涅槃界隨順法界體用相稱圓融自在故華嚴云此菩薩所脩願行等法界如虛空量盡迴與一切眾生同向一究竟菩提故名迴向前後諸位無非此義以約增勝立此名耳然此諸位皆於一無生忍中隨所發行義立別名皆能圓證聖性不別而別故分諸位異而不異唯是一心故涅槃云發心畢竟二不別也地前既爾後位可知前文云此人即獲無生法忍從此漸次安立聖位既言聖位豈非證耶●上來十迴向位竟

◉六四加行位○先明迴向加行定位清涼十向疏云第四定位者若約資糧等五諸說不同一云此回向位是修大乘順解脫分資糧位終從十信來皆資糧故十回向後別立加行故有云此十回向是加行位復有二說一云四順決擇分中是後二攝謂十解爲煖十行爲頂前九回向爲忍第十回向爲世第一法一云四加行中世第一攝故私謂清凉疏有二釋前屬資糧後屬加行今經十信後別立十二迴向十迴向後別立四加行即同清凉前釋別立加行之文清凉又云據終教說三賢總爲趣聖方便不分資糧加行遠近此即今經之正義也後二釋皆明地前無別加行位與今經列位條然不同彼云十信十住十行十回向爲菩薩聖道四種方便清凉自破云若依此釋則無五位地前四十心皆加行故也○次明加行入地方便清凉初地疏云別有九種集上五皆同加行下四皆已入地前五集者一行集即經善脩諸行二定集即苦集助道三親近集即供養諸佛四聚集即善集白淨法成煖頂位五獲集即爲善知識善攝立於忍位及世第一華嚴正約四十二位文無彰灼四善根名論無釋文義旨含有且十地皆有十句加行起十種心十心已滿即入初地未滿屬何例於下九即在地前迴向會竟既非迴向當屬何人爲加行位理極成矣然初地方便復有二種一收三賢爲趣地之遠方便二取加行爲近方便三賢別會已廣說竟今爲加行於理無違復有人言此中十句唯屬初地四加行位總屬十地斯

人不曉唯識云爲入見道復修加行明知即是初地加行故四加行義通於總別勿復麁心○長水云大小二乘經論明言資糧等五位然有開有合不定明現諸小乘論及大乘法相即顯說四位名四善根是順決擇分若瓔珞仁王華嚴等經即合而不論攝在第十迴向唯此經文具顯四位蓋以圓融之教一多無碍只於一忍圓開諸位不開則已開則具明故於十迴向後備論四種妙圓加行又此經文前則圓融後則歷別以圓融中不碍行布也即一位一切位一切位一位一多無碍華嚴亦同○私謂清凉判四加行爲初地加行於理極成而長水不言者以是爲十回向後妙圓加行不同清凉尚依唯識名爲順決擇分近見道故立加行名也然此四加行是菩薩將登初地起斷障證真超賢入聖之開要清凉判同十向加行爲入地之方便正符今經妙圓之旨長水云華嚴亦同正謂此耳○唯識第九云菩薩先於初無數劫善備福德智慧資粮順解脫分既圓滿已爲入見道住唯識性復修加行伏除二取謂煖頂忍世第一法此四總名順決擇分順趣真實決擇分故近見道故立加行名非前資粮無加行義清凉釋曰決擇是智即擇法也決揀疑品擇揀見品今此具二決擇即分俗諦云真決擇在見後後即擇法智此位中依彼決擇智修故名順決擇分㊉文二一結前生

經　阿難是善男子盡是清淨四十一心次成四種妙圓加行

疏　餘處所說加行屬內凡未證聖位故今經從乾慧來便名聖位何但加行故此特云妙圓加行　標指　前文即以此心中中流入圓妙開數從真妙圓重發真妙△溫陵云三賢位極當於此際復加功行即入聖位四十一心者乾慧一信住行向各十小乘通教皆有加行非妙非圓故此揀也△海印云前雖三觀歷然中道理顯猶存歷別在華嚴爲差別因今立四加行位亡能所絕對待泯前觀智融四十一心以爲一味方證寂滅一心平等法界義當空所空滅以觀智難亡故須展轉四重離即離非名爲妙圓說雖次第其實在一念中法爾具足也總四十一心通名清淨故知乾已爲真信非相似也㊉二正辨加行二㊀一煖位

經　即以佛覺用爲已心若出未出猶如鑽火欲然其木名爲煖地

疏　佛覺果智也已心因心也如前文云本覺湛然覺齊佛覺精真發明地如佛地此即用佛果智爲已因心也　溫陵云前雖能齊未能正證今賢極趣聖須用佛果覺爲已因心復加功行以求正證然猶未能離因顯果故云若出未出近於登地將發此智故云若

出猶拘因相尚未能離故云未出喻如鑽火熱相先現火出不久〔法數云〕喻如以智慧火燒煩惱薪雖未得無漏智已見智火之前相火喻佛覺鑽喻加行木喻因相〔蕅益云〕以十向始覺鑽於障初地之無明此火欲出未出無明之木將然未然火出則木盡覺現則因亡亡因在即故喻如煗此約發智以顯也○別明煗位○〔涅槃云〕煗法者即是八聖道之火相故名煗相譬如鑽火先有煗氣次有火生後有烟出煗相即是行火即是果烟即是修道斷結○〔俱舍云〕從此生煗法者謂從總相念住後成就已生煗法名聖道如火能燒積薪聖火前相故名爲烟○〔妙玄云〕以別總念處觀能發似解伏煩惱惑得佛法氣分譬如鑽火烟起以慧鑽境發相似解解即喻煗尊者瞿沙云求解脫智火煗最在初如火以烟在初爲相無漏智火亦以煗法在先爲相如日明相在初爲相是故名烟○二頂地〔經〕又以已心成佛所履若依非依如登高山身入虛空下有微礙名爲頂地〔疏〕前以佛覺用爲已心即果辯因也今以已心成佛所履即因合果也〔溫陵云〕因心果覺已臻極矣故喻登高雖處空已到頂地少需搜進則微礙除矣

因果相合未亡二相故云若依如在山頂足有所履將顯法界無所分別故云非依如身處虛空也下有微礙喻若依也存二相故二相即是障入初地無明也此約斷障以顯〔海印云〕觀智似亡未亡其實將亡故云若依非依以法界如空無所依故厶〔蕅益云〕初地所證涅槃猶如虛空逈超十向變易生死之山十向位中一分變易生死將脫未脫初地中虛空涅槃將證未證此頂地也○〔圓覺云〕一切菩薩見解爲礙雖斷解礙猶住見覺覺礙爲礙而不自在此名菩薩未入地者隨順覺性鈔曰此結成地前證覺之相佛頂經四善根頂地之大亦是地前頂相彼云如登高山等此亦如是諸礙既盡如身處空見覺猶存如彼微礙唯識偈現前立少物謂是唯識相言少物者即微礙也○〔智論〕四十一於柔順忍無生忍中間所有法名爲頂住是頂上真趣佛道不復畏墮譬如聲聞法中煗忍中間名爲頂法問曰若得頂不墮今云何云頂墮荅曰垂近應得而失者名爲墮得頂者智慧安隱則不畏墮譬如上山既得到頂則不畏墮未到之間傾危畏墮頂增長堅固名爲菩薩位入是位中一切結使一切魔民不能動搖亦名無生忍法○別明頂位〔俱舍云〕煗頂二善俱名動善可退動故動善根中頂爲最勝如人頂故忍位是進煗位是退此頂是進退

兩際猶如山頂故名爲頂△妙玄云似解轉增如登山頂觀矚四方悉皆明了故名頂法復次應名下頂在煗法頂故名頂在忍法下故名下復有說者如山頂之道人不久住若無難必過此到彼若遇難即便退還行者在頂不久若無難必到忍若有難退還煗猶如山頂故名頂

㊂三忍位

經心佛二同善得中道如忍事人非懷非出名爲忍地

疏初則未亡因相次則未亡果相今因果二相融爲一體故曰心佛二同溈益云佛覺用爲已心是佛與心同已心成佛所履是心與佛同因果既亡二邊不立故云善得中道此中道體將證不久故云非懷然猶未亡中道之相故云非出此約顯理以明也海印云觀智將泯故非懷緣影未斷故非出△吳興云忍取信順之義心佛二同等即信順也如僧中辦事忍則默然既不懷疑亦不說出△溈益云胸中了了無復懷疑唯獨自知非有出說此以初地菩提涅槃喻如所忍之事也○別明忍位俱舍云從頂有善根生名爲法忍忍可四諦最殊勝故又無退故名爲忍法○妙玄云亦是似解增長五種善法增進成根於四諦中堪忍樂欲亦忍可義

㊃四世第一地

經數量銷滅迷覺中道二無所目名世第一地

疏迷覺是二即因果也中道是一所證理也此名數量中邊不存故云二無所目無所目故名爲銷滅溫陵云前謂二同則已墮數量見有中邊則强分迷覺此俱銷滅名亦不立數量正屬世間今雖銷滅若望初地證真猶名爲似以有所得故初地見道名出世間今是世間最後邊際故名第一超於三賢故名世第一若準十聖極乎妙覺乃出世第一地△海印云一往理行證斷一切俱泯故云數量銷滅十信尚迷爲有三賢屬覺爲空至此中道泯絕無寄方有出世之分名世第一由是觀三賢位乃通以中道觀智總照無明任地任運淺深而顯約此以明次第知非分斷分證也○別明世第一△妙玄云世第一法位者即是上忍一剎那於凡夫所得最勝善根名爲世間第一法此心心數法於餘法爲最爲勝爲長爲尊爲上爲妙或言都勝非謂一切事業中勝但以能開聖道門故釋藏云此是有漏故名世間於中最勝故云第一△婆沙云世第一法表聖道之始異生之終疏此上四位唯識中說前二位依明得明增二定發尋伺觀觀名等四法能所俱空論釋煖相文云依明得定發下

尋思觀無所取立爲煖位謂此位中創觀所取名等四法皆自心變假說施有實不可得初獲慧日前行相故立明得名即此所獲道火前相故亦名煖明得定者攝論云明謂能照無有義智所求果遂故名爲得清凉云明得是定尋思是慧故云發也尋伺觀者論言下品尋思觀謂四尋思名義自性差別四法假有實無各各皆空也次頂相文大同言依明增定者以明相轉盛故言尋思則云上品言觀法則云重觀皆增上之義也

後二位依印順無間二定發四如實觀即前二空等

論依忍相云依印順定發下品如實智於無所取決定印持無能取中亦順樂忍既無實境離能取識寧有實識離所取境印順忍時總立爲忍印前順後立印順名忍境識空故亦名忍清凉曰忍有三品下品名印忍印所取無故中品名樂順樂無能取順彼脩故上忍名印順印能取無順觀彼故故云印順忍時總立名忍印順俱定名印順定忍即智也如實徧知此四離緣及識非有名如實智創得如實智果故名爲下次云依無間定發上品如實智印二取空立世第一法謂前上忍唯印能取空今世第一法二空雙印從此無間必入見道立無間名異生法中此最勝故名世第一法

然皆有所得未證法身故唯識云以有所得故非實住唯識

論總釋云如是煗等依能取識觀所取空下忍起時印境空相中忍轉位於能取識如境是空順樂忍可上忍起位印能取空世第一法雙印空相皆帶相故未能證實故說菩薩此四位中猶於現前安立少物謂是唯識真勝義性以彼空有二相未除帶相觀心有所得故非實安住真唯識理彼相滅已方實安住清凉引古釋云心上變如名爲少物此非無相故名帶相若證真時彼相便滅相者即是空所執相有依他相名空有相位謂有空相是彼唯識真勝義性由有此相未證真理滅空有相方證真如

此皆歷別之談也今經圓融不礙行布故得以圓擬別而說由是此地名爲世間

【證真云】瓔珞等經皆不列四加行位唯識等論以地前四十心爲外凡資粮位十回向後別名煖等爲內凡加行位今經正如所說彼於地前分內外凡位乃別教一途之義以登地是菩薩聖位聖位難入故開此加行耳今經借別名圓如仁王云三賢十聖住果報妙圓加行簡異偏小也△【冥樞】云天台圓教分真初住至妙覺四十二位共破四十二品無明今經安立聖位所破無明大分亦同四加行位雖開四秖合總屬初地一品以十向後正破初地無明故解云前雖斷異住滅相無明各十品唯生相無明十二品其第一品最難斷故復起四種妙圓加行共斷一品生相無明登初地也紫柏云三細爲見思塵沙根本於楞嚴經中分四十二品治之經言生住異滅分齊頭數是也有人謂住向行地四十二位位位各有修行勝進

豈但爲破無明立四加行夫永斷無明方成佛道除破無明更有何修行勝進華嚴十地每地皆斷障證如豈得四加行位不應斷一品無明耶○上來四加行位經文譬如琉璃内懸寶月乾道本作内懸明月

大佛頂首楞嚴經疏解蒙鈔卷第八之二

音釋

唼音霎凫鴈聚食之聲也　厲力霽切音例勉也　鎣正作瑩縈定切潔也

灼職略切音酌昭也　攫息勇切音竦挺也

大佛頂首楞嚴經疏解蒙鈔卷第八之三

海印弟子蒙叟錢謙益鈔

⊙七十地位○〔合釋〕天台〔云〕十地位者即是無漏真明入無功用道猶如大地能生一切佛法荷負法界衆生普入三世佛地又證十沓智斷破十沓無明故名十地位○〔清涼〕十地〔疏云〕夫功不虛設終必有歸前明解導行願賢位因終令明智冥真如聖位果立前因後果義次第故解即十住行即十行願即十向故爲賢終親證十如故明聖位先賢後聖亦次第故又前是教道此是證道教爲證因證即證前三心之教謂直深大悲三菩提心三賢別增此中齊證名地者本業云地名爲持持百萬阿僧祇功德亦名生成一切因果本論云生成佛智住持故即斯義也又本業第三名住婆沙云十住皆住處名之爲地四持者通因望果如初住能持自他一切功德復持二地乃至佛果所有功德若無初地餘不成故○〔華嚴論云〕如來以普光明智以成地體以諸菩薩雖登十住十行十迴向不離此體故云十地此十地之法即以普光明殿所說十箇佛果不動智佛爲初信故乃至五位滿不離初信之佛果以此十地之法通初徹末一際法門故名爲十地位十位果終功終行熟更無昇進十地智滿無進修故常對諸佛現在前故此十地門但於十住十行十迴向中蘊積功成使令淳熟更無所住任還而成自令具足一切諸法十住十行寄表如神十迴向位寄表如王於此十地寄表如天明其進修漸漸慣習殊勝○〔張無盡曰〕李長者論權教實教各有三種十地權教謂大品解深密仁王也實教華嚴涅槃也長者未見今經長慶判爲實教十地今詳此經第十地云修習畢功功用圓滿亦目此地名修習位歷考經論惟瑜伽論與此合自四地以後修善提分法至九地地地修習未能圓滿直至第十地修習圓滿法身廣大如雲偏覆今一依瑜伽詮釋庶無濫誤〔私謂〕無盡依瑜伽詮十地允矣而未盡也唯瑜伽四十七立菩薩十二種住初住種性住即住前信相菩薩也次勝解行住即住後三賢位也文云勝解行住既清淨已極歡喜住先已發趣次下開菩薩十種住乃至十二最上成滿菩薩住於中勝解住前不開十信十三如來住不開等覺位次大同華嚴說極喜住已結云如是略說菩薩極歡喜住若廣說如十地經極喜地說應如彼經所說十地即是此中菩薩藏攝所說十住由能攝持菩薩義故說名爲地能爲受用居處義故說名爲住華嚴五位互攝初住攝於初行初迴向初地等第十住滿稱灌頂位第十地滿亦灌頂成佛此中義門亦無不符合也此經行布圓融既同華嚴以彼十種住詮此十地恰是函蓋相同耳清涼十地疏鈔廣引瑜伽深密長水注十地斷障證如全取唯識豈不出於瑜伽古德何曾判瑜伽深密不應圓教而無盡鄭重其詞以爲創獲之解李長者云三乘教中分分有此教在學者不了反生遮截此則無盡標示之微指也○

又分十◎一歡喜地

經阿難是善男子於大菩提善得通達覺通如來盡佛境界名歡喜地疏菩提佛覺也前則若出未出如火前相名之爲煗今如火出木盡灰飛煙滅故云善得通達故此初地名通達位清涼云初地菩薩體會真如智照於理得見中道故名通達位盡佛境界理顯也以得無分別智善達法界一眞平等離能所相故唯識云若時於所緣智都無所得爾時住唯識離二取相故孤山云覺通如來智同佛智也盡佛境界理齊佛理也三諦圓融名佛境界以初得法喜故名歡喜△溫陵云向雖覺佛覺未能盡佛菩提境界今由加行妙圓故云善得通達等△中川云以入見道親證真如自知不乂證大菩提生歡喜故又云善達法界得一眞平等乃至得徧行真如離異生性障修檀波羅蜜增上十地疏所斷障者唯識第九中異生性障是此所斷此言異生即是凡夫梁攝論中名凡夫性此論本分中名凡夫我相障此障障於初地依分別障種立異生性障分別揀於俱生種揀現起分別者即凡夫我相障知是我執由斷初地說斷二愚即及彼麤重一執著我法愚即異生障二惡趣雜染愚即惡趣諸業果等所證理者由斷前障證徧行真如謂此真如二空所顯無有一法而不在故梁攝論中名爲徧滿徧滿一切有爲法故意明無有一法非二空故此地最初徧證徧滿然上諸門多依行布若約圓融一斷一切斷一證一切證也○溫陵曰自十信已還位皆蹋跡相資直趣妙覺於中不無斷斷證皆不斷而斷不證而證也言徧行者以此真如徧在一切諸行法中而今證得自利利他得自在故名歡喜地華嚴仁王廣明其相今不具錄下皆倣此○地疏云本論略釋地名云成就無上自利利他行初證聖處多生歡喜故名歡喜地唯識第九云初獲聖性具證二空能益自他生大喜故十住毘婆沙云始得法味生大歡喜故瑜伽七十八引解深密云成就大義得未曾有出世間心生大歡喜故總有三喜云多歡喜一心喜謂入觀之心適悅二體喜出觀喜相應三根喜由前心體歡喜内充外及五根輕安調暢故此喜者亦名爲樂又内及觀心即無喜之喜不同二禪浮動之喜故他經多名極喜喜之極故○論云菩薩得歡喜地時得法說心無有世間五欲等諸繫著故樂唯是法樂多歡喜多適悅猶如世人創得生於忉利天上受天妙樂又如

昇山頂至無相際身與空合明此位菩薩從十住十行十回向習氣之有爲而昇此初地法空之際一切習氣盡故◎二離垢地【經】異性入同同性亦滅名離垢地【疏】前地於大菩提善得通達離世間相得正性離生破異生性障證一真法界故云異性入同【溫陵云】通大菩提盡佛境界一切障礙即究竟覺國土衆生同一佛性此爲異性入同　此地對異之同亦不可得故云同性亦滅以若見於同即名爲垢既離對待故名離垢見異見同還是情垢同性亦滅乃爲遠離　又此地證得最勝真如離邪行障持戒波羅蜜增勝【地疏云】此地中斷障證如皆約戒明言邪行障者謂所知障中俱生一分及彼所起誤犯三業能障二地由斯二地說斷二愚及彼麁重一微細誤犯愚即上俱生一分此能起業二種種業趣愚即彼所起誤犯三業言最勝者謂此真如斷無邊德於一切法最爲勝故此亦由翻破戒之失爲無邊德　性戒所顯名爲最勝以四無量心行廣大十善得性戒成就於性重譏嫌平等無異亦名異性入同斷性亦無方離微細破戒之垢名同性亦滅稱離垢地◎【地疏云】言離垢者慈氏云由極遠離犯戒垢故謂性戒成就非如初地思擇獲戒唯識亦云具淨尸羅遠離微細毀犯煩惱垢故瑜伽亦名增上戒住○【論云】初地檀度爲勝此位上上十善淨戒爲勝名爲離垢初地須彌之頂世界與人運寄同世間此位以空居寄同出世間故名離垢初地喻煉真金未云如藥但數數入火轉轉明淨此地鍊真金加以礬石轉令明淨以戒爲礬石然金體無二◎三發光地【經】淨極明生名發光地【疏】成就勝定大法總持破戒煩惱畢竟不生故名淨極【如說云】清淨四十心至此則淨極也能發無邊妙慧光故故云明生【溫陵云】情見之垢盡則妙覺之明生○【海印云】法界一心有大智慧光明義故淨極光通達故爲明生　此地證得勝流真如謂此真如所流教法於餘法中最爲勝故斷暗鈍障行忍辱波羅蜜增勝【地疏云】唯識名闇鈍障謂所知障中俱生一分令聞思修法忘失彼障三地勝定總持及彼所發殊勝三慧入三地時便能永斷由斯三地說斷二愚及彼麁重一欲貪愚此障勝定及彼修慧二圓滿陀羅尼愚此障聞思慧及障彼圓滿陀羅尼故證勝流真如者唯識云謂此真如所流教法於餘教法極

爲勝故梁攝論云從真如流出正體智正體智流出後得智等名爲勝流法界○【疏釋名】【云】言發光者智論四十九名爲光地本論及金光明十住婆沙等皆名明地光之與明眼目殊稱皆畧無發字仁王名慧慧亦是明義旨皆同總有三義立發光名一以初住地十種淨心爲能發勝定聞持爲所發光以安住境竟方始聞法修得定故瑜伽四十八云由發聞行正法光明等持光明之所顯示故名發光地由內心淨能發光明是故說名增上心住二以聞持爲能發勝定爲所發以聞法竟靜處修行方發定故瑜伽亦說等持爲光明故此約地中釋之三以勝定總持並爲能發彼四地證光明相以爲所發故論云彼無生慧論云光明依此光明故爲明地此約地滿心得唯識亦云成就勝定大法總持能發無邊妙慧光故謂由得勝定發修慧光由得總持教法發聞慧光彼無邊慧即是三慧故本分論云隨聞思修照法顯現謂就此位中四地證法爲所照三慧光明爲能慧三慧是彼證智光明之相◎四焰慧地

【經】明極覺滿名焰慧地【疏】由定發慧慧光明泰故云明極能破微細煩惱障盡故名覺滿覺焰既增故名焰慧【溫陵云】明極覺滿如大火聚一切緣影悉皆爍絕△【補遺云】發光名光但是智光焰慧名焰乃覺慧也智水也故言淨極明生覺火也故言明極覺滿此地證得無攝受真如謂此真如由第六識二身見等於此永斷不爲我執所攝取故能斷微細煩惱現障修習精進波羅蜜增勝【地疏云】論四不忘煩惱薪智火能燒故名焰地所燒煩惱即所離微細煩惱現行障謂所知障中俱生一分此所知障昔時多分與煩惱障同一體起立煩惱名由斯四地說斷二愚及彼麤重一等至愛愚即是此中定愛俱者二法愛愚即是此中法愛俱者所知障攝二愚斷故煩惱二愛亦永不行愚即所知愛即此煩惱故說俱斷由此證得無攝受真如謂此真如無所繫屬非我執等所依取故疏證如亦前唯識引攝論文世親釋云於此中無計我所無攝我所如北洲人無繫屬故得此真如寧有定法之變便能成菩提分行及不住道行精進不退○【疏釋名云】言焰慧者法喻雙舉亦有三義一約初入地釋初入證智能燒前地解法慢薪即根本智火能燒前地聞持不忘恃以成愛之煩惱故二約地中釋世親云由此地中安住最勝菩提分法能燒一切根本煩惱及隨煩惱皆爲灰燼莊嚴論云以菩提分慧爲焰自性以感智二障爲薪自性此地菩薩能起焰慧燒二障薪名焰慧地三約地滿從證智摩尼故阿含光故名爲燄【瑜伽四十八云】菩提分法如實智燄能成正法教慧照明此中說名覺分相應增上慧住○五難勝地

【經】一切同異所不能至名難勝地【疏】

真智唯一故曰同俗智差別故曰異【異熟云】登地智真俗
名同地前智爲異真俗兩智行相互違合令相應
下三句即唯識文非同非異故云所不能至極爲殊
勝更無勝者故云難勝攝大乘云由真諦智與世間智更互相違
合此難合令相應故唯識同此世親釋云由此地中智真諦智是無分別智俗諦智是有
分別智此二相違應修令合能合難合令相應故名極難勝【法數云】由前焰慧爍破一切
情見同異之相即是諸佛境界無有能勝此地證得類無差別真
如謂此真如非如眼等有別類故斷下乘涅
槃障修習禪波羅蜜增勝【地疏云】此地中斷於下乘般涅槃障
者即前四地出世猒生死苦樂趣涅槃此障五地今入真俗無差別道便能斷之此斷欣
猒即是二愚由斯五地說斷二愚及以麤重一純作意背生死愚即是此中厭生死者二
純作意向涅槃愚即是此中樂涅槃者由此證得類無差別真如亦約生死涅槃皆平等
故成類無別世親云此真如非如眼等隨諸有情相續差別各各有異○【疏釋名云】瑜伽
四十八說諸諦相應增上慧住云今此地中顯示菩薩於諸聖諦決定妙智極難可勝名
難勝地本論云得出世間智方便善巧能度難度故名難勝謂真俗無違極難勝故以三

地同世未能即出四地雖出而不能隨多滯
二邊難以越度今得出世又能隨俗巧達五
明真俗無違能度偏滯實爲難勝此初得故
偏受其名經言此菩薩爲利益衆生故世間
技藝無不該習乃至戲說筴談悉善其事巧
方便智能度出世六地已上豈不然耶故疏
通云此初得故◉六現前地【經】無爲真如性淨明露名現
前地【疏】謂住因緣智引無分別最勝般若令
得現前智現理現故云無爲真如性淨明露
【溫陵云】真如淨性爲一向同異揜蔽同異不至則明露現前此地證得無
染淨真如謂此真如本性無染亦不可說後
方淨故斷麤相現行障修習般若波羅蜜增
勝【地疏云】唯識名爲麤相現行障謂所知障示俱生一分有染淨麤相現行彼障六地
無染淨道入六地時便能永斷由斯六地說
斷二愚及彼麤重一現觀察行流轉愚即是
此中執有染者諸行流轉染分攝故二相多
現行愚即是此中執有淨者取淨相故相觀
多行未能多時住無相觀前愚即執若集後
愚即執滅道本分名微細煩惱習者執細染
淨即是煩惱形於前地故說爲微唯識形後
名爲麤相由斷此愚便證無染淨真如疏證
如亦唯識文攝論名爲無染淨法界後成般
若行○【疏釋名云】名現前者莊嚴論云不住

生死涅槃顯慧現前故此約初住地以前五地變觀故今得現前十住論云降魔事已菩薩道法皆現在前瑜伽引深密云現前觀察諸行流轉又於無相多修作意方現在前多修作意此約地前觀十平等故觀察流轉此約地中已入流竟方觀緣起故本論云般若波羅蜜行有間大智現前故謂妙達緣生引無分別智名般若行親如目觀名曰現前對後彰劣名爲有間以第七常在觀故瑜伽亦名緣起相應增上慧住◎七遠行地〔經〕

盡真如際名遠行地〔疏〕以第八地得一真如心名無相無功用故此第七地從初發心二無數劫加功用行今至有相功用後邊出過世間二乘道故〔瑜伽〕第七名有加行有功用無相住第八名無加行無功用無相住至此真如無相邊際故云盡真如際多劫修行故名遠行〔吳興云〕盡真如際斯是無際之際理既無際行豈近乎Δ〔温陵云〕真如現前分證則局盡際乃遠Δ〔海印云〕俱生無明名爲遠行盡真如際已捨藏識名遠行地證得法無差別真如謂此真如雖多教法種種安立而無異故斷細相現行障修習方便善巧行增勝〔地疏云〕唯識云七細相現行障謂所知障中俱生一分執有生滅細相現行彼障七地妙無相道入七地時便能永斷由斯七地說斷二愚及彼麄重一細相現行愚謂六地執有緣生流轉細生相故二純作意求無相愚即執有細還相故由執還滅更求無相相有二種一有二無無者爲細以常在無相故不執生更不作意勤求無相故能證得法無差別真如疏證如亦唯識文彼疏云謂雖諸教法依如建立如無異故〇〔疏釋名云〕言遠行者唯識云至無相住功用後邊出過世間二乘道故此有三義一善修無相到無相邊故名遠行二功用至極故名遠行三望前超過故名遠行通有二意一從前來至功用邊瑜伽云前地雖能多住無相作意而未能令無相作意無間無缺多修習位爲令滿故二此功用邊能遠去後位故瑜伽又云能遠證入無缺無間無相作意與清淨身現前降接故名遠行十住論云去三界遠近法王位故名遠地◎八不動地〔經〕

一真如心名不動地〔疏〕非染非淨故名爲一離諸虛妄故名爲真常住不變故名曰如約此義邊名爲不動〔温陵云〕既得其際乃全得其體一真凝常故名不動Δ〔海印云〕純一真如不假功用永絕動搖湛寂一心名不動地Δ〔中川云〕自歡喜至燄慧漸遠其垢自難勝至不動漸顯其真此地則純一真如本不動故又此地中無分別智任運相續相用煩惱

不能動故名爲不動此地證得不增減真如謂此真如離增減執不隨染淨有增減故斷無相中作加行障修願波羅蜜增勝地疏云唯識云八無相中作加行障謂所知障中俱生一分令無相觀不任運起前之五地有相觀多無相觀少於第六地有相觀少無相觀多第七地中純無相觀雖常相續而有加行由無相中有加行故未能任運現相及土障八地中無功用道入八地時便能永斷由斯八地說斷二愚及彼麤重一於無相作功用愚二於無相作自在愚令於相中不自在故具所證如名不增減真如即此亦名相土自在所依真如菩薩得此真如已現相現土俱自在故○八地經云此菩薩入一切法如虛空性初中後智皆悉平等無分別如如智之所入故是名得無生法忍菩薩成就此忍即入第八不動地即捨一切功用得無功用道身口意業念務皆息住於執行即佛心菩提心涅槃心尚不現起況復起於世間之心由此菩薩本願力故諸佛勸勉然後十身相作得大自在疏云初之三地寄同世間次有四地寄三乘法八地已去寄顯一乘莊嚴論釋第七云近一乘故梁論亦說八地已上以爲一乘是知從前差別進入一乘也言不動者唯識云無分別智任運相續相用煩惱不能動故解深密云由於無相得無功用於諸法中不爲現行煩惱所動本論云報行純熟無相無間故名不動此亦三義一捨三界行故生受變易果故云報行依此起行任運而成故功用不動二故得無生忍無相妙慧則有相不動三此二無間煩惱不動合唯一義謂前地無功已得無間相及煩惱亦不能動而爲功用所動無不動名今由無功用故令無相觀任運無間故三不能動○八識頌云不動地前纔捨藏釋曰謂從無始至不動地邊阿賴耶識名爲識藏得登八地煩惱永伏不受彼熏七不執我三藏之名從此捨故清涼云住於報行者謂善住阿賴耶識真如法中故以本識有二分一安染分凡夫所住二真淨分此地所住由住真如故捨梨耶之名論云阿羅漢位捨以大乘第八地同於羅漢捨分段出三界故

◎九善慧地

經發真如用名善慧地資中華嚴明此菩薩具四無礙智作大法師演說無量阿僧祇劫句義無有窮盡故名發真如用疏依真如理體起無礙智用成就微妙四無礙解能徧十方善說法故名善慧地起信云真如用者所謂諸佛如來本在因地發大慈悲攝化衆生謂如實知一切衆生及自己身真如平等無別異故以有如是大方便智除滅無明見本法身自然而有不思議業種種之用△溫陵云既得真體斯發真用凡所照應無所不真無所不如故名善慧此地證得智自

在真如謂若證得此真如已四無礙解得自在故瑜伽名菩薩無碍解住謂法義詞樂說也經云以無量善巧智起四無碍辯何等爲四所謂法無碍智義無碍智詞無碍智樂說無碍智謂此四種以智爲體名智自在攝大乘云由得無碍最勝性故無性釋云謂得最勝四無礙解無礙解智於諸智中最爲殊勝智即是慧故名善慧斷利他門中不欲行障修習力波羅蜜增上〔地疏云〕故所離障離利他中不欲行障有四辯故四無碍障分成二愚謂所知障中俱生一分令於利樂有情事中不欲勤行樂修已利彼障九地四無碍解入九地時便能永斷由斯九地說斷二愚及彼麁重一於無量所說法無量名句字後後慧辯陀羅尼自在愚謂所說法是義名句字是法後後慧辯是詞陀羅尼自在愚通於上三二辯才無碍愚即愚第四無碍辯才無碍者謂辯無碍解善達機宜巧爲說故愚能障此四種自在所證真如名智自在所依謂若證得此真如已於無碍解得自在故亦唯識文○〔九地經云〕此菩薩隨寂滅真如不捨此定故十方諸佛說三巧七勸而後起之出真如定從體起用便爲一說法爲大法師假使大千世界所有衆生一一皆以無量言音而興問難此菩薩以一音普爲解釋令其心樂各得法喜〔疏云〕言善慧者莊嚴論云九地中四無碍慧最爲殊勝云何勝耶於

一刹那三千大千世界所有天人異類異音異義問此菩薩能以一音普答衆問徧斷衆疑故瑜伽四十八云由此地中一切有情利益安樂意樂清淨速得菩薩無碍解慧由此善能宣說正法故名善慧仁王名爲慧光言兼法喻智論名智相從所了得名皆明說法之慧◎十法雲地二卍一標指〔經〕阿難是諸菩薩從此已往修習畢功功德圓滿亦目此地名修習位〔疏〕此指二地已來至第十地云諸菩薩以是五位之中第四位也或可總指從前至此五十五位此第十地即是修習最後邊際亦名此地名修習位〔私謂〕准華嚴七地云菩薩從初地乃至第七地成就智功用分從第八地乃至第十無功用行皆悉成就經言修習畢功功德圓滿正指第十地也起信云若菩薩地盡滿足方便云云名究竟覺賢首云十地學窮故云盡長水所謂修習最後邊際也瑜伽立菩薩十二種住自第四焰慧地得三十七菩提分妙揀擇住由三種增上慧乃至最上成滿菩薩住論言成滿菩薩住即此經圓滿也清涼釋十地明瑜伽意云九地雖於一切品類宣說法中得大自在而未能得圓滿法身現前證受明前地不能則是舉劣顯勝又引本論舉勝揀劣謂八九二地同無功用故對之揀勝此皆前二地修習未

畢之明文也經明言從此已往從此者第九地也過此已往非十地而何亦目此位者仍指第九地自十地却望九地故云亦目此位爲修習位也環師判九地爲修習畢功則泥於八地已上皆無功用道之文却未曾理會本文耳△〔温陵云〕問後位既無修習復有斷障之事何耶答此明智悲功終得十地果而已若論斷障則等覺之位猶是修習故至妙覺乃名無學卍二正顯

〔經〕慈蔭妙雲覆涅槃海名法雲地

〔疏〕菩提心體不離二種謂悲智也從初修習至此畢功融爲果海名爲法身慈即悲也能覆衆生故曰慈陰妙雲智也涅槃理也法身無相唯此三種亦云大定智悲即涅槃三德名祕密藏今此位中猶處修習之極有佛地障在未能始覺合本二相猶存故云覆涅槃海〔吳興云〕以無緣慈普蔭衆生本涅槃相如雲覆海然慈無別體即上來真如之心菩薩衆生一如無二如故以菩薩能證之心覆衆生所迷之理淨名云一切衆生即涅槃相不復更成今取理因無涯譬之如海果德徧覆喻之如雲以慈能與樂必對物機而說耳雲智也海理也法合而妙故名妙雲能蔭一切除其熱惱故名慈陰慈蔭福德妙雲智慧福慧兩足然猶未入如來大寂滅海與之一體故云覆也

此地證得業自在所依真如謂若證得此真如已得四自在一三業二五通三總持四禪定斷於諸法中未得自在障修智波羅蜜增勝〔地疏云〕所覆麁重即所離障謂於諸法中未得自在障此障十地大法智雲及所含藏所起事業故斯即二愚障所起業名大神通愚障大智雲即悟入微細祕密愚斷此障故便能證得業自在等所依真如具智波羅密得化身三昧等果即是雲雨究竟成佛法身及所證如皆亦所徧虛空耳○〔十地經云〕此菩薩以如是智慧受一切智勝職位諸佛智水灌其頂故墮在佛數以自願力起大悲雲震大法雷通明無畏以爲電光福德智慧而爲密雲現種種身於一念頃普徧十方微塵國土霔甘露雨滅除一切衆惑塵餤是故此地名爲法雲○〔瑜伽云〕麁重之身廣如虛空法身圓滿皆能徧覆如十地經說諸菩薩道皆得圓滿善提資粮極善周備從諸如來大法雲所堪能領受其餘一切有情難可領受最極廣大微妙法雨又此菩薩自知大雲未現等覺無上菩提若現等覺無上菩提能爲無量無邊有情等雨無比微妙法雨殄息一切煩惱塵埃能令種種善根稼穡生長成熟是故此地名法雲地〔唯識云〕大法智雲含衆德水蔭蔽一切如空麁重充滿法身故○〔莊嚴論十三云〕於第十地

中由三昧門及陀羅尼門攝一切聞熏因徧滿阿梨耶識中譬如浮雲徧滿虛空能以此聞熏習雲於一一剎那於一一相於一一好於一一毛孔雨無量法雨充足一切所化衆生故名法雲○【疏】釋名云雲者是喻總有三義一含水義二覆空故三注雨義攝大乘云三由得總緣一切法智含藏一切陀羅尼門三摩地門此喻含水義總緣一切法契經等智不離真如如雲合空總持三昧即是水也又云譬如大雲能覆如空廣大障故此喻覆空義即以前智能覆惑智二障言覆隱者隔義斷義又云又於法身能圓滿故此有二義一喻霔雨義即上之智出生功德充滿所依法身故二喻徧滿即前之智自滿法身耳◎八

等覺位二

卍一正明

【經】如來逆流如是菩薩順行而至覺際入交名爲等覺【疏】從真起應返入生死從果入因之始故云如來逆流果法聖智即法流也從因入果從生死入涅槃故名順行而至至極也起應之始行因之極順逆交際只一剎那故云覺際入交此即解脫道前無間道也【俱舍賢聖品云】應知一切道畧說有四謂如行無間解脫勝進道無間道者加行後之斷惑道也無間道後名解脫道謂已解脫所應斷障△【吳興云】理無逆順由權實二智而得二名如來權智下隨機感故謂之逆菩薩實智上合覺心故謂之順瓔珞云等覺照寂妙覺寂照即其義焉至此位時當二智相交之際故名等覺△【溫陵云】已至覺際故名入交△【海印云】如來圓證一心雖居果位不捨因門故逆流而出菩薩修行逆生死流順法性流而入果海因果相接故云覺際入交△【雷菴云】如來證法界一如見諸衆生理體無二亦皆成佛次於根本智起後得智於後得智中觀諸衆生依前輪迴苦惱憶念因中弘誓示現報化身爲衆生轉大法輪從真寂界復入生死海中是爲逆流菩薩依如來教發起大乘根本信心次第歷五位修行至於等覺是爲順行由此順行將至等覺故云覺際至等覺已將成妙覺位時於色究竟天上現大寶華王座量等百萬阿僧祇三千大千世界菩薩欲登此座先於身中出現十道百寶光明照燭有情最後從頂門放光入諸佛定於是諸佛從面門放百寶光明灌菩薩頂直至心源是爲師弟子流光交相涉入故曰覺際入交此菩薩與諸如來一切覺等故云等覺只於此處立爲等覺華嚴不說含在第十地中故彼地中便明受職是等覺也唯識但破十一種障亦此意也【瑜伽七十八云】永斷最極微細煩惱及所知障無著無礙於一切種所知境界現正等覺故第十一說名佛地今此別出意在圓融之中

備顯行布耳等○十定品疏云今初此因即是覺之名以此等覺亦即十地之勝進故諸教開合不同仁王不立等覺若依瓔珞開此勝進爲無垢地即是等覺瑜伽具有二義七十八引深密經說十一地名佛地得佛地時由斷二愚一於一切所知境極微細著愚即俱生極微細所知障種二極微細礙愚即是任運煩惱障種斷此便能證大菩提更不別說等覺斷證論復有文亦立等覺即第五十論明百四十不共佛法約因果位辨差別云若時菩薩坐道場住最後身於菩薩道菩提資粮極善圓滿爾時無師修三十七菩提分法得一剎那名無障礙智三摩地是其菩薩學道所攝金剛喻定彼疏云此明因滿菩薩位中最後位也此位亦名等覺菩薩論從此無間第二剎那頓得其餘不共佛法謂如來十力爲初一切種妙智爲後皆極清淨悉得無上彼疏云此彰得果釋曰准此論文於十地後金剛喻定一剎那中名爲等覺第二剎那爲妙覺也今經欲開合無礙故有其義不彰其名瓔珞云等覺照寂妙覺寂照又說名六堅者頂堅即等覺覺堅即妙覺而離世間品文云隨順六堅固法有等覺明矣○仁王般若云寂滅忍者佛與菩薩同住此忍金剛喻定住下忍位名爲菩薩至於上忍名一切智觀勝義諦斷無明相是爲等覺○又經云入剎那際諸佛三昧故者謂時之極促曰剎那窮彼剎那時相都寂無際之際名剎那際菩薩地盡唯有果累變易生死生相未寂猶名識滅尚有剎那若以無間智覺心初起心無初相遠離微細念故即無剎那名剎那際此是等覺○四教儀云於十地後用觀更斷一品無明方入等覺即是邊際智滿入重玄門若望法雲名之爲佛望妙覺名金剛心菩薩亦名無垢地菩薩解入百千三昧照一相無相寂滅無爲望於妙覺猶有一等比下名覺故名等覺亦名一生補處者猶有一品無明故有一生過此一生即補妙覺之處觀音玄云猶儲君之義也言重玄門者瓔珞等名四十一地名入法界心入重玄門故△中川云等有四義一等無間義以屬忍位故二正等義增一有八等道故三徧義假名論等者徧滿義故又等覺者名漸漸覺仁王云灌頂等覺三品士除前一切無明緣又云無明餘習故煩惱二諦理窮一切盡

○次下通釋章門文有四段○初明等妙二位科段○長水判從乾慧心至金剛心中四句爲一科屬等覺位初乾慧心連如是重重等判屬下段屬妙覺位兵與判從乾慧心至初乾慧地爲一科屬等覺位如是重重巳下屬妙覺位今按古德多以金剛心中斷句立科不獨長水文云從乾慧心至等覺巳是覺始獲金剛心中日乾慧心日金剛心初心後心二心字正相映望也上云乾慧心義屬始獲下云乾慧地義屬方盡又此中文勢有三起語初云從乾慧心次云初乾慧地後云是種種地三科井然斯極成矣下經云從互用中能入菩薩金剛乾慧圓明精心以此文爲證安得謂是覺始獲金剛心中是未了語須

待初乾慧四字足成也自會解承用吳興講席流傳口耳習慣不復知有古科今為再三詳定讀者勿疑○二明乾慧初後位次○按吳興曰與福於等覺後別目此地以為一位資中科在妙覺中真際判屬前等覺位摘李亦然至于孤山復同與福唯長水節文有殊余嘗覆之取節敏二師為善今按乾慧行位諸說相戾會解所取者二家准節敏二師別立金剛幢慧者吳興也主別開一位創立妙前金位者溫陵也今鈔並舉二家而料簡之文以次附焉○（吳興云）准瓔珞經等覺性中有一人名金剛幢慧言初乾慧者由此菩薩以大願力住壽百劫修千三昧今既始獲豈非初耶若疑乾慧之名但在信前不合通後秖如伏忍之名亦在外凡何故仁王通金剛定應如彼之伏忍即今之乾慧以障妙覺無明初乾未與究竟如來法流水接故乾慧取伏惑之義幢慧取衆伏之頂以高出諸地故按岳師依瓔珞立金剛幢慧以揀乾慧結彈者略舉二家（秋濱般氏曰）因位既極返照真元適得初心曾無別體故曰始獲金剛心中初乾慧地金剛心中究然初心也永明曰善財見彌勒一心佛果滿後却令見初友文殊因位將極令返照心原更無有異故曰文殊之妙智究是初心經明言初乾慧地何得別有所指復開一位五十五位一位惟立一名何得立二乾慧哉經言乾慧位未與如來法流水接今謂地後乾慧未與究竟如來法流水接那得以自語補綴佛語且明背覺際入交之文（幻居界師曰）岳師意明有二乾慧曰

信前乾慧曰金剛乾慧據結文云是種種地皆以金剛觀察則信前地後有何差別下經從互用中能入菩薩金剛乾慧此誠證也岳師解五十五位真菩提路則曰乾慧非真夫因心不真安能究竟無上覺路十信初文又何以言從初妙圓重發真妙也厶（私謂）岳師引瓔珞金剛幢慧釋經文是覺始獲金剛心中初乾慧地謂此菩薩以大願力住壽百劫修千三昧今既始獲豈非初耶此則明指等覺位中所獲金剛心為初乾慧也准彼經云住壽百劫修千三昧已入金剛三昧則此初乾慧地在楞嚴為金剛心在瓔珞為金剛三昧正所謂金剛乾慧也乾慧之名如仁王伏忍通金剛定誠如岳師所云則乾慧地在等覺位斷無可疑矣不知岳師所斥障妙覺無明初乾未與如來究竟法流水接者指乾慧耶指等覺耶如指乾慧則乾慧即金剛心也即金剛三昧也揀乾慧是揀等覺也如指等覺則瓔珞中言是無垢菩薩一切智齊知自地常住第一義諦中自然流入妙覺海地今謂未接究竟法流則又違瓔珞矣謂菩薩住壽百劫修千三昧為初獲乾慧尚是此菩薩淺位則所謂住壽千劫坐佛道場住壽萬劫化現作佛者必如是而後為菩薩之深位方盡妙覺道耶恐經文云如是重重漸次深入者不若是紆遠也彼經又云是菩薩以大變力住壽百千萬劫一切佛等故一切法同住百千三昧中如是佛行故入金剛三昧此菩薩經百千萬劫法藏始滿方成就金剛三昧寧可以初住百劫修千三昧判為始獲金剛

心耶乾慧即金剛心也而抑爲伏道金剛幢慧所證即金剛三昧也而判居伏頂般公料簡以謂牽引多聞經義彌遠誠哉是言可使靈芝杜口矣○溫陵云經於信前立乾慧地於妙前復立金剛乾慧地此明等覺初心妙覺伏道妙覺之道無別行相但初從乾慧至等覺已復起金剛心從初重歷諸位破斷微細緣影乃可入妙爲復從初位以始故名始獲耳溫陵明初乾慧未與如來法流水接後乾慧未與如來妙莊嚴海接立義大同岳師但不用金剛幢慧於五十五位中除乾慧位立四加行金剛心爲五結彈者略舉三家天如補注曰環師謂等覺後復起金剛心此但是等覺位中復起此心而已不可目爲後心別開一位若據別開則下單複十二乃至五十五位真菩提路恐難配合既謂以金剛心重歷諸位則金乃能歷位乃所歷而又列金於十二位中此其容有議也秋濱殷氏曰經云是種種地皆以金剛觀察則金剛心貫種種地有之豈可謂初乾慧非金剛心乎若言金剛心至等覺位中復起則前歷諸位何所用以觀察乎東濱管氏曰八九二地已屬無功用道此即斷細惑蕩緣影之事亦是無功之功非別起心以重歷諸位也此經關要在金剛心從乾慧至十地皆以金剛一心觀察故曰一路涅槃門安有入十地已修習畢功而復從信地起心重歷者哉經言如是重重單複十二只是總結上文諸位東歸成無上道經文如是重重者意謂是覺從初獲金剛乾慧如是重歷信住行向加地諸位方盡妙

覺成無上道耳勿以環師起心重歷之說解重重單複誤而又誤也○三明金剛乾慧行相○唯識云他化部中說有窮生死蘊緣此第八徧三界九地恒常有故但有生死處即常徧爲依直至大乘金剛心末煩惱捨心方盡故名窮生死蘊△八識頌云金剛道後異熟空注云從無始至等覺位名異熟識從斷惑來名金剛道金剛道後即解脫道論云有義所餘有漏法種及劣無漏金剛喻定現在前時皆已棄捨與二障種俱時捨故王肯堂曰大論云始從初心至金剛頂皆破無明顯法性餘一品在即名爲佛首楞嚴金剛心即觀察之別名言其堅利皆壞一切故曰金剛金剛道即等覺也無明有生住異滅四十品從滅斷起至金剛道後方斷生相無明即子時無明與熟種子方空也△智論云燈喻菩薩道炷喻無明等煩惱焰如初地相應智慧乃至金剛三昧相應智慧焦無明等煩惱智隻盡得成無上道菩薩道者從乾地乃至離欲地復次從歡喜至法雲地有人言從一發心來乃至金剛三昧名菩薩地又云從初發心到第九無礙入金剛三昧中是中間名爲菩提薩埵△莊嚴偈云修從二僧祇最後得受故入彼金剛定破諸分別盡釋曰謂第二第三僧祇最後謂究竟於此修位方得受職名金剛者分隨眠此能破故以金剛喻△私謂准天台四教義十地後更斷一分無明入等覺位亦名金剛心亦名金剛心菩薩即所謂金剛道也智論名爲金剛三昧唯識名爲金剛喻定清涼引瑜伽唯識立等覺義謂

十地中所生現行金剛道後能捨者明指金剛道立等覺也台家集解云等覺位所修觀智純一堅利喻若金剛名金剛心孤山釋涅槃云金地者即等覺是金剛心也經言能入菩薩金剛乾慧又言菩薩所行金剛十地等覺圓明則金剛乾慧始終行相條然可知今欲於等覺後別開金剛一位既不順本經亦不合他經論也○四明等妙二覺正位○【天台妙玄云】等覺地者觀達無始無明源底邊際智滿畢竟清淨斷最後窮源微細無明登中道山頂與無明父母別是有所斷者是有上士也妙覺地者究竟解脫無上佛智故言無所斷者名無上士此即三德不縱不橫究竟後心大涅槃也即是前十觀成乘圓極竟至於佛過茶無字可説云云故盧舍那佛名為淨滿一切皆滿也涅槃云月愛三昧從初一日至十五日光色漸漸增長又從十六日至三十日光色漸漸減損光色漸長譬十五智德摩訶般若光色漸減譬十五斷德無累解脫三十心為三智斷十地為十智斷等覺妙覺名為一智斷合十五智斷月體喻法身大經云月性常圓實無增減因須彌山故有虧盈不增而增白月漸著不減而減黑月漸無法身亦爾實無智斷因無明故約如論智如實不智約如論斷如實不斷雖無智而智般若漸漸明雖無斷而斷解脫漸漸離樂月為喻知是圓教智斷位也大經云從初安置諸子祕密之藏三德涅槃然後我當於此秘藏而般涅槃此即最後智斷也○【十定疏云】喻伽五十得等覺八義與佛不同論云問一切安住到究竟地菩薩智等如來智等云何應知此二差別一如明眼人隔於輕縠睹衆色像一切安住到究竟地菩薩妙智於一切境當知亦爾如明眼人無所障隔睹衆色像如來妙智於一切法當知亦爾二如畫事業圓布衆彩唯後妙色未淨修治云云如畫事業圓布衆彩最後妙色已淨修治云云三如明眼人於微暗中覩見衆色如明眼人離一切翳覩衆色四如明眼人遠覩衆色如明眼人近覩衆色五如輕翳眼觀視衆色如極清淨眼觀視衆色六如處胎身如出胎身七如阿羅漢夢中心行如阿羅漢覺中心行八如昧燈體如明燈體釋曰其云云下皆先配菩薩後配如來論中一切安住到究竟地諸菩薩衆等覺位也與諸如來妙智身心即妙覺也卍二結顯

【經】阿難從乾慧心至等覺已是覺始獲金剛心中

【疏】雖從初心至此等覺皆用金剛三昧觀察諸法皆如幻等然至此位能破最後微細無明是此三昧最極邊際力用滿足別得名為金剛心也此即妙覺入心之初屬無間道便名等覺故名始獲金剛心也即唯識説金剛喻定現在前時斷佛地障即入妙覺也

唯識第十煩惱障中見所斷種於極喜地見
道初斷修所斷種金剛喻定現在前時一切
俱斷所知障種則云金剛喻定現在前時方
始斷盡第七識俱煩惱障種則云菩薩要起
金剛喻定一剎那時三界俱斷所知障種則
云乃至金剛喻定一剎那中方皆斷盡釋曰
金剛喻定即等覺位也△雷菴云言從乾慧
地至等覺已是覺始獲金剛心中者乾慧心
即前乾慧地謂執虛明之心以此爲地但變
其文爾是覺指等覺也謂此菩薩從初發心
歷五位修行至法雲地後前念金剛心中斷
捨有漏苦句劣無漏習氣種子四事已成等
覺位也按合論海眼皆依長水分科△海印
云以三界衆生因三種流名五住煩惱感二
種生死前四煩惱爲欲流有流感分段生死
在初信已斷無明住地爲無明流感變易生
死至佛果乃斷首楞嚴大定總名金剛如幻
三昧從初乾慧發心直斷根本無明何待等
覺後心耶此則初乾慧地乃用金剛心任運
先斷欲有二流出分斷生死故曰欲愛乾枯
根境不偶現前殘質不復續生如澄濁水沙
土自沉名爲初伏客塵煩惱從初信去即志
斷無明流但無明深厚歷五十四位後直至
等覺後心生相無明纔乾以此無明在觀心
中斷故云是覺始獲金剛心中五住究盡二
死永亡無明流至此方斷乃入妙覺出變易
生死所謂去泥純水名爲永斷根本無明是
則位有始終觀無先後以力行深淺爲次也
△雪浪云自乾慧以趣地上漸次斷盡無明
全證真如至此等覺纔獲金剛心中初乾慧

地方悟見此理十方瑩然名爲乾慧其所得
者乃是初心所證之乾慧也⊙九妙覺位
經初乾慧地如是重重單複十二方盡妙覺
成無上道長慶說文五位中各具十又等妙爲十
二或單舉一位亦名十二或舉大數乃名重
重此表無盡也疏始從乾慧終至等覺單複
相兼總有十二單則有七謂乾慧煖頂忍世
第一等覺妙覺複則有五謂信住行向地以
一一位中自具於十故名爲複雲棲曰位各一位爲單一
位具十爲複乾慧之單次以信住行向之複
複後次以四加之單單後次以十地之複複
後次以等覺之單乃至妙覺故曰重重方盡
妙覺者此十二數盡於妙覺也諸解唯長水
爲妙第十二位即是妙覺名無上士無上士者
無所斷故無上士者更無過者如十五月圓
滿無缺故云方盡妙覺成無上道體即大般
涅槃三德具足名祕密藏△吳興云信住行地各十爲單十十
迴向爲複十等妙爲二△溫陵云十二者乾
信住行向煖頂忍世地等金也△張無盡云

行人修止觀時破單四見複四見單複四見各各十二△私謂如上諸解天如並舉呉興温陵竹菴獨宗海眼今謂呉興解單複爲倒温陵立金地爲枝無盡破四見爲僻取衷於長慶長水可也△中川云單複指觀體十二指位數觀謂信前三種漸次是單修奢摩他入信已去齊修空假則名爲複莊嚴經論曰安心於正定此即名爲止正住法分別是名爲觀相謂奢摩他等以止觀爲體故又曰善欲諸功德是二悉應修一分非一分修有單雙故一分爲單非一分爲雙即單複也言位數者經論判位不同唯瑜伽十二住與此文合菩薩善戒經亦同此說是謂單複十二方盡妙覺等△私謂圓覺二十五輪單複綺互天台云如來觀知十界性相有成熟者未成熟者應單應複偏圓相入而成熟之此中單複即圓覺單修複修也重重即綺互之義也瑜伽十二種住正合此經十二位前文已具之矣中川新說頗有根據故度取之

⊙三結依行成位三　卍一結用行

經 是種種地皆以金剛觀察如幻十種深喻奢摩他中用諸如來毘婆舍那清淨修證漸次深入

疏 指前五十七位故云種種於一一地皆用金剛如幻三昧觀察諸法若行若智一切斷證皆如幻餤水月虚空響城夢影像化等事故云十種深喻大品中十喻云解了諸法如幻如焰如水中月如虚空如響如揵闥城如夢如影如鏡中像如化斯則始而漸次終至佛果皆由首楞嚴王即觀之止即止之觀破無明惑起行修證也毘婆舍那上觀雙運也故荆溪云如夢勤加空名惑絕幻因既滿鏡像果圓清涼云引古德偈修習空花萬行安坐水月道場降伏鏡像天魔證得夢中佛果皆此意也中川云釋成觀義謂諸地智斷皆有金剛喻定名金剛觀察奢摩他下結諸地觀法也雜集釋見道位觀法謂世第一無間所得三摩地由無分別奢摩他毘婆舍那爲體性故十地論云第七地於一念中奢摩他毘婆舍那二行雙修八地智慧應知但是修奢摩他毘婆舍那道彼處成就故此諸地用諸觀法之文也△賀中男曰上文只陳列位次此段直指下手通修法門徹前徹後只用金剛如幻三昧觀察觀察根塵如幻便入乾慧觀察乾慧如幻便入十信乃至觀察等覺如幻便入妙覺故曰金剛王寶覺如幻三摩提總而言之全是首楞嚴大定是奢摩他種種地中差別觀察曰毘婆舍那所謂微密觀照也下自凡夫上至等覺皆可通修但於自性定中用此微密觀照之法任運增進直抵薩婆若

海故曰清淨修證漸次深入△私謂此文於聖位成就結示觀門一經教觀束歸于此言奢摩他中毗婆舍那者正所謂於奢摩他微密觀照也此中益有多義以止觀雙運奢摩他圓定中具足毗婆舍那圓慧無別體故以奢摩他體即是首楞嚴大定觀慧具足故以起信止一切境界相隨順奢摩他觀義止即是觀故以奢摩他三名九行俱足正定觀察平等攝持故以是奢摩他中用諸如來毗婆舍那正是過去先佛世尊奢摩他中毗婆舍那故於此結示諸地觀門實以結答阿難啓請得成菩提最初方便之義也○引證瑜伽云此奢摩他毗鉢舍那以何為因清淨尸羅清淨聞思所成正見以為其因何為果善清淨心善清淨慧以為其果從初菩薩地乃至如來地於初地中對治惡趣煩惱生雜染障乃至第十地中對治不得圓滿法身證得障此奢摩他毗鉢舍那於如來地對治極微細最極微細煩惱障及所知障由是永害如是障故究竟證得無著無礙一切知見依於所作成滿所緣建立最極清淨法身㊁二結位次

經阿難如是皆以三增進故善能成就五十五位真菩提路

疏增進即漸次也故前文云從漸次安立聖位五十五位者信住行向地為五十乾慧燠頂忍世第一為五菩提是果即等妙二覺也五十五心名之曰路由此能到菩提果故即菩提之路也

吳興判乾慧非真妙覺非路及溫陵別立金地已經料揀不復結彈△海印云華嚴不立信位唯云初發心時即成正覺與今經從三漸次安立聖位義同一彼以十二因緣元是如來普光明大智願海門念信心即得安住因果同時唯說稱性法橫周法界即得菩提不說斷證此經意在逆生死流竪盡一心故曰安立聖位斯為別耳△賀中男曰此經宗要全在以不生滅心為本修因及因地發心與果地覺名目相應而已常途先斷見惑次斷思惑次斷界外塵沙惑次進斷無明方許分證真如此經直下便以如幻法門入流亡所伏還元覺便得無生滅性為因地心故未入信前第三漸次便得無生法忍如初生月便含初月所謂因地全異常途地上然後分斷分證此則從初地至妙覺泯絕證相圓滿因地初心如望夜月曾不出於初月所謂名同實異也前前位中每攝後後如信位加以住名則以信攝住於八信名以迴向則攝十向住位第二名以治地則攝地上乃至四住同於華嚴四地八九十住同彼八九十地所謂因該果海果徹因源如初八以後月徧在初三月中此即華嚴圓融門一攝互攝不妨行布者也近德如交光者沿孤山之謬以三漸次強配十住以無生為初住以十信為初住開出影響圓教擅更佛語賢首家執同華嚴都無甄別智者請詳辨之○引證十住疏云菩提心有三一者

直心二者深心三者大悲心然此三心有一必兼餘二而三賢互有增微十住直心增故故名爲解解爲行願本故首而明之十行深心增故名爲行依於前解以起行故十向大悲增故名爲願回前解行十地三心等證故名決定而大悲爲首故舉其願十信通信此三等覺此三等佛故知菩提心是諸位通依㊁三結邪正〔經〕作是觀者名爲正觀若他觀者名爲邪觀〔疏〕行人若能依此修證不斷而斷無到而到此則名爲眞修行者若言都無位次但尚理是斯同邪見撥無因果故名邪觀仁王經中亦此料揀說地位竟即言若言越此而成佛者即同魔說〔永明〕千年闇室一燈能破無始結業實觀能消實觀者即是正觀正觀者即是觀心故云作是觀者名爲正觀若他觀者名爲邪觀直解云謂決定由奢摩他路見法實相清淨修證方名正觀△〔私謂〕此如來結示觀法之總文也金剛心者金剛定也乾慧者金剛乾慧也金剛如幻三昧即首楞嚴大定究竟堅固修奢摩他止觀之總相法門也如來於一眞法界標出金剛心大定妙慧爲破除生死進趣覺路之眞

門故說眞實法句曰是名妙蓮華金剛王寶覺如幻三摩提而觀自在文殊互相證明一則日蒙彼如來授我如幻聞熏聞修金剛三昧一則曰宣說金剛王如幻不思議佛母眞三昧而如來又總結之曰是種種地皆以金剛觀察如幻十種深喩從乾慧心至等覺已地位遥遠觀網交羅只是一金剛心初終一貫徹而已初文云我今示汝奢摩他路此文曰奢摩他中用諸如來毘婆舍那故知奢摩他路的是五十五位眞菩提路捨此則爲邪定邪慧錯亂修習所謂除諸法實相皆菩薩魔事也如來說地位竟吃緊告戒赴定正觀邪觀兩門且以懸示七趣五魔勘辨之法鏡嗚呼凡我行人可不念哉○上來明地位竟卷

◎長水科經大文第五出聖教名殊盡本二十五二十六二紙○〔疏〕上來諸文依解起行修行漸次由因克果一期周畢此之法門當流後代須建經名若無其名何以召體而流布耶故此文來

◎文二一文殊問〔經〕爾時文殊師利法王子在大衆中即從座起頂禮佛足而白佛言當何名是經我及衆生云何奉持〔疏〕文殊智德此會率先阿難遭難登伽佛令持咒往救大衆茫然失守亦爲旁問見元諸聖各說圓通如來勅其愼選洎今解行圓畢因果克周故

問經名以流後代一會能事歸此人也○二如來答

經佛告文殊師利是經名大佛頂悉怛多般怛羅無上寶印十方如來清淨海眼疏此下五名今是一也資中大佛頂者如來無見頂相故大智光之所說疏以佛於無見頂放光化佛說神呪故此表一心具體相用大體也佛相也頂光化佛即是用也融室云大是三摩地體尊極於佛名大佛頂細釋配法即開題中△資中悉怛多等相傳云是白傘蓋喻如來藏性本無染徧覆有情也疏藏心無染曰白徧覆一切曰傘蓋介甫云白以實相純淨爲義傘以圓成蔭覆衆生爲義△融室云準一字輪王經佛頂有五謂大佛頂白傘蓋佛頂高佛頂勝佛頂光聚佛頂今經大佛頂同彼第一悉怛多等翻白傘蓋同彼第二無上寶印即高佛頂又云斯是如來無見頂相即勝佛頂我今說是佛頂光聚般怛羅呪即光聚佛頂此皆密教之佛頂也△資中法王實相楷定衆聖故名寶印疏實相智慧是尊重法楷定正印唯佛與佛乃能究盡名無上寶印溫陵云大佛頂白傘蓋無上寶印即如來藏之心印也證佛心要必印於此△智論云諸小乘經若有無常無我涅槃三印印之即是佛說修之得道無三法印即是魔說大乘經但有一法印謂諸法實相名了義經能得大道若無實相印是魔所說實相故言常寂滅相即大涅槃但用一印也此大小印印半滿經外道不能雜天魔不能破如世文符得印可信當知諸經畢竟得一實相之印乃得名爲大乘了義也○淨名經云菩薩法藏所攝陀羅尼印印之生曰陀羅尼者持也若持實相不失於諸天人魔梵之中不復畏有不通之義譬若正印爲信關津諸禁莫能可留果是印持所印之經則無有閡矣△資中清淨妙體照用無涯曰清淨海眼疏三世諸佛以此明照諸法實相竪窮橫徧具無量德名清淨海眼溫陵云照窮刹海淨絕纖塵即爍迦羅之法眼也開佛知見必資於此此上總約理智以立名也融室云白傘蓋即如來藏心此經即是心之印是心之眼也經亦名救護親因度脫阿難及此會中性比丘尼得菩提心入徧知海疏二

也救護親因總標也度脫下別顯也得菩提心發大乘意也入徧知海證圓常理也此上約功用以立名也前文云攝受親因令諸小乘聞祕密藏不生驚怖故能度阿難得正覺心入正徧知海【經】亦名如來密因修證了義【疏】三也三世果人入祕密藏以此爲因密之因也又此大定具一切行而非凡小之所能知密即因也三世如來以此法門爲究竟說故名了義此即約人法以立名也【孤山云】究竟顯說非方便之談故【經】亦名大方廣妙蓮花王十方佛母陀羅尼呪【疏】四也曠兼無際故大正法自持故方稱體而周故廣即三大義也此名即同華嚴妙名不可思議蓮花喻開佛知見出煩惱礙智礙見佛性故出水開敷也又能於法自在諸三昧首故名爲王此名即兼法華生諸佛故名母【涅槃云】佛性者即首楞嚴三昧性如醍醐即是一切諸佛之母【吳興云】所說呪能生一切諸佛種智故譬如母持善遮惡總攝功德名陀羅尼呪即詛也此約顯益以立名也【經】亦名灌頂章句諸菩薩萬行首楞嚴汝當奉持【疏】五也法王受政之明教故名灌頂章句【吳興云】此經從灌頂部中流出蓋約密言耳有誦持者如來智水灌其心頂如剎利之受職也此約教行以立名也汝當受持答次問也但依前五名如說而行流至後代令衆開悟即奉持也【私謂】準方山華嚴論釋如是我聞云已上阿難傳法並是三藏經中所說此經則傳教主伴皆是神洞玄源道齊智海如文殊普賢互爲師範者之所爲也涅槃云阿難所未聞經弘廣菩薩當爲弘通非二乘所知弘廣菩薩傳教非謬此經本阿難當機而請問經名流通大教則文殊獨荷其擔如來特勅之曰汝當奉持此經爲弘廣菩薩傳教弘通即同雜華有明證矣智度論言文殊師利稱如是我聞以佛滅度四百年中文殊猶在世間故又文殊師利與阿難在餘清淨處結集摩訶衍藏即知三身阿難如論云同與結集並是弘廣菩薩傳教主伴也上來明解辨行由因致果顯位差別問名請奉一期周畢斯則一會已終合云大

衆聞佛所説作禮而去已慶喜再有請益時雖隔越問且連環故集經者約問從義合成一部由是未結作禮而去。上來結經名竟

大佛頂首楞嚴經疏解蒙鈔卷第八之三

音釋

殄 徒典切絶滅也 戾 音例違也 檇 音醉檇李地名 鞶 符袁切 觳 胡谷切縐紗也 偶 語口切音耦合對也

大佛頂首楞嚴經疏解蒙鈔卷第八之四

海印弟子蒙叟錢謙益鈔

◎長水科經大文第六辨趣生因異盡九卷中即魔王說今謙益判自此去至研窮七趣廣辨諸魔正說分竟爲經之後分○疏第六辨趣生因異者從此已下即第二會再說經也以阿難問所見現事時別異故已如敘述前後中說文分爲二◉一阿難問二八一敘果逝蒞二卍一聞法增進

經說是語已即時阿難及諸大衆得蒙如來開示密印般怛囉義兼聞此經了義名目頓悟禪那修進聖位增上妙理心慮虛凝斷除三界修心六品微細煩惱疏獲眞三昧故云頓悟禪那得斯陀含故云修進聖位深證滅諦故云增上妙理漸明智照故云心慮虛凝俱生難除故云微細言六品者依大乘說俱生煩惱三界九地雖各分九品若智增者入地永伏至佛方斷若悲增者故意令生手鑑云若末那識有四俱生謂俱生煩惱障俱生煩惱習氣俱生所知障俱生所知習氣三界九地各三十六品作佛地障九地共成三百二十四品若前六識俱生有六謂貪嗔慢無明身見邊見有四俱生一俱生煩惱障等四歷三界九地各有九品合成八十一品入佛地障由是智增入地伏而至佛斷然得入地由斷分別則貪等十使有四分別一分別煩惱障二分別煩惱習氣三分別所知障四分別所知習氣三界九地各有三十六品作初地異生性障各有三百六十品若依小乘亦於九地各分九品長慶說文云俱生煩惱難除故云微細小乘敎三界九地各分九品無盡以諸經論校正此爲定也然約四果地地別斷故初果身中斷欲界一地九品中前六品惑證第二果二果身中斷下三品證第四果三果身中斷上二界七十二品即得羅漢阿難今證二果故斷六品也已上同長慶文△手鑑云初入見道謂十六心斷三界四諦下八十八使分別麁惑得初果證修道所斷俱生細惑即貪嗔痴慢三界九地各有九品惟欲界一地難斷以此九品共潤七生今斷六品者初果身中斷一至五品盡名二果向斷至第五品名家家次斷六品盡名證二果故俱舍頌曰斷欲三四品三二生家家斷至五二向斷六一來

果△【海印】云斷除三界修道位中前六品細惑實證二果故云微細煩惱雪浪文同【直解】云修心是修道位人六品指下界一地中前六品惑斷此六品證二果故云修心六品△【私謂】此經指阿難登伽證果全標小乘名目此中斷惑應就小乘而言故長水依長慶說謂阿難今證二果故斷六品也卍二嘆佛述益【經】即從座起頂禮佛足合掌恭敬而白佛言大威德世尊慈音無遮善開衆生微細沈惑令我今日身心快然得大饒益【疏】修道所斷行相難了故曰微細無始俱生故曰沈惑疑網消除故云快然增進聖位故云饒益△二正陳疑問二卍一總問諸趣【經】世尊若此妙明眞淨妙心本來徧圓如是乃至大地草木蠕動含靈本元眞如即是如來成佛眞體佛體眞實云何復有地獄餓鬼畜生修羅人天等道世尊此道爲復本來自有爲是衆生妄習生起【疏】此疑由前佛語阿難今汝諸根若圓拔已如是浮塵及器世界諸變化相如湯消氷應念化爲無上知覺斯則一人成佛器界有情一時成佛如來今日成佛已久不合更有器界趣類故云佛體眞實云何復有地獄等道此道若是本來自有云何前言清淨本然本來無有世界衆生亦不可言一人成佛依正融覺若言衆生妄習生起妄習如何得生起耶生起之相其義云何若据如來答意即是衆生虛妄造業虛妄受生菩提心中猶如空花妄見生滅故下文云汝妄自造非菩提咎問此與滿慈所疑何別答前疑理本清淨云何忽生山河大地則約依報爲首以難清淨本然故佛釋疑蓋由強覺妄分能所遂成三種相續以妄見生因此虛妄終而復始此疑佛今成果一切合融歸覺云何更有七趣差別則約正報爲首以難果佛

唯眞眞合無此七種差異又徵此道爲本有耶爲妄起耶意欲如來廣明因果雖皆虛妄善惡業緣受報好醜終不差忒令諸衆生明信因果不入邪見前文但云從妄見生一體虛妄諸鈍根者便謂都亡因果今此辨析因果昭然則知前難意顯眞諦今疑意明俗諦前後相濟方成圓了即前圓解之義殘也卍二別問地獄

經　世尊如寶蓮香比丘尼持菩薩戒私行淫慾妄言行淫非殺非偷無有罪業發是語已先於女根生大猛火後於節節猛火燒然墮無間獄琉璃大王善星比丘琉璃爲誅瞿曇族姓善星妄說一切法空生身陷入阿鼻地獄此諸地獄爲有定處爲復自然彼彼發業各各私受

疏　寶蓮香事未檢所出意謂殺盜有對邪行無對故云無報善星事出涅槃琉璃緣如本經爲有定處下問意有六文見於三六者謂有定處無定處自然因緣私受同受下文結云不斷三業各各有私因各各私衆私同分非無定處私謂爲有定處即問妄習生起也爲復自然即問本來自有也彼彼發業各各私受即問別業同報同業別報也△海印云一云妄性既是無體妄業云何受報答云自妄所招還自來受二云衆生既是無生如何生陷地獄答云非從天降不從人與自妄所招三云世界本無住處地獄那有住處答云衆私同分非無定處四云妄業既是一同受報如何各別答云因各各私衆私同分△温陵云三人皆繆執妙圓撥無因果者○引證琉璃王經云初迦羅衛國有舍夷貴姓五百長者爲世尊造講堂誓曰沙門梵志乃至羣黎不得先佛妄升此堂舍衛太子琉璃與梵志子好苦定省外氏見堂高廣頓止其上貴姓罵曰此婢生物敢於中坐催逐令出太子語好苦釋種辱我至此我紹位汝當告我後即位好苦來告集兵伐迦羅國殺舍夷人三億佛言却後七日當入地獄王恐怖乘船入海水中自然出火燒滅佛言往昔羅閱城村中有池多魚城多人向池捕魚池有魚一名麩一名多舌各懷報怨一小兒見魚跳以杖打其頭爾時捕魚人今釋種是麩魚琉璃王是多舌魚好苦小兒即我身也○涅槃經云佛

言善星比丘雖復讀十二部經壞欲界結獲得四禪乃至不解一偈一句之義親近惡友退失四禪退禪定已生惡邪見作如是說無佛無法無有涅槃如來雖復爲我說法而我眞實謂無因果今者近尼連禪河如來即與迦葉往善星所善星遥見佛來即生惡邪之心以惡心故生身陷入阿鼻地獄○[私]謂準涅槃經迦葉白佛言善星比丘是佛菩薩時子云何如來說是一闡提廝下之人章安疏云明是子則羅云庶兄翻譯集云蘇氣怛囉此云善星羅云庶兄佛之堂弟庶兒也按阿含言過去六佛各有一子釋迦文亦有一子善星爲如來堂弟之子故亦稱子佛出家六年羅云始生善星長於羅云故言庶兄佛爾時出家尚未成道故言菩薩時子也章安又云佛兩弟兩子各行善惡阿難爲善調達作惡羅云爲善善星作惡倒知是權宗鏡亦云羅睺善星同是如來之胤皆据涅槃言之此方兄弟之子古皆稱父子知西竺亦爾也潘鴻考阿含云善宿比丘白佛言如來外我我不於如來所修梵行也如來不爲我現神足變化我父祕術世尊盡知恡不教我善宿即善星也調達常從佛及身子目連學通皆不與彼云我父祕術佛言亦是世尊弟子得非調達之子耶教中無明文更待根檢温陵言是佛堂弟則誤也[經]唯垂大悲發開童蒙令諸一切持戒衆生聞決定義歡喜頂戴謹潔無犯[疏]諸持戒者若聞因果虚妄猶如空花則持戒何益苟示決定義門必令謹潔無犯

⊙二如來答二八一讚請許宣

[經]佛告阿難快哉此問令諸衆生不入邪見汝今諦聽當爲汝說八二正爲分別三[八]一約情想以總明[卍]一總開二分二⊖一標列阿難一切衆生實本眞淨因彼妄見有妄習生因此分開内分外分[疏]諸法本眞未嘗生起由念分別見諸法生苟能離念即見衆生山河國土本來成佛故云實本清淨返本者雖爾其未返者各依見妄造業受報故下文云此等衆生不識本心受此輪迴經無量劫不得眞淨皆由隨順殺盜淫故返此三種又則出生無殺盜淫有名鬼倫無名天趣有無相傾起輪迴性故云因彼妄見有妄習生等[資中]緣身起愛爲内欣彼勝事爲外

〔宗鏡〕一切衆生從無始來作虛妄因受虛妄果皆從情結唯逐想生故知用情滯著能生愛水浸漬不休息然成墜以情地幽隱故名內分以舉念緣塵取像名想運動散亂故名外分○〔又引止觀云〕起一念慮知之心起善惡而生十道今取六道若其心念念專貪嗔癡起上品十惡如五扇提羅者此發地獄之心行火塗道若其心念念欲多眷屬如海吞流如火焚薪起中品十惡如調達誘衆者此發畜生之心行血塗道若其心念念欲得名聞四遠內無實德起下品十惡如摩犍提等此發鬼心行刀塗道若其心念念不耐下人如鵄鳥高飛下視而外提仁義起下品善心行阿修羅道若其心念念欣世間樂安其臭身悅其癡心此起中品善心行於人道若其心念念知三惡苦多人間苦樂相間天上純樂爲天上樂折伏麁惡此上品善心行於天道明知三界無別理但是妄心生爲入倒之根株作四流之源穴疾如掣電猛若狂風撇起塵勞速甚瀑川之水欲生五欲急過旋火之輪是以結搆十魔馳驅十使沈二使之河底投八苦之焰中皆因妄因迷此眞覺ㄖ二正明二○初內分約情二ㄖ一釋相〔經〕阿難內分即是衆生分內因諸愛染發起妄情情積不休能生愛水是故衆生心憶珍羞口中水出心憶前人或憐或恨目中淚盈貪求財寶心發愛涎舉體光潤心著行淫男女二根自然流液〔疏〕愛染之情正是衆生生死根本名爲內分分亦因義情愛沈下能潤業愛生故如水也外由內感故有水輪徧十方界〔溫陵云〕心動於內曰情人之陰氣有欲者也故因諸愛染而起以陰積故能生愛水潤業潤生輪迴不斷是故下引事驗也憶即是念明記爲性念有憎愛故分憐恨由愛起憎不離情染內有情染外現其事故皆流水也〔吳興云〕怨恨亦屬於情情重則悲悲乃成淚ㄖ二結成〔經〕阿難諸愛雖別流結是同潤濕不昇自然從墜此名內分〔疏〕所愛之境雖別能愛之心是一故云流結是同流謂沈下結謂縛著用既不昇果亦淪墜〔溫陵云〕諸愛不一皆能感水結惑水性沈下故情積之業皆從淪墜○二外分約想一ㄖ初釋相〔經〕阿難外分即是衆生分

外因諸渴仰發明虛想想積不休能生勝氣是故衆生心持禁戒舉身輕清心持呪印顧盼雄毅心欲生天夢想飛舉心存佛國勝境冥現事善知識自輕身命【疏】衆生生死本分由情情著染境因是從墜今以淨境爲所欲處但由其想不屬於情乃是衆生分外之事故云外分氣謂氣色也【溫陵云】意緣於外爲想人之陽氣有興者也故因渴仰而發以陽積故能生勝氣如云輕清雄毅等是故下引事驗也身輕清顧雄毅夢飛舉聖境現輕身命此五皆是殊勝氣色由想有也【熏聞云】呪印者以手結印如瑜伽羅索所示或呪即是印如銷伏毒害呪是三世諸佛陀羅尼印故△【空印云】禁戒即念戒呪印即念法生天即念天存佛國即念佛事知識即念僧輕身命即念施觀經六念具矣除無漏聖智一切事善皆此想攝巳二結成【經】阿難諸想雖別輕舉是同飛動不沉自然超越此名外分【疏】忻外勝境不由情染想既輕清自然飛動報當

超越也巳上總而略明未細分別善惡【吳興云】且指人天想心名爲外分非三乘出世之智文云心存佛國聖境冥現蓋況舉勝氣之相若約修論乃十方同居事想耳△【私謂】阿難問地獄六道如何生起佛言由彼妄見有妄習生即於是中分開內外二分意蓋曰衆生是一類衆生妄見妄習總是一妄內分外分亦總是一分但於中間爲情爲想爲結爲沉爲昇爲墜念念惡趣則火血刀塗念念梵行則人天佛乘如手掌之上下倒垂如車輪之迴環南北正欲使六道衆生在瀑流苦海中猛利分別急求津筏耳故曰心存佛國聖境冥現又曰自然心開見十方佛一切淨土隨願往生使一切衆生了知十方淨土即在昏途惡道稠林毒樹之中於此內外二分中捨情取想回因向果積劫蓋眼猶蠶自縛一期解脫如麋獨跳斯固不容以知見測量位次分齊者也如淨覺之云判佛國以況舉勝相斥心開爲人天想心佛方悲愍沈溺兼欲漉人天之魚彼則區隔聖凡不許出三界之獄蓋但約內外二分不出三界而言亦誦文之過耳(己)二別辨趣生二(庚)一總明業緣逆順△阿難一切世間生死相續生從順習死從變流臨命終時未捨煖觸一生善惡俱時頓現死逆生順二習相交【疏】順逆有二一約情一切衆生好生惡死生

即順情死即逆情故云生從順習死從變流變即逆也又受胎時三處皆順故得生也死則無此二約業業能感果生即順感由因致果也故云順習死即反此無生長義故云變流生死交際風火未散孤山云謂現陰之末中陰之初平生行業善惡因緣此時俱現強者先牽即隨生處熏聞云大集經言歌羅邏時即有三事一命二煖三識出入息者名爲壽命以命是息風連持不斷故不臭不爛名之爲煖以煖是身觸即業持火大地水等色任持不壞故此中心意名之爲識即是剎那覺知心也三法和合從生至死此識之種即是命根以命煖識共成三事和合則生離散則死故今文雖不言識而云二習相交即識之習性也△寂音曰前識爲故習後識爲新習○引證寶積經云佛告淨飯王大王如人夢中親愛別離生大苦惱悲號啼哭是人覺已憶念夢中是實有否王言不也佛言是人所夢執以爲實是爲智不王言不也佛言大王如是愚癡凡夫耳聞惡聲而生執著起不愛心以不愛故生於嗔心生嗔心故造作嗔業所謂身三口四意三種業造彼業已即便滅謝是業滅已不依東方而住不依南西方四維上下而住如是之業至臨死時最後識滅見先所作

心想中現是人見已心生憂怖自分業盡異業現業大王如所夢覺見夢中事○瑜伽第一諸衆生將命終時乃至未至惛昧想位長時所習我愛現行由此力故謂我當無便愛自身由此建立中有生報若預流果及一來果爾時我愛亦復現行由智慧故數數推求制而不著猶壯夫與羸劣者共相角力能制伏之若不還果爾時我愛不復現行○宗鏡云華嚴經云譬如有人將欲命終見隨具業所受報相行惡業者至於地獄畜生餓鬼所有一切衆苦境界作善業者或見一切諸天宮殿無量天衆天諸綵女種種衣服具足莊嚴宮殿園林盡皆妙好身雖未死而由業力見如是事大智論曰如乾闥婆城者非城人心想爲城凡夫亦如是非身想爲身非心想爲心故知地獄天堂本無定處身雖未往已現自心境不現前唯心妄見⊖二別明情想昇沈五○一明純想經純想即飛必生天上先明天趣帶明見佛生淨若飛心中兼福與慧及與淨願自然心開見十方佛一切淨土隨願往生疏此有二類若唯有想不兼福慧即但持戒而猒此身必生天上若於持戒兼修福慧深猒三界必生淨土見十方佛即獲法忍故云心開如觀經說觀無量壽佛經云欲生彼國當修三

福云云慧即十六觀△【私謂】四王忉利修上品十善得生今言必生天上者以次而上昇也下文游于四天則指四天鬼神衆耳岳師云据下情少想多但在四天之下驗今純想所生應是忉利已上此誤判也心開見佛隨願往生豈非横截三途超居四土岳師謂且約初心未斷見愛得生淨土不出同居此二說者一則高推天位一則局指佛土皆非通義也○二情少想多【經】情少想多輕舉非遠即爲飛仙次明仙趣帶諸天鬼神衆大力鬼王飛行夜叉地行羅剎遊於四天所去無礙【疏】想多故飛行自在情少故受仙鬼形此之等類多因邪想不正修行即是不修戒慧但修邪定不持戒故墮鬼神道以修定故有大神通差別之因一如上說仍是想多情少此中仙鬼等四可以九八七六想配之【真際云】想多情少四類分之一情九想即爲飛仙二情八想大力鬼王三情七想飛行夜叉四情六想地行羅剎若情多者必無戒定墮三塗耳【熏聞云】飛仙取輕舉義應總攝十種【經】其中若有指前四衆兼天龍八部善願善心護持我法或護禁戒隨持戒人或護神呪隨持呪者或護禪定保綏法忍是等親住如來座下【疏】此想多中仍兼善願也雖不持戒且有定願護持戒呪及禪定者斯由宿習故毀禁知過故發願亦是乘急戒緩者故能於八部身而見佛耳【融室云】保綏法忍者得無生法忍之人賴保安故○三情想均等【經】情想均等不飛不墜生於人間正明人趣想明斯聰情幽斯鈍【疏】不昇爲天仙不墜落三塗仍於均等之中想或稍强根必聰慧情或稍重根必暗鈍亦由情感有此差別即別報也【孤山云】由昔情想感今聰鈍均等總報業明幽別報業○【關尹子曰】魂魄半之則在人間升魄爲貴降魄爲賤靈魂爲賢厲魄爲愚輕魄爲明重魄爲暗彼解云楞嚴所述升沈之報與此同義○四情多想少【經】情多想少流入横生重爲毛羣輕爲羽族【疏】若望下文此當六情四想也横生旁生也然有輕重若情稍重報爲走獸若想稍强身

爲飛禽細論差別如類生中及下文說關尹亦云揚魂爲羽鈍魄爲毛△七情三想沉下水輪生於火際受氣猛火身爲餓鬼常被焚燒水能害已無食無飲經百千劫【疏】火際者餓鬼所居處也水輪向下至火輪際近地獄也受氣猛火者由業力故受猛火氣以爲身也故常被燒節節火起水能害已者苦於無水也苟遇成火而燒其身故云害已○【引證】法苑珠林云婆沙論說餓鬼正住處云此閻浮提五百由旬之下有餓鬼界被閻羅王領又五百道苦經說此之餓鬼正住彼鐵圍兩山中間順正理論云諸鬼本住琰魔王國從此展轉餘方此贍部洲南邊直下深過五百踰繕那有琰魔王都○【瑜伽第四】餓鬼趣畧有三種一者由外障礙飲食謂彼有情由習上品慳故生鬼趣中皮骨血脉皆悉枯槁猶如火炭頭髮鬔亂其面黯黑唇口乾焦常以其舌舐略口面飢渴慞惶處處馳走所到泉池爲餘有情手執刀杖及以羂索行列守護令不得趣或彊趣之便見其泉變成膿血自不欲飲是名由外障礙飲食婆沙云恒常飢渴累年不聞漿水之名設值大河欲飲即變爲炬火入口即腹爛焦然二者由內障礙飲食謂彼有情口或如針口或如炬或復頸癭其腹寬大縱得飲食自然不能若噉若飲是名由內障礙飲食正理論云無財鬼有三種炬口鬼口中常吐猛燄身如被燎多羅樹形鍼口鬼腹量如山谷咽如針孔臭口鬼口中腐臭飢渴狂叫三者飲食無有障礙謂有餓鬼名猛燄鬘隨所飲噉皆被燒然復有餓鬼名食糞穢唯能飲噉極可猒惡食糞飲溺或有一分自割身肉而噉食之縱得餘食香美而不能食是名飲食無有障礙智論云或有餓鬼常食屎尿涕吐嘔吐盪滌飲汁或時至廁溷邊立伺求不淨或求產婦藏血飲之形如燒樹咽如針孔若與其水千歲不足或有餓鬼自破其頭以手取腦而舐或有餓鬼先世惡口好以麄語加被衆生衆生憎惡見之如讐以如是等種種罪故墮餓鬼中

【經】九情一想下洞火輪身入風火二交過地輕生有間重生無間二種地獄【疏】二交過地者風火二輪交際之處即正是七熱地獄處也於九情中稍減者名輕即八情者墮有間稍增者名重入無間正九情也此言無間約受苦說然此無間對前有間得名以是第七熱地獄故下即第八五無間獄別名阿鼻最

極重也〔孤山云〕七熱地獄謂八大獄中第七也長阿含云此四天下有八千天下圍繞其外復有大海周匝圍繞八千天下復有大金剛山繞大海水金剛山外復有第二大金剛山亦名二鐵圍山二山中間窈窈冥冥日月天神所不能照彼有八大地獄每一地獄有十六地獄第一大獄名想二名黑繩三名堆壓四名叫喚五名大叫喚六名燒炙七名大燒炙八名無間又新譯婆沙云地獄在何處答多分在此贍部洲下云何安立有說從此洲下四萬踰繕那至無間地獄底無間縱廣高下各二萬踰繕那次上一萬九千踰繕那安立餘七地獄謂次上有極熱次上有熱次上有大叫次上有嘷叫次上有衆合次上有黑繩次上有等活此七地獄一一縱廣萬踰繕那有說無間地獄周圍繞如今聚落圍繞大城然就此獄自有輕重而此無間非五無間亦應以第六爲有間第七爲無間是則風火二交過地通於六七也又新婆沙云南洲下至無間共四萬由旬上尖下濶猶如穀聚○〔傅大士錄云〕大士竟夜思惟度衆生法心未明了因發聲大哭兩淚交流念三塗地獄之苦彌日累夕豁然開悟自識我來處方知諸佛不除地獄良有所以若無地獄則無人修善故知善惡二法更相住持世界乃安立○五純情〔經〕純情即沈入阿鼻獄若沈心中有謗大乘毀佛禁戒誑妄說法虛貪信施濫膺恭敬五逆十重更生十方阿鼻地獄〔疏〕阿鼻此云無間即第八獄也此具五種謂受罪苦具身量劫數壽命也若依俱舍業報無間以造此罪必墮地獄更無餘業餘生能間隔故謗大乘下諸罪最重由是更生十方阿鼻法華云若謗此經其人命終入阿鼻獄具足一劫劫盡更生如是展轉至無數劫俱舍論說阿鼻地獄壽命中劫二十增減爲一中劫既言無數此世界壞即往十方阿鼻也以謗法罪斷佛種故令無量人墮邪見故○〔大般若云〕謗法罪墮阿鼻獄此土劫壞罪猶未畢又經劫壞復移他方如是巡歷劫盡還生阿鼻千佛出世救之誠難若說所受身聞者當吐熱血而死〔釋論曰〕是人不受不信業因緣故即起愚癡業因緣疑悔惡邪著心轉增於大衆中呰毀破壞般若波羅蜜破三世十方諸佛一切智罪故轉身墮大地獄大地獄者阿鼻地獄無量百千萬億阿僧祇歲受憂愁苦惱若從一大地獄至一大地獄者如福德因緣故上有六欲天罪業因緣亦如是下有八種大地獄各有十六小地獄是中阿鼻最大餘

須彌四天下亦如是三千大千世界有百億須彌山有百億阿鼻地獄是故說從一阿鼻大地獄至一阿鼻大地獄如人從會至會又如入正位者從天上來受人間樂從人中還至天上受樂若此間火劫起其罪未盡故轉至他方十方世界大地獄中受罪若從間火劫起後展轉至他方他方火劫起復還生此間阿鼻地獄中展轉如前上釋誹謗大乘○應法師云無間有二一身無間二苦無間以五逆所感故稱為五無間熏聞引琪疏俱舍頌云約處唯除北約人除扇搋言五逆罪除北洲黃門扇搋也以父母於子少恩愛故一四身一語業三殺一虛誑一殺生加行四身一語業者前四屬身業破僧屬口業三殺一虛誑者破僧一虛誑也一殺生加行者出佛身血但殺之加行方便罪耳不成正罪故又佛不可殺故無間一切熟隨罪增苦增一句又明時處一句明苦增隨有多逆感無間苦多苦具故八比丘分二以為所破增八比丘分二以極少言之也本八比丘為一切衆破之成二衆更相是非四人已上成衆故以八比丘言之　上釋五逆○十地疏云準如來祕密藏經大迦葉問佛十惡何者最重佛言殺及邪見又云父得緣覺道子斷父命名殺中重奪三寶物名盜中重母若出家得阿羅漢共為不淨是淫中重若以不實語謗佛是妄語中重若兩舌語壞賢僧是兩舌中重若罵聖人是惡口中重言語壞亂求法之人是綺語中重若五逆初業是嗔恚中重欲劫奪持戒人是貪中重邪見中重謂之邊見是為十惡中重　上釋十重○次廣明阿鼻獄相○涅槃經云阿者名無鼻者名間間無暫樂故名無間假使一人獨墮是獄其身長大八萬由旬徧滿其中間無空處其身周匝受種種苦設有多人身亦徧滿不相妨閡寒地獄中暫遇熱風以之為樂熱地獄中暫遇寒風亦以為樂有地獄中設命終已若聞活聲即便還活阿鼻地獄即無是事△成論云一趣果無間捨身即生彼故二受苦無間中無樂故三時無間定一劫故四命無間中不絕故五形無間獄縱廣八萬由旬一人多人皆徧滿故△觀佛三昧海經云阿鼻地獄縱廣正等八千由旬七重鐵城七層鐵網有十八鬲周帀七重皆是刀林復有七重劒樹四角有四大銅狗廣長四十由旬眼如掣電牙如劒樹齒如刀山舌如鐵刺一切身毛皆然猛火其烟惡臭有十八獄卒口如夜叉六十四眼散迸鐵丸狗牙上出高四由旬牙端火流燒前鐵車輪輞出火鋒刃劍戟燒阿鼻獄赤如鎔銅獄卒八頭十六角頭上火然火變成鋼復成刀輪輪輪相次滿阿鼻城城內有七鐵幢火湧如沸鐵流融迸涌出四門上有十八釜沸銅涌湧滿於地中一一鬲門有四萬四千鐵蟒大蛇吐毒火中身滿城內其蛇哮吼如天震雷雨大鐵丸五百又五百億蟲八萬四千觜頭火流如雨而下滿阿鼻城此虫若下猛火熾然八萬四千由旬獄上衝大海沃焦山下貫大海底如車軸若有殺父害母罵辱六親命終之時經歷揮霍之間譬如壯士屈伸臂頃直落阿鼻大地獄中化閻羅王告

勅痴人獄種汝在世時不孝父母邪慢無道汝今生處名阿鼻地獄作是語已即滅不見爾時獄卒復駈罪人一日一夜受罪如閻浮提六十小劫如是一大劫具五逆者受罪五劫復有衆生犯四重禁虚食信施誹謗邪見不識因果斷學般若毀十方佛偷僧祇物淫泆無道逼掠淨戒僧尼姊妹親戚造諸惡事此人罪報經八萬四千大劫復入東方十八鬲中如是受苦南西北方亦復如是謗方等經具五逆罪破壞僧祇汙比丘尼斷諸善根具衆罪身滿阿鼻獄四肢復滿十八鬲中○次列謗大乘報三緣○西域記云無垢友論師迦濕彌羅國人也博通三藏研竟玄文途次衆賢論師窣堵波發願著論令瞻部洲諸學人絕大乘稱滅世親名說是語已心發狂亂五舌重出熱血流涌裁書告悔當其死處地陷為阬同侶焚屍旌建窣堵波菴沒羅林側有羅漢嘆曰惜哉苦哉此論師任情執見毀惡大乘墮無間獄又有大慢婆羅門生知博物學冠時彥門人千數味道欽風用赤旃檀刻作大自在天婆藪天那羅延天佛世尊等像為座四足負以自隨深詈苾芻謗毀大乘輕蔑先賢言聲未靜地便坼裂生身陷入地獄遺跡斯在高僧傳云唐新羅順璟宗法相大乘了義教見大乘經中始從發心便成佛已乃生謗毀不信當敵手足令弟子扶掖下地地則徐裂璟身下墜於今有坑廣表丈餘號順璟㮈落迦●次下雜引律論廣明地獄之相俱屬引證科中隨文例知不復具列㊁三結由自業經循造惡業

雖則自招衆同分中兼有元地疏隨順造惡故受苦報惡業不同受報亦別故云自招衆同分中兼有元地者衆名不一同是一義衆有相似同立分名造業同者共中共變釋要云山河大地地獄等是衆生共業共變唯識有四句一共中共變即山河地獄等二共中不共即田園產業等三不共中共即妻妾男女等四不共中不共即正報身俱舍論說有差別同分無差別同分同業共感衆多苦具同受此苦名無差別同分同受此苦謂彼同受鑊湯等若隨輕重受報不同名差別同分雖同感地獄受苦各異謂彼鐵床此刀山等或彼八寒此八熱等今云元地即差別也謂本造鐵丸因則受鐵丸報等元地者各隨元由也△唯識云由昔同業各熏自體此持異熟皆並現前彼多有情同見斯事實無外境為思議故雖在人類亦非同見若如是類無別見性由其皆有同類之業然由彼類有同分業生同分趣復有別業各別而見㊇二就業報以別辨七㊁初地獄三㊀一結前生後經阿難此等皆是彼諸衆生自業所感造十習因受六交報疏

由乎情想妄集諸業隨業善惡或升或墜故云自業所感十習因者別指惡業即由十使煩惱於六根門發識造業洎受其報從六根出報與業交故云交報同受地獄即引業招六根別受即滿業致俱是衆生妄情習造耳手鑑云唯識云能招第八引異熟果故名引業能招第六滿異熟果名爲滿業俱舍亦云一引業一生多業純圓滿猶如繪畫先圖形狀後塡衆彩等牽生地獄是引業後受報有輕重是滿業宗鏡修十善報受天堂樂作五逆罪受地獄苦昇忉利則五欲悅目墮泥犁則萬苦攢身悅目則有靈鳳祥鸞作歡樂之事攢身則有鐵蛇銅狗爲逼惱之殃明之不但內心實有外境荅天堂地獄苦樂之相皆是自心果報業影既以自心所作爲因還以自心所受爲果故經云未有自作他受彼地獄中受苦衆生所有罪業依本心作還在心中不離於心以是義故惡業熏心還應心中受苦果報以惡業相酬果牽地獄十習因既作六交報寧亡皆是一心惡覺心生顛倒想起對境作因成之假隨情運相續之心不以智眼正觀遂墮凡夫業道雖則一期狗意罔思萬劫沈身是以一切如來同宣審宜刻骨十方如來皆懼實可寒心又云地獄天堂本無定處身雖未往已現自心境不現前唯心妄見可驗苦樂之境本無從出善惡之事唯自召來空是空非妄生妄死清凉云業約成因招果尅獲爲果酧因曰報果通現在報唯未來如修初禪爲習因證得初禪爲習果習因習續於前習果尅獲於後故曰尅獲爲果上一重因果望其當報習因習果總名爲因生於初禪等天方明感報故云酧因曰報○那先比丘問佛經云如世間火不如泥犁火熱如持小石著世間火中至暮不消取大石著泥犁火中即消亦如有人作惡死在泥犁中數千萬歲其人不死亦如大蟒蛟龍等以沙石爲食即消如人懷胎腹中有子不消此並由善惡業力致使消與不消如人所作善惡隨人如影隨身人死但亡其身不亡其行譬如然火夜書火滅字在火至後成今世所作行後世成之㊂二徵起別辨二

ゟ一十習因十▽一淫習【經】云何十因【疏】總徵也發業有二一正發即無明二助發即餘惑俱分別也今此十因除淫習是所發之業餘九皆是能發之惑惑有根隨下文自指【眞際云】十習配屬根隨煩惱根本有六謂貪嗔癡慢疑不正見或開爲五隨有二十謂忿恨惱覆誑諂憍害嫉慳無慚無愧不信懈怠放逸昏沈掉舉失念不正知散亂今淫習即所發之業具足貪癡詐習即諂怨習即誑見即五見枉謂遍墜良善害所攝亦嗔類訟謂相諍得失忿恨爲先惱之一法性相應故此下十段文皆有三▽一正發業▽二感苦果▽三結過患【經】阿難一者淫習交接發於相磨研磨不休如是故有大猛火光於中發動如人以手自相磨觸煖相現前【疏】一由因致果此即正是所發業也具足貪癡生死輪迴斯爲其本內根外境互相偶搆故云交接內外相發遂成欲火喻顯可知【定林云】淫習研磨不休自耗其精則火果熾然於其生也有消渴內熱癰疽等疾其死也見大猛火宜矣淫習以磨生火則貪習以吸生水此與陽盛夢火陽盛夢水亦無以異雖彼以此復我然我所見非彼所成皆以我所習起△【補遺云】內分取貪愛義故流液生水十習取研磨義故觸煖生火【經】二習相然故有鐵床銅柱諸事【疏】二正感果相根境兩具故云二習能觸所觸皆是我心互相熏習結成淫業以於欲境起顛倒心生自他樂想因此業種後感其報從其能觸現地獄身從其所觸現諸苦具【定林云】銅柱鐵床則是抱持寢卧堅覺妄想餘習皆是自業所熏分其二習自相刑害耳他皆放此○【智論云】欲爲熾然者若未失時三毒火燒若其失時無常火燒二火燒故名爲熾然○【觀佛三昧海經云】銅柱地獄者有一銅柱狀如火山高六百由旬下有猛火火上鐵床上有刀輪間有鐵觜蟲鐵口鳥以貪惑滋多染愛不淨非處非時行不淨業設有比丘尼婆羅門等諸梵行者於非時非處犯不淨法乃至一切犯邪行者罪人臨命終時舉身反强震掉不定即作是念得一堅大銅鐵柱者縛此身體令不動搖獄卒應時化作僮僕手執鐵杖白言長者汝今身强餘物皆弱可捉此杖心即歡喜氣絕命終如捉杖頃生銅柱頭猛火燄熾焚燒其身驚怖下視見鐵床上有端正女若是女人見端正男

心生愛著從銅柱上下投於地銅柱貫身鐵網絡頭鐵觜諸蟲唼食其軀落鐵床上男女二根俱時六根火起有鐵觜蟲從眼而入從男女根出若汙戒者別有九億諸小蟲輩如螵蛸蟲有十二觜觜頭出火唼食其體一日一夜九百億生九百億死出生鳩鴿身經五百世後生龍中經五百世後生人中無根二根及不定根黃門之身經五百世設得爲人妻不貞良子不慈孝奴婢不從過是已後遇善知識發菩提心

經 是故十方一切如來色目行淫同名欲火菩薩見欲如避火坑 疏 三結示過名火能變壞一切世間欲能破滅出世善法是故行者首當遠離 定林云 如來了法平等無非解脫但爲衆生色目行婬如欲火耳菩薩尚有煩惱習氣故見欲如避火坑貪嗔等亦爾△ 溫陵云 如來爲導師故色目以警之菩薩爲行人故深怖以避之色目猶詺目也▽二貪習

經 二者貪習交計發於相吸吸攬不止如是故有積寒堅氷於中凍冽如人以口吸縮風氣有冷觸生 疏 由因致果也貪即是愛根本之數正能潤生於有有具染著爲性 唯識文具云能障無貪生苦爲業謂由愛力取蘊生故 手鑑 云有有具者有即取蘊三有之果有具即能生三有之因相順之因唯是有漏中有業惑及器世間緣起貪故皆是有具攝 由愛著故種種計較求取前境故云交計相吸也貪取不止如水結氷堅住不散遂成凍冽此釋貪久成業以致果也 補遺 云 貪如吸物吸故生寒愛故生水貪之不已故如水成氷

經 二習相陵故有吒吒波波羅羅青赤白蓮寒氷等事 疏 正顯果相也由因感果由內感外吒波羅等忍寒聲也即八寒地獄俱舍云頞部陀者此云疱尼剌部陀此云疱裂此二從相阿哳吒唬唬婆嚯嚯婆此三從聲鬱鉢羅等三即青白紅蓮此三從色以寒之彌甚身色如之相陵侵陵也 補遺云 二習相凌取二人貪習交相校計有相凌奪義○ 起世經云 泰阿舍樓嶽及偻舍等寒地獄者了吽喚不了吽喚不吽喚了吽喚者有三一阿浮他地獄亦云頞浮陀由寒身中生似癰泥又所有身形猶如泡沫故二泥羅浮陀地獄風吹脹滿又所有身形如肉段故三阿波波地獄亦云阿呼地獄極寒風吹剥其身皮肉盡落皆急戰喚聲又嚴切苦

逼叫喚而言阿呼阿呼甚大苦也此三可了不了叫喚者一阿吒侘吒鵠亦云阿叱叱地獄是極寒風所吹皮肉剝落喚阿叱鵠叱鵠又衆生以極苦惱逼切其身但得唱言阿叱叱然其舌聲不能出口故又曰云何名呵呵苦痛切身皆稱阿阿故云何名柰何受罪衆生苦痛酸切皆稱柰何故云何名羊鳴苦痛切身欲舉身時舌不能轉直如羊鳴故二優鉢羅者極大寒風吹剝身皮肉體中自鐵葉還自纏身如優鉢羅華不叫喚者一拘牟陀二須犍提三伽分陀梨四伽波曇摩極寒風吹身脹滿如四種相受苦呻吟一云云何名須乾提華獄皆黑如須乾陀華色云何名優鉢羅華獄皆青如優鉢羅華色云何名拘物頭華獄皆紅如拘物頭華色云何分陀利花獄皆白如分陀利華色云何名鉢頭摩華獄皆赤如鉢頭摩花色一云鬱波羅肉色細折似青蓮花波頭摩肉色大折如赤蓮花分陀利由彼骨折似白蓮花此三從瘡相得名是一切大寒地獄在四洲間著鐵圍山底仰向居正在闇冥中是其身量如頞多大因冷風觸其身折破譬如熱爪如竹葦林致火光燒爆聲吒吒如是衆生被寒風觸骨破爆聲叱吒遠出聲咳相觸偈曰泥羅浮有百千阿浮陀三十五毀聖惡趣獄口及意惡願

(經)是故十方一切如來色目多求同名貪水菩薩見貪如避瘴海(疏)結示過名貪能滋潤滋長惡法如今之有泉飲之則貪也復能損害法身慧命如有瘴之海(釋要云)瘴海氣也人呼則病▽三慢習

(經)三者慢習交陵發於相恃馳流不息如是故有騰逸奔波積波爲水如人口舌自相綿味因而水發△二習相鼓故有血河灰河熱沙毒海融銅灌吞諸事△是故十方一切如來色目我慢名飲癡水菩薩見慢如避巨溺(疏)三段如前恃己凌他論作於他高擧爲性能障不慢生苦爲業具云謂若有慢於德有德心不謙下由此生死輪轉無窮受諸苦故今云交凌相恃馳騁流逸慢之相也血河等事皆所感報由內致外因果相稱耳飲之迷倒故名癡水西國有之(定林云)愛已掉動故積波爲水令彼傷惱故有血河熱沙等事△(補遺云)慢者必有所恃慢必凌物如水騰波然慢屬於痴痴則不明故同愛屬水水者陰之氣故△(私)謂華嚴云身見羅刹於中執取住我慢原阜清涼云喻原阜者上不停法雨下不見性水原上如阜則慢上過慢論經云我慢陸地之所焦枯爲住枯洲彼云原阜枯洲此云奔波

積水我慢之相盡此二文〇血河者衆合地獄罪衆生畏地獄卒無量百千走入山間前後自然生兩大山自合如磨血流成河骨肉爛盡以喜磨衆生故也灰河熱沙等者【經律異相云】灰河地獄縱廣深淺各五百由旬灰湯涌沸惡氣熢㶿洄波相搏聲響可畏從底至上鐵刺縱横其河岸上有劒樹林枝葉花實皆是刀劒罪人入河隨波上下洄澓沈没鐵刺刺身内外通徹膿血流出痛苦萬端故令不死乃出灰河至彼岸上利劒割刺身體傷壞復有豺狼來嚙罪人生食其肉走上劒樹劒刃下向下劒樹時劒刃上向手攀手絶足躡足斷皮肉墮落惟有白骨筋脉相連時劒樹上有鐵觜鳥啄頭食腦苦毒號叫故使不死還入灰河鐵刺刺身皮肉爛壞惟有白骨浮浮於外冷風來吹欻便起立宿業所牽不覺忽至鐵九地獄熱沙即黑沙地獄出想地獄慞惶求救不覺忽到黑沙地獄熱風暴起吹熱黑沙來著其身燒皮徹骨身中燄起廻旋還身燒炙焦爛其罪未畢故使不死出黑沙獄到沸屎獄鐵窟地獄者餓鬼道中最上苦法罪人氣絶命終生火山上猶如鎔銅鑄鐵窟中劒蟲刀蟲唼食其頭出腦鐵狗來舐死已唱活驅令上樹未至樹端身碎如塵一日一夜殺身如塵不可稱數劒林地獄者八千由旬滿中劒樹有熱鐵九以爲其果罪人氣色受餓鬼身諸劒樹間化生咽如針筩腹如大山東西求食鎔銅灌咽一日一夜八萬生死經八千歲生食膿唾食血鬼【經】四者中復生厠神猪狗等中▽四瞋習

瞋習交衝發於相忤忤結不息心熱發火鑄氣爲金如是故有刀山鐵橛劍樹劍輪斧鉞鎗鋸如人銜寃殺氣飛動△二習相擊故有宮割斬斫剉刺搥擊諸事△是故十方一切如來色目瞋恚名利刀劍菩薩見瞋如避誅戮【疏】於諸苦具增恚身心論云諸苦若具增恚爲性若熱惱爲懷性不安隱能障無瞋不安隱性惡行所依爲業必令身心熱惱起諸惡業不善性故巳上皆根本惑攝互相衝忤結成熱惱熱惱不息氣忿成堅故感金石等事【定林】云瞋能起陽於五性屬木木起陽則發火火尅金則鑄氣氣雖屬金要待火力成體又從火革乃能兵傷物△【温陵云】心屬火氣屬金瞋由心作氣反動其心加之衝擊則心火轉盛氣金轉剛故曰心熱發火鑄氣爲金△【釋要云】火能鑄物由瞋火故鑄成種種金苦具也橛繫罪人杙也【手鑑】智論云銅橛律云龍互杙由如龍互可以挂物宮割秦五刑之二也斬斫剉皆新之死刑刺即古刑之墨也今流罪有之搥擊皆新刑之笞

杖類也如劫末時人起猛利嗔心所執草木皆成刀劍非內心之所感乎○法苑珠林云七明嗔使過者大莊嚴論云身如乾薪嗔恚如火未能燒他先自焦身正法念經云嗔心如火燒一切戒嗔是大斧能破法橋住在心中如怨入舍故知起嗔障諸善法○經律異相阿鼻十八小地獄鐵丸地獄八十由旬滿中鐵城八十八鬲一一鬲水有五刀山持用覆上下有十八鬲大惡鐵蛇皆吐鐵劍劍頭火然刀輪地獄者四面刀山於衆山中積刀如輪有八百萬億極大刀輪隨次而下猶如雨點十八劍輪地獄縱廣正等五十由旬滿中鐵樹其樹多少如稻麻竹葦一一劍樹高八十由旬八萬四千劍輪爲葉八萬四千劍輪爲果八萬四千沸銅爲枝罪人命終生鐵華中無量劍刃削骨破肉碎落如空復有鐵烏從樹上下批眼啄耳有大羅刹手捉鐵斧破軀煙熏其眼不見炎燄東西馳走頭打鐵山鐵丸從頂徹足一念頃死生罪畢出生餓鬼中又八大地獄熱地獄中一者治活活地獄者獄卒以利刀斧解剝剉斬罪衆生如斬剉草頭皮肉解散罪緣未盡以冷風吹還生如故復因罪惡手生鐵爪鋒利猶刃各生怨結更生摑截如刈竹葦彼此相鬪結恨心死故生此中∇五詐習

經五者詐習交誘發於相調引起不住如是故有繩木絞校如水浸田草木生長△二習相延故有杻械枷鎖鞭杖檛棒諸事△是故十方一切如來色目奸僞同名讒賊菩薩見詐如畏豺狼

疏詐謂諂曲罔冐於他云何爲諂爲罔他故謂諂曲者爲罔冐他矯設異儀險曲爲性曲順時宜矯設方便爲取他意或藏已失不任師友正教誨故此隨數也今云發於相調引起不住正是此也熏聞云相調猶弄引也奸詐多端或亂良善矯設方便遞相誘引故云交誘繩木絞校所感苦具也溫陵云由調引相延故感繩木延引長惡滋蔓如水浸田詐習依奸智起惡而漸滋蔓引如水浸田校枷也易荷校滅耳豺狗足群行舌有逆刺狼銳首白頰大尾長胡似犬也奸僞敗正猶如讒賊定林云詐習信性劣智即是土性劣木故抽爲木而有繩木絞校然以信性劣智造惡受報若善權方便能度衆生雖亦信劣當受功德園林福報○經律異相黑繩大地獄獄卒撲罪人偃熱鐵上舒展其身以熱鐵繩絣之使直以釘釘手足周徧身體盡五百釘以熱鐵斧逐繩道斫罪人作百千段復次以鐵繩絣鋸鋸之復次懸鐵繩交橫無數駈迫罪人

使行繩間惡氣暴起吹諸鐵繩歷絡其身燒皮徹肉燋骨沸髓出黑繩至黑沙獄○智論云黑繩大地獄中惡羅刹獄卒鬼匠常以黑熱鐵繩拼度罪人以獄中鐵斧斫之長者令短短者令長方者使圓圓者使方斬截四支耳鼻手足以大鐵鋸解析劓截破其肉分臠臠稱之此人宿行因緣讒賊忠良妄語惡口兩舌綺語枉殺無辜或作姦吏酷暴侵害如是等種種惡口讒賊故受此罪ㄗ六誑習

經 六者誑習交欺發於相罔誣罔不止飛心造奸如是故有塵土屎尿穢汙不淨如塵隨風各無所見△二習相加故有没溺騰擲飛墜漂淪諸事△是故十方一切如來色目欺誑同名劫殺菩薩見誑如踐蛇虺

疏 此亦隨數誑謂矯誑心懷異謀多現不實矯現有德詭詐爲性邪命爲業邪命事有五一爲利養故現奇特相二爲利養故自說功德三卜相占凶爲人說法四高聲現威令人畏敬五說得供養以動人心今云交欺欺即誑也誣罔即是現邪命事以獲利譽也塵土屎尿皆苦具也刀兵動時人互殺害故云劫殺虺蝮虺也博三寸首如擘孤山云誣罔暗蔽如塵隨風△定林云誑習屎尿穢汙如塵隨風信性散壞智不淨故没溺漂淪智勝信故騰擲飛墜飛心造奸故詐引起不住故能有所生誑誣罔不止故能壞而已○經律異相沸屎地獄八十由旬十八鐵城一一城有十八鬲一一鬲中四壁皆有百億萬劍樹如刃刃厚三尺於其刃上百千蒺蔾不可勝計一一蒺蔾及劍樹間生無量鐵蟲一一鐵蟲有百千頭一一頭有百千觜觜頭皆有百千蛖蟲諸蛖蟲口吐熱屎沸如洋銅滿鐵郭內上有鐵網鐵烏罪人命終墮沸屎中身體糜爛衆蟲唼食削骨徹髓以渴逼故飲熱沸屎蛖蟲蛆蟲唼其舌根一日一夜九十億生九十億死久受苦巳到鐵釘獄ㄗ七怨習

經 七者怨習交嫌發於銜恨如是故有飛石投礰匣貯車檻甕盛囊樸如陰毒人懷抱畜惡△二習相吞故有投擲擒捉擊射挽撮諸事△是故十方一切如來色目怨家名違害鬼菩薩見寃如飲鴆酒

疏 怨即恨也由忿爲先懷惡不捨結寃怨爲性能障不恨熱惱爲業不能含忍常熱惱故此亦嗔恚一分爲體離嗔無別恨相用故囊樸等巳上皆拘繫罪人之具

有作撲字之誤也孤山云以橐貯人而撲殺之史記秦始皇囊撲兩弟挽撮皆牽繫罪人也有作拋亦字誤也如違害鬼常伺取人鴆鳥名也翼毛劃酒酒則殺人孤山云畜惡在懷猶匣貯車檻等陰毒中人如飛石投礮等△温陵云怨習含恨陰隱爲傷故如陰毒畜怨所感之恨皆陰隱事也▽八見習

經八者見習交明如薩迦耶見戒禁取邪悟諸業發於違拒出生相返如是故有王使主吏證執文籍如行路人來往相見△二習相交故有勘問權詐考訊推鞫察訪披究照明善惡童子手執文簿辭辯諸事△是故十方一切如來色目惡見同名見坑菩薩見諸虛妄徧執如入毒壑

疏見謂惡見於諸諦理顛倒推度論作求染慧爲性能障善見招苦爲業謂惡見者多受苦故此見行相差別有五一身見執我我所論云一薩迦耶見謂於五取蘊執我我所一切見趣所依爲業此見差別有二十句六十五等分別起攝清凉引經部師云薩是僞義迦耶是身違利惡致是見薩婆多云薩是有義迦耶等如前二邊見執斷執常謂即於彼隨計斷常障處中行出離爲業釋曰謂即於薩迦耶見隨計斷常即是邊見三邪見謗無因果謂謗因果作用實事及非四見諸餘邪執如增上緣名義徧故按經文言邪悟諸業即總指邊邪二見也行陰中二無因四徧常諸外道論皆上見攝後文廣明四見取謂於諸見及所依蘊執爲最勝能得清淨一切鬬諍所依爲業五戒禁取謂於隨順諸見戒禁及所依蘊執爲最勝能得清淨無利勤苦所依爲業此之見習各執已解互相是非故感王使主吏諸事權詐者設方便以取情也照明引他事以照證也定林云有身見則物亦自我故發於違拒有禁戒取邪悟諸業則起輪迴性故出生相返是非善惡既有所在則辯鞫隨之矣△温陵云路人相見一去一違盼所見違反也能陷法身故名見坑能致業苦故名毒壑融室云私業幽隱現於文簿是中如行人來往相見不可得避也○十地品云身見羅剎於中執取令其永入愛欲稠林疏云執其我我所窟宅不能動發故於中者於陰窟之中執取之中亦含戒取○法苑十使篇云第一身見者

亦名我見色心相依名之爲身凡愚執此名爲我人以迷身心執爲我故依此身見起第二邊見第三邪見寶積經云如咽塞病即能斷命一切見中唯有我見即時能斷於智慧也第四名戒取者但諸妄執戒定之人隨其別執一是獨上一是足上所謂直取持戒等爲道不知非道謬執爲道故名獨頭不解正理妄立是非謂已見是取爲真見則名戒取此後戒取從前見生前見與後戒取爲本戒取所依名爲脚足是故說後見取之心名爲逆上戒取煩惱第五名見取者此還有二謂直取世間有漏善業以爲第一勝妙善者名爲獨頭見取謂人起身見是其我倒愚人不解取前身見以爲第一如此見取名爲足上此見於境僻執堅牢非佛弟子執聖慧刀截彼見牙方能捨故如有海獸名室首魔羅彼所嚙物要截其牙方得捨故深入所緣故者謂見性猛利深入所緣如針墮泥○【經律異相】習衆邪見爲愛網所牽造卑陋行墮大叫喚獄云何熱地獄一有主治二少主治三無主治此三相治者是考掠也有主一者治活二者行三者黑繩謂有主治地獄獄卒者以行緣故不被火燒少主治地獄者一衆合二大合三鐵檻▽九枉習【經】九者枉習交加發於誣謗如是故有合山合石碾磑耕磨如讒賊人逼枉良善△二習相排故有押捺搥按蹙漉衡度諸事△是故十方一切如來色目怨謗同名讒虎菩薩見枉如遭霹靂【疏】枉則逼墜良善損惱於他心無悲愍害所攝也云何爲害謂有害者逼惱他故此亦嗔恚一分爲體離嗔無別害相用故既以枉押良善抑捺無辜令稱有罪故感合山等事【私謂】讒賊之人以合山合石等事逼害忠良而地獄感報如之故曰如讒賊人逼枉良善如之爲言謂如讒人之所爲以還報讒人也經言同名讒虎詩謂豺虎不食讒人罔極怵如來燗戒亦可少知懼矣夫蹙謂逼迫摝謂振動讒能害善虎能食人之貌【熏聞云】漉謂撈漉捉取【孤山云】權衡尺度以定輕重長短獄王前有之○【智論云】合會大地獄中惡羅刹獄卒作狐狗虎狼師子六駮大象鵰鷲種種諸鳥獸頭而來吞噉齩齧齰掣罪人兩山相合大熱鐵輪轢諸罪人令身破碎熱鐵臼中擣之令碎如笮蒲萄亦如壓油譬如蹂場聚肉成積積頭如山血流成池鵰鷲虎狼各來爭掣此人宿業因緣以力勢相凌枉押羸弱受兩山相合罪○【經律異相云】堆磓大地獄有大石山兩兩相對罪人入此中山自然合堆磓其身骨肉糜碎山還故處苦毒萬端故令不死復有大鐵象舉身火然哮吼而來蹴蹋罪人宛轉其上身體糜碎號咷悲叫故使不死復捉罪人卧大石上以大石壓復取卧地鐵杵擣之從足至頭萬

壽並至故名堆碑出堆碑到黑沙獄刺林地獄者罪人生棘林間獄卒羅刹手執鐵鉤拔舌令出八千鐵牛有大鐵犂耕破其舌一日一夜六百生死又出多銅鑊至石磨地獄捉罪人撲熱石上舒展手足以大熱石壓其身上廻轉磨揩骨肉糜碎久受苦巳出至膿血獄△十訟習

(經)十者訟習交諠發於藏覆如是故有鑒見照燭如於日中不能藏影△○○○○依古本闕四字不應從會解妄加故有惡友業鏡火珠披露宿業對驗諸事△是故十方一切如來色目覆藏同名陰賊菩薩觀覆如戴高山履於巨海(疏)此是覆習而言訟者由覆發訟故所言覆者於自作罪恐失利譽隱藏爲性能障不覆悔惱爲業謂覆罪者後必悔惱不安隱故(手鑑)云既作大罪常懷怖畏悔箭入心堅不可拔如偈云不應作而作應作而不作悔惱火所燒後世墮惡道巳既有罪不能自發遂招他訟此訟即是惱之一法小隨煩惱覆三惱四忿恨爲先追觸暴熱很戾爲性蛆螫爲業謂追往惡觸現違緣心便很戾多發囂暴凶鄙麁言蛆螫他故乃名爲訟此覆彼訟二習相發故感惡友業鏡等事(興福云)惡友則證明人意言同類惡人證其陰事也業鏡火珠皆能照其是非覆藏過惡自知而已如於陰賊不具當苦必墮惡道如戴山履海也(溫陵云)陰賊覆藏發則自害如戴山履海適足自墜自陷而已

大佛頂首楞嚴經疏解蒙鈔卷第八之四

音釋

榹 相支切音思山桃也似桃而小　駈 與驅同　撾 張瓜切音檛擊也　頰 吉協切音莢面傍也　絣 晡橫切音崩振繩墨也　臠 盧轉切音孌塊切肉　詭 古委切音垝欺也詐也

大佛頂首楞嚴經疏解蒙鈔卷第八之五

海印弟子蒙叟錢謙益鈔

㊂二六交報
○一總標

【經】云何六報△阿難一切衆生六識造業所招惡報從六根出【疏】造業既從六根而出受報還歸六根因與果報故云交報又下一根受報備歷六根根皆爾故云交報此云六識造業者且據總相業者招感爲義然通總別若能爲引業善不善思招感當來第八無記性者即總報業若爲滿業三性思種招感當來苦樂等果者名別報業其第六識通造總別報業其第五識但爲助發別報不能發總以強盛隨轉二差別故從六根出者六根是彼造業具故造既從根受亦根受故從根出【手鑑】云業望於識有二一本識業是能依識是所依二約六識業是所造識是能造第八無記者謂七趣皆以第八異熟識而爲自體無覆無記性攝故唯識云此第八識是界趣生施設本故前五助發者謂五識無執不能發潤無推度故不能造業雖造滿業亦非自能但由意引方能作故若第六識我執無明迷真實義以善不善相應思造業熏於賴耶能感五趣故六識強盛五識隨轉也六識造業者六根但是造業之具如魚鳥之網然六識造復有正助第六正造前五是助造總報業者引業也以此業於諸業中最勝故即能引生諸趣故善不善思者正是業體善思即善報之因惡思即惡報之因由前六造因第八無記受報強盛隨轉者前五不能造引但隨六轉第六造善強盛前五即隨造善第六造惡強盛前五即隨造惡△【溫陵云】從識造業從根顯報業報相會謂之交△【清涼云】問總別二報之業如何分別荅如持五戒招得人身是總報業由於因中有嗔忍等於人總報而有妍媸名別報業唯識亦名爲引滿業能招第八引異熟果故名引業能招第六滿異熟果名爲滿業俱舍亦云一業引一生多業能圓滿猶如繢像先圖形狀後塡衆彩等然其引業能造之思要是第六意識所起若其滿業能造之思從五識起○二別辨六○一見報二

▽一臨終見境

【經】云何惡報從六根出△一者見報招引惡果此見業交則臨終時先見猛火滿十方界亡者神識飛墜乘煙入無間

獄發明二相〔疏〕眼根造罪是見業臨終見境是報與業交以眼根取色色能役心造種種業故見猛火徧十方界神識隨火入獄受報〔温陵云〕見覺屬火故感猛火六交皆直入無間成論云極善極惡皆無中陰所以直入△〔海印云〕七者神識將捨煖觸隨見業所感之境識從習變如射箭頭徑入地獄▽二乘業受報〔經〕一者明見則能徧見種種惡物生無量畏二者暗見寂然不見生無量恐如是見火燒聽能爲鑊湯洋銅燒息能爲黑煙紫焰燒味能爲燋丸鐵糜燒觸能爲熱灰鑪炭燒心能生星火迸灑煽鼓空界〔疏〕明暗二塵是眼所取明可辨見故見惡相暗無分別但生恐懼如是下徧列六根然有旁正正由眼根發識造業故先歷眼〔證眞云〕造業時一根爲正餘根爲助故今受報眼相爲首還徧六根也今此不明文畧故耳下文即具此中以火爲苦具主及歷餘根隨根轉變爲不可意境也〔温陵云〕聞聽屬水故燒聽爲鑊湯洋銅鼻嗅主氣故燒息爲黑煙紫燄舌主味糜丸味類也身主觸灰炭觸類也心正屬火燒之轉熾故迸灑扇鼓〔補遺云〕心思迅利所見心火迸灑亦取迅疾下五根說心皆同如電雹飛沙等〇〔經律異相〕鑊湯地獄有十八鑊縱廣正等各四十由旬七重鐵網滿中沸鐵五百羅剎鼓大石炭燒其銅鑊燄燄相次經六十日火不可滅閻浮提日滿十二萬歲鑊湯上涌化成火輪還入鑊中罪人生鑊湯中速疾消爛唯餘骨在鐵叉掠之鐵狗嚼之嘔吐在地尋復還活獄卒駈促還令入鑊畏鑊熱故攀緣樹上骨肉斷爛落鑊湯中一日一夜恒沙死生罪畢生爲猪狗羊鷄短命之處無不經歷受身八千萬歲還生人中飲銅地獄千二百種雜色銅車一車上六千銅丸罪人生銅車上不久即往生銅山間銅車轢頭獄卒以鉗拑口飲以洋銅迸悶躃地唱言飢飢獄卒勞口令開以銅鐵丸置其口中節節火然經于七日爾乃命終獄卒唱言汝前身時慳貪嫉妬邪見惡說見他得利如箭入心或曾出家毀犯禁戒虛食信施受鐵丸報又想地獄中有銅鑊地獄多銅鑊地獄鐵丸地獄有熱鐵丸前沸屎丸有沸屎鐵丸又鐵窟地獄鐵山上有五百萬億大熱鐵丸一一丸團圓正等十三由旬彼山東開小孔如摩伽陀斗但出黑煙罪人生火山上東西馳走頭打鐵山鐵丸從頂徹足又飢渴等獄皆有鐵丸著口其事非一〔經〕二者聞報

⊙二聞報二▽一臨終見境

招引惡果此聞業交則臨終時先見波濤沒
溺天地亡者神識降注乘流入無間獄發明
二相【疏】聲能鼓動心海如波如濤取此造業
故臨終時先見此相降注下流也【温陵云】聞
聽屬水故觀聽旋復水不能溺依之造
業能感波濤▽二乘業受報【經】一者聞聽聽
種種鬧精神愁亂二者閉聽寂無所聞幽魄
沉沒如是聞波注聞則能爲責爲詰注見則
能爲雷爲吼爲惡毒氣注息則能爲雨爲霧
灑諸毒虫周滿身體注味則能爲膿爲血種
種雜穢注觸則能爲畜爲鬼爲糞爲尿注意
則能爲電爲雹摧碎心魄【疏】耳根所取動靜
二境造種種業今受其報亦緣此二開即動
也閉即靜也如是下歷根別受此文之中以
根對境有所參差將恐梵文迴互譯者隨而
弗審如雷吼毒氣非眼所取雨霧毒虫非鼻

家境餘文則順有智自詳【温陵云】注見能爲
雷吼者聞波屬陰
見火爲陽陰陽相薄而成雷也△【補遺云】耳
根之報並從波濤注雨凢雨時雷吼惡氣乃
天地閉塞之象是眼之境不可泥雷吼之聲
又雨霧毒虫皆有其氣固爲注息之氣【融室】
【云】注聞爲詰責者波濤之聲變爲斥責詰問
音故注見爲雷吼雷吼俱生嗔怒火故注息
爲雨霧毒虫出息之氣潤濕水有毒虫生氣
息故注觸爲畜鬼水有畜鬼及變爲糞尿畜
鬼害身糞尿汙身故注意爲雷雹水爲雹時
閃電齊作摧碎心魄正屬意故○【經律異相】
出石磨獄至膿血地獄罪人千中東西馳走
湯其身體頭面爛壞又取膿血食之苦毒難
忍出膿血至無量火獄已
三齅報二▽一臨終見境【經】三者齅報招引
惡果此齅業交則臨終時先見毒氣充塞遠
近亡者神識從地涌出入無間獄發明二相
【疏】鼻根造罪貪齅諸香衆生身分及男女等
香作種種業故招毒氣以受其報【温陵云】因
貪惡香造
種種業果感毒氣受種種報●【智論云】云何
呵香人謂著香少罪染受於香關結使門雖
復百歲持戒能一時壞之△【補遺云】鼻根先
見毒氣充塞凢氣自下升上神識從之從地
踊出也▽二
乘業受報【經】一者通聞被諸惡氣熏極心

擾二者塞聞氣掩不通悶絶於地如是齅氣衝息則能爲質爲履衝見則能爲火爲炬衝聽則能爲沒爲溺爲洋爲沸衝味則能爲餧爲爽衝觸則能爲綻爲爛爲大肉山有百千眼無量咂食衝思則能爲灰爲瘴爲飛砂礰擊碎身體【疏】通塞是彼鼻所取境依此造業依此受報故有二相如是下歷根別受爲質爲履者質礙也履猶通也【孤山云】質應作躓廣雅躓蹶也通俗文氣不利曰躓△【温陵云】齅業所依不離通塞故衝息能爲質履衝見火炬衝聽洋沸者見覺屬火觀聽屬水也飢餧味爽味隨氣變也綻坼爛壞體隨氣變也衝思爲灰沙依土感也【海印云】鼻主出入息故先見毒氣鼻爲土故識從地涌脾土主思故爲飛沙等事應塵沙無明也〇四眚報二▽一臨終見境【經】四者味報招引業果此味業交則臨終時先見鐵網猛炎熾烈周覆世界亡者神識下透挂網倒懸其頭入無間獄發明二相【疏】舌根作罪其罪最廣一貪味爲罪殺戮必多【智論云】但以貪著美味故當受衆苦洋銅灌口歠燒鐵丸二發語造業其罪又廣以妄言綺語兩舌惡口比於餘根此最廣博故感鐵網周覆世界也【孤山云】准上應云嘗報言味報者從所嘗爲名也貪味則網捕燒野掩取禽獸故先鐵網猛燄之相△【定林云】先見鐵網等者以堅覺著味網害衆生令無所逃故舌識屬火故神識下透挂網倒懸其頭以當納味時受想隨之故〇【涅槃云】無間地獄四面有門一一門外各有猛火東西南北交過通徹四萬由旬周匝鐵墻鐵網彌覆其地亦鐵下火徹上上火徹下若魚在鏊脂膏燋然是中罪人亦復如是〇【經律異相】鐵網地獄八十九重諸鐵羅網一一網間百億鐵針一一鐵針施五開棖罪人生鐵網間揵身下過衆棖皆動無量諸針射入毛孔如是宛轉諸鐵網間如刹那頃死生罪畢生人中三惡道攝又阿鼻地獄七重鐵城上層鐵網十八小熱地獄亦如阿鼻無量諸惡以爲莊嚴又沸尿鑊湯等亦各七重鐵網▽二乘業受報【經】一者吸氣結成寒氷凍裂身肉二者吐氣飛爲猛火焦爛骨髓如是嘗味歷嘗則能爲承爲忍歷見則能爲然金石歷聽則能爲利兵刃歷息則能爲大鐵籠

彌覆國土歷觸則能爲弓爲箭爲弩爲射歷思則能爲飛熱鐵從空而下【疏】吸氣則取味所招吐氣則發語所致如是下歷根別受爲承爲領者承領忍受一切惡味造業之時先是舌根受食知味然後始益諸根大種舌不領味諸根不益受報亦然【溫陵云】舌皦生命使彼承忍故歷嘗發苦使已承忍依見貪味故能爲然金石依聽發惡故能爲利兵刃依觳恣貪籠取肆味故能爲大鐵籠觸味傷物故感弓箭以自傷緣味思物故感思物以充味△【補遺云】爲利兵刃取兵刃相擊聲爲大鐵籠取籠閉不通爲息之患○【經律異相】十八寒地獄者八方氷山山十八鬲復有十八諸小氷山寒氷山間加尨蓮花高十八由旬上有氷輪縱廣正等十二由旬如天雨雹從空而下罪人命終生氷山上既生之後十八氷山如以扇扇一切寒氷從毛孔入十八鬲中徧滿一鬲剖裂擘拆如赤蓮花氷輪上下徧覆其身入萬氷山一時具合更無餘詞但言阿羅爾時空中有鐵觜烏吐火破氷啄腦罪人即死獄卒復以鐵乂打他唱言活活應聲即蘇身火猛熾願得前氷以滅此火獄卒復以氷輪迎接置餘獄中壽量如四天王天日月八萬千歲㔾五觸根二▽一臨終見境【經】五者觸報招引惡果此觸業交則臨終時先見大山四面來合無復出路亡者神識見大鐵城火蛇火狗虎狼師子牛頭獄卒馬頭羅刹手執鎗矟驅入城門向無間獄發明二相【疏】身根爲罪多因男女淫愛等觸貪著細滑隨時冷熱故受合山等事【智論云】此觸是生結使之大因繫縛心之根本何以故餘四情各當其分此則徧滿身識生處廣故多生染著以其難捨故爲之常作重罪若墮地獄一名寒氷二名炎火此二部中皆以身觸受罪苦毒萬端此觸名爲大黑暗處危難之嶮道也○【涅槃云】佛告波斯匿王有四大山從四方來欲害人民無逃躱處四山即是生老病死時來切人○【經律異相】刀輪地獄者四面刀山於衆山間積刀如輪有八百萬億極大刀輪隨次而下猶如雨滴罪人生刀輪中如醉象走墮刀山間是時四山一時俱合四種刀山割切其身悶絶而死獄卒羅剎驅迫令登刀山未死之間鐵狗嚙心鐵蟲唼肉尋復唱活一日一夜六十一生六十一死火蛇火狗虎狼等者阿鼻獄有四大銅狗一切身毛皆然猛火有八萬四千鐵蟒大蛇生毒火中身滿城內犲狼地獄有羣犲狼競來齰嚙肉墮骨傷▽二乘業受報【經】一者合觸合山逼體

骨肉血潰二者離觸刀劒觸身心肝屠裂如是合觸歷觸則能爲道爲觀爲廳爲案歷見則能爲燒爲爇歷聽則能爲撞爲擊爲傳傳側吏反挿刃也爲射歷息則能爲括爲袋爲考爲縛歷嘗則能爲耕爲鉗爲斬爲截歷思則能爲墜爲飛爲煎爲炙疏身之所取唯合與離從之造罪感果亦爾如是下歷根別受道觀廳案皆受罪處也餘文可解溫陵云道觀治罪之地皆身觸所依也燒爇見觸也撞擊聞觸也括袋息觸也耕鉗舌觸也飛墜思觸也△海印云歷觸當根爲道觀等者生依此身如房舍故歷見則燒爇見屬火故歷聽則撞擊而有聲爲傳射者聞聲動觸想故括袋考縛以息周一身故歷嘗爲耕鉗等以味充舌爲滋觸故歷思爲飛墜煎炙以妄想一動徧身火然故○六思報二▽一臨終見境△六者思報招引惡果此思業交則臨終時先見惡風吹壞國土亡者神識被吹上空旋落乘風墮無間獄發明二相宗鏡思者業也國土不壞由心分別見國土壞由意思影像法塵生滅報處還然能受生滅之遷變又生人見國土死人則見壞皆由意生法生意滅法滅疏思是意業無質迅疾猶如於風故招此報資中云無質如風故見風相△真際云意思生滅迅疾故先感業風是其思致△溫陵云思屬土而飄蕩故見惡風吹土之事○經律異相二大金剛山間有大風起名爲僧佉若使風來至四天下及八萬天下大地諸山去至十里或至百里飛颺空中皆悉糜碎譬如壯士手把輕糠散於空中由二大山遮止此風若使風至四天下者其中衆生溪河江海皆當焦枯▽二乘業受報

經一者不覺迷極則荒奔走不息二者不迷覺知則苦無量煎燒痛深難忍如是邪思結思則能爲方爲所結見則能爲鑒爲證結聽則能爲大合石爲氷爲霜爲土爲霧結息則能爲大火車火船火檻結嘗則能爲大叫喚爲悔爲泣結觸則能爲大爲小爲一日中萬生萬死爲偃爲仰疏意之所緣生滅二塵

復能隨五明了取境不覺則荒獨散所感不
迷覺苦明了所致皆是邪思造業故耳溫陵云思
業所依不出迷覺荒奔迷思也知苦覺思也　如是下歷根別受方
所受苦處也鑒證證據先罪也此一根定報
備歷餘根然根對苦具有差有當不必一一
根境相順學者隨文消遣不可疑滯思必有所故結
思爲受罪方所見能鑒證故結見爲證罪人
事結聽爲大合石等水土交感也火車船檻
息氣乘亂思所變也嘗即舌根聲所自發也
大小已下皆言其身觸業乘亂思所變也△
海印云思歷當根生以妄想爲心地故有方
所思發知見故爲鑒證思土聽水故爲氷霜
土霧思籠冐息氣成火故結爲火車等思由
舌發聲故爲叫喚等思執根身故生死偃仰
皆身觸受苦之想△熏聞云土霧應作霧與
雰同天氣下地不應曰雰蒙昧也爲土者約
而言之即霾也○經律異相熱地獄中少主
治地獄者一衆合二大哭三鐵檻衆合如前
此文大合石也大也大哭大爲悔爲泣也鐵檻
者此火檻也大哭地獄者大鐵山周徧火然
四絶無行處惡獄卒無慈嗔恚言欲何所趣
以火燒鐵杵擊其頭故云大哭也大火車即
火車地獄衆生爲佛弟子及事梵天九十六
種及在家者誑惑邪念諂曲作惡罪人命終
載火車上身體燋散獄卒張眼喊喚叱叱使
走火車轢身九十八反碎身如塵天雨沸銅
徧洒身體即便還活如是往返上至湯際下
墮鑊中火車所轢一日一夜九十億死九十
億生叫喚大叫喚地獄者智論云八大地獄
第四第五其中罪人羅刹獄卒頭黃如金眼
中火出著緖色衣身肉堅勁疾走如風口出
惡聲捉三股义箭墮如雨刺射罪人罪人狂
怖叩頭求哀大將軍少見放捨少見憐愍即
時將入熱鐵地獄縱廣百由旬駈打馳走足
皆焦然脂髓流出如笮蘇油鐵棒棒頭頭破
腦出如破酪瓶斫刺割剝身體糜爛而復將
入鐵屋闇間黑煙來熏互相推墜更相怨毒
皆言何以墜我纔欲求出其門已閉此人宿
行因緣云云如是等種種因緣受叫喚大叫
喚地獄罪○三結顯重明二○一結成虛妄

經阿難是名地獄十因六果皆是衆生迷妄
所造疏虛妄造業虛妄受報皆如空花然於
因果未嘗乖異熏聞云六交報中且舉無間
小獄之相如貪習所感即入寒也尋阿含俱
舍樓炭婆沙等備曉其事○二別顯重輕

經若諸衆生惡業同造入阿鼻獄受無量苦
經無量劫疏六根十因具足同造諸業入阿
鼻獄即大無間具足五事也即資中文△溫陵云同於六根

具造十因兼境兼根名惡業同造○(釋文)惡業同造宋乾道本云惡境圓造有人解云十因俱起爲圓造圓滿具是極惡業也(經)六根各造及彼所作兼境兼根是人則入八無間獄(疏)如第六識同彼眼識唯取自境兼根而作不涉餘根不具十因此則六根具造唯造時不兼餘根入八熱獄次輕於前也(吴興云)此亦六根具造十因但前後異時故云各耳

如一根對境必與意識同起是名各造若加二三等則名兼境兼根也八無間獄者應同前獄既非經無量劫故知此罪次輕於前復恐通舉八獄以輕從重總名無間是則十因不具者或當墮前七也△(定林云)若所造惡緣事非心則境不兼根緣心非事則根不兼境△(私謂)台家磬師云楞嚴既言阿鼻又出無間則阿鼻當在無間之外今考經文此云惡業同造入阿鼻獄即前文純情即沈入阿鼻獄也六根各造入八無間獄即前文九情一想輕生有間重生無間二種地獄也前後區別良如磬師之云准諸經論阿鼻即第八五無間獄無別出阿鼻之文涅槃云阿鼻地獄是中罪人作一逆者則便具如是一罪若造二逆罪則二倍五逆具全罪亦五倍又觀佛三昧海經云阿鼻受罪一日一夜如人間六十小劫如此壽命盡一失劫具五逆者受罪五劫復有犯四重等報經八萬四千大劫等此經又開謗法等大罪更生十方阿鼻地獄俱舍智度並如是說是則一等阿鼻五無間獄是中業報劫分迢然各別非除五無間外別有阿鼻獄也阿鼻古翻無間觀佛三昧經云阿者言無鼻者言遮又阿者言無鼻者言救既翻無間又言無遮無救即一阿鼻獄而有多名瑜伽開八大那落迦八名無間釋論開八大地獄第七大熱地獄後即阿鼻地獄故沇師疏云阿鼻獄即大無間其解爲酱而磬師則考之未確也(經)身口意三作殺盜淫是人則入十八地獄(疏)身口意六根之三也殺盜淫十因之三也如身具作殺等三罪口意不作又輕於前入十八獄(熏聞云)身口意三等者於惡業中唯犯殺盜淫罪雖云口意蓋助成身業也△(直解云)涅槃二十一切衆生所作罪業凡有二種一者輕二者重若心口作則名爲輕身口作則名爲重謂心念口說身不作者所得報輕引證今經可例明也△(補遺云)此單約三業造殺盜淫不具十因故不入無間(經)三業不兼中間或爲一殺一盜是人則入三十六地獄(疏)如身獨造殺等一業不兼餘罪入三十六獄又輕於前(熏聞云)亦合云一淫但文畧耳(經)見見一根單犯一業是人則入

一百八地獄【疏】此獨一根只犯一殺又輕於前入一百八獄如意中邪思或不正見未形身口或口處殺人身心無記此等並輕言見見者見現音只見之一根不兼餘根故云見見【吳興】云見見者能見所見單根單境謂秖犯眼家一根一境之業也今從現音爲是△【雲棲】云此分五等一同造六根十習具足兼造而又同時也二各造單兼一根一境雖具足而不同時也三身口意三業造殺盜淫三惡也四三業中三犯三惡中二也五三業中一犯三惡中一也○三結答所問【經】由是衆生別作別造於世界中入同分地妄想發生非本來有【疏】由不斷三業各各有私故云別造因各各私衆私同分故云入同分地謂同業相感無差別同分別業各感差別同分故前文云衆同分中兼有元地也皆由妄想發起故非本有【熏聞】云前問此諸地獄爲有定處爲復自然彼彼發業各各私受今答於世界中入同分地前問此道爲復本來自有爲衆生妄習生起今答妄想發生非本來有△【合論】云彌勒云於欲界中有三十六落迦以彌勒所論名目所在受苦之相所依飲食受用驗世尊言雖則自招衆同分中兼有元地無可疑者然破色心論曰如地獄報衆生熱鐵爲地而獄卒夜乂閻羅王與罪苦有情同罪獄中何也【圓覺】曰有妄業故妄見流轉猒流轉者妄見涅槃於是如來又爲說造十習因受六交報也【雜華】曰天鼓謂善住天子汝等昔在地獄地獄非十方來但由汝顛倒惡業愚痴纏縛生地獄身此無根本無有來處○【傅大士】曰夫有身者皆謂四大所成識神合體徧在其中今所以知寒知熱知苦知樂並是識神所知非爲四大知也若不然者何故識神去後死屍不知苦樂耶以此推之則死與生不異則識神領於苦樂耳今日若不能忍受飢渴寒熱燒煮割炙之病後入地獄豈能受乎若不肯調心爲善恣意殺害衆生造作諸惡死入三塗地獄刀山劒樹鑊湯鑪炭銅柱鐵床鋸解磨磨灰河沸屎阿鼻地獄寒氷種種諸苦其可當乎(卍)二鬼趣三㊀一總標【經】復次阿難是諸衆生非破律儀犯菩薩戒毀佛涅槃諸餘雜業歷劫燒然後還罪畢受諸鬼形【疏】非破律儀謗無戒律也犯菩薩戒者輕重不禁也毀佛涅槃者不信因果此皆斷善根也餘業可知地獄久治故云歷劫燒然更受

餘類故入鬼趣鬼趣十類由前十因十因正
報已在前文極苦相對非是輕受故云後還
罪畢受諸鬼形○【觀佛三昧海經云】衆生犯四重禁虛食信施誹謗邪見不識因果斷學般若毀十方佛偷僧祇物淫逸無道受阿鼻獄大苦經八萬四千大劫復入東方十八鬲子如前受苦南西北方亦復如是阿鼻叩無救也○【婆沙云】鬼者畏也謂虛怯多畏故名爲鬼有說由造作增長增上慳貪身語意惡行往彼生故感飢渴業有說被驅役故名鬼恒爲諸天處處驅役常奔走故又希求名鬼恒從他人希求飲食故世品云由諂誑心作下品五逆十惡感此道身○【清涼云】依正法念經三塗各有邊正正者爲重邊者爲輕正鬼望邊畜則餓鬼罪重故雜集等鬼次於獄若正畜生望邊鬼則畜生罪重故今云下云下者爲餓鬼因○【資中】由前十因餘報不同故下
鬼趣分成十類貪物盜習貪色淫習貪惑詐
習貪恨怨習貪憶嗔習貪傲慢習貪罔誑習
貪明見習貪成枉習貪黨訟習【長慶說文】以本習
造罪上下交感報應受生人鬼互參其中耳
⊖二別顯【經】若於本因貪物爲罪是人罪畢遇物
成形名爲怪鬼【疏】此即貪習爲因也於物生
貪非理而取餘報在鬼還託於物即金銀草
木精怪其類非一故名怪鬼正受苦報在寒
氷獄【補遺云】本因貪求財物餘習還附草木爲怪凡草木爲妖曰怪【經】貪色
爲罪是人罪畢遇風成形名爲魃鬼【疏】即前
淫習爲因也色能動亂身心如風鼓物招報
鬼質還復託風風質元虛因習所致因果相
對豈徒然哉【補遺】傳云馬牛其風注曰風放也牝牡相誘謂之風婬習之餘曰遇風成形亦猶馬牛風佚相誘逐而成形也魃爲女鬼亦曰女妖女子多淫故成魃鬼此鬼亦感淫佚而受身耳【經】貪惑爲罪是人罪畢遇畜成
形名爲魅鬼【疏】即前詐習爲因也因成詐僞
惑正憑虛託附畜生便成鬼質即狐狸猪犬
有異靈者其類非一故云遇畜成形魅即現
美形以惑人也【補遺】畜若狐狸之類憑之惑人媚惑之鬼故曰魅詐之餘習也△【私謂】如左傳齊侯田於貝邱見大豕從者曰公子彭生也公怒曰彭生敢見射之

豕人立而啼即遇畜成形也【經】貪恨爲罪是人罪畢遇蟲成形名蠱毒鬼【疏】即前怨習爲因也由忿爲先懷惡不捨結怨在意熱惱居懷受餘報時亦假毒類即虵虺毒虫有靈者成蠱毒鬼【補遺】鬼附虵虺以毒人亦然之習△左傳血虫爲蠱說文腹中虫也【經】貪憶爲罪是人罪畢遇衰成形名爲癘鬼【疏】即前嗔習爲因也於苦苦具增恚居懷或因妬忌生嗔嗔恚不捨名爲貪憶洎受鬼報遇災衰處便入其身名爲癘鬼即毒癘傷寒傳屍骨蒸之類皆此鬼作也【補遺】嗔其人必錄其可恨故日憶雖欲加之疾必得其衰運可乘故日遇衰鬼附癘疾以騁宿忿嗔毒極矣【經】貪慠爲罪是人罪畢遇氣成形名爲餓鬼【疏】即前慢習爲因也慢以淩人慠物高舉自強洎遇鬼倫遇氣爲質內無實德空腹高心饑餓所困故名餓鬼【私謂】准正法念經餓鬼大數有三十六種正理論說有三種無財少財多財三種中

復各有三少財中之三種炬口針喉最劣前文受氣猛火經百千劫者是也多財之三有得棄得失者婆沙謂之希求餓鬼應是此文慢惑受生者清涼有正鬼邊鬼之說前餓鬼爲正此餓鬼爲邊也宿因爲慢慠餘報爲希求固其理耳【經】貪罔爲罪是人罪畢遇幽爲形名爲魘鬼【疏】即前誑習爲因也爲獲利譽多懷異謀矯現有德罔冒於他令他暗昧不曉巳事洎受鬼形憑幽託暗魘惑寐者故名魘鬼【補遺】貪罔之因以無爲有鬼亦受形幽暗以猒魅爲事【經】貪明爲罪是人罪畢遇精爲形名魍魎鬼【疏】即見習爲因也執見異生各自明悟外道異見謂其明悟出生相返發於違拒及招鬼道遇精明處以爲其形即日月精魄山澤明靈有精耀者以託其質言魍魎者水石變怪也【補遺】起見之習欲其顯明落鬼道中爲魍魎鬼亦鬼趣之精明者【經】貪成爲罪是人罪畢遇明爲形名役使鬼【疏】即枉習爲因也枉押成褫憑虛架搆勞心役思撓害無

辜使成有罪遇明顯境託以成形非幽暗類也走使戰陣擔砂負石之徒故云役使【溫陵云】貪成者希意曲從故影附明靈爲役使鬼即依靈廟爲驅使者【經】貪黨爲罪是人罪畢遇人爲形名傳送鬼【疏】即訟習爲因也黨已覆罪爲他所訟報在鬼類託質於人如世有童子師及巫祝之類皆爲神道傳送凶吉禍福之言名傳送鬼【補遺】訟者必有黨爲鬼附人傳送如世之師巫所謂神降而憑附之也此上鬼類其數實繁考果徵因不過此十日三結示【經】阿難是人皆以純情墜落業火燒乾上出爲鬼此等皆是自妄想業之所招引若悟菩提則妙圓明本無所有【疏】十因六報皆是純情所爲情既下沉故墜地獄地獄治久情盡上昇故云業火燒乾上出爲鬼【孤山云】純情墜落者愛水下流業火燒乾者燒乾愛水也【補遺云】燒乾愛水地獄業謝也業火炎上故隨想心上出爲鬼鬼心輕慄業火所

餘自業妄招非它所得菩提心中皆如空花耳【桐洲云】前問佛體眞實云何復有地獄等道故答云若悟菩提本無所有㊁二畜趣三日初總標【經】復次阿難鬼業既盡則情與想二俱成空方於世間與元負人怨對相値身爲畜生酬其宿債【資中】情即地獄之純情想即鬼趣之妄想此想亦情【疏】地獄治情鬼中治想獄報情業鬼報想業情想既盡故云成空然所空者即依情想所發之業也【補遺云】但約業因酬果已足故云燒乾愛水乃至情想成空等但燒愛心中所感業水非謂愛情已除滅也下云皆以業火乾枯亦然二道之業既亡却爲畜生酬其宿債駝驢牛馬身命償他若在餘類隨應受對【二楞云】情想成空者但空阿鼻之純情無間之九情一想有間之二情八想餓鬼之三情七想此皆業火燒乾尚留六情四想爲潤生生毛群羽族中酬償宿債也○【婆沙云】生謂衆生畜謂畜養謂彼橫生稟性愚痴不能自立故立世論云梵名栗底車此道衆生多覆身行故新婆沙云何名旁生其形旁故其行亦旁以行旁故形亦旁是故名旁生有說彼諸有情由造作增上

愚癡身語意惡行往生彼闇鈍故名旁生此偏於六趣皆有○【瑜伽云】旁生趣更相殘害如羸弱者爲諸強力者之所殺害以不自在他所驅馳多被鞭撻與彼人天爲資生具受種種極重苦惱⊟二別顯【經】物怪之鬼物銷報盡生於世間多爲梟類【疏】貪類爲怪鬼報盡作梟倫梟土梟也附塊爲兒貪物所致【海印云】以貪他物爲已有故土梟附塊爲兒習使然也一切怪異者皆此類攝【孤山云】昔爲鬼則附物成質今爲畜則附塊成形【經】風魃之鬼風銷報盡生於世間多爲咎徵一切異類【疏】淫疾爲因報招風魃旁爲畜生受咎徵也咎過惡也徵應驗也惡行所招將有災異先有此應如羣雀衆鼠荒儉之徵鷊鷄水災鶴舞多旱其類非一【溫陵云】魃鬼昔爲旱魃餘習復爲咎徵【經】畜魅之鬼畜死報盡生於世間多爲狐類【疏】詐因之報爲鬼成魅所依既盡畜受狐身【海印云】狐能魅人亦餘詐習△【谷響云】狐妖獸也鬼所乘郭氏玄中記曰千歲之狐爲淫婦百歲之狐爲美女【經】蟲蠱之

鬼蠱滅報盡生於世間多爲毒類【疏】怨習之報鬼作蠱毒畜爲毒類即蚖虵蝮蝎之類【經】衰癘之鬼衰窮報盡生於世間多爲蛔類【疏】嗔習之因鬼爲衰癘託災附禍便入身中轉受畜形還託身內爲蛔蟯也【溫陵云】癘鬼襲人蛔蟯附人△【二楞云】昔依人作疫癘今依藏消段食嗔習衰歇化至厲爲至柔也【經】受氣之鬼氣銷報盡生於世間多爲食類【疏】餓鬼附氣慢習是因鬼受飢虛畜充他飽故爲食類即是世間可食之畜也【經】綿幽之鬼幽銷報盡生於世間多爲服類【疏】宿因誑習鬼爲魘暗幽黙既消畜爲服類即騾驢牛馬蠶蠒之類爲人服用綿即綿密不明露也【孤山云】服習如易云服牛乘馬△【溫陵云】綿著也著幽驚人故爲服類亦綿著於人△【講錄云】昔暗中令人驚著今明中受人服乘亦反報也【經】和精之鬼和銷報盡生於世間多爲應類【疏】因爲見習鬼作魍魎精耀

之物既盡爲畜便成應類即應四時節序來而復鳴者如社燕賓鴻蟋蟀之類言和者雜也雜精明處而成鬼也海印云預知徵應蓋見習也經明靈之鬼明滅報盡生於世間多爲休徵一切諸類疏即前枉習鬼託明生爲役使類鬼道業盡畜報休徵休美也休祥將至預有此徵由他美行之所招即麟鳳之類也溫陵云凡諸異物性妙乎神靈邁於人應類之冥通休徵之叶吉皆餘習也經依人之鬼人亡報盡生於世間多爲循類疏訟習之因鬼招傳送人死爲畜報在黠慧故云循類即人所畜循順之類〇三結示二〇一結虛妄經阿難是等皆以業火乾枯酬其宿債傍爲畜生此等亦皆自虛妄業之所招引若悟菩提則此妄緣本無所有疏獄鬼二趣業火燒畢情想乾枯今爲畜生酬償餘債故云傍爲或云以傍生故妄想故有覺性元無猶如圓影眚病故見賀中男云前欲愛乾枯方入聖位今業火乾枯方出地獄行人若欲愛不能乾枯定有業火乾枯之日矣痛哉〇二引問重示經如汝所言寶蓮香等及琉璃王善星比丘如是惡業本自發明非從天降亦非地出亦非人與自妄所招還自來受菩提心中皆爲浮虛妄想凝結疏所問三緣是彼人等各自虛妄造業發生不由他有故云本非天降等妄造妄受覺性之中皆如空花〇華嚴隨好品爾時天鼓以菩薩三昧善根力發聲告言諸天子菩薩知諸業不從東方來不從南西北方四維上下來而共聚集止住於心但從顛倒生無有住處諸天子如有頗梨鏡名爲能照清淨鑒徹與十方世界其量正等諸國土中一切山川衆生乃至畜生餓鬼所有影像皆於中現此諸影像可得說言來入鏡中從鏡去不答言不也諸天子一切諸業亦復如是雖能出生諸業果報無來無去圭山曰喻雖有而無也像依鏡現像非去來報從業生何有來去〇手鑑云淨名云說法不有亦不無以因緣故諸法生無我無造無受者所作之業亦不亡中論云雖空而不斷雖有亦不常罪福亦不失是名佛所說謂造業虛妄皆如幻者清涼云

一念幻惡長劫沈淪一念幻善遠堦佛果
巳四人趣三午一總明二未一酬剩反徵

（經）復次阿難從是畜生酬償先債若彼酬者分越所酬此等衆生還復爲人返徵其剩如彼有力兼有福德則於人中不捨人身酬還彼力若無福者還爲畜生償彼餘直（疏）分越者過分也不依本分越過而行謂非理苦役不問輕重或晝夜不息或飲噉無度如是等類悉合返徵其剩令有恃尊貴以縱恣倚豪勢以奢侈貪其力而多役取其味而妄殺不捨晨暮罔恤勞苦福盡徵剩其宜者哉如彼下謂有修善而崇福者只於人身酬彼力矣今見積善之家財物多耗或被劫盜或被欠負或橫遭駈役或枉受捶楚斯皆先業合捨此身爲畜酬剩由樹福德人中略償若成畜者蓋無善矣（孤山云）如彼有力謂有修學定慧之力福德則取持戒或具六度酬還則爲彼奴婢或遭其劫殺等未二償報難息

（經）阿難當知若用錢物或役其力償足自停如其中間殺彼身命或食其肉如是乃至經微塵劫相食相誅猶如轉輪互爲高下無有休息除奢摩他及佛出世不可停寢（疏）汝負他財他欠汝力今既酬償償足便止世養牛馬是此類也如故殺彼食其身肉斯則翻成殺業身身相取命命相酬以人食羊羊死爲人互來相責無有休息以諸業中殺命最重不值佛出修奢摩他必不能息（標指）除修行止觀不可息也△（吳興云）此約修定破惑見佛得道方免相害縱有宿業所作不亡至果償之若幻化之非實也△（私謂）阿難徵心初畢即啓請世尊大慈開示我等奢摩他路佛言汝今欲奢摩他路願出生死今佛於結經之後正答阿難地獄諸道之問乃至生死業報轉輪高下遂結示云除奢摩他及佛出世不可停寢是知楞嚴一會前後說經單立奢摩他一門爲對治生死枝柱輪迴之大法古今解者漫謂舉一即三於一經修觀宗要埋沒久矣佛言除奢摩他及佛出世者蓋謂修奢摩他之

力能俾寢生死業報比較諸佛出世不思議大慈悲力撈漉拔濟正等而長水云不值佛出修奢摩他必不能息恐未免廻倒經文也智者請詳○二別釋【經】汝今應知彼梟倫者酬足復形生人道中衆合頑類【疏】因於貪物鬼託怪形畜在土梟附塊而食令歸人趣其性顢懞雜在頑嚚心忘德義葢因之故然也【補遺】心不則德義之經謂之頑從梟來者乃真頑矣【寘樞】云雖具人身頑石何異而言衆合者夫人道受報善因所招總報雖同滿業各異故分十種今此從畜來者乃是餘業傍受非正善業所招然亦順後業感由不正故故言衆合他皆倣此【海印】云五戒十善人類正因今酬足復形得參預混合而爲人雖得人身似非其分也△【孤山】云宿昔之世誰無善惡如人欠債強者先牽故三塗業盡乘其宿善復還人中宿善有優劣故人有高下復自畜中餘習故其類頗殊此亦大略而言令知因果不敗七耳【經】彼咎徵者酬足復形生人道中衆合愚類【疏】始因貪欲鬼受魖形上爲畜生災咎之應業盡復本參在愚類以欲多者不習別善但專一境由不習善故招愚鈍頑愚別者頑謂知善不從罔受教誨愚謂瞑然昏暗識鈍難明有此異耳【吳興】云頑如檮杌愚謂耑蒙△【温陵】云魅以妖淫迷性故餘習愚鈍不智△愚類長慶說文作異類【經】彼狐倫者酬足復形生人道中衆合狠類【疏】因從詐習鬼爲畜魅類入傍生狐狸所攝今爲人趣參在狠類自用之徒不受諫曉也【補遺】狠者權戾性不調也狐之猶豫性不調矣【經】彼毒倫者酬足復形生人道中衆合庸類【疏】怨習是因鬼爲蠱毒傍受畜類虵蝎是形還生人道雜乎庸類即庸鄙之流性麤率者【温陵】云毒以虫蠱自昏故鄙俗無識△【釋文】別本狐倫作庸類毒倫作狠類宋雕本皆互異霅菴云狐倫因於貪欲當綴以庸類毒倫因於貪恨當綴以狠類今謂狐習反狠毒習反庸是反對報也【經】彼蛔倫者酬足復形生人道中衆合微類【疏】嗔習爲因鬼居衰癘蟯蛔受畜微末爲

人即不爲人之齒者也【補遺】微賤皂隸亦蟯蛔之等類【經】彼食倫者酬足復形生人道中叅合柔類【疏】慢習是因鬼拈飢餓結氣而作無實體性畜受食類人爲柔弱蓋因我慢貢高反拈柔弱之報【手鑑】若爾雅云夸毗體柔蘧蒢口柔戚施面柔【經】彼服倫者酬足復形生人道中叅合勞類【疏】誑習爲因鬼從幽魘畜爲服用人受劬勞役力艱辛工巧之屬【温陵云】服倫出於綿著故力役不休【經】彼應倫者酬足復形生人道中叅合文類【疏】因從見習鬼落和精魍魎報終叅於人道微有文章非正習因故云叅合【温陵云】應倫出於精明故文物不陋【直解云】由見習和精寒暄應序今叅文類亦應序之餘暉耳【經】彼休徵者酬足復形生人道中叅合明類【疏】在業爲習鬼受明靈駈役疾馳無暫停止畜拈休應人雖聰明考果從因必無差忒【海印云】休徵本於枉習從明靈鬼出此世智辨聰非明智也【經】彼諸循倫酬足復形生人道中叅於達類【疏】由因訟習鬼作依人傳附神辭發顯禍福畜拈馴黠人達窮通寵辱不驚安然自得故名達類【温陵云】循倫宿習世事故曉達不昧【補遺】循類故順人情爲人故能通於世事△【海印云】以訟習主舞文起滅鬼爲傳送發人禍福此通達世情非達人也⊜三結示【經】阿難是等皆以宿債畢酬復形人道皆無始來業計顛倒相生相殺不遇如來不聞正法於塵勞中法爾輪轉此輩名爲可憐愍者【疏】獄鬼畜中酬償先業三塗報盡還復人身順後善業所招隨別復分十類如是皆爲顛倒輪轉欲息輪轉唯戒定慧無此三種不息輪迴佛若不出誰說此法令共修學免輪迴耶【私謂】不遇如來牒上及佛出世也不聞正法牒上除奢摩他也○【清凉云】十不善中各有二種差別一報果差別所謂三塗異熟二習氣差別即人中殘報是正報之餘天中亦有殘報人中重故多故所以偏說然雜集瑜伽等論開習氣果爲二一約內報名等流

果二約外報感增上果雜集第七云十不善道異熟果者於三惡道中隨上中下受傍生餓鬼捺洛迦異熟等流果者各隨其相得自身衆具衰損所謂壽命短促常貧窮等如其所應增上果者各隨其相感得所有外事衰損所謂外具乏少光澤是殺生增上果若準俱舍論云何緣此十各招三果答此令他受苦斷命壞滅故且初殺生令他受苦受異熟果斷他命故受等流果令他失滅受增上果餘惡例知。〔四品學經云〕凡俗之人或有不如畜生畜生有勝於人所以者何人作罪不止死入地獄罪畢始爲餓鬼餓鬼罪畢轉爲畜生畜生罪畢乃還爲人以畜生中罪畢便得爲人是故當作善奉三尊之教長離三惡道受人天福復得解脱。〔婆沙云〕釋人名止息意謂六趣之中能止息煩惱亂惡之意莫過於人又人者忍也謂於世間違順情能安忍。〔智論云〕菩薩見六道中以十善福貿得人身人身多苦少樂壽盡多墮惡趣中。〔寂音曰〕天竺僧耆域至雒陽此方僧萬數指支法淵曰此菩薩從羊中來又指竺法興曰此菩薩從天中來耆域聖僧也萬僧中指兩人而一人猶從羊來嗚呼其可不罄心

（己）五仙趣二㊀一總標〔經〕阿難復有從人不依正覺修三摩地別修妄念存想固形遊於山林人不及處有十種仙〔疏〕不依正覺者三乘行法皆佛所教今經尚斥二乘云不識生死根本錯亂修習況修仙道耶存想固形者存心在於長生不死俾此形骸堅固不壞也所修妄念即下十種修練之法也此皆有漏進不如天退又勝人故居山林人不及處名爲仙趣然此一趣餘經不出以總報同人故今經開者約所修行別故人天二趣所不攝故此皆外道類收然亦禁防非佛正戒但禁麁浮即戒禁取也。〔翻譯集云〕梵語茂泥此云仙釋名云老而不死曰仙仙遷也遷入山也故制人字旁山莊子云千歲猒世去而上仙抱朴子曰求仙者要當以忠孝和順仁信爲本若德不修而但務方術終不能長生也。〔佛道論衡云〕漢明帝問竺法蘭法師西域有道士以不對曰西域梵志者同此間道士道有九十五種欲可觀者八種梵行一者常修梵行云云等乃至五者常修梵行志在仙學善禁咒即堅固禁咒事阿私陀仙以爲仙尊求五神丹服之兼堅固服餌若得仙道會假風鳥力得升霄漢即飛行仙六者常行梵行志在醫學即堅栢草善於符術兼咒禁事阿私陀仙以爲仙尊求五芝草服之即藥道若得仙道會假商劣得匿形影七者常修梵行事波頭大仙以爲仙

尊求入火聚火不能損八者常修梵行事夷夷制叔羅水仙以爲仙尊求入江海水不能溺此二皆堅固變化此八種道以梵行力得生天上仙亦生天○宗鏡云金光明經云大梵天王說出欲論即是修定出欲淤泥亦是愛論攝世又方術服藥長生錬形分色飛仙隱形者稱此藥方秘要實亦是愛論鈍使攝耳曰二別顯經阿難彼諸衆生堅固服餌而不休息食道圓成名地行仙疏服餌者即服麻仁草木之實存形長久一期壽永輕舉未能此道若成名地行仙資中云服餌丹砂存形久固道雖成就身不能飛按長水不取此解以濫下金石故經堅固草木而不休息藥道圓成名飛行仙疏草木者即飡松噉栢之類草木輕故餌即體輕由是飛行不墜於地無盡曰草木之有靈者如文殊謂張遇明汝無禪定不可學佛賜汝長松可作俗仙經堅固金石而不休息化道圓成名遊行仙疏金石者服丹砂成九轉之類化有二種一能化骨壽永體堅二能化物俾賤作貴此道苟成游戲人間濟貧恤苦得自在

也資中云金石者能化骨成仙也以堅固金石亦約服餌言之△眞際云精窮變化察物性元點石爲金遊戲自在經堅固動止而不休息氣精圓成名空行仙疏消息養和運用榮衛神氣久著能履虛空功用既成身堅壽永名空行也眞際云運用神氣想化爲功形動神止履空自在經堅固津液而不休息潤德圓成名天行仙疏鼓天池嚥津液固精華歲久功著遂成潤德言天行者此非六欲乃是世人謂靈仙居處名之爲天如張騫窮河源至崑崙見天宮之類或所行不交欲境如天無異故云天行資中文經堅固精色而不休息吸粹圓成名通行仙疏吞飲日月精氣作意存變以延身命由是功久遂有異見通世物情故云通行資中云通行者應有五通即神仙通人△眞際云吸乎日氣潤益姿容吞彼霞光將延世表其道玄著故曰通行經堅固呪禁而不休息術法圓成名道行仙疏呪

禁正是仙法道術以此持身延而且固術力成就名爲道行【無盡云】如三甲八史六丁紉俠呪禁之類【經】堅固思念而不休息思憶圓成名照行仙【疏】念緣前境繫心不忘專注弗移久而發用照明境界咸悉化源如定發慧故名照行【眞際云】用其思念審境度心憶想功成能知彼境即世間他心宿命通耳【經】堅固交遘而不休息感應圓成名精行仙【疏】世有採陰採陽之術名爲交遘久而功成此感彼應吸彼精氣以固我身故名精行【孤山云】交遘者易言男女遘精是也神仙傳云彭祖治房中之術又張陵勸人行房中術眞誥亦訶赤白之氣穢惡之事今精行仙是其類矣下文即云於邪淫中心不流逸由所習既劣故在天趣之下△【私謂】近德諱言房中交遘雜穢之事剌取彼敎中坎離匹配之詞以文之豈璿圓諸師見不及此良以欲界修因一曰於邪淫中心不流逸二曰於已妻房淫愛微薄三曰逢欲暫交去無留憶四曰於横陳時味如嚼蠟如上諸文皆與堅固交遘敵對違反欲界即是梵淨之因仙趣不出自在之果此中昇降皆差迥別仙居第九已是十種中上仙只成就男女房中之術可見仙品之高高不及天乘之下下亦旁顯持戒生天寓扶律之微旨也【經】堅固變化而不休息覺悟圓成名絶行仙【疏】存想世間皆成變化境既變化心想亦亡猶如槁木有爲功用蹔得如是故云絶行【資中云】絶行變化不息如尸解之類言覺悟圓成者謂絶於視聽令如槁木等△【海印云】習出陽神改形易質故云變化久而心通故云覺悟餘仙莫及故名絶行如上十類皆云行者日久成功通流故也十行古釋皆平聲呼溫陵音去聲功行也今非是△【私謂】涅槃釋首楞嚴究竟堅固也今十種仙皆云堅固者謂不依正覺修自住三摩地存想固形以妄念凝結爲堅固而非究竟堅固也則歸於散入諸趣而已經文十種一一以堅固標目此垂示之深意也㊀三結示【經】阿難是等皆於人中煉心不修正覺別得生理壽千萬歲依止深山或大海島絶於人境斯亦輪迴妄想流轉不修三昧報盡還來散入諸趣【疏】生理謂長生之理即上十種修練之法也言人中者以仙趣無别總報即於人身總報果上加以

前來十種修練轉成仙也妄趣不眞終成業

墜矣【標指】人間千萬歲未及四空天一晝夜先聖云饒他千萬劫終是落空亡△【手鑑云】人中練心者斯不知人命不停過於流水壯色不停猶如奔馬遂守夢幻之質認爲堅固長齡△【吳興云】人中練心必兼戒善非止服餌養生而已別得生理者正由人中之業別感仙趣之報也如山海經云崑崙之山廣都之埜軒轅之邱不死之國氣不寒暑人皆數千歲此亦衆私同分非無定處△【私謂】經言阿羅漢住持諸聖道場光景變異多在名山大澤今言仙趣亦云居深山海島絶於人境者喻如二十五天凡聖同居五那含所居四禪不能見又如第四天二院之外別有業報一天而總報望外院已有仙凡之隔也○【刪修】張無盡海眼經移第五仙趣綴第九卷阿修羅趣之下東吳受師曰本經七趣仙趣優於人而劣於天合次於人之後天之前無盡何見而輒更置耶

⊙第六別明天趣從此去盡九卷中補特伽羅各從其類○初合釋諸天○【翻譯集云】提婆此云天法華疏云天者天然自然勝樂勝身勝故論曰清淨光潔最尊最勝故名爲天苟非最勝之因豈受最勝之報清涼云天者自在義光明義○【涅槃第十六云】天者名晝天上晝長夜短故名爲天又復天者名無愁悶常受快樂是故名天又復天者名爲燈明能破黑暗而爲大明是故名天復次能破惡業黑闇從於善業而生天上是故名天又復天者名吉以吉祥故得名爲天又復天者名日日有光明故名日爲天○【婆沙云】何故彼趣名天於諸趣中彼最勝最樂最善最妙最高故名天趣有說先造作增上身語意妙行徃彼生彼今彼相續故有說光明增故名天以彼自然光恒照晝夜故聲論者說能照故名天以現勝果照了先時所修因故戲樂故名天以恒游戲受勝樂故○【妙嚴品疏云】諸天壽之長短身之大小衣服輕重宮殿勝劣俱舍十一及瑜伽等論起世等經皆廣辨之俱舍世界品云人間五十年下天一晝夜乘斯壽五百上五倍倍增色無晝夜殊劫數等身量無色初二萬後後二二增言身量者頌云欲天俱盧舍四分一一增色天踰繕那初四增半半此上增倍倍唯無雲減二釋曰俱舍盧即二里踰繕那十六里以八俱盧舍爲一踰繕那故則四天王身長半里至第六天身長三里以半里半里增故有引三法度經云忉利天身長一由旬衣二由旬廣一由旬者以彼誤譯里爲由旬不知彼失故妄引耳四天王天半里忉利天則一里餘可例知上云劫數等身量者色界梵衆天身長半由旬則人壽半劫餘可例知云初四增半半者二梵輔天則一由旬三大梵則一由旬半四少光則二由旬此上諸天皆倍倍增唯無雲天減三由旬所以減者畧出一意唯無量天四由旬光音則八少淨十六無量淨三十二徧淨六十四至無雲天合有一百二十八減却三由旬有一百二十五此上七天倍倍增之至色究竟天欲成一萬六千劫故則身長一

萬六千由旬又云少光上下天大半全爲劫謂少光已上大全爲劫謂八十中劫爲一劫也自下諸天大半爲劫即四十中劫爲一劫也言中劫者即一增一減劫也言衣服輕重者四天王衣十二銖忉利六銖夜摩三銖兜率一銖半化樂一銖他化半銖上皆減半也言宮殿等殊者月天長阿含云其城正方一千九百六十里高下亦爾有分爲二一分眞金一分琉璃王坐二十里遥看似圓而實正分日天同此但量加半由旬三十三天中宮名善現周萬踰繕那高一半金城雜飾其地柔軟中有殊勝殿周千踰繕那此上諸天皆倍倍勝可以例得今但畧消名意耳

○次合釋欲界天○瑜伽第四欲界天有六處一四大王衆天二三十三天三時分天四知足天五樂化天六他化自在天復有摩羅天宮即他化自在天攝然處所高勝○智論云布施勝以願因緣故生天上如經說有人少行布施持戒不知禪定是人聞有四大王天心常志願佛言是人命終生四天上乃至他化自在天亦如是若布施持戒清淨小勝猒患家室好樂聽法供養善人生四天王處若布施持戒清淨供養父母及其所尊心欲求勝生三十三天若布施持清淨而好學問心意樂和生夜摩天若布施持戒清淨令二事轉勝好學多聞分別好醜愛樂涅槃心著功德生兜率天若布施深心持戒多聞好樂學問自力生活生化樂天若布施時清淨持戒轉深好學多聞自貴情多不能自苦從他求樂生他化自在天法苑珠林二云依智度論但善上品即得生天不分散定別依業報差別經中具說十善得生天趣具分散定孟蘭盆疏云若單修上品十善乃生欲界四王忉利天若修十善坐未到定乃生三夜摩至第六天由禪定力故四天皆悉居空不依於地言未到定者亦云未至由未入根本定故亦名欲界定此則欲界散善業也若修十業四業與定相應此則色無色界定善業也○瑜伽第四諸天受其廣大形色殊妙多諸適悅於自宮中而得自在其身內外皆悉清潔無有臭穢又人身內多有不淨所謂塵垢筋骨脾腎心肝彼皆無有有四種宮殿金銀頗胝琉璃所成種種文綵綺飾莊嚴臺閣樓觀種種層級窻牖羅網皆可愛樂種種末尼以爲綺鈿周帀放光共相照耀復有食樹從其樹裏出四食味名曰酥陀所謂青黃赤白復有飲樹從此流出甘美之飲復有乘樹從此出生種種妙乘所謂車輅輦輿等復有衣樹從此出生種種妙衣其衣細軟妙色鮮潔雜綵間飾復有莊嚴具樹從此出生種種微妙莊嚴之具所謂末尼臂印耳璫環釧及以手足綺飾之具皆以種種妙末尼寶而間飾之復有熏香鬘樹從此出生種種塗香熏香種種花鬘復有大集會樹最勝微妙其根深固五十踰繕那其身高挺百踰繕那枝條及葉徧覆八十踰繕那雜華開發其香順風熏百踰繕那逆風熏五十踰繕那於此樹下三十三天雨四月中以天妙五欲共相娛樂復有歌笑舞樂樹從此出生歌笑舞等種種樂器又

有資具之樹從此出生食飲坐臥等種種資具諸天欲受用時隨欲隨業應其所須來現手中又天帝釋有普勝殿仍於其處有百樓觀一一樓觀有百臺閣一一臺閣有七房室一一房室有七天女一一天女有七侍女又彼諸天所有地界平正如掌竟無高下履觸之時便生安樂下足之時陷便至膝舉足之時隨足還起於一切時自然而有曼陀羅花徧布其上時有微風吹去萎花復引新者又彼天宮四面各有大街清淨端嚴軌式齊整復於四面有四大門規模宏壯多有異類妙色藥义常所守護復於四面有四園苑一名繢車二名麁澀三名和雜四名喜林其四園外有四勝地色相殊妙其宮東北隅有天會處名曰善法諸天入中思惟稱量觀察妙義近此園側有如意石其色黃白形質殊妙又彼天身自然光曜闇相若現乃知晝去夜分方來便於天妙五欲遊戲之中懶惰睡眠異類之鳥不復和鳴由此等相以表晝夜又彼諸天衆妙五欲甚可愛樂唯發喜樂恒爲放逸之所持行常聞種種歌舞音樂鼓噪之聲調戲言笑談謔等聲常見種種可意之色常齅種種微妙之香恒常種種美好之味恒觸種種天諸婇女最勝之觸恒爲是樂牽引其意以度其時又彼諸天多受如是衆妙欲樂常無疾病亦無衰老無飲食等匱乏所作俱生之苦無如前說於人趣生有餘匱乏之苦○智論云欲界諸天情著五欲難可化度菩薩何以生彼不生人中答曰諸天著心雖大菩薩方便力亦大如說三十三天上有須浮摩樹林天中聖人能捨五欲在中止住化度諸天兜率天上常有一生補處菩薩常得聞法密迹金剛力士亦在四天王天上如是等教化衆生○涅槃迦葉品善男子是人觀於欲界煩惱因緣有二一者內二者外色界中無外因緣欲界復有二種愛心一者欲愛二者貪愛觀是二愛至心訶責既訶責已得入涅槃是欲界能得訶諸麁煩惱所謂慳貪瞋妬無慚無愧以是因緣得入涅槃又欲界道其性勇健何以故得向果故是故欲界有中涅槃色界中無中涅槃者凡有三種上者未離欲界便得涅槃中者始離欲界未至色界便得涅槃下者離欲界已至色界邊始得涅槃◎六天趣二◎一列釋諸天三◑初欲界二⦶一列釋六

⦷初四天王天

經阿難諸世間人不求常住未能捨諸妻妾恩愛於邪滛中心不流逸澄瑩生明命終之後鄰於日月如是一類名四天王天疏不求常住即不修正覺也無定力故不能捨愛有善戒故心不流逸善根力故心澄身明此則澄瑩欲心發生明性孤山云邪欲心薄故澄瑩戒支清淨故生明此人命終生須彌半隣日月宮須彌山半腹出海四萬由

旬日月自其宮前繞旋照四天
下上有四萬由旬至忉利天所有天衆皆
此天管○准因本經及智論須彌山半四萬二千由旬四天王居俱舍阿毘曇並
云四萬由旬東方提頭賴吒天王此云持國
亦云治國居須彌黃金埵南方毘留勒叉天
王此云增長令自他增長善根故居須彌琉
璃埵西方毘留博叉天王此云雜語能種種
雜語又廣目又惡眼又非報專主罰惡令遇
苦發心居須彌白銀埵北方毘沙門天王此
云多聞福德之名聞四方故居須彌水精埵
○智論云念天者應作是念有四天王天是
天王善法因緣故生彼中信罪福受持戒聞
善法修布施學智慧我亦有是五法以是故
歡喜言天正法念云不殺功德增上生四王
天華嚴初地菩薩多作四天王智者云上升
之元首下界之初天也海印云此經不說十
善單以淫欲澄瑩爲本因從經所宗故○准
阿含俱舍等經論四天王身長半里衣重半
兩壽命五百歲人間五十歲爲四天王一日
夜計人間九百萬歲四天皆有婚嫁行欲如
人化生小兒在膝上如二歲小兒未久自然
寶器盛百味食天甘露漿福多者氣白中青
下赤食訖便與諸天等量入池沐浴諸香樹
下枝條垂曲取香塗身入諸園林無數天女
伎樂絃歌戲笑相向深生染著視西忘東當
其戲樂志其初生所念識知承經於已妻房
先世業得生天上㊂二忉利天
淫愛微薄於淨居時不得全味命終之後超

日月明居人間頂如是一類名忉利天疏欲
愛漸微於已室家亦減愛欲故無全味味著
也言淨居者不由雜穢揀異行邪也熏聞云智論有
三種味一出家味二讀誦味三坐禪味淨居
猶坐禪也於淨居時不得全靜滋味者有微
愛故按疏謂淫愛微薄故淨居
時不全味著耳岳師之解少異超日月者以
善增故愛心又減身則又昇故生忉利忉利
此云三十六帝釋居處也在須彌盧山頂四角都有三十二天
帝釋爲主以上二天皆依須彌名地居天離
地八萬四千由旬○智論云昔婆羅門姓憍
尸迦與知友三十二人共修福德命終皆生
須彌山頂憍尸迦爲天主三十二爲輔臣准
諸經論須彌山四角各有一峯山頂善見大
城周萬由旬城中殊勝殿高千由旬其地眞
金雜寶嚴飾柔軟如綿羅綿隨足高下是善
見城復有天州天縣天村周帀徧布城外四
面有四苑一衆車苑隨天福德種種車現二
麁惡苑天欲戰時甲仗自現三雜林苑諸天
入中極妙欲塵雜類俱至四喜林苑諸天所
玩皆生歡喜城外西南有善法堂三十三天
時集辨論制阿素洛如法不如法事身量壽
命等者忉利天身長一里衣重六銖壽命一
千歲人間一百歲爲忉利天一日夜計人間
三億六十萬歲飲食嫁娶猶如四天身體相

近以氣成陰陽以身口意善生忉利天生時天女手中花生自知有兒即以授夫七日天生善知天法行宮殿中見無主天女來言聖子善來此汝宮殿我無夫主今相供養初生如三歲兒於父母生處或兩膝兩股忽然而生自識前世布施持戒即有寶器盛天須陀味及酒如四王天云云⑪三燄摩天

【經】逢欲暫交去無思憶於人間事動少靜多命終之後於虛空中朗然安住日月光明上照不及是諸人等自有光明如是一類名須燄摩天

【疏】未離欲心逢境暫遣漸薄於下故云去無思憶逢欲猶交故云動少去無思憶故云靜多【熏聞云】動謂欲散靜謂寂靜此帶欲界定言之但未得麄住細住以是驗斯前淨居合是創修欲定而成在兜率耳行又增身則又勝故生時分燄摩云時分此是空居初天也此天離地十六萬由旬宮殿爲風輪所持在虛空中有地如雲朗然而住○【妙嚴疏云】四須夜摩天須者善也妙也夜摩時也具云善時分天論云隨時受樂故名時分天謂時時唱快樂故或云受五欲境知時分故又大集經此天用蓮花開合以明晝夜又云赤蓮花開爲晝白蓮花開爲夜故云時分也隨此時別受樂亦殊故論云隨時受樂也【正法念云】不殺不盜不邪淫功德增長能至此天○【經律異相云】衣重三銖從樹而出明淨光曜有種種色身體光明不須日月身口意善或以燈燭明珠等施持戒禪定等業生燄摩天初生如人間四歲忉利光明所不能及按燄摩已上四天身量壽命准前天倍倍增之可以側知⑪四兜率天

【經】一切時靜有應觸來未能違戾命終之後上昇精微不接下界諸人天境乃至劫壞三災不及如是一類名兜率陀天

【疏】行勝於前故云一切時靜應觸者應謂相應觸即欲境猶尚順而從之故云未能違戾命終漸勝故生此天準生兜率尚有執手在人修因故未免欲上昇精微等者即約一生補處菩薩所居器說以同名兜率故此云止足三災不及此約彌勒居處說餘凡夫天還受三災壞也○【妙嚴疏云】兜率陀此云喜足佛地論云後身菩薩於彼教化多修喜足之行故得少意悅爲喜更不求餘爲足智論云兜率陀天王名也秦言妙足西域記云覩史多舊云兜率陀訛也【正法念云】身三品善戒功德增上能生此天○【雷菴云】此欲界第四天乃無漏報土所成是爲別報天也此天有內院外院總

五十重每一重有五百億天宫内四十有九外則一也彌勒所居大摩尼殿居其中葢過未來諸聖者後得智所變之宫也其三品九類行者發弘誓願得生彼處以無漏力故三灾不及此經所云通敘内外院也外院由第九品中一分不精進行者所生之處生七日後彌勒放光雨花引入内院小摩尼殿尋為說法俾發起精進力故然後引入内院又有業報一天乃有漏福感所成是為總報天也以是有漏果故三灾可壞雖同居第四天以總報望外院迥若仙凡況内院乎△私謂兜率天宫慈氏居處現在說法度生當來下生作佛衆生作願修彌勒業一食繫念七日得生玄奘法師謂同居欲界其行易成大小乘師皆許此法斷斷不誣也今經精研天趣賡明業果獨於此天則特表精微不參福感葢所以借徑人天假途欲定設補處之堦梯示上生之津筏也若以總報言之此天雖已脫抱持未免執手為欲云何上昇精微此天雖兼修禪定尚非捨念清淨云何三灾不及如來於此寄顯上生兜率一門俾人知不離五欲可越四禪不但欲天内院同是天宫抑亦實報同居元無異土斯所以弄引化城撈攏欲界者與⑪五樂變化天

經 我無欲心應汝行事於橫陳時味如嚼蠟命終之後生越化地如是一類名樂變化天

疏 無心於境境自橫來境自有心已何所味故云味如嚼蠟等以樂變化五欲之境而受用故諸天衣食所須尚假自化此天所受用思念即生也△熏聞云珙鈔云諸天用異熟境此天不爾雖有異熟五塵樂自變化以受用也此則越下而化故云越化温陵云諸天報境各有厚薄此天福厚樂自變化以受用越於下天故○妙嚴疏云六化樂天王論云樂自變化作諸樂具以自娛樂又但受自所化樂不犯他故名為善化也瑜伽云由彼諸天為自已故化為欲塵非為他故唯自變化諸欲塵故變為轉變變麁為妙化謂化現無而忽有智論云須涅密陀秦言化自樂自化五塵而自娛樂故言化自樂⑪六他化自在天

經 無世間心同世行事於行事交了然超越命終之後徧能超出化無化境如是一類名他化自在天

疏 行事交者此亦橫陳也前雖七味會境猶起欲心此則無心故云了然超越亦無嚼蠟之味也然今且約無麁相說豈亡微細愛欲以未離欲界故化無化者化即第五天無化即下諸天俱舍云樂愛用他所變化五欲境故以有自在力遣他變化而受用之故云

他化自在此天所須受用不思而至○〔妙嚴〕疏云七他化自在天王論云令他化作樂具以自娛樂顯已自在故瑜伽云他化自在天由彼諸天爲自因緣亦能變化爲他因緣亦能變化故於自化非爲希奇用他所化欲塵爲富貴自在故是名第三欲生〔智〕論云婆令跋提秦言他化自在此天奪他所化而自娛樂故名他化自在亦名化應聲天△〔雷菴云〕六欲天受妙欲境後二天中於前四部天衆自然至得欲塵化樂天衆化作欲塵他化天衆由他人化作欲塵二種欲塵皆得增上自在妙用△〔海印云〕上言越此言越者謂於人中徑生此天不歷下位也○准經律異相此天王名自在轉集他所化以自娛樂也又名愛身天於欲界中獨得自在瑜伽云別有魔羅天宮即他化自在攝諸經並言欲色二界中別有魔宮智論所謂天子魔也台家別行疏云欲界頂天即魔王也於理不然①二結示

〔經〕阿難如是六天形雖出動心跡尚交自此已還名爲欲界〔疏〕此之六天身有光明飛行自在壽命長遠漸增漸勝不同下之人趣故云形雖出動又人趣雜類壽命短促遷變不常天之福命卒難搖動故云出動尚有欲境相遘故云心跡尚交若至定地永無欲對矣〔海印云〕人趣欲穢雜亂心多搖動天已離人故云出動〔溫陵云〕雖出塵擾未能絕欲正此義也疏中次義貼文少曲△上之六天皆因欲心漸輕得報漸勝若情欲重者必不生天俱舍頌云六受欲交抱執手笑視淫亦明受欲輕相也〔瑜伽云〕欲界諸天雖行淫欲無此不淨然於根門有風氣出煩惱便息四大王衆天二二交會熱惱方息如四大王衆天三十三天亦爾時分天唯互相抱熱惱便息知足天唯相執手熱惱便息樂化天相顧而笑熱惱便息他化自在天眼相顧視熱惱便息△〔熏聞云〕俱舍各據六天受欲而說今經秖就人中辨欲事輕重用顯六天感報不同應作四句料簡一形交心不交即經第六亦兼第五也二心交形不交即俱舍後二也三心形俱交即經與俱舍皆前四也四心形俱不交即初禪已上也對人仙二趣故言動出動

●謂飛舉出謂出離

上來欲界天竟

經文於人間事動少靜多乾道本作於人間世

經文刀　山鐵檝乾道本云鐵捆有本云鐵栓埏月

囊幞乾道諸本作囊撲挽撮亦作拋撮

不能藏影下宋本或有二習相陳四字

披露宿業乾道紹興本作披露宿素

爲餧爲與乾道本作爲餲

從空而下二本作從空雨下爲冰爲霜乾道本作爲霧音婺

大佛頂首楞嚴經疏解蒙鈔卷第八之五

音釋

轢郎狄切音歷車所踐也　躒郎狄切音歷足所經踐　稍色角切音朔手也　褫丈爾切音豸奪衣也又與褫同　蛔胡隈切音回與蛕同　蟯如招切音饒腹中短虫也　剩食證切音乘長也　顢朱緣切音專顢蒙也

大佛頂首楞嚴經疏解蒙鈔卷第九之一

海印弟子蒙叟錢謙益鈔

◑第六天趣中•二色界十八天○初色界天合釋○疏云二色界者以此界中依正二報色法殊勝從勝爲名也通名梵世者梵是淨義離欲染故禪所生故離散動故此界總有一十八天若俱舍云三靜慮各三第四靜慮八即除無想也依大衆部與今經同即加無想翻譯云若修根本四禪離欲麤散則生色界然此色界依薩婆多但十六處俱舍疏云除大梵天謂梵輔天有高樓閣名大梵天一主所居更無別地除無想天謂廣果天中有高勝處名無想天非別有地若依經部立十七天俱舍即除無想也頌釋云謂大梵天與梵輔等處雖不別身形壽量皆不等故別立大梵若上座部即同楞嚴謂無想廣果因果別故立十八天分爲四禪○瑜伽第四色界有十八處謂梵衆天梵前益天即梵輔天大梵天此三由輭中上品熏修初靜慮故少光天無量光天極淨光天此三由輭中上品熏修第二靜慮故少淨天無量淨天徧淨天此三由輭中上品熏修第三靜慮故無雲天即福愛天第四福生天廣果天此三由輭中上品熏修第四靜慮故無想天即廣果天攝無別處所復有諸聖住止不共五淨宮地謂無煩無熱善見善現及色究竟由輭中上上勝上極品雜熏第四靜慮故復有超過淨大自在住處有十地菩薩由極熏修第十地故得生其中清涼云瑜伽處有十八謂色究竟外說大自在不言無想意在廣果中收今此即文而數有二十二然四禪初一皆是總標則初靜慮四加梵身天三三各三第四有八還成十八按瑜伽除無想加大自在爲十八華嚴除無想除梵身爲十八皆與今經別○婆沙云此三十二天二唯凡住謂大梵天王不達業因說我能造化一切天地人物恃此高慢聖人不與同居無想天唯是外道修無想定受五百劫無心之報報畢必起邪見墮地獄以故聖人不生其中五唯聖住謂五淨居人凡生彼者要是進向那含身得四禪發於無漏起熏禪業或起一品乃至九品方乃得生凡夫無此熏禪業故不得生然此是欲界那含生彼而得羅漢非先是羅漢而生彼也餘二十五天凡聖同住○世界名體志云次第禪門云仁王經明十八梵應有民主之異又云四禪中有大靜王瓔珞經明禪禪皆有梵王楞嚴四禪四位天王華嚴列衆三十九位欲界天天稱王色界禪禪稱王今詳初禪旣以大梵爲王而三經皆說四禪有王則知光音徧靜廣果三天皆王依大乘經旨初禪至四立爲四地曰廣果爲王福愛爲臣無雲爲民五那含一外道寄居廣果天中已上九天同居四禪秖一地二禪三禪例之○次合釋四禪八定○清涼三地疏云禪那西音此云靜慮靜謂寂靜慮謂審慮靜能斷結慮能正觀諸無色定有靜無慮雖能斷結不能正觀欲界正持有慮無靜雖能正觀不能斷結故離色界獨受斯稱初四禪者一有尋有伺靜慮二無尋無伺

靜慮三離喜靜慮四離樂靜慮俱舍定品云初具伺喜樂後漸離前支即斯義也○釋禪波羅蜜云上所明戒相是同防欲界身口外惡未除細亂若自尸羅皎潔志在禪門專修五法則色界清淨四大自現身中次第獲得根本四禪種種勝妙支林功德爾乃因超欲網果居色界禪是西土之音此翻棄惡能弃欲界五蓋等一切諸惡故或翻功德叢林或翻思惟修今但言根本者以無量心背捨勝處一切處神通變化無漏觀慧等種種諸禪三昧皆從四禪中出故稱根本○大集經云言初禪者亦名為具亦名為離離者謂離五蓋具者謂具足五支餘四同離五蓋具支有別△智論云行者除卻五蓋其心安隱清淨快樂譬如日月以五事覆曀烟雲塵霧羅睺阿修羅手障則不能明照人心亦如是爲五蓋所覆自不能利亦不能益人若能呵五欲除五蓋行五法欲精進念巧慧一心行此五法得五支成就初禪於欲界中出欲得初禪名○言八定者一初禪定二二禪定三三禪定四四禪定五空處定六識處定七無所有處定八非有想非無想定後四名無色定亦名四空定○私謂準婆沙俱舍四靜慮有二種一修得二生得又云一生靜慮二定靜慮定即修得也修得者應有二種一菩薩修二凡夫修四禪既爾四空亦然華嚴菩薩住發光地時即住初禪乃至住非非想處此菩薩修也此經所明色無色界諸天趣則凡夫修也何以明之清涼三地疏云若約寄位全同瑜伽瑜伽中爲順世禪了欣猒相即猒下苦麤障欣上淨妙離若約勤求淨菩薩行則所聞法必當深妙如下夜神所得四禪今經初文云不假禪那無有智慧結文云雖非真正修三摩地及無爲眞不動地等即同瑜伽欣猒等言明歷別之相不同華嚴深妙故曰是凡夫修也清涼又明總修別修四句云菩薩總修下皆總發若別修相具如瑜伽智論等說所謂別修者謂偏修初禪發於初禪修二發二修空發空等今經歷位增上次第勝進正別修別發之相也長水疏依天台法界列五支林而不引雜華三地之文其義如此○文三一總標

經　阿難世間一切所修心人不假禪那無有智慧

疏　此總明修心之人須假禪定然後發慧定慧均等方稱靜慮資中文若不爾者不得名禪意顯此四位中皆因禪慧然於其中所伏惑習差降有異故分諸天下自辨釋融室云遺敎云譬如惜水之家善修堤坊行者亦爾爲智慧水故善修禪定或可此約世間人不修無漏禪定不發無漏正慧遂感四禪果報雖曰修禪但是有漏六行事觀不離虛妄不名禪那如下文云此三勝流雖非

正修眞三摩地又云但能執身不行淫欲等又下結云此皆不了妙覺明心積妄發生妄有三界等證眞云但約不修無漏定慧而言餘同六行〇二列釋四㊀一初禪二㔾一釋三㊂一梵衆天【經】但能執身不行淫欲若行若坐想念俱無愛染不生無留欲界是人應念身爲梵侶如是一類名梵衆天【疏】專意在此故云但能執身等想念俱無者由行六行猒下欲界是苦麤障忻上色界是淨妙離故得欲界惑伏名愛染不生由是命終即生色界故云無留欲界此即麤苦不起淨相現前即是淨定下資中文味此而生名爲梵衆即凡夫所修六行伏惑之所感也【手鑑云】六行事觀者是凡夫起世間道伏惑之行相也【俱舍頌曰】世無間解脫如次緣上下作麤苦障行及淨妙離三論曰世俗無間及解脫道如次能緣下地上地爲麤苦障及淨妙離謂無間道緣自次下諸有漏法作麤苦障三行相中隨一行相若解脫道緣彼次上諸有漏法作淨妙離三行相中隨一行相非寂靜故粗非美妙故苦非出離故障淨妙離三番此應知謂若精進作此六行斷結之道伏却下地煩惱命終即受上二界生又六行忻猒各三若所忻猒體則隨何地各各不同如欲惡不善爲初禪所猒尋伺爲二禪所猒乃至無所有寂然而住爲有頂所猒如次忻上亦例可推又初禪爲下未至地心所欣爲淨妙離爲他二禪近地心所猒爲粗苦障則欲界法唯是所猒非欣有頂地法唯是所忻非猒中間地法通可猒可忻〇【釋禪波羅蜜云】六行觀者猒下苦粗障爲三即是觀欲不淨欺誑可賤攀上勝妙出爲三出即離也即是觀初禪尊重可貴言猒下者猒欲界底下色心粗重故一猒苦觀謂行者思惟今感欲界報身飢渴寒暑病痛刀杖種種所逼爲果苦於身中所起心數緣於貪欲如經說一切衆生爲愛奴婢是因苦苦因苦果皆須猒惡也二猒麤觀謂思惟此身三十六物屎尿臭穢之所成就爲果麤緣欲界五塵散動起惡是因麤麤因麤果皆須猒惡也三猒障觀思惟此身爲山河石壁之所質礙不得自在爲果障爲煩惱蓋覆眞性是因障因障果障皆須猒惡也四忻勝觀謂欲界樂爲苦色界樂爲勝得初禪味爲果勝貪欲樂從外五塵生惱熱怨結以爲下劣初禪上勝之樂從樂內發是因勝得樂勝苦皆須忻喜也受得色界之身如鏡中像無有質礙爲果妙禪定之樂心定不動是因妙貪欲樂心動馳散名麤得妙勝麤皆須忻喜也獲得五通徹見障外山壁無礙爲果出心得離蓋障至初禪是因出

亦如石泉自内涌出得出勝障皆須忻喜也⑪二梵輔天【經】欲習既除離欲心現於諸律儀愛樂隨順是人應時能行梵德如是一類名梵輔天【疏】已伏欲惑故云欲習既除得上初禪定心顯勝故云離欲心現此結上也【補遺云】離欲心現初禪發也以初禪九品故次第發於諸下正明此天於定共戒愛樂隨順梵行成就防非不失此則兼護律儀淨戒成德匡弼梵主故名梵輔【翻譯云】梵富樓此云前益天在梵前行恒思梵天利益亦名梵輔⑪三大梵天【經】身心妙圓威儀不缺清淨禁戒加以明悟是人應時能統梵衆為大梵王如是一類名大梵天【疏】禪觀轉勝受生細妙故云身心妙圓復具戒德故云威儀不缺此結前也清淨下正明此天於定戒中發慧明悟斯則慧解過人能為梵主統攝梵衆准俱舍說威德光明獨一而往無尋無伺定力所感下

二天具有尋伺【熏聞云】論明三摩地有三種一有尋伺謂初禪及未至定也二無尋唯伺謂中間禪三無尋無伺謂二禪近地乃至非想等今大梵天即中間定力所感又劫末後去劫成先來外道不測便執為常又因起念見有天生便執能生世間為一因生【證真云】劫初成時梵王先生猶住一劫未有梵侶後起念云願諸有情來生此處作是念已梵子即生外道不測便執梵王是常梵子無常△【孤山云】已上三天不顯修禪唯明持戒此經扶律勵未來故〇【十藏品疏云】梵天正理初說有三今加梵身晉經梵衆名梵眷屬若然身亦衆義則梵身是外所領之衆梵衆則為内眷屬等梵輔即大梵前行列侍御大梵即彼天王獲中間定初生後發威德等勝故名為大本修慈心得生梵世等流相續還愍衆生好請轉法輪故智光照物不為汙行故身光發揮若有遇之身心悅樂〇肇公云尸棄梵王名大論秦言或翻火首法華疏云外道奐火為樹頭尸棄此王本修火定破欲界惑從德立名經律異相云行禪離欲修習火光三昧故身出妙光勝於日月清涼云或云火頂以火災至此故〇【法苑珠林云】梵天無別住處但於梵輔有層臺高顯廣博大梵天王獨於上住以別舉下三天中梵衆是庶民梵輔是臣大梵是君唯此初禪有其君民臣庶之別此上皆無【法華疏】梵王是娑婆世界主在初禪二禪兩楹之中昆

曇云二禪已上無言語法故不立王瓔珞禪禪皆有梵王今謂但加修無量心報勝爲王無統御也禪門云初禪內有覺觀外有語言法主領下地衆生爲便故作世主〇智論云天中有三天主釋提婆那民二處天主魔王六欲天主梵世界中梵天王爲主〇佛地論云貌如童子身白銀色衣黃金衣禪悅爲食是大千世界主也〇起世因本云化樂他化二天所著衣服隨心輕重大小色界天不著衣服如著不異頭雖無髻如著天冠無男女相形唯一種卍二結

經阿難此三勝流一切苦惱所不能逼雖非正修眞三摩地清淨心中諸漏不動名爲初禪

疏已離欲界八苦故云所不能逼但是六行伏惑故云非眞三昧凡眞修禪者不於三界現身意縱得勝妙定相現前了了自知而無取著今此雖得清淨似三摩地以不了故味著受生然能離欲散心麤動故云諸漏不動是故結云此三勝流總名初禪

孤山云禪有四類一有漏禪即今四禪二無漏禪謂九想八背等三亦有漏亦無漏禪謂六妙通明等四非有漏非無漏禪即此經首楞嚴王中道理定今云雖非正修眞三摩地此以第一簡非第四清淨心中正指初禪也諸漏不動正指伏惑也△溫陵云有無明流欲流勝流四果流涅槃流欲流趣於生死雖至六天未足爲勝此天已出欲流背生死趣勝淨故稱勝流

俱舍云離生喜樂地離欲界雜惡生得輕安樂

三地疏云離生喜樂者是修行利益瑜伽十一明斷除五法謂欲所引喜樂及憂不善所引憂喜及捨彼五受故生喜樂言喜者深慶適悅樂者身心適悅慶離欲惡等是故生喜身心猗息及得解脫之樂是故名樂雜識第六云輕安者謂遠麤重爲輕調暢身心爲安

然此初禪所得功德有五支林一覺二觀三喜四樂五一心支行相如天台法界次第中

法界次第云支即支分如樹根幹是一枝條有異禪中支義亦爾又支持義謂定心淺薄易於搖動得覺觀等法支持則定心安隱牢固故名支也初禪天定五支功德一覺支初心在緣爲覺行者在欲界依未到地發初禪色界清淨色法觸欲界身根心大驚悟即生身識覺此色觸也二觀支細心分別爲觀行者既證初禪功德即以細心分別此禪定中色法諸妙功德境界分明欲界所未有也三喜支欣慶之心爲喜行者初發禪時乃有喜生所捨欲界之樂甚少今獲初禪天定利益甚多歡喜無量也四樂支行者發初禪時喜心既息恬然靜慮受禪樂也五一心支心與定法相應爲一行者初證禪

時心依覺觀喜樂之法故有細微散亂若喜樂心息自然心與定一也【熏聞云】初禪修五法離五蓋成五支具有八觸十功德相若發此禪則色界四大清淨自然現於欲界身中今經正明凡夫隨禪受生故不備說修證之相○【智論云】持戒清淨閑居獨處守攝諸根初夜後夜專精思惟弃捨外樂以禪自娛離諸欲不善法有覺有觀離生喜樂依未到地得初禪初禪相有覺有觀喜樂一心有覺有觀者得初禪中未曾所得善法功德故心大驚悟常爲欲火所燒得初禪時如入清涼池偈曰已得離淫欲則入清涼定如人大熱惱入冷池則冷禪中喻以巧浴漫灌又如貧人卒得寶藏行者思惟分別欲界功罪知初禪利益功德甚多心大歡喜○【天台釋禪云】禪名功德叢林欲界未到等未有支林功德之法雖復前發不名初禪因此欲界定後身心泯然虛豁坐中不見頭手牀數猶若虛空此是未到地定所言未到地者此地能生初禪故即是初禪方便定行者於未到地中入定漸深有十種善法眷屬次第發動故名初禪㊀【經】阿難二二禪二卍一釋三㊂一少光天

其次梵天統攝梵人圓滿梵行澄心不動寂湛生光如是一類名少光天【疏】王爲梵主故云統攝戒定慧具故云圓滿梵行此結前也澄心下正明此天定心轉勝故云澄心不動定光明發故云寂湛生光【中叅】二禪已上離覺觀無有語言但以定心發光以光勝劣分其位次【如說云】指身量光明非言慧照也此天喜相初生慧光尚劣名少光天【翻譯云】梵語盧安合天晉云有光壽亦云少光於二禪中光最少故【經律異相】長阿含依品云語言時口出少光○【智論云】經言業報生身光者欲界天以燈燭明珠等施及布施禪定等清淨故身常光明不須日月色界大行禪離欲修火光三昧故身常出妙光明勝於欲界要而言之是諸光明皆由心清淨故得○【瑜伽云】問初二靜慮諸天光明有何差別荅如末尼珠外有光明內無光明初靜慮身亦復如是外放光明內則不爾譬如明燈外發光明內自照了第二靜慮身亦如是若內若外俱有光明㊃二無量光天

【經】光光相然照耀無盡映十方界遍成琉璃如是一類名無量光天【疏】從前少光更發多光光相轉增名光光相然光相圓明映十方界境隨光淨徧成琉璃由定轉增定光發照必無涯際名無量光【真際云】映十方界約其定光隨所受用東西處言之非徧十方世界也△【桐洲云】徧界虛應悉成琉璃然無盡光○

翻譯云梵云盧波摩那此云無量光光明轉増量難測故阿含云語言時口出多光⑪三光音天經吸持圓光成就教體發化清淨應用無盡如是一類名光音天疏吸取任持無量淨光以表言詮名爲教體此光表詮離諸麤重故云發化清淨隨機開示無不明了故云應用無盡眞際云教體即言詮也以光爲音表了無盡故云發化清淨等以二禪界地無前五識外乘及凡夫若在定時俱不能起前五了境但用光音以爲言詮以光爲音名光音天孤山云擘慧光之應用爲表詮之教體以代言詮故名光音發化清淨者十四變化心也智欲圓光也△定林云非特吸持圓光又能成就教體故名光音吸言不散持言不失此天有內淨支故〇翻譯云梵語阿波會此云光音清涼云二禪第三天也華嚴總標爲光天智論亦云第二禪通名光音彼天語時口出淨光故有云彼無尋伺言語亦無用光當語故曰光音瑜伽名極光淨謂淨光徧照他處故阿含云光耀天語言口出淨光無邊王名樂光樓炭云阿披波天菩薩又名光念又名光音聲世界志云光音既以光爲語則上地諸天威儀進止無非言教也卍二結經阿難此三勝流一切憂愁所不能逼雖非正修眞三摩地清淨心中麤漏已伏名爲二禪疏二禪三天又勝下位以得極喜故云一切憂愁所不能逼初禪雖得喜支極喜未生在身麤故但得離苦猶有憂喜相對今此二禪定水潤心慧光明泰喜支調適憂愁不生名爲定生喜樂地也三地疏云三定生喜樂者初禪憂背欲惡故名離生今憂覺觀心息故名定生如淨鑑止水故身心適悅欲惡如泥初禪之定如靜動水今無欲惡復滅覺觀如淨止水是則初禪憂其所離此憂其所得得亡照故麤漏已伏者忻上猒下但名爲伏以不斷故不名無漏定林云麤漏已伏者有內淨支故然尚有喜支但能伏下地麤漏上地微細未能伏也然此一地具四支林一內淨二喜三樂四一心法界次第云二禪天四支一內淨支心無覺觀之渾濁名內淨行者欲離初禪呵責種種覺觀覺觀既滅則心內淨也二喜支行者初得內淨時得免覺觀之患而獲勝定內證之喜無量也三樂四一心可知熏聞云地持論目爲喜俱禪此定生時與喜俱發故初禪五支已具於喜有覺有觀猶帶憂懸今

覺觀既盡故受喜俱之稱△智論云行者知是覺觀雖是善法而嬈亂定心心欲離故可是覺觀譬如清水波盪則無所見又如疲極之人得息欲睡傍人喚呼種種惱亂攝心內定覺觀嬈亂亦復如是如是等因緣可覺觀覺觀滅內清淨繫心一處無覺無觀定生喜樂入二禪覺觀滅者知覺觀罪過故滅內清淨者入深禪定信捨初禪覺觀得二禪中未曾所得無比喜樂繫心一緣故名內淨△清涼云言內淨一心無覺無觀者一心釋於內義唯緣法塵不同初禪有三識故身子阿毘曇云欲界地中心行六處初禪地中心行四處謂無鼻舌識二禪已上心行一處唯意識身緣法塵故無覺無觀釋於淨義不同初禪有覺觀故○釋文經一切憂愁紹興乾道溫陵本並作憂懸熏聞云懸者繫也以離覺觀故無繫著或曰懸字之譌也作愁爲正經阿

㊀三三禪三卍一釋三㊁一少淨天

難如是天人圓光成音披音露妙發成精行通寂滅樂如是一類名少淨天疏初二句躡上披音下正明此天謂披能詮之教體現所詮之妙理成所行之妙行補遺云披去光音之教跡露出此妙性之定而發爲妙行也定林云能披發音元知教之所由成能開發妙性見光之所從生此天有慧支故由是三慧既發妙樂攸通定慧過前支林轉勝也通寂滅樂一心支也言寂滅樂者滅前喜相而生淨樂以喜相麤動此異熟樂恬泊寂靜故名寂滅定相猶劣故名爲通始得此樂未廣周徧名爲少淨世界志云離喜受樂爲淨未及上位爲少淨亦靜也有處亦名少靜天故吳興云圓光成音指前教體披音露妙即發化清淨進修三禪故發成精行證得少淨故通寂滅樂△融室云發成精行者即捨念慧三支捨二禪麤動喜相念慧觀察見寂滅而生樂故云通寂滅樂寂滅是淨通而未成故云少淨○清涼云意地受樂總名爲淨於自地中此淨最劣故名少淨華嚴總標爲淨天○經律異相長阿含云三天同學習無喜樂相應禪生是三種天以少方便相應生少淨天受樂亦少以中方便生第二天以上方便生第三天㊁二無量淨天經淨空現前引發無際身心輕安成寂滅樂如是一類名無量淨天疏淨空即淨樂也溫陵云淨空者離諸喜動不緣物境之定相也定心轉勝引發此樂令其無涯樂既無涯方是成就淨樂之義此則名爲徹意地樂徧身輕安名無量淨清涼云二淨增難量

故△吳興云既得少淨空相現前引證少相令無邊際望上未徧望下則多故名無量△融室云淨空即寂滅滅喜相故名曰淨空是空現前引發淨樂無有涯際所樂既久身心輕安是成寂滅樂由淨樂無際故名無量淨㊂三徧淨天經世界身心一切圓淨淨德成就勝託現前歸寂滅樂如是一類名徧淨天疏前雖徹意地樂止在身心未名爲徧今則徧於依正樂淨圓融世界身心無處不徧殊勝妙樂以成淨德言勝託者即此淨樂是彼行者所依勝處證此樂故名之爲歸矣△溫陵云淨德成就則性樂歸託於是通而已淨空現前引發無際身心輕安然後樂成勝託現前則有所託地故曰歸寂滅樂△清涼云此天離喜身心徧淨故○翻譯云徧淨梵云阿訶既那樂受最勝成淨周普故○手鑑云外人所計不過二天一謂摩醯首羅二謂毘紐毘紐即韋紐此翻徧淨亦云徧勝俱舍云在第三禪頂或云在欲界頂摩醯首羅在色界頂其行相廣如智論所說㊁二結經阿難此三勝流具大隨順身心安隱得無量樂雖非正修眞三摩地安隱心中歡喜畢具名爲三禪資中具大隨順意地異熟樂隨順自在故證眞云異熟樂者徹於意地徧身適悅與五識相應不可分別也疏具大隨順者一是隨順勝定二是離於憂喜憂喜望樂俱爲所猒但是違境故非隨順今此妙樂世間第一更無過者方是隨順具足之義安隱心中歡喜畢具者意地異熟隨順自在樂極於此純一無雜名爲畢具以此三禪名離喜妙樂地故三地疏云離喜者是所離障謂二禪利益支喜心分別想生動亂三禪轉寂故須除遣如貧人得寶生喜失則深憂莫若雙絕喜憂方爲快樂初禪喜樂如土石山頂有水初禪心樂故如水不入石中二禪喜樂如純土山頂而有池水二禪已徧身心如水徧山無石礙故然爲喜覆如土覆水但是潛潤三禪之樂如純土山在大池內樂徧身外身在樂中是故心樂亦名身受三禪身樂徧增如池水在外水徧山內居然可知律中喻如蓮華出地而未出水根莖華葉無不潤漬此地禪支具有五種一捨二念三慧四樂五一心支法界次第云三禪天定五支功德一捨支離喜不悔爲捨行者欲離二禪時以種種因緣訶責於喜喜既滅謝

三禪即發若證三禪之樂即捨二禪之喜不生悔心也二念支念即愛念行者既發三禪之樂樂從內起應須愛念樂即增長也三慧支解知之心爲慧行者既發三禪之樂若非善巧解慧則不能方便長養也四樂支行者發三禪樂已若能用捨念慧三支將護此樂樂則徧身若離三禪餘地更無徧身之樂也△〔智論云〕行者觀喜之過亦如覺觀隨所喜處多喜多憂當捨離此喜故行捨念智受身樂是樂聖人能得能捨一心在樂入第三禪捨者捨喜心不復悔念智者既得三禪中樂不令於樂生患受身樂者是三禪樂徧體皆受聖人能得能捨者此樂世間第一能生心著凡夫少能捨者以是故佛說行慧果報徧淨地中第一△〔吳興云〕地持目三禪爲樂俱禪此定功德與徧身樂俱發故前二禪雖有樂支爲喜支所障今滅喜純樂而云歡喜畢具者名同體別耳〔定林云〕言畢具者是爲樂支非喜動也○〔智論云〕問曰初禪二禪亦有樂受何以故但言第三禪答曰樂有上中下下者初禪中者二禪上者三禪初禪有三種樂根喜根五識相應樂根意識相應喜根二禪中意識相應喜根三禪中意識相應樂根是五識不能分別不知名字相眼識生如彈指頃意識已生是故五識相應樂根不能滿足樂意識相應樂根能滿足樂是故三禪中諸功德少樂多故無背捨處一切入過是三禪更無樂

○四四禪天離釋〔疏云〕然此一地總報業但有三品感下三天其無想天但是廣果中別報凡夫境界上極於此五不還者自是聖人雜修靜慮資廣果天故業令五品殊勝只於廣果總報之身生彼五天與凡夫不同由是向下別爲一段證眞文同○〔十藏疏云〕次廣天下明四禪入天初三是凡離八災患皆稱福廣一少廣天二無量廣天三廣果天異生果中此最勝故以上五聖居故○〔天台四教儀云〕梵王無想及五那含總在四禪經教別爲三有者爲破外道計梵王爲生死之本計無想無心爲涅槃計五那含爲眞解脫故○〔溫陵云〕前之禪行但是自利至四禪乃兼修慈悲喜捨利人之心名四無量善無漏觀慧諸禪三昧悉從此出故名根本○〔賀中男曰〕四禪苦樂俱捨任運自在乃世間眞福故以福生等爲名○文二①一四根本二卍一釋四⑪初福生天

〔經〕阿難復次天人不逼身心苦因已盡樂非常住久必壞生苦樂二心俱時頓捨麤重相滅淨福性生如是一類名福生天〔疏〕初五句結前生後俱舍論說第四禪離八災患謂尋伺苦樂憂喜及出入息又不爲三災所動名不動地今云不逼即離下位苦也苦因下釋不逼所以尋伺憂喜等是苦之因今既離之

故無逼迫樂非常住者別明樂支以對前苦三禪雖得徹意地樂然不常住必須有壞壞即成苦此明壞苦苦樂下正明此天今第四禪苦樂俱捨以一一地皆猒下苦麤障忻上淨妙離棄下苦樂名麤重相滅得上地定名淨福性生以此禪定唯一捨受是福之體既離下染故名淨福〔吴興云〕地持名此捨俱禪此禪與微妙捨受俱發故名捨俱禪△〔融室云〕樂支尚捨況喜支等乎苦樂皆麤重相捨念清淨故淨福相生△〔二〕〔楞云〕麤重即六識種子△〔清涼疏〕言麤重者違細輕故然麤重有三一現起麤重貪令心無堪任故二種子麤重煩惱種子障諸智故三麤重麤重實非煩惱似煩惱故〇〔世界形〕〔體志〕四禪九天一無雲下之三天皆依雲住至此四禪方在空居業疏云第四禪上雲居輕薄如星散住不同下天如雲密布楞嚴謂之福生天二福生俱勝福力方得往生楞嚴謂之福愛天寂音云彌勒言無雲天此經福愛天也⑪二福愛天〔經〕捨心圓融勝解清淨福無遮中得妙隨順窮未來際如是一類名福愛天〔疏〕唯一捨受與定心圓融捨諸一切苦樂等法於捨心中仍生勝解於此決定忍可印持不爲異緣之所引轉故名勝解清淨由勝解力於此圓融勝定之中愛樂轉順令此勝定得無留礙任心自在受用無窮故云得妙隨順窮未來際等問此有漏禪壽命有限何得窮未來際耶答此約得定報數長遠動經劫數云窮未來非約報後所論也〔補遺云〕前福生天以捨樂爲福今捨心轉勝愛樂此福故名福愛與前福生深淺之別因此愛樂不止從廣果天出生五那含無漏之業窮未來際把其源盡出於此福愛樂悅之心於此言之者明福愛之功耳△〔私謂〕張無盡云窮未來際即從是天修入廣果也苕溪謂得大隨順隨順下文二岐路也斯解誤矣若順下岐路透入無想外道是則錯亂修習何云妙隨順耶又此善定雖是有漏而能隨順妙修行者依第四禪引發此定熏無漏禪修願智無諍邊際定也下五那含亦依此定起有漏無漏雜修靜慮若凡夫得更不進修

即許壽命有限若聖人修即得益未來際通此兩向聖凡同修也【瑜伽云】云何熏修靜慮謂如有一已得有漏及與無漏四種靜慮謂於等至得自在故為受等至自在果故長時相續入諸靜慮有漏無漏更相間雜乃至有漏無間無漏現前無漏無間還入有漏當知齊此熏修成就△【智論十七】四禪中有練法以無漏練有漏故得四禪心自在能以無漏第四禪練有漏第四禪然後第三第二第一禪皆以自地無漏練自地有漏問曰何以名練禪荅曰諸聖人樂無漏定不樂有漏離欲時有漏不樂而自得今欲除其滓穢故以有漏練之譬如練金從無漏禪起入淨禪如是數數是名為練復有願智無諍三昧願智者願欲知三世事隨所願則知此願智二處攝欲界第四禪無諍三昧者令他心不起諍五處攝欲界及四禪⑪三廣果天

【經】阿難從是天中有二岐路若於先心無量淨光福德圓明修證而住如是一類名廣果天【資中】於福愛中分出二天一廣果二無想此廣果天以四無量心熏禪福德離下地染廣福所感名廣果天【疏】於福愛中分二所向一直往道即至廣果二迂僻道即至無想此標也若於下釋若從發心已來不帶異計直修根本四禪四無量善熏禪福德離下地染備歷四位至此福愛更增勝定廣福所感得生勝處名廣果天【二楞云】先心即下地也初禪戒勝二二定慧皆勝是淨德圓明四禪全是福報是淨福圓明從福愛天無量光中修四無量心滋長福德證廣大果色界天福感至此為極△【補遺云】此中分二路者良由捨心勝妙若福德純厚加四無量心則生廣果若資捨心厭斷僻見三故生無想良由空法誤人多矣例如通教人證空二乘取證菩薩於空自能化物也○【王舜鼎曰】從福愛天有二岐路者以廣大心中得果名廣果天即后之五不還同分安居直至發明智慧成阿羅漢入菩薩乘者是也若修無想定生無想天此與廣果天為別路不同五不還天即與鈍阿羅漢修到非想非非想處彼為定性聲聞此則不免輪迴之外道也今按此解廣果無想正同有頂二種岐路下鈔詳之【翻譯云】梵云惟於頗羅天清涼云於異生善果此最廣故所有功德勝下二三故△【法苑珠林云】三天是凡夫住四無想天外外道所居亦無別所但與廣果皆同一處以外道所居分二種別名⑪四無想天

【經】若於先心雙猒苦樂精研捨心相續不斷圓窮捨道身心俱滅心

慮灰凝經五百劫是人既以生滅爲因不能發生不生滅性初半劫滅後半劫生如是一類名無想天【疏】若帶異計六行伏惑漸猒漸捨至福愛天得捨圓融捨心相續徧窮捨道捨心亦亡不計身心故名俱滅（已下並資中文）此計無想爲涅槃以捨心爲方便入無想定也初捨麤心入於微心後捨微心入微微心從微微心便即灰凝常修不息便入無想此皆修因也心慮下即無想報命終果報生無想天壽命五百大劫故名灰凝是人下判成虛妄也是人不了妄想體空乃執生滅以爲勞累猒此生滅求不生滅故云以生滅爲因捨生趣不生未是真不生但見第六識暫爾不行如氷夾魚不知微細起滅妄謂涅槃非真涅槃故云不能發明無生滅性【清涼云】於有色中有想天爲麤無想天爲細色界十八天唯除無想皆名有想無想天與廣果天同處外道取爲究竟涅槃修無想定生於彼天得五百劫無心果報佛之弟子不生彼中【智論云】無想有三種一無想定二滅受想定三無想天凡夫人欲滅心入無想定佛弟子欲滅心入滅受定問曰外道有無想定以心數法都滅無有取相愛著智慧答曰無想定力强令心滅非實智慧力又於此中生涅槃想不知是和合作法以是故墮顛倒中是中心雖暫滅得因緣還生譬如人無夢睡時心想不行寤則還有初半劫下却釋彼報行相唯俱舍引婆沙釋彼生死位多時有想初生彼天經於半劫始入無想異熟名初半劫滅欲無常時從異熟出經半劫有心後始方死名後半劫生生滅中間一向無想名無想天【熏聞云】百法論名爲無想報屬不相應行彼疏云由欲界修感彼天乘名無想亦名無想異熟此有三義一變異而熟要因成熟方能招果二異時而熟過去造因今現得果三異類而熟由善惡因感無記果△【補遺云】初生至彼未全無想先經半劫方入無想故曰初半劫滅五百劫已當報盡時則自無想異熟而出又經半劫乃有心想心想現而後報謝故曰後半劫生再生心想故曰生也△【合論云】生死之間四百九十劫一向無想甚

矣末那之難除也以無想定治之而復在也〇【引證】【瑜伽云】云何無想三摩鉢底謂已離徧淨欲未離出欲永出離想作意為先諸心心所滅問以何方便入此等至答觀想如病如癰如箭入第四靜慮修背想作意於所生起種種想中猒背而住惟謂無想寂滅微妙於無想中持心而住如是漸次離諸所緣心便寂滅於此生中亦入亦起若生於彼惟入不起其想若生還從彼沒〇【唯識第七】無想天者謂修彼定猒麤想力生彼天中違不恒行心及心所想滅為首生無想天故六轉識於彼皆斷有義彼天常無六識聖教說無轉識故說彼惟有有色支故又說彼為無心定故有義彼天將命終要起轉識然後命終彼必起下潤生受故瑜伽論說後想生已是諸有情從彼沒故然說彼無轉識等者依長時說非謂全無【涅槃疏云】論師云心不可滅而云無想者爾時心細如蠶虫冰魚似無細心而言無色想者不復緣於麤色〇【禪門次第云】有諸外道深猒有為心識生滅欲求涅槃寂靜常樂既無智慧不知真實得四禪時不見細色之過但覺心識生滅虛誑則猒患其心既不知破色斷色繫縛直以邪智滅却其心邪法相應心無憶想謂證涅槃既未斷色繫縛若捨命時即生無想天中猶是色界生死不得解脫亦名客天猶如阿那含人修五品熏禪為色界思惟惑未盡寄生色界亦名客天此無想定既是邪法非佛弟子修今欲具明是三界定畧示知邪正相耳〇【宗鏡云】問滅盡定與無想定俱稱無心二定何別答有四義不同一約得人異滅盡是聖人得無想是凡夫得二祈願異滅盡定者作止息想求功德入無想定作解脫入三感果不感果異無想定是有漏能感無想天別果滅盡定是無漏不感三界果四滅識多少異滅盡定滅識多兼滅第七染盡末那無想定滅識少空滅第六識已一結

【經】阿難此四勝流一切世間諸苦樂境所不能動雖非無為真不動境有所得心功用純熟名為四禪【資中】俱舍云第四禪離八災患所謂尋伺苦樂憂喜出息入息亦不為水火風三災所動名不動地【疏】此第四禪離八災患勝下地故名不動地然有劫數壽盡須捨故云非真不動俱舍云然彼器非常情俱生滅故論云第四定離內災故說彼名不動然非常住由不共一地相應彼器體非常故凡夫修定味著受生名有所得定慧均平能捨苦樂勝諸下天名功用純熟【三地】【疏云】第四禪中一斷樂先除苦喜憂滅者即是離障三禪勝樂於此為害如重病人觀妙音樂為障四禪故須除遣故云斷樂得此定者即於爾時所有苦樂皆得超越故二不苦

不樂者是利益支明五受內唯有一捨是不動故三捨念清淨者瑜伽云從初靜慮一切下地災患已斷謂尋伺喜樂出息入息是故此中捨念清淨鮮白由是此禪心住無動俱舍等明此中禪離八災患此論略舉六事以從初禪來下地災患已斷憂苦現行俱在欲界故略不言也四住第四禪即彼二依止三昧然上入色定其身相狀如處室中入下四空如處虛空【智論云】行者觀樂之失亦如觀喜知心不動處最爲第一若有動處是則有苦行者以第三禪樂動故求不動處以斷苦樂先滅憂喜故不苦不樂捨念清淨入第四禪是四禪中無苦無樂但有不動智慧以是故說四禪捨念清淨第三禪樂動故說苦是故四禪中說斷苦樂

【應補疏云】此地禪具四支一不苦不樂支二捨三清淨四一心支【法界次第云】一不苦不樂支行者欲離三禪時種種訶責於樂樂既謝滅則不動之定與捨俱發故內心湛然無苦樂也二捨支行者既得四禪不動眞定則捨三禪難捨之樂不生悔也三念清淨支行者既得四禪眞定當念下地之過復思自己功德方便將養令其不退進入勝品也四一心支行者既得四禪之定用前捨念二支將護一心在定猶如明鏡止水湛然常照也此名捨念清淨地律中稱如沐浴被新淨衣又如密室中燈

①二五不還天三卍初標示

【經】阿難此中復有五不還天於下界中九品習氣俱時滅盡苦樂雙亡下無卜居故於捨心衆同分中安立居處【資中】五不還者第三果人已斷欲界九品修惑種現俱盡更不還來下界受生名爲不還苦樂雙亡者又能進斷第三禪染已離下地未超色界故於此中安立居處【止觀云】次斷一品至第八品名阿那含向超斷至第八品名一種子次斷第九品盡名阿那含果畢竟不復還來欲界次斷初禪初品至非想第八品凡七十一品悉名阿羅漢向六種那含位在其中第九無礙道斷非想第九惑盡第九解脫道名阿羅漢果【私謂】第四卷經云汝今已得須陀洹果此阿難證初果也第八卷云斷除三界修心六品微細煩惱此阿難證二果也此文云於下界中九品習氣俱時滅盡由此推之則阿難後位亦應次斷七品至第八品在阿那含向中也經雖未指尋文可知【疏】九品習氣者即欲界初禪二禪三禪各九品也【海印云】二乘斷三界九地思惑九九八十一品成阿羅漢那含乃三果人已斷三禪已下四地各九品惑也種現俱亡名爲滅盡此是聖人斷故名滅非同凡夫暫伏名滅【溫陵云】習氣種子惑也與現行皆滅故曰俱盡此指欲界無續

生業也習氣既無苦樂雙泯離下界繫故無卜居苦樂雙亡兼指四禪已下無續業也故云下無卜居然未進斷四品禪惑故於捨心衆同分中別立居處此五天自四禪別立通名捨念清淨地故云捨心同分〔海印云〕斷欲界一地九品苦亡而欲界無卜居復斷上三地各九品樂亡而色界無卜居惟四禪是其同分〔資中〕俱舍云雜修靜慮有五品不同故生五淨居雜修者以有漏無漏間雜而修也靜慮者定慧均等也五品者下中上上勝上極也〔俱舍論云〕色界有五種那含頌曰此中生有行無行般涅槃上流若雜修能至色究竟言五種者一中般謂住色界住中有位便般涅槃二生般謂生色界已不久便般涅槃三有行般謂生色界已長時加行不息由多功用方般涅槃四無行般謂生色界已經久加行懈怠不多功用而般涅槃此有二種由因與果異故因異者有雜修無雜修也果異者至色究竟及有頂也前是觀行後是止行樂慧樂定不同故今五不還天即樂慧者所生也初二三禪皆有九品修惑故名爲染〔涅槃迦葉品〕是四禪中復有二種一樂三昧二樂智慧樂智慧者入五淨居樂三昧者入無色界如是二人一修第四禪有五堦差二者不修云何爲五下中上上中上上上修上上上

者處無小天修上中者處善見天修上品者處善可見天修中品者處無熱天修下品者處小廣天復有二種一者修重禪入五淨居二者不修重禪生無色界盡其壽命而般涅槃是名上流般涅槃若欲入於無色界者則不能修四禪五差若修五差則能訶責無色界定△〔十藏疏云〕雜修靜慮者謂漏與無漏間雜而修故名雜修俱舍賢聖品論云前說上流雜修靜慮因能生色究竟天先應雜修何等靜慮一問由何等位知雜修成二問復有何緣雜修靜慮三問偈云先雜修第四荅第一問成由一念雜荅第二問爲受生現樂及遮煩惱過荅第三問釋曰初句明夫欲雜修必先修第四靜慮由第四靜慮最堪能故二荅成位謂阿羅漢或是不還成由一念雜者謂彼必先入第四靜慮多念無漏相續現前從此引生多念有漏後復多念無漏現前如是旋環後後漸減乃至最後二念無漏次引二念有漏現前無間復生二念無漏名雜修定加行成滿次復唯有一念無漏次復引起一念有漏無間復生一念無漏中間有漏前後無漏以相間雜故名一雜修此一念名根本成修第四已乘此勢力亦能雜修下三靜慮三荅何緣云雜修靜慮總有三緣一爲受生生淨居天故二爲現樂受現法樂故三爲遮煩惱過若不還修由前三緣若羅漢修除受生一從此第六明淨居處何唯有五論頌云由雜修有五生有五淨居釋曰由雜修第四有五品故一下品有三心初起無漏次起有漏復起無漏二是中品亦同上修三

心井前成六三是上品四上勝品五上極品亦皆同初各起三心三五便成一十五心如次五品感五淨居應知此中無漏勢力熏修有漏感五淨居非無漏感△手鑑云五品者謂以有漏無漏雜資廣果故業令其殊勝轉生五淨居天故有五品然何故須雜耶謂五淨居無別引業一切有情法爾第四禪中祇有三品總報引業生彼三天聖人既無煩惱故須雜修下三天故業生五天也然所資故業是二由能資因行相有五故感五天○智論云有四種天名天生天淨天淨生天名天者如今國王名天子生天者從四王天乃至非有想非無想天淨生天者三界天中生諸聖人所謂須陀洹家家斯陀含一種或於天上得阿那含阿羅漢道淨生天色界中有五種阿那含不還是間即於彼得阿羅漢無色界中一種阿那含離色界生無色界是中修無漏道得阿羅漢入涅槃卍二釋相五㊃初無煩天

經阿難苦樂兩滅鬭心不交如是一類名無煩天疏苦樂心滅敵對則亡形待既無故云不交不交則無煩也初滅苦樂二形待心雜修初品稍離定障名為無煩煩即障也釋要云即下品心資也修下品三心有加行根本如前說亦名夾熏禪以用無漏夾熏有漏色定轉明果報轉勝由此資於故業故從廣果沒便生無煩天然下天亦離苦樂不名無煩者以凡夫人忻猒暫伏非是永斷今約畢竟不生故得此名吳興云苦樂相傾是猶鬭戰交於內心也又心受苦境則與苦交鬭心受樂境則與壞苦交鬭今既兩滅故名無煩○翻譯云無煩無於見思煩惱雜故○十藏疏云一無煩者煩謂繁雜或謂繁廣無繁雜中此最初故煩廣天中此最劣故此依正理若順今經皆作無煩則無廣義㊂二無熱天

經機括獨行研交無地如是一類名無熱天疏機弩牙也括箸也箭受弦處也皆喻唯一捨心縱任自在遊諸等至故云獨行不與違順二境相應故云研交無地孤山云以捨受獨行譬若機括所發必中是以苦樂相磨交鬭之心永無其處也以箭弩欲發必有研交之地故△融室云捨心之所捨如機括之發故言捨心即是機括唯一捨心進修故云獨行非但不交研窮其交亦復無地此天以中品雜修靜慮慧用清虛皆離定障漸得清涼名為無熱也釋要云即雜修中品有六心用前下品三心為加行更引生三心一無漏有漏無漏為根本資其故業從廣果沒能超無煩至於無熱法數云研究此心與境之處無依無處則無熱惱也△

十藏疏云二無熱者已善伏除雜修靜慮上中品障意樂調柔離熱惱故或熱者熾盛爲義謂上品修靜慮及果此猶未證故○經律異相云無熱天身長四千由旬細輭委地不能自立若下見佛變爲塵形以禪爲味⑪三善見天經十方世界妙見圓澄更無塵象一切沈垢如是一類名善見天疏十方世界唯一捨心照了微妙周徧澄寂故云妙見圓澄塵像慧障也沈垢定障也法數云一念在定定能發慧於慧心中見十方界圓徧澄凝更無世界内外塵像心地昏沈之垢也雜修上品無漏功著定慧障亡故能妙見圓澄十方世界名善見也釋要云即雜修上品有九心用前六心爲加行更起三心爲根本從廣果没超於一二而生第三○引證應法師云須覺天按中陰經作須滯天亦言善見天定障微故見極明徹故言善見也樓炭作須噯天應言須達梨舍那此言善觀天○經律異相云華嚴云善現樓炭云須陀栴十藏疏云今善現天是第四品第五善現是極上品故障至微善現者雜修靜慮果德易彰故名善現善見者雜修定障餘品至微見極清徹故名善見經本先見後現或恐悞也按華嚴及今經皆先見後現清涼却疑經本有悞耳詳之⑪四善現天經精見現前陶鑄無礙如是一類名善現天資中定慧精明鎔鍊自在故云陶鑄無礙孤山云如陶人之範土爐冶之鑄金言其作用自在也疏陶鑄鎔鍊也圓澄之見既彰定慧之功更著故能融鍊自在顯現無盡故云善現釋要云四上勝品有十二心用前九心爲加行更引三心爲根本資於故業起三生四△合論云陶鑄無礙能發化也陶鑄水火而已精性水也見性火也△補遺云精現指前善見善見言體善現言用陶鑄猶出生也能起十四變化自在故也△海印云陶鎔習氣不爲障礙故△經律異相云大善見天華嚴善見樓炭云須彌栴陀⑪五色究竟天經究竟羣幾窮色性性入無邊際如是一類名色究竟天疏究竟鞠窮也羣幾者羣有之幾微也即去無入有有理未形之謂也今此一天窮到色理未形之際故云究竟羣幾海印云衆色至微故云羣幾窮色性性者性體也推至色性之元體也溫陵云幾者色之微性者相之本△吳興云窮亦究章也變其文耳心既熏多至少色亦窮麁至細麁細不同故曰性性二句一意前多此

例或可前句窮緣色等識後句窮所依大種
剎此一天即入空處故云入無邊際以空又
是大種之所依故名色究竟入無邊際即色界與無色界二邊之交際也俱舍云從此向上無復所居此處最高名色究竟如馬勝問佛
四大性當於何位滅盡無餘佛云空處近分
正在頂天也[吳興云]幾者動之微也研窮多念至於一念故曰究竟羣幾以雜修五品初用多念無漏熏多念有漏乃至最後用一念無漏熏一念有漏名上極品故俱舍云成由一念雜是也[釋要云]即上極品有十五心用前十二心爲加行更引三心爲根本資於故業能超四天生色究竟△[無盡云]色究竟者有色之窮處也色性性者性中之性無體無相也△[合論云]窮色性性者色性空空性覺覺則所謂色性性也若但窮色性非色究竟也色空互爲性故楞伽云住色究竟天離諸過失處於彼成正覺也△[十藏疏云]色究竟者更無有處於有色中能過於此或此已到衆苦所依身最後邊故卍三三結勝
[經]阿難此不還天彼諸四禪四位天王獨
有欽聞不能知見如今世間曠野深山聖道
場地皆阿羅漢所住持故世間麁人所不能
見[疏]梵云阿那含此云不還此天是彼聖所
居故亦名淨居非同凡夫有漏住故以定力
殊勝依報亦勝同在世間境界各別舉例可
知[融室云]雖於四禪同一捨心捨心殊勝諸天莫及故不能知見△[十藏疏云]無煩已上名五淨居謂離欲諸聖以聖道水濯煩惱垢故名爲淨淨身所止故名淨居或此天中無異生雜純聖所止故名淨居△[灌頂云]仁王經言十地菩薩作四禪大淨天王得理盡三昧同佛行處盡三界源教化衆生今言於五那含不能知見者以菩薩示現寄跡諸天相與欽聞發其出世善根也△[智論第十]如手居士從淨居天來欲見佛其身微細没失譬如消蘇不得立地佛語居士汝化作麁身觀此地相佛問居士汝幾事無猒生淨居天荅言我三事無猒一見佛供佛無猒二聽法無猒三供給僧無猒△[宣律師云]入大乘論尊者賓頭盧羅睺羅等十六諸大聲聞散在諸山海中又於餘經亦說九十九億大阿羅漢皆於佛前取壽住壽于世散在三方諸山海中守護正法卍三三總結[經]阿難
是十八天獨行無交未盡形累自此以還名
爲色界[疏]純是禪定善想所感無有情欲所
對故云獨行無交尚有色礙故云未盡形累

言十八天者總結四禪及五那含也

大佛頂首楞嚴經疏解蒙鈔卷第九之一

音釋

盧安盍切音鰪藏也　盪徒朗切滌器也　筈古活切音括與弦相會　甕都計切音帝　癰於容切音邕腫也

大佛頂首楞嚴經疏解蒙鈔卷第九之二

海印弟子蒙叟錢謙益鈔

◑三無色界天台釋○疏云三無色界此四無色無業果色定多慧少猒下色凝想無邊空次猒空處乃至猒無所有以非想非非想爲究竟湼槃有此四種分其位次溫陵云此滅身歸無定性聲聞所居或無想外道別報或捨猒天人離處其類不一皆無色蘊△瑜伽第四若諸沙門或婆羅門墮梵行求者一切皆爲求無漏界或復有一墮邪梵行求者爲求空無邊處識處無所有處非想非非想處起邪分別謂爲解脫華公云九十六種外道上者亦能斷結生無色天但其道不眞要還墮三途○疏云雖無業果色然有定果色爲識所依此大乘說實有處所若俱舍說無色界無處由生有四種依同分及命令心等相續餘經說有無色有情佛邊聽法淚下如雨者此約大乘有定果說前又亦說無色界天發願護咒也△翻譯集云大小乘教論四空無色其義碩異且小乘教如俱舍云無色無身依同分命根轉令心相續又世品云無色界都無處所以非色法無方所故謂於是處得彼定者命終即於是處生故婆沙云四空離形報無別處但在欲色二界成就四空無色業者若云都無處所華嚴安云菩薩鼻根聞無色界宮殿之香起世亦云倍色究竟有空處至非非想皆諸天住處若大衆部乃云但無麁色非無細色故阿含說舍利弗入涅槃時無色界天空中淚下如春細雨此是小乘宗計兩殊若大乘教如楞嚴云是四空天身心滅盡定計現前無業果色孤山云無業果色顯有定果色也俱舍纂云無業果色非異熟身輔行言有比丘得無色定定起摸空人問何求答覓我身人言身在牀上於此得定尚不見身驗知四空無業果色而言顯有定果者顯揚論名定自在所生色謂勝定力故於一切色皆得自在即以定變起五塵境故論云變身百億共立毫端空量地界故經亦說佛邊聽法座如針鋒中陰經云如來至無色界中諸天禮拜楞嚴無色稽首仁王列無色天衆又說無色界天雨諸香花香如須彌花如車輪然湼槃云非想等天若無色者云何得有去來進止如是之義諸佛世界非聲聞緣覺所知以聲聞經證所說空遂謂極處悉皆無色大乘實說界外尚受法性之色豈此四天唯空空然故斥小乘非所知也淨名疏云若不了義教明無色界無色若了義教明無色界有色○文二△初正明二△初指迴心不入

經 復次阿難從是有頂色邊際中其間復有二種岐路 疏 此標也有即是色頂即究竟色於此住名色邊際二岐路者一出三界路即迴心人所履二入無色路即定性人所履若

凡夫外道既不入此五天即從廣果無想二天而入不在此二所履之限如下自知【私謂】二岐路者一出三界疏云即迴心所履是也二入無色者一則定性聲聞二則無想外道下文所指不迴鈍果人窮空不歸者是也長水所判有其二失一則刻定無想不得上昇二則執計廣果同名無想故云凡夫外道從廣果無想二天而入不在此二所履之限次下釋捨心云一者定性那含二者若於廣果用無漏道伏惑入空即凡夫外道以福愛天中二岐路證之則廣果圓明修證豈得與無想圓窮捨道同科諸家辨證廣有多義具如下文所列△【溫陵云】色究竟天居有色頂與無色鄰名色邊際△【吳興云】色究竟天第三果人根有利鈍故分二路其利根者發無漏智斷盡修惑從此有頂即出三界其鈍根者復由定心欣上厭下生無色界○【引證】【釋迦方誌】云此封壃周輪鐵山山外是空空不可測山下是地地下是金金下有水水下是風其風堅實逾於金剛衆生心力同業所感能持世界不令傾覆有風以外即是虛空約此周輪從下而上至無色窮名為有頂【經】若於捨心發明智慧慧光圓通便出塵界成阿羅漢入菩薩乘如是一類名為迴心大阿羅漢【疏】此正明迴心也若於有頂禪中故云捨心發無漏智頓斷上界四地三十六品俱生煩惱便證無學仍又迴心向大乘道更不入於空識等處以無上地惑故然迴心入大有深有淺但隨破惑有深淺耳此類仍是樂慧那含故得慧光圓通便出塵界【溫陵云】四禪皆依捨念修定此言捨心捨有頂因心也因心能發無漏智慧斷盡塵惑至於圓明即出三界不住小乘入菩薩乘是名回心△【吳興云】慧光圓通且約盡智無生智圓滿而言謂見苦已斷乃至道已修名盡智不復更斷乃至不復更修名無生智入菩薩乘正約出三界後勝進而說斯亦今經破定性之明文也㊅二辨入者類殊二㊃一別明四天四㊀初空處【經】若在捨心捨厭成就覺身為礙銷礙入空如是一類名為空處【疏】初二句躡前也捨心有二一有頂二無想若於有頂用無漏道斷有頂惑銷礙入空此是樂定那含即定性聲聞也若於廣果無想用有漏道伏惑入空亦名捨心即凡夫外道也以此二天俱在捨心共

一地故無漏道謂八聖種觀有漏道即六行觀八聖種觀者觀五陰如病如癰如瘡如刺無常苦空無我覺身下正明此天銷礙之言亦通前二然行人猒患色法如牢獄心欲出離即修觀智破於色法過於一切色相滅有對相不念種種相四相字清涼疏作想入無邊空定心與虛空相應名爲空處定疏過於一切色相巳下引華嚴三地經文彼疏云經言超一切色想者超可見有對色也滅有對想者耳鼻舌身識和合想滅故此滅不可見有對色也不念種種想者不念意識和合相故意識分別一切法故說名種種此滅不可見無對即意識也入無邊虛空者謂三色想絕則入空理廓爾無邊由猒色依空名爲空處而言處者順正理云謂有情生長處故△天台禪門云此定最初離三種色心緣虛空既與無色相應故名虛空定直解云釋禪中云行者深思色法過罪所謂有身則有饑渴疾病乃至一切色法繫累於心不得自在呵此色法罪過讚嘆虛空無色此訶讚行熟名捨猒成就也銷礙入空者乃以虛空爲智所緣因入此定於深定中唯見虛空無諸色相如鳥在籠中籠破得出飛騰自在證虛空定亦復如是名空處者釋禪云今此四空悉依無色法從境得名此中無形無質義同虛空故四處俱名空定以所觀之境爲處也此天初銷空質作入於空即以空爲處故△溫陵云猒巳形礙堅修空觀滅身歸無即猒色依空者故報生依處○智論云如佛說過一切色相不念別相滅有對相得入無邊虛空處行者作是念若無色則無饑渴寒熱之苦是身麁重弊惡虛誑非實先世因緣和合報得此身種種苦惱之所住處云何當得免此身患當觀此身身中虛空常觀身空如籠如甑常心不舍則得度色不復見身如內空外色亦爾是時能觀無量無邊空得此觀巳無苦無樂其心轉增如鳥閉著餅中餅破得出是名空處定○經律異相云無量空入處天或云空處智天樓炭云虛空智天天壽百劫或有小滅⊜二識處經諸礙既銷無礙無滅其中唯留阿賴耶識全於末那半分微細如是一類名爲識處疏初句結前空處次句破空入識銷礙之無亦亡故云無礙無滅此即唯觀於識以破於空也眞際云諸礙既銷猒色歸空也無礙無滅猒空忻識無礙之無亦復滅也其中下正釋唯留賴耶全於末那者以七八二識更互相依故定性愚法全不知有冥然自留也愚法聲聞則不知有不愚法者信有於彼入滅故半分微細者即第六識

即第六猒空之識今留一半緣識之分不留緣色空分故云半分已離色想故言半分也以此第六色心俱緣故留半也溫陵云賴耶第八末那第七身根既銷無復六識故唯留二而末那所緣色空識三此位猒色空而依識則色麁緣已無故惟全半分微細也△雲棲曰環師判六識既滅則下文識心都滅當滅何識此中六識麁分已滅唯留根本賴耶全分末那與六識不緣色空但內緣之半分微細也孱伊閑曰諸解長水爲當所謂半分者乃緣識之細識非謂識有全半也第六識三界九地一切時有唯除五位不行此處識定非五位攝如何言滅環師之解誤也二楞以分別俱生伏斷二惑判此中全半微細尤不相蒙矣行人入此定時猒患虛空無邊緣多則散能破於定即捨虛空轉心緣識心與識法相應故名識處定禪門云捨空緣識以識爲處正從所緣處得名△智論云是空無量無邊以識緣之識多則散能破於定行者觀虛空緣受想行識如病如癰如瘡如刺無常苦空無我欺誑和合而有非是實也如是念已捨虛空緣但緣識云何而緣現前識緣過去未來無量無邊識是識無量無邊如虛空無量無邊是名識處定△合論云八識之體無同無異六識之相分麁分細末那行相難辨雖以執受我相與慢癡愛見相應然推窮之不見歸宿古師以日中設水器爲喻曰水器第八識也日六識也日以器中之水爲緣故壁間浮動之影末那也於此言全分末那者此識但內執不外緣故半分微細者六識內緣賴耶末那兩種之細識也如人食卵剝殼而爪分之視其黃處賴耶也白處全分末那也已弃之殼六識外緣色空一切之麁相也尚有其微膜白處半分微細相○經律異相無量識入處天或云識處智天樓炭云識知天日三無所有處

經空色既亡識心都滅十方寂然迥無攸往如是一類名無所有處

疏空處無色而存空識處亡空而存識皆名所有今此空識俱亡故云空色既亡識心都滅此二句先破三法也十方下正明行相十方者諸法也所緣色空識心等法一無所存故云寂然所緣既寂能緣不存故云迥無攸往以行人猒患於識三世之識無邊緣多則散能破於定故捨緣識轉心依無所有法心與無所有法相應名無所有處定智論十七是識無量無邊以識緣之緣多則散能破於定行者觀是緣識

受想行識如病如癰云云非實有也如是觀已則破識相是訶識處讚無所有處破諸識相繫心在無所有中是名無所有處△三地疏云前以捨外緣內故爲麤念既無所取能取亦無故內外俱無正理云見前無邊行相麤動起此加行是故此處名最勝捨以於此中不復樂作所緣行相心於所緣捨諸所有寂然而往瑜伽云從識處上進時離其識外更求餘境都無所得此意明識既爲麤識外復無故無所有然今修大乘者多濫此定但一切無著心無所寄都無一物即是大乘如頑空無異而不知善能了達諸禪境界斷伏歷然道品次第如大圓鏡鑒於萬像不差不錯方是大乘眞修禪也溫陵云然此雖亡識心未亡識性行人見性不深多滯於此了知色空灰滅心慮逮無所有而終於識性幽幽綿綿不能自脫生死窟穴實存於此△交光云識心即半分末那而言都滅者憑深定力現行俱伏例如無想之伏六現行彼伏五百劫此伏五萬劫非如羅漢種現俱伏也寂無所往滅識定中所證境界廓然冥然不能前進此外道昧爲眞諦之處也〇禪門云此天亦名不用處修此定時不用一切內外境界外境名空內境名心捨此二境初修得名故言不用亦名少處亦名無想處〇經律異相云無所有入處天或云無所有處智天或云不用天有優藍不受佛化而自命終佛記此人生不用處若復捨身爲邊地主傷害人民後生地獄中天壽四萬二千劫樓炭云阿竭若然天⊖四非非想處

經識性不動以滅窮研於無盡中發宣盡性如存不存若盡非盡如是一類名爲非想非非想處

疏初二句指所依體初句雙標識性者標有細想也不動者標無麤想也溫陵云識性者識心幽本也不動者寂無攸往也次句轉釋不動義前無所有處用心窮研令不緣識心與無所有法相應今此一天研窮心滅伏令不動故云以滅窮研既能不動復研窮使滅然依識滅之竟非眞滅於無下正釋行相是依此識不動之處故云於無盡中辨爲非想故云發宣盡性吳興云前無所有處雖云滅識而體性不動但滅微細窮研之分耳令於無盡性中發宣盡性即是從盡復立無盡△海印云識性不動故滅窮研依湛不搖處以爲究竟故云於無盡中發宣盡性雖見盡而識在故云若盡非盡雖見在而不起故云如存不存由此

義故名非想非非想也如存不存即非想也若盡不盡即非非想也溫陵云此又幽幽綿綿至微之相也此即第六識麁想不起仍有細分及賴耶流注不息故約此義以立其名合論云非想者識性不動第六麁識俱不起故非非想者雖麁不起第八流注恒不息故王舜鼎曰八識半依生滅半依不生滅非存非盡正在識陰區宇中准俱舍云前三無色從加行立名此有頂地約當體立稱也行人入此定時猒患無所有處想如癡有想處如癰如瘡即捨無所有處緣念非有想非無想之法心與此法相應故云非有想非無想也三地疏云彼次須云空無邊等三名從加行立非想非非想昧劣故立名謂修定前起加行位猒壞色故作勝解想思無邊空加行成時名空無邊處猒空想識猒識想無所有準此可知其第四空由想昧劣謂無下地明慧勝想得非想名有昧劣想名非非想故前三無色加行受名第四無色當體受稱○智論十七無所有處緣受想行識如病如癰云云非實有也如是思惟無想處如癰有想處如病如癰如創如刺第一妙處是非有想非無想處問曰非有想非無想處有受想行識云何言非有想非無想答曰是中有想微細難覺故謂為非有想有想故非無想凡夫心謂得諸佛實相是為涅槃佛法中雖知有想因其本名名為非有想非無想處又曰問曰無想定其失如是更有非有想非無想定是中無一切妄想亦不如彊作無想定滅想是中以智慧力故無想答曰是中有想細微故不覺若無想佛弟子何緣更求實智慧佛法中是非有想非無想中識依三衆住衆即陰也是四衆屬因緣故無常無常故苦無常苦故空空故無我空無我故可捨汝等愛著智慧故不得涅槃譬如尺蠖屈安後足然後進前足所緣盡無復進處而還外道依止初禪捨下地欲乃至依非有想非無想處捨無所有處上無所復依則不能捨非有想非無想處以更無依處恐懼失我畏墮無所得中故准此文則窮空外道正從無想天中來明矣○釋禪中云入此定者不見有無相貌泯然寂絕心無動搖恬然清淨如涅槃相此定微妙三界無過外道證之謂是中道實相愛著此法更不修習即計此心謂是神我○禪門次第云此名解釋不同有言此定名一存一亡觀所言非想者非麁想此則亡於麁想也非非想者非非細想此則存於細想下非字作無字看易明謂非無細想也又解謂前觀識處是有想無所有處是無想今雙除上二想非想遣識處有想非無想遣無所有處無想故又凡夫外道得此定謂證涅槃斷一切想故言非想佛弟子如實知有細想依四陰而住故云非非想又古師解云此定中不見一切相貌故言非有

想行人或作是念若一向無想者如木石無知云何能知無想故言非無想【止觀第六】阿毘曇婆沙云非無想天之無想非三空之有想人師云無想是色天異界不應仍此得名就同界釋名前所有定已除想今復除無想想無想兩捨故受此稱○【三地疏云】瑜伽云先入無所有處定超過一切有所有想今復超過無所有想故言非想又言非無想者非如無想及滅盡定一切諸想皆悉滅盡此中所以不出三界者由緣無想境即是細想外道不了謂爲涅槃未能無緣豈離心境況計此爲我復生愛味故法華喻頭上火然若知上患更求上進求上進時竟無所得無所得故滅而不轉則得滅受想定也若未得此定猒想爲先後想不行即入無想定又云薩婆多宗此定唯有頂地起以下諸地皆名有想行相麤動難可止息此有頂地名爲非想行相微細易可止息故唯有頂有滅盡定婆沙云外道以此爲世間塔以在諸有頂故【私謂】清涼疏謂非無想者非如無想及滅盡定與今經此等窮空二種行相正相符合疏言若知上患更求上進竟無所得滅而不轉則得滅受想定即經如是一類名不迴心鈍阿羅漢也又言若未得此定猒想爲先後想不行即入無想即經若從無想及諸外道天窮空不歸也然則二種窮空行相差別在乎滅受盡定得與不得而已台家明得滅盡定但名俱解脫慧俱俱小無疑乃名大阿羅漢今以得滅盡定爲不迴心羅漢正此義也○【經律異相云】非想非非想入處或云有想無想天有佛羅勒迦藍佛說當生此天天壽八萬四千劫或少滅阿毘曇云無色界壽命空處二萬劫識處四萬劫無所有處六萬劫非非想處八萬大劫三界皆有中天唯北洲兜率後身菩薩無想皆定壽命不說中天卍二總辨二類【經】此等窮空不盡空理【疏】滅色取空非眞空性妄謂爲盡故云不盡以不能灰滅心智故言此等者總指四天也【吳興云】此等窮空通指凡聖欣猒未盡苦之行此四空處生滅猶在眞空不明故云未盡也縱是聖人修八聖種觀亦有四陰細惑未亡以未得滅受想定故雖有頂亦不免生滅四陰細惑者具有十種心心數法（謂受想行）（解思礙解定慧誤念）△【溫陵云】以綿微不脫故云不盡空理聲聞依此以爲究竟終成鈍果外道依此無所歸宿終迷有漏也諸天行位皆是修三摩地漸次不徒說示其行相相躡相資同前聖位但此示凡淺升進耳若深智體之亦可頓證也【經】從不還天聖道窮者如是一類名不迴心鈍阿羅漢【疏】即從色究竟天捨猒成就覺身爲礙銷礙入空者既不發明智慧頓斷上惑成無學果迴心向大即以無漏聖道漸次猒捨隨定感果生

此四天受劫數報方斷有頂地惑成阿羅漢故名爲鈍【吳興云】從不還天下明聖人有生此處者是鈍根那含耳言羅漢者約後爲名也△【交光云】依無漏智斷消礙入空生非非想處八萬劫滿思惑斷盡方出三界生方便有餘穢土成阿羅漢言不迴心者且約對前利根者說非畢竟不迴已如前說【私謂】准涅槃說五果回心謂四果人及辟支佛也此五人經劫不等斷盡煩惱回心向大證取菩提故名五果回心初果過八萬劫二果過六萬劫三果過四萬劫四果過二萬劫五果過十千劫如次迴心楞伽云三昧酒所醉乃至劫不覺酒銷然後覺得佛無上身疏云非畢竟不迴以迴心遲速分利鈍也然涅槃明五果回心此正指三果人斷五分下結而得此果更不受生過四萬劫回心之那含耳【經】若從無想諸外道天窮空不歸迷漏無聞便入輪轉【疏】若從無想用有漏道忻上猒下漸至非想認此有漏作無爲解便謂涅槃至此不進以不廣聞聖教不辨諸禪漏與無漏修證行相壽終隨業必入諸趣也言從無想來者應是廣果天來與無想同地對五聖天名爲外道是外道類故云從無想來若實入無想必定退墮更不進修准經論釋無想外道業盡必墮無上生義故【私謂】長水判此外道從廣果天來以實入無想無上升義故然無想外道經有明文若實從廣果來經何以不標廣果而標無想今言從無想者正揀非廣果天來也言諸外道則攝四禪無想今獨言從無想者以外道窮空從無想天始故諸天升降劫報不齊無想天中亦或應有定力强捨道熟不隨例淪墜者清涼言非想非非想處若不上進得滅盡定即入無想定非想既其通下則無想豈不通上故不應定判淪墜絶上升也天如補注謂鈍根那含廣果凡夫皆能趣入四空而外道亦有入者惟除無想之外道耳此則泥於無想必從淪墜之說而枝其詞以通之也高麗麻谷幻師申明長水廣果之釋曰根本天中第三廣果能攝無想及五那含今云有頂色邊際者通指廣果聖凡雜地也今謂有頂邊際正指色究竟天越五淨天而判屬廣果非通義也孤山彈古云豈可違經其料簡是也賀生中男日聖人此後定出三界然有在色究竟天即出者有至無色極頂方出者外道此後定從淪墜然有無想命終即墜者有無色極頂方墜者此則通人之言可以作古師之觽玦也△【吳興云】若從無想下明外道有不生此處者謂窮空不歸也既入無想則迷於有漏無聞四空五

百劫滿自當輪轉請觀不歸二字歸猶來也豈非無想窮空不來乎△私謂岳師判是無想天淪墜不生四空者如來此義即應於無想中標出不應於四空岐路中越界而重指經言不歸釋云不來以來易歸貼文不順若謂無想俱不來空則四空天人純是五果聖流何名凡夫三界教中言非非想天報盡墮飛狸身牛領虫若俱不來何人當此此則岳師之失而則師偏取之誤也△竹菴云諸師泥於經論謂無想不能上升或指廣果同名無想或易不歸强作不來唯孤山云今文明指從無想諸外道豈可違經由無想天外道所居多分報盡便應墮落豈可無有越報復至四空者乎然無想壽五百劫一向灰凝此復云窮空者恐取初生半劫想未滅時因又窮空回生四空又五百劫後仍經半劫有想復生既未墮落有利根者又復窮空乃生上天也△晉山泰曰外道非一類所執證之處非獨無想一天而已以五現涅槃驗之則欲界四禪皆外道所執得果之處况無想外道自有三種除正受天報者餘二種或初或後想心未息者爰以所至處爲涅槃不生不滅或想尚有或受報後復起想念豈不奮力窮空以極非想乎右二師皆證明無想外道有至四禪四空者○私謂此中大文科段以從是有項色邊際中其間復有二種岐路二句爲總標之文次下別釋二種岐路則以若於捨心發明智慧乃至名爲迴心大阿羅漢爲第一種岐路以若在捨心捨猒成就乃至迷漏無聞便入輪轉爲第二種岐路以要言之

由捨心發慧證五不還果橫出三界頓了無生更不入於空識等處者此第一岐路也由捨心捨猒入四空處定定性那含無想外道皆於窮空時差別者此第二岐路也此二岐路者從有頂色邊際而分而二岐路之遠因即從福愛中廣果無想二岐路而分廣果文云無量淨光福德圓明今言發明智慧慧光圓通則樂慧那含即廣果之極果也無想文云圓窮捨道身心俱滅今言捨猒成就覺身爲礙則非想項地即無想之增上也是則福愛天中二種岐路所云一直往道即至廣果者此路至五不還同心而極所云二迭僻道即至無想者此一路至四空處窮空而極若執言廣果無想同一捨心共一地者則如來先不應於福愛中分二種岐路長水所云直至廣果迭至無想者亦不免自語相違過矣古人謂五淨居雜修靜慮資下三天故業亦言從廣果没便生上五天今指廣果同於無想唯凡夫外道天恐亦非定判也此中四種岐路前後次第唯一捨心條理明白於此了然則他無疑義矣△蒙又別取一解謂無想外道不須別指四禪無想以空處四天猒想忻空皆可名無想皆可名外道天故以無所有處是無想成就故行人住此窮至非想非非想處上不得滅受定下無所依豈非窮空不歸乎言便入輪轉者窮空已極空報現前如無聞比丘妄言證聖四禪中陰入阿鼻獄不待劫滿也便入輪轉與阿羅漢便出塵界敵對相應皆橫提猛利之相亦可以徵此經圓頓日劫相倍之義也此雖別解亦有理在○

〔涅槃憍陳如品〕汝師欝頭藍弗利根聰明尚不能斷如是非想非非想處受於惡身〔智論〕〔云〕欝頭羅伽仙人飛到王宮中食夫人手觸即失五通還其本處求定垂當得時爲魚鳥所鬧即生瞋恚當盡殺魚鳥後時得定生非有想非無想處壽盡下生作飛狸殺諸魚鳥墮三惡道是爲禪定中亂著心因緣八二結示二㊣一總結天人二正結四空〇長水分科上正明感果次辨異王臣明此下二科皆指四空天人以此文在四空分中故今依經文云是諸天上各各天人明非但指四空准華嚴寄報不及四空則溫陵監論已終通指欲色三界之義是也經文橫監鋪陳不定部居今少改舊科并以訂近師用妄敢更改長行之繆〔經〕阿難是諸天上各各天人則是凡夫業果酬答答盡入輪彼之天王即是菩薩遊三摩提漸次增進廻向聖倫所修行路〔資中〕准華嚴經皆是登地菩薩示爲天王然則別圓二教法門大士方能爲也〔標指云〕十地菩薩寄報爲十王初地閻浮王二地四天王三地忉利王四地夜摩王五地知足王六地化樂王七地他化王八地二禪王九地三禪王十地四禪王即摩醯首羅菩薩進修不爲初禪者帶異計故△〔世界志云〕此等皆是權來引實在於天中化諸實報之天使求脫天業故得稱王△〔孤山云〕

遊三摩提者以菩薩善入出住百千三昧故住此定而爲天王九次第定善入師子奮迅善出超越三昧善住若達禪實相即號楞嚴〔疏〕四空天人容是業報彼四天王即是權化以入大乘首楞嚴定爲欲遊戲四禪四空諸禪三昧成佛事故問前四禪王亦是權化通凡夫耶答四禪四王必兼凡聖如前文說五不還天四禪天王獨有欽聞此約一分凡夫所說故知兼二也〔溫陵云〕通指欲色無色天也其衆乃隨業感報未出輪迴其王乃隨行權應寄位升進此監論已終故通結指〔私謂〕長水單結四空溫陵通指三界依經文云是諸天上各各天人又華嚴寄報不及四空則通指爲是㊣二正結四空〔經〕阿難是四空天身心滅盡定性現前無業果色從始逮終名無色界〔疏〕身心滅盡者色身必盡其心若盡非盡妄謂爲盡〔溫陵云〕身心滅盡謂無色蘊及麄識也定性現前者有定果色若無此色者四心何依故知有也〔孤山云〕無業果色者顯有定果色也◉二結示虛妄〔經〕此皆不了妙覺明心積妄

發生妄有三界中間妄隨七趣沈溺補特伽羅各從其類【疏】由不如實知眞如法一妄認所明分別既生從妄積妄故云不了等當知修禪觀人不達此門或空處或無所有處或非非想處動經六萬八萬大劫身心寂滅報盡還墮總名長壽天難佛口親宣那不明信諸經論說八難第八長壽天難四禪中無想天也心想不行如氷魚蟄虫外道修行多生其處障於見佛聞法故號長壽天難△【智論】云長壽天者非有想非非想處壽八萬大劫或有人言一切無色通名長壽天以無形不可化故不能得道常是凡夫處故或說無想天名爲長壽或說從初禪至四禪除淨居天皆名長壽以味著邪見不能受道故　補特伽羅此云數取趣【翻譯】云或福伽羅或富特伽羅此云數取趣謂諸有情造惑起業即爲能取當來五趣名之爲趣古譯爲趣向中陰有情趣往前生故俱舍云未至應至處即六趣也又論云死生二有中五蘊名中有故謂爲趣涅槃云中有五陰非肉眼見天眼所見瑜伽論八種人執第六名補特伽羅謂數取諸趣故或生於彼或生於此正能生者即是人執又翻有情又翻人大毘婆沙論云佛言有二補特迦羅能住持正法地藏十輪經有十種補特迦羅華言有情又云人佛爲有情之類罪業深重輪廻生死難得人身故說此十種差別也○【智論】云菩薩以天眼觀見十方五道中衆生見生色界中者受禪定樂味還墮禽獸中受種種苦復見欲界諸天七寶池中花香自娛後墮鹹沸屎地獄中又見人中名聞世智辯聰不得道故還墮豬羊禽獸中無所別知如是等行種種失大樂得大苦失大利得大衰失尊貴得貧賤菩薩以天眼觀見三界五道衆生以失樂爲苦無界天樂定心著不覺命盡墮在欲界中受禽獸形色界諸天亦復如是從清淨處墮還受淫欲在不淨中欲界六天樂著五欲還墮地獄受諸苦痛見人道中以十善福貿得人身人身多苦少樂壽盡多墮惡趣中菩薩得天眼觀衆生輪廻五道廻旋其中天中死人中生人中死天中生天中死生地獄中地獄中死生天上乃至畜生天上死還生天上乃至畜生欲界中死色界中生色界中死欲界中生乃至無色界四天處死忉利天中生乃至非非想處非有想非無想天中死阿鼻地獄中生如是展轉生五道中◉

七修羅趣

【經】復次阿難是三界中復有四種阿修羅類

【疏】法華瑜伽亦說有四修羅大同於此諸說修羅或天或鬼皆不明了此經分明可爲標

准妙嚴疏云阿修羅亦云阿素洛梵音楚夏耳婆沙譯為非天瑜伽第四云又諸非天當知天趣所攝然由志意多懷詐幻諂誑多故不如諸天為淨法器由此因緣說為別趣實是天類由不知諸天法故說為非天素洛是天彼非天故名阿素洛依阿毘曇亦鬼趣攝諂曲覆故正法念經鬼畜二攝以羅睺阿修羅是師子子故伽陀經說天鬼畜攝若依雜心第八修多羅品亦畜生趣攝有言阿修羅與天同趣是故說言汝先是天或說天趣由有舍脂得與諸天交通故問若然何不見天帝耶答諂曲所覆故有說是大力餓鬼天趣不攝故問若爾釋天云何與習相近耶答天貪色故勝負多故具上說故由此或開六趣或合為五多好鬭諍懷勝負故或居衆相山中或居海下如正法念說然有大力者廣修福故今之修福有懷勝負諂媚心者多生其中長阿含云修羅生女端正生男多醜故名不端正從男彰名又番無酒又名不飲酒如什公及法華疏說○智論云佛去久遠經法流傳五百年後多有別異或言五道或言六道觀諸經義應有六道六道中有三善道天人阿修羅世間善有三品上分因緣故天道果報中分因緣故人道果報下分因緣故阿修羅道果報此修羅在因之時懷猜忌心雖行五常欲勝他故作下品十善感此報身人中可得出家持戒阿修羅結使覆心得道甚難諸天雖隨結使心直信道阿修羅衆心多邪曲不得近道故在人下如龍王金翅鳥力勢雖大亦能變化故在畜生道中阿修羅道亦復如是力勢既大形似人天故別立六道

經　若於鬼道以護法力乘通入空此阿修羅從卵而生鬼趣所攝

法華文句云鬼趣攝者居大海邊歸佛護法以護法威力乘其自有神通入於虛空往護佛法○釋文乘通宋藏本作成通

經　若於天中降德貶墜其所卜居隣於日月此阿修羅從胎而出人趣所攝

△新婆沙論云妙高山中有空缺處如覆寶器阿修羅所住起世經云須彌山王東面過千由旬有設摩娑耆宮城七重城壁七寶合成南西北三面各有修羅王宮殿精好相似降地居天一等或云亦居須彌之腰如堅手即是也△長阿含云阿修羅有大威力生大嗔恚此忉利天王及日月諸天行我頭上誓取日月以為耳璫正法念云羅睺阿修羅亦云障日月是帝釋前軍先放日光射修羅眼令不見天衆故彼以手障之依二經則修羅所居隣並日月可知

經　有修羅王執持世界力洞無畏能與梵王及天帝釋四天爭權此阿修羅因變化有天趣所攝

荊溪云法華四種皆與帝釋爭鬬但同今經第三類耳○長阿含云舍摩梨毘摩質多二阿修王往與天戰難陀跋難陀二大龍王身繞須彌周圍七帀山動雲布以尾打水大海浪冠須彌忉利天曰修羅欲戰矣諸龍鬼神等各持兵從

次交闘天若不如皆奔四天王宮嚴駕攻伐先白帝釋帝釋告上乃至他化自在天無數天衆及諸龍鬼前後圍繞帝釋命曰以五繫縛毘摩質多還善法堂我欲觀之修羅亦曰以五繫縛帝釋還七葉堂我欲觀之一時大戰兩不相傷但觸身體生於痛惱於是帝釋現身有千眼執金剛杵頭生烟焰修羅退敗即擒質多修羅○[觀佛三昧經云]質多阿修羅妻香山樂神女懷孕八千歲生一女名舍支憍尸迦求女爲妻號曰悅意帝釋至歡喜園共諸采女入池游戲女生嫉妬遣五夜叉往白父王即興四兵往攻帝釋立大海水踞須彌山頂九百九十九手同時俱作撼善見城搖須彌山四大海水一時波動帝釋驚怖坐善法堂燒衆名香發大誓願誦般若波羅蜜大明咒於虛空中有刀輪自然而下當修羅上修羅耳鼻手足一時俱落令大海水赤如絳珠修羅遁走無處入藕絲孔中○[正法念云]若閻浮提人順法修行孝事父母供養沙門天衆則勝若不順法教修羅則勝

[經]阿難別有一分下劣修羅生大海心沉水穴口旦游虛空暮歸水宿此阿修羅因濕氣有畜生趣攝[正法念云]或云劣天劣者是毘摩質多羅此云聲高亦云穴居謂大海底出大聲音徹於海外自唱云我是毘摩質多阿修羅故云聲高居在海外故云穴居又云有阿修羅住大海底須彌山側於欲界中化身大小隨意能作居光明城新婆沙云阿素洛云我所部村落住鹹海中阿素洛王住彼山内○[幽溪曰]六道攝屬各有定處唯阿修羅攝屬四趣每一種下亦雜具四因觀其何因爲多以定其趣若善惡業純隨受果高人天正報其或倏善倏惡倏上倏下垂終受報強者先牽然雖爲鬼道又能乘通入空雖受畜道又能旦遊虛空非兼人天福乎人天二趣攝者雖居隣日月執持日月日夜三時仍有苦具非兼鬼畜罪乎天與修羅戰時每以閻浮衆生善惡多少而決勝負一旦方戰乍勝乍負者再良以世人欲爲善忽間以惡念欲爲惡又間以善念正由人念不專故令天戰未熱爲行者故當以是而立戒也[八]三結妄因以誡離二[己]一結妄因四[子]初總結虛妄

[經]阿難如是地獄餓鬼畜生人及神仙天洎修羅結指諸趣精研七趣皆是昏沈諸有爲相妄想受生妄想隨業於妙圓明無作本心皆如空花元無所著但一虛妄更無根緒

[疏]結成虛妄也精研猶細尋也妄想受生七趣果也妄想隨業七趣因也此妄因果皆是無明有爲虛相無實可得若望圓明如虛空花本無所有何根緒而可得耶○[宗鏡云]遊心法界者觀根塵

相對於十界中必屬一界若屬一界即具百
界千法於一念中悉皆具足此心幻師於一
日夜常造種種衆生種種五陰種種國土所
謂地獄假實國土佛界假實國土行人當自
選擇何道可從
⊖二通示業因（經）阿難此等衆生不識本心
受此輪迴經無量劫不得眞淨皆由隨順殺
盜淫故反此三種又則出生無殺盜淫有名
鬼倫無名天趣有無相傾起輪迴性（疏）初五
句示妄想受生也皆由下五句示妄想隨業
也有名下結輪轉也鬼倫天趣略舉四惡三
善之二也有無相待互成傾奪升而復墜有
輪無初（溫陵云）前問妙心徧圓何有地獄人天等道故此結示由殺盜淫三業爲
根本△（定林云）有對則有待有執則有釋執
有以爲樂則與苦對其釋也苦代之故人樂
終於壞執無以爲淨則與染對其釋也淫代
之故天淨終於墜墜則所無更有壞則所有
更無△（栢庭云）七趣升沈皆出於殺盜淫業
順反而已故曰皆由隨順等有名鬼倫無名
天趣有即順也無即反也有無相傾則輪迴
而已矣人則不定有則同彼鬼倫無則仵於
天趣故經不言人也○（宗鏡云）問平等空門
一心妙旨旣善惡無際凡聖皆圓何乃潤受

有差苦樂不等答萬事由人自造唯心一理
無虧善惡但自心生樂報豈由他得故知此
心是凡聖之宅根境之源只爲凡夫執作順
耶成生死苦惱之因聖者達爲藏心受涅槃
常樂之果若念念昧如來法界之性步步造
衆生業界之因業繫四生身居九有得人身
者如爪上之塵失人身者猶大地之土受餓
口針喉之體經劫而業火焚燒作披毛戴角
之身觸目而網羅縈絆或隨無間獄抱劇苦
而長處火輪或生修羅宮起鬬諍而恒雨刀
劍或暫居人界剎那而八苦交煎或偶處天
宮倏忽而五衰相現皆爲不達如來藏心遺
失唯識妙性背眞慈父傭賃他方捨大智王
依投外國都爲藏識熏處無始堅牢執情厚
而如萬疊氷匡疑根深而如千重闇室⊖三顯正修行（經）若得妙發三
摩提者則妙常寂有無二無無二亦滅尚無
不殺不偷不淫云何更隨殺盜淫事（疏）若發
三昧唯見一體三德秘藏妙般若也常法身
也寂解脫也有無二無非生死也無二亦滅
非涅槃也唯一中道實相之體離實相外更
無別法故曰云何更隨殺盜淫事（標指云）三摩提即首楞嚴定也得此定時覺幻之智尚無況更隨殺盜等△（栢庭云）有無併滅無二亦無即前

文云必使淫機先斷斷性亦無也○釋文無二亦滅溫陵本作二無亦滅解曰有無二無言相傾業斷也二無亦滅言分別情忘也融室云以大佛頂義顯發則常住寂滅有無二種皆無無有無之二亦滅(戊)四別示重結

經阿難不斷三業各各有私因各各私衆私同分非無定處自妄發生生妄無因無可尋究

疏殺盜淫三隨人各造名各各私所造攸同故云同分業苦相對必無參差故云定處即所感處也既稱爲妄云何有因故無尋究此即結答前文爲有定處爲復自然彼彼發業各各私受之問也桐洲集注言因各各私者若作因果之因指造業私因也若作因由之因因此私業聚其衆私則有同分之處也同分猶言同類也△定林云與物有合故淫業不斷與物有分故殺偷不斷有分有合以取我故既取我矣各各有私矣同分妄業非無定處若了唯心則無此取著△直解云惡業雖私而報入同分同分即地獄也同分中受報不同故云非無定處無尋究者以更無根緒故(己)二勸除斷

經汝勗修行欲得菩提要除三惑不盡三惑縱得神通皆是世間有爲功用習氣不滅落於魔道雖欲除妄倍加虛僞如來說爲可哀憐者汝妄自造非菩提咎作是說者名爲正說若他說者即魔王說

疏要除三惑者此正勸也前云三緣斷故三因不生狂性自歇歇即菩提等不盡下明不斷之失修禪不持戒是即魔羅業以妄修於妄眞實可憐愍汝妄下重指結答以示正邪也前問云此道爲復本來自有爲是衆生妄習生起今結答云汝妄自造非菩提咎即以前句答後問後句答前問也溫陵云殺盜淫爲惑業之本故云三惑上明諸趣戒備失錯而終於勸除三惑乃戒備眞要也●上來精研七趣文竟經文是諸天上各各天人乃至所修行路十一句交光欲移置名無色界之下今不取

垂空入通乾道紹興本皆作成空
無二亦滅宋本並同唯溫陵本作二無亦滅

大佛頂首楞嚴經疏解蒙鈔卷第九之二

音釋

甑子孕切增去聲　蠖烏郭切音艧屈伸蟲也　觽户圭切　蟄直立切音胆藏也　蚌步項切音棒　慗俗整字　縈絆上音縈下音半繫足也

大佛頂首楞嚴經疏解蒙鈔卷第九之三

海印弟子　蒙叟錢謙益　鈔

○長水科經大文第七陳禪那現境盡十卷中究竟修進最後垂範爲經文正說分竟即今鈔判經後分○疏云禪那現境者此之境界是修行人由戒定慧漸修有力內動煩惱外動魔王於觀行中五陰漸滅從麁至細滅一陰時有十境界彼定激發或煩惱或業種或邪思或天魔鬼神等現諸異相禪中而發行人若無多聞智慧不能覺察即便取著認非爲是先雖修正返入邪倫佛哀此等無問而說然諸經明坐禪次亦畧說之微細魔說無過此典天台止觀或引禪經說魔境界亦出少分耳△涅槃梵行品何等名爲優陀那經如佛晡時入於禪定爲諸天衆廣說法要時諸比丘各作是念如來今者爲何所作如來明日從禪定起無有人問以他心智即自說言比丘當知一切諸天壽命極長汝諸比丘善哉爲他不求已利善哉少欲善哉知足善哉寂滅如是諸經無問自說是名優陀那△妙玄云小乘根鈍說必假緣非天鼓任鳴少無問自說○文二⊙初如來無問自說二⊙一名告宣示二八一名告

經即時如來將罷法座於師子牀攬七寶几迴紫金山再來凭倚普告大衆汝等有此經家叙學緣覺聲聞今日迴心趣大菩提無上妙覺吾今已說眞修行法汝猶未識修奢摩他毗婆舍那微細魔事

疏佛答阿難七趣已竟慶喜旣默衆又無辭合住說法故云將罷法座然禪發境界非一切智孰能知之若不與說後代修行遇此難敵故再凭几顯悲深也眞修行法即前二決定義觀音觀門內戒外咒兼前正解俱是修行入覺之方法也孤山云奢摩他止也毗婆舍那觀也依常住眞心修圓融止觀未入初住則多動魔事即是天台所說因觀五陰而發九境也故下五十重悉依境發而其相狀不出九境熏聞云止觀中列九境一陰入二九惱三病患四業相五魔事六禪定七諸見八上慢九二乘十菩薩初境現觀餘九待發止觀云陰入二境常自現前若發不發恒得爲觀餘九境發可爲觀不發何所觀不出九境大槩言之耳△吳興云約位論之此等魔事並是觀位中所發之相從相似位破見惑後必無大妄墮獄之理若十信中縱有魔事觀力易防非此經所說之意孤山謂未入初住易動魔事指位太深也△補行云天魔正以順生死貪五欲退菩提嫉眷屬

爲事行者宿行魔業今違宿因宿事來遮故曰魔事亼二宣示二卍初認魔境經魔境現前汝不能識洗心非正落於邪見或汝陰魔或復天魔或著鬼神或遭魑魅心中不明認賊爲子疏修妙觀智滌內垢障故云洗心由魔引起分別念著故名非正陰魔等者常說四魔謂煩惱魔生死因也陰魔死魔生死果也天魔生死緣也今云鬼神等即天魔屬若涅槃云皆是先世犯初重禁乃至餘篇而現者此則業因種子被激而生也是故行人先須明擇宗鏡云首楞嚴疏鈔云正坐禪時心中起見送感外魔來入行人心不知皆由自心或自歌舞等元是自心影像故知若了唯心諸境自滅何處心外別有境魔耶昔有禪師坐時見一猪來在前禪師將是魔則緩擎把猪鼻拽唱叫把火來乃見和尚自拽鼻唱叫明知由心變但修正定何有魔事如經云汝心不明認賊爲子五十重魔境皆由妄心爲賊子盜汝法界中法財智寶處三界往來貧窮孤露之苦○智論云魔有四種一者煩惱魔二者陰魔三者死魔四者他化自在天子魔煩惱魔者所謂百八煩惱等分別八萬四千諸煩惱王衆魔者是煩惱業和合因緣得是身四大及四大造色眼根等色是名色衆百八煩惱等諸受和合是名受衆小大無量無所有想分別和合名爲想衆因好醜心發能起貪欲瞋恚等心相應不相應法名爲行衆六情六塵和合故生六識是六識分別和合無量無邊心是名識衆死魔者無常因緣故破相續五衆壽命盡離三法識斷壽故故名死魔天子魔者欲界主深著世間樂用有所得故生邪見憎嫉一切聖賢道法是名天子魔一五衆魔攝三種魔有五衆則有煩惱有煩惱則天魔得其便五衆煩惱和合故有死魔什公云得無生忍煩惱永斷故降欲魔得法身則更不得身故降身魔無身則無死故降死魔無三魔則波旬不得其便故降天魔也△止觀云四倒秖是煩惱魔煩惱魔故即有陰入魔陰入魔故即有死魔既未出三界即屬天子魔右智論止觀廣陳魔發之相今鈔多引無默煩文卍二取少證經又復於中得少爲足如第四禪無聞比丘妄言證聖天報已畢衰相現前謗阿羅漢身遭後有墮阿鼻獄疏智論所說此比丘者不廣尋經論師心修行無廣聞慧不識諸禪三界地位但精勤不息證得初禪謂是初果乃至四禪離八災

恚便謂已證阿羅漢果【論】云得四禪生增上慢謂得四道阿羅漢者此云無生我已證得無生果已離三界分段生死所作已辦更不進修至無常時四禪中陰見在生處見有四禪中陰相來忽然起謗我聞羅漢已得無生今日云何更有生處若如是者佛說羅漢便是虛妄故知無有得涅槃者便生邪見謂無涅槃我是阿羅漢今還復生佛爲欺我由此生謗決定邪見天中陰滅墮阿鼻獄恐邪生故失四禪中陰便見阿鼻泥犁中陰相命終即墮【經】汝應諦聽吾今爲汝子細分別阿難起立并其會中同有學者歡喜頂禮伏聽慈誨①二總別開示二八一總明五〇按總別開示下分科有三一總明科即此科下五段文二別顯科即分破五陰現境文三結勸科乃在第十卷識陰盡後此是過去先佛乃至究竟修進最後垂範一段經文以卷帙隔別起盡難明初學臨文未免眩昏故畧叙於此今初一總明科分五⑧一顯左佛體同【經】佛告阿難及諸大衆汝等當知有漏世界十二類生本覺妙明覺圓心體與十方佛無二無別【疏】一眞妙體本無二相前文云我與如來眞妙淨心無二圓滿斯則心佛衆生三無差別也⑧二明迷眞妄起【經】由汝妄想迷理爲咎癡愛發生生發徧迷故有空性化迷不息有世界生則此十方微塵國土非無漏者皆是迷頑妄想安立當知虛空生汝心內猶如片雲點太清裏況諸世界在虛空耶【疏】此正叙也無明妄想迷眞常理遂成四惑畧舉其二故云癡愛發生若具對者先由不如實知眞如法一即我癡次於迷處見有所相即我見所相既現執而不捨即我愛恃此爲體轉增麤顯即是我慢楞伽云七識生滅如來藏不生滅此二和合成阿黎耶此即內識成也故云徧迷【補遺】云癡愛等者此取在迷一念未與諸使合時多爲痴愛此迷初動與眞性似同尚徧一切未局其躰

故有空性△融室云迷無邊覺性成無邊虛空故云徧迷故有下外器具也則此下重指非無漏者反顯諸佛淨土即是鏡智所現唯識云大圓鏡智能現能生身土智影今此有漏皆妄安立吳興云非無漏者明微塵國土悉是有情有漏之變造當知下此結指也前文云空生大覺中如海一漚發有漏微塵國皆依空所生下文云乃至虛空皆因妄想之所安立故云況此世界在虛空耶長慶說文云虛空生汝心內猶如片雲點太清者此說由汝妄想有世界生也況諸世界在虛空者況則喻也此說虛空生汝心內喻如世界在於虛空也○殿公云自家真心猶如太清之天十方虛空喻似一片之雲即知真心極大虛空極小虛空此於真心尚爾極小況諸世界在虛空中若比真心即是小中之小△三示悟真妄除經汝等一人發真歸元此十方空皆悉銷殞云何空中所有國土而不振裂

疏前文云漚滅空本無況復諸三有故知衆生共業所感國土及空一人返妄歸真始覺合本其所感者隨妄銷殞前文云諸器世間應念化爲無上知覺然發真者合覺之時雖但見覺無妄可生此無生妄未發真者見是實有其妄所感共變國土爲智所了寧不振裂由是諸佛成道動諸世界必不徒然長慶云振裂者有人悟道則諸魔宮殿崩壞如正法念處經云一子出家諸天賀喜相賀一人悟道空中振裂焉敢不信○圓覺疏云言發真者真發也謂真性開發正同圓覺無邊虛空覺所顯發歸元者始覺合本覺也殞者滅也虛空既從心識分別熏習相現今破和合識相顯發真淨覺智故所變空相殞滅矣即起信中心滅滅種種法滅之義也問若一人還元十方空滅今何皆見空相耶答上豈不云自識變耶何不自嫌分別之相却嫌空相在耶故有人云魚不見水人不見風迷不見性悟不見空△合論云一人發真歸元十方虛空悉皆銷殞我自可也而曰一切魔王鬼神凡夫人見其宮殿崩壞何也曰凡曰本無今有者便不可信何以故是假法故假法依情情以計而有如水中之月非眼處收意計爲有故若悟三界唯心但一寂滅寂滅之中容有魔王鬼神凡夫天類譬如焰爐之內有一縷線故曰云何空中而不振裂△吳興云微塵國土且約同居究竟振裂須通三土今抜上言

非無漏者下指魔宮凡天捨經文而別論三土此台家通病也[八]四明因悟動魔[經]
汝輩修禪飾三摩地十方菩薩及諸無漏大
阿羅漢心精通溜溜與泯同避唐諱易當處湛然[疏]此
顯悟也飾亦修也溜合也一法界心生佛同
體佛究竟證菩薩羅漢亦已分證今三昧者
同彼所證融合一體妄處全覺故云當處湛
然[與與云]飾猶莊嚴也謂修禪定功德莊嚴本有與三摩地以是故菩薩羅漢所證心性與我所觀心性通同溜合也[經]一切魔王及與鬼神諸凡
夫天見其宮殿無故崩裂大地振坼水陸飛
騰無不驚慴凡夫昏暗不覺遷訛彼等咸得
五種神通唯除漏盡戀此塵勞如何令汝摧
裂其處[疏]一切魔王下動魔也凡夫昏暗下
料揀也魔與諸天皆修禪定故得五通凡夫
煩惱一未曾伏故云昏昧彼諸魔王欲界之
主統此國土以爲所居總攝有情以爲其衆
故得道者必出魔界共感國土必傾摇耳[熏聞]
云凡夫下釋伏疑也恐疑者云魔及諸天既見其相凡夫何事都不覺知故此釋也問大
地無情水陸異類何以同魔一皆振慴答三昧威神不可思議如大樹緊那羅王絃歌一
奏聲動大千須彌山王爲之踊没况菩薩首楞嚴力豈以情無情異耶○[止觀]云行人修
四三昧惡欲謝善欲生魔恐逈出其境又當化度於他失我民屬空我宮殿又慮得大神
通大智慧力復當與與大戰諍觸惱於我遮其未成壞彼善根故有魔事行者道弱未動
波旬一切鬼神屬六天管當界防戌正應動此耳[經]是故鬼神及諸
天魔魍魎妖精於三昧時僉來惱汝[八]五顯覺悟降
伏二[九]初正明覺悟[經]然彼諸魔雖有大怒彼塵勞内
汝妙覺中如風吹光如刀斷水了不相觸汝
如沸湯彼如堅氷煖氣漸鄰不日銷殞徒恃
神力但爲其客成就破亂由汝心中五陰主
人主人若迷客得其便[疏]首楞嚴定實相智
慧如光如水如湯如主風刀氷客孰能動焉
此以清淨道力破彼惛濁魔心如空無礙物

何能沮或一念動如主心迷客得其便即成
破亂終不成就〔温陵云〕五陰主人眞心也。〔智論六十五〕魔有四種此中
以般若力故四魔不能得便得諸法實相煩
惱斷則壞煩惱魔天魔亦不能得其便入無
餘涅槃故則壞五衆魔及死魔云何不得便
此中佛自說因緣是人善修法空亦不著空
不著空者云何當得便譬如無瘡則不受毒
無相無作亦如是復次一切法實觀皆是空
無相無作相故則無得便亦無受便者是故
空不應得空便無相不應得無相便無作不
應得無作便以一相故如火不能滅火得水
則滅以異相故問曰何者是魔何故惱菩薩
云何得便荅曰魔名自在天王雖以福德因
緣生故而壞諸邪見以欲界衆生是已人民
雖復死生展轉不離我界若復上升色無色
界還來屬我若有得外道五通亦不出我界
若佛及菩薩出世者化度我民拔生死根入
無餘涅槃永不復還空我境界是故起恨佚
疾又見欲界人皆往趣佛不來歸已失供養
故心生疾妬是故以佛菩薩名爲怨家是菩
薩入法位得法性生身魔雖起惡不能敗壞
若未得阿鞞跋致者魔則種種破壞若菩薩
一心不惜身命有方便求佛道者十方諸佛
及大菩薩皆共護持以有因緣能成佛道若
菩薩有懈怠貪著世樂不能專心勤求佛道
是則自欺亦欺十方諸佛菩薩自言我爲一
切衆故求佛道而行雜行壞菩薩法以是故
諸佛菩薩不爲守護魔得其便所以者何一
切聖人已入正位一心行道深樂涅槃魔入
邪位愛著邪道邪正相違是故憎疾正行狂
愚自高與佛沙彌瞿曇佛稱其實名爲獘魔
以相違故名爲怨家。〔起信記云〕智論偈云
若分別境相即是魔羅網不動不分別是即
爲法印經中說有一比丘魔欲惑之終七千
歲竟不得便何以故以是比丘不起心故其
猶寄宝風不得入風得入者由孔隙故魔得
便者由起念故○〔淨名經云〕譬如人畏時非
人得其便什公曰如一羅刹變形爲馬有一
士夫乘之不疑馬問士夫馬爲好不士夫拔
刀示之問言此刀好不知其心正無畏竟不
敢加害若不如是非人得
其便也（記）二結勸降伏
（經）當處禪那覺悟
無惑則彼魔事無奈汝何陰銷入明則彼群
邪咸受幽氣明能破暗近自銷殞如何敢留
擾亂禪定若不明悟被陰所迷則汝阿難必
爲魔子成就魔人（疏）初二句勸依本修治智
慧觀察也則彼下顯魔不得便一人發眞世
界消殞今入三昧寧不動魔苟能深入禪定
唯觀實相魔界佛界一如無二生死涅槃山
河大地皆即狂勞虛妄花相故曰如何敢留

等【雷菴云】牒邪依妄想而住想屬陰也△【交光云】禪定得力光明徧處魔以陰暗爲依如梟入晝羅刹向陽尚不可見敢留擾亂耶若不下般勤啟悟令
識魔惑五陰所迷魔得其便故正理論云五
蘊者積聚藏隱諸不善因譬如群賊藏隱山
中時出人間劫奪財物故知五陰魔所依處
若能觀破魔自銷歇【直解云】金剛三昧經云一念心動五陰俱生五陰生中具五十惡陰魔五十即五十惡也㊥三證明魔惑【經】如摩登伽殊
爲眇劣彼唯咒汝破佛律儀八萬行中秖毀
一戒心清淨故尚未淪溺此乃隳汝寶覺全
身如宰臣家忽逢籍沒宛轉零落無可哀救
【疏】殊爲眇劣者殊異也即異常之眇劣也魔
鬼相望魔勝而鬼劣今登伽是人但有咒力
非具五通若望於魔即眇劣中又眇劣者彼
唯下釋眇劣相據摩登伽期心甚淺但欲毀
汝淫之一戒由汝無心尚不成犯此乃下顯

魔勝此此魔也魔欲令汝三昧不成流浪輪
轉法身慧命絕滅消殞如宰輔家犯國極法
削沒其籍世無食祿良可悲夫【孤山云】舉劣況勝曷彼深
防初果道共戒力自然無犯故云心清淨等
○巳下合釋魔事○【起信論云】若人修行漸
漸能生無量三昧或有衆生無善根力則爲
諸魔外道鬼神之所惑亂若於坐中現形恐
怖或現端正男女等相當念唯心境界則滅
終不爲惱以是義故行者常應智慧觀察勿
令此心墮於邪網當勤正念不取不著則能
遠離是諸業障【賢首云】如是鬼神嬈亂佛法
定入邪道故名外道如是三種能變作三種
五塵壞人善心一切諸境皆唯自心是故觀
察唯心魔境除滅此是遣之法今依古德
相傳畧以三法驗之一以定研磨二依本修
治三智慧觀察如經言欲知真金三法試之
謂燒打磨定譬於磨本治猶打觀察類之以
燒○【智論云】是諸菩薩得菩薩道故破煩惱
魔得法性身故破陰魔得道得法性身故破
死魔常一心故一切處心不著故入不動三
昧故破他化自在天子魔以是故說過諸魔
事復次除諸法實相餘殘一切法盡名爲魔
如諸煩惱結使欲縛取纒陰界入魔王魔民
魔人如是等盡名爲魔是名爲結使魔問曰
五衆十八界十二入何處說是魔荅曰莫拘
羅山中佛教弟子羅陀色衆是魔受想行識
亦如是復次若欲作未來處作色身是爲動

處若欲作無色身是亦爲動處若欲作有想無想非有想非無想身是爲一切動處動是魔縛不動則不縛從惡得脫此中說衆界入是魔自在天子魔民魔人即是魔不須說問曰何以言魔答曰奪慧命壞道法功德善本是故名爲魔諸外道人輩言是名欲主亦名華箭亦名五箭破種種善事佛法中名爲魔羅復次人展轉世間受苦樂結使因緣亦魔王力因緣是魔名諸佛怨讐一切聖人賊破一切逆流人事不喜涅槃是名魔是魔有三事戲笑語言歌舞邪視如是等從愛生縛打鞭拷刺割斫截如是等從瞋生炙身拔髮入火投淵投岩如是等從愚癡生又大過失不淨染著世間皆是魔事憎惡無益不用涅槃及涅槃道亦是魔事沒大苦海不自覺知如是等無量皆是魔事已弃已捨是謂過諸魔事。天台止觀云魔羅者爲破二善增二惡故喜從五根作强輭來破大論云魔名花箭亦名五箭各射五根共壞於意五根各一利邪利邪若轉即屬意根意根若壞五根豈存眼見可愛色名花箭是輭賊見可畏色名毒箭是强賊見平平色不强不輭賊餘四根亦如是合十八箭亦名十八受以是義故不應受著著則成病病則難治永妨禪定死墮魔道阿難笈多學阿鞞跋者皆爲魔所惱何況初心寧免自他三十六箭若知魔佛皆入實際則無怖畏魔箭初射五根得邪法者當約十種正法簡出邪相有者色從眼入見山河星辰日月居宮亦見幽中種種相貌指點方面是有太過無者色從眼入便謂諸法猶如斷空說灰無法甚怖畏是無太過明者色入已豁然常如日月照睹者色入已昏暗漆黑鏗然不曉定者色入已心如木石塊然直佳亂者色入已拔擲攀緣愚者色入已闇短鄙拙脫裸無恥智者色入已聰黠健疾悲者色入已憂惱涙泣喜者色入已歌舞恒歡苦者色入已百節疼痛如被燒炙樂者色入已身體暢醉如五欲樂禍者色入已自恒招禍亦爲他招禍亦知他禍祟福者色入已恒自招福亦能爲他招福惡者色入已無不造惡亦令他造惡善者色入已自行檀等亦令他檀憎者色入已不耐見人遠他獨住愛者戀重纒著强者其心剛强出入不能自在猶如尾石難可廻變輭者心志軟弱易可敗壞猶如軟毛不堪爲器是等悉名爲邪一根有三受一受有二十邪法三受合六十邪法歷五根合三百邪法雖九十五種種種異邪而其初入必因五根必與彼相應也復次魔内射不入當外扇檀越師僧同學弟子放十入箭又魔善巧初令乖善起惡若不懂者即令懂善起塔造寺使散妨定若不懂者令懂二乘又化人入無方便空謂無怖無衆生墮偏空裹或假偏裏種種蹊徑令不入圓治魔羅有三一初覺呵如守門人遮惡不進如佛告比丘一切他不受不受之法能治一切自他魔事二若已受入當從頭至足一一諦觀求魔叵得又求心叵得魔從何來欲惱何等如惡人入舍處處黠簡不得令住三觀若不去强心抵住以死爲期不共爾住止觀治者一即空治二即假治三即中道禪邪治又總一治

者唯一無心則萬魔不能轉也㈧二別顯五㈧一破色陰三㈤一盡未盡相二㈠初明區宇

【經】阿難當知汝坐道場銷落諸念其念若盡則諸離念一切精明動靜不移憶念如一【疏】示入正定之方便也此如前文以湛旋其虛妄生滅伏還元覺即此文云銷落諸念等圓覺亦云於一切時不起妄念也分別不起故云念盡離念精明者即前文云得元明覺無生滅性爲因地心也動靜下釋離念行相也入流亡所境不能隨故云動靜不移【補遺云】觀力漸成不爲動散所改故云不移由澄諸念分別稍寂故云憶念如一出定爲動入定爲靜心記爲憶不記爲忘起信即云止一切境界相今經云消落諸念能所二緣經論互舉耳依此離念深入正定自然憶念如一也△【資中云】攀緣妄想總名諸念心若澄定麁念不起是爲消落此欲界麁定暫得相應耳【吳興云】離念者如天台止觀正修

前方便訶欲離蓋等是也所離雖近能離則深非欲界麁定△【柏庭云】此初入禪觀照得力時也是時即得入三摩地故言當住此處云云△【天如云】離念精明心未發光等色陰未破之相也孤山謂在名字位中則太抑溫陵謂得元明覺無生滅性則太高當依岳師指入觀行益禪那得力之處塵勞暫息之時也【經】當住此處入三摩提如明目人處大幽暗精性妙淨心未發光此則名爲色陰區宇【疏】依前方便入正定也應當依此離念之處深入正定如明下正顯未盡色陰也心入正定如明目人未破色陰如大幽暗精性妙淨定心顯也心未發光慧未生也區宇寰區也如王所統有諸國土故云區區別也皆一天所覆故云宇宇猶覆也【柏庭云】屋之邊爲宇猶五陰舍宅也今色陰二字即同區宇同一陰覆色等別故【融室云】區別義色有八微故宇覆義八微之色所覆故舉此喻者表在其中也【溫陵云】陰以蔽覆爲義區局性真故曰區宇△【交光云】衆生本性光明遮那無異五陰無明葢覆法界散心對目前現境一區

光明不知實居黑暗中修三昧火頓捨五陰覆蓋專注反聞此定成就現境都失方覺十方渾是無邊黑暗故曰如明目人處大幽暗龍潭吹燈發明德山正此三昧也此但解空了境初心定力使然行人不識取著無進禪家謂之墮一色邊○二明盡相

經若目明朗十方洞開無復幽黷名色陰盡是人則能超越劫濁觀其所由堅固妄想以爲其本

疏初四句正明也前巳目明今復暗破故無幽黷色既質礙障隔不通故成幽暗今定慧發明破其陰覆洞然明顯故云陰盡是人下結益也超劫濁者以劫濁是色陰之體最初一念能所纔立即是空見不分名爲劫濁從無忽有有即色也今破色陰是故超越

眞際云空爲色本依空立界依界立時故色陰盡即起劫濁

堅固妄想者覺明堅執質礙便成爲色之體故云堅固問色陰麤顯觀中先破劫濁最細何得却超答以起時無前後故破時兼麤細文不累書故見生起有次第耳又色陰屬現相現相是本識今色陰破即現相破現相破即動本識本識豈非劫濁故得超也信哉初心便有破無明分耳

融室云色是五陰之首劫爲五濁之初以首配初故此盡則彼超也觀其所由者謂盡色時方知色起如楞伽所明八地菩薩方能見妄想習氣始生故堅固妄想爲本者妄想所生之識是質礙相故△交光云色陰盡者如五重衣服初脫最上一重也躡解成行入三摩地於幽暗中忽住一重忽爾色界雲開內外瑩徹自晦昧爲空結暗爲色即入劫濁無量劫來長眠黑暗生死之中今破色陰離彼幽黷故得超也觀其所由如伐樹者去其覆土方以見根今劫濁既開觀見色陰之由也堅固妄想者堅執內外四大固執不解成此色陰幽暗之躰也○二正明現境十○一精明流溢前境

經阿難當在此中精研妙明四大不織少選之間身能出礙此名精明流溢前境斯但功用暫得如是非爲聖證不作聖心名善境界若作聖解即受群邪

疏於三昧中精究研窮妙明元體無色陰相由斯研究深觀此理故

得四大不相交織須臾之間身能出障如行虛空熏聞云四大不織者因畢竟空亡堅固執故見四大無交織相補遺云由止觀中通修通發陰解虛融故得四大不織由研妙性內明外虛故依報不礙斯則心不主形四大亡質觀心無礙流溢前塵功用暫然非是聖證苟知此是禪者功力則無有失故云善境若總撥爲魔則抑善功用若言即聖又未斷惑故令善識而無取捨下皆倣此柏庭云凡發境相未爲不善但未離念取之則非天台止觀十乘最後離法愛者爲是故爾○合釋止觀云初學禪觀當知邪定發相邪定發相者或身手紛動或時身重如物鎮壓或身輕欲飛或委陁睡熟或煎寒壯熱見諸異境或其心闇蔽或起諸惡覺或念外散善或歡喜躁作或憂愁悲思或惡覺觸身身毛驚竪或時大樂惛醉如是種種邪法與禪俱發名爲邪偽此之邪定若人愛著即與九十五種鬼神法相應多好失心顛狂或諸鬼神等知人念著其法即加勢力令發諸深禪定智慧辨才神通感動世人見者謂得道果皆悉信服而內心顛倒專行鬼法是人命終若不值佛及善知識所護還墮鬼神道中若更生來多行惡法即墮地獄行者修止觀時若證如是等禪有此諸邪偽相即當却之若知虛誑不愛不著即當謝滅若起念者即墮群邪○二精明流溢形體經阿難復以此心精研妙明其身內徹是人忽然於其身內拾出蟯蛔身相宛然亦無傷毀此名精明流溢身體斯但精行暫得如是非爲聖證不作聖心名善境界若作聖解即受群邪疏蟯蛔腹中虫也觀心精明內融身體內之四大因觀而變遂能體內拾出蟯蛔故無傷毀此境現前不生取捨即爲善境不爾受邪孤山云前即墻壁外色無礙今即色身內色無礙○三精魄遞相離合經又以此心內外精研其時魂魄意志精神除執受身餘皆涉入互爲賓主忽於空中聞說法聲或聞十方同敷密義此名精魄遞相離合成就善種暫得如是非爲聖證不作聖心名善境界若作聖解即受群邪疏初至賓主者明境發所由也主肝曰魂主肺爲魄主脾爲

意主腎爲志主心爲精神根身種子皆爲第八所執受故講錄云此皆第六識用事除第八執受其身居然不變餘皆弃其本位遞相涉入定心精究內外唯空遂令五內主神無所依附流出於外遞互相依故云互爲賓主補遺云指前外境內身虛融今雙研之故曰內外精研忽於下四句正明發相此則先所修習聞慧種子定力所激禪中發生遂寄神魂現於說法也此名下結判邪正離合即賓主也或離心主而賓於肺等孤山云除執受身謂除其色身而內皆互相涉入也若爲賓主者作孤山若鈔本若如也餘五入魂則魂如主五如賓乃至入神則神如主餘如賓遞相離合者即精離本位而合於魂或魂離本位而合於精也△補遺云魂魄等六皆第六識意志言其體也精神言其氣也魂魄言其用也按扁鵲難經五藏者有七神人之神氣所含藏也故肝藏魂肺藏魄心藏神脾藏意與智腎藏精與志今經除智爲六○四心魂靈悟所染經又以此心澄露皎徹內光發明十方徧作閻浮檀色一切種類化爲如來于時忽見毗盧遮那踞天光臺千佛圍繞百億國土及與蓮花俱時出現此名心魂靈悟所染心光研明照諸世界暫得如是非爲聖證不作聖心名善境界若作聖解即受群邪疏初三句內由觀慧也定心澄靜顯露皎明內光既發外相則變十方下外現其相也以先熏習名言善種染影而來故見十方如金種類皆佛心念不動斯須自滅或起取著正定難存下資中文如修念佛三昧此境現前與修多羅合者名爲親證若修樹觀設見佛形亦不爲正以心境不相應故何況修真如三昧法界一相有所取著豈非魔耶此名下結判邪正靈悟所染者靈善也先所熏染圓頓覺慧悟知衆生本來是佛此之種子因定激發故現其相也熏聞云毗盧遮那此番徧一切處斯是法身若現踞天光臺合是盧舍那報身之相以唐時譯經法

報不分故准清凉疏言毘盧遮那者毘即徧義盧遮那光明照義廻就方言應云光明徧照此中但取靈悟所染光明徧照豈容分別法報清凉又引普賢願經釋迦牟尼名毘盧遮那徧一切處又誰法誰報耶○五抑按功力逾分【經】又以此心精研妙明觀察不停抑按降伏制止超越於時忽然十方虛空成七寶色或百寶色同時徧滿不相留礙青黃赤白各各純現此名抑按功力逾分暫得如是非為聖證不作聖心名善境界若作聖解即受群邪【疏】定功研妙觀察逾深制止既過寶色分現本為制止分別今由過分異境却生與心相違豈非魔事不起取心自然銷歇如前文云不取無非幻非幻尚不生幻法云何立【溫陵云】精研妙明抑伏雜慮制心勝託力用過越故妙明通極煥散而現也△【交光云】以圓伏之力絕勝所發故有初心過分之境准天台言寂光尚有金寶奚止寶也又四禪中青黃赤白等定彼有心而取此無心而現斯固難思妙境寂光先兆未應遽斥為魔事也△【鶴林云】前見金色界及如來色變也今空成寶色空變也色空俱屬色以眼對境故○六心細密澄其見【經】又以此心研究澄徹精光不亂忽於夜合在暗室內見種種物不殊白晝而暗室物亦不除滅此名心細密澄其見所視洞幽暫得如是非為聖證不作聖心名善境界若作聖解即受群邪【疏】定中研究心光澄靜由澄靜故忽然發見暗中見物物是實境故不隨定出入有無故云亦不除滅【溫陵云】人固有不明自發暗不能昏者唯細微定心澄使不亂而後能見暗物不除言皆實境不隨定變也暗亦不除滅古釋已明竹菴謂物不自除其暗物消文太透心細密澄者觀心微細密爾澄靜精光既定暗境不隱故夜見物悟則無咎【鶴林云】所視洞幽此但眼家一境如古人坐禪聞蟻子拽蜒翅於堦下如拽木聲亦禪中發相也○七塵併排四大性【經】又以此心圓入虛融四體忽然同於草木火燒刀斫曾無所覺又則火光不能燒爇縱割其肉猶如削木此名塵併排四

大性一向入純暫得如是非爲聖證不作聖心名善境界若作聖解即受群邪〔疏〕圓徧也入觀達也以此定心徧了一切已身他物無不虛寂此即心融思寂執受不行四大五塵忽然排併既無能執割截如空念想一純暫得如是資中文△〔温陵云〕定力虛融則五塵併銷四大排遣純覺遺身故無傷觸△〔桐洲云〕四大諸塵併合爲一排去堅濕煖動之性一向入純之境界也〇八欣猒凝想日深〔經〕又以此心成就清淨淨心功極忽見大地十方山河皆成佛國具足七寶光明徧滿又見恒沙諸佛如來徧滿空界樓殿華麗下見地獄上觀天宮得無障礙此名欣猒凝想日深想久化成非爲聖證不作聖心名善境界若作聖解即受群邪〔疏〕猒穢忻淨積想所凝圓定功深感斯妙境耳〔交光云〕忽見佛國同居淨土也又見諸佛見淨土現在佛也見地獄天宮同居穢土也佛無淨穢故不言穢土佛也〇九迫心逼極飛出〔經〕又以此心研究深遠忽於中夜遙見遠方市井街巷親族眷屬或聞其語此名迫心逼極飛出故多隔見非爲聖證不作聖心名善境界若作聖解即受群邪〔疏〕識心通靈因定功發飛出隔見遠近皆然逼極之功非因妙證〔補遺云〕觀解之心推窮迫逐於色陰色既虛融不能爲障是故飛出能隔見矣△〔温陵云〕研心窮遠逼迫精神遺身而出眞有所至故能飛心隔見也上皆未離色陰因定力而能出碍見聞遠及若色陰盡則十方洞開無復幽暗六通縱任無爲山壁由之直度矣〇十邪心含受魑魅〔經〕又以此心研究精極見善知識形體變移少選無端種種遷改此名邪心含受魑魅或遭天魔入其心腹無端說法通達妙義非爲聖證不作聖心魔事銷歇若作聖解即受群邪〔疏〕此人曾有邪心種子合外魔境相因而來然此一章非善境界純是魔嬈不同前九皆稱善境起心作證方乃成

魔者資中文△〔通釋〕見善知識者行人靜中自見也形體遷改者變現菩薩天龍男女等像現佛現通利邪變換也無端說法行人因魔入心口說妙法惑師謂天魔借辨也吳興竹巷更有多解並削去△〔溫陵云〕前九但明定力至此乃明魔事者以定力既成研窮精極色陰將破乃足以動魔也故下文魔境愈甚耳○〔起信論云〕或現天像菩薩像亦作如來像相好具足若說陀羅尼或說布施等六度或說平等無相無願無怨無親無因無果畢竟空寂是真涅槃〔賢首云〕問如現佛菩薩像說甚深法或是宿世善根所發云何揀別定其邪正答此事實難若是魔所作謂是善相而心取著則墮邪網若實是善根所發謂爲魔事心疑捨離則退善根今謂定中初發相時當深入定心於彼境中不取不捨安住平等若是善根定力逾深善根彌發若是魔爲不久自壞第二依本修不淨觀禪若如是修境界增明者則非僞也若以本修治漸漸滅者知是邪也第三智慧觀所發相推驗根源不見生處深知空寂心不住著邪當自滅正當自現如燒真金益其光色若是僞金即自焦壞以此三驗邪正可得知也卍三結勸弘宣〔經〕阿難如是十種禪那現境皆是色陰用心交互故現斯事衆生頑迷不自忖量逢此因緣迷不自識謂言登聖大妄語成墮無間獄汝等當依如來滅後於末法中宣示斯義無令天魔得其方便保持覆護成無上道〔疏〕此是於觀行中色陰將盡未盡用心差異有此十境若不識知皆認聖證即爲魔惑故佛勸令開示後世也問此不作五陰次第觀門何得陰次第盡明其境耶答觀雖總相五陰同觀陰有麤細麤者先盡譬如浣衣麤垢先去此陰既積妄所成妄盡自然陰滅從麤至細理必然也〔吳興云〕用心交互者用禪那心與色陰堅固妄想交共差互故現斯事乃至識陰亦爾以五妄想各於本陰區宇之中爲禪所觀將破未破如燈欲滅其焰復熾乃與定力交戰其功故成之敗之則魔佛之道於是乎辨△〔柏庭云〕用心交互言發魔之本在乎用心不能純一如五陰互境或十心雜起但是用心外心取心外法皆足以致魔墜外●已上色陰十魔竟

大佛頂首楞嚴經疏解蒙鈔卷第九之三

音釋

凭（扶冰切，依几也）慴（之涉切，懼也）蹊（胡雞切，徑道也）蟯蛔（上如招切，下胡隈切，腹中短虫也）

大佛頂首楞嚴經疏解蒙鈔卷第九之四

海印弟子蒙叟錢謙益鈔

㊇二破受陰三(己)一盡未盡相二㊀一明區宇

【經】阿難彼善男子修三摩提奢摩他中色陰盡者(私謂初文云汝猶未識修奢摩他毘婆舍那微細魔事此文云修三摩提奢摩他中此如來特標之文結指奢摩他路爲首楞嚴大定修觀行之總相法門也)見諸佛心如明鏡中顯現其像若有所得而未能用猶如魘人手足宛然見聞不惑心觸客邪而不能動此則名爲受陰區宇【疏】色陰盡者以止觀中觀其五陰觀心純熟不爲色礙故云陰盡見諸佛心者妙覺明心觀中明露即色相盡而色性現也觀中暫見非眞實見故如影像(溫陵云諸佛心即我妙覺明心也)(海印云佛身無相而見現像者乃觀心增明所變之緣影也)有所得者即前見諸佛心也既是觀心變影而緣非是親證故未能用以有受陰爲領納故親證必能有妙用故未破受陰如魘人(栢庭云受陰如魘以受必依身未能自在故)色陰盡故能見佛心如見聞不惑受陰客邪既在妙用之動未能爲受所覆故云區宇(吳興云色陰盡者約已斷說見諸佛心即相似證如前文云若目明朗十方洞開無復幽暗今云若有所得謂觀行已成而未能用謂質礙猶在此約受陰妄想伏而未斷未得身根自在故以魘人喻之見聞不惑如觀行成也心觸客邪如受陰現也問何故色陰前斷後伏耶答斷從懸示伏就次論若不明斷無以知離過顯德之相若不明伏無以知依陰發魔之由下三陰文初皆有此義)○(引證)(圓覺云由寂靜故十方世界諸如來心於中顯現如鏡中像此方便者名奢摩他疏曰如諸鏡入一鏡中諸鏡即成影像故諸佛心入行人觀心如影像也然塵鏡之性本明磨瑩即呈物像衆生自心亦尒心靜即見如來約心靜故則知佛心亦然故名爲現非謂佛心有所現也此乃鏡明則像像歷然智顯則心心交映故淨名云如自觀身實相觀佛亦然㊀二明盡相)

【經】若魘咎歇其心離身返觀其面去住自由無復留礙名受陰盡是人則能超越見濁觀其所由虛明妄想以爲其本【疏】

其心離身者以客邪不觸心於根門得自在也不爲魔咎之所留礙故能返照自面此顯見聞有用也【補遺云】凡夫心必隨根領受前境今不隨於眼等受境故曰其心離身不隨眼等受境又能返觀能見等根故曰返觀其面 去住下二句明手足得用也 依根曰住離根曰去住在我故曰自由 此下皆約喻顯若約法者受陰盡故心亡領納既無能領之受卽無所領之法心法既亡自在宜矣超見濁者以根身正是見濁之體見聞覺知壅令留礙水火風土旋令覺知斯則執受相仍便成根質受妄領納執以爲己以見是推求執取爲義由受領前境取著隨生受陰既亡卽超見濁覺明之心虛通領納故云虛明妄想 以見下真際文△【溫陵云】因違順之幻境生損益之妄受受陰無體虛有所明故曰虛明妄想△【融菴云】謂受盡時方知受起妄想所生之受是虛明相故

㊁二正明現境十○

一功用摧抑過越

【經】阿難彼善男子當在此中得大光耀其心發明內抑過分忽於其處發無窮悲如是乃至觀見蚊䖟猶如赤子心生憐愍不覺流淚

【疏】此正顯也奢摩他中定光發現狂慧既起內抑又過憂悲種子在藏識者忽焉現起凡見生類皆如自己所生赤子赤子嬰兒也【溫陵云】此中受陰定中也既破色陰無復幽黯故得大光耀【吳興云】其心發明卽下見色陰銷受陰明白也

【經】此名功用摧抑過越悟則無咎非爲聖證覺了不迷久自銷歇若作聖解則有悲魔入其心腑見人則悲啼泣無限失於正受當從淪墜

【疏】此結判也心光忽現內抑太過憂悲種發非爲聖證取卽引魔他皆倣此【標指云】行人止觀中用心太緊激動悲愛內心一動邪境現前△【溫陵云】知受陰爲咎內自抑伏以破之抑伏太過失於柔軟故多悲愍悲魔附焉○【引證淨名什注云】未能深入定相見有衆生心生愛著因此生悲名爲愛見大悲愛見大悲者虛妄不淨能令行人起

疲厭想故息捨離也【圓覺鈔云】菩薩斷除客塵煩惱而起大悲愛見悲者則於生死有疲厭心若能離此在在所生不爲愛見之所覆也○【合釋直解云】前文色陰十事次第豎入今受陰文十事橫開行者偶著一境卽當淪墜非次第循歷也○二功用陵率過越【經】阿難又彼定中諸善男子見色陰銷受陰明白勝相現前感激過分忽於其中生無限勇其心猛利志齊諸佛謂三僧祇一念超越【疏】色盡受現定之勝相也先未獲得今既獲得遂生感激感激太過勇志便發謂言三祇一念能越我齊諸佛更無過者【補遺云】勝相在前色陰盡而見諸佛心也一向聞卽心是佛今始得見本來佛性似蒙聖力加被故生感激之心【經】此名功用陵率過越悟則無咎非爲聖證覺了不迷久自銷歇若作聖解則有狂魔入其心腑見人則誇我慢無比其心乃至上不見佛下不見人失於正受當從淪墜【疏】凌謂蔑他率謂自強由見勝相因茲感激遂有此生斯則無始我慢種子被激而生悟則無咎【溫陵云】定中勝相因喜成功感激勇動以爲佛果可齊功行可越陵率之過狂魔附焉○三勝心無慧自失【經】又彼定中諸善男子見色陰銷受陰明白前無新證歸失故居智力衰微入中隳地迥無所見心中忽然生大枯渴於一切時沈憶不散將此以爲勤精進相【疏】受陰未空前無新證色陰已盡歸失故居前後失准墮在兩楹無所依倚名中隳地既於此處心無所措遂生沈憶以此名修認爲精進【溫陵云】凡修觀行須定慧等持乃能無失今定強智微故進退之間杳無所依名中隳地【經】此名修心無慧自失悟則無咎非爲聖證若作聖解則有憶魔入其心腑旦夕撮心懸在一處失於正受當從淪墜【疏】若於色受盡未盡中用無相慧觀察陰體本自不生今則無滅唯一實相如此則何有無新證失故居之慮

哉今既不然故成自失【溫陵云】以無依無見故枯渴沈憶憶魔附焉憶心妄系故如有攝懸也○四用心亡失恒審【經】又彼定中諸善男子見色陰銷受陰明白慧力過定失於猛利以諸勝性懷於心中自心已疑是盧舍那得少爲足【疏】失於猛利者過在慧之猛利也心懷勝性疑是舍那更不求進得少爲足【補遺云】舍那是報智因慧力偏勝故ム【溫陵云】前以定強智微此又慧力過定皆失等持也【經】此名用心亡失恒審溺於知見悟則無咎非爲聖證若作聖解則有下劣易知足魔入其心腑見人自言我得無上第一義諦失於正受當從淪墜【疏】定力微故亡失恒審慧力過故溺於知見定慧若均寂照無二慧力既過故溺知見卽前失於猛利也此則勝解忽生引起見取種子執劣爲勝故此現也【熏聞云】恒失審諦失於平常審諦之心也【私謂】恒審即七識頌恒審思量也或恒而不審或審而不恒皆用心亡失之相也○【引證】【輔行云】昔有僧久修禪定中夜經行仰見明星忽然大悟身心輕快萬慮氷消便謂證跡相同已成佛道第侯明相出時梵王帝釋請轉法輪及至其時寂然無聞即自思惟推羅漢果尔後入城乞食過違生嗔逢順興貪展轉取印再謂三果再謂二果泊耶見僻興知未證初果由是慙悔修進如初此比丘亦悟則無咎也○五修行失於方便【經】又彼定中諸善男子見色陰銷受陰明白新證未獲故心已亡歷覽二際自生艱險於心忽然生無盡憂如坐鐵牀如飲毒藥心不欲活常求於人令害其命早取解脫【疏】二際者未證已亡之二也定無方便安忍其心遂成憂惱不耐活命也【補遺云】受陰明白但是初得未是觀成受陰盡故將使欲進前證此法即失矣【經】此名修行失於方便悟則無咎非爲聖證若作聖解則有一分常憂愁魔入其心腑手執刀劒自割其肉欣其捨壽或常憂愁走入山林不耐見人失於正受當從淪墜【疏】悔惱種子被激而生修

無方便故引魔鬼也如四分律婆求河邊諸比丘等修不淨觀猒淨過分求刀自割魔使之然悟則無咎私謂准婆沙明憍底迦六反退失阿羅漢果第七恐退以刀自害纔及咽半已得漏盡及至斷頸已取涅槃以自思惟所得之法恐有退失故成論稱為死法舊婆沙云憶法舊俱舍名自害法此之自割失正墮魔非如羅漢自害亦同凡夫捨命面已○六輕安無慧自禁

經又彼定中諸善男子見色陰銷受陰明白處清淨中心安隱後忽然自有無限喜生心中歡悅不能自止經此名輕安無慧自禁悟則無咎非為聖證若作聖解則有一分好喜樂魔入其心腑見人則笑於衢路傍自歌自舞自謂已得無礙解脫失於正受當從淪墜疏輕安是禪支雖因定生須慧覺察忽然過分掉舉種生好喜樂魔因茲得便熏聞云輕安七覺支中其體屬定七支謂念擇進喜輕安定捨初通定慧次三屬慧後三屬定今所發者既無慧自持則定番成散△直解云輕安是定心數法無慧決擇禁此喜故○七見勝無慧自救

經又彼定中諸善男子見色陰銷受陰明白自謂已足忽有無端大我慢起下出七慢名慢與過慢一二及慢三過慢四即我慢或增上慢五或卑劣慢六七邪慢文畧一時俱發心中尚輕十方如來何況下位聲聞緣覺資中此有七慢恃己凌他高舉為性名我慢稱量自他比校同德但稱為慢於他等謂已勝名為過慢於他勝謂已勝名慢過慢未得謂得名增上慢毘婆沙論行位本下強自增上故雖知下劣返顧自矜名卑劣慢下毀經像即是邪慢此之七慢由禪定中忽生勝見無正慧覺是故起也疏同△補遺云涅槃瑜伽並同此經成論有大慢為八慢顯揚論云慢者謂以他方已計我為勝我等我劣令心恃舉為體或是俱生或是分別能障無慢為業△直解云七慢以我慢為主一時俱發者由有我故七慢俱成故經云乃至等經此名見勝無慧自救悟則無咎非為聖證若作聖解

則有一分大我慢魔入其心腑不禮塔廟摧毀經像謂檀越言此是金銅或是土木經是樹葉或是疊花肉身真常不自恭敬却崇土木實爲顛倒其深信者從其毀碎埋棄地中疑誤後生入無間獄失於正受當從淪墜【疏】愚者修禪皆墮此見並是魔種不識如來像教之意且末世住持依因像教出家學道籍此而修魔壞信因今毀經像故楞伽云佛若不說教則滅壞教若滅壞誰有修行及得道者愚者不見此文一向謗佛無說故知若不說法十二部經於茲滅矣須知毀經像人魔鬼入心是大邪見當須善察勿同此謗【孤山云】夫假像知真因言體道嚴其像以生其敬寫其言以悟其心住持三寶理在於茲苟生邪見豈違中庸唯自敬身輕毀經像邪風一扇愚者說隨昔衛元嵩諫周武帝不造曲見伽藍以四海爲延平大寺和夫妻爲聖衆即皇帝是如來樹令德爲綱維尊耆年爲上座周武惑其言遂滅佛法凡此說者將非天魔外道入佛法中肆其奸謀傾毀我教耶○【引證】高僧傳云齊相州石窟寺有坐禪僧每日至西東望山巔有丈八金像現僧私喜謂覩靈瑞日日禮佛經兩月聞枕邊有語曰天下更何處有佛汝今道成即是佛也尒當好作佛身勿自輕脫聞已即自持重傍視群僧猶如草芥於大衆中側手指胸曰你等癡識真佛不泥龕畫像語不能出脣知慮何如你見真佛不知禮敬悉墮阿鼻眼睛已赤叫呼無常合寺知是驚禪昇詣道豈豈一一知其狀曰此風動失心耳以針針三處即不發○八因慧獲諸輕清【經】又彼定中諸善男子見色陰銷受陰明白於精明中圓悟精理得大隨順其心忽生無量輕安已言成聖得大自在【疏】精明中者即圓定寂照中也定中發慧與理暫契名圓悟精理理智相冥得無違拒故云隨順由隨順故身心調暢便謂成聖【吳興云】輕安義異於前以下云因慧獲諸輕清故此中受陰於諸塵境無重濁之惑覺身心如雲影便言成聖得大自在也【經】此名因慧獲諸輕清悟則無咎非爲聖證若作聖解則有一分好輕清魔入其心腑

自謂滿足更不求進此等多作無聞比丘疑誤後生墮阿鼻獄失於正受當從淪墜〔疏〕自謂滿足更不求進者良以不學修禪次第不善通達禪支行相暫得輕安便謂成聖也無聞比丘觸處皆有世世輪轉熏識相因以類相從卒難曉悟溫陵云以色銷爲精明以精明爲圓悟遂謂得大隨順輕清自在皆得少爲足無聞之儔也○九一向空心現前〔經〕又彼定中諸善男子見色陰銷受陰明白於明悟中得虛明性其中忽然歸向永滅撥無因果一向入空空心現前乃至心生長斷滅解〔疏〕得虛明性者即依圓定發於空慧悟性空理依此起見成惡取空故撥無因果生斷滅解此即由無方便邪見忽發也或云照前後文此下應有此名云何等字句〔經〕悟則無咎非爲聖證若作聖解則有空魔入其心腑乃謗持戒名爲小乘菩薩悟空有

何持犯其人常於信心檀越飲酒噉肉廣行淫穢因魔力故攝其前人不生疑謗鬼心久入或食屎尿與酒肉等一種俱空破佛律儀誤入人罪失於正受當從淪墜資中此從邪見種生引此空魔入其心腑大般若云魔能入一切衆生心令歸依魔黨如膠如漆斷手截臂不以爲難魔力之故人皆信伏法華所謂深著虛妄法堅受不可捨已下疏文乃謗持戒等者此之魔種代代有之南山云戒是小乘勸令捨之又不肯捨勸令持之又不肯持豈非與煩惱相應卒難諫曉魔力所惑誰能柰何〔私謂〕永嘉云豁達空撥因果莽莽蕩蕩招殃禍正與此經垂示苦語異口同音今之宗門相延毀教豈非附佛法之魔種作師子蟲者乎〔雲棲曰〕上言圓悟此言明悟皆是受陰將空覺得胷中精明虛朗是受陰中之悟餘三陰尚不茫然行人便謂得悟大事了畢所以多失也○十定境安順入心〔經〕又彼定中諸善男子見色

陰銷受陰明白味其虛明深入心骨其心忽有無限愛生愛極發狂便爲貪欲【疏】味其虛明者愛著禪中色陰盡處以爲勝境由此起愛無慧覺察引其貪欲種子而發遂成狂欲也【融室云】味其虛明即味著虛明性故△【私】謂味其虛明即禪門所謂味禪也准智論禪定相有八味味者初得禪定一心愛樂是爲味又問曰一切煩惱皆能染著何以但名愛爲味答曰愛與禪相似何以故初求禪時心專欲得愛之爲性欲樂專求欲與禪定不相違故䘏得禪定染著不捨則壞禪定今云愛生發狂便爲貪欲此即愛著壞定之義也

【經】此名定境安順入心無慧自持誤入諸欲悟則無咎非爲聖證若作聖解則有欲魔入其心腑一向說欲爲菩提道化諸白衣平等行欲其行婬者名持法子神鬼力故於末世中攝其凡愚其數至百如是乃至一百二百或五六百多滿千萬魔心生猒離其身體威德既無陷於王難疑誤衆生入無間獄失於正受當從淪墜【疏】此貪欲種如火遇薪忽然而發此魔得便因此入心如林中比丘忽然禪發不避死馬因定引魔此之類也攝諸凡愚至千萬者欲本順貪因魔熾盛凡愚惑著何事不從【温陵云】愛心多因順起故定境順心即邪愛成咎又魔因妄起本性不常勢盡猒生去身留難【吳興云】此如天台止觀煩惱境欲發之相智者云生來欲色抑制可停今所發者其惑熾盛若見外境心狂眼暗如睡師子觸之哮吼若不識者則能牽人作重大罪今云魔入其心則是煩惱與魔二境俱發(乇)三結勸弘宣

【經】阿難如是十種禪那現境皆是受陰用心交互故現斯事衆生頑迷不自忖量逢此因緣迷不自識謂言登聖大妄語成墮無間獄汝等亦當將如來語於我滅後傳示末法徧令衆生開悟斯義無令天魔得其方便保持覆護成無上道【疏】受陰交互者不能定慧均平善巧安忍既失方便異念

即生由此故有十種境界皆是內心交互外引諸魔苟能識之不落邪見○已上受陰十魔竟

㊅三破想陰分三㊇初盡未盡相二㊀一明區宇

[經]阿難彼善男子修三摩提受陰盡者雖未漏盡心離其形如鳥出籠已能成就從是凡身上歷菩薩六十聖位三漸次乾慧十信十住十行十向四加十地等妙通六十位得意生身隨往無礙

[疏]觀中伏惑全未斷故名漏未盡[二]楞云受陰盡則見惑已盡分別我執亦盡然思惑未除俱生我執猶在故漏未盡[直解]云未盡三界上地惑故心離形者受陰既破無執受故觀心自在如鳥出籠無有障礙鳥喻心籠喻形心離其形故曰出籠即前文其心離身去住自由也已能成就上歷聖位者此是圓頓利根者得受陰破諸陰隨破於此凡身即能入位得意生身更無魔惑今其退也若鈍根者更須破下諸陰隨未盡處猶有魔事今約利者說耳若最鈍者至識陰破得根互用方入乾慧若以前後比望中間合於想行盡處亦說入位是中根者今經不言文略故耳問破色陰時已是成就觀行何故不說上歷聖位答色陰雖破未能破心故未成就上歷聖位受陰既是四心初首故破受陰得說上歷聖位問若言破色是麁故不說者今破受陰望於想行亦即是麁何故得說上歷聖位答雖望餘陰亦即是麁然受等四陰同是心法故利根人若破受陰三蘊隨破不同破色鈍根之者未能破想觀力弱故故在區宇[熏聞]云五陰文初結示陰盡則入觀行相似此約利根互入者說謂若於色陰悟入非但能盡色陰餘四陰亦空則破惑入理故曰見諸佛心如明鏡中顯現其像若鈍根人但能見於色陰消融未有所悟故進觀受陰今約鈍者次第歷於五陰修觀不可指修受陰觀人已於色陰曾悟入也今五陰中修禪那人並在觀行期入相似所言上歷聖位文寄此中義均上下如於一一陰中悟入並能上歷聖位故也不然豈有得意生

身菩薩爲魔所入耶○(私謂)五陰次第台賢兩宗詮解互異今正依經末問答取聖言教爲量通而觀之台家諸師謂此經圓頓無歷別之談言五濁超則齊超言五陰盡則俱盡棠謂此義全於理則頓悟中收永明所謂頓悟知宗也經文既明開五陰次第正是事非頓除因次第盡永明所謂圓修辦事也一經修行始終修證以捐捨五陰重擔爲正因以觀照五陰現境爲入路頓悟之後全憑漸修歷一陰有一陰之行相破一陰有一陰之智斷此陰銷除則如黑月漸滅彼陰明白則如白月漸顯此中氣分乘除藥病消息唯如來悉知悉見隨時按候指示行人今但依頓解盡掃漸修不依聖教如之何其可也長水疏義曲指三根山家岳師廣明其說舉要言之謂隨觀一陰四陰俱盡者利根也未盡一陰更觀餘陰者鈍根也諦審佛語但於悟修中分頓漸不於次第中分利鈍於益覆五陰時同歷觀境不但鈍根未盡即上智之人亦有未盡於破除五陰時同加觀力不但利根盡即鈍根之者亦終能盡似不應以五陰盡不盡曲分二根即長水次解已自掃其跡矣經於一陰盡處歷指陰盡行相遠識陰既盡則圓明發化超因入果歸於圓滿菩提此乃上根利智一超直入正同觀音忽然超越世出世間而四揃之曰若最鈍者至識陰破得根互用方入乾慧後文又曰此是圓頓下根又利者誠如是則龍女善財一生頓超皆是鈍根下品佛言現前能入又言如是乃超此等文作何消釋也五陰觀網總攝三根根力既有差殊觀照豈無階等或一超不歷僧祇或取證必經多劫畢竟圓歸果海譬如鳥跡虛空今於此横分利鈍又欲攙補中根教觀既無準繩經文誰曉存畧吾弗敢從也若台家諸師更有多文約名字觀行相似判五陰位次者孤山也約斷見斷思判五陰伏斷者若溪也約揀境立觀判五陰解除者竹菴也凡此諸師咸以一家法門鋪舒排續而廻經義以就自宗也此經立第三漸次初乾慧地爲識陰盡位故曰識陰若盡從諸根互用中能入菩薩金剛乾慧圓岳二師定判七信爲識陰盡處以成相似之位乃至互用能入亦以七信配位不知三漸次中已破五陰未有帶五陰而入信位者今捨漸次乾慧之位而徵觀慧相似之文此山家之通病也經言受陰虛妙故想陰盡而岳師謂色陰若亡想陰必盡則明違佛語矣竹菴引止觀立境以明破陰次第又其剩義也棠之鈔畧深奉清涼破厤之戒長水則尤所師承者而此文次第及有項二種岐路於疏義殊有料簡長水起信筆削記有未順賢首疏每曰未敢闇命棠雖儔昧敢竊比焉

又解此中不分利鈍二別但都明此位得受盡者即能已具歷位昇進之分如人取仕既得及第即能具有官位之分然待爲政功德優劣方序用耳(海印云)此以凡身上歷聖位非同別教皆實取證如初乾慧即能從是安立聖位雖

復三陰未破已能離欲界繫無明雖在聖位可歷也按大師此文不分利鈍二別正同長水次解揀異前解也△【孤山云】始三漸次終乎妙覺其間有賢有聖皆是三世諸佛所歷之位故通稱聖位△【合論云】前文其心離身即意生因也○【七卷楞伽第二云】譬如意去速疾無礙名意生身清涼釋此意是樂喻乃大慧譬如心意於無量百千由旬外憶先所見種種諸物念念相續疾詣於彼非是其身及山河石壁所能為礙意生身者亦復如是故云喻也如幻三昧力通自在諸相莊嚴憶本成就眾生願故猶如意去生於一切諸聖眾中意生身有二意一者是喻猶如意去迅疾無得故說是法說隨意迅疾而成故二【四卷文云】如是菩薩摩訶薩得無生法忍住第八菩薩地轉捨心意意識五法自性二無我相身及得意生身得自覺聖智善樂是名菩薩摩訶薩成就四法得修行者大方便當如是學又佛告大慧有三種意生身所謂三昧樂正受七卷作三昧樂意生身覺法自性性七卷無此覺字意生身種類俱生無行作七卷作無作行意生身修行者了知初地上上增進相得三種身○【清涼云】若依地位初即五地前次即八地前後即八地後言初即八地前者自有二意一依密嚴第一初地即得意生身則通五地二依四卷七卷經皆依三四五地當其初身以初二地未得定故故十卷楞伽第五云三地修定得三昧樂意生身八地證無生故得覺法自性意生身第三身不配地位斯則初身以初攝後云三地得第二身以後攝初云八地得三不配者三本楞伽總皆不配既以八地向前為第

二則三即九地至十乃至如來居然可知若無上【依經第一】不配地位但約三人得聲聞緣覺大地菩薩若勝鬘云無明習地為緣無漏業為因有阿羅漢緣覺自在菩薩三種意生身○【私謂】三意生身楞伽辨位已具熏聞云今經即第三種類也孤山以今經十信判之初即相似初信至七信次即相似八信終即九十信也長慶說文引華嚴論云三乘權教地前菩薩修六波羅蜜空觀功成得意生身也次後異解各出有師言受陰盡位正在觀行當依孤山判居十信者有師言三意生身本通教位須借別位而明者有師言圓頓行人凡身歷聖初住現身作佛不局位次者有師言如阿羅漢山壁由之直度如意迅疾非地上三種意生身者今助一解畧與彼異謂五陰初文法喻交參如明目人如魘人如鳥出籠皆喻也若自明朗若魘咎歇熟寐寤言喻中之重喻也用是參觀將無歷位是法而意生亦喻乎受陰盡境虛融明妙六十聖位如文羅網凡身上歷如雲如影響如意去迅疾石壁無礙故曰得意生身隨往無礙斯則心離其形如鳥出籠之重喻也言隨往無礙則知非安立聖位尅取實證也華嚴同向十願願一切衆生得意生身猶如佛身此中以凡身上歷得意生身法喻畧同若必欲釋明辨位則楞伽之三地無上依勝鬘之三種地前地上清涼亦未能決定結歸那得於此文中比擬差別哉意是舉喻清涼之說如是亦不違楞伽古釋也○【刪修】【張無盡云】經無六十聖位之文益譯人之誤而注釋者又

從而牽合愍公云此一段經次述超形後證
意生此則位階覩證或面決金顏輒會乖文
寀通佛旨長慶說文與集解皆失經意今刪
去能成就下經文二十四字按無盡此節刪
修已經雷菴彈駁姑
仍其舊文以戒妄作〔經〕譬如有人熟寐寱言
是人雖則無別所知其言已成音韻倫次令
不寐者咸悟其語此則名爲想陰區宇〔疏〕此
喻鈍根觀力微弱雖受陰盡有成就聖位之
分然不破想陰故如熟寐寱言也無別所知
想陰蓋故〔補遺云〕想心所籠如在睡夢觀解
明白如言倫次睡人心在無記曰
無別所知未
有相似之證不寐人者如證聖人則知此人
已有昇進聖位之分般若云如來悉知悉見
是人皆得成就阿耨菩提也〔溫陵云〕得意生
之因而爲想陰
所覆譬熟寐寱言雖未即得故已成就譬無
別所知而言已倫次如是因相唯想盡者能
知譬不寐者咸悟其語此想陰之相也△〔融
室云〕定中受等四陰比散心者不同散心則
一向在夢定則受陰如魔見聞不迷想陰如
寱已成次第△〔海印云〕以悟明圓理但未實
證故如寱語已成倫次今禪人少悟未徹
知解禪聞者或悟已實未了彼正落憶想寐

曰以想陰未破
也〔△〕二明盡相〔經〕若動念盡浮想銷除於覺
明心如去塵垢一倫生死首尾圓照名想陰
盡是人則能超煩惱濁觀其所由融通妄想
以爲其本〔疏〕想者取像謂要先安立境分劑
相方能隨起種種名言念緣不息卽名浮動
念卽想也浮想既除觀心轉淨故云如去塵
垢〔海印云〕想相爲塵識情爲
垢故浮想銷如去塵垢一倫生死謂行
陰倫類也首尾本末也以行是遷流遷流卽
生滅今無想隔故本末皆現卽生滅體露觀
心明見故云圓照〔孤山云〕若悟真常無死生
終始之異故曰圓照也
〔資中〕一切煩惱皆從想生故想陰除卽超此濁
〔疏〕一切煩惱以想爲本擾惱身心汩亂真心
故名爲濁如前文云又汝今者憶識誦習性
發知見容見六塵離塵無體離覺無性相織
妄成名煩惱濁今想陰盡此濁亦超也融通

妄想者想能融變身遺於心心想酢梅口中流水融通質礙故名流通〔中川云〕成實云一切煩惱皆在第六識中以想行第六故巳二正明現境下六〔經〕一貪求善巧二酉一心愛忽生魔得其便

〔經〕阿難彼善男子受陰虛妙不遭邪慮圓定發明三摩地中心愛圓明鋭其精思貪求善巧

〔疏〕心愛生也虛妙空寂也邪慮卽前十種心念也謂發悲生勇等愛圓明者著定境也鋭利也淬利愛心令其精妙故貪善巧〔溫陵云〕得受陰盡曰虛妙已無受魔曰不遭圓定等者想陰定中也愛圓明求善巧者因其虛妙生愛思於圓明之體以發溫和之用也△〔如說云〕見惑是受陰根本故前十種皆言見色陰銷思惑是想陰根本故下十種皆由貪愛而起受陰虛妙者謂能離身反觀作用自在也圓定發明由受陰一破見惑已銷於諸前塵不起分別成一精明故曰圓定心愛圓明者因其虛妙心生愛樂欲令覺心圓明無不了知方便度生以行教化故發憤鋭思貪求善巧只此一貪便是動魔之本因也

〔經〕爾時天魔候得其便飛精附人口說經法其人不覺是其魔著具人指魔所附之人自言謂得無上涅槃來彼求巧善男子處敷座說法其形斯須或作比丘令彼人見或爲帝釋或爲婦女或比丘尼或處寢室身有光明是人愚迷是人求巧善男子也惑爲菩薩信其教化搖蕩其心破佛律儀潛行貪欲

〔疏〕魔得便也既貪善巧異想紛然魔附他人來應求巧師資相誘慣亂其心破佛律儀故成魔業〔吳興云〕魔精所附之人亦修習定慧者△〔補遺云〕想中十魔並從附口說法以想心迅利卽覺觀之尤者無禪定力必須說而吐之也以能說所聽皆心想之咎所致魔鬼耳△〔溫陵云〕天魔變現教化示溫和說法也己二口說異端去身留難

〔經〕口中好言災祥變異或言如來某處出世或言劫火或說刀兵恐怖於人令其家資無故耗散說異此端也名怪鬼年老成魔惱亂是人厭足心生去彼人體弟子與師俱遭王難致留難也汝當先覺不入輪迴迷惑不知墮無間獄勸先覺也下諸境倣此△〔通釋〕

口中好言等者指魔附之人來彼求巧善男子處口中所說之法也惱亂是人者指求巧之人也去彼人體者彼人魔所附之人也弟子與師即求巧之弟子與說法之師也下文並同〔溫陵云〕按經前總叙云或汝陰魔或復天魔或著鬼神或遭魑魅結文云是十種魔或附人體或自現形魔師弟子婬婬相傳如受陰中悲等十魔即塗魔也想陰初舉十類即天魔也次舉魔附即鬼神魑魅也初文皆云潛行貪欲即婬婬相傳也恠鬼魃鬼等皆前文所舉今為天魔所驅遣者〇二貪求經歷二乃一心愛忽生魔得其便已下九段科文並同〔經〕阿難又善男子受陰虛妙不遭魔慮圓定發明三摩地中心愛遊蕩飛其精思貪求經歷〔疏〕心愛生也經歷遊行也〔標指云〕觀中動搏舉種子故現斯境△〔蕅益云〕以前無色受二陰形質拘累迸起飛心欲同諸佛菩薩說法攝化遊行剎土不動跬步故現愛遊永歷之境也〔經〕爾時天魔候得其便飛精附人口說經法其人亦不覺知魔著亦言自得無上涅槃來彼求遊善男子處敷座說法自形無變其聽法者忽自見身坐寶蓮華全體化成紫金光聚一衆聽人各各如是得未曾有是人愚迷惑為菩薩婬逸其心破佛律儀潛行婬欲〔經〕口中好言諸佛應世其處某人當是某佛化身來此某人即是某菩薩等來化人間其人見故心生傾渴邪見密興種智銷滅此名魃鬼年老成魔惱亂是人厭足心生去彼人體弟子與師俱陷王難汝當先覺免入輪迴迷惑不知墮無間獄〔私謂〕法華無盡意言觀世音菩薩云何遊此娑婆世界般若中佛告普明汝當一心遊彼娑婆世界即遊歷之事也魔於是人為廣說諸佛菩薩應世順流某人某處十方賢聖舉在眼前三土寂光不移寸步用以引合飛心黏著遊蕩使增長貪邪而勇於淪墜也魃鬼遇風即活在因飛蕩年老成魔求惱求遊男子豈非宿習與〇三貪求契合二〔經〕又善男子受陰虛妙不遭邪慮圓定發明三摩地中心愛緜㴞澄其精思貪求契合〔疏〕緜密也澄凝寂也精思即前愛心也夫忘機寂照想念不生理自冥會若希求㴞合愛念潛增擬

心即差遂招魔惑忘機下資中文【雲棲云】至哉長水之言然若忘機失照即沈死水行人辨之△【溫陵云】愛緣容者欲容契妙理也△【融室云】於覺明中受其緣緣容容不見涯際所以澄凝精純之思貪求契合逈無離散【經】爾時天魔候得其便飛精附人口說經法其人實不覺知魔著亦言自得無上涅槃來彼求合善男子處敷座說法其形及彼聽法之人外無遷變令其聽者未聞法前心自開悟念念移易或得宿命或有他心或見地獄或知人間好惡諸事或口說偈或自誦經各各歡娛得未曾有是人愚迷惑爲菩薩緜愛其心破佛律儀潛行貪欲【疏】心希契合今未聞法便自開悟乃至得通自誦經等頗合其心故多緜愛【溫陵云】希契合故魔與開悟自開悟下皆容契事緜愛謂心生愛著也【經】口中好言佛有大小某佛先佛某佛後佛其中亦有真佛假佛男佛女佛菩薩亦然其人見故

洗滌本心易入邪悟此名魅鬼年老成魔惱亂是人厭足心生去彼人體弟子與師俱遭王難汝當先覺不入輪迴迷惑不知墮無間獄【疏】男女佛者貴引行人行貪欲事無妨成佛洗滌本心者本心修行俾離貪欲今反行之本心遂去故云洗滌【補遺云】約教固有偏圓之佛本同末異邪人灼然謂之大小如來本迹豈易知之邪人輒判其在先成其在後證亦乃恣其不遜云有真假之佛亡四貪求辨析二【經】又善男子受陰虛妙不遭邪慮圓定發明三摩地中心愛根本窮覽物化性之終始精爽其心貪求辨析【疏】根本者根尋本究物之元底也物化萬境也爽明也【吳興云】性海圓澄森羅自現苟偏求俗理則翻漏自心違本欄邪邪鬼斯入△【溫陵云】愛窮物化之本故爽其心以求辨析也【經】爾時天魔候得其便飛精附人口說經法其人先不覺知魔著亦言自得無上涅槃來彼求元善男子處敷座說

法身有威神摧伏求者令其座下雖未聞法自然心伏是諸人等將佛涅槃菩提法身卽是現前我肉身上父父子子遞代相生卽是法身常住不絕都指現在卽爲佛國無別淨居及金法相其人信受亡失先心身命歸依得未曾有是等愚迷惑爲菩薩推究其心破佛律儀潛行貪欲（疏）心欲求元魔精附物說肉身爲三德之本指相生爲常住之因淸淨之方只此穢境相好之體全是我身妄本旣宣邪信便發魔力所制更不推移盡命歸心從邪敗正（補遺云）涅槃言我今此身卽是法身理無所存徧在於事事卽理故法身在兹邪人妄合此意僻爲俗事不達喻性竟成魔邪（經）口中好言眼耳鼻舌皆爲淨土男女二根卽是菩提涅槃眞處彼無知者信此穢言此名蠱毒魘勝惡鬼年老成魔惱亂是人厭足心生去彼人體弟子與師俱陷王難汝當先覺不入輪迴迷惑不知墮無間獄（疏）世有金剛禪二會子頗是此類斯皆魔著卒受王難按蠱毒卽第四蠱鬼魘勝卽第七魘鬼乙五貪求冥感二（經）又善男子受陰虛明不遭邪慮圓定發明三摩地中心愛懸應周流精研貪求冥感（疏）夫功深行著感應自宜起念妄求魔精暗入（吳興云）懸應在聖冥感屬已於未證理前求其休驗也（經）爾時天魔候得其便飛精附人口說經法其人元不覺知魔著亦言自得無上涅槃來彼求應善男子處敷座說法能令聽衆暫見其身如百千歲心生愛染不能捨離身爲奴僕四事供養不覺疲勞各各令其座下人心知是先師本善知識別生法愛粘如膠漆得未曾有是人愚迷惑爲菩薩親近其心破佛律儀潛行貪欲（疏）希求旣起魔伺便來影附他

人爲善知識感心激切認是先師法愛倍生膠漆何異【温陵云】化百千歲之形假前世知識以現冥感也△【補遺云】知是先師者今聽者繆憶此人是先世之師以係其意【經】口中好言我於前世於某生中先度某人當時是我妻妾兄弟今來相度與汝相隨歸某世界供養某佛或言別有大光明天佛於中住一切如來所休居地彼無知者信是虛誑遺失本心此名厲鬼年老成魔惱亂是人厭足心生去彼人體弟子與師俱陷王難汝當先覺不入輪迴迷惑不知墮無間獄【疏】休居地者涅槃處也真實涅槃豈有處耶今指天爲圓寂之地非魔是何【温陵云】此皆現冥感也舉光明天將引入魔境也○六貪求靜謐二【經】又善男子受陰虛妙不遭邪慮圓定發明三摩地中心愛深入尅已辛勤樂處陰寂貪求靜謐【疏】愛深寂境爲真修處故云深入夫心亡則境寂豈間塵喧念動則緣繫任居谷隱靜欲繞舉魔精卽來束約身心故云尅已【補遺云】靜謐者禪那之所宜於靜取著魔得其便△【温陵云】愛深幽靜以澄養通力也【經】爾時天魔候得其便飛精附人口說經法其人本不覺知魔著亦言自得無上涅槃來彼求陰善男子處敷座說法令其聽人各知本業或於其處語一人言汝今未死已作畜生勑使一人於後蹋尾頓令其人起不能得於是一衆傾心欽伏有人起心已知其肇佛律儀外重加精苦誹謗比丘罵詈徒衆訐露人事不避譏嫌【疏】令知本業者宿命事也令蹋尾者現後報也起心知肇卽天心也訐露人事天眼天耳也魔得邪定故有此通作此異端誰不信伏【如說云】倍加勤苦現精進以惑人也△【私謂】准高僧傳釋道舜止洋州羊頭山游衆落說法獨不爲一女授戒曰汝當生牛中其相已現戒不救汝必不信者

試蹋汝牛尾業影必當不起即以足躡女裙後空地云是尾影其女依言輒起不得女家捨米數萬石並爲營福懸業便傾方爲授戒此與今經魔事相類然僧傳則以舜公行履證之而知其非誑惑也【經】口中好言未然禍福及至其時毫髮無失此大力鬼年老成魔惱亂是人厭足心生去彼人體弟子與師俱陷王難汝當先覺不入輪迴迷惑不知墮無間獄【疏】未然者然生也預說凶吉應無毫差○【私謂】鬼道十類此文開六而隱其四今所列大力鬼即情少想多中大力鬼王之爲不能護法護咒住如來座下專以鬼業得大力報者也次山林城隍等即人間鬼神祠祀血食者大力鬼中力報少劣者也前開六鬼皆銷窮報盡之類故此二別開也餘三魔一則天地大力山海草木諸精豈非遇精爲形和精之鬼乎本形爲魍魅鬼報盡生世爲應類而年老成此魔也二則日月精氣鱗鳳龜鶴諸靈豈非遇明爲形明靈之鬼乎本形爲役使鬼報盡生世爲休徵而年老成此魔也三則遮文荼毘舍童子未發心者豈非遇人成形依人之鬼乎在因爲諸天眷屬別報爲諸魔眷屬而生人道中參於達類者其兩楹之間也此三即鬼道中之後三而力盛業厚非衰窮報盡之倫止觀云聰明鬼神一切皆屬於魔故於此別顯也

十鬼中但除第六餘鬼以業重趣劣與地獄相次不爲魔羅所攝耳○【刪修】有人云此文標章應與下章倒換以此文靜謐移下以下文宿命移上恰相應也此言亦有理在然翻度久遠誰敢自命譯主耶○七貪求宿命二【經】又善男子受陰虛妙不遭邪慮圓定發明三摩地中心愛知見勤苦研尋貪求宿命【疏】宿命等通禪者自有離欲靜慮任運現前若起念先求無功強取非唯喪本亦乃成魔吳興云宿命通小乘修成大乘發得進不待發退不從修作念求之故招魔事△【標指云】宿命知見不可貪求立知立見即無明本【經】爾時天魔候得其便飛精附人口說經法其人殊不覺知魔著亦言自得無上涅槃來彼求知善男子處敷座說法是人無端於說法處得大寶珠其魔或時化爲畜生口銜其珠及雜珍寶簡策符牘諸神異物先授彼人後著其體或誘聽人藏於地下有明月珠照耀其處是諸聽者得未曾有多食藥草不食嘉

饌或時日飡一麻一麥其形充肥魔力持故誹謗比丘罵詈徒衆不避譏嫌【疏】簡策符牘皆國家奇要之物授此異物令心信伏後乃著之【無盡云】如談符命勅鬼神召丁甲方術奇要之書△【起信云】或復令人若一日若二日乃至七日住於定中得自然香飲食身心適悦不飢不渴使人愛著或令人食無分齊乍多乍少顏色變異【經】口中好言他方寶藏十方聖賢潛匿之處隨其後者往往見有奇異之人此名山林土地城隍川嶽鬼神年老成魔或有宣婬破佛戒律與承事者潛行五欲或有精進純食草木無定行事惱亂是人厭足心生去彼人體弟子與師俱陷王難汝當先覺不入輪迴迷惑不知墮無間獄△八貪取神力二【經】又善男子受陰虛妙不遭邪慮圓定發明三摩地中心愛神通種種變化研究化元貪取神力【疏】化元謂神變之本也此貪如意通耳

【直解云】法界次第云有十四種變化不同初禪二化二禪三化三禪四化四禪五化經言種種不出此十四化不離根本禪故又云以漏無漏深妙禪爲之正體諸變化相爲之妙用蓋以諸禪正定爲變化之本元也【經】爾時天魔候得其便飛精附人口說經法其人誠不覺知魔著亦言自得無上涅槃來彼求通善男子處敷座說法是人或復手執火光手撮其光分於所聽四衆頭上是諸聽人頂上火光皆長數尺亦無熱性曾不焚燒或水上行如履平地或於空中安坐不動或入缾內或處囊中越牖透垣曾無障礙唯於刀兵不得自在自言是佛身著白衣受比丘禮誹謗禪律罵詈徒衆訐露人事不避譏嫌【疏】神境之通離欲方得貪求强取卽陷魔羅必若真通刀豈能沮以斯取驗邪正可分准仁王經白衣高座比丘地立佛法滅相菩薩戒中亦同此說【標指云】天魔邪定得

相似五通故附人中作怪【經】口中常說神通自在或復令人傍見佛土鬼力惑人非有真實讚歎行婬不毀麁行上經云讚婬怒痴麁行即婬怒痴也不毀即讚也將諸猥媟以爲傳法此名天地大力山精海精河精土精一切草木積劫精魂或復龍魅或壽終仙再活爲魅或仙期終計年應死其形不化他怪所附年老成魔惱亂是人厭足心生去彼人體弟子與師俱陷王難汝當先覺不入輪迴迷惑不知墮無間獄○九貪求深空二【經】又善男子受陰虛妙不遭邪慮圓定發明三摩地中心愛入滅研究化性貪求深空【標指】云即色明空是無上智求空滅色魔境隨生中論云諸佛說空法本爲破於有若有著空者諸佛所不化【經】爾時天魔候得其便飛精附人口說經法其人終不覺知魔著亦言自得無上涅槃來彼求空善男子處敷座說法於大衆內其形

忽空衆無所見還從虛空突然而出存沒自在或現其身洞如琉璃或垂手足作栴檀氣或大小便如厚石蜜誹謗戒律輕賤出家【疏】真空不妨妙有有而性常自空所以具修萬行了無所著若欲杜絕衆行以爲深空即同外道斷見撥無因果魔得其便從空出沒幻惑其心【溫陵】云乘其好空故依空誑惑乘其空見而入【經】口中常說無因無果一死永斷無復後身及諸凡聖雖得空寂潛行貪欲受其欲者亦得空心撥無因果此名日月薄蝕精氣金玉芝草麟鳳龜鶴經千萬年不死爲靈出生國土年老成魔惱亂是人厭足心生去彼人體弟子與師多陷王難汝當先覺不入輪迴迷惑不知墮無間獄【疏】口說空理無因無果蓋由心邪遂招魔惑薄蝕精氣者此即惡星精曜能爲蝕神

亦爲魔怪（七十貪求永歲二）【經】又善男子受陰虛妙不遭邪慮圓定發明三摩地中心愛長壽辛苦研幾貪求永歲棄分段生頓希變易細想長住【疏】夫分段生死三界惑盡方始得離二乘無學登地菩薩皆得變易今未離染頓欲於此分段身上變麁身爲細質易短命爲長年過分希求故爲魔著細想常住者微細存想求久住世也（溫陵云三界惑盡方離分段生死得變易生死今功未成妄希即惑矣細想者欲變麁爲細得久住世也乾道紹興二本作細相常住△補遺云變易土中微細生滅緣壞生相若望分段亦名常住法性身耳）【經】爾時天魔候得其便飛精附人口說經法其人竟不覺知魔著亦言自得無上涅槃來彼求生善男子處敷座說法好言他方往還無滯或經萬里瞬息再來皆於彼方取得其物或於一處在一宅中數步之間令其從東詣至西壁是人急行累年不到因此心信疑佛現前【經】口中常說十方衆生皆是吾子我生諸佛我出世界我是元佛出世自然不因修得此名住世自在天魔使其眷屬如遮文茶及四天王毗舍童子未發心者利其虛明食彼精氣或不因師其修行人親自觀見稱執金剛與汝長命現美女身盛行貪欲未逾年歲肝腦枯竭口兼獨言聽若妖魅前人未詳多陷王難未及遇刑先已乾死惱亂彼人以至殂殞汝當先覺不入輪迴迷惑不知墮無間獄【疏】世人所事爲善知識者皆六欲天魔以爲其主遮文茶未詳（舊日嫉妬女又云怒神即役使鬼也介甫引陀羅尼集經有遮文茶天月禪師云即鳩槃茶梵音楚夏耳無盡按佛頂咒二名並舉月公誤也）毗舍童子卽毗舍遮鬼也此云食精氣顛那夜迦亦此類也（即毗舍闍亦毗舍遮噉人及五穀精氣西天博叉天王居白銀城所

領【補遺云】言遮文荼是自在天所領言毘舍是四天王偏言不發心者已發心則護法未發心則惱人也言利其虛明者以受陰既虛妙其精氣亦復虛明是天魔所利也口兼獨言者即前美女也【無盡云】食精之鬼所憑若相晤言也或云素問言譫語者氣虛獨言指肝腦枯竭之候病狀如是㊃三結勸弘宣三㊀初總結諸境【經】阿難當知是十種魔於末世時在我法中出家修道或附人體或自現形皆言已成正徧知覺讚歎婬欲破佛律儀先惡魔師與魔弟子婬婬相傳如是邪精魅其心腑近則九生多逾百世令真修行總爲魔眷命終之後必爲魔民失正徧知墮無間獄【疏】此文即同涅槃經云未來世中是魔波旬漸當壞亂我之正法乃至現比丘比丘尼及阿羅漢像非法說法誹毀戒律自言得聖惑亂世間以此二經鑒於世間稱聖毀戒者非魔而誰【海印云】昔佛住世諸魔壞法佛神力故皆不能壞魔作誓言我於如來滅後依教出家破壞佛法佛即墮淚曰無奈汝何譬如師子身中蟲自食師子身中肉是諸末世壞法比丘皆魔屬也九生九百年正法一千年將盡時也一世三十年百世三千年末法之初正法弱魔強之時也○【涅槃云】魔尚能變身作佛豈不能作四依菩薩感亂世間如來告諸聲聞汝等不應畏魔波旬若魔波旬化作佛身至汝所者汝當精勤堅固其心令彼降伏時魔即當憂愁不樂伏迫而去

㊁二勅勸弘宣

【經】汝今未須先取寂滅縱得無學留願入彼末法之中起大慈悲救度正心深信衆生令不著魔得正知見我今度汝已出生死汝遵佛語名報佛恩【疏】大聖深慈勸不取滅殷勤付囑正爲今時若以今文望前發願如一衆生未成佛終不於此取泥洹斯則師資相承悲救一揆四派入滅一何現權【孤山云】此稱阿難未須入滅而付法藏傳云入風奮迅三昧四派其身入滅度者非感現不同乎

㊂三重示迷因

【經】阿難如是十種禪那現境皆是想陰用心交互故現斯事衆生頑迷不自忖量逢此因緣迷不自識謂言登聖大

妄語成墮無間獄〔標指云〕行人無渥和般若舉意便遭魔事○〔雷菴云〕昔長蘆祖照和禪師於定中見數十里內事人無知者後以莊僧聞過遂敗於外師即入圓寂道場頗禪師有僧賓坐祖關光焰透戶師曳杖往扣之僧舉目即以杖擊逐之出寺夫以祖照之不外遠道場之不惑衆如是今靜勝功夫尚未臻於古人汲汲然唯恐人之不己知也所謂弟子與師俱陷王難者有之矣悲夫〔可〕四再易流布

〔經〕汝等必須將如來語於我滅後傳令末法徧令衆生開悟斯義無令天魔得其方便保持覆護成無上道〔疏〕據弘此經合魔宮振動凡夫不覺故也如說四安樂行正同此意故文殊問云於後惡世云何能說此經佛令住四安樂行廣說離識毀等緣豈非同此魔事耶○〔南岳思大師云〕是四念處有三十七種差別名字名爲道品觀身不淨及能了知此不淨身是無明根本空無生處不淨觀法能破身見男女憎愛及中間人皆歸空寂是名破煩惱魔觀十八界三受法一切皆苦捨之不著觀此樂受能作苦因捨之不受初捨苦樂便得不苦不樂更復觀此不苦不樂受無所依止乃至如是觀時空無可得亦無可捨亦復不得無可捨法真假俱寂是時即破陰界入魔觀心無常生滅不住觀察是心本從何生如此觀時都不見心亦無生滅非斷非常不住中道如此觀己即無死魔法念處中觀一切法善不善無記皆如虛空不可選擇於諸法中畢竟心不動亦無住相得不動三昧即無天子魔○

已上想陰

十魔竟

大佛頂首楞嚴經疏解蒙鈔卷第九之四

音釋

檮 徒刀切音陶斷木又剛木古謂頑嚚爲檮杌

寱 倪制切音藝寐言

淬 七醉切音翠滅火器又火入水曰淬又染也

譫 之廉切音占多言也

敭 以智切音異輕簡也又式至切音試侮也

大佛頂首楞嚴經疏解蒙鈔卷第十之一

海印弟子蒙叟錢謙益鈔

〇大文陳禪那現境之四㈥四破行陰三㈦一盡未盡相三㈧一明區宇二㈠一想盡益相

經 阿難彼善男子修三摩提想陰盡者是人平常夢想銷滅寤寐恒一覺明虛靜猶如晴空無復麤重前塵影事 疏 想陰若存寤即想像寐即成夢今想陰盡即無有夢以想陰是夢之元故雖有寤寐以無想故寤亦如寐寐亦如寤故云恒一 吳興云准智論明阿羅漢有眠無夢驗今相盡即六根盡論云眠有二種一者眠而夢二者眠而不夢阿羅漢非為安隱著樂故眠但是四大身法應有食息眠覺少許時息名為眠不為夢眠 圓明心體名為覺明離想浮動故名虛靜空喻覺明暗喻離想麤重即煩惱也以想陰是煩惱濁故前塵影事即所想境能想既亡所想不立故云無復 吳興云以圓觀所破通別二惑猶如治鏡麤垢先除故云無復麤重△溫陵云五陰前麤後細故想盡則無麤重影事 經 觀諸世間大地山河如鏡鑒明更無所粘過無蹤跡虛受照應了罔陳習唯一精真 疏 觀緣也雖有根識緣諸境界而不想像繫念在意故如其鏡照物無跡但虛受虛照虛應而已 標指云鏡有四義虛者能含萬象受者物來不拒照者隨物顯形應者無所取捨 亦可如鏡照於光明雖鑒無影故云虛受了畢竟也罔無也陳舊也習妄想也畢竟無有無始妄習唯有一靈真如性也 吳興云謂受之與想已無離故習氣也△海印云想陰既破無前六浮想習氣沾帶八識真精之體迥然獨存此想盡之相也 又了謂分別即諸識也罔謂罔象陳習謂無始種子也唯一精真者唯一識陰也如下文云則湛了內罔象虛無微細精想以對行陰故云精真也顯此行人得想陰盡唯識陰及行陰在今此行陰又

現披露故名識陰爲精真也○二行陰現相【經】生滅根元從此披露見諸十方十二衆生畢殫其類雖未通其各命由緒見同生基猶如野馬熠熠清擾爲浮根塵究竟樞穴此則名爲行陰區宇【疏】行陰是生滅元以遷流造作故想盡行現故云披露【熏聞云】下文云唯生與滅是行邊際今想盡唯行故云披露畢殫其類者殫盡也盡此十二類生皆從行出以行是業體故【孤山云】以行是業能招報故【溫陵云】行爲萬化生滅根元其相披露則十二類生之元無不殫見未通各命者雖了知十二類生總從行出而未知衆生別種在識陰中此即本識業苦種子是衆生各別性命因由端緒也【孤山云】謂雖未能別相見彼衆生修因趣果由因端緒已能總相見彼生類俱由行起名此行陰爲同生基【海印云】各命由緒乃異熟種子其躰深細故不能知見同生基者同分生基即行陰也同以行陰爲其基本【宗通云】若通別相能見衆生各命由緒慧福不同由於多生積習種子發現爲識陰邊事故非行陰所測猶野馬者塵合陽氣鼓而爲之熠熠即光起閃爍喻作生作滅也清擾者即此行陰擾動生滅微細不停以無想陰塵垢故名清也【孤山云】謂行陰微細遷流生滅同於野馬無復麁重故云清擾即下文幽清擾動也○【引證】郭象注莊云野馬者游氣也陸德明引司馬彪云春月澤中游氣也崔云天地間氣如野馬馳也沈括云野馬乃田野間游氣遠望如群羊又如水波佛書謂如熱時野馬陽焰【孤山云】如湯焰塵埃則誤也熠熠螢光也豳詩熠耀宵行之義爲浮根塵究竟樞穴者門箕曰樞門臼臼穴此皆動轉之要處也根塵生滅皆以行陰爲機紐處了知此者正在行陰故云區宇【融室云】樞之有穴門用開閉謂弁色聲眼耳諸根究竟歸處則以行陰同生之基爲彼樞穴○【釋文】同生基流俗本作生機浮根塵有本作浮塵根皆誤○二明盡相【經】若此清擾熠熠元性性入元澄一澄元習如波瀾滅化爲澄水名行陰盡是人則能超衆生濁觀其所由幽隱妄想以爲其本【疏】

性入元澄者行陰若盡遷流性澄歸一藏識名入元澄經云藏識海常住也吳興云性即生滅之性以旋復爲入也元即樞穴之元以精眞爲澄也海印云行陰乃八識體上生滅之相故云元性八識爲湛淵之體唯一精明故曰澄曰一以觀行增勝能純生滅根元習氣吳興云元習謂習氣即通惑耳令其不動歸一識陰猶如澄水也標指云此湛入合湛也以行是衆生遷流業性故此若盡即超衆生濁也吳興云行陰爲生滅根元衆生攬生滅爲體其元既盡斯濁亦起行陰生滅微細難究故名幽隱海印云行陰復歸元性則八識了無生滅性入元澄如水無波瀾唯一止水名行陰盡二楞云想陰如大流行陰如細流識陰如無波之流想陰盡如大流息行陰現如細流生若元習一澄則細流皆爲澄水此即清水現前名爲初伏客塵煩惱△宗通云行陰習擾成性故曰元性元習習不能澄習唯性歸元則能澄習遷流相盡無風匝匝之波化爲澄水至湛不搖處名行陰盡○合釋行陰外道○唯識第六云云何惡見一薩伽耶見謂於五蘊執我我所一切見趣所依爲業此見差別有二十句六十五等分別起攝二邊執見謂即於彼隨執斷常障處

中行出離爲業此見差別諸見趣中有執前際四徧常論一分常論及計後際有想十六無想俱非各有八論七斷滅論等分別起攝三邪見諸見趣中有執前際二無因論四有邊等不死矯亂及計後際五現涅槃或計自在世主釋梵及餘物類常恒不易或計自在等是一切物因或有橫計諸邪解脫或有妄執非道爲道諸如是等皆邪見攝○瑜伽八十七云又諸外道薩迦耶見以爲根本有六十二諸惡見趣謂四常見論四一分常見論二無因論四有邊無邊想論四不死矯亂論如是十八諸惡見趣是計前際說我論者又有十六有見想論八無想論八非有想非無想論七斷見論五現法涅槃論此四十四諸惡見趣是計後際說我論者○清涼功德品鈔論中約迷前際後際爲次今依唯識約所見分之謂於前際計四徧常四一分常及依後際有想十六無想俱非各有八論共四十種常見差別有計後際七斷滅論此四十七共因我見而起邊見前四十見爲常後七見爲斷此皆見斷名分別起有計前際二無因論言有計前際二無因論等者此皆因邪見起見不正故名之爲邪四有邊論四不死矯亂及計後際五現涅槃故六十二此六十二以邪見邊見二爲自體以餘二見見取戒取而爲卷屬依於身見以爲根本故名差別諸見趣也○彼疏又云依身見爲本生六十二見此有二說一依三世五蘊至下當明品計藏二依外道邪見具如瑜伽八十七說鈔云依三世五蘊說者薩迦耶見名爲身見身見依五蘊起此我見此爲依故諸見得生對法第一云如計色是

我我有色色屬我我在色中一蘊有四五蘊合有二十句五爲我見餘皆我所此即分別行緣蘊不分別所起處若歷三世便有六十加身即我爲六十一我復異身爲六十二又計常無常等爲六十二如十藏品婆沙論云謂如以色爲我於餘四蘊各三我所謂是我瓔珞我童僕我器即有十二色爲一我即總有十三五蘊總有六十我所見有五我見爲六十五此即分別行緣蘊亦分別所起處此等皆是分別我見二依外道邪見等如上說

○私謂准清涼釋六十二見雜引唯識瑜伽諸論比較今經行陰文章門歷別者亦有二說經言奢摩他中諸善男子於圓元中起計度等者此指修心誤墮之行人即清涼所明依三世五蘊者是也經言是人墜入二無因論者此指立計邪執之外道即清涼所明依外道邪見者是也諸論破斥是外道邊邪惡見是佛怨家此經分別是行人邪慧現發成附佛法外道成立不同出過亦異是故經論差別不容會而爲一也其言歷三世五蘊者此中亦各各異言歷三世之異者中論邪見品云我於過去世爲有爲是無世間常等見皆依過去世我於未來世爲作爲無作有邊等諸見皆依未來世涅槃品偈云滅後有無等無邊等常等諸見依涅槃未來過去世全經四徧常論中初三知二萬等劫即指過去第四因心所度即屬現在一分常論中第一神我即指過去亦兼現在第二劫壞不壞即屬未來三四觀心知陰即指現在亦兼未來不同論以常等諸見皆依過去世也四有邊論中第一計過去有邊兼指過未計相續無邊即屬現在第二觀八萬劫前即指過去第三計我徧知即屬現在第四衆生世界半在半滅即兼指過去未不同論以邊等諸見皆依未來世也清涼云此我不同不出三世涅槃爲起見處云此我不同者以先世我即今世我若先有未有皆有過故云不出三世者以通三世間正顯衆生世間兼明五蘊世間衆生是五蘊假者外道計以爲我故云涅槃爲起見處者以外道計無想天爲涅槃故此經正明三世古今不離一念涅槃世間無有差別揀異外道執今世我曲分過未也言歷五蘊之異者諸論同指身見依五蘊起一明五蘊有二十句歷三世成六十二一明五蘊有六十我所依五我見成六十五此經四陰四句成十六句以行陰依止前三識由行陰覆故故不言也外道論師六十二見總以斷常二見爲根本計常者曰見五衆常即自謂色受想行識今世雖滅未來更生計斷者曰見五衆斷即自謂色受想行識今世滅已更不再生今此經六十二見獨立於行陰中者清涼云以諸蘊性性皆遷流隨勝立名行之一種雖標總稱即受別名又攝法多者依大乘百法畧明攝法多少識蘊唯攝八識心王色蘊唯攝十一種色想受二蘊但攝心所徧行中二数四蘊但攝二十一法除六無爲餘所不攝餘七十三皆行蘊攝故云多也此經於行陰文中廣破六十二者以諸蘊性皆遷流行爲總相故以行蘊攝法多故以諸見皆依行緣分別不分別所起處故是故依清涼

所明歷五蘊者理通而義別也然行人至此奢摩他中已破色受想三陰已過欲色二界天魔銷殞可謂殊勝而如來諄復告戒以墮落外道爲言當知行陰中所指外道即外道天也准諸論中二無因者一從無想天没來生此天四一分常中一者從梵天没來生此天四徧常者依上中靜慮等起宿住通隨念生四常論十六相無想俱非各八論者皆從有想無想生四靜慮得無想定乃至生無所有非想非非想處死後斷滅者從欲色界乃至非非想執彼彼地爲生死項四不死矯亂者計梵天常住名爲不死計不亂荅得生此天五現涅槃者從受五欲樂至現住第四定以爲涅槃此皆無想外道天修習行相與其得生之堦差在四禪四空兩極之間與經文精研七趣之文互相證明也清涼釋雜華於功德品廣明前後二際六十二見於十藏品别明常非常等六十二見論其相不出於我法二執出其過不出斷常別之以二見曰邊曰邪總之以一見曰我釋此經者但主貼釋消文而未及廣爲和會又別取阿含諸論取次配合無當經義今撮其大畧著於卷首以俟夫博通經論者詳而考焉〇[長阿含云]若沙門婆羅門於末劫末見皆入此四十四見中或有於本劫本見盡入十六見中或有於本劫本見末劫末見盡入六十二見中唯有如來知此見處如是挑如是持其所知亦復過是雖知不著是爲如來微妙大法光明今按長阿含所說多與經合經中皆依世界劫量起計故自四徧常四矯亂總十六見爲本劫本見從十六我見至五涅槃總四十四見爲末劫末見長阿含以二無因論居本末之間共六十二此經論次第所以各依本起也

㊁二正明現境十8一二無因論二〇一標

[經]阿難當知是得正知奢摩他中諸善男子凝明正心十類天摩不得其便方便精研窮生類本於本類中生元露者觀彼幽清圓擾動元於圓元中起計度者是人墜入二無因論

[疏]止觀增勝想念不起故云凝明正心欲界愛染不生故云魔不得便於此推窮生類之本唯一行陰幽隱清虛以爲一切生滅之元今既披露此外更無衆生之本便執衆生無因而起以不知善惡因由差別種子在識陰故[吳興云]不知善惡好醜種子含藏皆第八識[溫陵云]生類本即同生基於本類中生元露者於同生基見已行元也遂以一切生滅皆圓於此而不進窮識陰本末即墜二無因論即外道論因此而有皆修行至此邪慧忽生非是本來別有外道[海印云]此生元通依七識故云圓元

以但見行陰迷起妄計是知西天外道皆有深禪定功力但不知賴耶藏識中微細染淨種子耳△二楞云得正知者想陰已破不遭邪慮方得正知破後二陰名偏知矣方得精研者想陰既破天魔不擾方得加功用行研窮十二類生之根本也△吳興云想陰既伏煩濁且澄故云觀彼幽清猸見類生還流陰穴故云圓擾動元㔾二釋二㔾一計本無因二▽一正辨

經一者是人見本無因何以故是人既得生基全破乘於眼根八百功德見八萬劫所有衆生業流灣環死此生彼秖見衆生輪迴其處八萬劫外冥無所覩便作是解此等世間十方衆生八萬劫來無因自有資中善知生滅即是行陰又見行陰熠熠清擾同於陽焰而無實體窮盡生元更無別理名生基全破吳興云生機全破者機喻擾動即行陰也不爲想陰所覆故云全破補遺云此解與資中不同但資中以破爲開顯之義耳疏生基全破行陰現也八百功德謂由定力發其眼根本分功德百倍增勝已下孤山文彼云從定發通乘於眼根本分八百通力發用乘此通力見八萬劫衆生死此生彼過此不見亦是行陰勢力盡處溫陵云生機既破則離樞穴而眼清淨故能洞見業流灣環者隨業流轉如水在灣洄澓其處漩澓不斷不能自出也不知識陰生因種子無明所熏感果差別以不知故便執本來無因自有如見飛鳥遠不及處便謂爲無以眼根取塵本唯八百世間通力不越本因若出世通過此無礙設羅漢得亦是世通小乘無漏不見世境△吳興云眼根八百功德既約三世三方論之今見本無因即乘過去功德下見未無因即乘未來功德斯由定中修宿命通乃令眼根彰此力用業流灣環行陰流轉也冥無所覩外道冥諦也夫善惡業緣唯識變造是人八萬劫外尚不見行何況於識故從此來起無因計起信記云數論師以彼依非想定發世俗通應於邪道知過去八萬劫事過此身不知以生死智通知未來八萬劫死此生彼之事彼亦不知也中川云此以方涉世之數依本劫本見起計故八萬劫外冥無所覩○釋文生基全破吳興合論諸本基並作機今謂牒上見同生基又合下既見其根應從長水本作基末句八萬劫來吳興諸本並作八萬劫外今亦從古本▽二結成

經由此計度亡正偏知

墮落外道失菩提性【疏】如文【合解云】涅槃中佛言云何正偏知正者名不顛倒偏知者於四顛倒無不通達又復正者名世界中偏知者畢竟知修習中得阿耨菩提外道反此故云亡正偏知㊀二計末無因二▽一正辨【經】二者是人見末無因何以故是人於生既見其根知人生人悟烏生烏烏從來黑鵠從來白人天本竪畜生本橫白非洗成黑非染造從八萬劫無復改移今盡此形亦復如是而我本來不見菩提云何更有成菩提事當知今日一切物象皆本無因【疏】初二句標何以下出所以今盡下正顯末無因義以本無因故末亦如是八萬劫前不見菩提八萬劫後亦復如是以見本無末亦無也【海印云】由執本無因故執末亦無因也溫陵謂合是皆末無因非是知人生人等者資中文此人既知一切從行陰生本無異因從此向後一切常定亦無異因故言知人生人悟烏生烏人只生人無因生烏烏只生烏無因生人此皆不知新造異業感異類生故曰執末無因本既無因末亦不得【吳興云】無復改移者此見一分人畜之類有經長時業果未轉故起斯計如智論明舍利弗觀鴿子身前後皆八萬劫不改其報今行陰中既見此相乃執一切自然而然此即不知十二類生各命由緒也今盡此形明未來無形亦應見八萬劫以外道通同聲聞故論云有阿羅漢知一世或二世三世十百千萬劫乃至八萬劫過此已往亦不能知△【中川云】與上義同但觀未來自體依末劫末見起計▽二結成【經】由此計度亡正偏知墮落外道惑菩提性是則名爲第一外道立無因論【私謂】苕溪云外道即末伽梨等是斷見攝非也清涼疏云第十一無因論師計一切萬物無因無緣自然生自然滅故此自然是常是萬物因是涅槃因此計一切無染淨因如棘刺自纖烏色非染鵠色自白瑜伽顯揚俱云由如是故起無因見立無因論是也又依清涼云言有計前際二無因論者皆因邪見起外道所計微塵世性前無有因故說爲常此是邪常則無因自有是常見攝非邊見攝也瑜伽論中十六種異論差別五計常論十一無因見論十二斷見論則無因非斷見可知㊀二四偏常論三㊀一標【經】阿難是三摩中

諸善男子凝明正心魔不得便窮生類本觀彼幽清常擾動元於圓常中起計度者是人墜入四徧常論【疏】圓常者行陰生滅相續不失故名常由計四種徧一切法故名圓也【温陵】云前言圓擾動元此言常擾動元者以生滅之元皆圓於此遂執爲常而起徧常論徧即圓也故此標名徧常後結名圓常△【海印云】行陰乃八識中微細生滅之相今以定力研窮見行陰無始已來相續不斷有似常住故名圓常△【直解云】前以横徧爲圓今以竪窮爲常圓常雙舉兼横竪説常亦徧故△【如説】云前計無因爲因故曰圓元中起計度此計無常爲常故曰圓常中起計度△【清涼云】四徧常者謂我及世間一切皆常但有隱顯依上中静慮等起宿住通隨念生四常論○二釋四句一二萬劫常【經】一者是人窮心境性二處無因修習能知二萬劫中十方衆生所有生滅咸皆循環不曾散失計以爲常【疏】於勝定中以心境二法爲所窮處【温陵云】想陰盡者依心境二法修觀故【如説】云想破行現乘此心開窮研内心外境本元何自而起故曰二處無因由是觀成知二萬劫十方衆生生滅循環不曾散失如水爲氷氷還成水雖循環而體不失故名爲常【真際云】心境二處雖則無因二萬劫來生滅不斷故計爲常△【温陵云】以安計行陰爲生滅圓元故於心境四大等皆計爲常也句二四萬劫常【經】二者是人窮四大元四性常住修習能知四萬劫中十方衆生所有生滅咸皆體恒不曾散失計以爲常【疏】此人觀中以四大爲所觀處【海印云】四大乃八識相分今八識未盡故用四大作觀觀成能知四萬劫中衆生生滅咸皆體常以衆生皆以四大爲體四大既常衆生亦常故無散失【孤山云】衆生生滅不離四大大性不失於是計常△【温陵云】衆生依四大生滅而四性元則常住則諸生滅法咸皆體常此於生滅而計常也○【引證】【清涼云】外道順世論師計一切色心等法皆用四大極微爲因能生麤色雖是極微其體實有以世間麤物無常極微之因不壞也△【顯揚第六云】由不如實知緣起故計有爲先有果集起離散爲先有果壞滅由此因緣彼謂從衆微性麤物果生漸析麤物乃至極微住是故麤物無常極微常住釋曰從四大生後還歸大句三八萬劫常【經】三者是人窮

盡六根末那執受心意識中本元由處性常恒故修習能知八萬劫中一切衆生循環不失本來常住窮不失性執以爲常資中此於六根及第七識并執受心本元由處性恒不失計以爲常言六根者舉所依根顯能依識既云心意識中故知觀八識也空印云此依八識觀行故修習能知八萬劫中衆生相續心意識中總牒八識即起名心即目第八相應名意即目第七了別名識即是前六本元由處總指八識無始相續之元由也疏梵云訖利瑟吒耶末那此云染汙意執受者即第八識窮此八識性元是常私謂唯識言八識恒而非審六識審而非恒七識亦恒亦審故云性常恒故指八識也△溫陵云此文通舉八識心意識中本元即識性也由是能知八萬劫中衆生生滅不斷不散以衆生無不具有八種識故八識既生滅不失衆生亦然故名常也吳興云楞伽云阿棃耶識除佛及入地菩薩諸餘二乘外道及修行者皆不能知今行陰未盡豈能於此計常應知言心意識者通舉八識也本元由處者別指行陰也良以首楞嚴定頓窮八識圓伏五住而于想陰盡處不了行陰微細生滅妄認爲常非謂定中已見第八慜師云若了第八何得異計斯語善焉△補遺云心意識三豎對六七八識於此三處凡有生滅並是行陰衆生之元雖歷七八只觀行陰境未知識中之源此中圓教行人失意之類若了八識何論界計△空印云八識既是有爲剎那生滅皆依行陰相續流轉八萬劫來相續不失以不了故計以爲常了別鏡界者名識相續不失者由行行與識俱是所迷故依之起計矣吳興引楞伽說八識乃地上菩薩境界證此不能觀識者地上乃轉滅有漏洞見其源今雖觀識依之妄計正是所迷不應以彼例此也按會解獨取吳與通釋八識別指行陰之說竹庵空印並有料揀今依二師通妨仍從古釋ゐ四不生滅常

經四者是人既盡想元生理更無流止運轉生滅想心今已永滅理中自然成不生滅因心所度計以爲常疏生理即行陰以見想盡溫陵云想元想陰也生理行陰也想能運動今已息故運動既無不生滅理自然現前妄謂流轉生滅皆屬想心今已永滅則不生滅理自然屬行不知行陰即生滅元也此於生滅計不生滅故執爲常吳興云前指本元爲

常即於生滅計不生滅如見細流謂之止水今取理中為常乃于永滅計不生滅如見虛空謂之常住斯亦妄認行陰為理耳△補遺云前二乃於三處計其生滅不斷為常此計想心滅處細相心滅執為不生滅也想心乍伏生理根元乃現指行陰細相為生理也更無流止等者以生滅細故不見動靜之相也理中自然者指細相生滅為理有自然相也△海印云行人定中麁淨想陰已滅微細行陰一類相續不斷妄謂生滅既滅不知現在流注種子猶在識陰中生滅根元正在此也乚三結經由此計常亡正徧知墮落外道惑菩提性是則名為第二外道立圓常論疏正徧知即菩提性邪倒分別故失正唯局二四八萬劫中餘不能知故失徧正知徧知既亡故成外道邪論月三四一分常論三

乚初標經又三摩中諸善男子堅凝正心魔不得便窮生類本觀彼幽清常擾動元於自他中起計度者是人墜入四顛倒見一分無常一分常論疏或執我能生他我常他無常或執我從它生他常我無常皆計一分無常一分常論二楞云自即己身它即眾生國土平等性中起自它妄計△如說云瑜伽常見外道有計一切常者有計一分常者此與四徧常論俱執動元為真常彼則計一切常此則計一分常〇二釋二ㄠ一我常他無常經一者是人觀妙明心徧十方界湛然以為究竟神我從是則計我徧十方凝然不動一切眾生於我心中自生自死則我心性名之為常彼生滅者真無常性疏此人修定既未證真有漏觀中觀妙明心徧十方界假想而見不知無明妄識變影似真執此真心徧十方界以為真我凝明不動定力持故見諸眾生於我心中自生自死即是無常我不動者即是常故吳興云觀妙下重舉觀行湛然下正明起計亦由不了行陰生滅妄謂此處心性湛然以為神我外道名主計謂一切法皆是我所悉以此神而為其主智論明外道神我即是六識今於行陰起計亦是分別事識妄認行陰為不動我〇海印云觀智研窮妄想已銷八識精明徧十方界以不知是識脉精明執為神我此單觀自也〇宗鏡云外道不達諸法因緣和合成諸蘊凡

有所爲皆是識蘊便於蘊上執有實我受用自在名爲神主於似常似一相續之中說有神性是外道義若了內外和合因緣所成唯識所變似境所現即第八識任持不斷似有相續即佛法義㔾二劫壞劫不壞

經二者是人不觀其心徧觀十方恒沙國土見劫壞處名爲究竟無常種性劫不壞處名究竟常疏此人定中乘通見十方界標指云此相似通也於中見界未壞便執無常見已壞處執無常性此雖觀器必帶正報熏聞云恒沙國土秖於一大千界內見諸國土耳謂二禪已下終爲三災所壞名無常種性四禪已上災不能壞爲究竟禪幽溪云以已所歷增位昇至三四靜慮觀了三災可壞不可壞之處計常無常常則自所證涅槃處無常則爲他生死處桐洲云此不觀心乃不觀常住真心耳△海印云此人定中不依心觀但依土觀此單觀他也㔾三我如微塵轉

經三者是人別觀我心精細微密猶如微塵流轉十方性無移改能令此身即生即滅其不壞性名我性常一切死生從我流出名無常性疏我心如微塵者以心性微密難見故如微塵非謂其小也此執微細心性以之爲我交光云外道計我相有三一微細我二廣大我三大小我合解云行陰是七識我執故云我心是幽隱妄想故云精細我者自在主宰爲義故能流轉性無移改海印云定中觀息微密流轉十方以行陰微細故不覺流動計無改易故稱爲我却能令此麤蘊身心有生有滅以此麤蘊皆從我身所流出故所流出者名爲無常能流出者名爲常性吳興云我既微細生滅亦尒故云即生即滅而此生滅從細至麤相續無間故云一切死生等△無盡曰別觀我心將心覓心也溫陵云不能即身即心故云別觀△直解云唯識云外道執我躰常生細如一極微潛轉身中作事業故今文正同彼執流轉無改者同彼潛轉作事性恒常故十方指六道說謂我心流轉六道性未常改故云能令此身即生即滅等△清涼云身異神異者有人言神微細五情所不得得亦非凡夫人所見攝心清淨得禪定人乃能得見是故身異神異△智論云得禪者宿命智力乃見八萬劫事但見身始中陰識而自思惟此識不應無因無緣但憶想分別有法名世性非五情所知極微細故於世性中初生覺覺即是中陰識第八從覺生我從我生五種微塵從聲漸生虛空大乃至從空生耳根等如是等漸漸

從細至麁世性者從世性以來至麁從麁轉細還至世性嘗如泥丸中具有餅瓮等性以泥爲餅破餅爲瓮如是轉變都無所失轉變爲麁世性是常法無所從來如是僧佉廣說世性【私謂】此計即同第一神我用觀妙明心別觀微細也論中有法名世性非五情所知極微細故即經精細微密猶如微塵也言從世性生覺乃至從細至麁者即經微塵心性流轉十方而此麁蘊身心即時生滅亦從細至麁也又言從麁轉細還至世性如是轉變都無所失者即此中其不壞性名我性常也當知此三皆計神我皆觀十方但以究竟劫土微塵等觀爲分別耳め四行常餘無常【經】四者是人知想陰盡見行陰流行陰常流計爲常性色受想等今已滅盡名爲無常【疏】行陰披露現見遷流故執爲常想等觀中暫伏不起故執無常【孤山】云知想陰盡者得意即入相似初心失意則因茲起見即是命伏爲斷非斷盡也前後准此【吳興云】前觀我心流轉十方性無移改不知我是行陰其躰常流今雖見流仍未見識陰之相故對色受想等爲常無常也△海印云定中觀四陰先後以行陰計常以三陰計無常此今觀四陰起一分常一分無常計也○三結【經】由此計度一分無常一分常故墮落外道惑菩提性是則名爲第三外道一分常論【融室云】四計各一分常無常所計顛倒之見實在於常故總結一切常論○【合釋】智論云諸法不應是常何以故若常即無罪無福無所傷殺亦無施命無縛無解世間則無涅槃如是等因緣故諸法不應常若諸法無常則是斷滅亦無罪無福亦無增損功業因緣果報亦失如是等因緣故諸法不應無常常無常非定相二俱過故若諸法非有常非無常是爲愚癡論諸法若有邊若無邊若有無邊若非有無邊若死後有去若死後無去若有去無去若非有去非無去是身是神身異神異亦如是皆有失於六十二見中觀諸法亦皆不實如是一切除却信佛清淨不壞根心不悔不轉是名法忍

大佛頂首楞嚴經疏解蒙鈔卷第十之一

音釋

簨　聳允切音筍簨簴所以懸鐘磬者横木曰簨直木曰簴

大佛頂首楞嚴經疏解蒙鈔卷第十之二

海印弟子蒙叟錢謙益鈔

㠯四四有邊論三⊙一標

經又三摩中諸善男子堅凝正心魔不得便窮生類本觀彼幽清常擾動元於分位中生計度者是人墜入四有邊論

疏想陰盡處有四分位計此以爲有邊無邊温陵云謂三際分位見聞分位彼我分位生滅分位△融室云正心盡行觀常擾動元不越行陰則曰分位也△賀中男曰上二計真常此種計廣大也空生大覺中如海一漚發豈有分位此人但知法性無邊未嘗親見法性遂妄立分位取著一分以爲無邊其餘謂之有邊故曰四有邊論⊙二釋

四ㅂ一三際

經一者是人心計生元流用不息計過未者名爲有邊計相續心名爲無邊

疏此人心計行陰現今流注不息名爲無邊過未不見名爲有邊此約流用生滅不息無有邊際說無邊耳孤山云生元即行陰也△温陵云生元流用行陰也因還流計三際以過者已滅來者未見故名有邊現在相續故名無邊不知真際本非有邊非無邊也△直解云流用不息者八萬劫來業流灣環無有盡時故計同生基紛紛流動爲用不息也相續心即現在此約一期前後論三際耳ㅂ二衆生

經二者是人觀八萬劫則見衆生八萬劫前寂無聞見無聞見處名爲無邊有衆生處名爲有邊

疏雖八萬劫見於衆生然有分劑故曰有邊此外寂然不見有生則無分劑故曰無邊吳興云後八萬劫亦合如前今恐存畧△融室云衆生即行陰類生所生是衆生故無邊有邊在於觀劫所以觀八萬劫見有衆生處則名有邊劫前無所見聞名無邊也前門與此皆不越行陰按苕溪欲於經文中補明劫後如前故吳江揀之△講錄云前以有見聞處計過未有邊以無見聞處計現在無邊今計劫內有見聞有邊劫外無見聞無邊乃回互倒計耳ㅂ三心性

經三者是人計我徧知得無邊性彼一切人現我知中我曾不知彼之知性名彼不得無邊之心但有邊性

疏我能徧知一切衆生一切衆生

現爲我知故我即得無邊心也【二楞云】此人計自神我自謂於一切法周徧了知惟我一人得無邊性我曾不知下彼一切人雖有於知此知且不現我知中以不現故即是有邊【孤山云】我曾下謂但見彼人現我知中而不能知彼人性徧故計彼性以爲有邊△【融室云】行陰如瀑流微細流動者政當所計之我故此人亦不越行陰分位計我徧知因徧知故得無邊性△【通釋】此人觀已行陰執爲真我妄計我能周徧了知自謂於諸法中唯我一人得無邊性而彼一切衆生皆現我性之中然我爲能知一切人爲所知徧與不徧但彼自知我曾不知以彼所知人現我能知中曾不見彼能知之性現我知中是故觀我徧知之性其知無涯名無邊彼所觀者其境有極名有邊巳四生滅【經】四者是人窮行陰空以其所見心路籌度一切衆生一身之中計其咸皆半生半滅明其世界一切所有一半有邊一半無邊【資中】此計行陰滅處爲空空故無邊以心籌度復見有生生故有邊世界所有義亦如是【疏】窮行陰空者想盡行露今於觀中研取令空也【融室云】是人雖能窮行陰空以其所見心路籌度又是行之流動今正於此處能觀行之生滅也以研窮心計度行陰一切衆生一身之內即生即滅世界亦爾凡衆生一身中莫不半生半滅謂生而又滅而又生故生滅相半非謂生秖常生滅秖常滅生處有邊滅處無邊生現見故滅不見故【溫陵云】因窮行空昔有今無遂以一陰爲半生半滅內根外器一切皆然以生爲有邊滅爲無邊【講錄云】由此行陰本無根據前依想陰爲根後依識陰爲根行陰空時前半分已遷想滅後半分猶同識生行人計衆生身中亦如是半生半滅又見行陰通于一切遂判世間一切法皆如是也按此人觀行陰一陰半生半滅故計衆生一身半生半滅今人指行陰爲半生前三陰爲半滅非也△【如說云】應以前陰半滅者名有邊行陰流用不息名無邊准上文過未者名有邊相續心名無邊可以例知ㄙ三結【經】由是計度有邊無邊墮落外道惑菩提性是則名爲第四外道立有邊論【融室云】總結四計唯在有邊故名立有邊論○（私謂諸經論以壞劫成劫及上下靜慮計有邊無邊多與今經未合今以清涼十藏鈔通之鈔引中論出過破云若世間有邊云何有後世若世間無邊云何有後世釋曰有邊則與陰同盡無邊則是今身有邊則後無續故無後世

無邊則常相續故無後世有邊則斷無邊則常此同今經計過未者名爲有邊計相續心名爲無邊也又立理破云五陰常相續猶如燈火焰以是故世間不應邊無邊如焰從緣不可爲無無定實故不可爲有此重破相續一計並離二邊也顯揚云邊無邊論者是中若依斷邊際求世邊時若憶念壞劫即於世間起有邊想若憶念成劫即於世邊起無邊想今應問彼從前壞劫已來爲更有世間生起爲無起耶若言有者汝計世間有邊不應道理若無起者汝今依此世間而住念世間無邊不應道理此即同今經第二見八萬一劫衆生有無之計也鈔又云四有邊者一由一向能憶下至無間地獄上至第四靜慮執我於中悉皆充滿便作是念過此有我我應能見故知無邊二由一向能憶傍無有邊執我偏滿故執無邊此即同今經第三計我偏知得無邊性之計也又引中論云若先五陰壞不因是五陰而生後五陰世間則有邊若先陰不壞亦不因是陰而生後五陰世間則無邊今經第四計一切衆生一身之中及與世界此正計五陰世間也五陰和合爲衆生世間今言一身之中破五陰也言明其世界一切所有即破衆生也五陰衆生即假我外道依之計我則知四有邊皆依我起計不但第四計我也㊂五四不死矯亂論三○一標

[經]又三摩中諸善男子堅凝正心魔不得便窮生類本觀彼幽清常擾動元於知見中生計度者是人墜入四種顛倒不死矯亂偏計虛論[疏]此人於知見中不能決擇有人問者皆矯智亂答言不死者准婆沙說外道計天常住名爲不死計不亂答得生彼天若實不知而輙答者恐成矯亂故有問時答言秘密言辭不應皆說或不定答佛法呵云此真矯亂○[顯揚云]此中第一是善清淨天第二是不善清淨天前清淨天於自不死無亂而轉是故說名不死無亂後不清淨若有依於不死無亂有所詰問便託餘事矯亂避之以於諸諦無相心定不善巧故○[瑜伽云]彼諸外道若有人來依最勝生道問善不善依決定勝道問苦集滅道爾時便自稱言我是不矯亂者依不死淨天不亂詰問即於彼所問以言矯亂或設餘事方便避之或但問者言亂而轉△[法數云]淨天即梵天梵天不死故云不死淨天不亂詰問者梵天常居清淨故○二釋四㊂一六亦

[經]一者是人觀變化元見遷流處名之爲變見相續處名之爲恒見所見處名之爲生不見見處名之爲滅相續之因性不斷處名之爲增正相

續中中所離處名之為滅各各生處名之為有亙亙亡處名之為無以理都觀用心別見有求法人來問其義答言我今亦生亦滅亦有亦無亦增亦減於一切時皆亂其語令彼前人遺失章句【疏】別義觀行也於一生滅行陰分為八義別見謂常變生滅增減有無也不見見者見不見也滅處不可見故【融室云】變化元即同生基也謂念念遷變故亙亙即是各各皆言行陰生滅之相以行盡之理總觀變化之元是以理都觀若變若恒等說是用心別見答言下約義答問略舉六義文畧變恒一對意總攝六義中以不能定其道理但兩楹答故云亦生亦滅等令彼前人於章句中不得義理故云遺失章句△【清涼云】一恐無知念我不知善不善等有餘問我不得定答我若定答恐他鑒我無知因即輕笑於我彼天秘密不應皆說等△【顯揚云】彼若於中詰問於我我若記別或為異記或撥實有或許非有彼於記別見如是等諸過失已作是思惟我於一切所詰問中皆不應記乃二唯無【經】二者是人諦觀其心亙亙無處因無得證有人來問唯答一字但言其無除無之外無所言說【疏】念念滅處名亙亙無以心纔生即滅無體可得【融室云】諦觀行陰盡處前念後念亙相為無名亙亙無行既如是諸法亦然故云因無得證故有問者但言無耳△【瑜伽云】第二於自所證未得無畏懼他詰問怖畏邪語怖畏邪見故不分明說我有所證乃三唯是【經】三者是人諦觀其心各各有處因有得證有人來問唯答一是除是之外無所言說【疏】念念生處名各各有因是得證一切皆有有人來問但答是者雖見其心念念有生意許皆有又見其滅不敢答有故但答是擬防其失△【顯揚云】彼既如是住邪思惟徧布其心於彼最上清淨天所故稱我是不死無亂由懷恐怖而無記別勿我劣昧為他所知由是因緣不能解脫以此為室而自安處乃四俱見【經】四者是人有無俱見其境枝故其心亦亂有人來問答言亦有即是亦

無亦無之中不是亦有一切矯亂無容窮詰

【疏】此有無俱計也其境枝故其心亦亂者以不定是一義故成亂也【溫陵云】枝如樹枝差互不一以前二論但偏證有無今此一論即有無俱見也亦有即是亦無者意許亦有之中即有於無得成有無計也亦無之中不是亦有者雖於有中說無二相各別故云不是亦有無容窮詰者若詰有即是無又云無中不是亦有若詰無不是有又云亦有即是亦無互相遮防故難窮詰【吳興云】從二至四於前八句有無分出也二三單計第四兩亦有即是無如氷是水無不是有如水作氷四句之中但見三句未見雙非其計猶麁△【瑜伽云】唯懼他詰於最勝生道及決定勝道皆不了達而不分明說言我是愚鈍都無所了但反問彼言詞而轉以矯亂隨彼所答我當一切如言無滅而印順之○三結

【經】由此計度矯亂虛無憒落外道惑菩提性是則名爲第五外道四顛倒性不死矯亂徧計虛論

【疏】如是四論長阿含云一者若沙門婆羅門等作如是見云不知善惡有報耶若如是問我我不能答有愧有畏我當答言此事異此事不異此事非異非不異是爲初見二以他世有無問亦作此答三以何者爲善惡問亦作此答第四愚冥暗鈍若他有問俱隨言印可但云如是如有問云蘊有幾種彼反問云汝意謂幾他即答言我意謂五彼云如是或云此事異等【瑜伽云】由彼外道多怖畏故依此見住若有人來有所詰問即以諂曲而行矯亂當知此論是惡見攝△【二】【楞云】上計常無常邊無邊等尚有區別此則亦常亦無常亦邊亦無邊是矯亂也違理爲矯失正爲亂一四言皆兩可亂意居多亦兼於矯二三言惟一偏矯意爲多同歸於亂○六十六有相論三○初標

【經】又三摩中諸善男子堅凝正心魔不得便窮生類本觀彼幽清常擾動元於無盡流生計度者是人墜入死後有相發心顛倒【資中】無盡流即

行陰也由見無盡故言死後有相【疏】無盡流行陰也今見行遷却執於我死後有相者以行是我所有故行既遷流不息故我死後有相也【融室云】於行陰無窮遷流而生計度計其身後而流不斷故落死後有相○二釋二○初本計【經】或自固身云色是我或見我圓含徧國土云我有色或彼前緣隨我迴復或色屬我或復我依行中相續云我在色皆計度言死後有相如是循環有十六相【疏】初約色蘊具出四句謂色是我我有色色屬我我在色皆云死後有相如是循環例作後三陰十二句也【眞際云】例餘三陰各有四句共成十六固身者固堅也堅執現今形色是我本體色陰既爾受想行等例此而作各有四句故成十六【融室云】或自固身云色是我四大之色是我故或見我圓含徧國土云我有色所含所徧國土之色我所有故前緣即前境前境隨我迴復言色屬我青黃等色屬我迴轉故我依行中相續云我在色

行之心色我所在故皆計度言身後有相者色身雖死我猶在故按五陰四句吳江於本陰四句互轉循環成十六句理雖不無經文未有今所不用問前三陰盡唯行識二陰何得更執前三又不言識答前之三陰觀中雖破但約觀法增勝不被陰迷善巧安忍不生過患豈可都無謂之破耶今觀行陰依止前三遷流相續故執三也不言識者行陰覆故由是通前而不言識也【構李云】不言識陰者所計之我即是識陰也【吳興云】不爾外道六法我與識異今行陰既破識未當情故不言耳問三陰既破何故與我復計四句答但破其計不破其法色等生滅念念不停即無盡流也應知五陰前後麤細不同若約百論前三但是無記行陰方起煩惱造作諸業所以行陰最麤今觀行中已破受想即行陰麤相亦盡唯細相在故通前三陰但見遷流幽隱之元其實難曉按岳師此解揀證真而扶長水也溫陵亦云不計識陰者以幽秘未現故○【引證】【宗鏡云】二附佛法外道者犢子讀舍利弗毘曇自制別義言我在四句外第五不可說藏中云何四句外道計色即是我離色有我色中有我我中有色四陰亦如之合二十身見大論云破二十身成須陀洹即此我也犢子計我異于六師彼非佛法

私謂准唯識明薩迦耶見謂於五取蘊執我我所一切見依所趣爲業此見差別有二十句六十五等分別起攝清涼引對法釋二十句謂計色是我我有色色屬我我在色中一蘊有五計五五蘊合有二十句今經四四句全同以不開識蘊故但有十六句也宗鏡引櫝子四句正同今經與涅槃四種見次第不同彼文云計色大我小我在色中爲一見即此第四計也又計我大色小色在我中爲二見即此第二計也又計離色是我爲三見即此第三計也又計色即是我爲四見即此第一計也彼釋云我即神我外道計識神爲我對餘四陰一異大小而起四計當知死後有相亦是計執神我也若功德鈔中釋後際有想十六四四句者一我有色二我無色三雙亦四雙非雖同開四四句而行相遮別不敢繁引○二別計

經從此或計畢竟煩惱畢竟菩提兩性並驅各不相觸

疏既十六相皆死後有煩惱亦爾以是生死根故菩提亦爾以是覺元明故融室云行遷流即煩惱行陰盡即菩提眞妄兩驅畢竟無改二皆有相也吳興云上四陰與我既死後有相或復妄計煩惱菩提理亦如是以煩惱由陰而生菩提由我而證言畢竟者即兩性並驅入未來際也△蕅益云行陰不可盡煩惱菩提亦不可盡此錯認性具圓宗無作妙旨也○三結

經由是計度死後有故墮落外道惑菩提性是則名爲第六外道立五陰中死後有相心顛倒論

吳興云通結五陰正在前四雖在前四義唯行陰耳△標指云法華會中叱此計云若有若無等依止此諸見具足六十二深著虛妄法○七八無相論三○初標

經又三摩中諸善男子堅凝正心魔不得便窮生類本觀彼幽清常擾動元於先滅除色受想中生計度者是人墜入死後無相發心顛倒

疏見前三陰已滅當知行陰亦應還滅即計死後斷滅總名無相○二釋二○初本計

經見其色滅形無所因觀其想滅心無所繫知其受滅無復連綴陰性銷散縱有生理而無受想與草木同此質現前猶不可得死後云何更有諸相因之勘校死後相無如是循環有八無相

疏此約四陰現在因亡未來果滅都成於八吳興云由見先來三陰滅故乃計現第四陰俱無明八無相△融室云色受想滅陰性如是銷散縱

有諸行爲類生所生之理而無受想以潤於
生與非情不異生理即行陰此質即四陰也
△講錄云色居受前心居受後有受居中
連綴身心故受滅則無復連綴○二別計經
從此或計涅槃因果一切皆空徒有名字究
竟斷滅疏陰既因果俱無涅槃因果亦即斷
滅斯則有爲無爲染淨諸法因果俱無故云
一切皆空吳興云涅槃因果依現陰而修後陰而證陰既巨得修證何有△溫
陵云與上計敵體相反○三結經由此計度死後無故墮落
外道惑菩提性是則名爲第七外道立五陰
中死後無相心顛倒論標指云此毘羅外道執死後斷滅○八八
俱非論三○初標經又三摩中諸善男子堅凝正心
魔不得便窮生類本見彼幽清常擾動元於
行存中兼受想滅雙計有無自體相破是人
墜入死後俱非起顛倒論疏此先將已滅三
陰例現存行陰得四个非有偏句又將行存
一陰例前已滅三陰得四个非無偏句前後

相望每陰皆得非有非無或四俱非現在既
爾死後亦然現在未來共成八也故云死後
俱非溫陵云行存則有相也受想滅則無相也以前後相例存者終無雖有非有滅
者曾有雖無不無四陰雙計故成八非△溫
陵云雙計有無非謂只計有無而已計有非
無計無非有二二者相破成雙非也○引證
止觀云真如自相唯離念境界則不可以有
無思故云非有相非無相非非有相非非無
相非有無俱相何以故若有二可得名俱今
有即無故則有外無可與有俱今無即有
故則無外無有可與無俱故亦有亦無相違
不立言不俱不立者若定有定無遮彼有無
有俱非句今有即無何有非無今無即有何
無非有故雙非亦寂故知言亡四句無句可
亡了此無句即真亡矣○二釋二○初本計
經色受想中見有非有行遷流內觀無不無
如是循環窮盡陰界八俱非相隨得一緣皆
言死後有相無相疏色等三陰先雖是有而
今破盡故云非有例行亦爾此四非有也行
遷流內觀無不無者若將行陰例前爲無現
且念念遷流不斷此又非無行既非無前三

亦爾此四非無也〔溫陵云〕三陰爲滅相故見有非有遷流爲存相故觀無不無如是循環窮盡陰界者現將四陰循歷相例一一皆見非有非無故云循環推至死後故云窮盡陰界隨得一緣者即此四陰隨舉一陰皆悉死後非有非無於四陰中或有或無隨舉一緣皆成計執今言有無者言有相無相有即非無無即非有也〔吳興云〕行陰生滅之細不可破滅因計爲有反非前無又將前無可非今有㊀二別計〔經〕又計諸行性遷訛故心發通悟有無俱非虛實失措〔疏〕此但現見行陰遷改生中有滅故非有滅中有生故非無由是通悟〔如說〕云通悟增長邪見也一切皆是非有非無何嘗於八虛實即無有也有不定有實何曾實無不定無虛何曾虛舉著皆非故云失措〔吳興云〕色受想等皆名諸行悉有遷訛下文云甲長髮生氣消容皺及念念不停即其相也於前四陰雙計有無亦有八俱非義此見既細所以的就行陰言之乚三結〔經〕由此計度死後

俱非後際昏瞢無可道故墮落外道失菩提性是則名爲第八外道立五陰中死後俱非心顛倒論〔疏〕後際下釋死後非義無可道者言有不有言無不無有無二途俱道不得也現在尚爾豈況死後不覺不知而言有無耶故云昏瞢△〔私謂〕准清涼鈔後八俱非論有二四句一云執我有色死後非有想非無想執色爲我見諸有情八非想非非想定想不明利作如是執唯舉何執非得定也二執我無色三執亦有色亦無色四執我有邊如是一切皆執四無色爲我以得非想非非想定容有此執上來有想十六論無想八論行想畧同舉要言之論言非有想非無想乃至得非想非非想定正今經所謂死後無相俱非也計執雖多不出無想天外道會通詳定以俟智者㊂九七斷滅論三乚初標〔經〕又三摩中諸善男子堅凝正心魔不得便窮生類本觀彼幽清常擾動元於後後無生計度者是人墜入七斷滅論〔疏〕是人見行陰念念滅處名後後無設生七處後皆斷滅故成此論〔孤山云〕七斷滅者欲開人

天色開四禪無色合一計此
七處滅已不生也○二釋【經】或計身滅或
欲盡滅或苦盡滅或極樂滅或極捨滅如是
循環窮盡七際現前銷滅滅已無復【疏】或計
身界即欲界人天也同界地故欲盡即初禪
欲染已盡故苦盡即二禪極喜無憂念故極
樂即二禪三禪之樂極故極捨即四禪及無
色四禪捨覺觀無色捨色礙故【孤山云】然則極捨之言含
其二也現前銷滅者三陰已滅行陰亦爾七處
皆現斷滅死後不復生也△【阿含云】或有沙門婆羅門於末劫
末見起斷滅論總有七見或計我身從因緣
生必歸磨滅或計我於欲天斷滅經總立人天或
計我於色天斷滅經合四禪或計我於無色空處
斷或計我於識處不用處有想無想處斷滅
經合四空爲七○三結【經】由此計度死後斷滅墮落外道惑
菩提性是則名爲第九外道立五陰中死後
斷滅心顛倒論○清涼鈔云一七斷滅論者一執我有色麤四大種所造爲
性死後斷滅畢竟無有見身死後有而無故
二我欲界天死後斷滅三我空無邊處乃至

非有想皆云死後斷滅有想已下離生彼地
乃生死頂故○【顯揚云】斷見論者彼如是思
若我死後後有身者應不作業而生異熟若
我體性一切永無是則所受業果亦應無有
觀此二種理俱不可是故起如是見立如是
論我身死已斷滅無有猶如瓦石若一破已
不可還合彼亦如是今應問汝汝何所欲爲
蘊斷滅爲我斷滅耶若言蘊斷滅者蘊體無
常因果展轉生起不絕而言斷滅不應道理
若言我斷者汝先所說麤色四大所造之身
有病有癰有箭欲纏諸天色纏諸天若無色
界空無邊處所攝乃至非想非非想處所攝
不應道理⑧十五現
涅槃論三○初標【經】又三摩中諸善男子
堅凝正心魔不得便窮生類本觀彼幽清常
擾動元於後後有生計度者是人墜入五涅
槃論【疏】行陰滅而復生故云於後後有也○二
釋【經】或以欲界爲正轉依觀見圓明生愛慕
故或以初禪性無憂故或以二禪心無苦故
或以三禪極悅隨故或以四禪苦樂二亡不
受輪廻生滅性故迷有漏天作無爲解五處
安隱爲勝涅槃如是循環五處究竟【疏】以欲

界爲正轉依者因修觀行發欲界未到定於
觀心中見圓明相不捨欲界即是涅槃爲正
轉依【補遺云】欲定成時不見床鋪事障乃是
定心之正報故云觀見圓明【直解云】天
台釋禪欲界有二定一欲界定一未到定此
二定中心目圓明依此圓明定境爲安隱處
故正轉依者轉
生死爲涅槃也或以初禪性無憂者已離欲
染無復憂心得輕安樂故或以二禪心無苦
者即是極喜也或以三禪極悅隨者即極樂
也或以四禪苦樂二亡即捨愛也不識教相
得此四禪及欲界定少分安樂便計涅槃執
有漏天作無爲解者因修正定忽發此禪得
少輕安未是究竟便妄執計以爲涅槃△【清涼鈔】
云瑜伽八十七云涅槃惟是無行所顯絕諸
戲論自內所證絕戲論故施設爲有不應道
理亦復不應施設非有勿當毀損施設妙有
清淨涅槃又此涅槃極難知故最微細故說
名甚深種種非一諸行煩惱斷所顯故說名
廣大現量比量及正教量所不量故說名無
量三義通顯離四句絕百非○三結【經】由此計度五現涅槃僨

落外道惑菩提性是則名爲第十外道立五
陰中五現涅槃心顛倒論○【清涼鈔】五現涅
槃者一見現在受
若天若人諸五欲樂便謂涅槃二離厭五欲
現住初定以爲涅槃引在身中名爲得樂見
他現在住定亦爾三厭尋伺故現得第二定
以爲涅槃四厭諸尋伺喜故現住第三定以
爲涅槃五厭喜樂乃至出入息現住第四定
以爲涅槃待過去故名爲後際又此計我現
既有樂後亦有樂故後際攝以現爲先而執
後樂總名現法此不依我起見故邪見攝○
【瑜伽云】妄計清淨論者如有若沙門若婆羅
門起如是見立如是論若我解脫心得自在
觀得自在謂於諸天微妙五欲堅著攝受嬉
戲娛樂隨意受用是則名得現法涅槃第一
清淨又有外道起如是見立如是論若有離
欲惡不善法於初靜慮得具足住乃至得具
足住第四靜慮是亦名爲現法涅槃第一清
淨今應問彼汝何所欲若有於妙五欲嬉戲
受樂者爲離欲貪爲未離耶若已離者於世
五欲嬉戲受樂不應道理又汝何所欲諸得
初靜慮乃至具足住第四靜慮者彼爲已離
貪欲爲未離耶若言一切離者但具足住乃
至第四靜慮不應道理若言未離一切欲者
計爲涅槃究竟清淨不應道理㊁三結勸弘
宣二㊀初結前諸境【經】阿難如是十種禪那狂解皆是
行陰用心交互故現斯悟衆生頑迷不自忖

量逢此現前以迷爲解自言登聖大妄語成墮無間獄【疏】此十種境乃是邪見因修正定而忽發生故云狂解由三陰滅覺至行陰用心差異故云交互苟能深入禪定以慧照察不取不著自然銷歇若以爲證即墮邪見成地獄因【雷庵云】入此行陰雖一精明而已雖衆魔不得其便然於凝明中起計度者則墮入二無因四徧常於堅凝中起計度者則墜入四顛倒乃至五涅槃等△【無盡云】有漏執身不行婬欲即爲人天窮行陰空邪慧凌率諸過不禁淪墜必矣故古德云鈍鳥離巢易靈龜脫殼難○【引證】【止觀云】第七觀諸見境者諸邪解稱見又解知是見義推理不當而偏見分明作決定解名之爲見此見或因禪發或因聞發因聞發者本聽不多廣能轉悟現解分明聽辨問荅因禪發者初因心靜後觀轉明翻轉自在有如妙達南方習禪者寡發見人微北方多有此事盲瞑不識謂得真道或時不信撥是狂癡令言非狂非聖夫鬼著能語鬼去則癡其既不爾故知非狂尋其故惑貪瞋尚在約其新惑更增煩惱八十八使繫縛浩然故知非聖乃是見慧發耳通論見發因聞因禪而多因禪衆生久劫靡所不作曾習諸見隔生中忘罪覆本解心不速開令障若薄能發諸禪或禪見俱發或禪已見發或聞他說豁然見生如有泉水土石所礙決卻壅滯濬以成川闇障既除分別遠去一日十日綿綿不已番番自難番番自解所執之處實而有通所不執處虛而自破又辨才無滯巧說已法莊嚴言辭他來擊難妙能申釋如是見慧彼何處出由禪中有觀支觀支是慧數逸觀諸法莫自知止快馬著汗不可控制若人見發利智根熟能自裁正或尋經論勘知已過者此人難得若不能自正遇善知識明示是非破其見心此亦難得故云真法及說者聽衆難得故既不自覺又不值師邪晝日增生死日甚如稠林曳曲木何得出期⊖

二勅勸弘宣

【經】汝等必須將如來語於我滅後傳示末法徧令衆生覺了斯義無令心魔自起深孽保持覆護消息邪見教其身心開覺真義於無上道不遭枝歧勿令心祈得少爲足作大覺王清淨標指【疏】想陰未盡猶引外魔今想陰盡行陰明露但於所覺境界別生異見執此爲是故云心魔故能覺察善能消息不失正見能至無上故深囑付傳而示之俾修行者無入邪網失正覺路枝歧邪道

也○觀心論云不了一念自生之心故起見思二惑思惑即是魔非第七天魔也見惑即外道非六師也○私謂行人已度欲界過于魔事於五陰中介爾起身見起邊見邪見是諸見執皆是厭欲色陰求勝淨依計其行相在四禪四空兩極之間無想天中雙厭苦樂精研捨心圓窮捨道身心俱滅即想念盡時夢想銷滅猶如晴空無復麄重前塵影事之行相也四空天中識性不動以滅窮研如存不存若盡不盡即行陰盡時同分生機感應懸絕諸類不召發現幽祕之行相也以不了無明見惑附體而生見網蒙袞執爲最勝捨魔入外麄細沒然梯隥孤危昇沈岐嶮如來則於天趣之中預防而發誡之於四禪有二岐路直而之廣果間而之無想寧居三之凡夫天無徃四之外道大也於色頂天復有二岐路直而出塵界迂而歷四空寧爲不還之鈍羅漢無爲無想之空外道也外道天之壽極於八萬劫而止外道天之位極於非想非非想而止唯其深求出離苦行宿作彌歷多劫永不唐捐是以離五道得天報又離欲色界得無色報唯其遭遇邪師學乖諦理邪心發智生滅爲因是以得無想報得不見佛聞法報一落邪因終沈生死辛苦曠劫仍作邪魔如來辨行識二魔結成告戒一則曰不遺枝岐一則曰不遭岐路正所以證明無色二天四種岐路畫人天之疆界樹魔外之堤防弘護進修力扶淪溺者也於乎深慈廣智不亦深切著明矣乎

窮盡六根末那執受正脉輙改六識者妄四矯亂中互互亡處名之爲亡亡即滅也對上各各生處故言互亡次文互互無處因無得證此乃正牒名之爲無句也定木執下句互互無處證上亡字爲無此不通文理之過

初禪無憂二禪無苦正依經文不須倒換自起深蘖乾道本云有本云自作沉蘖

大佛頂首楞嚴經疏解蒙鈔卷第十之二

音釋

灣環　上音彎下音還　矯　居夭切揉曲爲矯　檇　遵爲切醉平聲檇李地名

瞢　謨中切木平聲　蘖　魚列切俗孽字

大佛頂首楞嚴經疏解蒙鈔卷第十之三

海印弟子蒙叟錢謙益鈔

○大文陳禪那現境之五(六)五破識陰三(己)一盡未盡相二(日)初明區宇二(乙)一行盡益相

經 阿難彼善男子修三摩提行陰盡者諸世間性幽清擾動同分生機倏然隳裂沉細綱紐補特伽羅酬業深脉感應懸絶 疏 前三句標人諸世下正明行盡世間性者行陰即是世間體性 海印云 謂行陰爲世間生死之體 △吳興云 諸世間性即十二類生行陰體性也 世間有三義一有生滅二性有漏三可破壞旣墮世間同以行陰生滅爲性也隱宻故幽離想故清擾即是動同分生機前是基本今是樞要 吳興云 同分生機即與諸類同其分齊生滅之機 海印云 以衆生生死皆依行陰生滅故爲同分生機 忽爾而破故云倏然隳裂沉細下重釋盡義 行陰深沉微細綱羅諸趣結不可解今以定力研窮頓破 綱上大繩曰綱衣領結處曰紐皆喻其要也十二類生如綱如衣行陰貫通微細結要如綱如紐 吳興云 行是業性能持諸陰如綱衣之有綱紐 補特伽羅云數取趣即總指十二類也行陰能持此類生故云沉細綱紐綱紐是業因伽羅是業報業因亡則孰爲引果果報息則誰能作酬因果旣亡故絶感應深脉亦喻行陰幽隱也 補遺云 脉者幕也幕絡一體也業能牽生如幕絡不斷 經 於涅槃天將大明悟如鷄後鳴顧瞻東方已有精色 疏 三德涅槃名爲第一義天得無生忍名大明悟明悟在近故名曰將將當也欲也如鷄後鳴者鷄第二鳴天將曉也五陰在如全夜陰都盡如大明色受二陰破如鷄初鳴天全未變 孤山云 前受想盡似證尚遲如鷄初鳴天色猶昧 今想又除唯有識陰明悟在即如鷄後鳴天有精色 溫陵云 涅槃性

天爲五陰所覆昏如長夜前三陰盡如鷄初鳴雖爲曙兆猶沉二陰精色未分此行陰盡如鷄後鳴唯餘一陰故將大明悟也若約位說此當第二漸次人也彼文云禁戒成就則於世間永無相生相殺之業偷劫不行無相負累亦於世間不還宿債即是今文酬業深脉感應懸絶彼文又云是清淨人修三摩地父母肉身不須天眼自然觀見十方世界等即此文云顧瞻東方已有精色此則正得似位相似通發也【補遺】【云】指前行陰若破即入相似將登分真於中道涅槃之天將曉如鷄後鳴東方將明之精色相似三諦也Δ【吳興云】五陰伏有次第斷無前後今取將破別惑爲後初破通惑爲先斷伏頓漸如下所辨○【釋文】如鷄後鳴乾道本如鷄候鳴紹與本如候鷄鳴○二識陰現相

【經】六根虚靜無復馳逸内内湛明入無所入【疏】由定所攝無行陰使雖存六根識不馳散故云虚靜無復馳逸【融室云】行既銷滅識無所動則六根虚靜無復馳逸取六塵矣單指六根者以是識陰所執受行陰所開合故唯專内境定心内照故云内内湛明既六根虚靜則眼内耳内乃至身内意内無有不湛明者内内如是六入但是虚名則入而無所入矣又内内者深深寂照也窮到識陰更無所見名入無所入【吳興云】識陰披露故曰湛明下文云又汝精明湛不摇處Δ【海印云】内照識體唯一湛明湛入合湛更無可入○【釋文】内内湛明吳興溫陵並作内外雲棲云長水疏言深而又深也至識陰盡方云内外明徹耳

【經】深達十方十二種類受命元由觀由執元諸類不召於十方界已獲其同精色不沉發現幽祕此則名爲識陰區宇【疏】受命元由即是識陰【二楞云】受命元由即名命由緒指第八識也今觀識陰既是種子類生元由不起煩惱不作諸業由是執持不令起果無受生分故云諸類不召根塵既銷藏識始露既觀見受命元由復執守受生根本十二類中不復能牽召受生矣Δ【吳興云】識息煖三和合成命受生之際識陰爲先而此元由復是人法二執之本今觀中所見雖未銷盡且無行業招引果報故云諸類不召Δ【溫陵云】行滅識現故深達無樞穴故可觀無還沉故可執無生機故不召【王舜鼎曰】召者

同分生機一動咸動所謂羣召也有召則諸類互纏世界紛然不召而感應懸絕通世界惟一識性耳既知識是生類元由故十方界依之與正皆識所變同一識體斯則三界唯心萬法唯識先雖信教今觀中明見也【海印云】身心世界唯識變現今觀歸識性故云已獲其同精色不沈所觀境現也由觀力故境界明白故云不沉發幽祕者似通發也【補遺云】精色不沉即湛明也發現幽祕無所覆也二句是識陰區宇之相前受想行已伏今觀識心明湛故精色不沉幽祕發現也未至此位諸根暗昧不能遠觀故云幽祕識心望受想行最為幽祕譬若郎主處室使令居外故識陰體得幽祕名今由觀力六根清淨不由天眼徹見諸界等故云發現【海印云】識體幽祕今明入觀境故云發現△【桐洲云】精色下牒瞻東方已有精色謂天將曉見有精微之色不沈復發昏暈然後大明也識祕藏於羣幽故稱幽祕名識陰區宇⊖二明盡相【經】若於羣召已獲同中銷磨六門合開成就見聞通隣互用清淨十方世界及與身心如吠琉璃內外明徹名識陰盡是人則能超越命濁觀其所由罔象虛無顛倒妄想以為其本【疏】初二句指在識陰中也若於此中以定慧力銷磨根隔令其開通合成一體則見聞覺知互相為用斯則明不循根寄根明發也故云互用清淨【吳興云】羣召雖異識體是同若於同中銷磨見愛之惑則能合成一體開為六用六用不隔悉皆通隣法華所明六根清淨也△【直解云】羣召即諸類不召諸類皆應故曰羣召通隣即互用也此識盡獲證是第三漸次證無生法忍也文云如是清淨持禁戒人心無貪淫於外六塵不多流逸因不流逸旋元自歸塵既不緣根無所偶返流全一六用不行既云六用不行即是銷磨六門既云返流全一即是開合成就互用清淨也彼說由戒故與此異世界身心皆唯識現今識陰盡唯見覺體覺體明妙如淨琉璃一無障礙名內外明徹

前文云十方國土皎然清淨譬如琉璃內懸寶月身心快然妙圓平等獲大安隱一切如來密圓妙淨皆現其中是人即獲無生法忍即知識陰盡者是隨分覺也文殊亦云一處成休復六用皆不成塵垢應念銷成圓明淨妙命體即識陰也以命煖識三俱時而轉識既已離命煖隨亡故超命濁〔無盡云〕命者識陰微細不斷猶如命根今既全破六門開合身心明徹故超命濁非命煖隨亡之說〔直解云〕識煖息三依持爲命關一則死故云命濁長水義本古釋無盡揀之而以命根爲識陰之狗則應而無據矣罔象虛無者此是覺明初起影像之相攬此妄想虛無影像以爲識體即業轉二相也〔孤山云〕罔象亦倣象也△〔溫陵云〕識乃妄覺影明元無自體由顛倒起故名罔象虛無顛倒妄想△〔海印云〕罔象虛無乃法身之影明指最初生相無明以爲識體○〔釋文〕〔翻譯〕云琉璃具云吠琉璃耶此云青色寶亦翻不遠西域有山去波羅柰城不遠山出此寶因以名焉應法師云或加吠字或加毗字或言毗頭梨從山爲名大般若云安住布施波羅密

多或化世界如吠琉璃(卯)二正明現境十日一因所因執二心一約其所解

〔經〕阿難當知是善男子窮諸行空於識還元已滅生滅而於寂滅精妙未圓〔疏〕行陰雖盡已滅生滅返識循元未歸寂滅故云精妙未圓〔溫陵云〕識由行流故行空即還元既空識陰即已滅生滅尚依識元故寂滅未圓以識未破正在細生滅故精妙即真精妙明也〔吳興云〕識陰湛不搖處即是還元此望前已滅行陰得名然於當體未證寂滅丄補遺〔云〕於識還元者心體只一本無王數之別由攬境故受等潛生今因觀力受等乍伏旋見心元只指心王爲元也下十魔初並云若於所歸並指今還元也去彼受等還歸心體以爲照覽因而生計也△〔孤山云〕前後發境並在觀心中今爲顯示境界所依故寄陰盡次第相由而說應知陰盡縱發彌益正解若在觀行心中發動者隨之則邪制之則正當以此意統括其文則於行位不惑方隅

〔經〕能令己身根隔合開亦與十方諸類通覺覺知通溜能入圓元〔疏〕觀中暫爾也暫於觀中似開根隔未全互用也〔吳興云〕此示觀中所發之相也諸類通覺者於此觀中已

見十方衆生及與我身同一覺性互相融合無知覺殊此即能入圓元也【溫陵云】圓元即融根隔通諸類之識元也△【補遺云】於識心元用禪那故能解達圓融六根不隔故曰圓元即所計真常之因也諸類通覺謂達其覺性不同前文巳獲其同是唯識也△【海印云】觀十方諸類唯識所現覺知通滔入圓元覺性此之境界全是識影未爲寂滅故云而於寂滅精妙未圓【交光云】能入圓元四陰蕩盡歸宿於斯如諸浪巳停銷歸於海正識陰區宇也【經】若於所歸立真常因生勝解者【疏】正生計也於此所入通覺之境認爲真常便立爲因能生一切即爲所歸究竟之處決定不謬故云勝解【二楞云】所歸即圓元也即於圓元認歸休處於是中起法執墮外道也○二判屬邪徒【經】是人則墮因所因執娑毗迦羅所歸冥諦成其伴侶迷佛菩提亡失知見是名第一立所得心成所歸果違遠圓通背涅槃城生外道種【疏】於所因識陰執爲真常是萬物之因故云因所因

執【真際云】因所因執者認圓明爲真常計真常爲妄本【吳興云】上因指體即圓元也下因對用既真爲妄本能生萬法故對諸法之用立所因之名萬法無因虛妄生滅今計有因是真常性即與外道所執冥諦是常能生一切無有差別【海印云】世間萬物因妄有生妄本無因故曰無生今執此識能生萬物則與冥諦無別此即計阿賴耶識未形兆前冥然之初爲真諦也【溫陵云】娑毗外道認阿賴耶識未形之前冥然初相爲所歸真因【資中】因所因執者迷識陰爲冥諦執冥諦爲生因也【吳興云】沇節兩說似同正取節疏義【疏】迷佛菩提者菩提云覺覺體離念離念相者等虛空界無所不徧法界一相【起信文】今執有法從一因生能所差別故云迷也不如實知故云亡失知見所得心即識陰也因中爲所得果上爲所歸【補遺云】從此真常之因成於常果是我所歸△【溫陵云】真因非所有所皆妄以心有所得果有所歸即因即果所墮皆妄　問據下七段皆云能非能等獨有此文爲因所因

耶答以一切諸法皆從識變正是所因以不
了虛妄執爲實因故同外道下文直顯當體
虛妄故云非能等也△月公云娑毗迦羅師事梵天計非色非空認
藏識爲冥諦今按佛記優蹴藍生不用處天
壽四萬八千劫羅迦羅生有想無想天壽八
萬四千劫刪闍夜亦言八萬劫滿自然得道
故知冥諦論師八萬劫外冥然無知應生無
色界外道天非想非非想處也○涅槃云隨
有小王之所住處名爲小城轉輪聖王之所
住處名爲大城聲聞緣覺八萬乃至一萬住
處名爲涅槃無上法王聖主住處乃得名爲
大般涅槃又云城喻涅槃門喻八正守門之
人喻於如來○智論二十云三十七品是趣
涅槃道行是道已得趣涅槃城諸法實相是
涅槃城城有三門所謂空無相無作圓覺威
德章云世尊譬如大城外有四門隨方來者
非止一路△桐洲云初文於寂滅精妙未圓
者經云若得如來寂滅隨順實無寂滅及寂
滅者無所能取方得極圓前標二決定義以
爲修因一者遠契常樂我淨依不生滅圓湛
性成謂圓湛性名涅槃城也㠯二能非能執
二○一約其所計經阿難又善男子窮諸行空已滅
生滅而於寂滅精妙未圓若於所歸覽爲自
體盡虛空界十二類內所有衆生皆我身中

一類流出生勝解者疏前計雖執識陰爲真
常因而未取爲自體今計即是我之自體融室
云若於識盡所歸觀覽是爲自體謂滅生滅地能生一切衆生今爲自體也一切
衆生皆從我出我能生彼決定不謬也海印云以
見識性圓滿徧虛空界則計十二類生皆我
身中一體流出△如說云此誤認十方唯識
及識性流出無量如來等也前以識爲所歸
以我爲能歸此以我爲能生十二類爲所生
㠯二判屬邪徒經是人則墮能非能執摩醯首羅現
無邊身成其伴侶迷佛菩提亡失知見是名
第二立能爲心成能事果違遠圓通背涅槃
城生大慢天我徧圓種疏實非能生執以爲
能名能非能摩醯首羅即大自在天三目八
臂外道所宗如俱舍破能生世間有何義利耶爲能生因也
現無邊身者以執我能現起無量衆生也因
既能爲果能成事因果相稱也溫陵云執識
元爲自體謂一切衆生自此流出遂執我能生彼而實不
能故曰能非能執能爲心能事果者計我能

爲彼依能成彼事也不能謂能故名大慢大慢天即摩醯首羅也徧圓者計我體徧圓空界也△〔補遺〕云立能爲心者計我心爲能生將感自在天能現無邊身之果以彼有現無邊身之能事故如云生大我慢天是也計一切衆生皆從我生故我心周徧又因前薄有圓解而生此計故存圓名○〔合釋〕摩醯自在〔私謂〕此經第二云摩醯首羅成其伴侶第三云計自在天成其伴侶二天計執紛如准諸經論請爲和會今先論摩醯有人云是

第六天非也諸經論並云摩醯首羅居色界頂主三千界於三千界最自在故法華文句云色究竟亦大自在即摩醯首羅智論云過淨居有十住菩薩住處亦名淨居號大自在天王經律異相云色界二十二色究竟天二十三摩醯首羅天過五淨居而有八處法華開自在天于大自在天于故知摩醯首羅過色究竟別有一天故云居色界頂非色究竟即摩醯首羅也若就欲界言之此不應超至彼也涅槃云供養摩醯首羅知是人已供養

一切諸天故竺法蘭告漢明帝西域梵志常修梵行事摩醯首羅天王以爲天尊求生四空大共供事大梵天王欲界天王者求生天位亦以次而降此天非欲界第六依智者大師所判是也其執計云何清涼言塗灰外道并諸婆羅門共計自在天是萬物因故唯識第一云有執有一大自在天體實徧常并生諸法謂彼計此天有其四德一體實二徧三常四能生諸法又計有三身一者法身體常周徧量同虛空能生萬物二受用身在色天

之上三變化身隨形六道教化衆生今經云若於所歸覺爲自體此所謂體實即彼法身盡虛空界十二類內所有衆生皆我身中一體流出此所謂體實徧常能生諸法即從後二身摩醯首羅現無邊身即彼變化身行人窮諸行空見衆生一類流出即同自在天爲萬物因故墮彼計中也智論言摩醯韋紐鳩摩羅等諸天各各言大皆自謂一切智有人作弟子學其經書亦言是一切智以心不清淨嗔恚憍慢心著故此不應一切智夫自謂

一切智憍慢未伏非大慢大而何論言受用身在色天之上有二住處有兄弟同往雪山求見彼天者有身往自在天有乞壽命者則有其往處矣五天悉談章小學俗書爲自在天之所傳則有其經書奕鴻儒波尼你爲大自在天之所加被而現三目則有其弟子矣西域外人新學比丘多有事摩醯首羅事梵天及事水火事六師弟子等亦有後投佛翻邪者此言成其伴侶猶前言是人應念身爲梵侶亦日必爲魔子成就魔人故日中途成狂

故生斯位非前四魔禪那現境之比也次論自在者初計摩醯次計自在云何一天而有二計此天自在天之別計也圍陀論師計那羅延爲始鏵劼士鈎次生梵王梵王能生萬物是故梵天是常是一是涅槃因摩醯首羅論師不尔說果是那羅延所作梵天是因所謂梵天那羅延乃至自在天是生滅因一切從自在天生自在天滅今云計自在天者正總圍陀那羅梵天之計攝歸自在并我身心從彼流出既有異於梵天亦少別於初計涅槃

中迦羅鳩馱迦旃延說一切衆生悉是自在天之所作一切衆生若罪若福乃是自在天之所爲作此論師正同此計唯識云二徧三常初計計徧也次計計常也以是故一天而有二執也⊖三常非常執二○一約其所計【經】又善男子窮諸行空已滅生滅而於寂滅精妙未圓若於所歸有所歸依自疑身心從彼流出十方虛空咸其生起即於都起所宣流地作真常身無生滅解在生滅中早計常住旣惑不生亦迷生滅安住沉迷生勝解者【中資】自在天與前不別此天現有生滅妄計爲常故云在生滅中妄計常住【疏】所歸即識陰前覽所歸爲自身今認所歸爲他體故疑自身及一切法從彼生起【吳興云】從彼流出者指所歸識陰爲彼所宣流地者即識陰也妄認爲他是真是常是無生滅【溫陵云】以識元爲所歸依故疑彼能生我及一切法遂計生起流出之處爲真常無生之體惑不生者本覺常住不生諸法迷而不解也亦迷生滅者妄認識陰爲真常也此則在生滅中妄計常住旣惑真不生性亦迷現生滅法二俱不識故曰沉迷堅執不轉故云安住【補遺云】行者因觀識心體了寂滅而謂寂滅是心所依不解達陰即理却疑身心從此流出此執心外有理爲能生故屬邪矣即於下乃判彼成邪寂滅之解未能即陰猶在生滅而計常住太早計也不了理即於陰故曰旣惑不生而棄陰於理外故曰亦迷生滅○二判屬邪徒【經】是人則墮常非常執計自在天成其伴侶迷佛菩提亡失知見是名第三立因依心成妄計果違遠圓通背涅槃城生倒圓種【疏】於無常處妄計爲常名常非常執【吳興云】以識陰圓元爲常自己身心及十方虛空爲非常非常即生滅也旣見非常從常流出乃計生滅即是常住下文知無知執義例亦然自在天即首羅也前計他從我生今執我從他起故云計自在也因依心即識陰也立爲他體計能生我故同外道計彼爲常【溫陵云】由依識元妄計常住故曰立因依心成妄計果前計我圓生物此計彼圓生我故曰倒圓△【補遺云】立因依心欲依此求常住果也言

因依者即識陰依理也生倒圓種者心外求理非倒而何曰四知無知執二〇一約其所解【經】又善男子窮諸行空已滅生滅而於寂滅精妙未圓若於所知知徧圓故因知立解十方草木皆稱有情與人無異草木爲人人死還成十方草樹無擇徧知生勝解者【疏】所知即識陰也是彼觀行所知境故識陰能變一切諸法名知徧圓悟此諸法從知變起以知爲體故云因知立解【溫陵云】謂識有知而一切法由知變起因計知體圓徧諸法遂立異解謂無情徧皆有知十方草木下即解之行相也既此依正皆從知有何得一知一無知耶故無揀擇一切皆知自謂決定不謬故云勝解【補遺云】由觀心中發於知解既徧一切便謂草木與衆生同原其所計並由僻解經論因茲生計如上所計識陰自體能生十方衆生豈非因聞黎耶生法乎又計寂理出生諸法豈非因聞法性生法乎今計草木有生豈非由聞涅槃尼犍佛性之說乎十方草木唯識變現草木有性圓頓正理不了此義正墮邪見豈有人死而復爲其草木耶〇二判屬邪徒【經】是人則墮知無知執婆吒霰尼執一切覺成其伴侶迷佛菩提亡失知見是名第四計圓知心成虛謬果違遠圓通背涅槃城生倒知種【疏】草木無知而執有知故云知無知執婆吒霰尼二外道也涅槃云波私吒及先尼梵音小轉按涅槃有梵志姓婆和吒又有梵志名曰先尼如來爲廣說常無常法涅槃常樂我淨皆得正法狠證阿羅漢果【孤山云】彼謂一切覺知乃云草木有命今所發見正與彼同既執一切覺即草木有命也圓知即徧知也虛謬果者斥成妄想此即不了皆是妄識所變妄想凝結假立無情妄想流動假名有情如前文云想澄成國土知覺乃衆生以不善分虛妄識有內分外分故成計執【孤山云】前說無情有性無情成佛何異此邪執耶答常住真心一體無二用諸妄想依正乃分是故衆生草樹悉知空花皆是有情自心所變說有情有佛性時即草樹有性既有情成佛時即草樹成佛以心外無境故花外無空故波外無水故執情不了謂一一草木各各有知遂說

木死爲人人死爲木未明一體妄見徧圓違遠圓通識由於此○【清涼疏云】經云佛性除於瓦石論云在非情數中名爲法性在有情數中名爲佛性明知非情非有覺性故應釋言以性從緣則情非情異爲性亦殊鈔曰此疏爲遮妄執一切無情有佛性義就計此義自有淺深一謂精神化爲土木金石梟鏡負塊以成於子情變非情非情變情斯爲邪見不異外道衆生計生草木有命故不可也若說無情同一性故則稍近宗亦須得意云云今謂此釋太即太過失情無情壞於性相若以涅槃第一義空該通心境涅槃何以揀於瓦礫言無性耶今直顯正義謂性與相非一非異情與無情亦非一非異故應釋言以性從緣等○五生無生執二○一約其所計【經】又善男子窮諸行空已滅生滅而於寂滅精妙未圓若於圓融根互用中已得隨順便於圓化一切發生求火光明樂水清淨愛風周流觀塵成就各各崇事以此羣塵發作本因立常住解【疏】根互用中得隨順者以於似觀暫得相應故云隨順【溫陵云】識陰盡者銷磨六門諸根互用今此未盡相似觀中暫時相應纔得隨順而已便於圓化一切發生者一切諸法同名變化故云圓化皆可修習能成聖果故云一切發生因隨圓互於是計一切法皆能圓化以四大爲常發生聖果以於一根暫得諸用由此例知一切亦尒皆可於無知見中修成知見取常住果故求火樂水愛風觀變也【吳興云】圓化者謂觀中所見圓融變化唯識之境也一切發生即四大之相也觀塵成就別名地大以此羣塵通指四大既見此等並由圓化乃計修因證果不出火之光明水之清淨等故曰發作本因○二判屬邪徒【經】是人則墮生無生執諸迦葉波并婆羅門勤心役身事火崇水求出生死成其伴侶迷佛菩提亡失知見是名第五計著崇事迷心從物立妄求因求妄冀果違遠圓通背涅槃城生顛化種【疏】四大之性實不能生常住之果執爲能生故云生無生執迷心從物者迷失唯心所現而各隨順崇事以求常住因果俱妄故成妄求妄冀也【講錄云】旣迷真心從物求冀將妄想所結之塵爲能生能化之主顛倒化

理名顛化種○【引證】【法華文句云】三迦葉兄爲餅沙五師五百弟子兩弟各二百五十行兄法佛作十種變廣出瑞應語曰汝非羅漢亦不得道若不捨邪見長劫受苦師徒皆伏並以事火術具投之於水二弟及弟子見火具下亦皆善來以成沙門迦葉波婆羅門剃姓也○【瑜伽十六】妄計吉祥論謂如有一沙門婆羅門起如是見立如是論若世間日月薄蝕星宿失度所欲爲事皆不成就若彼隨順所欲皆成爲此義故精勤供養日月星等祠火誦祝安置草茅滿甕頻螺果及餉佉等謂歷算者作如是觀按西域有服水論師及祠火誦祝等皆此類也○【佛道論衡云】佛生難遇百億小劫一佛出世佛未出前造化之始或有大力諸天或有自在聖人恐世無訓降生此俗或作帝主或作師儒各舉已一或敎梵行或可教禮敬行或教事佛或教事日月神或教事水火神衆生劫初已來學習久遠雖值佛出世有鈍根者或言我之所事從元皇已來世之尊仰佛雖神異其教近尓何能捨本從尓今時執見若在其道不滅曰六歸無歸執二○一約其所解

【經】又善男子窮諸行空已滅生滅而於寂滅精妙未圓若於圓明計明中虛非滅群化以永滅依爲所歸依生勝解者【疏】明中虛者圓明之理即所觀識也已滅生滅故明中虛非即是滅故云非滅【孤山云】明中虛者前云罔象虛無是也非滅群化非猶破也群化即四大等△【海印云】以觀照研窮觀識性虛明即於此中見前四陰已滅則一切永滅非絕滅也色受想行攝一切法名爲群化永滅依即明中虛也此計空爲所歸依處即涅槃也【標指云】此計即認爲究竟涅槃△【溫陵云】觀理不諦誤墮虛無故於圓明性中計皆虛空滅絕群化歸于永滅○二判屬邪徒

【經】是人則墮歸無歸執無想天中諸舜若多成其伴侶迷佛菩提亡失知見是名第六圓虛無心成空亡果違遠圓通背涅槃城生斷滅種【疏】此明中虛實無所歸而計於歸故云歸無歸執【孤山云】歸於無歸故曰歸無歸執無想天五百大劫想心不行也無想天滅心心所令不恒行心心所滅舜若多四空處也圓虛無心斷滅因也空亡果斷滅果也【溫陵云】永滅依即外道之涅槃也△【私謂】無想天滅想生無想外道謂爲涅槃舜若多四空處也五百大劫報盡皆落空亡斷滅經云從外道天窮空不歸正指此等阿難亦言舜若多性可銷亡也曰七貪非貪執二○一約其

所計【經】又善男子窮諸行空已滅生滅而於寂滅精妙未圓若於圓常固身常住同於精圓長不傾逝生勝解者【疏】執識陰爲圓常欲固此身亦同識陰故云同於精圓長不傾逝【吳興云】識陰精明湛不搖處名之爲常乃執色身同此精圓也△【交光云】圓常亦識陰區宇上來圓元圓融圓明圓常同是識陰周徧故皆稱圓均是識陰是一是常之相行人不了隨見起執△【私謂】行人行陰已破精研識陰取次超越劫濁而逆師以仙家性命雙修解固身常住非也受陰盡處貪求永歲已云弃分段生頓希變易如何此處翻說固身十種仙趣堅固變化報盡還來那得識陰將破仍墮此趣唯唯識第四謂不定性獨覺聲聞及得自在大願菩薩已永斷煩惱障故無容復受當分段身恐廢長時修菩薩行遂以無漏勝定願力如延壽法資因身因令彼長時與果不絕令於生滅既滅之後認識性圓常爲大寂滅便欲如羅漢菩薩資現身之因爲延壽之法此計比受陰中變麤身爲細質其相轉細南岳發願文云作長壽仙見弥勒得長命力求佛道又云不貪身命發此願識陰未盡命根未斷而求固身其不墮於貪非貪者亦罕矣大論云阿私陀仙命盡生無色天即非十種堅固之倫明矣般若燈論云聲聞菩薩等亦名仙○二判屬邪徒【經】是人則墮貪非貪執諸阿私陀求長命者成其伴侶迷佛菩提亡失知見是名第七執著命元立固妄因趣長勞果違遠圓通背涅槃城生妄延種【疏】根身虛妄本是無常實不可貪以爲永久今堅貪著妄執長生故云貪非貪執阿私陀即長壽仙也【翻譯云】阿私陀或云阿夷比云無比又翻端本長勞果者勞即牢固字之誤耳【無盡云】勞徒勞也不得法樂而空長壽不亦勞乎【補遺云】莊周言勞我以生今求妄延非法妝身祇成勞苦之果依二說勞字即依經文不必改也妄執延年故云妄延【直解云】識息煖三連持爲命識爲元本故曰命元○【智論云】阿私陀仙白淨飯王我以天耳聞諸天鬼神說淨飯王生子有佛身相故來請見相已涕零不能自禁曰太子必當作佛我今年暮當生無色天上不得見佛聞法故自悲耳准瑞應經云命終生無想天即長壽天八難中之二也論云生無色天一切無色定通名長壽天無想無色皆於佛說不能聞解故○八真非真執二○一約其所解【經】又善男子窮諸行空已滅生滅而於寂滅精妙未圓觀命互通却留塵勞

恐其銷盡便於此際坐蓮花宮廣化七珎多增寶媛縱恣其心生勝解者〔疏〕觀識陰爲十方衆生之命元是十二類命之通要由是我命通彼彼命通我故云互通今觀識陰若盡十方衆生命即皆盡我命亦盡盡即教誰證真常理誰爲所化衆生徒有真常無證真者故留塵勞却起貪欲化蓮花宮及諸欲境恣受欲樂圖命不滅俾要證真起用化物〔真際〕云觀命互通者謂於群召已獲同中無彼召因恐亡其果故留却塵勞也△〔補遺〕云命即性也行人觀識之性通乎真俗共有此性故曰互通今觀空性欲存俗諦不違體空便謂永寂則絕事相故留塵勞即致茲魔境也作此執計定不移轉故云勝解媛女寶也〔如說云〕此人漸見衆生同體故學菩薩不入泥洹留惑潤生以了度衆之願恐其銷盡者恐塵勞盡非恐識陰盡也以誤認一切變現不爲煩惱皆合涅槃清淨妙德故〇二判屬邪徒〔經〕是人則墮真無真執吒枳迦羅成其伴侶迷佛菩提亡失知見是名第八發邪思因立熾塵果違遠圓通背涅槃城生天魔種〔疏〕起惑恣欲實非證果計此即能證真起用故云真無真執〔孤山云〕真無真執者將欲復真而反戀於俗也吒枳迦羅未見正譯此既能化欲境受用即是欲界自在天類也〔溫陵云〕欲頂自在天類邪思因者既於定中發此邪念不能善察由此熾盛起塵勞事故同天魔耳〔私謂〕行陰滅後魔境阻絕無想天中心想再行長壽天中天報將捨厭疑復然魚水旋泮留塵勞以潤生起伏斷而飽欲於無色中發欲色因於無想中發邪想因此外道之遠因也於冥諦中曰生外道種明外道天爲外道之祖於今文曰生天魔種明外道天還爲天魔之母外道天之因因果果具於此矣〇九定性聲聞二〇一約其所解〔經〕又善男子窮諸行空已滅生滅而於寂滅精妙未圓於命明中分別精麤〔疏〕決真僞因果相酬唯求感應背清淨道所謂見苦斷集證滅修道居滅已休更不前進生勝解者〔疏〕識陰露現故曰命明〔孤山〕

云命明即識也【蕅益云】識精元明九界受生元本也識既含藏漏無漏種今於此中分別決擇苦集有漏名麁名僞道滅無漏名精名真謂於識陰圓明之中忽發小解因此分別苦集是麁是僞滅道是精是真也擇去麁僞苦集而留精真道滅故云分別精麁等修道爲感證滅爲應但取於此故云唯求又知苦果酬集因滅果酬道因於是見苦斷集唯求道滅感應也背清淨道者本修圓觀法界平等離二邊垢名清淨道今發小乘清淨之解故名曰背既發小解乃背圓融常樂我淨之道今於四德但舉其一所謂下釋前義也【二楞云】永嘉云知苦常懷猒離斷集但畏其生慕滅獨證無爲修道唯論自度一居寂滅即便休息戀住化城不趣寶所Δ【知説云】因果相酬二句與前文酬業深脉感應懸絶相對分別疏決此中最宜明了○二判屬邪徒【經】是人則墮定性聲聞諸無聞僧增上慢者成其伴侶迷佛菩提亡失知見是名第九圓精應心成趣寂果違遠圓通背涅槃城生纏空種【疏】定性

者且就一期趣寂無改判爲定性實有劫數終迴上乘【清涼云】因果不易名曰定性聞佛聲教而得覺悟名曰聲聞唯習聲聞之因而證聲聞之果更不求進佛道故曰定性聲聞無聞僧者不了識陰迷爲涅槃故同此也【孤山云】無聞僧者妄執小道以爲究竟故與夫謂四禪爲四果增上慢人爲害一揆圓謂周徧精謂非麁已離行陰爲諸命元故曰圓精稱乎妄計故云應心【溫陵云】圓精應爲因心成趣寂之小果精應即決擇麁業唯求精應證於偏真經空趣寂而已Δ【標指云】未得謂得未證謂證沉空滯寂如燋穀芽不能發心隨入魔境也◎十定性緣覺二○一約其所解【經】又善男子窮諸行空已滅生滅而於寂滅精妙未圓若於圓融清淨覺明發研深妙即立涅槃而不前進生勝解者【疏】本觀圓融清淨覺明今見識陰離行生滅謂深且妙立爲涅槃不知流注故不前進【孤山云】今觀識陰二諦圓融偏著妙空遂生小解故即安立涅槃化城不前進中道實所Δ【標指云】行人定中觀十二緣生皆從識陰而起認此識陰便爲究竟Δ【海印云】覺

明即識精元明未離於識故云覺明此亦將破無復麤垢故曰圓融清淨於此研窮斯爲深妙也○二判屬邪徒經是人則墮定性辟支諸緣獨倫略二覺字不迴心者成其伴侶迷佛菩提亡失知見是名第十圓覺溍心成湛明果違遠圓通背涅槃城生覺圓明不化圓種疏認識陰爲圓覺符妄計爲溍心寂焉不動非無覺了故云湛明溫陵云覺溍如心精通溍覺知通溍之溍謂偕與正覺通溍而不前進也湛明即覺明也△補遺云圓覺之性寂照雙運溍心只是求寂一邊令於圓覺三諦僻取溍心成支佛湛明之果也生覺圓明指支佛空寂證緣覺之圓明無悲化之妙用故云不化圓種資中躭寂滅果成捨生障是名不化圓種故唯識云聲聞畏苦障緣覺捨生障是此類也吳興云化變也以定性不迴故云不化ㄙ補遺云以支佛不能化物故云不化圓種ㄙ無盡云止觀說定慧已成而起見著者此空想諸佛不化何故不化觀心發一分細定生一分空解此是空見法塵與心相應所以有焚身移徙之事自謂與佛不兩立也△清涼云觀因緣生滅之法覺悟真空之理故曰緣覺唯習緣覺之因而證緣覺之果更不求進佛道故名定性緣覺△標指云一定性緣覺依教觀緣但離緣生虛妄名爲解脫二定性獨覺不隨佛教修行居山野觀四時榮枯即立究竟涅槃○引證智論云菩薩初發心時所可怖畏無過聲聞辟支佛地正使墮在地獄無如是怖畏不永破大乘道故於諸外道魔衆及諸惡使結業無如是畏如阿羅漢辟支佛何以故聲聞辟支佛於菩薩道亦如彼鴿敗大乘心永滅佛業○說妙法決定業障經佛言若三界中梵釋四王沙門婆羅門皆與修行爲善知識唯除聲聞非善知識聲聞緣覺爲己利故勸引初修行菩薩回入小乘一切破戒邪行之人不能障於菩薩佛道聲聞緣覺以世諦無我復無煩惱以是智故能令初學菩薩入於聲聞教道非菩薩善知識也○合解云華嚴明十種魔業所謂忘失菩提心修諸善根是爲魔業乃至樂求二乘不樂受生志向涅槃離欲清淨是爲魔業菩薩應速遠離勤求佛業以是故聲聞緣覺亦墮魔數也㊃三結勸弘宣四㊀一結前斥失經阿難如是十種禪那中途成狂因依迷惑於未足中生滿足證皆是識陰用心交互故生斯位衆生頑迷不自忖量逢此現前各以所愛先習迷心而自休息將爲畢竟所歸寧地自言滿足無上

菩提大妄語成外道邪魔所感業終墮無間獄聲聞緣覺不成增進【疏】中途成狂者方在似覺未成不退邪慧發生故云成狂不察識陰微細生滅便謂已證故云因依迷惑等【標】指【云】中途成狂二句結前八種于未足中二句結指定性△【溫陵云】窮道失趣故中途成狂轉遭枝岐故因依迷惑△【二楞云】因依迷惑者言此十種皆依無明妄執生起所愛先習即無始來墮貪愛境所熏習氣今於定中各自發現△【王舜鼎曰】十種從執著生執著從勝解生勝解從發現幽祕生發現幽祕與罔象虛無妄想交織故曰皆是識陰用心交互故生斯位△【私謂】行陰云故現斯悟識陰云故生斯位者悟者識空而言也位者蹠有而論也冥諦者僧佉論師六師之元祖非想非非想八萬劫之位也徧圓倒圓摩醯首羅自在天之位也婆吒迦葉波計大梵天之位也舜若多無想天之位也阿私陀長壽天之位也坐蓮花宮菩薩將受職之位也乃至定性二乘行位歷然不同行陰但以身見邪見等立解計執也生位既爾一向修習於菩提涅槃亦漸近僧佉等三根隔合開空界一類非無因常非常之妄計也先尼迦葉番邪入正之外道也舜若多現在楞嚴會上阿斯陀如來之相師也觀命留塵已超於無想窮空無聞緣獨皆究竟回心成大者也如躡空然其梯梲以次而高如履地然其腳躡以次而近悟則無咎不遺歧路畢竟所歸寧地亦不還矣故下文云識陰若盡乃至入於如來妙莊嚴海等○【私謂】上來識陰十種皆有位次劫數不同行陰外道但是執計邪論成於狂解今循舉天趣之文合而研之迦毘羅冥諦四空天之頂位也摩醯大自在色究竟之頂位也今言墮因所因能非能執婆毘迦羅等成其伴侶豈非四空天中從無想諸外道天窮空不歸者乎曰成所歸果曰能成事果未足滿足將謂畢竟所歸寧地劫外冥然終成淪墜則亦終於窮空不歸而已矣後二門墮定性聲聞辟支諸緣獨倫者即四空中從不還天聖道窮者是也彼云名者不迴心鈍阿羅漢此云成趣寂果諸不迴心者成其伴侶也其識陰盡能入金剛乾慧者即五不還中慧光圓照便出塵界者也彼云入菩薩乘名為迴心大阿羅漢此云入於如來妙莊嚴海圓滿菩提也要而言之外道報盡入輪則四空天其退位也鈍羅漢經劫迴心則非非想天其修位也大阿羅漢圓明發化則五那含天其寄位也是中外道不免輪墮者以無想中心想再生入四空天仍帶細想故鈍羅漢能迴心者以有頂非想地更求上進得滅盡定故定性二乘不成增進者以依滅盡定之有餘依是一向果未盡識陰故此經研天趣辨心魔升沉登墜行相微細壹皆以破除五陰識盡與未盡尅定其梯階徑路二門中行位因果鈎鏁映望羅綱交攝能微容觀照者審而詳之⑧二勅勸弘宣【經】汝等存

心秉如來道將此法門於我滅後傳示末世普令衆生覺了斯義無令見魔自作深孽保綏哀救消息邪緣令其身心入佛知見從始成就不遭岐路【疏】深勸後世令了識陰未盡有此十境發相知而覺察見愛自息迷而取著必落偏邪入佛知見證真位也從始初修也成就果滿也不遭岐路中間更無委曲相也即前十類耳【吳興云】見以違理爲名前八違真中二理起界內邪見後二違中道理起界外邪見以二乘智即無明故問前受陰已超見濁何至行識二陰又發諸見耶答前約斷位得意生身者言之今在伏位於二陰區宇中發也此五陰文若迷斷伏之義何以銷之【王舜興曰】從始成就不遭岐路始者即是最初發心不墮先所愛習從始成就徹底澄清方是因真果正所謂中間永無諸委曲相也○【私謂】前三陰結云天魔後二陰結云心魔見魔此開合言之也開之則曰天魔曰外道合之則外道亦邪魔也天魔亦心魔見魔也心魔見魔不出愛見二惑愛見二惑不出五陰佛教弟子色衆是魔受想行識亦如是魔屬愛外屬見除魔即破愛論摧外即破見論故曰思惑即是魔非第六天魔也見惑即外道非六師也如來初首徵問即立心見二門立知立見即是五陰區宇徵心辨見全依五陰主人斯則五陰超盡爲一經修證都門最後垂範莫要於此已三顯佛所乘

【經】如是法門先過去世恒沙劫中微塵如來乘此心開得無上道【疏】無有一佛不破五陰而得菩提皆能覺了故無岐路【標指云】乘此法門一門超出妙莊嚴路前文云過去諸如來斯門已成就已四陰盡功用

【經】識陰若盡則汝現前諸根互用從互用中能入菩薩金剛乾慧【疏】現前互用者即前第三漸次證無生忍也前文已見從互用中入乾慧者即此互用便是已入乾慧地也互用即是自在位故如前文云返流全一六用不行乃至一切如來密圓淨妙皆現其中此人即獲無生法忍從是漸修隨所發行安立聖位是則名爲第三增進修行漸次斯則始從乾慧終至等覺俱不離此第三漸次而建立也今約

從總入別故云從互用中入也言金剛者以此行人從始至終皆由修習金剛三昧而得成就故前文云是種種地皆以金剛觀察如幻十種深喻奢摩他中用諸如來毘婆舍那清淨修證漸次深入或可此約利根之者到乾慧地精心發化遂超因位直入妙覺故得別受金剛之號若鈍根者隨所發行更歷諸位故不得受金剛之名但稱乾慧耳若將此位立在等覺後心其如前文何孤山云能入金剛乾慧者從相似位超入等覺後心也【補遺】云以圓修正觀得金剛名此非等覺後心由乾慧之名濫通特以菩薩金剛揀之菩薩揀二乘金剛揀偏教文云如來逆流如是菩薩順行而至覺際入後名爲等覺豈可於入交後更立乾慧地耶古人迷此於等覺後更立金剛乾慧一位誠誤交學理例俱無不敢聞命○【私】謂識陰盡位孤山吳興咸判七信已去依長水疏受陰盡得無生忍當第二漸次識陰盡證無生法忍當第三漸次今文從互用中能入菩薩金剛乾慧互用得忍皆由第三增進良有誠證經文初信云一切妄想滅盡無餘二信云陰處界三不能爲礙知初入信時已銷盡五陰滅盡五種妄想又云一切圓通則知違遠圓通必未入信位明矣當知初乾慧地即識陰盡行人盡四陰不盡識陰則雖其已盡者亦隔日之瘧也亦詐死之永也生死結根宛然猶在可謂得無生忍乎今言識陰者非究竟盡也乃分盡也何言乎其分盡也起信云依無明熏習所起識者菩薩從初正信發心觀察若證法身能少分知乃至菩薩究竟地不能盡知唯佛窮了又以唯識義通之初心歡喜猶現纏眠不動地前纔名捨藏准此則地上猶爲分盡初位豈得頓盡故曰是爲分盡即能證法身之少分也然經言識陰盡不言分盡者以三漸次人得無生忍入金剛乾慧淨修圓證直趣果海異熟究竟空賴耶究竟捨亦猶阿羅漢第四人結使有不盡果中說因而知其必當盡也經云從乾慧地至等覺已是覺始獲金剛心中以一金剛心由乾慧而歷等覺則乾慧之盡識陰也必矣故曰金剛道後異熟空又曰金剛後心即是佛初乾慧地獲金剛心即當識盡之位獲無生忍所謂住圓位者也諸師薄視乾慧別立等覺後心長水斥理例俱無豈不信哉○【空印】云六根乃黎耶執受未破識陰色心相執連持交固不得互用纔破識陰無執受故即得互用此中識陰攝無明住地惑此識未破容有頂墮及退

二乘地此無明識纔破即證法身入菩薩金
剛慧直趣果海而無退也然此言從互用中
入金剛慧亦歷位而入也若善財
一生取果雖日頓證豈不歷位耶【經】圓明精
心於中發化如淨琉璃內含寶月如是乃超
十信十住十行十迴向四加行心菩薩所行
金剛十地等覺圓明入於如來妙莊嚴海圓
滿菩提歸無所得【疏】於乾慧中既證圓妙此
之心性頓發諸行頓具諸德故云發化慧心
如琉璃因行如寶果德如月此喻一中現無
量無量中現一因行果德一時具足無闕圓
明故如琉璃內含寶月超因入果者由前發
化因果具故乃得超也福足故名莊嚴海慧
足故圓滿菩提理極故歸無所得即大涅槃
常寂無得也【孤山云】妙莊嚴海是福究竟圓
滿菩提是智究竟歸無所得是
理究竟福即解脫智即般若理即法身○【前
文云】有三摩提名大佛頂首楞嚴王一門超
出妙莊嚴路今云如是乃超十信等位又云
入於如來妙莊嚴海一經大總持法門結成

於此△【宗鏡】若上上根人頓了心空入真唯識現
行餘習種子俱亡則何用更立地位只爲中
下之根或有緣信或有正信或有解悟或有
證悟根機莫等見解不同於妄用功中分其
深淺雖即明知信入唯識心境俱空以微細
想念不盡未得全除分分鍊磨於心境中故
有地位差別以根塵五陰微細難亡若得識
陰盡方超地位了無所得【疏云】此是圓頓下
根又利者也由下
品故至識陰盡方得入位由又利故於此發
化乃超諸位問前受陰盡即云上歷菩提六
十聖位今識陰盡何故言超答前約上根稍
鈍者說例今亦合有頓超者今約下根又利
者說故得言超例前受破亦合有歷聖位者
前後互見耳想行陰盡合是中根超越之處
畧故不說按長水釋五陰盡未盡廣辨三根
此中與想陰文前後相應亦畧順宗鏡古釋
當於前文已僭爲料揀今復引慈大師通議
以證前義△【慈大師云】從互用中即入金剛
乾慧者此以金剛如幻三昧直觀八識根本
無明即轉生死而爲涅槃故識陰一盡則不
歷諸位一超直入圓證佛果此乃上根利智
如觀音耳根圓通生滅既滅寂滅現前忽然

超越世出世間是則但破生相無明便成佛果不必定歷諸位也上同諸佛慈力下合衆生悲仰普門示現利益衆生故云圓明精心於中發化以身心世界諸佛衆生圓融交徹故云如淨琉璃内含寶月二楞云圓明發化者所謂圓明初發成無漏三類分身息苦輪也此圓教上上根本一生頓超故云初發心特即成正覺非若別教一位多劫修證滿三祇劫因圓果滿方證菩提也以圓頓法門中間更不取證當下即是更無乏少故云則汝現前等△孤山云金剛乾慧是覺無間道轉入解脫道即妙覺也△雷菴云五陰既盡能入菩薩初發大乘金剛乾慧圓明精心此心猶如金剛十地以壞障惑發真如故名金剛十地又能於中發化如琉璃寶月故不住外凡内凡等位直入如來妙莊嚴海孤山指金剛乾慧圓明精心爲等覺後心妙覺之無間道者誤矣自如是乃超至等覺圓明方爲無間道也若以金剛乾慧爲無間道則超之一字安歸△殷秋溟曰經言金剛乾慧未嘗稱有等覺也言金剛十地等覺圓明未嘗稱有乾慧也其言六根互用即前六相不行也如淨琉璃内含寶月即譬如琉璃内懸明月也轉識爲智故云純是智慧也初乾慧地豈非金剛乾慧何待等覺後心耶△東溟管氏曰前稱金剛心中初乾慧地則乾慧者從凡入聖之初心也後稱金剛十地等覺圓明則圓明者從聖入聖之後心也舉金剛乾慧圓明精心則通三賢十聖之前後心矣經文自從互用至於中發化等當一句讀下猶曰能入

菩薩遍前徹後之心於中發化云不△三結勸四此爲懸起之科躡前第八卷揔別開示下揔明別顯二科爲第三科文勢直接當處禪那覺悟無惑等經文是中結明過去先佛奢摩他中毗婆舍那微密觀門汝當恭欽最後垂範即同金河末命叮嚀遺囑不但揔釋五陰辨魔實一經中地位修證會通卷攝之廣文也奢摩他路最初方便尅定於茲矣◎文四一先佛觀門

經此是過去先佛世尊奢摩他中毗婆舍那覺明分析微細魔事疏覺明即觀慧也經言奢摩他中用諸如來毗婆舍那補處委明凭几重告今復結勸於此△海印云三觀乃佛佛成道之本定中魔事乃先佛所經故須預識◎二降魔觀力

經魔境現前汝能諳識心垢洗除不落邪見陰魔銷滅天魔摧碎大力鬼神褫魄逃逝魑魅魍魎無復出生直至菩提無諸乏少下劣增進於大涅槃心不迷悶○涅槃經云涅者言不槃者言去來生滅等不去不來名涅槃等又涅槃者名爲佛性解脫第一畢竟空又名屋宅洲渚畢竟歸依也大名不可思議一切衆生所不能信名大涅槃唯佛菩薩之所見故名大涅槃是大涅槃强立名字不同小相名大涅槃故名三德祕藏真常真樂真我真淨無上大涅槃也○釋文

褫撤去也東都賦奪氣褫魄⊙三伏魔呪力〔經〕若諸末世愚鈍衆生未識禪那不知說法樂修三昧汝恐同邪一心勸令持我佛頂陀羅尼呪若未能誦寫於禪堂或帶身上一切諸魔所不能動〔疏〕不別修定次第故云未識禪那未學智慧方便故云不知說法定慧不習而樂安禪魔境現前孰分邪正當勸持呪安其正解防其邪慮即不懵魔〔吳興云〕未識禪那即法行者不知五陰現境也不知說法謂不知以信行而資法行也由是之故名爲愚鈍嗜世學大乘孰不自謂得真三昧果以信法二法審之空空如也或讀此經有自省愚鈍誦寫其呪而防諸魔事乎大明不能破長夜之昏慈母不能救亡子之苦悲夫⊙四恭欽垂範〔經〕汝當恭欽十方如來究竟修進最後垂範〔疏〕是諸如來究竟了義之說又是出世最後時說故云最後垂範

按月公以大悲付囑遠離魔事爲垂範圓師以夏滿說經前春入滅爲垂範長水疏兼二義融室云以此經開示三摩提大佛頂首楞嚴王顯密修行爲十方如來究竟垂範不但指修行五陰也○〔涅槃云〕大覺世尊將欲涅槃一切衆生若有所疑今悉可問爲最後問

大佛頂首楞嚴經疏解蒙鈔卷第十之三

音釋

隳許規切　幕末各切　暈音運日旁氣也　溜音忽合也　弃棄同　霰先見切　梟古堯切不孝鳥也　嬽于眷切美女也　蹠之石切　桄光去聲　禠息移切

大佛頂首楞嚴經疏解蒙鈔卷第十之四

海印弟子蒙叟錢謙益鈔

○上來如來無問自說科竟◎二阿難因聞請益二盡正宗分八初阿難申問

【經】阿難即從座起聞佛示誨頂禮欽奉憶持無失牒上恭敬垂範於大眾中重復白佛如佛所言五陰相中五種虛妄為本想心我等平常未蒙如來微妙開示一問又此五陰為併銷除為次第盡二問如是五重詣何為界三問【疏】一問妄想也未聞五陰總是妄想而名有殊二問除斷頓漸也併即頓也三問邊際也界分也【鍾涅】【云】歷觀五陰魔境皆生於各陰將盡未盡交界之處所謂邊際也此問最宜著眼【經】唯願如來發宣大慈為此大眾清明心目以為末世一切眾生作將來眼【疏】眼目左右之言皆喻心也心明照了如眼之見八二如來正答三◎一答妄想三卍一總明三(八)一迷真起妄二(卍)一顯真覺圓淨

【經】佛告阿難精真妙明本覺圓淨非留死生及諸塵垢【疏】精真法身也妙明般若也圓淨解脫也三德圓融唯一本覺生死苦道也塵垢業煩惱也斯則妙性圓明離諸名相耳【吳興】【云】精真中道也妙明寂照也寂故即假照故即空三諦融通元無塵垢總名本覺圓淨此單論真性也乃至下單論妄想發生諸法斯元下合明真妄發生世間【合釋】宗鏡故知真妄無因空有言說皆是狂迷情想建立若不執妄尚不說真幻影纔銷智光息燄首楞嚴經佛告阿難精真妙明乃至何況不知推自然者肇法師窮起妄之因立本際品云夫本際者即一切眾生無礙涅槃之性何為忽有如是妄心及種種顛倒者但為一念迷也此一念者從一而起又此一者從不思議起不思議者即無所起故經云道始生者謂無為一生二二謂妄心乃至三生萬法也

心生萬慮色起萬端和合業因遂成三界種子所以有三界者爲以執心爲本迷真一故即有濁辱生其妄氣（經云妄以發生諸器世間）澄清爲無色界所謂心也澄濁現爲色界所謂身也散滓穢爲欲界所謂塵境也故經云三界虛妄不實唯一妄心變化（乃至虛空皆因妄想之所生起）夫內有一生即外有無爲內有二生即外有有爲內有三生即外有三界既內外相應遂生種種諸法及恒沙煩惱也（彼虛空性猶實幻生）故知三界內無有一法不從自心生因心想念分別造作如幻術力變化萬物於外似有發現現無現性惟自心生但能內觀一念無生則空花三界如風卷煙幻影六塵猶湯沃雪廓然無際唯一真心矣（(卍)二明妄想發興）〔經〕乃至虛空皆因妄想之所生起斯元本覺妙明真精妄以發生諸器世間如演若多迷頭認影〔疏〕不更具叙色之與心三種相續故云乃至虛空無爲尚是妄生豈況有爲一切諸法狂癡故有故如認影〔桐洲云〕（因迷妄有虛空故曰皆因妄想所生此虛空元是本覺妙明真精以晦昧爲空也依空立世界故曰妄以發生等(八)二推破妄因二(卍)一示無因）〔經〕妄元無因於妄想中立因緣性（(卍)二斥妄計）迷因緣者稱爲自然彼虛空性猶實幻生因緣自然皆是衆生妄心計度〔疏〕既稱爲妄云何有因若有所因不名爲妄故云無因自諸妄想展轉相因交妄發生遞相爲種故云於妄想中立因緣性說有因緣猶是妄執更認自然迷中倍者故言衆生妄心計度〔吳興云〕（立因緣性謂自他共性并下自然自然即無因四性備矣彼虛空性此指體性之性既由迷妄有虛空依空立世界空猶幻有世界可知故法華云知法常無性也衆生於無性中惑爲因緣及自然性皆是妄心分別計度）〔經〕阿難知妄所起說妄因緣若妄元

無說妄因緣元無所有何況不知推自然者[疏]若知妄起許說因緣妄元無生說誰因緣因緣尚是妄中建立而況不知是因推爲自然耶[吳興云]今言諸妄而說因緣者縱而言之即以諸妄爲後妄之因也若妄下奪而言之因緣尚無自然安在㊇三結成妄想[經]是故如來與汝發明五陰本因同是妄想[疏]五陰之因元妄所結此即於妄想中立因緣性也此因緣性妄中權立欲令了法元無所有是故同名一妄想耳[標指云]起信云衆生以不如實知真如法一故不覺動念現六塵境即是五陰妄想也同一虛妄更無由緒○[宗鏡云]若舉眼見色由有色陰舉身受苦樂由有受陰舉心即亂由有想陰舉眼見生滅由有行陰精明湛不搖處即識陰故知一念纔起五陰俱生微識未亡六塵不滅㊁二別顯五㊀一色[經]汝體先因父母想生汝心非想則不能來想中傳命[疏]正指是想也攬父母遺體而成此身遺體即是想愛流出故云父母想生汝之託陰亦是想愛而來以想遺體爲勝境故識即趣彼結成胎藏故云汝心非想不來傳命斯則三處妄想和合成此體也[吳興云]想謂欲想子在中陰時若無欲想則不能來父母欲想中受胎○[谷響云]世有不因交合而因想有胎體因想生弥爲可驗[熏聞云]千寶搜神記漢末零陵太守有女悅門下書佐而因於牗間乃使婢取佐盥水而飲之有娠既而生子至能行太守乃見椽吏抱兒衆中使求其父兒直上書佐掖推之化爲水衆大驚遂以女聘書佐焉由是明之雖有因合不因合之異莫不皆由想乎人見兒化爲水之說以爲詭譎不顧百年在世亦同此兒矣攬遺體而成遺體亦水也一旦死滅壞爛仍是水矣果零陵小兒之可驚則人盡可驚也彼既詭譎此安得不詭譎乎妄想而生大哉佛說[經]如我先言心想酢味口中涎生心想登高足心酸起懸崖不有酢物未來汝體必非虛妄通倫口水如何因談酢出是故當知汝現色身名爲堅固第一妄想[疏]引前釋成也即引破想陰文懸崖酢物俱不到身由汝所思便能生汝口足酸水若非妄想同類孰有水等

生焉通倫猶同類也是故下結歸立名也以此驗之如何非想是故應知妄想凝結即成色陰故云堅固【溫陵云】體因想生心因妄起命因想傳諸妄交因以成色陰故名堅固妄想ㄙ【直解云】謂由堅執之想以成色質即堅覺寶成之意㊀二受【經】即此所說臨高想心能令汝形真受酸澀由因受生能動色體汝今現前順益違損二現驅馳名爲虛明第二妄想【疏】前四句躡前色陰動身之想即明受陰是妄想也由因下正顯也因想梅等便有受領若非領納焉得水生此受亦是妄想轉變妄生領納也【吳興云】由因受生因想故受生也能動色體即形受酸澀也二驅馳者領此順違生若樂法遂成損益爲彼所使汝今下正示受相順益即樂受違損即苦受合有非違非順即不苦不樂受但文畧耳照境而領虛通無礙故曰虛明【溫陵云】臨高空想而酸澀真發違順皆妄而損益現馳斯則受陰無體但虛相妄想耳△【吳興云】色受想三陰妄想相由而起故前文云汝體

先因父母想生下文云種種取像心生形取皆同懸崖酢物之想非如行陰幽隱難見也△【直解云】想酢涎生想高酸起初因想而生受崖酢想虛酸澀受實今因受而生想既因受生想則念念相續相續爲行陰前四陰皆由識了別豈非乎想乎通今約次第別中會通方知五陰本因同是妄想也㊀三想【經】由汝念慮使汝色身身非念倫汝身何因隨念所使種種取像心生形取與念相應寤即想心寐爲諸夢則汝想念搖動妄情名爲第三融通妄想【疏】初二句標念慮即想身之驅役皆想所爲也【補遺云】由前文云因受動色則是由汝念慮使汝色身也身非下釋初三句反質若非想類何以隨念【熏聞云】身之與念色心兩殊且非倫類汝身何因至與念相應者誠由妄想融通使之然耳種種下五句正顯凡取前境先須想像後身隨之想若是實何須形取形若非想自不能行二既相須豈非虛妄故云與念相應【吳興云】心生形取謂心念若生形質必取想高酸起取之驗也【溫陵云】心生虛想形取實法心形異用而相應者由想通也寤寐

雖異皆是想爲寐既成夢夢非有實應知寤想豈是實耶[吳興云]非但融於色身亦乃通諸夢寐故曰寤即想心等由想成夢以顯妄念當無間然則汝下結是知現今想像念慮正由妄情搖動故爾焉不是妄融色質通心念變境像成夢寐故云融通妄想[溫陵云]寤寐搖變使心隨境使境融心皆融通妄想也⊖四行[經]化理不住運運密移甲長髮生氣銷容皺日夜相代曾無覺悟阿難此若非汝云何體遷如必是真汝何無覺則汝諸行念念不停名爲幽隱第四妄想[疏]化理下顯行相也初二句標行陰遷流微細難覺故云不住密移也甲長下釋前三句釋不住後一句顯密移阿難下示虛妄也真猶實也行陰若非汝體何得相代不停又若實是汝身何不覺知生滅非汝不可是汝無憑故知虛妄則汝下結想名密移不覺故曰幽隱[吳興云]此若非汝指化理不住等云何軀遷指甲長髮生等如必下若謂軀遷實是汝者何不覺此相代之相以不覺故行陰生滅名爲幽隱∆[補遺云]上文只就色陰明遷變理此通例諸法變遷之行⊖五識二○一正明其相[經]又汝精明湛不搖處名恒常者於身不出見聞覺知[疏]牒指識體也初三句標計也行人所認微細明了離行生滅湛然不動目爲常住者即識陰也於身下指體也識陰豈越見聞覺知此約用指也[直際云]此陰通收八識用動體常見聞精明同一識陰∆[吳興云]節公以見聞爲用則動精明爲體則常不知今文即以見聞爲精明動用爲常軀何則識無所存徧在諸根根對境時雖涉於用用在無記未起善惡指此無記名爲精明湛不搖處若約分齊言之五識五意識及第六心王皆是其處也佛恐衆生計此爲常故寄阿難先且定云名恒常者下即判此不出見聞覺知還成第六王數故也∆[合解云]第五妄想即賴耶識陰也精明等同前識精元明見聞覺知即六根∆[三楞云]精明即前文一精明也湛不搖處即湛若止水皆指第八識也∆[直解云]識精元明即第八藏識湛然不動無覆無記者楞伽云藏識海常住是也於身下謂此執受身根爲諸識所依此識所遊之處不出六

根見聞覺知先牒後破明其非常也【經】若實精真不容習妄何因汝等曾於昔年覩一奇物經歷年歲憶忘俱無於後忽然覆覩前異記憶宛然曾不遺失則此精了湛不搖中念念受熏有何籌算【疏】正顯虛妄也初二句反標若此湛明是真實性不合容受虛妄習氣習氣即種子也【宗鏡】云種子有二類一本有者謂無始時異熟識內法爾而生蘊處界等功能差別一切種子與第八識一時而有二新熏者謂無始來數數現行熏習而有名新熏故護法意云有漏無漏種子皆有新熏本有合生現行亦不雜亂何因下九句順釋憶忘俱無者初若有憶則有忘時元既無憶故不說忘覆覩者再見也再見既無所遺此則容受妄習故知虛妄非真湛明則此下結示也受熏持種發起現行流注生滅不可計矣【吳興】云以昔覩奇物納種在識若不受熏覆覩前異必無記憶之相既不忘失則知中間常爲前七念念熏習熏習即妄何精真之有乎△【講錄】云最初領納記憶雖由前六熏習而持種不失則是第八功能前六如聚斂之臣第八如庫藏之吏歷年覩物記憶宛然皆由第八精了湛不搖中念念受熏也有何籌算不思議變也○【引證】【宗鏡】云問八識之中既具本有新熏之義何識是能熏因何識是所熏果答依經論正義即是前七現行識爲能熏因緣之因熏生新熏種子第八識是前七現行識所熏生因緣之果熏者資熏繫發之義生者生起從因生出之義如本識中善染等種能引次後自類種子雖有生義無自熏義如穀麥等種雖有生芽之能若不得水土等資熏擊發亦不能生其現行本識雖有生種之能然自力劣須假六七與熏方生○又云大乘說能記憶分有三一自證分能記憶見分二別境中念能記憶曾所更事三識中種子能不妄生自現行唯識疏云如不曾更境必不能憶如現行識曾被見分緣者後必能憶若不曾爲見分緣者後時必不能記憶也以能緣見分於過去時及現在世但緣相分不曾自緣前已滅心既已過去今時見分有何所以能自憶持以於昔時曾返緣自見分故既許今時心心所法能自記憶明由昔時有自證分證彼緣境作量果故故今能憶○二重顯微細【經】阿難當知此湛非真如急流水望如恬靜流急不見非是無流若非想元寧受妄習非汝六根互用合開此之妄想無時得滅【疏】正顯微細也識

陰離行故名爲湛不是常住故云非真喻急流者凡夫二乘全不覺知十地已前雖覺未盡故云急流不見【標指云】微細生住異滅流注不息妙覺方盡若非想元等者顯此正是妄想根本以第八識爲界趣生本也【溫陵云】湛非真湛特幽潛不覺耳故譬急流之水幽潛流注不可測知此正憶想之元容妄之體直待消磨六門妄習無寄然後可滅也△【二楞云】以此是前四妄想根元故受妄習若非妄想根元寧受前四妄習哉非汝下四句明難斷乎用合開者寄根明發故云乎用開令無隔合爲一體也前文云返流全一六用不行開即是合故無二別若非證真此難滅矣【空印云】以此精明湛不搖處似一似常特判之曰此湛非真使不誤認楞伽說此爲流注生住滅也以分齊言之即六和合之一精明執受根身者以惑言之即無明住地非見思家種子也岳師指爲見思麤惑種現雖盡根本無明猶在非如前文返流全一六根得真乎用亦泥而未通也【經】故汝現在見聞覺知中串習幾則湛了內罔象虛無第五顛倒微細精想【疏】因細得名也此是諸識之中串習機要亦名精明湛不搖處故云湛了即本識也【溫陵云】串常習也幾微也精明湛識爲六用常習之本故見覺幾微即湛識罔象潛於見覺之中故云中串習幾△【合解云】此湛了見精非是真見以賴耶識體無覆無記望如恬靜中串習幾妄想細微非是無妄合上流急不見非是無流也有而若無故云罔象罔無也象似也非有形質故曰虛無望前行陰最爲其細再三示云微細精也【海印云】汝現在見聞覺知麤現於外而其中有串習幾微生滅之相於湛了內似有似無不可窮詰者斯識陰微細之體△【王舜鼎曰】識陰不出見聞覺知此中歷劫相串熏習之幾至微至細汝今現在其中不自知耳此幾正是想元此想元正是湛了內罔象虛無微細精想中串習幾正是念念受熏之處言顛倒者由顛倒妙圓真淨而有也△二總結【經】阿難是五受陰五妄想成【疏】此五即是衆生所受報法故通名五受陰亦曰五取蘊衆生取此爲自體故△【海印云】乃補特伽羅所數取故【中川云】五受陰亦名五取陰然有簡別俱舍云是有取說名陰有但陰非取謂無漏有爲釋曰唯識云佛果報身有爲

無漏非惑業所生故俱舍云此中以惑為取陰從取生故名取陰如草糠火由一言迷妄受此取此自蔽藏也或陰屬取名取陰如王臣○合論云雜華徵塵數萬偈裏柏攝取其要為十二緣生論其因有十二種其實即五種陰生也世尊於此重叙之使知皆即衆生念力所成耳如止觀二法澄鍊五陰則於內分獲六根功德於外分超五濁惡世以定力精嚴則離五十種魔事義理粲然學者當熟觀之○宗鏡云若見五陰有即衆生世間若了五陰空即真諦世間若了五陰實相即中道第一義正智世間離此五陰三世間外更無一法能建能立能俗能真為一代時教所詮除此別無方便悟此成佛迷此為凡唯是一心開合無異○刪修張無盡海眼經移此文妄本無因下至此三十五行入第三卷十四紙第一義諦句下無盡不了如來重叙五陰叮嚀教戒深意拘牽文勢妄率改修其過不小故特明之

⊙二荅邊際

經汝今欲知因界淺深唯色與空是色邊際唯觸及離是受邊際唯記與忘是想邊際唯滅與生是行邊際湛入合湛歸識邊際

疏答請何為界也界即因義古釋界者因義如地生物而地為物因也亦是分義因依界分際限判故故云因界ㄙ溫陵云本無有界由妄相因也ㄙ王舜鼎曰凡是想陰俱落邊際故謂之界色謂形色空謂顯色俱色蘊攝妄色妄空乎形顯故略舉色空攝一切盡孤山云四大圍空而成色質融室云色空之色外四大色非空不色故唯色與空是四大色陰之邊際以外成內故觸有違順即成苦樂二受離無違順但一捨受也資中云觸離是受者觸有苦樂離即成捨俱名為受△桐洲云所觸是境能觸是身能所相對名觸相遠名離故名觸離受陰邊際ㄙ融室云以離顯觸是受邊際記憶忘失取像攀緣俱為想陰之分齊耳真際云記憶忘失亦可云記如宿忘如寐ㄙ融室云因忘有記是想邊際生滅遷流剎那四相但是生滅皆行分也吳興云三相遷流皆屬行陰畧舉生滅以攝於異ㄙ融室云滅是遷流遷流是行非生無滅是行邊際湛前行陰合歸識陰見識不動認為真湛齊此名為識陰邊際以見行陰是生滅法雖生滅處名是湛寂就所認處即識分齊也吳興云湛入合湛者湛生滅之際入精明之處方名合湛合同也以行相異而識體同故△定林云如波瀾滅化為澄水名行陰盡內內湛明入無所入名識陰區宇則所謂湛入者識陰也湛入

爲識陰則湛爲性識明知明知即智智之與
識是識邊際故說五陰而曰湛入合湛歸識
邊際性識不名湛入所謂內內湛明入無所
入者湛出爲行行如水流湛入爲識識入滅行
陰則內內湛明入至想元更無所入矣△【融】
【室云】湛是急流急流喻識受想行陰心生則
湛精出應心生而滅則湛精復合合於本識
之湛故云湛入合湛歸於識之邊際△按已
上三家皆指湛前行陰合歸識陰與長水疏
大同唯吳江以湛精出入通指上三陰爲少
異也【東溟管氏曰】溫陵解上湛字是行不
流逸下湛字是湛了本躰或以上湛爲微細
業識即自證分下湛爲本覺妙明即證自證
分四陰即主妄識獨指真義頗難通又前四陰
各不相粘古釋偏以識陰粘行以與上四相
相違今謂上湛爲前六識之性境現量下湛
爲第八識之性境業相六根粘湛發用見聞
覺知之中任運而起未經分別元不離乎湛
躰此上湛也第八爲前六之總根六和合會
歸一精明其躰常湛此下湛也外之六用任
性境而未嘗分別合於內之微細業識此湛
入合湛義也前文見聞覺知中串習幾者即
六用也湛了內罔象虛無者即業識也【中川】
【云】上湛六識湛精下湛八識湛躰六湛精明
元八識所分今入合妙湛兩湛相冥是其邊
際△【私謂】以本經釋之上湛字即所云此湛
非真如急流水也下湛字即所云如汝精明
湛不搖處及湛了內罔象虛無是也以賴耶
識變現諸趣如海浪身常生不斷故曰望如
恬靜流急不見此上湛也賴耶識體無覆無

記自性無垢畢竟清淨就此流急不見即知
性入元澄此下湛也湛串習之急流合湛了
之罔象識陰邊際分齊在此上湛是生下湛
是滅湛入合湛正明如來藏生滅與不生滅
和合爲阿黎耶識也此二湛字亦以色空觸
離等例之其義自明ㄙ【雲棲云】此湛非真正
八識之邊涯分齊也行陰中如波瀾滅化爲
澄水即此湛耳行人乍獲輕安尚謂得道何
況四陰已滅唯識獨存豈知此湛正是生死
微細根本△【交光云】人但知流逸奔塵勿汝
湛圓爲識不知湛入合湛湛了內微細流注
未息終未出識陰邊際也以此總教因界淺
深但知色界爲色者淺知空色皆色者深乃
至但知湛入爲識者淺知湛入合湛皆識界
者深斯則如來發明五重妄

想邊際極矣⊙三答頓漸

【經】此五陰元重疊生起生因識有滅因色除

【疏】答前爲頓銷除爲次第盡也生起則從細至麤從內感外一切諸法唯識變故故云生因識有除斷則先麤後細從外向內如浣衣磨鏡麤垢先落【孤山云】約生則由內造外從細至麤如著衣也故迷理有識乃至有色約滅則由外至內從麤至細如脫衣也故悟理色盡乃至識盡然生起時實非前後一念頓變以約麤細作此說耳圓頓觀法斷

亦非次功行成時自然爾也融室云陰元生起重疊成五細由無始迷性爲識及託胎時先投其識然後有蘊身故麁從色陰五陰之首滅從其首爲次第故宗印云停隨業眞成妄纏約入胎次第成身而說迷起受潜流轉有莫先乎識既成識則念念不爲自己心有想行陰生以流逸故於所緣境係同則令生覺陰生由想受故識託其中攬見徹薄有色陰受則受陰生受己成身妄自陰滅違則色塗此生起次第也七支業淨身生心不順不受納身見既七根境不偶則受乎本覺流逸則潜受想亡則想陰滅受想不則識陰行逸識精還元同盡此還滅之相也△合釋既云五陰疊起又云生因識有何也答涅槃亦云梵志問佛如瞿曇說無量世中作善不善未來還得善不善身又說因煩惱故獲得是身若因煩惱獲得身者身爲在先煩惱在先若煩惱在先誰之所作住在何處若身在先云何說言因煩惱得是故若言煩惱在先若身在先若言一時先後一時義皆不可佛言一切衆生身及煩惱俱無先後一時而有雖一時有要因煩惱而得有身終不因身有煩惱也世間眼見炷之與明雖復一時明要因炷終不因明而有炷也經理則頓悟乘悟併銷事非頓除因次第盡疏前約生起除斷道理合然若定作此解焉知虛妄故須先理後事頓悟漸除方了修證之義耳理則頓悟者若約證悟圓理即一斷一切斷無前後也如前文云一根既返源六根成解

脫塵垢應念銷成圓明淨妙解悟亦然圓覺云知幻即離離幻即覺亦無漸次以一切法皆從心起妄念而生念即無念一切頓盡由眞性中本無妄故故云乘悟併銷事非頓除因次第盡者五陰妄法名之曰事陰既麁細不同法爾麁者先去解行雖頓斷自有序曰出孩生皆喩此也△宗鏡楞伽經中有四漸四頓今取頓悟漸修深諧教理首楞嚴經云理雖頓悟等先須頓悟方可漸修若約斷障說者若日頓出霜露漸銷若約成德說者如孩初生即具四支六根喩性上恒沙功德長即漸成志氣功用萬行資莊報化圓滿如華嚴云初發心時即成正覺三賢十聖次第修證若未悟而修非眞修也良以非眞流之行無以稱眞何有飾眞之行不從眞起經云若未聞此法多劫六度

修行竟不證真（已下並清涼文）今論明是本明漸是圓漸六祖直顯本性破其漸修令爲順經明其漸證隨漸漸明皆本明矣漸爲圓漸者即天台智者意彼云漸漸非圓漸圓圓非漸圓謂漸家亦有圓漸圓家亦有圓漸漸家漸者如江出岷山始於濫觴漸家圓者如大江千里圓家漸者如初入海雖則漸深一滴之水已過大江況濫觴耶圓家圓者如窮海涯底故今云漸是圓家漸尚過漸家之圓況漸家之漸〔私謂〕永明依楞伽四漸四頓詮釋此章獨取頓悟漸修今以經義證之微心常住辨見不還屈指飛光觀河垂手獲不歷僧祇之法身了山河大地之終始悟鐘聲而解六結揀耳根以照一門皆指悟指頓也三決定義木叉自持四種律儀氷霜同皎道場結清淨軌則呪心應神力冥資三種增進皆言漸次修行六十聖位總是漸修安立皆指修指漸也永明云經言阿難已悟妙覺明心知宗不昧方乃重告善逝啓請修行故知先悟後修應須理行合一但取一期知解欲證究竟菩提無有是處此則頓悟圓修首楞嚴一經旨歸也頓不捨漸則有萬行具足之三摩地門五十五位行布單複若天網之羅寶珠漸不礙頓則有一門超出之三摩地門二十五行圓融綺互若琉璃之含寶月悟則決定要悟百千萬劫只伏一悟一念心開便如十日並照故曰狂性自歇歇即菩提非頓曷悟非悟曷修也修則畢竟要修百千萬劫只圓一修十地行滿才如望月孤圓故曰菩提涅槃尚在遙遠非漸曷修非修曷悟也約悟則唯頓無漸三生已入果海緣起只由於一念是故登伽宿爲婬女遂超登無學之位正悟時何須說漸也約修則唯漸無頓一生即圓劫果行門轉急於多生是故阿難已獲法身更審除微細之惑正修時何須說頓也經初曰有三摩地示頓門也曰一門超出妙莊嚴路此頓解悟也經中曰修三摩地示漸門也曰於奢摩他中用諸如來毘鉢舍那漸次修證此漸解悟也阿難偈贊已上理則頓悟理窮於是滿慈妨難已去事因漸除事備於是如來於法會已終付囑已畢特宣此義傳示當來一經十軸綸貫以一十六言使末法行人永爲標準最後垂範即同金河顧命豈不信哉○〔柏庭云〕理則頓悟等乃依事理而有頓漸也以理言之唯一真性妄想無實如是而悟則乘悟併銷不容前後如前諸念皆離入三摩地是也以事言之五陰既列前後生起妄想不一寧悉頓除如前文次第而盡是也言五陰次第盡者色陰盡則曰見色陰銷受陰明白受陰盡曰受陰虛妙想陰盡曰凝明正心至識盡則曰窮諸行空等皆次第而

盡非頓盡也

〔經〕我已示汝劫波巾結何所不明再此詢問〔疏〕此引前說結責未解也如前文云巾體是同因結成異又云畢竟同中生畢竟異又云六結同體結不同時即結解時云何同除此皆理則頓悟事非頓除如何再問耶頓漸悟修如圓覺疏（温陵云）真譬劫波巾體識譬初結色譬最後結也生因識有如後結依初結生滅從色除如解從後解也五陰生起從細至麁由迷智有識乃至由受有色也滅則從麁至細必破色而後受現乃至破行而後識現也理則頓悟乘悟併消者謂了陰無躰五陰併亡如巾本無結亦不有也事非頓除因次第盡者理雖頓悟事假漸修如巾雖無異結須漸除也○〔私謂〕經言我已示汝劫波巾結何所不明再此問訊此如來結荅阿難五陰併銷次第之問四荅中決定荅也苕溪岳師立六根義橫五陰義竪二門法喻不齊妨難鋒起今以五陰六根循本論之衆生生死重沓以五陰爲重擔肩荷五陰之擔者六根也衆生雜染沉淪以五陰爲覆蓋積聚五陰之盖者六根也六根爲六和合一識爲一精明識爲五陰之窟即六根之窟宅也炙病得穴故云生因識有色爲六根之首即五陰之元首也伐樹除根故云滅從色除是則除六根無五陰法除六根解結無破五陰法明矣今於此中曲分橫竪根陰既對待究爾解除則境智歴然使前後章門轉成隔別耳竊觀首稜一經最後垂範總括於頓悟漸除之兩言永明所謂頓悟知宗圓修辦事也七徵已後何往非頓悟知宗阿難頓獲法身解除細惑皆頓悟併銷之能事也圓修辦事選根深入下手功夫尅定於綰巾舒結解除次第一章則如來顯以六根解結爲破除五陰之明文矣阿難問舒結倫次世尊用六結綰除初云此結非彼彼結非此如來今日若總解除尚不名一六云何成佛印言六解一七亦復如是次云是結本以次第綰生今日當須次第而解六結同躰結不同時則結解時云何同除佛又印言六根解除亦復如是此皆事非頓除因次第盡之明文也此根初解先得人空次得法空後俱空空從色陰盡乃至識陰盡觀網綺互彼此攝入正圓修辦事無次第中之次第也阿難以五陰銷盡問佛以六根解結荅申告之曰何所不明再此詢問根陰同根解除一躰佛語決定較然明白若以橫竪言之則理爲橫事爲竪悟爲橫修爲竪頓爲橫漸爲竪銷爲橫盡爲竪若以圓修言之則即理即事即橫即竪以圓漸之修妙契於頓圓之悟又何容比量法喻自生妨難也哉岳師釋經至此詮解滋煩竹菴觀師劬之尤力岳師以相似觀行配釋頓漸所云圓破五陰即頓悟知宗一分之義耳而觀師謂揀境用觀以一陰居初爲境即齊上解縈之喻則明以解根揀觀分爲兩橛矣若其分判信位廣引別圓古

人所謂多賢紙墨徒擾觀智願與智人共爲蕩拂故知天如可作亦首肯斯言△(空印云)生因識有者謂迷真成妄必先無明即識陰也次依無明住地變起色心塵勞氣垢即餘四陰生同前依一精明妄生六根識用猶依一巾綰六結也此則五住備滅從色除者謂返妄復真亦必除四住後斷無明即先除受想後盡識陰也同前先解六和合用後亡一精明躰猶先解六結後棄一巾故云六解一亦亡又云此根初解先得人空也岳師科判根陰橫豎分隔六根五陰元無二體豈有根生不俱於陰豈有陰滅不俱於根色陰即六根中薩迦耶見執恪爲我者受即六根領納愛非愛等想即六識攀緣心行即六根中動作遷流識陰即六根之一精躰是故六消即四陰盡一亡即識陰盡佛恐衆生更陰異教義門乖錯故前後會通申責之曰有何不明再此詢問也此文亦據岳師八三結勸弘宣

(經)汝應將此妄想根元心得開通傳示將來末法之中諸修行者令識虛妄深猒自生知有涅槃不戀三界(疏)如上五種妄想即是五陰根本五陰攝一切法故一切法皆妄想也如上文云娑婆世界幷洎十方諸有漏國及諸衆生同是覺明無漏妙心見聞覺知虛妄病緣和合妄生和合妄死汝既悟此故云心得開通亦令他解故云傳示令識若知依正自他俱一妄想即可猒患五蘊自體求趣涅槃常樂何三界之可戀乎故此囑勸弘宣自他俱益也(海印云)一切世界妄想所持了知五蘊身心皆是妄想建立身心世界當下消亡何涅槃難證三界足戀哉△(補遺云)付囑流通唯行與教自辨魔齊此流通行也次下流通教也○

已上正宗分竟

◎(三流通分二)◎一如來況顯經能二八一舉施福無邊二㔾一問多

(經)阿難若復有人遍滿十方所有虛空盈滿七寶持以奉上微塵諸佛承事供養心無虛度於意云何是人以此施佛因緣得福多不

㔾二答勝　阿難答言虛空無盡珍寶無邊昔有衆生施佛七錢捨身猶獲轉輪王位況復現前虛空既窮佛土充遍皆施珍寶窮劫思議尚不能及是福云何更有邊際(疏)此文較量文

雖不多意已周盡七寶財之勝也滿空多之勝也微塵諸佛福田勝也承事供養無虛度者心之勝也又虛空珍寶廣大心奉上諸佛承事供養第一心心無虛度常時心如是布施心境俱勝所獲福德其大矣哉施佛七錢獲輪王位顯福田中佛福爲勝輪王之福七寶具足千子圍繞況盡虛空珍寶以奉如來所施之物窮劫難思其所招福寧有邊際非一切智莫能知矣【熏聞云】問中三意以三多爲較量本荅中畧舉種子福田自攝敬心施佛七錢田種俱少也人二顯經益超勝二丕一說者轉業顯福德門

【經】佛告阿難諸佛如來語無虛妄【疏】告語不虛令深信佛所說真實也若復有人身具四重十波羅夷瞬息即經此方他方阿鼻地獄乃至窮盡十方無間靡不經歷示人具極罪也能以一念將此法門於末劫中開示末學顯弘經時少也是人罪障應念銷滅變其所受地獄苦因成安樂國滅罪勝也【疏】波羅夷此云弃或云不可樂弃故即現無僧用不可樂即當入地獄小乘四弃大乘十重具犯此罪受報無窮故歷十方靡不皆至阿鼻五無間獄一念心之邊際也夫弘經者時必長久豈有一念而宣說者今顯弘經力大故舉至少以顯殊勝重罪之人一念弘經其力能翻極重苦報成極樂報【熏聞云】准仁王云一念中有九十剎那幸哉一念之頃滅惡如此況多時乎況終身乎般若受持四句勝捨三恒之全身圓覺分別半偈超化百恒之小果句偈尚爾況全章乎況全經乎願諸見聞勵力數讚成安樂國者以果顯因也即地獄因成安樂果○【引證】【宗鏡云】法華經云我滅度後能竊爲一人說法華經乃至一句當知是人則如來使如來所遣行如來事何況於大衆中廣爲人說竊者私也若私地只爲一人說此一句是人則是從一心真如中遣來作使告報異生直了一如之理即是行真如中事以真如無邊至一切處故則所得法利亦隨真如之性無量無盡

【經】得福超越前之施人百倍千倍千萬

億倍如是乃至算數譬喻所不能及（得福勝也）△

【宗鏡】首楞嚴經佛告阿難若復有人乃至算數譬喻所不能及等所以讚弘此典善利無邊謂首楞嚴經以如來藏心爲宗如來藏者即第八阿賴耶識密嚴經偈云如來清淨藏世間阿賴耶如金與指鐶展轉無差別以諸佛了之成清淨藏異生執之爲阿賴耶如真金隨工匠爐火之緣標指鐶之異名作圓木之幻相金體不動名相妄陳類真心隨衆生染淨之緣成凡聖之異名現昇沈之幻相心性不動名相本空認假名而二見俄分悟真體而一心圓證迷悟即於言下法喻皎在目前昧之者歷劫而浪修達之者當體而湛寂

【疏】前之施福已自難量今此復超千萬億倍喻所不及何奇之若此乎問極重罪人極少時分爲人演說未足可稱何以滅業得福如此殊勝耶答此有多義故獲勝報（下資中文）此經有四不思議謂教理行果且如來藏體理不思議次辨圓通行不思議及說神呪教不思議後明地位果不思議

【疏】一所弘之經是佛極談教理行果皆不思議故謂顯如來藏心法法皆是有情無情有性無性齊成佛道此理不思議也佛頂心呪因人果人皆依此法滅惡生善入理化他防邪護正進行彌速能成菩提此教不思議也圓通行門二十五聖觀音爲最此行不思議也六十聖位第三漸次便證無生復說乾慧能超因位直入果海此果不思議也二末世多障能於此時弘此極談信解真正實希有故三施福唯得生死之報仍但自利弘經法利能至無漏能令聞者

信解無謬展轉利樂無窮盡故由是一念雖少其利博哉是故能勝前寶施福【寂音云】凡經終說獲福殊勝世尊悲心攝異種故以有一種貪著福德菩薩聞空義起邪執防退墮故金剛般若曰須菩提無住相布施福德亦復如是不可思議無著曰爲令一類貪著福德菩薩深妙廣大之妙堪任故若不言無住布施有大福德非唯不能廣攝下根亦於無住法失自宗故卍二持者得果顯智慧門【經】阿難若有衆生能誦此經能持此呪如我廣說窮劫不盡依我教言如教行道直成菩提無復魔業【疏】廣說不盡者即前文云若我說是佛頂光聚悉怛多呪從旦至暮音聲相聯字句中間亦不重疊經河沙劫終不能盡此顯經義及持者功德皆不可量也依我下以能得最極之果能離內外魔事用勸如說而行也斯則弘持經者所得所離唯佛與佛乃能知之【熏聞云】能誦能持顯密二教也依教行道謂依顯密二教行正助二道亦可依顯教依正道依密教行助道又依顯密二教皆行正道也△【融室云】華嚴云忘失菩提心修諸善根是爲魔業今依佛教道眞菩提心修進善根直至成佛都無廢業也⊙二大衆欽聞禮退【經】佛說此經已比丘比丘尼出家二衆優婆塞優婆夷在家淨行二衆一切世間天人阿修羅及諸他方菩薩二乘聖仙童子此仙衆之一也經中有此眞言并初發心大力鬼神初發心即護法鬼神也皆大歡喜作禮而去【疏】【慈公】此聽法歡喜者可列爲三十六衆也【疏】二十五聖及妙吉祥雖各有說功歸於佛總名佛說三種世間故云一切器界所住境也菩薩二乘智正覺攝餘皆有情世間大歡喜者近得世間歡喜遠得出世初地由三義故歡喜【智論】文一說人清淨二所說法清淨三所得果清淨由斯義故皆大歡喜【文殊所問經云】有三種義歡喜奉行一說者清淨不爲取著利養所染故二所說清淨以如實知法體故三得果清淨即說益也△【孤山云】既聞扶律談常即解偏圓同服醍醐咸霑妙益故大歡喜△【海印慈大師云】以如來最極之

至聖集凡聖同居之法會現無量光明之瑞
相演祕密難思之神咒說微妙難解之法門
斷歷劫生死之愛根銷五陰邪思之魔業嘉
會親聞菩提可冀所以咸大歡喜○〔合解〕云
結集經家列比丘等居菩薩前者以菩薩多
他方應化爲影響衆比丘屬此方所度當機
起教證阿羅漢常隨衆也在家二衆居家清
信親近佛僧雖未出家盡漏已墮當機四部
衆中准涅槃中迦葉菩薩問云何得長壽佛
言如來今以無上正法付囑諸王大臣宰相
比丘比丘尼優婆塞優婆夷是諸國王大臣
四部之衆應勸勵諸學人等令得增上戒定
智慧若有不學是三品法懈怠破戒毀正法
者國王大臣四部之衆應當苦治善男子是
諸國王及四部衆當有罪不不也世尊是諸
國王及四部衆尚無有罪何况如來如來善
修如是平等於諸衆生同一子想菩薩如是
修習得壽命長亦能善知宿世之事等是故
當機四衆得與聖僧並列居菩薩天仙之前
也○〔中川新疏〕云俱舍云分別種種法門皆
爲弘持若正說者佛正法教便住世間所以
者何頌曰大師世眼久已閉堪爲證者多散
滅不見真理無智人由鄙尋思亂聖教釋曰
堪爲證者謂佛正教法由多散滅故不能引
證既不引證乃以尋思爲斷故凡
著疏釋例當以聖言爲證量也
長水請加偈云稽首我大師十方調御尊
佛頂首楞嚴大覺如來藏圓明諸聖衆上
首龍尊王常闢大慈門救攝衆生者願垂
加護我顯說妙難思普共諸含靈速證真
如
海
絕筆偈云以此少分贊經力施他流演無
窮盡所獲利樂悉迴向菩提實際衆生界

大佛頂首楞嚴經疏解蒙鈔卷第十之五

音釋

皺側救切面皺也　串古患切與慣同　聯力延切不絕也　綰烏版切

大佛頂首楞嚴經疏解蒙鈔卷末五錄之一

海印弟子蒙叟錢謙益集

佛頂五錄總目

佛頂圖錄第一

序曰目雖在面假鏡以尋圖像引目可以鏡心心如畫師巧幻遷改茫茫七趣填設繪彩道場法界天宮地獄觀網交羅燦然尺幅輯佛頂圖錄

楞嚴持咒結壇十事表法圖

又十三種表法圖　三千世界圖

大千三界圖　須彌山圖

忉利天宮圖　二十五有之圖

首楞聖位之圖　三科色心開合圖

三界結惑之圖　見修九品斷惑圖

十二顛倒相因圖　六交報十習因圖

八寒八熱地獄圖　首楞嚴五十種禪魔圖

楞嚴咒心十乘觀法圖 四明依佛頂咒心消通天台十乘妙觀

流變三疊圖 台家永嘉元操造

總會楞嚴十義之圖

右三圖皆出圓瀞教乘法數咒心流變二圖皆以楞嚴傳合台教非此經本義也後一圖所謂總會十義者未知出於何宗以古人立此觀法師資相承必有來自今旣未能根尋原委對決是非則寧過而存之庶後之君子或鈐考而有得焉

雪浪恩公楞嚴科判略圖

佛頂五錄總目終

首楞持咒結壇

○雪山白牛糞
○平原穿地五尺以下
○十種香羅爲粉合成一器
○方圓丈六爲壇
○壇心金銀銅木蓮華
○鉢 獻六

二

表

○純白不動戒力所資淨相和合旃檀郎以戒入定
○透徧五陰濁蘊
○十波羅蜜合成一與
○八識轉爲二八之智
○四智開數之花

十事表法之圖

○八月露水
○八圓鏡十六蓮華十六香爐十六乳器酥蜜等
○室中設佛菩薩神天像
○又於空中懸八鏡與壇中鏡形影相涉

○圓收一器
○八識秋成收氣
○智識所轉
○諸佛菩薩神天 佛一成 菩薩 神天 主 定 慧
○以空攝用

楞嚴結壇十獻六三種表法圖

雪山牛糞和旃檀 — 牛糞 旃檀 — 表 — 妙智 妙定 — 之 — 深 禀

穿地五尺 — 地 破高原 五尺 取黃土 — 表 — 法身之實 修造之屋 五道 中道之理

十種香 — 旃檀 沉水 蘇合 薰陸 鬱金 白膠 青木 零陵 甘松 雞舌 — 表福慧 — 攝之爲 紛一 混融表 百福之 莊嚴也

方圓丈六 — 表 — 三十二大人相一一百福成三千二百福也

八角壇 — 表八解

金銀銅水蓮花 — 四物 花 — 表 — 四輪 妙止

鉢 — 表妙止 — 方便隨緣

八月露水 — 表妙奢摩他体寂離染

八圓鏡八方 — 表觸向對面無不湛寂而等照也

十六蓮華 — 表慧

十六香爐 — 表定

十六器 — 表十六行 — 表七覺不出定慧表助道 — 各各十六者妙行互具也又上覩懸八鏡者皆上同諸佛重重無盡

砂糖油餅乳糜酥合蜜薑純酥純蜜七種

三

大千世界萬億須彌之圖

長阿含經一日月行四天下爲一世界如是千日月千須彌千閻羅王千忉利千梵天千鐵圍名爲小千卽數小千至滿一千名爲中千卽是百萬亦稱十億卽數中千復滿一千名爲大千卽是千萬萬亦稱萬億其中須彌山王四

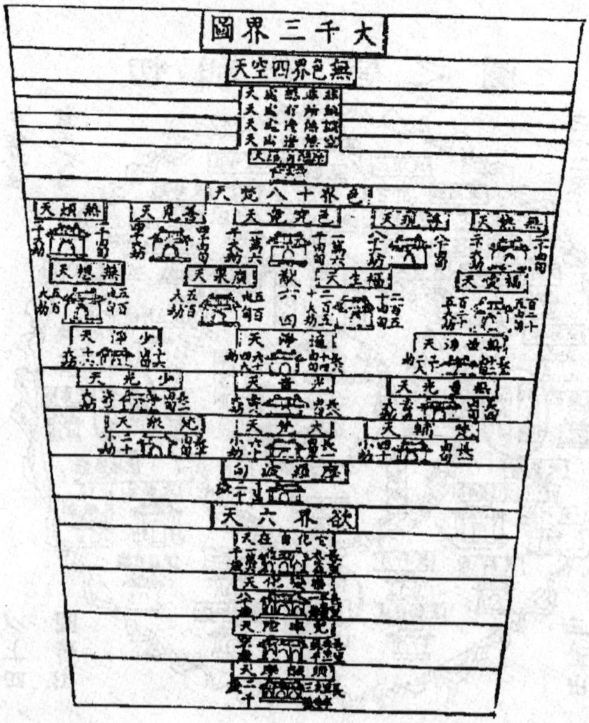

洲日月乃至梵天各有萬億光明云百億須彌者億有四等一十萬爲億大千則當萬億二百萬爲億大千則當千億三千萬爲億大千則有百億四萬萬爲億大千則有十億今言百億是第三之數然此方以十萬爲億爲正數成則同成壞則同壞皆是一佛化境號爲娑婆世界

須彌山圖

帝釋身長一里衣重六銖壽一千歲人間百年爲一日

四天王身長半里衣重半銖壽五百歲人間五十年爲一日

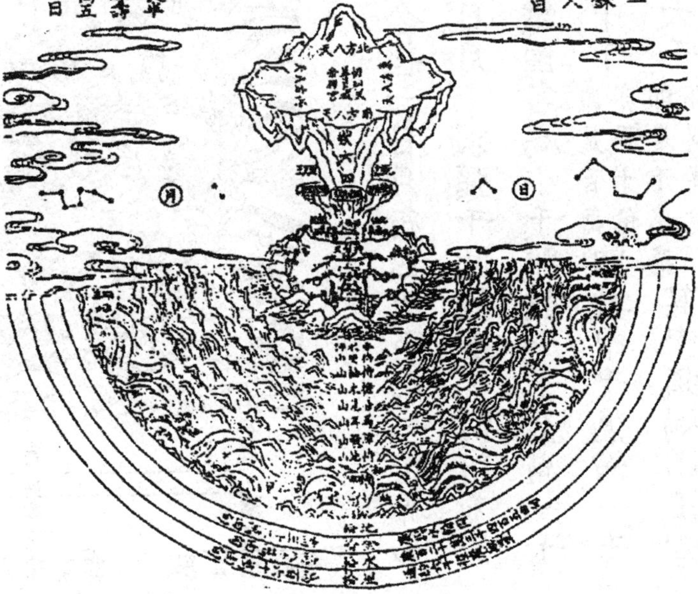

忉利天宫之圖

中住善法堂天四峰三十二天一方八天

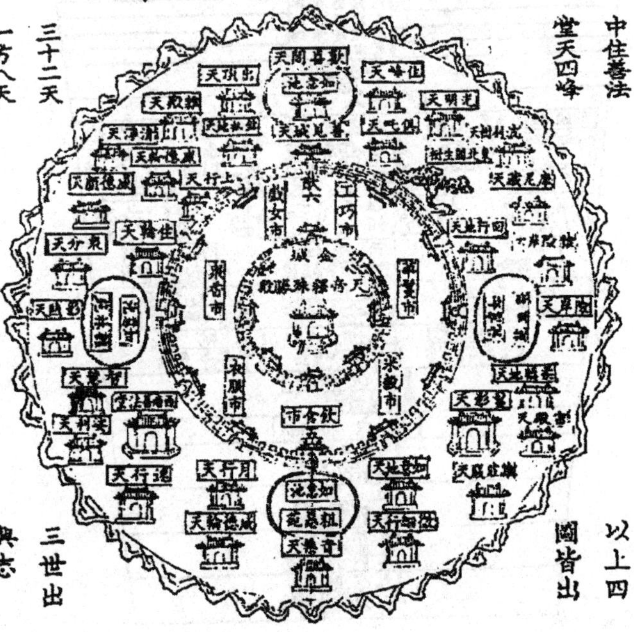

以上四圖皆出三世出典志

二十五

○别

四大洲　四惡趣　六欲天　梵王天

四王　忉利　夜摩　兜率　化樂　他化

東洲　南洲　西洲　北洲

人道　地獄　畜生

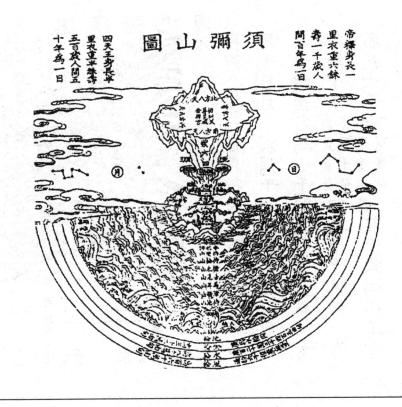

總。四洲四惡趣六欲并梵天四禪四空處無想五那含文云四洲六四趣成八六欲天并梵王天成十五四禪

有圖

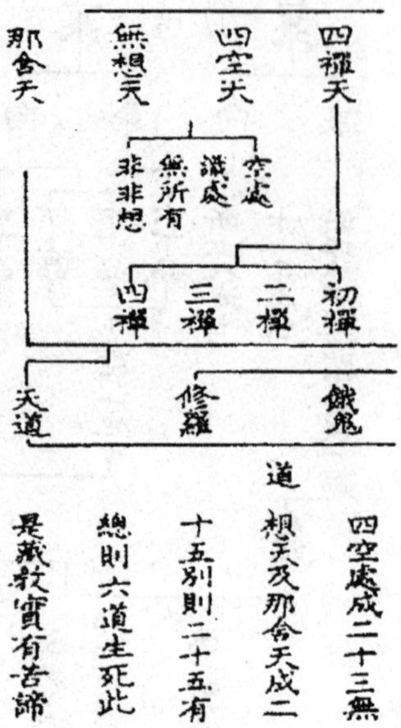

首楞五十七聖位圖

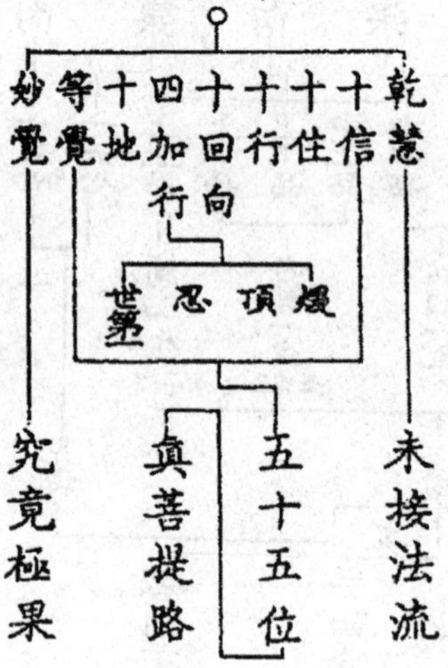

六十聖位。

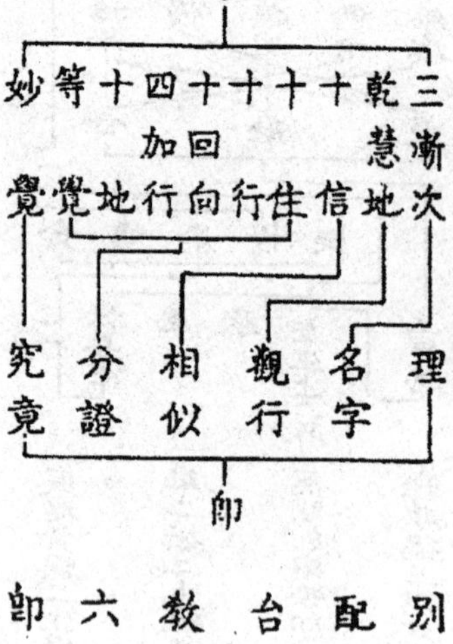

三科色心開合圖

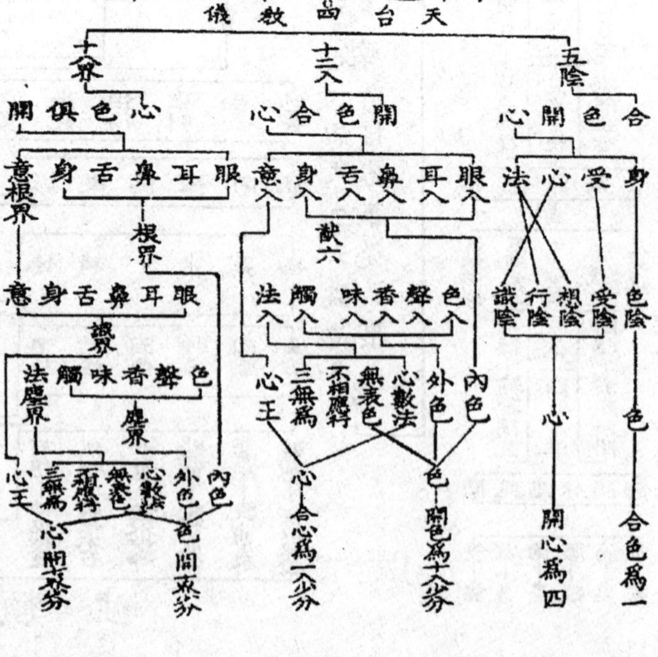

三界結

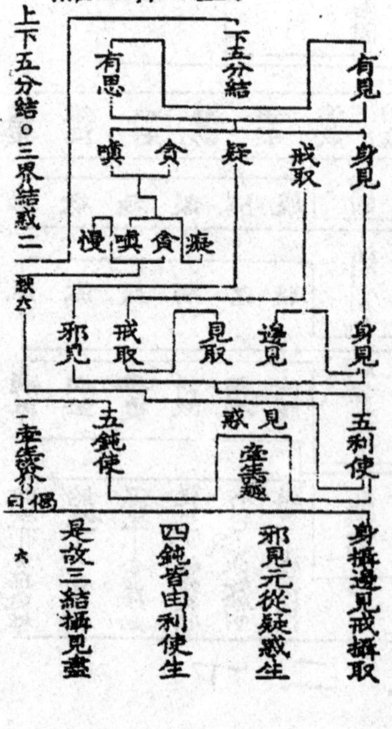

惑之圖

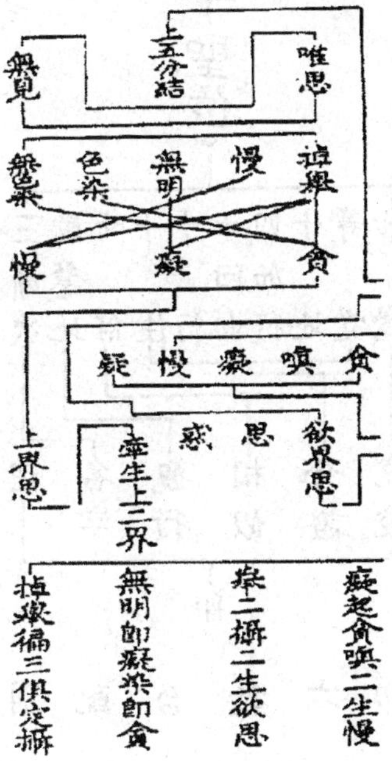

見修九品斷惑圖

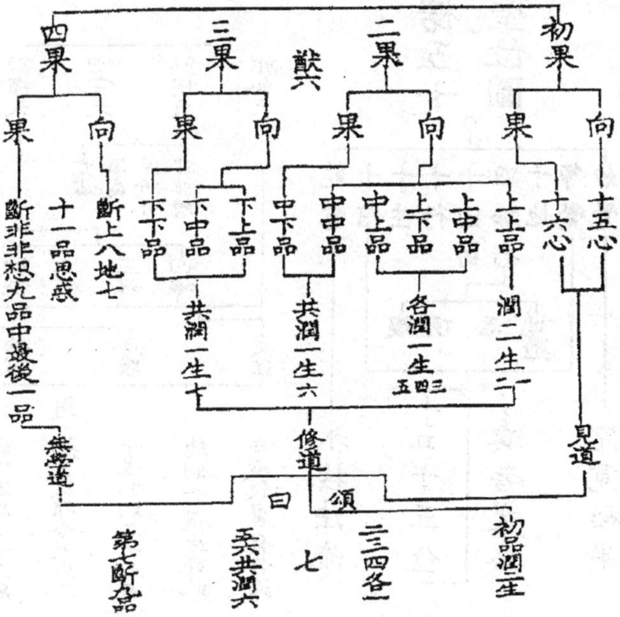

楞嚴十二顛倒圖

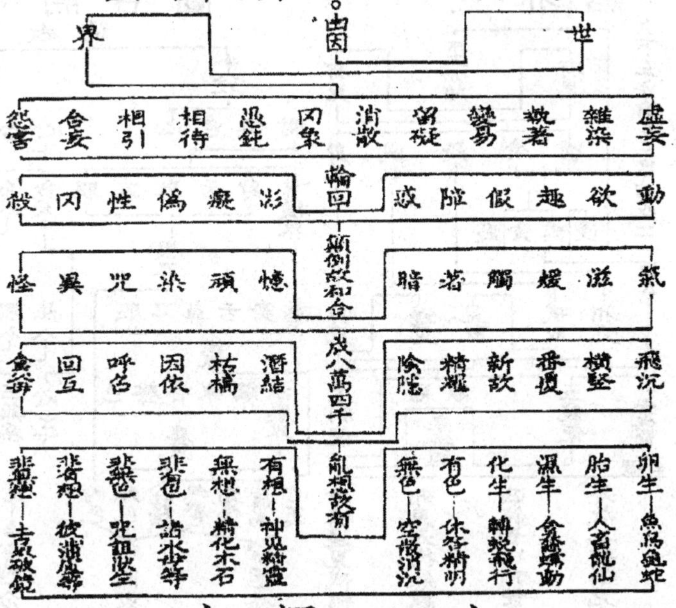

十二類生

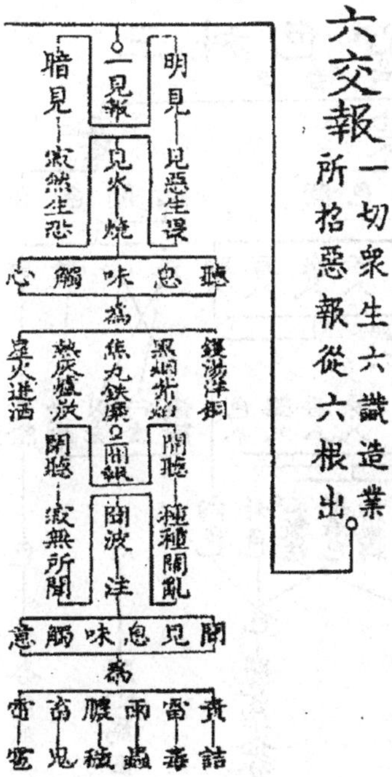

十習因

- 婬——一切衆生自業所感——接
- 貪——計
- 慢——陵
- 嗔——衝
- 詐——習交——謗
- 誑——造十——欺
- 怨——習因——嫌
- 見——受六——明
- 枉——加
- 訟——交報——諠

發於業六

相磨　相吸　相持　相忤　相調　相罔　銜恨　邪業　誣謗　藏覆

故有

猛火鐵牀銅柱　寒冰吒吒波波　血河灰河銅灌　刀山劍樹斧鉞　繩木絞校杻械　八　塵穢沒溺　擒捉擊射　王吏推鞫　合山耕磨　業鏡對驗

諸事

十習為因現此惡相

- 三嗅報
  - 通聞——惡氣熏心
  - 塞聞——不通悶絕
  - 嗅氣——衝
    - 息　見　聽　味　觸　思
    - 為
    - 質履　火炬　沒溺　餒爽　綻爛　灰瘴
- 五觸報
  - 合觸——山合逼體
  - 離觸——身心屠裂
  - 合觸——歷
    - 觸　見　聽　息　嘗　思
    - 為
    - 廳案　燒爇　撞擊　括縛　耕鉗　煎炙
- 四味報
  - 吸氣——結冰凍裂
  - 吐氣——為火焦爛
  - 嘗味——歷
    - 嘗　見　聽　息　觸　思
    - 為
    - 承——忍　然金石　利兵刃　大鐵籠　弓——箭　熱鐵雨
- 六思報
  - 不覺——迷極荒走
  - 不迷——覺知則苦
  - 邪思——結
    - 思　見　聽　息　嘗　觸
    - 為
    - 方——所　鑑——證　冰——霜　火車火檻　大叫喚　大——小

地獄總圖

- 八寒
  - 頞部陀　尼剌部陀——此二從寒逼身皰裂立名
  - 頞折吒　嚯嚯婆　唬唬婆——此三從寒苦發聲立名
  - 嗢鉢羅　鉢特摩　摩訶鉢特摩——此三從身裂如三種蓮華
- 獄六
- 八熱
  - 等活——斬刺磨擣吹活等前
  - 黑繩——以黑繩絣量後方斬鋸
  - 衆合——苦具衆至合黨相殘
  - 號叫——衆苦所逼悲號發聲
  - 大叫——極苦所逼大叫稱怨
  - 炎熱——炎遍身轉極苦難堪
  - 極熱——內外自他身出猛火互相焚害
  - 阿鼻——趣果受苦將命及形五皆無間
  - 八
  - 每一獄各有四門門門各有四獄謂塘煨屍糞鋒刀烈河增也一獄既有十六則八獄總有一百二十八皆名遊增有情遊彼其苦增故

偈曰
頞部陀尼剌部陀寒逼身皰支處裂頞折吒并嚯嚯婆唬唬婆三皆痛聲六嗢鉢羅鉢特摩第八摩訶鉢特摩青蓮紅蓮大紅蓮如次對三種色身等活黑繩三衆合號叫大叫六炎熱七極熱下八阿鼻此八寒熱根本獄准妙玄亦具百二十八並皆圖列熱豎寒橫故八寒不列遊增

楞嚴

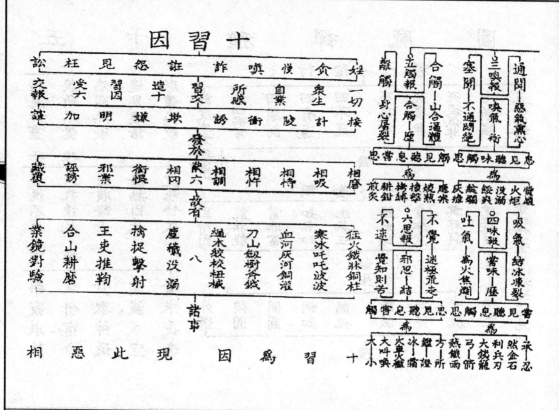

- 色陰
  - 身能出礙
    - 拾出蟯蛔
    - 空中聞法
    - 心光見佛
    - 空成寶色
- 獄六
- 受陰
  - 悲心過越
    - 勇功陵率
    - 枯渴沉憶
    - 慧力過定
    - 憂心求害
- 想陰
  - 貌思貪巧
    - 游蕩思歷
    - 綿䏰求合
    - 物化求元
    - 懸應求感
- 九

五十種禪魔圖

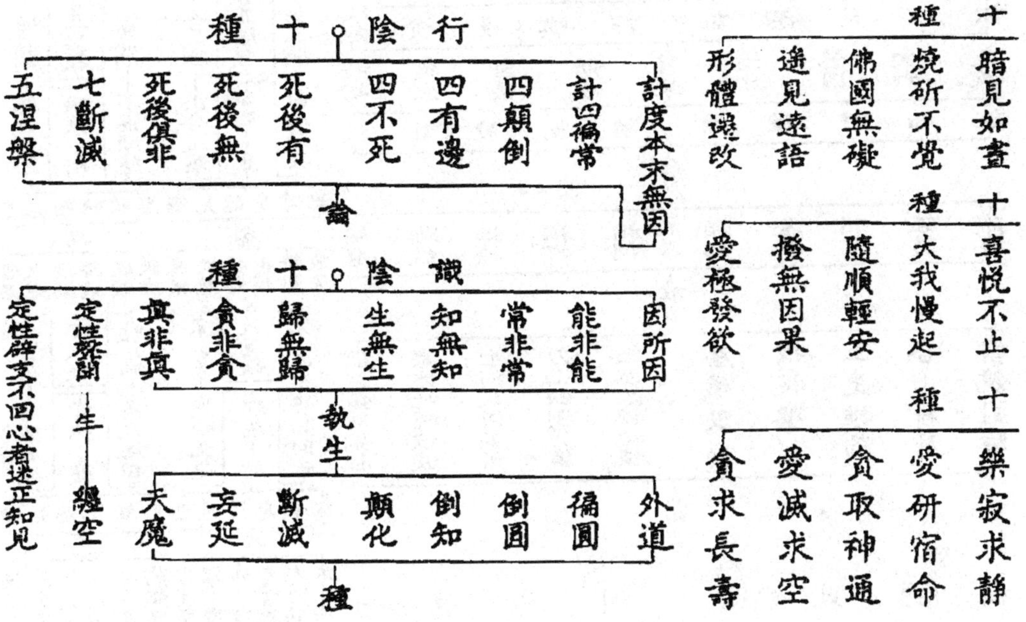

約十乘妙觀消咒心十因之圖

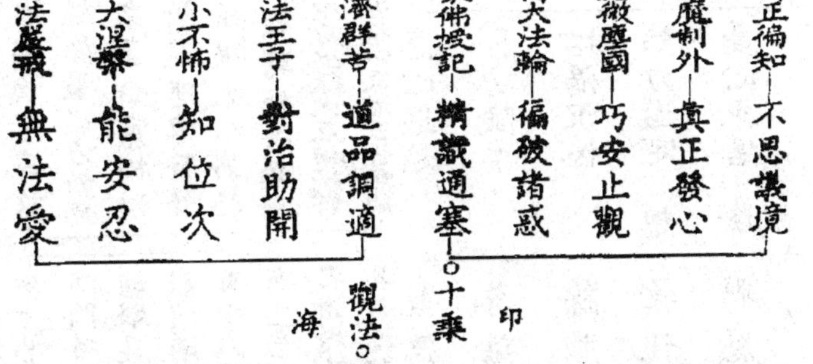

印　海

略疏云今此十因卽楞嚴咒王之形貌相狀四明約天台十乘觀法。妙觀而消通之此咒心卽十乘之體十乘卽咒心之相

流變三

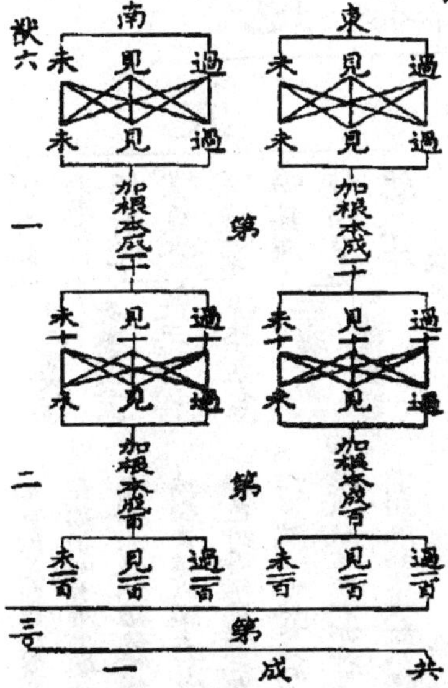

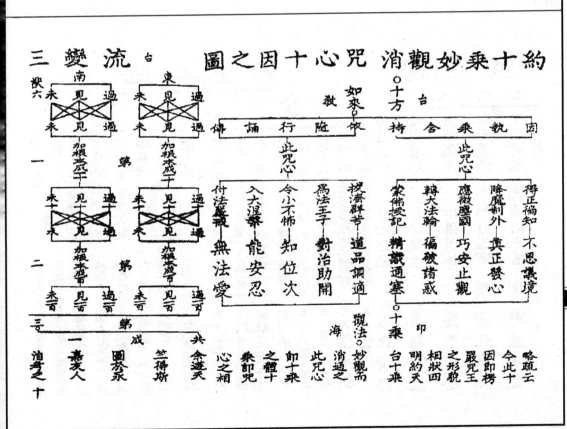

共余遊天竺得斯圖於永嘉友人油者之十

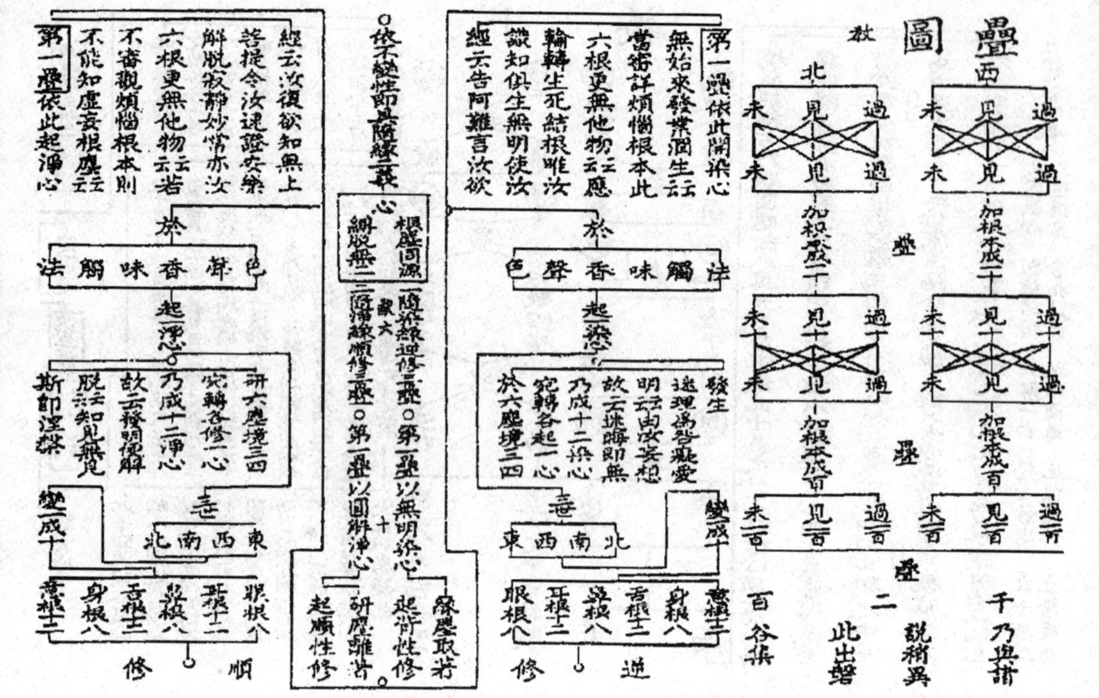
疊圖
過 見 未
加根本成千
加根本成百
第一疊依此開染心
無始來發業潤生云
當審詳煩惱根本此
六根更無他物云應
輪轉生死結根唯汝
識知俱生無明使汝
經云告阿難言汝欲
色 聲 香 味 觸 法
東 西 南 北
眼根八 耳根十二 鼻根八 舌根十二 身根八 意根十二
經云汝復欲知無上
菩提令汝速證安樂
解脫寂靜妙常亦汝
六根更無他物云若
不審觀煩惱根本則
不能知虛妄根塵云
第一疊依此起淨心
色 聲 香 味 觸 法
東 西 南 北

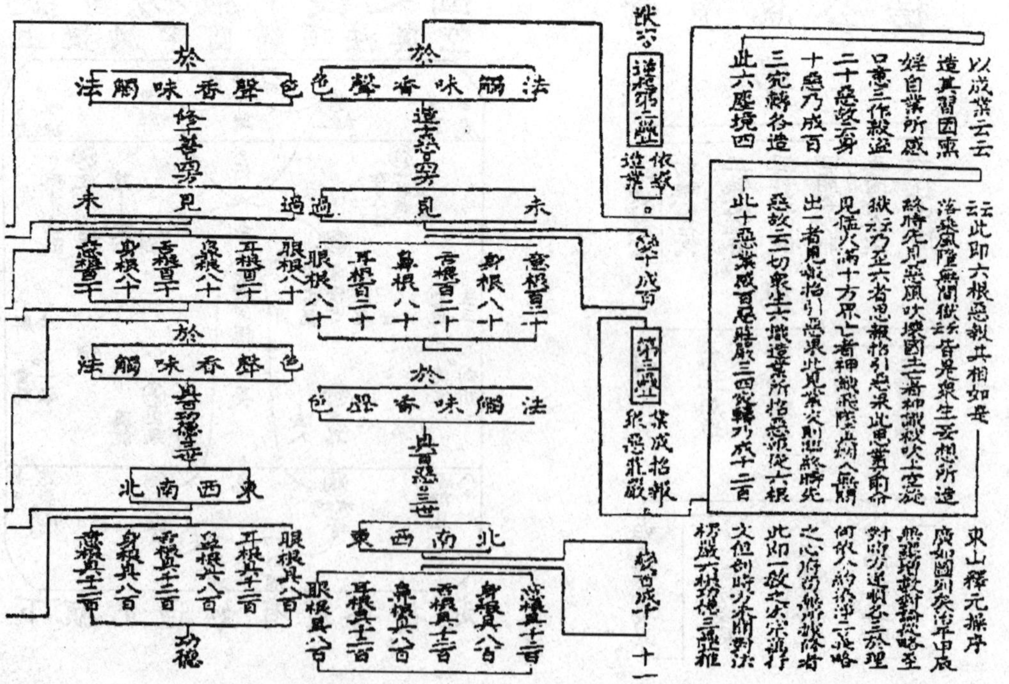
色 聲 香 味 觸 法
過 見 未
東 西 南 北

依解起行。順起第三漸位

此六塵境四三究竟各修十法乃成四十一位於六時此四種伴假歧如冰消冰不能生一切枝葉心三日四生必無因

行成證果。第三漸位　衆善莊嚴。變十習

此十卷業感有漏莊嚴故又顯第五云十方資善具十功德十義具有功德三四無餘乃盡十方功德故云如是法門先過去世恒沙劫中微塵如來於此心門得無上道識陰若盡則汝現前諸根互用從互用中能入菩薩金剛乾慧圓明精心於中發化如淨琉璃內含寶月如是乃超十信十住十行十回向四加行心金剛十地等覺圓明入於如來妙莊嚴海究竟互用

一變百成千

此三漸次發天台師辭而為圖近代說流取於斯但文相質樸方冊難於編錄抬之恐無聞於後世今析為三段而入為中間布排難少不同所用文義略無違娶則觀者宜以列次差別為疑也

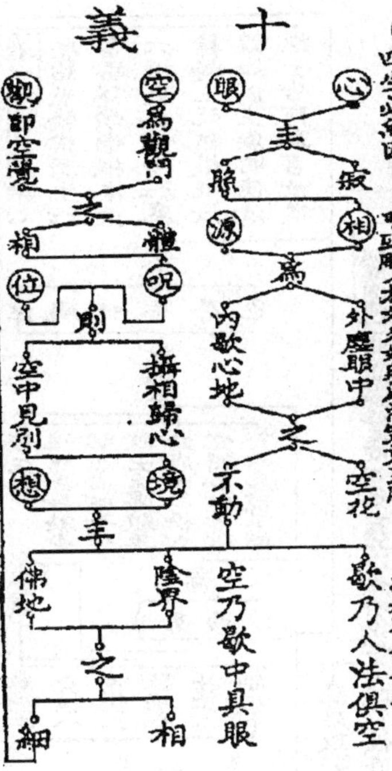

境魔能辨方乃眼圓想細入真大心乃寂故此十義之分不能離心眼二法(心)為真空(眼)為妙有寂照二門皆須中道和會故以五陰會之心眼主色(源)(相)主受有空對受有歇障惟(空)(觀)主想歇中有眼眼想如夢心想如幻止觀之中是為中道次(咒)(位)主行流注歸陰(境)(想)主識入大寂滅其寂焰中道觀成者乃有光明焰如十方猶如化佛說咒之時頂上放光是乃首楞嚴三昧頂法成就也

○楞嚴十義　七處徵心　八還辨見　剖析諸相　會相歸源　六解一亡　選擇圓通　咒心妙用　地位進修　五十種魔　五陰妄想

總會楞嚴十義之圖

上置滅字圓歸頂法真空

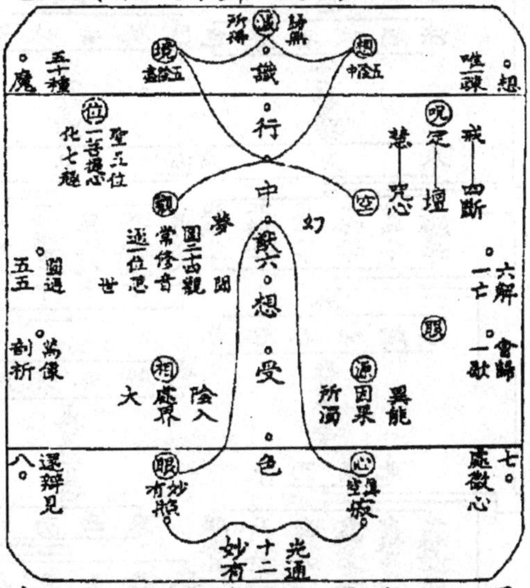

下顯光通妙有自修行起

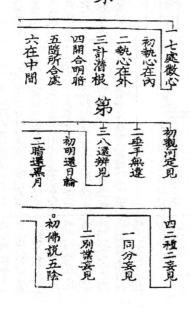

雪浪恩公楞

第

- 一七處徵心
  - 初執心在內
  - 二執心在外
  - 三計潛根
  - 四開合明暗
  - 五隨所合處
  - 六在中間

第

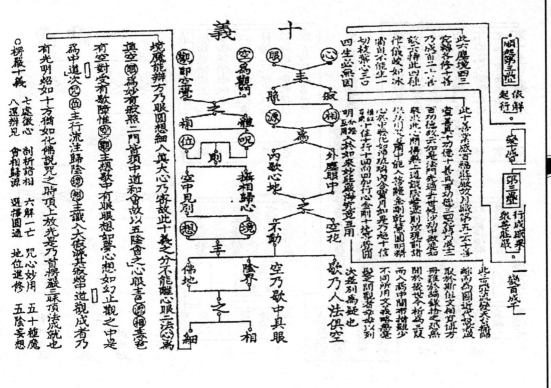

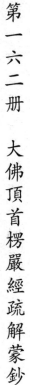

- 初觀河定見
- 二垂手無違
- 三八還辨見
  - 初明還日輪
  - 二暗還黑月
- 四二種二妄見
  - 一同分妄見
  - 二別業妄見
  - 初佛說五陰

嚴科判略圖

第一卷

- 七一切無著 缺六

第二卷

- 一二種根本
  - 一者生死
  - 二者菩提涅槃
- 三舉拳辨見
- 四垂光驗見
- 五徵說客塵
- 十三
  - 三通還戶牖
  - 四壅還墻宇
  - 五緣還分別
  - 六頑虛還空
  - 七鬱埻還塵
  - 八清明還霽
- 初色陰
- 二受陰
- 三想陰
- 四行陰
- 五識陰

第三卷

- 二六入
- 三十二處
- 四十八界
  - 六根
  - 六塵
  - 六識
- 五七大
  - 地　水　火　風　空　見　識
- 六阿難偈讚

第四卷 缺六

- 初云何忽生此 合答
- 二三相續
  - 初世界相續
  - 二衆生相續
  - 三業果相續
- 三有爲習漏
- 四二決定義
  - 初因地發心
  - 二審煩惱根本
- 五五種渾濁 十三
  - 初劫濁
  - 二見濁
  - 三煩惱濁
  - 四衆生濁
  - 五命濁
- 六六根功德優劣
  - 初阿難
  - 汝身
  - 又汝
  - 又汝汝等
- 七六根細辨相伏
- 八擊鐘驗常

第五卷

- 初六解一亡
  - 一綰巾示結
- 三二十四聖自陳宿因
  - 初陳那
  - 二優婆
  - 三香嚴
  - 四藥王
  - 五跋陀
  - 六迦葉
  - 七那律
  - 八周利
  - 九憍梵
  - 十畢陵
  - 十一空生
  - 十二身子
  - 十三普賢
  - 十四難陀
  - 十五富那
  - 十六波離
  - 十七目連
  - 十八烏芻
  - 十九持地
  - 二十月光
  - 廿一琉璃
  - 廿二虛空
  - 廿三彌勒
  - 廿四藥王

第六卷

- 〇四觀音自陳圓通
  - 初上下合
  - 二十四無畏
  - 三三十二應
  - 四四不思議
- 〇五文殊揀選圓通
- 〇初四種律儀
  - 初淫
  - 二殺
  - 三盜
  - 四妄

第七卷

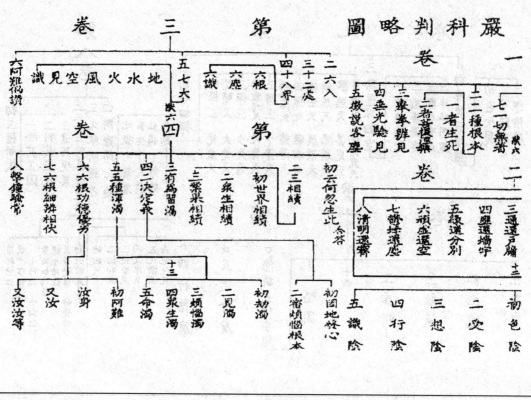

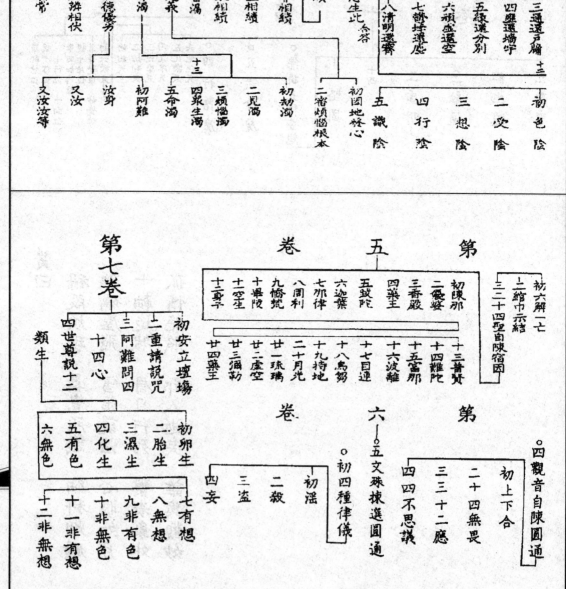

- 初安立壇場
- 二重請說咒
- 三阿難問四 十四心
- 四世尊說十二類生
  - 初卵生
  - 二胎生
  - 三濕生
  - 四化生
  - 五有色
  - 六無色
  - 七有想
  - 八無想
  - 九非有色
  - 十非無色
  - 十一非有想
  - 十二非無想

第八卷

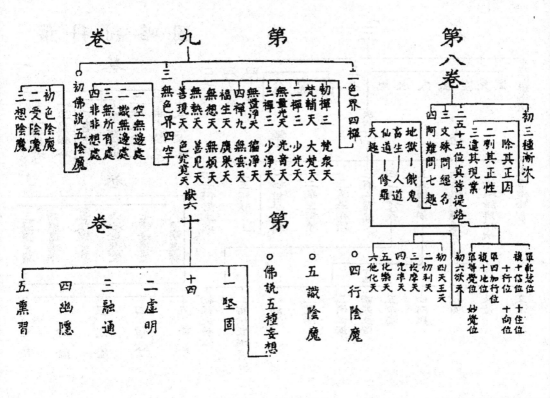

- 初三種漸次
  - 一除其正因
  - 二刳其正性
  - 三違其現業
- 二五十五位真菩提路
  - 單乾慧位
  - 複十信位　十住位
  - 複十行位　十向位
  - 單四加行位
  - 複十地位
  - 單等覺位　妙覺位
- 三文殊問經名
- 四阿難問七趣
  - 地獄—餓鬼
  - 畜生—人道
  - 仙道—修羅
  - 天趣
    - 初六欲天
      - 一四天王天
      - 二忉利天
      - 三夜摩天
      - 四兜率天
      - 五化樂天
      - 六他化天

第九卷

- 二色界四禪
  - 初禪三　梵眾天　梵輔天　大梵天
  - 二禪三　少光天　無量光天　光音天
  - 三禪三　少淨天　無量淨天　徧淨天
  - 四禪九　福生天　廣果天　無想天　無煩天　無熱天　善見天　善現天　色究竟天
- 三無色界四空
  - 一空無邊處
  - 二識無邊處
  - 三無所有處
  - 四非非想處
- 初佛說五陰魔
  - 初色陰魔
  - 二受陰魔
  - 三想陰魔

第十卷　卌六

- 四行陰魔
- 五識陰魔
- 佛說五種妄想
  - 一堅固
  - 二虛明
  - 三融通
  - 四幽隱
  - 五熏習

贊曰

科段煩瑣　曇鸞所譏　細科烟颺

雜礪塵飛　雪浪說法　心眼如月

十軸迨然　眉目行列　繫表象外

孤情絕照　郢人逝矣　誰與觀妙

首楞嚴經疏解蒙鈔卷末五録之一

首楞嚴經疏解蒙鈔卷末五録之二

海印弟子蒙叟錢謙益集

佛頂序録第二

序曰肇表三空啟讚二匠圓覺宗通弘傳神唱隨具宗眼宿承台嗣義海互騰藻火交織都爲序録庸表正令展卷歷然交網縣鏡輯佛頂序録

首楞嚴經長水疏義序　大佛頂密因了義

首楞嚴經者乃竺乾之洪範法苑之寶典也昔能仁以出震五天獨尊三界假金輪而啟物現王毫而應世觀四生之受苦也惠濟庶物愍羣機之未悟也力垂善誘於是俯仰至理述宣微言闢大慈之門廓眞如之海以爲一切諸法唯依妄念而起一切衆生不出因緣而有乃知生死輪轉貪欲爲本修證常樂禪慧爲宗則斯經也可以辨識諸魔破滅七趣謂止及觀修圓教玅明之心發眞歸元證上乘至極之説懿其般剌譯其義房相筆其文今江吳釋璿師學識兼高辯才無礙以是經典爲時教於一代分玅理於十門功濟大千道傳不二瞪目合手以明妄毀相泯心以會宗信受則爲世津梁開悟則入佛知見乃顯經以作疏因疏以明理故可以開前疑而決後滯披迷雲而覩慧日然後知色空無異同歸實際生佛靡殊不離方寸隨志在外護慙無内學因獲覽閲輒述序引歸依法寶幸精究於眞詮讚歎佛乘願普沾於聖果者巳

大宋天聖八年青龍庚午孟冬二十一日辛丑道齋東軒叙中散大夫守御史中丞充理檢使權判吏部流内詮上護軍琅琊郡開國侯食邑一千九百户食實封二百户賜紫金魚袋王

隨譔

續傳燈録丞相王隨居士得法於首山念禪師臨終偈曰畫堂燈巳滅彈指向誰說去住本尋常春風掃殘雪譯經三藏朝散大夫試鴻臚卿光梵大師賜紫惟淨謹上書於中丞閣下竊以大佛頂首楞嚴經者菩薩行門諸佛心印開有爲即塵沙妙用歸無相即法界眞源不有不空絶名相於言象之外現因示果分堦位於神化之中境不礙心惑不礙智七大之性大無所待八還之法還無所從所以了眞如心息虛妄本起方便慧宣祕密言萬法以之圓融諸佛以之自在入不二之二諦悟不空之三空佛矣眞宗不可思議聿有高士著述疏章煥決祕詮簡談佛旨恭惟中丞入佛知見觧法因縁爲護法城作不請友高製序引恢闡教乘永代作程長寘示炬惟淨夙承道顧忝預奇文淺學緇流叨窺章句身心達悅種智增明頂奉歸依不任抃躍

重修長水疏主楞嚴大師塔亭記　昔玉㲉既灰世眼將滅有大智慧集修多羅以一切衆生迷失眞心分爲四纏疊爲五濁妄想於煩惱塵勞之境汩沒於生死苦海之中能仁愍之此大佛頂首楞嚴所由作也開示第一義諦以斥因緣自然舉二源以證眞妄設三觀以融法界標四輪以明所起觀五陰以辯衆魔破六入以指根塵論七大以訶妄計列八還以別色相釋九位以成勝果談十種禪那以息邪靜慮至於綰結花巾開合寶手飛光晃昱照徹眞精則是經也作億劫之津梁實生靈之耳目去聖既久遺文未剖宋興有大法師諱子璿覺性圓通辯智淵博撰義疏一十卷并科旨二篇演暢微妙學者宗之世號長水因所居之地故丞相王公遂爲序以冠其首法師俗氏鄭錢塘人生有異禀九歲禮普慧寺契宗爲師十二爲沙彌十三度具戒太平興國中如秀州靈光寺（即精嚴寺）依洪敏法師傳賢首教觀探道觀奥而於楞嚴尤明隱賾厥後登法席開誘緇褐無慮三十餘會

今嘉興楞嚴寺有雨花堂相傳長水講楞嚴時感天雨花而建於金剛著刊定記於起信著筆削記又講法界觀圓覺十六觀等亦無慮數十會大中祥符六年翰林學士錢公易奏賜號楞嚴大師寶元元年夏四月滅度瘞塔於城南真如院建炎中金虜發其塔師危坐缸中爪髮遶身虜驚悸羅拜掩之而去今杭州慧因道場住持法師淨源素學於長水之門猶南嶽之一思之還也即晉水法師賢首宗次長水下居第七元祐元年高麗國王子祐世僧統義天承佛風記杭海來朝請益慧因之室爲長水嗣法孫過真如禮謁靈塔葺新損陋請主客員外郎楊公傑題其額淨源師求余文以記夫雜林之遠中國也數千餘里長水之棄世也五十餘載師其言不遺其德悵其亡事之如生可謂篤厚好學君子矣子因樂道其善而書之元祐三年五月既望朝散大夫提舉杭州洞霄宮上護軍吳興縣開國男食邑三百户賜紫金魚袋章衡撰

首楞嚴經淛潭標指要義序　長老月公居道濟庵日與其徒論楞嚴要義而叅學應乾者記而集之書來囑余爲序余以爲真無自性全物而彰物無自體全真而現故妙性無爲者其光明受用歷然素備非言迹之所測而昧者迷方以徇物則偏滯涤縛之不窮雖復以學解馳求而去真愈背矣夫學解於聲論起於本聞聞明循聲則能所兹建而國土由之以生故此經開示密路使學者知根歸元以消垢念則六門真用本爾圓成如木人息機則諸幻皆滅而月所在者則於表亦亡故茲論集以標指爲目斯盡之矣若聞義者超然證悟與羣聖交光其所密非從外得乃可知月公未嘗言也熙寧六年二月十五日將仕郎秘書省著作郎

洪州監苗米倉濂遺發綱運范峋序

首楞嚴經吳興集解序　夫經者傳道之器復性之路玅有之韞固息於名言解脫之說弗離於文字因心以會道見月而遺指聖者有作明者能述微言之緒亹亹不絕焉大佛頂首楞嚴經者迦文轉物之機慶喜開權之教實第一之義諦不二之法門也原夫眞心常住本體無生三界緣興始由於妄念一精體變遂汨於前塵色相外冥心目隨轉涅槃迷而生死作菩提昧而煩惱興流爲衆生溺於濁劫如來哀其然也爲說斯經近取諸身誘致於性除攀緣之妄七處而推其心破封執之迷八還以研其賾以至飛光左右寶手開合顯眞性不動之玅展觀智無涯之照洞諸根之幻妄識自心之廣大則是經也以三摩提爲根力以六入爲藏性眞如常徧玅用在前無法而弗圓無入而非道所謂證金剛三昧超玅嚴之一門者不其然乎當是時佛尚住世人未去聖室羅筏之會千二百五十人皆是大阿羅漢玅堪遺囑故佛與之說法其言簡其旨明直破咎根不存枝葉而阿難訓詁猶多悲淚縶辭云作易者其有憂患乎乃知大權起教不爲佛世衆生正憂五濁末世耳先是唐神龍初制止宣譯宰相房融爲之潤文筆高語奇音旨清暢冥契佛志綽同神會乃知大經因緣豈偶然哉宋長水大士子璿解行高玅名稱普聞特稟圓機振發大教爲之註解王丞相冠其篇福唐可度亦復勝流嘗箋了義夏英公序其首吳興大士仁岳辯才無礙多聞第一道力全於正定智性

了於眞空棲神斯文入佛正解多歷年所廣集言詮有若資中興福孤山檇李眞際諸家之文即正經之說傳致其下仍以他著各以義解獨於已說標爲私謂總成十卷題曰集解莫不文義璀璨華梵宣明亦猶室中千燈多光互入堂下六樂正聲相通鼓吹大經藻火圓教噫佛滅後僅二千年經至於唐又四百年而教始興於宋神僧大士精文密旨續佛慧命爲世導師津梁未來藥石病者法施功德豈有涯哉後之濟彼岸入法界者當以此解爲舟檝爲門户云 嘉祐己亥七月十一日翰林學士兼侍讀學士朝散大夫尚書左司郎中知制誥充史館修撰判館事兼判尚書禮部提舉在京諸司庫務上騎都尉安定郡開國侯食邑一千三百户賜紫金魚袋胡宿撰

宿字武平常州武進人治平中由樞密使出鎮杭州謁岳師於靈芝咨詢道要執弟子禮爲師請淨覺之號爲淨覺法嗣

首楞嚴經義海序 大佛頂首楞嚴經是諸佛之法印羣生之心宗得此印者成正覺於十方迷此心者淪生死於塵劫是以釋迦如來獨佩此最上乘之法印而出現於世全提直指曲折開遮五十年間普印羣生心地末後再垂洪範重起眞慈阿難示遭魔嬈啟發宣明遂有首楞嚴王無見頂法之稱審問心見揀辨圓通宣勝義中眞勝義性是故於中一爲無量無量爲一全彰頓悟併銷權乘發眞歸元入如來藏以至天魔外道感悟心宗無量法門一印印定所謂是名無上寶印不虛語也般剌持此印逾海越漠鑠佉用此印譯梵成華相國房公秉筆授而潤文主法璿師立科條而疏義自唐至宋閱五百年箋註相望皆此印也閩僧咸輝於禪學之餘綜集

多書圓成大部題曰楞嚴義海華嚴主山之神所得法門名出現無邊大義海者誠有在於是焉余三復其文義海沖深法流瀰漫事理俱備性相混融惟心法之大旨盡於茲矣讀者能頓脫名相旋復根塵儵然游戲寶明空海直下取證楞嚴圓照三昧豈非悟自本心得此法印者與皇宋乾道八年十一月十五日左大中大夫叅知政事魯郡開國侯食邑一千一百户食實封二百户賜紫金魚袋常熟曾懷序

後序　清淨海眼照映千門妙蓮花王開敷萬行銷慶喜之愛習獲本妙心蕩滿慈之疑情入如來藏星羅衆義月滿一乘乃大覺能仁最後垂範三觀妙門入如來性海謂妙奢摩他三摩禪那也然與圓覺三觀靜幻寂者名同義異涅槃三相定慧捨者名異義同今經正顯心見性也二十五聖皆於此三單複圓修達磨直指人心見性成佛玄沙地藏清凉法眼瑯琊廣照皆得斯經深妙大暢宗風禪教同歸定慧齊運其惟此經焉大唐慤法師精錬十載夢文殊乘狻猊入口首解此經目爲玄贊巨宋長水法師叅瑯琊廣照言下大悟遂依賢首五教起信五重而釋通之教徹終頓圓融法窮一心玄極華嚴圓覺楞嚴起信一真法界常住真心一以貫之者也泐潭月禪師亦見瑯琊妙悟心宗觀長水義疏文廣略其要義名曰標指淨覺法師箋削諸疏目爲集解私有助釋之文符會宗教焉福唐禪人輝公書記徧觀衆解集成義海三十卷智彬嘉其運心廣大因爲較證其文序諸簡末時乾道三祀孟冬既望平江府前住松江華嚴教院傳賢首祖教神照大師智彬於重玄古刹書

義海緣起序　首楞嚴經如來世尊最後垂範也鞠其指歸在乎徵心辨見兩門辨見則恐人認妄覺所明便同吾不見處之真見徵心則使渠離前塵影事見自巳性覺妙明之本心悟此心而山河大地咸是妙明真心中所現物得真見而父母生身猶彼十方虛空吹一微塵塵物直下兩忘心境自然雙泯無上寶覺圓明真淨在於是矣昔隋智者大師聞西竺有性宗楞嚴晝夜西向作禮遂宗法華作止觀止觀即此經中妙奢摩他毗婆舍那一義耳此經旨趣淵賾不可名言故云此法亦緣非得法性又云如何以所知心測度如來無上菩提皆是離於見聞覺知絶乎修證行解遠文殊稟命料揀圓通則曰此方真教體清淨在音聞信知此法還假聞思修三慧相須而作庶幾盡證反聞自聞之道善哉微塵諸佛涅槃妙門在明悟而巳矣余初讀楞嚴即依月禪師標指及得長水義疏則知月亦師長水也長水親蒙記莂荷負教乘發揚無上頂法妙旨悲願宏廣悟解詳明學海瀾翻鋒詞辨利大文七科括盡楞嚴大要隨文疏決真俗鎔融會色歸空教兼圓頓俾學者即疏證經如得門而入屋不遭枝歧達佛知見月公依長水義疏標指要義宗眼明白見徹法源直截擷掇不務名相皆前輩禪講中珪璋也小子修習既久取疏義標指科行線路合經而集之兼採吳興岳師集解名曰楞嚴義海經傳震旦將五百年義海中諸聖師師承不同或各以智證遞遞詮衡以事相觀之牙有得失以理性質之正是相與抑揚

聖教洗滌物情華嚴文殊問明涅槃純陀答
難皆此意也余乃宗徒而於此二初無遣莫
故綜而收之恭請姑蘇神照講師較證其文
照師著語發明處凡數段謂姑蘇曰者是也
總三十萬言分三十卷手自書寫入版流通
聊以弊文記其縁起云爾時鉅宋乾道乙酉福唐靈鳳蘭若稟釋迦遺教比丘咸輝謹序

寂音尊者洪覺範尊頂法論自序　會萬物
之謂心冥一心之謂道心也者虛融包博煥
發邃凝應變無方咸神莫測恢遠微妙無得
而思議焉良以漚生大海雲點太清鼓識浪
而渺彌滓清塵而紆鬱由是正徧知者利見
五天洞闢實際之門廣示真修之路使識真
者造忘言之極懷寶者免窮丐之勤前聖後
聖莫不由斯悟入矣首楞嚴經者開如來藏
之要樞指妙明心之徑路了根塵之妙訣照
情妄之玄猷所謂入一乘之坦途闢異見之
宏略始自阿難循乞遭幻術所加文殊承言
宣神呪以護殷勤請最初方便大慈示本覺
元常唯一直心無委曲相以斯內外七處破
妄心而顯真心明暗八還破妄見而顯真見
空五陰之處界廓七大之性圓各各知心徧
十方如觀掌果一一悟性湛巨海不認浮漚
獲本妙心不從他得加以滿慈疑山河大地
無狀忽生慶喜請華屋天王必由門入那知
瞖目妄起狂花分彼湛圓成兹混濁體六一
之無二究結解以同源解雖密圓行由人顯
遂乃敕諸無學各說圓通無非真實法門咸
是本來因地文殊大智擇法眼以無差觀音
大悲被娑婆之根器微塵諸佛同契真常解

行證成於馬鳴矣厥後開物成務請益陳疑禁戒防非垂四種明誨清淨修證列十地階差放光宣神咒之功顛倒成類生之異精研七趣廣示六交重回紫磨金山爲說禪那現境五種妄想爲其本一切魔事因之與乘悟併銷由次第盡真無上寶印誠微妙蓮華窮徹果因備殫理事袪十惡之重障喻七寶以難齊開示未來菩提可到一經旨趣略舉於斯或曰諸師造疏已廣通明何藉方今更爲論義答曰如來慧辯理義聯環房公淵文詞釆簡潔而守章句者滯筌罤之學求理本者陋文字之煩未能和會折衷雅符上器不揆蠡管擬測高深略正綱宗麤分科段比前註疏誠有所遺薅稗莠而顯出嘉苗忘義象而專趨妙悟與我同志諒無誚焉

後序　序曰世尊於法華後說此經備足諸經奧義畢殫一乘要旨五百年來傳註箋釋十餘家宗趣每多異同文義因之黯昧余嘗深觀之得世尊意於諸家傳著之外將造論排斥異說端正經旨世緣羈縻未遑楷筆政和元年十月以宏法嬰難竄於朱崖明年二月至海南館瓊山開元寺寺空如逃亡家壞龕惟有此經余曰天欲成余經論之志乎自非罪戾投荒渠能整心緒研深談而思之耶屬州未就蒙恩北還依止故山又二年而克成二三子進曰經論各有師承奈何以禪宗經論乎余曰馬鳴龍勝西天祖師也而造論釋經浩如山海流傳此土尚數百萬言達磨曹溪此方祖師也而說法則曰楞伽可以印心傳心則釋金剛般若之義禪佛祖之心經

佛祖之語佛祖心口豈嘗相戾有人於此稱祖師用棒喝則謂之禪置棒喝而經論則謂之教於實際中受此取捨乎玄沙曰宗門教乘由汝舌本自回轉耳豈有實相韶國師舉今人看古教偈謂衆曰諸人喚甚麽作教莫道見説教之一字滯在教内道我宗門不恁麽教不迷人人迷於教只如五千四十八卷若識得不剩一字不欠一字若剩一字佛法有增若欠一字佛法有減佛法且無增減底道理又曰祖師是佛弟子若窮得佛語祖師語自然現前此殆天下之名言也嗟乎此經説尊頂法明見佛性而傳註之家從而汩之學者即付受不妙乃疑以爲教乘其自障有如此可爲歎惜我釋此論有能於中發明自心契會佛意者願世世以法爲親同本願力共濟衆生化令成佛八年五月一日謹序

重開尊頂法論跋語

華嚴經以諸善根迴向爲善學智地大方便海而大要皆願以妙辯才爲諸衆生隨機廣演悉令解了蓋如來以平等慈印現世出世法無上義諦非有超諸辯才以祛邪解釋妄執使知境智歷然則隨順無明長眠生死徒自障隔耳是故菩薩於善慧地作大法師演説諸法必以無量善巧之智起四無礙大辯而四者所示皆種種智由是知辯才出於智地利益衆生無暫捨離者以其通悟如阿耨池流周浹無礙於我法中無戲論故寂音尊者寶覺圓明禪師從墮地初有沖天志得法於文關西英氣四靡智海湛然出慧光三昧爲翰墨自在遊戲其見於文者皆道之餘也然以之藻飾教乘發

明要與璀璨飛動如以阿僧祇寶間錯諸地妙莊嚴具凡見聞者聳然增勝隨其根器各有所得豈非有大辯才者乎滯於迹者不究所歸往往惜其牽於儒習則第知其吐詞奮筆波瀾一世而已嘗觀此經註論專以了知自心入道之門成佛顯決以定宗趣之立性相洞該頓漸悉證詞約而達理盡而明要其本際内融而力以弘法爲己任見道之審率自肺肝中流出無往而不通也昔竺道生悟涅槃未傳之旨講輩憎疾以爲邪說生盟於衆以捨身時爲誓已而升座說法墮塵而化寂音嘗論至此以謂生所見者純全而義學相與擠去之小智自私無足怪者余以是知生與寂音啐啄之機默契於千載之下造車合轍固自有道耶余於寂音同宗凡弟也以舊本譌缺手鈔作小楷以便學者閱習又摭其實以識卷末　紹興丁卯元日雙溪彭以明謹書

首楞嚴經合論序

首楞嚴經之垂世也指如來之藏性與衆生之本源了無差別但能窮盡妄心自然發露真見慶喜自無迷悟中而立問善逝於無言說中而對訓十轉珠回聖言彌布繇是有七徵八還四緣塵二顛倒之密示五陰六入十二處十八界二十五圓通之詳辯七趣三增進四明誨五十五位洎五十種魔之顯決其旨洞達若大明麗天而昧者不識故寂音之論作豈得已哉觀其以智照三昧區分泒別振發大義於詆闕之閒無施不可雖生遠筆削復何以加或謂論非見諦菩薩莫能爲之安知寂音果非見諦者耶愚取其文列於經右猶昔人以李長者之

論合諸華嚴間有闕遺輒事補緝庶幾栖神斯文者了然無惑直證眞常餘則具於本序云

嘉泰癸亥上元日沙門正受謹書

首楞嚴經温陵要解序

像季已還道術既裂明心之士妄認緣塵爲物所轉義學之徒虛驕多聞不全道力奇才茂器皆流爲蒸砂迷客說食飢夫首楞嚴王懸知其然誕敷祕典力救倒妄陶汰啟廸諄諄之慈靡所不至而末世初機罕能究盡温陵環師一生掩關與世異好獨陪黃卷聖賢冥搜博訪藉其筌筏以探如來藏游徧知海而造乎一切畢竟之地思與同志共因爲是解昔月蓋比丘嘗問藥王如來法供養義藥王告言諸佛所說難信深經清淨無染能令衆生成無上覺離諸魔事若於是經方便解說依義不依語依智不依識依了義不依不了義依法不依人直使無明生死畢竟滅盡而無滅盡相是名最上法之供養月蓋蒙敎通達玅道得無礙辯即於藥王所轉法輪隨順分布化百萬億人於無上覺立不退轉環師既達玅道仰睎月蓋於釋迦如來所轉法輪最初華嚴最後法華及此楞嚴無上寶印皆以方便健相分別迥脫語言離心意識唯義所在曾不依人覺眚見病廓無纖翳於清淨經能不染汙我願以此流布無窮其所化人何啻億萬直如一燈然百千燈使冥者皆明而明終不盡故述序引翼贊流通於塵墨劫作法供養建炎改元

吉州前住福州上生禪院嗣祖沙門及南譔

首楞嚴經乃釋迦如來之骨髓也唐神龍初方流東震訓釋者數家唯長水子璿師疏及

蘇臺元約師鈔盛行於世文義浩博學者泛其波瀾益昧元本溫陵寶勝戒環禪師少達玅理深悟大乘而首楞嚴尤得意乃爲要解鈎深索隱續斷截繁錯節盤根恢恢遊刃言約義豐詞暢理詣披文見經如指諸掌嗚呼誰無是佛誰無是經闇没頷珠醉迷衣寶苟能依要解以明經洞真經而見性則玅湛總持王首楞嚴萬行不從人得也乃知寶勝之切老婆心泗州之飾畫蛇足不徒然矣建炎己酉中秋日住湖山萬安比丘行儀謹跋

中峰和尚徵心辯見見或問引語

玄樞冡運亘剎土而無法不周靈鑑高懸統沙界而有形莫隱有形莫隱之謂見無法不周之謂心曾無外見之心寧有離心之見類純金之鑄像猶湛水之與波舍像無以見其金全金是像撥波何以求其水即水生波名雖異而似差體常一而無別是以世尊據玄樞之正體設問多端阿難昧靈鑑之真光指歸七處徵七處於二千年外阿難獨未曾迷拈一花於百萬衆前迦葉何嘗解悟裂開一味平等之體演出萬般差別之名教海斯彰兎角杖挑潭底月禪關斯啟龜毛繩縛樹頭風走殺天下叅禪人惑倒世間求佛者葢爲當時卤莾虛延幻影浮光今日思惟觸著銀山鐵壁客有以徵辯之疑見詢余故引問答之義相疇不過借彼杖繩謾爾控佗風月英靈上士獲真心於形名未兆之先俊邁衲僧具玅見於言象不該之表詎肯按圖索馬指跡云牛掃空生佛之狂言蕩盡妄真之魔說爾如加誚我何敢辭

首楞嚴經會解序

首楞嚴經者諸佛之慧命衆生之達道教網之宏綱禪門之要關也世尊成道已來五時設化無非爲一大事因緣求其總攝化機直指心體發宣真勝義性簡定真實圓通使人轉物同如來彈指超無學者無尚楞嚴矣釋其名則一切事究竟堅固徹法底源無動無壞而如來密因菩薩萬行靡不資始乎此歸極乎此考其所詮則談圓理以明真性開圓行以示真修其性也體用雙彰其修也果因一契原始要終了義之說也良由諸修行人背真向妄不成無上菩提或愛念小乘得少爲足或欲漏不除畜聞成過故阿難以多聞邪染爲緣浚發大教而世尊首告之曰一切衆生生死相續皆由不知常住真心性淨明體用諸妄想此想不真故有輪轉又曰有三摩提名大佛頂首楞嚴王具足萬行十方如來一門超出妙莊嚴路斯一經理行之大本也由是破七處攀緣別二種根本因見顯心因心顯見雖心見乎顯而正顯在心如以盲人矚暗喻見非眼屈指飛光驗見不動印觀河之非變比垂手之無遺辯於八還擇於諸物非舒非縮無是無非使悟圓淨真心妄爲色空及聞見耳既悟妄爲尚疑混濫故又破自然因緣示見見之非見合別業同分指見妄之所生且以一人例多人以一國例諸國總顯器界根身同一妄耳自淺而深自狹而廣雖多方顯妄而所顯唯真故又舉陰入處界廣及七大融入於如來藏性使悟物我同根是非一體妄無自性全體即真凡十界依正之相皆循業發現而

巳既悟即真尚迷循發故又荅山河大地之難深窮生起之由譬虛空不拒諸相發揮顯真妙覺明圓照法界一多互應小大相容即體即用非俗非真至於離即離非是即非即則藏心妙性不涉名言矣復引照鏡狂走喻妄無因結責多聞勸修無漏通而言之皆圓理也理解雖圓非行莫證故又明二決定義初審因地發心伏斷無明爲修行之要次審煩惱根本意擇圓根爲發行之由於是定六根優劣令一門深入擊鐘驗常綰巾示結陳二十五聖所證法門敕選耳根爲初心方便而又教以攝心軌則安立道場遂聞四重律儀頂光神咒通而言之皆圓行也乃至由三增進成就五十五位真菩提路雖談證位未盡行因下而戒業習於七趣情想防禪定於五陰魔邪無非行門之事必期於圓滿菩提歸無所得始得名爲究竟堅固之證也然則依究竟堅固之理立究竟堅固之行修究竟堅固之行證究竟堅固之理楞嚴教旨大抵如是是知教行理三悉號楞嚴了義之說莫此加矣科經者合理行爲正宗離正宗爲五分一見道二修道三證果四結經五助道謂見道而後修道修道而後證果此常途之序固爾究論上根修證如發明藏性之後謂不歷僧祇獲法身請入華屋之前謂疑惑銷除心悟實相之類又豈局於常哉是經無教不收無機不攝或言偏意圓或名同體異自唐而宋解者凡十餘家始余見長水璿孤山圓泐潭月溫陵環之說又閱吳興岳集解并得興福慤資中沇真際節樵李敏諸師意本大

同見各小異行者泣岐莫辯良導余乃會諸家要解以通大途若合殊流同歸於海故謂之會解噫道本無言非言不顯佛不得已而有言而諸師與今會解又豈容自已哉覽者因會解以知人言因人言以知佛言佛言知矣究竟堅固者得矣曰行曰理曰教曰禪曰慧命曰達道皆剩語矣況所謂解與會哉至正二年壬午佛成道日廬陵沙門惟則述於姑蘇城中之師子林

勸持叙　首楞嚴王具足萬行總持三昧熏修奢摩他路開示衆生妙在一門超出由慶喜恨多聞而未全道力故迦文因妄見而直指人心七處之徵實鏡磨塵而本明自現八還之辯金錍刮膜而幻影隨銷斥攀緣則心不是心示真覺則見猶離見既顯真而破妄仍即妄以談真窮陰入處界而列爲四科因緣自然二俱排擯會地水火風而通名七大真俗中道三諦圓融本如來藏而含吐十虛隨衆生心而發揮諸相乃至一多相即小大乎容現寶刹於毛端轉法輪於塵裏得無罣礙者倒想銷於億劫不隨分別者任心歇即菩提圓頓機已解密因中下器須陳妙行於是開遠客還家之路指天王賜屋之門詰諸聖之本因依證悟說最初方便順此方之教體選音聞爲第一圓通次爲攝心乃重施戒依先世尊舉揚清淨明誨現化身佛宣演祕密伽陀三學圓具所證非偏諸妄銷亡不真何待況復精研七趣隨業受生痛喻六交因習招報示五十重禪那之境深防愛見魔邪具八萬種解脫之機對治塵勞煩惱保持覆護囑勸弘宣在始在終無非修證了義或破

或立不離常住真心琴瑟箜篌旣逢妙指林木池沼皆演法音令諸闡提隳彌戾車從三摩地得無生忍或自分真而安立聖位或從乎用而超至後心坐大道場登無上覺一切事究竟堅固廣開菩薩多方便門十方界任運縱横同入如來妙莊嚴海其教至矣厥功懋哉愧余之謬妄擬會通樂法之深重加讚勸幸諸方之學者試一披而覽焉師子林惟則再拜述

琦楚石書楞嚴經云覺性妙明亘古今而不變本覺明妙在迷悟而皆如假喻虛空而不空發揮羣相而非相超乎聞見異彼因緣交光相羅彌滿清淨十方諸佛同宣了義之玄音一切衆生咸具圓通之正體只爲客塵擾擾豈知日用昭昭耳目所拘執解騎聲蓋色根塵未脫安能息慮忘緣墮情想之樊籠感昇沈之業報譬如眚目暈此明燈宛若溼花發於巨海外列山河世界中分鬼畜人天本因織妄而成莫匪瞪勞而現四三宛轉十二輪環生死死生有無無有直下斷除愛欲還他調御丈夫自今疾至菩提教我多聞弟子超越五蘊區宇廓清十種禪那如能宣此咒心乃可制諸外道利人利已世出世間證不動尊成無上覺

宋濂跋戒環師首楞嚴經解後云首楞嚴經其立題凡三其本旨則五以人法爲名常住真心爲體圓通妙定爲宗返妄歸真爲用上妙醍醐爲教大槩欲使衆生開圓解立圓行登圓位證圓果而已若稽其何時所說其在法華開權顯實之後涅槃扶律談常之前乎蓋波斯琉璃之異代持地耶輸之所證左右

叅驗誠足取信長水璿孤山圓長慶巘泐潭月諸師號爲科判名家未有易斯說者予在虎林見五臺沙門善攝解本獨判楞嚴在般若之後法華之前心雖奇其說而頗意其爲一家之私言今觀温陵戒環師所論正與善攝同其謂阿難既於法華諸漏已盡不應於楞嚴未盡諸漏而經中言最後垂範實楞嚴法會之最後非臨滅之最後尤發善攝之所未發予竊自歎玄理之在人心雖南北之殊風土頓異而其不隨物以變遷者未甞不同惜予儒家者流弗悟健相分別之理無以知其孰淺而孰深也謹用識其立題本旨及異同之說於卷末具金剛觀察智者當能有以決之

首楞嚴經通議自叙　叙曰從前釋經者凡解當經必尅指何時判屬何教獨此經前後解者各據所見指時判教諍論不決余觀經結名云亦名灌頂章句諸菩薩萬行首楞嚴別題云一名中印度那蘭陀大道場經於灌頂部録出別行灌頂部乃我中央毗盧遮那佛所說之法毗盧乃法身佛從法垂報名盧舍那坐菩提場演大華嚴謂之根本法輪但被一類大根衆生而小根之者如盲如聾故我舍那世尊入刹那際三昧現應化身示生三界名釋迦牟尼成道說法入大涅槃始終不出刹那際三昧所說一大藏教名攝末歸本法輪亦名引攝教爲引五性三乘攝歸華嚴妙莊嚴海所謂一路涅槃門也今觀此經該五時貫五教首從大權發起示墮淫室正阿含之時也徵心則破執心常見觀河則破

斷見乃阿含之教也辯妄見以顯真見破見精以顯本覺義與深密同時方等教義也五蘊三科會歸藏性根塵識界一一本空般若教義也本如來藏妙真如性法法全真會歸實相法華終義也又歷乎真空實相兩時之間矣七大周徧性真圓融四卷中一爲無量乃至轉大法輪等尋顯華嚴理事無礙事事無礙法界正是妙莊嚴海究竟歸寧之地三身一體至是乃顯釋迦出世本懷化度羣生必引攝至此而後已是故此經所詮理趣始從阿含終至涅槃尚係化佛所說之法而圓融法界圓歸華嚴乃報佛所說豈可定一時一教哉就法界海慧照之四十九年說法劫念齊收不出刹那際三昧若就應化門頭一代時教各對當機三根普收行布亦異結集者推報化二佛所說從本垂末攝末歸本二種法輪總於一代時教中拈出灌頂一部此經既判入灌頂不應定收何時何教誠無疑也經入此土箋解弘多近代緇白各出手眼綜諸理觀未見會通使學人有摸象之歎余居五臺氷雪中叅究向上以此經印證堅凝正心以照矚之豁然有得及至東海枯坐三年一夕偶閱此經於海湛空澄雪月交光之際身心世界當下平沉恍然大悟如空華影落秉燭述懸鏡一卷依一心三觀融會一經於文則略如華嚴法界之作得意而言可忘也投荒瘴海二十餘年萬曆甲寅歸老南嶽門人超逸請益懸鏡觸發先心遂放筆成帙廣發一心三觀之旨題曰通議取莊周議而不辯之意也先德有言依經解義三世佛寃

離經一字即同魔説有能具金剛正眼於此文句中融入觀心則知余之懸鏡一章不欠一字通議十軸不剩一字其他一時一教科判迢然又是畫蛇添足矣萬曆丁巳端陽日憨山道人德清書于吴門之貝葉齋

大師懸鏡通議各自製序文流通已久蒙竊謂通議經首懸談乃大師特標灌頂章句爲一經判教之綱宗而序中未及舉揚謹撮略其大意和會二序合爲一篇俾大師制作之指要學者開卷一覽便自了然大師寂光土中當爲開顔印可不深咎其僭踰也　謙益拜手謹識

首楞嚴經白文序　是經譯梵以來疏解者十餘家唯天如會解學者翕然宗之以爲是足盡楞嚴矣不知此天如之楞嚴非如來所説之楞嚴也達觀可禪師往往拈楞嚴玅旨示人明白直截一掃支離余問師從何處得來師笑不言又問求通楞嚴當作何方便師曰勿觀諸家之説但將十卷經文熟讀自有入處語云誦之萬遍其義自見況文字般若皆從世尊大悲心中流出我等衆生過去世時或聞此經題及一字一句玅義種子藏八識田中機感合熏自力佛力俱不可思議信無有逾於熟讀者善男子等信受是經當生難遭想生尊重想千遍萬遍以熟爲期以悟爲則庶幾上不負佛恩而下不孤達觀師方便開示之意余蓋有深望焉萬曆甲申長至後四日翰林院編修馮夢禎謹序　一雨潤師傳示雪浪看經法曰楞嚴一經文雖十軸實大藏之都序也有志教法者不可不先讀又不可不熟讀熟則心目口齒間隱隱隆隆自有入路不必借人頰頰拾人唾餘若果先明經義洞視諸家注疏涇渭立見否則爲註疏覆心經義反晦矣　私謂二師示看經法如出一揆蓋當會解盛行之後義學糾纏應有此應病之藥學人執此方便認爲普施之法則又因藥致病六祖開示法達之語宜熟察之

楞嚴纂註序　余讀楞嚴詢經中如是世界因動有聲因聲有色義幻居界上人答曰動

爲業本一切諸法本自寂滅一念心動六亂横生其言因動有聲因聲有色謂一涉於有則法法皆有耳子洒然異之越十有七年携所輯纂註示予曰曩予言因動因聲之義實囊括全經矣夫因動有聲顛倒衆生因之流轉也入流亡所觀音大士以之圓通也衆生不覺一念妄動由塵發知妄見於心因根起相妄見於相由是而七趣昏擾沒溺長夜動也若達相見無性猶若交蘆由是而動靜二相了然不生空所空滅寂滅現前亡也動則見空見色故曰迷妄有虛空依空立世界亡則空色皆真故曰一人發真歸元十方虛空悉皆銷殞七徵之所破者破此動也八還之不可還者還此亡也動則聽不越聲視不踰色亡則陰入處界莫非妙圓地水火風不相陵滅二十五聖之所證五十五位之所詣皆盡此動竟此亡耳故曰入於如來妙莊嚴海圓滿菩提歸無所得予曰歸無所得又何以見何以修何以證也曰動則有苦非見無所得修無所得證無所得無以息苦也雖在十地猶有學佛煩惱況具縛哉予聞之若暍者之得泠風也上人命余卒讀其書或有參定予笑曰子既已示我矣見狻猊而復欲試其猛力不亦過計乎予蓋卒未嘗展卷述斯語而歸之 萬曆甲午十月晦日那羅延窟學人虞山瞿汝稷槃談譔

首楞嚴經疏解蒙鈔卷末五録之二

音釋

銓此緣切權衡也

賾士草切幽深難見貌

璀璨上取猥切下倉案切玉光也又珠垂貌

檝同楫舟櫂也

狻猊上蘇官切下研奚切師子屬能食虎豹

擷掇上音絜下都括切謂捋取採集也

擠子計切排也

暍音謁傷暑也

縊吉詣切音計續也

首楞嚴經疏解蒙鈔卷末五錄之三

海印弟子蒙叟錢謙益集

佛頂枝錄第三

序曰灌頂密部月邦秘籍佛隴遥禮極量重譯後五百年信奉流通月光未出海墨何窮頁爲枝錄捃拾土苴勿哂庫刀或解王馬輯佛頂枝錄

一傳譯　二證本　三藏教　四引法

五義解　六悟解　七隨喜

傳譯第一

續古今譯經圖記（開元庚午沙門智昇撰）云沙門般刺密帝唐云極量中印度人也懷道觀方隨緣濟度展轉遊化達我支那（印度國俗呼廣府爲支那名帝京爲摩訶支那）乃於廣州制旨道場居止衆知博達祈請亦多利物爲心敷斯秘賾以神龍元年龍集乙巳五月己卯朔二十三日辛丑遂於灌頂部中誦出一品名大佛頂如來密因修證了義諸菩薩萬行首楞嚴經一部十卷烏萇國沙門彌伽釋迦譯語菩薩戒弟子前正議大夫同中書門下平章事清河房融筆受循州羅浮山南樓寺沙門懷廸證譯其僧傳經事畢汎舶西歸有因南使流通於此○贊寧宋高僧傳第一譯經篇廣州制止寺極量傳全依此文末云量翻傳事畢會本國怒其擅出經本遣人追攝泛舶西歸後因南使入京經遂流布有惟慤法師資中沇公各著疏解之○釋氏稽古略云神龍元年天竺般刺密帝於廣州制止道場居止於灌頂部中誦出一品名首楞嚴經彌伽爍佉譯成一部十卷宰相房融筆受融時貶於高州因得以寫於

譯所沙門懷迪證譯傳經事畢朝廷責以私譯密帝遂泛舶攜梵夾以歸○佛祖通載云密諦賫楞嚴梵夾至刺史請就制止道場宣譯

贊寧論譯經云陳壽國志述臨兒國云浮屠所載與中國老子經而相出入是知若用外書須招此謗童壽譯法華可謂折中有天然西域之語趣矣今觀房融潤文於楞嚴僧肇徵引而造論當此誚焉然則糅書不如無書與其典也寧俗儻深溺俗厥過不輕折中適時自存法語斯謂得譯經之旨矣○蘇子瞻書大鑒禪師碑後云釋迦以文教其譯於中國必託於儒之能言者然後傳遠故大乘諸經至楞嚴則委曲詳盡勝妙獨出者以房融筆授故也○蒙

謂聲論宣明娑婆教體大化東流彌文日盛房公雄文潤色冥契佛旨正欲不離文字攝化此方妙義流傳機緣熏習慧業者得意於筌罤小根者染神於點墨寧公誚其多用外書濫招儒雅斯則住相之談非被機之論也昔者謝康樂以曇無讖所翻大涅槃經語小小朴實不甚流靡品數疎簡初學者難以厝懷乃與沙門二慧共爲潤色義理昭暢質文相宣歷代寶之盛行於天下如寧公之云則涅槃之改治寧不犯糅書之誚與唐之道士稱僧肇著論盛引老莊奘師謂佛教初開深文尚壅老談玄理微附佛言肇論所傳引爲連類豈以喻詞而成通極寧公豈不見此論而妄詆肇公也談潤文者考證於奘師當以子瞻

之言爲正○今按房公潤文之妙就世間文字約畧言之有章法鋪舒之妙始自七徵八還後及七趣五魔一經首尾稱疊鈎鎖如一章一段是也有文法映照之妙如琉璃舉喻一經四見增進之二曰譬如琉璃內懸明月住位之二曰如淨琉璃內現精金識陰盡處曰如吠琉璃內外明徹圓明精心曰如淨琉璃內含寶月法喻層累次第歷然又如旅亭主客初喻客塵次明法性月輪標指初標一月二月次標非體非影責認迷中則云浮漚大海自知開悟則云巨海浮漚是也有句法攢簇之妙如云迷中倍人如云日劫相倍累言未該束歸四字如云出指非指如云於橫陳時冶鑄外書銷歸佛語是也有字法點綴之妙如標海潮音則結以全潮瀛渤標無上法王則躡以文殊師利法王子七大文中點七不知自全至元淺深歷別四大文中點六受用自粘之奔根塵映望諸餘瑣言隻字無不玲瓏漏穿是也十軸之文橫豎開闔正如彌勒樓閣彈指開現四科七大因緣自然重重立量節節推簡用以楷定四性破除四見能使欲言詞喪欲慮智窮東坡稱其勝妙可謂心眼如月寧公嗤其糅文尚是捫燭爲日耳未能更僕聊舉一隅諸有智人臨文自了

附雜記二條○楞嚴通議云此經五天寶重禁不出境般剌三藏欲流東震屢竊被獲以微妙細疊書之破臂藏於膊內潛達廣州○圓通疏云密帝剖膊藏經漬血堅紙房相夫人以水漬之方得開展或云融女以水乳和而浸之二事流俗盛傳諸書互載未詳所據續俟根簡

智昇開元釋敎錄第九云楞嚴經十卷右一部十卷其本見在○沙門釋懷迪循州人也住本州羅浮山南樓寺其山乃仙聖遊居之處（贊寧譯經篇傳云其山半在海涯半連陸岸乃仙聖遊居之靈府也南樓寺亦云石樓）迪久習經論多所該博九流七略麤亦討尋但以居近海隅數有梵僧遊止（以海隅之地津濟之前數有梵僧寓止於此）迪就學書語復皆通悉往者三藏菩提流志釋寶積經遠召迪來以充證義所爲事畢還歸故鄉後因遊廣府遇一梵僧（未得其名）賷梵經一夾（多羅葉經一夾）請共譯之勒成十卷即大佛頂萬行首楞嚴經是也迪筆受經旨兼緝綴文理其梵僧傳經事畢莫知所之有因南使流經至今○傳云後因南使附經入京即開元中也

（昇公圖記目錄記載互異僧傳經疏傳疑未決蒙詳爲辨證具在十門通釋第八傳）

（譯篇中）

證本第二

經律異相云佛告阿難我泥洹後法欲滅時五濁惡世魔道興盛眼見沙門視如糞土無有信心法輪殄沒菩薩比丘衆魔驅逐不預衆會菩薩入山福德之處淡泊自守月光出世得相遭値（南岳誓願文末法過九千八百年後月光菩薩出眞丹國說法）共興吾道五十二歲首楞嚴經般舟三昧先滅化去一切十二部經尋復化滅不見文字聖王去後吾法滅盡如是久後彌勒當下世間作佛（出法滅盡經卷中）○法顯佛國記云耆闍崛山未至頭三里有石窟南向佛本於此坐禪西北三十步復有一石窟阿難於中坐禪天魔化作鵰鷲住窟前恐阿難佛以神足力隔石舒手摩阿難肩怖即得止鳥跡手孔今悉

存故曰靈鷲窟山窟前有四佛坐處佛說法堂已毀止有塼壁基在法顯於新城中買香花油燈送上耆闍崛山花香供養然燈續明慨然悲傷收淚而言佛昔於此住說首楞嚴法顯生不値佛但見遺跡處所而已卽於石窟前誦首楞嚴住止一宿

晉於潛董吉恒齋戒誦首楞嚴經村中有病輙請吉誦經所救多愈同縣何晃卒得山毒之病騶徃救之山水瀑漲不復可涉必欲赴期便脫衣以囊經戴置頭上逕入水中水正著膝旣得上岸失囊經甚惋恨進至晃家三禮懺悔流涕自責俛仰之間見經囊在高座上吉悲喜取看浥浥如有溼氣開囊視經尚燥如故於是村人一時奉法吉所居西北一山高峻中多妖魅犯害居民吉以經戒之力欲伐降之於山際手伐林木構造小屋安設高座轉首楞嚴經百餘日寂然無聞民害稍止後山中鬼數人至吉所請作界分當殺木爲斷不見侵尅經一宿前所芟地四際之外樹皆燒死○晉山陰謝敷隱於東山篤信大法手寫首楞嚴經當在都白馬寺中爲災火所延什物餘經並成煨燼此經止燒紙頭界外而已文物悉存無所毀失法苑珠林二驗出王惔冥祥記

長安釋帛遠字法祖常註首楞嚴經晉惠之末爲張輔所害後火時有一人姓李名通死而復蘇云見祖法師在閻羅王處爲王講首楞嚴經云講竟應徃忉利天慧皎高僧傳

後梁法聰住襄陽景空寺禪堂白鹿白雀馴伏栖止行住所及慈救爲先忽遇屠者驅猪百餘頭聰三告曰解脫首楞嚴猪遂繩解散

去諸屠大怒將事加手並佗然不動便歸過悔罪因斷殺業道宣續高僧傳習禪篇感通篇和闍黎亦同張無盡辨教篇云天台智者大師禀禪要於南岳立藏通別圓四教開摩訶止觀法門首楞嚴三昧經即別教也經略曰佛告堅意菩薩云何以一念行於三昧答曰是菩薩一切悉捨心無貪著名檀心善寂滅畢竟無惡名尸知法盡相於諸塵中而無所傷名羼提勤觀擇心能知離相名毗黎耶畢竟善寂調伏其心名禪那知心無心通達心相名般若又曰云何當學是三昧耶佛言譬如學射先射大準次射小準次射的次射錢次射杖次射毛次射毛百分之一如是射成聞聲皆中習三昧者亦復如是先學愛樂次學深心大悲次之四無量次之五神通次之成就六波羅蜜即能成就第三地觀堅意問現意天子當修何法得是三昧天子答若見凡法不合不散是名修楞嚴三昧又問佛法有合散耶天子曰凡法尚無合散況佛法耶若見凡法佛法不二是名修習此經自什法師翻譯南岳師弟傳授經歷南北隋唐房融始於廣州獲今經本余以二經參詳雖同歸止觀而教意不同元和中東蜀僧神清著北山錄譏異說云禪莫極乎吾師其禪曰首楞嚴自迦葉至達磨與吾師心心相付餘宗不吾若也北山所指即什譯者西蜀惠寶以融本註之誤矣

蒙考隋僧法經衆經目錄首楞嚴經二卷自後漢中平年至後秦凡九譯皆同本異譯有勇伏定經又有新首楞嚴經蜀首楞嚴經及後出雜出之目皆即弘始中鳩摩

羅什所譯首楞嚴三昧經支敏度有合首楞嚴三昧經記帛遠有首楞嚴經註解開元釋教錄於首楞嚴三昧經下標云或直云首楞嚴經是也法苑珠林引王悏冥祥記二驗皆在東晉之世法顯佛國記耆闍崛山石窟佛於此住說首楞嚴首楞嚴三昧經首云一時佛在王舍城耆闍崛山中是知晉宋間持誦皆是首楞嚴三昧經王舍城耆闍崛山所說非舍衛國祇桓精舍所說之首楞嚴也近代虞淳熈云法顯誦之於宋法聰持之於梁而智者不得見之於隋彼此隱顯傳經不定此失考之過也○今經題一十九字是極量於灌頂部中誦出準懷廸傳或云大佛頂萬行首楞嚴經從省或去萬行二字其單標首楞嚴經

者即今大藏秦鳩摩羅什所譯首楞嚴三昧經也依今藏本目錄秦譯標首楞嚴三昧經唐譯標首楞嚴經本既各殊文無相濫不須以古譯爲嫌或可依圭峰圓覺疏鈔別標爲佛頂經張無盡不依唐譯改題爲清淨海眼經輙云房融不見古本今依梵本改正房筆受竺文何云未見古本張所據梵夾豈是極量重來無稽之言良所不取○又按無盡改題略云清淨海眼經具云大佛頂神呪無上寶印十方如來清淨海眼經人謂新舊二經是越僧慧印標目無盡有付百丈山丏者流通海眼經偈云歸命新經願力深決知一字直千金蓦然豆子灰中爆莫笑先生錯用心故知新舊二經無盡自標而惠印因之也道安法

師云阿難出經去佛未久大迦葉令五百六通迭察迭書今雖千年而以近意裁量彼阿羅漢乃兢兢若此此生死人而平平若此豈將不知法者勇乎禪人無眼嚮附妙喜妄謂面決金顏位偕親證無盡亦自言焚香佛前剖露志願苟契聖心丐無魔事昔者慧嚴思改涅槃黑神責數三藏志删般若惡夢譴訶毀謗大乘佛有金科吾爲此懼不知其可

藏教第三

按隋經師小乘修多羅藏錄有捨頭諫經一卷摩登伽經二卷摩登女經一卷摩登女解形中六事經一卷並是摩登伽經別本重出今按本經第四佛告阿難且汝宿世與摩登伽歷劫因緣恩愛習氣非止一生及與一劫則諸小乘經所載慶喜摩登宿世因緣世尊於楞嚴會上金口證明未可以爲人天小教槩從鐫削也今通會諸經節而錄之亦證本之餘耳

經律異相引戒因緣經第三及摩鄧女經云阿難行路中道焦渴摩登伽經度性女品云阿難乞食分衛已訖還祇洹林于其路次池側有女旃陀羅種執持瓶器始來取水阿難渴乏從女乞水有旃陀羅女名鉢吉蹄汲水阿難請從乞水女曰君母種成就沙門瞿曇第一弟子波斯匿王所敬末利夫人阿闍黎我是下賤不敢持水相與阿難言我不問是但水見與女言大德我無所吝身是旃陀羅女若相施者恐非所宜阿難言姊我名沙門其心平等豪富下劣觀無異相女許時女先掬水澆阿難足復掬水澆阿難手便生婬意女即以淨水授與阿難便取阿難容貌音聲等相深作是念言我母善呪或能令彼來爲吾夫持水還家具宣斯事○摩鄧女經曰女歸告母母名

摩鄧阿難飲已便去鉢吉蹄還白父母言阿母願以沙門阿難爲婿母言其轉輪王子刹利釋種聖師貴族天人宗奉我小家種云何得爲夫女言不得者會當飲毒以刀自刺若自絞死母曰有摩鄧伽神語符呪能移日月以墮著地亦能呪因帝梵天使下況不能得沙門阿難使來呪時作是言曰若天若魔若乾闥婆天神地神聞我是呪宜應急令阿難至此若已死若生不能婬若瞿曇所護者我不能得除此皆可得耳母言有二種人難加呪術無如之何一者斷欲二是死人自餘之者我能調伏女便起澡浴莊嚴身體著白服餙敷諸臥具遙相想望母以牛屎塗地以五色線結縷盛滿四瓶水盛滿四椀麨粿以四口大刀豎牛屎四角頭四箭然八明燈取四死人髑髏種種香塗其上以華布地捉熨斗燒香繞三帀向東方跪而誦摩鄧伽呪術時阿難在祇洹林意便恍惚爲呪所轉如魚象被鈎隨呪術至旃陀羅家于自舍内牛糞塗地布以白茅然大猛火百有八枚妣過迦花誦呪一周以一莖投火中阿難心即迷亂便行往詣旃陀羅舍母便語女阿難以至時女前抱阿難坐著床上牽掣衣裳捻捏阿難譬如力人手捉長毛小羊從力人手阿難見十方盡闇冥譬如日月爲羅祜所猷阿難有大人力當十大力士力而不能得動阿難以聖諦道力念還得悟我今困厄世尊大慈寧不愍我彼女喜踊莊餙堂閣安置寶座淨治灑掃散衆名華阿難悲哽泣淚我何薄祐遇斯苦難大悲世尊寧不垂愍○摩鄧女經云母知蠱道請阿難飯母便閉門以蠱法縛阿難至於晡時阿難不就母令中庭地出火牽阿難衣汝不爲我女作夫我擲汝火中阿難自鄧爲佛作沙門今反不能自出佛即知之便誦佛語云云阿難以此實義於旃陀羅舍得解性女品云爾時如來以淨天眼觀見說呪擁護阿難以佛神力及善根力旃陀羅呪無所能爲即出其舍誦偈通適竟

旃陀羅家所設呪具刀箭碎折瓶破燈滅髑髏迸碎黑風起展轉不相見母便告女此必瞿曇沙門神力所爲衆物碎散呪術不行阿難念言世尊恩力也阿難得解如大象王盛年六十醉暴凶惡身大牙長從鐵靽得解從城走到空閑處阿難亦爾世尊誦佛語從旃陀舍得解還向祇洹時此女人逐阿難至祇洹門竝作是語阿難是我夫阿難是我夫逐阿難後不離須臾阿難具以白佛佛曰我於諸法中不見幻惑如此女人以婬繫意阿難平旦著衣持鉢入舍衛城分衛而此女人亦逐其後語諸長者阿難是我夫阿難是我夫女於夜過著新淨衣首戴華鬘金銀環珮瓔珞其體阿難晨朝入城乞食隨阿難背後視阿難足視阿難面阿難慙避終不捨離阿難還至佛所又前白佛佛曰汝往共語如姊妹相向何以故此女人應當作比丘尼女白佛言唯願世尊還我夫壻佛曰若須阿難者於我法中作比丘尼當以相與女人歡喜佛告女人汝欲得阿難以爲夫者宜應出家學其容飾答曰唯然願承尊敎佛言善來便成沙門鬚髮自落法衣在身女還奉辭父母歡喜本植善根各應得道父母及女同往詣佛摩鄧女經云佛問女云汝追逐阿難何等所索女云阿難無婦我又無夫欲爲作婦也佛告女言阿難無髮汝今有髮汝能剃髮我使阿難爲汝作夫女言能剃佛言歸報汝母剃髮竟來母言我生汝來護汝頭髮如何欲得沙門作婦女云我寧生死爲阿難作婦母曰爲我種爲下刀剃頭還到佛所世尊廣爲說法無數方便現諸法義柔軟義檀義尸義說婬不淨義增長生諸結根義出家義諸道品義又說四聖諦時此女人即在座上解四聖諦性女品云即爲說法廣說四果谿然意解即於座上得羅漢道父母得阿那含道女得須陀洹道譬如純白㲲衣易爲染色摩鄧女經云佛言汝愛阿難何等女言我愛阿難眼愛阿難鼻愛阿難口愛阿難耳愛阿

難手愛阿難行步佛言眼中但有淚鼻中但有涕口中但有唾手中但有垢身中但有屎尿處不淨其有夫婦者便有惡露惡露中便生兒子已有兒子便有死亡便有哭泣於是身中有何所益女即思念便自正心既得羅漢佛知得道即告女言汝往阿難所女即慚愧低頭長跪白言女實愚癡故逐阿難今我心開如冥中有燈火如人乘船船壞依岸如盲人得扶如老人持杖今佛與我道令我心開如是時父母歸佛歸法歸衆佛聽爲優婆塞向佛阿難悔其癡罪乞爲比丘尼得依世尊修行梵行佛告阿難將二比丘尼及此女人鉢拓鉢提瞿曇彌所以此女人爲道授具足戒大愛道問阿難云何阿難世尊許旃陀羅爲道耶阿難言瞿曇彌然即與剃髮受戒得阿羅漢○度性女品佛爲諸比丘及波斯匿等說本性比丘尼往昔因緣乃過去阿僧祇劫有旃陀羅摩登種名帝勝伽有子名師子耳有婆羅門名蓮花實女名本性蓮花實聞帝勝伽說法遂以其女妻摩登伽之子時摩登伽我身是也蓮花實者舍利弗是師子耳者阿難是也爾時女者今性比丘尼是以於往昔日曾爲夫妻愛心未息今故隨逐摩鄧女經云佛告諸比丘是摩鄧女先世時五百世爲阿難作婦常相愛敬故於我法中得道於今夫妻相見如兄如弟○淨覺云名爲本性出摩登伽經據彼經女之母名摩鄧耳○孤山云愍公疏云若據登伽經但是世尊自說一呪解彼婬術且非文殊提奬而歸及聞說法亦得阿羅漢然則兩經並由聞經方證四果但是大小機見不同然約實行則機熟得道之時由阿難牽以欲鈎故使後入佛智若使大權則同阿難發起斯教以益羣機耳問彼經聞小乃得四果此經聞大何故亦證羅漢答彼經明小故隔于大此經說圓何妨證小機既不同故無妨也○蕅益云大小兩機並行不悖一席異聞條然各別或時互知名不定教或互不知即祕密教此經佛頂放光文殊將呪是一類大機所見據摩鄧伽經佛自說呪爲徧解形中六事得證四果次即具說宿劫因緣是一類小機所見央掘魔羅事亦爾皆一席異聞之明證也○姚少師道餘錄載朱晦菴云楞嚴經只有阿難一事及那燒牛糞出一呪餘底皆是文士添造那燒牛糞便如爇茅樣後來有人祈雨後燒此燒牛糞誦呪是登伽母人邪術今却指斥佛頂又

云楞嚴是房融所作發口鄙穢三家村夫子所不道而謂朱子有是言乎此中略述藏教不避瑣很亦以闢執破法之口爲吾晦翁先生雪謗也

弘法第四

首楞嚴三昧經云爾時會中諸釋梵護世天王皆作是念我等今當爲佛如來敷師子座正法座大人座大莊嚴座大轉法輪座當令如來於我此座說首楞嚴三昧須臾之間於如來前有八萬四千億那由他寶師子座悉於衆會無所妨礙一一天子不見餘座各作是念我獨爲佛敷師子座餘人不能佛當於我所敷座上說首楞嚴三昧即時世尊現大神力徧坐八萬四千億那由他師子座上諸天各各見佛坐其所敷座上不見餘座有一帝釋語餘釋言汝觀如來坐我座上如是釋梵護世天王各相謂言汝觀如來坐我座上有一釋言如來今者但坐我座不在汝座爾時如來還攝神力諸佛及座皆不復現一切衆會唯見一佛佛告堅意菩薩首楞嚴三昧非初地二地乃至九地菩薩之所能知唯有住在十地菩薩乃能得是首楞嚴三昧首楞嚴三昧如是無量悉能示佛一切神力無量衆生皆得饒益金剛三昧經云菩薩所得功德地法十地菩薩如十五日月圓滿可觀明明具足其心澹薄安住不動不沒不退住首楞嚴三昧○觀佛三昧經云佛當往忉利天爲母說法持地菩薩入首楞嚴定從金剛際作金剛華花葉相次四龍各持七寶臺持地爲佛作三道寶階○舍利弗白佛言世尊未曾有也今說首楞嚴三昧而是惡魔不來嬈亂佛告舍利弗汝欲見魔衰惱事不唯然欲見爾時佛放眉間白毫大人相光一切衆會皆見惡魔被五繫縛不能自解佛告舍利弗汝見惡魔被五縛不唯然已見此惡魔者爲

誰所縛佛言是首楞嚴三昧威神之力在所佛土說首楞嚴三昧其中諸魔欲以惡心作障礙者首楞嚴三昧及與諸佛威神力故其諸惡魔皆自見身被五繫縛舍利弗在所說首楞嚴三昧處若我現在若我滅後其中所有諸魔及餘人衆懷惡心者以首楞嚴三昧威神力故皆被五縛（大經四依品四依驅遣魔云天魔波旬若更來者當以五繫繫縛於汝章安疏云繫有二種一者五屍繫二者繫五處五屍繫者如不淨觀治於愛魔五處如理治於見魔五屍表五種不淨觀五繫表五觀門）○佛言諸菩薩得住十地一生補處受佛正位悉皆得是首楞嚴三昧名意菩薩及諸衆會見三千大千世界諸閻浮提其中皆是彌勒菩薩或見在天上或見在人間或見出家或見在家或見侍佛皆如阿難或見智慧第一如舍利弗乃至坐禪第一如離婆多如是一切諸第一中皆見彌勒名意菩薩及諸天衆皆見彌勒菩薩現首楞嚴三昧神通勢力即大歡喜○佛告摩訶迦葉過去無量阿僧祇劫於此世界南方過於千佛國土國名平等有佛號龍種上豈異人乎即文殊師利法王子是迦葉汝今且觀首楞嚴三昧勢力諸大菩薩以是力故示現入胎初生出家詣菩提樹坐於道場轉妙法輪入般涅槃分布舍利而亦不捨菩薩之法於般涅槃不畢竟滅（涅槃四相品我已久住是大涅槃於此三千大千世界百億日月百億閻浮提種種示現如首楞嚴經中廣說）文殊師利涅槃經云文殊師利生於此國多羅聚落梵德婆羅門家於佛所出家學道住首楞嚴三昧佛涅槃後四百五十歲當至雪山爲五百仙人宣揚十二經教化令住不退

已至本生地於空野宅尼拘樓陁樹下結跏趺坐入首楞嚴三昧身諸毛孔出金色光徧照十方世界度有緣者若禮拜供養者生生之所恒生佛家若未得見當誦持首楞嚴稱文殊師利名一日至七日文殊必來至其人所

觀佛三昧經云過去久遠有佛出世號釋迦牟尼滅度之後有一王子名曰金幢憍慢邪見不信佛法有一比丘名定自在語王子言可暫入塔觀佛形像王子入塔見像相好白比丘言佛像端嚴猶尚如此况佛眞身比丘告言汝今見像不能禮者應尚合掌稱南無佛王子即便合掌稱南無佛還宮繫念塔中像故即於後夜夢見佛像夢已歡喜捨離邪見歸依三寶由一入塔稱佛善根命終得值九百萬億那由他佛於諸佛所逮得甚深念佛三昧得三昧故諸佛現前爲其授記從是已來經於百萬阿僧祇劫不墮惡道乃至今日獲得甚深首楞嚴定昔王子者今賢首菩薩是以是因緣智者應當如是念佛

法華文句曰釋提桓因得首楞嚴三昧內證不同過賢劫二千二十四劫作佛號無著世尊記云華嚴經帝釋在第二地故知別圓兩教竝得首楞嚴定明矣○謹按經言彼之天王即是菩薩閻浮提王即初地四天王及忉利天王即二三地仁王亦云十信菩薩鐵輪王十住菩薩銅輪王十行菩薩銀輪王十向菩薩金輪王鐵冠道人張中頌我

聖祖高皇帝曰非非想天纔出定其所以轉輪御世總持三教引開華嚴法界於閻浮提

者豈偶然哉帝釋得首楞嚴定受記作佛非非想天亦是寄位未敢尅定其因地也嵗在強圉作噩壯月臣謙益恭記於弘法篇中

雙林善慧傳大士曰常營作夜則行道見釋迦金粟定光三如來放光襲其體大士乃曰我得首楞嚴定

梁頭陁隱法師云若能於深山曠野城邑聚落唱三昧名首楞嚴法其利甚深能成衆行慧和法師從之每至下講後輒於岐路閒高唱是言不逞弟子或罵辱毆捶怡然自若後依雙林大士並出大士傳

宗炳明佛論云今以神明之君遊浩然之世攜七聖於具茨見神人於姑射一化之生復何足多談微言所精安知非窮神億劫之表哉廣成之言曰至道之精窈窈冥冥即首楞嚴三昧矣得吾道者上爲皇下爲王即亦隨化升降爲飛行皇帝轉輪聖王之類也失吾道者上見光下爲土亦生死於天人之界者矣弘明集

南岳思大師云發菩提心立大誓願求無上道爲首楞嚴遍歷齊國諸大禪師學摩訶衍立誓願文

林閒錄曰天台宗講徒曰智者大師聞西竺異比丘言灌頂部有大佛頂首楞嚴經皆諸經所未聞之義唯心法之大旨五天世主保護秘嚴智者聞之日夜向西禮拜願蚤至此土續佛壽命然竟不及見今市工販鬻徧天下學人有畢生不識者法輕則信種自劣可嘆也僧文瑩清話曰楞嚴本在西域智者聞之忍死以俟既而入滅遺記之曰此經入漢吾不得見之矣當有宰官身菩薩以文章翻譯此經又數百年當有肉身比丘以吾

教判此經歸中道

○晁說之明智碑論云仰唯智者之爲智也大矣哉三觀單複之旨實著於圓覺十境互發之論方見乎楞嚴智者先言之於隋此經後譯之於唐雖欲不信其可得乎所謂靈山親聞者此亦其躅與○洪覺範尊頂論曰天台智者釋法華經不悉六根功德之義停筆思之有梵僧謂曰唯首楞嚴著明此義可以證成不必釋也智者於是日夕西拜求見此經今智者釋六根功德娩法之數未明者以未見三疊流變一十百千之旨耳○天台山志云智者大師拜經石在天台山華頂峰上是大師於此一十八年遥望西竺拜首楞嚴經處今南岳天台寺左畔亦有智者大師拜經臺遺址按大師拜經石應在華頂南岳亦有遺址蓋後人倣而爲之○今案台家引梵僧懸記出宋僧瑩師清話非實録也大師釋法華經但言等莊嚴者眼根六千乃至顯其能盈能縮無盈無縮無等未悉楞嚴所說流變三疊總括始終具明六根功德娩法之數故知大師閣筆梵僧合符正爲六根功德不爲止觀也若言止觀則楞嚴中未嘗有止觀明文智者大師所立止觀原本於瓔珞契悟於龍樹取宗於華嚴亦無待乎此經之證成也僧瑩南宋人也所記載殊非本分事亦多失實此義斷以尊頂爲正

釋崇惠姓章氏杭州人也稺秫之年禮徑山國一禪師爲弟子雖勤禪觀多以三密教爲恒務初於昌化千頃最峰頂結茅爲庵專誦佛頂呪數稔又往鹽官硤石東山卓小尖頭茅屋復誓志於潛落雲寺遁迹俄有神白惠曰師持佛頂少結莎訶令密語不圓莎訶者成就義也今京室佛法爲外教凌轢其危若綴旒待師解救耳惠趨程西上於章信寺駐錫大曆三年戊申歲九月二十三日諸書皆載大曆九年誤也太清寺道士史華上奏請與釋宗當代名流捔佛力道法勝負于時代宗欽尚空門異道憤其偏重故有

是請諸書載史華以術得幸非是遂於東明觀壇前架刀成梯史華登躡如常磴道緇伍互相推排無敢躡者惠諷開府魚朝恩魚奏請於章信寺庭樹梯横架鋒刃若霜雪然增高百尺東明之梯極為低下朝廷公貴市肆居民駢足摩肩而觀此舉惠徒跣登級下層有如坦路復蹈烈火手探油湯仍餐鐵葉號為餘飥或嚼釘線聲猶脆飴史華怯懼慚惶掩袂而退時衆彈指歎嗟聲若雷響帝遣中官鞏庭玉宣慰賜紫方袍一副詔授鴻臚卿號曰護國三藏勑移安國寺居之世謂為巾子山降魔禪師宋高僧傳護法篇贊寧系曰或謂惠公為幻僧與通曰大於五塵變現者曰神通若邪心變五塵事則幻也惠公持三密瑜伽護魔法助其正定履刃蹈炎夫何幻之有哉喻伽論有諸三神變矣○慈山大師云昔於五臺遇梵師專持此呪其聲猛厲如訶遣之狀問之曰此鬼神之名今呼遣付囑非心力猛利不能成就此正取不思議力也○陳時蜀中一士登科者因赴調投宿失道至暮不過店一僕一馬悽愴窘怯忽見一野火燈燭甚盛羅列几案五六客據坐酒肉盈前士就揖之皆相顧有喜色曰我曹相聚得官人肯臨大幸遂邀住同飲請居東向士辭不敢往復良久竟處主席且使著公服拜神酌數盃一舉者起白曰敢問吾官所能士曰本書生竊科第只解作詩賦他無所長因問之曰實然舉怒發語抵突意若不善士伴起如廁跨馬疾馳彼亦不追逐行三四十里且五更得孤寺扣門僧出問故即推之出曰切勿相累士垂泪乞救僧云君於釋道二典中有所習否曰癖記白傘蓋眞言僧曰足矣但堅坐金剛背後僕馬莫相遠若見異境但誦此文士如其戒俄頃刀劍鏗然飛集無數士閉目默誦眞言又聞兵器戛擊甲騎縱横而俱不能相向迨天明愈劇過暮方止士飢渴憂危始見僧來招入寺謂曰此輩皆習南法害人極多每一歲必擇日祭神而餒其胙然後較藝或新得一法彼此傳授渠見君來以為同業故相待如此既不如所欲故謀加禍昨日吾不敢納君畏其遷怒也今不得有所施彼行且自促纍咎留至明日登途沿路戈甲斧鉞以千萬計悉剪紙所為者白傘蓋者二千一百三十字在諸呪中最為難讀頗與孔雀明王經相似僧徒亦罕有能誦習者故妖魔外道敬畏之云　大明仁孝皇后勸善書卷十按陳時陳字應有誤當是唐字

周洛京福先寺道丕世宗尹蘁府政嫌空門

繁雜欲奏沙汰丕抗議停寢及世宗登極丕謂僧曰吾皇宿昔有志汝當相警護持堅乞解歸洛陽又立禮首楞嚴二年果勅併毀僧寺并立僧悵毀教不深乃丕之力也贊寧高僧傳

張伯端一名用成字平叔天台人少得混元之道龍圖陸詵守成都往依之遇異人授金丹火候道成著悟眞篇徧叅禪門大有省發後讀雪竇祖英集發明心地作歌頌以伸其旨且曰獨修金丹而不悟佛理即同楞嚴十仙人諸趣之報未幾趺坐而化鍊其蛻得舍利千百紺碧色出佛法金湯○眞人張平叔在丹邱之屢遇頂冰貧士出龍馬所負之數遂領厥旨功成著悟眞篇且曰吾形雖固而未究本覺之性遂探内典到楞嚴有省作禪宗歌頌敘中引楞嚴十種仙壽千萬歲不修正覺報盡還來散入諸趣之語又曰爲此道者當心體太虛内外如一若立一塵即成滲漏此不可言傳之妙曉得圓覺金剛則金丹之義自明何分老釋異同哉則知平叔乃求出離生死之法必歸伏於佛爲究境耳出人天寶鑑

如一庵者永嘉人年十五師事方山和尚出家登具久依竺元和尚得其要領住保福退居西澗十年道望益隆師早年發志暗誦首楞嚴經至第五卷得嘔血疾乃輟疾瘳一夕夢見所未誦經皆金書布空中厲聲讀之既覺猶存移時始隱故師再誦足此一經每日誦一過至終弗替出國初恕中無愠禪師山菴雜錄如菴至正間人○宣律師神州塔廟感通傳載隋新繁縣書生荀氏空中書金剛經因緣與此畧同

金壇王肯堂曰余爲庶吉士時館師韓敬堂先生嘗言趙文肅公貞吉爲教習時一日至

館謂諸吉士曰昨晤張太岳居正訊吾何以課諸君吾應之曰方令讀楞嚴經太岳摇首曰也太奇然吾思之諸君少者逾三十歲長者逾四十矣人壽幾何不以此時奇更待何時耶出王宇泰鬱岡齋筆塵

首楞嚴經疏解蒙鈔卷末五錄之三

音釋

裒蒲侯切音抔　䌨之泧切音䫻　鐫子全切音鋑　髑徒谷切音獨

噩五各切音萼　媲匹計切音渒　轢郎狄切音歷

首楞嚴經疏解蒙鈔卷末五録之四

海印弟子蒙叟錢謙益集

義解第五

贊寧宋高僧傳唐京師崇福寺惟慤傳云惟慤俗姓連氏齊大夫稱之後本馮翊人官居上黨爲潞人也九歲割愛冠年納戒瀾漪内湛葳蕤外發嗜學服勤必無倦色或經筵首席或論集前驅或叅問禪宗或附麗律匠其志淵曠欲皆吞納之年臨不惑尚住神都因受舊相房公融宅請未飯之前宅中出經函云相公在南海知南銓預其翻經躬親筆受首楞嚴經一部留家供養今筵中正有十僧每人可開題一卷慤坐居第四舒經見富樓那問生起義覺其文婉其理玄發願撰疏疏通經義及歸院矢誓篤文殊菩薩像别誦名號計一十年厥志堅强遂有冥感忽夢妙吉祥乘狻猊自慤之口入由兹下筆若大覺之被善現談般若馬起大曆元年丙午也及將徹簡於卧寐中見由口而出在乎華嚴宗中文殊智也勒成三卷自謂從淺智中流出矣於今盛行一説楞嚴經初是荆州度門神秀禪師在内時得本後因館陶沙門慧震於度門寺傳出慤遇之著疏解之後有弘沇法師蜀人也作義章開釋此經號資中疏其中亦引震法義例似有古今之説此岷蜀得之近亦流江表焉慤疏盛行神都流疏流傳江表亦如法華門慈恩之書盛行於北天台之書盛行於南也圓覺經是罽賓覺救譯出與楞嚴皆是近譯慤公並爲撰疏慤誠有功於法苑矣○萬松請益錄舉楞嚴經云阿難言如來現今徵心所在乃至失汝元常故受輪轉唐惟慤法師科此經名八處徵心一神湯内瀉二靈膏返熁三針治内障四火角返搜五神咒鞭治六金刀圻腦七針骸補助此科第八名膏肓出鬼按慤師分科萬

松舉云八處徵心此科第八則知前七科乃七處徵心之科也此科名膏肓出鬼者有師云十類異生同將識心居在身內此膏肓之鬼也世尊云咄此非汝心是出鬼也或金拳舉處言下要識本心亦出鬼也慈師玄贊雖經先德採擷然徵言與義湮表不傳者多矣偶因評唱得窺剩義謹爲附綴於此昔薪已盡後火未然搜訪疏通良有望於後賢也

秀州長水子璿講師自落髮誦楞嚴不輟初依洪敏法師講至動靜二相了然不生有省謂敏曰敲空擊木尚落筌罤舉目揚眉已成擬議去此二途方契斯旨敏拊而證之然欲探禪源罔知攸往聞瑯琊慧覺道重當世即趨其席值上堂次出問曰清淨本然云何忽生山河大地瑯琊憑陵答曰清淨本然云何忽生山河大地師俛伏流汗豁然領悟禮謝曰願侍巾缾瑯曰汝宗不振久矣宜厲志扶持報佛恩德勿以殊宗爲介也乃如教再拜以辭後往長水承稟日顧衆曰道非言象得禪非擬議知會意通玄曾無別致由是二宗歸之以賢首宗旨述楞嚴經疏十卷盛行於世今五燈諸書璿師列大鑒下十二世嗣瑯琊覺台家撰賢首宗教志五祖圭峯法師次長水子璿法師

宋景濂撰華嚴法師古庭學公塔銘載其升堂示衆曰吾蚤通法華雖累入法華三昧然長水璿問道於瑯琊覺又從靈光敏傳華嚴教靈光天台之人也古人爲法如此吾徒可專守一門乎靈光敏者慈光恩公之弟子台家以其別宗華嚴斥爲山外者也五燈諸錄皆云依敏學楞嚴古庭云問道瑯琊又從靈光傳華嚴唯章衡長水塔院記云從洪敏法師學賢首教觀而於楞嚴尤明隱賾其叙長水傳教次第最爲有據瑯琊曰汝宗不振久矣宜勵志扶持

勿以殊宗爲介言汝宗者正指賢首本宗二宗師之職此故也靈光台師也通賢宗以輔教慧覺禪師也冣長水以扶宗然則台家後人謂學華嚴唯識者爲它宗立有教無觀訶斥賢首寧非擔板之見乎

孤山法師智圓字無外自號中庸子或名潛夫錢唐徐氏年二十一聞奉先清師傳天台三觀之道負笈造焉（慈光恩公之嗣爲清敏二師慶昭智圓並嗣清師所謂恩清昭圓者也）凡二年而清亡遂往居西湖孤山二十四年著書百二十卷撰述經疏世號十本疏主乾興元年入滅遺戒斂以陶器斸所居巖以瘞之後十五年積雨山頹開視之爪髮俱長脣微開露齒若珂玉乃更襲新衣屑衆香散其上而重瘞之甞謂楞嚴一經劇談常住真心的示一乘修證爲最後垂範之典研覈大義以爲一心三止即首楞嚴大定諸佛一路圓證之門智者三止之說與經懸契以三觀四教約文申義以啟後人淨覺謂其得經之深非諸師所可及也

吳興法師仁岳雪川姜氏聞法智南湖之化往依爲學至水月橋擲笠水中以誓居東廈白晝焚膏專事紬繹因出境分衛乘舟水行偃臥舒足豁然自得若拓虛空檣爲之折每請益函丈擿大屛關大鑰衆望風畏之初爲山家之學贊助四明甚力修請觀音三昧病間晏坐怳如夢覺謂向學皆非述三身壽量解以難妙宗上十諫雪謗抗辯不已山家斥爲背宗晚年還雪專修淨業然三指以供佛治平元年春留偈安坐而亡師於楞嚴用意尤至會諸說爲集解十卷熏聞記五卷楞嚴

文句三卷張五重玄義則有楞嚴說題明修證深旨則有楞嚴懺儀復於呪章調節聲曲以爲諷演之法山家撰佛祖通紀孤山爲髙論旁出世家義學之士有習其說者指爲山外諸師之見吳興則斥其背宗置之雜傳廣在四明諸文此不贅錄

泐潭禪師曉月字公晦得法於瑯琊廣照住洪之泐潭寶峰精舍晚年引退於盧仙山之道濟庵與其徒論楞嚴旨訣依長水義疏科目掇其要義於科文之下題曰標指要義時有開士應乾從師叅學錄而藏之後繼東林法席乃出其文遺禪林中

金陵殷祭酒邁曰宋温陵環禪師半生掩關棲息超然冥搜神解宗教淹通而研精楞嚴尤多妙悟自天如會解出義學宗之講席相沿環公要解遂掩而莫傳會解所輯諸家每貴多聞旁引他經以證本經不知楞嚴自有本經宗旨乃了義之談終極純圓之教豈他經可得而盡符者哉温陵直吐胸中所得以經解經發宣要眇而亦未嘗遺聞也諸家雖各臻玄奥要之善說楞嚴似無出温陵之右者殷公輯楞嚴解獨主温陵而撮會解諸家畧附其後滇南陶仲璞訪求其遺本屬余流通余謂環師要解與會解互有得失法海無涯未可遽判爲定本也環師解華嚴自叙三復方山長者疏論稍解端倪故以方山爲正清涼爲助殷公讀華嚴亦深於合論得力觀其宗致相同則知其水乳之因矣

天如則禪師答木林和尚云昔幻住老人語余楞嚴一經禪者多取以爲準的吾嘗就徵心辨見處畧加指點而全經大旨尚欠發明又命足下取武昌魏靜復新刊小本付余余亦默領其意當時此一段話獨足下與聞之今忽見索是代老人刷稽遲耶催宿逋耶使

余愧悚不已又與昱藏主云二十年前余受先幻翁囑累至近年始成會解學者不可不細讀讀之不可不深思思之不可不力行既讀既思而不行則白紙黑字而已按幻住師弟於楞嚴一經鄭重付囑如此今會解已爲故紙而二公囑累之深意禪講之家知之者鮮矣讀師子林別録爲之三嘆

雷庵受合論叙云寂音諱德洪字覺範筠陽人年十四通唯識十九叅寶峰真淨畢大事門寂音尊者其自號甘露滅其別號也無盡居士罷相爲逐客寂音亦羈縻罪地乃成此論圜悟禪師見而嘆曰真人天眼目也肇法師在圜扉中終寶藏論大慧焚牒寃梅陽著正法眼藏寂音亦然少年儁異自儒生祝髮文字膾炙人口遂目爲詩僧大慧處衆時嘆其妙悟辨慧嘗尊以師禮住雙徑日圖其像而贊之自貶所還同安首修其塔近有作公論者肆筆詆訶多見其不知量也始寂音著論靈源以書抵之謂室後人自悟之門寂音後叙答禪宗經論之問因已辨之力矣未達者以爲矛盾寶覺嘗與老南和尚分座黄檗尋從泐潭月授此經要及居晦堂日讀此經不輟每掩卷拊几告叅徒曰此禪髓也有以知前代宗師互相激揚未可以差殊覯也靈源謂寂音曰聞在南中時究楞嚴特加箋釋非不肖所望蓋文字之學不能洞當人之性源徒與後學障先佛之智眼病在依佗作解室自悟門資口舌則可勝淺聞廓神機終難極妙證故於行解多致叅差而日用見聞尤增隱昧也○雙溪彭以明曰滯於跡者不究所歸往往惜其牽於儒習嗟夫盤之走珠珠之走盤了無不可而妄議其横斜曲直是豈真知寂音者不幾噬於戲論歟雙溪之論蓋爲靈源言之也而寂音之深心誓願則謂元豈以來師法大壞諸方以撥去文字爲禪以口耳傳授爲妙是以捜剔五家綱宗和會馬龍性相教網防閑魔外於像季之秋使佛机微言宗師軌範不致掃地而盡此則其造論著

書之宗肯靈源固未能盡知而雷庵樊溪尊奉頂論者殆亦引其意而未發也嗚呼今日宗門視元豐已後何如寂音於篆而鞭背炎荒九死之日猶不惜箋釋文句唱導末法而今之學者眛石門之苦心掠靈源之剩句沿波逐流往而不返許彥周之稱寂音曰於佛法與救鴿飼虎等於世法程嬰公孫杵臼貫高田光之用心也嗚呼尚念之哉

慈雲法師遵式居天竺日有貴宦註楞嚴求師印可師烹烈焰謂之曰閣下留心佛法誠爲希有今先申三問若答之契理當爲流通若其不合當付此火宦許之師曰真精妙元性淨明心不知如何註釋三四四三宛轉十二流變三疊一十百千爲是何義二十五聖所證圓通既云實無優劣文殊何得獨取觀音其人罔措師即舉付火中於是楞嚴三關自茲而出出佛祖統記

悟解第六上

崇福法師愍公夢狻猊入口因緣具上解門義永明宗鏡引愍公論楞嚴六十聖位曰首楞嚴經於一念上立六十位如珠中影像物類雖多珠全是一一一珠中含衆像衆像還入一珠中如六十位一一位含六十位且如位位全是心證一心能生多心多心還入一心心心平含有何妨礙蓋愍公以華嚴法界圓融具德宗旨釋通楞嚴地前地後圓融行布帝網交羅一心具足斯則楞嚴疏解之祖亦百代心宗之祖也譔疏輟簡夢文殊乘狻猊從口入出傳以謂在華嚴中得文殊智豈不信乎

長慶道巘禪師趙州嗣法孫也撰楞嚴說文宗門引重註狂性自歇歇即菩提引樓子和尚經過酒樓聞你既無心我便休之偈迨然玄解出於義學之表見宗門評唱

大慧杲曰長水雖是講人與他講人不同嘗叅瑯琊廣照禪師請益首楞嚴中富樓那問清淨本然云何忽生山河大地之義於言下大悟後方披襟自稱座主座主多是尋行數墨依句而不依義長水非無見識亦非尋行數墨者答孫知縣書

汾潭月初與長水同叅瑯琊妙契心宗晚居濟菴與其徒應乾論楞嚴旨訣撮略長水義疏命爲標指科行文句一如其舊叅詳印定儼然師資乾師得證於東林照覺出世開法仍以月公標指開示禪林題其首曰宜陽叅學比丘應乾集録其鄭重如此

黃龍晦堂心公依翠巖二年乃還黃檗南公使分座接納後來南遷住黃龍往謁汾潭月禪師月以經論精義入神聞諸方同列笑之以爲政不自歇去耳乃下喬木入幽谷乎師曰彼以有得之得護前遮後我以無學之學朝宗百川靈源拾遺云晦堂心和尚叅月公晦於寶峯公晦洞明楞嚴深旨海上獨步晦堂每聞一句一字如獲至寶喜不自勝衲子中有竊議者晦堂曰扣彼所長屬我所短吾何慊焉

師示謝景温曰真性既因文字而顯要在自己親見若能親見便能了知目前是真是妄是生是死既能了知真妄生死反觀一切語言文字皆是表顯之說都無實義如今不了病在見聞覺知爲不如實知真際所詣認此見聞覺知爲自己所見殊不知此見聞覺知皆因前塵而有分別若無前塵境界即此見聞覺知還同龜毛兎角並無所歸其指法親切方便妙密得之楞嚴也今按長水發悟於瑯琊宗門龍象也一受扶宗之囑不憚披襟自稱座主月公與長水同叅瑯琊同門兄弟也標指疏義承稟科行説法領法居然四衆晦堂既扣老南分席黃檗却謁月公咨問

楞嚴要義一字一句如獲珍寶乾師得證東林出世爲人指示禪林仍標師說遡志集錄自命學人此四公者虛已通懷爲法忘我信可以師表法門廣屬末俗者也

悟解第六 中

唐睦州陳尊宿問講楞嚴座主經中有八還四義是不云是宿以杖點童子頭一下云是什麽義主無語宿云此義文長赴在來日

禪月大師貫休酬韋莊見寄詩云秦客奕棋抛巳久楞嚴禪髓更無過 見文元云貫休之詩以楞嚴爲禪髓樂天之詩以壇經爲佛心凡此類例予竝稱美

玄沙師備和尚兄事雪峰存既而師之嘗提囊出嶺欲歷諸方度嶺傷足嘆曰此身非有痛從何來是身是苦畢竟無生休休達磨不來東土二祖不住西天由爺嶺嶠入室咨訣因閱楞嚴發明心地由是應機敏捷與修多羅冥契每與雪峰徵詰亦當仁不讓峰曰備頭陀再來人也

南岳唯勁師雪峰而友玄沙聞鑑上座註楞嚴問曰二文殊作麽生註曰請師鑑勁乃揚袂而去

僊巖遇安禪師因看楞嚴經至知見立知即無明本知見無見斯即涅槃乃破句讀云知見立 句 知即無明 句 本知見無 句 見斯即涅槃 句 諸錄皆以知見立知即無明本爲句今依萬松評唱及雷庵合論補點句爲正 於此悟入即印心於韶國師有人語師破句讀了也師曰此是我悟處畢生讀之不易時謂之安楞嚴 萬松云也是因那打正珠絲度九曲〇師將示寂深身易衣昇棺至室良久自入棺經三日門人啓棺哀慟師乃再起升堂說法呵責曰此度再啓吾棺非吾之子言訖復入棺長往如此人方可破句讀楞嚴也今邪師動以破句爲口實斯言可怖

圓明大師無演年二十以誦經落髮授首楞

嚴於繼舒舒殁卒業於惟鳳文昭趙清獻公請登法席師於楞嚴了義抵掌劇談席下道俗如飲醇酒無不心醉如肉貫弗處處同其義味益於此一經心融形釋出入內外篇籍風行電擊無不如意（黃山谷塔銘）

報慈文邃導師究首楞嚴甄會眞妄緣起本末精博節科註釋文句交絡謁法眼述巳所業眼問楞嚴豈不有八還義曰是眼曰明還甚處曰明還日輪眼曰日還甚麽懵然無對眼誡令焚其所註之文（出宗門統要）

湖州西余淨端禪師字表明年二十六始獲僧服既而觀弄師子頓契心法乃從仁岳法師受楞嚴要旨一日岳以經中疑難十數使其徒荅之唯端呈二偈曰七處徵心心不遂懵懂阿難不瞥地直饒徵得見無心也是泥中洗土塊又云八還之教垂來久自古宗師各分剖直饒還得不還時也是蝦跳不出斗岳視而驚異曰子知見高妙必弘頓宗按端師子悟明心地之後乃受楞嚴要旨於岳法師岳能以楞嚴宗致勘辨端師子且爲印可豈是尋常座主今之稱宗師者於此可以深省（出羅湖野録）

天童覺禪師歲莫過衛寺丞進可之廬有堂曰六湛葢取楞嚴六處休復同一湛然之義覺作偈云風瀾未作見靈源六處亡歸體湛存諸法性空方得座一彈指頃頓開門寒梅籬落春能早野雪檽窓夜不昏萬象森羅心印印諸塵超豁妙無痕妙喜老人繼至和云非湛非搖此法源當機莫厭假名存直須過量英靈漢方入無邊廣大門萬境交羅元不

二六憁晝夜未曾昏翻思龐老事無别擲劔揮空豈有痕寺丞名堂欲資坐進此道二老皆指以入道捷徑略不少惜眉毛耳（羅湖野錄）

華藏民禪師講楞嚴有聲謁圜悟悟問座主講何經曰楞嚴悟曰楞嚴有七處徵心畢竟心在甚麼處師多呈解悟皆不肯一日白悟曰尋常拈椎豎拂豈不是經中道一切世界諸所有相皆即菩提妙明真心悟笑曰汝元來在者裏作活計又曰下喝敲牀時豈不是反聞聞自性性成無上道悟曰豈不聞妙性圓明離諸名相本來無有世界衆生民於言下釋然

宋佛照禪師奏對孝宗皇帝云欲得徑捷須離却語言文字真實叅究所以古德道念得楞嚴圓覺經猶如澗水響泠泠有人問著西來意恰似蚊蛸咬鐵釘上曰直是難入師云正好著力

靈隱瞎堂遠禪師孝宗皇帝問云前日曬夢中忽聞鐘聲遂覺未知夢與覺是如何師云陛下問夢中底覺來底若問覺來底如今正是寐語若問夢中底夢覺無殊教誰分别夢即是幻知幻即離離幻即覺覺心不動所以道若能轉物即同如來帝曰覺幻既非且鐘聲向甚處起師云從陛下問處起帝大悦（宗門統要續集）

千光瓌省禪師精究律部棲心天台圓頓止觀因閱楞嚴經文理宏深未能洞曉一夕誦經既久就案若假寐夢中見日輪自空降開口吞之自是倏然發悟差别義門渙然無滯後叅永明潛和尚永明唯印前解無别指喻

温州龍翔士珪禪師醉心楞嚴逾五秋南遊謁諸尊宿始登龍門（嗣龍門遠）即以平時所得白佛眼眼曰汝解心巳極但欠著力開眼耳俾職堂司侍立次問云絶對待時如何眼曰如汝僧堂中白椎相似師罔措眼晚至堂司師理前話眼曰閑言語師遂大悟

建寧宗元菴主室中垂語云楞嚴經中五十種魔界如今盡大地人叅禪更高也出他魔界不得僧云和尚落在第幾界師云和你在裏許僧云某甲不入者保社師云驢漢你擬向那裏去

嘉興報恩法常首座於首楞嚴經深入義海謁雪巢機契命掌牋翰首衆報恩室中唯一矮榻餘無長物宣和庚子九月語寺僧曰一月後不復留此十月二十一日往方丈謁飯將曉書漁父詞於室門就榻收足而逝詞曰此事楞嚴曾露布梅花雪月交光處一笑寥寥空萬古風甌語迥然銀漢横天宇蝶夢南華方栩栩斑斑誰跨豐干虎而今忘却來時路江山暮天涯目送鴻飛去

斷崖和尚坐徑山西禪菴自誓七日不證則决去未及所期豁然大悟馳至死關呼曰老和尚今日瞞我不得也明日高峰上堂舉揚其事師便奪峰拂子爲衆舉揚訶厲同學復曰盡大地有一人發真歸元從一皆知之峰嘆其俊快（虞道園撰塔銘）

湖州妙覺期堂僧淨吴江田家子既得度謁妙峰玄玄中峰之子也令參父母未生前那箇是我本來面目叅之三十年無所入明州華嚴寺僧照公至湖勉其誦楞嚴經中觀音

圓通一品忽一日誦至生滅既滅寂滅現前處豁然有省通身歡喜口不能言唯手足舞蹈而已或問曰汝風顛耶答云寂滅現前洪武初十月廿五日謂照公十一月旦是我生日我於此日死去也至期沐浴更衣囑云我死後三日荼毗七日煆骨但恐不受煆耳及以骨入煆骨鎔溢作汁火冷結作靈芝一枝光彩熣熣五色相間扣之作聲雖雕鏤繪畫有所不如至今在妙覺期堂恕愠中山庵雜録

琦楚石禪師閱首楞嚴經至緣暗因明暗成無見不明自發則諸暗相永不能昏恍然有省歷覽群書不假師授文句自通宋潛溪塔銘

憨山大師自叙云萬曆丙戌予居東海那羅延窟禪室初就身心放下一夕靜坐夜起見海湛空澄洞然一大光明藏了無一物即說偈曰海湛空澄雪月光此中凡聖絕行藏金剛眼突空花落大地都歸寂滅場歸室中案頭見楞嚴經展卷即見汝身汝心外及山河虛空大地咸是妙明真心中物全經觀境了然心目隨命筆述楞嚴懸鏡一卷手不停腕燭纔半枝屬草已竟侍者入候訝殘燭猶在案時禪堂方開靜即喚維那入室爲余讀之自亦如聞夢語也大師別記云一夕坐入身世俱空海印發光山河震動境界得相應慧有頃悟入楞嚴著緊處恍然在目急點筆書之

首楞嚴經疏解蒙鈔卷末五録之四

音釋

慤苦角切 翊音弋 漪於宜切水波也 葳蕤上音威下儒佳切盛貌

俊猊上音酸下音猊即獅子也 氿同沿 峎武巾切 熁音脅火氣熁上

坼五格切同坼 擷胡結切取也 斵株玉切斫也 瘞壹計切埋也

霅丈甲切 屧蘓叶切 昱余六切日光也 弗音鐩燧凷器 栩況羽

貌切喜

首楞嚴經疏解蒙鈔卷末五録之五

海印弟子蒙叟錢謙益集

悟解第六下

房融遊始興廣勝寺果上人房有詩云零落嗟殘命蕭條託勝因方燒三界火遽洗六情塵隔嶺天花發凌空月殿新誰憐鄉國思從此學分身猗覺寮雜記云房融在韋后時用事謫南海過韶之廣果寺今之靈鷲也有詩云云融之文章見楞嚴經詩止一篇蓋律詩之祖也按房公以宰相長流詩句蕭然都無悽惋之致豈非筆授首稜之後超然有以自得者耶

杜祁公張文定公皆致政居睢陽里巷相往來有朱承事者以醫藥遊二老之間祁公勁正未嘗雜學每笑安道佞佛對客嘲之文定但笑而已朱乘間語文定杜公天下偉人惜未知此事公有力盍勸發之文定曰君與此老緣熟勝我我止能助之耳朱譬應而去一日祁公呼朱切脉甚急朱謂使者汝先往白相公但云看首楞嚴未了使者如所告祁公默然久之乃至隱几揖令坐徐曰老夫以君疏通解事不意近亦倒闒茸如所謂楞嚴者何等語乃爾躭著聖人微言無出孔孟捨此而取彼是大惑也朱曰相公未讀此經何以知不及孔孟以其觀之似過之也袖中出其首卷曰相公試閱之祁公熟視朱不得已乃取默看不覺終軸忽起大驚曰世間何從有此書耶遣使盡取來徧讀之捉朱手曰君眞我知識安道知之久而不以告我何哉即命駕見文定文定曰譬如人失物忽已尋得但當喜其得之而已不可追悔得之早晚也僕非不相告以公與朱君緣熟故遣之耳雖佛祖誨人亦必藉同事也祁公大悅出林間録

朱炎節推問義江禪師未審此身死後此心何往師云此身未死此心何往朱契旨述偈云四大不須先後覺六根還向用時空難將語默呈師也只在尋常語默中師云更須吐却出禪林類聚○眞宗朝節度判官朱炎忽於楞嚴有所得作偈云云後竟坐化出佛法金湯○炎卽林間所藏以楞嚴勸發杜祁公所謂朱承事者沈括筆談記尹師魯臨終手書別范文正公掌書記朱炎在座炎老人好佛學文正令往開諭之師魯與之坐談隱几而化卽此人也須南陶珙曰生死大事吾儒所諱言不知四大六根果能覺能空否以是知楞嚴果不可不讀也

王文公罷相歸老鍾山見衲子必探其道學尤通首楞嚴嘗自疏其義其文簡而肆略諸師之詳而詳諸師之略非識妙者莫能窺也每曰今凡看此經者見其所示性覺妙明本覺明妙知根身器界生起不出我心竊自疑今鍾山山川一都會耳而遊於其中無慮千人豈有千人共一外境耶借如千人之中一人忽死則此山川何嘗隨滅人去境留則經言山河大地生起之理不然何以會通稱佛本意耶出林間錄○含光旁論曰法相宗明共種變不共種變如山河大地乃一切衆生共相種子所變唯識論云如衆燈明各徧似一謂一人死共第八識未嘗滅也荆公所拈人去境留之義以相宗參之始得舒王女吳安持之妻蓬縣縣君工詩有詩寄舒王曰西風不入小窻紗秋氣應憐我憶家極目江山千里恨依前和淚看黃花舒王以楞嚴新釋付之和其詩曰青燈一點映窻紗好讀楞嚴莫憶家能了諸緣如幻夢世間唯有妙蓮花出洪覺範冷齋夜話

大慧法語云天台智者大師悟法華三昧見世尊在靈山說此經儼然未散無盡居士張公閱首楞嚴經至是人始獲金剛心中處忽思智者當時所證非表法也嘗謂余曰當眞

正證入時全身住在金剛心中李長者言無邊剎境自他不隔於毫端十世古今始終不離於當念智者見靈山一會儼然未散唯證是三昧者不待引喻自默默點頭矣藥山初參石頭問而不領至江西見馬祖示曰我有時敎伊揚眉瞬目有時不敎伊揚眉瞬目有時敎伊揚眉瞬目者是有時敎伊揚眉瞬目者不是山聞祖語便獲金剛心中更無奇特玄妙可通消息但作禮而已祖知其已證入問近日所見如何山曰皮膚脫落盡唯有一眞實祖曰既然如是將三條篾束取肚皮隨處住山去此亦獲金剛心中之效驗者

東坡書金光明經後云常聞之張文定公曰佛乘無大小言亦非虛實顧我所見如何耳萬法一致也我若有見寓言卽是實語若無所見實寓皆非故楞嚴經云若一衆生未成佛終不於此取涅槃若諸菩薩急於度人不急於成佛盡三界衆生皆成佛道我乃涅槃若諸菩薩覺知此身無始以來皆衆生相冤親拒受內外障護卽卵生相壞彼成此損人益已卽胎生相受染流連附託有無卽溼生相一切物變爲已主宰卽化生相此四衆生相者與我流轉不覺不知勤苦修行幻力成就則此四相伏我諸根爲涅槃相以此成佛無有是處此二菩薩皆是正見乃知佛語非寓非實○大悲閣記夫大悲者觀世音之變也觀世音由聞而覺始於聞而能無所聞始於無所聞而能無所不聞能無所聞雖無身可也能無所不聞雖千萬億身可也而況於手與目乎雖然非無身無以舉千萬億之衆非千萬億身無以示無身之至故散而爲千萬億身聚而爲八萬四千爍迦羅首八萬四千母陀羅臂八萬四千清淨寶目其道一爾昔吾嘗觀於此吾頭髮不可勝數而身毛孔

亦不可勝數牽一髮而頭爲之動拔一毛而身爲之變然則髮皆吾頭而毛孔皆吾身也彼皆吾頭而不能爲頭之用彼皆吾身而不能具身之智則物有以亂之吾將使世人左手運斤而右手執削目數飛雁而耳節鳴鼓首肯傍人而足識梯級雖有智者有所不暇矣而況千手異執而千目各視乎吾燕坐寂然心念凝然湛然如大明鏡人鬼鳥獸雜陳乎吾前色聲香味交通乎合體心雖不起而物無不接接必有道卽千手之出千目之運雖未可得見而理則具矣彼佛菩薩亦然雖一身不成二佛而一佛能變河沙諸佛非有他也觸而不亂至而能應理有必至而何獨疑於大悲乎覺範尊頂論解觀音圓通章全引此文○紫柏曰無活而埀死意活而言死故曰承言者喪滯句者迷予讀大悲閣記乃知東坡得活而用死則死者皆活矣坡嘗稱文章之妙宛曲精盡勝妙獨出無如楞嚴以二記觀之公非但得楞嚴死者之妙苟不得楞嚴活者焉能卽文字而離文字離文字而示手目者哉

蘇子由書金剛經後云子讀楞嚴知六根源出於一外緣六塵流而爲六隨物淪逝不能自返如來憐愍衆生爲設方便使知出門卽是歸路故於此經指涅槃門初無隱蔽若衆生能洗心行法使塵不相緣根無所偶返流全一六用不行晝夜中中流入與如來法流水接則自其肉身便可成佛如來猶恐衆生於六根中未知所從乃使二十五弟子各說所證而觀世音以聞思修爲圓通第一其言曰初於聞中入流亡所乃至寂滅現前若能如是圓拔一根則諸根皆脫於一彈指頃遍歷三空卽與諸佛無異矣旣又讀金剛經說四果人須陀洹名爲入流而無所入不入色

聲香味觸法是名須陀洹乃廢經而嘆曰須陀洹所證則觀世音所謂初於聞中入流亡所者耶入流非有法也唯不入六塵安然常住斯入流矣至於斯陀含名一往來而實無往來阿那含名爲不來而實無不來益往則入塵來則返本斯陀含雖能來矣而未能無往阿那含非徒不往而亦無來至阿羅漢則往來意盡無法可得然則所謂四果者其實一法也但歷三空有淺深之異耳予觀二經之言本若符契而世或不喻故明言之○子由書楞嚴經後云予自十年來於佛法中漸有所悟經歷憂患皆世所希有而真心不亂每得安樂崇寧癸未自許還蔡杜門幽坐取楞嚴經翻覆熟讀乃知諸佛涅槃正路從六根入每趺坐燕安覺外塵引起六根根若隨去即墮生死道中根若不隨返流全一中中流入即是涅槃真際如淨琉璃內含寶月稽首十方三世一切佛菩薩羅漢僧慈悲憐愍惠我無生法忍無漏勝果誓願心心護持勿令退失三月二十五日記○子由謫筠陽權管洪州景德順禪師與其父文安先生有契分往訪焉咨以心要順舉示楞嚴中搐鼻因緣有省呈偈云中年學道覺前非邂逅相逢老順師搐鼻竟參真面目掉頭不受別鉗鎚枯藤破衲師何事白酒青鹽我是誰慚愧東軒殘月上一盃甘露滑如飴宗門統要○東坡集云子由在筠作東軒記或戲之爲東軒長老其婿曹煥往筠余作一絶句送曹以戲子由云贈君一籠牢收取盛取東軒長老來曹過廬山出示圓通慎長老慎欣然亦作一絶送客出門歸入坐趺坐化去○詩話總龜云子由誦楞嚴經悟一解六亡之義自言於道更無礙然作風痺詩乃有數盡吾則行未應墮冥漠之句則于理尚有礙也而東坡乃謂子由聞道先

我何耶東坡奉新別子由云何以解我憂粗了一事大笑遯兒詩云中年忝聞道夢幻講以詳贈錢道人云首斷故應無斷者氷消那復有氷知主人云苦苦令儂認認主人人竟是誰又云有主還須更有賓不如無鏡自無塵只從半夜安心後失却當年覺痛人呈東林總老云溪聲便是廣長舌山色豈非清淨身夜來八萬四千偈他日如何舉似人如此善句雖宿老衲不能屈也

子由解老子視之不見章云視之而見者色也所以見色者不可見也聽之而聞者聲也所以聞聲者不可聞也摶之而得者觸也所以得觸者不可得也此三者雖有智者莫能詰也要必混而歸於一而後可爾所謂一者性也三者性之用也人始有性而已及其與物搆然後分裂四出爲視爲聽爲觸日用而不知反其本非復混而爲一則日遠矣若推而廣之則佛氏所謂六入皆肰矣首楞嚴有云反流全一六用不行此之謂也子由從楞嚴反流全一有悟故其解老如此子瞻歎之謂不意老年見此奇特也

吳人鄭夷甫火年登科有美才嘉祐中監高郵軍稅務常遇一術士能推人死期無不驗者令推其命不過三十五歲憂傷感嘆殆不可堪人勸其讀老莊以自廣久之潤州金山一僧端坐與人談笑間遂化去夷甫聞之喟然嘆息曰既不得壽得如此僧復何憾哉續燈錄云聞了元佛印談笑化去曰吾得如元公復何憾哉乃從佛者授首楞嚴經往還吳中歲餘忽有所悟曰生死之理我知之矣遂釋然放懷無復芥蔕後調封州判官預知死日旬日作書與交遊親戚叙訣及次序家事備盡至期沐浴更衣公舍外有小園面溪一亭潔飾夷甫至其間親督人灑掃焚香揮手指畫之間屹然立化家人奔出呼之已儼矣亭亭如植木一手猶作指畫

之狀郡守而下少時皆至士民觀者如堵墻明日乃就殓高郵崔伯易爲墓銘畧叙其事余與柬莆遠親知之甚詳士人中益未曾有此事沈括夢溪筆談

元祐中簽判劉經臣字興朝初未嘗信佛見東林長老總公與語七日始發信心歷参禪席至智海逸公入室徵詰海舉波羅提尊者對香至王因緣如拈出懷中舊物参看至七日夜五鼓起坐雙眼便開如百千日光照宇宙平昔因緣俱上方寸六根震動天地回旋百千神靈俱來會集海爲證據且曰更須用得始得自記其始末曰初得發明此事但覺境界非常尚未知其何等門戶後十月餘於智海侍者寮中見悟宗集乃知佛祖方便提接初機令得悟入自有門戶若從文殊門入者眼根先開大者山河大地小者土木瓦礫悉皆助汝發機助發自己見性非逐彼色若從觀音門入者耳門先開巨至雷霆鐘鼓細至蝦蟆蚯蚓悉皆助汝發機助發自己聞性非逐彼音若從普賢門入者心地先開不須動著跬步纖塵而能透過山河石壁心洞十方不資後功余初悟入得此三門乃作入三門歌一首普示多人奇哉人人具此難得開通若能開通頭頭是文殊境界步步是觀音道場處處是普賢床榻不亦快乎文殊門從眼根入觀音門從耳根入普賢門從意根入楞嚴二十五門以六根爲本而六根中此三根爲本廣有八萬四千門戶若得一門悟入則六根皆通所謂一根旣返源六根成解脫又曰一處成休復六用皆不成是也余初悟時得此三門次第開通故諸根頓歇而今運用唯一

精明耳學人若不得此而欲般若現前不可得也劉公有自述悟道集其云三門六根一根返源知其從楞嚴悟入

修撰曾會居士幼與明覺同舍及冠異途天禧間公守池州會於景德寺公遂以中庸大學參以楞嚴符宗門語句質明覺覺曰者个尚不與數乘合况中庸大學耶學士要徑捷理會此事乃彈指一下曰但恁麼薦取公於言下領旨

侍郎李浩居士字德遠幼閱楞嚴經如遊舊國志而不忘造明果入室應庵揕其胸云侍郎死後向甚麼處去駭然汗出退參不旬日竟躋堂奧

吳克己字復之號鎧庵淳熙中四魁待補去隱左溪忽患目疾持大士號良已於是深信讀楞嚴至虛空生汝心內猶如片雲點太清裏豁如發蒙著楞嚴集解台家北峰印公之法嗣也出佛祖統紀

宋無逸餘姚人別號庸庵經明學修晚年酷嗜禪學皇朝召至京師預修元史得請而歸無逸因吾徒居項叩入道之要余以環公所註楞嚴經及大慧書問遺之無逸自是常斂目危坐而反覆究二書旨趣有證入洪武九年六月因疾命門人王至等爲書示子詩一首談笑自若忽以扇搖曳止其家人曰我方靜坐汝無撓我遂閉目以扇掩面而終時天隆暑比斂容色含喜笑益鮮潤恕中慍山庵雜錄

金陵殷侍郎邁號秋溟以宰官身修頭陀行縛禪長干澄心靜照從楞嚴發悟行履蕭然

華亭陸文定公以楊次公晁文元方之有牛首山閱楞嚴夜坐詩云一軸楞嚴閱未終四

山風靜暮林空忽逢華屋身能入自得神珠道不窮樹影欲連雲度處經聲遥聽月明中共傳鹿鳥春深後猶向煙蘿禮法融公又有自述詩云蕭條長干寺十年厭虀粥曠然絶緣想道心中夜肅清晨簡楞嚴披衣燈下讀從聞悟無生心空神自復公自記年廿一初心學道經過城南見梵宇民居如水晶空界清涼光明歸臥僧舍迴光偶照憶得七八歲時赤子之心便覺二十年心地如打成一片戊申守制習靜牛首山中閱楞嚴至是覺始獲金剛心中初乾慧地恍然有悟證之華嚴善財見彌勒後却令見初友文殊求明云因位將極令返照心原更無有異故云文殊之玅智究是初心益信初所悟爲無疑也

穆文簡公孔暉號玄庵山東堂邑人陽明之門人也有病中憶楞嚴經詩云四外虛空盡本心却將形識認來深阿難忽聽如來咄慟極歡生淚滿襟紫栢大師稱玄庵著述發揮儒釋精奥凡若干部觀病中之偈則玄庵之所得可知矣

隨喜第七

晁文元公云楞嚴會上文殊師利較量二十五入道法門最許觀音聞中入流清淨音聞圓照三昧予愛重此法獨聞靈響殊常清玅凝聽怡怡乃是天賜神奇吉祥助發樂欲俾成大事因緣也自今了達委順而過凡諸魔境我當以觀空覺妄之智平定於外唯此佛境我當以聞和攝念之力修諳於内決定不退轉不復别求入道法門也○楞嚴云想明斯聰想幽斯鈍予年近八旬耳聰心爽清宵靜臥或聞前後左右兒孫列宇言音所及辨其誰何有效白體詩云介居僧尚雜警聽鶴猶聾想明斯聰予得萬一○石林燕語云晁文元晚年晏坐蕭然耳中聞聲自言如樂中簧始殷殷如雷漸浩浩如潮或如行軒百子

鈴或如風蟬曳緒每五更起坐聞尤清徹以爲學道靈感之驗陸文定公樹聲云晁文元法藏碎金標揭玅悟如耳音目光見聞覺澄就中似得究竟而葉石林惜其未遇明眼人文元於佛法皈依不二就目前所得境相住歡喜地要之法愛未忘住在實所首楞嚴論色陰盡者各有殊勝境界現前非爲聖證文元於此認爲究竟是得到法身爲法執未透法身去般秋濱亦謂此老若遇明眼人則世間無是書余謂文元已于世諦中出流此等語言文字所以莊嚴世界接續慧命天地間自不可少菩薩亦有留惑潤生之事正寓接引一機但其法愛未忘住在安樂界中耳○道遥翁云五鼓夢回意念未起靈響清澈聞和達聰爲三妙音一曰幽泉漱玉二曰清磬搖空三曰秋蟬曳緒凝聽靜專頗資禪說安住妙境何勝如之道遥翁即晁太傳也近師解入流亡所杜撰觀法頗似爲文元想明斯聰所誤諸決第七已經廣破

晁文元云明法身之體者莫辨乎楞嚴明法身之用者莫辨乎華嚴金人屏山李之純曰楊龜山云儒佛之軒輊者不唯佛者不讀儒書之過亦儒者不讀佛書之過也吾讀首楞嚴經知儒在佛之下又讀阿含等經謂佛或似在儒下至讀華嚴經無佛無儒無大無小無高無下能佛能儒能大能小存乎自在矣

晁氏題圭峰所撰圓覺疏云圓覺之旨佛爲十二大士說如來本起因地修之以三觀楞嚴之旨阿難因遇魔障嬈問學菩提最初方便終之以二義蓋圓覺自誠而明楞嚴自明而誠雖若不同而二義三觀不出定慧其歸豈有二哉出象教皮編○又載爲延巳序楞嚴經云首楞嚴經者始破阿難之迷終證菩提之悟然阿難古佛也豈有迷哉迷者悟之對也迷苟不立悟亦何取是故因迷以設辨憑悟而明解

林間録引王文公曰梵語三昧此云正定正定中所受境界謂之正受異於所緣受故圓覺曰三昧正受釋者謂梵語三昧此云正受而寶積云三昧及正受則此釋非也欒城遺言云王介甫解佛經三昧之語示關西僧法秀秀曰相公文章和尚不會介甫悻然秀曰

梵語三昧此云正定相公用華言解之誤也公謂坐客字說穿鑿儒書亦如佛書矣按介甫之解三昧猶爲秀鐵面所訶張無盡以數目釋楞嚴三昧又將如何張無盡釋惠我三昧曰三昧者根境識亦曰彼此中間方其在定三者茫然無相若不善以健力觀察即邪受而不正受入于天魔外道邪觀矣圓覺云三昧正受光嚴住持考其詮釋蓋以三爲二三之三昧爲闇昧之相也

朱子語類云楞嚴經是房融說得如此巧佛當初也不如此說如四十二章經最初傳來中國的文字其說卻自平實又云楞嚴前面呪是他經後會說道理是附會又云佛書中六根六塵四大十二緣生之類皆極精巧佛說本言盡去世間萬事其後黠者出却言實際理地不染一塵萬行門中不捨一法沈士榮曰楞嚴經豈房融所能巧說說有前後以灌頂密因集爲一部非附會也四十二章乃佛法初來未宜深旨譯者姑從平淺之文如法華舊譯有睚目祇世尊之句後什云瞻仰尊顏目不暫捨比舊文藻多矣房融筆授楞嚴不過潤釋其文安敢巧說佛意哉東溟管氏曰楞嚴後分說到五十五位眞菩提路十二類生二十五有升沉變態五種陰魔五蘊邊際以及識蘊盡處此是何等道理而可謂之附會哉使房融能自撰楞嚴便是孔子之後一人何必更求佛於西竺晦翁謂楞嚴經是房融說得如此巧此中年未定之見也若晦翁晚年作開善道謙禪師祭文痛悔闢佛悟到金剛經滅度無餘之旨其見則已超過伊川矣

逃虛子曰程明道語韓持國如說妄說幻是不好底則請別尋一箇好底性來換了此箇不好底性著佛未嘗有此說首楞嚴云因妄有生因生有滅生滅名妄滅妄名眞圓覺云諸幻盡滅覺心不動依幻說覺亦名爲幻佛說幻妄如是而已明道既言道卽是性性豈有好不好耶此蓋眞如性本然清淨豈容外物染汙故佛以蓮花爲喻蓮花生淤泥不爲

淤泥之所垢染此玅眞如性在衆生煩惱心中不被煩惱之所濁亂南岳讓白六祖說似一物即不中修證即不無汙染即不得祖曰秖此不污染諸佛之所護念汝旣如是吾亦如是若然性豈有污壞修治者哉明道言禪學者總是强生事至如山河大地之說是他山河大地干你何事楞嚴經中佛告富樓那一章乃至引金木爲喩極是明白言人旣證寂滅更不再起生滅之相若會得孟子萬物皆備於我決不說禪者强生事也（出道餘錄）

屏山李之純曰伊川言禪者言性猶太陽之下置器其間方圓大小不同特欲傾此與彼耳然在太陽幾時動此語出於徐鉉誤解楞嚴經五陰之識如頻伽缾盛空以餉他國空無出入豈知佛以此喩識情虛妄本無來去其如來藏玅眞如性正是太陽元無動靜無修而修無證而證但盡識情即如來藏玅眞如性伊川謂其學者善遁若人語以此理必曰我無修無證此尤誤也（出屏山諸儒鳴道集說）

寓山沈作喆曰列禦寇御風而行泠然善也葢深悟性空眞風之理諸器世間皆爲風力所轉我反乘之周流無礙孰知風之爲我我之爲空耶莊子尤善言風其言曰汝聞人籟而未聞地籟汝聞地籟而未聞天籟乃至於吹萬不同咸其自取其言風之變略備矣二子皆不爲風力所轉者觀風之動而入於神可謂玅矣然未若首楞嚴之奥也佛之言曰風性無體動靜不常乃至如來藏中性風眞空性空眞風清淨本然周徧法界等又瑠璃光一章觀此世界及衆生身皆是妄緣風力

所轉乃至我以觀察風力無依等嗚呼天下之至理惟聖人能言之而心悟至道有大辨才者亦能言之然相去遠矣列禦寇莊周之視瞿曇也夸雄曼衍則可觀矣孰若句句皆入玅理而極於聖處者乎若宋玉之賦則爲文章諷喻而已韓退之作陸渾山火詩極於詭怪讀之便如行火所欻鬱攸衡噴其色絳天阿房欲灰而同祿燔之然不見造化之理未可與語性空真火之玅也出沈明遠寓簡○欲界第五化樂天壽八千歲人間八百歲爲此天一晝夜然則彭祖八百不過此天一晝夜耳莊子曰朝菌不知晦朔蟪蛄不知春秋而彭祖乃今以久特聞不亦悲乎孰謂莊列之書不通佛法哉○沈明遠曰玄沙示衆云諸方盡道接物利生忽遇三種病人來如何接得患盲者拈椎竪拂他又不見患聾者語言三昧他又不聞患瘂者伊說又說不得若接此人不得佛法無靈驗子觀楞嚴會中阿那律陀無目而見跋難陀龍無耳而聽殑伽神女非鼻聞香驕梵鉢提異舌知味舜若多神無身覺觸如來光中映令暫現既爲風質其體元無諸滅定盡得寂聲聞摩訶迦葉久滅意根圓明了知不因心念佛法可謂靈驗也哉

葉夢得云吾聞如來會中阿那律陀無目而視乃至無覺無觸等此自根塵中來爲復在根塵外若言根塵中來彼自無有誰爲受者若言在外我既無內云誰爲外若能解此則老氏言視之不見名曰希搏之不得名曰微猶是落第二義人生十二時中要須常體會此一段事勿令冷眼有人看見岩上放言

陳白沙有午睡起絕句詩云道人本自畏炎

奕一榻香風畫卷簾無奈華胥留不得起憑香几讀楞嚴蜀人安磐云公甫自是禪學如此詩云又云天涯放逐渾閒事消得金剛一卷經又云是身如虛空樂矣生滅滅是也予謂公甫禪學直是滿盤托出何曾如昔人所謂攺頭換面者耶

劉文卿曰羅近溪先生謂楞嚴與中庸相合余久而漸悟莊氏知無無矣未知常住之性也如如不動豈非不已哉七徵八還四科七大和合二相四大狂頭二十四圓通微細不漏乃人間日用之理彷佛明則誠之旨無聲無臭之說也

徐渭文長曰玉芝大師名法聚居湖郡之天池山渭嘗請師作首楞嚴曚昧爲空一章解又代濟法師答白居易書合千有餘言據案落筆應手而成奥旨精辭一時皆澈文長玉芝聚和尚傳文長喜讀楞嚴謂得其玅義有楞嚴解惜未行於世○玉芝嘗參陽明得悟於夢居禪師密藏開公評其集曰梵絶法舟之類耳

陸莊簡公光祖講楞嚴集緣疏云覺皇出世廣設化門隨大小利鈍之根設半滿頓漸之教求其密因顯示發上機中之最上機玅諦全提聞勝義中之最勝義俾轉凡成聖在彈指間離妄契真如伸臂頃莫尚於首楞嚴經矣何者蠢爾兆庶生兹五濁常遭慾障多值退緣故如來因阿難陀爲緣起特說了義之經文殊讚觀世音爲圓通直指聞修之路徹心辨見總是即迷而破迷斷惑祛魔無非以幻而除幻葢彌高而彌深亦至易而至簡非一切修多羅所能及也

西昌蕭士瑋春浮園偶録云二十八日早課

楞嚴二卷（波斯匿王章）張湛云生質根滯百年乃終化情枝淺視瞬而滅弘明集云人理飄紛存殁若幻籠以百年命之孩老無不盡矣時則無止運則無窮旣往積劫無數無邊皆一瞬一閱以及今耳今積瞬以至百年曾何難及而又鮮克半焉何一甘臭腐於漏刻以枉長存之神而不自踈於遐邇之風哉念之凄然初一誦五六卷（三決定義章）無上法王三章森然衽席之上飲食之間殊死相枕而世固恬然樂而就之相刃相劘而莫之能止亦可痛也（伯玉排日讀楞嚴苦語警策近時士大夫學佛者如此亦歎矣）

首楞嚴經疏解蒙鈔卷末五錄之五

音釋

闒（徒盍切音蹋）　箘（渠隕切音窘）　蟪蛄（上胡桂切音惠下攻乎切音孤）

劘（眉波切音磨削也）

首楞嚴經疏解蒙鈔卷末五録之六

海印弟子蒙叟錢謙益集

佛頂通録第四

序曰古師疏經必先通釋假此魚筌量彼鳥跡近師稟栢遠睎月蓋宗通説通横竪自在鳌爲通録披衣挈領毋依靈源而拂尊頂輯佛頂通録

永明智覺禪師宗鏡録序云伏以眞源湛寂覺海澄清絶名相之端無能所之迹最初不覺忽起動心成業識之繇爲覺明之咎因明起照見分俄興隨照立塵相分安布如鏡現像頓起根身次則隨想而世界成差後則因智而憎愛不等從此遺眞失性執相徇名積滯著之情塵結相續之識浪鏁眞覺於夢夜沉迷三界之中瞽智眼於昏衢匍匐九居之内遂乃縻業繫之苦喪解脱之門於無身中受身向無趣中立趣約依處則分二十五有論正報則具十二類生皆從情想根繇遂致依正差别向不遷境上虚受輪廻於無脱法中自生繫縛如春蠶作繭似秋蛾赴燈以二見妄想之絲纏苦聚之業質用無明貪愛之翼撲生死之火輪用谷響言音論四生妍醜以妄想心鏡現三有形儀然後違順想風動揺覺海貪癡愛水滋潤苦芽一向徇塵罔知反本發狂亂之知見翳於自心立幻化之色聲認爲他法從此一微涉境漸成戞漢之高峯滴水興波終起吞舟之巨浪○爾後將欲反初復本約根利鈍不同於一眞如界中開三乘五性或見空而證果或了緣而入眞或三祇熏鍊漸具行門或一念圓修頓成佛道

斯則尅證有異一性非殊因成凡聖之名似分真俗之相若欲窮微洞本究旨通宗則根本性離畢竟寂滅絕昇沉之異無縛脫之殊既無在世之人亦無滅度之者二際平等一道清虛識智俱空名體咸寂逈無所有唯一真心達之名見道之人昧之號生死之始○復有邪根外種小智權機不了生死之病原罔知人我之見本唯欲猒喧斥動破相析塵雖云味靜冥空不知埋真拒覺如不辯眼中之赤眚但滅燈上之重光罔窮識內之幻身空避日中之虛影斯則勞形役思喪力捐功不異足水拒氷投薪益火豈知重光在眚虛影隨身除病眼而重光自消息幻質而虛影當滅○若能迴光就已反境觀心佛眼明而業影空法身現而塵跡絕揭疑關於正智之

戶薙妄草於真覺之原愈入髓之沉痾截盤根之固執則物我遇智火之燄融唯心之鑪名相臨慧日之光釋一真之海斯乃內證之法豈在文詮知解莫窮見聞不及今為未見者演無見之妙見未聞者入不聞之圓聞未知者說無知之真知未解者成無解之大解所冀因指見月得兔忘罤抱一明宗捨詮簡理○雖標法界之總門須辯一乘之別旨種種性相之義在大覺以圓通重重卽入之門唯種智而妙達但以根羸靡鑒學寡難周不知性相二門是自心之體用若具用而失恒常之體如無水有波若得體而闕妙用之門似無波有水且未有無波之水曾無不溼之波以波徹水源水窮波末如性窮相表相達性源須知體用相成性相互顯○了知成佛

之端繇頓圓無滯明識歸家之道路直進何
疑或離此別修隨他妄解如㲉角取乳緣木
求魚徒歷三祇終無一得若依此旨信受弘
持如快舸隨流無諸阻滯又遇便風之勢更
加櫓櫂之功則疾届寳城忽登覺岸可謂資
糧易辦道果先成能令客作賤人全領長者
之家業忽使沉空小乗頓受如來之記名過
去覺王因茲成佛未來大士仗此證真則何
一法門而不開何一義理而不現無一色非
三摩鉢地無一聲非陀羅尼門甞一味而盡
變醍醐聞一香而皆入法界煥兮開觀象之
目盡復自宗寂爾導求珠之心俱還本法宗鏡
全序皆發揚首楞宗妙故撮而録之
宗鏡第三問以心爲宗理須究竟約有情界
真妄似分不可雷同有濫圓覺如金鍮竝爇
真僞俄分砂米同炊生熟有異未審以何心
爲宗答誠如所問須細識心此妙難知唯佛
能辨只爲三乗慕道見有差殊錯指妄心以
爲真實認妄賊而爲真子劫盡家珍牧魚目
以作驪珠空迷智眼遂使愚癡之子陷有獄
之重關邪倒之人溺見河之駭浪戲焰熾於
朽宅忘苦忘疲臥大夢於長宵迷心迷性皆
爲執斯緣慮作自巳身遺此真心認他聲色
斯則出俗外道在家凡夫之所失也乃至三
乗慕道法學禪宗亦迷此心執佛方便致使
教開八網乘對四機越一念而遠驟三祇功
虛大劫離寳所而久淹化壘跡困長衢斯即
權機小果乃至禪宗不得意者之所失也所
以首楞嚴經云佛告阿難一切衆生從無始
來種種顛倒乃至而不自覺枉入諸趣等釋

曰此二種根本即真妄二心一者無始生死根本即根本無明此是妄心二者無始菩提涅槃元清淨體此即真心亦云自性清淨心亦云清淨本覺由此衆生失本逐末一向流淪唯知變心作境以悟爲迷從迷積迷空歷塵沙之劫因夢生夢永昏長夜之中故經云當知一切衆生從無始來生死相續皆由不知常住真心性淨明體用諸妄想此想不真故有輪轉以不了不動真心而隨輪廻妄識此識無體不離真心元於無相真原轉作有情妄想如風起澄潭之浪浪雖動而當居不動之源似瞖生空界之華華雖現而匪離虛空之性瞖消空淨浪息潭清唯一真心周徧法界又此心不從前際生不居中際住不向後際滅昇降不動性相一如則從上稟受以此真心爲宗離此修行盡縈魔罥別有所得悉陷邪林是以能動深慈倍生憐愍故二祖求此妄心不得初祖於是傳衣阿難執此妄心如來所以呵斥如經云佛告阿難汝今欲知奢摩他路乃至其誰修證無生法忍古釋云能推者即是妄心皆有緣慮之用亦得名心然不是真心妄心是真心上之影像故云汝身汝心皆是妙明真精妙心中所現物僧寶傳云僧問長沙偈云學道之人不識真只爲從來認識神無始時來生死本癡人喚作本來人豈離識性別有真心耶智覺曰如來於首楞嚴會上爲阿難揀別詳矣而汝猶不信阿難以推窮尋逐者爲心遭佛呵之推窮尋逐者識也若以識法隨相行則煩惱名識不名心也意者憶也憶想前境起於妄並是妄識不干心事心非有無有無不染心非垢淨垢淨不汙乃至迷悟凡聖行住坐臥並是妄識非心也心本不生今亦不滅若知自心如此於諸佛亦然若執此影像爲真影像滅時此心即斷故云若執緣塵即同斷滅以妄心攬塵

成體如鏡中之像水上之泡迷水執波波寧心滅迷鏡執像像滅心亡心若滅時卽成斷見若知溼性不壞鏡體常明則波浪本空影像元寂故知諸佛境智徧界徧空凡夫身心如影如像若執末爲本以妄爲眞生死現時方驗不實故古聖云見鑛不識金入鑪始知錯問眞妄二心各以何義名心以何爲體以何爲相答眞心以靈知寂照爲心不空無住爲體實相爲相妄心以六塵緣影爲心無性爲體攀緣思慮爲相此緣慮覺了能知之妄心本無自體但是前塵隨境有無境來卽生境去卽滅因境而起全境是心又因心照境全心是境各無自性唯是因緣故圓覺經云妄認六塵緣影爲自心相故知此能推之心若無因緣卽不生起但從緣生緣生之法皆是無常如鏡裏之形無體而全因外境似水中之月不實而虛現空輪認此爲眞愚之甚矣所以慶喜執而無據七處茫然二祖了而不生一言契道則二祖求此緣慮不安之心不得卽知真心徧一切處悟此爲宗遂乃最初紹於祖位阿難因如來推破妄心乃至於五陰六入十二處十八界七大性一一微細窮詰徹底唯空皆無自性旣非因緣自他和合而有又非自然無因而生悉是意言想識分別因茲豁悟妙明眞心廣大含容徧一切處卽與大衆俱達此心同聲讚佛故經云爾時阿難及諸大衆蒙佛如來微妙開示乃至不歷僧祇獲法身等卽同初祖直指人心見性成佛○宗鏡三十六問若境本無生心常不住又何須立觀背自天眞答爲未達本無

生而欲向外妄修者令自內觀冥合真性渡海先須上舩非舩何以能渡修心必須入觀非觀何以明心心尚未明相應何日如上所說諸觀門一心之旨義理昭彰解雖分明行須冥合因解成行行成解絕不可一向執解背道違宗行解相應方明宗鏡如首楞嚴經所明全爲見性修行不取多聞知解所以如來訶阿難言非汝歷劫辛勤修證雖復憶持十方如來十二部經云云不能免離摩登伽難乃至阿難白佛言云云攝伏疇昔攀緣得陀羅尼入佛知見等第四卷是以佛告阿難汝常聞我毗奈耶中宣說修行三決定義乃至若不斷大妄語者如刻人糞爲栴檀形欲求香氣無有是處第六卷乃至造十習因受六交報第八卷是以阿難已悟妙覺明心知宗不昧方乃重告善逝密請修行故知先悟後修應須理行冥合若但取一期知解不慕進修欲證究竟菩提無有是處故經云縱得妙悟皆是婬根以生死根本不斷故直須保護浮囊方渡業海十習因既作六交報寧亡皆是一念惡覺心生顛倒想起對境作因成之假隨情運相續之心不以智眼正觀遂陷凡夫業道雖則一期狥意罔思萬劫沈身是以一切如來同宣審宜刻骨十方菩薩皆懼實可驚心上來二章該攝一部首楞大義

○僧寶傳引宗鏡二條僧問如和尚所論宗鏡一心之旨能攝無量法門此心含一切法耶生一切法耶若生者是自生與從他而生與共生無因而生與答曰此心不從不橫非他非自何以知之若言含一切法即是橫若言生一切法即是從若言

自生則心豈復生心乎若言他生即不得自
矧曰有他乎若言共生則自他尚無有以何
爲共哉若言無因而生者當思有因尚不許
言生况曰無因哉僧曰審非四性所生則世
尊云何說意根生意識心如世畫師無不從
心造然則豈非自生乎又說心不孤起必藉
緣而起有緣思生無緣思不生則豈非他生
乎又說所言六觸因緣生六受得一切法然
則豈非共生乎又說十二因緣非佛天人修
羅作性自爾故然則豈非無因而生乎師笑
曰諸佛隨緣差別俯應群機生善破惡令入
第一義諦是四種悉檀方便之語如以空拳
示小兒豈有實法哉僧曰然則一切法是心
不曰若是即成二僧曰審爾則一切不立俱
非耶曰非亦成二豈不聞首楞嚴曰我眞文

殊無是文殊若有是者則二文殊然我今日
非無文殊於中實無是非二相○又甞謂門
弟子曰佛祖正宗則眞唯識才有信處皆可
爲人若論修證之門諸方皆云功未齊於諸
聖且教中所許初心菩薩皆可比知亦許約
教而言先以聞解信入後以無思契同若入
信門便登祖位且現約世間之事於衆生界
中第一比知第二現知第三約教而知第一
比知者且如即今有漏之身夜皆有夢夢中
所見好惡境界憂喜宛然覺來牀上安眠何
曾是實並是夢中意識思想所爲則可比知
覺時之事皆如夢中不實夫過去未來現在
三世境界元是第八阿賴耶識親相分唯是
本識所變若現在之境是明了意識分別若
過去未來之境是獨散意識思惟夢覺之境

雖殊俱不出於意識則唯心之旨比況昭然第二現知者即是對事分明不待立況且如現見青白物時物本自虛不言我青我白皆是眼識見分自性任運分別與同時明了意識計度分別爲青爲白以意辨爲色以言說爲青皆是意言自妄安置以六塵鈍故體不自立名不自呼一色既然萬法咸爾皆無自性悉是意言故云萬法本閒而人自鬧是以若有心起時萬境皆有若空心起處萬境皆空則空不自空因心故空有不自有因心故有既非空非有則唯識唯心若無於心萬法安寄又如過去之境何曾是有隨心念起忽然現前若想不生境終不現此皆是衆生日用可以現知不待功成不假修得凡有心者並可證知故先德云如大根人知唯識者恒識自心意言爲境此初觀時雖未成聖分知意言則是菩薩第三約教而知者經云三界唯心萬法唯識此是所現本理能詮正宗廣在下文誠證非一○問曰此根本識心既稱爲一切法體又云常住不動只如萬法即此一心有離此一心有若即心萬法遷變此心云何稱爲常住若離此心復云何得爲一切法體答曰開合隨緣非即非離以緣會故合以緣散故開開合但緣卷舒無體緣但開合緣亦本空彼此無知能所俱寂密嚴經偈云譬如金石等本來無水相與火共和合若水而流動藏識亦如是體非流動法諸識共相應與法同流轉如鐵因磁石周回而轉移二俱無有思狀若有思覺賴耶與七識當知亦復然習繩之所繫無人而若有普徧衆生身

周行諸險趣如鐵與磁石展轉不相知寂音曰一切衆生迷於動轉遷移之中生心執著以爲實然以是橫計有生有死罪行福行如嬰兒自旋見屋廬轉諸佛大悲爲作方便以無情之類無有心念而亦有遷流爲譬識心本來自寂即入無生大解脫門

洪覺範尊頂法論七條　論曰成佛顯決唯了知自心入道要門但隨順心體何謂隨順曰稱性觀照也何謂了知曰超情悟明也所以悟明不礙精嚴觀照謂之方便古之聖師宏經必立方便也問曰旣曰了知自心便爲顯決又曰修證何也曰圓覺曰一切衆生於無生中妄見生滅是故說名輪轉生死如來因地修圓覺者知是空華即無輪轉則如來以了知爲修明矣又曰一切衆生皆證圓覺逢善知識依彼所作因地法行爾時修習便有頓漸則如來又以修爲方便也非顯決乎經言諸法所生唯心所現一切因果世界微塵因心成體則知衆生自心力用至大特以諸塵染汙故昏劣耳要當以止觀定慧方便淨治之使合本妙龍勝曰佛說心力爲大行般若波羅蜜故散此大地以爲微塵以地有色香味觸重故自無所作水少香故動作勝地火少香味故熱勝於水風少色香味故動作勝火心無四事故所爲力大又以心多煩惱結使繫縛故令心力微少諸佛及大菩薩智慧無量無邊常處禪定於世間涅槃無所分別諸法實相其實不異但智慧有優劣行般若波羅蜜者畢竟清淨無所罣礙一念中能散如恒河沙三千大千國土大地諸山爲微塵故知眞心有此大力衆生妄隔而不覺知耳知而能以止觀照之非要門乎○經云我

今爲汝建大法幢亦令十方衆生獲妙微密性淨明心得清淨眼者示此經之宗所謂明見性者也又曰我以妙明不滅不生合如來藏而如來藏唯妙覺明圓照法界爲滅塵合覺夫滅塵合覺又示趣也世尊以衆生迷故背此覺體之久既遇了緣則當親近隨順之止觀兩法者親近隨順之要也馬鳴又謂之方便欲顯現真如法故有二種行謂觀一切法修諸善行以真如離於生死涅槃相故此行隨順以爲根本是名行根本方便以真如離一切過失相故隨順真如止息衆惡是名能止息方便雜華曰佛子譬如金翅鳥王飛行虛空回翔不去以清淨眼觀察海内諸龍宮殿奮勇猛力以左右翅鼓動海水悉令兩闢知龍男女命將盡者而搏取之如來應正等覺金翅鳥王亦復如是住無礙行以淨佛眼觀察諸宮殿中一切衆生若曾種善根已成熟者如來奮勇猛十力以止觀兩翅鼓揚生死大愛海水使其兩闢而撮取之置佛法中令斷一切妄想戲論安住如來無分别無礙行十明論曰以迷十二有支名一切衆生悟十二有支即是佛故衆生及以有支皆無自性若隨順煩惱無明行識名色六根相對生觸受愛取有成五蘊身即生老死常流轉故若以戒定慧觀照方便力照自身心境體相皆自性空無内外有即衆生心全佛智海如馬鳴根本止息二方便觀照此戒定慧三方便觀照與此經欲滅塵合覺之意同也○般若經言一切智智清淨開法空道也而一十六會至數千萬偈但舉色一法破之色有

質尚爾虛僞況受想行識四者但名言乎此經以明見佛性示見聞覺知之性無有也而兩會數萬言但論見一法者半之適今所標者蓋其源也（如來問阿難當汝發心將何所見及因於心目一章）詞義奕奕連綴至緣見因明暗成無見不明自發則諸暗相永不能昏處譬如淘金者砂礦都盡而金自現矣循存無見之見則不可何以故以非真見故曰見猶離見又當遺聞故曰心精遺聞又當離覺故曰無身覺觸又當離知故曰圓明了知不由心念夫見聞覺知既已遠離非明見佛性之旨與〇雜華曰佛子菩薩摩訶薩如是十種逆順觀諸緣起所謂有支相續故一心所攝故自業差別故不相捨離故三道不斷故觀過去現在未來故三苦聚集故因緣生滅故生死繫縛故無所有盡觀故棗栢曰此十種逆順觀十二有支緣起相續皆一心所攝但以自業苦樂不同而有差別不離十二有支但如前道斷者所謂心境無明此三無者餘皆無若不斷者三苦聚集言三苦者即行苦苦苦壞苦聚也而能斷者以無無明即成不苦之妙用理智故問三種行相何若曰無明至六根是謂行苦以迷攀緣不自知故觸受是謂苦苦以受諸觸時即有苦又加愛戀及以憎妒故餘皆壞苦也依止三苦成五陰依五陰成六入由六入成十二處因十二處立十八界然則五陰者蓋是無始生死之處一切苦業之原當細披剝之使知虛誑涅槃云五陰者念念生滅如其生滅誰有縛誰有解因此五陰生後五陰此五陰自滅不至彼陰雖不至彼陰能生彼

陰如因子生芽子不至芽雖不至芽而能生芽衆生亦爾以是究觀了不可得如皮既無毛則安附問曰世尊不正言無生乃曰本非因緣非自然性其意安在曰佛所説法有密説有顯説如本非因緣非自然性者密説也何謂顯説曰如雜華曰譬如河中水湍流競奔逝各各不相知諸法亦如是又如大火聚猛燄同時發各各不相知諸法亦如是又如長風起遇物咸鼓扇各各不相知諸法亦如是又如衆地界展轉因依住各各不相知諸法亦如是眼耳鼻舌身心意諸情根以此常流轉而無能轉者法性本無生示現而有生是中無能現亦無所現物眼耳鼻舌身心意諸情根一切空無性妄心分別有如是而觀察一切皆無性涅槃又曰如磁石者是義不然何以故石不吸鐵所以者何無心業故善男子異法有故異法出生異法無故異法壞滅無有作者無有壞者猶如猛火不能焚薪火出薪壞名爲焚薪譬如葵藿隨日而轉如是葵藿亦無敬心無識無業異法性故而自回轉如芭蕉樹因雷增長是樹無耳亦無意識異法有故異法增長異法無故異法滅壞如阿迦叔樹女人摩觸華爲之出是樹無心亦無覺觸如橘得尸果則滋多如是橘樹無心無觸如安石榴塼骨糞故果實繁茂安石榴樹亦無心觸善男子磁石吸鐵亦復如是異法有故異法出生異法無故異法變滅衆生佛性亦復如是不能吸得阿耨多羅三藐三菩提無明不能吸取諸行行亦不能吸取識也亦得名爲無明緣行行緣於識有佛無

佛法界常住雜華意以水火風地皆動轉而無作無造誰使之然初不聞水火風地等受生死受業報如眼耳鼻舌身意諸情之根亦皆動轉無作無造誰使之然而云獨受生死受業報乎涅槃意以芭蕉葵藿等皆無敬心耳識覺觸而能成就發生如無明行識乃至老死豈獨有分別乎大矣哉世尊顯演無生法者此也○既曰歇即菩提勝淨明心本周沙界不從人得何藉劬勞肯綮修證及阿難請問從何攝伏疇昔因緣又示發覺初心二決定義謂止觀也止觀雖未至肯綮非修證乎曰新學菩薩不知佛意則於修行有二種疑疑有修證即成敗壞之法疑斷修證則無成辦之期故世尊既顯說頂法深妙微密畢殫無餘乃開方便爲發覺初心者說此二義

夫謂之方便則非究竟法馬鳴曰上說法界一相佛體無二何故不唯念真如復假求學諸善之行答曰譬如大摩尼寶體性明淨而有鑛穢之垢若人雖念寶性不以方便種種磨治終無得淨如是衆生真如之法體性空淨而有無量煩惱垢染若人雖念真如不以方便種種熏修亦無得淨故爲初心則爲方便法華經說四種安樂行至常在閒處收攝其心觀一切法如實相則曰是名親近處譬如窮子捨父逃逝竛竮歸來下劣之心未能捨故見其父寶几承足白拂執衛疑非已有則以方便二十年間但令除糞然後出入心相體解即與名子以是知佛涅槃時說衆生佛性有二種因一者正因二者緣因正因謂衆生佛性緣因謂六波羅蜜如乳中之略因

酵醽發之乃得成就○三十二應身十四種無畏所言無作妙力自在成就者雜華所稱普賢對現色身法華所稱喜見一切色身三昧也夫對現色身三昧可以義理盡哉盖其冥熏法界慈善根力不動真際應迹十方者也以聖行慈悲應空機則執持糞器狀若所畏以天行慈悲應空機則䭾馬見鞭影行大直道無所畏留以梵行慈悲應假機則踞師子㲲寶几承足商估徧他國出入息利無處不有是三種機空中假自然令諸衆生見如是事此法華色身三昧也如來神用十方隨根隨時對現色身以普光明智不屬方所同衆生心任物現形無往來故如文殊師利普薩回觀善財童子如象王回旋盖隨根對現不背衆生一切衆生如應見者皆如對面而

諸衆生各不相知皆謂聖者獨對我語此雜華對現色身也讓禪師居南嶽有僧總衆事二十年縣官勘其出納僧以無籍記之臥念於獄中曰和尚能救我乎一夕通悟二十年貲用件件不遺乃得釋讓師初不知也故人號讓爲觀音應身○石頭大師作叅同契曰謹白叅玄人光陰莫虗度法眼註曰住住恩大難醻法眼可謂見先德之心矣衆生日用以妄想顛倒自蔽光明故多違時失候謂之虗度光陰有道者無他能善用其心耳故趙州曰一切但仍舊從上諸聖無不從仍舊中得智論曰衆生心性猶如利刀唯用割泥泥無所成刀日就損理體常妙衆生自蠹楞嚴云譬如琴瑟箜篌琵琶雖有妙音若無妙指終不能發汝與衆生亦復如是寶覺真心各

各圓滿如我按指海印發光汝暫舉心塵勞先起華嚴偈曰若有欲知佛境界當淨其意如虛空遠離妄想及諸取令心所向皆無礙沇士棨曰只如視聽言動皆真性發現若無心體會即森羅萬象一鑒昭然此按指發光所謂一念不生全體現也若說是性即是認著影子毫釐係念嚮爾情生業相宛然仍前迷倒此舉心塵起所謂六根纔動被雲遮也○白樂天與濟上人書曰五蘊十二因緣蓋一法也蓋一義也略言之則爲五詳言之則爲十二雖名數多少或殊其於倫次轉遷合同條貫今五蘊中則色受想行識相次而十二緣中則行識色入觸受相緣一則色在行前一則色次行後正序之既不類逆倫之又不同若佛次第而言則不應有此雜亂若謂偶然而說則不當名爲因緣前後不倫其義安在寂音補其荅曰色等五蘊乃三苦已成之軀十二有支乃三世生因之法華嚴十地品云於第一義不了故名無明所作業果是行行依止初心是識共生四取蘊爲名色等者其叙本末沿襲理固然也般若經則曰色即是空空即是色色不異空空不異色受想行識亦復如是破有法不真故也且色體尚爾況四蘊但名色而已哉般若諸經破有之教故言五蘊則色居行之前華嚴諸經序沿襲之因故色在行之後非略言則五詳言則十二也

首楞嚴經疏解蒙鈔卷末五録之六

音釋

筌且緣切音詮竹器所以取魚者　罤杜奚切音題兎網也　戞古黠切音拮長矛也　彀居候切音遘取牛乳也　礦同磺金玉未成器曰礦　綮詰定切音啓肋肉結處曰肯綮　竛竮上郎丁切音靈下傍經切音鉼行不正也　駃與快同　箜篌上枯公切音空下戶鉤切音侯箜篌樂器

首楞嚴經疏解蒙鈔卷末五錄之七

海印弟子蒙叟錢謙益集

王介甫楞嚴經解四條 正出爲本旁出爲根首爲元本爲命元爲性根爲相根若所謂浮塵四根離塵無相故根爲相元若所謂根元清淨四大四大性空清淨本然故元爲性本即如來藏也涅槃皆從如來藏出本一而已根則不一涅槃受性於本故本爲命所謂浮根者以有根元故流逸奔境者名爲浮塵也所言塵者一切有相皆攬塵成體及其蔽也還散爲塵此經以搖動者名爲塵義根亦塵也謂之根者譬如木根以塵爲相無有自性非四塵不生非四塵不養若離根塵即乾而死死即還空衆生六根亦復如是以塵爲相無有自性非四塵不生非四塵不養若離根塵欲愛乾枯無復津潤即現前殘質不復續生還合空性本異於此但以根元所出得名爲本故經以無住爲本爲無住本○所謂見精明元者見受識精又受覺明以有見根根首爲元也旣爲見元不可互用即非妙精明心故如第二月所謂一月眞者本覺所現妙精明心也所謂月影者相見無性見聞覺知也若無眞月則無第二月亦無月影第二月依眞月旁出故如見元月影離月別現故如相見相見待緣如影待水與俱生滅見元雖妄不待外緣但無見勞則滅此妄見精明元如第二月尚不可還則妙精明心如一月眞其不可還明矣見精明元即是見性性見覺明妙德瑩然而以見元譬第二月者若背本起見即捏所成月若了見唯心不背本明即

所謂彼見眞精性非眚者○所謂見精明元者是元非本是我非物是見非心是爲見精明元也所謂本覺明心者是本非元是心非見非有我非無我何則衆生認物爲已則謂之無我計我然則無我者物也有我者已也性見覺明是我非物所謂性也若本覺明心則是從本所現一心心一而已誰與爲敵云何有我性一切物未嘗滅云何無我故維摩經曰我無我不二是無我義以心如此故我不足以言之見所緣眚覺見即眚者覺明起見而見所緣眚彼所覺見即是眚也本覺明心覺緣非眚者此本覺明心覺彼見覺能緣所緣而此本覺明心非是眚也覺所覺眚覺非眚中者覺明起見覺有所是名所覺此本覺明心覺彼所覺即眚而此本覺明心非眚中也覺非眚中即是見見也○寂音尊頂論引定林曰識精爲水水不摇則名之爲湛所謂圓湛者清淨本然周徧法界不分爲六則湛圓矣所謂妙湛者以妙力總持不動則湛妙矣所謂覺湛明性者覺合識精如日合水而有明性也所謂湛精圓常者即圓湛識精也所謂此湛非是不流如急流水望如恬静者經云識動見澄則識有動性名爲想元自非妙湛總持則念念愛業習氣暴流成諸行矣經於諸行喻如流者以此然識比諸行猶名爲湛所謂湛入合湛者如波瀾滅化爲澄水名行陰盡内内湛明入無所入名識陰區宇則所謂湛入者識陰也湛入爲識陰則湛爲性識明知明知即智智之與識是識邊際故説五陰而曰湛入合湛歸識邊際性識不

名湛入者周徧法界無出入故所謂内内湛明入無所入者湛出爲行行如水流湛入爲識識滅行陰則内内湛明入至想元更無所入矣所謂識精者即阿陀那識也所謂黏湛者黏此識精也如水清潔本無黏性妄起分別與色合故水土雜矣乃能成黏若識此識者如水清潔本無黏性能不合色脱黏内伏湛有圓湛有妙湛有覺湛有精湛有湛入有黏湛如前義錙銖之分較盡法之喻也

張無盡海眼總要息諍論第六　問曰文殊偈云覺海性澄圓圓澄覺元妙元明照生所所立照性亡迷妄有虛空依空立世界想澄成國土知覺乃衆生此與吾中國之書談天地之始終孰是孰非耶對曰周易不云乎易有太極是生兩儀兩儀生四象四象生八卦又曰一陰一陽之謂道陰陽不測之謂神老子曰有物混成先天地生寂兮寥兮獨立而不改周行而不殆吾不知其名字之曰道又曰道生一一生二二生三三生萬物莊周曰未始有物者至矣又曰夫道生天生地神鬼神帝列子曰氣形質具而未相離謂之渾淪又曰無極之外復無無極無盡之外復無無盡黃帝内書曰太一之先其形自然上開下廓變化靈源正元君曰太一者元一之氣始生於太虛之上有玉京之天乃玉京山也四方各有八天三十二帝居之玉京之上有玉清上清太清三清之上有虛皇十天元老元君元尊與天真九皇居之天皇真人降天真元氣分六元而爲混沌之象風輪下降水輪上升二氣停澤上自玉京下至玄泉由此故

有南正北正五運六氣通乎人身一晝一夜爲一萬三千五百息噫古之聖人神人窮理盡性殫乎此矣莊周謂之未始有物列子謂之混淪老子謂之渾成易謂之太極内書謂之太一意者天地旣分之後始可以開物成務與民同患葢佛之色界欲界也涅槃經曰劫初衆生非器佛不出世且夫莊周之見獨疑始老氏之恍惚杳冥周易之神而明之仁者見之謂之仁智者見之謂之智百姓日用而不知而況於六合之外哉然則易之四象八卦黄帝之五運六氣德經之道生一一生二二生三以參合乎佛之四輪風金相摩水火相劣逆順詳略曷不殊途而同歸與内書所謂玉京山三十二帝者豈非佛之所謂須彌山頂忉利天乎虛皇天者非佛之大梵天乎內書以天皇降九氣爲混沌西天以大梵天爲世界主所謂三清天者非佛之空居天乎三敎息諍圖序曰大梵天爲世界因主不知上有光音諸天而謂我能有所生有所生則氣有所降此天眞九皇所以降氣於風澤之中而造世界也氣有陰陽則道有男女如道家之三清侍以金童玉女此吾判欲界空居爲三清天也易之八卦葢本乎天眞九皇之氣也列子所謂無極之外無極無盡之外無盡非佛之所謂無量無邊河沙世界乎若夫大梵天王之上陰陽之所不及其天曰少光無量光光音乃至色究竟天雖大梵天王有所不知六合之外孔老亦置而不論此釋迦文佛所以超乎無想之外出乎空識之表而謂之不可思議也佛書日月繞須彌山以爲世界周易乾坎艮三卦與虞書之辛壬癸甲即須彌山之西北正北東北也璇璣玉衡周天三百六十五度四分度之一以爲天運四天下度數局於是矣此方之敎有神人有至人有眞人有聖人有賢人有士君子能依三皇孔子之道而修之則其爲必矣西

方之教有四果有權教菩薩有實教菩薩有等覺有妙覺能依佛說而修之則其證必矣佛教訶心曰前塵妄想非汝真心此方之言心也易之咸卦是也咸感也去心而曰咸則有心不可以感物九四心之位也不曰咸其心而曰朋從爾思則心之至大至虛不可以爻位而效此也又曰復其見天地之心乎王弼曰動息則靜非對動者也老子所謂歸根曰靜靜曰復命復命曰常天地之心於此可見庶幾乎佛所謂寂滅現前與今黃老之教訛繆爲方士神仙之書羲孔之教破碎爲傳註諸子之學而惑者以迹求之遠之遠矣佛之生於西方也功行具足因果圓滿師弟成就時節會合然猶成道之初於波羅奈城轉法輪所出音聲上聞於梵天臨入涅槃於拘尸那城轉法輪所出音聲始徧於十方二百恒河沙等諸佛世界由此言之調伏剛强衆生豈不艱乎爲力哉經曰從無始來世界顛倒又曰本覺明妙性覺妙明無始則何時而非始也本覺則何覺而非妙也修之現前證之如實非能仁其孰能與於此今疏鈔諸家不以此尊其師而紛紜諍論甲老莊爲凡鄙指太極爲邪因非佛之所謂善來也因著於篇以息其諍

無盡疑清涼疏鈔不應斥老子自然周易太極並爲邪因致書於隨州太洪山報恩禪師望紙後批示以斷疑網師答書最爲詳確三教息諍論圖蓋緣起於此然業觀無盡此文不過施設門庭未是徹法源底孰是以料簡清涼則過也天台清涼兩家判此方儒道得失以周孔正釋三玄爲準天台但破二玄清涼廣破三玄各有理在清涼謂西方外道明說三世多信因果知厭生死欣求涅槃但真源小差致去道懸遠況此方儒道善止一身縱有終身之喪而無他世之慮氣變爲神神由氣就氣非緣就出於自然聚散氣爲死生歸無物爲至道不知三界由乎我心方之釋氏豈可同年自始

無始別乃至歸異歸別廣明十異深誠濫同天台云今世多有惡魔比丘越濟道士誇談莊老以佛法義偷安邪典以道可道非常道名可名非常名均齊佛法不可說示檢校道理邪正懸絕如前所說諸生不生諸四句諸不可說汝尚非單四句外不可說何況複外何況具足外何況犢子耶尚非犢子何況三藏通別圓耶敎相往望已不得齊況以苦集往檢過患彰露云何得齊況將道品往望云何得齊大洪答無盡書云三界唯心萬緣一致若謂太極陰陽能生萬物常無常有斯爲衆妙之門陰陽不測是爲無方之神雖聖人設教示悟多方然既異一心寧非四見此是天台淸凉判敎之大綱而慈恩永明所同宗也天台破二玄云貪恚心息安一慎抱以自然訓物作入理弄引此其得也得有多種若言常無欲觀其妙無何等欲此乃弃欲界之欲攀上勝出之妙即以初禪等爲妙莊公黄帝問道觀神氣見身內衆物以此爲道似通明觀中發得初禪之妙若言諸苦所因貪欲爲本若離貪欲即得涅槃此無三界之欲得滅止妙離之妙又法名無染若染於法是染涅槃無此染欲得一道微妙妙此諸欲欲妙皆無汝得何等尚不識欲界欲初禪妙況後欲妙耶若與權論乃是逗機漸引覆相論欲妙不得彰言了義而說又止觀入假識藥云衆生應墮三塗聖人愍念以世善法權接引之令免惡趣然施法藥凡愚本自不知皆是聖人託迹同凡出無佛世誘誨童蒙大經云一切世間外道經書皆是佛說非外道說光明云一切世間所有善論皆因此經若深識世法即是佛法何以故束於十善即是五戒深知五常五行義亦似五戒周孔立此五常爲世間法藥救治人病出假菩薩當別於通明觀中勤心修習大悲誓願精進無怠諳佛威加豁然明解於世法藥永無疑滯然世法藥非畢竟治屈步移足雖垂盡三有當復退還如雨彩衣其色駮脫世醫雖差差復還生此之謂也又應病授藥者既知苦集之病又識道滅之藥若衆生無出世機根性薄弱不堪深化但授世藥如孔子周公制君臣定父子禮律節度此扶於戒也樂以和心移風易俗此扶於定先王至德要道此扶於慧元古渾沌未宜出世邊表根性不感佛興我遣三聖化彼眞丹禮義前開大小乘經然後可信眞丹既然十方亦然故前用世法而授與之大洪答無盡書云古人有言緣昔眞宗未至孔子且以繫心今知理有所歸不應猶執權教是亦周孔老莊設教立言之本意一大事因緣之所成始所成終也此則智者大師

通釋三玄識藥授藥之微旨圭峯原人論會通本末一門儒道二教同歸眞源亦此義也無盡之論此二何居其所判虛皇爲大梵天者葢影畧台家印老子爲發初禪之說不知道書玉京虛皇乃剌取內典須彌忉利薝蔔成之初不可以爲典要也以周易之三卦虞書之辛壬癸甲算須彌山之三垂豎亥之步自北極以至于南極將誰使正之既不考古義之源流又不依大洪之和會偏舉其影響測量之見用以齊敎門而息諍論吾未知其

可也自永明圭峰已後禪講師席咸欲收合外宗以明廣大迄於今日盲師目學掇拾三玄剿畧其殘膏剩飯以相誇詡昔以加水喪失醍醐今抨驢乳但成屎尿清凉有言求一時之小名混三教之一致習邪見之毒種爲地獄之深因可不誡哉可不懼哉蒙故於海眼息諍之論畧發其端而謹錄海印本師發明世界相續風金四輪持世與義比類標舉以從其後非敢以方隅之眼妄判教宗輕議往喆也○憨山和尚通議云世界乃唯識所變之相分始因迷妄有虛空依空立世界故推覺明之無明以對頑然之虛空而爲世界生起之本空晦昧中結暗爲色此正結色之始也四大乃世界種正儒家所推先天之五行謂由無明而成四大之世界則天地以之而位由四大而爲五行故萬物以之而育然世界即吾人所居之天地非別有一世界也云有風輪執持世界者老氏指覺明之無明爲道體故曰杳杳冥冥其中有精又以空體爲虛無大道指此風相爲沖氣故曰專氣致柔又曰天地之間其猶橐籥乎此老氏之道源也儒氏以識神爲天命之性指空大爲太極指此風大爲混元一氣由一氣以生成萬物是皆不知唯識所變也太極圖黑白相參白即覺性黑即無明政不生滅與生滅和合成阿賴耶識爲生萬物之始以此識有三分而虛空世界乃相分也云有金輪保持國土者此儒家所言一陰一陽之謂道以爲生天生地之本也此中空靜也暗幽也故爲陰搖動也覺明也故爲陽故曰動靜有常剛柔斷矣由動靜以成金輪爲地大種即天地初成之始也動爲乾體靜爲坤體故形而上者爲天形而下者爲地所謂乾坤成列而易在乎其中矣斯則陰陽未形而動靜剛柔已具故曰想澄成國土所謂先天

之易也云有火光爲變化性者此易所言剛柔相摩而成變化形而上者在天成象爲日乃太陽之火精也形而下者在地成形爲火乃變化性謂變生爲熟化有爲無且後天五行巽爲風爲木故鑽木取火以得先天之性也此四象中日也云有水輪含十方界者此即易所謂形而上者在天成象爲月太陰之精爲星辰形而下者爲江河湖海流注之水此四象具矣由因覺明空昧二妄相待而有風金二大因風金相摩而有火大因火蒸寶潤而有水大由因四大而成天地陰陽日月星辰之四象故易言太極生兩儀兩儀生四象以爲八卦之體又曰天尊地卑乾坤定矣卑高以陳貴賤位矣動靜有常剛柔斷矣在天成象在地成形變化見矣四大部洲江河湖海山川草木一氣流行陰陽錯綜五行相生八卦流變至六十四故易卦始於乾坤終於旣濟未濟經曰交妄發生遞相爲種以是因緣世界相續此後天之易也以此而推世界從覺明唯識所現皎然不爽予昔遇梵僧謂楞嚴經盛談五行之妙大慧禪師亦云楞嚴世界相續說五行生起極詳故極意研詳約此文以明唯識之旨○原人論議曰從空初成世界者空界劫中是道教指之云虛無之道然道體寂照靈通不是虛無老氏或迷之或權設務絕人欲故指空界爲道頌曰空界大風起空界中大風即彼混沌一氣故故彼云道生一也頌曰光明金藏雲金藏雲者氣形之始即太極也雨下不流陰氣凝也陰陽相合方能生成矣梵王界須彌者彼之天也滓濁者地即一生二矣三禪福盡下生即人也二生三三才備矣地餅已下乃至種種即三生萬物此當三皇已前穴居野處未有火化等○又曰即彼始自太易五重運轉乃至太極太極生兩儀彼說自然大道如此說眞性其實但是一念能變見分彼云元氣如此一念初動其實但是境界之相○東溟管氏曰四大即先天之

五行五行即後天之四大儒家從陽變陰合說五行故以二五之眞合無極之眞而曰五行一陰陽陰陽一太極太極本無極其實五行皆自覺迷起也不迷則何以分一眞而爲五又有游氣紛擾之說紛擾非妄想而何釋家從無始妄想說四大故以不生滅之眞如含生滅之無明而曰由津潤妄想起水大等其實四大俱自一眞來也不眞則何以同覺皇而稱大又有大性不壞之說不壞非眞常而何畢竟儒家五行說到至精至密是天地定位從事釋家說四大推到生天生地之初謂世界依空而立空輪之上爲風輪等又推其所以然之故而曰覺明空昧相待成搖乃至交妄發生遞相爲種此則世界最初緣起之由也儒家聖人何以不推及此則以身在綱常中但當從陰陽五行中調劑宜變不應外陰陽五行以求無極所謂隱實顯權也佛氏則權實雙顯矣故儒家多從一歲氣機上說動靜而釋家則從大劫成住壞空上說動靜此非凡智所能及也

大慧語錄云有蔡州道士話間忽問佛具正徧知世界上事一一說盡何故不說金木水火土之緣起山僧是時自家漆桶未破未暇理會逮至夷門打發此事了因讀楞嚴經佛言富樓那如汝所言清淨本然乃至以是因緣世界相續說金木水火土可殺分曉看教乘文字也要大法明後自然不費力自家叅得禪了便見得富樓那執相難性又見如來就性上說地水火風一一清淨本然周徧法界胸中了無疑滯心地未明底不免疑道世界從甚麼處起將來向甚麼處滅爲復先有世界爲先有人若復先有世界古德不應云三界唯心所現萬法唯識所變若道先有人旣未有世界人却在何處安頓者些子不妨被他窒礙大法一明自然分曉所謂變大地作黃金攪長河爲酥酪不是差事張無盡有言先佛所說於一毛端現寶王刹坐微塵裏轉大法輪是眞實語法華會上多寶如來在寶塔中分半座與釋迦文佛過去佛現在佛同坐一處實有如是事非爲表法智者大師

悟得法華三昧見靈山一會儼然未散山僧嘗受老杲和尚提唱至此輙歡喜踴躍以手揺曳曰真箇有恁麼事不是表法你輩冬瓜瓠子那裏得知

無盡居士不知幾百生中學般若來今生如此郤見得徹識得根本得大受用註楞嚴海眼經說八成就云理無不如之謂是事無不是之謂如三界獨尊之謂我心洞十方之謂聞多之所宗之謂一一之所起之謂時始覺合本之謂佛隨緣赴感之謂在具此八義則處處道場塵塵法會自來不曾有人如此說往往邪師輩以無言默然爲始覺以威音王那畔爲本覺固非此理既非此理何者爲覺若全是覺豈更有迷若謂無迷爭奈釋迦老子於明星現時忽然便覺知得本命元辰在者裏所以言始覺而合本覺謂始覺時從明星上起信忽然覺悟自性本來是佛大地有情更無差別喚作始覺合本覺方始成佛如禪和家忽然摸著鼻孔便是者箇道理古人依龍樹釋論經首置六成就無盡立異開六爲八而妙喜極稱之經初應稱如是我聞是佛遺囑阿難我者阿難海我也聞者阿難聞也而無盡釋之曰三界獨尊之謂我心洞十方之謂聞違背經論結集明文大言無當初無妙義也清凉釋成佛義云始本不二目之爲成起信云謂始覺同本覺無復始本之異名究竟覺長水釋題曰佛頂者究竟覺也始本不二名究竟覺今謂自來不曾有人說到豈是中別有祕密藏也無盡刪修楞嚴恣意改削越僧慧印謂妙喜所稱譽標爲新舊二經雷菴受師駁正備矣妙喜語錄有答孫知縣書謂不當以臆見刪改金剛援據經書指陳因果詞嚴義博累數千言蒙謂引雷菴之論以駁無盡不若移妙喜之書以駁無盡所謂借婆裙帔拜婆年也同是大藏也安得尊般若而易首楞同是刋經也安得讚張相而訶孫尹識法者懼自語相違若不以妙喜駁無盡殆又將以妙喜駁妙喜也龍舒王日休更定金剛六譯宋學士謂日休與大慧同時惜不一見而箴其失令日休而果遇妙喜也則未知其將從孫尹之例乎抑亦蒙海眼之印乎

吾何足以定之哉

中峰和尚徵心辨見或問六條　問曰心體既徧於山河大地緣何離身外咸無知覺豈曰心徧而不具知覺耶答萬竅並號扶搖莫知其有力羣幽洞燭晨曦自若其無功至理未嘗不融迷妄以之自惑汝謂離身不具知覺且置勿論言身內之知覺者不過飯之而飽衣之而煖染之則垢濯之則淨至於順喜逆瞋樂榮苦辱與夫博通事物記持古今而已如上所緣皆似知覺而非知覺也何謂似乃因根境相對虛妄緣塵和合而有非真知覺如來之徵辨者政所以發明於此也汝猶不悟復認此爲知覺且汝身中咸捨此妄則何以爲知覺乎或曰此身既無知覺豈可同土木耶答此身離却虛妄緣氣政同土木無殊或曰如是虛妄必從何起答亦無起處但是汝一念自背真覺之體即其真覺轉爲如上虛妄緣塵或曰悟達之士寧有飯而不飽衣而不煖者乎知則亦同虛妄不知則還同土木耶答汝言不知則真覺之體安有暫時不在乎迷而爲識悟而爲智換名不換體也故云根塵同源縛脫無二識性虛妄猶如空花何謂識認體爲我執持分別之謂也何謂智了體非我離諸分別之謂也或曰悟達之者見山不曰水見僧不曰俗謂之無分別可乎答真寂體中本具靈鑑分別而與識分別異者識乃起心分別智乃無念分別也或曰既云無念憑何分別答子不見明鏡乎鏡乃無情不具諸識安有念體妍則現妍醜則現醜現有分別而實無有能分別念與吾靈鑒

之體何殊萬竅因風而號風何意於號萬竅群幽由日而燭日何念於燭群幽皆體本如然似有爲而實無能爲之心耳汝如知此則終日喫飯不妨言飽何曾嚼破粒米終日著衣不礙言溫何曾挂得寸絲修習空花梵行宴坐水月道場真知靈覺一道齊平豈分其身內身外乎汝問云身外咸無知覺今復問汝汝今離此四人身外覺有物耶覺無物耶若曰不覺有物應同土木既曰有覺能了知耶不能了知耶縱汝失心不能了知認明爲暗指色爲空雖曰謬陳非無知覺況是縱手所指虛空物象大小美惡靡不明了若無知覺孰臻於此忽然之間妄惑頓空執情銷落則知十方虛空是大圓鏡不加磨拭而照古照今三千剎海即楞嚴王豈假證修而融凡融聖到此則所謂虛妄知覺將無地可寄矣永嘉大師謂若以知知寂此非無緣知此破依文字能所而知此靈知之體也即經所謂立知立見即無明本何則蓋欲妙契靈鑑體中本具無念之知此無念之知不容別有所知也又云若以自知寂亦非無緣知謂不假文字因緣夙根不昧生而能知言非無緣者尚存能知之迹耳故云自心取自心非幻成幻法何則真寂體中之知覺元不因一法而具也苟不依體而證儻存毫末許言其知見者皆墮戲論汝言身內外者豈特戲論斯實狂愚矣○或問衆生知覺與如來知覺同耶異耶答衆生食鹽曰鹹諸佛乃云不淡諸佛指火曰熱衆生則曰不寒遮表之詮殊途知覺之性同轍苟真妄而不隔則生佛以何殊

然而知覺約有二種一曰眞知眞覺一曰妄知妄覺此二種似同而異雖異而同故凡聖以之區分迷悟以之隔越也圓覺序謂血氣之屬必有知凡有知者必同體此正指眞知之體衆生本來具足與諸佛常住法身覿體不別此體湛然常寂廓爾靈知名之曰心徧含法界諸世間相剎那剎那生住異滅而此體不動如來所徵者直欲顯此心耳此心離一切名相及與聖凡染淨因緣自然眞妄和合以至見聞覺知等法所謂妄者即今四大爲身根塵相對蘊藏陰識隨處執持而生分別取捨愛憎念念遷流者也此之妄體由根塵虛妄和合似有其體根塵忽消此妄亦滅此即阿難所指之心也如來云胡不斥之哉故曰此虛妄心離於前塵畢竟無體又曰由塵發知因根有相相見無性同於交蘆此所謂似同而異也○或問此虛妄體爲是依眞而有爲是離眞別有若曰依眞而有則妄即是眞若曰離眞別有則宛成二體答依眞立妄似結水以成冰由妄顯眞若見煙而知火固是堅冰即水奈何冰無流動之形雖曰猛火即烟而乃火無鬱焞之象執之則千塗各立了之則一道齊平法界之理旣然則如來不容其默矣良由衆生不達聖人善權方便隨其語言而生執縛無同異中熾然成異如來所以對同立異眞妄斯彰破異立同眞妄俱泯而經中舉一巾六結立喻詳明一巾喻眞六結喻妄非一巾無以成六結眞爲妄所依非六結無以顯一巾妄爲眞所倚故如來謂結解因次第六解一亦亡則知群妄旣消

一真何有以妄望真雖異而同也○或問真該妄末妄徹真源真妄既同生佛之途常異何也答起而無生諸佛入涅槃於衆生識海寂而常動衆生墮生死於諸佛心源理求之則全同事推之則逈隔雖曰同具知覺之體諸佛自空劫以來如理而解如解而行如行而證而衆生有迷而未解者有解而未行者有行而未證者以故異耳然迷而未解者固未可論而況口談實相而意逐攀緣跡履虛空而情沉有海虛叨了解之虛名實墮凡愚之劣行然真妄同源言其性具未有不絶妄而返真不遣真而契理者惟頓漸之等差耳此約事行而言若約理則十法界同具一心經云心佛衆生三無差別豈心佛之果異耶其所異而不能同者乃妄未遣也真未泯也

總而言之惟心之所以未明也○或問真妄之外别有心耶别無心耶答屋是總名依屋以顯其成壞心爲正體因心以發其妄真曲引喻文重下註脚一心喻虛空也真喻明也妄喻暗也當明時空與之俱明暗時空與之俱暗真妄似與心同也非虛空無以顯其明暗則真妄不離心也極而究之則虛空之體今古廓然了不爲明暗之所遷乃知一心與真妄泮然矣列群峰於五岳咸消高下之形引萬派於四溟共失淺深之迹豈真妄之復云哉○或問久爲妄所纏欲斷絶之未有其方如何答不識妄從何起而欲斷妄若妄從心起則妄可斷而心亦可斷心既可斷則諸佛之一乘菩薩之六度緣覺之十二緣聲聞之四諦天人之十善皆可斷也使其果可斷

則眼之所見耳之所聞乃至舌味意緣水溼火熱風動地堅世出世間俱可斷也如上諸緣不可斷故則汝所謂妄者亦無有可斷之理也曰苟不可斷則未免相續去也咄是何言與其起心斷妄尚爾不許豈容其相續耶據爾云則爾之妄體果有斷滅之時也苟未嘗斷滅則何續之云乎汝元不知自無始劫前最初不覺瞥興寸念違背真心引起遷流迨今新新不住乃至諸佛出世祖師西來皆汝妄情之所執受欲絕此妄當明自心自心一明則無邊妄緣覰體融會矣辭曰妄非心明而不絕心非妄絕而非明心明則絕妄而明妄絕則明心而絕妄絕故色空明暗不礙眼光何見之可辨心明故見聞覺知收歸毫末何心之可徵誠爲祖禰不了殃及後人更或有疑請求達者

首楞嚴經疏解蒙鈔卷末五錄之七

音釋

眚所景切生上聲目病生翳也　黏魚欠切膠黏也　繆音謬紕繆也　駮伯各切　迄黑乙切至也　掇都奪切採也　剽匹沼切　詡虛呂切　籥弋灼切音藥　劑才詣切　爕悉協切音屑和也　帔兵臂切　箴同鍼　曦虛宜切日光也　覰音狄見也　焞蒲沒切煙起貌　禰乃里切音你

首楞嚴經疏解蒙鈔卷末五錄之八

海印弟子蒙叟錢謙益集

紫栢可大師楞嚴解七條　夫明心是明何心爲明真心耶爲明妄心耶若明真心真外無妄更教誰明真心耶若明妄心爲妄心有可明以明之耶爲無心可明以明之耶有心可明則阿難認能推窮者爲心世尊直咄之不許世尊之意冀阿難回機返照照此能推窮之心爲在七處爲不在七處若在七處則處處推心所在皆一無所在若不在七處則根境都無心託何處阿難於七處徵心時推窮不精呈答未了以爲能推窮者卽七處之無在然知無在之心又是何物若初計在七處之心一一推之無在然現前能知無在者又是何物前是依根塵而有之心後是離根塵而有之心雖直下推之無在而知無在者是必我心故阿難曰我以能推窮者爲心不知既經七處推窮則有在之心已了無在久矣然有在之心是託有境而有知無在之心是託無在而有託有在而有之心阿難已忘之矣惟託無在而有之心尚認爲心所以佛雖咄之阿難心終不死至於見聞覺知俱離內守幽閒猶爲法塵分別影事阿難心稍有肯處終不能全肯者似未悟法塵分別之影此塵此影卽無在之異名故也如果知此塵此影本無在之境牽引而起初無有性則分別此影者又轉爲無塵智矣夫無塵智者從凡而至聖從迷而至悟苟徹此智則一切衆生終不可成佛矣此章題曰明心不亦宜乎○靈光寂照彌滿清淨中不容他外此有

法無有是處凡衆生見心外有法瞥爾念生念生卽有我有我卽有限量有内有外内則根識是外則依報是因有是是有我我所三細六麤次第生起元是一箇圓常佛性衆生念起之後膠於根塵識託其中戀能戀所能卽六根所卽六塵根塵能所彊界確然根塵之初本光本自圓滿此光元無常性瞥爾不覺變起根塵光陷其中卽名爲識故曰失彼精了黏妄發光根塵是所黏識是能黏如眼識不能自生必由明暗二塵引起若無前塵識終不有故心外見法者則有前塵有前塵則有妄識既有妄識卽有彊界六根次第應用一㸃融通不得皆情識封蔀故也若能當下照此一念卽念本無念尚不有妄有前塵凡有前塵留礙只是自家直下不能觀破此

念故棗栢云十世古今終始不離於當念無邊剎海自他不隔於毫端天台智者云一念具三千謂有念時念息三千泯謂無念時行者當於起念時了不可得念息時洞照十方眞心發照起不托塵圓滿本光迥然迥脫心外無法又喚甚麽作根塵經云緣見因明暗成無見此是陷根塵的樣子不明自發則諸暗相永不能昏此是拔根塵的樣子雲門云盡大地是沙門一隻眼卽同經云今汝諸根若圓拔巳乃至化成無上知覺等器世間是無情衆生有情云何衆生悟了一切無情器世間亦化成無上知覺者箇窠子不知在何處雲門話頭有照處便有用在經旨直饒會得只是一箇照用處六根互用也不甚奇特會得從緣薦得相應捷之句卽便受用得來

也○緣明有見是謂衆人不緣明有見是謂聖人𪀦鶹鵂夜撮蚤虱見秋毫晝則瞑目不見丘山因暗有見明成無見又虎狼猫犬晝夜俱見則與不緣明之見何别猫犬根全則見聖人根全亦見根不全亦見至於頂亦見足亦見背腹亦見周身八萬四千毛孔無不見者大悲菩薩八萬四千母陀羅臂臂有手手有眼楞嚴會上大覺聖人於六根之中略舉眼根臨濟曰汝等諸人赤肉團上有一無位真人在人六根放大光明此光豈待成佛而有以横計明暗之執未消藉明塵則見不藉則昏如明暗執謝於大夜中見不殊白日而白日之中光亦不增不惟根塵迥脱卽根塵皆復本光矣嘉靖中有僧書華嚴經精誠堅至能於暗室書經如白晝余不敢自祕願與天下共之○琦楚石禪師閱首楞嚴經至緣見因明暗成無見不明自發則諸暗相永不能昏遂大悟根與塵初不相到衆生横計未消於無明暗中横見明暗耳教中謂之非量以第六識不能檢名責實乘理折情從由塵發知之知知奔前境故被好醜所轉若第六識未起五根照鏡如鏡之光了無分别謂之現量若於緣見因明之見能以由塵發知因根有相互奪而痛觀之觀之有入則所不待忘而所未嘗有累於見精卽有心觀察無塵智也謂之比量此觀不熟不能以理折情智通之信不開故不能出依通之信也一切明暗非明暗與吾見精何交涉聲塵動靜亦復如是楞嚴會上慶喜計現前能推窮分别爲心佛敕羅睺擊鐘欲令於聲塵動靜起滅

處薦得如香嚴屢叅溈山不契罷去已聞擊竹大悟向溈展禮喜當時不曾爲我說破有偈曰一擊忘所知更不假修持動容揚古路不隋悄然機香嚴所知卽慶喜能推窮尋逐之心此心卽由塵發知之知此知不忘則智通之信終不能入饒汝談玄談妙辨齊佛祖不過依通之信而已又由塵發知之知卽香嚴未見溈山時能所心也此能所心雖溈山大善知識不能使其頓忘須待聞擊竹聲自忘始得故知此事决不可以情求情求不出乎根塵妄想如了達根塵無性則由塵之知亦自可忘能作是觀察方謂之比量也○般若有三種所謂文字般若觀照般若實相般若也又此三般若名三佛性緣因佛性了因佛性正因佛性也娑婆教體實在音聞有音聲然後有文字有文字然後有緣因佛性有緣因佛性然後能熏發我固有之光固有光開始能了知正因佛性正因佛性既變而爲情苟不以了因契之則正因終不能會也了因雖能契正因若微緣因熏發之則了因亦終不能自發也緣因卽文字三昧之異名也了因卽音聞之機之異名也學者能觸類而長之則文殊文字三昧與觀音音聞三昧皆不在文殊觀音與釋迦文佛在我日用而已

又云夫清淨本然則無方所云何忽生之後山河世界列焉自是有方所方有東西南北之名有名則必有實故西方屬兌東方屬震北方屬坎南方屬離華嚴善財童子何故畧三方而獨詢南方得非南方離卦在耶蓋離中虛虛則明明則文故曰離乃文明之象也夫文字語言必本於音聲音聲又本於自心之虛靈華嚴四十二字字字包含義理無盡識以字本於聲聲本於心心乃我固有之虛靈也且此四十二字攝四十二位法身大士因諸大士皆處南方故善財不憚百城烟水境風逆順誓於百尺竿頭更進百步者蓋欲

歷盡諸大士門庭故也嗚呼諸大士門庭豈易歷哉苟不能以理折情則死生禍福之關誠不易破卽首楞嚴五十五位眞菩提路自初信以至於等覺金剛道後於四十二品無明重重歷煆無明煆盡妙覺始圓亦不出以理折情四字良以理無我情有我能以無我折有我則有我日消無我日光故善財餘方不詢獨詢南方者蓋離心之譬也亦心外無法故也

○夫眼夢色耳夢聲鼻夢香舌夢味身夢觸意夢法而一身之微六根皆夢脫無有覺之者則一夢永夢矣於是我大悲菩薩敎之以眼觀音以耳聽色以鼻嘗味以舌嗅香以身攀緣以意覺觸是以六夢忽醒覆盆頓曉也卽此觀之以順流用六根則六塵皆夢媒以逆流用六根則六塵皆覺雷如二十五圓通以六根六塵六識與地水火風空見識迭互爲雷震驚夢者○人之所以有生死者以見思未斷耳見則五利使也思則五鈍使也歷三界九地而言之所以有開合也開合相行具天台四教儀註中此十斷盡藏敎果頭位也圓敎七信相似位也果頭七信二位賢聖斷此十惑初修空觀空分別我法二執二執卽十惑也亦開合之異耳唯圓敎一心三觀圓修滿進最初志在直破根本無明不在見思塵沙觀志堅猛任運而進見思初惑帶落之也如壯夫入陣射馬禽王然刀頭展處王之左右任運而傷者未嘗不有也王者根本無明也左右者見思惑也見思如盡將破塵沙矣然非空能破惟用假觀此惑可破塵沙云者言其不明者多也世出世法爲數無量一一皆通徹則塵沙無明斷矣此假觀工夫不過博訪先覺無事不知也塵沙旣破將破根本無明矣根本云者言其爲一切衆生惑業根本故也此根本無明最初本淨不覺故迷而循動三

細生焉此三細者爲見思塵沙根本見思塵沙是其枝條枝條雖則先斷根本猶在行者此際唯以中觀之斧破之然此三細於楞嚴經中分爲四十二品治之四十二位者謂十住十行十迴向十地等覺後心兼前塵沙無明(開此一位與今經立位異)故曰四十二品初住菩薩以中觀力四十二品斷最初一品無明而入初住卽能王百佛土封疆矣

先海印憨山和尚楞嚴懸鏡綱要

將通大義總啟二章○初大開修證之門(從初啟請至結經名)次曲示迷悟差別(從精研七趣至五十重陰魔)○初中略有四意一示三觀之體(從初卷至四卷終)二示三觀之相(從四卷半至六卷初)三示三觀之用(從七卷初至八卷中)四結三觀之名○初示三觀之體而此體者所謂常住眞心性淨明體卽一眞法界如來藏心也依此一心建立三觀依此三觀還證一心先示此體爲所觀之境要依此體故大智用故一空如來藏者謂此藏性其體本空一法叵得如摩尼珠其體空淨了無色相雖有隨方之色色不離珠以卽珠故眞心本淨了絕妄緣雖有隨緣之妄妄不離眞以卽眞故名曰眞空觀者先示眞心以爲觀體能觀此體名眞空觀二不空如來藏者謂此藏體雖空具有恒沙稱性功德包含融攝纖悉不遺如摩尼珠其體雖淨具有圓照之用而能隨方現一切色色卽是珠以珠現故藏性雖空而能隨緣顯現十界依正之相相卽是性以性起故名不眞空觀者示此藏性以爲觀體能觀此體名不空觀此空不空二種之藏者謂此藏性其體清淨能應能現如摩

尼珠其體淨圓淨故非色以卽珠故圓故能應非不色以卽色故非色非珠而此藏性與體淨圓淨故非相以卽性故圓故能現非不相以卽相故非相非性名空不空非相故空非性故不空非卽非離平等如如名曰中道觀者示此藏性以爲觀體能觀此體名中道觀然上三諦體雖不二舉一卽三終帶名言猶存歷別未極一心之源難契圓融之旨必若離卽離非是卽非卽則藏心妙性徹底窮源絕諸對待良以雙離則雙泯雙是則雙存存則三諦靈然泯則一心無寄寂照同時存泯無礙唯在忘言者神會絕慮者心通泯同法界圓融圓融深思深思歷然不昧故佛開示已畢乃總告曰上來所說藏性之理如此深妙如何汝等以所知心而能測度世間語言而能入哉且此妙理人人本具隱而未現琴瑟雖有妙音非妙指不能發衆生雖具妙心非妙觀不能顯如我今證此眞心安住大定圓照法界凡有動作皆是大用現前汝等迷之舉措云爲皆是塵勞業用此無他故益由不肯勤求得少爲足耳當機遂請何因有妄要顯妄元無因使悟妄不離眞亦似頭非外得天然妙性不假修成但能一念回光方悟神珠本有故隨結責戲論切勸修持阿難疑惑銷除心悟實相遂乃請入華屋攝伏攀緣冀得陀羅入佛知見等然則一期問答開示藏性豈非先悟一心依之建立妙觀然後行成解絕頓證一心者乎○二示三觀之相者一眞法界如來藏體具有廣大智慧光明義故說名爲智以卽體之智還照寂滅之體

理智一如離念離相名一心源了無説示今約眞妄生滅之門會返妄還眞之路方便施設亦有三重以智照理故單以觀名約妄相以名故曰觀相○今先略示觀門一奢摩他空觀二三摩鉢提不空觀三禪那中道觀奢摩他名空觀者謂了一眞法界如來藏心本無生滅亦無諸相葢因一念不覺而有無明因此無明生起三細六麤四大六根種種諸法而此諸法唯心所現本無所有但是一心心體圓明離一切相如珠中色本來不有以卽空故故曰色卽是空以色非色故色不異空故名眞空作是觀者名眞空觀三摩鉢提名不空觀者謂了根身器界一切諸法既是一心心體圓明清淨本然周徧法界隨緣顯現此則諸法當體虛假如幻不實如珠中色分明顯現全珠卽色以卽色故故曰空卽是色以空非空故空不異色故名不空作是觀者名不空觀禪那名中道觀者謂依此寂滅一心照明諸法諸法法爾當體寂滅寂故名空照故不空如珠與色非色非珠名空不空非寂非照如如平等唯一心源湛然不動離卽離非是卽非卽言語道斷心行處滅心心無間任運流入薩婆若海作是觀者名中道觀○次正示觀相文中大科爲四初總示迷悟之根二正示一心三觀之相三略示解結之方四廣示最初方便○初總示迷悟之根者以原迷此圓明湛寂之眞心結爲四大妄分六根根塵和合虛妄生滅引起五濁業用煩惱使妙圓之體隔越而不通若群器叅乎太虛湛淵之心渾濁而失照似塵沙投於清

水今欲卽生滅以證眞常旋虛妄而復妙覺要先以不生滅心爲本修因照破生滅之原次審所結之根誰是煩惱之本若生滅入照則當下眞常若煩惱知根則迎刃而解斯則能照之一心心心寂滅所照之萬法法法圓通是以旋復一元頓超五濁然所迷之一心雖是本圓周徧能迷之六根現前力用不齊今若卽迷返悟就路還家必須直指當陽要在一門深入由是備顯六根優劣令審誰淺誰深果能入一無妄則六湛圓明諸妄消亡而一心清淨吾家之故物可還諸佛之涅槃可證所謂返妄歸眞無出二決定義也○二正示一心三觀之相者根塵識性同一眞源縛脫兩途元無二致迷一眞而妄見六根知見立知卽名生死了六根而同歸一體知見無見斯卽涅槃此實結解之元豈可更容他物然此雖明空有未極一心何則一眞之性不屬生死涅槃如來藏中本無去來迷悟至若有爲起而無爲滅俱是緣生如目前之幻化無爲起而有爲滅盡爲不實若眼底之空花况非眞與非眞何有能見所見能見六根所見六塵然而根塵之間元無實體虛有其相故若交蘆是以結解同根聖凡無二汝但試觀交中識性第八阿黎耶識空有何名葢由明昧因依眞妄乎立迷之而六妄同生悟之而一眞何寄良由此體甚深微細熏變難思執之則眞已非眞取之則非幻成幻苟不取而非幻尚無不執而幻法何立如是則六根圓湛空有雙祛三諦圓觀是非齊泯妙圓之旨盡在斯乎○三略示解結之方者上來一心三觀之相乃

佛佛成道之門初心不知直捷之方故有六解一亡之問世尊巧示玄機綰巾成結以明依一巾而有六結結若解而巾亦不存依一眞而分六妄妄若消而眞亦不立良以眞淨界中本無此事生死涅槃皆卽狂勞顛倒華相隨請解結之方審明下手之處除結當心以顯二邊無力當陽直入必須中道收功恐汝不能圓觀頓脫是須次第銷鎔先且選擇一根任運五黏隨脫若所觀人法雙空則能空觀智亦泯藥病俱遣眞俗雙融三諦靈然一心無寄是則從三昧以證無生卽六根而證常樂初心方便無尚此矣○四廣示最初方便者從前觀相分明已悟隨根證入今茲最後開示應須冥授密機勾引二十五聖會說圓通不知此界當根誰爲要妙若是塵中作主非大智無以潛踤鬧裏奪尊非大悲不能下手故敕文殊揀選唯取觀音耳根此是微塵諸佛一路妙門三世聖賢修行捷徑於是當機聞說身心了然識路還家歸眞無惑然而得正熏修須資定慧違制行業必稟戒輪生死之海滔天始於濫觴之念煩惱之枝翳日生於萌蘖之根今若絕末停流端在拔源塞本果能四事不遺自然遠諸魔事又復現行易制宿習難除是須安立道場誦持神呪顯密雙資三慧並運指日以取菩提刻期而成聖果妙圓之行誠在斯矣二示三觀之相屬修行分竟○三示三觀之用者世尊所示先明二種顛倒妄見之因後示五十五位眞家之路所以然者何也良以妙性圓明眞源湛寂本無迷悟安有聖凡一念纔興則三

有之空花亂起寸心方歇則一眞之幻影全消所以生滅名妄迷之則生死無端滅妄名眞悟之則輪廻頓息然且生死界寛總之不出一十二類涅槃道遠要之不過五十五程迷一眞而爲六想則二種顚倒相因悟六想而本一眞則二種轉依是號汝今欲修三昧直詣涅槃先當識此諸顚倒因斯可圓成眞三摩地良由迷眞覺而成不覺故號無明遷無生而作衆生是稱顚倒此則本不生而生斯有無生之衆生本無住而住故有無住之世界迷輪不息則生死之業何窮妄念不休則遷流之世何已且既以一念之迷妄動而六想横發輪廻於十二類生則可以一念之悟無生而三觀齊修證取於五十五位由是觀之則衆生實約四蘊之心世界端指色蘊之質此則全憑正報以顯悟迷總屬衆生以明眞妄所謂使汝流轉生死速證妙常皆汝六根更非他物豈非知見立知卽無明本知見無見斯卽涅槃者乎全眞卽妄顚倒具於妙圓眞心全妄卽眞修證本於元所亂想故三種漸次因之而建立五十五位由是而進趣是使初心創志則知觀相分明然後任運一心法爾淺深具有斷惑證眞高下之用重重觀察位位研窮莫不皆以首楞大定三觀妙門單複圓修漸次證入者矣修證已極結歸觀心以終其請故曰是種種地皆以金剛觀察如幻十種深喻奢摩他中用諸如來毘婆舍那等三示三觀之用屬證果分竟○四結三觀之名如文○已上大開修證之門竟次曲示迷悟差別○上來七軸半文判爲大

開修證爲觀者先請熟讀經文然後安心觀法覽斯文而通會忘言象以冥符一日常光顯現根塵識銷則佛法身心皆爲餘事矣然迷唯一念因情想亂發取七趣之升沉悟止一心因妄見橫生取五陰之魔擾故曰自心取自心非幻成幻法我世尊眞慈痛發摘膽剜心精研七趣因情想而分内外多少之不同詳辨陰魔約妄見而顯心觀淺深之不一直欲吾人思地獄苦發菩提心知有涅槃不戀三界苟能執此金剛寶劒如幻定門斬愛根於當下則三有之空華影滅世界平沈拔見刺於刹那則一心之幻翳全消虛空粉碎直使纖塵不立一念不存成佛果於今生銷習漏於曠劫斯所謂圓滿菩提歸無所得矣憨山大師答武昌段幻然給諫書云讀來問楞嚴破陰淺深與五十五位相對同別此乃諸佛菩薩自住三摩地中親證境界非凡情所可妄測從前諸師都未疑及宗鏡深窮性相之源然亦未談及此山野膚淺聵昧安敢妄言敢依聖言量略陳其概如來一代時教只是破衆生五陰生死之具楞嚴一經統攝迷悟修證因果備彈聖凡二路爲一路涅槃門故修證位次始終詳悉且又特申定中破陰境界者以此經眞修專以禪定一門深入而以破陰驗其淺深故其位次不同華嚴纓珞等說以華嚴圓圓果海一位具足一切位雖設行布不說斷證要在藉顯圓融纓珞位次雖詳意在分斷分證故約見思塵沙無明以定列行布如天台所明此經與彼迥然不同單約楞嚴大定頓悟漸修故以不生滅心

爲本修因先悟妙圓眞心乃本發心卽以此心漸斷習氣以定位次淺深正同起信論發心修行以悟眞如爲本至其斷惑論又多依相宗斷證特約六麤三細以定位次是爲先悟後修亦與經義相符然論就破惑定位則易明經以破陰定位則難合何也若約論則信位斷執取計名字起業三種麤惑三賢斷相續智相二惑爲麤中之細細中之麤初地至七地斷三細中現相八地至等覺斷轉相金剛最後斷業相此論中斷證明文也今以五陰對惑合位高下則經義大不然矣以經有明文理須頓悟乘悟併消此則不歷諸位矣事須漸除因次第盡此又約斷以明位也詳今經三漸次中卽獲無生法忍從是漸修安立聖位然無生法忍乃登地已證平等眞如方得此忍是經三漸次中專以眞如爲行本且云反流全一六用不行十方國土皎然清淨譬如琉璃內懸寶月後文云識陰若盡如淨琉璃內含寶月如是乃超十信以至等覺圓明入於如來妙莊嚴海以此證之則三漸次中已超諸位應於未登位前已破識陰又不待相似信位矣又何敢妄以破陰次第配諸位耶此經正義重在單破生死根本專指婬習爲生死之根大定乃破敵之具特出發業潤生二種無明是以大定直破八識根本無明而以定研窮縱八識未破見思塵沙麤惑任運先落至若以不生滅心爲本修因正是以金剛心爲禪定本故經云是名妙蓮華金剛王寶覺由是觀之則初修定時在三漸次中已破八識透出金剛心地正是理須

頓悟乘悟併消則能超越諸位矣若云從此安立聖位則自入信已來乃至等覺正是事須漸除因次第盡仍約侵斷歷劫無明習氣特就厚薄輕重約位以判淺深高下耳頓悟漸修由破陰而入位元無二路溈山云若人一念頓了自心是名爲悟卽以所悟淨除現業流識是名爲修非此外別有修也以衆生隨生死流葢有四種謂欲流有流見流無明流今三漸次中欲愛乾枯根境不偶乃斷欲有見三流也名乾慧地者言乾有其慧未與如來法流水接是無明流尚未乾耳此無明流乃金剛心中無明流宗門目爲眞常流注故經結位文云是覺始獲金剛心中初乾慧地此言從前漸次得乾慧以來直至等覺金剛心中無明習氣之流才得乾耳所以無明必歷諸位而後盡者以從眞淨界中瞥生一念無明遂起生死無量劫來起惑造業生死時長染著愛欲習氣深厚必須以金剛心重重磨煉方始得還本源心地故從信位卽云圓玅開敷中道純眞末後乃云如是重重單複十二者正顯以此大定消磨習氣之功也且如經云五陰皆是妄想爲本若破陰對位則經初信文中便云卽以此心中中流入一切妄想滅盡無餘又安可以帶陰而入諸位耶且乾慧文云欲愛乾枯根境不偶現前殘質不復續生此則已出三界生死矣後文識陰盡則超命濁豈但破色陰耶受乃執受四大有苦樂等若受陰不破則不得正受若想陰不破則難入玅奢摩他若行陰不破則生滅不停非爲正定若識陰不破則未悟眞心

難立諸位由此證之則在三漸次中已破五陰決不帶五陰而入諸位明矣由五陰俱破方名眞悟由破八識進修乃名眞修是則破五陰乃頓悟其理其後諸位但約大定消磨歷劫無明習氣正謂事須漸除至若五十五位諸玅功德以如來藏中具有恒沙稱性功德向被無明變作恒沙生死業習今以金剛如幻三昧磨煉業習化作神通玅用以所化者淺故其位下所化者深故其位高圭山云覺前前非名後後位此經大義單以觀心研窮進破無明約位以明證入之淺深非分斷分證之可比由先破陰而後入位非約破五陰以配諸位明矣破陰之說佛恐諸修行人得少爲足錯亂修習故特申明以防邪誤非就此以明位也若禪門頓悟自心頓出生死

不落階級乃是三漸次中頓破八識自然超越諸位然祖師雖云超越但云素法身佛未必具有相光莊嚴神通玅用諸佛如來未有不悟自心而成佛者若一悟便了無事則諸佛又何假更歷三大阿僧祇劫耶今人蒲團未穩以世智聰明掠古人公案自逞知見妄言證聖超佛越祖乃是增上慢人未得謂得墮大妄語可不懼哉昨東行見禪者甚多而墮上慢者不少白衣談禪多墮此病惟今眞修但以三漸次行頓悟自心頓出生死爲急務若自心一明識陰自破則前四陰不待破而自破且如將頭臨白刃一似斬春風豈是色陰能礙又云老僧能轉十二時又云入息不居陰界出息不涉衆緣豈在受想行陰裏吾人只貴究明自心求出生死一著且不必

論破陰與位次合不合也

首楞嚴經疏解蒙鈔卷末五錄之八

音釋

瞥匹滅切篇入聲瞥然起也 蔀裴古切蒲上聲障蔽也 鵄鴞鵄抽知切鴞吁驕切惡聲之鳥也 綰烏版切繫也 眸音謀目瞳子也 濫觴濫盧瞰切觴尸羊切 逞丑郢切稱上聲矜而自呈也

首楞嚴經疏解蒙鈔卷末五録之九

海印弟子蒙叟錢謙益集

佛頂宗録第五

序曰魔民亂宗蛇鬼横從拂蕩教網拍盲鼓聾亦有邪慧掠宗附教吹網貯風離鏡覓照攝爲宗録證明别傳春在花枝月落萬川輯佛頂宗録

一垂示宗旨　二叅會公案　三舉拈偈頌　今初

已下二土諸祖

初祖述安心法門云迷時人逐法解時法逐人解則識攝色迷則色攝識但有心分别計校自心現量者悉皆是夢若識心寂滅無一動念處是名正覺問云何自心現量答見一切法有有自不有自心計作有見一切法無無自不無自心計作無乃至一切法亦如是並是自心計作有自心計作無又若人造一切罪自見已之法王即得解脱若從事上得解者氣力壯從事中見法者即處處不失念從文字解者氣力弱即事即法者深從汝種種運爲跳踉顛蹶悉不出法界亦不入法界若以法界入法界即是癡人凡有所施爲終不出法界心何以故心體是法界故問世間人種種學問云何不得道答由見已故不得道已者我也至人逢苦不憂遇樂不喜由不見已故由亾已故得至虚無已自尚亾更有何物而不亾也問諸法既空阿誰修道答有阿誰須修道若無阿誰即不須修道阿誰者亦我也若無我者逢物不生是非是者我自是而物非是也非者我自非而物非非也即

心無心是爲通達佛道即物不起見名爲達道逢物直達知其本原此人慧眼開智者任物不任巳即無取捨違順愚者任巳不任物即有取捨違順不見一物名爲見道不行一物名爲行道即一切處無處即是法處即作處無作處無作法即見佛若見相時即一切處見鬼取相故墮地獄觀法故得解脱若見憶想分別即受鑊湯鑪炭等事現見生死相若見法界性即涅槃性無憶想分別即是法界性心非色故非有用而不廢故非無又用而常空故非有空而常用故非無

祖演化本國喟然嘆曰彼之一師已陷牛跡況復支離而分六宗我若不除永纒邪見至第一有相宗所問曰一切諸法何名實相有薩婆羅者答曰於諸相中不互諸相是名實相祖曰一切諸相而不互者若名實相當何定耶彼曰於諸相中實無有定若定諸相何名爲實祖曰諸相不定便名實相汝今不定當何得之彼曰我言不定不説諸相當説諸相其義亦然祖曰汝言不定當爲實相定不定故即非實相彼曰定既不定即非實相知我非故不定不變祖曰汝今不變何名實相已變已往其義亦肰彼曰不變當在在不在故故變實相以定其義祖曰實相不變變即非實於有無中何名實相薩婆羅以手指虚空曰此是世間有相亦能空故當我此身得似此不祖曰若解實相即見非相若了非相其色亦然當於色中不失色體於非相中不礙有故若能是解此名實相至第二無相宗所問曰汝言無相當何證之有波羅提者答

曰我明無相心不現故祖曰汝心不現當何明之彼曰我明無相心不取捨當於明時亦無當者祖曰於諸有無心不取捨又無當者諸明無故彼曰入佛三昧尚無所得何況無相而欲知之祖曰相既不知誰云有無尚無所得何名三昧彼曰我說不證證無所證非三昧故我說三昧祖曰非三昧者何當名之汝既不證非證何證至第三定慧宗所問曰汝學定慧爲一爲二有婆蘭陀者答曰我此定慧非一非二祖曰既非一二何名定慧彼曰在定非定處慧非慧一卽非一二亦不二祖曰當一不一當二不二既非定慧約何定慧彼曰不一不二定慧能知非定非慧亦復然矣祖曰慧非定故然何知哉不一不二誰定誰慧至第四戒行宗所問曰何者名戒云何名行當此戒行爲一爲二有一賢者答曰一二二一皆彼所生依教無染此名戒行祖曰汝言依教卽是有染一二俱破何言依教此二違背不及於行內外非明何名爲戒彼曰我有內外彼已知竟卽得通達便是戒行若說違背俱是俱非言及清淨卽戒卽行祖曰俱是俱非何言清淨既得通故何談內外至第五無得宗所問曰汝云無得無得何得既無所得亦無得得有寶靜者答曰我說無得非無得得當說得得無得是得祖曰得既非得得得亦非得既云得得得得何得彼曰見得非得非得是得若見不得名爲得得祖曰得既非得得得無得既無所得當何得得至第六寂靜宗所問曰何名寂靜於此法中誰靜誰寂有尊者答曰此心不動是名爲寂於

法無染名之爲靜祖曰本心不寂要假寂靜本來寂故何用寂靜彼曰諸法本空以空空故於彼空空故名寂靜祖曰空空已空諸法亦爾寂靜無相何靜何寂

異見王問波羅提尊者何者是佛提曰見性是佛王曰師見性不提曰我見佛性王曰性在何處提曰性在作用王曰是何作用今不覩見提曰今現作用王自不識王曰師旣所見云有作用當於我處而有之不提曰王若作用現前總是王若不用體亦難見王曰若當用之幾處出現師曰當出用時當有其八以偈告曰在胎曰身處世名人在眼曰見在耳曰聞在鼻辨氣在口談論在手執捉在足運奔徧現俱該法界收攝不出微塵識者知是佛性不識者喚作精魂金山普寧禪師舉云雖然如是秖見錐頭利不見鑿頭方若是金山則不然有眼覻不見有耳聽不聞有鼻不知香有舌不談論有身不覺觸有意不攀緣一念相應六根解脫敢問諸禪林與前來是同是別○劉箋判經臣發明心地頌　在胎爲身隨緣託質示天眞分明見得當時事晝夜舒光轉法輪　處世名人我今知是釋迦身堪悲擾擾昏昏者箇箇埋藏無價珍　在眼曰見昨夜三更光掣電照破根塵一物無始知身坐空王殿　在耳曰聞始何昏聧滿乾坤那知鼓響鐘鳴後一夜齊開衆妙門　在鼻辨香栴檀林裏親聞得徹地熏天只自知相逢覿面難相識　在舌談論方便海開法施門若是知音兩相見何勞一默與多言　在手執捉放開捏聚總由伊笑他龐老當年道運水搬柴未是奇　在足運奔草鞋踏破無消息吾今了了報君知只是不歸歸便得○明道先生論中庸鳶飛戾天章云識得便活潑潑地不識只是弄精魂

二祖可大師曰我心未寧乞師與安初祖曰將心來與汝安曰覓心了不可得祖曰與汝安心竟○祖曰凡夫謂古異今謂今異古復離四大更有法身解時即今五陰心是圓淨涅槃此心具足萬行正稱大宗

四祖示融大師云百千玅門同歸方寸恒沙功德總在心源一切定門一切慧門一切行門悉皆具足神通玅用並在汝心一切煩惱業障本來空寂一切因果皆如夢幻無三界可出無菩提可求人與非人性相平等大道虛曠絕思絕慮如是之門汝今已得更無闕少與佛何殊

五祖云欲知法要心是十二部經之根本唯有一乘法一乘者一心是但守一心即心眞如門

六祖慧能大師云汝等諸人自心是佛更莫狐疑心外更無一法而能建立皆是自心生萬種法經云心生種種法生其法無二其心亦然其道清淨無有諸相汝莫觀淨及空其心此心無二無可取捨行住坐臥皆一直心即是淨土依吾語者決定菩提○告衆云世人玅性本空無有一法可得自性真空亦復如是莫聞吾說空便即著空第一莫著空若空心靜坐即著無記空世界虛空能含萬物色像日月星辰山河大地泉源溪磵草木叢林惡人善人惡法善法天堂地獄一切大海須彌諸山悉在空中世人性空亦復如是○善知識凡夫即佛煩惱即菩提前念迷即凡夫後念悟即佛前念著境即煩惱後念離境即菩提善知識當用大智慧打破五蘊煩惱塵勞如此修行定成佛道變三毒爲戒定慧我此法門從一般若生八萬四千智慧何以故爲世人有八萬四千塵勞若無塵勞智慧常現○何名無念見一切法心不染著是爲無念用即徧一切處亦不著一切處但淨本

心使六識出六門於六塵中無染無雜來去自由通用無滯即是般若三昧自在解脫名無念行○師言大衆世人自色身是城眼耳鼻舌是門外有五門内有意門心是地性是王王居心地上性在王在性去王無性在身心存性去身心壞佛向性中作莫向身外求自性迷即衆生自性覺即是佛慈悲即是觀音喜捨名爲勢至能靜即釋迦平直即彌陀人我是須彌邪心是海水煩惱是波浪毒害是惡龍虛妄是鬼神塵勞是魚鼈貪瞋是地獄愚癡是畜生善知識常行十善天堂便至除人我須彌倒無邪心海水竭煩惱無波浪滅毒害除魚龍絶自心地上覺性如來放大光明外照六門清淨能破六欲諸天自性内照三毒即除地獄等罪一時消滅内外明徹不異西方不作此修如何到彼○三科法門者陰界入也界是十八界六塵六門六識是也自性能含萬法名含藏識若起思量即是轉識生六識出六門見六塵如是十八界皆從自性起用○法海問即心即佛祖曰前念不生即心後念不滅即佛成一切相即心離一切相即佛○荅薛内侍云明與無明其性無二無二之性即是實性實性者處凡愚而不減在賢聖而不增住煩惱而不亂居禪定而不寂不斷不常不來不去不在中間及其内外性相如如常住不遷名之曰道問不滅不生何異外道荅外道說不生不滅將滅止生以生顯滅滅猶不滅生說無生我說不生不滅本自無生今亦無滅所以不同外道○智通禪師看楞伽經約千餘遍不會三身四

智祖曰三身者清淨法身汝之性也圓滿報身汝之智也千百億化身汝之行也若離本性別說三身即名有身無智若捨三身無有自性即名四智菩提問四智之義可得聞乎曰既會三身便明四智若離三身別談四智此名有智無身也偈云大圓鏡智性清淨平等性智心無病妙觀察智見非功成所作智同圓鏡五八六七果因轉但用名言無實性若於轉處不留情繁興永處那伽定僧問長沙岑第六第七及第八識畢竟無體云何名轉第八爲大圓鏡智岑示偈曰七生依一滅一滅持七生一滅滅亦滅六七永無還○宗音曰以五識第八親相分故曰成所作智同圓鏡是皆果上方轉第六第七無別體故但能了知即性平等是皆因中轉也○紫柏曰楞伽以八識二無我五法三自性轉識成智爲宗不達此義者以爲得心之後再無一事不知道可頓悟情須漸除鼻祖所傳之心道也楞伽轉識成智之法治情之具也若聞道而不治情此必魔外也我如來法中必無是事○祖示僧志徹曰佛性若常更說什麼善惡諸法乃至窮劫無有一人發菩提心者故吾說無常正是佛說真常之道也又一切諸法若無常者即物物皆有自性容受生死而真常性有不徧之處故吾說常者正是佛說真無常義也佛比爲凡夫外道執於邪常諸二乘人於常計無常共成八倒故於涅槃了義教中破彼偏見顯說真常真樂真我真淨汝今依言背義以斷滅無常及確定死常而錯解佛之圓妙最後微言縱覽千徧有何所益○僧志道覽涅槃經請益曰一切衆生皆有二身謂色身法身也色身無常有生有滅法身有常無知無覺經云生滅滅已寂滅爲樂不審何身寂滅何身受樂祖曰汝是釋子何習外道斷常邪見而議最上乘法據汝所說即色聲外別有法身離

生滅求於寂滅又推涅槃常樂言有身受用佛爲一切迷人認五蘊和合爲自體相分別一切法爲外塵相好生惡死枉受輪廻以常樂涅槃翻爲苦相佛愍此故乃示涅槃真樂刹那無有生相刹那無有滅相更無生滅可滅是則寂滅現前當現前時亦無現前之量乃謂常樂聽吾偈曰無上大涅槃圓明常寂照凡愚謂之死外道執爲斷諸求二乘人目以爲無作盡屬情所計六十二見本妄立虛假名何爲真實義惟有過量人通達無取捨以知五蘊法及以蘊中我外現衆色相一一音聲相平等如夢幻不起凡聖見不作涅槃解二邊三際斷常應諸根用而不起用想分別一切法不起分別想劫火燒海底風吹山相擊真常寂滅樂涅槃相如是吾今强言說令汝捨邪見汝勿隨言解許汝知少分○荷澤閱大藏經請問六處有疑第一問所用戒何物定從何處修慧因何處起所見不通流祖曰定即定其心將戒戒其心性中常慧照自見自知深第三問將生滅却滅將滅滅却生不了生滅義所見似聾盲祖曰將生滅却滅令人不執性將滅滅却生令人心離境未即離二邊自墮生滅病第四問先頓而後漸先漸而後頓不悟頓漸人心裏常迷悶祖曰聽法頓中漸悟法漸中頓修行頓中漸證果漸中頓頓漸是常因性中不迷悶

天竺第四祖優波毱多尊者出家證果行化至摩突羅國諸天雨華地祇皆現由是魔宮振動波旬愁怖以其魔力屢化花與玉女欲亂聽法者尊者即入三昧察其所以魔乘在定持瓔珞縻其頸尊者出定取人狗蛇三尸化爲花鬘輭語令魔繫之蟲蛆臭穢魔盡自

神力不能得去即昇六欲天乃至梵天求其解免梵王曰汝可歸心尊者乃得除之爲說偈曰若因地倒還因地起離地求起終無其理波旬即下天宮禮足哀懺尊者曰汝自今還善於佛正法不嬈害不波旬曰誓向佛道尊者曰汝可自唱皈依三寶波旬合掌三唱三屍悉除作禮讚嘆而去經言一切魔王及與鬼神見其宮殿無故崩裂大地振坼果有是事

五祖授多迦尊者遊化至中印度彼國有八千大仙彌遮伽爲首率衆瞻禮謂尊者曰念昔同生梵天我遇阿私陀仙授以仙法師逢十力弟子修習禪那一云尊者證果乃得應真自此報分殊途已更六劫者曰支離累劫誠哉不虛今可捨邪歸入佛乘迦曰昔阿私陀仙人授我記云卻後六劫當因同學獲無漏果今之相遇豈不然耶即度出家其餘仙衆尋皆率服得戒成四果第十經識魔云是人則墮貪非貪執諸阿私陀求長命者成其伴侶迷佛菩提亡失知見今云同生梵天授阿私陀仙法報分殊途支離累劫痛哉其言之也彌伽既紹祖位餘衆皆證四果則識陰外道所證之地位可以比知故非十種仙趣可以同年而語也

十祖脇尊者憩一樹下有長者子富那夜奢當會前立者曰汝從何來奢曰我心非往者曰何處所住奢曰我心非止阿難言佛手不住而我見性尚無有靜誰爲無住我頭自動而我見性尚無有止誰爲搖動者曰汝不定耶奢曰諸佛亦然者曰汝非諸佛奢曰諸佛亦非奢說偈贊曰師坐金色地常說真實義廻光而照我令入三摩諦

十二祖馬鳴大士於花氏國轉妙法輪有小蟲類蟭螟潛其座下取示衆曰此魔所變盜聽吾法放之去魔不能動祖令皈依三寶即

復本形作禮曰我名迦毘摩羅眷屬三千祖曰盡汝神力變化若何曰我化巨海極爲小事祖曰汝化性海得不曰何謂性海非我所知祖爲說曰此性海者山河大地皆依建立三昧六通由茲發現魔聞法大起信心與其徒屬皆求出家後付正法眼藏

十六祖羅睺羅多大士至室羅筏城遡金水河源見僧伽難提禪定於石窟中經三七日出定乃問之曰汝身定耶心定乎提曰身心俱定祖曰身心俱定何有出入提曰雖有出入不失定相如金在井金體常寂祖曰若金在井若金出井金無動靜何物出入提曰言金動靜何物出入言金出入金非動靜祖曰若金在井出者何金若金出井在者何物提曰金若出井在者非金金若在井出者何物祖曰此義不然提曰彼義非著祖曰此義當墮提曰彼義不成祖曰彼義不成我義成矣提曰我義雖成法非我故祖曰我義已成我無我故提曰我無我故復成何義祖曰我無我故故成汝義提曰仁者師誰得是無我祖曰我師迦那提婆證是無我提以偈贊曰稽首提婆師而出於仁者仁者無我故我欲師仁者祖答曰我已無我故汝須見我我汝若師我故知我非我我難提心意豁然即求度脫祖曰汝心自在非繫我所何須依託而求解脫

十七祖僧伽難提尊者領童子伽耶舍多遊化古寺殿上銅鈴被風摇響祖問曰彼風鳴耶彼鈴鳴耶彼銅鳴耶子曰我心鳴耳非風銅鈴祖曰非風銅鈴我心誰耳子曰二俱寂

靜非三昧耶祖曰善哉真比丘善會諸佛理十九祖鳩摩羅多往世嘗生梵天貪愛菩薩瓔珞墮生忉利為彼天人說法彼天遂證初果以故天衆尊為導師其時有天玉女來禮法會會衆千二百人輙起情愛故相牽累紹祖寘數適至降生月氏（天女亦墮此國為梵志氏）傳法後行化中天竺有智士名闍夜多問曰我父母素敬三寶常縈疾瘵鄰家久為旃陀羅行康强如意善惡報應豈虛說乎祖曰佛說業通三世有此生為善而不得福前惡報勝也今世作惡而不受殃前善報勝也若今生善惡之業隨福報而增上則來世善惡之趣滋深苟宿生善惡之因逐心行而移改則當生罪福之果不定凡人見仁夭暴壽逆吉義凶便謂亡因果虛罪福不知形影相隨毫釐靡忒百千萬劫永不磨滅豈可以一世求之耶汝已信三世之業而未明業從惑生惑因識有識依不覺不覺依心心本清淨無生滅無善惡有為無為皆如夢幻夜多領發宿慧遂求出家（皓月供奉問長沙曰了即業債本來空未了應須還宿債只如師子尊者二祖大師為甚麼得償債去沙曰大德不識本來空月曰如何是本來空沙曰業債是如何是業債曰本來空是沙以偈示曰假有元非有假滅亦非無涅槃償債義一性更無殊）五天有僧達磨達者有辨慧師事二十四祖師子尊者尊者知其悟解對衆稱之至傳法嗣祖則屬婆舍斯多達磨達心恨之曰尊者知我之深至嗣祖位不以見授豈有說乎尊者化去久之達磨達一日獨行渡水有女子浣露其足念曰此脛乃爾白晳耶師子尊者忽在其旁曰汝每念我不以祖位授汝今日之心可授祖位乎達磨達於是攝念禮足求

哀曰微細誤犯如是之難敵乎寂音曰世尊四決定明誨進婬譏於殺盜妄之前是大慈父造次不忘曲折垂誨新學菩薩所當知恩

已下此土聖賢

志公和尚問梵僧承聞尊者喚我作屠見曾見我殺生麼曰見師曰有見見無見見不有不無見若有見見是凡夫見無見見是聲聞見不有不無見是外道見未審尊者如何見僧曰你有此等見耶

傅大士謂弟子曰無爲大道者離於言說說者無示聽者無聞學者無得說者無方故無示聽者無受故無聞學者無取故無得何以故爾法無色離形相故法無受離取捨故法無行離足跡故法無名字離分別故如是道者即爲無爲真一無漏之道斷絕攀緣究竟無染上不爲結使所牽漏落三界流轉生死下不爲結使所牽漏落三塗地獄受諸苦惱故言無漏即寂定無爲歸於常住

秦跋陀禪師問生法師作麼生說色空義曰衆微聚曰色衆微無自性曰空師曰衆微未顯喚作甚麼生因措其徒追問未審如何說色空義師曰不道汝師說得不是汝師秖說得果上色空不會說得因中色空曰如何是因中色空曰一微空故衆微空衆微空故一微空一微空中無衆微衆微空中無一微天衣懷頌曰色空空色色空空闕却潼關路不通劫火洞然毫末盡青山依舊白雲中

鳩摩羅什答後秦主姚興曰佛說色陰三世和合總名爲色五陰皆爾又云從心生心如從穀生穀以是故知必有過去無無因之咎又云六識之意識依已滅之意爲本而生意識又正見名過去業未來中果法也又十力

中第二力知三世諸業又云若無過去業則無三塗報又云學人若在有漏心中則不應名爲聖人以此諸比固知不應無過去若無過去未來則非通理經法所不許又十二因緣是佛法之深者若定有過去未來則與此法相違所以者何如有穀子地水時節芽根得生若先已定有則無所待有若先有則不名從緣而生又若先有則是常倒是故不得定有不得定無有無之說唯時所宜耳以過去法起行業不得言無又云今不與昔對不得言有又大品所明過去如不離未來現在如未來現在如亦不離過去如此亦不言無也

肇公物不遷論曰昔物自在昔不從今以至昔今物自在今不從昔以至今故仲尼曰回也見新交臂如故如此則物不相往來明矣既無往返之微朕又何物而可動乎宗鏡釋曰意明物物常自新念念不相到交臂之頃已失前人豈容至老而後變耶又前念已故後念恒新終日相見恒是新人故云如新如此新人見之只如交臂之頃早是後念新人非前念時也故云非故耳若前念已故後念已新新不至故故不待新前後不相至故不遷也又雖兩人初相見只如舉手交臂之頃早已往矣此取速疾也故云昔物自在昔今物自在今如紅顏自在童子之身白首自處老人之體然則莊生之所以藏山仲尼之所以臨川斯皆感往者之難留豈曰排今而可往人則謂少壯同體百齡一質徒知年往不覺形隨是以梵志出家白首而歸隣人見之曰昔人尚存乎梵志曰吾猶昔人非昔人也隣人皆愕然非其言也所謂有力者負之而趨昧者不覺其斯之謂與俱舍論頌云如以一睫毛置掌人不覺若置眼睛上爲苦極不安凡夫如手掌不覺行苦睫智者如眼睛緣極生厭怖○幽谿云以恒河無異爲客所謂江河競注而不流也以身中貿遷爲

塵所謂支臂而非故也○王肯堂曰世説客問樂令旨不至者樂亦不復剖析文句直以塵尾柄确凡曰至不客曰至樂又舉塵尾曰若至者那得去然則至去初無定名本體元自不動故云觀方知彼去去者不至方也法華偈曰是法住法位世間相常住藏䟽云不變肇論之不遷皆謂是耳

南嶽思大和尚云若言學者須先通心心若得通一切法一時盡通聞説淨不生淨念即是本自淨聞説空不取空譬如鳥飛於空若住於空必有墮落之患無住是本自性體寂而生其心是照用即寂是自性定即照是自性慧即定是慧體即慧是定用離定無別慧離慧無別定即定之時即是慧即慧之時即是定即定之時無有定即慧之時無有慧何以故性自如故如燈光雖有二名其體不別即燈是光即光是燈離燈無別光離光無別燈即燈是光體即光是燈用即定慧雙修不相去離 宗鏡第九十七○壇經云定是慧體慧是定用即慧之時定在慧即定之時慧在定莫言先定發慧先慧發定法有二相定慧不等猶如燈光有燈即光無燈即暗燈是光之體光是燈之用名雖有二體本同一

南岳思大師獲宿智通尋復障起四支緩弱不能行步自念曰病從業生業從心起心源無起外境何狀病業與身都如雲影如是觀已顛倒想滅輕安如故 萬松云古人病中猶爲佛事南岳病障忽生便就病作一則因緣叅云

智者大師與陳宣帝書云學道之法必須先識本原求道由心又須識心之體性分明無惑功業可成一了千明一迷萬惑心無形相内外不居境起心生境亡心滅色大心廣色小心微乃至知心空寂即入空寂法門知心無縛即入解脫法門知心無相即入無相法門覺心無心即入真如法門若能知心如是

者即入智慧法門

杜順和尚攝境歸心真空觀云謂三界所有法唯是一心心外更無一法可得故曰歸心謂一切分別但由自心曾無心外境能與心爲緣何以故由心不起外境本空論云由依唯識故境本無體真空義成故以塵無有故本識即不生由此方知由心現境由境顯心心不至境境不入心常作此觀智慧甚深宗鏡

賢首解攝論偈曰此中一剎那者即謂無念楞伽解曰以一剎那流轉必無自性故即是無生若非無生即不流轉是故勢無生者方見剎那也〇還源觀曰由於塵相念念遷變即是生死由觀塵相生滅相盡空無有實即是涅槃寂音曰於色聲等法念念分別名爲遷變觀此色聲等法起滅無從當處解脫先觀已眼曰是眼即不能自見其已體自體尚不見云何見餘物次觀前境曰若見是樹復云何樹若見非樹云何見樹次觀三際曰若現在是有耶則過去未來亦應是有若過去未來是無耶則現在亦應是無

棗柏長者曰有作之法難成隨緣無作易辦作者勞而無功不作隨緣自就無功之功功不虛棄有功之功功皆無常多劫積修終歸敗壞一念緣起無生超彼三乘權學等見寂音曰讀棗柏論於是頓見迦葉波說偈諸法從緣生諸法從緣滅之旨〇經曰智入三世而無來往棗柏曰此華藏世界海明此教法一念三世故一念者爲無念也無念即無三世古今等法以明法身無念一切衆生妄念三世多劫之法不離無念之中以是義故此華藏世界所有莊嚴境界能現諸佛業衆生三世所行行業因果總現其中或過去業現未來中或未來業現過去中或過去未來業現現在中或現在業現過去未來中如百千明鏡俱懸四面前後影像互相徹故

為法界之體性無時故妄計三世之業頓現無時法中偈曰三世無有時妄計三世法以真無妄想一念現三世三世無時者亦無有一念計著三世法總現無時中了達無時法一念成正覺世尊在摩竭提國阿蘭若法菩提場中始成正覺於普光明殿入剎那際三昧明以法界身為定體無三世性故從兜率下降神及入涅槃四十九年住世轉一切法輪總不出剎那際以此三昧圓通始終非三世古今故如是敘致以總言之一切過去現在未來諸佛皆盡一時成佛并眾生生死亦不移剎那際但眾生妄計有年歲長短如佛所說即生即死皆不移時夫隨情言說無有實義以濟迷倒謂之方便若出情之法則不然但入剎那際三昧即成無上覺道○寂音云阿難偈曰銷我億劫顛倒想不歷僧祇獲法身于觀法華經諸菩薩摩訶薩從初湧出以諸菩薩種種讚法而讚於佛如是時間經五十小劫是時釋迦牟尼佛默然而坐及諸四眾亦皆默然五十小劫佛神力故令諸大眾謂如平日夫半日○又曰十之間歷五十小劫顛倒想所持也定品法門其定名入剎那際如三乘說八十生滅為一剎那八十剎那為一念如此一乘但以剎那是極短促思慮不及之故終不別論有生滅明如來出世終始不離剎那際為一乘道理情解有以情解者疑網不除且信佛語自疑不斷○論法華龍女成佛云以法華經對權教三根見未盡者令成信種且將女相速轉成佛令生奇特方始發心趣眞知見不堪本法而起善根此明且引三權令歸一實又破彼時劫定執三僧祇令於剎那證三世性本來一際無始無終稱法平等裂三乘之見網撤菩薩之草菴令歸法界之門入佛真實之宅故令龍女成佛明非過去久修年始八歲又表今非舊學轉女時分不逾剎那具行佛果無虧毫念法本如是自體無時權學三根自將見隔迷自實法反稱為他不知躬己本分如斯全處宅中猶懷滯見云何

界外懸指三祇此見不離定乖永劫回心見謝方始舊居何如今時滅諸見業徒煩多劫苦困方回如華嚴經法界緣起門明凡聖一真猶存見隔見存即凡情亡即佛稱性緣起俯仰進退屈伸謙敬皆菩薩行無有一法可轉變相有生住滅故不同龍女轉身成佛寂音曰龍旁生女有五障八歲非久積功力忽然之頃非歷塵劫乃化而成佛者超越脫離凌跨十世猛利成就之象也方等深經有正言之者首楞嚴曰金剛王寶覺彈指超無學華嚴曰超諸方便成十力是也

澄觀和尚華嚴疏云上來諸門乃至無盡不離一心一心即法界故起信云所言法者謂衆生心心體即大心之本智即方廣觀心起行即華嚴覺心性相即是佛覺非外來全同所覺故理智不昧理智形奪雙亡寂照則念念皆是華嚴性海則物我皆殊泯同平等爲未了者今了自心若知物物皆心方了心性故梵行品云知一切法即心自性成就慧身不由他悟然今法學之者多棄內而外求習禪之者好亡緣而內照竝爲偏執俱滯二邊既心境如如則平等無礙昔曾瑩鏡兩面鑒一盞燈置一尊容而重重交光佛佛無盡見夫心境互照本智雙入心中悟無盡之境境上了難思之心心境重重智照斯在又即心了境界之佛即境見惟心如來心佛重重而本覺性一皆取之不可得則心境兩亡照之不可窮則理智交徹心境既爾境境相望心心互研萬化紛綸皆一致也唯證相應名佛華嚴矣釋云今人只解即心即佛是心作佛不知即境即佛是境作佛今明以如

（爲佛心境皆如心如即佛境如爲非又心有心性心能作佛境有心性安不作佛以心收境則心中見佛是境界之佛以境收心境中見佛是唯心如來）

清涼國師答皇太子問心要云迷現量則惑苦紛然悟真性則空明廓徹有證有知則慧日沉没於有地若無照無悟則昏雲掩蔽於空門迷悟更依真妄相待若求真棄妄猶棄影勞形若體妄即真猶處陰影滅若無心忘照則萬慮都捐若任運寂知則衆行爰起言止則雙忘知寂論觀則雙照寂知語證則不可示人說理則非說不了是以悟寂無寂真知無知以知寂不二之一心契空有雙融之中道般若非心外新生智性乃本來具足然本寂不能自現實由般若之功般若之與智性翻覆相成本智之與始修實無兩體雙忘證入則玅覺圓明始末該融則因果交徹

巳下宗鏡引證

高僧靈潤云捨外塵邪執得意言分别捨唯識想得真法界前觀無相捨外塵相後觀無生捨唯識想常與法侶登山遊觀野火四合衆皆奔散獨安步顧陟語曰心外無火火實自心謂火可逃無由免火及火至潤而潛然息滅○復禮法師曰觀業者業因心起心爲業用業引心而受形心隨業而作境然則因業受身身還造業從心作境境復生心若影隨形而曲直猶響隨聲而大小矣（智證傳云廣百論偈云眼中無色識識中無色眼色内二俱無何能令見色高僧靈潤嘗修此觀也）法照禪師云經云三阿僧祇百千名號皆是如來異名即真心之别稱也夫縛從心縛解從心解縛解從心不關餘事出要之術唯有觀心乃至若舉一心門一切唯一心若一法

非心則是心外有誰能在心外別制一條者○梵禪師云若知一切法皆是法即得解脫眼是法色是法經云不見法還與法作繫縛亦不見法還與法作解脫○藏禪師云於一切法無所得者即心是道眼不得一切色耳不得一切聲○緣禪師云譬如家中有大石尋常坐臥或作佛像心作佛解畏罪不敢坐皆是意識筆頭畫作自忙自怕石中實無罪福○安禪師云直心是道何以故直心直用更不觀空亦不求方便經云直視不見直念不思直受不行直說不煩○覺禪師云若悟心無所屬即得道跡眼見一切色眼不屬一切色是自性解脫經云一切法不相屬故心與一切法各不相知○圓寂尼云一切法唯心無對即自在解脫經云一切法不與眼作對何以故法不見法法不知法

古德問云若言自他俱是自心現離心無實我人者諸佛亦見有衆生豈可有妄心未盡耶答諸佛見有衆生俱是緣生幻有衆生不知謂實有我所以造業受報枉有輪廻此由無實我感諸佛慈悲若實有我非是妄有者諸佛何故妄救衆生以我實有不可救故今爲救者定知無我妄計有也故知衆生不離佛界迷不覺知 宗鏡

學人問安國和尚若未悟時善惡緣業是有不答非有喻如夜夢被惡人逐或作梵王帝釋將爲是有豁然睡覺寂然無事信知三界本空唯是一心○學人又問何名識心見性答喻如夜夢見好與惡若知身在牀上安眠全無憂喜即是識心見性如今有人聞作佛

便喜聞入地獄即憂不達心佛在菩提林上
安眠妄生憂喜

首楞嚴經疏解蒙鈔卷末五録之九

音釋

睒 失冉切音閃暫視貌 蟭螟 上玆消切音焦下莫經切音冥虫之最細者

瘵 側介切音鄒勞病也 晳 先的切音錫色白也

首楞嚴經疏解蒙鈔卷末五録之十

海印弟子蒙叟錢謙益集

巳下此土諸祖法嗣

向居士云影由形起響逐聲來弄影勞形不知形是影本揚聲止響不識聲是響根除煩惱心而求涅槃喻去形而覓影離衆生心而求佛道喻默聲而尋響故知迷悟一途愚智非别無名作名因其名則是非生矣無理作理因其理則諍論起矣幻作非眞誰非誰是虛妄非實何有何空將知得無所得失無所失矣

牛頭初祖云諸佛於此得菩提者此是心處得菩提色處轉法輪眼處入涅槃若爾者身中究竟解脱法身常在淨土具足更少何物復更何求初發心時便成正覺○融大師云一切凡聖三塗巳上種智巳還皆妄想謂有並是夢中如人夢中見在地獄種種方便求脱浪生辛苦但抖擻令覺即一切事盡無如今盡是夢中所作還受夢報○又云不離五陰有佛○鏡像本無心說鏡像無心從無心中說無心人說有心說人無心從有心中說無心有心中說無心是末觀無心中說無心是本觀衆生計有身心說鏡像破身心衆生著鏡像說畢竟空破鏡像若知鏡像畢竟空即身心畢竟空假名畢竟空亦無畢竟空佛道非天生亦不從地出直是空心性照世間如日○博陵王問曰境發無處所緣覺了知生境謝覺還轉覺乃變爲境若以心曳心還爲覺所覺從之隨隨去不離生滅際師曰色心前後中實無緣起境一念自疑忘誰能計

動靜此知自無知知知緣不會當自檢本形何須求域外前境不變謝後念不來今執月求玄影討跡逐飛禽欲知心本性還如視夢裏譬之六月水處處皆相似避空終不脫求空復不成借問鏡中像心從何處生志公云大士肉眼圓通二乘天眼有瞖融大師云不取天眼等五通造事外道唯取入理凡夫耳牛頭下石窟和尚問佛身無漏戒定熏修五陰不縛不脫且如大品經云衆生不善五陰之身亦不縛不脫令人驚疑答若向衆生五陰外別有諸佛解脫無有是處衆生不了色心清淨妄想顛倒不得解脫若知人法常空其中實無縛脫

佛窟下雲居和尚云世出世間俱不越自一念妄心而有一念纔起萬象分劑一念相生便成心境若非心境何得有念可見既有所見之念又有能見之心將知念即是境見即是心所見之念便成色蘊能見之心便成四蘊經云五蘊是世間一念具五蘊一一蘊中皆具五蘊故得一不礙多多不礙一所以心境交通互爲賓主經云境智互相涉入重重無盡即是一塵含法界一一法皆徧也觀自一念動即恒沙世界一時振動觀自一念常定即六道衆生悉皆常定若諦了一念之體即恒沙世界常現自心由迷一念即境智胡越

天后問慧安國師甲子多少師云不記后云何不記耶師云生死之身其若循環環無起盡安用記爲況此心流注中間無間見漚起滅者乃妄想耳從初識至動相滅時亦只如此何歲月而可記乎后稽顙信受梁時請百大德至朝

門嚴備甲兵試其怖否九十九人悉皆驚走唯一人不生怖畏王問和尚何故不怕答云怕何物我初生孩童時刹那刹那念念已死何得今日反怖死乎

杜鴻漸詣白厓無住問法時聞鵶鳴杜問師聞不曰聞鵶去又問曰聞杜曰鵶去無聲云何言聞師曰聞與不聞非關聞性有聲之時是聲塵自生無聲之時是聲塵自滅而此聞性不隨聲生不隨聲滅悟此聞性則免聲塵流轉色香味觸亦復如是當知聞無生滅聞無去來釋念常云無住說法妙合楞嚴聞無生滅之旨

壽州道樹禪師得法於北宗秀卜壽州三茅山結茅而居常有野人服色素朴言談詭異時忽化作佛及菩薩羅漢天仙等形或放神光或呈聲響學徒覩之皆不能測涉十年後寂無形影師告衆曰野人作多色伎倆眩惑於人只消老僧不見不聞伊伎倆有窮吾不見不聞無盡楞嚴中天魔附人其形斯須或爲帝釋或比丘尼起信亦云或現天像菩薩像亦作如來像相好具足應知此之野人非爲山鬼即天魔也

司空山本淨禪師曰若作見聞覺知解會與道懸殊即是求見聞覺知之者非是求道之人經云無眼耳鼻舌身意六根尚無見聞覺知憑何而立窮本不有何處存心〇爲有妄故將眞對妄推窮妄性本空眞亦何曾有故故知眞妄總是假名二事對治都無實體曰既言一切皆妄妄亦同眞眞妄無殊復是何物師曰若言何物何物亦妄經云無相似無比況言語道斷如鳥飛空偈曰推眞眞無相窮妄妄無形返觀推窮心知心亦假名會道亦如此到頭亦只寧〇善惡二根皆因心有窮心若有根亦非虛推心既無根因何立經云善不善法從心化生善惡業緣本無有實

偈曰善旣從心生惡豈離心有善惡是外緣於心實不有捨惡從何處取善令誰守傷嗟二見人攀緣兩頭走若悟本無心始悔從前咎○問曰此身從何而來百年之後復歸何處師曰如人夢時從何而來睡覺時從何而去曰夢時不可言無既覺不可言有雖有有無來往無所師曰貧道此身亦如其夢偈曰視生如在夢夢裏實是鬧忽覺萬事休還同睡時悟智者會夢悟迷人信夢鬧會夢如一般一悟無別悟

忠國師問禪客南方知識如何示人曰彼方知識直下示人即心即佛佛是覺義汝今悉具見聞覺知之性此性善能揚眉瞬目去來運用徧於身中挃頭頭知挃脚脚知故名正徧知離此之外更無别佛此身即有生滅心性無始以來未曾生滅身生滅者如龍換骨蛇蜕皮人出故宅即身是無常其性常也師曰若然者與彼先尼外道無有差别彼云我此身中有一神性此性能知痛癢身壞之時神則出去如舍被燒舍主出去舍即無常舍主常矣審如此者邪正莫辯苦哉吾宗喪矣若以見聞覺知是佛性者淨名不應云法離見聞覺知若行見聞覺知是則見聞覺知非求法也又問法華了義開佛知見此復若爲師曰他云開佛知見尚不言菩薩二乘豈以衆生癡倒便同佛之知見耶又問阿那個是佛心師曰墻壁瓦礫是僧曰與經大相違也涅槃云離墻壁無情之物故名佛性今云是佛心未審心之與性爲别不别師曰迷即别悟即不别譬如寒月水結爲氷及至暖時氷

釋爲水衆生迷時結性成心悟時釋心成性華嚴云應觀法界性一切唯心造今且問汝無情之物爲在三界内爲在三界外爲復是心不是心若非心者經不應言三界唯心若是心者又不應言無性汝自違經我不違也問無情既有佛性還解説法否師曰他熾然常説無有間歇曰某甲爲甚麽不聞師曰汝自不聞曰誰人得聞師曰諸聖得聞曰衆生應無分耶師曰我爲衆生説不爲諸聖説曰某甲聾瞽不聞無情説法師應合聞師曰我亦不聞曰師既不聞爭知無情解説法師曰賴我不聞我若得聞則齊於諸聖汝則不聞我説法曰衆生畢竟得聞不師曰衆生若聞即非衆生曰無情説法有何典據師曰不見華嚴云刹説衆生説三世一切説衆生是有情乎曰師但説無情有佛性有情復若爲師曰無情尚爾況有情耶又問若然者南方云見聞覺知是佛性不合判同外道師曰不道佗無佛性外道豈無佛性耶但緣見錯於一法中而生二見也曰衆生佛性既同只用一佛修行一切衆生應時解脱今既不爾同義安在師曰華嚴六相義云同中有異異中有同成壞總别類例皆然衆生佛雖同一性不妨各各自修自得未見佗食我飽曰有知識示學人但自識性了無常時抛却殼漏子靈臺智性迥然而去名爲解脱師曰猶是二乘外道之量二乘厭離生死欣樂涅槃外道亦云吾有大患爲吾有身乃趣乎冥諦須陀人八萬劫餘三果人六四二萬劫辟支佛一萬劫住空定中外道八萬劫住非非想中二乘

劫滿猶能回心向大外道還即輪廻曰佛性一種爲別師曰不得一種或有全不生滅或半生半滅半不生滅我此間佛性全不生滅汝南方佛性半生半滅半不生滅曰如何區別師曰此則身心一如身外無餘所以全不生滅南方身是無常神性是常所以半生半滅半不生滅曰師亦言即心是佛南方知識那有異同師曰或名異體同或名同體異菩提涅槃眞如佛性名異體同眞心妄心佛智世智名同體異南方錯將妄心言是眞心認賊爲子取世智稱爲佛智魚目亂珠不可雷同事須甄別曰若爲離得此過師曰汝但仔細返觀陰入界處一一推窮有纖毫可得不曰仔細觀之不見一物可得曰汝壞身心相邪曰身心性離有何可壞曰身心外更有物不曰身心無外寧有物耶曰汝壞世間相邪曰世間相即無相那用更壞師曰若然者即離過矣○問即心即佛可更修萬行否師曰諸聖皆具二嚴豈撥無因果耶○學人問忠國師不作意時得寂然不答若見寂然即是作意宗鏡云所以意根難出動靜皆落法塵不唯作無著任緣之解墮於邪思即起㝠合寂然之心亦存見地故知盡是意見爲禪説病爲法如蒸砂作飯緣木求魚費力勞功枉經塵劫心若不起萬法無生纔有起心即成住著

永嘉奢摩他頌云若以知知寂此非無緣知如手執如意非無如意手若以自知知亦非無緣知如手自作拳非是不拳手亦不知知寂亦不自知知不可謂無知自性了然故不同於木石手不執如意亦不自作拳不可爲無手以手安然故不同於兎角清涼疏云云何超言若取知能知寂未免於言有所緣故知自知知亦非無緣故須能所平等等不失照故無知之

知不同木石故云能見斯爲禪宗之玅定中三應須別一安住定謂玅性天然本自非動二引起定謂澄心寂泊發瑩增明三辦事定謂定水凝清萬像斯鑑慧中三應須別一人空慧謂了陰非我即陰中無我如龜毛兎角二法空慧謂了陰等諸法緣假非實如鏡像水月三空空慧謂了境智俱空是空亦空見中三應須識一空見謂見空而見非空二不空見謂見不空而見非不空三性空見謂見自性而見非性○料簡之法須明識一念之中五陰謂歷歷分別明識相應即是識陰領納在心即是受陰心緣此理即是想陰行用此理即是行陰汙穢眞性即是色陰此五陰者舉體即是一念此一念者舉體全是五陰歷歷見此一念之中無有主宰即人空慧見如幻化即法空慧

○毗婆舍那頌云夫境非智而不了智非境而不生智生則了境而生境了則智生而了智生而了了無所了了境而生生無能生雖智而非有了無所了雖境而非無無即不無有即非有有無雙照玅悟蕭然如火得薪彌加熾盛薪喻發智之多境火比了境之玅智其辭曰若智了於境即是境空智如眼了花空是了花空眼若智了於智即是智空智如眼了眼空是了眼空眼智雖了境空及以了智空非無了境智境空智猶有了境智空智無境智不了如眼了花空及以了眼空非無了花眼花空眼猶有了花眼空眼無花眼不了○優畢叉頌云第三語其相應者心與空相應則譏毀讚譽何憂何喜身與空相應則刀割香塗何苦何樂依報與空相應則施與

劫奪何得何失心與空不空相應則愛見都忘慈悲普救身與空不空相應則內同枯木外現威儀依報與空不空相應則永絶貪求資財給濟心與空不空非空非不空相應則實相初明開佛知見身與空不空非空非不空相應則一塵入正受諸塵三昧起依報與空不空非空非不空相應則香臺寶閣嚴土化生宗鏡云是以若不斷四種深慾欲求一乘妙果如塞耳大叫難免佗聞徒灌漏卮終無滿日 第七明其是非者心不是有心不是無心不非有心不非無是有是無即墮是非有非無即墮非如是秖是是非之非未是非是非非之是今以雙非破兩是是破非是猶是非又以雙非破兩非非破非非即是是秖是非是非非之是未是不非不不非不是不不是是非之惑縣微難見神清慮靜細而研

之○三乘漸次云三乘雖殊同歸出苦之要聲聞雖小見愛之惑已袪故於三界無憂分段之形滅矣三明照曜開朗八萬之劫現前六通縱任無爲山壁遊之直度時復空中行住或坐臥之安然汎沼則輕若鴻毛涉地則猶如履水九定之功滿足十八之變隨心然三藏之佛望六根清淨位有齊有劣同除四住此處爲齊若伏無明三藏爲劣天台文佛尚爲劣二乘可知望上伏斷雖殊於下悟迷有隔如是則二乘何咎而欲不修者哉如來爲對大根引歸實所令修種智同契圓伊或毀或譽抑揚當時耳○事理不二云性之既空雖緣會而非有緣之既會雖性空而不無是以緣會之有有而非有性空之無無而非無會即性空故言非有空即緣會故曰非無今

言不有不無非是離有別有一無也亦非離無別有一有也如是則明法非有無故以非有非無名耳不是非有非無既非有無又非非有非非無也何獨言語道斷亦乃心行路滅也

荷澤顯宗記云涅槃般若名異體同隨義立名故云法無定相涅槃能生般若即名眞佛法身般若能建涅槃故號如來知見知即知心空寂見亦見性無生知見分用不一不異故能動寂常妙理事皆如六根不染即定慧之功六識不生即如如之力心如境謝境滅心空心境雙亡體用不異眞如性淨慧鑒無窮如水分千月能見聞覺知見聞覺知而常空寂空即無相寂即無生○僧問荷澤會師見聞照聲色時唯復抗行耶唯有先後會曰抗行先後即且置汝畢竟將什麽作聲色僧曰如師所論則無聲色可得也於是再拜即日發去後隱於蒙山

草堂和尚云夫帝網未張千纓焉覩宏綱忽舉萬目自開心佛雙照觀也心佛雙亡止也定慧既均亦何心而不佛何佛而不心心佛既然則萬境萬緣無非三昧也○圭峯示溫造尚書曰衆生無始劫來未曾了悟妄執身爲我相隨情造業隨業受報生老病死長劫輪廻然身中覺性未曾生死如夢被驅役身本安閒如水作氷溼性不易若能悟此性即是法身本自無生何有依托靈靈不昧了了常知無所從來亦無所去然多生妄執習以性成喜怒哀樂微細流注須常覺察損之又損如風頓止波浪漸停豈可一生所修便同

諸佛力用唐宣宗問弘辯禪師何爲頓見何爲漸修曰頓明自性與佛同儔然有無始染習故假漸修對治令順性起用如人喫飯不一口便飽○偈曰作有義事是惺悟心作無義事是狂亂心狂亂隨情念臨終被業牽惺悟不由情臨終能轉業釋曰既隨妄念欲作即作不以悟理之智簡擇是非猶如狂人故臨終時牽於業道被業所引受當來報故涅槃云無明郎主貪愛魔王役使身心策如僮僕情中欲作而察理不應即須便止情中不欲作而照理相應即須便作但由是非之理不由愛惡之情即臨命終時業不能繫隨意自在天上人間也通而言之但朝暮之間所作被情塵所牽即臨終被業所牽而受生若所作所爲由於覺智不由情塵即臨終由我自在而受生不由業也當知欲驗臨終受生自在不自在但驗尋常行心於塵境自由不自由

已下五燈諸宗

讓大師云一切萬法皆從心生森羅及萬象一法之所印凡所見色皆是自心心不自心因色故心從心所生即名爲色知色空故生即不生宗鏡

吉州思和尚云即今語言即是汝心此心是佛是實相法身佛經云有三阿僧祇百千名號隨世界應處立名如隨色摩尼珠觸青即青觸黃即黃實本色如指不自觸刀不自割鏡不自照隨像所現之處各各不同此心與虛空齊壽若入三昧門無不是三昧若入無相門總是無相隨立之處盡得宗門語言啼笑屈伸俯仰各從性海所發故得宗名相好之佛是因果佛即實相佛家用經云三十二

相八十種好皆從心想生亦云法性家焰又云法性功勳隨其心淨即佛土淨諸念若生隨念得果應物而現謂之如來隨應而去故無所求一切時中更無一法可行自是得法不以得更得是以法不知法法不聞法平等即佛佛即平等不以平等更行平等宗鏡馬祖示衆云自性本來具足但盡三界心量一念妄生即是三界生死根本但無一念即除生死根本無量劫來凡夫妄想諂曲邪僞我慢貢高合爲一體故經云但以衆法合成此身起時唯法起滅時唯法滅此法起時不言我起滅時不言我滅前念中念後念念念不相待念念寂滅喚作海印三昧攝一切法如百千異流同歸大海都名海水如人在大海中浴即用一切水所以聲聞悟迷凡夫迷悟不知聖心本無地位因果階級心量妄想修因證果住於空定八萬劫二萬劫雖即已悟悟已却迷諸菩薩觀如地獄苦沉空滯寂不見佛性一切衆生從無量劫來不出法性三昧長在法性三昧中著衣喫飯言談祇對六根運用一切施爲盡是法性若能一念返照全體聖心汝等各達自心莫記我語縱饒說得河沙道理乃至分身放光現十八變不如還我死灰來淋過死灰無力喻聲聞妄修因證果未淋死灰有力喻菩薩道業純熟諸惡不染若說如來權教三藏河沙劫說不盡猶如鉤鎖亦不斷絕若悟聖心總無餘事○道不用修但莫污染何謂污染但有生死造作趣向皆是汙染若欲直會其道平常心是道只如今行住坐臥應機接物盡是道道即

是法界乃至河沙玅用不出法界若不然者云何言心地法門云何言無盡燈若於教門中得隨時自在建立法界盡是法界若立眞如盡是眞如若立理一切法盡是理若立事一切法盡是事舉一千從事理無别皆由心之迴轉譬如月影有若干眞月無若干諸源水有若干水性無若干森羅萬象有若干虛空無若干說道理有若干無礙慧無若干種種成立皆由一心也建立亦得埽蕩亦得盡是玅用非離眞而有立處立處即眞盡是自家體一切法皆是佛法諸法即是解脱解脱者即是眞如經云在在處處則爲有佛人法俱空凡聖情盡轉無等輪超於數量如天起雲如畫水成文不生不滅是大寂滅在纒名如來藏出纒名淨法身應物現形如水中月

不盡有爲不住無爲有爲是無爲家用無爲是有爲家依不住於依故曰如空無所依心生滅義心眞如義心眞如者如明鏡照像鏡喻於心像喻於法若心取法即涉外因緣即是生滅義不取於法即眞如義在迷爲識在悟爲智順理爲悟順事爲迷迷則迷自本心悟則悟自本性一悟永悟不復更迷如日出時不合於暗智慧日出不與煩惱暗俱了心境界妄想即除妄想既除即是無生法性本有今有不假修道坐禪不修不坐即是如來清淨禪若見此理眞正不造諸業隨分過一生一衣一衲坐起相隨戒行增熏積於淨業但能如是何慮不通○若此生所經行之處及自家田宅處所父母兄弟等舉心見者此心本來不去莫道見彼事則言心去宗鏡云心性本

無來去亦無起滅所經行處及父母眷屬等今所見者由昔時見故皆是第八含藏識中憶持在心非今心去亦名種子識亦名含藏識貯積昔所見者識性虛通念念自見名巡舊識亦名流注生死此念念自離不用斷滅若滅此心名斷佛種性此心本是真如之體甚深如來藏而與七識俱傳大士云○汾州心性無來亦無去緣慮流轉實無停

大達國師問馬祖即心是佛實未明了祖云即你不了底心是更無別物迷即衆生悟即是佛如拳作掌如掌作拳師言下知歸宗鏡作無業和尚

石頭和尚上堂不論禪定精進唯達佛之知見即心即佛心佛衆生菩提煩惱名異體一當知自已心靈體離斷常性非垢淨湛然圓滿凡聖齊同應用無方離心意識三界六道唯自心現水月鏡像豈有生滅汝能知之無所不備諸聖所以降靈垂範廣述浮言葢欲顯法身本寂令歸根耳

僧問百丈從上祖宗皆有密語遞相傳受如何丈曰無有密語如來無有祕密藏秖如今鑑覺語言分明覓形相了不可得是密語從須陁洹向上直至十地但有語句盡屬法之塵垢但有語句盡屬煩惱邊收但有語句盡屬不了義教但有語句即不許也了義教俱非也更討什麽密語○學人問對一切境如何得心如木石答一切諸法本不自言是非垢淨亦無心繫縛人但人自虛妄計著作若干種解起若干種見生若干種畏愛但了諸法不自生皆從自已一念妄想顛倒取相而有知心與境本不相到當處解脫一一諸法一一諸心當處寂滅當處道場本有之性不可名目本來不是凡不是聖不是智不是愚不是垢不是淨亦非空有善惡與諸染法相

應名衆生界與諸淨法相應名人天二乘界若垢淨心盡不住繫縛不住解脱無一切有爲無爲縛脱平等心量處於生死其心自在畢竟不與諸虚幻塵勞蘊界生死諸入和合迥然無計一切不拘去留無礙往來生死如門開相似○百丈和尚上堂靈光獨耀迥脱根塵體露眞常不拘文字心性無染本自圓成但離妄緣即如如佛（叢林舉唱謂之百丈門風）○廣錄云修禪學慧須辨清濁語濁法者貪瞋愛取等多名也清法者菩提涅槃解脱等多名也只如今鑑覺但於清濁兩流凡聖等法色聲香味觸法世間出世間法都不得纎毫愛取既不愛取依住不愛取是初善是住調伏心是聲聞人是戀筏不捨人是二乘道是禪那果既不愛取亦不依住不愛取是中善是半字教猶是無色界免墮二乘道免墮魔民道猶是禪那病是菩提縛既不依住不愛取亦不作不依住知解是後善是滿字教免墮無色界免墮禪那病免墮菩薩乘免墮魔王位爲智障地障行障故見自已佛性如夜見色如云佛地斷二愚一微細所知愚二極微細所知愚若透得三句過不被三段管教家舉喻如鹿三跳出網喚作纒外人無物得拘繫渠是屬然燈後佛是使得無所礙風是作車運載因果處於生不被生之所留處於死不被死之所礙處於五陰如門開相似去住自由不被五陰礙不論階梯勝劣乃至蟻子之身盡是淨玅國土不可思議此猶是解縛語彼自無瘡勿傷之也佛瘡菩薩等瘡但說有無等法盡是傷也有無管一切法十地是濁

流河衆作清流說竪清相說濁過患向前十大弟子舍利弗富樓那正信阿難邪信善星等個個有榜樣個個有則候一一被導師說破不是四禪八定阿羅漢等住定八萬劫他是依執所行守初知爲解名頂結亦名墮項結是一切塵勞根本自生知見無繩自縛所知故繫世有二十五又散一切諸煩惱門縛著於佗此初知二乘見之名爲爾燄識亦名微細煩惱便即斷除既得除已名爲冋神住空窟亦名三昧酒所醉（一云被淨法酒醉）亦名解脱魔所縛世界成壞定力所持漏向别國土都不覺知亦名解脱深坑可畏之處一念心退墮地獄如箭射垜生招箭言鑑覺猶不是從濁辨清許說鑑覺是除鑑覺外别有盡是魔說若守住如今鑑覺亦同魔說亦名天然外道說如今鑑覺是自巳佛是尺寸見是圖度語似野干鳴猶屬黐膠門若執住自知自覺是禪那病是徹底聲聞如水成氷救渴難望亦云必死之病世醫拱手過去諸佛皆說三乘法假立名字本不是佛說是佛本不是菩提說菩提涅槃解脱等知渠擔百石擔不起且與一升一合擔知難信了義教且與說不了義教且得善法流行亦勝惡法善果限滿惡果便到得佛則有衆生到得涅槃則有生死到得明則有暗到但是有漏因果翻覆無有不相酬獻者若心有少許作解即被量數管著亦如卦兆被金木水火土管亦如黐膠五處俱黏魔王捉得自在還家如今能於自巳五陰不爲其主被人割截支解無怨吝心一一等事都無一念彼我猶依住無一念名

法塵垢十地人脫不去流入生死河常勸人懼法塵煩惱如懼三塗乃有獨立分假使有一法過於涅槃者亦無少許珍重想此人步步是佛不假脚踏蓮花分身百億如於一切有無等法有纖毫愛染縱脚踏蓮花亦同魔作若執本清淨解脫是佛是禪道解即自然外道若執因緣修成證得即因緣外道執有即常見外道執無即斷見外道執亦有亦無即邊見外道執非有非無即空見外道亦云愚癡外道有病不喫藥是愚人無病喫藥是聲聞人定執一法名定性聲聞一向多聞名增上慢聲聞知他名有學聲聞沈空滯寂及自知名無學聲聞貪瞋等是毒十二分教是藥毒未銷藥不得除無病喫藥藥變成病○問二十年中常令除糞如何師云但息一切有無知見一切貪求箇箇透過三句外是名除糞如今求佛求菩提求一切有無等法是名運糞入不名運糞出如作佛見作佛解但有所見所求所解是名戲論之糞黃檗云淨名言除去所有法華言常令除糞秖是除去心中作見解又云蠲除戲論之糞亦名麤言亦名死法如云大海不宿死屍等閒說話不名戲論說者辨清濁名戲論○唯貪義句知解不知却是繫縛煩惱故云見河能漂香象問僧見不答見又問見復如何答見無二丈曰既云見無二不以見見於見若見更見爲前見是爲後見是經云見見之時見非是見見猶離見見不能及所以云不行見法不行聞法不行覺法諸佛疾與授記○智濁照清慧清識濁在佛名照慧在菩薩名智在二乘及衆生邊名識亦名煩惱在佛名果中說因

在衆生名因中説果在衆生名五陰叢林在佛名本地無明是無無明故云無明爲道體不同衆生暗蔽無明彼是所此是能彼是能聞此是所聞○寶積經云法身不可以見聞覺知求非肉眼所見以無色故非天眼所見以無妄故非慧眼所見以離相故非法眼所見以離諸行故非佛眼所見以離諸識故若不作如是見是名佛見同色非形色名眞色同空非太虛名眞空色空亦是藥病相治語○百丈云無諸魔來即是咒

南泉王老師云佛出世來只教會道不爲别事大道無形眞理無對等空不動非生死流三界不攝非去來今所以明暗自去來虛空不動摇萬象自去來明暗實不鑑如今有人將鑑覺知解者是道皆前境所引隨他生死流何曾得自由所以智不是道可不難矣云是什麽智是什麽道若論世間福智只得唤作莊嚴具亦云福智二嚴亦云受用具皆是對治唤作什麽佛出世只唤作三界智人未出世時唤作甚麽物若論無滲本自具足玅用自通無人覺知潛行密用蹤跡難尋所以天魔波旬將諸眷屬久遠劫來覓菩薩一念起處不可得天魔讃嘆云佛法至玅我實難測如今但會如如之理直下修行無量劫來性不變異即是修行玅用而不住便是菩薩行達諸法空玅用自在色身三昧熾然行六波羅密空處處無礙遊於地獄猶如變觀不可作伊不得作用衆生無量劫來迷於本性不自了體雲塵暫瞖著諸惡欲雲駛月運舟行岸移暫時岐路不得自在種種受苦不自

覺知乃至今日會取從來性與今日不別若言即心即佛如兎馬有角若言非心非佛如牛羊無角所以如來藏實不覆藏五蘊本空師子何曾在窟亦云性水亦云法水法水如波性水如溼水不洗水佛不度佛演若達多迷頭認影便道失却頭傍家覔縱覔得又不是巳頭功德天黑暗女有智主人二俱不受直道性無住處是築著物亦云聞聞是大涅槃道者個物不是聞不聞兄弟麤細想念分劑但是貪求皆屬境三乘五性麤細而論不出情量纖毫瞥起精魅所附他且不許見聞覺知自似個癡鈍人少神人百事不知最好普賢其時道我將心聞文殊云初心不能入云何獲圓通被一棒粉碎無事珍重○示衆云然燈佛道了也若心相所思出生諸法虛假皆不實何以故心上無有云何出生諸法猶如形影分別虛空如人取聲安置篋中亦如吹網欲令氣滿故老宿云不是心不是佛不是物且教你兄弟行履據說十地菩薩住首楞嚴三昧得諸佛祕密法藏自然得一切禪定解脫神通妙用至一切世界普現色身轉大法輪入涅槃教化無量衆生得無生法忍尚喚作所知愚極微細所知愚與道全乖大難大難○僧問大道不屬見聞覺知未審如何契會師曰須會冥契自通亦云了因非從見聞覺知有見知屬緣對物始有者個靈妙不可思議不是有對故云妙用自通不依傍物所以道通不是依通事須假物方始得見所以道非明暗法冥會眞理非見聞覺知故云息心達本源故號如如佛必竟無依自

在人亦云本果文殊云惟從了因之所了不從生因之所生從上已來只教人會道更不別求若思量作得道理盡屬句義三乘五性義理無不喚作行履處處受用具足即得若論道即不是一向躭著被他識拘亦云世間智所以云佛不會道我自修行我自有妙用亦云正因了六波羅蜜空即物拘我不得如今多有人喚心作佛喚智爲道見聞覺知皆是道若如是會者何如演若達多迷頭認影設使認得亦不是汝本來頭故大士訶迦旃延以生滅心說實相法皆是情見汝心若是佛亦何用非他有無形相以何是道所以教中不許寧作心師不師於心心如工伎見意如和伎者故云佛有道心不離見聞覺知皆屬因緣而有皆是照物而有不可常照所以心智俱不是道且大道非明暗法雖有無數數不能及如空劫時無佛名無衆生名與歷時正是道只是無人覺知見他數不及他喚作無名大道早屬名句了也所以眞理一如更無思想才有思想即被陰拘便有衆生名有佛名今日既如是會道即無量劫來六道四生皆有去來是暫時行履處先聖本行集云我無所不行一切衆生雖在如是行處爲無了因故生貪欲名爲在纏不得自在今既如是會卻向裏許行履不同前時爲了因會本果故了陰界空六波羅蜜空所以得其自在若不向裏向行履如何摧剉得五種貪二種欲不守住聲聞隨於劫數所以諸佛菩薩具福智二嚴爲了因了六波羅蜜空體者個受用所以不存知見始得自在若有知見即

屬地位便有分劑心量被因果隔喚作酬因答果佛不得自在所以大聖訶他爲内見外見情量不盡三障二愚所以見河能漂香象今日行六波羅蜜先用了因會本果故了此物是方便受用始得自在亦云方便懃莊嚴亦云微妙淨法身具相三十二只是不許分劑心量若無如是心一切行處乃至彈指合掌皆是正因萬善皆同無終始得自在天魔外道求我不得喚作無住心亦名無滲智不思議玅用自在菩提涅槃皆是修行人境界皆屬明句若會本來非凡物即水不能洗水何以故本來無物故故經云我王庫中實無如是刀所以道非明暗故云性海不是覺海覺海涉緣即須對物他便玅用無人覺知喚作極微細透金水色塵菩薩所因喚作受用具若水不洗水即體不是明暗亦云無滲智又云無礙智若如是即一切處拘我不得○如汝所問元只在因緣邊看你且不柰何緣是認得六根門頭事兄弟莫恁麽尋逐不住恁麽不取古人語行菩薩行唯一人行天魔波旬領諸眷屬常隨菩薩後覓心行起處便擬撲倒如是經無量劫覔一念異處不得方與眷屬禮辭讚歎供養猶是進修位中下之人便不柰何況絶功用處如文殊普賢更不話他兄弟作麽生道行是無覔一日行底人不可得○若以意會即思量得也教中亦云種種生身我說爲量那個不可思議不是意會得底物如水裏有水即有影若無水時喚什麽作影法身由對報化得名若無報化法身向那邊認法身亦云是影經論極則頭只

到法身實入理地那個早晚同於經論經論不管伊如何排遣他且不到者裏大難大難

學人問大梅和尚師常言神性獨立學人不識乞師指示答阿誰教汝問問莫不問者便是不答若不是是阿誰能如是問問神性非是聲色師示問是神性學人只識得聲色不識真性答譬如大寶藏衆寶皆具足上福德人見直捉得明月寶珠薄福德者只見銅鐵非是藏中無寶亦非主藏者不與我今向汝道性不是聲色汝只見聲色我亦無過此神性火不能燒水不能溺須臾能到千里萬里山河石壁不能礙汝今揚眉動目彈指謦欬口喃喃問答總是此性若是上根者聞言下便會中根者親近善知識數數聞說不久還會若下下根千徧萬徧與説元來不會雖然記得少許如破布裏明珠出門還漏却

盤山和尚云大道無中復誰前後長空絶跡何用量之空既如是道豈言哉心月孤圓光呑萬象光非照境境亦非存光境俱亡復是何物譬如擲劒揮空莫論及之不及斯則空輪無跡劒刃非虧

章敬暉云至理亡言時人不悉强習佗事以爲功能不知自性元非塵境是個微妙大解脫門所有鑒覺不染不礙如是光明未嘗休廢曩劫至今固無變易猶如日輪遠近斯照雖及衆色不與一切和合靈燭玅明非假鍛鍊爲不了故取於物像但如捏目妄起空花徒自疲勞枉經劫數若能返照無第二人舉措施爲不虧實相

大珠和尚初叅馬祖祖曰來此擬須何事曰

來求佛法祖曰我者裏一物也無求甚麽佛法自家寶藏不顧拋家散走作麽曰阿那箇是慧海寶藏祖曰即今問我者是汝寶藏一切具足更無欠少使用自在何假外求○大珠頓悟入道要門論云問經云不見有無即眞解脫何者是不見有無答謂得淨心時即名有於中不生得淨心想即名不見有也得想無生無住不得作無生無住想即是不見無也楞嚴經云知見立知即無明本知見無見斯即涅槃亦名解脫問正見物時見中有物不答見中不立物正見無物時見中有無物不答見中不立無物○對一切善惡悉能分別是慧於所分別不起愛憎不隨所染是定即是定慧等用也譬如明鏡照像之時其光動不不也不照時亦動不不也何以故爲鏡用無情明照所以照時不動不照亦不動爲無情之中無有動不動故又如日光照世之時其光動不不也若不照時動不不也何以故爲光無情故用無情光照亦無動不動故照者是慧不動是定菩薩用是定慧得三菩提故曰定慧等用即是解脫○講止觀座主問師辨得魔不師曰起心是天魔不起心是陰魔或起不起是煩惱魔我正法中無如是事問一心三觀義師曰過去心已過未來心未至現在心無住中間用何心起觀曰禪師不解止觀師曰座主解不曰解師曰智者大師說止破止說觀破觀住止沒生死住觀心神亂爲當將心止心爲復起心觀觀若有心觀是常見法若無心觀是斷見法亦有亦無成二見法請座主子細說曰若如是問俱

說不得也師曰何曾止觀○佛法無種應物而現若心眞也一切皆眞若有一法不眞眞義則不圓若心幻也一切皆幻若有一法不幻幻義則有定若心空也一切皆空若有一法不空空義則不圓逃時人逐法悟罷法由人森羅萬象至空而極百川衆流至海而極一切賢聖至佛而極十二部經五部毗尼四圍陀論至心而極心是總持都院萬法之原亦是大智慧藏無住涅槃百千名號皆是心之異名

無業國師云學般若菩薩不得自謾如冰淩上行似劒刃上走臨終時一毫凡情聖量不盡纖塵思念未忘隨念受生輕重五陰向驢胎馬腹裏託質泥犁鑊湯裏煮煠一徧了從前記持憶想見解智慧都盧一時失却依前再爲螻蟻從頭又作蚊虻雖是善因而遭惡果只爲貪欲成性二十五有向脚跟下繫著無成辦之期大丈夫兒如今直下便休歇去頓息萬縁越生死流巍巍堂堂三界獨步

楊岐甄云羣靈一源假名爲佛體竭形銷而不滅金流朴散而常存性海無風金波自湧心靈絶兆萬象齊照如何背覺反合塵勞於陰界中妄自囚執

藥山和尚示衆汝見律師說尼薩耆突吉羅最是生死本窮生死且不可得上至諸佛下至螻蟻盡有此長短好惡大小不同若也不從外來何處有閒漢掘地獄待你你欲識地獄道只今鑊湯煎煮者是欲識餓鬼道即今多虛少實不令人信者是欲識畜生道現今不識仁義不辨親疎者是豈須披毛戴角斬

劄倒懸欲識人天只今清淨威儀持鉳持鉢者是切須保任免墮諸趣第一不得棄者個者個不是易得須向高高山頂立深深海底行此處行不易方有少相應恁麽道猶是三界邊事莫向衲衣下空過到者裏更微細在○藥山夜坐次僧問兀兀地思量個甚麽山曰思量個不思量底曰不思量底如何思量山曰非思量僧問蜀州西禪如何是非思量處禪云誰見虛空夜點頭丹霞頌云一點靈光六不收聊然何用更凝眸個中消息人難委獨有虛空暗點頭○僧問已事未明乞和尚指示良久曰吾今爲汝道一句也不難秖宜汝於言下便見去猶較些子若更一思量成吾罪過不如且各合口免相累及

丹霞和尚云汝等保護一靈之物不是汝造作得不是汝諂邈得吾此地無佛無涅槃亦無道可修無法可證道不屬有無更修何法唯此餘光在在處處則是大道佛之一字永不喜聞阿你自看善巧方便慈悲喜捨不從外得不著方寸善巧是文殊方便是普賢你更擬趁逐什麽若識得釋迦即老凡夫是

大顛初參石頭頭問那個是汝心師曰見言語者是頭便喝出經旬日却問前者既不是除此外何者是心頭曰除却揚眉瞬目一切事外直將心來師曰無心可來頭曰元來有心何言無心無心盡同謗師言下大悟上堂云但除却一切妄運想念現量即是眞心此心與塵境及守寂默時全無交涉應機隨照泠泠自用窮其用處了不可得

首楞嚴經疏解蒙鈔卷末五録之十

音釋

鵶同鴉 詭音癸詐也 眩音衒亂也 蛻吐內切解也 垜徒果切射垜也 黐膠黐音癡膠音交黐膠所以黏鳥獸也 滲所禁切漏也 築音竹 篋乞協切箱也 鍛鍊鍛都玩切磨也鍊郎殿切治也 煠牀甲切暫入聲湯煠也

首楞嚴經疏解蒙鈔卷末五錄之十一

海印弟子蒙叟錢謙益集

佛頂宗錄第五

垂示宗旨下

巳下五燈諸宗

黄檗和上示裴公美云此心無始巳來不曾生不曾滅不青不黄無形無相不屬有無不計新舊非長非短非大非小超過一切限量名言蹤跡對待唯此一心即是佛佛與衆生更無别異但是衆生著相外求求之轉失使佛覔佛將心捉心窮劫盡形終不能得不如息心忘慮佛自現前此心明淨猶如虚空舉心動念即爲著相無始以來無著相佛修六度萬行欲求成佛即是次第無始以來無次第佛佛與衆生一心無異猶如虚空無雜無壞如大日輪照四天下日升之時明徧天下虚空不曾明日沒之時暗徧天下虚空不曾暗明暗之境自相陵奪虚空之性廓然不變佛及衆生心亦如此若觀佛作清淨光明解脱相觀衆生作垢濁暗昧生死相作此解者歷河沙劫終不得菩提爲著相故恒河沙者佛説是沙諸佛菩薩釋梵諸天步履而過沙亦不喜牛羊蟲蟻踐踏而行沙亦不怒珍寶馨香沙亦不貪糞尿臭穢沙亦不惡此心即無心之心離一切相學道人若不直下無心累劫修行被三乘功行拘繫不得解脱然證此心有遲疾有聞法一念便得無心者有至十信乃至十地乃得無心者長短得無心乃住更無可修可證實無所得真實不虚一念而得與十地而得功用恰齊更無深淺秖是

歷劫枉受辛勤耳○學道人莫疑四大爲身四大無我我亦無主故知此身無我亦無主五陰爲心五陰無我亦無主故知此心無我亦無主六根六塵六識和合生滅亦復如是十八界既空一切皆空唯有本心蕩然清淨有識食有智食四大之身食瘡爲患隨順給養不生貪著謂之智食恣情取味妄生分別唯求適口不生厭離謂之識食聲聞者不了自心於聲教上起解或因神通或因瑞相言語運動聞有菩提涅槃三僧祇劫修成佛道謂之聲聞佛直下頓了自心本來是佛此是眞如佛八萬四千法門對八萬四千煩惱秖是教化接引門本無一切法離即是法知離者是佛但離一切煩惱是無法可得○問學人不會和尚如何指示師云我無一物從來不將一物與人你無始已來秖爲被人指示覓契覓會可不是弟子與師俱遭王難你但知一念不受即是無受身一念不想即是無想身決定不遷流造作即是無行身莫思量卜度分明即是無識身汝如今纔別起一念即入十二因緣無明緣行亦因亦果乃至老死亦因亦果善財童子一百一十處求善知識秖向十二因緣中求最後見彌勒彌勒却指見文殊文殊者即汝本地無明若心心別異向外求善知識一念纔生即滅纔滅即生所以汝等比丘亦生亦老亦病亦死酬因答果已來即五聚之生滅五聚者五陰也一念不起即十八界空即身便是菩提華果即心便是靈智亦云靈臺若有所住著即身爲死屍亦云守屍鬼○問聲聞藏形於三界不能

藏於菩提如何師曰形者質也聲聞人能斷三界見思已離煩惱不能藏形於菩提故還被魔王於菩提中捉得於林中宴坐還成微細想菩提心也菩薩人已於三界菩提決定不捨不取不取故七大中覓他不得不捨故外魔亦覓他不得汝但擬著一法印子早成也印著有即六道四生文出印著空即空界無想文現但知決定不印一切物此印與虛空不一不異虛空不空本印不有見十方虛空世界諸佛出世如電一種觀一切蠢動如響一種千經萬論只說汝一心一切法不生不滅即是大涅槃果○問本既是佛那得更有四生六道種種不同曰諸佛體圓更無增減流入六道處處皆圓萬類之中个个是佛如一團水銀分散諸處顆顆皆圓若不分時秖是一塊種種形貌喻如屋舍捨驢屋入人屋捨人身至天身乃至聲聞緣覺菩薩佛屋皆是汝取捨處本源之性何得有別○問秖如目前虛空豈不是境豈無指境見心答甚麼心向境上見設爾得見元來秖是照境心如人以鏡照面縱得眉目分明秖是影像何關汝事問若不因照如何得見答若涉因常須假物有甚麼了時汝不見道撒手似君無一物徒勞謾語數千般○云如今現有種種妄念何以言無師云妄本無體即是汝心所起汝若識心是佛心本無妄那得起心更認於妄汝若不生心動念自然無妄所以云心生則種種法生心滅則種種法滅云今正妄念起時佛在何處師云汝今覺妄起時覺正是佛可中若無妄念佛亦無為汝起心作佛

見便謂有佛可成起心作衆生見便謂有衆生可度若無一切見佛有何處所如文殊才起佛見法見便貶向二鐵圍山云今正悟時佛在何處師云問從何來覺從何起語默動靜一切聲色盡是佛事何處覓佛不可更頭上安頭嘴上加嘴又云世人秖認見聞覺知爲心爲見聞覺知所覆所以不覩精明本體空却見聞覺知即心路絶無入處但於見聞覺知處認本心莫於見聞覺知上起見解亦莫於見聞覺知上動念亦莫離見聞覺知覓心亦莫捨見聞覺知取法○佛眞法身猶如虛空常人謂法身徧虛空處虛空中含容法身不知法身即虛空虛空即法身也若定言有虛空虛空不是法身若定言有法身法身不是虛空但莫作虛空解虛空即法身莫作法身解法身即虛空法身無異相佛衆生無異相生死涅槃無異相煩惱菩提無異相凡夫取境道人取心心境雙忘乃是眞法○問如何是見性云性即是見見即是性不可以性更見性聞即是性不可以性更聞性他分明道所可見者不可更見你云何頭上更著頭他分明道如盤中散珠大者大圓小者小圓各各不相知各各不相礙起時不言我起滅時不言我滅所以四生六道未有不如時且衆生不見佛佛不見衆生四果不見四向四向不見四果三賢十聖不見等紗二覺等紗二覺不見三賢十聖乃至水不見火火不見水地不見風風不見地衆生不入法界佛不出法界所以法性無去來無能所見因什麽道我見我聞故曰實相如是豈可說

乎又汝妄生異見言隔物不見無物言見便謂性有隔礙者全無交涉性且非見非不見法亦非見非不見若見性人何處不是我之本性所以四生六道山河大地總是我性淨明體故云見色便見心色心不異故秖爲取相作見聞覺知去却前物始擬得見即墮二乘人中依通見解也虛空中近則見遠則不見此是外道中收○問佛窮得無明不師云無明即是一切諸佛得道之處云無明者爲明爲暗師云非明非暗明暗是代謝之法無明且不明亦不暗不明秖是本明不明不暗秖者一句子亂却天下人眼所以道假使滿世間皆如舍利弗盡思共度量不能測佛智你如今把什麼本領擬學他云既是學不得爲什麼道歸源性無二方便有多門師云歸源性無二者無明實性即諸佛性證道歌無明實性即佛性方便有多門者聲聞人見無明生見無明滅緣覺人但見無明滅不見無明生念念證寂滅諸佛見諸衆生終日生而無生終日滅而無滅無生無滅即大乘果所以道果滿菩提圓花開世界起○爲有貪瞋癡即立戒定慧本無煩惱焉有菩提祖師云佛說一切法爲度一切心我無一切心何用一切法本源清淨佛上更不著一物譬如虛空雖以無量珍寶莊嚴終不能住佛性同虛空雖以無量功德莊嚴終不能住但迷本性轉不見耳○六和合者六根也六根各與塵合眼與色合耳與聲合鼻與香合舌與味合身與觸合意與法合中間生六識爲十八界若了十八界無所有束六和合爲一精明一精明者一心

也○法無凡聖亦無沉寂法本不有莫作無見法本不無莫作有見有之與無盡是情見猶如幻翳所以云見聞如幻翳知覺乃衆生○銷我億劫顛倒想不歷僧祇獲法身若以三無數劫修行有所證得者盡恒沙劫不得若於一刹那中獲得法身直了見性猶是三乘教之極談也何以故以見法身可獲故皆屬不了義教中收○若是上根人何處更就他覓他自己尚不可得何況更別有法當情不見教中云法法何狀○問文殊執劒於瞿曇者如何師云五百菩薩得宿命智見過去生業障五百者即你五陰身是以見此宿障故求佛求涅槃文殊將智解劒害此有見佛心故故言你善害云何是劒師云解心是劒云解心既是劒斷此有見佛心秖如此斷見心如何除得師云還將你無分別智斷此有見分別心云如作有見有求佛心將無分別智劒斷爭奈有智劒在何師云若無分別智害有見無見無分別智亦不可得云不可以智更斷智不可以劒更斷劒師云劒自害劒劒劒相害即劒亦不可得智自害智智智相害即智亦不可得毋子俱喪亦復如是○以身空故名法空以心空故名性空身心總空故名法性空乃至千途異說皆不離你本心如今説菩提涅槃眞如佛性二乘菩薩者爲指葉爲黄金拳掌之説若也展手之時一切大衆若人若天皆見掌中都無一物所以道本來無一物何處有塵埃本既無物三際本無所有故○所以道天下忘巳者有幾人如今於一機一境一經一教一世一時一名一

字六根門頭領得與機關木人何別忽有一人不於一名一相上作解者我道盡十方世界覓者个人不可得以無第二人故繼於祖位〇豈不見阿難問迦葉云世尊傳金襴外別傳何物迦葉召阿難阿難應諾迦葉云倒却門前刹竿著此祖師之標榜也甚生阿難三十年爲侍者秖爲多聞智慧被佛訶云汝千日學慧不如一日學道

大安和尚云汝各自身中有無價大寶從眼門放光照破山河大地耳門放光領覽一切善惡音聲六門晝夜常放光明亦名放光三昧汝自不識在四大身中內外扶持不敎傾側兩脚牙子大擔得石二擔從獨木橋上過亦不敎伊倒地且是什麽汝若覓毫髮即不可見故誌公云內外推尋覓總無境上施爲渾大有

趙州上堂云金佛不度爐木佛不度火泥佛不度水眞佛內裏坐菩提涅槃眞如佛性盡是貼體衣服亦名煩惱實際理地甚麽處著一心不生萬法無咎千人萬人盡是覓佛漢子於中覓一个道人無若與空王爲弟子莫敎心病最難醫未有世界早有此性世界壞時此性不壞一從見老僧後更不是別人秖是个主人公者个更向外覓作麽與恁麽時莫轉頭換面即失却也〇問狗子還有佛性也無州云無云上至諸佛下至螻蟻皆有佛性狗子爲甚麽無州云爲伊有業識性在又僧問狗子還有佛性也無州云有云既有爲甚入者皮袋裏來州云知而故犯〇趙州上堂如明珠在掌胡來胡現漢來漢現圓照法界老

僧把一枝草爲丈六金身用把丈六金身爲一枝草用小中現大大中現小佛是煩惱煩惱是佛不用滅塵合覺僧問佛是誰家煩惱州云與一切人爲煩惱曰如何免得州云用免作麼

長沙岑和尚示衆盡十方世界是沙門一隻眼盡十方世界是沙門全身盡十方世界是自巳光明盡十方世界在自巳光明裏盡十方世界無一人不是自巳我常向汝諸人道三世諸佛共盡法界衆生是摩訶般若光光未發時汝等諸人向甚麼處委悉光未發時尚無佛無衆生消息何處得山河國土來〇問如何是文殊師曰墻壁瓦礫是如何是觀音曰音聲語言是如何是普賢曰衆生心是如何是佛曰衆生色身是問河沙諸佛體皆同如何故有種種名字師曰從眼根返源名文殊耳根返源名觀音從心返源名普賢文殊是佛玅觀察智觀音是佛無緣大悲普賢是佛無爲玅行三聖是佛之玅用佛是三聖之眞體用則有河沙假名體則總名一薄伽梵〇華嚴座主問虚空爲是定有爲定無師曰言有亦得言無亦得虚空有時但有假有虚空無時但無假無曰和尚所說有何教文師曰首楞嚴云十方虚空生汝心内猶如片雲點太清裏豈不是虚空生時但生假名又云一人發眞歸元十方虚空悉皆消殞豈不是虚空滅時但滅假名所以道有是假有無是假無〇示衆若心是生則夢幻空花亦應是生若身是生則山河大地萬象森羅亦應是生覺範岑大蟲贊曰如來語阿難汝元不知一切浮塵諸幻化相當處出生隨處滅盡幻妄稱相其性眞爲妙覺明體龍勝曰諸法不自生亦不從他生不共不無因是故

說無生以佛祖之辨談心法之妙其清淨顯露如掌中見物無可疑者而末世衆生卒不明了蓋其迷妄之性非其所聞之習故也禪師憫之故於所知之境譬之曰若心是生云云大哉言乎與首楞嚴中觀論相終始也〇問經云如淨琉璃中內現真金像如何師曰以淨琉璃爲法界體以真金像爲無漏智體體能生智智能達體故云如淨琉璃中內現真金像

子湖蹤示衆聲色兩字作麼生討得若了根源終非他物譬如圓鏡男來男現女來女現乃至僧俗青黃山河萬物隨其色相一鏡傳輝不可是鏡有多般但能映物而露仁者還識得鏡未若不識鏡盡被男女青黃山河類等礙汝光明有甚麼出氣處若識鏡去乃至青黃男女大地山河有想無想四足多足胎卵情生天堂地獄咸於一鏡中得其分劑長短劫數若色若空並能了之更非他物問如何是大圓鏡云一切物著不得問爲甚麼一切物著不得師云汝是一切物還著得汝不〇本自具足本自周偏直教無纖塵法礙你眼光始得若有微塵底不盡不是一生半劫賺汝皮囊汝性命根境法中造諸妖怪山精鬼魅附汝行持得少爲足鼓弄片皮於佛法郤爲毒害識禮塔廟毀彼持經師子身中蟲自食師子身中肉〇祖師西來也只个冬寒夏熱夜暗日明只爲你無意立意無事立事無內外強作內外無東西謾說東西所以奢摩不能明了以至根境不能自由僧問如何不被諸境惑去師云你試點惑你境出看進云某甲不見師云你既不見惑境何來僧禮拜師云又見妄想去也

千頃和尚云一切衆生驢騾象馬蜈蚣蚰蜒

十惡五道無明妄念貪瞋不了之法並從如來藏中顯現本來是佛衆生從無始劫來瞥起一念從此奔流迄至今日佛出世來令滅意根絶諸分別一念相應便超正覺豈用多知多解擾亂身心菩提光明不得發現學人問和尚夜後無燈時如何師曰悟道之人常光現前有甚麽晝夜問何不見和尚光師曰擬將什麽眼見云世人同將現在眼見師彈指曰苦哉一切衆生根塵相涉從無始來認賊爲子至於今日常被枷鎖汝將眼見意識分別擬求佛道即是背却本心逐念流轉如此之人對面隔越

大隋照師上堂三千世界收在一微塵四大海水歸一滴須彌納芥子中若求自已秖在一毫毛你若一毫毛處見得三千大千總成經卷秖是自已動者个境界不得所以眞境不現説什麽纖毫覺處總是猥刀避箭懼鏡藏形你與者个作性麽兄弟如石壓草相似或然捻却石依舊習氣秖在須是隨處了却始得與境爲主免塵境使與始得大難大難千難萬難秖是殼解他後鄉鍊負鞍阿誰苦

靈雲勤師云諸仁者所有長短盡在不常且觀四時草木葉落花開何況塵劫來天人七趣地水火風成壞輪轉因果將盡三惡道苦毛髮不曾添減唯根蔕神識常存上根者遇善友伸明當處解脫便是道場中下癡愚不能覺照沉迷三界流轉生死釋尊爲伊天上人間設教證明顯發至道汝等還會麽僧問如何得出離生老病死雲曰青山元不動浮雲自去來〇鏡清問靈雲混沌未分時含生

何來雲曰如露柱懷胎曰分後如何雲曰如片雲點太清裏曰秖如太清還受點也無雲不答清曰恁麼則含生不來也雲亦不答曰直得純清絕點時如何雲曰猶是眞常流注曰如何是眞常流注雲曰似鏡常明曰向上更有事也無雲曰有曰如何是向上事雲曰打破鏡來與子相見萬松云楞嚴道如急流水望爲恬靜流急不見非爲無流靈雲與作眞常流注圓覺道潛續如命爲壽者相諸方謂之命根不斷一條紅線掌中牽分未分點未點是衲僧家常茶飯最好是打破鏡的時節命根斷處妄識銷鎔流注乾枯正恁麼時向何處與靈雲相見天地黯黑如一鋌墨相似與作衲僧奪胎換骨轉身一路吹殘劫盡灰飛後突出虛空未兆前○楞伽第一佛言諸識有二種生謂流注生及相生有二種滅謂流注滅及相滅古注云流注唯目第八識到金剛定等覺一念斷本無明名流注滅

思空山本淨禪師語京城諸大德云汝莫執心此心皆因前塵而有如鏡中像無體可得若執實有者則失本原常無自性

圓覺經云妄認四大爲自身相六塵緣影爲自心相楞伽經云不了心及緣則生二妄想了心及境界妄想則不生維摩經云法非見聞覺知且引三經證斯眞實

長慶懶上堂彌勒朝入伽藍暮成正覺說偈曰三界上下法我說皆是心離於諸心法更無有可得看他恁麼道也太煞惺惺若比吾徒猶是鈍漢所以一念見道三世情盡如印印泥更無前後生死事大快須薦取莫爲等閒業識茫茫蓋爲迷己逐物

潙山和尚上堂從上諸聖秖說濁邊過患若無如許惡覺情見想習之事譬如秋水澄渟清淨無爲澹濘無礙喚他作道人亦名無事人問頓悟之人更有修不師曰若眞悟得本他自知時修與不修是兩頭語如今初心雖

從緣得一念頓悟自理猶有無始曠劫習氣未能頓淨須教淨除現業流識即是修也不可別有法教渠修行趣向從聞入理聞理深玅心自圓明不居惑地縱有百千妙義抑揚當時此乃得坐披衣自解作活計始得○溈山謂仰山曰吾以鏡智爲宗出三種生所謂想生相生流注生楞嚴經云想相爲塵識情爲垢二俱遠離即汝法眼應時精明云何不成無上知覺想生即能思之心雜亂相生即所思之心歷然微細流注俱爲塵垢若能淨盡方得自在○問僧汝甚處人曰幽州人師曰汝還思彼處不曰常思師曰能思者是心所思者是境彼處樓臺林苑人馬駢闐你返思的還有許多般也無曰某甲到者裏總不見有師曰汝解猶在心信位即得人位未在

○仰山於僧堂前三昧次中夜忽然不見山河大地寺宇人物以至巳身全同空界明晨舉似大溈溈曰我在百丈時得此境是融通妄想銷明之功汝向後說法有人過汝無有是處萬松道非仰不證非溈不識楞嚴經云若動念盡妄念銷除於覺明心如去塵垢一倫生死首尾圓照名想陰盡是人則能超煩惱濁觀其所由融通妄想以爲其本此又見溈仰父子妙契佛心也○仰山一日呈解云若教某自看到者裏無圓位亦無可斷溈曰據汝見處猶是法在亦未離心境仰曰既無圓位何處更有心境溈曰適來汝作恁麼解是不仰云是溈云若恁麼具足是心境法爭得道無許汝信位顯人位隱在宗通云如此勘驗方知從眞妙圓重發眞妙眞信與解路迥然縣隔溈山謂仰山寂子速道莫入陰界仰云慧寂信亦不立溈云子信了不立不信不立仰云只是慧寂更信阿誰溈云若恁

麼則是定性聲聞也仰云慧寂佛亦不見一作不立〇溈山一日索門人呈語乃曰聲色外與吾相見仰山凡三度呈語曰如兩面鏡相照於中無像溈曰此語是也我是你不是早立像了也仰山却問溈山某精神昏昧拙於秪對未審和尚於百丈師翁處作麼生呈語溈曰我於先師處呈語如百千明鏡鑑像光影相照塵塵剎剎各不相借仰山於是禮謝宗通云二尊宿善説楞嚴一如雙鏡光明相對一如妙影重重相入〇李騭常侍問未審此之苦報自何而來師曰苦因業來曰業因何生師曰業因結生曰結因何生師曰結依妄心生曰心依何住師曰心即無物無依無住所以苦因業業依結結依心心即無所依譬如地輪依水輪水輪依風輪風輪依虛空虛空無所依〇又問如何得業結消融師曰若言下識是妄心本來無所依住即是常侍無依妙神此妙神即是本身本來無有業結及苦樂等事衆生迷此無依妄隨顛倒種種結業苦樂之事便從此起若頓了此無住之神一切妄業本無所有亦無所滅宗鏡云準此妄境依妄心妄心依本識本識依如來藏如來藏無所依

臨濟云如今學者不得病在不自信處自信不及便忙忙地狗一切境被他萬境回換不得自由約如今見處與釋迦何別你且欠少什麼六道神光未嘗間歇你一念心上清淨光是你屋裏法身佛一念心上無分別光是你屋裏報身佛一念心上無差別光是你屋裏化身佛此三種身是你即今目前聽法底人此三種身是名言亦是三種依古人云身依義立土據體論法性身法性土明知是光

影大德你且識取弄光影底人是諸佛之本源一切處是一切道流歸舍處是你四大色身不解說法聽法脾胃肝膽不解說法聽法虛空不解說法聽法是你目前歷歷底勿一个形段孤明是者个解說法聽法所以向你道向五陰身田內有無位眞人堂堂顯露無纖毫許間隔何不識取心法無形通貫十方在眼曰見在耳曰聞本是一精明分成六和合心若不生隨處解脫秖爲一切馳求心不能歇上他古人閑機境不達三祇劫空有此障礙你只有一个父母更求何物你自返照古人云演若達多失却頭求心歇處即無事○你且隨處作主立處皆眞境來回換不得縱有從來習氣五無間業自爲解脫大海今時學者猶如觸鼻羊逢著物安在口裏奴郎不辨賓主不分邪心入道正是出家俗人若魔佛不辨正是出一家入一家喚作造業衆生未得名爲眞出家秖如今有一个佛魔同體不分如水乳合鵝王喫乳如明眼道流魔佛俱打你若愛聖憎凡生死海裏浮沉○光陰可惜念念無常麤則被地水火風細則被生住異滅四相所逼且要識取四種無相境免被境擺撲如何是四種無相境曰你一念心疑被地來礙你一念心愛被水來溺你一念心瞋被火來燒你一念心喜被風來飄若能如是辨得不被境轉處處用境東涌西沒南涌北沒中涌邊沒邊涌中沒履水如地履地如水緣何如此爲達四大如夢如幻故你如今聽法者不見你四大能用你四大若能如是見得便乃去住自由○你道佛有六通

是不可思議一切諸天神仙阿修羅大力鬼亦有神通應是佛不阿修羅與天帝戰敗領八萬四千眷屬入藕絲孔中莫是聖不皆是業通依通佛六通者不然入色界不被色惑乃至入法界不被法惑達六種塵相皆是空相不能繫縛此無依道人雖是五蘊陋質便是地行神通秪麽幻化上頭作模作樣皆是野狐精魅外道見解○你欲識三界不離你今聽法的心地你一念心貪是欲界你一念心瞋是色界你一念心癡是無色界是你屋裏家具子三界不自道我是三界還是目前靈靈地照燭萬般酌度世間的人與三界安名你一念心歇得處喚作菩提樹一念心歇不得處喚作無明樹無明無住處無明無始終若念念心歇不得便上他無明樹便入六道四生披毛戴角你若歇得一念不生便是上菩提樹三界神通變化意生化身○你若取不動清淨境爲是即認他無明爲郎主古人云湛湛黑暗深坑實可怖畏你若認他動者是一切草木皆解動應可是道也所以動者是風大不動者是地大動與不動俱無自性你若向動處捉他他向不動處立你若向不動處捉他他向動處立譬如潛泉魚鼓波而自躍動與不動是二種境還是無依道人用動用不動

首楞嚴經疏解蒙鈔卷末五錄之十一

音釋

賺　直陷切音詀賣物失實也

蚰蜒　上夷周切音由下以然切音延形似蜈蚣

偎　烏魁切音煨昵近也

唼　作荅切音帀與咂同貪也

首楞嚴經疏解蒙鈔卷末五録之十二

海印弟子蒙叟錢謙益集

德山示衆云莫取次用心萬劫千生輪迴三界皆爲有心心生則種種法生一念不生永脱生死管起一念心便是魔家眷屬破戒俗人汝莫愛聖聖是空名更無別法只是个烜爀靈空無礙自在不是莊嚴得底物向三界十方世間若有一塵一法可得與汝執取生解皆落天魔外道別無禪道可學亦無神通變現可得諸行無常是生滅法若言入定凝神靜慮得者尼乾子等外道師亦入得八萬劫大定莫是佛不老漢從生至死是个老比丘雖在三界生而無垢染欲得出離何處去設有去處亦是籠檻魔得其便身心無可得只要一切時中莫用他聲色無思無念無一法可當情出家兒乃至十地滿心菩薩覓他蹤跡不著所以諸天歡喜地神捧足十方諸佛讃歎魔王啼哭何以故緣此虛空活鱍鱍地無根株無住處若到者裏眼孔定動即没交涉○德山上堂若也於己無事則勿妄求妄求而得亦非得也汝但無事於心無心於事則虛而靈空而玅若毛端許言之本末者皆爲自欺何故毫氂繫念三途業因瞥爾情生萬劫羈鎖聖凡名號盡是虛聲殊相劣形皆爲幻色汝欲求之得無累乎及其厭之又成大患終而無益

洞山和尚語曹山云末法時代人多乾慧若要辨驗真僞有三種滲漏一曰見滲漏機不離位墮在毒海二曰情滲漏滯在向背見處偏枯三曰語滲漏究玅失宗機昧終始濁智

流轉於此三種子宜知之瑞鹿先云聰明不敵生死乾慧豈免苦輪
九峯處云兄弟還識得命麽流泉是命湛寂是身千波競湧是文殊境界一亘晴空是普賢牀榻其次借一句子是指月於中事是話月諸兄弟約甚麽體格商量到者裏不假三寸試話會看不假耳試采聽看不假眼試辨白看所以道聲前拋不出句後不藏形盡乾坤大地都來是汝當人个體向甚麽處安眼耳鼻舌莫但向意根下圖度作解盡未來際亦未有休歇處○問盡乾坤都來是个眼如何是乾坤眼師曰乾坤在裏許曰乾坤眼何在師曰正是乾坤眼曰還照矚也無師曰不借三光勢曰既不借三光勢憑何喚作乾坤眼師曰若不如是髑髏前見鬼神無數○九峯處禪師受印於石霜僧問教中有言三光緣就始成其見三光未就還成見否處曰緣有差殊見無虧損僧云既無虧損暗中為甚麽不見物處曰雖不見物寧無見暗僧云離却三光如何是真見處處曰匝地日頭黑似漆石頭參同契曰當明中有暗勿以暗相遇當暗中有明勿以明相覩涌泉欣曰見解人多行解人萬中無一个敢道輪迴去在為何如此蓋為識漏未盡

洛浦元安師曰玄關固閉識鑠難開疑網羅籠智刃劣剪若不當陽曉示迷子何以知歸欲得大用現前但可頓忘諸見諸見若盡昏霧不生智照洞然更無他物今學人因他數量作解被他數量該括方寸不能移易所以聽不出聲見不超色假饒併當門頭潔淨自已法眼未明此人秖具一隻眼是非貫系不

得脱拆自由

雪峰存自製塔銘曰夫從緣有者始終而成壞非從緣得者歷劫而彌堅法眼云秪今是成是壞人莫能對

南禪契璠上堂若是名言玅句諸方總道了也今日衆中還有超第一義者致將一問來僧問如何是第一義師曰何不問第一義曰見問師曰巳落第二義也

曹山和尚云諸佛心牆壁瓦礫是者亦喚作性地亦稱體全功亦云無情解説法若知有者裏得無辨處十方國土山河大地石壁瓦礫虛空與非空有情無情草木叢林通爲一身喚作得記亦云一字法門亦云總持法門亦云一塵一念亦喚作同徹若是性地不知有諸佛千般喻不得萬種況不成千聖萬聖盡從者裏出從來不變異故云十方薄伽梵一路涅槃門宗鏡○示衆僧家在此等衣線下須理會通向上事若也承當處分明即轉他諸聖向自巳背後方得自由若也轉不得直饒學得十成却向他背後叉手說什麽大話若轉得自巳一切麤重境來皆做得主宰假作泥裏倒地亦做得主宰不論天堂地獄餓鬼畜生但是一切處不移易元是舊時人只是不行舊時路若有忻心還成滯著若脱得揀什麽人人有一坐具地佛出世侵他不得欲知此事饒今成佛成祖去只者是便墮三途六道去也只者是須與他作主宰始得若作主宰不得便是變易去也

僧問雲居智和尚師言見性成佛清淨之性不屬有無因何有見師曰見無所見曰既無

所見何更有見師曰見處亦無曰如是見時是誰之見師云無有能見者曰究竟其理云何師曰妄計爲有即有能所乃得名迷隨見生解便墮生死明見之人即不然終日見未嘗見求見處體相不可得能所俱絶名爲見性曰此性徧一切處不師曰無處不徧曰凡夫具不師曰無處不徧豈凡夫而不具乎曰諸佛菩薩不被生死所拘凡夫獨縈此苦何曾得徧師曰凡夫於清淨性中計有能所即墮生死諸佛大士知清淨性中不屬有無即能所不立曰若如是説即有能了不了人師曰了尚不可得豈有能了人乎汝即應念清淨性中無有凡聖亦無了不了人凡之與聖二俱是名若隨名生解即墮生死若知假名不實即無有當名者此是極究竟處若曰我能了彼不能了即是大病見有淨穢凡聖亦是大病作無凡聖解又屬撥無因果見有清淨性可棲止亦大病作不棲止解亦大病然清淨性中具不壞方便應用及興運慈悲如是興運之處即全清淨之性可謂見性成佛矣○如人頭頭上了物物上通只喚作了事人終不喚作尊貴將知尊貴一路自別便是世間極重極貴物不得將來向尊貴邊須知不可思議不當好心所以古人云猶如雙鏡光光相對光光相照更無虧盈豈不是一般猶喚作影像邊事如日出時光照世間明朗是一半那一半喚作什麼如今未認得光影門頭戶底麤淺的事將做屋裏事又爭得○從天降下即貧窮從地涌出即富貴門裏出身則易身裏出門則難動則埋身千尺不動

則當處生苗一言迥脫獨拔當時語言不要多多則無用處永明釋云若從心地涌出智寶有何窮盡故云無盡之藏但若得心真實去根脚下諦去自然出語與實相相應言下救人生死變凡爲聖捉礫成金若心中未諦圓信不成空任虛浮只增狂慧直饒說得天花墜石點頭事若不真總成妖幻所以志公見雲光法師講法華經感天華墜云是皷蚕之義

白水本仁云老僧尋常不欲向聲前色後鼓弄人家男女且聲不是聲色不是色問如何是聲不是聲曰喚作色得麼如何是色不是色曰喚作聲得麼僧禮拜師曰且道爲汝說答汝話若向者裏會得有个入處

龍牙和尚云法者是軌持之名道是衆生體性未有世界早有此性世界壞時此性不壞喚作隨流之性常無變異動靜與虛空齊等喚作世間相常住亦名第一義空亦名本際亦名心王亦名真如解脫亦名菩提涅槃百千異號皆是假名雖有多名而無多體會多名而同一體會萬義而歸一心若識自家本心喚作歸根得旨欲得諸流水但向大海中求欲識萬法之相但向心中契會 宗鏡

顯禪師云文殊問金色女汝身有五陰十二入十八界不女言如我身有五陰十二入十八界梵網經云一切地水是我先身一切火風是我本體又依正二身互相依立華嚴經云一切法無相是則佛真體經明若計靈智之心是常色是敗壞無常者則外道斷常之見華嚴明衆生界即佛界佛界即法界法界之外更無別法乃至萬法雖異其體常同若不迷於所同體用常無有二無二之旨蓋出世之要津一念相應不隔凡成聖矣 宗鏡

福州玄沙師備和尚示衆云情存聖量猶落

法塵已見未忘還成滲漏西天外道入得八萬刧定閉目藏睛灰身滅智刧數滿後不免輪回蓋爲道眼不明生死根源不破出家兒不可同他外道也阿那个便是平生得力處切須在急時中如喪身命冥心自救放捨閒緣歇却心識方有少許相應若不如是明朝後日盡被識情帶將去有甚麽自由分如今却不如他無情之物敷唱分明土木石頭說法非常真實只是少人能聽若聞此說始可商量大凡三條椽下具者个真實發明便向四生六道中同於諸佛淨土更懼何生死且阿誰知他一切諸法都無實體至於靈山會上迦葉親聞猶如話月古德云善惡都莫思量猶如指月乃至三乘行位解脱菩薩涅槃聖德聖果竝如空花兎角不見道却來觀世間猶如夢中事有爲心法不可相依只爲違真棄本厭凡忻聖作此見知不出他限量拋他五陰不去○汝諸人且承當得甚麽事在何世界安身立命若辨不得恰似揑目生花見事便差如今目前現有山河大地色空明暗種種諸物皆是狂勞花相喚作顛倒知見出家人達心識本源如今看著盡黒漫漫地墨汁相似秪如從上宗乘是諸佛頂族汝既承當不得所以我方便勸汝且從迦葉門接續頓超去此一門超凡聖因果超毘盧玅莊嚴世界海超他釋迦方便門直下永刧不教有一物與汝作眼見何不自急急究取秪如釋迦說十二分教大作一場佛事向此門中用一點不得用一毛頭伎倆不得如同夢事亦如寐語識得即是大出脫大徹頭人超凡

越聖出生離死離因離果超毘盧越釋迦莫祇長戀生死愛綱被善惡業拘將去無自由分饒汝鍊得身心同虛空去饒汝到精明湛不搖處不出識陰古人喚作如急流水流急不覺妄爲恬靜恁麼修行出他輪迴際不得更有一般說昭昭靈靈靈臺智性能見能聞向五蘊身田裏作主宰我今問汝若認昭昭靈靈是汝真實爲甚瞌睡時又不成昭昭靈靈若瞌睡時不是爲甚有者昭昭時者喚作認賊爲子是生死根本妄想緣氣汝欲識根由麼我向汝道昭昭靈靈秖因前塵色聲香等法而有分別便道此是昭昭靈靈若無前塵此昭昭靈靈同於龜毛兎角真實在甚麼處汝欲得出五蘊身田主宰但識取汝秘密金剛體汝還見南閻浮提日麼世間人所作

興營養身活命種種心行莫非承日光成立只如日體還有許多般心行麼還有不周徧處麼金剛體亦如是如今山河大地十方國土色空明暗及汝身心莫非盡承汝圓成威光所現天人羣生類所作業次受生果報有情無情莫非承汝威光乃至諸佛成道果接物利生莫非盡承汝威光只如金剛體還有凡夫諸佛麼有汝心行麼不可道無便當得去也汝有如是奇特當陽出身處何不發明却隨向五蘊身田鬼趣裏作活計〇動則起生死之本靜則醉昏沈之鄉動靜雙泯即落空亡動靜雙收顢頇佛性直須對塵對境如枯木寒灰臨時應用不失其宜鏡照諸像不亂光輝鳥飛空中不雜空色所以十方無影像三界絕行蹤不墮往來機不住中間意鐘

中無鼓響鼓中無鐘聲鐘鼓不相交句句無前後寂音曰中觀論曰無物從緣起無物從緣滅起惟諸緣起滅惟諸緣滅以是知色生時但是空生色滅時但是空滅譬如畫水成文未嘗生滅亙沙云鐘中無鼓響鼓中無鐘聲鐘鼓不交叅句句無前後此真緣起無生之旨也如壯士展臂不藉他力師子遊行豈求伴侶九霄絕翳何在穿通一段光明未曾昏昧个中纖毫道不盡即爲魔王眷屬句前句後是學人難處所以一句當天八萬門永絕生死直饒得似秋潭月影靜夜鐘聲隨扣擊以無虧觸波瀾而不散猶是生死岸頭事道人行履處如火消冰終不却成冰箭既離絃無返回勢所以牢籠不肎住呼喚不回頭古聖不安排至今無處所若到者裏步步登亙不屬邪正識不能識智不能知動便失宗覺即迷旨如今不悟个中道理涉事涉塵頭頭繫絆縱悟則塵境紛紜名相不實便擬凝心斂念攝事歸空細想才生即便遏捺如此即是落空亡的外道魂不散的死人者裏分別則不然也不是隈門傍戶句句現前不得商量不涉文墨本絕塵境本無位次真如凡聖地獄人天秖是療狂子之方虛空尚無改變大道豈有昇沈悟則縱橫不離本際若到者裏凡聖也無立處若向句中作意則沒溺殺人若向外馳求又落魔界如如向上沒可安排恰似餤鑪不藏蚊蚋便是千聖出頭來也安一字不得○鏡清道忒上堂如今事不獲巳向汝道各自驗看親切到汝分上因何特地生疎秖爲拋家日久流浪年深一向緣塵致見如此喚作背覺合塵亦名捨父逃逝

太原和尚云欲發心入道先須識自本心若

不識自本心如狗逐塊非師子王也即今語言是汝心舉動施爲更是阿誰若言更別有者即如演若覓頭甘泉和尚云信心是佛無始無明輪迴生死四生六道只爲不敢認自心是佛若能識自心心外無別佛佛外無別心除此心外更無別心若言別更有者即是演若達多將頭覓頭雲門和尚拈起拄杖云山河大地三世諸佛盡在拄杖頭上有甚滯礙如今明也暗向什麽處去秖者明便是暗一切衆生只被色空明暗隔礙便見有生滅之法○日裏往來日裏辨人忽然半夜無日月燈光會到處則固是未曾到處取一件物還取得麽圜悟勤曰參同契云當明中有暗勿以暗相覩當暗中有明勿以明相遇若坐斷明暗且道是个什麽所以道心華發明照十方刹○盡大地有什麽物與汝爲緣爲對若有鍼鋒許與汝爲隔爲礙與我拈將來喚什麽作佛祖喚什麽作山河大地日月星辰將什麽爲四大五蘊○若從學解機智得秖如十地聖人説法如雲如雨猶被訶責見性如隔羅縠故知一切有心天地懸殊若是得底人道火何曾燒口○光不透脱有兩般病一切處不明面前有物是一又透得一切法空隱隱地似有个物相似亦是光不透脱萬松云雲門道一切處不明面前有物是一不是教你除幻境滅幻心别覓透脱處三祖云六塵不惡還同正覺與圓覺經知幻即離不作方便離幻即覺亦無漸次便見作止任滅如金剛與泥人揩背也又云隱隱地有个物相似正是圓覺存我覺我潛續如命細四相病故普覺云大悲世尊快説禪病爲山言無一法可當情情猶在境楞嚴云縱滅一切見聞覺知内守幽閒猶爲法塵分別影事南院顒云我當時如燈影裏行相似所以道亦是光不透脱○大慧云有人説靜是根本悟是枝葉靜得久自然悟去山僧敢道他亂道又引淨極光通達爲證且莫錯會好先聖不奈何説个淨極光通達寂照含虚空譬如良醫應病與藥如今不信有𠇍悟底反道悟是建立豈非以藥爲病乎○雲棲宏公曰世人已知見聞覺知爲識神既滅見聞覺知將謂不落識神寧知仍是識神窠臼生死根本千

百人中且無一二至此即至此十个有五雙擺不脫放不下嗟乎此幽閒處埋沒古今幾許豪傑叅禪秘要殆盡洩於是又法身亦有兩般病得到法身爲法執不忘巳見猶存坐在法身邊是一直饒透得法身去放過即不可仔細點檢將來有甚麼氣息亦是病萬松云前二病少後一種師家應病施藥各垂方便其二種光與光不透脫有兩般病無別洞上宗風靜沈止水動落今時名二種病你但出不隨應入不居空外不尋枝內不住定自然三病一光一時透脫然後透脫不透脫拈放一邊仔細點檢將來有什麼氣息亦是病雲門但指其病不説治法如何還知麽病多諳藥性得効敢傳方

地藏琛禪師問保福僧彼中佛法如何示人僧云有時示衆塞却你眼教你覷不見塞却你耳教你聽不聞坐却你意根教你分別不得師云吾問你不塞你眼見个甚麼不塞你耳聞个甚麼不坐你意根作麽生分別僧有省○上堂云汝喚甚麽作平實把甚麽作圓常莫相埋沒得些子聲色名字貯在心頭記持得底是名字揀辨得底是聲色若不是聲色名字汝又作麽生記持揀辨風吹松樹也是聲蝦蟇老鵶叫也是聲何不那裏聽取揀辨去即今聲色摐摐地爲當相及不相及若相及即汝靈性金剛秘密應有壞滅去也何以如此爲聲貫破汝耳色穿破汝眼因緣即塞却汝幻妄走殺汝聲色體爾不可容也若不相及又什麽處得聲色來相及不相及試裁辨看

安國球禪師示衆云我此間粥飯因緣爲兄弟提唱終是不常如今欲得省要却是山河大地舉明其事却常亦能究竟若從文殊門入者一切無爲草木瓦礫助汝發機若從觀音門入者一切音響蝦蟇蚯蚓助汝發機若

從普賢門入者不動步而到以此三門方便示汝如將一隻折筯攪彼大海令彼魚龍知水爲命離水一分魚龍不全性命若無智眼審而諦之任爾百般巧妙不爲究竟

國清師靜上座問玄沙云教中道不得以所知心測度如來無上知見又作麽生沙曰汝道究得徹底所知心還測度得及不師因此信入有人問弟子每當夜坐心念紛飛未明攝伏之方願垂示誨師曰如或夜間安坐心念紛飛却將紛飛之心以究紛飛之處究之無處則紛飛之念何存反究究心則能究之心安在又能照之智本空所緣之境亦寂寂而非寂者葢無能寂之人也照而非照者葢無所照之境也境智俱寂心慮安然外不尋枝内不住定二塗俱泯一性怡然此乃還源之要道也

洞山初示衆舉唱宗風激揚大乘不道全無其奈還少只緣未達其源落在第八魔境界中受陰第八云已言證聖得大自在識得个不名不物無是無非頭頭物物無不具足道我得安樂田地更不求餘凡有扣擊問難即便敲牀竪拂更不惜便施便設便行便用向惡水坑裏頭出頭沒弄个無尾胡孫到臘月三十日鼓也打破胡孫又走却了手忙脚亂悔將何及若是个衲僧乍可凍殺餓殺終不著他鶻臭布衫

法眼和尚示僧汝道六處不知音眼處不知音耳處不知音若也根本是有爭解無得古人道離聲色著聲色離名字著名字所以無想天修得經八萬大劫一朝退墮諸事儼然葢爲不知根本眞實次第修行三生六十劫

四生一百劫直到三祇果滿猶道不如一念緣起無生超彼三乘權學等見又道彈指圓成八萬門刹那滅却三祇劫寶公曰暫時自肎不追尋歷劫何曾異今日還會麽今日只是塵劫○僧問十二時中如何得頓息萬緣去師曰空與汝爲緣耶色與汝爲緣耶言空爲緣則空本無緣言色爲緣則色心不二日用果何物而爲汝緣乎

天台韶國師云眼中無色識色中無眼識眼識二俱空何能令見色是眼則不能自見其巳體若不能自見云何見餘物古聖方便皆爲說破若於此明得寂靜法不寂靜法也收盡明得遠離法不遠離法亦收盡未來現在亦無遺餘名一法界何有遮障各自信取

靈隱聳云見色便見心且喚甚麽作心山河大地萬象森羅青黃赤白男女等相是心不是心若是心爲什麽却成物像去若不是心又道見色便見心秖爲迷此而成顚倒於無同異中强生同異如今直下承當頓豁本心皎然無一物可作見聞若離心別求解脫迷波討源卒難曉悟（經云若樹非見云何見樹若樹即見復云何樹）

崇壽稠云第一義現成佛性常照一切法常住若見有法常住猶未是法之真源佛言一人發真歸元十方虛空悉皆銷殞還有一法爲意解麽

法眼之子慧明道人問禪者近離何處曰成都曰上座離成都到此山則成都少上座此山剩上座剩則心外有法少則心法不周說得即住僧無對（佛眼上堂山僧適在寢堂中法堂無山僧寢堂有山僧下至法堂法堂有山僧寢堂無山僧有則心外有法無則心法不周諸上座在衣鉢下聞打）

鼓便上法堂法堂上添得上座衣鉢下減却上座添則成增減則成滅滅故落斷增故落常行脚人如何得離有離無離常離斷生死疑情大難透脫此是如來清淨心要宜須決擇不可等閒△林間錄云慧明法眼之子知見甚高下視諸方禪宗貴大機大用不貴知解雲庵每日汝輩皆知有只是用不得如慧明道人可謂善用者也

居訥禪師留止洞山十年讀棗栢華嚴論至第三會於須彌山頂上說十住表入理棄智非生滅心所得至故如須彌山在大海中高八萬四千由旬非手足攀攬可及以明八萬四千塵勞山住煩惱大海衆生有能於一切法無思無爲即煩惱海自然枯竭塵勞山便成一切智山煩惱海便成一切智海若更起心思慮即有攀緣即塵勞山愈高煩惱海愈深不能以至諸佛智頂也三復之嘆曰石鞏云無下手處而馬祖曰曠劫無明今日一切消滅非虛語也寂音曰楞嚴經云汝但棄其生滅守於真常常光現前根塵識心應時銷落

寂音作永明智覺禪師傳云指法以佛祖之語爲銓準曰迦葉波初聞偈曰諸法從緣生諸法從緣滅我師大沙門嘗作如是說此佛祖骨髓也龍勝曰無物從緣生無物從緣滅起唯諸緣起滅唯諸緣滅乃知色生時但是空生色滅時但是空滅譬如風性本不動以緣起故動倘風本性動則寧有靜時哉寄室中若有風風何不動若無風遇緣即起不特風爲然一切法皆然維摩曰善來文殊不來相而來不見相而見文殊言如是若來已更不來若去已更不去所以者何來者無所從來去者無所至所可見者更不可見此緣起無生之旨也林間錄云起信云若心有見則有不見之相心性離見即是徧照法界義故乃知心外無法徧照義成苟有去來相見則遺正義也如人言風性本動是

大不然風本不動能動諸物若先有動則失自體不復更動則知動者乃所以明其未甞動也去生相見亦復如是○宗鏡問萬境無明與一心法性爲是一爲是二若是一不分染淨二名若是二云何教中說無明即法性答體一是真名二是假名因情立真以智明情智自分真原不動不可定同不壞世諦故不可定異不失真諦故涅槃云明與無明愚人爲二智者了達其性無二無二之性即是真性古德約十法界釋云愚人者九界之愚也愚人取相見一切法二性隨其取相心悉無明也如寒谷千年堅氷未甞作水也智者佛界之智也圓觀行人開佛眼者見同古佛也圓眼不見無明根本元是清淨法性如太陽常照海水未曾作氷也氷水性一隨緣成二一不守性恒自隨緣雖復隨緣不壞法性况法無明亦何定一亦何定異則不隨事而失體非共非分不守性而任緣亦同亦別○問菩提即自身心者云何教中說不可以身心得答菩提之心即心者乃是自性清淨心湛然不動蓋是正覺無相之真智其道虛玄玅絶常境聽者無以容其聽智者無以運其知辨者無以措其言像者無以狀其儀以迷人不了執色陰爲自身認能知爲自心故經云身如草木無所覺知心如幻化虛妄不實以除其執取之心故云菩提者不可以身心得也菩提非是觸塵不可以身得菩提非是法塵不可以心得若體了人即達陰界本空妄心無相以本空故法身常現以無相故真心不虧如此發明五陰即菩提離是無菩提不可以菩提而求菩提不可以菩提而得菩提文殊云我

不求菩提何以故菩提即我我即是菩提維摩云菩提非所觀之境則無能緣之心所觀境空即實相菩提能緣心空即自性菩提經云圓滿菩提歸無所得○問所云五根作用皆稱光明實摩尼王悉能雨寶凡夫根器亦如是耶答經云六自在王常清淨所以稱王王是自在義是以眼根任運觀之自在無礙又常在現量本性不遷豈非如王常得自在如云應眼時若千日萬像不能逃形質豈非雨寶義眼門放光照破山河大地豈非放光義則玄鑒無遺幽微洞悉五根隨用亦復如是乃至意根一念千里無有障礙如云應意時絶分别照燭森羅終不歇透過山河石壁間要且照時常寂滅故知六根不惡還同正覺智者無爲愚人自縛可謂身之寶藏心之明珠不説不知空沈苦海

首楞嚴經疏解蒙鈔卷末五録之十二

音釋

怤芳無切音孚　㩐初莊切音瘡　鶻胡骨切魂入聲

首楞嚴經疏解蒙鈔卷末五録之十三

海印弟子蒙叟錢謙益集

永明智覺禪師垂誡云學道之門别無奇特只要洗滌根塵下無量劫來業識種子深嗟末世誑說一禪只學虛頭全無實解步步行有口口談空自不責業力所牽更教人撥無因果便說飲酒食肉不礙菩提行盜行婬無妨般若生遭王法死陷阿鼻受得地獄業消又入畜生餓鬼百千萬劫無有出期除非一念回光立即翻邪爲正若割心肝如木石相似便可食肉若喫酒如喫矢尿相似便可飲酒若見端正男女如死尸相似方可行婬若見已財他財如糞土相似便可侵盜饒你煉得到此田地亦未可順汝意在直待證無量聖身始可行世間逆順事古聖施設廣行遮護千經所說萬論所陳若不去婬斷一切清淨種若不去酒斷一切智慧種若不去盜斷一切福德種若不去肉斷一切慈悲種三世諸佛同口敷宣天下禪宗一音演暢如何後學畧不聽從自毀正因反行魔說只爲宿熏業種生遇邪師善力易消惡根難拔豈不見古聖道見一魔事如萬箭攢心聞一魔聲如千錐劄耳速須遠離各自究心永明垂誡允合先佛四種清淨明誨刻骨瀝血眞實爲入而雷庵受師揀之曰此亦方便語也以如來之言觀之則正爲空魔所入噫嘻其可哉末法邪魔或借永明言又增狂解莽蕩招殃則雷庵之云亦可助永明當頭一棒也

瑞鹿先上堂諸法所生唯心所現如是言語好个入底門户你等諸人眼見一切色耳聞一切聲鼻嗅一切香舌了一切味身觸一切輭滑意分别一切諸法秖如眼耳六根所對

之物爲復是你等心非是你等心若道是你等心何不與你等身都作一塊爲甚麽所對之物却在你等六根外若非是你等心又爭奈唯心所現言語留在世間何人不舉著○又云夜間眠熟不知一切既不知一切且問那時有本來性無本來性若道是有又不知一切與死無異若道是無睡眠忽省覺知如故如是等時是个甚麽

雲居道齊禪師謂門弟子曰吾讀楞伽經偈曰諸法無法體而說惟是心不見於自心而起於分別可謂大慈悲父如實極談我輩不自領受背負恩德如恒河沙或曰然則見自心遂斷分別乎曰非然也譬如調馬馬自見其影而不驚何以故以自知其影從自身出故吾是以知不斷分別亦捨心相也秖今目前如實而觀不見纖毫祖師曰若見現在過去未來亦應見若不見過去未來現在亦不應見此語分明人自迷昧○雲居齊示疾集衆老僧以風火相逼特與諸人相見且向甚麽處見向四大五陰處見耶六入十二處見耶是種種處不可見只今相問者是誰

或問龍濟曰一切鐘鼓本無聲如何信之無聲師曰祖師曰如鼓聲無有作者無有住處畢竟空故但誑凡夫耳若鼓聲是實有鐘聲俱擊應不相參所以玄沙云鐘中無鼓響鼓中無鐘聲鐘鼓不交參句句無前後若不當體寂滅如何得句句無前後耶

承天嵩云全衆生之佛性寂寂涅槃三世坦然十方不泯只爲衆生不了迷已認他便乃塵勞擾擾妄想攀緣即相離眞迷已逐物都

為一念不覺便見空裏生花不覺眼中有瞖此迷無本性畢竟空覺本無迷似有迷覺覺迷迷滅覺不生迷所以經云諸法如是生諸法如是滅若能如是解諸佛常現前

天衣懷示衆云二千年前大覺世尊將諸聖衆往第六天上說大集經敕他方此土人間天上一切獰惡鬼神皆集會受佛付囑有不赴者四門天王飛熱鐵輪追之唯有一魔王謂世尊曰瞿曇我待一切衆生成佛盡衆生世界空無有衆生名字我乃發善提心臨危不變眞大丈夫諸仁者作麼生著一轉語與黃面瞿曇出氣尋常神通妙用智慧辨才到此總使不著盡閻浮大地人無不愛佛到者裏何者是佛何者是魔還有人辨得麼良久云欲識魔麼開眼見明欲識佛麼合眼見暗魔之與佛以拄杖一時穿却鼻孔妙喜云天衣老漢恁麼批判直是奇特雖然如是未免話作兩橛若向何者是佛何者是魔處便休去不妨使人疑著却又道開眼合眼郎當不少又云魔之與佛以拄杖一時穿却鼻孔雪上加霜妙喜却為黃面瞿曇代一轉語待者魔王道衆生界空我乃發菩提心只向他道幾乎錯喚你是魔王此語有兩負門若人點簡得出許你具衲僧眼△南堂靜云我即向他道大衆魔王已發心竟魔常如是住不然道汝喚什麼作衆生擬開口與一鐵輪

節使李端愿問達觀曰天堂地獄畢竟是有是無觀曰諸佛向無中說有眼見空花太尉就有裏尋無手揸水月堪笑眼前見牢獄不避心外聞天堂欲生殊不知忻怖在心善惡成境但了自心自然無惑

雲峰悅上堂舉教中此見及緣元是菩提妙淨明體又道林木池沼皆演法音交光相羅如寶羅網古聖與麼說喚作回首塵勞曲開方便所以道如我按指海印發光汝暫舉心

塵勞先起會麽拂子且將揮世界拄杖權爲答話人○未達境惟心起種種分别達境惟心已分别即不生知諸法唯心便捨外塵相只如大地山河明暗色空法法現前作麽生説个捨於此明得尚在半塗須知向上更有一竅在

大洪報恩禪師答張無盡曰西域外道不出有無四見不即一心爲道則道非我有故名外道不即諸法是心則法隨見異故名邪見如謂之有有則有無如謂之無無則無有有無則有見競生無有則無見斯起亦有亦無見非有非無見亦猶是也不能離諸見則無以明自心無以明自心則不能知正道經云有見即爲垢此則未爲見遠離於諸見如是乃見佛邪正殊途正由見悟殊致故也夫三界唯心萬緣一致彌綸萬有而非有究竟寂滅而非無非無亦非非無非有亦非非有四執既亡百非斯遣則自然因緣皆爲戲論虛無眞實俱是假名矣西天諸大論師皆以心外有法爲外道萬法唯心爲正宗然西天外道皆大權菩薩示化之所施爲横生諸見曲盡異端以明佛法是爲正道順逆皆宗非思議之所能知也

黄龍晦堂與夏倚公立談至肇論會萬物爲自已及情與無情共一體時有狗卧香桌下師以壓尺擊狗又擊香桌曰狗有情即去香桌無情自住情與無情如何得成一體公立不能答師曰纔涉思惟便成剩法何曾會萬物爲已哉○居士吳敦夫偶閲鄧隱峰傳見其倒卓化去而衣亦順身不褪竊疑之曰彼

化之異固莫測而衣亦順之何也以問晦堂老人晦堂曰汝今衣順垂于地復疑之乎曰無所疑也晦堂笑曰此既無疑則彼倒化衣亦順體何疑之有哉敦夫言下了解此可以懸解楞嚴垂手正倒之義

眞淨師上堂南閻浮提衆生以音聲爲佛事所謂此方眞敎體清淨在音聞三乘十二分敎一一從音聲演出乃至諸祖宗師種種禪道皆從音聲演出庭前柏樹北斗藏身德山喝臨濟棒無不從音聲演出何況世間一切所有事法音聲無盡演說無盡見聞無盡利樂無盡苟入此法門得旋陀羅尼三昧自在海〇要得生死不相續但直下識取常住眞心性淨明體自然生死不相關若信不及不聽受則沈在業識無明海〇眞淨文解夏示衆以拂子擊禪牀云天地造化有陰陽生殺日月照臨有明暗隱顯江河流注有高下雍決明王治世有君臣禮樂賞罰佛法在世有頓漸權實有結有解結也四月十五十方法界是聖是凡是草是木以拂子左邊敲云從者裏一時結舉拂子云總在拂子頭上還見麼乃喝云解也七月十五文同但以拂子右邊敲云向者裏一時解還見麼乃喝云秖如四月十五巳前七月十五巳後且道是結是解舉拂子云總在拂子頭上還見麼

泐潭英閱華嚴十明論至爲眞智慧無體性不能自知無性故爲無性之性不能自知無性故名曰無明華嚴第六地曰不了第一義故號曰無明將知眞智慧本無性故不能自了若遇了緣而了則無明滅矣是爲成佛要

門
黄龍新示衆云空谷傳響時時聞於未聞色裏呈眞處處見而無見見既無見聞所未聞喚作無盡藏三昧門神通門智慧門解脱門若能如是知見信解修證悟入我説是人達佛心宗入佛知見既是入佛知見爲是能見見爲是所見見若是所見見且以何爲能若是能見見且以何爲所若作能所二見倶非佛乘作麽生是佛乘是以如來非智巧智者必以如來爲宗祖師非妙得妙者必以祖師爲旨
兠率悦謂張無盡曰叅禪只爲命根不斷依語生解如是之説公已深悟然至極微細處使人不覺不知墮在區宇中遂作頌證之云等閒行處步步皆如雖居聲色寧滯有無一心靡異萬法非殊休分體用莫擇精麤臨機不礙應物無拘是非情盡凡聖皆除誰得誰失何親何疎拈頭作尾指實爲虛翻身魔界轉脚邪塗了非逆順不犯工夫經云如此顛倒首尾相換
僧問古塔主如何一言之中須具三玄三要古曰空空世界本自無爲隨緣應現無所不爲所以虛空世界萬像森羅四時陰陽否泰八節草木榮枯人天七趣聖賢諸佛五教三乘外道典籍世出世間皆從此出故云無不從此法界流究竟還歸此法界楞嚴曰於一毫端現寶王刹坐微塵裏轉大法輪故知萬法本無攬眞成立眞性無量理不可分到此境者一法一塵一色一聲皆具周徧含容四義理性無邊事相無邊叅而不雜混而不一何疑一語之中不具三玄三要耶

洪覺範住清涼舉楞嚴鼻齅旃檀義曰入此鼻觀親證無生又智度論聞者云何聞用耳根聞耶用耳識聞耶用意識聞耶若耳根聞耳根無覺識知故不能聞若耳識聞耳識一念故不能分別不應聞若意識聞意識亦不能聞何以故先五識識五塵然後意識識能識現在五塵者盲聾人亦應識聲也何以故意識不破故師曰究此聞塵則合本妙既證無生又合本妙畢竟是何境界良久曰白猿已叫千巖晚碧縷初橫萬象鑪○宗鏡曰雖然心即是業業即是心既從心生還從心受如何現今銷其妄業報答但了無作自然業空所以云若了無作惡業一生成佛又曰雖有作業而無作者即是如來秘密之教又凡作業悉是自心橫計外法還自對治妄取成業若了心不取境境自不生無法牽情云何成業爲作偈釋曰舉手炷香而供養佛其心自知應念獲福舉手操刃恣行殺傷其心自知死入地獄或殺或供一手之功云何業報罪福不同皆自横計有如是事是故從來枉沈生死雷長芭蕉鐵轉磁石俱無作者而有是力心不取境境亦自寂故如來藏不許有識○楞嚴曰汝元不知一切浮塵諸幻化相當處出生隨處滅盡涅槃云譬如猛火不能燒薪火出木盡名爲燒薪般若燈論云根境理同然智者何驚異衲子於此見徹方入阿字法門○道明上座見六祖於大庾嶺上既發悟曰此外還有密意也無祖曰我所說者非密意也一切密意盡在汝邊釋迦於然燈佛所但得授記而已如有法可傳則即付與

之矣阿難亦嘗猛省曰將謂如來惠我三昧前聖語訓具在可以鏡心不然香嚴聞擊竹聲望潙山再拜保壽隔江見德山即橫趨而去何以密耳語哉三祖商那和修尊者語優波毱多曰如是五百三昧汝皆當知如來三昧辟支不識辟支三昧羅漢不識吾師阿難三昧即我不識今我三昧汝豈識乎是三昧者心不生滅住大慈力遍相恭敬其至此者乃可識之△潙山問香嚴聞汝一問則能十答我問汝父母未生前試道一句嚴屢答不契乞潙代答一語潙曰我道得是我之三昧與汝有何交涉○入大乘論曰諸法體相世間現見云何言無耶曰凡愚妄見此非可信生滅之法皆悉是空生滅流轉無暫停時相似相續故妄見有實猶如燈燄念念生滅凡夫愚人謂爲一燄蓋一切諸法念念滅絕而今現見者相似相續故首楞嚴曰諦觀法法何狀則知但自燈明法自無暗明暗俱空無作無取明若有作不應容暗暗若可取不應受明今觀夜室之暗何自而來忽有燈燄暗何所往石頭曰當明中有暗以明無作故當暗中有明以暗無取故○楞嚴尊頂法論云於此特言眞發明性則亦有妄發明性乎曰有之曰何以辨之曰任運徧知本妙而常寂者眞發明性所謂十方如來同一道故出離生死皆以直心是也違時失候妄覺而强知者妄發明性所謂用諸妄想此想不眞故有輪轉是也本一體也以無性無時故隨所用之有異耳任運常寂而知則合本妙違時失候而覺則合妄塵馬鳴曰本性清淨無明不覺染心相現雖有染心性常明潔染心之相即現行無明明潔之性即不動智體有僧問雲庵雜華論稱現行無明即是如來不動智此實難信如何得解有童子方埽地庵呼

之童子回首庵曰非不動智乎又問如何是汝佛性童子左右視罔然而去庵曰非現行無明乎眞發明性譬如明珠之光常自照珠孔子曰思無邪近之矣妄發明性譬如東方將旦溟涬之間已有精色易曰蒙雜而著近之矣仰山云若有僧來即召云某甲僧迴首乃云是甚麽待伊擬議向道非唯業識茫茫亦乃無本可據潙曰善哉萬松云雲庵呼埽除童子仰山召僧回首正是者箇時節童子惘然與擬議不別無明住地煩惱業識茫茫亦同雲庵仰山勘僧驗人尅的如此

清凉普明和尚云如是之法不假修而自就不假得而自圓一切現成名不動地用而非有不用非無體合妙用應備無為心無自性觸事全彰不動道場徧十方界如斯境界畧暫回光背覺合塵妄為影事此之事意如王大路行之即是假使不行亦在其路

五祖演上堂云目犍連雙足越坑大迦葉聞琴起舞畢陵訶罵河神迦留陀夷埋身糞壞教中一一有出處總道是習氣秖如祖師門下達磨面壁秘魔擎杈香山打鼓石鞏彎弓雪峯輥毬國宗水椀歸宗拽石德山不問便棒臨濟入門便喝無業才有人問便道妄想且道是箇什麽衆中久叅大德具頂門上眼的衲僧出來為白雲證據也佛眼云佛弟子目連迦葉等是習氣是妙用擎杈打地豎拂敲床睦州一向閉門魯祖終年面壁是為人不是為人信知一切凡夫埋沒寶藏諸人何不擺柁揚帆拋江過岸不可釘樁搖櫓何日到家

佛眼清遠師云現今山河相對剎土縱橫分別思惟千差萬別怎生說箇是你底道理者裏若不了一切處礙塞殺人秖為歷劫循塵為物所轉你試拈來那箇是物何者是你僧問玄沙乞師指箇入路沙云還聞偃溪水聲麽云聞沙云從者裏入人不明了秖管道心

性周徧更是誰聞如此言論有何交涉○不見祖師道風鳴耶鈴鳴耶便好休歇也更煩他道非風鈴鳴乃心鳴耳你更討甚麽猕請乃至此土道非風旛動仁者心動祖師恁麽印證因何不會秖爲箇能所所以道因明立所所既妄立生汝妄能無同異中熾然成異○諸人舊時曾到處忽然思量著一一在目前爲將眼見爲將心見若道將眼見思量舊時到處如何是眼見若道是心見心豈有見耶現今目前燈籠露柱是心見耶是眼見耶世尊道從本已來非心非眼且道是箇甚麽○明來暗謝智起惑亡正當明時暗向甚麽處去祖師道秖者明便是暗明暗覿體不可得黑地裏行時爲什麽脚高脚低○一切衆生眼見耳聞者裏有箇指示人處道即此見聞非見聞問正當見聞時作麽生見得非見聞師云忽然被人稱名道姓唤你一聲時你去者裏還入得麽○眼不至色色不至眼聲不至耳耳不至聲法法皆爾元是自心功德藏無可得取捨此正是那伽大定也

大慧語録云衆生迷已逐物躭少欲味甘心受無量苦逐日未開眼未下牀時半惺半覺時心識已紛飛隨妄想漂蕩矣作善作惡雖未發露未下牀時天堂地獄在方寸中已一時成就及待發時已落在第八佛不云乎一切諸根自心現器身等藏自妄想相施設顯示如河流如種子如燈如風如雲剎那展轉壞躁動如猿猴樂不淨處如飛蠅無厭足如風火無始虚僞習氣因如汲水輪等事於此識破唤作無人無我智天堂地獄只在當人

半惺半覺未下牀時方寸中並不在別處發未發覺未覺時切須照顧〇佛云是法非思量分別之所能解永嘉云損法財滅功德莫不由茲心意識蓋心意識乃思量分別之窟宅也猛著精彩把者箇來爲先鋒去爲殿後底生死根本一刀砍斷方是出頭時節正當恁麼時方用得口議心思著何以故第八識既除生死魔無處棲泊生死魔無棲泊處則思量分別的渾是般若妙智更無毫髮爲我作障所以道觀法前後以智分別是非審定不違法印〇心火熾然熠熠不息貪欲瞋恚癡纏之如鉤鎖連環相續不斷若無猛烈志氣日月浸久不覺被五陰魔所攝持若能一念緣起無生不離三毒倒用魔王印驅諸魔侶以爲護法善神且非強爲法如是故〇如

水潦和尚因採藤次問馬祖曰如何是祖師西來意祖曰近前來向你道水潦纔近前馬祖當胸一蹋蹋倒水潦忽然大悟不覺起來呵呵大笑祖曰你見箇甚麼道理潦曰百千法門無量妙義只在一毛頭上便識得根源去者箇教中謂之入流亡所所入既寂動靜二相了然不生纔得箇入處便亡了定相定相既亡不墮有爲不墮無爲動靜二相了然不生便是觀音入理之門他既悟了便打開自已庫藏運出自已家珍乃曰百千法門云云又呵呵大笑馬祖知他已到者箇田地更不采他亦無後語後來往水潦庵纔舉揚便賣者一蹋云自從一喫馬師蹋直至而今笑不休者箇便是第一箇入流亡所動靜二相了然不生底樣子又雲門問洞山近離甚處

山曰查渡門曰夏在何處山曰湖南報慈門曰幾時離彼山曰八月二十五門曰放你三頓棒古人淳朴據實秖對我此回實從查渡來有甚麽過便道放我三頓棒大丈夫漢須共者老漢理會始得明日便去問曰昨日蒙和尚放三頓棒未審過在何處門曰飯袋子江西湖南便恁麽去山忽然大悟更無消息可通亦無道理可拈便禮拜而已既悟了便曰他後向無人烟處住箇草庵不蓄一粒米不種一莖菜接待十方往來盡與伊出卻釘拔卻楔拈卻炙脂帽子脱卻鶻臭布衫教伊灑灑地作箇衲僧豈不俊哉門曰你身如椰子大開得許大口者箇是第二箇入流亡所動靜二相了然不生的樣子又鼓山晏國師在雪峰多年一日雪峰知其緣熟忽然搊住曰是甚麽晏釋然了悟唯舉手摇曳而已峰曰子作道理耶晏曰何道理之有楊大年收在傳燈錄中謂之亡其了心者箇是第三箇入流亡所動靜二相了然不生底樣子又灌溪和尚一日見臨濟濟下繩床纔搊住溪便云領領者箇是第四箇入流亡所動靜二相了然不生底樣子○善財方於樓閣之前早已讚嘆許多殊勝之事然未能得入乃白彌勒菩薩言唯願大聖開樓閣門令我得入時彌勒菩薩前詣樓閣彈指出聲其門即開命善財入善財心喜入已還閉閉時如何便是觀音入流亡所底消息○古聖得了便於得處滅卻生滅心亦不住在寂滅地謂之寂滅現前於寂滅地獲二殊勝云云所謂與慈運悲救拔惡道是也衆生爲不覺故輪轉惡道

先覺之士若無慈悲如何得衆生界空信知
佛恩難報
萬松老人云福州羅山道閑禪師先問石霜
起滅不停時如何霜云直須寒灰枯木去一
念萬年去函葢相應去純清絶點去山不契
往問巖頭頭喝云是誰起滅山於此有省羅
山問處天下人榜樣而今初機往往在者裏
作活計水上捺瓜相似伏斷煩惱智覺道莫
與心爲伴無心心自安若將心作伴動即被
心謾伴即伴妄心無亦無妄心祖師西來直
指人心見性成佛豈是教你普州人送賊認
奴作郎來羅山問處迷眞執妄巖頭咄處即
妄即眞若是萬松咄了便休眞妄向上有事
在楞嚴經阿難言即能推者我將爲心佛言
咄阿難此非汝心阿難矍然避席合掌起立
白佛此非我心當名何等此咄如金剛王寶
劒巖頭一喝如踞地師子全威大用不欺之
力也 海印云如來四十九年唯向阿難施此一咄如金剛王寶劒實能斸絶命根阿難向執緣心故今被喝乃矍然向佛○萬松曰人皆謂天地生
人謂之三才佛教反以人生天地所以三界
唯心萬法唯識者裏打做一團鍊做一塊周
法界無表裏楞嚴經佛告阿難汝觀地性麤
爲大地細爲微塵至鄰虛塵析彼極微色邊
際相七分所成更析鄰虛即實空性萬松常
舉信心銘極小同大忘絶境界極大同小不
見邊表○有道士問萬松曰弟子三十餘年
打疊妄心不下松曰我有四問全似全眞一
問妄心有來多少時也二問元來有妄心不
三問妄心作麼生斷四問妄心斷即是不斷
即是其人拜謝而去黄山趙文孺親覲圓通

善國師嘗作頌曰妄想元來本自眞除時又起一重塵言思動靜承誰力子細看來無別人○陳秀玉學士嘗問萬松彌勒菩薩爲甚麽不修禪定不斷煩惱松曰眞心本靜故不修禪定妄想本空故不斷煩惱士復問香山大潤和尚潤云禪心已定不須更修斷盡煩惱不須更斷復問竹林海巨川川曰本無禪定煩惱士曰惟此爲快耳

屏山李純甫曰如人初夢一刹那頃根身器界異類衆生一時頓現種種各別一念力頓成就無量境界覺人呼覺始知夢中元無我人衆生壽者諸相亦無地水火風等物畢竟虛空唯依第六意識以爲根本然則覺人所見山河大地十二類生并自身相唯依第八業識有大覺者開說眞空始知長夜宛如大夢等無有異

中峰和尚云楞嚴謂狂心未歇歇即菩提華嚴謂了知盧舍那自性無所有者是如來禪少林直指未必如此親切有人於此說下痛快領畧暫轉狂心返照自性便爾歇去不眞何待昔僧謁玄沙乞指箇入路沙問還聞溪水聲不曰聞沙曰從者裏入僧領悟非痛快領畧而何當知狂心苟不自歇雖佛如來具百千萬億種不測神變乃至旋乾轉坤碎山竭海不勞神力獨不能與衆生歇狂心於俄頃此事苟非當人自肯休自肯歇自肯超越自肯照了則自性盧舍那萬劫不得歸家穩坐且今日歷盡諸趣備受毒楚尚不肯痛自歇心一念狂情馳逐諸妄與生死根種念念交接復不知更待何時有自休自歇自超自

越自照自了之日也於乎惜哉
紫柏和尚云楞嚴云妙觸宣明此語開剖本光無剩學人當面蹉過昔有堂頭問僧隔壁聽釵釧聲即破戒戒作麼持僧云好箇入路由是而觀在身爲妙觸宣明在耳爲妙聲宣明一根既爾何根不然又四祖年十四叅粲大師願和尚與箇解脫法門粲曰解脫則且止即今誰縛汝信遂大悟古云磕著撞著無非入路良不我欺也〇吾讀楞嚴始悟聖人會物歸已之旨而古人有先得之者則曰若人識得心大地無寸土又曰我今見樹樹不見我我見何見〇舉吾不見時何不見吾不見之處一段師曰大慧禪師問禮侍者竹篦語不省向他道你是福州人且如將名品荔枝和皮殼一時剝了以手送在你口邊只是你不解吞達觀燈下看此不覺失笑且道笑箇甚麼如薦得不勞饒舌既薦不得老漢爲汝說破此段經如來爲阿難老婆心切至矣何異妙喜和皮殼剝了荔枝送在禮侍者口邊只是他不解吞大抵此事苟不到智訖情枯之地斷然承當不下且道如何是智訖情枯的樣子咄泥牛夜半歸來遠踏破前峰萬頃雲

首楞嚴經疏解蒙鈔卷末五錄之十三

音釋

僇盧谷切音六　椰以遮切丨　矍厥縛切音钁

首楞嚴經疏解蒙鈔卷末五録之十四

海印弟子蒙叟錢謙益集

佛頂宗録第五

二參會公案

富樓那問佛清淨本然云何忽生山河大地○瑯琊覺云老僧即不然清淨本然云何忽生山河大地（迷時三界有 悟後十方無）○薦福信云先行不到末後太過○五祖演云金屑雖貴落眼成翳○佛眼遠云既生山河大地如何得復清淨本然既復清淨本然云何却見山河大地大衆如何即是良久云水自竹邊流去冷風從花裏過來香○淨因成禪師上堂拈拄杖云清淨本然云何忽生山河大地看看富樓那穿過釋迦老子鼻孔釋迦老子鑽破虛空肚皮且道山河大地在甚麼處擲下拄杖云虛空翻筋斗向新羅國去也是你諸人切忌認葉止啼刻舟求劒○僧問韶國師一切山河大地自何而起師云此問從何而起

一人發眞歸元十方虛空悉皆消殞○五祖演云一人發眞歸元十方虛空築著磕著○佛性泰云若是德山即不然一人發眞歸元十方虛空只是十方虛空○慧明道人問彦上座從上先德有得悟者無曰有師曰一人發眞歸元十方虛空悉皆消殞舉手指曰只今天台山嶷然如何得消殞去彦俊辨自負瞪目遁去○佛眼遠云從前先聖豈不發眞歸元如何十方虛空至今尚在又云漚滅空本無況復諸三有幻漚既滅虛空殞無三有衆生從茲殄瘁四生九類如何得無

當知虛空生汝心內猶如片雲點太清裏○

僧問雲門混沌未分時如何師云露柱懷胎云分後如何師云如片雲點太清云太清還受點也無師不對詳見宗旨若能轉物即同如來○僧問破竈墮物物無形時如何墮曰禮即惟汝非我不禮即惟我非汝僧禮謝墮曰本有之物物非我也所以道心能轉物即同如來○舉雪峰云盡大地是你將謂別更有雲門云不見楞嚴云衆生顛倒迷已逐物若能轉物即同如來○先淨照禪師問楞嚴大師經中道若能轉物即同如來若被物轉即名凡夫即如昇元閣作麼生轉○僧問韶國師如何是轉物即同如來師曰汝喚甚麼作物曰恁麼則同如來也師曰莫作野干鳴○僧問石門慈照若能轉物即同如來未審山門佛殿如何轉師云我向汝道汝還信麼云和尚誠言安敢不信師云者漆桶僧問延慶傳殷師若能轉物即同如來未審轉甚麼物師曰道甚麼僧擬議進語師曰者漆桶○僧問谷隱聰禪師若能轉物即同如來萬象是物如何轉得聰曰吃了飯無些子意智若有意智即爲物轉也○僧問岑和尚如何轉得山河國土歸自已去師曰如何轉得自已成山河國土去曰不會師曰湖南城下好養民米賤柴多足四鄰僧無語師示偈曰誰門山河轉山河轉向誰圓通無兩畔法性本無歸趙州云汝被十二時辰使老僧使得十二時

如我按指海印發光○潙山忠道者閱楞嚴經次問東明遷如我按指海印發光佛意如何遷云用按指作麼云汝暫舉心塵勞先起又作麼道遷云亦是海印發光

一切世間諸所有物皆即菩提玅明元心○

栯堂益上堂舉此云石牌入水即乾出水即溼獨活有風不動無風獨搖

不在內不在外不在中間○僧問歸省禪師未審在甚麼處師云南斗六北斗七

此大講堂至又觀清淨○雪竇顯云慚愧釋迦老子說甚還與不還文殊堂裏萬菩薩到處覓不得元來揔在者裏靈利漢一見便請拗折拄杖

吾不見時何不見吾不見之處若見不見自然非彼不見之相若不見吾不見之地自然非物云何非汝○雪竇示眾舉此經云阿難意道世界燈籠露柱皆有名相亦要世尊指出此見精明元喚作甚麼物願令我見佛意我見香臺時你作麼生阿難云我亦見香臺即是佛見處佛言我見香臺則可知我若不見香臺時你作麼生見阿難云我亦不見香臺即是見佛不見處佛言汝云不見自是汝知他人不見處汝如何得知古人云到者裏只可自知與人說不得佛果云若道認見爲有物未能拂迹吾不見時如羚羊挂角聲響蹤迹氣息都絕你向什麼處摸索經意初縱破後奪破雪竇出教眼須亦不須物亦不須見與不見只須見佛也△天童云有見有不見日午點燈無見無不見夜半潑墨若信見聞如幻翳方知聲色若空花且道教中還有衲僧說話麼

見見之時見非是見見猶離見見不能及○虎邱隆謁圜悟入室悟問見見之時見非是見見猶離見見不能及舉拳曰還見麼隆曰見悟曰頭上安頭隆脫然契證悟叱曰見个甚麼隆曰竹密不妨流水過悟肯之○佛眼嗣竹庵和尚與伯父持一居士醉心楞嚴庵曰若離前塵有分別性正是生死根本士駭曰佛妄說耶菴曰佛固不妄約只今居士對

面徵詰心果安在菴後上堂云見見之時見非是見見猶離見見不能及落花有意隨流水流水無情送落花諸可還者自然非汝不汝還者非汝而誰常恨春歸無覓處不知轉入此中來萬松云雪竇直須見佛佛果單提佛不見處只可自知天童須灑乾滄海遍塞太虛竹菴直明非物之見亦生死根本此衲僧鼻孔長皆出教意外別具一隻眼古佛舌頭短○德山涓禪師上堂舉見見之時四句喝曰鯨吞海水盡露出珊瑚枝衆中忽有个衲僧出來道長老休寐語却許伊具一隻眼

如是見性是心非眼○相國崔公羣見如會禪師問曰師以何得會云以見性得會方病眼崔云既云見性其奈眼何會曰見性非眼崔稽首謝之法眼別云是相公眼○雲巖作鞋次洞山近前曰乞師眼睛得麼師云汝底與阿誰去也曰良价無師曰設有汝向甚麼處著山無語師曰乞眼睛底是眼不山曰非眼師便喝

此諸物象與此見精元是何物○僧問延慶殷見色便見心燈籠是色那个是心師曰汝不會古人意曰如何是古人意師曰燈籠是心○晦堂和尚云礙處非墻壁通處沒虛空若能如是會心色本來同拂子是色那个是心靈利漢才聞舉著隔墻見角早知是牛更若擬議思量何啻千里萬里

此見及緣元是菩提玅淨明體○雲峰悅云祖師亦云六根不惡還同正覺乃云會麼直饒你向者裏叅見祖師了更買草鞋行腳三千里外也被翠巖換却眼睛了也還有不甘的麼○大溈問仰山玅淨明心汝作麼生會仰云山河大地日月星辰溈云汝秪得其事

仰云和尚適來問什麼溈云玅淨明心仰云喚作事得麼溈云如是如是

玅性圓明離諸名相○徐龍圖閱楞嚴至此告海昌遇禪師佛意誠謂幽深師云你如何會徐欲祇對師以拂子便打徐云和尚也無此子人情師云我若不打你又堪作甚麼却問黃龍釋迦老子到者裏還有出身處麼龍却打一拂子師云且聽諸方斷著

無相則無非無即相相有則在云何無著○張無盡曰昔支愍度云但無心於萬境萬境未嘗無詰其所談稍似今計肇師破云此得在於神靜失在於物虛也

當知十方無邊不動虛空并其動搖地水火風均名六大性眞圓融皆如來藏本無生滅○皓月供奉問長沙岑曰蚯蚓斷爲兩段兩頭俱動未審佛性在阿那頭沙曰動與不動是何境界月曰言不干典非智者之所談秪如和尚言動與不動是何境界出自何經沙曰灼然言不干典非智者之所談大德豈不見首楞嚴云當知十方無邊不動虛空并其動搖地水火風均名六大性眞圓融皆如來藏本無生滅乃示偈曰最甚深最甚深法界人身便是心迷者迷心爲衆色悟時剎境是眞心身界二塵無實相分明達此號知音

本如來藏玅眞如性○雲際祖禪師問南泉摩尼珠人不識如來藏裏親收得如何是藏泉云王老師與汝往來者是祖云不往來者泉云亦是藏祖云如何是珠泉召云師祖祖應諾泉云去汝不會我語祖從此信入○圓通國師云如今還有人信入麼若有罔象到

時光燦爛若無離婁行處浪滔天○佛果云盡大地是如來藏向甚麼處著珠盡大地是摩尼珠喚甚麼作藏天童云永嘉歌云如來藏裏親收得六般神用空不空一顆圓光色非色如何是藏如何是珠往來者是不往來者亦是南泉指藏拾珠如放在汝掌中指似與汝既往來不往來是藏喚應不喚應俱是珠又何疑無非不非無是不是○稠禪師云一切外緣本無定相是非生滅一切由心若自性不生誰言是非能所俱無諸相恒寂○龍濟修山主云是柱不是柱非柱不見柱是非已去了是非裏薦取雷菴受云文殊問諸物象與此見精元是何物欲請如來揀定是非是義昭然示之如來亦欲令大衆親諳見與見緣元是菩提妙淨明體於中無有是非二相即顧問文殊如汝文殊等文殊告云我眞文殊等而如來復宜明日但一月眞乃至是月非月譬如擊塗毒鼓遠近聞者皆喪昔修山主嘗曰是柱不是柱云云此老垂慈之至與先聖無少異未知學者若爲契會若復因此際會道成所得寄言還同本悟則

與未聞無有差別○百丈懷海和上因撥火示潙山靈祐因茲頓悟百丈謂曰此乃暫時岐路耳經云欲見佛性當觀因緣時節時節既至如迷忽悟似忘忽憶方省舊道已物不從他得是故祖師云悟了同未悟無心得無法汝今既爾善自護持潙山謂香嚴曰汝在百丈先師處問一答十此是汝聰明靈利意解識想生死根本父母未生時試道一句看師被一問直得茫然將平日看過文字從頭要尋一句酬對竟不能得屢乞山說破山曰我若說似汝汝以後罵我去我說底是我底終不干汝事師遂將所看文字燒却辭歸南陽一日芟除草木偶拋瓦礫擊竹作聲忽然省悟沐浴焚香遙禮潙山曰和尚大慈恩踰父母當時若爲我說破何有今日之事○石

頭還曰寧可永劫受沈淪不從諸聖求解脫
不如一日修無漏業○楚南禪師上堂設使
解得三世佛敎如缾注水及得百千三昧不
如一念修無漏道免被天人因果繫絆問如
何修曰未有闍棃時體取曰未有某甲時教
誰體南曰體者亦無
昔本無迷似有迷覺○忠國師問紫璘供奉
佛是何義云是覺義師云佛曾迷不曰不曾
迷師曰用覺作麼
聞實云無誰知無者○泰王判涅槃論曰若
無聖人知無者誰○玅喜云今人叅禪怕落
空只者怕落空的還空得麼經云聞實云無
誰知無者
明暗色空○天聖道禪師上堂日月繞須彌
人間分晝夜南閻浮提人秖被明暗色空留

礙且道不落明暗色空一句作麼生道良久
曰柳色黃金嫩梨花白雪香
譬如琴瑟箜篌雖有玅音若無玅指終不能
發○保寧勇上堂舉此文拈拄杖云者個且
非琴非瑟有大玅音衆中莫有玅指者麼試
請一發看若無保寧自家品弄去也橫按拄
杖云還聞麼良久云一堂風冷淡千古意分
明
設入大火火不能燒大水所漂水不能溺○
僧問保福如何是入火不燒入水不溺福曰
若是水火即被焚溺
從無始來迷己爲物○鏡清怤問僧門外甚
麼聲曰雨滴聲師曰衆生顛倒迷己逐物曰
和尚作麼生師曰泊不迷己曰泊不迷己意
旨如何師曰出身猶可易脫體道應難雪竇頌云

虛堂雨滴聲作者難訓對若謂曾入流依前還不會會不會南山北山轉滂沛
由汝無始至於今生認賊爲子○天童畧舉
云若能推底是汝心則認賊爲子修山主云
若能推底不是汝心則認子爲賊天童拈云
如今推也是子是賊買帽相頭去魚食骨
身心圓明不動道場○佛語文殊汝坐道場
乎文殊師利言一切如來不坐道場我今云
何獨坐道場何以故現在諸法坐實際故釋曰
若如是解者未必是不坐道場是坐道場當坐道場是不坐道場矣何以故道場等不出實際故
因明立所所既妄立生汝妄能○法眼問百
法座主百法是體用雙陳明門是能所兼舉
座主是能法座是所作麼生說兼舉
虛空云何隨汝執捉○石鞏問㠙堂汝還解
捉得虛空麼堂曰捉得鞏曰作麼生捉堂以
手撮虛空鞏曰汝不解捉堂却問師兄作麼
生捉鞏把西堂鼻孔拽堂作忍痛聲曰大煞
拽人鼻孔直欲脫去鞏曰直須恁麼捉虛空
始得
松直棘曲鵠白烏玄○洞山聰禪師上堂敎
山僧道甚麼即得古即是今今即是古所以
楞嚴經道松直棘曲鵠白烏玄還知得麼雖
然如是未必是松一向直棘一向曲鵠便白
烏便玄洞山道者裏也有曲底松也有直底
棘也有玄底鵠也有白底烏久立
如第二月誰爲是月又誰非月○雲巖掃地
次道吾云太區區生巖云須知有不區區者
吾云恁麼則有第二月也巖提起掃箒云者
箇是第幾月玄沙云正是第二月長慶稜問玄沙云被他倒轉掃箒攔面撼又作麼生沙休去雲門云奴見婢殷勤眞如云將勤補拙○曹山僧問古

人有言盡大地惟有此人未審是甚麼人師云不可有第二月去也云如何是第二月師云也要老兄定當云作麼生是第一月師云嶮○安國球問玄沙如何是第一月沙曰用汝個月作麼球言下大悟○僧問法眼和尚如何是第二月曰森羅萬象曰如何是第一月曰森羅萬象○宗鑑達云見聞覺知思量分別一見便見無第二月又云拈花示衆空自點胷微笑破顔落第二月

彼人因指應當看月○玄沙和尚示衆云世尊道吾有正法眼藏付囑大迦葉猶如畫月曹溪豎拂猶如指月時鼓山出衆云月聻師云者個阿師就我覓月山不肯却歸衆云道我就他覓月護國元云玄沙鼓山各説道理要且未識月在諸人要識月麼幸無偏照處剛有未明人○有僧問法眼指即不問如何是月眼曰那個是汝不問底指又僧問月即不問如何是指眼曰月僧曰學人問指和尚爲什麼對月眼曰爲汝問指

於一毛端現寶王刹坐微塵裏轉大法輪○圓照上堂舉此拈起柱杖曰者個是塵作麼生説個轉法輪底道理山僧今日不惜眉毛與諸人説破拈起也海水騰波須彌岌峇放下也四海晏清乾坤肅静敢問諸人拈起即是放下即是當斷不斷兩重公案擊禪床下座尼玆總上堂向上一路千聖不傳學者勞形如猿捉影山僧今日與此界他方佛祖山河大地草木叢林現前四衆各轉大法輪交光相羅如寶絲網若一草一木不轉法輪則不得名爲轉大法輪所以道於一毛端乃至大中現小等不動歩遊彌勒樓閣不返聞入觀音法門情與無情性相平等不是神通妙用亦非法爾如然於此個儻分明皇恩佛恩一時報足

十方薄伽梵一路涅槃門○僧舉問乾峯和

尚未審路頭在甚麼處峯以柱杖一畫云在者裏萬松云天童曾道十方無籬落從本來元没遮攔四面亦無門只者裏便是入處所以乾峯一畫云在者裏喚作乾峯與僧指路又道與他畫斷決不是者個道理僧舉似雲門門拈起扇子云扇子跨跳上三十三天築著帝釋鼻孔東海鯉魚打一棒雨似盆傾會麼黃龍南云乾峯一期指路曲爲初機雲門乃通其變故使人不倦者僧不會乾峰雲門別與一條活路竹庵早曾點破頌云乾峰不用指陳雲門休打骨董自然東海鯉魚築著帝釋鼻孔○雲門云你若不識大唐國裏人在你眼睫裏賣香藥又云者個是屋上頭是天手裏是柱杖作麼生是涅槃門法雲秀以手空中一畫喝云九流于是乎交歸衆聖于是乎宾會乃知新羅高麗南番日本西天此土十方世界一切人民盡在諸人鼻孔裏吽吽鬧鬧東頭買賤西頭賣貴諸人還聞麼若不聞還我耳朶來○僧問雲門薄伽梵

即不問如何是一路涅槃門師云我道不得云和尚爲甚麼道不得師云你舉話即得○道吾和尚示衆古今日月依舊山河若明得去十方薄伽梵一路涅槃門若明不得謗斯經故獲罪如是○僧問應乾禪師十方薄伽梵一路涅槃門未審路頭在甚麼處師曰踏着石頭硬似鐵僧云還許學人進步也無師曰點滴依前落二三出續燈錄

歸元性無二方便有多門聖性無不通順逆皆方便○雲峯悦云所以道不浪隨功涉位經有經師論有論主你道衲僧門下還有者箇消息麼良久云一言既出駟馬難追○枯木成禪師上堂歸元性無二方便有多門但了歸元性何愁方便門諸人要會歸元性麼露柱將來作木杓旁人不肯任從伊要會方

便門麽木杓將來作露柱撑天柱地也相宜
且道不落方便門一句作麽生道三十年後
莫教錯舉
鈔湛總持不動尊頂楞嚴王世希有○五祖
演云大衆若作禪會則謗經若作經會則謗
禪若作一團則儱侗有人跳得日銷萬兩黄
金若跳不得有處著你在○泐潭準云同異
成壞總别三四五六七八欲要隨流入流無
過先解此法拈拄杖卓一下云此法非思量
分别之所能解若也分别落在衆生境界且
道不分别不思量是個甚麽擲下拄杖云鈔
湛總持不動尊頂楞嚴王世希有
不歷僧祇獲法身○僧問利山和尚不歷僧
祇獲法身請師直指山曰子承父業曰如何
領會山曰貶剥不施曰恁麽則大衆有賴去
也山曰大衆且置作麽生是法身僧無對山
曰汝問我與汝道僧問如何是法身山曰空
花陽焰○古德云長者長法身短者短法身
天童拈云且道舜若多神唤什麽作法身良
久云還會麽不可續鳧截鶴夷岳盈壑去也
將此深心奉塵剎是則名爲報佛恩○潙山
舉臨濟辭黄檗檗唤侍者將先師禪版拂子
來濟召侍者將火來檗云汝但將去已後坐
却天下舌頭在問仰山云臨濟莫孤負他黄
檗也無仰云不然潙云子作麽生仰云知恩
方解報恩潙云從上莫有報恩事不仰云有
只是年代久遠不欲舉似潙云子但舉看仰
云楞嚴會上阿難讃佛云將此深心奉塵剎
是則名爲報佛恩豈不是報恩上事潙云如
是如是見與師齊減師半德見過於師方堪

傳授○廣慧璉示衆佛法本來無事從上諸聖盡是揑怪强生節目壓良爲賤埋没兒孫更有雲門趙州德山臨濟死不惺惺一生受屈老僧者裏即不然便是釋迦老子出來也貶向他方世界舉未了璉云你若恁麽會入地獄如箭云未審作麽生會璉便打僧擬議日會麽僧云不會曰山僧今日不避諸方檢責爲你說破將此深心奉塵刹是則名爲報佛恩○天衣懐示衆玄黄不眞黑白何咎六祖道葉落歸根來時無口此個說話直入維摩丈室住金色光中見十方世界四聖六凡如觀掌中菴摩勒果又見一類衆生寢生死夜惛惛睡眠不覺不知作金鷄報曉一聲令伊省寤豈不快哉若能如是方可將此深心奉塵刹是則名爲報佛恩○文峰說上堂娑婆世界以音聲爲佛事香積世界以香飯爲佛事翠巖者裏秖於出入息内供養承事過現未來塵沙諸佛無一空過者過現未來塵沙諸佛是翠巖侍者無一不到諸上座還會麽將此深心奉塵刹是則名爲報佛恩

我見如來舉臂屈指爲光明拳○趙州有時屈指云老僧喚作拳諸人喚作什麽僧云和尚何得將境示人州云我不將境示人若將境示闍黎即埋没闍黎去也云爭奈者個何師便珍重○雪峰一日伸手向僧面前握拳云盡乾坤若凡若聖若男若女若僧若俗山河大地都總在者一握裏○欽山遂見僧來伸手云開即爲掌五指參差復握手云握即爲拳必無高下還有商量分也無僧豎起拳師云汝只是個無開合漢○黄龍心在室中

豎拳示僧云喚作拳頭則觸不喚作拳頭則背未審喚作甚麼○道場辨謁佛眼遠遠問從上祖師方册因緣許你會得忽舉拳云者個因何喚作拳師擬祇對遠築其口云不得作道理師頓去知見遂作禮遠云者鈍漢師笑而趨出○別峰印因圓悟問從上諸聖以何接人師豎起拳悟云此是老僧用底作麼生是從上諸聖用底師以拳揮之悟亦舉拳相交大笑而止

斯是如來無見頂相無爲心佛○世尊在忉利天爲母說法優塡王命匠雕栴檀像世尊下忉利天像亦出迎世尊三喚三應乃云無爲眞佛實在我身○無邊身菩薩將竹杖量世尊頂丈六了又丈六量到梵天不見世尊頂相乃擲下竹杖合掌說偈云虛空無有邊

佛功德亦然若有能量者窮刦不可盡○僧問百丈如何丈曰爲作有邊見無邊見所以不見如來頂相祇如今都無一切有無等見亦無無見是名頂相見○趙州云如隔羅縠又答云你是闍黎○問黃蘗菩薩云何不見頂相答實無可見無邊身菩薩便是如來不應更見祇敎你不作佛見不落佛邊不作衆生見不落衆生邊不作有見不落有邊不作無見不落無邊不作凡見不落凡邊不作聖見不落聖邊但無諸見即是無邊身若有見處即名外道外道樂于諸見菩薩於諸見而不動如來者即諸法如義所以云彌勒亦如也如即無生如即無滅如即無見如即無聞如來頂即是圓見亦無圓見不落圓邊所以佛身無爲不墮諸數

如汝文殊更有文殊是文殊者為無文殊○佛在竹園精舍與大比丘衆結足安居至自恣日優波離尊者觀諸大衆如海清淨無有缺犯惟有文殊師利菩薩不樂所止之處好游聚落違犯禁戒優波離具以白佛欲擯出文殊佛曰但擯得便擯優波離遂集衆鳴犍椎左右上下皆是文殊徧虛空界一切之處悉是文殊世尊謂優波離你欲擯那個文殊優波離放下揵椎禮拜懺悔一云纔拈推乃見百千萬億文殊盡其神力椎不能舉○寒拾問豐干去五臺作恁麼干曰禮文殊山曰汝不是我同流干獨遊五臺逢一老人問莫是文殊麼老人云豈可有二文殊干作禮忽然不見趙州代干云文殊文殊○佛陀波利尊者遊五臺遇一老人問什麼處去云臺山禮文殊去老人云大德見文殊還識麼者無對○語溪文喜師遊五臺禮金剛窟感文殊示現後豩仰山充典座文殊常現於粥鑊上師以攪粥篦便打曰文殊自文殊文喜自文喜宗鏡引文殊師利巡行經云文殊師利徧到五百比丘房皆見寂定最後難舍利弗廣顯性空無得之理五百比丘從座而起於世尊前唱言從今已後更不復見文殊身不復聞其名字如是方處應速捨離所有文殊一切在處亦莫趣向所以者何文殊煩惱解脫等一相說故舍利弗令文殊為決了文殊言實無文殊而可得故若實無文殊可得者彼亦不可見廣為說法四百比丘得漏盡果一百比丘更謗墮入地獄後還得道所以無見是真見無聞是真聞不見不聞文殊是真見真聞文殊矣我於爾時乘白牙象分身百千皆至其處○世尊因普眼菩薩欲見普賢不能得見乃至三度入定徧觀三千大千世界見普賢不能得見而來白佛佛云汝但於靜三昧中起一念便見普賢普眼於是纔起一念便見普賢向空中乘六牙白象

如寤時人說夢中事○舍利弗問須菩提夢中說六波羅蜜與覺時同異提曰此義深遠吾不能說會中有彌勒大士汝往彼問舍利弗問彌勒彌勒云誰是彌勒誰名彌勒

命終之後上升精微○天親菩薩從彌勒內宮而下無著菩薩問曰人間四百年彼天爲一晝夜彌勒於一時中成就五百億天子證無生法忍未審說甚麼法天親曰秖說者個法秖是梵音清雅令人樂聞

我於彼前現四天王身而爲說法○陸大夫與南泉行次見天王乃問天王居何地位泉曰若是天王即非地位陸云聞說天王居初地是不泉云應以天王身得度者即現天王身而爲說法

即時阿難執持應器○世尊勅阿難食時將至汝當入城持鉢阿難應諾世尊曰汝既持鉢須依過去七佛儀式阿難問如何是七佛儀式世尊召阿難阿難應諾世尊曰持鉢去

跋陀婆羅忽悟水因○石梯和尚侍者請浴梯曰既不洗塵亦不洗體汝作麼生者曰和尚先去某甲將皂角來梯呵呵大笑○佛果云既不洗塵亦不洗體且道洗個什麼忽悟水因自然了當且道悟個什麼洗亦無所得觸亦無所得水因亦無所得若向個裏直下見得便是玅觸宣明成佛子住○僧問天蓋幽禪師有人問有禪院名無垢净光爲甚麼却造浴室僧無語蓋代云三秋明月夜不是騁團圓天童頌云欲會本來無垢的莫須入水見長人

從聞思修入三摩地○應庵華云思是聞之

本聞是思之用且道作麼生說個入的道理青原白家三盞酒喫了猶道未沾脣○普請钁地次忽有一僧聞鼓鳴舉钁頭大笑便歸百丈曰俊哉此是觀音入理之門僧歸院喚問適來見什麼道理曰適來肚飢聞鼓聲歸喫飯丈乃笑○僧問歸宗和尚初心如何得個入處宗以火箸敲鼎蓋三下云還聞不僧云聞宗云我何不聞又敲三下問還聞不僧云不聞宗云我何以聞僧無語宗云觀音玅智力能救世間苦林問録云觀音悟圓通與歸宗聞不聞之義無別何也初于聞中入流亡所所入既寂動靜二相了然不生動相不生則世間生滅之法滅靜相不生則不爲寂滅所留係此二中間不住動相亦不困靜相觀音所謂生滅既滅寂滅現前也○僧問歷村和尚如何是觀其音聲而得解脫師將火柴敲柴曰還聞不曰聞師曰誰不解脫○赤干行者聞鐘聲問仰山有耳打鐘無耳打鐘師曰汝但問莫愁我答不得曰早個問了也師喝曰去○僧問大陽漢禪師如何是敲磕底句師曰檻外竹風搖驚起幽人睡曰觀音門大啓也師曰師子咬人乃曰聞聲悟道失却觀音眼睛見色明心眛了文殊巴鼻一出一入半開半合泥牛昨夜遊滄海直至如今不見回○僧問玄沙承和尚有言聞性徧周於沙界雪峰打鼓者裏爲甚麼不聞沙曰誰知不聞○曹山車一日聞鐘聲乃云阿㖿阿㖿僧云和尚作麼師云打著我心○僧問雲門生法師云敲空作響擊木無聲如何師以拄杖敲空云阿㖿阿㖿又敲板頭云作聲麼僧云作聲師云者俗漢又敲云喚甚麼作聲又僧舉前問法眼忽聞齋魚聲謂侍者曰還聞麼適來若聞如今不聞如今若聞適來不聞會麼△王肯堂曰二老所標一破根一破塵皆生公之

義疏也○法眼因四衆士女入院問永明潛律中道隔壁聞釵釧聲即名破戒見覩金銀合雜朱紫駢闐是破戒不是破戒潛曰好箇入路○僧問道場訥禪師如何得聞性不隨緣去師曰汝聽看僧禮拜師曰聾人也唱胡笳調好惡高低自不聞曰恁麼則聞性宛然也師曰石從空裏立火向水中焚○高僧釋法空入臺山幽居每有清聲每夜必聞有聲名曰空禪如是非一自後法空知是自心境界久而自悟皆我自心之境安有外聲哉以法遣之遂乃安靜智證傳云楞伽言彼所見非有是故說惟心以風牆相待無有定屬以無定屬緣生則名無生六祖所示見境既爾則空禪所悟聞塵亦然首楞嚴云見聞如幻翳乃至猶如夢中事者詎不信夫觀世音菩薩現八萬四千手眼○陸亘大夫問南泉大悲菩薩甚處得許多手眼來泉云如國家用大夫作什麼雪竇顯別云不及大夫所問保寧勇別云

也未爲分外○道吾問雲巖晟大悲千手眼那箇是正眼晟曰如人夜間背手摸枕子吾曰我會也晟曰作麼生會吾曰徧身是手眼晟曰道也太煞道秪道得八成吾曰師兄作麼生晟曰通身是手眼萬松云有無目山人賣卜爾過泥塗著鮮白鞋入市人問汝無目如何泥不汚鞋山人擧拄杖云拄杖頭上有眼以山人爲證夜間摸著枕子手上有眼喫飯時舌上有眼聽法識人耳中有眼蘇子瞻與聾人說話畫字而已復笑云我與彼皆異人也我以手爲口彼以眼爲耳佛言六根互用信也由是六根互相爲用○定慧信和尚問僧忠國師無情說法南方尊宿如何商量僧云諸方皆云六根互用信云教中道無眼耳鼻舌身意將甚麼互用○藥山一日問雲巖云聞汝解弄師子是不曰是云弄得幾出曰弄得六出云我亦弄得曰和尚弄得幾出云弄得一出曰一即六六即一林泉道古宿出辭吐氣與修多羅合故經

云一處成休復六用皆不成四大五陰○趙州示衆未有世界先有此性世界壞時此性不壞僧問承師有言世界壞時此性不壞如何是此性州云四大五陰曰此猶是壞底如何是此性州云四大五陰法眼云是一個是兩個是壞不壞且作麼生會試斷看○玄沙與天龍入山見虎龍云和尚虎曰是汝虎歸院龍請益沙曰娑婆世界有四種極重事若人透得不妨出得陰界○僧問黃龍新如何是四大毒蛇曰地水火風如何是地水火風曰四大毒蛇僧乞師方便曰一大既爾四大亦同○藥山因施主施裩提起示衆曰法身還具得四大也無道得與他一腰裩道吾曰性地非空空非性地此是地大三大亦然山曰與汝一腰裩○僧問太安一切施爲是法身用如何是法身師曰一切施爲是法身用曰離却五蘊如何是本來身師曰地水火風受想行識曰者個是五蘊師曰者個異五蘊又問此陰已謝彼陰未生時如何師曰此陰未謝那個是大德曰不會師曰若會此陰便明彼陰○竺尚書問岑和尚蚯蚓斬爲兩段兩頭俱動未審佛性在阿那頭師曰莫妄想曰爭奈動何師曰會即風火未散書無對師喚尚書書應諾師曰不是尚書本命曰不可離却即今秖對別有第二主人師曰喚尚書作至尊得麼曰恁麼總不秖對時莫是弟子主人不師曰非但秖對與不秖對時無始劫來是個生死根本示偈曰學道之人不識眞秖爲從來認識神無始劫來生死本癡人喚作本來人雷菴受曰入三摩提者要在不迷五陰主人而親識主人面目知主人住處若識主人面

目知其住處魔將何所施力世尊謂阿難若不識知心目所在則不能降伏塵勞是已古之宗師皆自名曰主人翁復自應之曰諾又曰惺惺著他時後日莫被人瞞嗚呼此可眞爲善知識者也△紫栢曰衆生不知現前日用能分別好惡之心是前塵影子認爲本來人此認一錯千錯萬錯淪墜長劫從此起也長沙岑曰學道之人不識眞只爲從前認識神神若緣境而有則此識本自無體若不緣境而有則此識神境未觸時本無無窠曰佛言一切衆生皆由不知常住眞心用諸妄想楞嚴常住眞心即此本無窠曰者是用諸妄想用字即此認字是

六根六塵六識○世尊因黑爪梵志運神力以左右手擎合歡梧桐兩株來供養佛名云仙人梵志應喏佛云放下著梵志遂放下左手一枝花於佛前佛又名仙人放下著梵志又放下右手一枝花佛又云仙人放下著梵志云我今空身而住更教放下個什麼佛云吾非教汝放捨其花汝當放捨外六塵內六根中六識一時捨却無可捨處是汝免生死處免生死處有本作放生死處梵志於言下得無生忍○神鼎諲問僧三界惟心萬法惟識惟識惟心眼聲耳色是甚麼人語僧曰法眼語師曰其義如何曰惟心故根境不相到惟識故聲色縱然師曰舌味是根境不曰是師以筯夾菜置口中含胡而語曰何謂相入耶僧不能答○僧問石門照師子是獸中王什麼却被六塵吞師云須知六塵好手○洞山行脚次逢一婆擔水師索水飲婆云水不妨飲婆有一問須先問過且道水具幾塵師云不具諸塵婆云去休汙我水擔○問曹山沙門豈不是大慈悲人師曰是曰忽遇六賊來時如何師曰一劍揮盡曰盡後如何師曰始得和同麗告士云一羣六個賊生生欺殺人我今識汝也不與汝爲鄰汝若不伏我我即到處說教人盡識汝使汝行路絕你若肯伏我我即不分別共汝一處住同證無生滅○中邑

恩禪師因仰山問如何得見性去師曰譬如一室有六牕內有一獼猴外有獼猴從東邊喚猩猩獼猴即應如是六牕俱喚俱應仰山禮謝起云適蒙和尚譬喻無不了知更有一事只如內獼猴瞌睡外獼猴欲相見如何師下繩牀執仰山手作舞云猩猩與汝相見了譬如蟭螟蟲在蚊子眼睫上作窠向十字街頭呌喚云地廣人稀相逢者少○僧問趙州初生孩子還具六識也無州云急水上打毬子僧復問投子急水上打毬子意旨如何子云念念不停留雪竇顯頌云六識無功伸一問作家曾共辨來端茫茫急水打毬子落處不停誰解看△經云如急流水望如恬靜流急不見非是無流湛入合湛歸識邊際華嚴云譬如河中水湍流競奔逝各各不相知諸法亦如是△曹山問僧菩薩定中聞香象渡河歷歷地出什麼經僧云涅槃經山云定前聞定後聞僧云和尚流也山云灘下接取

無痛痛覺○保福見僧來以杖打露柱又打僧頭僧作忍痛聲福曰那個爲什麼不痛僧無對

即齅與香二處虛妄○僧問海宴師如何是古寺一鑪香師曰歷代無人齅曰齅者如何師曰六根俱不到

是諸天上各各天人則是凡夫業果酬答盡入輪○雲門問陳尚書看法華經是不經中道一切治生產業皆與實相不相違背且道非非想天有幾人退位○雪竇顯上堂僧問如何是時節因緣師云瞌睡漢僧便喝師云詐惺惺復云譬若世界壞時大水競作其間無量衆生或沒未沒互相悲號仰望蒼蒼皆云相救四禪天人一見高聲便喝咄哉衆生我曾預報汝令頻頻上來汝却不聽如今

有什麼救處乃拍手云歸堂
若作聖解即受群邪○萬松云第一義且置
你要聖諦作麼天皇道但盡凡情別無聖解
楞嚴道若作聖解即受群邪只者達磨道廓
然無聖石火電光中不妨手親眼辨
一分無常一分常論○世尊因有異學問諸
法是常耶世尊不對又問諸法是無常耶亦
不對異學云世尊具一切智何不對我世尊
云汝之所問皆爲戲論
首楞嚴經疏解蒙鈔卷末五録之十四
音釋
岌忌立切音及　峇胡閤切音合

首楞嚴經疏解蒙鈔卷末五錄之十五

海印弟子蒙叟錢謙益集

佛頂宗録第五

三舉拈偈頌此中又三○初揔明宗本以一代時教因緣爲宗故○次别拈語句如七徵八還等文○後通明經義不取逐文分配

總明宗本

涅槃經過去佛所說偈○諸行無常是生滅法生滅滅已寂滅爲樂佛言如是偈句乃是過去未來現在諸佛所說開空法道△章安云半偈者但說無常一邊不說常邊故言半偈有爲三相何故但明生滅而不言住四句偈迮是故畧之住法不顯生滅還謝但明始終中間宜畧文云所說空義此偈明無常那得是空只無常即是空之異名大品云無常即動相動即空相淨名云不生不滅是無常義今亦無常是不生不滅義

大智度論阿說示五人之一爲舍利弗說偈○諸法因緣生是法說因緣是法因緣盡大師如是說舍利弗聞此偈已即得知道還報目連亦得初道今按本經舍利弗目連皆言是三迦葉說阿難言是老梵志說緣起互異

○法華文句頌顆亦阿說示此云馬勝答偈○諸法從緣生是故說因緣是法緣及盡我師如是說有云諸法從緣生諸法從緣滅我師大沙門常作如是說又云如是滅與生我師如是說△智證傳云法華經曰無上兩足尊知法常無性佛種從緣起是故說一乘永明曰緣起佛種者報身佛非法身佛也經以一乘爲言則寧當分別法報身乎所謂是法住法位者馬鳴所言隨順世間種種知故世間之相旣曰種種則非以本自性而皆從緣起何哉知其緣起而無生即是佛種棗柏云一念緣起無生超彼三乘權學等見於是頓見迦葉波說偈之意

中論破因緣品偈○諸法不自生亦不從他生不共不無因是故知一作說無生○釋曰不自生者萬物無有從自體生必待衆生緣復次若從自體生則一法有二體一謂生二謂生者若離餘因從自體生者則無因無緣又生更有生生則無窮自無故他亦無何以故

有自故有他若不從自生亦不從他生共生則有二過自生他生故若無因而有萬物者則是爲常是義不然無因則無果若無因有果者布施持戒等應墮地獄十惡五逆應當生天以無因故○智論云如鏡中像非鏡作非面作非執鏡者作亦非自然作亦非無因緣何以非鏡作若面未到鏡則無像以是故非鏡作何以無面作無鏡則無像何以非執鏡者作無鏡無面則無像何以非自然有若未有鏡未有面則無像像待鏡待面然後有以是故非自然作何以非無因緣若無因緣應常有若常有若除鏡除面亦應自出以是故非無因緣諸法亦如是非自作非彼作非共作非無因緣云非自作我不可得故一切因生法不自在故諸法屬因緣故亦非他作者自無故他亦無若他作則失罪福力若共作有二過自過他過一切諸法必有因緣是苦樂和合因緣生前世業因以實求之無人作無人受空五衆作空五衆受○天台止觀云根塵相對一念心生能生所生無不即空妄謂心起起無自性無他性無共性無無因性起時不從自他共離來去時不向東西南北去此心不在内外兩中間亦不常自有但有名字名之爲心是字不住亦不不住不可得故生即無生亦無無生諸法不自生那得自境智無他生那得相由境智無共生那得因緣境智無無因生那得自然境智當知四取是生死本故龍樹伐之有四取則有依倚依倚則是非是非則愛恚愛恚生一切煩惱煩惱生故戲論諍競生諍競生故起身口意

業業生故輪廻苦海無解脱期今以不生等破四性性破故無依倚乃至無業苦等清淨心常一則能見般若

當觀此一念爲從心自生心爲對塵生心爲根塵共生心爲根塵離生心△若心自生者前念爲根後念爲識爲從根生心爲從識生心若根能生識根爲有識故生識根爲無識故生識根若有識根識則兼又無能生所生根若無識而能生識謂無識物不能生識根既無識何能生識根雖無識而有識性故能生識者此之識性是有是無有巳是識並在於根何謂無性根無識性不能生識又識性無識爲一爲異若一性即是識無能無所若異還是他生非心自生如此推求畢竟知心不從自生△若他生者若言心不自生塵來發心故有心生引經云有緣思生無緣思不生若尔塵在意外來發內識則心由他生今推此塵爲是心故生心爲非心故生心塵若是心則不名塵亦非意外則同自生又二心並則無能所塵若非心那能生心如前破若塵中有生性是故生心此性爲有爲無性若是有性與塵亦無能所若無無不能生如是推求知心畢竟不從塵生△若共生者若根塵合故有心生根塵各各有心故合生心各各無心故合生心若各各有合則兩心生墮自他性中若各各無合時亦無譬如鏡面各有像故合生像各無像故合生像若各有像應有兩像若各無像合不能生若鏡面合爲一

而生像者今實不合合則無像若鏡面離故生像者各在一方則應有像今實不尔根塵離合亦復如是如是推求知心畢竟不從合生又根塵各有心性合則生心者當檢此性爲有爲無如前自生中破△若離生者若根塵各離而有生心者此是無因緣生爲有此離爲無此離若有此離還從緣生何謂爲離若無此離無何能生若言此離有性性爲有爲無若性是有還從緣生不名爲離若性是無無何能生如是推求知心畢竟不從離生

○智證傳云如來推檢陰入處界一一皆空夫非因即是不自生非緣即是不他生非自非他安有和合即是不共生非自然性即是非無因生四句無生界從何有○熏聞云龍樹尊者爲被末代人根轉鈍廣作觀法實以推檢四性爲本正順如來最後垂範○釋要云因即自性計緣即他性計因緣合即共性計自然即無因性計即是四性觀推檢今見無生諸法若自性生無緣從何生法如水無風豈自成浪若云他緣生者他又焉能自生法如風無水焉能起波若云共生未合各無共時安有又共涉二邊體屬誰耶共生尚非無因豈有此四既空名字亦絶性相執除三空自顯○清涼云外道謂冥性爲自梵天爲他微塵和合爲共自然即無因又此四計亦是僧佉衞世若提子勒娑婆也

中論觀四諦品偈〇衆因緣生法止觀諸本作因緣所生法我說即是空亦爲是亦名爲假名亦是亦名中道義〇釋曰衆因緣生法我說即是空何以故衆緣具足而物生是物屬衆因緣故無自性無自性故空空亦復空但爲引導衆生故以假名說離有無二邊故名爲中道〇止觀云今將中觀論合此四番四諦論云因緣所生法者即生滅四諦也我說即是空即無生四諦也亦名爲假名即無量四諦也亦名中道義即無作四諦也北齊慧文禪師讀此偈恍然大悟頓了諸法無非因緣所生而此因緣有不定有空不定空空有不二名爲中道得一心三智之文依論立觀智者大師稟承南岳依三觀立四教〇清涼云因緣之言通於四教因緣故生滅因緣故即空因緣故假名因緣故中道因緣爲主故四教皆帶之又此四教由三觀起從假入空析體異故有初二教從空入假從假入中有別教起三觀一心中得有圓教起△孤山云此之三止即天台三觀奢摩他即空觀三摩即假觀禪那即中觀龍樹四句偈盖謂此矣阿難始以三法爲請既蒙開示至乎領解還以此三而嘆乎佛故曰妙湛揔持不動尊妙湛即空智也揔持即假智也不動即中智也及佛爲富樓那說如來藏本妙圓心非心非空即心即空離即離非三諦炳然如指諸掌及爲阿難說六解一亡而結嘆云是名妙蓮華金剛王寶覺如幻三摩提華開蓮現喻即中也金剛堅利喻即空也如幻有形喻即假也△文殊簡示圓通亦以此爲喻故曰我承佛威力宣說金剛王如幻不思議佛母真三昧但以佛母喻中道爲異耳其於諸文中重重演說一一破迷或用于空或談于假或顯于中言偏意圓盖悉具三法也△長水曰見與見緣并所想相即因緣所生法也如虛空華本無所有我說即是空也此見及緣亦名爲假名也元是菩提妙淨明體亦名中道義也

掌珍論偈頌〇眞性有爲空如幻緣生故無爲無有實不起似空華〇清涼云掌珍頌者清辨菩薩所造一論惟釋此偈今按此是楞嚴第五世尊重宣說偈之初頌清涼言清辨

造論一論惟釋此偈乃正釋如來所說之偈
也此中兩重比量具如蒙鈔

別拈語句

七處徵心○端師子頌云七處徵心心不遂
懵懂阿難不惺地直饒徵得見無心也是泥
中洗土塊○東林顏云七處徵心欸便成推
窮尋逐案分明都緣家賊難防備撥亂乾坤
見太平○北磵簡云吹糠著米翻成特地不
因一事不長一智○絕岸湘云七處徵他天
外天毫光直射阿難肩瞿曇忒殺怜兒切逼
得鮎魚上竹竿○佛眼遠頌云善逝明知直
不邪要窮妄識是空花故令慶喜推心目勝
相初觀始出家在內何緣昧肝胃相知在外
又成差琉璃比眼還同境閉障開明未有涯
合處隨生難定體根塵兼帶轉蓬麻世間一
切都無著水陸空行作翳瑕七處無歸全失
措從茲始得徧河沙○古德偈云七處徵心
心不有心不有處妄元無妄元無處即菩提
生死涅槃本平等

八還辨見○端師子頌云八還之教垂來久
自古宗師各分剖直饒還得不還時也是蝦
跳不出斗○東林顏云明暗色空不可還不
可還者絕躋攀夾截虛空成畔岸一重水隔
一重山○北磵簡云色空明暗各不相知行
到水窮處坐看雲起時○絕岸湘云還還還
後更還還一个閒人天地間昨夜大蟲遭虎
咬皮毛落盡體元斑○妙喜杲云佛之一字
尚不喜有何生死可相關當機覿面難回互
說甚楞嚴義八還　合頌○紫柏可讀楞嚴
七徵八還置卷而嘆本是泥裏土塊何乃衆

生顛倒支支離離鼓粥飯氣頌曰七處徵心心徵心八還辨見見辨見從教猛風蕩釣舟一任吹去水清淺諸可還者自然非汝不汝還者非汝而誰○天童滅翁上堂舉頌云不汝還兮復是誰殘紅落在釣魚磯日斜風定無人埽燕子啣將水際飛咄咄是無等等呪○心聞賁云日暖風和景更奇花花草草露全機荼蘼一陣香風起引得遊蜂到處飛○北磵簡云千山鳥飛絕萬徑人踪滅孤舟簑笠翁獨釣寒江雪○破菴祖先偈云見猶離見非眞見還盡八還無可還木落秋空山骨露不知誰識老瞿曇若能轉物即同如來○白雲端頌云若能轉物即如來春煖山花處處開自有一雙窮相手不曾容易舞三臺竹庵觀云若爲物所轉則不同如來何故一切衆生皆證圓覺此如荆溪所謂一者示迷元從性變二者示性令其解迷故也南禪師頌云云此老不唯能盡經意抑且妙得理體○眞如喆云若能轉物即如來處處門開見善財花柳巷中呈舞戲九衢承醉臥樓臺○佛心才云毛呑巨海芥納須彌乾坤大地直下同歸一氣不言含有象萬靈何處謝無私○徑山杲李叅政轉物菴銘云若能轉物即同如來咄哉瞿曇誑謼癡獃物無自性我亦非有轉者爲誰徒勞心手知無自性復是何物瞥起情塵捫空摸骨此庵無作住者何人具頂門眼試辨踈親○此庵應云他人住處我不住他人行處我不行不是與人難共處大都緇素要分明△林泉云是知頭頭上顯物物上明唯泊常人不具正眼

吾不見時何不見吾不見之處若見不見自然非彼不見之相若不見吾不見之處自然非物云何非汝○雪竇顯頌云全象全牛瞖

不殊從來作者共名模如今要見黃頭老剎剎塵塵在半途○佛心才云雲収空闊天如水月載姮娥四海流慚愧牛郎凝愛叟一心猶在鵲橋頭○佛鑑懃云說離百非存軌則言無一法尚筌罤毘耶默默曾緘口摩竭寥寥鎮庵扉○湛堂準云老胡徹底老婆心爲阿難陁意轉深韓幹馬嘶芳草渡戴嵩牛臥綠溪陰○徑山杲云妙喜亦有一偈不在湛堂之下荒田無人種種著有人爭無風荷葉動決定有魚行○紫柏可云蒼龍慣喜臥重泉領下驪珠愈燦然借問有誰能抉得化爲日月照山川

見見之時見非是見見猶離見見不能及○鼓山珪頌云拄杖頭邊無孔竅大千沙界猶嫌少毘婆尸佛早留心直至而今不得妙○遯菴演云色空明暗本無因見見猶來亦誤人見不及時猶未瞥那知砄祟是家親○海印信云見不及處江山滿目不覩纖毫花紅柳綠白雲出沒本無心江海滔滔豈盈縮○徑山杲云春至自開花秋來還落葉黃面老瞿曇休搖三寸舌○傑峰和尚云見見之時非是見石火光中孥閃電三冬旱地出蓮花六月炎天飛雪片見猶離見見不及胡餅之中休呷汁天晴定是日頭紅雨落必然地下濕

清淨本然云何忽生山河大地○舉僧問琅琊覺和尚覺云我則不然云云○白雲端頌云混混玲瓏無背面拈起有時成兩片且從依舊却相當免被傍人來覷見○佛鑑懃云因風吹火徒爲妙借手行拳未足多清淨本

然隨口道忽生大地與山河萬松云此喚騎賊馬赶賊奪賊槍殺賊○天童覺云見有不有翻手覆手瑯琊山裏人不落瞿曇後萬松云龍樹摩訶衍論曰一切諸法一切因緣故應有一切諸法一切因緣故不應有此翻手覆手也瑯琊上堂云見聞覺知俱爲生死之因見聞覺知俱爲解脫之本譬如師子返擲南北東西且無定止若也不會且莫辜負釋迦老子此所以不落瞿曇後也○紫柏可云嬰兒失怙久飄零驀路相逢喚一聲識得阿娘腸斷處從教鐵漢淚須傾

如汝所言清淨本然云何忽生山河大地汝常不聞如來宣說性覺妙明本覺明妙○卍庵顏頌云清淨本然徧法界山河大地即皆現性覺必明認影明眼耳便隨聲色轉○北磵簡云彌滿清淨中不容他山河大地萬象森羅

妙性圓明離諸名相○卍庵顏頌曰一錢爲本萬錢利富不足而貧有餘換骨奪胎些子藥輸他潘閬倒騎驢○北磵簡云金盤不可動轆轆轉難住停待良久間圓明湛如露

阿難大衆獲本妙心○卍庵顏云東西南北捉虛空海角天涯信不通力盡神疲無處覓萬年松在祝融峰

狂性自歇歇即菩提○長慶巘禪師註楞嚴經說文云樓子和尚因從街市過經酒樓下因整襪帶少住聞樓上人唱曲云你既無心我便休忽然大悟從此號樓子○慈受深頌云唱歌樓上語風流你既無心我便休打着奴奴心裏事平生恩愛冷啾啾○本覺一云偶聞清唱發高樓你若無心我也休直下狂心能頓歇從茲演若不迷頭○寶峰明云你既無心我也休此身無喜亦無憂飢來喫飯

困來眼花落從教逐水流○寶華鑑云你若無心我也休鴛鴦帳裏懶擡頭家童爲問深深意笑指紗牕月正秋○仰堂仁云因過花街賣酒樓忽聞語唱惹離愁利刀剪斷紅絲線你若無心我也休

方悟神珠非從外得○寒山子詩云昔年曾入大海中爲探摩尼誓懇求直到龍宮深密藏金關鎖斷鬼神愁龍王守護安身裏寶劒星寒勿處搜賈客郤歸門內去明珠元在我心頭○騰騰和尚一鉢歌云萬代金輪聖王子只者眞如靈覺是菩提樹下度衆生度盡衆生出生死不死不生眞丈夫無形無相大毘盧塵勞滅盡眞如在一顆圓明無價珠○石鞏和尚弄珠吟云如意珠大圓鏡亦有中人喚作性分身百億我珠分無始本淨如今淨日用眞珠是佛陀何勞逐物浪波波隱顯即今無二相對面看珠識得麼○融大師頌云法忍先將三毒共佛性常與六情俱但信研心出妙寶何煩依外覓明珠

六解一亡○北磵簡頌云六用無功信不通一時分付與春風篆煙一縷閒清晝百鳥不來花自紅○卍庵顏云根塵縛脫本同源一處休時六用捐手把一條紅斷貫娘生鼻孔一時穿

緣見因明暗成無見不明自發○萬回和尚偈曰明暗兩忘開佛眼一云黑白兩忘不繫一法出蓮叢眞空不壞靈智性妙用恒常無作功聖智本來成佛道寂光非照自圓通智證傳云緣見因明暗成無見不明自發則諸暗相永不能昏夫不因明塵而自發不爲暗塵之所昏則佛眼開矣又曰餘塵尚諸學明極即如來以纖塵未盡則未至等妙所以貴不繫一法也佛眼

既開則不受一法然寂光非照故首山臨終偈曰白銀世界金色身情與無情共一眞明暗盡時俱不照日輪午後示全身午後泊然而化黑白兩忘之效也○達觀和尚舉勘凝庵居士士曰見暗之見即是見明之見師命侍者滅燈以掌障其面大喝云見麼士罔措示偈曰柱杖飛來一陣風燭光觸滅暗塵通誰知別有通天路一道神光照不窮

即汝一身應成兩佛○虛堂愚頌城東老姥云城東聖姥坐蓮臺大地衆生正眼開與佛同生嫌見佛一身難作二如來

今此會中阿那律陀等○汾陽昭六相頌云見是阿那律分明無一物大地及山河演出波羅蜜　聞是跋難陀聲通揔莫過遠近一齊了更不念摩訶　香是殑伽女慈悲心徧普淨穢盡能知即此我人毋　味是憍梵鉢甜苦尋常說入口辨辛酸恰似當天月　觸是舜若多善惡揔能知屠割無嗔喜秖个似彌陀　意是大迦葉毘盧供一法幽室顯然分枝派千光葉

如摩登伽宿爲婬女○紫柏可摩登伽經頌云怪底瞿曇老滑頭臨機縱奪有誰儔無端賺殺隣家女嫁與祇園少比丘

觀世音菩薩成三十二應身獲十四無畏法○西域那爛陀寺戒賢論師祈觀音文云聞性空持妙無比思修頓入三摩地無緣慈力赴羣機明月影臨千磵水○東坡居士觀世音贊云衆生墮八難身心俱喪失惟有一念在能呼觀世音火坑與刀山猛獸諸毒藥衆苦萃一身呼者常不痛呼者若自痛則必不能呼若其了不痛何用呼菩薩當自救痛者

不煩觀音力衆生以二故一身受諸苦若能眞不二則是觀世音八萬四千人同時俱赴救○洪覺範贊云我聞菩薩昔因地所供養佛名觀音從聞思修而悟心心精遺聞而得道見聞覺知不可易譬如西北與東南而此乃曰聞可遺令人惘然墮疑網龍本無耳聽以神蛇亦無耳聽以眼牛無聞故聞以鼻螻蟻無耳聞以身六根互用乃如此聞不可遺豈理哉彼于異類眛劣中而亦精妙不聞斷況我自在慈忍力無礙解脱獨不然鐘鼓俱擊聲不同知其不同是生滅而二種聲不同發即是同時寂滅法稽首淨智功德衆廣大莊嚴悲願海憫我心明力不逮時時種子發現行如人因酒而發狂戒酒輙復逢佳醖願滅顛倒癡暗障願獲辨才智慧藏游戲十方微塵刹亦施無畏利衆生凡曰有心能聞者同入圓通三昧海○卍庵顔頌曰三十二應不思議十四無畏如流水男子身中入定時女人身中從定起○北磵簡云趂隊選圓通無端立下風當時供死款錯説在聞中○芙蓉楷上堂鐘鼓喧喧報未聞一聲驚起夢中人圓常靜應無餘事誰道觀音别有門良久云還會麼休問補陀岩上客鶯聲啼斷海山雲○二十五圓通贊迦葉贊云然燈續明奉佛舍利飾像以金報德如是滅定中已證圓通何故拈花重瞥地○彌勒贊云修唯識定證慈氏尊如風吹水自然成紋一生授記作佛事三會龍華分不分咸輝比丘十地五位○天聖道禪師上堂拈云不從一地至一地寂滅性中寧有位釋迦稽首問然

燈仁者何名爲授記
遠離依他及徧計執○傳大士金剛經頌云妄計因成執迷繩爲是蛇心疑生暗鬼眼病見空花一境雖無異三人乃見差了茲名不實長馭白牛車
跋陁婆羅入浴忽悟水因○雪竇顯舉古跋陁十六開士隨例入浴忽悟水因諸人作麼生會他道妙觸宣明成佛子住也須七穿八穴始得頌曰了事衲僧消一个長連牀上展脚臥夢中曾說悟圓通香水洗來驀面唾○大潙智云超諸現量即悟水因體明無垢孰云洗塵得無所有了無相身成佛子住妙觸常存○塗毒策云洗塵觸體兩空寂妙證答圓超見思白壁無瑕空受玷圓通會裏受塗糊空室道人成都范縣君設浴牓云一物也無洗个甚麼根塵若有起自何來道取一句子玄乃可大家入浴古靈只解揩背開士何曾明心欲證離垢地時須是通身汗出盡道水能洗垢焉知水亦是塵直饒水垢頓除到此亦須洗却
香嚴鼻觀○莫將尚書謁南堂靜使其好處提撕適入廁聞穢氣急以手掩鼻有省呈偈曰從來姿韻愛風流幾笑時人向外求萬別千差無覓處得來元在鼻尖頭梅花尼偈云盡日尋春不見春芒鞋踏徧嶺頭雲歸來笑撚花枝嗅春到枝頭已十分
汝等一人發眞歸元十方虛空悉皆銷殞○尼無著揔頌云一人發眞歸元十方虛空銷殞試問楊岐栗蓬何似雲門胡餅△朴翁銛云瞌睡茫茫困思來喫椀濃茶眼便開四海五湖王化裏更無一物是塵埃
如世巧幻師幻作諸男女○國清師靜上座覩敘中幻義述偈云若道法皆如幻有造諸過惡應無咎云何所作業不亡而藉佛慈與接誘小靜上座答云幻人與幻幻輪圍幻業

能招幻所治不了幻生諸幻苦覺知如幻幻無爲

若此妙明眞淨妙心本來徧圓如是乃至大地草木蠕動含靈本元眞如即是如來成佛眞體佛體眞實云何復有地獄餓鬼畜生○卍菴顏頌云雙劔峰前古寺基天尊元是一牟尼時難只得同香火莫聽閒人說是非○北磵簡云三蛇六鼠一畝之地竿木隨身逢場作戲

此等衆生不識本心受此輪迴經無量劫不得眞淨皆由隨順殺盜婬故反此三種又則出生無殺盜婬有名鬼倫無名天趣有無相傾起輪迴性○卍庵顏頌云七處精研一妄心更隨三業殺偷婬身心不是閑家具前箭猶輕後箭深○北磵簡云客舍并州已十霜歸心日夜憶咸陽無端又渡桑乾水却望并州是故鄉

無令心魔自起深孽○卍庵顏頌云瞿曇徹底老婆心見明色發理難任入鄉隨俗那伽定佛魔到此盡平沉○北磵簡云挽弓須挽强用鎗須用長射人先射馬擒賊先擒王

貪瞋癡○洞山偈云貪瞋癡太無知賴我今朝識得伊行便打坐便槌分付心王子細推無量劫來不解脫問汝三人知不知○神鼎諲上堂舉云貪瞋癡實無知十二時中任從伊行即住坐即隨分付心王擬何爲無量劫來元解脫何須更問知不知

通明經義但取經義相通不復逐文分配

寶誌禪師大乘讚○妄身臨鏡照影影與妄身不殊但欲去影留形不知身本同虛身本

與影不異不得一有一無若欲存一捨一永與直理相疎更若愛聖憎凡生死海裏沉浮煩惱因心有故無心煩惱何居不勞分別取相自然得道須臾夢時夢中造作覺時覺境都無翻思覺時與夢顛倒二見不殊改迷取覺求利何異販賣商徒動靜兩忘常寂自然契合真如若言衆生異佛迢迢與佛常疎佛與衆生不二自然究竟無餘○報你衆生直道非有即是非無非有非無不二何須對有論虛有無妄心立號一破一个不居兩名由爾情作無情即是真如若欲存情覓佛將網山上羅魚徒費功夫無益幾許枉用功夫不解即心即佛真似騎驢覓驢一切不憎不愛者个煩惱須除除之則須除身除身無佛無因無佛無因可得自然無法無人○內見外見摠惡佛道魔道俱錯被此二大波旬便見厭苦求樂生死悟本體空佛魔何處安著只由妄情分別前身後身孤薄輪廻六道不停結業不能除却所以流浪生死皆由橫生經畧身本虛無不實返本是誰斟酌有無我自能爲不勞妄心卜度衆生身同太虛煩惱何處安著但無一切希求煩惱自然銷落○十四科頌○聲聞厭喧求靜猶如棄麪求餅餅即從來是麪造作隨人百變煩惱即是菩提無心即是無境生死即是涅槃貪瞋如焰如影智者無心求佛愚人執邪執正徒勞空過一生不見如來妙頂了達婬慾性空鑊湯鑪炭自冷○我自身心快樂倐然無善無惡法身自在無方觸目無非正覺六塵本來空寂凡夫妄生執著涅槃生死本平四海阿誰厚

薄無爲外道自然不用將心畫度菩薩散誕靈通所作常舍妙覺聲聞執法坐禪如蠶吐絲自縛法性本來圓明病愈何須執藥了知諸法平等翛然清虛快樂○迷時以空爲色悟即以色爲空迷悟本無差別色空究竟還同愚人喚南作北智者達無西東欲覓如來妙理常在一念之中陽燄本非其水渴鹿狂趁忩忩自身虛假不實將空更欲覓空世人迷倒至甚如犬吠雷叿叿

傅大士行路難○君不見決定法中無決定虛妄顛倒是菩提若心分別菩提法分別菩提還復迷若了此迷無分別迷與分別即菩提分別菩提非一異恒同一體不相攜安住性空真實性空性無空亦不齊同體大悲含一切故知真性不乖迷即此昏迷即無性亦復不論齊不齊若捨塵勞更無法喻若淨花生淤泥如來法身無別處普通三界苦泥犁三界泥犁本非有微妙誰復得知蹊行路難路難本自是泥洹內外身心併空寂顛倒貪瞋何處安○君不見智人求心不求佛諸法寂滅即貪婬愛欲貪婬從心起我亦懲心於不心若也求心復不得自然無處起貪婬貪婬無起亦無滅顛倒非淺亦非深又亦不得非貪欲無得不得妙難尋三毒性中恒如此具足常同堅固林余事貪婬爲佛事更無三毒橫相侵若求出離還沉沒分別出沒還復沉諸佛善得於三毒衆生虛妄不能任我亦勤修三毒性更不願求諸佛心行路難路難心中本無物無物即是淨菩提無見心中常見佛○君不見文殊妙德非爲遠三障三毒

即三空五分法身纏五陰六入無知爲六通四倒四果何曾異八邪八正體還同七覺菩提性無別七識流浪會眞宗一切煩惱皆空寂諸佛法藏在心胸恒將法忍相隨逐只自差舛不相逢諸佛如來住何所併在貪婬愛欲中今勸斷貪婬愛欲但是方便化童蒙貪欲本相眞清淨假說空名名亦空行路難路難心中非是心寄語眞修無念士愼勿分別毁貪婬○君不見愛欲貪婬諸佛母諸佛世尊貪欲兒從來菩提爲我匠今使我爲衆匠師昔日千端外求佛佛在衣中今始知無量癡心本是道三毒四倒不思議虛妄行慈愍衆苦不知諸苦是慈悲瞋恚無明最微妙世間智者不能思昔日辛勤學知見不知知見自無知四趣三塗悉非有三障三脫不分離行路難路難無有併俱忘了知煩惱無生想即是如來坐道場○君不見無上菩提最爲近四大五陰皆深奥法性無知不可說有漏無漏并虛通若欲知斯殊妙道但自窮搜五陰叢其實清淨妙難知不悟此心眞卒暴和合性中無有實是故稱爲諸法要於中無妄亦無眞只用無爲作微妙尋其體寂不應言假爲衆生立名號若知名號即非名解了衆生知佛教覺知無因之正因當得無因無果報善達貪愛得無生無明去來無動摇不見聖果異凡情分別聖凡還復倒若人無願亦無修必定當爲世間導行路難路難非穢亦非淨是非雙泯復還存

寒山詩男兒大丈夫作事莫莽鹵徑挺鐵石心直取菩提路邪道不用行行之轉辛苦不要求佛果識取心王主○懶殘歌身披一破

衲脚著孃生袴多言復多語由來反相悮若欲度衆生無過且自度莫謾求眞佛眞佛不可見妙性及靈臺何曾受熏鍊心是無事心面是孃生面刼石可動移个中無轉變經云歇即菩提○龐居士偈曰心如境亦如無實亦無虛有亦不管無亦不拘不是聖賢了事凡夫易復易即此五蘊有眞智十方世界一乗同無相法身豈有二若捨煩惱入菩提不知何方有佛地○灌溪和尚偈云五陰山中古佛堂毘盧晝夜放圓光箇中若了非同異即是華嚴徧十方

法眼三界惟心頌曰三界惟心萬法惟識惟識惟心眼聲耳色色不到耳聲何觸眼眼色耳聲萬法成辦萬法匪緣豈觀如幻大地山河誰堅誰變地藏問法眼上座尋常說三界唯心萬法唯識乃指庭下片石曰且道此石在心内在心外眼曰在心内藏曰行脚人著什麽來由安片石在心頭眼無對○融大師頌曰瞎狗吠茅叢盲人唱賊虎循聲故致迷良由目無覩○三平和尚偈云即此見聞非見聞雲門舉此偈回視僧曰喚什麽作見聞無餘聲色可呈君謂僧曰有甚麽口頭聲色个中若了全無事謂僧曰有什麽事體用何妨分不分乃曰語是體體是語舉拄杖曰拄杖是體燈籠是用是分不分不見道一切智智清淨又頌云見聞知覺本非因當體虛玄絕妄眞見相不生癡愛業洞然全是釋迦身○洞山偈云也大奇也大奇無情說法不思議若將耳聽終難會眼處聞聲方得知○法眼偈云見山不是山見水何曾别山河與大地都是一輪月

復禮法師問天下學士眞妄偈云眞法性本淨妄念何由起密禪師釋云意云本淨如空即妄根本何當起也許妄從眞生此妄安可止若眞能生妄即除眞方得妄除眞既不可

除妄何可斷無初則無末有終應有始約始終有四句分別一有始無終即是始覺二有終無始即是無明三無終無始謂實際四有始有終是一期生死立此理者擬將難法相宗煩惱有終無始無始而有終長懷懵茲理清涼云即法相事而側難之今云有妄即真則同無終始若分別說應有四句真理則無終無始妄念則無始有終真智則無終有始瞥起妄念有終有始若約圓融同無終始願爲開祕密析之出生死澄觀和尚答云迷真妄念生悟真妄則止能迷非所迷安得全相似不一不異故如論中海水風波之喻從來未曾悟故說妄無始知妄本是真方是恒常理分別心未亡何由出生死意以一念不生前後際斷不應以念而起于念念無窮也觀和尚所答約真如不變不礙隨緣方爲契當宗密試答曰本淨本不覺由斯妄念起知真妄即空知空妄即止止處名有終迷時號無始因緣如幻夢何終復何始此是衆生原窮之出生死又人多謂真能生妄故疑妄不窮盡爲決此理重答

前偈不是真生妄妄迷真如起知妄本自真知真妄即止妄止似終末悟來似初始迷悟性皆空性空無終始生死由此迷達之出生死圓覺疏云妄託真起說真爲源現且迷真真本無妄結指經文以成真不生妄之義此義是佛法中妨難大節復禮此問是法相宗中鬣鏃關節不問二宗○空印澄云復禮法師所疑真妄偈於此經如是迷因因迷自有識迷無因妄無所依尚無有生欲何爲滅一章正可釋明與圭峰圓覺鈔引證普賢章亦相符也長慶稜頌云萬象之中獨露身惟人自肯乃方親昔時謬向途中覓今日看來火裏氷法眼問昭首座只如萬象之中獨露身是撥萬象不撥萬象昭云不撥眼云兩个衆隨左右皆云撥萬象眼云萬象之中獨露身聻又舉問子方上座云喚甚麼作萬象方云古人不撥萬象眼云萬象之中獨露身說甚麼撥不撥○萬松云此見法眼承言會宗開發二師之妙照方究妙失宗濁智流轉之過也○內江界澄曰如來云見在汝何是義非實於萬象中不能剖出應即物所顯矣僧問趙州如何是祖師西來意州云庭前柏樹子是則無一物不播如來之名無情共說義在茲矣又云此諸物中何者非見前以能所互奪故除樹

無見今以能所互分故樹能有見長慶云萬象之中獨露身而法眼舉問是撥萬象不撥萬象此辨驗之意也又曰若有見者應有所指是不撥萬象若非見者應無所指是撥萬象

南泉偈云虛空問萬象萬象答虛空誰人親聞得木叉丱角童○礙處非墻壁通處勿虛空若人如是解心色本來同

已下一經通頌

雲菴真淨楞嚴偈寄許朝散云十卷楞嚴萬法林法門開闢被機深八還四就且除鑛三漸七徵猶鍊金見見見時當見性聞聞聞處要聞心使君爲物延僧請付囑無忘佛正音

○琦楚石爲招提德嚴法師講首楞嚴經說偈一十八首　得道應須廣度生度生必使性心明閒浮提有梵天呪捺落迦無婬欲情慶喜出遭魔網罥文殊來護法舟傾多聞未可爲奇特曠劫熏修在力行　外泊虛空内色身都盧不出此心真浮漚未足窮瀛渤棄指須當認月輪聽法緣心非本性掌亭實主豈游人離聲與色無分別石上栽花井底塵　手開手合寶光飛左右回觀是阿誰須信此頭摇動處不妨全體寂然時明心見性無舒卷認物隨流妄覺知無上法王真實語豈同虛假末伽棃　波斯匿性未嘗遷老見恒河似幼年莫景不須悲白髮浮雲終是散青天來從曠古人何在去作荒邱骨巳捐劫火洞然無一物分明父母未生前　七處徵心心不有八還辨見見元無擘開秘密千重鎖迸出圓明一顆珠從此聖凡知解絕有何生死性情拘話頭拈起知音少留與人間作楷模　地水火風空見識徧周法界本來圓當

知實義非言說妄計因緣與自然起滅無從
常住體麤浮不悟此經詮衆生那箇不成佛
與作當來得度緣　根塵識是如來藏於一
毫端洞十方大地無時相助發虛空有口自
敷敗衆生不守真如性諸佛皆居常寂光生
滅去來何所礙鳥飛不盡碧天長　覺明明
覺異還同畢竟山河大地空演若多心狂自
歇摩登伽女呪難籠直教根本無明斷便與
如來妙理通三世有爲皆有滅十虛無始定
無終　一六義生圓湛中一亡盡使六銷鎔
脫粘内伏心非有勞發前塵性本空自在浮
沉魚出網無妨去住鶴離籠根根互用如何
說正與花巾解結同　良哉二十五圓通各
各熏修不住空證入法門雖有異悟明心地
本來同思惟妙德言尤審選擇觀音耳最聰

堤畔綠楊新過雨數聲黃鳥轉春風　斷婬
除殺又離偷成佛難將妄語求此四律儀持
不染彼諸魔事及無由道場既立心身淨神
呪弘宣剎海周無量金剛來護法願將杵碎
惡魔頭　八萬四千顛倒想想爲十二類生
因妙明覺性如開悟虛妄浮心即本真龍鬼
天仙紅肉髻羽毛鱗甲紫金身誰能靜坐思
量看内外中間絕點塵　三界衆生依食住
永除酒肉斷婬心相生相殺既無業外境外
魔終不侵刻骨銘肌除淨戒隨方覩佛奉玄
音瑠璃中更懸明月一片光華耀古今　智
慧初明欲習乾位從四十四心安信初中道
純真性灌頂如王付國看利行度生心愈曠
回真向俗道何寬欲登十地須加行行覺重
重複又單　吾聞地獄元非有十習才成六

報來惡念轉教爲佛福刀山喝使作金臺不貪天上歡娛事肯受人間愛慾胎本性彌陀常顯現蓮花一朶待時開　十類元從十鬼分命終報盡復爲人十仙徒此短長壽三界不離生死身色究竟天居有頂大阿羅漢出凢塵窮空大道無還處未免從頭再入輪旋消五陰十禪那十五重重破惡魔明月不愁幽暗隔堅氷爭奈沸湯何自心了悟非登聖如水平流豈異波直至菩提無少乏大家稱賛阿難陀　五陰由來體是虛五重妄想待銷除不離本覺妙明性要識根元生起初多劫受熏嗟莫筭六根互用滅無餘盈空寶施微塵佛若比弘經福不如○紫柏可示等觀讀楞嚴偈云十卷楞嚴一柄刀金牛不見眼中毛試將智刄游心馬積劫無明當下銷

首楞嚴經疏解蒙鈔卷末五録之十五

音釋

諲伊真切音因　悆與恖同　叿呼洪切音烘

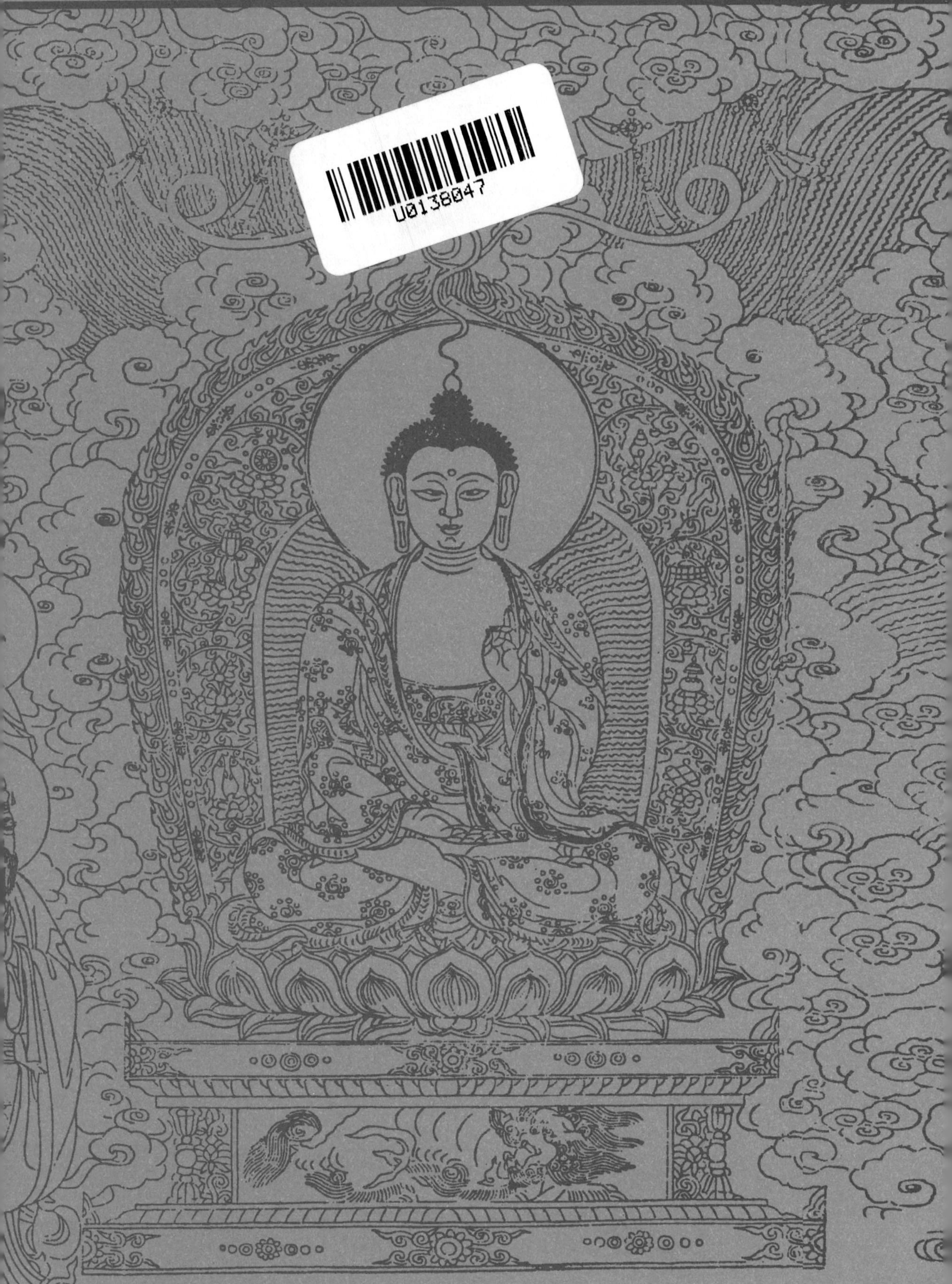